民国演义

中国历代通俗演义

蔡东藩 著

上卷

文化艺术出版社
Culture and Art Publishing House

自序

治世有是非，浊世无是非。夫浊世亦曷尝无是非哉？弊在以非为是，以是为非，群言庞杂，无所适从，而是非遂颠倒而不复明。昔孔子作《春秋》，孟子距杨墨，笔削谨严，辩论详核，其足以维持世道者，良非浅尠，故后世以圣贤称之。至秦汉以降，专制日甚，文网繁密，下有清议，偶触忌讳，即罹刑辟。世有明哲，亦何苦自拚生命，与浊世争论是非乎？故非经一代易姓，从未有董狐直笔，得是是非非之真相。即愤时者忍无可忍，或托诸歌咏，或演成稗乘，美人香草，聊写忧思，《水浒》、《红楼》，无非假托，明眼人取而阅之，钩深索隐，煞费苦心，尚未能洞烛靡遗，而一孔之士，固无论已。

今日之中华民国，一新旧交替之时代也，旧者未必尽非，而新者亦未必尽是。自纪元以迄于兹，朝三暮四，变幻靡常，忽焉以为是，忽焉以为非，又忽焉而非者又是，是者又非，胶胶扰扰，莫可究诘，绳以是非之正轨，恐南其辕而北其辙，始终未能达到也。回忆辛亥革命，全国人心，方以为推翻清室，永除专制，此后得享共和之幸福，而不意狐埋狐搰，迄未有成。袁氏以牢笼全国之材智，而德不足以济之，醉心帝制，终归失败，且反酿成军阀干政之渐，贻祸国是。黎、冯相继，迭被是祸，以次下野。东海承之，处积重难返之秋，当南北分争之际，各是其是，各非其非，豆萁相煎，迄无宁岁，是岂不可以已乎？所幸《临时约法》，绝而复苏，人民之言论自由，著作自由，尚得蒙约法上之保障。草茅下士，就见闻之所及，援笔直陈，言者无罪，闻者足戒，此则犹受共和之赐，而我民国之不绝如缕，未始非赖是保存也。窃不自揣，谨据民国纪元以来之事实，依次演述，分回编纂，借说部之体裁，写当代之状况，语皆有本，不敢虚诬，笔愧如刀，但凭公理。我以为是者，人以为非，听之可也；我以为非者，人以为是，听之亦可也。危言乎？敢以质诸海内大雅。民国十年一月古越东飘自识于临江书舍。

民国演义大事记

1905年 **清光绪三十一年**

8月20日，中国同盟会在东京成立，孙中山被推为总理。这是中国第一个资产阶级革命政党。

1911年 **清宣统三年**

4月27日，同盟会在广州发动黄华岗起义，史称“广州起义”，标志着辛亥革命的开始。起义失败后，林觉民等七十二烈士遗骸合葬城郊红花岗(今黄花岗)，史称“黄华岗七十二烈士”。

10月10日，武昌起义爆发。起义军占领武昌，推举清政府官员黎元洪为军政府都督、汤化龙为民政长，发表宣言，号召各省起义。

11月1日，清政府任命袁世凯为内阁总理大臣，组织责任内阁。

12月29日，南京十七省代表会议选举孙中山为中华民国临时大总统。又决议改用阳历。

1912年 **民国元年**

1月1日，孙中山就任南京临时政府大总统职，宣布中华民国成立。2日，孙中山通告各省改用阳历，以黄帝纪元4609年11月13日为中华民国元年元旦。20日，南京临时政府向袁世凯正式提出清帝退位优待条件。

2月12日，清宣统帝溥仪下退位诏书。次日，孙中山辞职，推袁世凯为临时大总统。

3月10日，袁世凯在北京就任临时总统职，并宣布暂行前清法律。11日，南京临时政府公布《中华民国临时约法》。

4月1日，临时政府迁往北京。

8月25日，国民党在北京成立，孙中山任理事长。

1913年 **民国二年**

1月20日，国民党代理理事长宋教仁在上海沪宁车站被袁世凯指使凶徒刺杀。

4月8日，民国第一次国会开会。26日，袁世凯与英、法、德、日、俄五国银行团签订《善后借款合同》。

6月，袁世凯罢免李烈钧、胡汉民等国民党籍总督，孙中山领导革命军讨袁。

7月12日，李烈钧在江西独立，“二次革命”开始。至9月，李烈钧等均战败，袁世凯乘机解散了国民党。

10月4日，《大总统选举法》颁布。10日，袁世凯就任正式大总统职。

1914年 **民国三年**

1月10日，袁世凯下令解散国会。

2月28日，袁世凯下令解散各省议会。

5月1日，袁世凯公布《中华民国约法》，废除《临时约法》。

1915年 **民国四年**

1月18日，日本政府向北洋政府提出灭亡中国的“二十一条”。

5月9日，北洋政府正式承认“二十一条”。抵制日货运动遂遍及全国，达到高潮。后全国教育联合会决定以每年5月9日为国耻纪念日。

8月23日，杨度、严复等人在北京发起成立筹安会，准备劝袁世凯复辟帝制。

9月15日《新青年》创刊号由陈独秀在上海创立，群益书社发行。由陈独秀、钱玄同、胡适、李大钊、沈尹默以及鲁迅轮流编辑。

12月11日，参政院推戴袁世凯为皇帝。12日，袁接受帝位，并于次日接受百官朝贺。

25日，云南护国军成立，蔡锷与唐继尧、李烈钧宣布云南独立，“护国运动”爆发。

31日，袁世凯申令改国号为“中华帝国”，以明年为“洪宪”元年。

本月，孙中山发表《讨袁檄文》、《讨袁宣言》。

1916年 **民国五年**

1月1日，云南军政府成立，护国战争爆发。袁世凯死后，南北两方以黎元洪继任总统和恢复国会为条件，结束了护国战争。

3月22日，在全国反袁浪潮中，袁世凯被迫撤销帝制，仍称大总统，旋又废洪宪年号。

6月6日，袁世凯死，黎元洪代理大总统职。29日，黎宣布遵守《临时约法》。

1917年 **民国六年**

2月，以总理段祺瑞为首的亲日派主张对德宣战。5月，段主张解散国会，黎下令免段职。段祺瑞在天津设军务总参谋处，拥徐世昌为大元帅，与黎元洪对抗。

5月23日，黎元洪免去段祺瑞国务总理职，皖系军阀随即在各省宣告独立。

7月1—12日，张勋在北京拥立溥仪，复辟帝制，改民国六年为宣统九年。段祺瑞击败张勋，重新掌握北京政权。

19日，孙中山在广州倡仪召集国会，组织护法军政府，孙中山被选为大元帅，领导滇、粤军和部分桂、黔、湘、川军抗击段祺瑞的进攻，史称“护法运动”。

本月，黎元洪解去大总统职，冯国璋代理总统，段祺瑞任国务总理。

9月1日，孙中山当选为中华民国军政府大元帅，唐继尧、陆荣廷为元帅。

11月7日，俄国发生十月社会主义革命。

1918年 **民国七年**

苏俄政府公告废除中俄不平等条约。

5月20日，非常国会改组军政府，废除大元帅制，孙中山遭军阀排挤，于次日离开广州。护法运动失败。

8月12日，“安福国会”在京开会，徐世昌被推选为总统。此次“国会”为由皖系政客徐树铮、王揖唐等组织的俱乐部，伪造选举。因会议在北京安福胡同举行，故称。

11月11日，第一次世界大战结束。

1919年 **民国八年**

5月4日，北京爆发声势浩大的学生爱国反帝运动。同月26日，罗家伦在《每周评论》首次将这场运动定名为“五四运动”。

6月3日，七万上海工人举行大罢工，声援北京学生运动。

6日，上海学生联合会发起成立“上海商学工报联合会”，领导罢工、罢商、罢课。

10日，北京政府被迫罢免亲日派卖国贼曹汝霖、陆宗舆、章宗祥职务。

28日，北京政府总统徐世昌迫于人民爱国运动，电令中国参加巴黎和会代表拒签巴黎和约。

7月25日，苏俄政府发表《告中国人民和南北政府宣言》（即《第一次对华宣言》），声明无条件放弃帝俄时代在华取得的土地和一切政治特权。北京政府对此置之不理。

9月，湖南人民发起“驱张”运动(驱除皖系军阀张敬尧）。

10月10日，孙中山改组中华革命党为中国国民党。

1920年 **民国九年**

7月8—18日，直皖战争爆发，皖系段祺瑞下台，直系曹锟、吴佩孚控制北京政府。

民国演义重要人物

孙中山 (1866～1925)：名文，字德明，号逸仙，又名中山。广东香山(今中山)县翠亨人。早年从医，后从事革命。甲午战争后在檀香山成立兴中会，次年组织广州起义。1905年成立中国同盟会。1911年辛亥革命后被推举为中华民国临时大总统。1912年让出大总统职位，同年重组国民党。1917年成立中华民国军政府，任陆军大元帅。1921年组织中华民国正式政府，就任非常大总统，同年七月组织北伐。次年3月12日在北京病逝。1940年，国民政府通令全国，尊称其为“中华民国国父”。

黄兴 (1874～1916)：原名轸，字廑午，湖南善化(今长沙)人。早年赴日留学。在日本拥护孙中山组成中国同盟会。武昌起义后，被推为革命军总司令。1912年，南京临时政府成立，任陆军总长。讨袁失败后，流亡日本。袁世凯死后回国。1916年10月31在上海病逝。

宋教仁 (1882～1913)：字遁初，号渔父，湖南桃源人。1805年参加同盟会。1912年任南京临时政府法制院总裁，参与南北议和。同年5月任唐绍仪内阁农林总长。8月改组同盟会为国民党，任代理理事长。因倡导内阁制，以制约袁世凯，被刺杀。

袁世凯 (1859～1916)：北洋军阀首领。字慰亭，河南项城人。1895年在天津小站练习新军，徐世昌、段祺瑞、冯国璋、曹锟、张勋均为其属下。1901年李鸿章死后代理直总督兼北洋大臣。1911年辛亥革命时，任清廷内阁总理大臣。1912年在北京就任临时大总统，建立了北洋军阀政权。1915年宣布改民国五年为洪宪元年，即帝位。1916年3月被迫宣布取消帝制，仍称大总统。6月6日在讨袁声中忧惧而死。

杨度 (1874～1931)：字皙子，湖南湘潭人。清代时曾任宪政编查馆提调。1907年主编《中国新报》，主张实行君主立宪。1914年袁世凯解散国会后任参政院参政，次年组织筹安会，策划恢复帝制。袁世凯死后被通缉。后倾向革命，参加中国互济会及其他进步团体。1929年秋加入中国共产党。1931年在上海租界病逝。

蔡锷 (1882～1916)：原名艮寅，字松坡，湖南邵阳人。1900年参加自立军起兵，失败后留学日本士官学校。1904年归国，于江西、湖南、广西、云南训练新军。武昌起义爆发，于昆明举兵响应，任云南都督。1919年在云南组织护国军起兵讨袁。袁世凯死后任四川督军兼省长。后因病于日本逝世。

唐继尧 (1882～1927)：字蓂赓，云南会泽人。1905年秋加入同盟会。辛亥革命爆发后，参加蔡锷指挥的昆明起义军。1913年继蔡锷任云南都督。1915年与蔡锷发起护国讨袁运动。曾屡次出兵川黔，企图称霸西南，自称“联帅”。1927年被逼交出政权下野。不久病逝。

李烈钧 (1882～1946)：字协和，江西武宁县罗溪坪源村人。1907年加入同盟会，追随孙中山从事民主革命。曾参加辛亥革命、二次革命、北伐等革命活动。抗战胜利后不久，病故于重庆。

黎元洪 (1864～1928)：字宋卿，湖北黄陂人。1888年入海军服役。1911年武昌起义后，被拥为中华民国军政府鄂省大都督。1912年南京临时政府成立，被选为副总统。1914年，任参政院院长。1916年袁世凯死后，由副总统继任总统。1922年，他在直系军阀支持下复任总统。次年被赶下台，避居天津。1928年6月3日，因脑溢血死于天津。

熊希龄 (1870～1937)：字秉三，湖南凤凰人。光绪进士。选翰林院庶吉士。曾充当出洋考察宪政五大臣的参赞。武昌起义后，任财政总长和热河都统。1913年袁世凯解散国民党，与梁启超、张謇等组阁，任国务总理兼财政总长。次年去职。1937年12月5日在香港病死。

徐世昌 (1855～1939)：字卜五，号菊人。祖籍天津，生于河南汲县，后迁居开封。1906年，入军机处。1915年袁世凯推行帝制后，辞职。1917年他以北洋元老资格应邀到京调停。次年10月，段祺瑞操纵安福国会，选他为总统。1922年6月被赶下台，1939年6月5日病逝于天津。

段祺瑞 (1865～1936)：字芝泉，安徽合肥人。1896年，协助袁世凯创办北洋军。1912～1916年，历任北京政府陆军总长、参谋总长、国务总理。1920年被直系军阀曹锟、吴佩孚赶下台。1924年直奉战争中，被冯玉祥的国民军推为北京临时政府执政。同年4月，被冯玉祥驱逐下台，逃往天津租界。1936年11月2日病死于上海。

曹锟 (1862～1938)：字仲珊，直隶天津人。天津武备学堂毕业。辛亥革命后，历任北洋军第三师师长、直隶督军、直鲁豫三省巡抚使、直隶总督。靠贿选而被选举为第三任中华民国大总统。1924年，冯玉祥发动北京政变时，被囚禁，。1938年5月17日病死。

冯国璋 (1859～1919)：字华甫，直隶河间(今河北)人。辛亥革命时率领北洋军阀镇压武昌起义。曾出任江苏都督，坐镇东南。1917年，黎元洪去职，以副总统代理大总统。1918年被段祺瑞胁迫下台。1919年返回河间故里，12月28日病死。

吴佩孚 (1873～1939)：字子玉，山东蓬莱人。1917年为北洋军陆军第三师师长。1922年，先后任两湖巡阅使、直鲁豫三省巡阅副使。1926年被北伐军打垮，随后隐居就城。晚年，拒绝充当汉奸。1932年病死。

张作霖 (1875～1928)：字雨亭，奉天(今辽宁)海城人。早年曾做过土匪、日本间谍及保安会军事部长、二十七师师长。1916年起，任奉天督军、东三省巡阅使等职。1924年打败直系军阀后，控制北洋军阀政府。1928年6月4日发生皇姑屯事件，张作霖乘火车被日本关东军预埋的炸药炸成重伤，当日去世。

张勋 (1854～1923)：字绍轩，江西奉新人。光绪十年(1884)到长沙投军。1911年任清廷江南提督。武昌起义后，为表示忠于清王朝，所部禁剪辫子，被称为“辫子军”，他被称为“辫帅”。1917年6月，率“辫军”入京，拥戴十三岁的溥仪“登极”，史称“张勋复辟”或“丁巳复辟”。后被段祺瑞击败，逃入荷兰使馆。1923年在天津病死。

康有为 (1858～1927)：又名祖诒，字广厦，广东南海人，人称“康南海”。清光绪年间进士，官授工部主事。1895年，与梁启超发动“公车上书”，1898年，依靠光绪帝发动变法维新运动，受到镇压，逃亡出国。辛亥革命后回国鼓吹复辟帝制，被门徒拥戴为孔教会会长。1917年与张勋一道策划复辟，失败后躲入美国使馆藏身近半年。1927年病故。

梁启超 (1873～1929)：字卓如，号任公，广东新会人。1895年，赴京参加会试，与康有为发动“公车上书”。1898年到北京参加百日维新，失败后亡命日本。辛亥革命后组织进步党，拥护袁世凯，反对孙中山发动的“二次革命”，袁氏称帝后反袁。1916年末以后以讲学著述为主，任教清华，执掌北图。1929年1月19日在北平病故。

蔡元培 (1868～1940)：字鹤卿，号孑民，浙江绍兴人。光绪十六年(1889)进士。1904年创立光复会，1905年加入同盟会。辛亥革命后，任民国政府教育总长，后因不满袁世凯擅权而辞职，留学德国、法国。1916年回国，任北京大学校长。“1923年，因不满北洋政府辞职。后来曾任中央研究院院长。1940年在香港病逝。

章炳麟 (1869～1936)：字枚叔，后改名绛，号太炎，浙江余杭人。早年办报、讲学。1910年在日本成立光复会总部，任会长。辛亥革命后回国，曾任南京政府总统府高级顾问。1917年参加护法军政府，任副秘书长。“五四”运动后，在苏州主持章氏国学讲习所。晚年卜居上海。1936年病逝于苏州。

曹汝霖 (1877～1966)：字润田，上海人。早年留学日本。1913年任袁世凯政府外交次长，1916年任交通总长兼外长，后又任交通银行总理。1917年任段祺瑞内阁的交通总长，次年又兼财政总长。抗日战争时期，曾任伪华北临时政府最高顾问、华北政务委员会咨询委员。1949年去台湾，1966年8月4日在美国底特律病死。

陆徵祥 (1871～1949)：字子欣，上海人。同文馆毕业。清末曾任驻荷兰公使和驻俄公使。1912年任袁世凯政府国务总理和外交总长，后多次任北洋军阀政府外交总长。1919年出任巴黎和会中国总代表。1922年任驻瑞士公使，1927年去职。1949年在布鲁日城病故。

目录

第一回

揭大纲全书开始　乘巨变故老重来

民国史开篇，蔡氏有感而发，就『民主』、『共和』四字回溯民元十年的历程，讥其名不副实，算是奠定全书大纲。接着掉转笔头，由武昌举义，叙及清廷起用袁世凯节制全军。

鄂军起义，各省响应，号召无数兵民，造成一个中华民国。什么叫做民国呢？民国二字，与帝国二字相对待。从前的中国，是皇帝主政，所有神州大陆，但教属诸一皇以下，简直与自己的家私一般，好一代两代承袭下去。自从夏禹以降，传到满清，中间虽几经革命，几经易姓，究不脱一个皇帝范围。小子生长清朝，犹记得十年以前，无论中外，统称我国为大清帝国。到了革命以后，变更国体，于是将帝字废去，换了一个民字。帝字是一人的尊号，民字是百姓的统称。一人当国，人莫敢违，如或贤明公允，所行政令，都惬人心，那时国泰民安，自然至治。怎奈创业的皇帝，或有几个贤明，几个公允，传到子子孙孙，多半昏愦糊涂，暴虐百姓，百姓受苦不堪，遂铤而走险，相聚为乱，所以历代相传，总有兴亡。天下无不散的筵席，从古无不灭的帝家。近百年来，中外人士，究心政治，统说皇帝制度，实是不良，欲要一劳永逸，除非推翻帝制，改为民主不可。依理而论，原说得不错。皇帝专制，流弊甚多，若改为民主，虽未尝无总统，无政府，但总统由民选出，政府由民组成，当然不把那昏愦糊涂的人物，公举起来。况且民选的总统，民组的政府，统归人民监督；一国中的立法权，又属诸人民，总统与政府，只有一部分的行政权，不能违法自行，倘或违法，便是叛民，民得弹劾质问，并可将他捽去。这种新制度，既叫做民主国体，又叫做共和国体，真所谓大道为公，最好没有的了。

小子每忆起辛亥年间，一声霹雳，发响武昌，全国人士，奔走呼应，仿佛是痴狂的样儿。此时小子正寓居沪上，日夕与社会相接，无论绅界学界，商界工界，没一个不喜形于色，听得民军大胜，人人拍手，个个腾欢，偶然民军小挫，便都疾首蹙额，无限忧愁。因此绅界筹饷，学界募捐，商界工界，情愿歇去本业，投身军伍，誓志灭清，甚至娇娇滴滴的女佳人，也居然想做花木兰、梁红玉，组织什么练习团、竞进社、后援会、北伐队，口口女同胞，声声女英雄，闹得一塌糊涂。还有一班超等名伶、时髦歌妓，统乘此大出风头，借着色艺，醵赀助饷，看他宣言书，听他演说谈，似乎这爱国心，已达沸点，若从此坚持到底，不但衰微的满清容易扫荡，就是东西两洋的强国，也要惊心动魄，让我一筹呢。老天总算做人美，偏早生了一个孙中山，又生了一个黎黄陂，并且生了一个袁项城，趁这清祚将绝的时候，要他三人出来做主，干了一番惊天动地的事业，把二百六七十年的清室江山，一古脑儿夺还，四千六百多年的皇帝制度，一古脑儿扫清。我国四万万同胞，总道是民国肇兴，震铄今古，从此光天化日，函夏无尘，大家好安享太平了。

谁知民国元二年，你也集会，我也结社，各自命为政党，分门别户，互相诋诽，已把"共和"二字，撇在脑后，当时小子还原谅一层，以为破坏容易，建设较难，各人有各人的意见，表面上或是分党，实际上总是为公，倘大众竞争，辩出了一种妥当的政策，实心做去，岂非是愈竞愈进吗？无如聚讼哓哓，总归是没有辩清，议院中的议员，徒学了刘四骂人的手段，今日吵，明日闹，把笔墨砚瓦，做了兵械，此抛彼掷，飞来飞去，简直似孩儿打架，并不是政客议事，中外报纸，传为笑谈。那足智多能的袁项城，看议会这般胡闹，料他是没有学识，没有能耐，索性我行我政，管什么代议不代议，约法不约法，党争越闹得厉害，项城越笑他庸骙，后来竟仗着兵力，逐去议员，取消国会。东南民党，与他反对，稍稍下手，已被他四面困住，无可动弹，只好抱头鼠窜，不顾而逃。袁项城志满心骄，遂以为人莫余毒，竟欲将辛苦经营的中华民国，据为袁氏一人的私产。可笑那热中人士，接踵到来，不是劝进，就是称臣，向时倡言共和，至此反盛称帝制。斗大的洪宪年号，抬出朝堂，几乎中华民国，又变作袁氏帝国。偏偏人心未死，西南作怪，酝酿久之，大江南北，统飘扬这五色旗，要与袁氏对仗。甚至袁氏左右，无不反戈，新华宫里，单剩了几个娇妾，几个爱子，算是奉迎袁皇帝。看官！你想这袁皇帝尚能成事吗？皇帝做不成，总统都没人承认，把袁氏气得两眼翻白，一命呜呼。

副总统黎黄陂，援法继任，仍然依着共和政体，敷衍度日。黄陂本是个才不胜德的人物，仁柔有余，英武不足；那班开国元勋，及各省丘八老爷，又不服他命令，闹出了一场复辟的事情。冷灰里爆出热栗子，不消数日，又被段合肥兴兵致讨，将“共和”两字，掩住了“复辟”两字。宣统帝仍然逊位，黎黄陂也情愿辞职，冯河间由南而北，代任总统，段居首揆。西南各督军，又与段交恶，双方决裂，段主战，冯主和，府院又激成意气，弄到和不得和，战无可战，徒落得三湘七泽，做了南北战争的磨中心，忽而归北，忽而归南，扰扰年余，冯、段同时下野。

徐氏继起，因资望素崇，特地当选，任为总统。他是个文士出身，不比那袁、黎、冯三家，或出将门，或据军阀，虽然在前清时代，也曾做过东三省制军，复入任内阁协理，很是有点阅历，有些胆识；究竟他惯用毛锥，没有什么长枪大戟，又没有什么虎爪狼牙，只把那老成历练四字，取了总统的印信，论起势力，且不及段合肥、冯河间。河间病殁，北洋派的武夫系，自然推合肥为领袖，看似未握重权，他的一举一动，实有足踏神京、手掌中原的气焰。麾下一班党羽，组成一部安福系，横行北方，偌大一个徐总统，哪里敌得过段党。段党要什么，徐总统只好依他什么，勉勉强强地过了年余，南北的恶感，始终未除，议和两代表，在沪上驻足一两年，并没有一条议就，但听得北方武夫系，及辽东胡帅，又联结八省同盟，与安福系反对起来，京畿又做了战场，安福部失败，倒脸下台，南方也党派纷争，什么滇系，什么桂系，什么粤系，口舌不足，继以武力。咳！好好一座中国江山，被这班强有力的大人先生，闹到四分五裂，不可究诘，共和在哪里？民主在哪里？转令无知无识的百姓，反说是前清制度，没有这般瞎闹，暗地里怨悔得很。小子虽未敢作这般想，但自民国纪元，到了今日，模模糊糊的将及十年。这十年内，苍狗白云，几已演出许多怪状，自愧没有生花笔，粲莲舌，写述历年状况，唤醒世人痴梦。篝灯夜坐，愁极无聊，眼睁睁地瞧着砚池，尚积有几许剩墨，砚池旁的秃笔，也跃跃欲动，令小子手中生痒，不知不觉地捡出残纸，取了笔，蘸了墨，淋淋漓漓，潦潦草草地写了若干言，方才倦卧。明早夜间，又因余怀未尽，续写下去，一夕复一夕，一帙复一帙，居然积少成多，把一肚皮的陈油败酱，尽行发出。哈哈！这也是穷措大的牢骚，书呆子的伎俩，看官不要先笑，且看小子笔下的谰言！

话说清宣统三年八月十九日，湖北省会的武昌城，所有军士，竟揭竿起事，倡言革命。清总督瑞徵，及第八镇统制张彪，都行了三十六着的上着，溜了出去，逃脱性命。革命军公推统领，请出一位黎协统来，做了都督，黎协统名元洪，字宋卿；湖北黄陂县人，曾任二十一混成协统领。既受任为革命军都督，免不得抵拒清廷，张起独立旗，打起自由鼓，堂堂正正，与清对垒。第一次出兵，便把汉阳占住，武汉联络，遂移檄各省，提出“民主”两字，大声呼号。清廷的王公官吏，吓得魂飞天外，急忙派陆军大臣荫昌，督率陆军两镇，自京出发，一面命海军部加派兵轮，饬海军提督萨镇冰，督赴战地，并令水师提督程允和，带领长江水师，即日赴援。不到三五日，又起用故宫保袁世凯为湖广总督，所有该省军队，及各路援军，统归该督节制，就如荫昌、萨镇冰所带水陆各军，亦得由袁世凯会同调遣。看官！你想袁宫保世凯，是清朝摄政王载沣的对头，宣统嗣位，载沣摄政，别事都未曾办理，先把那慈禧太后宠任的袁宫保，黜逐回籍，虽乃兄光绪帝，一生世不能出头，多半为老袁所害，此时大权在手，应该为乃兄雪恨，但也未免躁急一点。袁宫保的性情，差不多是魏武帝，宁肯自己认错，闭门思过？只因载沣得势，巨卵不能敌石，没奈何退居项城，托词养疴，日与娇妻美妾，诗酒调情，钓游乐性，大有理乱不知、黜陟不闻的情状。及武昌起义，又欲起用这位老先生，这叫做退即坠渊，进即加膝，无论如何长厚，也未免愤愤不平，何况这机变绝伦的袁世凯呢？且荫昌是陆军大臣，既已派他督师，不应就三日内，复起用这位袁宫保，来与荫昌争权，眼见得清廷无人，命令颠倒，不待各省响应，已可知清祚不腊了。

清廷起用袁公的诏旨，传到项城，袁公果不奉诏，覆称足疾未愈，不能督师。载沣却也没法，只促荫昌南下，规复武汉。荫昌到了信阳州，竟自驻扎，但饬统带马继增等，进至汉口。黎都督也发兵抵御，双方逼紧，你枪我弹，对轰了好几次，互有击伤。萨军门带着海军，鸣炮助威，民军踞住山上，亦开炮还击，萨舰从下击上，非常困难，民军从上击下，却很容易。突然间一声炮响，烟迷汉水，把萨氏所领的江元轮船，打成了好几个窟窿，各舰队相率惊骇，纷纷逃散，江元舰也狼狈遁去，北军顿时失助，被民军掩击一阵，杀得七零八落，慌忙逃还。两下里胜负已分，民军声威大震。黄州府、沔阳州、宜阳府等处，乘机响应，遍竖白旗。到了八月三十日，湖南也独立了，清巡抚余诚格遁去。九月三日，陕西又独立了，清巡抚钱能训，自刎不死，由民军送他出境。越五日，山西又独立了，清巡抚陆钟琦，阖家殉难。嗣是江西独立，云南独立、贵州独立，民军万岁、民国万岁的声音，到处传响，警报飞达清廷，与雪片相似，可怜这位摄政王载沣，急得没法，只哭得似泪人儿一般。

内阁总理庆亲王奕劻，内阁协理大臣徐世昌，本是要请老袁出山，至此越加决意，同在摄政王载沣前，力保老袁，乃再命袁世凯为钦差大臣，所有赴援的海陆各军，并长江水师，统归节制。又命冯国璋总统第一军，段祺瑞总统第二军，也归袁世凯节制调遣。

老袁接着诏命，仍电复“足疾难痊，兼且咳嗽，请别简贤能，当此重任”等语。那时清廷上下，越加惶急，亟由老庆同徐世昌，写了诚诚恳恳的专函，命专员阮忠枢，赍至信阳，交与荫昌，令他亲至袁第，当面敦促。荫昌自然照办，即日驰往项城，与老袁晤谈，缴出京信，由老袁展阅。老袁瞧毕，微微一笑道：“急时抱佛脚，恐也来不及了。”荫昌又提出公谊私情，劝勉一番，于是老袁才慨然应允，指日起程。荫昌欣然告别，返到信阳州，即电达清廷。略曰“袁世凯已允督师，乱不足平，惟京师兵备空虚，自愿回京调度，藉备非常”等语。清廷即日颁旨，令俟袁世凯至军，即回京供职。这道命令下来，荫昌快活非常，乐得卸去重担，观望数日，便好脱罪。偏是前敌的清军，闻袁公已经奉命，亲来督师，没一个不踊跃起来，大家磨拳擦掌道：“袁宫保来了，我辈须先战一场，占些威风，休使袁公笑骂呢。”原来光绪季年，袁世凯曾任直隶总督，练兵六镇，布满京畿，如段祺瑞、冯国璋等，统是袁公麾下的将弁，素蒙知遇，感切肌肤，将弁如此，兵士可知。冯、段两人，当下商议，决定冯为前茅，段为后劲，与民军决一胜负。冯国璋即率第一军南下，横厉无前，突入滠口，民军连忙拦截，彼此接仗，各拼个你死我活，两不相下。嗣经萨镇冰复率兵舰，驶近战线，架起巨炮，迭击民军，民军伤毙无数，不得已倒退下来。冯军遂乘胜追杀，得步进步，直入汉口华界，大肆焚掠，好几十里的市场，都变做瓦砾灰尘。这时候的冯军，非常高兴，抢的抢，掳的掳，见有姿色的妇女，便搂抱而去，任情淫乐。正在横行无忌，忽接到袁钦差的军令，禁止他非法胡行，冯军方才收队，静待袁公到来。不到一日，袁钦差的行牌已到，当由冯国璋带着军队，齐到车站恭迎。不一时，专车已到，放汽停轮，国璋抢先趋谒，但见翎顶辉煌的袁大臣，刚立起身来，准备下车，见了国璋，笑容可掬。国璋行过军礼，即引他步下车台，两旁军队，已排列得非常整肃，统用军礼表敬。袁钦差徐步出站，即有绿呢大轿备着，俟他坐入，由军士簇拥而去。小子有诗咏袁钦差道：

奉命南来抵汉津，丰姿犹是宰官身。
试看翎顶遵清制，阃外争称袁大臣。

欲知袁钦差入营后事，且看下回说明。

前半回为全书楔子，已是借他人酒杯，浇自己块垒，满腹牢骚，都从笔底写出，令人开卷一读，无限欷歔。入后叙述细事，便请出袁项城来作为主脑，盖创始革命者为孙、黎，而助成革命者为袁项城，项城之与民国，实具有绝大关系，自民国纪元，以迄五年，无在非袁项城一人作用，即无非袁项城一人历史，故著书人于革命情事，已详见《清史演义》者，多半从略，独于袁氏不肯放过。无袁氏，则民国或未必成立；无袁氏，则民国成立后，或不致扰攘至今。成也萧何，败也萧何，吾当以此言转赠袁公。书中述及袁氏，称号不一，若抑若扬，若嘲若讽，盖已情见乎词，非杂出不伦，茫无定据也。

第二回

黎都督复函拒使　吴军统被刺丧元

袁世凯到达汉口，致书湖北革命军提督黎元洪，打算议和，黎氏复函拒绝。山西巡抚吴祯禄是革命军，离京最近，准备『上京革命』，却在途中被刺。

却说袁钦差世凯，既到汉口，当然有行辕设着，暂可安驻；入行辕后，不暇休息，即命冯国璋引导，周视各营，偶见受伤兵士，统用好语抚慰，兵士感激得很，甚至泣下。及袁钦差返寓行辕，各国驻汉领事，陆续拜会，谈及汉口焚掠情形，语多讥刺。袁钦差点首会意，待送客出营，便召国璋入辕，与他密语道："此次武汉举事，并不是寻常土匪，又不是什么造反，我闻他军律严明，名目正大，端的是不可小觑。前日荫大臣受命南下，路过彰德，曾到我家探问，我已料此番风潮，愈闹愈大，不出一月，即当影响全国，所以与荫谈及，临敌须要仔细，千万勿可浪战。今果不出所料，那省独立，这省也独立，警报到耳，已有数起。似你带兵到此，夺还汉口，想必杀掠过甚，以致各国领事，也有不平的议论，可见今日行军，是要格外谨慎哩。"国璋闻言，不由得脸色一红，半晌才答道："革命风潮，闹得甚紧，汉口的百姓，也欢迎革命，不服我军，若非大加惩创，显见我军没用，恐越发闹得高兴了。"袁钦差拈须微笑道："杀死几个小百姓，似乎是没甚要紧，不过现在时势，非洪、杨时可比，满人糊涂得很，危亡在即，可不必替他出力，结怨人民，且恐贻累外交，变生意外。据我的意见，不如暂行停战，与他议和，若他肯就我范围，何妨得休便休，过了一年是一年，且到将来，再作计较。"国璋道："宫保所嘱，很是佩服，但我军未经大捷，他亦未必许和呢。"袁钦差叹道："我本回籍养疴，无心再出，偏老庆老徐等，硬来迫我，没奈何应命出山。荫午楼脱卸肩仔，好翩然回京了。我却来当此重任，看来此事颇大费周折哩。”正说着，外面又递入廷寄，内称“庆亲王奕劻等，请准辞职，着照所请。庆亲王奕劻，开去内阁总理大臣，大学士那桐、徐世昌，开去协理大臣。袁世凯着授为内阁总理大臣。该大臣现已前赴湖北督师，着将应办各事，略为布置，即行来京组织内阁”等语。袁钦差瞧毕，递示国璋道：“没事的时候，亲贵擅权，把别人不放在眼里，目下时势日迫，却把千斤万两的担子，一层一层的，压到我们身上，难道他们应该安乐，我等应该吃苦吗？”言毕，咨嗟不已。国璋也长叹了好几声，瞯见老袁无言，方才别去。

袁钦差踌躇一会，方命随员具折，奏辞内阁总理；并请开国会，改宪法，下诏罪己，开放党禁等情。拜疏后，复闻上海独立，江苏独立，浙江独立，不禁眉头一皱，计上心来，当下令随员刘承恩，致书鄂军都督黎元洪，筹商和议。承恩与元洪同乡，当即缮写书信，着人送去。待了两日，并无复音；又续寄一函，仍不见答。清廷已下罪己诏，命实行立宪，宽赦党人，并拟定宪法信条十九则，宣誓太庙，颁告天下；且促袁世凯入京组阁，毋再固辞，所有湖广总督一缺，另任魏光焘。魏未到任以前，着王士珍署理。袁钦差得旨，拟即北上，启行至信阳州，再命刘承恩寄书黎督，缮稿已竣，已由自己特别裁酌，删改数行。其书云：

叠寄两函，未邀示复，不识可达典签否？顷奉项城宫保谕开：刻下朝廷有旨，一下罪己之诏，二实行立宪，三赦开党禁，四皇族不闻国政等因，似此则国政尚有可挽回振兴之期也。遵即转达台端，务宜设法和平了结，早息一日兵争，地方百姓，早安静一日。否则势必兵连祸结，不但荼毒生灵，糜费巨款，迨至日久息事，则我国已成不可收拾之国矣。况兴兵者汉人，受蹂躏者亦汉人，反正均我汉人吃苦也。弟早见政治日非，遂有终老林下之想，今因项城出山，以劝抚为然，政府亦有悔心之意，即此情理，亦未尝非阁下暨诸英雄，能出此种善导之功也。依弟愚见，不如趁此机会，暂且和平了结，且看政府行为如何？可则竭力整顿，否则再行设策以谋之，未为不可。果以弟见为是，或另有要求之处，弟即行转达项城宫保，再上达办理。至诸公皆大才榱桀，不独不咎既往，尚可定必重用，相助办理朝政也。且项城之为人诚信，阁下亦必素所深知，此次更不致失信于诸公也。并闻朝廷有旨，谅日内即行送到麾下，弟有关桑梓，又素承不弃，用敢不揣冒昧，进言请教，务乞示复，诸希爱照！

此书去后，仍然不得复音，接连是广西独立，安徽独立，广东独立，福建独立，风声鹤唳，草木皆兵，自武昌革命以来，先后不过三十日，中国版图二十二省，已被民军占去大半。当时为清尽命的大员，除山西巡抚陆钟琦外，只有江西巡抚冯汝骙，闽浙总督松寿，余外封疆大吏，不是预先逃匿，就是被民军拘住，不忍加戮，纵他出走。还有江苏巡抚程德全，广西巡扶沈秉堃，安徽巡抚朱家宝等，居然附和民军，抛去巡抚印信，竟做民军都督；甚至庆亲王的亲家孙宝琦，本任山东巡抚，也为民军所迫，悬起独立旗来，东三省总督赵尔巽，籍隶汉军，竟为国民保安会长，成了独立的变相；直隶滦州军统张绍曾，又荷戈西向，威逼清廷速改政体；新授山西巡抚吴禄贞，且拥兵石家庄，隐隐有攫取北京的异图。那时身入漩涡的袁钦差，恰也着急起来，再令刘承恩为代表委员，副以蔡廷干，同往武昌，与黎都督面议和约，自已决拟入都，整装以待。过了两日，方见刘、蔡二人，狼狈回来，急忙问及和议，二人相继摇首，并呈上复函，由袁披阅。其词云：

> 慰帅执事：迩者蔡、刘两君来，备述德意，具见执事俯念汉族同胞，不忍自相残害，令我钦佩。荷开示四条，果能如约照办，则是满清幸福。特汉族之受专制，已二百六十余年，自戊戌政变以还，曰改革专制，曰豫备立宪，曰缩短国会期限，何一非国民之铁血威逼出来？徐锡麟也，安庆兵变也，孚琦炸弹也，广州督署被轰也，满清之胆，早经破裂。然逐次之伪谕，纯系牢笼汉人之诈术，并无改革政体之决心。故内而各部长官，外而各省督抚，满汉比较，满人之掌握政权者几何人？兵权财权，为立国之命脉，非毫无智识之奴才，即乳臭未干之亲贵；四万万汉人之财产生命，皆将断送于少数满贼之手，是而可忍，孰不可忍？即如执事，岂非我汉族中之最有声望、最有能力之人乎？一削兵权于北洋，再夺政柄于枢府，若非稍有忌惮汉族之心，己酉革职之后，险有性命之虑。他人或有不知，执事岂竟忘之？自鄂军倡义，四方响应，举朝震恐，无法支持，始出其咸同故技，以汉人杀汉人之政策，执事果为此而出，可谓忍矣。
>
> 嗣又奉读条件，谆谆以立宪为言，时至二十世纪，无论君主国、民主国、君民共主国，莫不有宪法，特其性质稍有差异，然均谓之立宪。将来各省派员会议，视其程度如何，当采何种政体，其结果自不外立宪二字。特揆诸舆论，满清恐难参与其间耳。即论清政府叠次上谕所云，试问鄂军起义之力，为彰德高卧之力乎？鄂军倘允休兵，满廷反汉，执事究有何力以为后盾？今鄂军起义只匝月，而

响应宣告独立者，已十余省，沪上归并之兵轮及鱼雷艇，共有八艘，其所以光复之速而广者，实非人力之所能为也。我军进攻，窃料满清实无抵抗之能力，其稍能抵拒者，惟有执事，然则执事一身，系汉族及中国之存亡，不綦重哉！设执事真能知有汉族，真能系念汉人，则何不趁此机会，揽握兵权，反手王齐，匪异人任。即不然，亦当起中州健儿，直捣幽燕。苟执事真热心满清功名也，亦当日夜祷祝我军速指黄河以北，则我军声势日大一日，执事爵位日高一日，倘鄂军屈服于满清，恐不数日间，飞鸟尽，良弓藏，狡兔死，走狗烹矣。执事犯功高震主之嫌，虽再伏隐彰德而不可得也。隆裕有生一日，戊戌之事，一日不能忘也，执事之于满清，其感情之为如何？执事当自知之，不必局外人为之代谋。同志人等，皆能自树汉族勋业，不愿再受满族羁绊，亦勿劳锦注。

顷由某处得无线电，知北京正危，有爱新氏去国逃走之说，果如是，则法人资格丧失，虽欲赠友邦而无其权矣，执事又何疑焉？窃为执事计，闻清廷有召还之说，分二策以研究之：一清廷之召执事回京也，恐系疑执事心怀不臣，藉此以释兵权，则宜援“将在外君命有所不受”之例以拒之；二清廷果危急而召执事也，庚子之役，各国联军入京，召合肥入定大局，合肥留沪不前，沈几观变，前事可师。所惜者，合肥奴性太深，仅得以文忠结局，了此一生历史，李氏子岂能终无余憾乎？元洪一介武夫，罔识大义，惟此心除保民外，无第二思想，况执事历世太深，观望过甚，不能自决，须知当仁不让，见义勇为，无待游移。《孟子》云：“虽有智慧，不如乘势，虽有镃基，不如待时。”全国同胞，仰望执事者久矣，请勿再以假面具示人，有失本来面目，则元洪等所忠告于执事者也。余详蔡、刘二君口述，书不尽言，惟希垂鉴！

袁钦差阅毕，毫不动色，惟点了好几回头，瞩见刘、蔡二人尚站立在侧，便与语道：“他不肯讲和，也就罢了，我便要启程赴京，你两人收拾行李，一同北上，可好吗？”二人正在听命，忽由随役递呈名刺，报称第一军统领段祺瑞求见，袁钦差即命传入。彼此相见，行过了礼，祺瑞先开口道：“闻宫保已拟北上，祺瑞特来恭送，并乞指教。”袁钦差道：“革命风潮，闹得这么样大，看来是不易收拾。中外人心，又倾向革命，冯军一入汉口，稍行杀掠，各领事已有烦言，你想现在的事情，还好任情办去吗？”祺瑞道：“京中资政院，已奏请惩办前敌将帅，闻已交宫保查办，不知宫保究如何作复？”袁钦差微哂道：“一班老朽，晓得什么军情，华甫也太属辣手，我已向他交代过了。”祺瑞道：“可笑这吴禄贞，是革命党中健将，朝廷不知为何令抚山西，他带了山西革命军，还到石家庄，把京中输运的军火子弹，多半截留，反说是仰体朝廷德意，消弭战祸，保全和平，并请诛纵兵烧杀的将帅，以谢天下，这真是出人意料的事情。现闻已在途被刺，连首级都无从着落呢。”袁钦差不待说毕，便道：“这等人物，少一个，好一个，横直是乱世魔星，不足评论。”祺瑞听他言中有意，便不再说下去。但听袁钦差又与语道：“芝泉，你是我的故交，我此次被逼出山，又要赴京，你须要助我一臂哩。”祺瑞拱手道：“敢不惟命是听。”袁钦差道：“如此最好，我已要起程了。”当下与祺瑞携手出辕，上舆告别。祺瑞仍在后送行，一直到了车站，俟袁钦差舍舆登车，一去一留，方才分手。

看官听着！小子前著《清史演义》，于吴禄贞事未曾详叙，此书既从段祺瑞口中叙出，应该将吴事表明，补我从前缺略，且与袁项城亦隐有关系，更不能不特别从详。吴禄贞，字绶卿，湖北云梦县人，曾在湖北武备学堂肄业，由官费派学东洋。庚子拳乱，革命党人唐才常，发难汉口，禄贞方在日本学习士官，潜身归来，据住大通，为唐声援。唐败被杀，禄贞仍遁入日本，后投效东三省，大著才名，得操兵柄。寻为延吉厅边务大臣，与日本办理间岛交涉，精干明敏，日人不能逞，以功洊升副都统，未几任第六镇统制。他本蓄志革命，欲借着兵力，乘机举事，会鄂军起义，遂自请率军赴敌。清廷颇怀疑忌，令随荫昌南下，许荫昌便宜行事，如果察有异图，立杀无赦。禄贞以荫昌偕行，料知所愿难遂，乃托疾不往，嗣因滦州军威逼立宪，有指令禄贞往抚，禄贞到了滦州，却在军前演说，大致谓：“革命利益，满、汉均沾。”说得汉人非常赞成，就是军伍中有几个满人，也不觉被他感化，当下集众定议，入驻丰台，拟逼清帝逊位。不意清廷已有所闻，调集京奉路线列车，留京待命，一面令禄贞移剿山西。禄贞因计不得行，乃率部众赴石家庄，自己轻车简从，径入山西省城，与山西民军会商，拟纠合燕晋诸军，协图北京，且截取清军南下的辎重，作为自己的军需。匆匆返石家庄，偕詹随员在车中拟稿，只说是山西就抚，电达清廷。甫到车站，突有兵士上车，向禄贞屈膝道贺。禄贞见兵士肩章，书第十二协字样，坦然不疑；正欲启问，那兵士从靴内拔出匕首，向前直刺。禄贞忙离座格拒，詹又大呼乞救，不防兵士愈来愈众，各持枪攒击禄贞，禄贞虽然骁勇，究竟敌不住多人；况且枪弹无情，扑通扑通的数声，已将一位革命的英雄，送入鬼门关去，头颅都不知下落。詹随员逃避不及，也吃了好几个卫生丸，与吴统制同登冥箓。

看官！这第十二协军队，究系何人统辖？原来就是吴禄贞部下的军队，协统叫做周符麟，与禄贞含有宿嫌，禄贞本奏请黜周，公牍上陈，偏遭部驳，周仍虚与委蛇，至是竟遣旗兵刺死禄贞。所谓："由清军谘使良弼，遗周二万金，令他把禄贞刺死，免滋后患。"所谓："为袁钦差所忌，恐他先入京师，独操胜算，转令自己反落人后，无从做一番事业，所以密嗾周符麟，除去一个好敌手。"后人编著《民国春秋》，尝于辛亥年九月十六日，大书特书道："袁世凯使人暗杀吴禄贞于石家庄。"小子也不暇深考。但有一诗吊吴军统云：

拼将铁血造中原，勇士何妨竟丧元？

但若暴徒非虏使，石家庄上太含冤。

吴军统已死，袁钦差即启程北上，京内的王公大臣，都额手称庆，差不多似救命王到来。欲知后事，试看下回。

冯、段二人，是项城心腹，故本书开始，即将二人特别提出。微冯、段，项城固无自逞志也。若与黎都督议和，项城不过暂时敷衍，并非当时要着，但黎督复书，实已如见项城肺腑，推项城之意，亦必谓黄陂实获我心，特未尝明言耳。刘书毫无精彩，不过与黎书互有关系，故特附录，明眼人自能知之。至吴禄贞之被刺，是否由项城主使，至今尚无实证，惟《大同报》所载之《民国春秋》，已归咎袁氏，想彼或有所见，并非曲意深文。吴谋若行，则北京早下，清帝亦早逊位，何待项城上台，今日之民国，或较为振刷，亦未可知，是著书人之特载吴禄贞，固具有微意，不第补前著《清史演义》之阙已也。

第三回

奉密令冯国璋逞威 举总统孙中山就职

袁世凯回北京任了清朝总理，留冯国璋在汉口进攻武昌，战况惨烈，还亏英人调停才得停战。孙中山由海外回国，在上海被选为临时大总统，接着在南京就职，中华民国诞生。

却说京内官民，闻袁钦差到京，欢跃得什么似的，多半到车站欢迎。袁钦差徐步下车，乘舆入正阳门，当由老庆老徐等，极诚迎接，寒暄数语，即偕至摄政王私邸，摄政王载沣，也只好蠲除宿嫌，殷勤款待。老袁确是深沉，并没有什么怨色，但只一味谦逊，说了许多才薄难胜等语。急得摄政王冷汗直流，几欲跪将下去，求他出力。老庆老徐等，又从旁怂恿，袁乃直任不辞，即日进谒隆裕后，也奉了诚诚恳恳的面谕，托他斡旋。袁始就内阁总理的职任，动手组织内阁，选用梁敦彦、赵秉钧、严修、唐景崇、王士珍、萨镇冰、沈家本、张謇、唐绍怡、达寿等，分任阁员，并简放各省宣慰使，拣出几个老成重望，要他充选。看官！你想当四面楚歌的时代，哪个肯来冒险冲锋，担此重任？除在京几个人员无法推诿外，简直是有官无人。而且海军舰队，及长江水师，又陆续归附民军，听他调用，那时大河南北，只有直隶、河南两省，还算是没有变动。大江南北，四川又继起独立，完全为民军所有。只南京总督张人骏，将军铁良，提督张勋，尚服从清命，孤守危城。江苏都督程德全，浙江都督汤寿潜，又组织联军，进攻南京。上海都督陈其美，且号召兵民，一面援应江、浙联军，一面组合男女军事团，倡义援鄂。枕戈待旦，健男儿有志复仇。市鞍从军，弱女子亦思偕作。彼谈兵，此驰檄，一片哗噪声，遥达北京，已吓得满奴倒躲，虏气不扬。

袁总理迭接警耗，默想民军方面，嚣张得很，若非稍加惩创，民军目中，还瞧得起我吗？我要大大地做番事业，必须北制满人，南制民军，双方归我掌握，才能任我所为。计划既定，便与老庆商议，令他索取内帑，把慈禧太后遗下的私积，向隆裕后逼出，隆裕后无法可施，落了无数泪珠儿，方将内帑交给出来，袁总理立饬干员，运银至鄂，奖励冯国璋军，并函饬国璋力攻汉阳。国璋得了袁总理命令，胜过皇帝诏旨，遂慷慨誓师，用全力去争汉阳。汉阳民军总司令黄兴，系湖南长沙县人，向来主张革命，屡仆屡起，百折不挠。黎都督元洪，与他素未识面，及武汉鏖兵，他遂往见黎督，慨愿前驱，赴汉杀虏。是夕，即渡江抵汉阳，汉阳民军，与清军酣战已有多日，免不得临阵伤亡，队伍缺额，就令新募兵充数。新兵未受军事教育，初次交锋，毫无经验，一味乱击，幸清军统冯国璋，守着老袁训诫，未敢妄动，所以相持不决。至袁令一下，他即率军猛进，围攻龟山。民军总司令黄兴，督师抵敌，连战两昼夜，未分胜负。不意冯军改装夜渡，潜逾汉江，用着机关大炮，突攻汉阳城外民军。民军猝不及防，纷纷倒退。黄兴闻汉阳紧急，慌忙回援，见汉阳城外的要害，已被清军占住，料知汉阳难守，竟一溜烟地逃入武昌。龟山所有炮队，失去了总司令，未免脚忙手乱，一时措手不迭，便被冯军夺去。汉阳城内，随即溃散，眼见得城池失守，又归残清。等到武昌发兵往援，已是不及，黎都督不免懊悔，但事已如此，无可奈何，只得收集汉阳溃军，加派武昌生力军，沿江分驻，固守武昌。黄兴见了黎督，痛哭移时，拟只身东行，借兵援鄂，黎督也随口照允，听他自去。

这时候的冯国璋，已告捷清廷，清廷封国璋二等男，国璋颇也欣慰，便拟乘胜再下武昌，博得一个封侯拜相的机会。当下派重兵据住龟山，架起机关大炮，轰击武昌。武昌与汉阳，只隔一江，炮力亦弹射得着，幸亏武昌兵民，日夕严防，就是有流弹抛入，尚不过稍受损伤，无关紧要；沿江上下七十余里，又统有民军守着，老冯不能飞渡。只汉阳难民，渡江南奔，船至中流，往往被炮弹击沉，可怜这穷苦百姓，断股绝臂，飘荡江流；还有一班妇女儿童，披发溺水，宛转呼号，无从乞救，一个一个地沉落波心，葬入鱼鳖腹中。各国驻汉领事，见了这般惨状，也代为不平，遂推英领事出为介绍，劝令双方停战。国璋哪肯罢休，只说须请命清廷，方可定夺，一面仍饬兵开炮，蓬蓬勃勃的，放了三日三夜，还想发兵渡江，偏偏接到袁总理命令，嘱他停战，冯国璋一团高兴，不知不觉的，销磨了四五分，乃照会英领事，开列停战条件，尚称："民军为匪党。"并有"匪党须退出武昌城十五里，及匪党军舰的炮闩，须一概卸下，交与介绍人英领事收存”等语。英领事转达黎督，黎督复交各省代表会公决。

原来独立各省，已各举代表，齐集湖北，拟组织临时政府，以便对内对外，本意是择地武昌，因武昌方在备兵，不得安居，暂借汉口租界顺昌洋行，为各省代表会会所。各省代表，见了冯国璋停战条款，统是愤懑交加，不愿答复。嗣恐英领事面子过不下去，乃想出一个用矛制盾的法儿，写了几条，作为复词。内开虏军须退出汉口十五里以外，及虏军所据的火车，应由介绍人英领事签字封闭。这种绝对不合的条款，怎能磋磨就绪？惟老冯也不好再战，暂行停炮勿攻，待有后命，再定计议。忽接到江南急电，江督张人骏将军铁良提督张勋等，统弃城出走，南京被民军占去。接连又奉袁总理电命，停战十五日。于是按兵不动，彼此夹江自守，暂息烽烟。

小子且将南京战事，续叙下去。江督张人骏，本也是个模棱人物，只因铁良是满人，始终辅清，张勋虽是汉族，却因受清厚恩，不敢背德，定欲保全江宁，对敌民军，所以各省纷纷独立，惟南京服从清室，毫无变志。江南第九镇统制徐绍桢，时已反抗清廷，任为宁军总司令，发兵攻击南京，初战不利，退回镇江，旋经浙军司令朱瑞，苏军司令刘之洁，镇军司令林述庆，沪军司令洪承点，济军司令黎天才，齐集镇江，与宁军一同出发，再捣南京，张勋却也能耐，带着十八营防军，与联军交战数次，互有杀伤。嗣因联军分头进攻，一个效忠清室的张大帅，顾东失西，好似一个磨盘心，终日在南京城下，指麾往来，闹得人困马乏，急忙电达袁总理，请他速发援兵。谁知这袁总理并无复音，再四呼吁，终不见报。未几，济军占领乌龙山、幕府山，浙军亦占领马群孝陵卫一带；又未几，浙军复进夺紫金山，会同镇军沪军，攻克天保城。张勋屡战不利，反丧了统领王有宏，没奈何退入朝阳门，专令城内狮子山守兵，开炮击射联军。哪知狮子山上的兵士，已有变志，所发诸炮，都是向空乱击，毫无效力，城外最要紧的雨花台，又被苏军夺去。张勋力竭计穷，先嘱爱妾小毛子，收拾细软，由部众拥护出城，自己亦率了残兵二千人，与张人骏、铁良等开了汉西门，乘夜走脱，联军遂拥入南京城，欢呼不已。南京踞长江下游，倚山濒水，向称为龙盘虎踞的雄都，民军席卷长江，必须攻克南京，才得作为根本重地。适值汉阳为清军所得，两方面胜负相同，各得对等资格，那时和议问题，方好就此着手了。

袁总理世凯，与清摄政王载沣，面和心不和，便乘此下手，欲逼载沣退归藩邸，但形式上不便强逼，只把重大的问题，推到载沣身上去，自己不肯做主。载沣实担架不起，情愿辞职归藩。庆亲王奕劻，虽已罢去总理，遇着紧要会议，总要召他与闻，他便在隆裕后面前，力保袁总理能当重任，休令他人掣肘。隆裕后究是女流，到了没奈何时候，明知袁总理未必可靠，也只好求他设法，索性退去摄政王，把清廷一切全权，托付袁总理。袁总理遂命尚书唐绍怡，做了议和代表，且与唐密商了一夜，方令启程南下。各省代表会，闻北代表南来，公推伍廷芳为民军代表，酌定上海地点，与北代表会议。两下里只约停战，未及言和。那革命党大首领孙文，已从海外回国，来任临时总统，开创一个中华民国出来。

孙文字逸仙，号中山，广东香山县人，少时入教会学堂读书，吸受欧化，目击清政日非，遂倡言革命；嗣复往来东西洋，结合中国游学生，组织同盟会，一心与满清为难，好几次运动革命，统归失败。至是民军起义，把中国二十二省的舆图，得了三分之二，不禁宿愿俱慰，奋袂回国。看官试想！中国革命，全是他一人发起的效力，此番功成回来，宁有不受人欢迎吗？

先是黄兴到沪，拟召江、浙军援鄂，会因鄂军与清军议和，彼此停战，乃将援鄂事暂行搁起。至南京已下，各省代表，均自汉口移至南京，道出沪上，拟选举正副元帅，为他日正副总统根本。当下开会公举，黄兴得票最多，当选为大元帅，黎元洪得票，居次多数，当选为副元帅，哪知江、浙联军，啧有烦言，多半谓汉阳败将，怎能当大元帅的职任？况黎都督是革命功首，反令他屈居副座，如何服人？遂纷纷电达沪渎，不认黄兴为大元帅。各省代表，束手无策，只好再行酌议，拟将黎、黄两人易一位置。黄兴闻联军不服，即日离沪，只致书各省代表，力辞大元帅当选，并推举黎元洪为大元帅。各代表得了此书，乐得顺风驶帆，以大元帅属黎，副元帅属黄，惟会议时有一转文，黎大元帅暂驻武昌，可由副元帅代行大元帅职权，组织临时政府。公决后，即由各代表派遣专足，欢迎副元帅移节江宁，一面与行政机关接洽，在江宁预设元帅府，专待黄副元帅到来。不意黄副元帅竟尔固辞，至再三敦促，仍然未至。有几个革命党人，与黄兴素来莫逆，竟跑入代表会所，狂呼乱叫，拍案痛詈，略称："举定的正副元帅，如何易置？显是看轻我会中好友，你等名为代表，试为设身处地，一位大元帅，骤然降职，尚有面目来宁，组织临时政府吗？"说得各代表俯首无言，待他舌干口渴，方设词劝慰，将他请出。党人恨恨而去。

各代表忍气吞声，面面相觑。忽闻孙中山航海到来，已抵吴淞口，大众方转忧为喜，即开了一个欢迎会，去迓中山——中山于十一月初六日到沪。遂把大元帅副元帅的问题，搁过一边，一心一意的推举孙中山为临时大总统。初十日开会投票，每省代表，一票为限，奉天代表吴景濂，直隶代表谷钟秀、张铭勋，河南代表李槃，山东代表谢鸿焘，山西代表景耀月、李素、刘懋赏，陕西代表张蔚森、马步云，江苏代表袁希洛、陈陶怡，安徽代表许冠尧、王竹怀、赵斌，江西代表林子超、赵士壮、王有兰、俞应麓、汤漪，浙江代表汤尔和、黄群、陈时夏、陈毅、屈映光，福建代表潘祖彝，广东代表王宠惠、邓宪甫，广西代表马君武、章勤士，湖南代表谭人凤、邹代藩、廖名搢，湖北代表马伯援、王正廷、杨时杰、胡瑛、居正，四川代表萧湘、周代本，云南代表吕志伊、张一鹏、段宇清，联翩到会，依法投票。开箱检视，总数只有十七票，倒有十六票中，端端正正的，写着孙文二字，大众欢呼中华共和万岁三声，自是中华民国临时总统，产生大陆，成为开辟以来第一次创局。孙文辞无可辞，勉允就职，当准于辛亥年十一月十三日，即阳历新正月一日，为临时总统莅任，中华民国纪元的吉期。先是鄂军起义，用黄帝纪元，因黄帝为汉族远祖，兴汉排满，不得不溯源黄帝，所以檄文起首，称为黄帝纪元四千六百零九年；至造成民国，拟联合汉、满、蒙、回、藏五族，成一大中华，不应再存种族的形迹，乃改用民国纪元。且因世界各国，多用阳历，也只好随众变通，藉便交际；可巧总统选出，又适当阳历残年，为此种种理由，才有此特别更改。话休烦叙。

且说中华民国元年元月元日，当选临时大总统孙文，由沪上乘着专车，赴宁受职，火车上面，遍悬五色旗，随风送迎。这五色旗寓着五族共和的意义，系江、浙联军光复南京后，由都督程德全，及湖南志士宋教仁等，创造出来，后来遂定为国徽。是日午前，车抵南京，政学军各界，统到车站欢迎，驻宁各国领事，亦到来迎接。各炮台，各军舰，各鸣炮二十一门，表示欢忱。孙文下车，便改乘马车至临时总统府，即日行就职礼。各省代表暨海陆军代表齐集，军乐声和欢呼声、舞蹈声和成一片。待众声稍止，乃由孙文宣读誓词，词曰：

> 倾覆满州专制政府，巩固中华民国，图谋民生幸福。此国民之公意，文实遵之，以忠于国。至专制政府既倒，国内无变乱，民国卓立于世界，为列邦公认，文当解临时大总统之职，谨以此誓于国民。

各省代表，因他宣誓已终，遂捧授大总统印信，由孙文接受加仪，那时宁军总司令徐绍桢，又由各代表公推，令进箴颂，乃琳琳琅琅地宣读起来，正是：

> 元首退居公仆列，国民进做主人翁。

欲知所读何词，且至下回续叙。

本回所叙各事，多载入《清史演义》，而此复复述者，以事关重大，《清史演义》中不可无是文，《民国演义》中，尤不可无是文也。妙在事实从同，运笔不同，两两对勘，不嫌重复，反增趣味，且有彼详此略、彼略此详诸异点，置诸《清史演义》宜如彼，置诸《民国演义》宜如此，此妙手之所以不涉拘墟也，阅者鉴之，应不河汉余言。

第四回

复民权南京开幕　抗和议北伐兴师

此回先就大总统就职仪式及政府人员及政纲叙过，即写南北议和。袁世凯先是反对共和，调兵遣将，后是要孙中山让位才肯赞成共和，孙中山顾全大局，慨然答允。

却说宁军司令徐绍桢，因临时大总统孙文就职，遂由各省代表委托，转达民意，朗读颂词道：

维汉曾孙失政，东胡内侵，淫虐猾夏，帝制自为者垂三百年，我皇汉慈孙，呻吟深熟，慕法兰西、美利坚人平等之制，用是群视众策，仰视俯画，思所以倾覆虐政，恢复人权，乃断头揕胸，群起号召，流血建义，续法、美人共和之战史。今三分天下，克复有二，用是建立民国，期成政府，拣选民主，推置总统。佥意能尊重共和，宣达民意，惟公贤；廓清专制，巩卫自由，惟公贤；光复禹域，克定河朔，举汉、满、蒙、回、藏群伦，共覆于平等之政，亦惟公贤。用是投匦度情，征压纽之信，众意所属，群谋佥同。既协众符，欢欣拥戴。要知我国民久困钤制，疾首蹙额，望民主万岁，今当公轩车莅任，苍白扶杖，子女加额，焚香拥彗，感激涕零者何也？忭舞自由，敦重民权也，用是不吝付四百兆国民之太阿，寄二亿里山河之大命，国民之委托于公者，亦已重哉。继自今惟公翼翼，毋违宪法，毋拂舆意，毋任威福，毋崇专断，毋昵非德，毋任非才，凡我共和国民，有不矢忠矢信，至诚爱戴，轩辕、金天，列祖列宗，七十二代之君，实闻斯言。代表等受国民委托之重，敢不尽意，谨致大总统玺绶，俾公发号施令，崇为符信，钦念哉！

读毕，由孙大总统答词，略谓：“当竭尽心力，勉副国民公意。”各代表及海陆军代表，又欢呼中华民国万岁，中华民国共和万岁，中华民国四万万同胞万岁。两阶军乐，又镗镗地奏了一回，然后大众鞠躬告别。过了三天，再选举副总统，黎都督元洪当选；复着手组织内阁，暂仿美国成制，不设总理，先集各代表议定法度，分作九部，每部设总长一人，次长一人，由孙总统提出望重名高的人物，请代表团投票取决，得多数同意，乃经总统委任。此次是中华民国第一次组织内阁，当任黄兴为陆军总长，蒋作宾为次长；黄钟瑛为海军总长，汤芗铭为次长；伍廷芳为司法总长，吕志伊为次长；陈锦涛为财政总长，王鸿猷为次长；王宠惠为外交总长，魏宸组为次长；程德全为内务总长，居正为次长；蔡元培为教育总长，景耀月为次长；张謇为实业总长，马和为次长；汤寿潜为交通总长，于右任为次长。政府的行政机关，已经组成，乃由各代表组织参议院，每省中选出三人，公议法律，作为中华民国的立法机关。

政法两项，并行不悖，先择民国最要紧的条件提出施行。第一件是外交，由临时大总统咨照各国，凡革命以前，清政府所欠外债，归民国承认偿还，从前中外约款，仍然履行，各国侨民，一体保护，信教悉许自由，外人得此照会，却也悦服。第二件是内治，下剪辫令，改拜跪礼，所有从前大人老爷的称呼，以及山、陕教坊乐籍，与浙绍惰民丐籍及浙、闽棚民，广东蜒户等，一体革除，实行共和制度，撤销阶级。至若刑法一端，虽已设司法部，一时未及编制，且因军务未竣，暂行军律，由陆军总长颁布临时军律十二条，凡任意掳掠、强奸妇女、焚杀平民，及未奉长官命令，擅封民房财产、硬夺良民财物等五条，最为大罪，犯即枪毙。勒索强买，与私斗伤人，这二条论情抵罪。还有五条，是私入良民家宅、行窍赌博、纵酒行凶，及各种滋扰情形，均酌量罚办。此外一切政策，由各部总长颁布意见，逐渐进行。惟教育一项，至应改良，所有大小所堂，改名学校，各种教科书，饬各书局及各校教员，酌量编辑，小学校中准男女同学，期合共和宗旨。其余各节，亦略有变通，小子也不及细述了。

惟是满清政府，尚兀立北京，直隶、河南，未曾独立；山东旧抚孙宝琦，忽附和民军，忽服从清室，仿佛有两张面孔，两副心肠；还有辽东三省，也是首鼠两端；西域的新疆省，及内外蒙古、青海、西藏三部，路途遥远，声息未通；就是一早光复的山、陕两省也被清军袭击，屡电达南京政府，火速乞援。临时大总统孙文，及九部阁员，不得不亟筹统一的办法。

时清议和代表唐绍怡，与民军代表伍廷芳，已会议了好几次，伍代表先提出和议大纲，约有四条：一是废除满清政府；二是建立共和政府；三是优给清帝岁俸；四是满人除在新政府效力外，凡年老穷苦的人，均优给赡养。这数条说将出来，与唐代表意不相合。唐代表受着清廷命令，南下议和，就是有志共和，一时也不便推倒满清，遂与伍代表辩驳数次，仍主张君主立宪。伍代表当然不允，嗣经彼此磋磨，定了一个通融的法儿，拟立时召集国会，将君主民主问题，付诸公决，当由双方签字。再议国会办法，及开会地点，伍主上海，唐主北京；伍主每省选派代表三人，唐初意未协，旋亦照允，惟地点尚未议定，电达袁总理定夺。袁总理复电，不特反对上海开会，并云："各省代表，只有三人，不足取信大众。唐使不候电商，径行允协，未免越权，本总理碍难承认。"云云。看官试想！唐使南来，明明是袁总理的全权代表，当两代表相见时，已经换验文凭，确有全权字样。乃因这国会人数，由唐签定，竟遭袁总理驳斥，还有什么全权可言？唐代表即日辞职，由袁总理致电伍廷芳，直接议和。正在辩论的时候，忽闻南京已组织新政府，选孙文为临时大总统，黎元洪为临时副总统，不由得惊动了老袁，立即电达南方，诘问伍代表。略云：

> 国体问题，由国会解决，现正商议正当办法，自应以全国人民公决之政体为断。乃闻南京忽已组织新政府，并孙文受任总统之日，宣示驱逐满清政府，是显与前议国会解决问题相背，特诘问此次选举总统，是何用意？设国会议决为君主立宪，该政府暨总统，是否立即取消？务希电复！

伍代表接到此电，亦拟就复稿，拍致袁总理道：

> 现在民军，光复十七省，不能无统一之机关，在国民会议未议决以前，民国组织临时政府，选举临时大总统，此是民国内部组织之事，为政治上之通例。若以此相诘，请还问清政府，国民会议未决以前，何以不即行消灭，何以尚派委大小官员？又前与唐使订定，谓国民会议，取决多数，议决之后，两方均须依从。来电所诘问者，请还以相诘，设国会议决为共和立宪，清帝是否立即退位？亦希答复为盼！

袁总理瞧这电文，免不得气愤起来，当下四处拍电，饬新授山西巡抚张锡銮，速带三镇全军，往攻娘子关，进窥太原；故陕督升允，由甘肃募军，由平凉窥陕西乾州；再调河南清军，西薄陕西潼关；皖北清藩倪嗣冲，进驻颍亳；南京败逃的提督张勋，由徐州招集散军，攻入宿州，随处牵制民军，大有以力服人的威势。

暗中却仍令唐绍怡，寓居沪上，作局外的调停，仍与伍代表密商，不使南北决裂。南京政府，颇有些为难起来，各省代表团，恐临时政府为和议所误，行文严诘，日促进兵。山西都督阎锡山，又飞书求救，接连是娘子关失守，太原失守，数次警电，络绎传来。陕西潼关民军，始挫终胜，虽幸得击退清军，究竟还是危险，也屡电告急，皖、徐一带，又有不安的消息，于是南京政府，揭示进兵的方法，派鄂、湘民军，为第一军，向京汉铁路前进；宁、皖民军为第二军，向河南前进，与第一军约会开封、郑州间；淮阳民军为第三军，烟台民军为第四军，向山东前进，约会济南；秦皇岛合关外各民军为第五军，山、陕民军为第六军，向北京前进，若第一二三四军进行顺手，即与第五六军会合，共捣虏廷。再由临时大总统孙文，檄告北方将士，其文云：

民国光复，十有七省，义旗虽举，政体未立，凡对内对外诸问题，举非有统一之机关，无以达革新之目的，此临时政府，所以不得不亟为组织者也。文以薄德，谬承公选，效忠服务，义不容辞，用是不揣绵薄，暂就临时之任，藉维秩序而图进行，一俟国民会议举行之后，政体解决，大局略定，敬当逊位，以待贤明。区区此心，天日共鉴。凡我同胞，备闻此言。惟是和平虽有可望，战局尚未终结，凡我籍隶北军诸同胞，同是汉族，同为军人，举足重轻，动关大局，窃以为有不可不注意者数事，敢就鄙意，为我诸同胞正告之：此次战事迁延，亦既数月，涂炭之惨，延亘各地，以满人窃位之私心，开汉族仇杀之惨祸，操戈同室，贻笑外人，我诸同胞不可不注意者此其一；古语云："民之所欲，天必从之。"是知民心之所趋即国体之所由定也，今禹域三分光复逾二，虽有孙、吴之智，贲、育之勇，亦讵能为满廷挽既倒之狂澜乎？我诸同胞不可不注意者此其二；民国新成，时方多事，执干戈以卫社稷，正有志者建功树业之时，我同胞如不明烛几先，即时反正，他日者，大功既定，效用无门，岂不可惜？我诸同胞不可不注意者此其三。要之义师之起，应天顺人，扫专制之余威，登国民于衽席，此功此责，乃文与诸同胞共之者也。如其洞观大势，消释嫌疑，同举义旗，言归于好，行见南北无冲突之忧，国民蒙共和之福；国基一定，选贤任能，一秉至公，南北军人，同为民国干城，决无歧视。我诸同胞当审斯义，早定方针，无再观望，以贻后日之悔，敢布腹心，惟图利之！

为这一篇宣告书，北方将士，亦蠢蠢欲动，南方各省都督，更跃跃欲战，军书旁午，战电纷驰，北伐北伐的声音，喧腾大陆，且把袁世凯骂得一文不值，不是说他满奴，就是詈他汉贼；肄业学校的学生，也情愿抛书辍学，倡合一个北伐团；醉心文明的女子，又情愿浣粉洗脂，组成一党北伐队；还有学生卫兵，女子精武军，及男女赤十字会，名目繁多，数不胜数。就是梨园名角，楚馆歌娼，也想卸下这优孟衣冠，跳脱那平康贱里，投入什么北伐团、北伐队，去当一会北伐英雄、北伐英雌。端的是乘盾为荣，执桴而起，班超投笔，大丈夫安用毛锥？木兰从征，新国民休轻巾帼。似乎直捣黄龙，指顾间事。各国侨商，见时势危迫，恐碍商务，大众联名发电，直致清廷，要求他早改国体，安定大局。偏清亲贵载涛、载洵、载泽、溥伟、善耆与良弼、铁良等，结成一个宗社党，极端反对民军，一意主战，且有宁赠友邦，不给汉人的呆话。当下开了几次会议，把变更国体的问题，暂不愿行，任他如何请求，如何决裂，只有背城借一，与国存亡。良弼尤为激烈，力请隆裕太后，易和为战，并斥袁总理负国不忠，立应罢斥。隆裕后踌躇未决，袁总理已得着信息，即奏请辞职退居。复旨尚未下来，甘肃、新疆，已递到警报，甘肃总督长庚，新疆将军志锐，均被革命军杀死，接连是蒙古活佛、西藏喇嘛，也宣布独立，把清廷简放的驻守大臣，一律驱逐出境。

看官！你想隆裕太后，生平虽几经患难，要没有这般危急，当此一夕数惊，哪得不令她吓煞？左思右想，无可奈何，只好去请老庆商量。老庆心目中，只有一个袁世凯，仍是坚持原议，并把曾国藩封侯故事，引述一番。隆裕后以满清宗室，总要算老庆阅历最深，比不得一班粗莽少年，空说大话，毫无实用。当下令老庆往留老袁，且封袁一等侯爵。袁总理不愿就封，并整顿行装，似乎要归去的模样，急得老庆苦口挽留，才得他勉强应允，惟侯爵决不肯受。俟老庆别后，沉吟了好半晌，乃自拟密电，飞寄唐绍怡，唐接电后，往谒伍代表，谈及老袁密电中事。伍代表复转电孙总统，孙总统微微一笑，遂命秘书拟好电文，即致袁总理道：

> 北京袁总理鉴：文前日抵沪，诸同志属组临时政府，文义不容辞，只得暂时担任。公方以旋乾转坤自任，即知亿兆属望，惟目前地位，尚不能不引嫌自避，故文暂时承乏，而虚位以待之心，终可大白于将来。望早定大计，以慰四万万人之渴望。

原来袁总理的密电中，是要孙中山让位与他，他才肯赞成共和，推翻清室，做一出民国开幕的新戏。孙中山顾全大局，竟坦白无私，甘心让位。于是这位袁总理，遂放胆做去，演出许多把戏来。曾记得古诗一首，很好移赠老袁，诗句便是：

> 周公恐惧流言日，王莽谦恭下士时。

若是当年身便死，一生真伪有谁知？

毕竟袁总理如何处置，且待下回表明。

南北议和，而孙中山航海来华，即组织临时政府，似乎行之太急，然非有此仓猝之组织，则选议员、开国会，待诸何时？延长一日，则中国即不安一日，且若国会果成，南北必大肆运动，不免有道旁筑室之嫌，此组织南京政府，不可谓非南方党人之捷足也。唐代表议和被斥，即行辞职，看似袁、唐暗中冲突，实仍一致进行。袁总理心中，本挟一惟我独尊之见，意欲借共和捷径，为皇帝之过渡，既避篡逆之恶名，复得中外之美誉，种种作用，无非期达目的，唐代表辈，实为所利用耳。北伐一段，写得如火如荼，初不值老袁一哂。孙中山之甘心让位，亦知南北之未必相敌，经著书人一一叙来，不但事实了然，即如各人心理，亦跃然纸上。

第五回

彭家珍狙击宗社党　段祺瑞倡率请愿团

袁世凯得计变调讲共和，段祺瑞结结实实上了两封联名请愿书，再加清宗室有人遇刺，隆裕太后无奈，只好招袁总理入宫议和。

却说临时大总统孙文，致电袁世凯，有虚位以待等语。袁总理才放下了心，只表面上不便遽认，当复致一电道：

孙逸仙君鉴：电悉。君主共和问题，现方付国民公决，无从预揣。临时政府之说，未敢预闻。谬承奖诱，愧不克当。惟希谅鉴为幸！

这电文到了南京，孙总统又有复电云：

电悉。文不忍南北战争，生灵涂炭，故于议和之举，并不反对。虽君主民主，不待再计，而君之苦心，自有人谅之。倘由君之力，不劳战争，达国民之志愿，保民族之调和，清室亦得安乐，一举数善，推功让能，自有公论。文承各省推举，誓词俱在，区区此心，天日鉴之。若以文为诱致之意，则误会矣。

袁总理既得此电，料知孙文决意让位，并非虚言，遂至庆亲王私邸，密商多时。略谓："全国大势，倾向共和，民军势力，日甚一日，又值孙文来沪，挈带巨资，并偕同西洋水陆兵官数十员，声势越盛。现在南京政府，已经组织完备，连外人统已赞成。试思战祸再延，度支如何？军械如何？统是没有把握。前数日议借外款，外人又无一答应，倘或兵临城下，君位贵族，也怕不能保全，徒闹得落花流水，不可收拾。若果到了这个地步，上如何对皇太后？下如何对国民？这正是没法可施哩。"老庆闻到此言，也是皱眉搓手，毫无主意；随后又问到救命的方法。袁总理即提出“优待皇室”四字，谓：“皇太后果俯顺舆情，许改国体，那革命军也有天良，岂竟不如感激？就是百世以后，也说皇太后皇上为国为民，不私天下。似王爷等赞成让德，当亦传颂古今，还希王爷明鉴，特达宫廷。”老庆踌躇一会，方道：“事已至此，也没有别的法子，且待我去奏闻太后，再行定夺。”袁总理乃告别出邸。

过了一日，即由隆裕太后宣召袁总理入朝。袁总理奉命即往，谒见太后，仍把变更国体的好处说了一番，太后泪落不止。袁总理带吓带劝，絮奏了好多时，最后闻得太后呜咽道：“我母子二人，悬诸卿手，卿须好好办理，总教我母子得全，皇族无恙，我也不能顾及列祖列宗了。”袁总理乃退了出来，时已晌午，乘舆出东华门，卫队前拥后护，警备甚严；两旁站着兵警，持枪鹄立，不敢出声。至行到丁字街地方，忽从路旁茶楼上面抛下一物，约离袁总理乘车数尺，一声爆响，火星直迸，晦气了一个卫队长，一个巡警，两匹坐马，轰毙地上。还有兵士十二人，行路三人，也触着烟焰，几乎死去。袁总理的马车，幸尚不损分毫，他坐在马车上面，虽亦觉得惊骇，面目上却很镇静，只喝令快拿匪徒。卫队不敢少慢，即似狼似虎的，跑入茶楼，当场拿住三人，移交军警衙门，即日审讯，一叫杨禹昌，一叫张先培，一叫黄之萌，直供是抛掷炸弹，要击死袁总理。待问他何人主使，他却不发一语，随即正法了案。

袁总理始终不挠，遂拟定优待皇室等条件，一份内呈，一份外达。隆裕太后再开皇族会议，老庆等已无异辞。独良弼愤愤不从，定要主战。那时袁总理得了此信，颇费踌躇，暗忖了半天，不由得自慰道：“如此如此，管教他死心塌地。”遂暗暗的设法布置，内外兼施。过了数天，忽由民政大臣赵秉钧，趋入通报道：“军咨使良弼，已被人击伤了。”袁总理道：“已死吗？”秉钧道：“现尚未死，闻已轰去一足，料也性命难保了。”袁总理又道：“敢是革命党所为吗？”秉钧道：“大约总是他们党人。”袁又问曾否捉住？秉钧又道：“良弼未死，抛掷炸弹的人，却已死了。”袁总理叹道：“暗杀党煞是厉害，但良弼顽固异常，若非被人击死，事体也终办不了。”秉钧道：“此人一死，国体好共和了。”袁总理又道：“你道中国的国体，究竟是专制的好，共和的好？”秉钧道：“中国人民，只配专制，但目下情势，不得不改从共和，若仍用专制政体，必须仍然君主。清帝退位，何人承接？就是有承接的人也离不了莽、操的名目。依愚见想来，只好顺水推舟，到后再说。”袁总理不禁点首，又与秉钧略谈数语，彼此握手告别。

看官！你道这清宗室良弼，究系为何人所击？相传是民党彭家珍。家珍四川人，曾在本省武备学堂毕业，转学东洋，归充四川、云南、奉天各省军官，久已有志革命，至武昌起义，他复奔走南北，鼓吹军士。既而潜入京师，赁居内城，购药自制炸弹，为暗杀计。适良弼统领禁卫军，锐意主战，乃决计往击良弼。自写绝命书一函，留存案上，然后改服新军标统衣饰，徐步出门，遥看天色将晚，径往投金台旅馆，佯称自奉天进京，有要公进内城，命速代雇马车，赴良弼家，投刺求见。阍人见名刺上面，写着“崇恭”两字，旁注“奉天标统”四字，当将名刺收下，只复称：“大人方入宫议事，俟明晨来见便了。”家珍道：“我有要事，不能少待，奈何？”一面说着，一面见阍人不去理睬，复跃上马车，至东华门外静待。约过半小时，见良弼乘车出来，两旁护着卫队，无从下手，乃让良弼车先行，自驱车紧随后面，直至良弼门首，见弼已下车，慌忙跃下，取出“崇恭”名片抢步求见。良弼诧异道：“什么要公，夤夜到此？明日叙谈吧。”说时迟，那时快，良弼正要进门，猛听得一声怪响，不禁却顾，可巧弹落脚旁，把左足轰得乌焦巴弓，呼痛未终，已是晕倒。卫士方拟抢护，又是嚯啦一声，这弹被石反激，转向后炸，火光乱迸，轰倒卫士数名，连家珍也不及逃避，霎时殒命。良弼得救始醒，奈足上流血不止，急延西医施救，用刀断足，血益狂涌，翌日亦死。死后无嗣，惟遗女子三人。且家乏遗赀，萧条得很。度支部虽奉旨优恤，赙金尚未颁发，清帝即已退位，案成悬宕，良女未得分文，后由故太守廉泉夫人吴芝瑛，为良女慰男请恤。呈词中哀楚异常，才博得数金赡养。这且搁下不提。

且说良弼被炸，满廷亲贵，闻风胆落，躲的躲，逃的逃，多半走离北京，至天津、青岛、大连湾，托庇外人租界，苟延生命；所有家资，统储存外国银行，经有心人确实调查，总数得四千万左右。大家逍遥海上，单剩了一个隆裕太后及七岁的小皇帝，居住深宫，危急万状。小皇帝终日嬉戏，尚没有什么忧愁。独隆裕后日久焦烦，再召皇族会议，竟不见有人到来。接连又来了一道催命符，由内阁呈入，慌忙一瞧，但见纸上写着：

> 内阁军咨陆军并各王大臣钧鉴：为痛陈利害，恳请立定共和政体，以巩皇位而奠大局，谨请代奏事。窃维停战以来，议和两月，传闻宫廷俯鉴舆情，已定议立改共和政体，其皇室尊荣及满、蒙、回、藏生计权限各条件，曰大清皇帝永传不废；曰优定大清皇帝岁俸，不得少于四百万两；曰筹定八旗生计，蠲除满、蒙、回、藏一切限制；曰满、蒙、回、藏，与汉人一律平等；曰王公世

爵，概仍其旧；曰保护一切私产，民军代表伍廷芳承认，列于正式公文，交万国平和会立案云云。

电驰报纸，海宇闻风，率土臣民，罔不额手称庆，以为事机至顺，皇位从此永保，结果之良，轶越古今，真国家无疆之休也。想望懿旨，不遑朝夜，乃闻为辅国公载泽，恭亲王溥伟等，一二亲贵所尼，事遂中沮，政体仍待国会公决，祺瑞自应力修战备，静候新政之成。惟念事变以来，累次懿旨，莫不轸念民依，惟国利民福是求，惟涂炭生灵是惧；既颁十九信条，誓之太庙，又允召集国会，政体付之公决；又见民为国本，宫廷洞鉴，具征民视民听之所在，决不难降心相从。

兹既一再停战，民军仍坚持不下，恐决难待国会之集，姑无论牵延数月，有兵溃民乱、盗贼蜂起之忧，寰宇糜烂，必无完土。瓜分惨祸，迫在目前。即此停战两月间，民军筹饷增兵，布满各境，我军皆无后援，力太单弱，加以兼顾数路，势益孤危。彼则到处勾结土匪，勒捐助饷，四出煽扰，散布诱惑。且于山东之烟台，安徽之颍、寿境界，江北之徐州以南，河南之光山、商城、固始，湖北之宜城、襄、樊、枣阳等处，均已分兵前逼。而我皆困守一隅，寸筹莫展，彼进一步，则我之东皖、豫即不自保。虽祺瑞等公贞自励，死生敢保无他，而饷源告匮，兵气动摇，大势所趋，将心不固，一旦决裂，何所恃以为战？深恐丧师之后，宗社随倾，彼时皇室尊荣，宗藩生计，必均难求满志。即拟南北分立，勉强支持，而以人心论，则西北骚动，形既内溃；以地理论，则江海尽失，势成坐亡。祺瑞等治军无状，一死何惜，特捐躯自效，徒殉愚忠，而君国永沦，追悔何及？甚非所以报知遇之恩也。况召集国会之后，所公决者尚不知为何项政体？而默察人心趋向，恐仍不免出于共和之一途，彼时万难反汉，是徒以数月水火之患，贻害民生，何如预行裁定，示天下以至公？使食毛践土之伦，歌舞圣明，零涕感激，咸谓唐虞至治，今古同揆，不亦伟哉！

祺瑞受国厚恩，何敢不以大局为念？故敢比较利害，冒死陈言，恳请涣汉大号，明降谕旨，宣示中外，立定共和政体，以现在内阁及国务大臣等，暂时代表政府，担任条约国债及交涉未完各事项，再行召集国会，组织共和政府，俾中外人民，咸与维新，以期妥奠群生，速复地方秩序，然后振刷民气，力图自强，中国前途，实维幸甚，不胜激切待命之至，谨请代奏！

隆裕太后一气览毕，已不知落了多少珠泪，及看到后面署名，第一个便是第一军总统官段祺瑞，随后依次署列，乃是尚书衔古北口提督毅军总统姜桂题，护理两江提督张勋，察哈尔都统陆军统制官何宗莲，副都统段芝贵，河南布政使帮办军务倪嗣冲，陆军统制王占元、曹锟、陈光远、吴鼎元、李纯、潘矩楹、孟恩远，河北镇总兵马金叙，南阳镇总兵谢宝胜，第二军总参议官靳云鹏、吴光新、曾毓隽、陶云鹤，总参谋官徐树铮，炮台协领官蒋廷梓，陆军统领官朱泮藻、王金镜、鲍贵卿、卢永祥、陈文运、李厚基、何丰林、张树元、马继增、周符麟、萧广传、聂汝清、张锡元，营务处张士钰、袁乃宽，巡防统领王汝贤、洪自成、高文贵、刘金标、赵倜、仇俊恺、周德启、刘洪顺、柴得贵，陆军统带官施从滨、萧安国，一古脑儿有四十五人。到了结末几个姓名，已被泪珠儿湿透，连笔迹都模糊起来。隆裕后约略看毕，便把这来折掷在案上，竟返入寝宫，痛声大哭。一班宫娥侍女，都为惨然。又经窗外的朔风，猎猎狂号，差不多为清室将亡，呈一惨状。自是隆裕太后忧郁成疾，食不甘，寝不安，镇日里以泪洗面，把改革国体问题，无心提起。一夕，正假寐几上，忽由太保世续，踉跄趋入，报称："太后，不好了，段祺瑞等要进京来了。"隆裕太后不觉惊醒，忙问道："段祺瑞吗？他来京何事？"世续道："他有一本奏折，请太后明鉴。"隆裕后未曾瞧着，眼眶中已含了多少泪儿，及瞧完来奏，险些晕厥过去。看官！你道他是什么奏辞？待小子录述出来，奏云：

> 共和国体，原以致君于尧、舜，拯民于水火，乃因二三王公，迭次阻挠，以至恩旨不颁，万民受困。现在全局危迫，四面楚歌，颍州则沦陷于革军，徐州则小胜而大败，革舰由奉天中立地登岸，日人则许之，登州、黄县独立之影响，蔓延于全鲁，而且京、津两地，暗杀之党林立，稍疏防范，祸变即生。是陷九庙两宫于危险之地，此皆二三王公之咎也。三年以来，皇族之败坏大局，罪难发数，事至今日，乃并皇太后皇上欲求一安富尊荣之典，四万万人欲求一生活之路，而不见允，祖宗有知，能不恫乎？盖国体一日不决，则百姓之困兵燹冻饿，死于非命者，日何啻数万。瑞等不忍宇内有此败类也，岂敢坐视乘舆之危而不救乎？谨率全军将士入京，与王公痛陈利害，祖宗神明，实式凭之。挥泪登车，昧死上达。请代奏！

最后署名，除段祺瑞外，无非是王占元、何丰林、李纯、王金镜、鲍贵卿、李厚基、马继增、周符麟等一班人物，隆裕后也不及细阅，只觉身子寒战起来，昏昏沉沉，过了半晌，方对世续道："这，怎么好？怎么好？"世续支吾道："国势如此，人心如此，看来非改革政体，不能解决了。”隆裕后道：“古语说得好，‘养兵千日，用兵一时。’不料我国家费了若干金银，养了这班虎狼似的人物，偏来反噬，你想可痛不可痛呢？”世续道：“太后须保重玉体，勿过伤心！”隆裕后流泪道：“我悔不随先帝早死，免遭这般惨局。”说至此，又把银牙一咬，便道：“罢，罢！你去宣召袁世凯进来。”世续奉命去讫，约半日，即见心广体胖的袁总理，随世续入宫。这一来有分教：

一代皇图成过去，万年创局见今朝。

欲知袁总理入宫后事，且看下回再表。

统观本回各情事，无一非袁世凯所为，袁世凯之被炸，当时群料为良弼所使，吾谓实袁氏自使之耳。良弼之被炸，则谓由民党彭家珍，吾谓亦袁氏实使之。不然，何以袁氏遇炸而不死，良弼一炸而即死乎？或谓杨禹昌、黄之萌、张先培三人被逮以后，并未供言袁氏指使，岂死在目前，尚无实供求生之理？不知此正见袁氏之手段。袁氏后日，杀人多矣，即受袁氏之指使，而被人杀者亦多矣。问谁曾实供袁氏乎？闻袁氏平生举动，得达目的，不靳金钱，然则买人生命，以金为鹄，贪夫殉财，何所惮而不为也？若段祺瑞之领衔请愿，不待究诘，已共知为受命老袁，书中内外兼施四字，已将全情表明，寡言胜于多言，益令人玩味无穷云。

第六回

许优待全院集议 允退位民国造成

伍廷芳转来清廷的优待清室条件，南北互电商洽。不久隆裕颁下懿旨：宣布清帝逊位。从此没有了大清，但皇帝称号还有，逊位的皇帝与后妃还住在紫禁城里。

却说清太保世续，召袁总理世凯入宫，当由隆裕后问及优待条件，曾否寄往南方？袁总理答云："未曾。"隆裕后凄然道："这个局面，看来是难免了，烦你寄去交议吧。"袁总理道："事关重大，且再商诸近支王公，再行定夺。"隆裕后道："近支王公，多半远扬，还有什么可议？"说罢，掩面悲啼，袁总理也顾不得什么，竟大踏步出宫，电致南方伍代表去了。

是时南京各省代表团，已依临时政府组织大纲，召集参议员，于民国元年正月廿八日开参议院正式成立大会，开会前一日，适有数大问题发生，足为中华民国前途之障力。先是各省代表集会汉口，已有未曾独立的省份，如直隶、奉天等代表，有无表决权，应付讨论。卒因群议纷纭，仓猝不及表决，所以组织临时政府，选举正副总统，无论该省是否独立，既称代表，皆得投票，初无歧视，及参议院将要开会，议员中有提出原议，略言："直隶、奉天等议员，不得有表决权。"直隶议员谷钟秀，奉天议员吴景濂等，抗论不服，相继辞职，旋经各省议员调停，方彼此一律，权限从同。次日开会，各省议员，联袂偕来，虽未满额，已过半数，临时大总统孙文，亦曾莅会，国旗招展，军乐悠扬，大众欢欣鼓舞，俨然有一种共和的气象。

嗣是逐日会议，倏逾兼旬，忽闻新政府未经院议，擅将汉冶萍煤矿公司，抵质借款，全院议员大哗，严辞责问。原来临时政府成立，命将各省赋税暂行豁免，一些儿没有进款，那出款却格外浩繁。陆军财政两部，拟发军需八厘公债票，经参议院通过施行，未见成效。嗣商诸大公司内管理人，暂借国民名义，将私产抵押外国款项，转贷政府，于是苏路公司，及招商局，先后抵质，为短期借款的抵押品。参议院也无异议，惟新政府尚嫌未足，复将汉冶萍煤矿公司，抵借日本款五百万圆，这汉冶萍公司的资本，是清邮传部大臣盛宣怀，要占大半，盛氏以铁路国有政策，激起民变，致兴革命军。清廷已将他罢职，民军又拟将他资产籍没，急得老盛没法，竟去投效日本，愿与日人合办，想仗这日本商标，保护私产，复讨好临时政府，愿将该公司抵款五百万圆，救济新政府的眉急。

陆军总长黄兴，以军饷急需，不暇交参议院公决，只与临时大总统孙文商妥，径由大总统及陆军总长秘密签字，连财政总长陈锦涛也未得与闻。后被参议院察悉，立刻咨照政府，诘他"抵押借债，何故不付参议院议决，擅自签字"等语。政府答称："由私人押借，与国家无涉。且款项亦未缴齐。"潦潦草草地说了数语，参议院议员，竟责政府遁辞，愈觉不平，再请政府切实答复。政府复答称："汉冶萍公司，系由私人资格，与日本商订合办，尚未通过股东会，先由该公司借日款五百万圆，转借与临时政府，请求批准。现只交到二百万圆，本总统正恐外人合股，不无流弊，正拟取消这事，所以未经交议"等因。湖北参议员刘成禺、张伯烈、时功玖等，攘臂起诉，极言政府擅断擅行，愤极辞职，立回湖北原籍，运动本省临时省议会，另行组织临时国会，与南京临时参议院抗衡。政府乃将汉冶萍公司罢押。临时参议院亦驳斥湖北省议会，为法外举动，当然无效。正在喧闹的时候，伍代表已交到优待清室等件，立待议妥，大众乃将余事搁起，专心致志地公议要项。但见第一行写着道：

（甲）关于大清皇帝优礼之条件。

大众瞧这十余字，各哗声道："清帝退位，清室已亡，还有什么大不大。就是优礼的礼字，亦属不合。"一议员道："竟改作'清帝退位后优待之条件'便好了。"又有一议员道："退字不如逊字，俾他留点面目，何如？"当下大众赞成，遂由主稿员另纸写出，系（甲）关于清帝逊位后优待之条件，写毕，再将原稿看了下去，系是：

第一款，大清皇帝尊号，相承不替，国民对于大清皇帝，各致其尊崇之敬礼，与各国君主相等。

大众复道："不妥不妥。清帝已经退位，我辈国民，还要去尊崇他做什么？"

乃经大众悉心参酌，改为："清帝逊位之后，尊号仍存不废，以待外国君主之礼相待。"再看第二款云：

第二款，大清皇帝岁用，每岁至少不得短于四百万两，永不得减额。如有特别大典，经费由民国担任。

大众磋议，改四百万两为四百万圆，特别大典二语删去，乃复由主稿员写下道："清帝逊位之后，每岁用四百万圆，由中华民国给付。"再看第三款列着：

第三款，大内宫殿或颐和园，由大清皇帝随意居住，宫内侍卫护军官兵，照常留用。

大众又道："清帝既已退位，大内宫殿，不应久居。"一议员应声道："何不叫他还居颐和园？"旁又有一议员道："颐和园规模弘敞，殿阁巍峨，令他居住，还是便宜了他。"大众道："既议优待，就留些余地便是。"乃改为："清室逊位之后，暂居宫禁，日后移居颐和园，侍卫照常留用。"至第四款是：

第四款，宗庙陵寝，永远奉祀，由民国妥慎保护，负其责任，并设守卫官兵，如遇大清皇帝恭谒陵寝，沿途所需费用，由民国担任。

大众道："清帝谒陵的费用，如何要民国担任？倘他借谒陵为名，日日嬉游，我民国当得起这许多供奉吗？此款前半截尚可通融，下三语尽可删却。"乃改定："清室逊位后，其宗庙陵寝，由民国妥慎保护。"复看第五款云：

第五款，德宗崇陵未完工程，如制敬谨妥修，其奉安典礼，仍如旧制，所有经费，均由民国担任。

这一款却没人反对，只酌改数字，作为："清德宗崇陵未完工程，如制妥修。其奉安典礼，仍如旧制，所有实用经费，均由中华民国支出。"至第六款云：

第六款，官内所用各项执事人员，均由大清皇帝留用。

大众道："清宫旧用阉人，我民国尊重民权，当然不准有这腐竖，须要载明方好。"即改为："宫内所用各项执事人员，得照常留用，惟以后不得再招阉人。"再看下去：

第七款，凡属大清皇帝原有之私产，特别保护。

此款也没甚异议，不过窜易字句，变为："清帝逊位之后，其原有私产，由中华民国特别保护。"及看到第八款，没有一人赞成，议决作废。看官！你道原稿第八款，是写着什么？乃是：

第八款，大清皇帝有大典礼，国民得以称庆。

依情理上论来，清帝已经退位后，中国人民，不服清帝管辖，所有清室典礼，与国民何涉？应该将此款删去。到了第九款，大众又抗论起来，但见原稿上写着：

第九款，禁卫军名额俸饷，仍如其旧。

原来禁卫军是保护清宫，因有此制，清帝退位，须移居颐和园，禁卫军理应裁去。但从前这班军人，靠着军饷过活，此时遽议裁汰，恐他游骑无归，转成寇盗。当经各议员裁酌，改为："原有之禁卫军，归中华民国陆军部编制，其额数俸饷，仍如其旧。"统计甲种九款，改为八款，下文是：

（乙）关于皇族待遇之条件。

第一款，王公世爵，概仍其旧，并得传袭。其袭封时，仍用大清皇帝册宝，凡大清皇帝赠封爵位，亦用大清皇帝册宝。

大众议决，皇族的皇字，改作"清"字。条文中只用首二语，以下尽行删去。第二款云：

第二款，皇族对于国家之公权，与国民同等。

这条经大众增改，定为："清皇族对于中华民国国家之公权及其私权，与国民同等。"再看下文第三四款。

第三款，皇族私产，一体保护。

第四款，皇族免兵役之义务。

这两条不加删改，惟于皇族上各加一"清"字。统计乙种共四款，下文为丙种条件，共计七款，原文云：

（丙）关于满、蒙、回、藏各族待遇之条件。

（一）与汉人平等；（二）保护其原有之私产；（三）王公世袭，概存其旧；（四）王公中有生计过艰者，应设法拨给官产，作为世业，以资补助；（五）先筹八旗生计，于未筹定之前，八旗官兵俸饷，仍旧支放；（六）从前营业居住等限制，一律蠲除，各州县听其自由入籍；（七）满、蒙、回、藏原有之宗教，听其信仰自由。

七款均不必更改，但就第四款中删一"应"字，第五款中，改"官兵"为"官弁"。条件已终，全体议决，再由主稿员依次誊正。惟末文尚有结尾数语，又由各议员修正通过，原文为："以上条件，列于正式公文，照会各国，或电达驻荷华使，知会海牙万国平和会存案。"改正为："以上条件，除丙款各条另行宣布外，余均列于正式公文，由中华民国政府，照会各国驻北京公使。"全文俱已缮清，即咨照临时政府，转交伍代表电达北京。袁总理瞧阅一周，便呈入隆裕太后。隆裕后又召见各近支王公及各国务大臣，咨询优待条件事宜。应召的人，很是寥寥，惟醇王载沣等到来。会议多时，或谓：“皇室经费，必须四百万两，分文不能短少。”或谓：“皇帝尊号相承不替数字，定须增人。”或谓：“各种条件，统应增损。”恼动了隆裕太后，不觉唏嘘道：“大事已去，只争了一些小节，亦属无益。咳！我列祖列宗创造经营，得了中国一统江山，煞是艰苦，不意传到我辈子孙，无材无力，轻轻地让与别人，教我如何对得住先人呢？”说毕，哽咽不已，载沣等亦愧悔交集，各带惨容。隆裕后又道：“庆亲王到哪里去了？为何此时尚不见来？”正忆念间，忽见老庆伛偻趋人，脸上尚带烟容。当由隆裕后与他商议，老庆细阅优待条件，亦没甚异议，不过于相承不替一语，亦主张加人。隆裕后乃转嘱袁总理，令他致电南京政府，争此四字。怎奈南方回电，坚不承认。袁总理入宫面复，请太后自行定夺。隆裕后道：“为这四字，决裂和议，倘或宗庙震惊，生灵涂炭，不更令我增罪吗？依他便了。”袁总理道：“且再与近支王公熟商。”隆裕后不待说毕，便道：“他们多半不在京师，就是留着，也是不中用的人物，你不妨做主办理，日后必无异言。”袁总理唯唯退出，即欲拟旨，只因逊位的“逊”字，有碍清帝体面，且会议时候，皇族中亦有异论，乃酌改一“辞”字，与南方电议允洽，便草定懿旨三道，呈入宫中，请隆裕太后及宣统帝盖用御宝。宣统帝不识不知，当然由太后做主，含泪钤印，统共盖讫，就于清宣统三年十二月二十五日，即中华民国元年二月十二日，颁布天下。谕云：

> 朕钦奉隆裕太后懿旨，前因民军起事，各省响应，九夏沸腾，生灵涂炭，特命袁世凯遣员，与民军代表，讨论大局，议开国会，公决政体。两月以来，尚无确当办法。南北暌隔，彼此相持，商辍于途，士露于野，徒以国体一日不决，故民生一日不安。今全国人民心理，多倾向共和，南中各省，既倡议于前，北方各将，亦主张于后，人心所向，天命可知，予亦何忍以一姓之尊荣，拂兆民之好恶，是用外观大势，内审舆情，特率皇帝将统治权归诸全国，定为共和立宪国体，近慰海内厌乱望治之心，远协古圣天下为公之义。袁世凯前经资政院选举，为总理大臣，当兹新旧代谢之际，宜有南北统一之方，即由袁世凯组织临时政府，与民军协商统一办法，总期人民安堵，海内乂安，仍合汉、满、蒙、回、藏五族完全领土，为一大中华民国，予与皇帝得以退处宽闲，优游岁月，长受国民之优礼，亲见郅治之告成，岂不懿欤？钦此！

还有两道谕旨，一道是颁布优待条件，一道是饬文武官吏，各循职守，毋生异论。是日北京遍悬五色旗，民国南北统一，二百六十八年的清室，已成过去的历史。临时大总统孙文，复提出最后的协议五条，交伍代表转达北京，条款列着：

(一)清帝退位，由袁同时咨照驻京各国公使，请转知民国政府，现在清帝已经退位，或转饬旅沪领事转达亦可。(二)同时袁须宣布政见，绝对赞同共和主义。(三)文接到外交团或领事团通知清帝布告后，即行辞职。(四)由参议院举袁为临时总统。(五)袁被举为临时总统后，誓守参议院所定之宪法，乃能授受事权。

伍代表即日发电，由袁世凯接着，已是满意，自然没有意外的争执了。小子有诗咏道：

帝运告终清祚覆，中华一统共和成。
如何尚逐中原鹿，攫得全权始撤兵？

欲知老袁答复的电文，且从下回接阅。

此回为化板为活文字，优待清室等条件，已见《清史演义》，而此书亦万不能不录。经作者一番熔化，觉得各条文字，煞费磋磨；且于清室提出原稿，亦曾载及，愈见当时改正，不可谓非参议员之功。至叙及临时政府，与参议院之关系，是为南京组织政府三月内之举动，亦可留作一段话柄，固非漫无抉择，随笔铺叙已也。后文述及隆裕后盖印，以及孙总统提出协议，无非为老袁属笔，总结一时，具见大意。皮里阳秋，可于此书证之。

第七回

请瓜代再开选举会
迓专使特辟正阳门

南北统一，典礼如仪，孙中山辞职，咨文推荐袁世凯出任总统。老袁不想到南京就任，孙中山坚持，便派蔡元培、汪精卫、宋教仁为专使，到北京迎接。

却说清内阁总理袁世凯，已奉隆裕太后懿旨，令他组织临时政府。后由南京临时总统孙文，交伍代表电达老袁，老袁心满意足，即日复电云：

南京孙大总统黎副总统各部总长参议院同鉴：共和为最良国体，世界所公认，今由帝政一跃而跻及之，实诸公累年之心血，亦民国无穷之幸福。大清皇帝既明诏辞位，业经世凯署名，则宣布之日，为帝政之终局，即民国之始基，从此努力进行，务令达到圆满地位，永不使君主政体，再行于中国。现在统一组织，至重且繁，世凯极愿南行，畅聆大教，共谋进行之法。只因北方秩序，不易维持，军旅如林，须加部署，而东北人心，未尽一致，稍有动摇，牵涉全国。诸君皆洞鉴时局，必能谅此苦衷。至共和建设重要问题，诸君研究有素，成竹在胸，应如何协商统一组织之法，尚希迅速见教！

临时总统孙文，既接此电，当向参议院提出辞职书，其文云：

中华民国临时大总统孙咨：前后和议情形，前已咨交贵院在案，昨日伍代表得北京电云云，又接北京电云云。本总统以为我国民之志，在建设共和，倾覆专制，义师大起，全国景从。清帝鉴于大势，知保全君位，必然无效，遂有退位之议。今既宣布退位，赞成共和，承认中华民国，从此帝制永不留存于中国之内，民国目的，亦已达到。当缔造民国之始，本总统被选为公仆，宣布誓书，以倾复专制巩固民国图谋幸福为任。誓至专制政府既倒，国内无变乱，国民卓立于世界，为列邦公认，本总统即行辞职。现在清帝退位，专制已除，南北一心，更无变乱，民国为各国承认，旦夕可期。本总统当践誓言，辞职引退，为此咨告贵院，应代表国民之公意，速举贤能，来南京接事，以便解职。附办法条件如下。

临时政府地点，设于南京，为各省代表所议定，不能更改。辞职后，俟参议院举定新总统，亲到南京受任之时，大总统及国务各员，乃行解职。临时政府约法，为参议院所制定，新总统必须遵守颁布之一切法律章程。此咨。

又有荐贤自代咨文，词云：

今日本总统提出辞表，要求改选贤能。选举之事，原国民公权，本总统原无容喙之地。惟前使伍代表电北京，有约以清帝实行退位，袁世凯君宣布政见，赞成共和，即当提议推让。想贵院亦表同情。此次清帝逊位，南北统一，袁君之力实多，其发表政见，更为绝对赞同共和。举为总统，必能尽忠民国。且袁君富于经验，民国统一，赖有建设之才。故敢以私见贡荐于贵院，请为民国前途熟计，无失当选之人，大局幸甚！此咨。

这两篇咨文，到了参议院，各议员一律可决，定于二月十五日，开临时大总统选举会。届期这一日，孙总统率各部总长及各将校，共谒孝陵。孝陵即明太祖墓，在南京朝阳门外，当钟山南麓，由孙总统主祭，宣告汉族光复，民国统一。司祝官读罢祭文，两旁奏起军乐。悠扬中节，遐迩传声，军士数万，无不腾欢，各国领事，携手临观，亦啧啧称赏。祭礼已毕，再返临时总统府，行庆贺南北统一共和成立礼，先由军士开炮，鸣了一十七响，乃由孙大总统就位，依次奏乐唱歌，各部总次长，随班就列，向孙总统鞠躬表敬，孙总统亦答礼如仪，随即向大众演说道："清帝退位，南北统一，这皆由无数志士，无数义师，用无数热肠铁血，掉换出来。但北京一方面，全赖袁公慰庭，惨淡经营，方得成功，是袁公实我民国至友，民国成立以后，不应将他忘怀。今日参议院选举总统，若果袁公当选，想必能巩固民国。况前日得他复电，曾有永不使君主政体再现中国之语，他是当代英雄，日后宜不食言。惟临时政府地点，仍须设立南京。南京是民国开基，长此建都，好作永久纪念，不似北京地方，受历代君主的压力，害得毫无生气，此后革故鼎新，当有一番佳境。我虽解任，总是国民一份子，仍愿竭尽绵薄，为新政府效力，耿耿此心，还祈公鉴！"演说毕，但听得一片拍掌声，震动耳鼓。复奏军乐数通，益觉洋洋沨沨，响彻云霄。礼成，全体三呼民国万岁，方才散去。

下午参议院开会，选举总统，共得十七省议员，各投一票，计十七票，投票结果，统是“袁世凯”三字，全场一致，当选袁世凯为民国第二任临时大总统，随即电达北京，请袁来宁就职。孙总统亦以个人名义，电达北京，略谓：“临时政府，已报告参议院，提出辞职书，并推荐袁为总统，惟袁公必须先至共和政府任职，不能由清帝委任组织。若虑北方骚扰，无人维持现状，尽可先举人材，电告临时政府，即当使为镇抚北方的委员”云云。看官！你想老袁的势力，全在北方，若要他南来就职，明明是翦他羽翼，他本机变如神，岂肯孤身南下，来做临时政府的傀儡吗？当下来一复电，由孙总统译阅云：

清帝辞位，自应速谋统一，以定危局，此时间不容发，实为惟一要图，民国存亡，胥赖于是。顷接孙大总统电开提出辞表，推荐鄙人，嘱速来宁，并举人电知临时政府，畀以镇安北方全权各等因。世凯德薄能鲜，何敢肩此重任？南行之愿，前电业已声明，然暂时羁绊在此，实为北方危机隐伏，全国半数之生命财产，万难恝置，并非因清帝委任也。孙大总统来电所论共和政府，不能由清帝委任组织，极为正当，现在北方各省军队，暨全蒙代表，皆以函电推举为临时大总统，清帝委任一层，无足再论。然总未遽组织者，特虑南北意见，因此而生，统一愈难，实非国家之福。若专为个人责任计，舍北而南，则实有无穷窒碍。北方军民意见，尚多纷歧，隐患实繁。皇族受外人愚弄，根株潜长，北京外交团，向以凯离此为虑，屡经言及。奉、江两省，时有动摇，外蒙各盟，迭来警告，内讧外患，递引互牵。若因凯一去，变端立见，殊非爱国救世之素志。若举人自代，实无措置各方面合宜之人。然长此不能统一，外人无可承认，险象环集，大局益危，反复思维，与其孙大总统辞职，不如世凯退居。盖就民设之政府，民举之总统，而谋统一，其事较便。今日之计，惟有南京政府，将北方各省及各军队妥筹接收以后，世凯立即退归田里，为共和之国民。当未接收以前，仍当竭智尽能，以维秩序。总之共和既定之后，当以爱国为前提，决不欲以大总统问题，酿成南北分歧之局，致资渔人分裂之祸，已请唐君绍仪，代达此意，赴宁协商。特以区区之怀，电达聪听，惟亮察之为幸！

孙总统接电后，再赴参议院核定可否，全院委员长李肇甫及直隶议员谷钟秀等，以“临时政府地点，不如改设北京，意谓临时政府，为全国视听所关，必须所在地势，可以统驭全国，方能使全国完固，且足维系四万万人心，我民国五大民族，从此联合，作为一个大中华民国。前由各省代表，指定临时政府地点，设在南京，系因当时大江以北，尚属清军范围，不能不将就办理；目今情异势殊，自应相时制宜，移都北方为要。”有几个议员与他反对，仍然主张南京，当用投票表决法，解此问题。投票后，主张北京的有二十票，主张南京的只有八票，乃从多数取决，复咨孙总统。无如孙总统的意见，总以南京为是，援临时政府组织条例，再交参议院复议。原来临时政府大纲中，曾有临时大总统对于参议院议决事件，如未以为然，得于具报后十日内，声明理由，交会复议。参议院接收后，再开会议，除李肇甫、谷钟秀数人外，忽自翻前议，赞成南京，不赞成北京，彼此争论起来，很是激烈。旋经中立党调和两造，再行投票解决，结果是七票主张北京，十九票主张南京，似此重大问题，只隔一宿，偏已换了花样，朝三暮四，令人莫测。孙总统既接到复议决文，自然再电北京，请袁世凯即日南来，并言当特派专使，北上欢迎。袁乃复电云：

昨电计达。嗣奉尊电，惭悚万状。现在国体初定，隐患方多，凡在国民，均应共效绵薄。惟揣才力，实难胜此重大之责任。兹乃辱荷参议院正式选举，窃思公以伟略创始于前，而凯乃以铨材承乏于后，实深愧汗。凯之私愿，始终以国利民福为归，当兹危急存亡之际，国民既以公义相责难，凯敢不勉尽公仆义务？惟前陈为难各节，均系实在情形，素承厚爱，谨披沥详陈，务希涵谅！俟专使到京，再行函商一切。专使何人？并何日启程？乞先电示为盼。肃复。

又致参议院电文云：

昨因孙大总统电知辞职，同时推荐世凯，当经复电力辞，并切盼贵院另举贤能，又将北方危险情形，暨南去为难各节，详细电达，想蒙鉴及。兹奉惠电，惶悚万分，现大局初定，头绪纷繁，如凯衰庸，岂能肩此巨任？乃承贵院全体一致，正式选举，凯之私愿，始终以国利民福为归。当此危急存亡之际，国民既以公义相责难，凯何敢以一己之意见，辜全国之厚期？惟为难各节，均系实在情形，知诸公推诚相与，不敢不披沥详陈，务希涵谅！统候南京专使到京，商议办法，再行电闻。

当袁世凯电辞总统，又电受总统的时候，临时副总统黎元洪，也有辞职电文，拍致南京参议院。二月二十日，参议院又开临时副总统选举会，投票公决，仍举黎当选，全院一致。黎以大众决议，不便力辞，也即承认。于是南京临时政府，遂派遣教育总长蔡元培为专使，副以汪兆铭、宋教仁等。适唐绍仪来宁，知已无可协商，亦愿同专使北行。启程时，先电告北京，遥与接洽。自二月二十一日，使节出发，至二十七日，到了北京。但见正阳门外，已高搭彩棚，用了经冬不凋的翠柏，扎出两个斗方的大字，作为匾额。这两大字不必细猜，一眼望去，便见左首是“欢”字，右首是“迎”字。欢迎两字旁，竖着两面大旗，分着红黄蓝白黑五色，隐寓五族共和的意思。彩棚前面，左右站着军队，立枪致敬，又有老袁特派的专员，出城迎迓，城门大启，军乐齐喧，一面鸣炮十余下，作欢迎南使的先声。蔡专使带同汪、宋各员，与唐绍仪下舆径入，即由迎宾使向他行礼。两下里免冠鞠躬。至相偕入城，早有宾馆预备，也铺排得精洁雅致，几净窗明，馆中物件，色色俱备，伺役亦个个周到。外面更环卫禁军，特别保护。蔡专使等既入客馆，与迎宾使坐谈数语，迎宾使交代清楚，当即告别，唐绍仪也自去复命了。

是晚即由京中人士，多来谒候。寒暄已过，便说及老袁南下的利害，一方面为迎袁而来，所说大略，无非是南方人民渴望袁公，袁能早一日南下，即早一日慰望等语。一方面是有所承受，特来探试，统说北京人心，定要袁公留住，组织临时政府，若袁公一去，北方无所依托，未免生变。且元、明、清三朝，均以北京为国都，一朝迁移，无论事实上多感不便，就是辽东三省，与内外蒙古，亦未便驾驭，鞭长莫及，在在可忧，理应思患预防，变通办理为是。彼此谈了一会，未得解决，不觉夜色已阑，主宾俱有倦容，当即告别。蔡专使均入室安寝。翌晨起床，大家振刷精神，要去见那当选的袁大总统了。正是：

专使徒凭三寸舌，乃公宁易一生心。

毕竟袁世凯允否南行，且至下回再表。

孙中山遵誓辞职，不贪权利之心，可以概见，而必请老袁南下，来宁就职者，其意非他，盖恐袁之挟势自尊，始虽承认共和，日后未免变计耳。然袁岂甘为人下者？下乔入谷，愚者亦知其非，况机变如老袁者乎？蔡专使等之北上，已堕入老袁计中，老袁阳表欢迎，阴怀谲计，观其迭发数电，固已情见乎词，而南方诸人，始终未悟，尚欲迎之南来，吾料老袁此时，方为窃笑不置也。袁氏固一世之奸雄哉！

第八回

变生不测蔡使遭惊 喜如所期袁公就任

袁世凯不肯南下，宋教仁就说了些直截了当的话。当晚客馆子弹横飞，闹出兵变。南京方面最终议决，准许袁世凯在北京就职。一通礼炮音乐，袁世凯成了中华民国的临时大总统。

却说蔡专使元培，与汪兆铭、宋教仁二人，偕谒袁世凯，名刺一入，老袁当即迎见。双方行过了礼，分宾主坐定，略略叙谈。当由蔡专使起立，交过孙中山书函及参议院公文，袁世凯亦起身接受，彼此还座。经老袁披阅毕，便皱着眉头道："我日思南来，与诸君共谋统一，怎奈北方局面，未曾安静，还须设法维持，方可脱身。但我年将六十，自问才力，不足当总统的重任，但求共和成立，做一个太平百姓，为愿已足，不识南中诸君，何故选及老朽？并何故定催南下？难道莽莽中原，竟无一人似世凯吗？"蔡专使道："先生老成重望，海内久仰，此次当选，正为民国前途庆贺得人，何必过谦？惟江南军民，极思一睹颜色，快聆高谈，若非先生南下，恐南方人士，还疑先生别存意见，反多烦言呢。"老袁又道："北方要我留着，南方又要我前去，苦我没有分身法儿，可以彼此兼顾。但若论及国都问题，愚见恰主张北方哩。"

宋教仁年少气盛，竟有些忍耐不住，便朗声语袁道："袁老先生的主张，愚意却以为未可。此次民军起义，自武昌起手，至南京告成，南京已设临时政府及参议院，因孙总统辞职，特举老先生继任，先生受国民重托，理当以民意为依归，何必恋恋这北京呢？"老袁掀髯微哂道："南京仅据偏隅，从前六朝及南宋，偏安江左，卒不能统驭中原，何若北京为历代都会，元、明、清三朝，均以此为根据地，今乃舍此适彼，安土重迁，不特北人未服，就是外国各使馆，也未必肯就徙哩。"宋教仁道："天下事不能执一而论。明太祖建都金陵，不尝统一北方吗？如虑及外人争执，我国并非被保护国，主权应操诸我手，我欲南迁，他也不能拒我。况自庚子拳乱，东交民巷，已成外使的势力圈，储械积粟，驻兵设防，北京稍有变动，他已足制我死命。我若与他交涉，他是执住原约，断然不能变更。目今民国新造，正好借此南迁，摆脱羁绊，即如为先生计，亦非南迁不可，若是仍都北京，几似受清帝的委任，他日民国史上，且疑先生为刘裕、萧道成流亚，谅先生亦不值受此污名呢。”

老袁听到此言，颇有些愤闷的样子，正拟与他答辩，忽见外面有人进来，笑对宋教仁道：“渔父君！你又来发生议论了。”教仁急视之，乃是唐绍仪，也起答道：“少川先生，不闻孔子当日，在宗庙朝廷，便便言吗？此处虽非宗庙朝廷，然事关重大，怎得无言？”原来宋教仁号渔父，唐绍仪号少川，所以问答间称号不称名。蔡专使等均起立相迎。绍仪让座毕，便语道：“国都问题，他日何妨召集国会，公同表决。今日公等到此，无非是邀请袁公南下一行，何必多费唇舌？袁公亦须念他远来，诚意相迓，若可拨冗启程，免得辜负盛意。”袁世凯乃起座道：“少川责我甚当，我应敬谢诸公，并谢孙总统及参议员推举的隆情，既承大义相勉，敢不竭尽心力，为国图利，为民造福，略俟三五天，如果北方沉静，谨当南行便了。”说毕，即令设席接风，盛筵相待，推蔡专使为首座，汪、宋等依次坐下，唐绍仪做了主中宾，世凯自坐主席，自不消说。席间所谈，多系南北过去的事情，转瞬间已是日昃，彼此统含三分酒意，当即散席，订了后会，仍由老袁饬吏送蔡专使等返至客馆。

汪兆铭语蔡专使道：“鹤卿先生，你看老袁的意思，究竟如何？”蔡字鹤卿，号孑民，为人忠厚和平，徐徐的答道：“这也未可逆料。”宋教仁道：“精卫君！你看老袁的行动，便知他是一步十计，今日如此，明日便未必如此了。”蔡专使道：“他用诈，我用诚，他或负我，我不负他，便算于心无愧了。”宋教仁复道：“精卫君！蔡先生的道德，确是无愧，但老袁狡狯得很，恐此番跋涉，未免徒劳呢。”汪兆铭亦一笑而罢。兆铭别号精卫，故宋呼汪为精卫君。等到夜膳以后，闲谈片刻，各自安睡。正在黑甜乡中，寻那共和好梦，忽外面人声马嘶，震响不已，接连又有枪声弹声，屋瓦爆裂声，墙壁坍塌声，顿时将蔡专使等惊醒，慌忙披衣起床，开窗一看，但见火光熊熊，连室内一切什物，统已照得透亮。正在惊诧的时候，突闻哗啦啦的一响，一粒流弹，飞入窗中，把室内腰壁击成一洞，那弹子复从洞中钻出，穿入对面的围墙，抛出外面去了。蔡专使不禁着急道：“好厉害的弹子，幸亏我等未被击着，否则要洞胸绝命了。”汪兆铭道：“敢是兵变吗？”宋教仁道：“这是老袁的手段。”正说着，但听外面有人呼喝道："这里是南使所在，兄弟们不要啰唣。"又听得众声杂沓道："什么南使不南使！越是南使，我等越要击他。"又有人问着道："为什么呢？众声齐应道："袁大人要南去了。北京里面，横直是没人主持，我等乐得闹一场吧。"蔡专使捏了一把冷汗，便道："外面的人声，竟要同我等作对，我等难道白白地送了性命吗？"宋教仁道："我等只有数人，无拳无勇，倘他们捣将进来，如何对待？不如就此逃生吧。"言未已，大门外已接连声响，门上已凿破几个窟窿，蔡、汪、宋三使，顾命要紧，忙将要紧的物件，取入怀中，一起从后逃避，幸后面有一短墙，拟令役夫取过桌椅，以便接脚，谁知叫了数声，没有一个人影儿。可巧墙角旁有破条凳两张，即由汪、宋两人，携在手中，向壁直捣，京内的墙壁，多是泥土叠成，本来是没甚坚固，更且汪、宋等逃命心急，用着全力去捣这墙，自然应手而碎，复迭捣数下，泥土纷纷下坠成了一个大窦，三人急不暇择，从窦中鱼贯而出，外面正是一条逼狭的胡同，还静悄悄的没人阻住。

蔡专使道："侥幸侥幸！但我等避到哪里去？"宋教仁道："此地近着老袁寓宅，我等不如径往他处，他就使有心侮我，总不能抹脸对人。"汪兆铭道："是极！"当下拐弯抹角，专从僻处静走。汪、蔡二人，本是熟路，一口气赶到袁第，幸喜没人盘诘，只老袁寓居的门外，已有无数兵士站着，见他三人到来，几欲举枪相对。宋教仁忙道："我是南来的专使，快快报知袁公。"一面说着，一面向蔡专使索取名刺，蔡专使道："阿哟！我的名片包儿，不知曾否带着？"急急向袋中摸取，竟没有名片，急得蔡专使彷徨失措，后来摸到袋角，还有几张旧存的名片，亟取出交付道："就是这名片，携去吧。"当由兵士转交阍人，待了半晌，方见阍人出来，说了一个"请"字。三人才放下了心，联步而入，但见阶上已有人相迎，从灯光下望将过去，不是别人，正是候补总统袁世凯。

三人抢步上阶，老袁亦走近数步，开口道："诸公受惊了。"宋教仁即接口道："外面闹得不成样子，究系匪徒，抑系乱军？"老袁忙道："我正着人调查呢。诸公快请进厅室，天气尚冷得紧哩。"蔡专使等方行入客厅，老袁亦随了进来。客厅里面，正有役夫炽炭煨炉，见有客到来，便入侧室取茗进献。老袁送茗毕，从容坐下道："不料今夜间有这变乱，累得诸公受惊，很是抱歉。"宋教仁先答道："北方将士，所赖惟公，为什么有此奇变呢？"老袁正要回答，厅外来了一人，报称："东安门外及前门外一带，哗扰不堪，到处纵火，尚未曾罢手呢。"老袁道："究竟是土匪，还是乱兵？为什么没人弹压？"来人道："弹压的官员，并非没有，怎奈起事的便是军士，附和的乃是土匪，兵匪夹杂，一时无可措手了。"老袁道："这班混账的东西，清帝退位，还有我在，难道好无法无天吗？"宋教仁又插嘴道："袁老先生，你为何不令人弹压呢？"老袁答道："我已派人弹压去了，惟我正就寝，仓猝闻警，调派已迟，所以一时办不了呢，"蔡专使方语道："京都重地，乃有此变，如何了得，我看火光烛天，枪声遍地，今夜的百姓，不知受了多少灾难，先生应急切敉平，方为百姓造福。"老袁顿足道："正为此事，颇费踌躇。"言未已，又有人入报道："禁兵闻大人南下，以致激变，竟欲甘心南使……"说至"使"字，被老袁呵叱道："休得乱报！"来人道："乱兵统这般说。"老袁又道："为什么纵火殃民？"来人又道："兵士变起，匪徒自然乘隙了。"老袁遂向蔡专使道："我兄弟未曾南下，他们已瞎闹起来，若我已动身，不知要闹到什么了结。我曾料到此着，所以孙总统一再敦促，我不得不审慎办理。昨日宋先生说我恋恋北京，我有什么舍不掉，定要居住这京城哩？"言毕，哈哈大笑。宋教仁面带愠色，又想发言，由蔡专使以目示意，令他止住。老袁似已觉着，便道："我与诸公长谈，几忘时计，现在夜色已深，恐诸公未免腹饥，不如卜饮数杯，聊且充腹。"说至此，便向门外呼了一声"来"字，即有差役入内伺候。老袁道："厨下有酒肴，快去拿来！"差役唯唯而退。不一时，就将酒肴搬入，由老袁招呼蔡专使等入座饮酒。蔡专使等腹中已如辘轳，不及推辞，随便饮了数杯，偶听鸡声报晓，已觉得天色将明。外面有人入报："乱兵已散，大势平静了。"老袁道："知道了。"差役又入呈细点，由宾主随意取食，自不消说。老袁又请蔡专使等入室休息，蔡专使也即应允，由差役导入客寝去了。

次日辰牌，蔡专使等起床，盥洗已毕，用过早点，即见老袁踉跄趋入，递交蔡专使一纸，便道："蔡先生请看。天津、保定也有兵变的消息，这真是可虑呢。"蔡专使接过一瞧乃是已经译出的电报，大致与袁语相似，不由得皱动两眉。老袁又道："这处兵变，尚未了清，昨夜商民被劫，差不多有几千人家，今天津、保定，又有这般警变，教我如何动身呢？"蔡专使沉吟半晌道："且再计议。"老袁随即退出。

自是蔡专使等，便留住袁宅，一连两日，并未会见老袁，只由老袁着人递入警信，一是日本拟派兵入京，保卫公使；一是各国公使馆，也有增兵音信。蔡专使未免愁烦，便与汪、宋二人商议道："北京如此多事，也不便强袁离京。"宋教仁道："这都是他的妙计。"蔡专使道："无论他曾否用计，据现在情势上看来，总只好令他上台，他定要在北京建设政府，我也不能不迁就的，果能中国统一，还有何求？"汪兆铭道："鹤卿先生的高见，也很不错呢。"是夕，老袁也来熟商，无非是南下为难的意旨，且言"保定、天津的变乱比北京还要厉害，现已派官往理，文牍往来，朝夕不辍，因此无暇叙谈，统祈诸公原谅，且代达南方为幸。"蔡专使已不欲辩驳，便即照允，竟拟就电稿，发往南京，略叙北京经过情形，并言"为今日计，应速建统一政府，余尽可迁就，以定大局”云云。孙中山接到此电，先与各部长商议，有的说是袁不能来，不如请黎副总统来宁，代行宣誓礼；有的说是南京政府，或移设武昌，武昌据全国中枢，袁可来即来，否则由黎就近代誓。两议交参议院议决，各议员一律反对，直至三月六日，始由参议员议决办法六条，由南京临时政府，转达北方，条件列下：

> (一)参议院电知袁大总统，允其在北京就职。(二)袁大总统接电后，即电参议院宣誓。(三)参议院接到宣誓之电后，即复电认为受职，并通告全国。(四)袁大总统受职后，即将拟派国务总理及国务员姓名，电知参议院，求其同意。(五)国务总理及各国务员任定后，即在南京接收临时政府交代事宜。(六)孙大总统于交代之日，始行解职。

六条款项，电发到京，老袁瞧了第一条，已是心满意足，余五条迎刃而解，没一项不承诺了。三月初十日，老袁遂遵照参议院议决办法，欢欢喜喜地在北京就临时大总统职。是日，在京旧官僚，都跄跄济济，排班谒贺。蔡专使及汪、宋二员，也不得不随班就列。鸣炮奏乐，众口欢呼，无容琐述。礼成后，由老袁宣誓道：

> 民国建设造端，百凡待治，世凯深愿竭其能力，发扬共和之精神，涤荡专制之瑕秽，谨守宪法，依国民之愿望，达国家于安全完固之域，俾五大民族同臻乐利。凡此志愿，率履勿渝。俟召集国会，选定第一期大总统，世凯即行辞职，谨掬诚悃，誓告同胞！

宣誓已终，又将誓词电达参议院，参议院援照故例，免不得遥致颂词，并寓箴规的意思。小子有诗咏道：

> 几经瘏口又哓音，属望深时再进箴。
> 可惜肥人言惯食，盟言未必果盟心。

毕竟参议院如何致词，且从下回续叙。

> 北京兵变，延及天津、保定，分明是老袁指使，彼无词拒绝南使，只得阴嗾兵变，以便借口。不然，何以南使甫至，兵变即起，不先不后，有此险象乎？迨观于帝制发生，国民数斥袁罪，谓老袁用杨度计，煽动兵变，焚劫三日，益信指使之说之不诬也。本回演述兵变，及袁、蔡等问答辞，虽未必语语是真，而描摹逼肖，深得各人口吻，殆犹苏长公所谓想当然耳。至袁计得行，南京临时政府及参议院议员，不能不尽如袁旨，老袁固踌躇满志矣。然一经后人揭出，如见肺肝，后之视袁者，亦何乐为此伎俩乎？

第九回

袁总统宣布约法　唐首辅组织阁员

此回主要写袁大总统颁布临时约法及组阁事。《中华民国临时约法》七章五十二条全文录出；内阁以唐绍仪为总理，各部人选列明，并将其人的派系作个分析。

却说南京参议院，既得袁世凯电誓，遂公认他为大总统，又循例致词道：

共和肇端，群治待理，仰公才望，畀以太阿。荜路蓝缕，孙公既开其先；发扬光大，我公宜善其后。四百兆同胞公意之所托，二亿里山河大命之所寄，苟有陨越，沦胥随之。况军兴以来，四民辍业，满目疮痍，六师暴露，九府匮竭，转危为安，劳公敷施。本院代表国民，尤不得不拳拳敦勉者，《临时约法》七章五十六条，伦比宪法，其守之维谨！勿逆舆情，勿邻专断，勿狎非德，勿登非才。凡我共和国五大民族，有不至诚爱戴，皇天后土，实式凭之。谨致大总统玺绶。俾公令出惟行，崇为符信，钦念哉！

先是各省代表会，组织临时政府，曾议组织法大纲，共四章二十一条，此次军事告竣，应酌量修改，较前详备。向来中国史上，并没有民主政体可以仿行，一旦创造起来，毫无依据，只好查照外洋的共和国，做了蓝本，参互考订。目下外国共和，要算法、美两国，制度最良。法国的法制，内阁分设各部，推老成硕望的人物，做内阁总理，负全国行政上的责任，总统是没有大责任的，政法家称他为内阁制。美国的法制，内阁也由各部组成，只是没有总理，要总统自担行政上的责任，政法家称他为总统制。南京临时政府组织大纲，是采用美国制度，因为鄂军起义，各省联络，与美利坚十三州联合抗英，是差不多的形势，所以南京临时政府，不设内阁总理，专归总统担负责任。到了南北统一，须建为单纯的国家，美制殊不相合，乃改采法国的内阁制度，一来好集权中央，二来好翼赞元首，大家视为良法。所以前次电约六款，已有拟派国务总理的条件。且因袁总统就职在即，各议员协力修改，斟酌了二三十日，经两三次属草，方将全案修成，共得七章五十六条，函达老袁，老袁并无异言，即于就职第二日，宣布出来。全文如下：

中华民国临时约法

第一章　总纲

第一条，中华民国，由中华人民组织之。第二条，中华民国之主权，属于国民全体。第三条，中华民国领土，为二十二行省、内外蒙古、西藏、青海。第四条，中华民国，以参议院、临时大总统、国务员、法院行使其统治权。

第二章　人民

第五条，中华民国人民，一律平等，无种族阶级宗教之区别。第六条，人民得享有下列各项之自由权：（一）人民之身体，非依法律，不得逮捕拘禁，审问处罚；（二）人民之家宅，非依法律，不得侵入或搜索；（三）人民有保有财产及营业之自由；（四）人民有言论著作刊行，及集会结社之自由；（五）人民有书信秘密之自由；（六）人民有居住迁徙之自由；（七）人民有信教之自由。第七条，人民有请愿于议会之权。第八条，人民有陈诉于行政官署之权。第九条，人民有诉讼于法院，受其审判之权。第十条，人民对于官吏违法损害权利之行为，有陈诉于平政院之权。第十一条，人民有应任官考试之权。第十二条，人民有选举及被选举之权。第十三条，人民依法律有纳税之义务。第十四条，人民依法律有服兵之义务。第十五条，本章所载人民之权利，有认为增进公益，维持治安，或非常紧急必要时，得依法律限制之。

第三章　参议院

第十六条，中华民国之立法权以参议院行之。第十七条，参议院以第十八条所定各地方选派之参议员组织之。第十八条，参议员，每行省、内蒙古、外蒙古、西藏各选派五人，青海选派一人，其选派方法由各地方自定之。参议院会议时每参议员有一表决权。第十九条，参议院之职权如下：（一）议决一切法律案；（二）议决临时政府之预算决算；（三）议决全国之税法币制及度量衡之准则；（四）议决公债之募集及国库有负担之契约；（五）承诺第三十四条、三十五条、四十条事件；（六）答复临时政府咨询事件；（七）受理人民之请愿；（八）得以关于法律及其他事件之意见建议于政府;(九)得提出质问书于国务员并要求其出席答复;(十)得咨请临时政府查办官吏纳贿违法事件;(十一)参议院对于临时大总统,认为有谋叛行为时,得以总员五分之四以上之出席,出席员四分三以上之可决弹劾之;(十二)参议院对于国务员认为失职或违法时,得以总员四分三以上之出席,出席员三分之二以上之可决弹劾之。第二十条,参议院得自行集会开会闭会。第二十一条,参议院之会议,须公开之,但有国务员之要求,或出席参议院过半数之可决者,得秘密之。第二十二条,参议院议决事件,咨由临时大总统公布施行。第二十三条,临时大总统对于参议院议决事件,如否认时,得于咨达后十日内声明理由,咨院复议。但参议院对于复议事件,如有到会参议员三分二以上,仍执前议时,仍照第二十二条办理。第二十四条,参议院议长,由参议员用记名投票法互选之,以得票满投票总数之半者为当选,第二十五条,参议院参议员,于院内之言论及表决,对于院外,不负责任。第二十六条,参议院参议员,除现行犯及关于内乱外患之犯罪外,会期中非得本院许可,不得逮捕。第二十七条,参议院法,由参议院自定之。第二十八条,参议院以国会成立之日解散,其职权由国会行之。

第四章　临时大总统副总统

第二十九条,临时大总统副总统,由参议院选举之,以总员四分三以上出席;得票满投票总数三分二以上者,为当选。第三十条,临时大总统,代表临时政府,总揽政务,公布法律。第三十一条,临时大总统,为执行法律,或基于法律之委任,得发布命令,并得使发布之。第三十二条,临时大总统,统率全国陆海军队。第三十三条,临时大总统,得制定官制官规,但须提交参议院议决。第三十四条,临时大总统,任命文武职员,但任命国务员及外交大使公使,须得参议院之同意。第三十五条,临时大总统,经参议院之同意,得宣战媾和,及缔结条约。第三十六条,临时大总统,得依法律宣告戒严。第三十七条,临时大总统,代表全国,接受外国之大使公使。第三十八条,临时大总统,得提出法律案于参议院。第三十九条,临时大总统,得颁给勋章,并其他荣典。第四十条,临时大总统,得宣告大赦特赦,减刑复权,但大赦须经参议院之同意。第四十一条,临时大总统,受参议院弹劾后,由最高法院全院审判官互选九人,组织特别法庭审判之。第四十二条,临时副总统,于临时大总统因故去职,或不能视事时,得代行其职权。

第五章　国务员

第四十三条，国务总理及各部总长，均称为国务员。第四十四条，国务员辅佐临时大总统，负其责任。第四十五条，国务员于临时大总统提出法律案，公布法律及发布命令时，须副署之。第四十六条，国务员及其委员，得于参议院出席及发言。第四十七条，国务员受参议院弹劾后，临时大总统应免其职，但得交参议院复议一次。

第六章　法院

第四十八条，法院以临时大总统及司法总长分别任命之法官组织之。法院之编制，及法官之资格，以法律定之。第四十九条，法院依法律审判民事诉讼及刑事诉讼，但关于行政诉讼，及其他特别诉讼，别以法律定之。第五十条，法院之审判，须公开之。但有认为妨害安宁秩序者，得秘密之。第五十一条，法官独立审判，不受上级官厅之干涉。第五十二条，法官在任中不得减俸或转职，非依法律受刑罚宣告，或应免职之惩戒处分，不得解职。惩戒条规，以法律定之。

第七章　附则

第五十三条，本约法施行后，限十个月内，由临时大总统召集国会。其国会之组织及选举法，由参议院定之。第五十四条，中华民国之宪法，由国会制定，宪法未施行以前，本约法之效力，与宪法等。第五十五条，本约法由参议院参议员三分二以上，或临时大总统之提议，经参议员五分四以上之出席，出席员四分三之可决，得增修之。第五十六条，本约法自公布之日施行。

约法颁布，临时政府组织大纲，当然废止。袁总统遂依约法第四十三条，任命国务总理，组织新内阁。当下留意选择，拟将国务总理一职，任用唐绍仪，惟临时约法第三十四条，总统任命国务员，须得参议院同意，袁总统不便违法，遂电致参议院议决。参议员闻任唐绍仪，多半赞成，当即通过，电复袁总统。袁即任唐为国务总理。唐亦直任不辞，当奉袁总统命令，由北京至南京，组织国务院。唐忽提出修改官制，拟易九部为十二部，除外交、内务、财政、陆军、海军、司法、教育七部仍然照旧外，独分实业为三部，一是工业，一是商业，一是农林，交通却分作两部，一是交通，一是邮电。两部分做五部，本来是没甚理由，不过南北统一，两方统有要人，各思垄断部职，唐绍仪身为总理，不能单顾一方，反弄得左右为难。他于没法中想了一法，便拟添置几个部缺，位置南北人员。况提出官制，必须经过参议院议决，倘或议员反对，当然不能成立，自己亦可援为口实，免多怨望，这也是唐总理取巧的方法。果然参议院不能通过，只准分实业为两部，一部是工商，一部是农林，邮电仍并入交通部，不必分离。自是九部改作十部。三月二十九日，唐绍仪莅参议院，宣布政见，并提出各部总长名单，请求同意。各议员取单公阅，但见上面开着：

外交总长陆徵祥　内务总长赵秉钧　财政总长熊希龄　陆军总长段祺瑞　海军总长刘冠雄　司法总长王宠惠　教育总长蔡元培　农林总长宋教仁　工商总长陈其美　交通总长梁如浩

这十部总长名单内，只有蔡长教育与前相同，王宠惠尚是旧阁人物，惟改外交为司法，其余一律易人。段祺瑞、刘冠雄、赵秉钧，纯是袁系人物，当然是老袁授意。陆徵祥素无党派，熊希龄属新组的统一党，宋教仁、陈其美两人与蔡、王向系同志，均入同盟会，唐绍仪本属旧官僚派，因思想颇趋文明，前次南下讲和，与同盟会中人，颇相融洽，至组织内阁时期，又新加入同盟会，时人遂称他为同盟会内阁。嗣经参议院投票表决，只有梁如浩未得同意，余均多数赞同。唐遂退出参议院，即日驰电北达。次日，即由袁总统统正式任命。各部俱已得人，交通总长一缺，尚属虚位，暂命唐总理兼署。唐内阁算完全成立了。那时第一次临时总统孙文应该践约辞职，便于四月初一日，亲至参议院，行解职礼，自然又有一番宣言。小子有诗赞孙中山云：

功成身退不贪荣，让位非徒践夙盟。
细数年来诸巨子，如公才算是真诚。

欲知孙中山如何宣言，容俟下回续录。

《临时约法》，为中华民国宪法之嚆矢，其间虽经袁氏废弃，然帝制骤，袁氏毙，而约法复活。是民国之尚得保存，全赖约法之力，故本书不能不备录全文，所以存国典也。唐绍仪奉袁氏命，组织新内阁，观其提出阁员名单，如内务，如陆海军，实握全国枢纽，而皆为袁氏心腹，教育司法农林工商四部，为袁氏所轻视，则属诸同盟会中。是唐氏固受袁指使，明明一袁系人物，谓为袁系内阁也可，谓为同盟会内阁，固不可也。老袁一登台，便已隐植势力，唐氏反为其鹰犬，我为唐氏计，殊不值得云。

第十回

践夙约一方解职　借外债四国违言

孙中山践约去职，发表了一通诚挚的讲话。议员再度表决，政府所在地也设在了北京。政府开始运作，遇到财政困难，向四国银行团借款又遭要挟，总统、总理一筹莫展。

却说孙中山在南京，闻袁氏受职，唐阁组成，遂莅参议院辞职；又把生平积悃，及所有政见，宣布出来，作为临别赠言的表意。各议员分列坐席，屏息敛容，各聆绪论，并令书记员出席登录，随听随抄，将白话译作文言道：

> 本大总统于中华民国正月一日，来南京受职，今日为四月一日，至贵院宣布解职，为期适三个月。此三月中，均为中华民国草创之时代。当中华民国成立以前，纯然为革命时代，中国何为发起革命？实以联合四万万人，推倒恶劣政府为宗旨。自革命初起，南北界限，尚未化除，不得已而有用兵之事。三月以来，南北统一，战事告终，造成完全无缺之中华民国，此皆全国国民，及全国军人之力所致。在本总统受职之初，不料有如此之好结果，亦不料以极短之时期，能建立如此之大业。本总统于一个月前，已提出辞职书于贵院，当时因统一政府未成，故虽已辞职，仍执行总统事务。今国务总理唐绍仪，组织内阁已成立，本总统自当解职，今日特莅贵院宣布。但趁此时间，本总统尚有数语，以陈述于贵院之前。中华民国成立之后，凡为中华民国国民，均有国民之天职。何谓天职？即促进世界的和平是也。此促进世界的和平，即为中华民国前途之目的。依此目的而行，即可以巩固中华民国之基础，盖中国人民，居世界人民四分之一，中国人民，若能为长足之进步，则多数共跻于文明，自不难结世界和平之

局。况中国人种，以好和平著闻于世，于数千年前，已知和平为世界之真理。中华民国有此民习，登世界舞台之上，与各国交际，促进和平，即是中华民国国民之天职。本总统与全国国民，同此心理，务将人民之智识习俗，及一切事业，切实进行，力谋善果。本总统解职之后，即为中华民国之一国民，政府不过一极小之机关，其力量不过国民极小之一部分，大部分之力量，仍全在吾国民，本总统今日解职，并非功成身退，实欲以中华民国国民之地位，与四万万国民，协力造成中华民国之巩固基础，以冀世界之和平。望贵院与将来政府，勉励人民，同尽天职。从今而后，使中华民国，得为文明之进步，使世界舞台，得享和平之幸福，固不第一人之宏愿已也。

词毕，大众相率拍手，毋容絮述。孙中山遂缴出临时大总统印，交还参议院，参议院议长林森，副议长王正廷，即令全院委员长李肇甫，接受大总统印信，一面由林议长做了全院代表，答复孙中山，大约亦有数百言，小子又录出如下：

中华建国四千余年，专制虐焰，炽于秦政，历朝接踵，燎原之势，极及末流，百度隳坏。虽拥有二亿里大陆，率有四百兆众庶，外患乘之，殆如推枯拉朽，而不绝如缕者，仅气息之奄奄。中山先生，发宏愿救国，首建共和之纛，奔走呼号于专制淫威之下，濒于殆者屡矣，而毅然不稍辍，二十年如一日。武汉起义，未一月而响应者，三分天下有其二，固亡清无道所致，抑亦先生宣导鼓吹之力实多也。当时民国尚未统一，国人急谋建设临时政府于南京，适先生归国，遂由各省代表，公举为临时大总统。受职才四十日，即以和平措置，使清帝退位，统一底定，迄未忍生灵涂炭，遽诉之于兵戎。虽柄国不满百日，而吾五大民族所受赐者，已靡有涯矣；固不独成功不居，其高尚纯洁之风，为斯世矜式已也。今当先生解临时大总统职任之日，本院代表全国，有不能已于言者。民国之成立也，先生实抚育之；民国之发扬光大也，尤赖先生牖启而振迅之。苟有利于民国者，无间在朝在野，其责任一也。卢斯福解职总统后，周游演述，未尝一日不拳拳于阿美利坚合众国，愿先生为卢斯福，国人馨香祝之矣。

孙中山欢谢议员，鞠躬告退。各议员再表决临时政府地点，准将南京临时政府，移往北京，南京仍为普通都会。由袁总统任命前陆军总长黄兴，为南京留守，控制南方军队，一面召唐绍仪回京。唐以交通一席不便兼理，复提出施肇基总长交通，交参议院议决，得多数同意，乃电请袁总统任命。十部总长已完全无缺，唐总理遂邀同王宠惠等，启程北行。惟陈其美曾为沪军都督，自请后行，唐不能相强，即日北去。参议院各议员，亦于四月二十九日，联翩赴都。副总统黎元洪，亦请解大元帅职，另由袁总统改任，属领参谋总长事。所有前清总督巡抚各名目，一律改为都督。内而政府，外而各省，总算粗粗就绪。

惟蒙、藏两部一时尚不暇办理，但由袁总统派员赍书，劝令取消独立，拥护中央。是时英、俄两国，方眈眈逐逐，谋取蒙、藏为囊中物。活佛喇嘛毫无见识，一任外人播弄，徒凭袁总统一纸空文，岂即肯拱手听命，就此安静吗？袁总统也明知无益，不得已敷衍表面，暗中却用着全力，注意内部的运用。第一着是裁兵，第二着是借债，这两策又是连带的关系。看官试想，各省的革命军，东也招募，西也招集，差不多有数十百万，此时中央政府完全成立，南北已和平了事，还要这冗兵何用？况袁总统心中，日日防着南军，早一日裁去，便早一日安枕。但是着手裁兵，先需银钱要紧，南京临时政府，已单靠借债度日，苏路借款，招商局借款，汉冶萍公司借款，共得五六百万，到手辄尽；又发军需八厘公债票一万万圆，陆续凑集，还嫌不敷。唐绍仪南下组阁，南京政府已承认撤销，惟所有一切欠款，须归北京政府负担，南京要二三百万，上海要五十万，还有武昌一方面，也要一百五十万，都向唐总理支取，说是历欠军饷，万难迁延。唐总理即致电北京，嗣得老袁复电，并不多言，只令他便宜行事。急时抱佛脚，不得不向外国银行低头乞贷，于是四国银行团，遂仗着多财善贾的势力，来作出借巨款的主人翁。

什么叫做四国银行团呢？原来清宣统二年，清政府欲改良币制，及振兴东三省实业，拟借外款一千万镑。英国汇丰银行、法兰西银行、德华银行、美国资本团，合资应募，彼此订约，称为四国银行团。嗣经日、俄两国出头抗议，交涉尚未办妥，武昌又陡起革命军，四国银行，中途缩手，只交过垫款四十万镑，余外停付。至民国统一，袁世凯出任临时总统，他本是借债能手，料知上台办事，非钱不行，正欲向银行团商借。巧值四国公使，应银行团请求，函致老袁，愿输资中国，借助建设，惟要求借款优先权。老袁自然乐从，复函慨许，且乞先垫款四十万镑，以应急需，过后另议。银行团即如数交来，会唐绍仪以南方要求，无术应付，也只好电商四国银行团，再乞垫款，数约一千五百万两，银行团却也乐允，惟所开条件，既要担保，又要监督，还要将如何用法，一一录示。唐绍仪以条件太苛，不便迁就，遂另向华比银行商借垫款一百万镑。比利时本是西洋小国，商民亦没甚权力，不过艳羡借款的利息，有意投资，遂向俄国银行，及未曾列入团体的英法银行，互相牵合，出让借款，议定七九折付，利息五厘，以京张铁路余利作为抵押。唐绍仪接收此款，遂付南京用费二百三十万两，武昌一百五十万两，上海五十万两，其余统携至北京。不消几日，就用得滑塌精光，又要去仰求外人了。

哪知四国公使，已来了一个照会，略言“唐总理擅借比款，与前时袁总统复函，许给借款优先权，显然违背，即希明白答复”等语。袁总统心中一想，这是外人理长、自己理短，说不出什么理由，只得用了一个救急的法儿，独求美公使缓颊，并代向英、德、法三国调停。美公使还算有情，邀了唐总理，同去拜会三国公使。唐总理此时也顾不得面子，平心息气的，向各使道歉，且婉言相告道：“此次借用比款，实因南方急需，不得不然。若贵国银行团等，果肯借我巨资，移偿比款，比约当可取消。惟当时未及关照，似属冒昧，还求贵公使原谅。”英、德、法三使，还睁着碧眼，竖着黄须，有意与唐为难，美公使忙叽哩咕噜地说了数语，大约是替唐洗刷，各使才有霁容，惟提出要求三事：一是另订日期，向四国银行团道歉；二是财政预算案，须送各国备阅；三是不得另向别国秘密借款。唐总理一一承认，各公使最后要求，是退还比款，取消比约二语，也由唐总理允诺，才算双方解决，尽欢而散。

袁总统兀坐府中，正待唐总理返报，可巧唐总理回来，述及各使会议情形，袁总统道：“还好还好，但欲取消比约，却也有些为难哩。”唐总理道：“一个比国银行，想总不及四大银行的声势，我总教退还借款，原约当可取消。”袁总统点头道：“劳你去办就是了。”唐总理退出，即电致华比银行，欲取消借款原约。比国商民，哪里肯半途而废？自然反唇相讥。唐氏无可奈何，只得仍托美公使居间，代为和解，美使与英、德、法三国本是一鼻孔出气，不过性情和平，较肯转圜。他既受唐氏属托，遂与英、法两使商议，浼他阻止与比联合的银行，绝他来源，一面与比使谈判，逼他停止华比银行的借款。比公使人微言轻，自知螳臂当车，倔强无益，乐得买动美使欢心，转嘱比商取消借约。比商虽不甘心，怎奈合股的英法银行已经退出，上头又受公使压力，不得已自允取消，但索还垫款一百万镑。

唐总理乃与银行团接续会议，请他就六星期内，先贷给三千五百万两，以后每月付一千万两，自民国元年六月起，至十月止，共需七千五百万两，俟大借款成立，尽许扣还。不意银行团狡猾得很，答称前时需款，只一千五百万两，此番忽要加添数倍，究属何用？遂各举代表出来，竟至唐总理府中，与唐面谈。唐总理当即接见，各代表开口启问，便是借款的用途。唐总理不暇思索，信口答道："无非为遣散军队，发给恩饷哩。"各代表又问及实需几何？唐复答道："非三千万两不可。"各代表又问道："为何要这么多？"唐总理道："军队林立，需款浩繁，若要一裁并，三千万尚是少数，倘或随时酌裁，照目前所需，得了三五百万，也可将就敷衍哩。"这数语是随便应酬的口吻，偏各银团代表，疑他忽增忽减，多寡悬殊，不禁笑问道："总理前日曾借过比款一百万镑，向何处用去？"唐将付给南京、上海、汉口等款额一一说明，并言除南方支付外，尽由北京用去。各代表又道："贵国用款，这般冒滥，敝银行团虽有多款，亦不便草率轻借，须知有借期，必有还期，贵国难道可有借无还吗？"唐总理被他一诘，几乎说不出话来。德华银行代表即起身离座道："用款如此模糊，若非另商办法，如何借得？"唐总理也即起立道："办法如何？还请明示。"德代表冷笑道："欲要借款，必须由敝国监督用途，无论是否裁兵，不由我国监督，总归没效。"唐总理迟疑半晌道："这却恐不便呢。"各代表都起身道："贵总理既云不便，敝银行团并非定要出借。"言毕，悻悻欲行，唐总理复道："且再容磋商便了。"各代表一面退出，一面说着道："此后借款事项，也不必与我等商量，请径向敝国公使妥议便了。"数语说完，已至门外，各有意无意地鞠了一躬，扬长竟去。

唐总理非常失望，只好转达袁总统，袁总统默默筹划，又想了一计出来。看官道是何计？他想四国银行团，既这般厉害，我何不转向别国银行暂去乞贷呢？计划已定，便暗着人四处运动，日本正金银行、俄国道胜银行，居然仗义责言，出来辩难。他说："四国银行团，既承政府许可，愿出借款，帮助中国，亦应迁就一点，为何率尔破裂？此举太不近人情了。"这语一倡，英、美两公使不免恐慌。暗想日、俄两国从中作梗，定是不怀好意，倘他承认借款，被占先着，又要费无数唇舌。当下照会临时政府，愿再出调停，袁总统也觉快意，只自己不便出面，仍委唐总理协议。唐总理惩前毖后，实不欲再当此任，只是需款甚急，又不好不硬着头皮出去商办，正在彷徨的时候，凑巧有一替身到来，便乘此卸了肩仔，把一个奇难的题目，交给了他，由他施行。正是：

会议不堪重倒脸，当冲幸有后来人。

欲知来者为谁，且至下回说明。

孙中山遵约辞职，不可谓非信义士，与老袁之处心积虑，全然不同，是固革命史中之翘楚也。或谓中山为游说家，非政治家，自问才力不逮老袁，因此让位，是说亦未必尽然。顾即如其言以论中山，中山亦可谓自知甚明，能度德，能量力，不肯丧万姓之生命，争一己之权位，亦一仁且智也。吾重其仁，吾尤爱其智。以千头万绪棼如乱丝之中国，欲廓清而平定之，谈何容易？况财政奇窘，已达极点，各省方自顾不遑，中央则全无收入，即此一端，已是穷于应付，试观袁、唐两人之借债，多少困难，外国银行团之要挟，又多少严苛，袁又自称快意，在局外人目之，实乏趣味，甫经上台，全国债务，已集一身，与其为避债之周赧，何若为辟谷之张良，故人谓中山之智，不若老袁，吾谓袁实愚者也，而中山真智士矣。

第十一回

商垫款熊秉三受谤 拒副署唐少川失踪

此回接叙借款问题，进而转写总统、总理间的龃龉。老袁还是老套，不容别人左右自己，唐绍仪不肯任由总统自专，溜到了天津，然后递上了辞呈。

却说国务总理唐绍仪，正因借款交涉，受了银行团代表的闷气，心中非常懊恼，凑巧来了一个阁员，看官道是何人？便是新任财政总长熊希龄。

希龄字秉三，湖南凤凰厅人，素有才名，时人呼为熊凤凰，此时来京任职，当由唐总理与他叙谈，把借款的事件，委他办理。熊亦明知是个难题，但既做了财政总长，应该办理这种事情，诿无可诿，当即允诺。

唐总理遂函告银行团，略说："借款办法，应归财政总长一手经理。"银行团复词照允，于是与熊总长开始谈判。熊总长颇有口才，凭着这三寸不烂的慧舌，说明将来财政计划，及大宗用途与偿还方法，统是娓娓动人。银行团代表，允先付垫款若干，再议大借款问题，惟遣散军队时，仍须选派外国军官，公同监督。经熊总长再三辩论，再四磋商，方议定中外两造，各派核计员，每次开支，须由财政部先备清单，送交核计员查核，核计员查封无误，双方签押，始得向银行开支。惟银行团只允先付三百万两，分作南北暂时垫款，支放军饷，但亦须由洋关税司，间接监视，以昭信实。至大借款问题，须俟伦敦会议后解决。看官！你想这三百万两小借款，既须由核计员查封，又须由税务司监视，核计员与税务司统是洋人参入，显见得洋人有权，中国无权。临时政府，两手空空，也顾不得什么利害，只好饮鸩止渴，聊救目前。当下由熊总长至参议院，与各议员开谈话会，讲论此事。议员聚讼纷纭，未曾表决。熊总长返至内阁，即受总统总理密嘱，与银行团草定垫款合同共七章，嗣为参议院闻知，即提出质问。唐总理与熊总长，不得不据情答复。略云：

垫款为借款之一部分，拨付垫款三百万，又为垫款中之一部分，既非正式借款，即不应有此条件。无如该团以拨付垫款，既已逼迫，伦敦会议，又未解决，深恐我得款后，或有翻悔，故于我急于拨款之际，要求载入七条于信函之后，当因南北筹饷，势等燃眉，本总理总长迫于时势，不得不循照旧例，两方先用信函签字拨款，所拨之三百万两，不过垫款之一部分，为暂时之腾挪，且信函草章，并无镑价折扣利息抵押之规定，不能即谓为合同，故于签字以前，未及提出交谈，还希原谅！此复。

参议员接此复文，仍有违言，大致以此项条件，虽系草章，就是将来商订正式合同的根据，若非预先研究，终成后患；乃复提出请愿书，要求总统提出草合同，正式交议。袁总统允准，遂将草合同赍交参议院，咨请议决。议员会议三日，各怀党见，没甚结果。唐总理熊总长再出席宣言，略谓："垫款条件，参议院未曾通过，伦敦会议，亦无复信，虽尚有磋商的机会，惟外人能否让步，实无把握。贵院能先对大纲表示同意，再行指出应改条文，本总理等必当尽力磋商，务期有济。"各议员一律拍掌，表示赞成。于是共同讨论，絮议了好多时，方由议长宣布意见，谓："垫款一节，既属目前要需，不能不表示同意。但所开草合同七条，如所订核计员查对及税务司监视，有损国权，应由政府与银行团，再行磋商，挽回一分是一分，不必拘定某条某句，使政府有伸缩余地，当不致万分为难了。"唐、熊两人，巴不得参议院中，有此一语，遂将彼此为国的套语，敷衍数句，即行去讫。

过了数天，由江南一方面来了两角文书，一角是达总统府，一角是交参议院。内称："垫款章程，不但监督财政，直是监督军队，万不可行，应即责令熊总长取消草约，一面发行不兑换券，权救眉急，并实行国民捐，组织国民银行，作为后盾。"书末署名，乃是南京留守黄兴。接连是江西、四川等省，均通电反对。袁总统置诸度外，参议院也作旁观，只有这位熊凤凰，刚刚凑着这个时候，不是被人咒骂，就是惹人讥评。他愤无可泄，也拟了一个电稿，拍致各省道：

希龄受职，正值借款谈判激烈，外人要求请派外国武官监督撤兵，会同华官点名发饷，并于财政部内选派核算员，监督财政，改良收支，两次争论，几致决裂，经屡次驳议，武官一节，乃作罢论，然支发款项，各银行尚须信证，议由中政府委派税司经理。至核算员，则议于部外设一经理垫款核算处，财政部与该团各派一人，并声明只能及于垫款所指之用途，至十月垫款支尽后，即将核算处裁撤，此等勉强办法，实出于万不得已，今虽拨款三百万两，稍救燃眉，然所约七款大纲，并非正式合同，公等如能于数月内设法筹足，或以省款接济，或以国民捐担任，以为后盾，使每月七百万之军饷，有恃无恐，即可将银行团垫款借款，一概谢绝，是正希龄之所日夕期之也。希即答复！

各省长官，接到熊总长这般电诘，都变做反舌无声，就是大名鼎鼎的黄留守，也变不出这么多银子，前时所拟方法，统能说不能行，要他从实际上做来，简直是毫无效果，因此也无可答复，同做了仗马寒蝉。熊总长复上书辞职，经袁总统竭力慰留，始不果行。再与银行团磋议，商请取消核计员及税司监视权，银行团代表以垫款期限只有数月，且俟伦敦会议后，如何解决，再行酌改云云。

看官听着！这伦敦会议的缘起，系是四国银行团，借英京伦敦为会议场，研究中国大借款办法，及日、俄加入问题，小子于前回中，曾说日俄银行出来调解，他的本旨，并非是惠爱我国，但因地球上面，第一等强国，要算英、法、俄、美、日、德六大邦，英、法、美、德既集银行团，日、俄不应落后，所以与四国团交涉，也要一并加入。四国团不便力阻，只得函问中政府，愿否日、俄加入。中政府有何能力，敢阻日、俄，况是请他来的帮手，当然是答一"可"字。哪知俄人别有用意，以为此项借款，不能在蒙古、满洲使用，自己方可加入。日本亦欲除开满洲，与俄人异意同词。四国团当然不允，且声言："此次借款，发行公债，应由本国银行承当，英为汇丰银行，法为汇理银行，德为德华银行，美为花旗银行，此外的四国银行及四国以外的银行，均不得干预。"这项提议，与日、俄大有妨碍，日、俄虽加入银行团，发行债票，仍须借重四国指定的银行，与未加入何异？因此拒绝不允，会议几要决裂了。法国代表，从中调停，要想做和事佬，怂恿五国银行团代表，由伦敦移至巴黎，巴黎为法国京都，当由法代表主席。磋商月余，俄国公债票得在俄比银行发行，日本公债票得在日法银行发行。至日、俄提出的满、蒙问题，虽未公认，却另有一种条件订就，系是六国银行团中，有一国提出异议，即可止款不借，此条明明为日、俄留一余地，若对于中国，须受六银行监督，须用盐税抵押。

彼此议定，正要照会中国，适中政府致书银行团，再请垫款三百万两，否则势不及待，另筹他款，幸勿见怪。银行团见此公文，大家疑为强硬，恐有他国运动，即忙复书承认，即日支给。中政府复得垫款。及挨过了好几天，六国银行团，遂相约至外交部，与外交总长陆徵祥晤谈，报告银行团成立。越日，又与陆、熊两总长开议借款情形。陆总长已探悉巴黎会议，所定条件，厉害得很，遂与熊总长密商，只愿小借款，不愿大借款，熊总长很是赞成，当下见了银行团代表，便慨然道："承贵银行团厚意，愿借巨款，助我建设，但敝国政府，因债款已多，不敢再借巨项，但愿仿照现在垫款办法，每月垫付六百万两，自六月起，至十月止，仍照前约办理便了。"

看官！你想六国银行团，为了中国大借款，费尽唇舌，无数周折，才得议妥，谁料中国竟这般拒绝，反白费了两月心思，这班碧眼虬髯的大人物，哪肯从此罢休，便齐声答道："贵政府既不愿再借巨款，索性连垫款也不必了。索性连六百万垫款，也还了我吧。"陆总长忙答辩道："并非敝国定不愿借，但贵银行团所定条件，敝国的人民，决不承认，国民不承认，我辈也无可如何，只好请求垫款，另作计划罢了。"银行团代表，见语不投机，各负气而去。陆、熊两总长以交涉无效，拟与唐总理商议一切。唐总理已因病请假，好几日未得会叙，两人遂各乘马车，径至唐总理寓所。名刺方入，那阍人竟出来挡驾，且道："总理往天津养病去了。"两人不禁诧异，便问道："何日动身，为何并不见公文？"阍人只答称去了两日，余事一概未知，两人方怏怏回来。

看官！你道这唐总理如何赴津，当时京中人士，统说是总理失踪，究竟他是因病赴津呢，还是另有他事？小子得诸传闻，唐总理的病，乃是心病，并不是什么寒热，什么虚痨。原来唐总理的本旨，以中国既行内阁制，所有国家重政，应归国务员担负责任，因此遇着大事，必邀同国务员议定，称为国务会议。偏偏各部总长意见不同，从唐总理就职后，开了好几次国务会议，内务总长赵秉钧，未见到会，就是陆海军总长，虽然列席，也与唐总理未合，只有教育总长蔡元培、司法总长王宠惠、农林总长宋教仁，与唐总理俱列同盟会，意气还算相投。又有工商次长王正廷，因陈其美未肯到京，署理总长，也与唐不相反对。交通总长施肇基，与唐有姻戚关系，自然是水乳交融。此外如外交总长陆徵祥，是一个超然派，无论如何，总是中立。财政总长熊希龄是别一党派，异视同盟会，为了借款问题，亦尝与唐总理龃龉，唐总理已是不安，而且总统府中的秘书员、顾问员，每有议论，经总统承认后，又必须由总理承认，方得施行，否则无效，那时这班秘书老爷、顾问先生，都说总统无用，全然是唐总理的傀儡。

看官！试想这野心勃勃的袁项城，岂肯长此忍耐，受制于人？况前此总理一职，有意属唐，无非因唐为老友，足资臂助，乃既为总理，偏以背道分驰，与自己不相联属，遂疑他为倾心革党，阴怀猜忌。其实唐本袁系，不过为责任内阁起见，未肯阿谀从事，有时与老袁叙谈，辄抗争座上，不为少屈。老袁左右，每见唐至，往往私相告语道："今日唐总理，又来欺侮我总统吗？"

一夕，唐谒老袁，两下里争论起来，老袁不觉勃然道："我已老了，少川，你来做总统，可好吗？"唐本粤人，字少川，老袁以小字呼唐，虽系老友习惯，然此时已皆以总统总理相呼，骤呼唐字，明明是满腹怒意，借此少泄，语决尤不堪入耳，气得唐总理瞠目结舌，踉跄趋出，乘车回寓。冤冤相凑，距总统府约数百步，忽遇卫队数十人，拥护一高车驷马的大员，吆喝而来。唐车趋避稍迟，那卫队已怒目扬威，举枪大呼道："快走！快走！不要恼了老子。"唐不待说毕，忙呼车夫让避。至大员已过，便问车夫道："他是何人？"车夫道："他是大总统的拱卫军总司令段大人。"唐总理笑道："是段芝贵吗？我还道是前清的摄政王。"既而回至寓中，不由得自叹道："一个军司令，有这么威风，我等身为文吏，尚想与统率海陆军的大总统，计较长短，正是不知分量了。我明日即行辞职，还是归老田间吧。"继又暗忖道："我友王芝祥，将要到京，来做直隶都督，他一到任，我的心事已了，便决计走吧。"

原来北通州人王芝祥，曾为广西藩司，广西独立，芝祥为桂军总司令，率兵北伐。及到南京，南北已经统一，唐绍仪南下组阁，旧友重逢，欢然道故，自不消说。直隶代表谷钟秀等，时在南京，愿举芝祥为本省都督，浼唐入白袁总统。唐返京，即与老袁谈及，袁已面许，乃电促芝祥入京。唐总理正待他到来，所以有此转念。过了数日，芝祥已在江南，遣还桂军，入京候命。唐总理与王见面，自然入询老袁，请即任王督直，发表命令。哪知袁总统递示电文，乃是直隶五路军界，反对王芝祥，不令督直。唐总理微哂道："总统意下如何？"袁总统皱眉道："军界反对，如何是好；我拟另行委任便了。"唐总理道："军人干涉政治，非民国幸福。"老袁默然不答。唐总理立即辞出，到了次日，即由总统府发出委任状，要唐总理副署盖印。唐总理取过一瞧，系命王芝祥仍返南京，遣散各路军队，不由得愤愤道："老袁欺人太甚，既召他进京，又令他南返，不但失信芝祥，并且失信直人，这等乱命，我尚可副署吗？"言已，即将委任状却还，不肯副署。嗣闻老袁竟直交王芝祥，芝祥即往示唐总理。唐总理益愤懑道："君主立宪国，所发命令，尚须内阁副署，我国号称共和，仍可由总统自主吗？我既不配副署，我在此做什么？"芝祥去后，即匆匆收拾行囊，待至黎明，竟出乘京津火车，径赴津门去了。小子有诗咏唐总理道：

辞官容易做官难，失职何如谢职安；

双足脱开名利锁，津门且任我盘桓。

唐总理赴津后，如何结果，且看下回说明。

本回叙述垫款，为下文善后大借款张本。外款非不可借，但今日借款，明日借款，徒为一班武夫所垄断，满贮囊橐，逍遥自在，铁血之光，化作金钱之气，徒令全国人民，迭增担负。读史至此，转叹革命伟人，日言造福，不意其造祸至于如此也。袁总统心目中，且以依赖外债为得计，意谓外债一成，众难悉解，受谤者他人，而受益者一己，方将尽以英镑、美元、马克、法郎为资料，买收武夫欢心，拥护个人权力，亦知上下争利，不夺不餍乎？唐总理就职，未及百日，即与老袁未协，飘然径去，唐犹可为自好士，然一番奔走，徒为袁总统作一傀儡，唐其未免自悔欤？

第十二回

组政党笑评新总理　嚇军人胁迫众议员

总理辞职引动部长辞职，袁总统提出了新内阁人选。偏是主要由三党组成的议会不通过，作者自然也将三党来由、组成叙出。老袁的终极法子不过动粗，接到吃卫生丸传单的议员还有哪个敢出头，乖乖通过了名单。

却说唐绍仪既赴天津，方具呈辞职，呈文中亦不说什么，但说“因感风寒，牵动旧疾，所以赴津调治，请即开职另任”云云。袁总统当发电慰留，并给假休养，暂命外交总长陆徵祥代任总理，一面遣秘书长梁士诒，赴津劝驾。唐决意辞职，再具呈文，托梁带回。袁已与唐有嫌，还愿他做什么总理，不过表面上似难决绝，因做了一番挽留的虚文，敷衍门面。唐已窥袁肺腑，怎肯再来任事？老袁以为情义兼尽，由他自去，随即批准呈文，改任总理。

相传唐驻津门数月，乘舟南归，途中遇刺客黄祯祥，为唐察破，幸得免刺。唐问系何人所使？祯祥爽然道：“我与君并无夙仇，今日奉极峰命，来此行刺，但看君来去坦白，我亦不忍下手，否则已早行事，恐君亦未能免祸呢。”唐乃答道：“你既存心良善，我也不必深究，只烦你寄语极峰，休要行此鬼蜮伎俩。他欲杀人，人亦将杀他，冤冤相报，莫谓天道无知呢。”祯祥唯唯自去，唐始安然南下，语且休表。

且说国务总理一职，因唐已辞去，当然需人接任，袁总统属意陆徵祥，仍援《临时约法》第三十四条，提出参议院，求议员同意。陆字子欣，江苏上海人，曾为广方言馆毕业生，嗣奉调出洋，才气飙发，为历任公使所倚重，不数年洊升参赞，继充荷兰公使，又继任海牙平和会专使。至民国第一次组阁，因他是外交熟手，遂召他回国，令为外交总长。陆性和平，且无一定的党派，因此老袁欲令他继任。这时候的参议院中，议长林森回籍，副议长王正廷署理工商次长，两人统已出院，乃改举奉天吴景濂为议长，湖北汤化龙为副议长，议员约数十人，却分作好几党。据政治家研究，以为外洋立宪国，没一国不有政党，没一国不有数政党，因为国家的政要，容易为一偏所误，所以政治家各张一帜，号召徒党，研究时政，彼有一是非，此亦有一是非，从两方面剖辩起来，显出一个真正的是非，方可切实履行，故外人有愈竞愈进的恒言。从前满清预备立宪，我国人已模仿外洋，集会结社，成一政党的雏形，什么宪友会，什么宪政实进会，已是风行一时。到了民国初造，最彰明较著的党员，就是革命党，革命党的起手，便是同盟会。同盟会中的重要人物，第一个是孙文，称作总理；第二个是黄兴，称作协理；其次即为宋教仁、汪兆铭等，统是会中的干事员。自革命告成，会中人变为政党，宣布党纲，共有九条：（一）完成行政统一，促进地方自治；（二）实行种族同化；（三）采用国家社会政策；（四）普及义务教育；（五）主张男女平权；（六）励行征兵制度；（七）整理财政，厘定税则；（八）力谋国际平等；（九）注重移民开垦事业。依这九大党纲看来，俨然有促进大同的气象。

其后有浙人章炳麟、苏人张謇发起的统一党，还有宪友会化身的国民协进会，以及湖北人主动的民社，共计三部分，或是前清的硕学通儒，或是前清的旧官故吏，起初是各行各志，后来并合为共和党，也有一种党义，略分三则：（一）保持全国统一，取国家主义；（二）以国家权力，扶持国民进步；（三）应世界大势，以平和实利立国。这三条党义，隐隐与同盟会反对，时人称同盟会为民权主义，共和党为国权主义。未几，又有统一共和党出现，即由滇人蔡锷、直人王芝祥等组织而成，他有十余条党纲：（一）划定行政区域，实谋中央统一；（二）厘定税则，务期负担公平；（三）注重民生，采用社会政策；（四）发达国民经济，采用保护贸易政策；（五）划一币制，采用金本位制；（六）整顿金融机关，采用国家银行制度；（七）振兴交通，速设铁道干线；（八）实行军国民教育，促进专门学术；（九）振刷海陆军备，采用征兵制度；（十）保护海外移民，励行实边开垦；（十一）普及文化，融合国内民族；（十二）注意外交，保持国家对等权利。统观这十二条党纲，是国权与民权俱重，介在同盟会共和党的中间，仿佛是折衷主义，但总与两党若合若离。

参议院中的议员，就是由这三党中选举出来。当时参议院内，除西藏议员尚未选派外，共一百二十一席，同盟会共和党，各得四十余席，统一共和党，也得三四十人。此次由袁总统提出陆总理，同盟会中极端反对，自在意中，惟共和党人，已受袁总统笼络，愿表同意，且代为运动，把统一共和党员，也联为一致，因此全院投票，只同盟会议员否决，余皆投同意票。陆总理得多数赞成，当即通过。隔了一宿，即有大总统命令发出，特任陆徵祥为国务总理。唐内阁变为陆内阁，所有从前的国务员，因与唐氏有连带关系，提出辞职。交通总长施肇基，第一个上辞职书，袁总统立即批准，教育总长蔡元培、司法总长王宠惠、农林总长宋教仁、未到任的工商总长陈其美、及署长王正廷依次辞职。袁总统概不慰留，一律准请，财政总长熊希龄，见阁员多半辞去，也不好恋栈，照例递呈辞职，偏亦邀老袁批准，只得卸职退闲。独内务及陆海军三部总长，依然就任，寂无变动。

袁总统乃另索夹袋中人物，提交参议院议决，财政总长，拟任周自齐；司法总长，拟任章宗祥；教育总长，拟任孙毓筠；农林总长，拟任王人文；工商总长，拟任沈秉坤；交通总长，拟任胡维德。先将名单发交陆总理，令至参议院宣布，征求同意。陆总理不置可否，惟命是从，当即乘了马车，至参议院。全院议员，共表欢迎，总道他是历任外交，必多经验，且才名卓越，应有特别政见，因此大家起敬。待陆登演说坛时，拍手声与爆竹相似，劈劈啪啪的有好几千声，到了声浪渐息，大家都凝神注意，侧着耳朵，恭聆伟论。哪知陆总理是擅英语，不擅长国语，开口时已支支格格，说不出什么话，至表述阁员的时候，他却发出大声道："有了国务总理，断不可无国务员，若国务员没有才望，单靠着一个总理，是断断不能成事的。鄙人忝任总理，自愧无才，全仗国务员选得能干，方可共同办事，不致溺职，现已拟有数人，望诸君秉公解决。譬如人家做生日，也须先开菜单，拣择可口的菜蔬，况是重大的国务员呢。"说至此，全院并没有拍掌声，只听有人嬉笑道："总理迭使外洋，惯吃西餐，自然留意菜单，我等都从乡里中来，连鱼翅海参，都是未曾尝过，晓得什么大菜。"这边的笑语未绝，那边的笑语又起，复说道："想是总理的生辰，就在这数日内，我等却要登堂祝寿，叨光一餐。想总理府中的菜单，总是预先拣择，格外精美哩。"陆总理并非痴聋，听到这等讥评，不觉面红耳赤，暗想："外人何等厉害，却没有这般嘲笑，今到此地，偏受他们奚落，这真是出人意外呢。"当下无意演说，竟自下台，勉强把名单取出，交给议长，自己垂头丧气，踱出院门，乘舆竟去。各议员由他自行，并没有一人欢送，反大家指手划脚，说短论长，统说："民国初立，草昧经营，全靠有才干的总理，才能兴利除弊，今来了这等人物，要做总理，此外还有何望？"同盟会员，格外愤激，便道："我等原是不赞成的，不知同院诸君，何多投同意票，莫非已受他买嘱吗？"共和党及统一共和党，听了买嘱二字，自然禁受不起，便与同盟会员争闹起来，霎时间全院鼎沸，几成一个械斗场。议长吴景濂，见秩序已乱，慌忙出来禁止，并摇铃散会，大众方一哄而散。

次日，复开会表决国务员，仍用投票的老法，取决可否。及开箧审视，纯是不同意票。同盟会员又出席道："今日同院诸君，完全投不同意票，显见得人心未泯，公论难逃。但总理已经任命，就是易人提出，恐仍是这等腐败人物，果欲改弦易辙，必须釜底抽薪，劾老去陆方好哩。"大众颇也赞成，遂提出弹劾总理案，公拟一篇咨文，送入总统府，老袁置诸高阁，陆徵祥过意不去，呈请辞职。老袁不许，只另拟了几个人物，再交参议院议决，财政总长，改拟周学熙；司法总长，改拟许世英；教育总长，改拟范源濂；农林总长，改拟陈振先；工商总长，改拟蒋作宾；交通总长，改拟朱启钤。因恐参议院仍未通过，先遣人讽示议员，果然各议员不肯赞同，仍然拒绝，老袁智虑深沉，并没有一点仓皇，暗地里却布置妥当。不到一日，军警两界，遍布传单，大约说是："内阁中断，急切需人，参议院有意为难，反令我辈铁血铸成的民国，害得没政府一般，若长此阻碍政治，我等只有武力对待的一法。"这数语一经传布，都城里面，又恐似前次的变乱，吓得心胆俱裂。就是参议院中，也递入好几张传单，竟要请一百多个议员，统吃卫生丸。这议员是血肉身躯，哪一个不怕弹丸？整日里缩做一团，杜着门，裹着足，连都市上也不敢出头。

老袁暗暗欢慰，一面办好十多桌盛席，邀参议员入府宴会。各议员不好坚拒，又不敢径去。大众密议多时，方公决了一个"谢"字。袁总统料他胆怯，遂遣秘书长梁士诒往邀，各议员见梁到来，才敢应允。出院时由梁前导，大家鱼贯后随，一同到总统府。袁总统也出来周旋，殷勤款待，到了就席的时候，却令梁秘书长等相陪，自己踱了进去。酒过数巡，由梁秘书长略略叙谈，表明总统微意，各议员哪敢再拒？自然唯唯连声，到了酒酣席散，又见袁总统出谈，说了几句费心的套话，各议员很是谦恭，并表明谢忱，乃一齐告别。越宿，复投票表决阁员，除蒋作宾一人外，得多数同意。嗣又由总统府提出刘揆一，充任工商总长，又经参议院通过，遂俱正式任命，陆内阁乃完全成立了。惟陆徵祥以日前被嘲，未免惭忿，因托病请假，自入医院，不理政务。自此国家重事，均由总统府取决，从前的国务会议，竟移至总统府去了。同盟会员，为军人所逼，不得已通过总理及阁员，但心中总是不服，未免发生政论，谓军警不应干预政治，且遍咨各省都督，浼他进陈利弊。袁总统乃颁发通令二道，一是劝诫政党，一是谕禁军警，由小子次第录出。其劝诫政党云：

民国肇造，政党勃兴，我国民政治之思想发达，已有明征，较诸从前帝政时代，人民不知参政权之实贵者，何止一日千里。环球各国，皆恃政党，与政府相须为用，但党派虽多，莫不以爱国为前提，而非参以个人之意见。我国政党，方在萌芽，其发起之领袖，亦皆一时人杰，抱高尚之理想，本无丝毫利己之心，政见容有参差，心地皆类纯洁。惟徒党既盛，统系或歧，两党相持，言论不无激烈，深恐迁流所及，因个人之利害，忘国事之艰难。方今民国初兴，尚未巩固，倘有动摇，则国之不存，党将焉附？无论何种政党，均宜蠲除成见，专趋于国利民福之一途。若乃怀挟阴私，激成意气，习非胜是，飞短流长，藐法令若弁髦，以国家为孤注，将使灭亡之祸，于共和时代而发生。揆诸经营缔造之初心，其将何以自解？兴言及此，忧从中来。凡我国民，务念阋墙御侮之忠言，懔同室操戈之大戒，折衷真理，互相提携，忍此小嫌，同扶大局，本大总统有厚望焉！此令。

又谕禁军警云：

军人不准干预政治，迭经下令禁止在案，凡我军人，自应确遵明令，以肃军律。闻近日军界警界，仍有干涉政治之行为，殊属非是。须知军人为国干城，整军经武，日不暇给，岂可旷弃天职，越俎代庖，若挟持武力，率意径行，万一激成风潮，国家前途，曷胜危险？至警界职在维持治安，尤不应随声附和，致酿衅端。除令陆军内务两部传谕禁止外，特再申告诫，其各守法奉公，以完我军警高尚之人格！此令。

看官阅此两令，当时总以为言言金玉，字字珠玑，哪知袁总统的本意，却自有一番作用，小子也到民国五年，才知老袁命令，隐寓轻重呢。正是：

掩耳盗铃成惯技，盲人瞎马陷深池。

袁总统已胁服议员，又有一番手段，遣散各方军队，巩固中央政权，欲知详情，再阅下回。

政党二字，利害参半，若为智识单简，血气未定之人物，一经结党，必予智自雄，利未获而害先见。故政党之名，行于文化优美之国，或可收竞争竞进之效，否则难矣。我国人民，罕受教育，道德学问，多半短浅。致以政党之名，反为枭雄所利用，其反对者适受其侮弄而已。若夫内阁改组，易唐为陆，尚为老袁之过渡人物，袁之进步在此，政党之退步亦在此，逐回细阅，耐人寻味不少云。

第十三回

统中华厘定法规　征西藏欣闻捷报

此回前半先将各省都督列出，将文武官级表明，将司法、立法机关叙明，尤其对选举事宜说明详尽。后半回转写用兵西藏，叙出前因后果。

却说民国初造的时候，独立各省，军队林立，一省的都督，差不多有三五人，江南越加纷忧。苏州都督程德全，是官僚革命，总算从前清蜕化而来；还有上海都督陈其美，镇江都督林述庆，清江都督蒋雁行，扬州都督徐宝山，统是独张一帜，好似多头政治一般。至南北统一，南京临时政府，已移往北京，南方的军队，应归裁并。袁总统即命前陆军总长黄兴，留守南京，办理撤兵事宜；且派遣王芝祥，助黄为理。于是各镇都督，次第撤销，黄留守也办理就绪，当即电请销职。袁总统却复令缓撤，并派陆军次长蒋作宾驰往商办。嗣因黄去志甚坚，再电解职，乃派江苏都督程德全，到宁接收；并令黄留守计日来京，商议政要；且因孙中山游历各省，到处演说，鼓吹民生主义，也未免有些尴尬，遂亦致电相邀，令他入都备询。一面正式任命各省都督，兹将民国元年七月以后的都督姓名，列表如下：

直隶都督冯国璋	奉天都督赵尔巽	吉林都督陈昭常
黑龙江都督宋小濂	江苏都督程德全	安徽都督柏文蔚
江西都督李烈钧	浙江都督朱　瑞	福建都督孙道仁
湖北都督黎元洪	湖南都督谭延闿	山东都督周自齐
河南都督张镇芳	山西都督阎锡山	陕西都督张凤翙
甘肃都督赵惟熙署	新疆都督杨增新	四川都督尹昌衡

广东都督胡汉民　　　广西都督陆荣廷　　　云南都督蔡　锷

贵州都督唐继尧署

这二十二省的都督，有易任的，有仍旧的，有几个是革命前的老官僚，有几个是革命后的新统领，这也不必细表。

袁总统又规定任官等级，援例分布，凡最高职员，如国务总理，暨各部总长，及各省都督等，均称特任。特任以下，分作九等，一二等为简任官，三四五等为荐任官，六七八九等为委任官。又制定勋章等级，大勋章为总统佩带，上刻日月星辰山龙华虫宗彝藻火粉米黼黻十二章，其下亦分作九等，均刻嘉禾，第以绶色为别。陆海军勋章，独用白鹰文虎两种，亦分作九等，视绶色为等差。勋章以外，又有勋位，大勋位为首，依次至勋五位为止。余如国务院官制，及各部官制，一一酌定，次第颁行。所有国徽，除以五色旗为国旗外，海军仍用青天白日旗，陆军曾用十八星旗，至此加列一星，变作十九星旗，商旗适用国旗，就是五色旗。所有礼节，男子礼为脱帽鞠躬，大礼三鞠躬，常礼一鞠躬，寻常相见，只用脱帽礼。女子礼大致相同，惟不脱帽，专行鞠躬礼。另订衣冠仪式，绘图晓示，惟军人警察，另有特别礼仪，不在此限。

陆军官制分三等九级，上等称将官，中等称校官，初等称尉官，各分上中少三级，军士分上士中士下士，兵卒分上等兵一等兵二等兵，军队编制，每步兵十四人为一棚，三棚为一排，三排为一连，四连为一营，三营为一团，二团为一旅，二旅为一师，把前清镇协标队的名目，一律改称。海军官制，略有同异，如军医军需造械造舰等官，有总监主监上监中监少监等名目，与陆军不同。编制法以舰为别，亦与陆军异制。他如学校系统，分作四级，首大学，次中学，又次为高等小学，最下为小学。小学校四年毕业，高等小学校，三年毕业，中学校四年毕业，大学本科，三年或四年毕业，预科三年。旁系为师范学校及实业学校、专门学校，大致为四年或三年毕业。

至若法院规则，分作四级三审，大理院为法院最高机关，下为高等审判厅、地方审判厅、初级审判厅，是为四级，由初级审判厅起诉，不服判决，得控诉地方厅，地方厅的判决，再或不服，得上告高等厅；高等厅判决，已成定案，不得再诉大理院。惟自地方厅起诉，不服判决，得经高等厅至大理院，是为三审。所应由初等厅起诉，或由地方厅起诉，法律上另有规定，不暇絮述。但诉讼条规，有刑事民事二种，刑事条件，是被告应该惩罚，不得不求国家惩罚，所以亦称为公诉。民事条件，是被告未必犯罪，但侵害个人利益，请求司法官代判赔偿，所以又称为私诉。刑法分主刑及从刑，主刑分五等，死刑最重，次为无期徒刑，再次为有期徒刑，又次为拘役为罚金。从刑分二等，一是褫夺公权，二是没收。这种制度，统是行政上司法上的关系，一般人民，应该晓得大略，小子不能不粗举大纲。

还有立法机关，是共和国中最要的根本，从前由代表会组织参议院，是创始的暂行规模，此时国家统一，应由参议院改为国会，且《临时约法》中第五十三条，曾有限十个月内，召集国会的明文，袁总统不能违约，参议院也不能缓议，因此逐日开会，议决国会组织法及参议院众议院议员选举法。国会组织法共二十二条，大要用两院制，便是参议院及众议院。参议院议员，由各省省议会选出，每省十名。蒙古选举会，得选出二十七名，西藏选举会，得选出十名，青海选出三名，中央学会，也得选出八名，华侨得选出六名，共二百九十四人。众议院议员，由各地人民选举，每人口满八十万，得选一议员，人口多寡不一，议员也多寡不等，拟定直隶省四十六名，奉天省十六名，吉林省十名，黑龙江省十名，江苏省四十名，安徽省二十九名，江西省三十五名，浙江省三十八名，福建省二十四名，湖北省二十六名，湖南省二十七名，山东省三十三名，河南省三十二名，山西省二十四名，陕西省二十一名，甘肃省十四名，新疆省十名，四川省三十五名，广东省三十名，广西省十九名，云南省二十二名，贵州省十三名，蒙古二十七名，西藏十名，青海三名，共五百九十五人。参议员任期六年，每二年改选三分之一，众议员任期三年。两院议员的职权：一是建议；二是质问；三是查办官吏纳贿违法的请求；四是政府咨询的答复；五是人民请愿的受理；六是议员逮捕的许可；七是院内法规的制定。至若预算决算，及议定宪法，概由两院合办。两院议员，须各有过半数出席，方得开议，议案须得过半数同意，方得决定，可否同数，由议长取决。每岁会期，计四个月，若大事不及裁决，得以展期，这是国会组织法的大略。

惟两院议员的选举，统用单记名投票法，从多数取决。参议员由省议会选举会选出，毋庸细表，众议员由人民公选，分选举及被选举两种资格，选举人专属民国国籍的男子，年满二十一岁以上，备有四项资格的一项，才有选举权，看官道是哪四项资格呢？一是年纳直接税二元以上；二是值五百元以上的不动产；蒙、藏、青海得以动产计算；三是在小学校以上毕业；四是与小学校以上毕业的资格。被选举人亦属民国国籍的男子，惟年龄须满二十五岁以上。蒙、藏、青海更须通晓汉语。若适罹刑法褫夺公权，及宣告破产，并有精神病，吸鸦片烟，与不识文字，均不得有选举权及被选举权。现在陆海军充役的军人，与在征调期间的续备军人，现任行政司法及巡警，或僧道及其他宗教师，均停止选举权及被选举权。小学校教员，各学校肄业生，停止被选举权。办理选举人员，于选举区内，亦停止被选举权。又分初选复选两项手续，初选以县为选举区，当选人名额，定为议员名额的五十倍，复选合若干初选区为选举区，即以初选的当选人为选举人，被选人却不以初选当选人为限。每届选举，无论初选复选，各设监督员。初选监督以各该区的行政长官充任，复选监督以全省的行政长官充任。蒙、藏、青海，只一次选举，不分初选复选。这是两院议员选举法的大略。还有省议会议员选举法，大致与众议院议员选举法略同。

各项选举法，经参议员议决，咨送袁总统，袁总统当即公布，且由内务部规定选举区，一一颁示，正在筹备进行，非常忙碌的时候，忽由四川都督尹昌衡，连电报称西藏乱耗，影响全局，自请督师西征。袁总统准如所请，命他出征西藏，所有川督印信，暂交胡景伊护理。尹督遂率二千五百人，向西出发，浩荡前进。

先是清光绪末年，西藏教主达赖喇嘛，曾入京觐见，受封为西天大善自在佛，并加诚顺赞化名号。会值光绪帝与慈禧太后，先后逝世，达赖讽经超荐，效劳了好几日。两宫安葬，达赖回藏，为俄人所诱，有意生乱，清廷将他削去封号，用兵撵逐，并命驻藏大臣，另立达赖喇嘛。这事尚未就绪，中国已起革命军。退位的达赖，手下有一参谋，系俄国人，素得达赖信任，前曾为达赖所遣，往俄京圣彼得堡，传递密约事件，此次闻内地各省，大半独立，遂极力为达赖谋复西藏。达赖乃回入藏境，逐去清廷简放的官吏，也居然独立起来，且欲尽杀驻藏的汉人。亏得陆军统领钟颖，率兵至拉萨，竭力保护，镇压藏番，达赖始不敢妄动。

川督尹昌衡，从权委任，令钟颖为西藏行政使。后来华兵与藏人，屡生冲突，英兵以保护侨商为名，进兵藏边，尹督遂电告北京，请任钟颖为办事长官，俾专责成。袁总统即如言任命。但藏番总歧视华人，随你钟长官威权并用，始终不肯就范。华兵在拉萨开会，登场演说，不知如何得罪了藏人，竟致两造决裂，激动兵戈。藏人各处响应，把华兵困住拉萨，一面分道扬镳，西侵后藏，东寇里塘。后藏的江亚，竟被陷没。里塘在打箭炉西，虽为驻藏大臣往来驿道，奈与四川省会相距遥远，守兵寥寥无几，猝遇藏人到来，慌忙敛兵固守，飞书乞援，谁知远水难救近火，镇日里待援未至，只好弃了里塘，奔还内地。藏人既将里塘占去，复乘势欲夺巴塘，川边大震。尹都督乃自请出师，奉命允准，并加授镇抚使。

尹遂率军西征，途次接巴塘捷报，心下稍慰。又行了两三日，克复里塘的喜信，也由探马报到。原来边军统领顾占文，因里塘失守，加意防备，四处派遣心腹，暗探藏人消息。到了七月初旬，探得藏人出攻巴塘，分两路进兵，一队从大路攻击，扬旗呐喊，堂堂皇皇，一队从小路潜行，越山过岭，似偷鸡吊狗一般。那时顾统领察破诡谋，当即将计就计，阳遣兵截住大路，自己却带着精锐，至小路旁看定要隘，分兵四伏。藏人那里防着，只从崇山峻岭中，绕越而来。大众争先恐后，毫无纪律，那边有几十人，这边也有几十人，但凭着两只脚，随路乱走，将到大朔山侧，天色将晚，遥望前面，只有参天的古木，遍地的蔓草，隐隐衔着一个夕阳，掩映满山秋色。此时也无暇流览，但蓄着一股锐气，急行上前，暗想越过了山，便是巴塘，好在沿途平稳，并没有华兵拦阻，此去出其不意，攻其无备，眼见得巴塘要隘，唾手得来。

正在趾高气扬的时候，猛听得一声号炮，震得山谷俱鸣，木叶乱下，大众齐声叫道：“不好了！不好了！”言未毕，已见华兵四处杀来，枪声劈啪不绝，无从躲避。大众顾命要紧，觅路四窜。不意窜到东边，竟遇着一阵枪弹，晕倒了好多人，折回西边，又碰着一队华兵，恶狠狠地过来，好像饿鹰逐鸡，猛虎噬羊，稍稍失手，便被他打倒地上，生擒活缚地拖了过去。有几个仗着蛮力，拼命突围，总算死了一半，逃了一半。顾统领乘胜追赶，顺着路竟到里塘，里塘已虚若无人，当由顾军踹入，立将里塘收复。正拟出击大路上的藏兵，可巧藏人已闻小路败报，踉跄逃还。顾统领麾军杀出，吓得藏人没路乱跑，大路上的官军，又同时赶到，一场合剿，杀死藏人数百名，只有命不该绝的藏人才得逃脱。

顾统领即遣人告捷，当由尹都督接着，非常欣慰，遂至打箭炉驻节。打箭炉系四川西徼，为川藏往来孔道，清季已改为康定府治，藩汉杂居，相安成俗。尹都督就此驻扎，免不得游览风景，极目遐天，偶然见了许多蛮女，丑的丑，妍的妍，两两相较，有几个姿色秀媚的蛮妹，越觉得天然丰韵，面不粉而白，口不脂而红，眉不黛而翠，更有一种苗条态度，楚楚可人，或在藤峡棘穴旁，招集三数姊妹花，着吉莫小靴，低唱蛮歌，高扬巾帕，飘飘乎若神仙中人。看官！你想这豪宕不羁的尹都督，哪能不牵人情丝，触生美感，当下搜采数姝，令充下陈，几乎把这蚕丛路，变做了鸾栖林。小子有诗咏道：

犵花猃草也风流，别有柔情足解忧。

自古英雄多好色，小蛮尚在且勾留。

藏事未了，鄂中又出有异闻。待小子下回续叙。

民国初年，为厘定法规时代，公布各法，自有专书，非本书所应殚述。但本书亦寓通俗教育，所有普通各法规，为一般人民所应略晓者，固不得不粗举一斑，揭而出之，俾阅者得助见闻，正灌输知识之嚆矢也。国会组织法，及各议员选举法，不略蒙藏，政府固为统一藩部起见，而著书人即随笔叙下，写入藏事，此又为文字中绾合之法。尹都督自请征藏，俨然有终军请缨气象，而一逢蛮女，即取充下陈，虽情场花月，无玷英雄，而于军纪上不无妨害，寓讥于褒，作者其固有隐旨乎！

第十四回

张振武赴京伏法　黎宋卿通电辨诬

袁世凯裁并军队引起骚乱，湖北军官张振武异动，到京后被抓了枪毙，原来是鄂督黎元洪的安排。各地谴责黎元洪，黎发布通电辩诬，回中录出一系列电稿的最后一篇长文。

却说各省的军队，自经袁总统通电裁并，给饷遣散，往往游骑无归，所在谋变。有几处尚未裁遣，即已秘密开会，再图革命，如南京驻扎的赣军，苏州的先锋三营，滦州的淮军马队，山东省城的防兵，奉天大北关外的旧混成协第三标，安徽北门外的先锋队第一营，芜湖屯驻的卢军，滁州第一团七八两连兵士，陆续哗变，幸经各处长官，立时剿抚，均归平定。

惟湖北为革命军发起地，余风未泯，喜动恶静，不但乱兵生事，甚至司令军官等，亦屡思自逞，尝谋独立。襄阳府司令张国荃，不服省垣编制，擅杀调查专员周警亚，拥兵为乱，经黎都督元洪派兵兜剿，国荃方自知不敌，窜向郧阳，沿途劫掠，蹂躏了好几处；复由官兵追剿，方才散逸。既而军官祝制六、江光国、滕亚纲等人又煽惑军界，托词改革政治，谋推翻军政民政二府，破坏各司，幸被黎都督察觉，即调集近卫军及警察分头缉捕，将祝、江、滕三人拿获，并搜出檄文布告、文书名册、徽章令旗、传单愿书等项，证据昭然，三犯无可抵赖，遂申行军律，一概枪毙。越日，复在汉口法租界搜获乱党多名，黎都督不欲深究，惟出示剀切劝告，并将搜出名册，立即销毁，免得株连。未几，又报省城兵变，第一镇二协三标军士，因刘协统勒令退伍，遂致大哗，统至军械房抢夺子弹，且击毙军官二名。楚望台军械所守兵，亦闻声响应，持械出所，拦守通湘、起义二城门。黎都督闻警，亟饬各军飞往弹压，把乱兵尽行围住，一面派唐、黄两参谋，偕同黎统制，步入围中，剀切劝导，嘱将首犯指出，余均免罪，并允将刘协统撤换。乱兵方唯唯应命，当场指出首犯陈兆鳌，由黎统制饬兵缚住，讯实正法。

黎都督经此数变，自然格外小心，日夕侦察，旋闻军务司副司长张振武，及将校团团长方维，潜蓄异志，煽乱各军，前次祝制六、滕亚纲的变乱，亦由张、方二人主动，遂不动声色，宣召二人入署，嘱他调查边务。二人当面不好违慢，只得惟命是从。黎都督送客出厅即密电到京，拍致袁总统。袁总统亦即复电，任张振武为蒙古调查员，张、方是心腹至交，当密商了两三次，初意欲逗留鄂中，嗣因黎都督再三促行，虽明知他是调虎离山的计策，也一时不敢发难，便向督署辞行。黎都督当命方维随往，适合张振武本意，遂邀同方维启程北上。

嗣复潜自回鄂，更邀将校十三人，一同到京，仍与方维聚会，就京城前门外西河沿旅馆寓宿。甫隔一宵，方维等在寓安居，张振武却入城游览。不意时方晌午，突有军警百余人闯入旅馆，径至方维寓室，辟门竟入，方维惊问何事？一语未终，已是铁链上头，将他锁住。将校等各思抗拒，当由来兵与语道："君等无罪，罪止张、方。但奉命邀君同往，一经质证，保可无事，若君等定要反抗，莫怪枪弹无情。"语至此，各拔出手枪，向将校对着，作欲击状。将校等莫不畏死，忙说是情愿同行。方维还要喧嚷，军警等毫不理睬，但将他牵入内城，拘禁军政总执法处。其余将校分别解交外城军政执法两局。张振武尚在未知，正思回寓午餐，徐步从前门出来，刚刚望着城闉，不图兜头来了军官，猝然问道："你是张振武吗？"振武方应声称"是"。那军官已将他扭住，更有兵弁过来，把他两手反缚，他连声诘问情由。军官答称"奉令前来，拿你到总执法处，你到后自有分晓"。振武无法可施，只好由他牵往。及至军政总执法处，见方维也被拘禁，越觉惊慌，正思详问颠末，那执法官已传令上堂。振武且走且呼，口中连称冤枉，但见执法官高坐堂上，拍案喝道："休要瞎闹！你自己犯法，尚称冤枉吗？"振武道："我等所犯何罪？"执法官道："有黎都督电文到来，我读与你听，你且仔细听着！"语毕，即朗读黎电道：

> 张振武以小学教员，赞成革命，起义以后，充当军务司副司长，虽为有功，乃怙权结党，桀骜自恣，赴沪购枪，吞蚀巨款。当武昌二次蠢动之时，人心惶惶，振武暗中煽惑将校团，乘机思逞，幸该团员深明大义，不为所惑。元洪念其前劳，屡与优容，终不悛改，因劝以调查边务，规划远谟，于是大总统有蒙古调查员之命。振武抵京后，复要求发巨款设专局，一言未遂潜行返鄂。飞扬跋扈，可见一

斑。近更蛊惑军士，勾结土匪，破坏共和，倡谋不轨，狼子野心，愈接愈厉，假政党之名义，以遂其影射之谋，借报馆之揄扬，以掩其凶顽之迹，排解之使，困于道途，防御之士，疲于昼夜。风声鹤唳，一夕数惊。赖将士忠诚，侦探敏捷，机关悉破，泯祸无形，吾鄂人民，胥拜天使，然余孽虽歼，元憝未殄，当国害未定之秋，固不堪种瓜再摘；以枭獍习成之性，又岂能迁地为良？元洪爱既不能，忍又不可，回腹荡气，仁智俱穷，伏乞将张振武立予正法，其随行方维，系属同恶相济，并乞一律处决，以昭炯戒。此外随行诸人，有勇知方，素为元洪所深信，如愿归籍者，请就近酌给川资，俾归乡里，用示劝善罚恶之意。惟振武虽伏国典，前功固不可没，所部概属无辜，元洪当经纪其丧，抚恤其家，安置其徒众，决不敢株累一人。皇天后土，实闻此言。元洪藐然一身，托于诸将士之手，阘茸尸位，抚驭无才，致令起义健儿，夷为罪首，言之赧颜，思之雪涕，独行踽踽，此恨绵绵。更乞予以处分，以谢张振武九泉之灵，尤为感祷。临颖悲痛，不尽欲言。

读毕，又宣布袁大总统命令，略云：

查张振武既经立功于前，自应始终策励，以成全人。乃披阅黎副总统电陈各节，竟渝初心，反对建设，破坏共和，以及方维同恶相济。本总统一再思维，诚如副总统所谓爱既不能，忍又不可，若事姑容，何以慰烈士之英魂？不得已即著步军统领军政执法处总长，遵照办理。此令。

命令宣毕，吓得张、方两人面如土色，没奈何哀求道："这是黎副总统冤诬我的，还求总长呈明总统，乞赐矜全。"执法官微笑道："令出如山，还有什么挽回，想你两人总有异谋，所以黎副总统，电请大总统正法的。"言罢，即将两人绑出，同时枪毙。尚有将校十三人，一律释出，给发川资，仍令回鄂。十三人得了性命，即日离京南下，自不消说。惟张、方系革命党人，党员闻他正法，不免兔死狐悲，遂相率哗噪，声言："张振武功大罪轻，就使逆谋昭著，亦当就地处决，何必诱他入京，立置死地，这明是内外暗合，有意苛求。"当时有杀非其道，杀非其时，杀非其地，共计三大诘难，电达全国。黎副总统几成怨府，也令秘书员撰成通电数篇，陆续发布。最后这一篇，洋洋洒洒，约有千余言，小子不忍割爱，录述如下。其文云：

连日函电纷驰，诘难群起，前电仓猝，尚未详尽。报告政府书，复未赍到，诚恐远道不察，真相愈湮，敢重述梗概，为诸公告。

张振武初充军务司副长。汉阳失败，托词购枪，留函径去。当命参议丁复生追至上海，配定式样，只限购银二十万两，乃擅拨买铜元银四十万，仅购废枪四千枝，子弹四百万，机关枪三十六枝，子弹二百万，枪械腐窳，机件残缺，有物可查，设有战事，贻害何堪设想？且除买械二十六万余外，另滥用浮报三十二万，无账二万，尚借谭君人凤五万，陈督复来电索款，均系不明用途，有账可稽，罪一；南北统一，战事告终，振武由沪返鄂，私立将校团，遣方维往各营勾串，募集六百余人，每名二十元，鄂军屡次改编，该团始终不受编制，兵站总监兵六大队，已预备退伍，伊复私收为护卫队，拥兵自卫，罪二；二月二十七日，串谋煽乱，军务部全行推倒，伊复独任方维，要挟留任，复谋杀新举正长曾广大，经元洪访查得实，始将三司长悉改顾问，罪三；冒充军统，黄夜横行，护卫队常在百人以外，沿途放枪，居民惶恐。每至都督府，枪皆实弹，罪四；护卫队屡遣解散，抗不遵命，复擅抢兵站枪枝粮饷，藐无法纪，罪五；强调铁路立中小火轮，勾串军队，黄夜来往，罪六；暗煽义勇团长梅占鳌，增加营数，诱命石龙岩往联领事团，许事成任为外交司长，该员等不为所动，谋遂无成，罪七；革命后广纳良女为姬妾，内嬖如夫人者，将及十人，叶某及鲁某，皆女学生，复伙串某报鼓吹，颠倒黑白，破坏共和，罪八；民国公校开校，当众演说，革命非数次不成，流血非万万人不止，摇动国本，骇人听闻，罪九；亲率佩枪军队，逼迫教育司，勒索学款，挟之以兵，罪十；令逆党方维，勾串已革管带李忠义，及军界祝制六、滕亚纲、姜国光、谢玉山、刘起沛、朱振鹏、江有贵、黄耀生，暨汉口土匪头目王金标，分设机关，密谋起事，并另举标统八人，伊为原动，大众皆知，虽名册已焚，祝、滕正法，刘、朱尚寄监可质，罪十一；机关破露，移恨孙武，复密遣四十人，分途暗杀，罪十二；前次所购机关枪弹，除湖北实收外，近证之蓝都督报告，接济之账，尚匿交机关枪多枝，子弹三万粒，私藏利械，图谋不轨，罪十三；此次电促赴京，实望革心向善，乃叠据侦探报告，伊以委命未下，复图归鄂，密遣党羽，预归布置，复查悉函阻将校团，不得退伍，武汉一隅，关系全局，三摘已稀，岂堪四摘！罪十四；此外索款巨万，密济党援，朘削公家，扰乱秩序，种种不法，不胜枚举。元洪荐充大总统高等军事顾问，并有蒙古调查员之命，无非追录前功，冀挽将来，犹复要索巨款，议设专局，又在上海私立屯垦事务所，月索千余圆。凡此诸端，或档案具在，或实地可查，揭其本末罪状，实属无可宽容。诸公老成谋国，保卫治安，素为元洪所钦佩，倘使元洪留此大憝，贻害地方，致翻全局，诸公纵不见责，如苍生何？

顾可有谓杀非其地，杀非其时，杀非其道者，责以法理，夫复何辞？然此中委曲，尚有万不获已之衷，为诸公未悉者。武昌当革命之余，丁裁兵之会，地势冲繁，军心浮动，振武暗握重兵，潜伏租界，一经逮捕，立召干戈，既祸生灵，更酿交涉，操切偾事，谁尸其咎？况北京为民国首都，万流仰镜，初非邻省，更异敌邦，明正典刑，昭示天下，揆诸名义，似尚无妨，此不获已者一；振武席军务长之余焰，凭将校团之淫威，取精用宏，根深柢固，投鼠忌器，人莫敢撄，卷土重来，拥兵如故，狼子野心，更无纪极，前此以往，杀既不敢，后此以往，杀更不能，千里毫厘，稍纵即逝，先此不谋，噬脐何及？况谋叛民国之犯，果有确据，随时皆可掩捕，此不获已者二；振武分遣党羽，密布机关，奸谋败露，应命赴京，更怀疑惧，居则佩刀盈室，出则荷枪载途，京鄂之使，不绝于道，心机叵测，消息灵通，一电遥飞，全国窥变，联电请求，举兵要挟，虽有国典，亦无所施，况振武现参军政，遥领兵权，绳以军法，洵为允当，且北京军事裁判，尚未完全，南中军法会议，已非一次，询谋佥同，始敢出此，此不获已者三。

元洪数月以来，踌躇再三，爱功忧乱，五内交萦，回肠九转，忧心百结，宁我负振武，无振武负湖北，宁取负振武罪，无取负天下罪，封臂疗身，决蹯卫命，冒刑除患，实所甘心。

夫汉高、明太，皆以自图帝业，屠戮功臣，越践、吴差，皆以误信谗言，戕害善类，藏弓烹狗，有识同悲。至若怀光就戮，史不论其寡恩，君集被擒，书不原其战绩，矧共和之国，同属编氓，但当为民国固金瓯，不当为个人保铁券。元洪念彼前劳，未忍悉行诛罚，安此反侧，复未稍事牵连，遂致日前两电，词多含蓄，迹似虚诬，又何怪诸公义愤之填胸，而责言之交耳也？伏思元洪素乏丰功，忝窃高位，爱民心切，驭将才疏，武汉蠢动，全楚骚然，商民流离，市廛凋敝，损失财产，几逾巨万，养痈成患，责在藐躬，亡羊补牢，泣将何及？洪罪一也；洪与振武，相从患难，共守孤城，推食解衣，情同骨肉，乃恩深法弛，背道寒盟，瘏口罔闻，剖心难谅，首义之士，忽为罪魁，同室弯弓，几酿巨祸。洪实凉德，于武何尤？追念前功，能无陨涕，洪罪二也；国基初定，法权未张，凡属国民，应同维护，乃险象环生，祸机迫切，因养指失肩之惧，为枉尺直寻之谋，安一方黎庶之心，解天下动庸之体，反经行政，贻人口实，洪罪三也。有此三罪，十死难辞，纵诸公揆诸事实，鉴此苦衷，曲事优容，不加谴责，犹当跼天蹐地，愧悔难容；况区区此心，不为诸公所谅乎？溯自起义以来，戎马仓皇，军书旁午，忘餐废寝，忽忽半年，南北争议，亲历危机，蒙藏凶顽，频惊噩耗；重以骄兵四起，伏莽潜滋，内谨防闲，外图排解；戒严之令，至再至三，朽索奔驹，幸逾绝险。积劳成疾，咯血盈升，俯仰世间，了无生趣。秋荼尚甘，冻雀犹乐，顾瞻前路，如蹈深渊，自时厥后，定当退避贤路，伫待严谴，倘有矜其微劳，保此迟暮，穷山绝海，尚可栖迟，汉水不波，方城如故，虽死之日，犹生之年。世有鬼神，或容依庇，百世之下，庶知此心。至张振武罪名虽得，劳勩未彰，除优加抚恤，赡其母使终年，养其子使成立外，特派专员，迎柩归籍，乞饬沿途善为照料，俟灵柩到鄂，元洪当躬自奠祭，开会哀悼，以慰幽魂。并拟将该员事略，荟蕞成书，请大总统宣示天下，俾晓然于功罪之不掩，赏罚之有公，斗室之内，稍免疚心。泉台之下，或当瞑目。临风悲结，不暇择言，瞻望公门，尚垂明教！

这电发出，张振武罪状确凿，就是他的同党，也不能替他强辩，渐渐的群喙摒息了。小子有诗叹道：

有功宜赏罪宜诛，不杀奸人曷伏辜？

试看鄂中传电后，胪陈劣迹岂全诬？

谣言既靖，京鄂无惊，前总统孙中山，由沪赴京，又有一番热闹的情形，且至下回再叙。

张振武首犯也，方维从犯也，张、方二人之被杀，后人多归狱袁、黎，亦以袁为主动，黎为被动。然观黎督通电，则张振武之劣迹昭彰，固有应杀之罪。方维虽附和党同，宜从末减，然除恶未尽，适为后患，杀之亦是也。他人徒阿徇所好，必以袁好杀，黎滥杀，目为寻仇诬陷，顾何以黎电传布，历述振武十四罪状，而他人不能为之一一辩驳乎？周公杀管、蔡，且无损元圣之名，于袁、黎乎何尤焉？故本回全录黎电，以见张、方之当诛，不得以此强诬袁、黎，论人必公，吾于此书见之。

第十五回

孙黄并至协定政纲　陆赵递更又易总理

应袁世凯之邀赴京的孙中山与黄兴会合，袁欲拉拢二人，二人却想制约袁氏。孙、黄二人组成国民党，广收党员，以此抵制袁氏势力。二人还商定八条内政大纲，以规范行政。

却说孙文卸职后，历游沿江各省，到处欢迎，颇也逍遥自在。嗣接袁总统电文，一再相招，词意诚恳，乃乘车北上，甫到都门，但见车站两旁，已是人山人海，拥挤不堪，几乎把这孙中山吓了一惊。嗣由各界代表，投刺表敬，方知数千人士，都为欢迎而来。他不及接谈，只对了各界团体，左右鞠躬，便已表明谢忱。那袁总统早派委员，在车站伺候，既与孙文相见，即代达老袁诚意，并已备好马车，请他上舆。孙文略略应酬，便登舆入城。城中亦预备客馆，作为孙文行辕。孙文住了一宿，即往总统府拜会。袁总统当即出迎，携手入厅。彼此叙谈，各倾积愫。一个是遨游海外的雄辩家，满望袁项城就此倾诚，好共建共和政体；一个是牢笼海内的机谋家，也愿孙中山为所利用，好共商专制行为。因此竭力交欢，几乎管、鲍同心，雷、陈相契，谈论了好多时，孙文才起身告别。次日，袁总统亲自回谒，也商议了两三点钟，方才回府。嗣是总统府中，屡请孙中山赴饮，觥筹交错，主客尽欢，差不多是五日一大宴，三日一小宴的模样。席间所谈，无非是将来的政策。

老袁欲任孙为高等顾问官，孙文慨然道："公系我国的政治家，一切设施，比文等总要高出一筹，文亦不必参议。但文却有一私见，政治属公，实业属文，若使公任总统十年，得练兵百万，文得经营铁路，延长二十万里，那时我中华民国，难道还富强不成吗？"袁总统掀髯微笑道："君可谓善颂善祷。但练兵百万，亦非容易；筑造铁路二十万里，尤属难事。试思练兵需饷，筑路需款，现在财政问题，非常困难，专靠借债度日，似这般穷政府，穷百姓，哪里能偿你我的志愿呢？”孙文亦饶酒意，便道：“天下事只怕无志，有了志向，总可逐渐办去。我想天下世间，古今中外，都被那银钱二字困缚住了。但银钱也不过一代价，饥不可食，寒不可衣，不知如何有此魔力？假使舍去银钱，令全国统用钞票，总教有了信用，钞票就是银钱，政府不至竭蹶，百姓不至困苦，外人亦无从难我，练兵兵集，筑路路成，岂不是一大快事么？”袁总统徐徐答道：“可是么？”孙文再欲有言，忽有人入报道：“前南京黄留守，自天津来电，今夕要抵都门了。”袁总统欣然道：“克强也来，可称盛会了。”克强系黄兴别号，与孙文是第一知交，孙文闻他将到，当然要去会他，便辍酒辞席，匆匆去讫。袁总统又另派专员，去迓黄兴。

至黄兴到京，也与孙中山入都差不多的景象，且与孙同馆寓居，更偕孙同谒老袁，老袁也一般优待，毋庸絮述。惟孙、黄性情颇不相同，孙是全然豪放，胸无城府，黄较沉毅，为袁总统所注目，初次招宴，袁即赞他几经革命，百折不回，确是一位杰出的人物。黄兴却淡淡地答道：“推翻满清，乃我辈应尽的天职，何足言功？惟此后民国，须要秉公建设好哩。”袁又问他所定的宗旨，黄兴又答道：“我国既称为民主立宪国，应该速定宪法，同心遵守，兴只知服从法律，若系法律外的行为，兴的行止，惟有取决民意罢了。”老袁默然不答。黄兴窥破老袁意旨，也不便再说下去。

到了席散回寓，便与孙文密议道：“我看项城为人，始终难恃，日后恐多变动，如欲预为防范，总须厚植我党势力，作为抵制。自唐内阁倒后，政府中已没有我党人员，所恃参议院中，还有一小半会中人，现闻与统一共和党，双方联络，得占多数，我意拟改称国民党，与袁政府相持。袁政府若不违法，不必说了，倘或不然，参议院中得以质问，得以弹劾，他亦恐无可奈何了。”孙文绝对赞成。当由黄兴邀集参议员，除共和党外，统与他暗暗接洽。于是同盟会议员，及统一共和党议员，两相合并，共改名国民党。一面且到处号召，无论在朝在野，多半邀他入党。

袁总统正怀猜忌，极思把功名富贵笼络孙、黄两人，先时已授黄兴为陆军上将，与黎元洪、段祺瑞两人同日任命，且因孙文有志筑路，更与商议一妥当办法，孙意在建设大公司，借外债六十万万，分四十年清还。袁总统面上很是赞成，居然下令，特授孙文筹划全国铁路全权，一切借款招股事宜，尽听首先酌夺，然后交议院议决、政府批准等情。嗣复与孙、黄屡次筹商，协定内政大纲八条，并电询黎副总统，得了赞同的复词，乃由总统府秘书厅通电宣布。其文云：

> 民国统一，寒暑一更，庶政进行，每多濡缓，欲为根本之解决，必先有确定之方针。本大总统劳心焦思，几废寝食，久欲联合各政党魁杰，捐除人我之见，商榷救济之方，适孙中山、黄克强两先生先后莅京，过从欢洽，从容讨论，殆无虚日，因协定内政大纲；质诸国院诸公，亦翕然无间。乃以电询武昌黎副总统，征其同意，旋得复电，深表赞成。其大纲八条如下：
>
> （一）立国取统一制定。（二）主持是非善恶之真公道，以正民俗。（三）暂时收束武备，先储备海陆军人才。（四）开放门户，输入外货，兴办铁路矿山，建置铜铁工厂，以厚民生。（五）提倡资助国民实业，先着手于农林工商。（六）军事外交财政司法交通，皆取中央集权主义；其余斟酌各省情形，兼采地方分权主义。（七）迅速整理财政。（八）竭力调和党见，维持秩序，为承认之根本。
>
> 此八条者，作为共和、国民两党首领与总揽政务之大总统之协定政策可也。各国元首，与各政党首领，互相提携，商定政见，本有先例。从此进行标准，如车有辙，如舟有舵，无旁挠，无中专，以阻趋于国利民福之一途，中华民国，庶有豸乎！此令。

政纲既布，孙文以国是已定，即欲离京，便向袁总统辞行，启程南下。独黄兴尚有一大要事不能脱身，因复勾留都门，稽延了好几日。看官！这是何事？原来陆总理徵祥，屡次请假，不愿到任，袁总统以总理一职，关系重大，未便长此虚悬，遂与黄兴谈及，拟任沈秉坤为国务总理，否则或用赵秉钧。沈曾为国民党参议，黄兴因他同志，颇示赞成。旋与各党员商议，各党员言："沈初入党，感情未深，且系过渡内阁，总理虽是换过，阁员仍是照旧，若为政党内阁起见，须要全数改易，方可达到目的，若只得一孤立无助的总理，济什么事？"黄兴听到这番言语，很觉有理，遂搁过沈秉坤，提及赵秉钧。赵是个极机警的朋友，当唐绍仪组阁时，他一面巴结袁总统，一面复讨好唐总理，意投入同盟会中，做一会员。黄兴明知他是个骑墙人物，但颇想因这骑墙二字，令他两面调停，免生冲突，所以也有意舁他上台。各党员恰表赞同，乃公同议决，由黄兴转告老袁，袁得此信息，暗暗心喜，遂将赵秉钧的大名开列单中，赍交参议院，表决国务总理的位置。院中议员，国民党已占了大半，还有一小半共和党，就使反对赵秉钧，也何苦投不同意票，硬做对头，因此投票结果，统是同意二字，只有两票不同意。总理决议复咨袁总统，袁总统即正式任命，所有阁员，毫不变动。惟外交总长，初拟陆总理自兼，至此陆已解职，另选一个梁如浩，也得由参议院通过，令他任职。

黄兴乘势遍说各国务员，邀入国民党。司法总长许世英，农林总长陈振先，工商总长刘揆一，交通总长朱启钤，均填写入国民党愿书。教育总长范源濂，本隶共和党，至是闻黄兴言，左右为难，乃脱离共和党籍，声明不党主义。财政总长周学熙，亦赞成国民党党纲，惟一时未写愿书。黄兴又进告袁总统，劝他做国民党领袖。看官！你想这老袁心中，本与国民党有隙，令他入党，分明是一桩难事，但又不好当面决绝，左思右想，得了一个法儿，先遣顾问官杨度入党，阴觇虚实。

那杨度别号皙子，籍隶湖南，是个有名的智多星。他在前清时代，戊戌变法，常随了康有为、梁启超等，日谈新政，康、梁失败，亡命外洋，他也逃了出去，与康、梁等聚作一堆，开会结社，鼓吹保皇。到了辛亥革命，乘机回国，得人介绍，充总统府的顾问。他仗着一张利口，半寸机心，在总统府中厮混半年，大受老袁赏识。就是从前蔡使到京，猝遭兵变，也是杨皙子暗中主谋，省得老袁为难。此番又受了老袁密嘱，令入国民党，他比老袁还要聪明，先与国民党中人，往来交际，讨论党纲。国民党员，抱定一个政党内阁主义，杨度矍然道："诸君的党纲，鄙人也是佩服，但必谓各国务员，必须同党，鄙意殊可不必。试想一国之间，政客甚多，有了甲党，必有乙党，或且有丙党丁党，独中央政府，只一内阁，如必任用同党人物，必难久长。用了甲党，乙党反对，用了乙党，甲党反对，还有丙党丁党，也是不服。胶胶扰扰，争讼不休。政策无从进行，机关必然迟滞，实是有弊少利，还须改变方针为是。"国民党员，不以为然。杨度又道："诸君倘可通融，鄙人很愿入党，若必固执成见，鄙人也不便加入呢。"国民党员不为所动，竟以"任从尊便"四字相答。杨度乃返报袁总统，袁总统道："且罢，他有他的党见，我有我的法门，你也不必去入他党了。"黄兴闻老袁不肯入党，却也没法，只在各种会所，连日演说，提倡民智。袁总统尝密遣心腹，伪作来宾，入旁听席，凡黄兴所说各词，统被铅笔记录，呈报老袁。老袁是阳托共和，阴图专制，见了各种报告，很觉得不耐烦，嗣后见了黄兴，晤谈间略加讥刺。就是赵内阁及各国务员，形式上虽同入国民党，心目中恰只知袁总统，总统叫他怎么行，便怎么行，总统叫他不得行，就不得行，所以总统府中的国务会议，全然是有名无实。

后来各部复派遣参事司长等，入值国务院，组织一委员会。凡国务院所有事务，都先下委员会议，于是国务总理及国务员，上承总统指挥，下受委员成议，镇日间无所事事，反像似赘瘤一般。时人谓政党内阁，不过尔尔。黄兴也自悔一场忙碌，毫无实效，空费了一两月精神，遂向各机关告辞，出都南下。及抵沪，沪上各同志联袂相迎，问及都中情形，兴慨然道："老袁阴险狠鸷，他日必叛民国，万不料十多年来，我同胞志士，抛掷无数头颅，无数颈血，只换了一个假共和，恐怕中华民国从此多事，再经两三次革命，还不得了呢。"各同志有相信的，有不甚相信的，黄兴也不暇多谈，即返长沙县省亲。湘中人士，拟将长沙小南门，改名黄兴门。黄兴笑道："此番革命，事起鄂中，黎黄陂系是首功，何故鄂中公民，未闻易汉阳门为元洪门呢？"湘人无词可答。不料过了两日，黄兴门三字，居然出现，兴越叹为多事。会值国庆日届，袁总统援议院议决案，举行典礼，颁令酬勋。孙文得授大勋位，黄兴得授勋一位，嗣复命兴督办全国矿务，兴又私语同志道："他又来笼络我呢。"正是：

雄主有心施驾驭，逸材未肯就牢笼。

黄兴事且慢表，下回叙国庆典礼，乃是民国周年第一次盛事，请看官再阅后文。

孙、黄入京，为袁总统延揽党魁之策，袁意在笼络孙、黄，孙、黄若入彀中，余党自随风而靡，可以任所欲为，不知孙、黄亦欲利用老袁，互相联络，实互相猜疑。子舆氏有言："至诚而不动者，未之有也，不诚而能动者，亦未之有也。"袁与孙、黄，彼此皆以私意交欢，未尝推诚相待，安能双方感动乎？黄克强推任赵内阁，尤堕老袁计中，赵之入国民党，实为侦探党见而来，各国务员亦如之，黄乃欲其离袁就我，误矣。总之朝野同心，国必治；朝野离心，国必乱。阅此回可恍然于民国治乱之征矣。

第十六回

祝国庆全体胪欢　窃帝号外蒙抗命

此回先叙内事，再叙外交。内事是中华民国第一个国庆，突出的是中华门的开幕礼、阅兵礼、纪念会、天坛祭烈士及旌赏功勋。外事是内外蒙古为乱，政府劝其同造共和，事情颇有进展。

却说武昌起义的时期，为阴历辛亥年八月十九日，就是阳历十月十日，民国既改用阳历，应以十月十日为纪念日。袁总统当将是案咨询参议院，经各议员议决，以阳历十月十日为国庆日。南京政府成立，系阳历正月一日；北京宣布共和，系阳历二月十二日，两日为纪念日，均举行庆典。每岁届国庆日，应举行各事如下：

（一）放假休息。（二）悬旗结彩。（三）大阅。（四）追祭。（五）赏功。（六）停刑。（七）恤贫。（八）宴会。

民国元年十月十日，国庆期届，即举行庆祝礼，是日改大清门为中华门，门外高搭彩楼一座，内悬清隆裕太后退位诏旨，赵总理秉钧派内外两厅丞，作为代表，行中华门开幕礼。各署各团体代表，均到场庆祝，兴高彩烈，旗鼓扬休。一面在祈年殿建设祭坛，追祭革命诸先烈，由赵总理代表总统，临坛主祭。祭仪概照新制，祭文仍仿古体，其文云：

> 维民国元年十月十日，临时大总统袁世凯，谨遣代表赵秉钧，具牺牲酒醴，致祭于革命诸先烈曰："荆高之殁，我武不扬，沉沉千载，大陆无光。时会既开，国风丕变，帝制告终，民豪聿见，神皋万里，禹迹所区，谁无血气，忍此濡需？矫首仰天，龙飞海啸，雷震电激，日月清照。蹉跎不遂，委骨荒圻，壮心未已，毅魄长留，嗟我新民，毋忘前烈！煌煌国徽，自由之血。革故既终，鼎新伊始，

灵爽既昭，勗哉君子！尚飨。”

祭毕退班，再由袁大总统，亲行阅兵礼。兵队共到一万二千名，拱卫军六千，禁卫军三千，游缉队一千，补充队一千，就总统府门外设台。袁总统戎服佩刀，登台兀立，所有陆军总长以下，统在台下站定。各军士由东辕进，从西辕出，行列井井，毫不凌乱。历一时许，各队俱已过去，袁总统方才下台，入府休息。各员均退至国务院，国务院中设茶话会，就厅前搭一彩棚，饰以松柏，下列几案数十，茶点齐备。参议院议员、各行政机关上级官吏、各省代表、中外新闻记者及京城著名绅董等，均就席与会。就是各国公使及外宾，亦乘兴参观。还有内蒙古活佛章嘉，及甘珠尔瓦两呼图克图，时适来京谒见总统，因亦得列入会中。可巧天朗气清，日高秋爽，宾僚联翩戾止，端的是国门集祜，全体胪欢。既而日光晌午，客兴犹浓，院中备有午席，便请大众同餐，饮的是旨酒，吃的是佳肴，虽称是寻常筵席，计算代价，差不多要费千金。午后席散，宾僚陆续回去，那军警两界，却来继续宴会，夜餐又有数十席，统吃得醉饱欢呼，无情不惬。

前门外的琉璃厂工艺局一带地方，独辟一个共和纪念会场，乃是革命党人发起，会场左右门及正门，均扎松花牌楼，场内亦有彩棚数处，内设陈列馆、运动场、演剧场等。陈列馆内的物品，系革命时的图印旗帜，衣服关防文件，及诸烈士生前死后的照像。运动场内，施演竞走诸技。演剧场内，所演皆革命新剧。场中并设祭坛，供祀诸先烈牌位。最精雅的，是用五彩扎成，叠起一座黄鹤楼，高接云表，蔚为大观。除初十日正式会外，复继续开会两日。十一日章嘉活佛到会，令随从喇嘛讽经，追荐先烈。夜间有会员组织提灯会，备办各种花灯，募集青年童子，提灯出游，前导军乐，后护马队。先至中华门行鞠躬礼，嗣由大街直赴天坛，适四川公会，亦制成方式白灯，上书川省诸先烈姓名，同时并至。双方至天坛会齐，大放烟火。霎时间烟焰冲霄，就火光里面，现出各种革命战剧，仿佛枪林弹雨，依稀楚界汉河。大众见所未见，诧为奇逢，无论男女老幼，一时麇集，几乎满城不夜，举国若狂，小子也说不胜说。

惟袁总统以民国创造，煞费经营，除追祭先烈外，所有留在的伟人，理应旌赏，特授前总统孙文，副总统黎元洪大勋位，唐绍仪、伍廷芳、黄兴、程德全、段祺瑞、冯国璋，均勋一位，孙武勋二位，给国务总理一等嘉禾章，各部总长二等嘉禾章。外如各省都督民政长及民国有功人士，都酌给勋章，或陆军衔秩有差。且以武昌为起义地，特派代表朱庆澜，先日赴鄂，致祭先烈。参议院代表汤化龙，与朱同行。

既到武昌，巧值各省都督也有代表派来，就前清万寿宫，改设会场，踵事增华，不亚首都。但见场中陈设，光怪陆离，彩楼广筑，四围组不老之松，巨额高悬，数字织长青之柏，还有五色电灯，五彩花朵，掩映增光，排叠成锦，中供诸烈士牌位，由各代表排班致祭。黎副总统，早派代表蔡济民，主持一切，祭礼告备，先后宣读祭辞，会场行三鞠躬礼。至奏过军乐，才行散班，统赴宴会场就宴。还有一种特别的纪念，系是从前受伤的军士，尚在病院养疴，至是令各穿军服，佩挂黄绫，标明姓氏，及某战受伤，伤在某处等字样，舁以彩扎椅轿，导以军乐，游行全城，俾士民参观，感念不忘。黎副总统，又有一篇演说辞，浼蔡济民在场宣读，大致是："共和未奠，责在后死。"说得非常痛切，小子因纸短言长，不遑殚述，看官如欲览全文，请向黎副总统文牍中，随时披阅，好在坊间都有专书出售，不烦小子费手了。

武昌以外，要算上海，此外各省，亦无不同时庆祝，随处悬着五色旗，各地挂着五彩灯，都道是五族一家，普天同庆。哪知西藏的独立，并未取消，外蒙古的独立，非但不肯取消，且居然在库伦地方，设立政府，推哲布尊丹巴为帝，改元共戴，立起一个蒙古帝国来。这哲布尊丹巴，系是何人？就是外蒙教主，居住库伦，向来扬名中外的活佛。活佛本没有什么枭雄，而且双目失明，差不多是个无知动物，惟他的妻室扣肯儿，具有三分姿色，心中又是多生一窍，格外比蒙人聪明。就中有个亲王杭达多尔济，素出入活佛帐中，与佛妻扣肯儿，很是莫逆。扣肯儿哄动活佛，把政权委任杭达，杭达得了重权，遂主张联络俄人，反抗中国。俄政府正窥伺蒙古，得了这个消息，格外心欢，当将国中土产，遗赠活佛及杭达，连扣肯儿处，也特地进送一份。活佛等自然惬意，便遣杭达至俄京，道达谢忱。俄政府又甚表欢迎，至杭达返至库伦，巧值武汉革命，当即怂恿活佛，宣布独立，并逐去清办事大臣三多。辛亥年十一月十日，活佛哲布尊丹巴，在库伦举行正式即位礼，自称皇帝，建元共戴，也仿袭前清官制，分设各都，并署内阁总理。总理一缺，本拟任抗达亲王，因杭达通晓外事，改任外部，别用松彦可汗为总理。松彦可汗本名海珊，系东蒙喀尔沁旗人，曾犯案奔俄，熟习俄语，嗣至库伦，为杭达所引用，又令陶什陶总统军事。陶什陶系东三省著名胡匪，东省悬赏缉捕，他遁入俄境，辗转至库伦，杭达闻他善战，因荐握军权。此外还有图什公、崔大喇嘛、达赖贝子、那木萨赖公等，分掌部务。并聘俄员里斯克拂为军事顾问官，寻复延俄人马司哥顿为财政顾问官，一切措置，惟俄是从。一面派人游说各旗，劝令附和外蒙，喀尔喀四部，本归活佛管辖，当然服从。惟内蒙、东蒙、西蒙诸王公，与中国感情较密，尚未肯尽附外蒙。

杭达亲王，闻中国革命，将还罢手。南北有议和消息，恐和议成后，必加诘责，不如预先布置，结俄为援，当下呈明活佛，自充正使，另派奚林丹定亲王为副，带了贡献物品，起程赴俄。俄政府闻他到来，格外厚待，特派外部人员萨沙诺夫，殷情招接，并导他谒见俄皇。俄皇下座慰劳，握手言欢。杭达即敬献金佛一尊，名马十头，作为贽仪。俄皇收受后，再命外交大臣，陪他筵宴。席间谈及外蒙独立情形，当由杭达当面请求，一是要俄国接济军械，二是要俄国借给款项。萨沙诺夫一一承认，且愿为代致中国，通告北京政府，提出蒙古独立，不准中国干涉。杭达喜欢得了不得，恨不得在萨沙诺夫前拜跪下去，磕着几个响头，于是谢了又谢。萨沙诺夫果有信实，一俟杭达等离俄，即电致驻华俄使，转达北京政府，提出三大要求，列款如下：

（一）中国许蒙古完全行政主权。（二）蒙古地方，中国不得驻兵设官及开垦。（三）抚慰此次服兵之华人。

这时候的中华民国，方在草创，南北尚未统一，自然无暇答复。至袁世凯就任总统，杭达已回库伦，当由蒙古国内阁大臣名义，电达北京，布告正式独立，并贺袁总统就任。袁总统得电后，两复活佛，劝令取消。活佛也两复袁总统，一说是业经自主，如何取消？二说是请商诸邻邦，杜绝异议。袁总统以邻邦二字，分明是指俄罗斯，拟俟内事粗定，再与俄人协商。哪知活佛一方面，竟煽动西蒙各旗，攻占科尔多，复嗾使东蒙各旗，攻占呼伦城，且勾通科尔沁右翼前旗札萨克郡王乌泰，称兵内犯，侵扰洮南府。袁总统乃飞饬东三省各都督，派兵出剿。一场鏖战，始将乌泰逐窜索伦山，随即下令革去乌泰世爵，另任镇国公衔鹏束克，署理札萨克。

惟对于内外蒙古，仍用羁縻手段。国庆期内，内蒙活佛章嘉与甘珠尔瓦呼图克图，翊赞共和，入京觐见；袁总统特别优待，即加封章嘉徽号，用“宏济光明”四字，且准他沿用前辈所得黄轿九龙座褥，并赏穿带膆貂褂，特给银一万圆。甘珠尔瓦呼图克图，也得邀封“圆通善慧”名号，赏穿带膆貂褂，赏银与章嘉活佛同例。内蒙各旗，总算被袁总统笼络住了。袁总统又令蒙藏事务局总裁贡桑诺尔布，致书内外蒙古，及前后西藏，劝他归附民国，同造共和。前藏达赖喇嘛，恰也乖巧，暗思尹昌衡驻扎川边，巴塘、里塘等处得而复失，不如暂行答复，阳奉阴违为是，当下复函通款，声言内附。当经袁总统还给封号，仍封为诚顺赞化西天大善自在佛。接连是东蒙古十旗王公，也函复政府，愿发起蒙旗会议，解释共和真理，藉泯猜嫌。袁总统闻报，特派蒙古科尔沁亲王，兼任参议员阿穆尔灵圭，及吉林都督陈昭常，东三省宣抚使张锡銮，相偕赴会，会所在长春道署，各旗王公陆续到来，统共得四十人。会议了三四天，当由政府三委员，提出意见如下：

（一）请各王公赴各本旗劝慰，力陈五族共和之利益。（二）请内外蒙务即取消独立。（三）如能效忠民国，或从事宣慰，蒙古早日取消独立者，由政府格外奖叙。（四）请各王公宣告民国对于蒙古固有权利，概不剥夺。（五）凡蒙古所借外债，均归民国担保归还。

五条以外，还有议案十条亦开列下方：

（甲）蒙边要隘地点，许政府派兵镇驻。（乙）蒙王无论向何国借款，非经中央政府允准，不得实行。（丙）取消独立后，请大总统颁发特别优待蒙人条件。（丁）蒙人不准私将产业抵押外人，以保领土。（戊）蒙人举办新政，准由政府许可。（己）创办华蒙联合会，以敦感情。（庚）组织蒙文报，以开民智。（辛）蒙人改用五色国旗，以符国体。（壬）蒙人应遵民国法律。（癸）蒙人练兵所需枪械，概由各省都督代购，不准私运。

各旗王公，均表同情。政府三委员，返报袁总统，满望从此进行，得将蒙、藏两大部收归宇下，实践五族一家的本旨。不意十一月九日，竟由驻京俄使，来了一个照会，说是正式通告。外交部接着，慌忙展阅，不瞧犹可，瞧着这照会中的全文，几把那外交总长梁如浩，吓得瞠目结舌，险些儿成了痴呆病。小子有诗叹道：

莫言世界尽强权，胜负只争一着先。
试忆中西交涉事，昧几多半是迁延。

毕竟照会中有何紧要，且至下回交代。

民国第一届国庆日，举行祝典，号称极盛，自是而后，逐年减色，至民国四年双十节，袁氏欲行帝制，竟停止庆祝宴会。外人谓吾中国人，只有五分钟热诚。即以逐年之国庆日观之，已可觇华人程度。彼美利坚之七月四日，法兰西之七月十四日，全国庆祝，迄今犹昔，何吾国人之有初鲜终，一至于此乎？若夫蒙、藏两区为英、俄二国所播弄，向背靡常，反复不一，而袁氏且只事羁縻，仍袭用前清迁延政策。迨至一纸飞来，全国惊诧，始悔前此因循之失计，不亦晚乎？特揭之以儆将来。

第十七回

示协约惊走梁如浩　议外交忙煞陆子欣

驻京俄使发来照会，是数条俄蒙条约，原来内外蒙古的问题全是俄国人捣鬼作祟。政府派兵防剿，并提出取消俄蒙条约、新订中俄条约的建议。

却说驻京俄使，致照会与外交部，看官！道是何等公文？乃是数条俄蒙协约。其文云：

前因蒙人全体宣告，决意欲保存其国于历史上原有之治体，故华官华军，被迫退出蒙古境外，哲布尊丹巴被推为蒙古人之君王。前此之中蒙关系，于是断绝。现在怀念以上所述之事，并念俄、蒙人民，历年彼此和好之睦谊，且鉴于正确指定俄、蒙通商之必要，兹由全权俄使廓索维慈，与各全权蒙使，订定下开各款：

（一）俄政府愿帮助蒙古，俾得保存其所设之自治制度，与主有蒙古人军队之权利，及不许华兵入其领土，华人殖居其地之权利。

（二）蒙古君主与蒙古政府，仍往日之旧愿，于其主有之境内，准俄民与俄国商务，享附约内开之各种权利利益，又允此后他国人民之在蒙古者，如给以权利，不得多过俄民所享有者。

（三）倘蒙古政府，鉴于有与中国及其他别国，订立条件之必要，此项新约，无论若何，不得侵犯本约及附约内开各款，非有俄政府之允许，亦不得修正之。

（四）本协约自画押日起，发生效力。

据这四条约文，简直是将蒙古地方完全为俄人势力圈，并与中华民国绝对脱离关系，还有附约十七条，更将蒙古种种利益，统为俄人所享有，小子本不愿再录，因关系国际上的大交涉，并以后迭经磋议，俄人终未肯取消协约，以致外蒙问题，始终未有结果，这是我中华民国的国耻，不能不录述全文。附约云：

第一条，俄人在所有蒙古各地，得自由居住移动，并经理商务制作及其他各事项。且得与各个人各货行及俄国、蒙古、中国暨其他各国之公私处所往来，协定办理各事。　　第二条，俄人无论何时，将俄国、蒙古、中国暨其他各国出产制作各货运出运入，免纳出入口各税，并自由贸易。无论何项税课捐，概免交纳。　　第三条，俄国银行，得在蒙古开设分行，与各个人各处所各公司会社，办理各种款目事项。　　第四条，俄人可用现钱买卖货物，或互换货物，并可商明赊欠。惟蒙古各王旗，及蒙古官帑，不能担负私人借款。　　第五条，蒙古政府不得阻止蒙人、华人与俄人往来，约定办理各种商业；并不得阻止其在俄人处服役。又蒙古域内，无论何种公私公司会社，或各处所，各个人，皆不得有商务制作专卖权。惟未定此约以前，已得蒙古政府许可，于定限未满前，仍得保存其权利。　　第六条，俄人得在蒙古境内，约定期限，租买地段，建造商务制作局厂，或修筑房屋铺户货栈，并租用闲地开垦耕种，惟不得以之作谋利之举。此种地段，必须按照蒙古现有规例，与蒙古政府妥商拨给。其教务牧场地段，不在此例。　　第七条，俄人得与蒙古政府协商，关于享用矿产森林渔业，及其他各事业。　　第八条，俄国政府，得与蒙古政府协商，向须设领事之处，派设领事。　　第九条，凡有俄国领事之处，及有关俄国商务之地，均可由俄国领事，与蒙古政府协商，设立贸易圈，以便俄人营业居住，且专归领事管辖。无领事之处，归俄国各商务公司会社之领袖管辖。　　第十条，俄人得自行出款，于蒙古各地，及自蒙古各地至俄国边各地，设立邮政，运送邮件货物。此事与蒙古政府协商办理，如须在各地设立邮站，以及别项需用房屋，均须遵照此约第六条定章办理。　　第十一条，俄国驻蒙古各领事，如须转递公件，遣派信差，或别项公事需用时，可用蒙古台站，惟一月所用马匹，不过百只，骆驼不过三十只，可勿给费。俄领事及他办公员，亦可由蒙古台站行走，偿给费用。其办理私事之俄人，亦得享此利益，惟应偿费用，须与蒙古政府商定。　　第十二条，凡自蒙古域内，流至俄国境内各河，及此诸河所受之河流，均准俄人航行，与沿岸居民贸易。俄政府且帮助蒙古政府，整理各河航路，设置各项需用标识等事。蒙古政府，当遵照此约定章，于此河沿岸，拨给停船需用地段，以为建筑码头货栈，及预备柴木之用。　　第十三条，俄人于运送货物，驱送牲只，得由水陆各路行走，并可商允蒙古政府，由俄人自行出款，建筑桥梁渡口，且准其向经过桥梁渡口之人，索取费用。　　第十四条，俄人牲只，于行路时，得停息喂养，如停留多日，地方官并须于牲只经过路程，及有关牲只买卖地点，拨给足用地段，以作牧场。如用牧场过三月之久，即须偿费。　　第十五条，俄国沿界居民，向在蒙古地方，割草渔猎，业经相沿成习。嗣后仍照旧办理，不得稍有变更。　　第十六条，俄人与蒙人、华人往来，约定办理之事可用口定，或立字据，其立约之人，应将契约送至地方官查验，地方官见有窒碍，当从速通知俄领事，互商公判。总之关于不动产事件，务当成立约据，送往蒙古该管官吏，及俄国领事处，呈验批准，始生效力。如遇有争议，先由两造推举中人，和平解决，否则由会审委员会判决。会审委员会，分常设临时两项，常设会审委员会，于俄领事驻在地设置之，以领事或领事代表及外蒙古政府之代表，有相当阶级者组织之。临时会审委员会，于未设领事之处，酌量事件之紧要，始暂开之。以俄领事代表，及被告居留或所属蒙旗之蒙古代表组织之。会审委员会可招致蒙人、华人、俄人为会审委员会之鉴定人。会审委员会之判决，如关于俄人者即由俄领事执行，其关于蒙人、华人者，由被告所属或所居留之蒙王执行之。　　第十七条，本约自盖印日起，即发生效力，约章用俄、蒙两文作成二份，互行盖印，在库伦互行交换。

外交总长梁如浩，模模糊糊的看了一会，也无暇一一研究，只觉得满纸俄人，不但中国不在话下，就是外蒙古人，也一些儿没有主权，不禁呆呆地发了一回怔。继思如此大事，不先不后，偏在自己任内，闹出了这等案件，教我如何办理？当下搔头挖耳地想了多时，竟转忧为喜道：“有了！有了！”外部人员，起初见他毫无主意，嗣闻得“有了！”两字，想他总有一番大经济，大政策，只是不好动问，背地里瞧他行动。他却不慌不忙，取了俄使的通告，径向总统府中去了。

过了两天，都门里面，并不见梁总长的踪迹，旁人还猜他在总统府中，密商对俄方法，谁知他已托病出都，竟另寻一安乐窝，闭户自居。那总统府中，只有一纸辞职书，说是“偶抱采薪，不能任事，请改命妥员继任”等语。袁总统付诸一笑，遂另简相当人物，百忙中觅不出人才，惟前任国务总理陆徵祥，是个外交熟手，还好要他暂时当冲，因再令赵总理秉钧，提交参议院表决。各议员闻俄、蒙交涉正在紧迫，也一时不便否认，况除陆徵祥外，并没有专对能员，不得已表示同意。于是陆徵祥复受任为外交总长办理俄、蒙交涉。方拟好对俄照会，不承认俄蒙协约，遣人递往俄国公使馆，忽接到热河都统昆源急电，开鲁县被蒙匪攻入，全城失守了。

原来开鲁县在热河北境，旧系内蒙古阿鲁、科尔沁、东西札鲁特三旗地，自清光绪季年，收入版图，改为直隶属县，此次东札鲁特协理官保扎布，受外蒙古煽惑，勾结东西札鲁特、科尔沁各旗，攻占开鲁，驱逐汉民，且纵兵焚杀，惨无人道。热河都统昆源，飞电乞援，袁总统即派姜桂题率领毅军十四营，驰往援剿，一面令外交总长陆徵祥，速与俄使交涉。

看官！你想俄政府方怂恿外蒙，出兵内犯，怎肯出尔反尔，取消俄蒙协约，把外蒙送还中华呢？他自与外蒙活佛订约后，外蒙的军队，要俄官教练，外蒙的国交，要俄官主持，外蒙的土地，作为借款的抵押，外蒙矿产，归俄公司开采，外蒙兵饷，归俄银行发放；还要设统监，逐华侨，割让乌梁海一带，种种要索，得步进步。哲布尊丹巴帝号自娱，毫无知识，所任用的杭达多尔济，甘心卖国，把俄人要约各条，有允诺的，有不允诺的，始终是恳俄人援助，且派陶什陶简率精锐，充作先驱，并拟定四路进兵，一路沿科布多阿尔泰山，直犯新疆，一路由东蒙廓尔罗斯，直犯吉、黑，一路向绥远、归化，直犯山西，一路向热河直冲北京，四路中以吉黑热河为主队，蒙兵不足，借用俄兵。开鲁失守，便是进兵热河的嚆矢。袁总统既派毅军北征，复命参谋陆军两部筹划防守事宜，并饬东三省边防及西域边防，与东蒙、西蒙、中蒙各处边防，一律戒严。此时奉天都督赵尔巽，已辞职回京，当命宣抚使张锡銮续任，会同吉、黑两督整备军队，俟春暖冰融，酌量进行。嗣因内蒙古乌兰察布盟，偶有烦言，乃再由国务院申喻蒙旗道：

> 现在五族联合组织新邦，务在体贴民情，敷宣德化，使我五族共享共和之福。前据绥远城将军张绍曾电呈乌兰察布盟扎萨克等来文，以共和为扰害蒙古，抛弃佛教，破坏游牧，请民国内务部嗣后关于饬令遵行新政怪异各事件，暂行停止等语。查优待蒙、回、藏民族条件第七条，蒙、回、藏原有之宗教，听其信仰，是宗教申明信仰，何有抛弃之事？第二条保护原有私产，是产业申明保护，何有破坏游牧之事？又参议院议决公布待遇蒙古条例第一条，中央对于蒙古行政机关，不用殖民等字样，第二条各蒙古王公原有之管辖治理权一律照旧，是皆重在维持蒙古原有权利，何有扰害之事！又原电该盟呈内指除藩属名称为混乱蒙人种族一节，查宣布共和，迭经申明联合汉、满、蒙、回、藏五大族为中华民国，名为蒙族何有诬为混乱？至不用理藩字样者，所以进为平等，免致待遇偏畸，中央刻又复封达赖，振兴黄教，各呼图克图来京及助顺者均加进封号，优予礼赉，蒙、回王公之赞同共和者亦并优进

爵秩，民国优待蒙、回、藏各族，崇重宗教，实有确征，无非欲同我太平，安生乐业。惟该盟原呈，既多有误会，自应赶为宣播，以释群疑，即由国务院将优待蒙、回、藏各族条件，待遇蒙古条例，及复封达赖扎赉各呼图克图优进各王公爵秩等公布命令，译成各体合璧文字，刊刻颁发各旗各城，榜示晓谕，俾众周知。

岁月磋砣，年关将届，中央政府，为了俄蒙问题，尚忙碌不了，叠开总统府会议，国务会议，自袁大总统以下，及所有国务员，谈论了好几天，筹划不出什么妙计。最苦恼的是外交总长陆子欣，他既要想出议案，复要对付外使，焦思竭虑，瘏口哓音。小子当日，曾闻陆总长提议方法，共分甲乙两项如下：

(甲)对于俄蒙协约之交涉，共分四条：

(一)蒙古为中国领土，无与外国缔结条约之权。(二)库伦为外蒙之一部分，不能代表全蒙。(三)活佛专掌宗教，无与外人交涉之权。(四)取消俄蒙协约，另订中俄条约。

(乙)对于中俄交涉之提议，共分八条：

(一)蒙古之领土权，完全属于中华民国。(二)除前清时代已有之大员三人外，民国不再添派官吏。(三)民国得屯兵若干，保护该处官吏。(四)民国为保护侨居该处华人起见，得酌置警察队于该处。(五)将蒙古各官有之牧场，分赠蒙古王公，以示优待之意。(六)各国人不得在蒙古驻屯各种团体，且不得移民。(七)蒙古若未经民国许可，不得自由开垦开矿筑路。(八)蒙古与他国所订协约，一概作为无效，此后蒙古若未得民国政府同意，所缔之约，亦皆不能发生效力。

陆总长提议后，大众相率赞成，正拟往会俄使，开始谈判，不意驻京英使，复递照会至外交部，催复日前要求条件。正是：

朔漠方愁尘雾黯，欧风又卷海涛来。

毕竟英使照会，为着何事，待至下回表明。

本回详录俄蒙协约，为国际上交涉之要案，即为国耻中重大之问题。相传俄、蒙交涉酝酿已久，民国元年九月间，我国政府中，已有主张提出抗议者，外交总长梁如浩，方才就任，托言事未确实，延不果行，迨协约发表，乃潜身出走，上书辞职，身任外交者果如是乎？既而俄、库相联发兵东犯，袁总统虽遣师防剿，而仍抱定一羁縻政策，名为慎重，实亦迁延。外交以兵力为后盾，徒恃一总长陆子欣，其果能折冲樽俎乎？民国初造，已泄沓如此，可为一叹！

第十八回

忧中忧英使索复文　病上病清后归冥箓

中俄交涉胶着不下，又起中英交涉，为的却是西藏问题，政府当然申明西藏为中国内政。蒙、藏上层趁机出手，签订了蒙藏协约。政府财政吃紧，没有军饷，也就暂且听之任之。回末叙及隆裕太后去世，政府对其后事还算优容。

却说俄蒙交涉，尚无头绪，英公使又来一照会，催索要求条件。看官不必细猜，便可知是西藏交涉了。先是英国驻京公使，曾奉到英政府训令，向中政府提出抗议书，外交总长梁如浩，得过且过，并没有放在心里，因此未曾答复。至此英使又来催逼，乃由外交部检出原书，内开五大条件云：

> （一）中国不得干涉西藏之行政，并不得于西藏改设行省。（二）中国政府，不得派无制限之兵队，驻扎西藏各处。（三）英国现已认定中国对于西藏有宗主权，应要求中国改订新约。（四）英政府前曾遵据条约，特设通信机关，后经中国军队擅行截断，以杜绝印藏之交通。（五）如中国政府，不承认以上各条件，英国政府，亦决不承认中华民国之新共和政府。

陆徵祥览毕全文，暗想五条件中，只第三四条，尚可答辩，此外三条，关系甚是重大，虽比俄蒙协约稍为简单，但欲争回西藏领土权，亦很费事。况中俄交涉，正当紧急，专顾一面，尚恐不及，偏又来了这道催命符，这正所谓祸不单至呢。当下皱着双眉，踌躇了好一会，才到总统府中，呈明袁总统。袁总统方阅外电，面上恰含有三分喜容，一见陆徵祥入内，便起身邀坐，徵祥行礼毕，尚未开口，袁总统已笑语道："日前科布多全境，已报克复，今又得热河来电，开鲁县也克复了。"说毕，即将电文递示。陆徵祥接过一瞧，无非是各军会攻，毙匪颇众，余匪败走，复

孙中山

孙中山，广东香山（今中山）人。创建中国同盟会、国民党，建立中华民国，任临时大总统。

1911年，同盟会在广州发动起义，史称黄花岗起义。图为就义前的黄花岗烈士。（上图）

黄花岗七十二烈士纪念碑，始建于1912年，1921年落成。（下图）

黄 兴

黄兴，湖南善化（今长沙）人。早年赴日留学，在日本拥护孙中山组成同盟会。武昌起义后，被推为革命军司令，后任南京临时政府陆军总长。

秋 瑾

秋瑾，祖籍浙江山阴（今绍兴），生于福建厦门。曾东渡日本留学，先后参加过光复会、同盟会等革命组织。1907年组织起义事泄被捕。同年7月15日，就义于绍兴轩亭口。

宋教仁

宋教仁，湖南桃源人。组织同盟会，曾任南京临时政府法制局局长，被袁世凯密谋刺杀。

退居故里时的袁世凯

袁世凯，河南项城人。1911年辛亥革命时，任清廷内阁总理大臣。1912年在北京就任临时大总统，建立了北洋军阀政权。

黎元洪

黎元洪，湖北黄陂人。曾参加中日甲午战争，辛亥武昌起义后任军政府都督。

《溪亭闲话图》/ 张 熊

张熊，浙江嘉兴人。于画无不精善，山水、花鸟、蔬果、虫鱼均见功力，作品艳而不腻，雅俗共赏。此图为中堂巨构，画中丘壑茂美，长松纷披，亭榭临水，崖岸高士，当窗闲话，忘情湖山。

《鸡鸣出关图》/ 任 预

任预，浙江萧山人。此作十分别致，画面中较多近现代气息，借鉴西洋画中的造型方法，既有体量感，又有光景感。作品构图截取山川一角，表现官家清晨出行的情景。

花卉图 / 陆恢

陆恢，江苏苏州人，清末民初画家。此花卉图共十六屏，以水墨、敷彩描绘具有吉祥意味的花果树木。之一《莲盖珠圆》，绘荷花亭亭玉立之姿；之二《阶前玉树》写玉兰冰清玉洁，枝干虬劲之势，绘日晒红与之上下呼应。

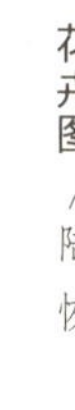

花卉图 / 陆恢

花卉图之三《阳春消息》，以怪石、红白二梅写春天降临；之四《香园秾英》，绘牡丹之富丽雍容。风格清新活泼，意趣天成。

《墨荷图》/王震

王震，江苏吴兴人。长于写意，善人物、佛像、花鸟、山水、书法。此画中荷叶以泼墨写成，墨笔勾花，略设淡色晕染点蕊，荷茎骨立，笔墨酣畅峥嵘。

《花卉图》/ 金 城

金城，浙江吴兴人。近代著名学者、书画家。此花卉小品，简洁明快，设色妍丽而不俗。山石只写一角，淡彩渲染，背景的山茶以没骨法绘出，色调沉稳。前景的萱草则笔法严谨，以上笔淡彩绘出花枝的娇艳。

《双猫窥鱼图》/程　璋

程璋，安徽新安人。全才画家，不论花卉、翎毛、走兽、山水、人物，皆能得心应手。此画双猫着色富有层次，以重粉写须毛；游鱼以水墨淡写，又以细笔勾鳞，形象生动。

《桃花双鸡图》/徐 祥

徐祥，上海人。曾师从任伯年，人物、山水均能，花鸟尤为擅长。此画设色淡雅，用笔以方峻的侧峰铺点为主，枝干转折，姿态婀娜，有棱有角，阅之清新愉悦。

《夏山雨意》/ 吴石仙

吴石仙，江苏上元（今南京）人。清末民初画家，富有革新精神，作品掺以西洋水彩画技法，所作山水多墨韵淋漓，云烟生动，尤其擅长表现风雨之状。

将开鲁克复等情。因将电文复缴案上，随答袁总统道："东西蒙尚称得手，外蒙或容易办理，但英使又来要求藏事，为之奈何？"袁总统道："日前有抗议书到来，我已与英使朱尔典说明，俟俄、蒙交涉就绪即当酌商，难道今又来催逼吗？"陆徵祥闻言，便即取出照会，呈与袁总统详阅。袁总统阅毕，便道："他既如此催逼，我不能不答复了。明日开国务会议，酌定覆词，可好吗？"徵祥唯唯而出。次日复至总统府，各国务员也陆续到来，会议半日，方裁决答复各词，大致如下：

（一）中国按照一千九百零六年之中英西藏条约，除中国外，其他国皆无干涉西藏内政之权，今谓中国无干涉西藏内政之权，理由甚无根据。至于改设行省一事，为民国必要之政务，各国既承认中华民国，即不能不承认中国改西藏为行省。况中国对于西藏，并无即时改设行省之意，此中颇有误会。惟现在中国认定不许其他一切外国，干涉西藏之领土权及其内政。（二）查中国并无派遣无制限军队驻扎西藏之事。惟按照一千九百零八年之通商条约，英国以市场之警察权及保护印、藏交通委任于中国，故中国于西藏紧要各处，当然派遣军队。（三）中英关于西藏之交涉，已经两次订立条约，一切皆已规定明确，今日并无改订新约之必要。（四）中国政府从前并无有意断阻英、藏交通之事，以后更当加意保护，断不阻碍英、藏交通。（五）承认中华民国是另一问题，不能与西藏问题，并为一谈，深望英国先各国而承认中华民国。

复书发出，交付英使馆，英使朱尔典氏，当去呈报英政府，一时未有复文。中国政府，乐得眼前清净。嗣由川边镇抚使尹昌衡来电，报称：川边肃清，政府诸公，越觉心慰。袁总统也放下了心，好安稳过年了。怎奈蒙、藏两区，风潮暗紧，哲布尊丹巴原顽抗如故，就是达赖喇嘛，已复原封，心下尚是未足，也想与库伦活佛，同做皇帝。外蒙得此消息，乘机遣使，到了西藏，先拟迎达赖至库，共商独立事情。达赖不肯应允，乃协议彼此联络，双方称帝。当订定蒙藏协约九条，其文云：

（一）西藏国皇帝达赖喇嘛，承认蒙古构成独立国，且将一千九百十一年十一月九日所宣言之黄教首领哲布尊丹巴喇嘛，认为蒙古国皇帝。（二）蒙古皇帝哲布尊丹巴喇嘛，承认西藏构成独立国，且承认达赖喇嘛为西藏国皇帝。（三）蒙、藏两国和衷共济，互行咨询，以讲求黄教繁荣之方法。（四）蒙、藏两国将来若有内忧外患时，互相援助，永矢不渝。（五）两国政府，对于游历领土之公私人，互相设法保护。（六）两国政府，自由贸易产物及家畜，从新设立商业机关。（七）所有商业上债权，以政府及商业机关所承认者，定为有效。若未经允许而争讼者，两国政府，决不考察。但缔结本条约以前之买卖，暨因本条约第七条结果被损害者，按照政府所规定，可以要求代偿。(八)若将本条约再行修订时，由两国简派代表，预先规定日期及地点，以便协商。(九)本条约自签约之日起，发生效力。

下文署明年月日，一是西藏子岁十二月四日，一是蒙古共戴二年十二月四日。原来西藏仍沿用阴历，民国元年，岁次壬子，所以西藏称为子岁。外蒙古已建年号，所以直书共戴二年。外国新闻纸上，已是刊录全文，明明白白，中国政府，尚谓未得确实报告，且过了新年，再作区处。

于是全国舆论，多抱不平，有几省激烈的将士，也欲投袂请缨，通电全国，主张武力解决；今日说要征蒙，明日说要征藏，甚至招兵募饷，枕戈待命，那袁总统却从容镇静，不肯轻动，且令国务院电饬各省将吏，严戒躁率。又抬出总统名义，申令各都督，教他防范军人，毋惑浮言。当时热心边事的人物，统说袁总统专务羁縻，太属畏葸，其实老袁方面，也自有一种难处。自从六国银行团，与熊总长等会议借款，始终无效，连每月垫款数百万两，也未肯照允，借款谈判，竟至中止。熊希龄旋即辞职，袁总统虽已照准，乃命经理借款事宜，与继任总长周学熙等，向六国团声明别借，另外设法，暗托顾问洋员莫理逊，赴英运动，借到伦敦债款一千万镑，议定本年交三百万镑，明年交七百万镑。以盐课作押，利息五厘，因此政府用款，才有来源，勉强度日。惟借款陆续到手，即陆续用去，一些儿没有余积，哪里来的闲款，可拨付军饷征剿蒙、藏？这是袁总统自知为难，也似哑子吃黄莲，说不出的苦衷，看官也须原谅三分呢。

熊希龄既办到借款，尚是留住都门，待至年暮，袁总统因热河紧急，恐昆源无能，办不下去，当将昆源召还，改任熊为热河都统，熊即告辞去讫。转瞬间已是民国二年，元旦这一日，系南京临时政府成立的纪念日，各处机关，统行休假，除悬旗结彩外，却也没有什么大典。过了数日，惟将各海关监督，各省司长，及司法筹备处长，任用了许多人员。又改府州厅为县，划一各省行政官厅，警察官厅，以及文官任免法，文官考试法与惩戒甄别各法，并外交官服制，陆海军服制，蒙、回、藏王公爵章等件，公布了许多规则，小子也不胜记忆，但略述数项名目，算作随录，挂一漏万，看官休笑。惟山西观察使张士秀及旅长李鸣凤，盘踞河东，居然拥兵自卫，潜谋独立，经都督阎锡山委任南桂馨为河东筹饷局长，并令解散该处军队，劝导张、李二人。张、李不肯从命，反将南桂馨拘住严行拷掠。阎督闻报，即电报中央，经袁总统派委第一旅长孔繁蔚前往接管军队。张、李复抗不承认，竟将孔旅长逐出。张士秀自为民政长，李鸣凤自为都督，于年内宣言独立。袁总统乃饬参谋、陆军两部派兵往剿，正月初旬，由陆军部派驻保定第六旅长鲍贵卿，及驻潼关统领赵倜，各率所部军前往河东。看官！试想这河东一隅能有多大凭借？张、李二人，能有多大本领？螳臂当车，自不量力。后来赵军一到，张、李知不能抗，束手归命，被赵统领拘禁起来押解进京，褫职治罪，便算了案。就是蒙古问题，经陆总长提出议案，与俄使商榷一番，并无效果。不过双方议定，各不进兵，再期磋商就范，免至决裂。

一天过一天，已到二月十二日了，这日为北京政府成立期，也曾由参议院议决，作为纪念日。各衙署放假休息，自不消说，惟袁总统纪念旧勋，特授梁士诒、胡惟德、姜桂题、段芝贵等，均勋二位；谭学衡、熙彦、王占元、曹锟、陈光远、李纯、倪嗣冲等，均勋三位；吴景濂、汤化龙等，一等嘉禾章；那彦图、张勋等，亦一等嘉禾章；杨度、阮忠枢、叶恭绰等，二等嘉禾章。无非因南北统一，著有勋绩，所以酌量酬庸。

又越三日，系阴历正月十日，为清隆裕太后万寿节，袁总统特遣梁士诒为道贺专使，赍送藏佛一尊，及联额数幅，并总统放大相片一座，相片上署“袁世凯敬赠”五字。前用军役导着，后由梁士诒乘着黄舆，昂然前进，直至乾清门前，方才下舆，徐步入内，至上书房。清总管内务府大臣世续，出来迎接，导入乾清宫正门，殿宇依然，朝仪已改。隆裕太后端坐殿上，两旁虽有侍女护着，并清室近支王公，两旁站立，怎奈望将过去，只觉得一片萧飒气象，更兼隆裕后形容憔悴，带着好几分病容，见了梁士诒，尤不禁触目心伤，几乎忍不住两行珠泪。梁士诒却从容不迫，行了三鞠躬礼，又呈递国书，内称：“大中华民国大总统，谨致书大清隆裕太后陛下，愿太后万寿无疆。”隆裕太后答词，由世续代诵，略称：“万寿庆辰，承大总统专使致贺，感谢实深”云云。世续念一句，隆裕太后泪下一行，等到世续念毕，隆裕太后的面上，已不啻泪人儿一般。梁士诒亦看不过去，当即退出。嗣闻隆裕太后，瞧着袁世凯相片，益觉怨恨交集，恸哭了一昼夜。次日即卧床不起。原来隆裕太后，自诏令退位后，心中悒悒不欢，尝谓“孤儿寡妇，千古伤心，每睹宫宇荒凉，不知魂归何所”等语。以此积成肝郁，尝患呕逆。至民国二年正月中，胸腹更隆然高起，日渐肿胀，经御医佟质夫、张午樵二人诊治，稍觉轻减。二月十五日御殿受贺，起初却还有些兴致，嗣见梁使到来，用着外国使臣觐见礼节，免不得悲从中来。且宗室王公大臣，多半避匿，不肯入贺，殿中不过寥寥数人。看官！你想人非木石，到这地步，能不格外伤心吗？古人说得好：“忧劳所以致疾”，况隆裕太后已有旧恙，自然愁上加愁，病中增病。或谓：“万寿节内，天气晴暖，宫中所用薰炉，热气太高，感受炭气，因致病剧。”其实隆裕后致死原因，并不是伤热症，却是袁总统送她归阴的。

徐世昌尚为清室太保，因监督崇陵工程，久在京外，此次闻故后病笃，乃入宫谒见，且力辞太保职务。隆裕后再三慰留，甚至哽咽不能成声了。徐亦陪了三四点老泪，至退出后，即往谒袁总统，备陈清后病重形状。袁总统再属徐为代表，入宫慰问，隆裕后闻了“袁总统”三字，几似勾命的无常，阿哟一声，昏晕过去。好容易叫她醒来，尚是喘个不住。徐世昌瞧这情形反一时不能脱身，只好与世续、绍英提议隆裕后身后处置，一面叫入宣统帝，令他侍立床侧。二月二十一日，隆裕后已是弥留，到了夜间，回光返照，开眼瞧见宣统帝在侧，不觉呜咽道：“汝生帝王家，一事未喻，国已亡了，母又将死，汝尚茫然，奈何奈何？”说至此，喉间又哽咽起来，好一歇复发最后的凄声道：“我与汝要永诀了。沟渎道涂，听你自为，我不能再顾你了。”言讫，已不能言。世续入省数次，但见隆裕后双目直视，口中很想说话，偏被痰塞住喉中，只用手指着宣统帝，眼眶间尚含泪莹莹，霎时间阴风惨栗，烛焰昏沉，有清末代的隆裕太后，竟两眼一翻，撒手归天去了。小子有诗叹隆裕太后道：

孤儿寡妇总心伤，到死犹留泪两行。
让国终存亡国恨，徒劳后史费评章。

清后已逝，一切丧葬事宜，待小子下回再表。

蒙事方迫，藏事随之，一波未平，一波又起，虽以袁总统之雄鸷，陆总长之才辩，卒不能屈服英、俄，弱国无外交，良可痛慨。若隆裕太后之病逝，实为袁总统一人逼死。石勒谓大丈夫行事当磊磊落落，不宜效曹孟德、司马仲达，欺人孤儿寡妇，狐媚以取天下，袁总统其有愧斯言乎？总之对内勇，对外怯，为中国人之陋习。阅蒙、藏诸要约而不变色者，凉血动物是也。阅隆裕太后之病逝而不伤心者，吾谓与凉血动物，相去亦无几耳。

第十九回

竞选举党人滋闹 斥时政演说招尤

国会、省议会选举，总统和各省省长发布召集令。只是国民党一党独大，袁大总统又玩起了拿手把戏。作者自然先把宋教仁生平行谊再叙，尤其是引录宋氏的精彩演讲。

却说清隆裕太后病逝，乾清宫内当然料理丧仪，大殓后停柩体元殿。清宫内瑾、瑜、珣、瑨四妃于前晚闻信，均欲进宫询问，因神武门已闭，竟不得入。翌晨方得进宫，见故后遗骸已在体元殿停灵，并不哭泣，且指遗骸道："你也有今日吗？"言讫后，向世续等问话，多方诘责，百般挑剔。世续等莫明其妙，徒嗟叹了好几声。还有一班小太监，乘着丧乱机会，纷纷搬运珍宝物件，连夜不绝。世续也弹压不住，穷极计生，便声言道："袁总统已派段芝贵入宫，他系军人，看你等这般纷扰，将要军律从事呢。"宫监们听到此语，方渐平静，但检点宫中失物，约已值价洋十万圆。世续一面治丧，一面请袁总统派员入宫，帮同料理。袁总统乃派荫昌、段芝贵、孙宝琦、江朝宗、言敦源、荣勋等数人，前往帮办，并命国务院发出通告二则，依次录述如下：

> 据清室内务府总管报称，二月二十二日丑时，隆裕皇太后仙驭升遐等语，当经派员查检，医官曹元森、张仲元等所开脉方，俱称虚阳上升，症势丛杂，气壅痰塞，至二十二日丑时，痰壅薨逝。敬维大清隆裕皇太后，外观大势，内审舆情，以大公无我之心，成亘古共和之局，方冀宽闲退处，优礼长膺，岂图调摄无灵，宫车宴驾？追思至德，莫可名言。凡我国民，同深痛悼。除遵照优待条件，另行订仪礼节外，特此通告！

兹值大清隆裕皇太后之丧，遵照优待条件，以外国君主最优礼待遇，议定各官署，一律下半旗二十七日，左腕围黑纱。自二月二十二日始，至三月二十日止，以志哀悼，特此通告！

此外派员致祭，复令各部院长官，亦亲往祭奠，并开国务特别会议，查照优待清室条例，所有崇陵未完工程，应如制妥修，需用经费，均由中华民国支出。隆裕后祔葬崇陵，更兼赞助共和，有功民国，一切丧葬礼节，务须从优，费用归民国担任。会议已定，提交参议院，当然通过。自是清宣统帝归瑾、瑜两太妃抚育，后事如何，后文再行记录，暂且慢表。

且说国会组织法，及各议员选举法，已公布多日，元年残腊，袁总统发布正式召集国会令，令曰：

正式国会召集之期，依照约法，以十个月为限。民国元年八月，业将国会组织法，暨参议院众议院议员选举各法，公布施行在案。民国正式国会，为共和建设所关，本大总统躬承我国民付托之重，迭经饬由国务总理内务总长督令筹备国会事务局，及各该参议院议员选举监督，众议院议员选举总监督，选举监督等，分别妥速筹备。并先后制定参议院众议院各选举日期令，俾各依限进行。自约法施行以来，现已十个月届满，据国务总理内务总长呈具筹备国会事务局呈称“众议院议员复选举，除据报延期各省分外，余均于民国二年一月十日遵令举行，其参议院议员选举，亦将次第遵令举行”等语，本大总统深维我中华民国缔造之艰难，夙夜兢兢，未敢以临时期内，稍涉暇逸。兹幸国会议员已如法选出，亟应依照约法，下令召集。自民国二年一月十日正式开会召集令发布之日起，限于民国二年三月以内，所有当选之参议院议员，及众议院议员，均须一律齐集北京，俟两院各到有总议员过半数后，即行同时开会。至关于国会开会之筹备事项，应由国务总理内务总长督饬筹备国会事务局，速为筹备完全。共和政治之良否，政府固有完全之责任，而尤以正式国会为筦枢。一德一心，共图盛业，斯则本大总统代表我汉、满、蒙、回、藏五大民族，所馨香祷祝以求之者也。此令！

又令各省行政长官，定期召集省议会议员，其文云：

各省省议会议员选举法，业经本大总统于民国元年九月公布施行，嗣复制定省议会议员第一届选举日期令，迭饬各该选举总监督，依限办理在案。现在各省省议会议员复选举，除据报延期各省分外，余均遵令举行，自应饬由各省行政长官，分别召集，为此通令各该省行政长官，自令到之日起，即先行发布省议会议员召集令，凡复选未经据报延期各省分，限于民国二年二月十日以前召集。其已经据报延期各省分，限于该省省议会议员复选举行后，由该省行政长官，酌定日期召集，各该省议会议员，均一律依令齐集省城，俟该省议会到有总议员三分二以上时，即行开会。开会之翌日，即先举行参议员选举，以重要政。此令！

这两令公布后，各省办理选举事宜，有几区已了手续，有几区尚在未了，惟因党派不同，竞争甚烈，或用强力胁迫，或用金钱买嘱，或用情面恳托，选举人受这三种运动，不管他是什么党派，只好依着投票，有时强力相等，金钱相等，情面相等，反使选举人左右为难，往往因投了甲票，未投乙票，投了丙票，未投丁票，甲丙果然被选，乙丁竟致向隅，于是乙丁不肯罢休，当场哗扰，甚且强夺投票匦，或捣毁投票所，搅得他秩序紊乱，票纸散失，令他再行选举，非运动到手，总不甘心。当议决选举法时，亦曾料到此着，将选举诉讼事件，及选举犯罪条例，尽行规定，预为防范；偏中国是个章程国，形式上很觉严密，实际上绝少遵行，以致选举风潮，屡见叠出。说将起来，令人可叹。

看官试想！选举法为什么设立？原是国成民主，应归人民立法，但人民很多，不是个个能立法的，又不是个个好去立法的，由是令选举代表，拣出几个熟习政治，晓得利弊的人物，使他当选，作为全国或全省的立法员，凡是众望所归，定然有些才识，这是外洋立宪国的良法，偏被我中国仿行，第一届选举，便生出无数情弊。袁政府得此报告，因严命遵守法律，且令初复选监督，摘录刑律第八章，关于妨害选举之罪各条，揭示投票所，又就投票所周围，临时增派警兵，保持秩序，各选举区，才得稍稍平静，只暗地里仍然运动，各立党帜，各争党权。

其时国民党最占多数，次为共和党，另外又有两党出现，一叫做民主党，一叫做统一党。俗语说得好："寡不敌众"。民主、统一两党，新近组织，人数尚少，敌不过国民党，就是共和党人，也不及国民党的多数，因此国会议员，至总选举后，多半是国民党当选。袁总统最忌国民党，探得参众两院中，国民党议员占得十分的六七，逆料将来必受牵制，遂想出密谋，将国民党中的翘楚，赏他一颗卫生丸，免得他来作怪，这真古人所谓釜底抽薪的计策。

看官你道何事？待小子续叙出来。前任农林总长宋教仁，卸职后，为国民党理事，主持党务，他本是湖南桃源人，字遁初，别号桃源渔父。十二岁丧父，家甚贫窭，因有志向学，肄业武昌文普通学堂。在校时已蓄革命思想，联结同志，嗣被校长察觉，把他斥退，他遂筹借银钱，游学东洋。适值孙文、黄兴等组织同盟会，遂乘势入为会员，襄办民报，鼓吹革命。后与黄兴等潜入中国，一再举事，均遭失败，乃定议在湖北发难，运动军队，计日大举。武昌起义，实受革命党鼓吹，他便是党中健将，奔走往来，不辞劳苦，卒告成功。至孙文回国，设立南京政府后，曾受任为法制院院长，凡临时政府法令多是他一手编成。继念南北未和，终难统一，乃偕蔡元培、汪兆铭等同赴北京，迎袁南下。会值京津兵变，袁不果行，仍就职北京。唐绍仪出组内阁，邀他为农林总长，经参议院通过，就职，不过两月，唐内阁猝倒，遂连带辞职。他经此阅历，已窥透老袁心肠，决意从政党入手，四处联络，把共和统一党员，引入同盟会中，携手联盟，同组为国民党，当由党员共举为党中理事。既而回籍省母，意欲退隐林泉，事亲终老，偏偏党员屡函敦劝，促他再往北京，维持党务。他本是个年少英雄，含着一腔热血，叠接同党来函，又不禁意气飙发，跃跃欲动；况自二次组阁，新人物多半退闲，满清官僚，死灰复燃，袁总统的野心，已渐渐发现出来，所有政府中一切行动，统不能慰他心愿。

看官！你想这牢骚抑郁的宋先生，尚肯忍与终古吗？正拟别母启程，江南国民党支部，因南方当选国会议员，将启程北上，电请他到宁一行，筹商善后意见，他即匆匆摒挡行李，别了母妻，抽身而去。道出沪上，闻教育总长范源濂，辞职回杭，他欲探悉政府详情，即由沪至杭，与范相晤，范约略与谈，已不胜感愤。嗣范约与作十日游，遂出钱塘门，涉西湖，登南高峰，东望海门，适见海潮汹涌，澎湃而来，即口占五绝二首道：

日出雪磴滑，出枯林叶空。徐寻屈曲径，竟上最高峰。

村市沉云底，江帆走树中。海门潮正涌，我欲挽强弓。

游杭数日，余兴未尽，催电交来，乃别范返沪，由沪至江宁。时民国二年三月九日，江南国民党支部，开会欢迎。借浙江会馆为会场，会员共到三千余人。都督程德全，到会为主席，程因口疾未愈，托人代为报告。略谓“宋君从事革命，已有多年。所著事迹，谅诸君应以洞鉴。此次宋君到此，本党特开会欢迎，请宋君发表政见，与诸君共同研究”云云。报告已毕，即由宋登台演说，大众除拍掌欢迎外，统静心听着，并由记录员一一笔述。宋所说的是俗语，记录员所述的是文言，小子将文言照录如下：

民国建设以来，已有二载，其进步与否，改良与否，以良心上判断，必曰不然。当革命之时，我同盟诸同志，所竭尽心力，为国家破坏者，希望建设之改良也。今建设如是，其责不在政府而在国民。我同盟会所改组之国民党，尤为抱极重之责任，断无破坏之后，即放任而不过问之理。现在政府外交，果能如民意乎？果能较之前清有进步乎？吾欲为诸君决断曰："不如民意之政府，退步之政府。"今次在浙江杭州，晤前教育总长范源濂君，范云："蒙事问题，尚未解决，政府每日会议，所有磋商蒙事者云，与俄开议乎，与俄不开议乎二语。"夫俄蒙协约，万无听其迁延之理，尚何开议不开议之足云？

由此可见，政府迄今并未尝与俄开谈判也。各报所载，皆粉饰语耳。如此政府，是善良乎？余断言中华民国之基础，极为摇动，皆现在之恶政府所造成者也。今试述蒙事之历史：当民国未统一时，革命摇乱，各国皆无举动，盖庚子前，各强皆主分割，庚子后，各强皆主保守，即门户开放，机会均等，领土保全之主义。此外交方针，各强靡不一致，此证之英日同盟、日美公文、日俄、日清、英俄等协约，可明证也。故民国扰攘间，各强并无举动，时吾在北京，见四国银行团代表，伊等极愿贷款与中国，且已垫款数百万镑，其条件亦极轻，不意后有北京兵变之事，四国团即取消前约，要求另议。自后内阁常倒，兵变迭起，而外人遂生觊觎之心矣。去年俄人致公文于外交部，谓："库伦独立，有害俄人生命财产，请与贵国协商库事。"外交部置之不答，而俄与库自行交涉，遂成协约。至英之与西藏，亦发生干涉事件，现袁总统方以与英使朱尔典有私交，欲解决之，此万无效也。盖蒙事为藏事之先决问题，蒙事能决，则藏事将随之能决。若当俄人致公文与外交部时，即与之磋商，必不致协约发现也。此后之外交，宜以机会均等为机栝，而加以诚意，庶可生好结果。

内政方面，尤不堪问。前清之道府制，竟然发现；至财政问题，关于民国基础，当岁原议一万万镑，合六万万两，以一万万两，支持临时政府，及善后诸费。余五万万两，充作改良币制，清理交通，扩充中央银行，处理盐政，皆属于生利之事业。及内阁两次改组后，而忽变为二千五百万镑，主其议者，盖纯以为行政经费，其条件尤为酷虐。一盐政当用外人管理，到期不还，盐政即归外人经管，如海关例，盐债为惟一之担保品，今欲订为外人管理，则不能再作他次抵押，将来之借款，更陷困难。且用途尽为不生利之事业，幸而未成，万一竟至成立，则国家之根本财政，全为所破坏矣。

现正式国会将成立，所最纷争之要点，为总统问题，宪法问题，地方问题。总统当为不负责任，由国务员负责，内阁制之精神，实为共和国之良好制也。国务员宜以完全政党组织之。混合超然诸内阁之弊，既已发露，无庸赘述。宪法问题，当然属于国会自订，无庸纷扰。地方问题，则分其权之种类，而为中央地方之区别，如外交、军政、司法、国家财政、国家产业及工程，自为中央集权，若教育、路政、卫生、地方之财政，工程产业等，自属于地方分权，若警政等，自属于国家委任地方之权。凡此大纲既定，地方问题，自迎刃而解。惟道府制，即观察使等官制，实为最腐败官制，万不能听其存在。现在国家全体及国民自身，皆有一牢不可破之政见，曰维持现状，此语不通已极，譬如一病人已将危急，医者不进以疗病药，而仅以停留现在病状之药，可谓医生之责任已尽乎？且自维持现状之说兴，而前清之腐败官制、荒谬人物，皆一一出现。故维持现状，不啻停止血脉之谓，吾人宜力促改良进步，方为正当之政见也。余如各项实业交通农林诸政，不遑枚举，聊举一愚之词，贡诸同志。

总计演说时间，约二小时，每到言语精当处，拍手声传达户外。及宋已下坛，又有会中人物，亦登坛演说数语，无非说是：“宋君政见，确切不移。”转瞬日暮，当即散会。驻宁数日，又复莅沪，随处演说，多半指斥时政，滔滔数万言。北京即有匿名书，驳他演说各词。复有北京救国团出现，亦通电各省，斥他荒谬。他又一一辩答，登报答复。未几来了袁总统急电，邀他即日赴京，商决要政。时人还道老袁省悟，将召宋入京，置诸首揆。就是他自己思想，亦以为此次北行，定要组成政党内阁，不负初衷，乃拟定三月二十日，由沪上启行，乘车北上。是时国会议员，次第赴京，沪宁车站中，已设有议员接待室。宋启行时，适在晚间十时许，沪上各同志，相偕送行。就是前南京留守黄兴，亦送至车站，先至议员接待室中，小憩片时，至十时四十分，火车已呜呜乱鸣，招客登车。宋出接待室，与黄兴等并行至月台，向车站出口处进行。甫至剪票处，猛闻噑啦一声，骨溜溜的一粒弹子，从宋教仁背后飞来，不偏不倚，穿入胸中。正是：

讵意沪滨遭毒手，哪堪湘水赋招魂。

未知宋教仁性命如何，且至下回续叙。

乡举里选，昉自古制，而后世不行，良由古时选举，已多流弊，后人不得不量为变通，非好事蔑古也。至近十余年间，因各国选举法之盛行，遂欲则而效之，岂今人之道德，远胜古昔耶？观民国第一届选举，已是弊端百出，各党中人，往往号召同志，竞争选举，实则良莠不齐，多半口与心违。揣其愿望，除三数志士外，无非欲扩张势力，把持权利而已。宋教仁为国民党翘楚，观其行迹，颇热心政治，不同贪鄙者之所为。江宁演说，语多精到，然锋芒太露，英气未敛，言出而众怨随之，卒受刺于暴徒之手。读是回，乃叹先圣讷言之训，其垂戒固深且远也。

第二十回 宋教仁中弹捐躯 应桂馨泄谋拘案

宋教仁在上海车站遇刺，此回将其手术及临终情形详尽叙出，宋氏一句『我死后诸公总要往前做去』，隐然是一伟人的名言。接叙追查刺客，这大洋葱到下回才好剥完。

却说宋教仁由沪启行，至沪宁铁路车站，方拟登车，行到剪票处门口，忽背后来了一弹，穿入胸中，直达腰部。宋忍痛不住，即退靠铁栅，凄声语道："我中枪了。"正说着，又闻枪声两响，有两粒弹子，左右抛掷，幸未伤人。站中行客，顿时大乱。黄兴等也惊愕异常，慌忙扶住宋教仁，回出月台，急呼车站中巡警，速拿凶手。哪知四面一望，并没有一个巡士，但见外面有汽车一乘，也不及问明何人，立即扶宋上车，嘱令车夫放足了汽，送至沪宁铁路医院。至站外的巡警到来，宋车已去，凶手早不知去向了。当时送行的人，多留住站中，还望约同巡士，缉获凶手；一面电致各处机关，托即侦缉。只国民党干事于右任，送宋至医院中。时将夜半，医生均未在院，乃暂在别室少待，宋已面如白纸，用手抚着伤处，呻吟不已，于俯首视他伤痕，宋不欲令视，但推着于首，流泪与语道："我痛极了，恐将不起，为人总有一死，死亦何惜，只有三事奉告：一是所有南北两京及日本东京寄存的书籍，统捐入南京图书馆。二是我家本来寒苦，老母尚在，请克强与君，及诸故人替我照料。三是诸君仍当努力进行，幸勿以我遭不测，致生退缩，放弃国民的责任。我欲调和南北，费尽苦心，不意暴徒不谅，误会我意，置我死地，我受痛苦，也是我自作自受呢。"于右任自然允诺，且勉强劝慰数语。未几医生到来，检视伤处，不禁伸舌，原来宋身受伤，正在右腰骨稍偏处，与心脏相近。医生谓伤势沉重，生死难卜。惟弹已入内，总须取出弹子，再行医治。当经于右任承认，即由院中看护士，舁宋上楼，至第三层医室，解开血衣，敷了药水，用刀割开伤痕，好容易取出弹子，弹形尖小，似系新式手枪所用。宋呼痛不止，再由医生注射止痛药水，望他安睡。他仍宛转呻吟，不能安枕。勉强挨到黎明，黄兴等统至病室探问，宋教仁欷歔道："我要死了。但我死后，诸公总要往前做去。"黄兴向他点头，宋复令黄报告中央，略述己意。由黄代拟电文，语云：

> 北京袁大总统鉴：仁本夜乘沪宁车赴京，敬谒钧座，十时四十五分，在车站突被奸人自背后施枪，弹由腰上部入腹下部，势必至死。窃思仁自受教以来，即束身自爱，虽寡过之未获，从未结怨于私人。清政不良，起任改革，亦重人道，守公理，不敢有一毫权利之见存。今国基本固，民福不增，遽尔撒手，死有余恨。伏冀大总统开诚心，布公道，竭力保障民权，俾国家得确定不拔之宪法，则虽死之日，犹生之年，临死哀言，尚祈鉴纳！

稿已拟定，黄兴即出病室，着人发电去了。嗣是沪上各同志，陆续至病院探望，宋皱眉与语道："我不怕死，但苦痛哩。出生入死，我几成为习惯，若医生能止我痛苦，我就死吧。"各同志再三劝慰，宋复瞋目道："罢了罢了，可惜凶手在逃，不晓得什么人，与我挟着这等深仇？"各人闻言，统觉得酸楚不堪，遂与医士熟商，请多延良医，共同研究。于是用电话遍召，来了西医三四人，相与考验，共言肠已受伤，必须剖验补修，或可望生。于右任乃语同人道："宋君病已至此，与其不剖而死，徒增后悔，何如从医剖治吧。"各人踌躇一番，多主开割，于是再舁宋至第二层割诊室，集医生五人，共施手术。医生只许于右任一人临视，先用迷药扑面，继乃用刀解剖，取出大肠，细视有血块瘀积，当场洗去，再看肠上已有小穴，急忙用药线缝补，安放原处，然后将创口兜合，一律缝固，复将迷药解去。宋徐徐醒来，仍是号痛，医生屡用吗啡针注射，冀令神经略静，终归乏效，且大小便流血不止，又经医生检视，查得内肾亦已受伤，防有他变；延至夜间，果然病势加重，两手热度渐低，两目辄向上视。黄兴、于右任等均已到来，问宋痛楚，宋转答言不痛，旋复语同人道："我所欲言，已尽与于君说过，诸公可问明于君。"语至此，气喘交作，几不成声。继而两手作合十形，似与同人作诀别状；忽又回抱胸际，似有说不尽的苦况。黄兴用手抚摩，手足已冰，按脉亦已沉伏，问诸医生，统云无救，惟顾宋面目，尚有依依不舍的状态。黄兴乃附宋耳与语道："遁初遁初，你放心去吧，后事总归我等担任。"宋乃长叹一声，气绝而逝，年仅三十二岁。惟两目尚直视未瞑，双拳又紧握不开。

一班送死的友人，相向恸哭。前沪军都督陈其美，亦在座送终，带哭带语道：

"这事真不甘心，这事真不甘心！"大家闻了此语，益觉悲从中来，泣不可仰。待至哭止，彼此坐待天明，共商殓殡事宜，且议定摄一遗影，留作纪念。未几鸡声报晓，晨光熹微，当即饬人至照相馆，邀两伙到来，由黄兴提议先裸尸骸上身，露着伤痕，拍一照片。至穿衣后，再拍一照，方才大殓。此时党员毕集，有男有女，还有几个日本朋友，也同来送殓。衣衾棺椁，统用旧式。越日，自医院移棺，往殡湖南会馆。来宾及商团军队，共到医院门首，拥挤异常。时至午后，灵柩发引，一切仪仗，无非是花亭花圈等类，却也不必细述。惟送丧执绋，及护丧导灵，人数约至二三千名，素车白马，同遵范式之盟，湘水吴江，共洒灵均之泪。会值潇潇春雨，凛凛悲风，天亦同哀，人应齐哭，这也不在话下。

惟自凶耗传布，远近各来函电，共达沪上国民党交通部，大致在注意缉凶，兼及慰唁。袁总统亦叠发两电，第一电文云：

> 上海宋遁初先生鉴：阅路透电，惊闻执事为暴徒所伤，正深骇绝。顷接胥电，方得其详。民国建设，人才至难，执事学识冠时，为世推重，凡稍有知识者，无不加以爱护，岂意众目昭彰之地，竟有凶人，敢行暗杀，人心险恶，法纪何存？惟祈天相吉人，调治平复，幸勿作衰败之语，徒长悲观。除电饬江苏都督、民政长、上海交涉使、县知事、沪宁铁路总办，重悬赏格，限期缉获凶犯外，合先慰问。

越日致第二电，系由上海交涉使陈贻范，已电达宋耗，乃复致唁词云：

> 宋君竟尔溘逝，曷胜浩叹！目前紧要关键，惟有重悬赏格，迅缉真凶，彻底根究。宋君才识卓越，服务民国，功绩尤多，知与不知，皆为悲痛。所有身后事宜，望即会同钟文耀妥为料理。其治丧费用，应即作正开销，以彰崇报。

自是江苏都督程德全，民政长应德闳，通电地方官一体协拿，限期缉获。上海县知事，及地方检察厅，统悉赏缉捕。黄兴、陈其美等，又函致公共租界总巡卜罗斯，托他密拿，如得破案，准给酬劳费一万圆。沪宁铁路局亦出赏格五千圆。沪上一班巡警，及所有中外包探，哪个不想发些小财？遂全体注意，昼夜侦缉。天下无难事，总教有心人，渐渐的探出踪迹来了。先是宋教仁在病院时，沪宁铁路医院，忽得一奇怪邮信，自上海本部寄发，信外署名系铁民自本支部发八字，信内纯是讥嘲语。略云：

> 遁初先生足下：鄙人自湘而汉而沪，一路欢送某君，赴黄泉国大统领任。昨夜正欲与某君晤别，赠以卫生丸数粒，以作纪念，不意误赠与君，实在对不起了。虽然，君从此亦得享千古之幸福了。因某君尚未赴新任，本会同人，昨夜曾以钜金运动选举，选举结果，则君最占优胜，每票全额五千元，故同人等请君先行代

理黄泉国大统领，俟某君到任后，自当推举你任总理。肃此恭祝荣喜，并颂千古！救国协会代表铁民启。

看这函中文字，已见得此案凶犯，不止一人，且仍匿迹租界中。函内“误赠”二字，实系乱人耳目。所云某君，亦并非有特别指定，意在恫吓国民党中要人，令勿再为政党竞争。或谓国民党首领就是孙、黄二人，是时孙文正往游日本，只黄兴留沪，函中所云某君，分明是暗指黄兴，也未可知。总之，此案为政治关系，无与私怨，当日的明眼人，已窥测得十分之五了。

二十三日晚间，上海租界中，正在热闹的时候，灯光荧荧，车声辘辘，除行人旅客外，所有阔大少红倌人等，正在此大出风头，往来不绝，清和坊、迎春坊一带尤觉得车马盈途，众声聒耳。这一家是名娼接客，卖笑逞娇；那一家是狎客登堂，腾欢喝彩。还有几家是贵人早降，绮席已开，不是猜拳喝酒，就是弹唱侑宾，管弦杂沓，履舄纷纭。突来了红头巡捕数名，把迎春坊三四弄口，统行堵住。旋见总巡卜罗斯，与西探总目安姆斯脱郎，带着巡士等步入弄中，到了李桂玉妓馆门首，一齐站住。又有一个西装人物，径入妓馆，朗声呼问。当由龟奴接着，但听得“夔丞兄”三字，龟奴道：“莫非来看应大老吗？”那人向他点头，龟奴又道：“应老爷在楼上饮酒。”那人不待说毕，便大踏步上楼，连声道：“应夔丞君！楼下有人，请你谈话。”座上即有一人起立，年约四十余岁，面带酒容，隐含杀气，便答言：“何人看我？”那人道：“请君下楼，自知分晓。”于是联步下楼，甫至门首，即由卜总巡启口道：“你是应夔丞吗？去！去！去！”旁边走过巡士，即将应夔丞牵扯出来，一同至总巡房去了。

这应夔丞究是何人？叙起履历，却也是上海滩上大名鼎鼎的脚色。他名叫桂馨，却有两个头衔，一是中华民国共进会会长，一是江苏驻沪巡查长，家住新北门外文元坊，平素很是阔绰，至此何故被捕？原来就是宋案牵连的教唆犯。宋案未发生以前，曾有一专售古玩的贩客，姓王名阿法，尝在应宅交易，与应熟识有年。一日，复至应家，应取出照片一张，令他审视。王与照片中人决不相识，顿时莫明其妙。应复言：“欲办此人，如能办到，酬洋千元。”王阿法是一个掮客，并不是暗杀党，哪里能做这般事？当即将照片交还，惟心中颇艳羡千金，出至某客栈，巧遇一友人邓某，谈及应事。邓系辽东马贼出身，颇有膂力，初意颇愿充此役，继思无故杀人，徒自增罪，因力却所请。两下里密语多时，偏被栈主张某所闻，张与国民党员，素有几个认识，遂一一报知。国民党员，乃诘邓及王，王无可隐讳，乃说明原委，且言自己复绝，并未与闻。当由国民党员，嘱他报明总巡，一俟破案，且有重赏。这王阿法又起了发财的念头，遂径至卜总巡处报告。卜总巡即饬包探侦察，返报应在迎春坊三弄李桂玉家，挟妓饮酒。总巡乃亲自出门，领着西探总目等，往迎春坊，果然手到擒来，毫不费力。应桂馨到了此时，任他如何倔强，只好随同前往。到了捕房内，冷清清地坐了一夜。

翌日天明，由卜总巡押着应桂馨，会同法捕房总巡，共至应家，门上悬着金漆招牌，镂刻煌煌大字，便是江苏巡查长公署，及共进会机关部字样。巡查长三字，是人人能解，共进会名目，就是哥老会改设。哥老会系逋逃薮，中外闻名，应在会中做了会长，显见得是个不安分的人物。卜总巡到了门前，分派巡捕多人，先行把守，入室检查，搜出公文信件甚多，一时不及细阅，统搬入箧内，由法总巡亲手加封，移解捕房。一面查验应宅住人，除该家眷属外，恰有来客数名，有一个是身穿男装的少妇，有一个是身着新衣，口操晋音的外乡人，不伦不类，同在应家，未免形迹可疑，索性将所有男客，尽行带至法捕房，所有女眷，无论主客，一概驱至楼上小房间中，软禁起来，派安南巡捕看守。原来上海新北门外，系是法国租界，所有犯案等人，应归法巡捕房理值，所以英总巡往搜应家，必须会同法总巡。英人所用的巡役，是印度国人，法人所用的巡役，是安南国人。至应宅男客，到捕房后，即派人至沪宁车站，觅得当时服役的西崽，据言："曾见过凶手面目，约略可忆。"即邀他同入捕房，将所拘人犯，逐一细认，看至身着新服口操晋音的外乡人，不禁惊喜交集，说出两语道："就是他！就是他！"吓得那人面如土色，忙把头低了下去。小子有诗叹道：

昂藏七尺好身躯，胡竟甘心作暴徒？
到底杀人终有报，恶魔毒物总遭诛。

毕竟此人为谁，容至下回交代。

> 宋教仁为国民党翘楚，学问品行，均卓绝一时，只以年少气盛，好讥议人长短，遂深触当道之忌，遽以一弹了之，吾为宋惜，吾尤为国民党惜。曷为惜宋？以宋负如许之不羁才，乃不少晦其锋芒，储为国用，而竟遭奸人之暗杀也。曷为惜国民党？以党中骤失一柱石，而余子之学识道德，无一足与宋比，卒自此失败而不克再振也。若应夔丞者，一儇薄小人耳，为鬼为蜮，跖蹻犹耻之，彼与宋无睚眦之嫌，徒为使贪使诈者所利用，甘心戕宋，卒之阴狡之谋，漏泄于一贩客之口，吾谓宋死于应，为不值，应败于贩夫，亦不值也。然于此见民国前途，殊乏宁日矣。

第二十一回

讯凶犯直言对簿　延律师辩讼盈庭

此回仍叙宋教仁遇刺疑案的侦破，疑犯的供言、律师的辩诉都详尽录出。此外，诡异的函电，政府及其要员诡异的行动，也都一一表出，真可当侦探小说的一段来读。

却说沪宁车站的西崽，审视捕房人犯，指出凶手面目。那人不禁大骇，把头垂下，只口中还是抵赖，自言："姓武名士英，籍隶山西，曾在云南充当七十四标二营管带。现因军伍被裁，来沪一游，因与应桂馨素来认识，特地探望，并没有暗杀等情。"法总巡哪时肯信，自然把他拘住。但武士英既是凶手，何故未曾逃匿，却在应宅安居呢？说将起来，也是宋灵未泯，阴教他自投网中，一命来抵一命。

原来武士英为应所使，击死宋教仁，仍然逃还应家。应桂馨非常赞赏，即于二十三日晚间，邀他至李桂玉家，畅饮花酒。此外还有座客数名，彼此各招名妓侍宴。有一李姓客人，招到妓女胡翡云。胡妓甫到，才行坐定，即有中西探到来，将应桂馨拘去。座客闻到此信，统吃了一大惊；内有武士英及胡翡云，越加慌张。武士英是恐防破案，理应贼胆心虚，那胡翡云是个妓女，难道也助应逞凶吗？小子闻得胡应交情，却另有一番缘故。应素嗜鸦片，尝至胡妓家吸食。他本是个阔绰朋友，缠头费很不吝惜，胡妓得他好处，差不多有万金左右，因此亲密异常，彷佛是外家夫妇。此日胡妓应召，虽是李客所征，也由应桂馨代为介绍。李客闻应被拘，遂语胡妓道："应君被拘，不知何事？卿与他素有感情，请至西门一行，寄语伊家，可好吗？"胡妓自然照允。武士英亦插嘴道："我与她同去吧。"于是一男一女，起身告辞，即下楼出弄，坐了应桂馨原乘的马车，由龟奴跨辕，一同到了应宅。方才叩门进去，那法租界中西探二十余名，已由法总巡电话传达，说是由英总巡转委，令他们至应宅看管。他们乘着开门机会，一拥而入，竟将前后门把守，不准出入。

胡翡云头戴瓜皮帽儿，梳着油松大辫。身穿羔皮长袍，西缎马褂，仿效男子装束，前回所说的男装女子，就是该妓。她与武士英同入应宅，报明桂馨被拘，应家女眷，还道是因她惹祸，且问明武士英，知她是平康里中人，越加不去睬她。她大是扫兴，回出门房，欲呼龟奴同去，偏为西探所阻，不令出门，她只得兀坐门房，也是冷清清的一夜。次日，英法两总巡俱到，见门房内坐着少妇，不管她是客是主，竟驱她同上楼房，一室圈禁。胡翡云叫苦不迭，没奈何捱刻算刻；就是饮食起居，也只与应宅媪婢，聚在一处。真叫做平地风波，无辜受苦哩。

又过了一天，法总巡带了西探三名，华捕四名，并国民党员一人，又到应宅搜查，抄得极要证物一件，看官道是何物？乃是五响手枪一柄，枪内尚存子弹两枚，未曾放出，拆验枪弹，与宋教仁腰间挖出的弹子样式相同，可见得宋案主凶，已经坐实，无从抵赖了。是日下午，即由法国李副领事，聂谳员，与英租界会审员关炯之，及城内审判厅王庆愉，列坐会审。凶犯武士英上堂，起初不肯供认，嗣经问官婉言诱供，乃自言本姓本名，实叫做吴福铭，山西人氏，曾在贵州某学堂读书，后投云南军伍，被裁来沪，偶至茶馆饮茶，遇着一陈姓朋友，邀我入共进会。晚上，同陈友到六野旅馆寓宿，陈言应会长欲办一人。我问他有何仇隙？陈言："这人是无政府党，我等将替四万万同胞除害，故欲除灭那厮，并非有什么冤仇。"我尚迟疑不决。次日，至应宅会见应会长，由应面托，说能击死该人，名利双收，我才答应了去。到行刺这一日，陈邀我至三马路半斋夜餐，彼此酒意醺醺，陈方告诉我道："那人姓宋，今晚就要上火车，事不宜迟，去收拾他方好哩。"说毕，即潜给我五响手枪一柄。陈付了酒钞，又另招两人，同叫车子到火车站，买月台票三张。一人不买票，令在外面看风。票才买好，宋已到来，姓陈的就指我说："这就是宋某。"后来等宋从招待室出来，走至半途，我即开枪打了一下，往后就逃。至门口见有人至，恐被拘拿，又从朝天放了两枪，飞奔出站，一溜风回到应家，进门后，陈已先至，尚对我说道："如今好了，已替四万万同胞除害了。"应会长亦甚赞我能干，且说："将来必定设法，令我出洋游学。"我当将手枪缴还陈友，所供是实。问官又道："你行刺后，曾许有酬劳否？"武言："没有。"问官哼了一声，武又道："当时曾许我一千块洋钱，但我只拿过三十元。"问官复道："姓陈的哪里去了？叫什么名字？"武答道："名字已失记了。他的下落，亦未曾知道。"问官命带回捕房，俟后再讯。所获嫌疑犯十六人，又一一研讯，内有十一人略有干连，未便轻纵，余五人交保释出，还有车夫三人，也无干开释。

法总巡复带同探捕等复搜应宅，抄出外国箱及中国箱各一只，内均要件，亦饬带回捕房。越宿，再行复讯。又问及陈姓名字，武士英记忆一番，方说出“玉生”两字，余供与昨日未符，但说：“与应桂馨仅见一面，刺宋一节，统是陈玉生教导，与应无涉等情。”问官料他狡展，乃令还押。胡翡云圈住应宅，足足三日三夜，亏得平时恩客，记念前情，替她向法捕房投保，才得释放。翡云到处哭诉，说是三日内损失不少，应大老曾许我同往北京，他做官，我做他家小，好安稳过日，哪知出此巨案，我的命是真苦了。这且搁过不提。

且说应桂馨被押英捕房，当下卜总巡禀请英副领事，会同谳员聂榕卿，开特别公堂审问，且令王阿法与应对质，应一味狡赖。英副领事乃将应还押，俟传齐见证，再行复讯。王阿法著交保候质。是时江苏都督程德全，以案关重大，竟亲行至沪，与黄兴等商量办法。孙文亦自日本闻警，航归沪渎，大家注意此案，各在黄公馆中，日夕研究。陈其美亦曾到座，问程督道：“应桂馨自称江苏巡查长，曾否由贵督委任？”程德全道：“这是有的。”黄兴插口道：“程都督何故委他？”程德全半晌道：“唉！这是内务部洪荫芝，就是洪述祖所保荐的。”黄兴点头道：“洪述祖吗？他现为内务部秘书，与袁总统有瓜葛关系，我知道了。这案的主因，尚不止一应桂馨呢。”程德全道：“我当彻底清查，免使宋君含冤。”黄兴道：“但望都督能如此秉公，休使元凶漏网，我当为宋渔父拜谢哩。”说着，即起向程督鞠躬。程督慌忙答礼，彼此复细谈多时，决定由交涉使陈贻范函致各国总领事及英法领事，略言：“此案发生地点，在沪宁火车站，地属华界，所获教唆犯及实行犯，均系华籍，应由华官提讯办理，请指定日期，将所有人犯，及各项证据解交。”等情。陈函交去，英领事也有意承认，惟因目前尚搜集证据，羽党尚未尽获，且俟办有眉目，转送中国法庭办理，当将此意答复。陈交涉使也无可如何，只好耐心等着。法领事以应居文元坊，属法租界管辖，当提应至法廨会审。英领事不允，谓获应地点，在英租界中，须归英廨审讯，万不得已，亦宜英法会同办理。法领事乃允将凶犯武士英，转解至公共租界会审公堂，听候对质。当由法捕房派西捕五人，押着武士英，共登汽车，送至公廨。

武身穿玄色花缎对襟马褂，及灰色羊皮袍，头戴狐皮小帽，由两西探用左右手铐，携下汽车，入廨登楼，静候传讯。武并无惧色，反自鸣得意道：“我生平未曾坐过汽车，此次为犯案，却由会审公堂，特用汽车迎我，也可算得一乐了。”那应桂馨愈觉从容，仗着外面的爪牙，设法运动，且延请著名律师，替他辩护。于是原告工部局代表，有律师名叫侃克，中政府代表，由程都督延聘到堂，亦有律师，名叫德雷斯，被告代表，且有律师三人，一名爱理司坦文，一名沃克，一名罗礼士。这许多律师，没一个不是西洋人。临审时，应武两犯，虽曾到庭，问官却不及讯问，先由两造律师，互相辩驳，你一句，我一语，争论多时，自午后开审，到了上灯，律师尚辩不清楚，还有什么工夫问及应武两犯，只好展期再讯。武仍还押法捕房，应亦还押英捕房。至第二次开审，宋教仁的胞叔宋宗润，自湘到沪，为侄伸冤，也延了两个律师，一名佑尼干，一名梅吉益，也统是西人，律师越请越多了。

嗣是审讯一堂，辩诘一堂，原告只想赶紧，被告只想延宕，就是应武二犯，今朝这么说，明朝那么说，也没有一定的口供，应且百计托人，往法捕房买嘱武士英，叫他认定自己起意，断不致死，并以某庄存银，允作事后奉赠。武遂翻去前供，只说杀宋教仁乃我一人主见，并没有第二人，且与应并未相识，日前到了应家，亦只与陈姓会面。陈名易山，并非玉生。及问官取出被抄的手枪，令武认明，武亦答云：“不是，我的手枪，曾有七响，已抛弃在车站旁草场上面。”至问他何故杀宋？他又说：“宋自尊自大，要想做国务总理，甚且想做总统，若不除他，定要二次革命，扰乱秩序，我为四万万同胞除害，所以把他击死。他舍去一命，我也舍去一命，保全百姓，却不少哩。”问官见他如此狡辩，转诘应桂馨。应是越加荒诞，将宋案关系，推得干干净净。那时未得实供，如何定案？程德全、孙文、黄兴等，乃决拟搜集书证，向法捕房中，索取应宅被搜文件。法捕房尚未肯交出，忽国务院来一通电，内述应桂馨曾函告政府，说是近日发现一种印刷品，有监督议院政府，特立神圣裁判机关的宣告文，词云：

> 呜呼！今日民国，固已至危险存亡之秋，方若婴孩，正当维护哺养，岂容更触外邪？本机关为神圣不可侵犯之监督议院政府之特别法庭，凡不正当之议员政党，必以四万万同胞公意，为求共和幸福，以光明公道之裁判，执行严厉正当之刑法，使我天赋之福权，奠定我庄严之民国。今查有宋教仁莠言乱政，图窃权位，梁启超利禄薰心，罔知廉耻，孙中山纯盗虚声，欺世误国，袁世凯独揽大权，有违约法，黎元洪群小用事，擅作威福，赵秉钧不知政治，罔顾责任，黄克强大言惑世，屡误大局；其余汪荣宝、李烈钧、李介人辈，均为民国神奸巨蠹。内则动摇国本，贻害同胞，外则激起外交，几肇瓜分。若不加惩创，恐祸乱立至，兹特于三月二十日下

午十时四十分，将宋教仁一名，按照特别法庭，于三月初九日，第一次公开审判，由陪审员蒋圣渡等九员，一致赞同，请求代理法官叶义衡君判决死刑。先生即时执行，所有罪状，另行宣布，分登各报，以为同一之宋教仁儆，以上开列各人，但各自悛悔，化除私见，共谋国是而裕民生，则法庭必赦其既往，其各猛省凛遵！切切此谕。

这电文传到沪上，杯影蛇弓，愈滋疑议。既而国民党交通部，又接得匿名信件，约有数通，多半措词荒谬，不值一笑。内有一函略通文墨，节录如下：

敬告国民党诸君子！自内阁一翻，尔党形势，亦甚支绌矣。讵图不自销匿，犹生觊觎，教仁樗材，引类招朋，冀张其政党内阁之说，吾甚惑焉。夫吾人所欲甘心于尔党者，承宗与道周二人。一濂乌足？然非先诛濂，恐无以儆余子，爰遣奇士试其锋，设诸子悔祸有心，幡然改计，吾又何求？倘其坚抱政党内阁之旨，谬倡平民政治之说，则炸弹手枪，行将偏及。水陆江海，坑尔多人，人纵不恤其私，犹不思既称巨子，当建伟业，苟留此身，终有树立。管夷吾不羞小节，曷不师之？至侈言议员多出尔党，南方不少民军，试问军警干涉之单朝传，参议员夕皆反舌，汉阳师徒之锋少挫，黄司令已遁春申。凡此秽迹，独非尔党往日之事乎？总之殷鉴未遥，前车宜鉴，此时苟避匿以让贤，他日或循序而见举。诸子方在青年，顾不必叹河清也。吾人素乐金革，死且不厌，非欲效孔璋之檄，暴人罪状，乃姑说生公之法，冀感顽石。久闻尔党济济，当有达材，试念忠告，勿作金夫！

统观全书，无非是设词吓迫的手段，蛛丝马迹，隐隐可寻，大家揣测起来，已知戕宋一案，与袁政府大有关系。并由法捕房传出消息，所抄应宅文件，内与洪述祖往来信札，恰是很多。又经程都督邀同应民政长，共至沪上调查，电报局中取应犯送达北京电稿，一一校译，不但与洪述祖通同一气，就是国务总理赵秉钧，也与应时常通信，电文多从密码，且有含糊影响等词。程应两人，又会同地方检察厅长陈英，仔细研求，展细寻译，那密码中的语意，已十得七八，乃电致内务部，请将洪述祖拘留，事关嫌疑，须押至备质等语。谁知洪述祖已闻风飏去，部复到沪，又由程督电呈袁总统，请他饬令严拿。袁总统也居然下令，略言："内务部秘书洪述祖，携带女眷一人，乘津浦车至济南，由济南至浦口。此人面有红斑黑须，务饬地方官一体严拿！"其实是一纸空文，徒掩耳目，那阴谋诡计的洪杀坯，早已跑到青岛，托庇德胶州总督宇下，安心享福去了。

此外有自北京来沪的人物，什么侦探长，什么勤务督察长。统说是考查宋案而来，亦未尝为宋尽力。最注目的，是总统府秘书长梁士诒，及工商总长刘揆一，匆匆南下，又匆匆北去。刘与孙、黄见了一面，返至天津，称疾辞职。或谓刘已洞悉宋案真相，不愿在恶政府中再行干事，以此托故求归。彼此聚讼，疑是疑非，且不必说。惟程、应、孙、黄等人，屡与领事团交涉，要求交出凶犯及一切证据。北京的内务部司法部，也电饬陈交涉使，嘱："援洋泾浜租界权限章程，凡中国内地发生事件，犯人或逃至租界，捕房应一体协缉，所获人犯，仍由中国官厅理处等情。照此交涉，定可将此案交归华官，依法办理。"陈贻范接到此文，自然与英法领事，严重交涉。英法两领事，却也无从推诿，只好将全案人犯及证件，移解华官。当由上海检察厅接收，把凶犯严密看管。才过数天，即由看守所长呈报，凶手武士英即吴福铭，竟在押所暴死了。正是：

为恐实供先灭口，只因贪利便亡身。

欲知武士英身死情形，待至下回分解。

武士英一傀儡耳，应桂馨亦一傀儡也，两傀儡演剧沪滨，而主使者自有人在。武固愚矣，应焉得为智乎？不惟应武皆愚，即如洪述祖赵秉钧辈，亦不得为智者。仁者不枉杀，智者不为人利用而枉杀人。何物枭雄，乃欲掩尽天下耳目，哙羹嗤人耶？应犯所陈神圣裁判机关宣告文，夹入袁黎诸人，显是欺人之计。至若匿名揭帖之发现，借刺宋以儆孙、黄，同是一手所出，故为此以使人疑，一经明眼人窥透，盖已洞若观火矣。故本回叙述，虽似五花八门，要无非一傀儡戏而已。傀儡傀儡，吾嫉之，吾且惜之！

第二十二回

案情毕现几达千言
宿将暴亡又弱一个

宋教仁案凶手由西捕移交华捕即中毒身亡，此事也就搁了起来。回中录出审案呈文，从中可以看出些许端倪。国民党还拟穷追，另一起莫名其妙的高官医院暴卒案发生。

却说凶手武士英，自从西捕房移交后，未经华官审讯，遽尔身死，这是何故？相传武士英羁押捕房，自服磷寸，因致毒发身亡，当由程都督应民政长等，派遣西医，会同检察厅所派西医，共计四人，剖验尸身，确系服毒自尽。看官试想！这武士英是听人主唆，妄想千金，岂肯自己寻死？这服毒的情弊，显系受人欺骗，或遭人胁迫，不得已致死呢。但是他前押捕房，并未身死，一经移交，便遭毒手，可见中国监狱，不及西捕房的严密，徒令西人观笑，这正是令人可叹了。闲文少叙。

且说程德全、应德闳等，与检察厅长陈英，连日检查应犯文件，除无关宋案外，一律检出，公同盖印，并拍成影片，当下电请政府，拟组织特别法庭，审讯案犯，当经司法部驳还。孙文、黄兴等闻得此信，便请程应两长官，将应犯函件中最关紧要，载入呈文，电陈政府。程应不能推辞，即一一列入，电达中央道：

> 前农林总长宋教仁被刺身故一案，经上海租界会审公堂，暨法租界会审公堂，分别预审暗杀明确，于本月十六十七两日，先后将凶犯武士英即吴福铭，应桂馨即应夔丞，解交前来，又于十八日由公共租界会审公堂，呈送在应犯家内，由英法总巡等搜获之凶器，五响手枪一枚，内有枪弹两个，外枪弹壳两个，密电本三本，封固函电证据两包，皮箱一个，另由公共租界捕房总巡，当堂移交在应犯家内搜获函电之证据五包，并据上海地方检察厅长陈英，将法捕房在应犯家内

搜获之函电证据一大木箱，手皮包一个，送交汇检。当经分别接收，将凶犯严密看管后，又将前于三月二十九日，在电报沪局查阅洪应两犯最近往来电底，调取校译，连日由德全、德闳，会同地方检察厅长陈英等，在驻沪交涉员署内，执行检查手续。德全、德闳，均为地方长官，按照公堂法律，本有执行检查事务之职权，加以三月二十二日，奉大总统令，自应将此案证据逐细检查，以期穷究主名，务得确情，所有关系本案紧要各证据，公同盖印，并拍印照片，除将一切证据妥慎保存外，兹特撮要报告。

查应犯往来电报，多用应川两密本。本年一月十四日，赵总理致应犯函"密码送请检收，以后有电，直寄国务院可也"等语。外附密码一本，上注国务院，应密，民国二年一月十四日字样。应犯于一月二十六日，寄赵总理，应密，径电，有"国会盲争，真相已得，洪回面详"等语。二月一日，应犯寄赵总理，应密，东电，有"宪法起草，以文字鼓吹，主张两纲，一除总理外，不投票，一解散国会。此外何海鸣、戴天仇等，已另筹对待"等语。二月二日，应犯寄程济世转赵总理，应密，冬四电，有"孙、黄、黎、宋，运动极烈，民党忽主宋任总理，已由日本购孙黄宋劣史，警厅供钞，宋犯骗案，刑事提票，用照辑印十万册，拟从横滨发行"等语。又查洪述祖来沪，有张绍曾介绍一函，洪应往来案件甚多，紧要各件撮如下：二月一日，洪述祖致应犯函，有"大题目总以做一篇激烈文章，乃有价值"等语。二月二日，洪致应犯函，有"紧要文章，已略露一句，说必有激烈举动，弟须于题前径密寄老赵，索一数目"等语。二月四日，洪致应犯函，有"冬电到赵处，即交兄手，面呈总统，阅后色颇喜，说弟颇有本事，既有把握，即望进行等语，兄又略提款事，渠说将宋骗案及照出之提票式寄来，以为征信。弟以后用川密与兄"等语。二月八日，洪致应犯函，有"宋辈有无觅处，中央对此，似颇注意"等语。（辈字又似案字。）二十一日，洪致应犯函，有"宋件到手，即来索款"等语。二月二十二日，洪致应犯函，有"来函已面呈总统总理阅过，以后勿通电国务院，因智已将应密电本交来，恐程君不机密，纯令归兄一手经理。请款务要在物件到后，为数不可过三十万"等语。应犯致洪述祖："川密，蒸电有八厘公债，在上海指定银行，交足六六二折，买三百五十万，请转呈，当日复。"三月十三日，应犯致洪函，有"民立记遁初在宁之说词，读之即知其近来之势力及趋向所在矣。事关大计，欲为釜底抽薪法，若不去宋，非特生出无穷是非，恐大局必为扰乱"等语。三月十三日，洪述祖致应犯电，有"川密，蒸电已交财政总长核办，偿止六厘，恐折扣大，通不过，毁宋酬勋位，相度机宜，妥筹办理”等语。三月十四日，应犯致洪述祖电，有“应密，寒电有梁山匪魁，四处扰乱，危险实甚，已发紧急命令设法剿捕之，转呈候示”等语。三月十七日，洪述祖致应犯电，有“应密，铣电有寒电到，债票特别准何日缴现领票，另电润我若干，今日复”等语。三月十八日，又致应犯电，有“川密，寒电应即照办”等语。三月十九日，又致应犯电，有“事速照行”一语。三月二十日，半夜两点钟，即宋前总长被害之日，应犯致洪述祖电，有“川密，号电有二十四分钟所发急令，已达到，请先呈报”等语。三月二十一日，又致洪电，有“川密，个电有号电谅悉，匪魁已灭，我军无一伤亡，堪慰，望转呈”等语。三月二十三日，洪述祖致应犯函，有“号个两电均悉，不再另复，鄙人于四月七号到沪”等语。此函系快信，于应犯被捕后，始由邮局递到。津局曾电沪局退回，当时沪局已将此送交涉员署转送到德全处。（各函洪称应为弟，自称兄。）又查应犯家内证据中，有赵总理致洪述祖数函，当系洪述祖将原函寄交应犯者，内赵总理致洪函，有“应君领纸，不甚接头，仍请一手经理，与总统说定方行”等语。又查应自造监督议院政府神圣裁判机关简明宣告文，誊写本共四十二通，均候分寄各处报馆，已贴邮票，尚未发表，即国务院宥日据以通电各省之件，其余各件，容另文呈报，前奉电令，穷究主名，必须彻底讯究，以期水落石出，似此案情重大，自应先行撮要，据实电陈。除武士英一犯，业经在狱身故，由德全等派西医会同检察厅所派西医四人剖验，另行电陈，应桂馨一犯，迭经电请组织特别法庭，一俟奉准，即行开审外，余电闻。

这电去后，袁总统并未复电，连国务总理赵秉钧，也不闻答辩一辞。于是上海审判厅开庭，传讯应犯，应犯仍一味狡赖。是时两造仍请律师，改延华人，原告律师金泯澜，到庭要求，必须洪述祖、赵秉钧两人来案对簿，方得水落石出，洞悉确情。乃由检察厅特发传票，令洪、赵两人来沪质审。看官！你想洪述祖已安居青岛，哪肯自投罗网？至若堂堂总理赵秉钧，更加不必说了。惟各处追悼宋教仁，如挽词演说等类，多半指斥政府，就是沪上各报纸，也连日讥弹洪赵，并及袁总统。赵秉钧自觉不安，呈请辞职，奉令慰留，宋案遂致悬宕，应犯仍羁狱中，惟所有株连的人物，讯系无辜，酌量取保开释。

国民党中，以老袁袒护洪赵，想从根本上解决，不单就宋案进行，正在大家筹议，忽北京又来了凶讣，前镇军统领加授陆军上将衔林述庆，又暴卒于京都山本医院中。

林述庆表字颂亭，福建人，曾在陆军学堂毕业，清季任南京三十六标第一营管带，有志革命，入为同盟会会员。辛亥夏，调驻镇江，武昌起义，上海光复，他亦率军响应，为上海声援，嗣被举为镇军都督，创立军政府，招集长江清舰队十余艘，助攻江宁，直扑天保城，猛攻七昼夜，身先士卒，亲冒矢石，卒将岩城据住。至江宁城破，又首先入城，各军共服他勇敢，推为南京都督，严饬军纪，不准滋扰。既而总司令徐绍桢入城，即固辞督篆，让位畀徐。自统军出驻临淮关，预备北伐，日夕绸缪。南京临时政府，任他为总制北伐各军。未几南北统一，决意归田，居闽数月，由袁总统策令，授陆军中将，旋加上将衔，召他进京，充总统府高等军事顾问。他已怀着功成身退的念头，复电告辞，嗣复得黎副总统来电，劝他北上，且说："国家多难，蒙事日亟，壮年浩志，幸勿销沉，请再为国立功，俟内外乂安，方可息肩"等语。这电一来，顿令血战英雄，跃然复起；遂摒挡行李，登程北上。既见袁总统，谈及蒙古问题，决意主战。在老袁的意思，无非是笼络人才，欲使天下英雄，尽入彀中，可以任所欲为，并不是决意征蒙，特地起用，故将委他重权。所以前席陈词，反多逆耳，表面上虽支吾过去，心理上却妒忌起来。他见老袁不甚合意，遂辞出总统府，本思即日南旋，因念外蒙风云，日迫一日，既已跋涉至京，应该做些事业，立些功名，当下奔走部门，号召同志，组织征蒙团及军事研究社，一面再上呈文，自请征蒙，袁总统束诸高阁，并不批答。同志举他为筹边会副会长，他暂住数日，旋即去职，另与王芝祥、孙毓筠等，建设国事维持会，把一种忧国的思想，随时流露，无论诗酒游宴，及到会演说，统是慷慨激昂，饶有贾长沙、陈同甫的态度，怎奈袁总统是最忌名豪，遇着关心政治，痛论时弊的人物，第一着是设法笼络，第二着是用计歼灭，宋教仁已催归冥箓，还有宋教仁第二，哪里肯听他自由呢？

四月初八日，林允梁士诒邀请，赴将校俱乐部会宴；酒酣耳热，畅谈衷曲，免不得醉后忘情，论及时事。及至兴尽归来，便觉畏寒，次日加剧，即至山本医院调治，将过一星期，忽满身统起红泡，泡破即流血不止，四肢都是奇痛，次日病势尤笃，延请中外名医，入院诊视，大都束手无策。勉强捱延了一天，红泡变成紫色，未几又转成黑色，小便溺血，霎时弥留。孙毓筠适在侧探病，林握孙手，叹息道："国势危险，一至于此，本想与诸公同心协力，保持国家，怎奈二竖为灾，竟致不起。"言至此，不禁涕泪满颐。孙尚再三劝慰，林又呜咽道："甫逾壮年，即要去世，我不过做了半个人，徒呼负负，君须为我遍告同志，努力支持为要。”孙又问及家事，他竟不能再言，奄然而逝。死后七窍流血，浑身皆黑，仿佛是中毒情形，享年亦只三十二岁。当由国事维持会员，替他成殓，讣告全国。其文云：

北京国事维持会本部孙毓筠、王芝祥、杨曾蔚、温寿泉，致黎副总统各都督并各师长旅长，各党本部，国事维持会支部，及孙中山、黄克强两先生各报馆电：本会理事林君述庆，体质坚强，志愿弘毅，比来尽瘁国事，未尝告劳，忽于本月初十日，感患痘症，即入山本医院诊治，病势险恶，药石无灵，竟于十五夜子刻长逝。林君十年前，在江南军界，提倡革命，备历艰险，百折不挠；前年九月，在镇江举义，联合各军，光复金陵，厥功最伟。南北统一后，自请解职，高风亮节，海内同钦。乃天不佑善人，竟罹暴疾，赍志以终。当此国基未固，人才消乏之秋，逝者如斯，将谁与支撑危局？泰山梁木，同人等悲不自胜，现定于二十六日，在湖广会馆开追悼大会，特通电告哀。凡我同志，谅无不失声一恸，但林君身后萧条，经毓筠等为之料理成殓，灵柩暂厝城外广慧寮中，如蒙赐赙，请寄东安门外本会本部事务代收，并以奉闻。

林去世后，时人多疑他中毒，特至山本医院，访问病状。据医生言：“林自十三日入院，十五夜逝世，病名叫做天然痘。”访员又谓：“死后惨状，究是何因？”医言：“病菌有强弱，林君所染，系最强的病菌，冲裂血管，因致七窍流血，至若遍身皆黑，是染疫致死的常例，不足为奇。”访员又道：“照此说来，林君的病症，果非中毒吗？”医生微笑道：“林死后，来院访问，不止一人，统疑林是中毒。林症甚凶，种种谣言，原是难免，惟确系痘症，并无他项可疑的事情。即如陆军部方君，乃自美国归来的中医，多人诊断，统无异词，是已无可疑余地了。”小子以为死无对证，究竟中毒与否，也不敢妄断。惟稽勋局长冯自由，呈请政府，说他“勋劳卓著，现在京病故，请即照本局规则，优给恤金年金，并请将事迹宣付史馆立传”，总算邀老袁批准照行。小子有诗叹道：

赏功罚恶本常经，谁料无辜受暗刑？
自古人生谁不死，狂遭毒手目难瞑。

宋林相继逝世，京中正齐集议员，行国会开幕礼，一切详情，容后再表。

据程督应民政长电文，是戕宋一案，实由政府造意，已无疑义。即是以推，是林之暴亡，不为无因。刺死一宋，又毒死一林，亦何其辣手耶？或谓汉高、明太，得国以后，皆屠戮功臣，欲为子孙除害，不得不尔。讵知此系专制时代之君主，容或有是惨剧，业已承认共和，国成民主，正当推诚布公，与天下以更新之机，何若为此鬼蜮情形，草菅人命乎？否则不愿民主，竟作君主，长枪大戟与反对者相角逐，成即帝王，败为寇贼，亦英雄豪杰之所为。且糜烂一时，治平百载，亿兆人或当忍此巨痛，交换太平。宁必不可，而竟出此下策，以求逞于一朝，卒之亦同归于尽，人谓其智，吾笑其愚！

第二十三回

开国会举行盛典 违约法擅签合同

此回写内政、外交两事，都见出袁世凯的弄权专制。国会盛典热热闹闹，老袁控制的统一党占据议会许多席位。与四国银行团的借款商定，老袁骤行签字，也不管利息高也不高。

却说中华民国的国会，自元年冬季，由袁总统颁布正式召集令，至是国会议员，统已选出，会集京都，准于二年四月八日，行国会第一次开会礼。参议院本有房屋，仍在原所设立，众议院乃是新筑，规模颇觉宏敞，足容千人。因此参议院议员，统至新筑的众议院中，静待开会。当由筹备国会事务局员，先行报告国会成立，参议员报到，共一百七十七人，众议员报到，共五百人，虽尚未达全数，已有大半到场，应如期行开会礼。当下高悬国旗，盛列军乐，自国务总理以下，凡所有国务员，尽行莅会。还有政府特派员，亦来襄礼。各人统至国旗下面，向国徽行三鞠躬礼。当推议员中年齿最长的杨琼，为临时主席，宣读开会词。词云：

维中华民国二年四月八日，为我正式国会第一次开院之辰。参议院众议院各议员，集礼堂，举盛典，谨为词以致其忱曰：视听自天，默定下民，亿兆有与于天下，权舆不自于今人。帝制久敝，拂于民意，付托之重，乃及多士。众好众恶，多士赴之；众志众口，多士表之。张弛敛纵，为天下控；缓急疾徐，为天下枢。兴欤废欤，安欤危欤，祸福是共，功罪之尸，能无惧哉？呜呼！多难兴邦，惕厉蒙艰，当兹缔造，敢伸吾吁。愿我一国，制其中权，愿我五族，正其党偏。大穰旸雨，农首稷先。士乐其业，贾安其廛，无政不举，无隐不宜。章皇发越，吾言洋洋。逖听远慕，四邻我臧。旧邦新命，悠久无疆。凡百君子，孰敢怠荒？

宣读已竟，应由袁总统宣告颁词，偏这一日，袁总统说有要务，无暇到会，只遣秘书长梁士诒，来作代表，赍致颂词。梁乃宣读颁词道：

中华民国二年四月八日，我中华民国第一次国会，正式成立，此实四千余年历史上莫大之光荣，四万万人亿万年之幸福。世凯亦国民一分子，当与诸君子同深庆幸，念我共和民国，由于四万万人民之心理所缔造，正式国会，亦本于四万万人民心理所结合。则国家主权，当然归之国民全体。但自民国成立，迄今一年，所谓国民直接委任之机关，事实上尚未完备。今日国会诸议员，系由国民直接选举，即系国民直接委任，从此共和国之实体，借以表现，统治权之运用，亦赖以圆满进行。诸君子皆识时俊杰，必能各抒谠论，为国忠谋，从此中华民国之邦基，益加巩固，五大族人民之幸福，日见增进。同心协力，以造成至强大之民国，使五色国旗，常照耀于神州大陆，是固世凯与诸君子所私心企祷者也。谨致颁曰："中华民国万岁！民国国会万岁！"

颁词读毕，大礼告成，国务总理国务员，及政府特派员，统行辞去，各议员亦出了会场。依据《临时约法》第二十八条，将前时参议院解散，因即至参议院中，行解散礼。是日美洲的巴西国，电达国务院，承认中华民国，都下人士，欢欣鼓舞，统说是："民国创造，立法机关，至此成立，巴西承认民国，又适当国会成立的日期，为列强公认的先声，真是内治外交，渐臻完善，我中华民国的声威，将从此照耀神州，应了袁大总统的颁词呢。"两院议员，兴高采烈，统要选举正副议长，作为全院的主席。无如议员共分四党，一是国民党，一是共和党，一是民主党，一是统一党，各党员都想争长，哪一党肯落人后？国民党人数最多，几有压倒两院的气势，余三党不肯降服，势必与国民党为仇。民主党为前清时代老人物，如各省咨议局及联合会人员，统共凑集，多是有些闻望，含有民党性质，与政府不相为谋。统一党是最近组织，就是袁政府手下健将，实不啻一政府党。至若共和党缘起，小子已于一三回中表过，他本抱定国权主义，与国民党人，向居反对地位。三党宗旨，虽是不同，但仇视国民党的心理，却是一致，因此互相联结，渐渐地合并拢来，加以统一党帮助政府，隐受袁氏密嘱，吸合余党，张大势力，得与国民党相抗，甚且欲推倒国民党。国民党昂然自大，哪知暗地密谋？开会这一日，统一党议员，尚不过二三十人，过了数天，议员陆续到来，补足全额，问将起来，多是统一党人员，几增至一百有余。自是众议院内，三党合作，与国民党声势相等。惟参议院中，还是国民党员占着多数。为了两院议长问题，运动至二十日，选举至两三次，方将议长选出。参议院的议长，是直隶人张继，本属国民党，众议院的议长，是湖北人汤化龙，本属民主党，副议长一席，参议院中选定王正廷，众议院中选定陈国祥，倒也不在话下。

惟两院竞选议长的时候，袁总统趁他无暇，竟做了一种专制的事件，未经交议，骤行签字，于是两院议员，发生异议，议员与政府反对，议员又与议员反对，胶胶扰扰，几闹得一塌糊涂。看官道是何事？原来就是银行团的大借款。自伦敦借款贷入后，六国银行团啧有烦言，以盐课已抵还前清庚子年赔款，不应再抵与伦敦新借款，嗣经外交部答复，略言："前清所抵赔款的盐税，彼时每年所收，只一千二百万两，现已增至四千七百五十万两，是除一千二百万两外，羡余甚多。前为旧额，今为新增，两无妨碍。"六国银行团，及再拟磋商，袁总统正苦无钱，巴不得借款到来，可济眉急。因嘱财政总长周学熙，申议借款事宜，拟将原议六万万两，减作二万万。银行团复要求四事：（一）从前垫款，暨现今大借款，应将中国全国盐务抵押，聘用洋人管理，除还本付利外，倘有余款，仍听中国自由支用。（二）中政府应请借款银团指定洋员，在财政商办处，期限五年，凡关财务岁入等事，须备政府顾问。（三）中政府应自行聘用洋人，与财务商办处代表洋人，于取银票面签字，随时取用借款，并聘用稽核专门洋人若干，稽核借款账目，分别公布中外，又借款兴办实业，应用银团所认为适当专门洋人，监理事业。（四）银行既代中国出售巨款债票，若票卖完，中政府不得另借他款，以致市面牵动。这四条要请前来，周学熙因他条件过严，特开国务院会议，自拟借款大纲五条，提交参议院议决。大纲五条列下：

第一条　中国自行整顿盐务，惟制造盐厂及经收盐税之处，中国可酌量自聘洋人，帮同华人办理。所收盐税，可交存于最妥实之银行，以备抵还借款之本息。

第二条　借款用途，以经参议院议决之款目为准则，其表面之签字，应由财政总长自委一中国人，与六国团代表一人，会同签字。

第三条　稽核账目之事，归入中国审计院办理。中国对于借款一部分之用账，可兼备华洋文册据，华洋员同押。

第四条　中国以后兴办实业，如需借款，只可商聘洋技师，按照普通合同办理。

第五条　此项借款债票，未售完之前，倘中国续借数项，如六国团条款与别家相同，可先尽六国团承办。但在本合同以前所订之借款合同条件，仍得继续进行，不受本条件拘束。

参议院议员看到这种条件，共说此是政府报告文，并非特别提案，有什么紧要，定需会议？嗣因周总长一再催迫，乃将五条大纲，逐一研究。尚可照此进行，无大损害，遂一律认可了事。周学熙复与银行团会议数次，始终无效。幸伦敦借款，逐月得数十万镑，还可勉强支持，所以挨延过去。哪知英使竟来一照会，声言如民国元年终日，中国不将从前赔款借款，一概解清，决将作抵的厘税厘金等，实行收没。俄使亦主张同意，幸法使康悌，及日本银行代表小田切转圜，与中政府重开谈判。当由英使代表银行团，向赵总理周总长提出数条：(一)要委定办理借款的专员；(二)要取消伦敦新借款的优先权。赵周两人，转报老袁，袁总统即委周为办理借款专员，一面与伦敦新银行团，取消优先权成约。伦敦新银行团，怎肯应允，周却想出妙法，要求伦敦新银行团，于元年期内，再借一千万镑，还要将明年应付的七百万镑，并在年内拨付，才好偿还一切欠款，无庸与六国商借。且债票宜速即销完，免与他团借债有碍，否则请将明年二月应付的二百万镑，尽年内付讫，其余五百万作罢，打消前约，并取消优先权，由中国予以赔偿。

看官！你想这种论调，明明是强人所难，伦敦新银行团，一时交不出如此巨款，又经英政府与他反对，处处掣肘，只得承认后一层办法。周总长乃与他磋商赔偿的数目，无非畀他续给二百万镑中多了一个折扣。一面与六国银行团，正式开议，自元年十一月二十七日起，至十二月下旬，大致就绪，借额本定二千万镑，因伦敦新借款中，减去五百万镑，须转向六国银行团添借，乃拟定为二千五百万镑，共计二十一款。最紧要的，是第二款第五款第六款第十四款第十七款五条。第二款是指定用途；第五款是声明盐务稽核处办法；第六款是盐款未足以前，应加入他项，为暂时抵押品；第十四款是支款时，应照新定审计处规则办理；第十七款是续借或另借的限制。此外都是普通条件，大约是利息折扣等类。当由国务总理赵秉钧，运动参议院议员，商定秘密会议，再令财政总长周学熙，到院报告，但将紧要条件交议，余只以普通二字含混过去，并无原文。议员已心心相印，还有什么反对。惟第五款须用华洋稽核员，汪议员荣宝提议，谓："本款可无删改，最为上策，否则作为附件；万一银行团不肯照允，亦只可随便将就罢了。至如普通条件，亦未尝详诘全文，但把无庸表决四字，作为全院通过的议案。"

周总长即报告袁总统，老袁自然惬望，将要与银行团订约签字。忽银行团以欧洲金融，偶遭紧急，须要加添利息，原议五厘，现要再加半厘。袁总统以吃亏太甚，又暂从迁延；另咨各国公使，要求赔款欠款等，一概展期，约有三种办法，或展期一年，或将积欠数目，作为短期公债，分五年清还，或俟大借款成立后，才行清偿。照会交去，俄公使首先拒绝，简直是无一承认。法使与俄使，本是一鼻孔出气，当然不从。独英使朱尔典氏，赞成末项，原归入大借款下划付，并代为疏通俄法二使，决从此议。俄法二使已无违言，英使又函致中政府，先须聘定洋员，充任稽核，由六国公使通告六国团，然后借款合同，方可签押。于是由周总长出面，聘定洋员三名，一系意人，一系德人，一系丹麦人。法使又出来作梗，谓："意大利丹麦两国，并未列入银行团，在银行团中洋员，只一德人，既已拟聘非银行团的洋员，何为延及德人？若延及德人，何以不聘我法人？且未聘及英俄美日人？"这数语照会政府，政府又撞了一鼻子灰，只好另提出再借问题，申告银行团。嗣美公使复出来调停，谓："中国只聘一人为会办，由银行团推举，另用各国洋员为顾问，毋庸列入合同。既免纷竞，又易办到。"周总长很表赞成，奈五国公使不肯允诺，须各国各用一人，美使调停无效，竟电达本国，欲退出银行团，美总统威尔逊氏，竟如美使意见，宣布远近。略云：

美国资本团，曾应政府之请，加入中国借款，今复询问本政府，如仍愿该团加入，须明白申请，始允遵行。本政府以该借款条件，近于干涉中国行政之独立，且其中之抵押品及办法，陈废苛重，若本政府从而怂恿，则负责无有已时，实有背吾美立国主义。本政府不愿负此责任，决议不再提出申请，惟愿以合于中国自由进化，不背吾美素行主义之方法，扶助中华民国，凡可以裨益寓华美民之法制，本政府当竭力赞助也。特此宣言！

自此书宣布后，五国银行团，经一极大的打击，共疑美国脱离团体，必为单独行动起见，将来中国利益，恐被美国占尽，不由得惊上加惊，忧上加忧，甚至自相疑忌，竟欲解散。各公使顾全利益，亟命银行团自相联合，将承借股份，重行支配，且把要求条件，稍示让步。袁政府待款甚殷，也顾不得什么主权，除聘定德人为国债局员外，改聘英人为盐务稽核员，并用法人俄人为审计顾问官。双方会议，渐得允洽，利息仍照前五厘，债票价格，拟定百分之九十，由银行团扣去六成，付与中国净额，实得百分之八十四。期限定四十七年，还本由第十一年起，每年递还总额，至第四十七年偿清，合同上仍二十一款。袁总统不再交议院议决，即令国务总理赵秉钧，外交总长陆徵祥，财政总长周学熙，于四月二十四日，在草合同上签字。

越二日，在正合同上签字，又因急急需用，不及待各国发售债票，先向银行团商明，垫款二百万镑，另订垫款合同，利息七厘，即在大借款项下，尽先拨还。千波万折的大借款，至此成立，共计二千五百万镑，约合华币二万五千万圆。小子有诗叹道：

不为埃及即波斯，监督重重后悔迟。

何故枭雄专借债？甘将国柄付人持。

借款已定，两议院俱未接洽，忽由袁总统发一咨文，传达议院，各议员共同瞧着，免不得惊诧起来。究竟咨文如何说法，且待下回表明。

> 国会初次成立，各议员即互生党见，至如举一议长，且需二三十日，倘政府中有重大议案，试问将议至何日，方可表决乎？议员如此倾轧，实为老袁所窃笑，而大借款即自此进行，未经议院表决，骤行签字，袁已目无国会矣。然袁之玩弄议员，固不啻掌中小儿，而对诸外人，则亦未免为所玩弄。且以此款巨息重之款项，经千波万折而成，乃由彼任意挥霍，毫不顾惜，一人之耗用无穷，四万万人之负担亦无穷，言念及此，窃不禁痛恨交并矣。

第二十四回

争借款挑是翻非
请改制弄巧成拙

袁总统违法签字惹恼了议员，奋起争执。其实议会各党也意见不一，到头来还是老袁得逞。湖北的一个马屁精瞧出袁某有帝王思想，呈文劝进，不想袁某暂且还需装装模样，此公只好躲逃缉拿。

却说袁总统既得大借款，所有订约签字诸手续，已经告竣，乃咨参众两议院，请他备案，其文云：

临时大总统咨：本年四月二十六日，据国务总理赵秉钧、外交总长陆徵祥、财政总长周学熙呈称：窃维六国银行团借款，先后磋商，已逾一年，上年九月间，曾经国务会议，拟定借款大纲，于十六十七两日，赴参议院研究同意，以为进行标准，唇焦舌敝，往复磋磨。直至岁杪，合同条议，大致就绪，当于十二月二十七日，出席参议院，先将特别条件，逐条表决，复将普通条件，全体表决，均经通过，正拟定期签字，该团忽以原议五厘利息，借口巴尔干战事，欧洲市场，银根奇紧，要求增加半厘，只得暂行停议。惟是赔洋各款，积欠累累，一再愆期，层次商展，追呼之迫，等于燃眉，百计筹维，无可应付。数月来他项借款，悉成画饼，美国既已出团，而其余五国，仍未变易方针，大局岌岌，朝不保夕，既无束手待毙之理，复鲜移缓就急之方。近接各省都督来电相迫，如江苏程都督电，毋局于一时之毁誉，转为万世之罪人；安徽柏都督电，借款监督，欠款亦监督，毋宁忍痛须臾，尚可死中求活等语，尤为痛切。迫不得已，而赓续磋商，尚幸稍有进步，利息一节，该银行团允仍照改为五厘，其他案件，亦悉如十二月二十七日通过参议院之原议。事机万变，稍纵即逝，四月二十二日，奉大总统命令，五国银行团借款合同，任命赵秉钧、陆徵祥、周学熙，全权会同签字，此令。等因，遵于二十四日，与该银行团双方签订草合同，复于二十六日，签订正合同，彼此分执存照，以免复生枝节。理合将华洋文合同各照备二份，并附用途单二份，呈请大总统鉴核，俯赐咨交议院查照备案，以昭信守等情，查此项借款条件，业于上年十二月二十七日，由国务总理暨财政总长，赴前参议院出席报告，均经表决通过，并载明参议院议事录内，自系当然有效，相应咨明贵院查明备案可也。此咨。

两院议员，看到这项咨文，都生惊异。参议院中是国民党声势最盛，专防袁政府违法擅行，此次遇着此案，不待再议，即复咨政府，谓："大借款合同，未经临时参议院议决，违法签字，当然无效。"众议院于五月五日开会，质问政府，请他解释理由。是时国务总理赵秉钧，以宋案既犯嫌疑，大借款又同签字，万不能免国会的攻击，即于五月一日，决然辞职，径赴天津。袁总统也知他微意，给他假期，暂令段祺瑞代理。

段任陆军总长，本与外交财政不相干涉，至如签字命令，更觉是没有关系，不过已代任国务总理，无从趋避，只好出席答复。众议员当面责问，段言："财政奇绌，无法可施，不得已变通办理，还请诸君原谅！"各议员哗然道："我等并非反对借款，实反对政府违法签约，政府果可擅行，何需议院！何需我等！"段亦不便强辩，只淡淡地答道："论起交议的手续，原是未完，论起财政的情形，实是困极，鄙人于借款问题，前不与闻，诸君不要怪我；如可通融办理，也是诸君的美意，余无他说了。"言毕自去。众议员聚议纷纭，或说应退还咨文，或说应弹劾政府，有一小半是拥护政府，不发一言，当由议长汤化龙，提出承认不承认两条，付各议员投票表决，结果是不承认票，有二百一十九张，承认票只五十三张。因即决议，不承认这大借款，拟将咨文退还。惟统一党系政府私人，暗替政府设法，与共和党民主党密商数次，劝他承认。两党尚觉为难，袁总统默揣人情，多半拜金主义，遂阴嘱统一党员，用了阿堵物，买通两党。果然钱可通灵，两党得了若干好处，遂箝住口舌，不生异议，且与统一党合并为一，统名进步党。只国民党议员，始终不受笼络，再三争执。进步党由他喧哗，索性游行都市，流连花酒，把国事撇诸脑后。

国会中出席人数，屡不过半，只好关门回寓，好几日停辍议事。国民党忍无可忍，乃通电各省都督民政长，请他主持公论，勿承认政府借款。进步党也电致各省，说是："政府借款，万不得已，议院中反抗政府，不过一部分私见，未足生效。"就是财政总长周学熙，又电告全国，声明大借款理由，略言："政府借款，实履行前参议院议决的案件，未尝违背约法。”于是循环相攻，争论不已。各省都督民政长，有袒护政府的，有诋斥政府的，惟浙江都督朱瑞，有一通电，颇中情理。小子浙人，尚记在脑中，请录与看官一阅。电词云：

窃维共和国家，主权在民，国会受人民之委托，为人民之代表，畀以立法之权，使其监督政府。其责至重，其位弥尊。吾国肇建以后，几历艰难，始克睹正式国会之成立，国内人民，罔不喁望。盖以议院为一国大政所自出，凡政府之措施，必依院议为证据，两院幸已告成，则凡关于国家存亡荣悴诸大问题，皆可由院一一解决，以副吾民之意。

自开会以来，所议者为借款一事，轩然大波，迄今未已。夫借用外债，关系国家之财政，国民之负担，其为重要，何俟申论？国会诸君，注意于兹，卓识可佩。惟是国基未固，时艰日亟，借款以外之重要事项，尚不一而足，有等于此者，且有远甚于此者，例如选举总统，制定宪法诸事，皆急待讨论，未可搁延，今以借款一案，争论不休，致使尺寸之时光，骎骎坐逝，揆诸时势，似有未宜。且借款一事，据院内宣言，并不反对，所研究者惟在此次政府之签约，是否适法。夫欲知政府之签约，是否适法，但须详查前参议院之议事录，并证诸前参议院当事之议员，自可立为解决，无待烦言。乃各持所见，异说蜂起，甲派以之为违法，乙派则以之为适法，迷离惝恍，闻者惊疑。且丙党议员通电，谓：“政府违法签约，已经多数表决，勿予承认。”而丁党议员来电，则谓：“不承认政府签约之议，并未经多数通过，不能生效。”于是此方朝飞一电，谓彼党故事推翻，而彼方复夕出一文，谓此党横加诬罪。一室自起干戈，同舍俨同敌国，非仅骇域中之观听，亦虑贻非笑于外人。以国会居民具尔瞻神圣庄严之地，而言词之杂出如此，其何以慰人民属望之殷耶？

尤有不能已于言者，院内之事件，须于院内解决之，不特法理之当然，亦为各国之通例。若夫院内之事，而求解决于院外，瑞诚不敏，未之前闻。今两院议员诸君，以借款一事，纷纷电告各省都督民政长，意将诉诸公论，待决国人，在诸君各有苦衷，当为举世所谅，第各都督民政长，或总师干，或司民政，与国会权责各殊，不容干越，虽敬爱议院诸君，而欲稍稍助力，法律具在，其道无由。窃以院内各党，对于国家大事，允宜力持大体，取协商之主义，若惟绝对立于相反地位，则不能解决之事件，将继此而日出不穷。今日之事，特其嚆矢耳。夫院内之问题，而院内不能解决之，虽微两院诸君之诉苦，窃虑将有院外之势力，起而解决之者。以院内之事，而以院外势力解决之，法宪荡然，国何以淑？循是以往，则国内之事，行见为国外势力所主宰矣。神州倘遂沦胥，政党于何托足？皮之不存，毛将安附？以我两院诸君之英贤明达，爱国如身，讵忍出此乎？窃愿两院诸君，念人民付托之殷挚，民国缔造之艰难，国会地位之尊崇，讨议大事，悉以爱国为前提，手段力取平和，出言务求慎重，各捐客气，开布公心。庶几国本不摇，国命有托，内无阋墙之举，外免豆剖之忧，则我全国父老子弟，拜赐无既矣。瑞身膺疆寄，职有专司，对于国会事件，本应自安缄默，第既辱两院诸君雅意相告，瑞赋性戆直，情切危亡，用敢以国民资格，谨附友朋忠告之谊，略贡愚者一得之言。修词不周，尚希亮察！

这道通电，虽是骑墙派的论调，但议案是立法根本，本与行政官无涉，如何要都督民政长，出去抗议，这正是多此一举呢。各都督中，惟江西都督李烈钧、安徽都督柏文蔚、广东都督胡汉民，素隶国民党籍，闻政府违法借款，极力指斥。国民党议员，仗着三督声威，纷争益盛，不但驳政府违法，并摘列合同内容严酷的条件，谓为亡国厉阶，决不承认。无如政府既联络进步党，与国民党抗衡，众议院连日闭会，反致另外议案，层叠稽压。各省拥护政府的都督，又电告议院，斥他负职，国民党自觉乏味，乃与进步党协商，但教政府交议，表面上不侵害国会职权，实际上亦未始不可委曲求全，否则全院议员，俱蒙耻辱等语。进步党员，独谓借款签字，已成事实，即使交议，亦是万难变更，不如姑予承认，另行弹劾政府，方为正当，国民党也无可奈何，只好模棱过去，承认了案。惟参议院强硬到底，终不肯承认借款，袁政府竟不去睬他，一味地独行独断，随时取到借款，即随时支付出去，乐得眼前受用，不管日后为难。

当时有一个湖北商民，名叫裘平治，他于宋案及大借款期内，默窥袁总统行为，无非是帝王思想，若乘此拍马吹牛，去上一道劝进表，得蒙老袁青眼，便是个定策功臣，从此做官，从此发财，管教一生吃着不尽。计划已定，只苦自己未曾通文，所有呈文上的说法，如何下笔，想了一会，竟一语也写不出，猛然想到有个知己朋友，是个冬烘先生，平日谈论起来，尝说要真命天子出现，方可太平，他既怀抱这种经济，定能做这种绝好文字，当下就去拜访，果然一说就成。那冬烘先生，颇知通变达权，却把皇帝两字，不肯直说，只把暂改帝国立宪，缓图共和政体两语，装在呈文上面，以下便说总统尊严，不若君主，长官命令，等于弁髦，本图共和幸福，反不如亡国奴隶，曷若酌量改制等语。最后署名，除裘平治外，又捏造几个假名假姓，随列后面。裘得了呈文，忙跑至邮政局中，费了双挂号的信资，寄达北京。自此日夕探望，眼巴巴地盼着好音，就是夜间做梦，俨然接到总统府征车，来请他作顾问员。

一日早晨，尚在半榻间沉沉睡着，忽有一人叫着道："裘君！裘先生！不好了，袁总统要来拿你了。"裘平治被他唤醒，才答道："袁总统来请我吗？"那人道："放屁！是要拿你，哪个来请你？"裘平治道："我不犯什么罪，如何要来拿我？敢是你听错不成？"那人道："你有无呈文到京？"裘平治道："有的。"那人便从袋中取出新闻纸，掷向床上道："你瞧！"裘乃披衣起床，擦着两眼，看那新闻纸，颠倒翻阅，一时尚寻不着，经来人检出指示，乃随瞧随读道：

共和为最良之政体，治平之极轨，中国共和学说，酝酿于数千年前，只以压伏于专制之威，未能显著。近数十年来，志士奔呼，灌输全国，故义师一举，遂收响应之功，洵为历史上之光荣，环球所敬叹。本大总统受国民付托之重，就职宣誓。深愿竭其能力，发扬共和之精神，涤荡专制之瑕秽，永不使帝制再见于中国，皇天后土，实闻此言。乃竟有湖北商民裘平治等，呈称"总统尊严，不若君主，长官命令，等于弁髦，国会成立在即，正式选举，关系匪轻，万一不慎，全国糜烂，共和幸福，不如亡国奴隶，曷若暂改帝国立宪，缓图共和"等语。谬妄至此，阅之骇然。本大总统受任以来，自维德薄能鲜，夙夜兢兢，所以为国民策治安求幸福者，心余力绌，深为愧疚。而凡所设施，要以国家为前提，合共和之原则，当为全国人民所共信。不意化日光天之下，竟有此等鬼蜮行为，若非丧心病狂，意存尝试，即是受人指令，志在煽惑。如务为宽大，置不深究，恐邪说流传，混淆视听，极其流毒，足以破坏共和，谋叛民国，何以对起义之诸人，死事之先烈？何以告退位之清室，赞成之友邦？兴言及此，忧愤填膺，所有裘呈内列名之裘平治等，著湖北民政长严行查拿，按律惩治，以为猖狂恣肆，干冒不韪者戒。此令！

裘平治一气读下，多半是解非解，至读到严行查拿一语，不由地心惊胆战，连身子都战栗起来，便道："这，……怎么好？怎么好？"末数语也未及看完，便把新闻纸掷下，复卧倒床上，杀鸡似地乱抖。还是来人从旁劝道："三十六着，走为上着，袁总统既要拿你，你不如急行走避，或到亲友家躲匿数天，看本省民政长曾否严拿，再作计较。"裘平治闻言，才把来人仔细一望，乃是一个经商老友，才嘘了一口气道："承兄指教，感念不浅，但外面的风声，全仗你留意密报，我的家事，亦望老友照顾，后有出头日子，当重重拜谢呢。"那人满口应允，裘平治忙略略收拾，一溜烟地逃去了。后来湖北省中，饬县查拿，亦无非虚循故事，到了裘家数次，觅不着裘平治；但费了几回酒饭费，却也罢了。小子有诗叹道：

一介商民敢上呈，妄图富贵反遭惊。

从知祸福由人召，何苦营营逐利名。

裘平治终未缉获，袁总统亦无后命，那参议院中，又提出一种弹劾案来。毕竟弹劾何人，容至下回分解。

违法签约，司马昭之心，路人皆知，为国会议员计，力争无效，不如归休，微特进步党趋炎附势，为识者所不齿，即如国民党员，叫嚣会场，无人理睬，天下事可想而知，尚何必溷迹都门，甘作厌物耶？朱督一电，未必无私，而指摘议员，实有独到处，特录之以示后世，著书人之寓意深矣。裘平治请改政体，实存一希幸之心而来，经作者描摹尽致，几将肺肝揭出，袁总统通令严拿，原不过欺人耳目，然裘商已几被吓死矣。是可为热衷者戒！

第二十五回

烟沉黑幕空具弹章　变起白狼构成巨祸

河南提督是袁世凯的表亲，专务剥削，惹动民愤。民众上书请议员弹劾，怎奈老袁总是不听。官逼民反，此时河南也就匪乱纷起，回中特别表出匪酋『白狼』。

却说河南地方，是袁总统的珂里，袁为项城县人氏，项城县隶河南省，从前鄂军起义，各省响应，独河南巡抚宝棻，是个满洲人，始终效顺清廷，不肯独立，学界中有几个志士，如张钟瑞、王天杰、张照发、刘凤楼、周维屏、张得成、冯广才、徐洪禄、王盘铭等，极思运动军警，光复中州。嗣被宝棻侦悉，密遣防营统领柴得贵，带着营兵，把所有志士，一律拘获，陆续枪毙。外县虽几次发难，亦遭失败。惟嵩县人王天纵，素性不羁，喜习拳棒，尝游日本横滨，遇一女学生毛奎英，为湖南世家子，一见倾心，愿附姻好，结婚后，携归砀山，共图革命，乃招集徒党，日加训练，每遇贪官污吏，常乘他不备，斫去几个好头颅，里人称为侠士，清廷目为盗魁。宣统三年七月，曾有南北镇会剿的命令，统领谢宝胜，亲率大兵，与王天纵鏖战数次，终不能越砀山一步。既而武昌事起，黎都督派人至砀山，约为声援。豫省诸志士，又奔走号呼，举他为大将军，他即整旅出山，往洛阳进发。沿途招降兵士数千人，声势大振。

嗣接陕西都督急电，以潼关失守，邀他往援，他又转辔西上，夺还潼关，再回军进河南界，拔阌乡，下灵宝、陕州，直达渑池，适清军云集，众寡悬殊，两下里血战六昼夜，不分胜负。忽得南北议和消息，有志士刘粹轩、姬宗羲、刘建中，及护兵徐兴汉等，愿冒险赴敌，劝导清军反正，谁知一去不还，徒成碧血。清军复巧施诡计，竟臂缠白布，手执白旗，托词投诚，驰入王军营内，捣乱起来。王猝不及防，慌忙退兵，已被杀死二千多人，几至一蹶不振。幸退屯龙驹寨，重行招募，再图规复，方誓众东下，逾内乡、镇平各县，得抵南阳，闻清帝退位确信，乃按兵不动。寻因宛城一带，兵匪麇集，随处劫掠，复出为荡平，暂驻宛城。未几，袁总统已就职北京，饬各省裁汰军队，就是王天纵一军，亦只准编巡防两营，余均遣散。王乃酌量裁遣，退宛驻淅。

惟河南巡抚宝棻，不安于位，当然卸职归田，继任的便是都督张镇芳。镇芳是老袁中表亲，向属兄弟称呼，袁既做了大总统，应该将河南都督一缺，留赠表弟兄，也是他不忘亲旧的好意。怎奈张镇芳倚势作威，专务朘削，不恤民生，渐致盗贼蜂起，白日行劫，所有掳掠奸淫等情事，每月间不下数十起，报达省中。那老张全不过问，但在卧榻里面，吞云吐雾，按日里与妻妾们练习那小洋枪、小洋炮的手段。全省人民，怨声载道，无从呼吁。长江水上警察第一厅厅长彭超衡，目睹时艰，心怀不忍，乃邀集军警学各界，列名请愿，胪陈张镇芳六大罪案，请参议员提前弹劾。请愿书云：

为请愿事：河南都督张镇芳到任经年，凡百废弛，其种种劣迹，不胜枚举，特揭其最确凿者六大罪状，为贵院缕陈之：(一)摧残舆论。河南处华夏之中心点，腹地深居，省称光大，正赖舆论提倡，增进人民知识，而张镇芳妄调军队，逮捕自由报主笔贾英夫，出版自由，言论自由，皆约法所保障，该督竟敢破坏约法，其罪一。(二)甘犯烟禁。洋烟流毒，同胞沉沦，民国成立，首悬厉禁，皖之焚土，湘之枪毙，鄂之游街，普通人民，均受制裁，而镇芳横陈一榻，吞吐自如，不念英人要挟，交涉棘手，倚仗威势，醉傲烟霞，其罪二。(三)纵军养匪。河南土匪蜂起，民不堪命，镇芳手握重兵，不能克期肃清，亦属养匪殃民，况复纵抚标亲军在许、襄骚扰，巡防第一第八两营，在汝、川、襄、叶等处，私卖军火，与匪通气，兵耶匪耶，同一病民，其罪三。(四)任用私人。李时灿侵蚀学款，反对共和，人咸目为大怪物，迭经各界攻击，而镇芳初任之为秘书，继荐之长教育，恐学界有限脂膏，难填无穷欲壑；且反对共和之贼，厕身教育，不过教人为奴隶，为牛马，仕林前途，无一线光明，其罪四。(五)蔑视法权。镇芳有保护私宅卫队百名，系伊甥带领，倚乃舅威势，因向项城县知事关说私情，未准其请，胆敢带领卫队，捣毁官署，殴辱知事。夫知事一县之长官，行政之代表，伊甥竟以野蛮对待，而镇芳纵容不究，弁髦法令，其罪五。(六)草菅人命。袁寨炮队曾拿获行迹可疑之人七名，送项城县讯问，供系谢保胜溃军，并无他供。迨后病毙一名，逃脱二名。所有樊学才四名，仍然在押。朱春芳硬指为伊子朱树藩枪毙案中要犯，串通议员夏五云，贿赂张镇芳，竟下训令，饬项城知事，不问口供，枪毙樊学才四名，军民冤之。夫专制时代无确实口供，尚不轻斩决，而镇芳惟利是图，竟以三字冤狱，枉毙人命，其罪六。

综以上六罪，皆代表等或出之目睹，或调查有据者也。素仰贵院代表全国，力主公论，不侵强权，是以代表羁住他乡，不忍乡里长此蹂躏，为三千万人民呼吁请命，伏祈贵院提前弹劾，张贼早去一日，则人民早出水火一日，不胜迫切待命之至。须至请愿者。

参议员览到此书，未免动了公愤，河南议员孙钟等，遂提出查办案，当由大众通过，寻查得六大罪案，凿凿有据，乃实行弹劾，咨交政府依罪处罚。看官！你想张都督是总统表亲，无论如何弹劾，也未能动他分毫；又兼袁总统是痛恨议员，随你如何说法，只有“置不答复”四字，作为一定的秘诀。张镇芳安然如故，河南的土匪，却是日甚一日，愈加横行。鲁出、宝丰、郏县间，统是盗贼巢穴，最著名的头目，叫做秦椒红、宋老年、张继贤、杜其宾、张三红、李鸿宾等，统是杀人不眨眼的魔王。就中有个白狼，也与各党勾连，横行中州。闻说白狼系宝丰县人，本名阆斋，曾在吴禄贞部下，做过军官。吴被刺死，心中很是不平，即日返里，号召党羽，拟揭竿独立。会因南北统一，所谋未遂，乃想学王天纵的行为，劫富济贫，自张一帜。无如党羽中良莠不齐，能有几个天良未昧，就绿林行径中，做点善事；况是啸聚成群，既没有什么法律，又没有什么阶级，不过形式上面，推白为魁，就使他存心公道，也未有一一羁勒，令就约束，所以东抄西掠，南隳北突，免不得相聚为非，成了一种流寇性质。于是白阆斋的威名，渐渐减色，大众目为巨匪，号他白狼。大约说他与豺狼相似，不分善恶，任情乱噬罢了。

白狼有个好友，叫做季雨霖，曾为湖北第八师师长，前曾佐黎都督革命，得了功绩，加授陆军中将，赏给勋三位。民国二年三月初旬，湖北军界中，倡立改进团名目，分设机关，私举文武名官，遍送传单证据，希图起事，推翻政府，嗣由侦探查悉，报知黎都督，由黎派队严拿，先后破获机关数处，拘住乱党多名，当下审讯起来，据供是由季雨霖主谋。黎即饬令拘季，哪知季已闻风远飏，急切无从缉获，由黎电请袁总统，将季先行褫职，并夺去勋位，随时侦缉，归案讯办。袁总统自然照准，季雨霖便作为逃犯了。当时改进团中，尚有熊炳坤、曾尚武、刘耀青、黄裔、吕丹书、许镜明、黄俊等，皆在逃未获，余外一班无名小卒，统自鄂入汴，投入白狼麾下。

白狼党羽愈多，气焰越盛，所有秦椒红、宋老年、李鸿宾等人，均与他往来通好，联络一气。会闻舞阳王店地方，货物山积财产丰饶，遂会集各部，统同进发。镇勇只有百余名，寡不敌众，顿时溃散。各部匪遂大肆焚掠，全镇为墟，复乘夜入象河关，进掠春水镇。

镇中有一个大富户姓王名沧海，积赀百余万，性极悭吝，平居于公益事，不肯割舍分文，但高筑大厦，厚葺墙垣，自以为坚固无比，可无他虑。贫民恨王刺骨，呼他为王不仁，秦宋诸盗，冲入镇中，镇民四散奔匿，各盗也不遑四掠，竟向王不仁家围住。王宅阖门固守，却也有些能耐，一时攻不进去。秦椒红想了一策，暗向墙外埋好火药，用线燃着，片刻间天崩地塌，瓦石纷飞，王氏家人，多被轰毙。群盗遂攻入内室，任情虏掠，猛见室中有闺女五人，缩做一团，杀鸡似地乱抖。秦椒红、李鸿宾等，哪里肯放，亲自过去，将五女拉扯出来，仔细端详，个个是弱不胜娇，柔若无力，不禁大声笑道："我们正少个压寨夫人，这五女姿色可人，正是天生佳偶呢。"语未毕，但听后面有人叫道："动不得！动不得！"秦李二人急忙回顾，来者非谁，就是绿林好友白狼。秦椒红便问道："为什么动不得？"白狼道："他家虽是不良，闺女有何大罪？楚楚弱质，怎忍淫污，不如另行处置吧。"李鸿宾道："白大哥太迂腐了。我等若见财不取，见色不纳，何必做此买卖？既已做了此事，还要顾忌什么？"说至此，便抢了一个最绝色的佳人，搂抱而去，这女子乃是沧海侄女，叫做九姑娘。秦椒红也拣选一女，拖了就走，宋老年随后趋至，大声道："留一个与我吧。"白狼道："你又来了，我辈初次起事，全靠着纪律精严，方可与官军对垒，若见了妇女，便一味淫掠，我为头目的，先自淫乱，哪里能约束徒党呢？"宋老年道："据你说来，要我舍掉这美人儿吗？"白狼道："我入室后，寻不着这王不仁，想是漏脱了去，我想将这数女掳去为质，要他出金取赎，我得了赎金，或移购兵械，或输作军饷，岂不是有一桩大出息？将来击退官军，得一根据，要掳几个美人儿，作为妾媵，也很容易呢。"宋老年徐徐点首道："这也是一种妙策，我便听你处置，将来得了赎金，须要均分呢。"白狼道："这个自然，何待嘱咐。"说毕，便令党羽将三女牵出，自己押在后面，不准党羽调戏，宋老年也随了出来。那时秦李两部，早已抢了个饱，出镇去了。

白狼偕宋老年，遂向独树镇进攻。途次适与秦李二盗相遇，乃复会合拢来，分占独树北面的小顶山及小关口，谋攻独树镇。时南阳镇守使马继增，闻王店春水镇，相继被掠，急忙率队往援，已是不及，复拟进蹑群盗，适接第六师师长李纯军报，调赴信阳，乃将镇守使印信，交与营务处田作霖，令他护理，自赴信阳去讫。田闻独树有警，星夜往援，分攻小顶山小关口，一阵猛击，杀得群盗七零八落。白狼、李鸿宾先遁，宋老年随奔，秦椒红袒背跳骂，猛来了一粒弹子，不偏不倚，正中头部，自知支持不住，急令部匪挟着王氏女，滚山北走。官军奋勇力追，毙匪甚众。秦椒红虽得幸免，怎奈身已受伤，不堪再出，便改服农装，潜返本籍养病。不意被乡人所见，密报防营，当由防兵拿住送县，立处死刑。独白狼匿入母猪峡，与李鸿宾招集散匪，再图出掠，且挈着王氏三女，勒赎巨金。王氏父女情深，既知消息，不得已出金取赎。白狼既得厚资，复出峡东窜，击破第三营营长苏得胜，径趋铜山沟。团长张敬尧，奉李纯命，往截白狼，不意为白狼所乘，打了一个大败仗，失去野炮二尊，快枪百余枝，饷银六千圆，过山炮机关枪弹子，半为狼有。于是狼势大炽，左冲右突，几不可当，附近一带防军，望风生惧，没人敢与接仗，甚且与他勾通，转好坐地分赃，只苦了数十百万人民，流离颠沛，逃避一空。小子有诗叹道：

茫茫大泽伏萑苻，万姓何堪受毒逋。
谁总师干驻河上，忍看一幅难民图。

张督闻报，才拟调兵会剿，哪知东南一带，又起兵戈，第六师反奉调南下。究竟防剿何处，待至下回再详。

王天纵与白阆斋，两两相对。一则化盗为侠，一则化侠为盗，时机有先后，行动有得失，非尽关于心术也。即以心术论，王思革命，白亦思革命，同一革命健儿，而若则以侠著，若则以盗终，天下事固在人为，但亦视运会之为何如耳。虽有智慧，不如乘势，诚哉是言也。惟都督张镇芳，尸位汴梁，一任盗贼蜂起，不筹剿抚之方，军警学各界，请愿参议院，参议院提出弹劾案，而袁总统决不之问，私而忘公，坐听故乡之糜烂，是张之咎已无可辞，袁之咎更无可讳矣。于白狼乎何尤？

第二十六回

暗杀党骈诛湖北 讨袁军竖帜江西

匪乱之外还有政党暗杀，『人体炸弹』也属彼时即有。袁总统下令解除江西都督李烈钧等人之职，李便联合同志，宣布独立，高举起了反袁的旗帜，『二次革命』由此爆发。

却说国会成立以后，就是大借款案、张镇芳案，接连发生，并不见政府有何答复，少慰人意；他如戕宋一案，亦延宕过去，要犯赵秉钧、洪述祖等，逍遥法外，都未曾到案听审。京内外的国民党，统是愤不可遏，跃跃欲动，恨不得将袁政府即日推倒。奈袁政府坚固得很，任他如何作梗，全然不睬；并且随地严防，密布罗网，专等国民党投入，就好一鼓尽歼。相传赵秉钧为了宋案，到总统府中面辞总理，袁总统温言劝慰道："梁山渠魁，得君除去，实是第一件大功。还有天罡地煞等类，若必欲为宋报仇，管教他噍无遗种呢，你尽管安心办事，怕他什么？"赵秉钧经此慰藉，也觉放下了心，但总未免有些抱歉，所以托病赴津。那国民党不肯干休，明知由老袁暗地保护，格外与袁有隙，两下里仇恨愈深。忽京中来了女学生，竟向政府声明，自言姓周名予儆，系受黄兴指使，结连党人，潜进京师，意欲施放炸弹，击死政府诸公；转念同族相残，设计太毒，因此到京以后，特来自首；并报告运来炸弹地雷硫黄若干，现藏某处。政府闻报，立派军警往查，果然搜出若干军火，并获乱党数名，当命监禁待质；一面由北京地方检察厅，转饬沪上法官，传黄兴来京对质，命令非常严厉，一些儿不留余地。黄兴自然不肯赴京。

既而上海制造局，发一警电，说道五月二十九日夜间，忽来匪徒百余人，闯入局中，图劫军械，幸局中防备颇严，立召夫役，奋力抵敌，当场击败匪徒，擒住匪官一名，自供叫做徐企文。看官记着！这夜风雨晦冥，四无人迹，徐企文既欲掩他不备，抢劫军火，也应多集数百名，为什么寥寥百人，便想行险侥幸呢？况且百余个匪徒，尽行逃去，单有首领徐企文却被擒住，这等没用的人物，要想劫什么制造局。灯蛾扑火，自取灾殃，难道世上果有此愚人吗？政府闻这警耗，竟派遣北军千名，乘轮来沪，并由海军部特拨兵舰，装载海军卫队多名，陆续到了沪滨，所有水陆人士，统是雄赳赳的身材，气昂昂的面目，又有特简的总执事官，系是袁总统得力干员，曾授海军中将，叫做郑汝成。下如陆军团长臧致平，海军第一营营长魏清和，第二营营长周孝骞，第三营营长高全忠等，均归郑中将节制，仿佛是大敌当前，即日就要开仗的情形。

过了数天，袁总统又下命令，着将江西都督李烈钧，安徽都督柏文蔚，广东都督胡汉民，一体免职，另任孙多森为安徽民政长，兼署都督事，陈炯明为广东都督，江西与湖北毗连，令副总统黎元洪兼辖。这道命令颁发出来，明明是宣示威灵，把国民党内的三大员，一律捽去，省得他多来歪缠，屡致掣肘。当时海内人士，已防他变，统说三督是国民党健将，未必肯服从命令，甘心去位，倘或联合一气，反抗政府，岂不是一大变局？偏偏三督寂然不动，遵令解职，江西、安徽、广东三省，平静如常。

惟湖北境内，屡查出私藏军械等件，并有讨贼团、诛奸团、铁血团、血光团等名籍，及票布旗帜，陆续搜出。起初获住数犯，统是被诱愚民，及小小头目，后来始捕获一大起，内有要犯数名，就是刘耀青、黄裔、曾尚武、吕丹书、许镜明、黄俊等人，讯明后，尽行枪毙。未几，在武昌城内，亦发现血光团机关，派兵往捕，该犯不肯束手，齐放手枪炸弹，黑烟滚滚，绕做一团，官兵猝不及防，却被他击死二人，伤了一人。嗣经士兵愤怒，一齐开枪抵敌，方杀入秘室，枪毙几个党犯，有五犯升屋欲逃，又由兵士穷追，打死一名，捉住三名。当下在室内搜出文件关防，及所储枪弹等类，共计四箱，一并押至督署，由黎亲讯，立将犯人斩首。及检阅箱内文据，多半与武汉国民党交通部勾连，就是在京的众议员刘英，及省议员赵鹏飞等，亦有文札往来，隐相联络。黎副总统，遂派兵监守国民党两交通部，凡遇出入人员，与往来信件，均须盘诘检查，两部办事人，已逃去一空，几乎门可罗雀了。

既而襄河一带，如沙场、张家湾、潜江县、天门县、岳口、仙桃镇等处，次第生变，次第扑灭。某日，黎督署中，有一妙年女子，入门投刺，口称报告机密。稽查人员，见她头梳高髻，体着时装，足趿革鞋，手携皮夹，仿佛似女学生一般，因在戒严期内，格外注意，遂先行盘诘一番，由女子对答数语，免不得有支吾情形。稽查员暗地生疑，遂唤出府中仆妇，当场搜检，那女子似觉失色，只因孤掌难鸣，不得不由他按搦。好一歇，已将浑身搜过，并无犯禁物件，惟两股间尚未搜及，她却紧紧拿住，经稽查员嘱告仆妇，摸索裤裆，偏有沉沉二物，藏着在内。女子越发慌张，仆妇越要检验，一番扭扯，忽从裤脚中漏出两铁丸，形状椭圆，幸未破裂。看官不必细问，便可知是炸弹了。诡情已着，当然受捕，由军法科讯鞫，那女子却直供不讳，自称："姓苏名舜华，年二十二，曾为暗杀铁血团副头目，此次来署，实欲击杀老黎，既已被获，由你处治，何必多问。"当下押往法场，立即处决，一道灵魂，归天姥峰去了。

嗣又陆续获到女犯两名，一叫周文英，拟劫狱反牢，救出死党，一叫陈舜英，为党人钟仲衡妻室，钟被获受诛，她拟为夫报仇，投入女子暗杀团，来刺黎督，事机不密，统被侦悉，眼见得俯首受缚，同死军辕。嗣复闻汉口租界，设有党人机关，即由黎副总统再行遣兵往拿，一面照会各领事，协派西捕，共同查缉，当拘住宁调元、熊越山、曾毅、杨瑞鹿、成希禹、周览等，囚禁德法各捕房，并搜出名册布告等件，内列诸人，或是议员，或是军警，就是从前逃犯季雨霖，亦一并在内，只"雨霖"二字，却改作"良轩"，待由各犯供明，方才知晓。黎副总统乃电告政府，请下令通缉，归案讯办。曾记袁政府即日颁令道：

> 据兼领湖北江西都督黎元洪电陈乱党扰鄂情形，并请通缉各要犯归案讯办等语。此次该乱党由沪携带巨资，先后赴鄂，武汉等处，机关四布，勾煽军队，招集无赖，约期放火，劫狱攻城扑署，甚至时在汉阳下游一带挖掘盘塘堤，淹灌黄、广等七县，不惜拚掷千百万生命财产，以逞乱谋，虽使异种相残，无此酷毒。经该管都督派员，在汉口协同西捕，破获机关，搜出账簿名册旗帜布告等件，并取具各犯供词，证据确凿，无可掩饰。
>
> 查该叛党屡在鄂省谋乱，无不先时侦获，上次改进团之变，未戮一人，原冀其革面洗心，迷途思返，乃竟鬼蜮为谋，豺狼成性，以国家为孤注，以人命为牺牲，颠覆邦基，灭绝人道，实属神人所共愤，国法所不容。本大总统忝受付托之重，不获为生灵谋幸福，为寰宇策安全，竟使若辈不逞之徒，屡谋肇乱，致人民无安居之日，商廛无乐业之期，兴念及此，深用引疚，万一该乱党乘隙思逞，戒备偶疏，小之遭荼毒之惨，大之酿分割之祸，将使庄严灿烂之民国，变为匪类充

斥之乱邦，本大总统及我文武同僚，将同为万古罪人，此心其何以自白？夷考共和政体，由多数国民代表，议定法律，由行政官吏依法执行，行不合法，国民代表，得而监督之，不患政治之不良。现国会既已成立，法律正持进行，或仍借口于政治改良，不待国会议定，不由国会监督，簧鼓邪词，背驰正轨，惟务扰乱大局，以遂其攘夺之谋，阳托改革之名，其实绝无爱国与政治思想。种种暴乱，无非破坏共和，凡民国之义，人人均为分子，即人人应爱国家，似此乱党，实为全国人民公敌。默念同舟覆溺之祸，缅维新邦缔造之艰，若再曲予优容，姑息适以养奸，宽忍反以长乱，势不至酿成无政府之惨剧不止。所有案内各犯，除宁调元、熊越山、曾毅、杨瑞鹿、成希禹、周览，已在汉口租界德法各捕房拘留，另由外交部办理外，其在逃之夏述堂、王之光、季良轩即季雨霖、钟勖庄、温楚珩、杨子鬯即杨王鹏、赵鹏飞、彭养光、詹大悲、邹永成、岳泉源、张秉文、彭临九、张南屋、刘仲州等犯，著该都督民政长将军都统护军使，一体悬赏饬属严拿，务获解究，以彰国法而杜乱萌。此令！

此令一下，湖北各军界，格外严防，按日里探查秘密，昼夜不懈，黎副总统亦深居简出，非遇知交到来，概不接见，府中又宿卫森严，暗杀党无从施技。只民政长夏寿康，及军法处长程汉卿两署内，迭遇炸弹，幸未伤人。还有高等密探张耀青，为党人所切齿，伺他出门，放一炸弹，几成齑粉；又有密探周九璋，奉差赴京，家中母妻子女，都被杀死，只剩一妹逸出窗外，报告军警，到家查捕，已无一人，但有尸骸数堆，流血盈地。自是防备愈密，查办益严，所有讨贼诛奸铁血血光各团，无从托足，遂纷纷窜入江西。

江西都督一缺，自归黎元洪兼任后，黎因不便离鄂，特荐欧阳武为护军使，贺国昌护民政长，往驻江西。除照例办事外，遇有要公，均电鄂商办。嗣由党人归巢，谣言日多，江西省议会及总商会，恐变生不测，屡电到鄂，请黎莅任。这时候的黎兼督，不能离武昌一步，哪里好允从所请，舍鄂就赣呢？会九江要塞司令陈廷训，连电黎副总统，极言："九江为长江要冲，匪党往来如织，近闻挟持巨金，来此运动，克期起事，恳就近速派军队，及兵轮到来，藉资镇慑。"黎副总统，亟遣第六师师长李纯，率师东下，一面密报中央，请再增兵江西，藉备不虞。袁总统即命李纯为九江镇守使，并陆续调遣北军，分日南下。那知护军使欧阳武，偏电达武昌，声言"赣地各处，一律安靖，何用重兵镇慑？现在北军，分据赛湖、青山、瓜子湖一带，严密布置，断绝交通，商民异常恐慌，请即日撤回防兵，且乞转达中央，务期休兵息民”云云。黎得此电，不禁疑虑交并。只好复慰欧阳，说明陈司令告急，因派李司令到浔，既据称赣省无事，当调李回防，但船只未到，军队未回以前，仍希转饬浔军，并地方商民，毋徒轻信谣言，致生误会为要。

这电文甫经发出，不意陈廷训又来急电，说：“由湖口炮台报告，前督李烈钧带同外人四名，于七月八日晚间，乘小轮到湖口，会同九十两团，调去工程辎重两营，勒令各台交出，归他占据，并用十营扼住湖口，分兵进逼金鸡炮台，且有德安混成旅旅长林虎等，亦向沙河镇北进，闻为李烈钧后援。事机万急，火速添兵。”看这数语，与欧阳武所报情形，迥然不同，弄得黎副座莫明其妙。又电诘欧阳武，等他复电，竟有一两日不来。独镇守使李纯，却有急电请示，据言：“李烈钧已占住湖口炮台，宣告独立。前代理镇守使俞毅及旅长方声涛，团长周璧阶等，俱潜往湖口，与李联兵，驻扎德安的林虎，亦前应李众，乱机已发，未敢骤退，请训示遵行。”那时江西兼督黎副总统，已经瞧破情形，飞电令李纯留驻九江，毋即回军，复电致政府，详报护军镇守两使情状。政府即严诘欧阳武，欧阳武复电到来，略言“李烈钧确到湖口，九十两团，虽为所用，幸两团以外，各处军队未经全变。现已连日调集南昌，并开两团往湖口，竭力支持，荷蒙知遇，当誓死图报”云云。政府复据情电鄂，黎兼督又是动疑，忽传到讨袁军檄文，为首署名，就是总司令李烈钧，接连列名的，乃是都督欧阳武，民政长贺国昌，兵站总监俞应鸿等，所说大旨，无非是痛詈老袁。黎亦瞧不胜瞧，但就紧要数语，仔细一阅，略云：

民国肇造以来，凡我国民，莫不欲达真正目的。袁世凯乘时窃柄，帝制自为；灭绝人道，而暗杀元勋，弁髦约法，而擅借巨款。金钱有灵，即舆论公道可收买，禄位无限，任腹心爪牙之把持。近复盛署兴师，蹂躏赣省，以兵威劫天下，视吾民若寇仇，实属有负国民之委托，我国民宜亟起自卫，与天下共击之！

黎阅至此处，将来文掷置案上，暗暗叹道：“老袁却也专制，应该被他讥评，但他们恰也性急。前年革命，生民涂炭，南北统一，仅隔一年，今又构怨弄兵，无论袁政府根地牢固，一时推他不倒，就是推倒了他，未必后起有人，果能安定全国，徒令百姓遭殃，外人干涉。唉！这也是何苦生事呢！我只知保全秩序，不要卷入漩涡，省得自讨苦吃吧。”正筹念间，李烈钧又有私函到来，接连是黄兴、柏文蔚等也有电文达鄂。黎俱置诸不理；未几，得九江镇守副使刘世钧要电，请催李纯速攻湖口；又未几，得欧阳武通电，说“由省议会公举，权任都督，且指北军为袁军，说他无故到赣，三道进兵，具何阴谋？赣人愤激得很，武为维持大局计，不得不暂从所请”云云；又未几，得李纯急电，已与林虎军开战了。正是：

帷幕不堪长黑暗，萧墙又复起干戈。

欲知李林两军胜负，容待下回表明。

是回为二次革命之发端，见得正副两总统，内外通筹，联为一体，专防国民党起事。周予儆之自首，得票传黄兴到京，所以抗宋案也，徐企文之攻制造局，得输运陆海军至沪，所以争先著也。赣皖粤三都督，尽令免官，所以报争款之怨，而弱党人之势也。一步紧一步，一着紧一着，此是袁总统无上兵略，而黎副总统即默承之，党人不察，徒号召党羽，散布鄂省，令几个好男女头颅，无端轻送。至图鄂不成，转而图赣，曾亦闻李纯已至，北军南来，要险之区，俱已扼守，尚有何隙可乘耶？或谓三督在位，尚有兵权，何不乘免官令下之时，联合反抗，宣告独立，乃迟至卸职以后，再行发难，毋乃太愚。是不然。袁政府既能撤除三督，宁不能防备三督？三督正因老袁之注意，姑为此寂然不动，遵令解职，待事过境迁，乃跃然而起，掩其不备。彼以为老袁已弛戒心，而谁料老袁之防，转因此而益切。十面埋伏，专待项王。袁之计何其巧乎？故予谓周予儆、徐企文辈，实皆受袁之指使，试悉心钩考之，当知予言之非诬矣。

第二十七回

战湖口李司令得胜
弃江宁程都督逃生

此回专叙袁世凯对付江西革命，同时叙出黄兴等奔走呼号。怎奈革命党谋不及早、力不从心，老袁却虚有保卫共和的名号，实有张勋、冯国璋一帮心腹，两方形势自明。

却说旅长林虎，本与李烈钧同党，李至湖口，早已暗招林虎，令率军前来援助。林即率众北行，逾沙河镇，直赴湖口，偏被九江镇守使李纯，派兵堵住。李烈钧明知李纯前来，是个劲敌，早运动欧阳武，迫他撤回。李纯不肯回师，更兼北京政府，及武昌黎兼督，都饬他留驻防变，所以养兵蓄锐，专待林虎到来，与他角斗。林虎既到湖口，怎肯罢休，便直逼李纯军营，开枪示威，李纯手下的兵弁，已是持枪整弹，静候厮杀，猛闻枪声隆隆，即开营出击。两下交战多时，不分胜负，各自收兵回营，相持不退。当由李纯分电告警，越日，即电传袁总统命令云：

前据兼领湖北江西都督事黎元洪，先后电称："据九江要塞司令陈廷训电，因近日乱党挟带巨资，前来九江湖口，运动煽惑，约期举事，恳请就近酌派军队，赴浔震慑，即经派兵前往；嗣据江西护军使欧阳武电阻，已谕令前往军队预备撤回各营等语；兹又据黎兼督暨镇守使李纯，先后电陈，李烈钧带同外国人四名，于本月八号晚乘小轮到湖口，约会九十两团团长。调去辎重工程两营，勒令各台交出，归其占领，以各营扼扎湖口，遍布要隘，分兵进逼金鸡炮台。德安之混成旅，并向沙河镇进驻。该镇南之赣军队，突于十二日上午八点钟开枪向我军进攻，且以湖口地方，宣布独立等情。"阅之殊深骇异。李烈钧前在江西，拥兵跋扈，物议沸腾，各界纷纷吁诉，甚谓李烈钧一日不去，赣民一日不安。本大总统酌予免官，调京行用，所以曲为保全者，不为不至。且为赣省计，深恐兴师问罪，惊扰良民，故中央宁受姑息之名，地方冀获敉安之庆。不意逆谋叵测，复潜至湖口，占据炮台，称兵构乱，谓非背叛民国，破坏共和，何说之辞？可见陈廷训电称运动煽惑，约期举事，言皆有据。似此不爱国家，不爱乡土，不爱身家名誉，甘心叛逆，为虎作伥，不独主持人道者所不忍言，实为五大民族所共弃。值此边方多故，应付困难，虽全国协力同心，犹恐弗及，而乃幸灾乐祸，倾覆国家，稍有天良，宁不痛愤？李烈钧应即褫去陆军中将并上将衔，著欧阳护军使及李镇守使设法拿办，其胁从之徒自愿解散，概不深究，如或抗拒，则是有心从逆，定当痛予诛锄。并著各省都督民政长，剀切晓谕军民，共维秩序，严加防范。本大总统既负捍卫国民之职任，断不容肇乱之辈亡我神州。凡我军民，同有拯溺救灾之责，其敬听之！此令。

李纯阅罢，当将命令宣示军士，军士愈加愤激，即于是日夜间，磨拳擦掌，预备出战。到了天晓，一声令发，千军齐出，好似排山倒海一般，迫入林虎军前。林虎亦麾军出迎，你枪我弹，轰击不休，自朝至午，尚是死力相搏，两边共死亡多人，林军伤毙尤众。看看日将西昃，李军枪声益紧，林军子弹垂尽，任你著名闽中的林虎，也不能赤手空拳，亲当弹雨，只好下令退兵。这令一下，部众慌忙回走，遂致秩序散乱，东奔西散，好似风卷残云，顷刻而尽。李纯督军追了一程，方才回营，当即露布告捷，时袁总统已任段芝贵为第一军军长，整队南下，来助李纯，归黎副总统节制，并命为宣抚使，与欧阳武等妥筹善后事宜。黎闻此令，当将欧阳武情状，据实电达中央，袁总统又下通令道：

共和国民，以人民为主体，而人民代表，以国会为机关。政治不善，国会有监督之责，政府不良，国会有弹劾之例。大总统由国会选举，与君主时代子孙帝王万世之业，迥不相同。今国会早开，人民代表，咸集都下，宪法未定，约法尚存，非经国会，无自发生监督之权，更无擅自立法之理，岂少数人所能自由起灭？亦岂能因少数人权利之争，掩尽天下人民代表之耳目？此次派兵赴浔，迭经本大总统及副总统一再宣布，本末了然。何得信口雌黄，藉为煽乱营私之具？今阅欧阳武通电，竟指国军为袁军，全无国家观念，纯乎部落思想，又称蹂躏淫戮，庐墓为墟等情，九江为中外杂居之地，万目睽睽，视察之使，络绎于途，何至无所闻见？陈廷训之告急，黎兼督之派兵，各行其职，堂堂正正，何谓阴谋？

孤军救援，何谓三道进兵？即欧阳武蒸日通电，亦云李烈钧到湖口，武开两团往攻等语，安有叛徒进踞要塞，而中央政府，该管都督，撤兵藉寇之理？岂陈廷训、刘世均，近在九江之电不足凭，而独以欧阳武远在南昌之电为足信？岂赣省三千万之财产，独非中华民国之人民？李纯所率之两团，独非江西兼督之防军？欧阳武以护军使不足，而自为都督，并称经省会公举，约法具在，无此明条；似此谬妄，欺三尺童子不足，而欲欺天下人民，谁其信之？且与本大总统防乱安民之宗旨，与迭次之命令，全不相符。捏词诬蔑，称兵犯顺，视政府如仇敌，视国会若土苴，推翻共和，破坏民国，全国公敌，万世罪人，独我无辜之良民，则奔走流离，不知所届，本大总统心实痛之。本大总统年逾五十，衰病侵寻，以四百兆人民之付托，茹苦年余，无非欲黎民子孙，免为牛马奴隶。此种破坏举动，本大总统在任一日，即当牺牲一切，救国救民，现在正式选举，瞬将举行，虽甚不肖，断不至以兵力攘权利。况艰辛困苦，尤无权利之可言。副总统兼圻重任，经本大总统委托讨逆，责有攸归，或乃视为鄂赣之争，尤非事实。仍应责成该兼督速平内乱，拯民水火，各省都督等同心匡助，毋视中华民国为一人一家之事，毋视人民代表为可有可无之人。我五大族之生灵，或不至断送于乱徒之手。查欧阳武前日电文，词意诚恳，与此电判若两人，难保非佥壬挟持，假借民意，俟派员查明，再行核办。此令！

令甲迭下，战衅已开，林虎军已经败走，李烈钧尚据湖口。段芝贵率兵南下，会同李纯军，一同进攻。黎副总统又拨楚豫、楚谦、楚同各兵舰，共赴九江，且委曹副官进解机关炮八尊，快枪五十支，子弹十万粒，径达军前，接济军需。看官！你想湖口一区，并非天险，李烈钧孤军占据，随在可危，怎禁得袁黎交好，用了全力搏狮的手段，与他对待呢。黄兴、柏文蔚、陈其美等，急欲援应李烈钧，分头起事。黄图江宁，柏图安徽，陈图上海，为牵制袁军计，当湖口交战这一日，黄兴已自上海到浦口。运动江宁第八师，闯入督署，胁迫程德全，即日独立，手中各执后膛枪，矗立如林，声势汹汹，嚣张得了不得。程德全未免心慌，但又无从趋避，只好安定心神，慢腾腾地走将出来问明何事。军士举了代表，抗言袁违约法，迹同叛国，应请都督急速讨袁，驱除叛逆等语。程德全迟疑半晌，方道："诸君意思，亦是可嘉，但也须计出万全，方好起事。目下尚宜静待哩。"言未已，蓦见有一革命大伟人，踉跄趋入，竟至程都督前，跪将下去，程都督猝不及防，还疑是一时看错，仔细一瞧，确是不谬，当即折腰答礼。

看官道来人为谁？就是前南京留守黄兴，两人礼毕起来，方由程督问明来意。黄兴一面答话，一面流泪，无非是决计讨袁的事情。程督暗想，我今日遇着难题了，不允不能，欲允又不可，看来不如暂时让他，待我避至沪上，再作区处。计划已就，便对黄兴道："克强先生，有此大志，不愧英雄。但兄弟自惭老朽，眼前且有小恙，不能督师，这次起事，还是先生在此主持，我情愿退位让贤，赴沪养疴哩。"黄兴闻了此言，恰也心喜，假意的谦逊一回，至程德全决意退让，便直任不辞。程遂返入内室，略略摒挡行李，带了卫队数名，眷属数名，竟与黄兴作别，飘然而去。黄兴便占据督署，总揽大权，除宣布独立外，凡都督应行事件，均由黄一手办理。陈其美、柏文尉等，闻兴已经得手，随即独立。陈在上海设立司令部，悬帜讨袁；柏由上海至临淮关，亦张起讨袁旗来。又有长江巡阅使谭人凤，及徐州第三师师长冷遹，均有独立消息，警报与雪片相似，纷达北京。袁总统即任张勋为江北镇守使，倪嗣冲为皖北镇守使，并特派直隶都督冯国璋为第二军军长，兼江淮宣抚使，指日南行。又恐两议院国民党员，导入党人，扰及都门，因特召卸任总理赵秉钧，命为北京警备地域司令官，陆建章为副，防护京师。适程德全到沪，电达京师，报称江宁被逼情形。袁总统即指令程德全道：

据国务院转呈江苏都督程德全十七日电称："十五日驻宁第八师等各军官，要求宣布独立，德全旧病剧发，刻难搘拄，本日来沪调治。"又应德闳电称"率同各师长移交都督府"等语。该都督有治军守土之责，似此称病弃职，何以对江苏人民？姑念该都督从前保全地方，舆情尚多感戴，此次虽未力拒逆匪，而事起仓猝，与甘心附逆者，迥不相侔。应德闳因事先期在沪，情亦可原。该逆匪等破坏性成，人民切齿，现在江西、山东两路攻剿，擒斩叛徒甚多，湖口指日荡平。张勋前队已抵徐州，著程德全、应德闳，即在就近地方，暂组军政民政各机关行署，并著程德全督饬师长章驾时等，选择得力军警，严守要隘，迅图恢复。一面分饬各属军警，暨商团民团，防范土匪，保护良民。该都督民政长职守攸关，务当维系人心，毋负本大总统除暴安良之本旨。一俟大兵云集，即当救民水火，统一之国家。该都督民政长，尚有天良，其各体念时艰，勉期晚盖！此令。

程应两人，接到此令，就在上海租界中，暂设一个临时机关，办理事件。越宿即有江宁传来急报，南京四路要塞总司令吴绍璘、讲武堂副长蒲鉴、要塞掩护第二团教练官程凤章等，统被黄兴杀死。程应复联衔电达，袁总统即命将黄兴所受职位，一概褫去，连柏文蔚、陈其美二人，亦照例褫夺。并饬冯国璋、张勋两军，赶即赴剿，又有通令一道云：

前南京留守黄兴，自辞卸汉粤川路督办后，回沪就医，本月十二日，忽赴南京第八师部，煽惑军队，迫胁江苏都督程德全，同谋作乱。程德全离宁赴沪，黄兴捏用江苏都督名义，出示叛立，自称讨袁军总司令，其与湖口李逆烈钧电，有“江苏宣布独立，足为公处声援”之语。又迭派叛军攻击韩庄防营，遣其死党柏文蔚，盗兵临淮，陈其美图占上海，唆使吴淞叛兵，炮击飞鹰兵舰，在宁戕杀要塞总司令吴绍璘，讲武堂副长蒲鉴，要塞掩护团教练官程凤章等多人，并在沪声言外人干涉，亦所不恤，必欲破坏民国，糜烂生民而后快。逆迹昭著，豺虎之所不食，有昊之所不容。查黄兴亡命鼓吹，本以改良政治为名，乃凶狡性成，竟于已经统一之国家，甘心分裂，自南京留守取消以后，屡遣叛徒，至武汉起事不成；又遣暗杀党至京行刺被获，侵蚀南京政府公款，以纠合暴徒，私匿公债票数百万，派人运动各省军队，政府虽查获证据，未经宣布，冀其良心未死，或有悔悟迁善之一日，乃政府徒蒙容忍之名，地方已遭蹂躏之祸，该黄兴、陈其美、柏文蔚等，明目张胆，倒行逆施，各处商民，怨恨切骨，函电纷纷，要求讨贼。比闻金陵城内，焚戮无辜，又霸占交通机关，敲诈商人财物，草菅人命。因一己之权利，毒无限之生灵，播徙流离，本大总统恻然心痛，凡我军民怒目裂眦，著冯国璋、张勋迅行剿办叛兵，一面悬赏缉拿逆首。其胁从之徒，有擒斩黄兴以自赎者，亦予赏金。自拔来归者，勿究前罪。本大总统但问顺逆，不问党类，布告远迩，咸使闻知。

是时冯国璋、张勋等，奉令登程，先后南下。张勋越加奋勇，星夜向徐州进发，他因辛亥一役被南军驱出南京，时时怀恨，此次公报私仇，恨不得插翅南飞，把一座金陵城立刻占住。一到韩庄，正与黄兴派来的宁军，当头遇着，他即麾令全军一齐猛击，宁军也不肯退让，枪炮互施。两军酣战一昼夜，杀伤相当，恼动了张勋使，怒马出阵，自携新式快枪，连环齐放，麾下见主将当先，哪一个还敢落后？顿时冲动宁军，奋杀过去。宁军气力渐疲，不防张军如此咆哮，竟有些遮拦不住，渐渐地退倒下来。阵势一动，旗靡辙乱，眼见得无法支持，纷纷败走。张勋追至利国驿，忽接到邮信一函，展开一阅，内云：

张军统鉴：江苏、江西，相率独立，皆由袁世凯自开衅端，过为已甚。三都督既已去职，南方又无事变，调兵南来，是何用意？俄助蒙古，南逼张家口，外患方亟，彼不加防，乃割让土地与俄，而以重兵蹂躏腹地，丧乱国民，破坏共和，至于此极，谁复能堪？九江首抗袁军，义愤可敬，一隅发难，全国同声。公外察大势，内顾宗邦，必将深寄同情，克期起义。呜呼！世凯本清室权奸，异常险诈，每得权势，即作奸慝。戊戌之变，尤为寒心。前岁光复之役，复愚弄旧朝，盗窃权位，继以寡妇可欺，孤儿可侮，既假其名义以御民军，终乃取而代之。自入民国，世凯更无忌惮，阴谋满腹，贼及太后之身；贿赂塞途，转吝皇室之费。世凯不仅民国之大憝，且为清室之贼臣，无论何人，皆得申讨，公久绾军符，威重宇内，现冷军已在徐州方面，堵住袁军，公苟率一旅之众，直捣济南，则袁军丧胆，大局随定，国家再造，即由我公矣。更有陈者：兴此次兴师，惟以倒袁为目的，民贼既去，即便归田。凡附袁者，悉不究问。军国大事，均让贤能。兴为此语，天日鉴之，临颖神驰，伫望明教。江苏讨袁总司令黄兴叩。

张勋阅毕，把来书扯得粉碎，勃然道："我前只知有清朝，今只知有袁总统，什么黄兴，敢来进言？混帐忘八！我老张岂为你诱惑吗？"遂命兵士暂憩一宵，明日下令出战。到了晚间，忽由侦卒走报，徐州第三师冷遹，来接应叛军了。张勋道："正好，正好，我正要去杀他，他却自来寻死了。"小子有诗咏张勋道：

奉令南行仗节旄，乃公胆略本粗豪。

从前宿忿凭今泄，快我恩仇在此遭。

欲知此后交战情形，且至下回续叙。

李烈钧发难江西，已落人后，黄兴、柏文蔚、陈其美等，更出后著，如弈棋然，彼已布局停当，而我方图进攻，适为彼所控制耳。袁恐九江之乱，先遣李纯以镇之，防上海之变，更派郑汝成以堵之，张勋扼江北，倪嗣冲守皖北，已足制党人之死命；加以段芝贵、冯国璋之南下，为夹击计，前可战，后可守，区区内讧，何足惧耶？且所遣诸人，无一非心腹爪牙，而又挟共和之假招牌，保民之口头禅，笼络军民，安有不为所欺者？彼李烈钧、黄兴、柏文蔚、陈其美等，威德未孚，布置未善，乃欲奋起讨袁，为第二次之革命，适足以取败耳。惟程德全之弃江宁，尚为袁所不料，袁于此亦少下一着，袁殆尚有悔心乎。

第二十八回　劝退位孙袁交恶　告独立皖粤联镳

孙中山通电全国，号召各省独立，又致电袁世凯，望其退位。这一来先有赣、宁独立，又有皖、粤、闽、湘相继独立。只是老袁没有退位的心，倒是忙着调兵遣将。

却说徐州第三师师长冷遹，闻宁军败退利国驿，忙调兵赴援，凑巧与张勋相遇。当下交战一场，还没有什么损失，不意总兵田中玉，引济南军来助张勋，两路夹攻，杀得冷军左支右绌，只好弃甲曳兵，败阵下去。张田合兵追赶，正值徐州运到兵军，在利国驿车站下车，来援冷遹，冷遹回兵复战，又酣斗多时，才将张、田两军击退。张军田军，分营驿北，冷遹收驻驿南。次日张勋军中，运到野炮四门，即由张勋下令，向冷军注射，这炮力非常猛烈，扑通扑通的几声，已将冷营一方面，弹得七零八落，冷遹还想抵敌，偏值一弹飞来，不偏不倚，正中胁前，那时闪避不及，弹已穿入胁内，不由得大叫一声，晕倒地上；经冷军舁了就逃，立即四散。张勋见冷营已破，方令停炮，所有驿南一带，已经成为焦土，连车站都被毁去。当由张军乘胜直进，竟达徐州，徐城内外，已无敌踪，一任老张占住。

这时候的九江口，北兵大集，宣抚使段芝贵，与李司令纯会商，用四面合攻计策，包围湖口，一面出示招抚，劝令叛军归诚，不念既往。李烈钧孤军驻着，几似身入瓮中，非常危险，好几次出兵进击，统被北军杀败，团长周璧阶，见势已危急，竟向北军投诚，烈军愈加惶迫，飞向各处乞援。宁沪一带讨袁军，方公举岑春煊为大元帅，欲借岑老三宿望，号召各省，从速响应，岑模棱两可，起初欲由沪赴宁，嗣闻徐浔两处，均已失败，也弄得进退两难。国民党首领孙文，恐党人一败，无从托足，亦思借前此重名，怂恿各省独立，当有通电拍发道：

北京参议院众议院国务院各省都督民政长各军师旅长鉴：江西事起，南京各处，以次响应，一致以讨袁为标帜，非对于国家而脱离关系，亦非对于北方而睽异感情，仅欲袁氏一人，辞大总统之职，并不惜牺牲其生命以求达之。大势至此，全国流血之祸，系于袁氏之一身。闻袁决以兵力对待，是无论胜败，而生民涂炭，必不可免，夫使袁氏而未违法，东南此举，谁为左袒？今袁氏种种违法，天下所知，东南人民，迫不得已，以武力济法律之穷，非惟其情可哀，其义亦至正。且即使袁氏于所谓违法，有以自解，亦决不至人民反对，遍六七省；人民心理之表见，既已如是，为公仆者，即使自问无愧，亦当谢职以平众怒，微论共和政体，即君宪国之大臣，亦不得不以人民好恶为进退。有如去年日本桂太郎公爵，以国家柱石，军人领袖，重出而组织内阁，只以民党有所不满，即翛然引去，以明心迹。大臣风度，固宜如是，何况于共和国之人民公仆，为人民荷戈以逐，而顾欲流天下之血，以保一己之位置哉！使袁氏而果出此，非惟贻民国之祸，亦且腾各国之笑。

回忆辛亥光复，清帝举二百余年之君位，为民国而牺牲，当时袁氏实主其谋，亦以顾念大局，不忍生灵久罹兵革，安有知为人谋而不知自谋者？更忆当时，文受十七省人民之付托，承乏临时大总统，闻北军于赞成共和之际，欲举袁氏以谋自安，文即辞职，向参议院推荐袁氏，当时固有责文徇国民之意，而不顾十七省人民付托之重者。然文之用心，不欲于全国共和之时，尚有南北对峙之象，是以推让袁氏，俾国民早得统一。由是以观，袁不宜借口于部下之拥戴，而拒东南人民之要求，可断言矣。诸公维持民国，为人民所攸赖，当此存亡绝续之际，望以民命为重，以国危为急，同向袁氏劝以早日辞职，以息战祸，使袁氏执拗不听，必欲牺牲国家人民，以成一己之业，想诸公亦必不容此祸魁。文于此时，亦惟有从国民之后，义不返顾。临电无任迫切之至！孙文叩。

又电致袁总统云：

北京袁大总统鉴：文于去年北上，与公握手言欢，闻公谆谆以国家与人民为念，以一日在职为苦。文谓国民属望于公，不仅在临时政府而已，十年以内，大总统非公莫属，此言非第对公言之，且对国民言之。自是以来，虽激昂之士，于公时有责言，文之初衷，未尝少易。何图宋案发生，证据宣布，愕然出诸意外，不料公言与行违，至于如此。既愤且懑。而公更违法借款，以作战费，无故调兵，以速战祸，异己既去，兵衅仍挑，以致东南军民，荷戈而起，众口一词，集于公之一身。意公此时，必以平乱为言，姑无论东南军民，未叛国家，未扰秩序，不得云乱，即使云乱，而酿乱者谁？公于天下后世，亦无以自解。公之左右，陷公于不义，致有今日，此时必且劝公，乘此一逞树威雪愤。此但自为计，固未为国民计，为公计也。清帝辞位，公举其谋，清帝不忍人民之涂炭，公宁忍之？公果欲一战成事，宜用于效忠清帝之时，不宜用于此时也。说者谓公虽欲引退，而部下牵制，终不能决。然人各有所难，文当日辞职，推荐公于国民，固有人责言，谓文知徇北军之意，而不知顾十七省人民之付托。文于此时，迄不为动，人之进退，绰有余裕，若谓为人牵制，不能自由，苟非托辞，即为自表无能，公必不尔也。为公仆者，受国民反对，犹当引退，况于国民以死相拼？杀一不辜，以得天下，犹不可为，况流天下之血，以从一己之欲？公今日舍辞职外，决无他策。昔日为任天下之重而来，今日为息天下之祸而去，出处光明，于公何憾？公能行此，文必力劝东南军民，易恶感为善意，不使公怀骑虎之虑。若公必欲残民以逞，善言不入，文不忍东南人民久困兵革，必以前此反对君主专制之决心，反对公之一人，义无反顾，谨为最后之忠告，惟裁鉴之！孙文叩。

看官！试想这袁总统世凯，是想把中华民国，据为一人的私产，子孙万代，世世传将下去，岂肯中道退位，听那孙文的言语，况且赣徐告捷，民党失败，正好乘此机会，将这等反对人物，一古脑儿驱杀出去，他好威福自专，造成一个大袁氏帝国，孙文、黄兴等人无权无势，硬想与他作对，转弄成螳臂当车，不自量力，区区几百个电文，济什么事？反足令老袁暗笑呢。果然电文一达，威令重来，撤销孙文筹办铁路全权，此外不置一词。还有蔡元培、汪兆铭、唐绍仪等，冒冒失失，也电请老袁退位，袁总统乃答辩数语，略言："按照约法，及所宣誓言，须待正式总统选定，始能退位，不能照三数人私见，冒昧行事。"旋复下一通令，洋洋洒洒，约一二千言，小子因他言不由衷，不愿详录。但记得文中要语，很有几句好笔仗，大致谓："受事之日，父老既以此完全统一国家，托诸藐躬，受代之时，藐躬当以此完全统一国家，还诸父老，是用雪涕誓师，哀矜执讯，岂用黩武？实以完责。一俟凶慝荡平，国基奠定，行将自劾以谢天下。"大众见此通令，总道他语语真诚，言言痛切。而且正式总统，未知谁人？民国初造，元气未复，孙黄等无端发难，酿成南北战争，甘为戎首，真是何苦？所以一般人士都望这次乱事，迅速荡平，各省都督，也多詈孙、黄为乱党，李烈钧、柏文蔚等为国贼，情愿荷戈前驱，为袁效力，比那辛亥革命，直不啻天渊远隔呢。

惟安徽署督孙多森，接到江宁独立消息，颇为骇异。寻复得下关来电，谓“宁已独立；公自忖无军事学识，可将都督一席，仍让柏公。公如无反对意思，尚可公认为省长”云云。当下密电江宁，探问虚实。

嗣得电复，果属确凿，并劝令即日独立。乃请省议会议长，及各军官到公署集议。大众以宁皖相连，宁既生变，皖先当灾，不如随声附和，维持现状为是。孙本袁总统心腹，到了这个地步，亦拿不住一定主意，只好说是未曾统军，不便督师，众议推师长胡万泰为都督，孙仍任民政长，宣布独立，并任宪兵营长祁耿寰，为讨袁总司令，芜湖旅长龚振鹏，且先日揭独立旗，脱离中央关系，龚本瞧不起孙胡，所以省城尚未独立，他先独立起来。但皖省财政奇绌，饷项无着，芜湖独立，名义上虽是讨袁，心目中却是要钱。探得大通督销局，所存盐款，不下数十万金，便乘着黑夜，拔营尽起，齐向大通进发。督销局中的办事人员，已都到黑甜乡里，去做好梦，一声炮响，局门洞开，芜兵明火执仗，一拥而入，吓得全局司事，从睡梦中惊醒，只在被窝里乱抖，不知是什么盗贼。那芜兵却不要人物，专要金银，四处寻觅，得了一个铁箱，立即打开，里面藏着却有一大束钞票，几十包银圆，喜得芜兵眼笑眉开，你抢我夺，不到几分钟，已是搬得精光，呼啸一声，陆续出局。到了局外，忽有营兵前来拦截，差不多有二三百名。芜兵钱财到手，兴致勃然，当下勇气百倍，把手中所携的快枪，一齐放出，击死来兵一大半。有几个脚长手长的，急奔了去。芜兵方扬长回营。原来大通督销局附近，本有一营兵防守，骤闻局中有变，急来救护，哪知吃了一场大亏，冤冤枉枉地丧了若干性命，只剩了几十人，逃回省中，报明孙胡两人。省城兵备本虚，骤闻此警，惶急万分，孙又不愿独立，自思身入阱中，性命难保，不如赶紧逃避，乃薙发易服，步行出城，竟乘兵舰下驶去了。胡万泰闻孙失踪，也是立脚不牢，索性也背人私逃。省城无主，越加扰乱，经军商学各界会议，暂推祁耿寰护理都督，兼民政长。祁恐人心不服，遍贴通告，只说是奉柏总司令所委，暂行代理。甫经接印视事，已有旅长柴宝山出来反抗。祁知不为众所容，也即逃去。

柴宝山等，正议改推都督，忽报柏文蔚到来。胡万泰亦随柏回省，乃出城欢迎，导柏入城。柏本在临淮关，自闻省城鼎沸，乘势南下，途次适遇胡万泰，遂相偕同行。一入省城，遂自任都督，兼掌民政长，调集军队，抵抗北军。孙多森逃至上海，电告北京。略称：“被逼离皖，恳即另任都督，讨平乱党。”袁总统即将讨皖事务，责成倪嗣冲。倪是老袁旧部，自然奋力报效，督兵进攻去了。

安徽以外，又有粤东都督陈炯明，亦响应宁、皖、赣各军，宣告独立。陈炯明本与孙黄同党，闻黄兴已实行讨袁，即亲赴议会，演说袁总统罪状，拟即日出师北伐等语。议会中尚依违两可，不甚赞同。陈炯明勃然大怒，竟拔佩刀出鞘，掷置案上，声言不肯用命，立杀无赦。议员等被他一吓，哪个敢轻试刀锋，只好唯唯从命。炯明回署，即自称粤总司令，派兵往宁、赣等处，援助黄兴、柏文蔚等。但因兵饷缺乏，迫令远近商人助饷，各商锱铢必较，怎肯无故出钱，畀他弄兵逞志？遂陆续电达政府，请速发兵南征，保救商民。袁总统遂命龙济光为广东镇抚使，乃弟龙觐光为副，两龙本驻扎粤边，就近派剿，较为便捷，一面下一通令道：

迭据新加坡槟榔屿侨商，广州总商会，香港澳门各政党各行业商民人等，屡电称“本月十八日，都督陈炯明在议会拔刀，威逼议员，宣告独立，乞派兵挽救，速讨逆贼”等语。情形迫切，众口一词。广东经兵燹之后，疮痍未复，迭饬各师旅长等，严守秩序，保卫地方。不意陈炯明狼子野心，背国叛立，粤人水深火热，泣血椎心，披阅电文，不忍卒读。各该商民深明大义，任侠可风。陈炯明祸国祸乡，竟敢通电各省，措词狂悖，罪不容诛，应即褫去广东都督职官，并撤销陆军中将暨上将衔，着龙济光饬各师旅长，派兵声讨，悬赏拿办。其被胁之徒，但能立功自拔，概勿深究！此令。

此外还有湖南、福建二省亦相继独立。湖南都督谭延闿，福建都督孙道仁，本持中立态度无意决裂，怎奈军界欲起应孙、黄，同时胁迫。湖南举师长蒋翊武为总司令，福建举师长许崇智为总司令，害得谭孙两督，无法可施，只好暂时从众，也张起讨袁旗来。最后是重庆师长熊克武，亦宣示独立，正是：

彼让此争徒自扰，南征北讨几时休。

以上所述，独立的省份，计不下五六省，袁政府遣兵派将，日夕不遑，倒也忙碌得很。欲知成败，且看下回。

语有云：“不可与言而与之言，失言。”孙文之劝袁退位，毋乃贻失言之讥乎？袁氏野心勃勃，宁肯退位？彼方为一网打尽之谋，而孙实堕其术，徒令撤销全权，目为乱党。假使袁氏后日，效曹操之欲为周文王，不思南面称帝，则假面目终未揭破，孙、黄逋逃海外，终为民国罪人，几何而不为天下笑也。柏文蔚、陈炯明辈，亦未免躁率取殃，意气之不可用事也如此。前车覆，后车鉴，愿执此书以告来者。

第二十九回

郑汝成力守制造局
陈其美战败春申江

此回开头概述袁政府军南下打败宁、赣南军的战事，作个两方力量交战的典型。其实南军多数乌合，且又指挥不力，政府军却有枪有人，结果自然是南军溃败。

却说袁政府派兵南下，首先注意是宁、赣两路。李烈钧已入围中，虽有欧阳武等遥应南昌，已被北军遮断，宣抚使段芝贵，及总司令李纯，步步进逼，还有陆军中将王占元及海军次长汤芗铭，会同水陆各军，同时进攻。旅长马继增、鲍贵卿等，奉段芝贵等派遣，分道攻击。马军从新港一带，率兵猛进，连夺要隘，占领灰山。湖口西炮台，忙开炮轰击马军，马军仗着锐气，直薄炮台，前仆后继，冒烟冲突，又有外面军舰，连放巨炮，终将炮台轰破，守台各兵，除倒毙外，尽行逃去，马军遂占住西炮台。鲍军由海军掩护，从官牌夹渡，至湖口东岸，与李烈钧部众激战，大获胜仗，乘势进据钟山，扑攻东炮台。可巧西炮台攻毁，东炮台知不可守，立即溃散。李烈钧势穷力蹙，遂弃了湖口，乘舟逸去。总计李烈钧起事，偶得偶失，先后不过十多日，湖口一带，已完全归入北军了。袁总统闻捷大喜，即发犒赏银十万圆，交段芝贵量功颁赉；并称："天不佑逆，人皆用命，得此骤胜。并饬悬赏缉获李烈钧，所有商民，应责成段芝贵设法安抚，以副救民水火的本旨。又因陆军少将余大鸿，参谋汤则贤，前时奉公至赣，道经湖口，为李烈钧部将何子奇所拘，一并杀害，投尸江流，应特别抚恤，并在受害地方，建祠旌忠"云云段芝贵等自然照办，一面从湖口南下，往捣南昌去讫。

这时候的沪军总司令陈其美，已连攻制造局，三战三北，纷纷退至吴淞口。原来江宁独立，传檄各属，陈其美同时响应，已见上文。外如松江军队，蠢然思逞，即推钮永建为总司令，招添新军，挑选精壮，派统领沈葆义、田嘉禄等为师团各长，先行开往沪南，与北军决战。一到龙华，即在制造分厂门外，开了一阵排枪，先声示威，嗣即整齐军队，陆续进厂，厂中没人抗拒，当由松军检点火药子弹等箱，贴上封条，并在厂前高悬白旗，嘱令厂长等严加防守，即刻拔队赴沪。

制造局督理陈榥，与海军总司令李鼎新，正接黄兴急电，请调北军离局，免致开衅，当已据实电达北京，请示办理。忽闻龙华药厂，又被松军占领，顿露惊慌景象，所有全局办事员，及工匠役夫等，走避一空。陈督理与李总司令筹商，急切不得良法，可巧郑汝成到来，见这情形，遂向李鼎新道："此处警卫全军，大总统本责成海军总司令，完全节制，现在枪械均足，又有兵舰驻泊，足资防守，应该如何对付，当由总司令发布命令，未便一味游移。"李鼎新迟疑半晌，方道："昨已电达政府，请示办理了。"郑汝成又道："依愚见想来，政府命公留此，当然要公防护，就是汝成奉命前来，也应助公一臂，何必待着复电，再行筹备。明日有了复章，当不出我所料。"李鼎新复道："兵不敷用，奈何？"汝成道："不瞒公说，我已有电到京，请速派兵到此，尽可无虑。"李鼎新尚是愁容满面，只恐缓不济急。汝成又道："昨日沪上领事团，已有正式通告，无论两方面如何决裂，不能先行动手，否则外人生命财产，应归先行开战一方面，担任保险。我处有此咨照，那边应亦照行，想一时不致打仗，不过有备无患，免得临时为难。"李鼎新尚是踌躇，汝成不觉急躁道："汝成今日与公定约，公守军舰，我守这局，若乱党来攻，我处对敌，公须开炮相助。成败得失，虽难逆料，但能水陆同心，未必不操胜着呢。"李鼎新方才欣允，彼此约定，李即到海筹军舰中，自行筹备，这且慢表。

且说陈其美树帜讨袁，就在上海南市，设一总司令部办事机关，所有旧部人员，次第到来，分任职务。且四处发出通告，遍贴街衢，大旨以起兵讨袁，义不得已，在沪商民，一应保护，并饬各营约束军队，严查匪类，另颁六言告诫，申定斩首等律，提示军民人等，一体知悉。华界人民，多数搬入外国租界，期避兵锋，吴淞炮台官姜文舟，也受陈怂恿，宣布独立，划定战线，照会外国领事，一切军舰商舶，不得在战线内下碇，无论何人，亦不得入战线以内。战祸将开，风声日紧。至松军一到，自龙华药厂起，至日晖桥止，悉数布置，遍地皆兵。陈其美复商同商会董事李平书，令为保安团长，以王一亭为副，管理民政，保卫自安。上海城内各公署，无兵无饷，怎敢反抗陈其美，只好随声附和，独有郑汝成驻守制造局及海军各舰，不受陈其美运动。北军逐日南来，统在局内屯驻，听郑汝成节制，局中原有的巡警卫队，俱被汝成遣出，免得生变。

陈其美闻这消息，料他是个好手，不便轻敌，即与李平书、王一亭熟商，拟出三万金赆送北军，教他让给制造局。李平书本与郑汝成相识，便把这副担子挑在自己身上，邀同王一亭往制造局，入见郑汝成，略说："北军兵单孤立，南军四路合围，眼见这制造局，要被南军夺去。平书为息战安民起见，已与陈其美商洽，愿馈北军三万金，统为赆仪，劝他北返。"说至此，猛听得一声呵叱道："我郑汝成奉大总统命令，来守此局，你奉何人命令，敢来逐我出境？我若不念旧交，先将你的头颅，枭示局门，为叛党鉴。混帐糊涂，快与我滚出去吧！"李、王两人，碰了这个大钉子，不禁面目发赤，仓皇退出，返报陈其美。陈乃决意开战，调集南军，拟专攻制造局，可巧驻宁福字营司令刘福彪，将部众编作敢死队，带领至沪，与陈其美晤商，愿为攻击制造局的先锋。其美大喜，即令为冲锋队。还有镇江军、上海军及驻防枫泾的浙江军，一古脑儿凑将拢来，约有三四千人。镇、沪两军，本无叛志，因黄兴借着程督名义，调拨该军，不得不奉命来前。浙江本未独立，所派枫泾防兵，实是防御沪党，不意为陈其美买通，也拨遣一队，助攻制造局。再加松江钮永建军，福字营的敢死队，共计得七千五百人，于七月二十二日夜间，由总司令陈其美发令，一律会齐，三路进攻，一攻东局门，一攻后局门，一攻西栅门。东局门最关紧要，即用敢死队猛扑过去。先放步枪一排，继即抛掷炸弹，蜂拥前进。局中早已预备，即开机关枪对敌，敢死队也用机关枪击射，相持不退。局内复续发步枪，继以巨炮，响震全沪，会西栅门外，又复起火，后局门外，亦起枪声，郑汝成分军堵御，连击不懈。

正在两军开战的时候，海筹军舰的李司令，遵约开炮，向东西两面轰击，东轰镇军，西轰浙军，大半命中，镇、浙两军，本无斗志，立即溃散。只有松军沪军及敢死队数百名，尚是死抗，未肯退回。转瞬间天已黎明，北军运机关炮过山炮等，一齐开放，松、沪军始不能支，逐渐退去。北军出局追击，因敢死队乱掷炸弹，异常猛烈，才停住不追。敢死队却自死了多人，总计敢死队六百五十名，战了一夜，伤亡了一大半，刘福彪大呼晦气，闷闷不已。

到了晚间，由吴淞炮台官姜文舟，拨调协守炮台的镇江军一营，到了上海，又由陈其美下令，再攻制造局，各军仍然会集，依了老法儿，三路并进，连放排枪，北军并不还击，直待敌军逼近，方将枪炮尽行发出，打得南军落花流水，大败而逃。刘福彪气愤填胸，当下收集溃兵，休息数小时，至二十四日午后，运到机关大炮，猛攻制造局。北军亦开炮还击，福彪冒险直进，不防空中落下一弹，穿入左臂，自觉忍痛不住，只好逃往医院，向医求治去了。部下的敢死队，只剩了一二百人，无人统辖，统窜至北门外，北门地近法界，安南巡捕，奉法总巡命令，严行防守，偶见败军窜入，即猛放排枪一阵，把他击回，转入城内，抢劫估衣等店数家，由南码头凫水逃生，慌忙逸去。

是日，有海舰一艘入口，满载华人，仿佛似铁路工匠模样，及抵沪登岸，统入制造局，外人才知是北军假扮，混过吴淞。局中得此生力军，气势愈盛。惟松军司令钮永建，迭接败报，即亲率部众二千名，直至沪南。郑汝成闻有松军续到，索性先发制人，立派精锐五百名，出堵松军。两人相见，无非是枪炮相遗。奋斗多时，互有伤亡，惟北军系久练劲旅，枪无虚发，松军渐觉不支，向西退去。北军方拟追袭，忽由侦卒走报，后面又有叛党来攻，乃急急回军，退入西栅。松军返身转来，复向西栅攻击，北军严行拒守。既而后面又迭起炮声，有一千余人新到，夹攻制造局。

看官道此军何来？乃是讨袁总司令陈其美，由苏调来的第三师步兵，他由闸北河道，坐驳船到沪，随带机关枪炮，却也不少，所以一到战地，即枪炮迭施，隆隆不绝。北军并不与敌，只有海军舰上，开炮相击，亦没有什么猛烈。苏军大胆前进，甫逼局门，不料背后猝闻巨响，回头一望，弹来如雨，不是击着面部，就是击着身上，接连有好几十人，中伤仆地。苏军料知中计，急忙退避。时已昏暮，月色无光，不觉仓皇失措，那局内又迭发巨炮，前后夹攻。大众逃命要紧，顿致自相践踏，纷纷乱窜。原来郑汝成闻苏军到来，即遣精兵百人，带着机关炮，埋伏局后，俟苏军逼近局门，伏兵即在苏军背后，开起炮来，局中亦应声出击，遂吓退苏军，狂跑而去。西栅门外的松江军，尚在猛扑，更有学生军六十名，力斗不疲，几把西栅攻入，凑巧军舰上开一大炮，正射着学生军，轰毙学生三四十人，余二十人不寒而栗。没奈何携枪败走，松军为之夺气。北军正击退苏军，并力与松军激战，松军死亡甚众，他只好觅路逃走；途次又被法兵拦住，令缴军械，始准放行。该军无法，乃将枪杆军装，一齐抛弃，才得走脱二十名。学生军逃至徐家汇土山湾，困乏不堪，为慈母院长顾某所见，心怀矜恻，各给洋五圆，饬令速返故里。惟所携枪械，当令交下。学生称谢去讫。自二十二日晚间开战，至二十五日，南军进攻制造局，已经三战三北，死的死，伤的伤，逃的逃，不复成军。亏得红十字会，慈善为怀，除逃兵外，所有尸骸，代为收殓，所有伤兵，代为收治，总算死生得所，稍免残惨。但商民经此剧战，已是流离颠沛，魂上九霄了。

陈其美迭接败报，不得已招集散兵，令赴吴淞效力，惟前时临阵先溃，有逃兵二十四名，押往地方检察厅，此次散兵拟赴吴淞，即向检察厅索还被押兵士，以便偕行。厅长也算见机，立命释出，不意散兵闯入厅署，持枪威吓，竟将所有讼案缴款，及存案物件，抢掠一空。该厅所属，有模范监狱，曾羁住宋案要犯应桂馨，至此也联络监犯，大起扰乱。狱官吴恪生力难震慑，先偕应出狱，各犯亦乘势脱逃。城内秩序大乱，巡警亦无法拦阻。地方审判厅长，索性将看守所中男女各犯，一齐释出，令他自去逃生。各犯都欢天喜地地携手同去。是时程都督德全，及民政长应德闳，驻沪已一星期，惊魂甫定，且闻党人多已失败，乃联名发电，作为通告。其文云：

德全德薄能鲜，奉职无状，光复以来，惟以地方秩序为主，以人民生命财产为重，保卫安宁，别无宗旨。不图诚信未孚，突有本月十五日宁军之变，维时事起仓猝，诚虑省城顷刻糜烂，不得不忍一时之苦痛，别作后图。苦支两日，冒死离宁。十七日抵沪后，即密招苏属旧部水陆军警，筹商恢复。众情愤激，询谋佥同，连日规划进行，布置均已就绪，兹于本月二十五日，即在苏州行署办事。近日沪上战事方剧，居民震骇，流亡在道，急宜首先安抚，次第善后，并在上海设立办事处，酌派人员就近办理。德闳遵奉中央命令，亦即在沪暂行组织行署，以便指挥各属，筹保卫而策进行。窃念统一政府，自成立以来，政治不良，固无可讳。惟监督之权，自有法定机关，讵容以少数之人，据一隅之地，诉诸武力，破坏治安？德全与黄兴诸人，虽非夙契，亦托知交，每见辄谆谆以国家大局为忠告。即党见之异同，个人之利害，亦皆苦口危言，无微不至。乃自赣军肇衅，金陵响应，致令德全两年辛苦艰难，经营积累，所得尺寸之数，隳于一旦。哀我父老，嗟我子弟，奔走呼号，流离琐尾，泣血椎心，无以自赎。德全等不知党派，不知南北，但有蹂躏我江苏尺土，扰乱我江苏一人，皆我江苏之同仇，即德全之公敌。区区之心，惟以地方秩序为主，以人民生命财产为重，始终不渝，天人共鉴。一俟乱事敉平，省治规复，即当解职待罪，以谢吾苏。敬掬愚诚，惟祈公鉴！程德全、应德闳叩。

自程督通电后，沪上绅商，已知陈其美不能成事，乃就南北两方面，竭力调停，要求罢战。且硬请陈司令部迁开南市，移至闸北。陈其美忿气满胸，声言欲我迁移，须将上海城内一概焚毁，方如所请。红十字会长沈敦和，前清时为山西道员，曾婉却八国联军，一意保护商民，晋人称他为朔方生佛。至此访陈其美，再三磋商，陈乃勉强允诺。适江阴遣来援兵二千余名，为陈所用，陈又遣令攻局。并雇用沪上流氓，及东洋车夫，悉数助战。偏局中无懈可击，更兼外面军舰，用了探海电灯，了照交战地点，测准炮线，猛击敌军。敌军冲突多时，一些儿没有便宜，反枉送了许多性命。自二十五日夜半，战至天明，一律遁去。陈其美方死心塌地，将总司令部机关迁至闸北，只有钮永建倔强未服，尚欲誓死一战，到了二十八日，号召残军，且延聘日本炮兵，作最后的攻击。这次猛战，比前四次尤为剧烈，不但轰击制造局，并且轰击兵舰，炮弹所向，极有准则，竟把海筹巡洋舰，击一窟窿，就是守局的北军，也战死不少。北军未免着急，竟将八十磅的攻城大炮，接连开放。飞弹与飞蝗相似，打死钮军无数。流氓尽行溃散，钮军也立脚不住，仍一哄散去。沪局战事，方才告终。小子时寓沪上，曾口占七绝一首云：

风声鹤唳尽成兵，况复连宵枪炮声。

我愧无才空击楫，江流恨莫睹澄清。

郑汝成既战胜南军，连章报捷，北京袁政府，又有一番厚赉，容至下回表明。

上海宣告独立，除英美法租界外，只有一制造局，尚奉中央。孤危之势，可以想见，乃得郑汝成以守护之，卒能血战数日，战败敌军，是知用兵全在得人，得人则转危为安，不得人，虽兵多势盛无益也。犹忆前清拳匪之役，京中如载漪、董福祥等，用全力以攻使馆，不能损彼分毫，有识者知其必败。陈其美集数处之兵，攻一制造局，三战三北，甚至用流氓车夫为战士，欲以儿戏故技，恐吓北军，试思此时与袁军开仗，非清末可比，尚能以虚声吓退敌人乎？强弩之末，且不能穿鲁缟，况本非强弩，安能不折？是陈其美之弄兵，毋亦一董福祥之流亚欤？彼粗莽如刘福彪辈，徒有匹夫之勇，更不足道矣。

第三十回

占督署何海鸣弄兵 让炮台钮永建退走

此回就上海战事写全国局势，袁总统得了旅京军界和外国使团的支持，再加战事占了上风，便通告缉拿谋乱者，诸『乱首』自孙文、黄兴以下也就只好飘然出洋。

却说袁总统闻沪上起衅，屡遣北兵至沪，助守制造局，且令郑中将汝成，及海军司令李鼎新，协力固守，如有将士应乱图变，立杀无赦等语。郑汝成本服从中央，立将此令宣布，又调开原有警卫军，专用北军堵御。果然内变不生，外患尽却，当即连章报捷。袁总统即任郑为上海镇守使，并加陆军上将衔，颁洋十万圆，奖赏守局水陆兵士。郑汝成遵令任职，一面将赏洋分讫。嗣闻沪上败军，都逃至吴淞口，炮台官姜文舟，已经遁去，由要塞总司令居正管辖。居正与陈其美等，统同一气，自然收集败军，守住炮台。松军司令钮永建，与福字营司令刘福彪，先后奔到吴淞，与居正一同驻守。郑汝成、李鼎新等，因吴淞为江海要口，决意调遣水陆军队，往攻该处，嗣闻海军总长刘冠雄，由袁总统特遣，领兵南下，来攻吴淞炮台，于是待他到来，再议进取。

且说黄兴在宁，闻赣徐沪三路人马，屡战屡败，北军四路云集，大事已去，暗想此时不走，更待何时，当下号令军中，只说要亲往战地，自去督战，但却未曾明言何处。七月二十八日夜半，与代理都督事章梓，改服洋装，邀同日本人作伴，各手持电灯一盏，至车站登车，并拨兵队一连，护送出城，既到下关，赏给护送兵士洋二百圆，兵士排队举枪，恭送黄兴等舍车登舟。俟他鼓轮下驶，才行回城。黄兴到了上海，拟与孙文、岑春煊等，商议行止。哪知上海领事团，已转饬会审公廨，总巡捕房，访拿乱党数人：第一名就是黄兴，余如李烈钧、柏文蔚、陈其美、钮永建、刘福彪、居正等，统列在内。还有工部局出示，驱逐孙文、岑春煊、李平书、王一亭等，不准逗留租界，害得黄兴无处栖身，转趋吴淞口，与钮永建、居正会晤，彼此流涕太息。当由钮永建叙及："孙文、岑春煊，俱已南走香港，陈其美亦不能驻沪，即日当迁避至此。"黄兴道："全局失败，单靠这个吴淞炮台，尚站得住吗？"钮永建道："在一日，尽一日的心，到了危险的时节，再作计较。"黄兴又未免嗟叹。在钮营内暂住一宵，辗转思维，这孤立的炮台，万不足恃，不如亡命海外，况随身尚带有外国钞票，值数万金，足敷川资，怕他什么。主意已定，安安稳稳地游历睡乡，至鸡声报晓，魂梦已醒，他即起身出营，也不及与钮永建告辞，竟携着皮包，趋登东洋商船，航海去了。

看官！这讨袁总司令黄兴，是与袁世凯有仇，并非与领事团有隙，为何上海租界中，也要拿他，他不得不航海出洋呢？原来旅京军界，恰有通电缉拿黄兴，袁总统愈觉有名，遂商准驻京各国公使，转令上海租界，一体协拿。小子曾记得军界通电云：

大总统副总统各省都督各使各军长旅长鉴：黄兴毫无学问，素不知兵，然屡自称总司令，俨然上级军官。凡为军人者，皆应有效死疆场之精神，而黄兴从前于安南边境，屡战屡逃，其后广州之役，汉阳之役，其同党多力战以死，而黄兴皆以总司令资格，闻炮先逃，其同党之恨之者，皆曰逃将军。其人怯懦畏死，可想而知。其以他人性命为儿戏，又极可恨。此次乘兵谋叛，彼非不知兵力不足以敌中央，不过其胸中有一条三十六计走为上计之秘诀，一旦事机不妙，即办一条跑路，而其同谋作乱者，则任其诛锄杀戮，不稍顾恤，其不勇不仁，一至于此。苟非明正典刑，不足惩警凶逆。我军各处将领，于并力攻剿之外，并当严防黄兴逃走，多设侦探，密为防范，无使元凶逃逸，以贻他日生民之患。旅京各省军界人同叩。

黄兴去宁，南京无主，师长洪承点，亦已遁走，代理民政长蔡寅，亟请第八师长陈之骥，第一师长周应时，要塞司令马锦春，宪兵司令茅乃葑，警察厅长吴忠信及宁绅仇继恒等，集议维持秩序，当议决七事：（一）取消独立字样；（二）通告安民；（三）电请程都督回宁；（四）电请程都督电达中央各省，转饬各战地一律停战；（五）电请由沪筹措军饷来宁；（六）军马暂不准移动，城内不准移出城外，城外不准移入城内；（七）军警民团责成分巡保卫城厢内外。七事一律宣布，人心稍定。当派参谋盛南苕，军务课长王楚二人，往迎程督。地方团体，亦举仇继恒代表迎程。哪知程督不肯回宁，且因第一师长洪承点，已经出走，特派杜淮川继任。其时宁人已公举旅长周应时，接统第一师，当有电知照程督。程不但不肯下委，反将周应时的旅长，亦一并取消。于是军民不服，复怀变志。

及杜淮川到任，正值张勋、冯国璋二军由徐州而来，杜即往固镇欢迎。忽有沪上民权报主笔何海鸣，带领徒党百余人，闯入南京，竟占据都督府，宣布程德全、应德闳罪状，出示晓谕，恢复独立，自称为讨袁总司令。正在组织司令部，第八师长陈之骥，方才到署，何海鸣降阶迎接。陈之骥笑语道："何先生！有几多饷银带来？"何答道："造币厂中，取用不尽。"之骥又道："有兵若干？"何复道："都督的兵，就是我的兵。"之骥便回顾左右道："这厮乱党，真是胆大妄为，快与我捆起来。"左右闻命，立将何海鸣拿下，又将何党数十人，亦一并拘住。之骥复指何海鸣道："此时暂不杀你，候程都督示谕，再行定夺。"于是将何海鸣等羁禁狱中，再出示取消独立，全城复安。

既而南京地方维持会，向闻张辫帅大名，恐他军队到来，入城蹂躏，乃与商会妥议，公举代表，渡江谒冯军使，求保宁人生命财产，不必再用武力；且请转商张军，幸毋入城。冯军使国璋，任职宣抚，却也顾名思义，准如代表所请，一一允诺。代表即日回宁，转告陈之骥，之骥亦亲往谒冯，接洽一切。不意第一师闻之骥出城，竟去抢劫第八师司令部，与第八师交哄起来。第八师仓猝遇变，敌不住第一师，一拥而出。第一师放出何海鸣，引至督署，复宣告独立起来。城内商民，又吓得魂飞天外，大家闭市，连城门也通日阖住。何遂设立卫戍司令，并委任参谋各职，及旅团军官，又是一番糊糊涂涂新局面。阖城绅商，急得没法，只好邀集军人会议。怎奈军人纷纷索饷，声言有钱到手，便可罢休。是时宁城已罗掘一空，急切不得巨款，没奈何任他所为。何海鸣却用使贪使诈的手段，哄诱第一第八两师，扼守要害，有将来安乐与共等语。两师被他所惑，愿遵号令，只第八师的三十团，不肯附和，由何勒令缴械，资遣回籍。自是南京又抵抗北军，冯、张两使，率军到宁，免不得又启战争了。

且说海军总长刘冠雄督领水师南下，因吴淞口被阻，绕道浦东川沙东滩登陆，迂道至沪，暂驻制造局，会晤郑汝成、李鼎新等，修舰整队，决意进攻吴淞炮台。当于八月一日，密令海筹、海圻各军舰，驶抵吴淞，距炮台九英里许，开炮轰击，炮台亦开炮相答。居正亲自在台督战，约一小时，未分胜负，两下停炮。越二日又有小战，由海圻兵舰，速开数炮，炮台亦还击多门，寻即罢战。又越三日，复由海圻、海容、海琛三舰，齐击炮台，有数弹击中台内土墙，泥土及黑烟飞腾空中。台上稍受损伤，连放巨炮相答，三舰又复驶回。

原来刘总长因吴淞一带，留有居民，如用猛烈炮火，不免毁伤住宅，且探悉炮台守兵，饷需缺乏，军无斗志，不如静待敌变，然后一举可下，所以数次攻击，无非鸣炮示威，并未尝实行猛扑；一面转致程督德全，速劝吴淞炮台居正等，反正效力。居正、钮永建，未肯听从，独刘福彪颇有异图，拟将炮台奉献，事被居正察悉，遽开炮轰击刘军，刘福彪仓皇溃遁，转投程督，情愿效劳。刘总长冠雄，得悉情形，遂调齐海陆大军，合作围攻计划。口外海军，由刘自为总司令，口内舰队，由李鼎新为总司令，江湾张华浜方面，派遣陆军进攻，由郑汝成为总司令。三路驰击，大有灭此朝食的形势。远近居民，逃避一空，就是沪渎一方面，距吴淞口四十余里，也觉岌岌可危，惊惶不已。

红十字会长沈敦和，特挽西医柯某，乘红十字会小轮，驰赴战地，拟劝钮永建等罢兵息争。适钮永建据住宝山城，暂设司令部机关，居正因钮知兵，已让与全权，钮遂为吴淞总司令。柯医借收护伤兵为名，竟冒险入宝山城，投刺司令部，进见钮永建。钮问及伤兵若干？柯叹道："尸骸遍地，疮痍满目，商业凋敝，人民流离，几至暗无天日，公系淞人，独不为家乡计吗？"钮亦太息道："事已至此，弄得骑虎难下，就是有心桑梓，奈爱莫能助，如何是好？"柯遂进言道："公非自命为讨袁司令吗？袁未遇讨，故乡的父老子弟，已被公讨尽了。公试自问，于心安否？"钮不禁失声道："然则君今到此，将何以教我？"柯答道："现赣、宁、湘、皖诸省，都被北军占了胜着，近日四路集沪，来攻吴淞，将军虽勇，究竟寡不敌众，难道能持久不败吗？从前百战百胜的项霸王，犹且垓下遇围，不能自脱，今日的吴淞，差不多与垓下相似，今为公计，毋效项王轻生，不如全师而退，明哲保身。并且淞、沪生灵亦免涂炭，一举两得，想尊意当亦赞成。"钮闻言心动，徐徐答道："君言甚是。北军如能不杀我部下，我岂竟无人心，忍使江东父老，为我遭劫吗？"柯即答道："公何不开一条件，交给与我，我当往谒刘总长，冒险投递，就使赴汤蹈火，亦所不辞。"钮乃亲书条约，函封授柯，且语柯道："我与刘总长颇有交情，劳君为我介绍，致书刘公，别人处不必交他。"柯连声应诺，告辞出城，当下仍登小轮，驶赴海圻军舰。

正值炮弹纷飞，两造酣战，柯即手执红十字旗，摇动起来，指示停战。两下炮声俱息，柯乃得登海圻舰中，与刘总长协商。刘总长颇觉心许，遂将舰队驶回，复与李、郑两司令，商议了两小时，彼此允洽。柯遂返报沈敦和，一面驰书宝山，请钮践言。钮复称如约，柯即于八月十三日，率救护队入宝山城，四面察看，已无兵士。及至司令部中，钮已他去，只留职员四人，与柯交接，并出钮所留手书，由柯展阅，书云：

永建无状，负桑梓父老兄弟，罪大恶极，百身莫赎。前席呈词，畅闻明训，甘践信约，不俟驾临，率卫队三百人，退三十英里。炮台已饬竖海军旗，以坚北军之信。钮永建临行走笔。

柯医阅罢，即返身至吴淞口，张着红十字旗，至炮台前，所有军官兵士等，除居正远飏外，已尽遵钮永建密令，归服北军，遂一齐欢迎柯医，且将炮闩脱卸，炮门向内，枪枝尽释。柯复为奖劝数语，大家悦服。柯乃亲登炮台，竖起红十字旗，旋见海圻各舰，率鱼雷艇入口，派五十人登台。外如海筹各舰，亦陆续驶来，共计八艘，悉数停泊炮台前。原守各军，擎枪示敬。刘总长立即传令，每门派水兵四人把门，余扎重兵分道防守。原有守将守兵，仍准协同守护，候大总统命令，再行核办。乃将红十字旗卸下，易用海军旗，当易旗时，全体军队均向红十字旗，行三呼礼道谢。柯医与救护员等及水陆军合拍一照，留作弭兵的纪念，然后分途散去。

刘总长即电告吴淞恢复情形，适值长江查办使雷震春，及陆军二十师师长潘矩楹，奉中央命令，带兵到沪，由郑镇守使接着，详述吴淞规复，雷、潘等自然欣慰。惟雷、潘两人南下，本拟助攻吴淞炮台，及闻炮台已复，乃电呈袁总统，候令遵行。嗣得复电，命刘冠雄兼南洋巡阅使，雷震春为巡阅副使，所有潘矩楹部下全师，仍令归雷节制，出发江宁助剿。雷乃带领潘军，乘轮上驶去了。郑汝成送别雷、潘后，复接袁总统电令，严拿陈其美、钮永建、居正、何嘉禄等人，郑乃复分饬侦探，密查钮等踪迹，期无漏网。那时陈、居等或匿或逃，无从缉获，只钮永建买让炮台，由宝山退据嘉定，尚拟募兵防守。为久占计，当由海军司令李鼎新，及旅长李厚基，两路进击，钮永建始出走太仓，自知事不可为，竟乘美国公司轮船，飘然出洋。陈其美、居正等，也陆续航海，统到外洋避难。既而李烈钧自南昌出走，柏文蔚自安庆出走，辗转出没，结果是亡命外洋。就是欧阳武、陈炯明等，亦皆因政府悬赏缉拿，狼狈遁去。小子有诗咏道：

倏成倏败太无常，直把江淮作戏场。
毕竟谁非与谁是，好教柱史自评量。

欲知各党人出走详情，待至下回续叙。

徒以成败论人，原为一孔之见，不足共信，但如黄兴之所为，有奋迅心，无坚忍力。若程督德全，毋乃类是。至钮永建攻制造局不下，退据吴淞，犹能固守十余日，其毅力实可钦敬。独惜袁氏早存排除异己之见，在浔事未发之前，于沪、宁方面，已预为设防，致令未克成功，良可慨已！

第三十一回

逐党人各省廓清 下围城三日大掠

诸省宣布取消独立，革命党人或被抓或被逐。只是南京仍旧固守，袁总统派张勋来了结。辫帅进城后也是三日大掠，兼顾敛财、纵淫。还是袁总统申斥，辫帅才约束部下。

却说段芝贵、李纯等，既夺还湖口，即乘胜直捣南昌。适李烈钧收集败军，退守吴城，吴城系新建县乡镇，距南昌省城一百八十里，烈钧到此，即遣党人魏斯炅、曾经等，赴省城勒逼民财，输作军饷。省中商民，怨苦得了不得，统詈欧阳武勾引乱党，扰乱南昌，且因北京已传达命令，撤销欧阳武护军使，归段宣抚使李镇守使严行拿办。欧阳武不能安居，方拟出走，又值李烈钧的败信，陆续报到，他即收拾细软，一溜烟地遁去。哪知去了一个新都督，又来了一个老都督，老都督为谁？看官不必细问，就可晓得是李烈钧。李烈钧节节败退，竟至南昌，甫到城外，即令城外居民，立即迁移，意欲坚壁清野，实行扼守。南昌商民，越加惊慌，统说是李军入城，抗拒官军，势必全城糜烂，玉石俱焚，不得已浼商会总董，速派代表，往说李军，情愿集洋三十万圆，为李军寿，请他不要入城，当由烈钧允诺，收了银圆，移师万家浦，驻扎候战。李纯率同水陆各军，踊跃前来，烈钧下令迎击，免不得枪弹互施，无如兵已屡败，不能再振，一经战斗，好似秋风陨箨，旭日凌霜，烈钧支持不住，索性向南远窜。余众或逃或降，弄得干干净净。李纯乃收军进城，出示安民，当下通电北京及各省道：

本月十八日，我军水陆进攻南昌，于聂家窑、罗口、高桥，与匪激烈战斗，其水道一股，击沉匪船七只，毙匪四百余人，俘获二十余人；陆路一股，毙匪六七百人，招降四营。余夺获小火轮三只，步枪五千余枝，山炮六尊。我军两路，共阵亡官兵数名，受伤一百余名，于是日晚完全占领南昌。我军入城，各界极表欢迎，现在一面安抚商民，一面分队追击溃匪，俾早全赣肃清，以安大局而慰廑系。特闻！李纯叩。

南昌既闻克复，安庆又报肃清。原来柏文蔚率同胡万泰，入据安庆，即在城外遍布兵队，严防倪军。寻闻倪嗣冲已攻克寿州，复下正阳关，直逼省城，胡万泰忽起变心，竟离了柏文蔚，自张一帜，且揭示柏文蔚五罪，函致议会商会，逐柏他去。议会商会，乃公举代表数人，劝柏退让，柏已形神俱丧，没奈何应允出城，径趋芜湖。胡万泰即取消独立，并亲赴九江，往谒段芝贵。段委他收复大通、芜湖等处，另派旅长鲍贵卿，往守安庆，一面电告倪嗣冲。是时政府命令，已将安徽民政长兼署都督孙多森免官，特任倪嗣冲为安徽都督兼民政长，催他晋省。倪乃电致胡万泰，说是不日就到，先派马统领联甲，率所部各营来省，一切军事计划，可与该统领商酌办理。胡即回省待马，并派旅长顾琢塘，带兵三营，往剿大通、芜湖等处，再与鲍贵卿商议，亦令他统率三营，前往接应。顾至大通，击逐乱兵，转攻芜湖，柏文蔚又自芜湖转赴南京，只留龚振鹏一军，夺力抗敌。顾琢塘、鲍贵卿等先后到芜，相持未下。会马联甲已到安庆，复调旅长柴宝山，助攻芜湖，龚振鹏自知不敌，乃率众遁去。芜湖独立，亦从此消灭了。倪嗣冲安心至省，改任胡万泰为参谋长，把他师长一职取消，惟替他请命中央，给了二等文虎章，才算安了胡心。自此安徽平靖如常，不消细述。福建都督孙道仁，闻赣、皖相继失败，马上转风，归罪许崇智，把他驱逐，即取消独立。当时袁总统已派员查办，既得取消独立的消息，便据实呈复，曾由袁总统下令道：

前据福建独立，当即饬员确切查明，兹据复称都督孙道仁，素明大义，倾向中央，惟师长许崇智，纠合乱党，冒孙道仁之名，妄称独立等情。查江宁乱党，冒程德全之名，安徽乱党，冒孙多森之名，均通称宣告独立。其实程德全、孙多森，并未与闻。闽省事同一辙，似此奸徒窃冒，眩惑观听，扰害治安，实属罪不容诛。著孙道仁督饬所部，迅平乱事，重悬赏格，将许崇智及其私党，严拿惩办，以伸法纪。仍责成该都督维持地方秩序，毋稍疏忽！此令。

孙道仁奉令后，益服从中央，解散讨袁同盟会，闽中也算无事。但闽、粤是毗连省份，闽省取消独立，粤东自受影响。第二师师长苏慎初，遂撵逐陈炯明，宣布取消独立。全城燃炮鸣贺，商会举苏为临时都督，方拟视事，忽军警不服，另举第一师长张我权为都督，苏即辞去。北京袁政府特任龙济光督粤，兼职民政长。龙遂督军东下，径赴省城。途次复接袁总统命令，以苏、张两师长各争权利，擅自督粤，着饬革军官军职，交龙济光认真查办，借儆效尤。当下传令至省，苏早远飏，张亦潜遁，军民等开城欢迎。龙即入城受任，粤东又安静了。

惟湖南军界，举蒋翊武为总司令，倡言北伐，首拟攻取荆、襄，开一出路，遂调动澧州、常德一带军队，进击荆属石首、公安二县。当由黎兼督元洪，檄令荆州镇守使丁槐，率兵抵御。湘军连战皆败，仍旧遁回。丁槐以职守所在，未便穷追，湖南独立如故。既而武昌城内的湖南旅馆，又隐设机关，暗图起事，复被侦探报告黎督，捕戮了好几十人，内多湖南派来的秘党，明枪暗箭，始终无效。黎兼督以湘、鄂相连，湘省多事，终为鄂患，乃至书湖南都督谭延闿，劝他撤销独立。谭复书极为圆滑，略言“独立并非本意，不过为军界所胁，暂借此名，保护治安。鄂、湘唇齿相依，决不自相残杀，现已竭力防乱，静图报命”等语。及赣事失败，北军将移师南向，蒋翊武自知惹祸，偕死党唐蟒等，微服潜逃。就是长江巡阅使谭人凤，也先机遁去，湖南又平。

于是长江上下游，除熊克武据重庆外，只有江南一区，尚由何海鸣占住，未肯罢手。何委唐辰为省长，刘杰为警察厅长，唐、刘常语人道：“做一刻算一刻，也管不到什么成败呢。”何海鸣也存此想，不过北军尚未合围，且乐得统领孤军，做了几日总司令，逞些威风，也不枉一生阅历。况金陵虎踞龙蟠，素称险固，就使北军如何威武，也一时不能夺去，所以昂然自若，并不畏缩。冯、张二使，先派师长张文生、徐宝珍等，陆续进攻，鏖战数日，未能得手，反被狮子山上的大炮，击毙了好几百人。徐师长部下，如团长赵振东，连长黄得胜、王建德等，先后阵亡。连徐师长亦受微伤，抱病回扬。张勋闻报大愤，亲率全队渡江，且檄调沪上各兵舰，赴宁会攻。当下水陆夹击，得将紫金山占住。紫金山系江宁保障，既由张军占领，城中倒也恐慌起来。何海鸣只能笔战，不能兵战，特商同兵队，另举张尧卿为都督，统兵扼守。

张勋饬军朴天保城，把守军驱散，完全占领；乘胜攻雨花台，并由张勋自开条款，劝何海鸣等速降。适值柏文蔚已到江宁，城中复得一助，暗遣宁军出城，抄出张军背后，掩袭天保城，击伤张军多名，复将天保城夺去。这事恼动了张辫帅，再催冯军渡江助战。徐宝珍病已痊愈，也即重临战地，续用巨炮烈弹，扑击天保城，由徐亲自督战，锐气无前，杀退宁军，又把天保城攻克。可巧冯军前队，亦渡江南来，齐集聚宝门外，拟攻雨花台。张、徐两军，亦进逼太平、朝阳两门。宁军更迭出战，都被击退。城外尸骸累累，不及掩埋，又经赤日薰蒸，臭烂扑鼻，真个是神人共恫，天地皆愁。

张尧卿触目惊心，情愿卸职，将都督印信，让与柏文蔚。柏以兵单饷绌，不肯担任，经何海鸣从旁婉劝，勉强应允。但城中守兵，伤一个，少一个，城外的北军，却连日运至，昼夜围攻。紫金山及天保城的炮弹，纷纷向城内击射，似急风暴雨一般，猛不可当。城内兵民，一经触着，无不伤亡。何海鸣尚抖擞精神，镇日巡查，不敢少懈。怎奈军饷无着，按天向商会迫索。看官！你想此时北兵压境，商旅不通，还有什么现银，供他使用？只因被逼不过，今朝凑集千圆，明朝摒挡百圆，移解督署，终不敷用。柏文蔚睹这情形，已知朝不保暮，且登城四望，强敌如林，不觉唏嘘太息，忧惧交并，便下城语何海鸣道："北军大队已到，将次合围，炮火又烈，城中乏饷，兵不应命，这是必败的形景，看来此城是万不可守了。"何海鸣勃然道："海鸣愿誓死守此，城存与存，城亡与亡。"言未毕，旁立张尧卿亦插口道："万一此城被陷，张勋入城，尚可与他巷战，并有炸弹队，可制敌命，想不至一败涂地呢。"柏文蔚默然不答，但摇首示意。越宿，即带领随从军队，潜出南门遁去。临行时仅留一函畀何海鸣道："金陵困守，终非久计，弟已出南门去了，君好自为之！"何海鸣见了此函，知他去意已坚，不再挽回，改推韩恢为都督，申誓死守。

既而冯国璋军，雷震春军，一齐到来，四面包围。雷军攻聚宝门，冯军攻水西门、旱西门，张军攻太平门，徐军攻仪凤门，还有下关停泊的兵舰，亦分两面助攻，枪声满地，炮火遮天，阖城绅商，统吓得魂不附体，只得乃举代表，劝何海鸣等让城，何及第八师兵士索银洋十万圆，以八万助饷，二万作川资。可怜绅商已计穷力竭，一时筹不出十万金，再用全城公民名义，致书韩、何，略谓："若果筹款解散军队，自应陆续措交，或需补助军饷，亦应择地出城备战，不能闭城不出，使城内数十万生命，同归于尽。逐日搜括，人道何在？天理何存？"何见书援笔批道："打一天要饷一天，打一年要饷一年，要活同活，要死同死，宁为共和死，不为专制活。"这批传出，大家又气又笑，顿时全城罢市，店门外面，多写着"本店收歇，人死财绝"八字。军士还疑他反抗，索性拣择殷实商民，斩门直入，抢掳一空。绅商急得没法，只好再浼商会代表，与何海鸣熟商，愿如前约筹赠十万圆，令他退出江宁。何海鸣乃愿为担保，总教有了银钱，无论退让与否，决不骚扰居民，商会即次第挪集，次第缴人，果然钱可通灵，得免抢劫。

到了八月二十九日，北军攻城益急，张勋又开受抚条件，招降何海鸣，何仍置之不理。张尧卿托词募兵，混出城外，韩恢亦避匿不见。海鸣见已垂危，只催令商会缴齐款项，以便出走。商会已缴过七万，尚缺三万金，实是急切难办，不得已宽约数天，何海鸣乃将所有兵队，移扎城南，专等解款到手，便好一麾出城，避开死路。挨到九月一日，款项尚未缴齐，北军已经攻入，江宁城垣，被大炮轰开数丈，张、雷二军，首先拥进，分占富贵山、狮子山、北极阁及朝阳、太平各门。何海鸣尚率军来争，奈各无斗志，不过瞎闹片时，旋即溃遁。何亦驰出南门，飞窜而去，性命总算逃脱，后来也航海出洋，与一班亡人逋客，同作外国侨民去了。

张、雷二军，就在城上遍插红旗，他也无暇追敌，竟借了搜剿的名目，挨门逐户，任情突入，见有箱笼等物，用刀劈开，无论银饼纸币，及黄白钗钿，统是随手取来，塞入怀中。就是裘衣缎服，也挑取几件，包裹了去。倘或有人出阻，不是一刀，就是一枪。最可恨的，是探室入幕，遍觅少年妇女，一被瞧着，随即搂抱过来，强解衣带，污辱一番。宁人只望北军入城，可以解厄，不意火上添油，比前此何军在日，还要加几层淫凶，尤其是蓝衣辫发的悍卒，更属无所不为，于是大家眷属，多逃至西人教堂内，求他保护，西人颇加怜惜，允为收留，当时青年闺秀，半老徐娘，也顾不得抛头露面，相率奔入教堂。可奈堂狭人多，容不住许多妇女，先到的还好促膝并坐，后到的只有挨肩立着。是时天气尚炎，满堂挤着红粉，有汗皆流，无喘不娇，还防辫兵闯入，敢行无礼，偏辫兵不惜同胞，只畏异族，但至教堂外面，遥望窃视，究不敢进尝一脔。此外是要杀就杀，要夺就夺，要抢就抢，要奸就奸，初一日已是淫掠不堪，初二日尤为厉害，至初三日简直是明目张胆，把民家商店的箱箧，尽行搬掠，甚至幼辈老媪，也受他糟踏一顿，总算是一视同仁，嘉惠同胞的盛德。有几个受害捐生，有几个见机殉节，香消玉碎，尽化冤魂，叶败花残，无非惨状。想当初扬州十日，嘉定三屠，也不过这般血幕呢！小子有诗慨道：

> 几经世变酿兵戈，猿鹤虫沙可奈何？
>
> 蒿目六朝金粉地，那堪三日走淫魔。

张、雷二军，淫掠三日，方有飞骑入城，申明军律，严禁骚扰。这人奉谁命令，且看下回分解。

利不百，不变法，功不十，不易俗，以清季之政令不纲，激成革命，一时之意气用事者，均以革命为无上美名，趋之若鹜。洎乎清帝退位，成为民国，而人民所受之痛苦，较前尤甚。利不胜弊，功不补患，盖已皆视革命为畏途矣。李烈钧、柏文蔚、黄兴诸人，推倒满清，方期享革命之幸福。而偏为袁世凯之违法专权，于是重起革命，动兵十数万，兴师六七省，但未达数旬，即成瓦解。以视辛亥之役，适得其反。斯盖一由民心厌乱，不愿再遭惨剧，一由未能明察袁氏之真相，致彼为倡而此未和，党人反成孤立，俄顷即败耳。

第三十二回

尹昌衡回定打箭炉　张镇芳怯走驻马店

此回叙四川、河南战事，袁总统指挥战事，总少不了几通电文。又回叙黄兴欲劝匪首『白狼』帮助讨袁，病急乱投医，也见出革命党盲无头绪。

却说张、雷二军，入南京城，淫掠三日，方有军令到来，严禁骚扰，违令者斩。初三日傍晚，雷副使进城。淫掠少减。又越日，迎入张大帅，兵士俱遵约束，不敢胡行。当时江宁人民，疑张暗示兵士，劫淫三日，其实张在城外，并非没有军令，不过所有部众，阳奉阴违。至抢劫两日后，外国医院内，有一个马林医生，伤心惨目，乃至城外报告张勋，劝令尊重人道，严申军诫。张尚谓属部不至如此，惟派兵官入城弹压，再颁禁令。这时全城居户，已经十室九空，所有妇女人等，或死或逃，掠无可掠，淫无可淫，自然应令即止了。冯国璋亦率军进城，当即会同张勋、刘冠雄、雷震春等，联衔告捷，去电朝发，复电暮来。当奉袁总统命令云：

据江北镇抚使张勋，江淮宣抚使冯国璋，长江巡阅使刘冠雄，副使雷震春电陈攻克江宁情形，并督饬军队搜剿余匪等语。前因乱党黄兴等潜赴金陵，煽诱军队，迫胁独立。当饬张勋、冯国璋分路督兵南下，会合进攻，迨大军进克徐州，黄兴闻风潜逃，叛军反正，本大总统因不忍地方人民惨罹锋镝，特饬程德全从宽收抚，免烦兵力，贻祸生灵。旋据程德全电称“八月八日，乱党何海鸣赴宁，再谋独立，业经击退。乃第一、八两师，复被煽惑，何海鸣为伪总司令。又因第三十一团不肯附逆，互相激战，秩序大乱，请饬张勋、冯国璋速进，并派兵舰赴宁”各等情。随饬张勋督率所部，会合第四师进讨。该叛兵凭险抵抗，复敢先开炮轰击，各军连日血战，紫金山、天保城诸要隘，次第占领。八月二十五日，攻入朝阳门，匪军囊沙叠垒，阻碍进行，相持数日，柏逆文蔚，复率大股匪军助守，随由冯国璋，刘冠雄督饬陆海军队，分头进攻，雷震春率兵援击。三十一日，各军约会前进。越日，张勋督队，首先架梯登城，会合第四师，分克朝阳、洪武、通济等门。第三师支队，由太平门攻入，进克狮子山，占领下关等处，第五师支队，攻克神策门。混成第二十九、二十团相继入城，分占富贵、骆驼等山，进据北极阁。雷震春会合第四师占领雨花台，由南门攻入，匪势不支，纷纷溃逃，擒斩无算。遂于九月一号，克复江宁。该使等调度有方，各将士踊跃用命，旬余之内，克拔坚城，良堪嘉奖。张勋晋授勋一位，冯国璋给予一等文虎章，刘冠雄特授以勋三位，雷震春特授以勋三位，用彰劳勚。其余出力人员，由该使查明请奖。伤亡官兵，分别优恤。被难商民，妥筹安抚，一面严捕乱党各首要，务获惩治，仍督饬各军队，查剿溃匪，肃清余孽，以靖地方。此令。

接连又有二电，一是程德全免去江苏都督官，一是任命张勋为江苏都督。张勋愿如所愿，甚为快慰。惟江宁百姓，受了张军的荼毒，无从控诉，只好向隅暗泣。偏有日本商人三名，也被杀害，且有被掠情事，日本岂肯干休，当向政府严重交涉，一要政府谢罪，二要严办凶犯及该管官，三要重金抚恤及悉数赔偿。袁总统忙令李盛铎南下，查明情形，酌量赏恤；并饬张勋速查凶手，从严治罪；其约束不严的军官，立即参办。一面向日使道歉，日使又谈及江宁惨状，袁总统乃复下令道：

自赣、宁倡乱以来，中央除暴救民，不得不派兵征讨。惟是行军首重纪律，所有各路军队，经过及驻扎处所，无论中外商民，生命财产，均须一律保护。其已被匪扰地方，目击疮痍，至可惨痛，尤应加意保卫，以重人道而肃军规。倘有残杀无辜，及肆意骚扰情事，不特败坏军人名誉，且大背本大总统救民水火之苦心。国律森严，断难宽贷。著各统兵大员，严申诫命，认真稽查！如敢违犯，立按军法从事，并将约束不严之该管官，分别参办，毋稍徇纵。此令。

这令一下，张勋也稍觉不安，且因冯军入城，秋毫无犯，宁人多慕冯怨张，免不得传入张勋耳中。于是张大帅也易威为爱，特派宣慰员十余人，挨门逐户，各去道歉，且出示晓谕军民，凡有收藏人民衣物等件，限三日内缴至商会，逾限不缴，查出以军法从事。越日，即有衣物抛弃路隅，由团防界交商会。商会令失主认领，哪知所有各件，统是敝衣粗服，旧铜烂铁，不值多少文钱。小户人家，出去检认，还有几件寻着；富家大户，遣人往查，仍然一物没有，只好赤手空回。冯国璋、刘冠雄两人，又奉命回任，雷震春代任巡阅使。江苏民政长，改任韩国钧，应德闳免官，并督办皖北、江北剿匪事宜，东南一带，暂时敉平。话分两头。

且说四川陆军第三师师长熊克武，响应东南，占据重庆，宣告独立，本拟顺流而下，联络湘军，进窥湖北，不意湘军已取消独立，湖北边防，亦很坚固，几乎无隙可乘，乃遣弟克刚，偕党徒多人，携款至鄂，运动宜昌、施南军队。行经巴东县，为驻防该处第十团二营军队所获。营长殷炯，即电达施、宜稽查使马骧云，又由马转报黎元洪。黎即复电，饬马讯实正法，于是克刚以下，统归冥府。是时袁总统闻熊克武已变，命黎调军西征，且会合滇、黔、湘三省，助剿重庆。川督胡景伊，又遣兵出击，区区一个熊克武，怎敌得住五省人马，只好电告川省，自请求和。川督勒令交出乱首，方准代为调停，克武不从，川军遂进逼重庆。黔督唐继尧亦派旅长黄毓成，率混成协一队援川。熊克武孤危得很，四处派人运动，终乏效果，只有川边经略使尹昌衡部下，充任军法局长张煦，被熊勾结，背尹起事。尹昌衡正出师驻边，留张煦驻丹巴县，照顾饷械。张煦竟鼓众应熊，自称川边大都督北伐司令，以第一团团长赵城为副都督，第二团团长王明德为招讨使，即将所部两营及渝中党羽三千余众，编成混成旅，自丹巴兼程返泸，攻入观察使颜镡署中，劫掠一空。颜镡走免，尹昌衡的父母，及一妹一妾，尚留寓泸城，均被张煦软禁起来，一面致书昌衡，迫令反抗中央，声言如不见从，当将他全家屠戮。

昌衡闻警，即率领数骑，驰回泸城，行近泸定桥，偏被张煦派兵截住，昌衡望将过去，该兵管带，系是周明镜，便大呼道："周管带，你如何反抗中央？"周明镜见是尹昌衡，却也不敢抗拒，便挺身上前，行过军礼，才答道："都督此来，莫非尚未闻独立吗？"昌衡道："我正为独立而来，须知螳臂当车，不屈必折，试想东南数省，彼也讨袁，此也北伐，今闻已统归失败，难道我川省一隅，尚独立得住吗？昌衡是本省人，做本省官，不忍我故乡父老，旧部弟兄，同归于尽，所以孤身来此，与诸君一白利害，听我今日，否亦今日，请你等自酌！"周明镜徐徐答道："都督嘱咐，敢不听从，请都督入营少憩。"昌衡便驰入军营，又谕兵士道："弟兄们来此当兵，在家的父母妻孥，都是期望得很，今朝望你做队长，明朝望你做团长，此后还望你连步升官，显扬门阀，岂可为了一时意气，自投死路，不顾家室，就是为义愤计，今日的事情，与前日亦大不相同，前日是满人为帝，始终专制，不得已起革命军；今日是共和时代，总统是要公举，做了总统，也是定有年限，任满便要卸职。况现在的袁总统，还是临时当选，不是正式就任，就是他违法行事，也不过几月而止，大家何苦发难，弄得身家两败。而且五省人马，相逼而来，眼见得众寡不敌，徒死无益，空落得父母悲号，妻孥痛泣呢。”说至此，几乎哽咽不能成声，泪亦为之随下。兵士闻言，不由得被他感激，统是垂头暗泣，莫能仰视。昌衡又朗声道：“我言已尽于此，请弟兄们自行酌夺，从尹立左，从张立右。”大众都趋往左侧。昌衡即发令东进，并将所说的大意，录述成文，到处张贴。

行了五里，正到泸定桥，适值赵城、王明德率兵前来，扼住桥右。昌衡乃命周明镜出马晓谕，力陈利害。赵城、王明德，不肯服从，即命部众开枪，哪知部众已经离心，多是面面相觑，不肯举手。至赵、王再行下令，部众竟驰过了桥，投入昌衡军中。昌衡饬令归伍，拟督领过桥，不意骤雨倾盆，天复昏黑，从众声嘈杂中，猛听得有特别怪响，好似天崩地塌一般，急忙饬前队探视，反报桥梁木板，已被敌人拆断了。是时急雨少霁，昌衡即饬兵众修搭桥梁，渡桥追敌，且分三路搜寻。到了翌晨，竟得拿住两个要犯，就是副都督赵城，招讨使王明德，昌衡本是熟识，也不暇细问，竟将他两人斩首，枭示军前。当下赴至泸城，那川边大都督北伐司令张煦，已是逃之夭夭，不知去向了。幸亏父母家属，不曾被害，总算骨肉团圆，阖家庆幸。昌衡复悬赏万金，饬拿张煦，一面电达北京，详陈泸城肇乱及戡定情形。当由袁总统复电道：

> 前因川边泸城逆首张煦倡乱，业经饬令通缉，兹复据川边经略使尹昌衡电，续陈该逆详情，尤堪痛恨。该逆历受荐拔，充当要职，竟敢不顾大局，公然背叛，响应熊逆克武，捏令回泸，私称独立，攻扑观察使署，击散卫兵，劫质该经略父母家属，迫之为逆。抢劫商民，逼迫文武，带匪在泸定桥拦截攻击。使非该经略单骑驰入，劝导官兵，去逆效顺，则边局何堪设想。张煦应将所得陆军上校少将衔四等文虎章，一律褫革，各省务饬速缉，无论在何处拿获，即讯明就地惩办。该经略定乱俄顷，殊堪嘉尚，所请严议之处，仍予宽免。该处地方陡遭劫害，眷念商民，怒焉如捣，务望绥辑拊循，毋令失所，用副禁暴安民之意。此令。

张煦遁去，川边已靖，熊克武失了臂助，愈加惶急。黔抚派遣的黄毓成，有意争功，不肯落后，遂步步进逼，转战直前，历拔綦江、熊家坪诸要隘，进捣重庆，川军亦自西向东，按程直达。黄毓成闻川军将到，昼夜攻扑，熊克武料难固守，竟夜开城门，潜自逃生。黔军一拥入城，除揭示安民外，立即电京报捷。袁总统自然心慰，免不得照例下令，令曰：

据贵州援川军混成旅旅长黄毓成电称，重庆克复等情，殊为嘉慰。此次熊逆克武倡乱，招诱匪徒，四出攻掠，蹂躏惨虐，殆无人理。该旅长督率所部，自入川境以来，与逆匪力战，先复綦江，进取熊家坪诸要隘，直抵重庆，匪徒惊溃，熊逆潜逃，地方收复，实属谋勇兼优，劳勚卓著。黄毓成应特授勋五位。此外出力员弁，一律从优奖叙，务令安抚商民，维持秩序，将地方善后事宜，商承四川都督胡景伊，妥为办理，期使兵燹遗黎，咸歌得所。师干所至，无犯秋毫，用副伐罪吊民之意。此令。

未几，又命黄毓成署四川重庆镇守使，川境亦一律肃清，这便叫做癸丑革命，不到两月，完全失败，所有革命人士，统被袁政府斥为乱党，下令通缉，其实都已远飏海外，借着扶桑三岛，作为逋逃渊薮去了。此外有河南新蔡县宣布独立，为首的叫做阎梦松，不到数日，即由省城派兵进攻，斗大孤城，支持不住，徒落得束手就擒，饮枪毕命。又有浙江省的宁波地方，由宁台镇守使顾乃斌，联络知事沈祖绵，及本地人前署浙江司法筹备处处长范贤方，倡言独立，响应民军，至赣、宁失败，顾等见风驶帆，急将独立取消。时浙江都督朱瑞，与顾乃斌稔有感情，代顾呈请，顾竟得邀宽免。范、沈二人，归地方官严缉，幸早远飏，免及于祸，甬案也算了结。是时柳州巡防营统领刘古香，被帮统刘震寰胁迫独立，设立北伐司令，募军起事。经广西都督陆荣廷，飞调军队进剿，当有驻柳税务局长黄肇熙，团长沈鸿英，密约内应，俟各军进攻，即开城纳入，当场格杀刘古香，刘震寰遁去，先后不过五日，已雾尽烟消了。

独河南省内的白狼，本与党人不相联络，宗旨也是不同，只因黄兴据宁，却派人与他商议，约他一同讨袁，如得成事，即推他为河南都督，并给他军械，及现银二万两，白狼势力愈厚，更兼河南各军，纷纷迁调他处，防剿民党，他益发横行无忌。田统领作霖，献计张督，拟三路兜剿，张督不从，只信任旅长王毓秀，命为剿匪总司令，所有汝南一带防营，统归节制。王毓秀素不知兵，但知纵寇殃民，讳败为胜，因此白狼东驰西突，如入无人之境。还有什么会匪，什么捻股，什么叛兵，均纠合一气，专效那白狼行为，掳人勒赎，所掠男女，称为肉票，一票或值千金，或值万金，随家估值，贵贱不一，惟遇着娇娃，总须由盗目淫污过了，方准赎还。河南妇女，尚仍旧俗，多半缠足，一遇乱警，娇怯难行，可怜那良家淑女，显宦少艾，不知被群盗糟踏了多少。而且到处焚烧，惨不忍睹。张督镇芳还讳莫如深，经河南议员彭运斌等质问政府，方由老袁电饬张督，勒限各军平匪。张镇芳无可推诿，没奈何出城誓师，拟向驻马店进发。

白狼闻张督亲自督师，急忙招集悍党，会议行止，党目宋老年主战，尹老婆主退，独谋士刘生，攘臂直前道："我等起事，已阅两年，名为劫富济贫，试问所济何人？徒令桑梓疾首，今惟速擒磔镇芳，谢我两河，然后南下皖、宁，联合民党，再图北伐，何必郁郁居此，苦我豫人。"白狼尚是迟疑，复由樊某卜易，南向西向俱吉，惟返里大凶。狼意乃决，遂分悍党为三队，潜伏驻马店北面，专待张督到来。甫半日，果闻汽笛呜呜，轮机辘辘，有快车自南而至。前队的伏盗，望将过去，见车内统是官军，料知张督已至，一时急于争功，不待快车到站，便大放枪炮，遥击车头。那时烟霾蔽天，响声震地，吓得车内的张镇芳，魂不附体，幸亏卫队营长张砚田，急忙勒车倒退，疾驶如飞。群盗追了一程，那快车已去得远了，乃退还驻马店。白狼顿足叹道："为何这般性急，竟失去张镇芳？"言毕，尚懊恨不已，嗣是率众东行，越西平、汝南、确山，进陷潢川、光山等县，乘势驰入皖境，捣破六安，拟由庐和下江宁；旋闻民党皆溃，第二师师长王占元，且约皖军堵击，不由得太息道："我久闻黄兴大名，谁知他是百战百逃，不堪一试，直与妇人何异，能成什么大事呢？"乃返身东行，窜入湖北去了。张督镇芳，自被群盗吓退，一溜烟逃回省城，料知匪党难平，遂乞假进京。豫督一缺，改为田文烈署理。小子有诗咏张镇芳道：

管领中州已数春，况兼守土是乡亲。

如何坐豢潢池盗，全局罗殃反脱身？

白狼未平，袁总统也不遑顾及，惟一意的筹备私事，演出许多花把戏来，且看下回方知。

借尹昌衡口中，叙述二次革命之非计，盖斯时袁政府之真相未露，伪共和之局面犹存，徒欲以三数人之言论，鼓动亿兆人之耳目，谈何容易？尹昌衡片言而周明镜倒戈，黄毓成一至而熊克武出走，至如新蔡、宁波、柳州诸处，倏起倏灭，尤觉无谓，是岂不可以已乎？且白狼一匪徒耳，名为劫富济贫，而一无实践，扰攘二载，毒遍中州，黄兴急不暇择，且欲联络之，是尤计之失者也。

第三十三回

遭弹劾改任国务员
冒公民胁举大总统

因政府一桩违法军购，议会弹劾，罢了总理。袁世凯党得议会该当撤销，所以先拿党派动手，同时准备进行总统选举。议会投票总是通不过，老袁弄一班『公民团』主持『正义』，议员们也就乖乖听从『民意』。

却说赣、宁起事的时候，曾由袁总统运动国会，请他提出征伐叛党的议案。那时参议院院长张继，已受国民党连带的嫌疑辞职而去。此外国民党议员，因赣、宁起事，屡战屡败，害得大家没有面目，你也出京，我也回籍，于是国民党失势，进步党愈占胜着。袁政府本利用进步党，进步党也愿受指使，遂由汪荣宝、王敬芳两议员提出议案，咨请政府。大致说是："临时政府，曾按照约法，组织正当机关，此外有潜窃土地，私立名号，与政府反抗，就是背叛民国，为四万万人公敌。政府为维持国家生存起见，应适用严厉方法，对待乱党。本议院代表民意，建议如右，相应咨大总统查照施行"云云。袁总统得此议案，越觉冠冕堂皇，竟饬北京检察厅，传讯国民党议员，谓："黄兴是否党魁？党中人如与联络，应由政府取缔，否则由党人自行宣布，立将黄兴除名。"国民党议员，无法可施，只好开会公决。有几个自愿脱党，有几个自愿去职，方在危疑交迫的时候，忽发现一种秘密条件，系是四月内的事情，至七月间才行宣露，为两院议员所得闻。

看官道是什么秘事？原来大借款未成立以前，政府却向奥国斯哥打军器公司，密借款项三千二百万镑，约合华币三千二百万圆，实收额系是九二，担保品乃是契税，利息六厘。约中并附有特别条件，须以借款半数，由公司承购军械。双方早已签押，政府却讳莫如深，一些儿不露痕迹。等到百日以后，方由外人间接说起，传入议员耳内。议员闻这消息，无论是进步党与非进步党，统说政府违法，不得不向政府质问。政府无词可辩，只有搁起不答的一法。偏议员不肯罢休，接连递交质问书，那时政府无可抵赖，不得已实行承认。议员不便弹劾袁总统，只好弹劾国务员。

是时国务总理，由陆军总长段祺瑞暂代，所有奥款交涉，尚在从前赵秉钧任内，与段无干；且因革命再起，军事彷徨，段任陆军总长，调遣兵将，日无暇晷，已由袁总统提出熊希龄，继任国务总理，咨交两院议决。熊隶进步党，当然经议院通过，遂正式下令，调熊入京，任为国务总理。熊亦直受不辞，竟卸了热河都统的职任，来京组阁，适值借款外露，质问以后，继以弹劾，国务员乘势辞职，袁总统亦乘势照准，于是外交总长陆徵祥，财政总长周学熙，司法总长许世英，农林总长陈振先，交通总长朱启钤，均免去本官，教育总长范源濂，工商总长刘揆一，早已辞去，部务由次长代理，未曾特任。内务总长一缺，本由赵秉钧兼管，赵去职改官后，亦只由次长暂代。惟陆军总长段祺瑞，海军总长刘冠雄，专司军政，于借款上无甚关系，所以自问无愧，绝不告辞。

熊凤凰既经上台，改组阁员，当下与袁总统商议，除陆海军两总长，一时不能易人，仍请段祺瑞、刘冠雄二人照旧连任外，外交拟任孙宝琦，内务拟任朱启钤，教育拟任汪大燮，司法拟任梁启超，农林拟任张謇，交通拟任周自齐，财政由熊自兼。即由袁总统提交议院，得多数同意，遂一一任命，只工商总长一缺，急切不能得人。特命张謇暂行兼任。张字季直，系南通州人，前清状元出身，向称实业大家，兼任工商，却也没人指摘，熊内阁便算成立了。

袁总统心中，以进步党本受笼络，偏亦因奥款发现，出来作梗，显见得两院议员，统是靠不住的人物，欲要自行威福，必撤销这等议院，方可任所欲为。但此时不好双管齐下，只能一步一步地做去，先将国民党摔除，再图进步党未迟。乃通饬各省，如有国民党机关，尽行撤除；并因江西、广东、湖南三省议会，附和乱党，勒令解散，一面派遣侦骑，暗地探缉。适有众议院议员伍汉持，原籍广东，因受国民党嫌疑，愤然出京，行至天津，突被侦骑拿去，说他私通叛党，牵入军署，当即杀死。还有众议院议员徐秀钧，已回江西原籍，也被军人拘住，无非是罪关党恶，处死了案。就是参议院院长张继，也有通令缉拿，亏得他先机远引，避难海外，才得保全生命，溷迹天涯。袁总统又借着湖南会匪为口实，限制各省人民集会结社，特下一通令道：

湘省会匪素多，自叛党谭人凤设立社团改进会，招集无赖，分布党羽，潜为谋乱机关，于是案集如鳞之巨匪，皆各明目张胆，借集会自由之名，行开堂放票之实，以致劫案迭出，民不聊生。贻害地方，何堪设想。其余并有自由党人道会、环球大同民党诸名目，同时发生，举动均多谬妄。着湖南都督一律查明，分别严禁解散，以保公安。至此等情形，尚不止湖南一处，并着各省都督民政长，一体查禁。须知人民集会结社，本有依法限制之条，如有勾结匪类，荡轶范围情事，尤为法律所不容，切勿姑息养奸，致贻隐患。此令。

看官至此，稍稍有眼光的，已知袁总统心肠，是要靠着战胜的机会，变共和为专制，所有反对人物，统把他做匪类对待。从此民党中人，销声匿迹，哪一个敢向老虎头上去搔痒呢？惟一班袁氏爪牙，统想趁此时机，攀龙附凤，恨不得将袁大总统，即日抬上御座，做个太平天子，自己也好做个佐命功臣。可奈老袁的总统位置，还是临时充选，不是正式就任，倘或骤然劝进，未免欲速不达，就是袁总统自己，也未便立刻照允呢。

于是大家议定，请国会先举正式总统，把袁氏当选，然后慢慢儿地尊他为帝。两院议员，已都怕惧袁政府声威，乐得敲起顺风锣，响应国门。只是大总统已须选出，大总统选举法，还未曾制定，这却不得不急事研究，先将选举法宣布，方好选举正式总统。先是国会开幕，曾有先举总统后定宪法的计划，但参考西洋各国，多半是宪法规定后才举大总统，若要倒果为因，理论上殊说不过去，因此拟先定宪法，后举总统。两院中的议员，便组织两个特别机关，一个是宪法起草委员会，一个是宪法会议，草创的草创，讨论的讨论，彼此各有专责，正在筹议进行。偏值赣、宁乱事，生一波折，好容易平定内讧，改造时势，议员为势所迫，幡然变计，遂于九月五日，由众议院开会投票，解决先举总统的问题。至开箧检视，赞成先举总统的有二百一十三票，不赞成的只有一百二十六票。再由参议院公决，也是赞成先举总统。乃复开两院联合会，商立大总统选举法。原来总统选举法，本属宪法中一部分，宪法未曾制定，先将选举法提出另订，又是一种困难问题，但既有意迎合，索性通融到底，便决定由宪法起草委员会，草成宪法一部分的总统选举法。旋经宪法会议，各无异言，遂于十月四日，将总统选举法全案，宣布出来。其文如下：

中华民国宪法会议，谨制定大总统选举法，并宣布之。

大总统选举法

第一条　中华民国人民，完全享有公权，年满四十岁以上，并住居国内满十年以上者，得被选举为大总统。

第二条　大总统由国会议员，组织总统选举会选举之。

前项选举，以选择人总数三分二以上之列席，用无记名投票行之，得票满投票人数四分三者为当选。但两次投票，无人当选时，就第二次得票较多者二名决选之，以得票过投票人数之半者为当选。

第三条　大总统任期五年，如再被选，得连任一次。

大总统任满前三个月，国会议员，须自行集会，组织总统选举会，行次任大总统之选举。

第四条　大总统就职时，须为左列之宣誓。

余誓以至诚遵守宪法，执行大总统之职务，谨誓。

第五条　大总统缺位时，由副总统继任，至本任大总统任满之日止。

大总统因故不能执行职务时，以副总统代理之。

副总统同时缺位时，由国务院摄行其职务，同时国会议员，于三个月内，自行集会，组织总统选举会，行次任大总统之选举。

第六条　大总统应于任满之日解职，如届期，次任大总统尚未选出，或选出后尚未就职，次任副总统亦不能代理时，由国务院摄行其职务。

第七条　副总统之选举，依选举大总统之规定，与大总统之选举同时行之。但副总统缺位时，应补选之。

附则

大总统之职权，当宪法未制定以前，暂适用《临时约法》关于临时大总统职权之规定。

总统选举法既经宣布，即于十月六日，依选举法定例，组织总统选举会，借宪法会议议场，选举正式总统。第一次投票，袁世凯得票最多，只投票人数，不满四分之三，作为无效。第二次投票，仍不足法定人数，虽票上多书“袁世凯”三字，终归无效。参议院议长，已改选王家襄，因两次投票，徒费手续，乃邀集两院议员，密与语道：“我看目下的时势，非举项城为总统，恐不得了。况项城左右，统思乘此立功，推他为帝，据我愚见，不如速举项城为正式总统，免得君权复活。诸君洞明时局，谅也不以为谬呢。”各议员随口应允。到了第三次投票，还是袁世凯、黎元洪二人，各占多数。再援照选举法第二条说明，行决选法。正拟写票投匭，忽有无数人士拥入议场，服饰鲜明，形容威赫，差不多如军队一般。经会长问明来由，大众齐声道：“我等统是公民团，来观盛举，今日推选正式大总统，关系重大，总统贤良，统是诸君所赐，若选出一个不满人望的总统，将来国家扰乱，全是诸君的罪过，哼哼！我公民团是不应许的。与其后日遭灾，何如今日审慎。如或所举非人，诸君不得出议院一步，先此通告，休要见怪！”数语说毕，遂轩眉抵掌的环绕拢来，竟把会场内议员，包围至数十匝。众议员睹这情形，已窥透政府作用，没奈何各握住了笔，草草书袁世凯三字，投入匦中。待至检票唱名，自然票票是袁世凯，遂当场呼出，袁世凯当选为中华民国正式大总统。这十数字声浪，传将出来，便有好几万人的应声，回答转去，应声中恰是“大总统万岁”五字。

看官不必细问，便可知是公民团的应声了。公民团欢呼以后，一齐退出，又仿佛是得胜班师的形景。越日，选举副总统，一次投票，即举出黎元洪。得票满法定人数，也没有什么公民团来院强迫了。选举告终，当由国务院即日通电，布告全国道：

武昌黎副总统、各省都督、民政长、将军、都统、副都统、办事长官、经略使、镇边使、宣抚使、镇守使、宣慰使鉴：本日国会组织总统选举会，依法选举，临时大总统袁公，当选为大总统，特此通告，希转知省议会，并通电所属各县，一体知照。国务院印。

又由外交部长孙宝琦，照会驻京各公使道：

为照会事：中华民国二年十月六日，经国民议会，依大总统选举法选举大总统，兹据议长报告，现任临时大总统袁世凯，当选为中华民国大总统，定于十月十日行就职礼。相应照会贵署理公使大臣、署理大臣查照，即希转达贵国政府可也。须至照会者。

这次袁总统正式莅任，一切礼节，已由国务院预先订定，格外隆备。正是：

政客低头甘听令，枭雄得志又登台。

欲知袁总统就职情形，且至下回再阅。

熊凤凰就任总理，当时有人才内阁之称，其实袁总统意中，第借熊为过渡人物，并非实行信任，熊氏亦何苦身当其冲乎？况解散议会，杀害议员，种种违法举动，已露端倪，而熊氏适丁其时，将来为袁氏受过，已可预料。凤兮凤兮，何见几之不早也？至选举正式总统，再三迎合，尚受军队胁迫，若有洁身自好之议员，应亦先机远引，而乃甘入漩涡，泄泄伣伣，为国民羞，毋亦自轻声价耶？总之人生行事，多为利禄所误，恋恋于利禄中，必有当断不断之忧，迨至后来结果，仍然身名两隳，悔不可追，嗟何及乎！

第三十四回

踵事增华正式受任 争权侵法越俎遣员

此回叙袁世凯就任正式大总统，那一通繁华仪节算得上炫人眼目，但还不如皇帝威风。所以老袁先是致函宪法会议要权，后是派什么委员到宪法会议『监工』。

却说中华民国二年十月十日，正值国庆令节，全国行庆祝礼，又经袁总统正式莅任，越觉锦上添花，喜气洋溢。当由国务院通告礼节，定于十月十日上午十时，大总统正式就职于太和殿。这太和殿的规模，很是弘敞，从前清帝登基，以及元旦诞辰，受百官朝贺，统在这殿中行礼，袁总统就此受任，分明是代清受命的意思。

是日，殿中已洒扫清洁，布置整齐，陈设华丽，一班伺候人员，早已穿好大礼服，趋向殿前，按班鹄立。好容易待至十时，方见大礼官入殿，导着一位龙骧虎步的袁总统，徐步而来。两旁奏起国乐，锵铿杂沓，谐成一片；接连是殿门外面，远远的鸣炮宣威，共计一百零一响。袁总统步上礼台，中立南向。侍从各官，联步随登，站立左右，国乐暂止。侍从官捧进誓词，由袁总统宣读告终，即有庆祝官趋至北面，行谒见礼，向袁总统一鞠躬，袁总统倒也答礼。侍从官再进宣言书，袁总统又照书宣读。读毕，庆祝官再行庆祝礼，向袁总统三鞠躬。袁总统也答礼如仪，乐又再作。掌仪官引导庆祝官退就接待室，大礼官引导袁总统还休息室，乐复暂止。既而大礼官出殿，接引外宾入礼堂，序次排立，复请袁总统出莅礼堂，南向正立。乐奏三成，袁总统再就礼台，由外交总长孙宝琦，邀同各国公使，及参随各员，至礼台前，行鞠躬礼，袁总统也鞠躬相答。领衔公使代表外交团，宣读颂词，满口是爱皮西提，经翻译员译作华文，方可作为本书的词料。词云：

君现被举中华民国大总统，本领衔公使代表外交团，来述庆贺之忱。新政体建设以来，此为第一次集会于中国正式庆日，借此各国公使，请大总统深信所祝，于此选举君为正式大总统，能为中国开始一新幸福时代之先步，且恪守条约及各项成例，不但能维持中国之平和，保持民国政府之稳建，并能保国内富饶之发达。各国于此举亦利助成，依中国情形如是，定望各本国政府与贵国政府，所有今日幸结接洽，将必日益亲密，谅于此情。各国公使，必承大总统贵重协助，外交团于今日欣祝大总统政治丕益，大总统福躬康乐！

领衔公使读毕颂词，袁总统亦亲诵答词道：

今日贵公使以本大总统被选为中华民国大总统，代表各公使惠临称贺，并承贵公使以被选正式总统，为中国开始新幸福之先步，致词推许。本大总统感谢之忱，实为无量。本大总统深愿履行条约，循守成例。与友邦敦睦，为惟一之基础，前在临时政府期内，固已早有明证，此后尤当竭其绵力，俾本国政府，与贵各国政府联络之感情，恳笃之交谊，日益亲密，有加无已。本大总统以保持和平，秩序发达，经济信用，为作新宗旨，贵各国公使热诚赞助，乐观厥成。本大总统深信彼此睦谊，即为他日永久不渝之征也。顺祝贵各国暨贵各公使绥福无疆！

袁总统读一句，翻译员亦译述一句，随读随译，一气读完。各公使均表满意，即率参随各员，复向袁总统鞠躬。袁总统答礼毕，各公使再行私觌礼，由大礼官依次引见，个个与袁总统握手，继以鞠躬。袁总统一一答礼，外交团退赴接待室。大礼官又导入清室代表世续，与袁总统相见，所有礼了，及彼颂此答，大致与各国公使相同。世续退后，大礼告成，伺候各官，循例三呼，国乐以外，杂以军乐，仿佛有凤凰来仪，百兽率舞景象，袁总统缓步下台，退至休息室小憩，约一小时，陆军总长段祺瑞，戎服趋进，请袁总统莅天安门阅兵；袁总统又嘱外交总长孙宝琦，邀请各国公使及清室代表，同往校阅。各公使等自然乐从，于是袁总统前行，各公使等后随，还有一班伺候官员，鱼贯而出，统至天安门。门前早有座位设着，袁总统坐中，外宾坐左，陆军外交等坐右，一声令下，万卒齐来，先向上座参见，行过军礼，然后按着步伐，排齐行伍，把平时练习的技术，当场试演，俨然得心应手，纯熟无比。各公使却也称赏，袁总统格外嘉慰，越觉得笑容可掬，满面春风。至阅兵礼毕，座客尽散，袁总统即由天安门外，乘着礼车，返总统府去了。

到了下午，由总统府颁发命令，世续、徐世昌、赵秉钧，俱特授勋一位。朱瑞、蔡锷、胡景伊、唐继尧、阎锡山、张凤翽、张锡鸾、倪嗣冲、张镇芳、周自齐、陈宧、汤芗铭，均授勋二位。蒋尊簋、孙毓筠、庄蕴宽，均授勋三位。张绍曾、陆建章，均授勋四位。屈映光授勋五位。王家襄、章宗祥，均给予一等嘉禾章。林长民、张国淦、施愚、王治馨、治格，均给予二等嘉禾章。顾鳌给予三等嘉禾章。蹇昌给予一等文虎章。赵惟熙、陈昭常、宋小濂、张广建、唐在礼、张士钰、袁乃宽、李进才、江朝宗，均给予二等文虎章。总算赏赉优渥，内外蒙恩。还有一种可喜的事件，自美洲各国，承认中华民国后，欧洲诸国，尚是彷徨却顾，不肯遽认，至此闻正式总统，已经就任，于是俄、法、英、德、奥、意、日本，及比、丹、葡、荷、瑞、挪等国，各于袁总统莅位这一日，赍致外交部照会，承认中华民国，愿敦睦谊；且由内务部农林部工商部交通部，特颁通告，凡公共游玩等所，一律开放三日，任人游览，免收券费，大约是与民同乐的意思。嗣是黎副总统及各省都督、民政长、将军、都统、副都统、办事长官、经略使、镇边使、宣抚使、镇守使、宣慰使等，无不上书肃贺，各表欢忱。又由国务院电达武昌，道贺黎副总统正式就职。各省官吏，亦通电致贺。是时黎元洪已辞去江西兼督，保荐李纯署任，惟督鄂如故。他本是随遇而安，无心营兢，正式副总统一职，得不足喜，失不足忧，所以人家贺他，他只淡淡地答谢数语，也并没有什么隆礼举行，只是吾行吾素罢了！

且说大总统选举法，自宪法会议议决，即直接宣布，并未经过袁政府手中。当时袁总统未免懊恼，以为国会专制，连自己的公布权都被夺去，将来制定宪法，均须由国会取决，事事不能自主，反做一个傀儡，如何了得。但因正式就职的期间，已预定在国庆日，倘或为此争议，势必选举延迟，辜负此良辰佳节，岂不可惜？所以暂时容忍，就援照国会咨文，将总统选举法全案，刊登政府公报，即日宣布。至就任以后，遂咨照宪法会议，争回公布权，统共不下两千言，由小子节录如下：

为咨行事，查《临时约法》第十九条，内载参议院之职权，一，议决一切法律案；又第五十四条，内载中华民国之宪法，由国会制定；又第二十二条，内载参议院议决事件，咨由临时大总统公布施行；又第三十条，内载临时大总统公布法律各等语。凡此规定，均属前参议院在约法上议决法律，及制定宪法之职权范围。

民国议会成立以来，依国会组织法第十四条之规定，民国宪法未定以前，《临时约法》所定参议院之职权，为民国议会之职权，则民国议会，无论系议决法律事件，抑系制定宪法事件，皆应以临时约法暨国会组织法所定程序为准，实无丝毫疑义。

乃本年十月五日，准宪法会议咨开：大总统选举法案，业于十月四日，经本会议议决宣布，并公决送登政府公报，为此抄录全案，咨达大总统，即希查照饬登等因前来。本大总统当以民国议会，前经议决，先举总统，后定宪法，系为奠定民国国基起见。本月四日，宪法会议议决大总统选举法案，来咨虽仅止声明议决宣布，并公决送登政府公报等语，显与《临时约法》暨国会组织法规定不符。然以目前大局情形而论，内忧外患，纷至沓来，友邦承认问题，又率以正式总统之选举，能否举行为断，是以接准来咨，未便过以《临时约法》及国会组织法相绳，因即查照来咨，命令国务院饬局照登。惟此项咨达饬登之办法，既与约法上之国家立法程序，大相违反。若长此缄默不言，不惟使民国议会，蒙破坏约法之嫌，抑恐令全国国民，启弁髦约法之渐。此则本大总统于宪法会议之来咨，认为于现行法律及立法先例，俱有未妥，不敢不掬诚以相告者也。

查民国立法程序，约法暨国会组织法，定有明文，一为提案，二为议决，三为公布，断未有但经提案议决，而不经公布，可以成为法律者，大总统选举法案，若为法律之一种，则依据《临时约法》第二十二条第三十条之规定，当然应由大总统公布。若为宪法之一部，则依据《临时约法》第五十四条之规定，虽应由民国议会制定，然制定权行使之范围，仍应以国会组织法第二十条之起草权，第二十一条之议定权为标准，断不能侵及于《临时约法》第二十二及第三十条之公布权。宪法会议，以此项宣布权，乃竟贸然行使，其蔑视本大总统之职权，关系犹小，其故违民国根本之约法，影响实巨。本大总统此次饬局照登，设我国民起而责以放弃职权之咎，固属百喙莫辞，而我最高立法机关，乃置现行约法及国会组织法于不顾，竟使本大总统不得不出于放弃职权之一途，恐亦非代表国民公意者所应出此也。况民国肇造，二年于兹，宪法未施行以前，约法之效力，与宪法等。民国元年，前参议院议决《临时约法》时，业于是年三月十一日，咨送临时大总统公布有案。而《临时约法》第五十六条，并定有本约法自公布之日施行各明文。夫与宪法效力相等之约法，既经前参议院议决咨送大总统公布于前，则依照民国立法之先例，无论此次议定之大总统选举法案，或将来议定之宪法案，断无不经大总统公布，而遽可以施行之理。

总之，民国会议，对于民国宪法案，只有起草权及议定权，实无所谓宣布权，此为国会组织法所规定，铁案如山，万难任意摇动。究竟本月五日来咨所称饬登之大总统选举法案，是否即应依照约法公布施行之规定办理？将来民国会议制定宪法案，应否依照国会组织法第二十条第二十一条之规定，以起草议决为限。

事关立法权限，亟应咨询国会，从速答复，相应咨行贵会查照，依法办理可也。此咨。

宪法会议中，接到此咨。统说是直接宣布，系各国通例，原无庸经过总统手续；且因宪法草案正在裁定，大家悉心斟酌，忙碌得很，也无暇特别开议，答复总统。老袁静待两日，并不见有复文，遂欲越俎代谋，特饬国务院派员干涉。适值宪法起草委员会，开宪法草案三读会，突有八人陆续趋人，据言奉大总统令，来会陈述意见，并赍达总统咨文，请宪法会议查照施行。看官你道这八人为谁？就是施愚、顾鳌、饶孟任、黎渊、方枢、程树德、孔昭焱、余棨昌八人。一面递交咨文，由会中人员公阅，其文云：

> 查国会组织法，载民国宪法案，由民国会议起草及议定，迭经民国议会，组织民国宪法起草委员会，暨特开宪法会议。本大总统深惟我中华民国开创之苦，建设之难，对于关系国家根本组织之宪法案，甚望可以早日告成，以期共和政治之发达。惟查《临时约法》，载明大总统有提议增修约法之权，诚以宪法成立，执行之责，在大总统，宪法未制定以前，约法效力，原与宪法相等，其所以予大总统此项特权者，盖非是则国权运用，易涉偏倚。且国家之治乱兴亡，每与根本大法为消息，大总统既为代表政府总揽政务之国家元首，于关系治乱兴亡之大法，若不能有一定之意思表示，使议法者得所折衷，则由国家根本大法所发生之危险，势必酝酿于无形，甚或补救之无术，是岂国家制定根本大法之本意哉？本大总统前膺临时大总统之任，一年有余，行政甘苦，知之较悉，国民疾苦，察之较真。现在既居大总统之职，将来即负执行民国议会所拟宪法之责，苟见有执行困难，及影响于国家治乱兴亡之处，势未敢自己于言。况共和成立，本大总统幸得周旋其间，今既承国民推举，负此重任，而对于民国根本组织之宪法大典，设有所知而不言，或言之而不尽，殊非忠于民国之素志。兹本大总统谨以至诚对于民国宪法，有所陈述，特饬国务院派遣委员施愚、顾鳌、饶孟任、黎渊、方枢、程树德、孔昭焱、余棨昌前往，代达本大总统之意见：嗣后贵会开议时，或开宪法起草委员会，或开宪法审议会，均希先期知照国务院，以便该委员等随时出席陈述。相应咨明贵会，请烦查照可也。此咨。

会中人员阅毕，便与八委员道："民国立法，权在国会，不受行政部干涉。诸公来此，未免违法，还请转达总统，收回成命。"八委员齐声道："大总统尚有咨文在此，请诸君再阅，便可分晓。"言毕，又递交咨文一纸，由众议员续览一周，都不觉摇起头来。小子有诗咏袁总统道：

到底雄心未肯降，议围先遣五丁撞。

乃翁自命非凡品，国会从今莫语哤。

欲知咨文中如何说法，容待下回再详。

前半回叙袁氏正式就职，尽举当时礼节，揭出纸上，见得袁总统威仪烜赫，比前临时总统，已觉不同，即隐为后文帝制伏笔。后半回迭录两咨文，无非为推倒共和，改图专制张本。袁氏以国家宪法，定诸国会，一切不能自主，所以力争公布权，并遣八委员干涉立法，曾亦思今日之中华，固已为民主国体乎？既曰民主，则主权应操之于民，总统不过一公仆耳，乌得妄争主权耶？总之袁氏为帝之心，憧扰于中而不能自已，一经诸事顺手，便逐渐发现出来，作者不肯轻轻放过，故有闻必录，无隐不扬，若徒以抄胥目之，盖亦误矣。

第三十五回

拒委员触怒政府　借武力追索证书

袁世凯的修宪『建议』被拒，即通电各省反对宪法草案，各省纷纷逢迎。老袁又下令解散国民党，并派人收缴国民党籍议员证书徽章。议员不足法定人数，议会不能会议，老袁正好自行其是。

却说众议员阅读袁总统咨文，又是长篇大论，洋洋洒洒的数千言，大致以《临时约法》有好几条不便照行，须亟加修正。小子录不胜录，但记得当时有一清单，提出增修约法草案，就中有应修正者三条，应追加者二条，特照录如下：

应修正者三条。

（一）《临时约法》 第三十三条　临时大总统得制定官制官规，但须提交参议院议决。

（修正）大总统制定官制官规。

（二）《临时约法》 第三十四条　临时大总统得任免文武职员，但任命国务员及外交大使，须得参议院议员同意。

（修正）大总统任免文武职员。

（三）《临时约法》 第三十五条　临时大总统经参议院之同意，得宣战媾和及缔结条约。

（修正）大总统宣战媾和及缔结条约。

应追加者二条。

（一）大总统为保持公安防御灾患，于国会闭会时，得制定与法律同效力之教令。

前项教令，至次期国会开会十日内，须提出两院，求其承认。

（二）大总统为保持公安防御灾患，有紧急之需用，而不及召集国会时，得以教令为临时财政处分。

前项处分，至次期国会开会十日内，须提出众议院，求其承诺。

时时宪法草案，已拟定十一章一百一十三条，大旨已定，不便变更。况且袁总统提出各条件，全然是君主立宪国的法例，与民主立宪，毫不相容。看官！你想这宪法起草委员及宪法会议中人，肯一一听命老袁，委曲迁就吗？当下即向施愚、顾鳌等八人道："本会章程，宪法读草，只许国会议员列席旁听，此外无论何人，不得入席。今诸君来此，欲代大总统陈述意见，更与会章不符，本会但知遵章而行，请诸君自重。"施愚等再欲有言，那会员等已不去理睬，只管自己读法去了。施愚等奉命而来，趾高气扬，偏遭了这场白眼，扫尽面上光彩，叫他如何不气？如何不恼？随即退出院中，回报袁总统，除陈述情形外，免不得添入数语，作为浸润。袁总统半晌道："我自有法，你等且退。"施愚等唯唯趋出，隔了一天，即由国务院发出袁总统电文，通告各省都督民政长，反对宪法草案，略云：

制定宪法，关系民国存亡，应如何审议精详，力求完善。乃国民党人，破坏者多，始则托名政党，为虎作伥，危害国家，颠覆政府，事实具在，无可讳言。

此次宪法起草委员会，该党议员居其多数，阅其所拟宪法草案，妨害国家者甚多。特举其最要者，先约略言之：立宪精神，以分权为原则，临时政府，一年以内，内阁三易，屡陷于无政府地位，皆误于议会之有国务员同意权，此必须废除者；今草案第十一条，国务总理之任命，须经众议院同意，第四十三条，众议院对于国务院，为不信任之决议时，须免其职，比较临时约法，弊害尤甚。各部总长，虽准自由任命，然弹劾之外，又有不信任投票一条，必使各部行政，事事仰承意旨。否则国务员即不违法，议员喜怒任意，可投不信任之票，众议员数五百九十六人，以过半数列席计之，但有二百九十九人表决，即应免职，是国务员随时可以推翻，行政权全在众议员少数人之手，直成为国会专制矣。自爱有为之士，其孰肯投身政界乎？各部各省，行政事务，范围甚广，行政实依其施行之法，均得有相当之处分，今草案第八十七条，法院依法律，受理民事刑事行政及其他一切诉讼云云，是不遵约法，另设平政院乃使行政诉讼，亦隶法院，行政官无行政处分之权，法院得掣行政官之肘，立宪政体，固如是乎？

国会闭会期间，设国会委员会，美国两院规则内有之，而宪法上并无明文；今草案第五条，规定国会委员会，由参众两院选出四十人，共同组织之，会议以委员三分二以上列席，三分二以上同意决之，而其规定之职权，一咨请开国会委员会，一闭会期内，国务总理出缺时，任命署理，须得委员会同意，一发布紧急命令，及财政紧急处分，均须经委员会议决。此不特侵夺政府应有之特权，而仅四十委员，但得二十余人之列席，与十八人之同意，便可操纵一切，试问能否代表两院意见，以少数人专制多数人，此尤侮蔑立法之甚者也。文武官吏，大总统有任命之权，今草案第一百零八、九两条，审计员由参议院选举之，审计院长，因审计员互选之云云。审计员专以议员组织，则政府编制预算之权，亦同虚设，而审计又用事前监督，政府直无运用之余地。国家岁入岁出，对于国会，有预算之提交，决算之报告，既予以监督之权，岂宜干预用人，层层束缚，以掣政府之肘？综其流弊，将使行政一部，仅为国会附属品，直是消灭行政独立之权。近来各省省议会，掣肘行政，已成习惯，倘再令照国会专制办法，将尽天下文武官吏，皆附属于百十议员之下，是无政府也。值此建设时代，内乱外患，险象环生，各行政官力负责任，急起直追，犹虞不及，若反消灭行政一部独立之权，势非亡国灭种不止，此种草案，既有人主持于前，自必有人构成于后，设非借此以遂其破坏倾覆之谋，何至于国势民情，梦梦若是，征诸人民心理，既不谓然，即各国法律家，亦多訾驳，本大总统忝受付托之重，坚持保国救民之宗旨，确见此等违背共和政体之宪法，影响于国家治乱兴亡者极大，何敢缄默不言？

《临时约法》，临时大总统有提议修改约法之权，又美国议定宪法时，华盛顿充独立殖民地代表第二联合会议议长，虽寡所提议，而国民三十万人出众议员一人之规定，实华盛顿所主张。法国制定宪法时，马克马洪被选为正式大总统，命外务大臣布罗利，向国民会议提出宪法案，即为法国现行之原案。此法、美二国第一任大总统与闻宪法之事，具有先例可援。用特派员前赴国会陈述意见，以期尽我保国救民之微忱。草案内谬点甚多，一面已约集中外法家，公同讨论，仍当随时续告。各该文武长官，同为国民一分子，且各负保卫治安之责，对于国家根本大法，利害与共，亦未便知而不言。务望逐条研究，共抒谠论，于电到五日内，迅速条陈电复，以凭采择。

原来宪法草案的内容，袁总统已探听得明明白白，他因所定草案，仍然由

《临时约法》脱胎，不过增修字句，较为详备，并没有特别通融，所以极力反对。各省都督民政长，本是行政人员，当然不能立法，老袁并非不晓，但既为民选的总统，未便悍然自恣，不得不借重官吏，要他出来作梗，反抗立法机关，庶几借口有资，得以压倒国会。各省都督民政长，见老袁正在得势，哪个不想望颜色，凑便逢迎？于是你上一篇电陈，我达一篇电复，或说是应解散国民党，或说是应撤销国民党议员，或说是应撤销草案及解散起草委员会。就中有几个袁氏心腹，简直是主张专制，说是“国会议员，与逆党通同一气，莠言煽乱，颠倒黑白，不如一律解散，正本清源”云云。袁总统接到这等电文，喜得心花怒开，忙邀入国务总理熊希龄及各部长等，商议撤销议员等事宜。熊总理等依违两可，乃由袁总统决定，分条进行，先命解散国民党，及撤销国民党议员，于十一月四日下令道：

据警备司令官汇呈查获乱党首魁李烈钧等，与乱党议员徐秀钧等，往来密电数十件，本大总统逐加披阅，震骇殊深。此次内乱，该国民党本部与该国民党国会议员，潜相构煽，李烈钧、黄兴等，乃敢据地称兵，蹂躏及于东南各省，我国民身命财产，横遭屠掠，种种惨酷情事，事后追思，犹觉心悸，而推原祸始，实觉罪有所归。

综核伊等往来密电，最为我国民所痛心疾首者，厥有数端：一该各电内称李逆烈钧为七省同盟之议，是显以民国政府为敌国；二中央派兵驻鄂，纯为保卫地方起见，乃该各电内称国民党本部，对于此举，极为注意，已派员与黄兴接洽，并电李烈钧速防要塞，以备对待，是显以民国国军为敌兵；三该各电既促李逆烈钧以先发制人，机不可失，并称黄联宁、皖，孙连桂、粤、宁为根据，速立政府，是显欲破坏民国之统一而不恤；四该各电既谓内讧迭起，外人出而调停，南北分据，指日可定，是显欲引起列强之干涉而后快。凡此乱谋，该逆电内，均有与该党本部接洽及该党议员一致进行，并意见相同各等语。勾结既固，于是李逆烈钧，先后接济该党本部巨款，动辄数万，复特别津贴该党国会议员以厚资。是该党党员及该党议员，但知构乱以便其私，早已置国家危亡，国民痛苦于度外，乱国残民，于斯为极。

本大总统受国民付托之重，既据发现该国民党本部与该党议员勾结为乱各重情，为挽救国家之危亡，减轻国民之痛苦计，已饬北京警备地域司令官，将该国民党京师本部，立予解散，仍通行各戒严地域司令官各都督民政长，转饬各该地方警察厅长，及该管地方官，凡国民党所设机关，不拘为支部分部交通部，及其他名称，凡现未解散者，限令到三日内，一律勒令解散。嗣后再有以国民党名义，发布印刷物品，公开演说，或秘密集会者，均属乱党，应即一体拿办，毋稍宽纵。至该国民党国会议员，既受李逆烈钧等，特别津贴之款，为数甚多，原电又有与李逆烈钧，一致进行之约，似此阳窃建设国家之高位，阴预倾覆国家之乱谋，实已自行取消其国会组织法上所称之议员资格，若听其长此假借名义，深恐生心好乱者，有触即发，共和前途之危险，宁可胜言？况若辈早不以法律上之合格议员自居，国家亦何能强以法律上之合格议员相待？应饬该警备司令官，督饬京师警察厅，查明自江西湖口地方倡乱之日起，凡国会议员之隶籍该国民党者，一律追缴议员证书徽章。一面由内务总长，从速行令各该选举总监督暨初选举监督，分别查取本届合法之参议院众议院议员候补当选人，如额递补，务使我庄严神圣之国会，不再为助长内乱者所挟持，以期巩固真正之共和，宣达真正之民意。该党以外之议员，热诚爱国者，殊不乏人，当知去害群即所以扶持正气，决不致怀疑误会，借端附和，以自蹈曲庇乱党之嫌。该国民党议员等回籍以后，但能湔除自新，不与乱党为缘，则参政之日月，仍属甚长，共和之幸福，不难共享也。除将据呈查获乱党各证据，另行布告外，仰该管各官吏，一体遵照。此令。

这令下后，不特国民党议员，惊愕异常，就是别党议员，也有兔死狐悲的感慨，拟援据议院法，凡议员除名，须经院议决定一条，与政府辩驳。还有新行组织的民宪党，系拥护宪法草案，抵制政府干涉，共说袁总统能战胜兵戎，不能战胜法律，誓共同心力，与宪法为存亡，彼此抖擞精神，要与袁政府辩论曲直。

哪知迅雷不及掩耳，就是下令这一日，下午四时，军警依令执行，往来如梭，彻夜不绝。看官道是何因？乃是向国民党议员各寓中，追缴证书徽章。议员稍一迟疑，便经那班丘八老爷，拔出手枪，指示威吓。天下无论何人，没有不爱惜身命，欲要身命保全，不得不将证书徽章，缴出了事。到了夜半，已追索得三百五十多件，汇交政府。哪知老袁意尚未足，再令将湖口起事前，已经脱党人员，亦饬令勒缴证书徽章。军警们不敢少懈，只好再去挨户搜索，敲门打户，行凶逞威。直到天光破晓，红日高升，方一齐追毕，又得八十余件，乃回去销差。不意政府又复下令，叫他监守两院大门，依照追缴证书徽章的议员名单，盘查出入。凡一议员进院，必须经过查问手续，确是单内未列姓名，方准进去。

看官！你想议院章程，必须议员有过半数列席，方得开议，起初追缴国民党议员证书徽章，尚止三百多件，计算起来，不过两院中的三分之一，及续行追缴八十余人，两院议员，已去了一半，照院章看来，已不足法定人数，如何开会议事？因此立法部的机能，全然失去。就是命令中有递补议员一语，各省候补当选人，也相率视为畏途，不敢赴京。国会遂不能开会，徒成一风流云散的残局了。袁政府煞是厉害，见国民党议员，变不出什么法儿，索性饬令各省将省议会中的国民党议员亦一并取消。小子有诗叹道：

大权在手即横行，约法何能缚项城？

数百议员齐俯首，乃公原足使人惊。

欲知袁政府后事，且至下回续表。

八委员之被拒，为国会正当之举动，狡如老袁，岂见不到此？彼正欲借此八委员，以尝试国会，无论被拒与否，总有决裂之一日，业已战胜敌党，宁不能战胜国会乎？追解散国民党，及追缴证书徽章，强权武力，陆续进行，于是拥护袁氏之进步党议员，亦抱兔死狐悲之感，欲起而反抗之，然已无及矣。观袁氏之令出如山，军警亦奉行惟谨。通宵追索，翌晨毕事，袁氏之威势，真炙手可热哉！然以力假仁，得霸而止，仁且未假，欲横行以逞己志，难矣。请看今日之域中，毕竟谁家之天下？

第三十六回

促就道副座入京　避要路兼督辞职

袁世凯授意各省倡议取消国会，接着是把段祺瑞和黎元洪的职位掉个个儿，因为这两人都反对再行帝制，需要一个夺去兵权，一个就近软化。回中又带出袁大公子克定，也算是民国闻人。

却说袁总统既削平异党，摧残议院，事事称心，般般顺手，当然有笼压全国，惟我独尊的气势。惟因云南都督蔡锷，于二次革命时，拟联合黔、桂等省，居间调停，主张两方罢兵，凭法理解决。事为袁氏所忌，遂召他入京，令黔督唐继尧兼署；还有湖南都督谭延闿，及福建都督孙道仁，曾附和独立，图抗中央，虽事后取消，归罪他人，也不过是掩耳盗铃的计策，瞒不住老袁心目，袁总统遂将他免职，把湖南都督一缺，特任了汤芗铭，福建都督一缺，令海军总长刘冠雄兼代，后来且将这缺裁去，只设一民政长罢了。三督既去，此外都俯首贴耳，不敢异词，只有国会中议员，还因法定人数，屡次缺席，未免啧有烦言。袁总统特创一新例，挑选了几个有名人物，组成议事机关，叫做政治会议，会长派任李经羲，又有梁敦彦、樊增祥、蔡锷、宝熙、马良、杨度、赵惟熙七人，同作襄议员，再由国务总理举派二人，每部总长举派一人，法官二人，蒙藏事务局，酌派数人，各省都督民政长，亦酌派数人，集中议政，算作国会的替身。一面授意各省长官，令他倡议遣散议员，取消国会，于是副总统兼领湖北都督事黎元洪，邀集各省都督民政长等，联名电致袁总统道：

大总统钧鉴：共和国家，以法治为归宿，当破坏之后，亟宜为建设之谋，所有应行法治，千端万绪，虽急起直追，犹恐不及。民国初创，以参议院为立法机关，而成立年余，制定法案，寥寥无几，惟以党争闻于天下，适为建设之障碍，决无进行之计划。中外士庶，乃移易其渴望之心，属诸国会，以为国会既成，必可将各项法制，依次制定。不意开会七阅月，糜帑数百万，而于立法一事，寂然无闻，欲仅如前参议院尚能立东鳞西爪之法，而亦不可得。民国前途，岂堪久待？盖因各议员被举之初，别有来由，多非人民公意之所推定，谓为代表，夫将谁欺？其有爱国思想者，固不乏人，而争权利，徇党见，置国家存亡人民死活于不顾者，反占优势。且人数过多，贤者自同寒蝉，不肖者如饮狂水，余皆盲从朋附，烟雾障天，虽有善者，或徒唤奈何，宁与同尽。上下两院，性质相同，无术调剂，因之立法成绩，毫无进步，中外援为诟病，国家日益阽危。上无道揆，下无法守。赖我大总统以救国为己任，毅然刚断，将乱党议员资格，一律取消，令候补当选人，以次挨补，顾候补人员，与前次人员，资格相同，无论一时断难如额，即使如额，而八百余人，筑室道谋，仍恐议论多而成功少。现在国本初定，重要法案，何止数百件？由今之道，以七阅月而未立一法，虽迟以百年，亦复何济？而强邻环伺，破产在即，岂从容高论之秋？我不自谋，必有起而代我者，欲不为人之牛马奴隶，何可得耶？元洪等行政人员，亦国民一分子，国苟不存，身于何有？苟利于国，遑论其他，用敢联名恳切大总统始终以救国为前提，万不可拘文牵义，以各国长治久安之成式，施诸水深火热之中华。

历考中外改革初期，以时势造法律，不以法律造时势。美为共和模范，而开国之始，第一次宪法，即因束缚政府，不能有为，遂有费拉德费亚会议修正之举。是役也，全体会员，无不有政治之经验，其会议之所议决，多轶出原有宪法范围以外，而自操制定宪法之全权，论者不诋为违法，先例具在，可为明征。

现在政治会议已经召集，与美国往事由各州推举之例正同，请大总统饬下国务院，咨询各员以救国大计，若众意咸同，则共和政体之精神，即可因兹发轫。即例以南京政府以十四省行政官代表之参议院，其完缺大相悬殊，正与华盛顿修正宪法，若合一辙。元洪等承乏地方，深知民人心理，痛恶暴乱之议员；各国论调，亦极公允，我大总统何所顾忌而不为之所？文明国议员，无论何党，皆以扶持本国为宗旨，断无以破坏阻挠为能事者。

现在国民党议员，悉经解散，其余稳健议员，素知自爱，闻已羞与哙伍，愤欲辞职。虽欲固结，已属无从。留此少数之人，既无成立之希望，应请大总统给资回籍，另候召集。各议员皆明达廉洁，决不恋恋于五千元之岁俸，而浮沉于不生不灭之间，以误国家大计。狂夫之言，圣人择焉，伏乞鉴核施行，民国幸甚！副总统兼领湖北都督事黎元洪，署湖北民政长吕调元，直隶都督冯国璋，直隶民政长刘若曾，奉天都督兼署吉林都督张锡銮，奉天民政长许世英，吉林民政长齐耀琳，吉林护军使孟恩远，黑龙江护军使兼署民政长朱庆澜，江苏都督张勋，江苏民政长韩国钧，江北护军使蒋雁行，安徽都督兼署民政长倪嗣冲，署江西都督李纯，江西民政长汪瑞闿，浙江都督朱瑞，署浙江民政长屈映光，福建民政长汪声玲，署湖南都督兼理民政长汤芗铭，署山东都督靳云鹏，署山东民政长田文烈，河南都督张镇芳，河南民政长张凤台，山西都督阎锡山，山西民政长陈钰，陕西都督张凤翽，署陕西民政长高增爵，护理甘肃都督兼护民政长张炳华，新疆都督兼署民政长杨增新，四川都督胡景伊，署四川民政长陈廷杰，护理川边经略使颜镗，广东都督龙济光，署广东民政长李开侁，广西都督陆荣廷，广西民政长张鸣岐，贵州都督兼署云南都督唐继尧，云南民政长李鸿祥，贵州民政长戴戡同叩。

看官阅此电文，已见得各省长官，统是仰承意旨，不消细述。惟黎元洪系起义首领，本意在推翻专制，建设共和，此次袁总统摧残国会，明明欲回复专制，如何也随声附和，反领衔电达呢？古语说得好，“识时务者为俊杰”，大众既赞成袁氏，他亦不便硬行出头，与袁反对，乐得同流合污，做一个与时浮沉的俊杰呢。不意通电未几，即来了参议院院长王家襄，口称奉总统密令，邀副总统入京，面商要略。黎元洪也不推辞，立将任中各项文书，委任民政长暂管，草草地收拾行装，随王北上，尚恐部下有变，佯言因公渡江，事毕返署，所以出城就道，行踪诡秘，连黎氏左右，也未尝预知情事。待至黎已到京，方闻袁总统下令，有云兼领湖北都督事黎元洪，因公来京，著段祺瑞暂代兼领湖北都督事。当时中外人士，莫明其妙，共疑政府有何大事，必须这黎副总统到京呢。嗣由小子底细调查，方知黎氏入京，段氏出镇，统含有特别关系，不是无故调动的。说来话长，待小子叙述出来。

原来袁氏倚黎、段为左右手，黎长参谋，段长陆军，遇事必内外筹商，谋定后动。黎、段亦矢忠矢慎，不敢有违，所以二次革命，黎为外护，段为中坚，终能指日荡平，肃清半壁。袁总统得此奇捷，未免顾盼自豪，尝语左右道：“我略用武装，约叛党相见，不到两月，尽已平定，论起功力，不在拿翁下。惟拿翁自恃武功，觊觎大宝，改变民主，再行帝政，我虽很加羡慕，但不欲轻效拿翁，致蹈覆辙呢。”左右等唯唯如命，未敢妄赞一词，就中有一位跃跃欲逞的贵公子，听到此言，便迎机而入，婉进讽词，老袁掀髯笑道：“汝欲我做皇帝吗？但为事必三思后行，倘或骑梁不成，反输一跌，岂不是欲巧反拙吗？”于是这位贵公子，垂首告退。

看官道此人为谁？说是袁总统的长公子克定。袁总统有一妻十五妾，子十五，女十四，惟长子克定，为正室于氏所出，机警不亚乃父，幼时除读书外，辄好武事，及弱冠后出洋，赴德国留学，卒业陆军学校，至是归国已久，常思化家为国，一展所长。凑巧民国成立，乃父得为总统，他便想趁这机会，劝父为帝，好把一座锦绣江山，据为袁氏私产，偏乃父不肯遽为，日日延挨过去，自思光阴易过，何时得达目的？踌躇再四，无可为计，猛然想到故友阮忠枢，与段祺瑞向称莫逆，段握陆军重任，倘得他鼓吹帝制，号召军民，那时便容易成功了。当下着人去招阮忠枢，忠枢为袁氏门下士，素与克定往来，一闻传召，立刻驰至。两下相见，当由克定嘱托一番，他即转往国务院，见段在列，乘间密语。谁料段不待词毕，便厉声道："休得妄言！休得妄言！"阮撞了一鼻子灰，返报克定，克定暗暗怀恨。段又出语人道："项城屡次宣言，誓不为帝，克定痴心妄想，一味瞎闹，岂不可笑？"这数语传入克定耳中，愈令懊恼，遂与袁乃宽密谋，挤排段氏。乃宽与克定，同姓不宗，平时殷勤趋奉，颇得老袁欢心，遂认老袁为叔父行，小袁为兄弟行。老袁屡加拔擢，累任至陆军次长，凡段氏一切行为，乃宽无不洞悉，所以吹毛索瘢，得进谗言。老袁虽然聪明，怎奈一个令子，一个爱侄，日事絮聒，免不得将信将疑。段祺瑞素性坦率，未曾防着，只知效忠袁氏，有时袁总统与谈湖北军情，赞美黎元洪，祺瑞独说黎仁柔有余，刚断不足，袁亦叹为知言。既而袁克定以段不助己，变计联黎，复遣人示意元洪，元洪不肯相从，所答论调，与段略同。克定乃密结爪牙，撺掇老袁，调黎入京，出段镇鄂，一是软禁元洪，缓缓地令他熔化，一是驱开祺瑞，急急地撤他兵权。黎、段非无知识，但立人檐下只好低头奉令，一往一来，仆仆道途，同做个现成傀儡罢了。黎元洪倒也见机，一经入京，便上书辞职，袁总统即日照准，不过温语答复，竭力敷衍。彼此情词斐亹，可歌可诵，小子不忍割爱，一并照录。曾记黎元洪的呈文道：

敬呈者：窃元洪屡觐钧颜，仰承优遇，恩逾于骨肉，礼渥于上宾。推心则山雪皆融，握手则池冰为泮。驰惶靡措，诚服无涯。伏念元洪忝列戎行，欣逢鼎运，属官吏播迁之众，承军民拥戴之殷。王陵之率义兵，坚辞未获，刘表之居重镇，勉负难胜。洎乎宣布共和，混一区夏，荷蒙大总统俯承旧贯，悉予真除。良以成规久圮，新制未颁，不得不沿袭名称，维持现状。元洪亦以神州多难，乱党环生，念瓜代之未来，顾豆分而不忍。思欲以一拳之石，暂砥狂澜，方寸之材，权撑圮厦，所幸仰承伟略，乞助雄师，风浪不惊，星河底定，获托威灵之庇，免贻陨越之羞。盖非常之变，非大力不能戡平，无妄之荣，实初心所不及料也。夫列侯据地，周室所以陵迟，诸镇拥兵，唐宗于焉翦靡。六朝玉步，蜕于功人，五代干戈，贻自骄将。偶昧保身之哲，遂丛误国之愆。灾黎填于壑而罔闻，敌国入于宫而不恤，远稽往乘，近览横流，国体虽更，乱源则一，未尝不哀其顽梗，憯莫惩嗟。前者章水弄兵，钟山窃位，三边酬诸异族，六省订为同盟，元洪当对垒之冲，亦尝尽同舟之谊。乃罪言弗纳，忠告罔闻，衷此苦心，竟逢战祸，久欲奉还职权，借资表率，只以兵端甫启，选典未行，暂忍负乘致寇之嫌，勉图抚杖观成之计。孤怀耿耿，不敢告人，前路茫茫，但蕲救国。今有列强承认，庶政更新，洗武库而偃兵，敞文园而弼教。处四海困穷之会，急起犹迟，念两年患难之场，回思尚悸。论全局则须筹一统，论个人则愿乞余年，倘仍恃宠长留，更或陈情不获，中流重任，岂忍施于久乏之身？当日苦衷，亦难褫诸无稽之口，此尤元洪所冰渊自惧，寝馈难安者也。伏乞大总统矜其愚悃，假以闲时，将所领湖北都督一职，明令免去。元洪追随钧座，长听教言，汲湖水以澡心，撷山云而链性。幸得此身健在，皆出解衣推食之恩，倘使边事偶生，敢忘擐甲执兵之报。伏门待命，无任屏营！谨呈。

袁总统的复书，也是俪黄妃紫，绮丽环生。词云：

来牍阅悉。成功不居，上德若谷，事符往籍，益叹渊衷。溯自清德既衰，皇纲解纽，武昌首义，薄海风从，国体既更，嘉言益著。调停之术，力竭再三，危苦之词，书陈累万。痛洪水猛兽之祸，为千钧一发之防，国纪民彝，赖以不坠。赣、宁之乱，坐镇上游，匕鬯不惊，指挥若定。吕梁既济，重思作楫之功，虞渊弗沉，追论扐戈之烈。凡所规画，动系安危，伟业丰功，彪炳寰宇。时局初定，得至京师，昕夕握谭，快倾心膈。褒、鄂英姿，获瞻便坐。逖、琨同志，永矢毕生。每念在莒之艰，辄有微管之叹，楚国宝善，遂见斯人。迭据面请，免去所领湖北都督一职，情词恳挚，出于至诚，未允施行，复有此牍。语长心重，虑远思深，志不可移，重违其意，虽元老壮猷，未尽南服经营之用，而贤者久役，亦非国民酬报之心，勉遂谦怀，姑如所请。国基初定，经纬万端，相与有成，期我益友，嗣后凡大计所关，务望遇事指陈，以匡不逮。昔张江陵尝言："吾神游九塞，一日二三。"每思兹语，辄为敬服。前型具在，愿共勉之！此复。

复词以外，即老老实实下一令道："兼领湖北都督事黎元洪呈请辞职，黎元洪准免本官。"正是：

功狗未嗥先缚勒，飞禽已尽好藏弓。

鄂督已更，又免去张勋本官，改任为长江巡阅使，另调冯国璋都督江苏，赵秉钧都督直隶，是何用意，容待小子下回表明。

黎之于袁，可谓竭尽所事，始终不贰者矣。癸丑之役，微黎阴助北军，则安能顺流无阻，先发制人？甚至撤消国会之义，黎亦不恤曲徇袁意，领衔电请，黎之忠袁如是，而袁独潜图帝制，甘心舐犊，遣人南下，召黎入京，阳加优礼，阴即软禁，好猜至此，而欲望人心之不解体，其可得乎？虽然，黎欲见好于袁，而卒为袁所卖，假使袁得永年，黎岂终能免祸乎？吾阅此回，殊不禁为黎氏惜焉。

第三十七回

罢国会议员回籍　行婚礼上将续姻

此回先叙袁世凯颁令取消国会，议员卷起行李回了老家。接着转写袁公子为尊父称帝寻找帮手，选中一个冯国璋；冯都督得一佳偶，也就和袁家坐到了一条船上。

却说张勋本党附袁氏，从前袁世凯任直督时，奉清廷命募陈新军，所有冯、段一班人物，统是练军中的将弁，张勋亦尝与列，受袁节制。所以张勋平日，除清廷皇帝外，只服从一袁项城。辛亥革命，张勋退出南京，虽是孤城受困，敌不住江浙联军，但也由老袁授意，为此知难而退。癸丑革命，张又为袁尽力，督兵南下，战胜异党，攻入南京，老袁特任他为江苏都督，明明是报功的意思。但张勋为人，粗鲁中含着血性，他自念半生富贵，统由清朝恩典，不过因时势所趋，无法保全清朝，没奈何推戴老袁，老袁只做总统，不做皇帝，还是有话可说，并非篡逆一流，为此仍然效命，惟背后的辫发，始终不肯薙去，却是不忘清室的标示。但老袁却为此一着，有些疑忌张勋，预恐帝制一行，他来反对，所以将他撤去督篆，调任散职，特令冯出督江，赵出督直，作为南北洋的羽翼。自是京都内外，统已布置妥当，就好慢慢地变更政体，开拓皇图，偏这两院议员，尚是睡在梦中，迭据一张没用的临时约法，指摘政府，迭加质问。那国务院讨厌得很，索性简截了当地答复数语。看官道如何说法？他说："两院议员，既不足法定人数，当然停议，何能提出质问书？况大总统救焚拯溺，扶危定倾，确是当今第一位人杰，是非心迹，昭然天壤，更不便绳以常例。"等语。议员争他不过，只好将就过去。一日又一日，已是民国第三年元旦，总统府中，热闹异常，外宾内吏，均去觐贺，差不多有九天阊阖，万国衣冠的盛仪。袁总统又把五等勋位，及九等嘉禾文虎各章，给赏了若干功狗，算作良辰令节的点染品。受惠感德的人，讴歌不绝。转眼间过了十日，忽由袁总统颁下一令道：

本日政治会议，呈复救国大计咨询一案，据称：前兼领湖北都督黎元洪等原电，修正宪法一节，若指约法而言，应于咨询增修约法程序案内，另行议复，其对于国会现有议员，给资回籍，另候召集一节，应请宣布停止两院现有议员职务，并声明两院现有议员，既与现行国会组织法第十五条所载总议员过半数之规定不符，应毋庸再为现行国会组织法第二条暨第三条之组织。至如何给资之处，应由政府迅速筹划施行。是否回籍，可听其便，政府毋庸问及等语。本大总统详加披阅，该会议议复各节，与该前兼领都督黎元洪等，救国苦心，深相契合。原呈所陈大要，以为非速改良国会之组织，无以勉符尊重国会之公心，洵属度时审势，正当办法。查两院现有议员，既与现行国会组织法第十五条所载总议员过半数之规定不符，应即依照政治会议议决宣布停止议员职务，毋庸再为现行国会组织法第二条暨第三条之组织。所有民国议会，应候本大总统依照约法，另行召集，此次停止职务各议员，由国务总理财政总长，迅将如何给资之处，筹划施行，余如该会议所陈办理。至两院现有议员，自宣布停止职务之日起，既均毋庸再为国会组织法第二条暨第三条之组织，一应两院事务，应由内务总长督饬筹备国会事务局，分别妥筹办法，免滋贻误，以副本大总统尊重国会之初意。此令。

还有一篇布告，是详述黎元洪等电请原文，及政治会议中呈复，无非说是约法不良，议员未善，应全体撤换，改新国会等情。其实是骗人伎俩，借此取消立法机关，免得节外生枝，牵掣行政，哪里还肯再行召集呢？政治会议诸公，自李经羲以下，也有一两个明白事理，阴怀愤恨，但看到黎元洪等原电，及老袁交议情形，已知木已成舟，不如顺风驶舵，博得个暂时安稳；只晦气了这班议员，平白地丢去岁俸五千圆，徒领了几十元川资，出都回籍去了。

是时袁大公子克定，默观乃父所为，明明是与自己的希望一同进行，黎既软禁，段又外调，所有阻碍，已经摔去，但只少一个位高望重的帮手，终究是未能圆满。他又与段芝贵商议，想去笼络江苏都督冯国璋。冯国璋的势力，不亚段祺瑞，联段不可，转而联冯，也是一条无上的秘计。段芝贵的品行，清史上已经表见，他是揣摩迎合的圣手，敏达圆滑的智囊。既蒙袁公子垂询，便想了一条美人计来，与袁公子附耳数语。袁公子大喜过望，便托他竭力作成。段芝贵应命去讫。

原来袁总统府中，有一位女教授，姓周字道如，乃是江苏宜兴县人。她的父亲，曾做过前清的内阁学士。这女士随父居京，曾入天津女师范学校，学成毕业，雅擅文翰，喜读兵书，嗣因中途失怙，情愿事母终身，矢志不嫁。怎奈宦囊羞涩，糊口维艰，亲丁只有一弟，虽曾需次都门，也未能得一美缺，所以这位周小姐，不能不出充教席，博衣食资。袁总统闻她才学，特延入府中，充为女教员，不特十数掌珠，都奉贽执弟子礼，就是后房佳丽，亦多半向她问字，愿列门墙。袁三夫人闵氏，与周女士尤为投契，朝夕相处，俨同姊妹。书窗闲谈，偶及婚嫁事，三夫人笑语道："吾姊芳龄，虽已三十有余，但望去不过二十许人，摽梅迨吉，秾李余妍，奈何甘心辜负，落寞一生呢？"周女士道："前因老母尚存，有心终事，今母已弃养，我又将老，还想什么佳遇？"三夫人道："姊言未免失察了。男婚女嫁，自古皆然，况太夫人已经仙逝，剩姊一身，漂泊无依，算什么呢？"这一席话，说得周女士芳心暗动，两颊绯红，不由得垂头叹息。三夫人又接着道："我两人分属师生，情同姊妹，姊有隐衷，尽可表白，当代为设法，玉成好事。"周女士方徐徐道："我的本意，不愿作孟德曜，但愿学梁夫人，无如时命不齐，年将就木，自知大福不再，只好待诸来生了。"三夫人道："哪里说来！当代觅蕲王，慰姊夙愿，何如？"周女士脉脉无言。

三夫人匆匆别去，即转告袁总统，袁亦愿作撮合山，但急切未得佳偶，因此权时搁起。可巧冯国璋在京，有时至总统府中，晤商要公，偶见一丰容盛鬋的周女士，不觉啧啧叹羡，讶问何人？袁总统触起旧感，即语国璋道："这是宜兴周女士，现在我处充女教习，博通经史，兼识韬钤，闻汝丧偶有年，我当为汝作伐，聘她为继室，倒也是一场佳话呢。"国璋答道："总统盛意，很是感佩，但国璋正室虽丧，尚有姬妾数人，豚儿亦已长大，自问年将半百，恐难偶此佳丽，为之奈何？"袁总统道："周女士的年龄，差不多要四十岁了，与汝相较，亦不过相距十岁，你既如此说法，我待商诸周女士，再行定议便了。"国璋称谢而退。

未几，国璋出督江宁，各大吏祖饯都门，恭送行旌，段芝贵时亦在座，席间谈及周女士事，国璋掀髯笑道："讲到容貌两字，亦未必赛过西子、王嫱，可是人家学问，实在高出我一个武夫，我年已及艾，还有什么不满意的事？不过这胡子还长得住否，实在是一个大问题。"言毕，鼓掌大笑，众亦随作笑声。段芝贵却从旁凑趣道："当日刘备娶孙夫人，洞房中环列刀枪，把刘备吓得倒退，冯公虽统兵有年，若好事果成，雌威不可不防哩。”国璋复笑道：“言为心声，段君想是惧内，自己有了河东狮，尽管小心奉承，不要向他人代虑呢。”大家诙谐一番，兴阑席散。越宿，国璋即别友出都，自行赴任去了。段芝贵记在心里，适逢克定垂询，遂将现成的美人计，敬谨奉献。一日，至总统府，便乘间禀明袁总统，袁总统道：“我亦早有此想哩，只因国事倥偬，竟致忘怀，但两造的意思，究未知是否赞同？”段芝贵道：“得大总统与他撮合，哪有不情愿之里？况两造感及玉成，将来总统有所指使，还怕他不内外效顺吗？”袁总统频频点首。一俟段芝贵退出，即嘱三夫人去作说客。三夫人笑着道：“我已早代为说妥了。”袁总统即致函冯国璋，请践原约。国璋本已有心，自然返报如命，且择于民国三年一月十九日，行成婚礼。

到了一月十二日，袁总统即遣公子克定，及三夫人率领周家姻族，及主婚代表等，送周女士南下江宁。江宁铁路，特备花车欢迎，沿路排列兵队，气象巍然。下关、江口一带，热闹异常。轮渡码头，悬灯结彩，并有松柏牌楼一座，上悬匾额，署“大家风范”四大字。两旁分列楹联，左首八字是“天上神仙，金相玉质”；右首八字是“女中豪杰，说礼明诗”。待周女士等渡江而来，各乘大轿入江宁城，当以鼓楼前交涉局为坤宅，门前亦设着松枝牌楼，特用五色电灯，盘出“福共天来”四大字。宅中陈设一新，尤觉光怪陆离，色色齐备。室中环列武装兵队，层层拥护，又特置布篷岗位数十所，屯驻警察，刀枪森耀，与昼间日光，夜间灯影，掩映生辉。都督府中人员，又稔知新人尚武，多派军服侍者，窗前阶下，荷枪鹄立，端的是文经武纬，灿烂盈门。

到了十八日下午二时，移置妆具，由坤宅启行至都督府，前导军乐，引以红绸彩门，横书四字为“山河委佗”，左右对联，上为“扫眉才子，名满天下”，下为“上头夫婿，功垂江南”，闻说为旅宁同乡所送。此外尚有直隶女师范学校，与高等女子小学教习学生，以及周女士闺友所赠诗章叙文颂词对联词曲，均用玻璃屏装饰，约计数十具。余如箱栊物件，却尚简朴，荆钗布裙，想见高风，不比那小家妇女，专从服饰上着想哩。

越日，即为婚期，坤宅因交涉局与都督府，相去太远，移驻都督府西首花园内，专候冯都督亲迎。时当午后，冯都督着上将礼服，佩挂勋章，乘舆出辕，由大总统代表人、介绍人及司仪人、迎亲人等，拥着彩舆，并排着全副仪仗，偕冯都督同至坤宅。护兵杂沓，军乐喧阗，冯都督降舆入室，行过了亲迎礼，略用茶点，先行告别。过一小时，即由送亲人等送彩舆至都督府，三星在户，百两迎门。司仪员先登礼堂，请冯都督出来，一面请新娘降车。舆门开处，但见一位华装炫饰，胡天胡帝的女娇娃，姗步下舆，身穿玄青色贡缎绣着八团五彩花的礼衣，下系绣金洒花的大红裙，宫额齐眉，遍悬珠勒，后面披着粉红纱，约长丈许，有侍女两人持着两端，随步而前。红纱上设一彩结，置于发顶，前悬两球，适垂前额，借以覆面。既入礼堂，与冯都督并肩立着，行文明结婚礼式，男女宾东西站立，先由大总统代表赍读颂词，新郎新娘，遣人代诵答词，继由男女宾分致颂词，新郎新娘，又遣人诵答如仪。司仪员乃唱新郎新娘行鞠躬礼，两下里对向鞠躬，至再至三，夫妇礼成。当由两新人对着代表介绍，鞠躬致谢。代表人、介绍人依次答礼，然后男女亲族，各行相见礼，无非是按着尊卑，相向鞠躬。男女宾又各行贺礼，两新人亦依礼相答。笙簧并奏，鸾凤和鸣，两新人归入洞房，宾朋等俱退出礼堂，各至客厅中，欢宴喜酒去了。自此洞房叶好，合卺共牢，说不尽的枕席风光，描不完的伉俪恩爱。小子且作诗一首，作为本回的结束。诗云：

一番趣事话风流，尽有柔情笔底收。

为问江南新眷属，可将月老记心头？

袁克定等送亲毕事，相率返京，欲知后事，再阅下回。

立法机关，是民主国最要条件，此而可以停止，是已举民主政体，完全推翻，奚待筹安设会，洪宪纪元，方为鼓吹帝政乎？老袁行于上，小袁行于下，联黎联段，俱难生效，不得已转联老冯，周女士道如，守北宫婴儿之节，乃必为冯作伐，牵入政治漩涡中，枕席风光，虽饶趣味，然揆诸周女士之初志，毋乃未免渝节欤？一条美人计，究用得着否，试看后文便知。

第三十八回

让主权孙部长签约 失盛誉熊内阁下台

此回先叙一段外交，俄国人乘人之危，袁总统心不在焉，失地让权的中俄协约签订。袁总统通令取消地方自治，又令取消各省议员。本欲施展抱负的熊希龄总理，总统的违法命令自己一一签署，心不自安，请求辞职。

却说袁总统密图帝制，专从内政上着手，日事变更，亦无暇顾及外交，就中蒙、藏风云迄未解决，前藏达赖喇嘛，屡生异图，办事长官钟颖，亦连电乞援。袁总统饬令滇、蜀各军，相继进征，不防英兵亦陆续入藏，驻华英使，且向袁政府抗议，谓中国若增兵藏境，英政府非但不承认民国，且将派兵助藏，令他独立。袁总统无法对待，只好停止滇、蜀各军，一面与达赖电商，撤还驻藏兵队，全藏应承认中国的宗主权。达赖总算照允。嗣是川、藏边境，暂息兵戈。尹昌衡亦奉召入京，撤去兵权。旋因尹擅纳蛮女，滋扰川边，竟加他罪名，拘禁起来，结果是褫职了案。还有俄蒙协约，前经外交总长陆徵祥，与俄使辩论数次，只争得一个领土权，另订中俄协约六条，并将俄蒙协约中所称附约十七条，作为中俄协约的附件，字句略加修改，所有外蒙古政府字样，均改为外蒙古地方官字样，算是保存国权的要点。当时政府曾提出国会，征求同意，众议院多进步党，赞助政府权予通融；参议院多国民党，排斥政府，竟致否决。旋因赣、宁变起，不遑顾及此事。至民党失败，国会已成残局，俄使库朋斯齐，且提出协约四条，较原订六条，尤为严酷。库匪又连番南下，时来寻衅，防边各兵，屡与战争，互有胜负。会外交总长已改任孙宝琦，不得已与俄使交涉，另订协约五款，可巧国会停止，得由袁政府独断独行，款约如下：

（一）俄国承认中国在外蒙古之主权。

（二）中国承认外蒙古之自治权。

（三）中国承认外蒙古人享有自行办理自治外蒙古之内政，并整理本境一切工商事宜之专权。中国允许不干涉以上各节，是以不将兵队派驻外蒙古，及安置文武官员，且不办殖民之举。惟中国可任命大员，偕同应用属员，暨护卫队，驻扎库伦，此外中国政府，亦可酌派专员，驻扎外蒙古地方，保护中国人民利益，但地点应按照本文件第五款商订。俄国一方面，担任除各领事署拥卫队外，不于外蒙古驻扎兵队，不干涉此境内之各项内政，并不在该境有殖民之举动。

（四）中国声明承受俄国调处，按照以上各款大纲，以及一九一二年十月二十一日俄蒙商务专条，明定中国与外蒙古之关系。

（五）凡关于俄国及中国在外蒙古之利益，暨各该处因现势发生之各问题，均应另行商定。

此外又由外交总长孙宝琦，照会俄使，另加声明道：

照得签定关于外蒙古问题之声明文件，本总长奉有本国委任，以政府名义，向贵公使声明各款如下：

（一）俄国承认外蒙古土地为中国领土之一部分。

（二）凡关于外蒙古政治土地交涉事宜，中国政府，允与俄国政府协商，外蒙古亦得参与其事。

（三）正文第五款所载随后商定事宜，当由三方面酌定地点，派委代表接洽。

（四）外蒙古自治区域，应以前清驻扎库伦办事大臣，乌里雅苏台将军，及科布多参赞大臣，所管辖之境为限。惟现在因无蒙古详细地图，而各处行政区域，又未划清界限，是以确定外蒙古疆域，及科布多、阿尔泰划界之处，应按照声明文件第五款所载，日后商定。

以上四款，相应照会贵公使查照，须至照会者。

照会去后，俄使也不复答复，是否承认，无从悬揣。不过外蒙古一部分，已不啻告朔饩羊，名存实亡了。老袁也没甚顾惜，但教皇帝做得成功，就是割去若干土地，亦所甘心，所以俄约告成，他尚喜慰，以为朔漠一带，免多顾虑，从此好一心一意地改革内政，求吾大欲。当下令政治会议诸公，于立法机关以外，特设一造法机关。为增修约法，及各种法案的基础。议长李经羲以下，希旨承颜，即议定一约法组织条例，呈经袁总统裁夺，申令公布。凡约法会议的议员，仍参用选举方法，选举区划，取都会集中主义。选举资格，取人才标准主义。所以选举会只限都会。京师选举会，只准选出四人，选举监督，就是内务总长充任。各省选举会，每省只准选出二人，由各省民政长，充选举监督，蒙藏青海联合选举会，只准选出八人，由蒙藏事务局总裁，充选举监督。全国商会联合会选举会，只准选出四人，由农商总长，充选举监督。选举人及被选举人，资格很严。选举人分四等：(一) 曾任或现任高等官吏，通达治术；(二) 有举人以上出身，夙著闻望；(三) 在高等专门学校三年以上毕业，研精科学；(四) 有万元以上财产，热心公益。被选举人只分三等；(一) 曾任或现任高等官吏，确有成绩；(二) 在中外专门学校，习过法律政治学，三年以上毕业；或曾有举人以上出身，通晓法政，确有心得；(三) 硕学通儒，著述宏富，确有实用。这三项人当选以后，还须经过中央审查会，查系合格，方得给予证书，实任约法会议议员，正副议长，由议员互选，各置一人。遇有议决事件，必咨请总统裁可，才得公布。政府且得派员出席，发表意见，惟以不得加入议决为限。这等条例，明明是限制民意，集权政府，一时不便擅作威福，就借这非驴非马的法子，掩饰过去。

寻又修正法制局官制，订定法律编查会规则，统是责成官长，不采公议。未几，又取消地方自治制。曾记民国三年二月三日，有一通令云：

地方自治，所以辅佐官治，振兴公益，东西各国，市政愈昌明者，则其地方亦愈蕃滋。吾国古来乡遂州党之制，啬夫乡老之称，聿启良规，允臻上理，要皆辨等位以进行，绝非离官治而独立，为社会谋康宁，绝非为私人攘权利。

乃近来迭据湖北、河南、直隶、甘肃、安徽、山东、山西等省民政长电呈，佥以各属自治会，良莠不齐，平时把持财政，抵抗税捐，干预词讼，妨碍行政，请取消改组等语，业经先后照准在案。兹又续据热河都统姜桂题，电称承德县头沟乡议事会，私设法庭，非刑拷讯。湖南都督汤芗铭，电称湘省各级自治机关，密布党徒，暗中勾结，当乱党叛变，各会职员，跳荡诪张，或汙伪命，自任中坚。且平时弁髦法令，鱼肉乡民，无所不至，请即行解散，以清乱源。山东民政长田文烈等，电称栖霞县乡民，因上下两级自治会，平日私受诉讼，滥用刑罚，集怨酿变，聚众围城，业已派队弹压。吉林民政长齐耀琳，呈称长春县议事会议决，不按法定人数，违反省行政官命令，把持税务，非法苛捐，冒支兼薪，并对于外交重事，公然侮辱。贵州民政长戴戡，电称黔省自治机关，由多数暴民专制，动称民权，不知国法，非廓清更始，庶政终无清肃之时。浙江民政长屈映光，电称浙省自治会，侵权违法，屡形自扰，请停止进行，另订办法各等情，本大总统深维致治之道，贵在无扰，革命以来，吾民两丁困厄，满目疮痍，每一念及，惄焉如捣。

似此骫法乱纪之各自治机关，若再听其盘踞把持，滋生厉阶，吏治何由而饬？民生何由得安？著各省民政长通令各属，将各地方现设之各级自治会，立予停办，所有各该会经管财产文牍，及另设财务捐务公所等项，由各该知事接收保管。会员中如有侵蚀公款公物者，应彻底清查，按律惩办。其从前由各该会擅行苛派之琐细杂捐，诸凡不正当之收入，并著各该县知事，详晰查报内务部，酌量核定。至于自治不良，固由流品滥杂，亦由从前立法未善，级数太繁，区域太广，有以致之。著内务部迅将自治制度，从新厘订，务以养成自治人才，巩固市政基础，为根本之救治，庶符选贤与能之古旨，渐进民治大同之盛轨。其自治制未颁定以前，各该地方官，尤宜慎选公正士绅，委任助理，自治会员中，亦不乏贤达宿望，并宜虚衷延访，勤求民隐，不得误会操切，致违本大总统惩除豪暴，保乂良善之本意。此令。

地方自治，既已取消，各省都督民政长，又推赵秉钧领衔，呈请将各省议会议员，一律停止职务。袁总统复有所借口，又续下一令道：

据署直隶都督赵秉钧署直隶民政长刘若曾等电称，各省议会成立，瞬及一年，于应议政事，不审事机之得失，不究义理之是非，不权利害之重轻，不顾公家之成败，惟知怀挟私意，壹以党见为前提。甚且当湖口肇乱之际，创省会联合之名，以沪上为中心，作南风之导火，转相联络，胥动浮言。事实彰明，无可为讳。有识者洁身远去，谨愿者缄默相安。议论纷纭，物情骇诧，而一省之政治，半破坏于冥冥之中。推求其故，盖缘选举之初，国民党势力，实占优胜，他党与之角逐，一变而演成党派之竞争，于是博取选民资格者，遂皆出于党人，而不由于民选。虽其中富于学识，能持大体者，固不乏人，而以扩张党势，攘夺权利为宗旨，百计运动而成者，比比皆是。根本既误，结果不良。现自国民党议员奉令取消以来，去者得避害马败群之谤，留者仍蒙薰莸同器之嫌。议会之声誉一亏，万众之信仰全失。微论缺额省份，当选递补，调查备极繁难，即令本年常会期间，议席均能足额，而推测人民心理，利国福民之希冀，全堕空虚。一般舆论，佥谓地方议会，非从根本解决，收效无期；与其敷衍目前，不如暂行解散，所有各省省议会议员，似应一律停止职务，一面迅将组织方法，详为厘定，以便另行召集，请将所陈各节，发交政治委员会议决等语。该都督所陈各节，自系实情，应如所请，交政治会议公同议决，呈候核夺施行。此令。

看官！你想政治会议诸公，都是一班明哲保身的人物，就时论势，已觉得各省议会存立不住，索性撤掉了他，使老袁得称心如愿，因此呈复上去，只说各省电呈，实是不错。袁总统非常快活，遂名正言顺地将各省议会取消了。自是民意机关，摧残殆尽，就是司法一部分，也说因财政艰难，将初级审检厅，尽行裁去，并归县知事带管，于是行政权扩充极大，官僚派乘时得位，复借几种古圣先王的政治，缘饰成文，曲为迎合，如祭天祀孔制礼作乐等议论，盛倡一时。袁总统一一照准，说什么对越神明，说什么尊崇圣道。大祀典礼，概用拜跪，大有希踪虞夏，凌驾汉唐的规范。

惟内阁总理熊希龄，起初是一往无前，颇欲展施抱负，造成一法治国，所以一经就任，便草就大政方针宣言书，拟向国会宣布。偏偏国会停止，变为政治会议，熊复将大政方针，交政治会议审定。政治会议诸公，以内阁将要推倒，还有什么责任内阁政策可以施行，随即当场揶揄，加以讥笑。京内外人士，又因袁总统种种命令，多半违法，熊总理不加可否，一一副署，既失去官守言责的义务，有何面目职掌首揆，侈谈政治？从此第一流内阁的名誉，又变做落花流水，荡灭无遗。熊亦心不自安，提出辞职呈文，极力请去。袁总统批示挽留，只准免兼财政，另调周自齐署财政总长，仍兼代陆军总长，所有交通总长一缺，命内务总长朱启钤兼理。熊希龄决计告退，再行力辞，袁总统乃准免本官，令外交总长孙宝琦兼代理国务总理。司法总长梁启超，教育总长汪大燮，因与熊氏有连带关系，依次辞职。袁复改任章宗祥为司法总长，蔡儒楷为教育总长，余部暂行照旧。小子有诗咏熊凤凰道：

> 不经飞倦不知还，凤鸟无灵误出山。
> 古谚有言须记取，上场容易下场难。

熊内阁既倒，熊希龄相率出都，忽有一急电到总统府，说有一现任都督，竟致暴毙了。究竟何人暴亡，俟下回再行揭载。

> 中国兵力，战强俄则不足，平库伦则有余，当库伦独立之日，正民国创造之时，设令乘南北统一，即日发兵，远征朔漠，内以掩活佛之不备，外以制俄焰之方张，则库伦不足平，而俄人自无由置喙矣。乃专为自谋，竟忘外患，因循久之，卒致俄人着着进行，不惜弃外蒙为瓯脱地，与彼定约。夫老袁既欲取威定霸，何对于外人，畏葸若此？而对内则又悍然不顾，肆行无忌，自国会停止后，而地方自治，而省议会，诸民意机关，如秋风之扫落叶，了无孑遗。然凤凰身为总理，不能出言匡正，且又恋栈不去，以视唐少川辈，有愧色矣。一失足成千古恨，熊亦自知愧悔否耶？

第三十九回

逞阴谋毒死赵智庵 改约法进相徐东海

此回先叙一段疑案：不同意帝制的袁氏心腹、前任总理赵秉钧暴毙，可能是『御医』的医术好。接叙《临时约法》逐条修改颁行，给袁氏称帝安装些『绿灯』。袁世凯又把前清时的老同事徐世昌请来，做了国务卿。

却说暴病身亡的大员，并非别人，乃是现任直隶都督赵秉钧。秉钧本袁氏心腹，自袁氏出山后，一切规划，多仗秉钧参议，及晋任国务总理，第一大功，便是谋刺宋教仁一案，他尝指示洪述祖，勾结应夔丞，实为宋案中的要犯。至赣、宁失败，民党中人，统已航海亡命，把这一桩天大的案件，无形打消，应夔丞也从上海监狱中乘机脱逃。应在上海涸迹数月，不便出头，自思刺宋一案，有功袁氏，不如就此北上，谒见老袁，料老袁记念前功，定必给畀优差，还我富贵。但自己与老袁未曾相识，究不便直接往见，凑巧赵秉钧调任直隶总督，正好浼他介绍，作为进身进步。一函密达，旋得好音，赵秉钧已替他转达老袁，召使北上，于是这钻营奔走的应桂馨，遂放心安胆，整备行装，乘津浦火车北上。既至天津，与秉钧相见，秉钧很是优待，一住数日，宾主言欢，彼此莫逆。应欲进谒总统，当由赵用电话先向总统府接洽，然后送应出署，且派卫队送至车站，待应上车北驶，卫队方回署消差。

不到半日，忽由京津路线的车站，传达紧急电话，到了直督署中，报称应夔丞被刺死了。赵秉钧得此消息，吃一大惊，急忙复电，问系何人大胆，敢尔行凶？现在曾否拿住凶手？不料回电又来，说系凶手势大，不便拿讯。赵秉钧闻到此语，已瞧料了十分之九，只因良心上忍不过去，乃复传电话至总统府，向袁总统直接问话。袁总统直截答复，但有"总统杀他"四字。秉钧又向电话中传声道："自此以后，何人肯为总统府尽力。”连呼数声，简直是没人答应，秉钧亦只好掷下电筒，咨嗟不已。原来袁总统惯使阴谋，仿佛当年曹阿瞒，有宁我负人，毋人负我的意思。他想应果来京，如何位置？不如杀死了他，既免为难，又可灭口，遂阴遣刺客王滋圃，乘了京津火车，直至津门，与应在车中相见，但说是奉总统命，特来欢迎。应夔丞快慰得很，哪里还去防备。不料到了中途，啪的一声，竟送应一颗卫生丸，结果了他的性命，车中人夫相率惊惶，王滋圃竟抬出“总统”二字，作为护盾。当时京畿一带，听得袁总统大名，仿佛与神圣一般，哪个敢去多嘴？惟应夔丞贪慕荣利，害得这般收场，徒落得横尸道上，贻臭人间。

赵秉钧自应被刺后，免不得暗暗悔恨，抑郁成疾，好几日不能视事，便电向总统府中，去请病假。袁总统自然照准，且饬遣一个名医，来津视疾。秉钧总道他奉命来前，定是高手，便令他悉心诊治，依方服药，谁知药才入口，便觉胸前胀闷；过了半时，药性发作，满身觉痛，腹中更觉难熬，好似绞肠痧染着，忽起忽仆，带哭带号，急思诘问来医，那医生已出署回京。秉钧自知中毒，不由得恨恨道：“罢了罢了。”说到两个“罢”字，已是支持不住，两眼一翻，呜呼毕命。死后的情形，甚是可怕，四肢青黑，七孔流血，比上年林述庆死状，还要加重三分。当下电讣中央，袁总统谈笑自若，只形式上发了一道命令，说他如何忠勤，给金治丧，算作了事。看官不必细问，便可知秉钧中毒，仍与应夔丞被刺一样的遭人暗算，不过夔丞被刺，是完全为宋案关系，杀死灭口；而秉钧中毒，一半是为着宋案，一半是为着帝制。先是秉钧在京，尝恨东南党人，迭加诘责，曾语袁总统道：“名为元首，常受南人牵制，正足令人懊恨，不如前时统领北洋，尚得自由行动呢。”袁总统点首无言。袁大公子克定，疑他言外有意，隐讽老袁为帝，所以密谋禅袭，首先示意秉钧，不料秉钧竟不赞成。克定亦从此挟嫌，至夔丞刺死，遂向老袁前进谗，说他怨望。袁信以为真，适秉钧命数该绝，生起病来，遂暗嘱医生，赴津治病，投药一剂，即将秉钧活活治死，真个是杀人猛剂，赛过刀锯呢，话休烦叙。

且说约法会议，组织告成，于三月十八日开会，推孙毓筠为议长，施愚为副议长，把民国元年的《临时约法》逐条修改，一意的尊重主权，划除民意，一面设平政院及肃政厅，规复前朝御史台规制，并组织海陆军大元帅统率办事处，将全国海陆兵柄，一古脑儿收集中央，于是召段祺瑞回京供职，另遣段芝贵署理湖北都督。是时白狼正驰突楚、豫，扰均州，窜淅川，勾结余党孙玉章、时家全、王成敬等，攻破紫荆关，意图西向。袁总统既召祺瑞回京，复令他沿途缉匪，助剿白狼，这明是忌他督鄂，迫令交卸，又不愿他速回陆军本任，特令逗留京外，免来作梗。至护军使赵倜等，已将白狼逼入西北，阵毙悍匪千余人，白狼势焰已衰，然后段祺瑞返入京师，再任陆军总长。这时候的约法会议，已经修正约法，由袁总统核定，照例公布了。新约法共计十章，分列六十八条，就中所有文字，实是袁氏潜图帝制的先声，小子不能不录，约法如下：

第一章　国家

第一条　中华民国，由中华人民组织之。第二条　中华民国之主权，本于国民之全体。第三条　中华民国之领土，依从前帝国所有之疆域。

第二章　人民

第四条　中华民国人民，无种族阶级宗教之区别，法律上均为平等。第五条　人民享有下列各款之自由权：(一)人民之身体，非依法律，不得逮捕拘禁审问处罚；(二)人民之住宅，非依法律，不得侵入或搜索；(三)人民于法律范围内，有保有财产及营业之自由；(四)人民于法律范围内，有言论著作刊行，及集会结社之自由；(五)人民于法律范围内，有居住迁徙之自由；(六)人民于法律范围内，有信教之自由。第六条　人民依法律所定，有请愿于立法院之权。第七条　人民依法律所定，有诉讼于法院之权。第八条　人民依法律所定，有诉愿于行政官署及陈诉于平政院之权。第九条　人民依法律所定，有愿任官考试及从事公务之权。第十条　人民依法律所定，有选举及被选举之权。第十一条　人民依法律所定，有纳税之义务。第十二条　人民依法律所定，有服兵役之义务。第十三条　本章之规定，与海陆军法令及纪律不相抵触者，军人适用之。

第三章　大总统

第十四条　大总统为国之元首，总揽统治权。第十五条　大总统代表中华民国。第十六条　大总统对国民之全体负责任。第十七条　大总统召集立法院，宣告开会停会闭会。第十八条　大总统提出法律案及预算案于立法院。第十九条　大总统为增进公益或执行法律，或基于法律之委任，发布命令，并得使发布之。但不得以命令变更法律。第二十条　大总统为维持公安，或防御非常灾害，事机紧急，不能召集立法院时，经参政院同意，得发布与法律有同等效力之教令，但须于次期立法开会之始，请求追认。若立法院否认时，即失其效力。第二十一条　大总统制定官制官规，并任免文武职官。第二十二条　大总统宣告开战媾和。第二十三条　大总统为陆海军大元帅，统率全国陆海军，并定陆海军之编制及兵额。第二十四条　大总统接受外国大使公使。第二十五条　大总统缔结条约，但变更领土，或增加人民负担之条款，须经立法院同意。第二十六条　大总统依法律宣告戒严。第二十七条　大总统颁给爵位勋章，并其他荣典。第二十八条　大总统宣告大赦特赦减刑复权，但大赦须经立法院同意。第二十九条　大总统因故去职或不能视事时，副总统代行其职权。

第四章　立法

第三十条　立法以人民选举之议员组织立法院行之。(立法院之组织，及议员选举方法，由约法会议议决之。)第三十一条　立法院之职权如下:(一)议决法律;(二)议决预算;(三)议决或承诺关于公债募集及国库负担之条件;(四)答复大总统咨询事件;(五)收受人民请愿事件;(六)提出法律案;(七)提出关于法律及其他事件之意见，建议于大总统;(八)提出关于政治上之疑义，要求大总统答复;但大总统认为须秘密者，得不答复之;(九)对于大总统有谋叛行为时，以总议员五分四以上之出席，出席议员四分三以上之可决，提起弹劾之诉讼于大理院。第三十二条　立法院每年召集之会期，以四个月为限，但大总统认为必要时，得延长其会期，并得于闭会期内，召集临时会。第三十三条　立法院之会议，须公开之，但经大总统之要求，或出席议员过半数之可决时，得秘密之。第三十四条　立法院议决之法律案，由大总统公布施行。第三十五条　立法院议长副议长，由议员互选之，以得票过投票总数之半者为当选。第三十六条　立法院议员于院内之言论及表决，对于院外不负责任。第三十七条　立法院议员，除现行犯及关于内乱外患之犯罪外，会期中非经立法院许可，不得逮捕。第三十八条　立法院法由立法院自定之。

第五章　行政

第三十九条　行政以大总统为首长，置国务卿一人赞襄之。第四十条　行政事务，置外交、内务、财政、陆军、海军、司法、教育、农商、交通各部分掌之。第四十一条　各部总长，依法律命令，执行主管行政事务。第四十二条　国务卿、各部总长及特派员，代表大总统出席立法院发言。第四十三条　国务卿、各部总长，有违法行为时，受肃政厅之纠弹及平政院之审理。

第六章　司法

第四十四条　司法以大总统任命之法官，组织法院行之。第四十五条　法院依法律独立，审判民事诉讼，刑事诉讼，但关于行政诉讼及其他特别诉讼，各依其本法之规定行之。第四十六条　大理院对于第三十一条第九款之弹劾事件，其审判程序，别以法律定之。第四十七条　法院之审判，须公开之，但认为有妨害安宁秩序或善良风俗者，得秘密之。第四十八条　法官在任中，不得减俸或转职，非依法律受刑罚之宣告，或应免职之惩戒处分，不得解职。

第七章　参政院

第四十九条　参政院应大总统之咨询审议重要政务。（参政院之组织，由约法会议议决之。）

第八章　会计

第五十条　新课租税及变更税率，以法律定之。（现行租税，未经法律变更者，仍旧征收。）第五十一条　国家岁出岁入，每年度依立法院所议决之预算案行之。第五十二条　因特别事件，得于预算内预定年限，设继续费。第五十三条　为备预算不足或于预算以外之支出，须于预算内设预备费。第五十四条　下列各款之支出，非经大总统同意，不得废除或裁减之：（一）法律上属于国家之义务者；（二）法律之规定所必需者；（三）履行条约所必需者；（四）海陆军编制所必需者。第五十五条　为国际战争或戡定内乱，及其他非常事变，不能召集立法院时，大总统经参政院之同意，得为紧急财政处分。但须于次期立法院开会之始，请求追认。第五十六条　预算不成立时，执行前年度预算。会计年度既开始，预算尚未议定时亦同。第五十七条　国家岁出岁入之预算，每年经审计院审定后，由大总统提出报告书于立法院，请求承诺。第五十八条　审计院之编制，由约法会议议决之。

第九章　制定宪法程序

第五十九条　中华民国宪法案，由宪法起草委员会起草。（委员会以参政院所推举之委员组织之，人数以十名为限。）第六十条　中华民国宪法案，由参政院审定之。第六十一条　中华民国宪法案，经参政院审定后，由大总统提出于国民会议议决之。（国民会议之组织，由约法会议议决之。）第六十二条　国民会议，由大总统召集并解散之。第六十三条　中华民国宪法，由大总统公布之。

第十章　附则

第六十四条　中华民国宪法未施行以前，本约法之效力与宪法等。（约法施行前之现行法令，与本约法不相抵触者，保有其效力。）第六十五条　中华民国元年所宣布之清帝辞位后优待条件，清皇族待遇条件，满蒙回藏各族待遇条件，永不变更其效力。第六十六条　本约法由立法院议员三分二以上，或大总统提议增修，经立法院议员五分四以上之出席，出席议员三分二以上之可决时，由大总统召集约法会议增修之。第六十七条　立法院未成立以前，以参政院代行其职权。第六十八条　本约法自公布之日施行，民国元年三月十一日公布之临时约法，于本约法施行之日废止。

旧约法既废，新约法施行，便靠着三十九条新例，请出一位老朋友来，做了国务卿，看官道是谁人？就是清末的内阁协理徐世昌。徐字菊人，东海人氏，世人叫他徐东海。他与袁总统系是故交，民国新造，他虽未曾登场，尚是留住都门，隐备老袁顾问，至此奉到袁总统命令，起初是上书告辞，只说是年衰力绌，难胜巨任，后经孙宝琦、段芝贵两人，替总统代为劝驾，备极殷勤，那时这位徐菊老，幡然心动，也不暇他顾，居然来做国务卿了。当下将国务院官制，一律取消，特就总统府设一政事堂，由国务卿赞襄政务，承大总统命令，监督政事堂事务，国务卿以下，分设左右两丞，左丞任了杨士琦，右丞任了钱能训，并设五局一所，各置长官，又选入参议八员，与议政事，这明明是置相立辅，惟王建国的意思。正是：

浊世复逢新魏武，泥人又见老徐娘。

国务卿以外，还有各部总长，亦略有更动，容待下回叙明。

应夔丞之被刺，与赵秉钧之暴亡，虽系由老袁辣手，然亦未始非赵、应之自取。杀人，何事也？与人无仇，而甘受主使，致人于死，我杀人人亦杀我，人能使我杀人，安知不能使人杀我？相去不过一间，赵秉钧特未之思耳。若废止旧约法，施行新约法，实是借此过渡，接演帝制。徐东海阅世已久，应烛几先，何苦受袁氏羁縻，甘居肘下耶？我为徐东海语曰："太不值得。"

第四十回

返老巢白匪毙命
守中立青岛生风

几乎等于皇帝的袁总统又搞了一番改制，总不过是为自己称帝开路。回中叙出『白狼』被击毙，算是巨寇荡平。偏是欧洲战起，中国保持中立，日本人却向德国人租借的胶州湾进兵，占了青岛。

却说各部总长，由袁总统酌量任命，外交仍孙宝琦，内务仍朱启钤，财政仍周自齐，陆军仍段祺瑞，海军仍刘冠雄，司法仍章宗祥，农商仍张謇，惟教育总长改任了汤化龙，交通总长改任了梁敦彦。大家俯首听命，毫无异言。袁总统又特下一令道：

> 现在约法业经公布施行，所有现行法令，及现行官制，有无与约法抵触之处，亟应克日清厘，著法制局迅行，按照约法之规定，将现行法令等项，汇案分别修正，呈候本大总统核办。在未经修正公布以前，凡关于呈报国务总理等字样，均应改为呈报大总统；关于各部总长会同国务总理呈请字样，均应改为由各部总长呈请；关于应以国务院令施行事件，均改为以大总统教令施行。余仍照旧办理。此令。

据这令看来，大总统已有无上威权，差不多似皇帝模样，就是特任的国务卿，也是无权无柄，只好服从总统，做一个政事堂的赘瘤，不过总统有令，要他副署罢了。嗣是一切制度，锐意变更，条例杂颁，机关分设，就中最注目的法令，除新约法中规定的审计院、参政院、次第组织外，还有什么省官制，什么道官制，什么县官制，每省原有的民政长，改称巡按使，得监督司法行政，署内设政务厅，置厅长一人，又分设总务、内务、教育、实业各科，由巡按使自委掾属佐理。道区域由政府划定，每道设一道尹，隶属巡按使，所有从前的观察使，一律改名；县置知事，为一县行政长官，须隶属道尹。且各县诉讼第一审，无论民事刑事，均归县知事审理。至若各省都督，也一概换易名目，称为将军。又另订文官官秩，分作九等：（一）上卿，（二）中卿，（三）少卿，（四）上大夫，（五）中大夫，（六）少大夫，（七）上士，（八）中士，（九）少士。此外又有同中卿，同上大夫，同少大夫，同中士，同少士等名称，秩同本官。他如各部官制，亦酌加修正，并将顺天府府尹，改称京兆尹。所有大总统公文程式，政事堂公文程式及各官署公文程式，尽行改定。一面取消国家税地方税的名目。什么叫做国家税地方税？国家税是汇解政府，作为中央行政经费，地方税是截留本地，作为地方自治经费。此次袁氏大权独揽，已命将地方自治制，废撤无遗，当然取消地方税，把财政权收集中央，而且募兵自卫，加税助饷，新创一种验契条例，凡民间所有不动产契据，统要验过，照例收费；又颁三年国内公债条例，强迫人民出赀，贷与政府；还有印花税、烟酒税、盐税等，陆续增重，依次举行。民间担负，日甚一日，叫他向何处呼吁？徒落得自怨自苦罢了。

五月二十六日，参政院成立，停止政治会议，特任黎元洪为院长，汪大燮为副院长，所有参政人员，约选了七八十人，一大半是前朝耆旧，一小半是当代名流。袁总统且援照新约法，令参政院代行立法权，黎元洪明知此事违背共和，不应充当院长，但身入笼中，未便自由，只好勉勉强强地担个虚名儿，敷衍度日，院中也不愿进去，万不得已去了一回，也是装聋作哑，好像一位泥塑菩萨，静坐了几小时，便出院回寓去了。袁总统不管是非，任情变法，今日改这件，明日改那件，头头是道，毫无阻碍，正在兴高采烈的时候，又接到河南军报，剧盗白狼，已经击毙，正是喜气重重，不胜庆幸，究竟白狼被何人击死？说来话长，待小子详叙出来：

白狼自击破紫荆关，西行入陕，所有悍党，多半随去，只李鸿宾眷恋王九姑娘，恣情欢乐，不愿同行，王成敬亦掠得王氏两女，左抱右拥，留寓宛东。当时白狼长驱入陕，连破龙驹寨、商县，进陷蓝田，绕长安而西，破盩厔，复渡渭陷乾县，全陕大震。河南护军使赵倜，急由潼关入陕境，飞檄各军会剿，自率毅军八营，追击白狼。白狼侦得消息，复窜踞鄜县，大举入甘肃，甘省兵备空虚，突遭寇警，望风奔溃，秦州先被攻入，伏羌、宁远、醴县，相继沦陷，回匪会党，所在响应，啸聚至数万人。白狼竟露布讨袁，斥为神奸国贼，文辞工炼，相传为陈琳讨曹，不过尔尔。嗣闻毅军追至，各党羽饱橐思归，各无斗志，连战皆败，返窜岷、洮。白狼乃集众会议，借某显宦宅为议场，狼党居中，南士居左，北士居右，其徒立门外。白狼首先发言道："我辈今日，势成骑虎，进退两途，愿就诸兄弟一决。有奇策，可径献。赞成者击掌，毋得妄哗！"当有马医徐居仁，曾为白狼童子师，即进言道："清端郡王载漪，发配在甘，可去觅了他来，奉立为主，或仍称宣统年号，借资号召。"言已，击掌声寥寥无几。白狼慨然道："满人为帝时，深仁如何，虐待如何？都与我无干。但他坐他的朝，我赶我的车，何必拉着皇帝叫姊夫，攀高接贵呢。"旁边走过一个独只眼，绰号白瞎子，也是著名悍目，大言道："还不如自称皇帝吧，就使不能为朱元璋，也做一个洪秀全。"狼党闻言，多半击掌。南士北士，无一相应。白狼笑道："白家坟头，也没有偌大气脉，我怎敢作此妄想？"谋士吴士仁、杨芳洲献议道："何不入蜀？蜀称天险，可以偏安，且前此得城即弃，实非良策，此后得破大城，即严行防守，士马也得安顿休息，养精蓄锐，静待时机，何必长此奔波呢？"南士北士，全体击掌。惟狼党狼徒，相率寂然。芳洲又道："富贵归故乡，楚霸王终致自刎；且樊生占易，返里终凶，奈何忘着了？"白狼瞿然道："汝言极是，我愿照行。"语未毕，但听门外的狼徒，齐声哗噪道："就是到了四川，终究也要回来，不如就此回去吧。"士仁再欲发言，狼徒已竞拾砖石，纷纷投入，且哗然道："白头领如愿入川，尽请尊便，我等要回里去了。"白狼连声呵止，没人肯听，乃狠狠道："都回去死吧。"乃径向东行。回匪会党，沿途散归，就是南北谋士，也知白狼不能成事，分头自去。狼众又各顾私囊，与白狼分道驰还。

白狼怏怏不乐，行至宁远、伏羌，遇着官军，再战再败，白瞎子等皆战死，惟白狼且战且走，驰入郿县，又被赵倜追至，杀毙无算；转向宝鸡，又遭张敬尧截击；遁至子午谷，复被秦军督办陆建章攻杀一阵，那时白狼收拾残众，硬着头皮，突出重围，走镇安，窜山阳。鄂督段芝贵，豫督田文烈，飞檄各军堵剿，部令且悬赏十万圆，购拿白狼。白狼越山至富水关，倦极投宿，睡至夜半，忽闻枪声四起，慌忙起床，营外已尽是官军，眼见得抵敌不住，只好赤身突围，登山逃匿，官军乘势乱击，毙匪数百人。比明，天复大雾，经军官齐鸣号鼓，响震山谷，匪势愈乱，纷纷坠崖。

看官道这支官兵，是何人统带？原来就是巡防统领田作霖。作霖奉田督命令，调防富水，随带不过千余人，既抵富水关附近，距匪不过十余里，闻镇嵩军统领刘镇华驻扎富水镇，乃重资募土人，令他致函与刘，约他来日夹攻，土人往返三次，均言为匪所阻，不便传达。作霖正在惊疑，忽有一老翁携榼而来，馈献田军，且语作霖道："从前僧亲王大破长发贼于此，此地有红灯沟、红龙沟两间道，可达匪营，若乘夜潜袭，定获全胜。"作霖大喜，留老翁与餐，令为乡导。黄昏已过，即令老者前行，自率军随后潜进。老翁夜行如昼，及至狼营，即由作霖传令，分千人为左右翼，冲突进去。果然狼营立溃，大获胜仗。嗣因兵力单弱，不便穷追，俟至天明，令军士击鼓，作为疑兵。连长鞠长庚，率左翼抄出山北，巧遇镇嵩军到来，正要上山擒狼，哪知毅军尾至，错疑镇嵩军为匪，开炮轰击。镇嵩军急传口号，禁止毅军，毅军攻击如故，恼动了刘镇华，竟欲挥众返攻。白狼乘隙遁去。至田作霖驰至，互为解释，各军复归于好，那白狼已早远飏了。

但狼众经此一战，伤亡甚众，及遁至屈原冈，白狼检点党羽，不过三四千人，杨芳洲喟然道："初入甘省，三战三胜，一行思归，四战四败。昔楚怀王不用屈原，终为秦掳，目今我等亦将被掳了。"白狼亦长叹道："诸兄弟固强我归，使我违占愎谏，以至于此，尚有何言？"乃与宋老年等，再行东窜。赵倜、田作霖二军，昼夜穷追，迭毙狼众。至临汝南半闸街东沟，与白狼相遇，飞弹击中狼腰，狼负伤入拾脚山，手下只百余人，又被官军围攻，越山北遁，返至原籍大刘庄，伤剧而亡。党伙七人，把尸首掩埋张庄，狼有叔弟二人，知尸所在，恐被株连，潜向镇嵩军呈报。民国四年八月五日，分统张治功，掘斩狼首。只说是派人投匪，乘间刺毙。刘镇华忙据词电陈，袁总统喜出望外，即下令嘉奖。哪知赵倜的呈文又复到来，声称白狼毙命情形，实系因伤致死，并非张治功部下击毙，田作霖、张敬尧禀报从同，乃再下令责罚张治功，褫去新授的少将衔及三等文虎章。刘镇华代为谎报，亦撤销新授的中将衔及勋五位，以示薄惩。所有余匪，着各军即日肃清。究竟白狼如何致死，尚没有的确凭证，无非是彼此争功罢了。

这时候的王成敬、李鸿宾，已被防营拿住，一体正法。王氏二女得生还，王九姑娘，已生有子女各一人，也在匪穴中拔出，送还母家。王沧海扑杀九姑娘的子女，将她改嫁汝南某富翁，作为继室。段青山、尹老婆、孙玉章等，统遭击毙。只张三红就抚陆军，宋老年流入陕境，往投旅长陈树藩，缴枪五十枝，得为营长。三年流寇，至是铲除，可怜秦、陇、楚、豫的百姓，已被他蹂躏不堪了。

袁总统以剧寇荡平，内政问题，又复顺手，越加痴心妄想，要立子孙帝王万世的基业。但默念东西各邦，只承认中华民国，不承认中华帝国，倘或反对起来，仍不得了，再四图维，想出一法，拟腾出巨款，延聘几个外人，充总统府顾问员，将来好教他运动本国，承认帝制。可惜款项无着，所有国家收入，专供行政使用，

《红梅图》/ 吴昌硕

吴昌硕，浙江安吉人。此扇面构图很见章法，匠心独运。前后梅枝皆自左向右横出，如折枝横置，富有奇趣；用笔畅劲，线条变化随意天然，以至梅花繁茂艳丽而又沉着淳厚。

《鼓瑟三乐图》/沈兆涵

沈兆涵，江苏崇明人。清末民初画家，擅画，花卉、山水、人物，并佳皆妙，尤精仕女。

《羲之爱鹅图》/任伯年

任伯年，浙江山阴（今绍兴）人。其笔下的人物造型古绝生动，尤其适合表现文人雅士的高逸姿态，是清末民初海派绘画的领袖人物。

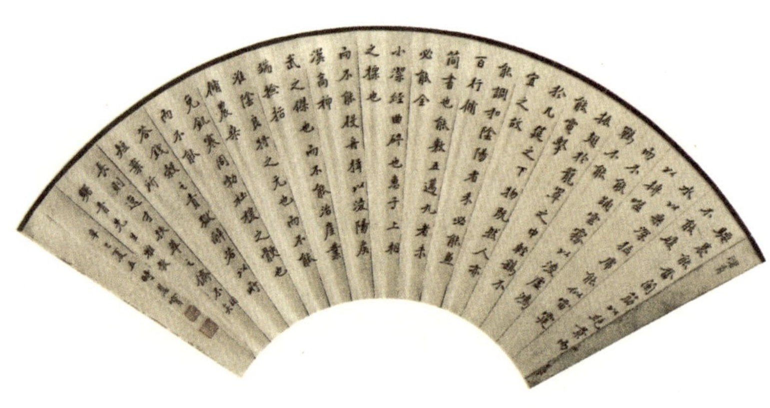

书法扇面 花卉成扇 / 时慧宝

时慧宝，江苏苏州人。著名京剧老生演员，民国时红遍大江南北。

《设色山水团扇》/林琴南

林琴南，福建闽县人。民国著名翻译家和国画家，博览精思，工书，能文，擅画，有狂生之称。

《设色花鸟团扇》/张 椠

张椠，河北直隶人。清末有影响的花鸟画家，工篆隶、擅花鸟，亦能山水。

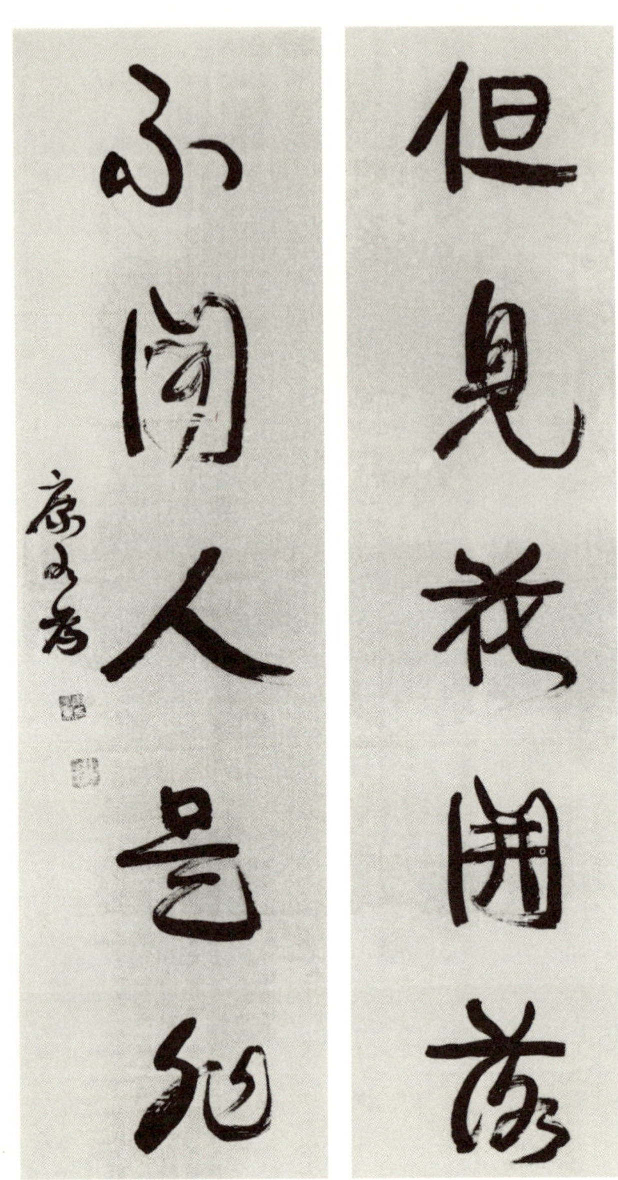

书法 / 康有为

康有为，广东南海人。近代政治家、书法家、学者。曾推行戊戌变法，旋失败。书法力倡北碑，法《石门铭》，气满神畅，雄健飞逸，自成面目。

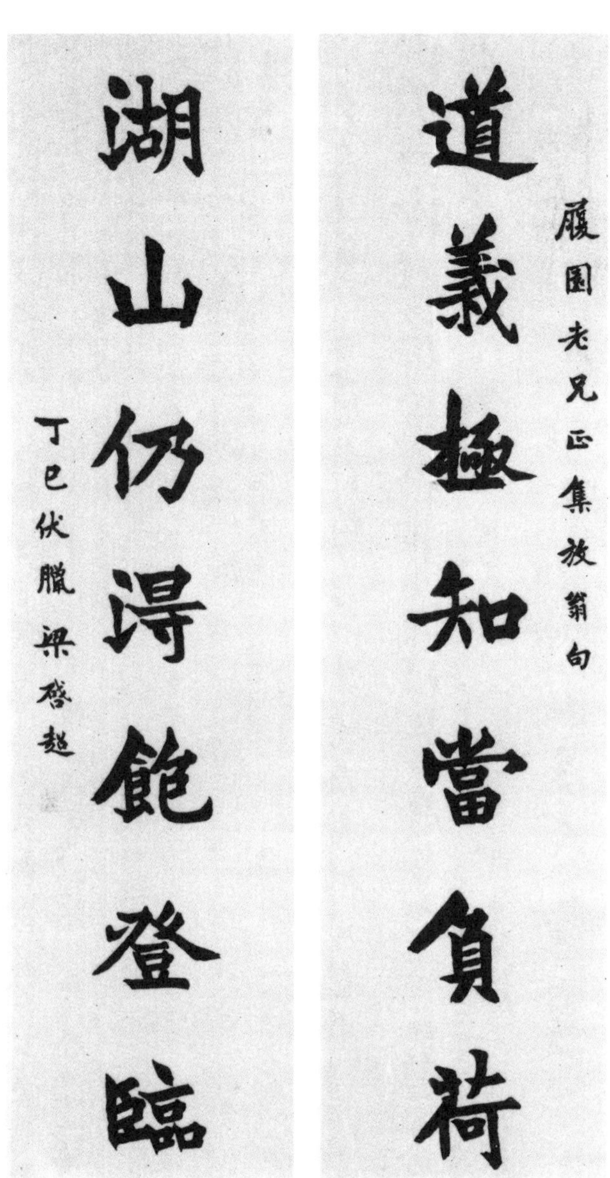

书法 / *梁启超*

梁启超，广东新会人。参与戊戌变法。工书，宗北碑，著述成《饮冰室合集》。

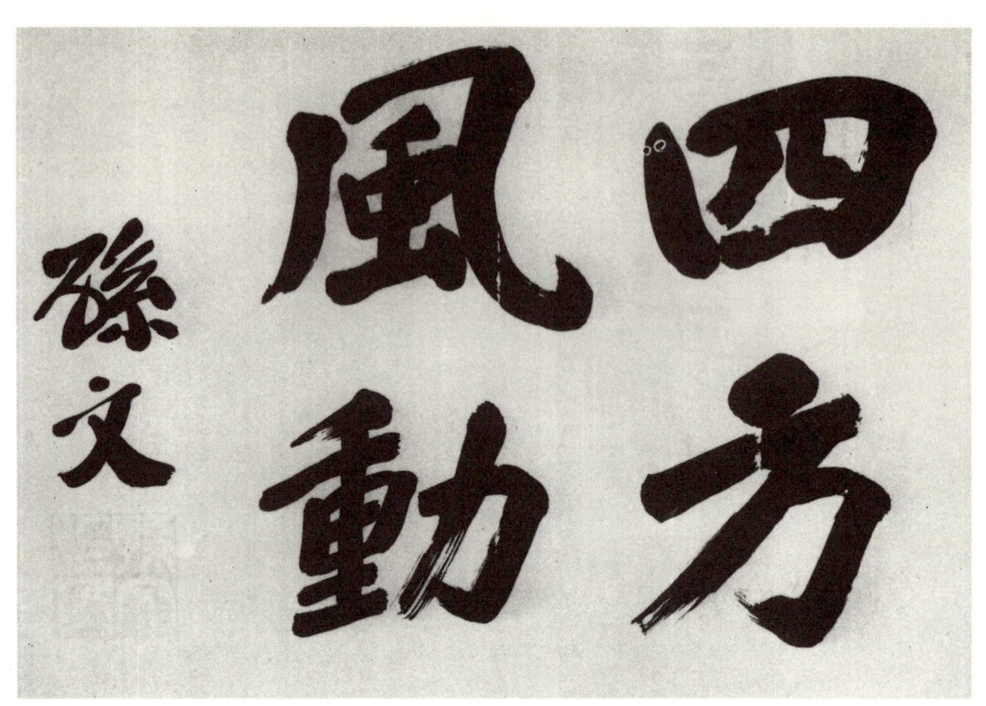

书法 / 孙 文

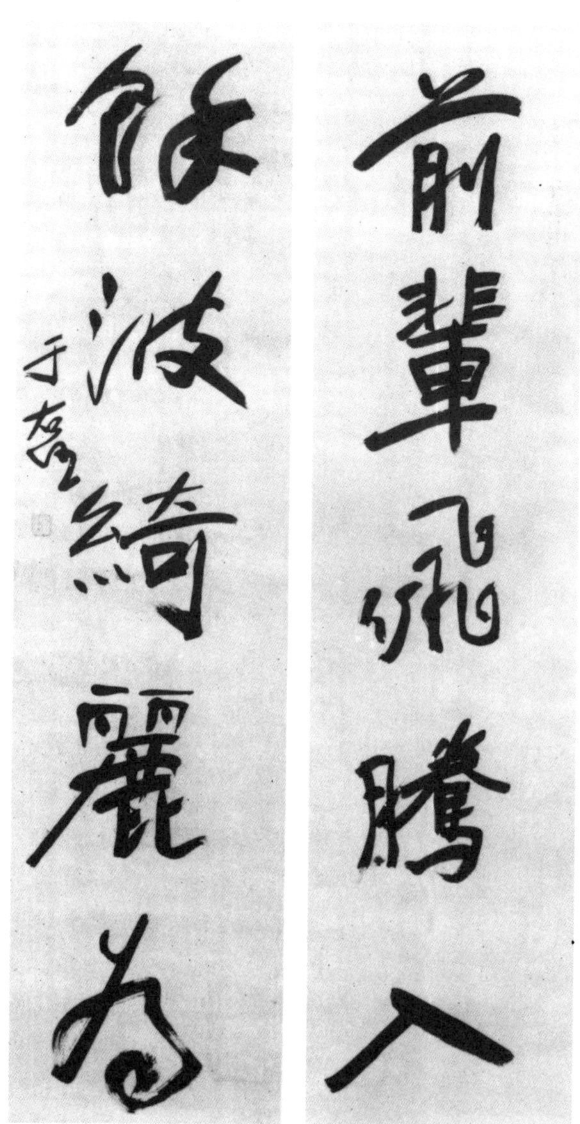

书法 / 于右任

于右任，陕西三原人。早年投身民主革命，1949年后居台湾。近代杰出书法家。集字编成《标准草书千字文》，影响深远。

鹤廬

周甲後作

守寒巢

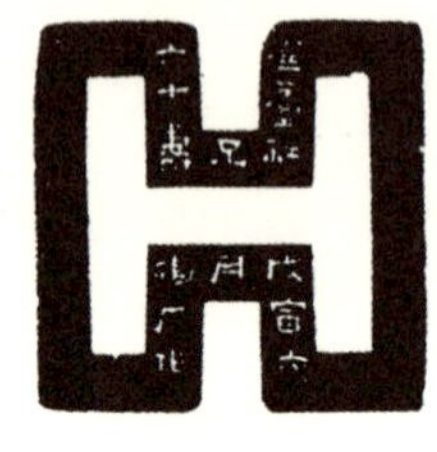

生于己卯

丁輔之

錢唐人

但愿人长久，千里共婵娟

篆刻 / 王 禔

王禔，浙江杭州人。西泠印社创办人之一。其篆、隶书都有独到之处，篆刻作品风格秀雅而不失厚重，稳健而不失灵动。

人生只合驻湖州

能事不受相促迫

篆刻 / 吴昌硕

西泠印社首任社长。以书画同时著称，吴昌硕是近现代影响最大的篆刻家之一，其篆刻刀法雄奇，大气磅礴。

民国广告画 / 杭稚英

杭稚英，浙江海宁人。少时随父赴沪，考入商务印书馆图画部习艺，是民国时期著名的画家。擅长广告、商标和商品包装设计。

民国广告画 / 杭稚英

《红线盗盒》剧照 / 梅兰芳饰红线女

梅兰芳，江苏泰州人。生于京剧世家，著名京剧表演艺术大师。

《抗金兵》剧照 / 梅兰芳饰梁红玉

四方竹段壶

龙头玉环壶

民国紫砂茗器 / 冯桂林

冯桂林，江苏宜兴人。民国初年紫砂陶艺著名艺人，擅长松竹梅题材及仿真自然塑器，手法新颖，风格独特，精品甚多。

尚嫌不足，哪里能供给客卿？于是又从筹款上着想，弛广东赌禁，设鸦片专卖局，又创行有奖储蓄票洋一千万圆，一面向法国银行商量，乞借法币一万五千万法郎，情愿加重利息，并让给钦渝铁路权。款既到手，乃聘用日本博士有贺长雄及美国博士古德诺等，入为顾问，加礼优待，正思借他作为导线，不料欧洲一方面起了一个大霹雳，竟闹出一场大战争来。这场大祸，本与中国没甚关系，不过五洲交通，此往彼来，总不免受此影响。从理论上说将起来，欧洲各国，注力战争，不遑顾及中华，我中华民国，若乘他多事的时候，发愤为雄，静图自强，岂不是一个绝好机会？偏这袁总统想做皇帝，一味地压制人民，变革政治，反弄得全国骚扰，内讧不休，这正是中华民国的气运，不该强盛呢！

且说欧洲战争的原因，起自奥、塞两国的交涉，奥国便是奥地利，与匈牙利合为一国，地居欧洲东南部，塞国便是塞尔维亚，在匈牙利南面，为巴尔干半岛中一小国。奥、塞屡有龃龉，暗生嫌隙，会当西历一千九百一十四年，即中华民国三年六月二十八日，奥国太子费狄南，至塞国斯拉杰夫境内，被塞人泼林氏刺死。奥皇闻这消息，怎肯干休，当即严问塞国，要他赔偿生命，并有许多条件，迫塞承认，塞本弱小，不肯履行，奥遂向塞国致哀的美敦书，与他决裂。塞亦居然宣战，俄国亦下动员令，出来助塞。奥与德为联盟国，便请德帮助，抵制俄国。德皇维廉二世，夙具雄心，遂欲借此机会，战胜各国，雄长地球，当下出抗俄国，与俄宣战。法国与俄国，又夙缔同盟，当然助俄抗德，德复与法宣战，法、德两国的中间，夹一比利时国，向由列强公认，许他永久中立，此次德欲攻法，向比假道，比人不许，德军竟突入比境。英国仗义宣言，要求德皇尊重比利时中立，德皇全然不睬。那时英国亦欲罢不能，只好对德宣战。于是英、俄、法、塞四国，与奥、德两国，互动干戈，角逐海陆，争一个你死我活。日本与英联盟，也与德绝交。独美国宣告中立，其余各国，亦尚守中立态度，不愿偏袒。中国积弱已久，只好袖手旁观，严守局外中立，当由袁总统下令道：

> 我国与各国，均系友邦，不幸奥、塞失和，此外欧洲各国，亦多以兵戎相见，深为惋惜。本大总统因各交战国与我国缔约通商，和好无间，此次战事，于远东商务，关系至巨，且因我国人民，在欧洲各国境内，居住经商，及置有财产者，素受各国保护，并享有各种权利，故本大总统欲维持远东平和，与我国人民所享受之安宁幸福，对于此次欧洲各国战事，决意严守中立。用特宣布中立条规，凡我国人民，务当共体此意，按照本国所有现行法令条约，以及国际公法之大纲，

恪守中立义务。各省将军巡按使，尤当督率所属，竭力奉行，遵从国际之条规，保守友邦之睦谊，本大总统有厚望焉。此令。

中立条规，共计二十四条，无非是对着交战国，各守领土领海界限，不相侵犯。所有彼此侨寓的兵民，不得与闻战事。各交战国的军队军械，及辎重品，不得运至中国境内，否则应卸除武装，扣留船员。这系各国中立的通例，中国亦不过模仿成文，无甚标异。只中国山东省境内，有一青岛，素属胶州管辖。光绪二十四年，因曹州教案，戕杀德国二教士，德国遂运入海军，突将青岛占去。嗣经清政府与他交涉，把青岛租借德国，定九十九年的租约，然后了案。此番德人与各国开战，日本与德绝交，遂乘机进攻青岛，谋为己有。看官！你想青岛是中国领土，德人只有租借权，德既无力兼顾，应该归我国接收，如何日人得越俎代谋呢？袁总统一心称帝，有意亲日，竟任他发兵东来，袖手作壁上观。日人遂破坏我国中立，从胶州湾两岸进兵。小子有诗叹道：

大好中原任手挥，如何对外昧先机。
分明别有私心在，坐使东邻炫国威。

日本恃强弄兵，袁总统挟权胁民，彼此各自进行，又惹出种种祸事。天未厌乱，事出愈奇，小子演述至此，禁不住伤心起来，暂时且一搁笔。后文许多事实，待至下回续述，看官少安毋躁，小子即日赓续，再行宣布。

吾尝谓权利二字，误人不浅。白狼之甘心为盗，扰攘至三载，蹂躏至四五省，卒至恶贯满盈，身首异处，谁误之？曰权利二字误之也。袁总统之热心帝制，不惮冒天下之不韪，举误国病民诸弊政，陆续施行，谁误之？曰权利二字误之也。即如欧洲之大战争，震动全球，牵率至十余国，鏖斗历四五年，肝脑涂地，财殚力痡，亦何莫非权利二字误之耶？呜呼权利！吾阅此，吾不忍言。

第四十一回

谋世袭内府藏名
恋私财外交启衅

大总统颁布大总统法及新官制；什么新总统需总统提名且密贮金匮，什么上卿、中卿、少卿，怎看都与帝制时有些克隆模样。因为青岛事件，老袁又想拥洋自重，日本人就卑鄙无耻地提出了『二十一条』。

前回书中，叙到欧战发生，中国宣告中立，日本兴兵至胶州湾，攻打德国租占的青岛。青岛原有德兵驻扎，约不过一二千人，明知众寡不敌，守不住这个青岛，但若拱手让人，殊不甘心。胶州总督，系管辖青岛的德将，职守所在，当即下令拒敌。日本兵舰，未能直入胶州湾，遂由龙口登岸，进兵潍县西境，抄入青岛背后，以便腹背夹攻。惟龙口、潍县等处，完全是中国领土，日兵进境，明是侵犯中立条规，袁政府与他交涉，他只自由行动，不肯撤回，但说是攻取青岛，仍为中国帮忙，俟得青岛后，当完全交还中国。看官！你想天下人有这等侠义吗？同是中国人，尚且争权夺利，互阋不休，况中日不相联属，怎肯把处心积虑的青岛谋取到手，还要完璧归赵呢？袁总统聪明过人，岂有不晓得的道理？惟势力既不及日本，更且想仰仗日人，赞助帝制，那时只好模糊过去，不过与日人划一战线，让他数十里中立地面，听令出入，战线以外，不得运兵。日人得了运兵路径，已是心满意足，当与袁政府约定，仗着一股锐气，夹攻青岛。德兵多方防守，相持至三月有余，两造伤亡，恰也不少。毕竟德人势孤力弱，弄得饷尽援绝，无法可施，不得已悬旗乞降，好好一个青岛，由德人经营十多年，建筑完固，至此国际纷争，竟被日人乘间占去了。

袁总统也无心过问，按日里收揽大权，规复专制，所有新颁章程，又增添了若干条。就中有立法院组织法，及地方自治试行条例，名目上是改良旧制，维持共和，其实是徒有虚名，掩饰人目。当时有一个在京人员宋育仁，居然倡仪复辟，欲请出宣统帝来，仍登大宝。会被袁总统闻知，即下一申令，说他邪词惑众，紊乱国宪，著即驱逐回籍。就是王闿运、劳乃宣等，主张君主立宪，袁总统尚满口共和，自谓帝王总统，均非所愿。谁知他口是心非，暗地里却着着进行，到了三年十二月终旬，先改定大总统选举法，公布出来，录述如后：

大总统选举法

第一条　有中华民国国籍之男子，完全享有公权，年满四十岁以上，并居住国内满二十年以上者，有被选举为大总统资格。

第二条　大总统任期十年，得连任。

第三条　每届行大总统选举时，大总统代表民意，依第一条所定，敬谨推荐有被选举为大总统资格者三人。

前项被推荐者之姓名，由大总统先期敬谨亲书于嘉禾金简，钤盖国玺，密贮金匮于大总统府，特设尊藏金匮石室尊藏之。

前项金匮之管钥，大总统掌之。石室之管钥，大总统及参政院院长国务卿分掌之，非奉大总统之命令，不得开启。

第四条　大总统选举会，以下列各员组织之：

一　参政院参政互　　选五十人。

二　立法院议员互　　选五十人。

前项各款之互选，用记名连记投票法，以得票较多数者为当选，由内务总长监督之。

届组织大总统选举会，立法院在闭会期内时，以在京议员之名次在前者五十人，为大总统选举会会员。

第五条　大总统选举会，由大总统召集，于每届选举期前三日以内组织之。

第六条　大总统选举会，以参政院议场为会场，以参政院院长为会长。

参政院院长，如系副总统兼任，或有其他事故时，以立法院议长为会长。

第七条　选举大总统之日，大总统敬谨将所推荐有被选举为大总统资格者之姓名，宣布于大总统选举会。

第八条　大总统选举会，除就被推荐三人投票外，得对于现任大总统投票。

第九条　选举大总统，以会员四分之三以上到会，用记名单名投票法。得票满投票人总数三分之二以上者为当选。若皆不足当选票额时，就得票多数之二人行决选，以得票较多数者为当选。

第十条　第届应行选举大总统之年，参政院参政，认为政治上有必要时，得以三分之二以上之同意，为现任大总统连任之议决，由大总统公布之。

第十一条　大总统任期未满，因故去职时，应于三日内组织大总统临时选举会。

临时选举未举行前，大总统职权，由副总统依约法第二十九条之规定代行之。如副总统同时因故去职，或现不在京，及有其他事故，不能代行时，由国务卿摄行其职权。但第三条第一项第二项所规定之职权，不得代行或摄行。

第十二条　届行临时选举之日，由代行或摄行大总统之职权者，咨行大总统临时选举会会长，指任会员十人，监视开启尊藏金匮石室，恭领金匮到会，当众宣布。就被推荐三人中，依九条之规定，投票选举。

第十三条　现任大总统连任，或当选大总统继任，均应于就职时，为下列之宣誓。

余誓以至诚遵守宪法，执行大总统之职务，谨誓。

宪法未公布施行以前，前项誓词，须声明遵守约法。

第十四条　副总统之任期，与大总统同。任满时，由连任或继任之大总统推荐有第一条资格者三人，准用选举大总统之规定行之。

第十五条　本法自公布日施行。（本法施行之日，中华民国二年十月五日所宣布之大总统选举法废止之。）

依这选举法看来，是大总统一任十年，且得连任，或一次或两次三次，并未明定限制。试想做了大总统，已是年满四十，人生上寿，不过百年，若连任数次，便是终身为大总统了。后任的大总统，须由前任的大总统推荐三人，署名金简，密贮金匮，将来选举后任大总统时，除对于现任大总统得票选举连任外，只有金简中所写的姓名，可以选举，此外不能羼入，照此制度，明明是总统得以世袭，如袁总统有子十余人，他若写着三个儿子的姓名，藏将起来，俟后任选举，总要把他三个儿子中选出一人，否则惟有老袁永远活着，仍归他连任下去，别人是永世无望了。小子曾记前清雍正年间，雍正帝定立储法，默选储君，书名纳匣，藏在正大光明殿额的后面。袁总统做过前清大员，想是熟悉掌故，所以把雍正成制，抄袭了来。还有一篇告令，说明改正选举法，实为总统绝续时，预防争乱起见，小子也似信非信，只好付诸阙如。惟总统选举法，既已改定，袁总统应如法照行，他便就意中所爱的三人，书藏金匮，或说是黎元洪、徐世昌及袁大公子克定，或说是克定、克文、克良、克端等类，统是袁家公子。但袁总统素好秘密，书藏时无人在旁，只由他一手做成，因此外人无从知晓，不过凭虚推测罢了。

隔了两天，复定出国玺条例。国玺分作三项，一为中华民国玺，凡遇国家大典礼大政事及国际交换国书等项，应用此玺；二为颁爵袭职，及封赠册轴等所用，叫做封策之玺；三为给予勋位勋章，及其他荣典文书等所用，叫做荣典之玺。此外如大总统印，陆海军大元帅印，一时不便称玺，仍然沿称为印，附入国玺条例中。

光阴似驶，又是民国四年，元旦觐贺等礼仪，且不必说。惟袁总统把新颁官制，策令群僚，授徐世昌为上卿，杨士琦、钱能训为中卿，赵尔巽、李经羲加上卿衔，各部总长，除陆海军两部外，并授中卿，独章宗祥、汤化龙，资望稍轻，以少卿加中卿衔，梁士诒、周树模、汪大燮、贡桑诺尔布等，均授中卿，董康、庄蕴宽等，均授少卿。他如文官加给嘉禾章，武官加给文虎章，或酌授勋位，无非是施泽如春，有加无已的至意。一面令教育部整饬学校，提倡忠孝节义，所有小学校中，应读论、孟二书，列入科目，不得废经。一面颁附乱自首特赦令，凡在民国三年十二月前，所有附乱人等，或被胁，或盲从，均得向地方行政官署，悔罪自首，当由地方行政官呈请大总统特赦，给予免罪证书，回籍营业。

是时白狼已平，余匪肃清，就是民党中人，亦无隙可乘，只有假借文字，诋毁老袁，也没有什么效力。欧洲各国，日务战争，旧有中外交涉，尽行搁置，无暇向中国寻隙，美国虽守中立，未曾与战，但距华较远，又素抱和平宗旨，与中国没甚龃龉。只有东邻日本，眈眈在侧，自攻取青岛后，屯兵不撤，日夕绸缪，不但青岛领土权被他占去，就是青岛街市上，所有营业行政等权，亦归日人占领。袁总统得此消息，不由得吃了一惊。

看官道是何故？原来青岛中有一德华银行，前由德人经理，老袁曾存着巨款，约计二千万马克，预备将来恢复帝制，提出使用。此次闻日人干涉营业，恐他囫囵吞去，无从追索，岂不是白费金钱，破坏好事？当下情急智生，亟通牒英、德、日三国，宣告撤消山东战域，牒文内列着三种理由，一是青岛战事，现已完毕，二是胶、莱、龙口各处情形，已甚安靖，三是中国应设兵防海，阻禁匪徒侵入胶、莱各处作乱，为此三大要件，不能不要求日本撤兵。哪知牒文才发，日本政府却已有照会到来，他的照会中却含混说着道："君有大志，何必亲近德意志，难道我大日本帝国，就不能作一帮手吗？"袁总统接阅照会，巧巧碰入心坎，踌躇了好一会，便邀请顾问员有贺长雄、西坂大佐等，秘密商议一番，托他电达本国政府，极力赞助；一面电嘱驻日公使陆宗舆，疏通日本内阁。

那时日本内阁首相，名叫大隈重信，他本是个勋戚旧臣，外交能手，既得了这个消息，便视为奇货可居，当下提出元老院，议决二十一条件，向袁要索，作为日后的报酬。看官曾否阅过清史？当中日战争以前，老袁曾任朝鲜公使，彼时屡与日本反对，遂酿成中日战事，害得丧师失律，割地赔款，才行了案。日人中岛端氏，且于民国二年冬季，著有《支那分割的命运》一书，内述袁氏秘史，种种揶揄，几笑他一钱不值，难道老袁毫不记忆，毫无闻见，反欲向他求助吗？古语说得好："人必自侮，然后人侮。"袁氏为帝制起见，竟惹出二十一件大要挟来，小子有诗叹道：

欲成王道贵无私，知白何如守黑时。
只手难遮天下目，欺人反使别人欺。

毕竟二十一条件，说的什么？待小子下回表明。

总统与皇帝，原是不同，但据袁氏之总统选举法，是已得任终身总统，且为世袭总统矣，与皇帝几无区别，宁必称帝而后快乎？总之袁氏心目中，全然不脱俗念，念兹在兹，曰惟帝制，释兹在兹，亦曰惟帝制。夫既欲为帝，即自称为帝可也，何必鬼鬼祟祟，向人求助，反为东邻所轻视乎？呜呼袁氏！为了帝制二字，憧扰胸中，欲为帝则恐人反对，不为帝又难餍私心，人欲胜，天理泯，而心力为之交疲矣。人谓袁氏智，袁氏其果智乎哉！

第四十二回

廿一款恃强索诺 十九省拒约联名

外务部的两部长陆徵祥、曹汝霖与日本谈判，日人把『二十一条』登在了外国报上。国内报张译出全文发表，舆论一片哗然，十九省连名拒约。回中全录『二十一条』，还有冯国璋的两通电文。

却说日本政府，议决二十一条件，电致驻华日使。日使叫做日置益，接奉政府文件，即于民国四年一月十八日，亲至总统府，谒见老袁，彼此行过了礼，略叙寒暄，日置益便从袖中取出文件，当面呈递。袁总统接阅一周，不禁皱起眉来，摇首数次，口中却支吾道："这……这等条件，未免太酷，教敝国如何承认？"日置益从旁冷笑道："敝国上下，素疑总统为排日派，今始知言不虚传了。"袁总统忙答辩道："敝国与贵国，是最近邻邦，同种同文，理应格外亲善，况我自受任总统，更思借重邻谊，作一臂助，为什么说我排日呢？"日置益笑了又笑道："总统既有意结好，何不将敝国要求，完全承认，借明亲善的本心？"袁总统皱着眉道："这事我不便做主，我是民国的总统，不是帝国的元首，可以随便签约的。"日置益复道："总统大志，敝国亦已深悉，倘或此次条约，总统不愿允从，非但有碍总统利益，就是为中国计，亦觉岌岌可危。即如中国乱党，多半寓居敝国，现正竭力进行，敝政府虽未表同情，但若总统不肯从敝国要求，敝国即不能限制乱党，后事如何，非敝政府所能悬揣。窃谓为总统利益计，为中政府利益计，总统必须允诺，否则敝国疑总统不肯顾全邦交，或更提出严厉条件，亦未可知，还请总统三思！"袁总统迟疑半晌，方道："且与外交总长商议，再行答复。"日置益方起身告别。

隔了两天，日置益又访会外交总长孙宝琦，仍提交要求条件，且语孙总长道：

“这事为两国利益起见，须守极端秘密，幸勿将条件内容，泄露别国。”孙总长问是何意？日置益正色道：“敝国人民，多言贵国用远交近攻的政策，亲近英、美，排斥敝国，所以极力反对，敝政府为顾全邦交起见，不忍决裂，为此命本驻使特进忠告，慎守秘密，毋得漏言。”孙总长无词可驳，只得唯唯如命，惟答言所交条件，应俟与总统熟商，方可定夺。日置益订明后会，告辞而去。看官！试想日本既野心勃勃，要求至二十一条件，何妨明目张胆，为什么要守秘密呢？原来日本雄长亚东，屡思并吞中国，奈因列强互峙，致多牵掣，眼看这锦绣江山，不能由他吞去，此次趁着欧洲战争，及袁总统谋帝乞助的时候，正好暗渡陈仓，硬迫中国允约。等到他国闻知，生米已做成熟饭，干涉也来不及了，这正是倭人的妙计！

孙总长既接收条件，当向总统府请示。袁总统乃召集国务卿等，先开秘密会议，大家看到条件，统是面面相觑，不敢发言，独段祺瑞愤然道：“这项条件，绝对是不能承认，不如却还了他，省却许多疑议。”袁总统嗫嚅道：“我国积弱得很，倘若一条不依，定致邦交决裂，酿成战衅，这却如何是好？”徐世昌方接口道：“折冲樽俎，责在外交，应由孙总长往会日使，婉言解释，表明为难情形，要他改换条约，方便磋商。”孙宝琦闻到此言，暗暗心急，忙向袁总统道：“宝琦不才，恐难胜任，请大总统另简材能，宝琦情愿辞职。”袁总统顾宝琦道：“你若解职，何人可代？”孙宝琦答道：“不如陆子欣。”袁总统徐徐点首，并语徐世昌道：“且叫陆子欣出去当冲，何如？”徐世昌随口赞成，因即散会。

越日，即调任孙宝琦为审计院长，改任陆徵祥为外交总长。陆徵祥也拟告辞，经袁总统召他入府，温言劝勉，并有许多密嘱，乃不得不勉为所难，即日就职，当下照会日使，约定二月二日，在外交部迎宾馆开非正式会议。外交总长陆徵祥次长曹汝霖及翻译各官，先行守候。过了午牌，方见日本公使日置益，带着参赞书记官，到了迎宾馆，两下开议。陆徵祥词甚简单，但请日置益转达日本政府，改换条文。日置益不肯照允。曹汝霖方插嘴道：“贵公使洞明时势，晓达政体，应知中国已成民主国，政府是国民的公仆，若果遽允要求，必致激起国民反对的风潮，将来双方均有不便，还请审慎为是。”日置益微哂道：“中外人士，哪个不晓得袁总统独揽大权？今日为了两国交涉，反把国民作为后盾，岂非可笑？”曹汝霖被他一驳，几乎无可解嘲，还是陆徵祥接口道：“敝国若承认贵国条件，岂不要惹起他国交涉？但望贵国顾全友谊，休使敝国为难，敝国当深感厚情。”日置益又答道：“陆总长对此谈判，是否担任全权？抑须请示总统？”陆总长道：“今日与贵公使开谈，前已声明为非正式会议，不过先行讨论罢了。”日置益道：“此项交涉，本驻使屡奉本国训令，要求贵国即予同意，今日既非正式会议，应请贵总长请命总统，速开正式谈判，以便早日解决，本驻使亦可复命销差了。”言至此，即起身离座道：“明日再会。”随与参赞书记官等，扬长去了。

过了三日，日置益复至外交部，与陆总长谈判多时，毫无结果，日置益乃去。嗣是又隔十多天，彼此未曾晤谈。看官道是何因？原来英、法、俄各国，曾与日本订立协约，在欧战期内，日本不得独谋利益，此次日本与中国交涉，当然要据约质问。日政府答复各国，只开了十一条件，还有十条严重的条文，一律瞒住。日置益闻这消息，所以暂时搁着，不来催促，至日政府答复各国后，复至外交部反复劝诱，陆总长等仍不承认，到了三月三日会议，已是第六次了。日置益气焰汹汹，对着陆总长道：“本驻使与贵总长磋商，已经数次，迁延至一月有余，仍然是茫无头绪，莫非轻视敝国不成？即如条文中第一款，就是山东方面的问题，请速承认原案，将历年中德条约范围以内的权利，一概转给敝国，另订中日山东条约，了结目前的要案。”陆徵祥淡淡答道：“山东问题，应俟欧战解决，再行提议，今尚不便。”说到“便”字，日置益已跃起道：“这话未免欺人了！眼前要案，尚待迁延，岂他国理应尊重，我日本独可轻蔑吗？”陆总长正思答辩，日置益掉头不顾，悻悻径去。

次日，日本政府才将二十一条件，通告欧洲列强，大致说是“中日议约，中国全无诚意，因此追加条件，严重交涉”云云。自有此番通告，于是日本二十一条件，登在外国新闻纸上。我国辗转译出，才识条件内容的真相。事关国耻，特全录原文如下：

中华民国四年一月十八日，日本公使日置益提出条件原文：

（第一号）日本国政府及中国政府，互愿维持东亚全局之和平，并期将现在两国友好善邻之关系，益加巩固，兹议定条款如下：（一）中国政府，允诺日后日本国政府拟向德国政府协定之所有德国关于山东省所得各种权利利益让与等项，概行承认。（二）中国政府，允诺凡山东省内，并其沿海一带土地及岛屿，概不让与或租与他国。（三）中国政府，允准日本建造由烟台或龙口接连胶济路线之铁路。（四）中国政府，允诺为外国人居住贸易起见，从速自开山东省内各主要城市，作为商埠。其应开地方，另行协定。

（第二号）日本国政府及中国政府，因中国向认日本国在南满洲及东部内蒙古，享有优越地位，兹议定条件如下：（一）两订约国互相协定，将旅顺、大连租借期限，并南满洲及安奉两铁路期限，均展至九十九年为期。（二）日本国臣民，在南满洲东内蒙古，盖造商工业应用之房厂，或为耕作，可得其需要土地之租借权，或所有权。（三）日本国臣民，得在南满洲东内蒙古，任便居住往来，并经营商工业等各项生意。（四）中国政府，允将在南满洲及东内蒙古各矿开采权。至于拟开各矿，另行商定。（五）中国政府，允于下开各项，先经日本国政府同意，然后办理。（甲）在南满洲及东内蒙古，允准他国人建造铁路，或为建造铁路向他国借用款项之时。（乙）将南满洲及东内蒙古各项税课作抵，向他国借债之时。（六）中国政府，允诺如在南满洲及东内蒙古，聘用政治财政军事各顾问教习，必须先向日本国政府商议。（七）中国政府，允将吉长铁路办理经营事宜，委托日本国政府，其年限自本年画押日起，以九十九年为期。

（第三号）日本国政府及中国政府，因现在日本国资本家，与汉冶萍公司有密切关系，愿增进两国公同利益，兹议定条款如下：（一）两缔约国互相约定，俟将来相当机会，将汉冶萍公司作为两国合办事业，并允如未经日本国政府同意，所有属于该公司一切权利产业，中国政府，不得自行处分，亦不得使该公司任意处分。（二）中国政府允准，所有属于汉冶萍公司各矿之附近矿山，如未经该公司同意，一概不准该公司以外之人开采。并允此外有所措办，无论直接间接，对该公司恐有影响之举，必须先经该公司同意。

（第四号）日本国政府及中国政府，为切实保全中国领土之目的，兹订立专条如下：中国政府允准，所有中国沿岸港湾及岛屿，概不让与或租与他国。

（第五号）（一）在中国中央政府，须聘用有力之日本人，充为政治财政军事等各顾问。（二）所有在中国内地所设日本病院寺院学校等，概允其土地所有权。（三）向来中日两国，屡起警察案件，酿成争衅，故须将必要地之警察，作为中日合办，或在此等地方之警察官署，聘用多数日本人，筹划改良中国警察机关。（四）由日本采办一定数量之军械（譬如在中国政府所需军械之半数以上）。或在中国设立中日合办之军械厂，聘用日本技师，并采买日本材料。（五）允将接连武昌，与九江、南昌路线之铁路，及南昌、杭州间与南昌、潮洲间之铁路权，许与日本国。（六）在福建省内筹办铁路矿山及整顿海口（船厂在内），如需外国资本之时，先向日本国协议。（七）允认日本人在中国有布教之权。

如上所述，第一号分四款，是谋吞山东，第二号分七款，是谋占南满洲及东部内蒙古，第三号分两款，是谋并汉冶萍公司，第四号专件及第五号七款，简直是要将中国主权让与日本，不啻为日本的保护国了。中国人民，多至四百余兆，虽有一大半愚弱，究竟还有几个热心的志士，勇敢的国民，一经览到二十一条件，群以为亡国惨兆就在目前，于是奔走呼号，力图挽救，有刺血上书的，有断指演说的，有情愿毁家纾难，储金救国的；什么抵制日货，什么组织民团，闹得全国不安，差不多有天翻地覆的景象。就是外国舆论，亦多诋斥日本，说他非理要求。独袁总统高坐中央，从容自若，今日授几个卿大夫，明日颁几条新法例，几似确有把握，毫不张皇。至三月五日以后，外交总长陆徵祥等，邀日置益至署，开正式谈判。日置益咆哮如故，经陆总长等低首下心，愿将条款中第(一)(二)(三)号酌量承认。日置益尚未肯干休。各省人民，热度愈高，每日驰电到京，争请拒约。袁总统尚电饬各省官吏，令他严加取缔，所有议约事件，誓当力争，不轻承认。外交部亦电达各省，略言“日本条款，正在严重交涉，不肯放弃主权”等语。无如条约让步的消息，已约略传将出来，各省将军巡按使，亦有些忍耐不住，便由江苏将军冯国璋，联络十九省将军，一一具衔，电达中央。略云：

日款发生，亡国预兆。国家既处如此危险之地位，国璋等对于中华民国，同膺捍卫之责，义不容袖手旁观，一任神州之陆沉，且天下兴亡，匹夫有责，国璋等分属军人，必尽其军人救国之天职，凡欲破坏吾国领土之完全者，吾辈军人，必以死力拒之。中国虽弱，但其国民尚能投袂奋起，以身殉国，所望大总统与政府，群起严词峻拒，勿稍畏葸，我军民等当始终为后盾也。乞鉴察！

又电致外交部云：

中日交涉发生，各省人民，具爱国热心，纷纷电请拒绝，暨呈递条陈意见书者，计先后二百余起，不闻贵部一置可否于其间。在无知人民，议论纷纭，谓政府讳莫如深，甘心媚外。惟是外交公例，有应守秘密之义务，贵部核议之事件，固未便宣布国内，在大部为国家代表，当交涉之冲，任交涉大事，应如何上保主权，下顾舆情，折冲樽俎，化干戈为玉帛，以慰京外人民之希望。迭据贵部宣言，亦明明自命为鞠躬尽瘁，严重交涉，不肯放弃主权之利。国璋等闻言之下，钦佩莫名，乃何以按之事实，迥不相同？全案尚未了结，而权利之丧失，已复不少，下此更不忍言。且国际交涉，为何等事？此次要索条件，又为何等事？岂得轻图一时之省事，贻中国将来莫大之隐忧？如果丧失主权，则日后国家沦于附属，所以为民国前途危，为大部当局惜，而不能无疑焉。目前讨论条件，尚可以口舌力争，为杜弊防患之本，如使条约成立，则将来日人之照约行为，尚不知有何能力，足以制止？况在修正期限之时，岂容一味退让？想大部办理交涉之初，具何等毅力苦心，以情理度之，必不出此。然责备贤者，春秋之义，以大部之明，或不至堕日人术中，质其条约上之精神，以为我允其要求，彼当为我保全领土之完全。然以中国水陆之广大，纵有事故，日人有何兵力，足以保我而无失？现邦交素睦，尚为此极酷烈之要求，一有微劳，势必无以复加，而问罪立至。用敢不揣冒昧，备词质问，并联合各省，联络防务，为外交后盾，望勿畏强御，按以公法，权以公理，和平解决，是所厚望。至内容如何办法，仍乞秘密示知，不胜翘企之至！

此外如长江巡阅使张勋，及广东惠州镇守使龙觐光等，亦均通电政府，决请拒约。还有陆军总长段祺瑞，且因中央电达各省，愤然主战。正是：

强权世界无公理，民国干城有武夫。

欲知袁总统如何主张，且至下回续叙。

日本公使日置益，提出二十一条件，不交我国外交部，竟面递袁总统，是已可见日人之用心，为袁氏称帝之交换条件，故直接与老袁交涉，不必依国际公法，须与外交部磋议也。迨袁氏以条件严酷，乃执外交部三字以相饷，而日使至外交部，即有秘密之嘱告，秘密秘密，此二字中，非含有极大关系欤？且日使嘱守秘密，而老袁果惟命是从，双方会议数次，而全国人士，尚未知条件之内容，迨经外报宣布，舆论哗然，即官僚派人，亦多极力反对。试观十九省将军之联衔拒约，见得人心未死，公道犹存，为老袁计，不即当看风转舵，临崖勒马耶？乃及此而犹不悟，而袁氏真愚矣，而日人之威吓胁迫，乃因此而益甚矣。呜呼哀哉！是正民国之气数！

第四十三回

榻前会议忍辱陈词 最后通牒恃威恫吓

此回详叙中日就『二十一条』的第八次会议以后的诸次谈判，可见当时日本人的无理与嚣张。日人提出五条修正案，中国不同意，鬼子便武力逞强，派了军舰在海边游荡。

却说十九省将军，及张巡阅使、龙镇守使等，联电中央，力请拒约。袁总统不得不答，当有复电宣布文：

电呈均悉。立国于此风云变态无常之世界，必具有一种自立不挫之精神，有自立不挫之精神，人虽谋我，焉能亡我？民国肇造，如初生之孩，资人扶助，庶无颠倒之患。各省将军受任以来，皆能以拥护共和为己任，热诚爱国为前提，洵民国之幸也。本大总统受国民之付托，惟有鞠躬尽瘁，死而后已，对于国家存亡重要之关系，讵敢勿略？日来中外对于中日交涉，尤多猜疑，忐忑不安，国民爱国之热诚，于此可见。惟天下自有公理，无论如何艰难解决之问题，持以公理，自能剖决。如金虽坚，炼之以火，未有不熔。但天下之大患，防不胜防，往往防之于此而漏之于彼，今日危难，不止一端，要惟同心相济，合力进行。而保护外人，尤宜谨慎，我尽东道之谊，斯无衅隙之生，误会消灭，国交巩固，各将军勿为疑似之言所动，是所至盼！

越数日，又有一告诫的电文云：

近来关于中日交涉，政府接到各省将军及师长等电报多起，均有所献替。此项电文，具征公忠。惟该将军既属军职，自应专致力于军事，越俎代谋，实非所宜。现在政府正殚精竭能，以解决此目前所遇之问题，虽不敢谓事事能取信于国民，但国家之利益，断无不保护惟谨。该将军等正宜尽心军事，不必兼顾外交。如有造谣生事者，仰该将军协同地方官禁止，至要勿误！

此外又有数电，无非说是“中日协商，渐就和平，可无他虞。各将军巡按使，总宜劝谕人民，持以镇静，一俟交涉解决，自当宣布内容”云云。就是外交部总次长，亦有公电传达，略称“前后会议，已历多次，现日使已允将条件寄回政府，请示修正，暂停谈判。昨至十三次会议，知全案确已修正，当即通融磋商，以期和平解决。京中报纸，及外间谣传，统属无凭，必待全案公布，是非乃定”等语。各省大吏，及全国志士，接阅此等电文，才把一种激昂愤勇的气概，稍稍恬退。究竟日本是否让步，政府能否力争，大家还是疑信参半。

嗣经交涉了结，才识当时会议的情形，由小子依次演述。自初次谈判以迄第七次谈判，彼此争辩，茫无头绪，上文已约略叙明。至第八次会议，乃是三月九日，谈判进行，逐条讨论。陆总长徵祥，先提出第一号第一条，须俟至欧战平定，加入讲和大会，再行定议。且声言中国政府，如承认第一条，须以交还胶澳为对待条件。日使日置益道：“我国用兵胶澳，损失颇多，理应如何解决？”陆徵祥答道：“自贵国用兵青岛，敝国人民，损失甚巨，应向贵国索偿，难道还转加敝国吗？且战事已平，所有税关邮电，应照向来办法办理，军用铁路电线，即行撤废，租界外军队，先行撤回。到胶济交还时，租界留兵，亦应尽行撤去。”日置益微笑道：“有这许多条件吗？现且暂从缓议。请问这第一号第二条，是否允诺呢？”陆徵祥道：“第二条吗？敝国允自行声明，不将山东沿海及岛屿让与他国。”日置益道：“第三条呢？”陆徵祥道：“第三条所说烟、潍或龙潍铁路，倘德国允抛弃借款权利，当先向贵国资本家商借；就是第四条商埠问题，敝国允自行添开罢了。”日置益道：“第一号共计四款，据贵总长意见，当转达敝国政府，请示定夺。惟第二号的条件，须完全允诺为是。”陆总长道：“旅顺、大连湾的租借期，及南满洲的铁路权，前清已有成约，当可商量。惟安奉铁路，与该数处情形不同，不能援以为例。”日置益愤然道：“旅顺、大连等处，不过连类带及，此条注意，实为安奉铁路，若安奉铁路的租借期，不肯允诺，何容向贵国要求？”陆总长再三辩论，日置益只是不从，嗣且攘臂起座道：“此条不允，无须别论，当决诸兵力便了！”曹次长插口道：“贵公使何必动怒，总可和平议决。”日置益道：“这条不允，那条又不允，教我如何答复政府？且敝国上下，愤激得很，如不达目的，就使劳师费饷，亦所不惜。本驻使为全国代表，若事事通融，岂不要受全国唾骂吗？”陆总长到了此时，只得答应下去。日置益方才复座，问及第二三条。陆总长道："南满洲可添开商埠，贵国人民，可与敝国合办农垦公司，若欲内地杂居，及土地所有权，是与我主权有碍，贵国政府，向来声言保全中国领土，此条件似违初意。"日置益道："我国并不要占你土地，不过令人民营业，较为便利罢了。"曹次长又应声道："如贵国人民，欲杂居内地，须归敝国管辖，贵国应撤回领事裁判权。"日置益又复摇首。陆徵祥道："且先议下文各条。第四条的开矿权，除已探勘及开采各区，准可通融，惟须按照中国矿业条例办理，第五条略加更改，如敝国需借款造路，或抵借外债，可先向贵国资本家商议。第六条南满洲的顾问，尽先聘用贵国人，东部内蒙古，殊不适用。第七条吉长铁路，应改为全路借款，重订合同。"日置益闻言，又勃然道："第二号的要点，实在二、三两条，余外尚是枝叶，贵政府不允照办，敝政府万难容忍。就是这第三号的汉冶萍公司问题，与敝国人民有密切关系，倘贵政府倡言充公，或提议国有，或借第三国为抵制，实与敝国投资家，生出无穷危险，贵国亦须绝对承认此约，方免后虑。"陆徵祥道："敝国政府，当声明不充公，不国有，不借用第三国外资，可好吗？"日置益道："第二条应如何解决？"陆徵祥道："这条是又碍领土权，不便承认。"日置益复道："第四号第五号呢？"陆徵祥迟疑半晌道："均不便承认。"日置益向外一望，天色已暮，便道："贵国太无诚意，看来此事是难了呢。"言毕，即起身别去。

过了一两日，闻日政府调集海军，准备出发，一面借换防为名，增派陆兵至山东、奉天，大有跃跃欲试的形势。袁政府未免心慌，只得质问增兵理由，再请日置益商议，迭经三次，无非为南满洲、东内蒙及汉冶萍公司诸条件，双方仍然未决。日置益乘马驰回，马忽跃起，竟将日置益掀下地来。亏得马夫将马带住，日置益才保全性命，但左足已是受伤，由仆役舁入使馆，卧床呻吟去了。袁总统闻日使受伤，当遣曹次长汝霖，向日本使署问疾，备极殷勤，日置益总算道谢，并言："日政府已停止派兵，只中政府须顾全邦交，毋再固执"等语。曹汝霖又道："贵公使近患足疾，且待痊后再商。"日置益道："敝国政府，日望贵国允诺，令我急速办了，我适患伤足，病不能行，还请贵政府原谅，会议地点，改至敝署方好哩。"曹汝霖道："且请示总统，再行报命。"于是珍重而别。

越二日，日置益请参赞小幡为代表，至外交部为非正式会议，且约至日使署续议期间。陆总长以为未便，小幡不从，乃订定三月二十三日，开第十三次会议。届期陆、曹二人，同往日本使馆。日置益尚高卧未起，两人忍气吞声，不得已至病榻前，与日置益晤商，世人称为榻前会议，便是此举。日置益坐在床上，向陆总长道："本驻使已奉政府训令，第一号准示通融，第二号应一律求允，但敝政府为友谊起见，亦格外让步。内地杂居的日人，可服从中国警章税课，惟须由敝国领事承认；若关于土地诉讼等项，可由两国派员会审；土地所有权，改为永租。这是已让到极点，不能再让了。"陆徵祥再请修正，日置益频频摇首，且要求三四五号允诺。陆徵祥告辞道："且回去陈明总统，再议何如？"日置益点首示允。嗣后复在榻前会议两次，至日置益足疾渐愈，稍能起行，又在日使馆会议三次，都是因南满洲问题，中国允日人选采矿产九处，且开放满洲商埠，供日人贸易，并允杂居置地，惟关系诉讼案件，应归华官办理。日置益未肯允从。

转瞬间已是四月六日，日置益足疾痊愈，乃重至外交部会议，所议仍为南满洲杂居问题，终未解决。越二日，又来会议，提出第五号问题。陆徵祥因关系主权，婉词谢绝。又越二日，复开会议，仍要求解决第五号问题。陆徵祥答言"贵国军械精良，不能受条约拘束，余难置议"云云。日置益终不肯稍让。至四月十三日及十五日，复要索东蒙问题，应由中国予以南满相同的利益。陆徵祥初未肯允，嗣允在东蒙开辟数处，日置益终未满意。临行时，且谓："讨论已毕，不消再议，本驻使当详复政府，候令施行罢了。"这已是第二十四次会议，自散会后，停议了八九天，至二十六日下午，日置益复气宇轩昂，乘着马车，径至外交部，由陆总长等迎入。日置益大言道："现奉本政府训令，将所有全案，已加修正，若贵国再不允从，也无庸多谈了。"说至此，即取出日本政府修正案，递交陆总长，当由陆总长接阅，但见纸上写着：

第一号（第一款）仍前。（第二款）改为换文。中国政府声明凡在山东省内，并其沿海一带土地及各岛屿，无论何项名目，概不让与或租与他国。（第三款）修正。中国政府允准自行建造由烟台或龙口接连胶济路线之铁路，如德自愿抛弃烟潍铁路权之时，可向日本资本家商议借款。（第四款）修正。中国政府允诺为外国人居住贸易起见，从速自开山东省内合宜地方为商埠。（附属换文）所有应开地点及章程，由中国政府自拟，与日本公使预先决定。

第二号（第一款）仍前。惟附属换文，旅顺、大连租借期，至民国八十六年，即西历一千九百九十七年为满期。南满铁路交还期，至民国九十一年，即西历二千零二年为满期。其原合同第十二款所载开车之日起，三十六年后，中国政府可给价收回一节，毋庸置疑。安奉铁路期限，至民国九十六年，即西历二千零七年为满期。（第二款）修正。日本臣民在南满洲为盖造商工业应用之房厂，或为经营农业，可得租赁或购买其须用地亩。（第三款）仍前。惟附带声明。前二款所载之日本国臣民，除须将照例所领护照向地方官注册外，应服从由日本国领事官承认警察法令及课税。至民刑诉讼，日本人为被告，归日本国领事官，中国人为被告，归中国官吏各审判。彼此均得派员到堂旁听。但关于土地之日本人，与中国人民事诉讼，按照中国法律及地方习惯，由两国派员共同审判。俟将来该地方司法制度完全改良之时，如有关于日本国臣民之民刑一切诉讼，即完全由中国法庭审理。（第四款）改为换文。中国政府，允诺日本国臣民在南满洲左开各矿，除已探勘或开采各矿区外，速行调查选定，即准其探勘或开采。在矿业条例确定以前，仿照现行办法办理：（一）奉天省本溪县牛心台石炭矿，本溪县田什付沟石炭矿，海龙县杉松岗石炭矿，通化县铁厂石炭矿，锦县暖池塘石炭矿，辽阳县起至本溪县止，鞍山站一带铁矿。（二）吉林省南部，和龙县彩龙、岗石炭矿，吉林县缸窑石炭矿，桦甸县夹皮沟金矿。（第五款）第一项改为换文。中国政府声明，嗣后在东三省南部需造铁路，由中国自行筹款建造。如需外款，中国允诺先向日本国资本家商借。第二项改为换文。中国政府声明，嗣后将东三省南部之各种税课（除已由中央政府借款作押之关税及盐税等类）作抵，由外国借款之时，须先向日本资本家商借。（第六款）改为换文。中国政府声明，嗣后如在东三省南部聘用政治财政军事警察外国各顾问教官，尽先聘用日本人。（第七款）修正。中国政府，允诺以向来中国与外国资本家所订之铁路借款合同规定事项为标准，速从根本上改订吉长铁路借款合同。将来中央政府，关于铁路借款附于外国资本家，以致现在铁路借款合同事项为有利之条件时，依日本之希望，再行改订前项合同。（中国对案第七款）关于东三省中日现行各条约，除本协约另有规定外，一概仍旧实行。关于东部内蒙古事项：（一）中国政府，允诺嗣后在东部内蒙古之各种税课作抵，由外国借款之时，须先向日本国政府商议。（二）中国政府，允诺嗣后在东部内蒙古需造铁路，由中国自行筹款建造，如需外款，须先向日本国政府商议。（三）中国政府，允诺为外国人居住贸易起见，从速自开东部内蒙古合宜地方为商埠。其应开地点及章程，由中国自拟，与日本国公使商妥决定。（四）如有日本国人及中国人愿在东部内蒙古合办农业及附设工业时，中国政府应行允准。

第三号修正。日本国与汉冶萍公司之关系人，极为密切，如将来该公司关系人与日本资本家商定合办，中国政府，应即允准。又中国政府允诺，如未经日本资本家同意，将该公司不归国有，又不充公，又不准使该公司借用日本国以外之外国资本。

第四号修正。按左开要领，中国自行宣布，所有中国沿岸港湾及岛屿，概不让与或租与他国。换文。对于由武昌联络九江、南昌路线之铁路，又南昌至杭州及南昌至潮州之各铁路之借款权，如经明悉他外国并无异议，应将此权许与日本国。（换文第二案）对于由武昌联络九江、南昌路线之铁路，又南昌至杭州及南昌至潮州之各铁路之借款权，由日本国与向有关系此项借款之他外国，直接商妥以前，中国政府应允将此权不许与他外国。换文。中国政府，允诺凡在福建省沿岸地方，无论何国，概不允建设造船厂军用蓄煤处海军根据地，又不准其他一切军务上施设；并允诺中国政府，不以外资自行建设，或设施上开各事。

第五号改为陆总长言明如下：（一）嗣后中国政府认为必要时，应聘请多数日人为顾问。（二）嗣后日本国臣民，愿在中国内地，为设立学校病院，租赁或购买地亩，中国政府应即允准。（三）中国政府，日后在适当机会，遣派陆军武官至日本，与日本军事当局，协商采办军械，或设立合办军械厂之事。日置益公使言明如下：关于布教权问题，日后应再行协议。

陆总长阅毕全文，便向日置益道："我看这修正案中，有几件还应酌商，最难承认的，是原文第五号，改为本总长言明。本总长前请撤销五号，不便开议，经贵公使要求说明理由，方由本总长约略说及，提出数条，声明不便允诺的情形。今贵政府修正案，断章取义，误为言明，本总长碍难承认。"日置益道："这已是敝国政府最后的修正，务请允诺。如果全体同意，敝政府即可交还胶济了。"陆总长道："这非本总长所能专擅。"日置益道："请即转达贵总统，指日答复为要。"陆总长点首示允，日置益起身去了。

是夕，即闻山东、奉天两方面，又有日本派兵到，且有日本军舰，游弋渤海口外，人心惶惑，谣言益盛。经袁总统与陆总长等会议，复再行让步，承认数条，拒绝数条，至第五号仍完全拒绝。当于五月一日提交日使，并说明无可再让的理由。日置益道："是否最后答复？"陆总长道："这已是最后答复了。"日置益狞笑道："照敝国的修正案，贵政府尚难承认，我国将行最后的手段了。请贵政府莫怪！"陆总长也无可置辞，彼此告别。不料日本果然厉害，竟提出最后通牒来了。这最后通牒，差不多是哀的美敦书。小子有诗叹道：

前车已覆后车师，来日大难只自知。

试看扶桑最后牒，挟强胁弱竟如斯。

欲知最后通牒的详情，请至下回再阅。

本回叙中日交涉之经过情形，历写口头辩论，及书面修正，简而能赅，不烦不漏，可为国民前车之鉴。且于外交总次长，忍辱状态，及日使日置益威吓手段，亦演写大略，跃然纸上。即如袁总统告诫电文，亦录叙篇首，中国不幸，遭此难题，极宜披示国民，共图抵制，而彼此鬼鬼祟祟，一私索，一私许，是何理由？岂民主国之政策，应如是乎？袁政府不足责，而吾国民之恇弱不振，或虚憍无能，亦当乘此反省，毋再蹈覆辙为也。

第四十四回

忍签约丧权辱国
倡改制立会筹安

日本人送来最后通牒，陆、曹两外长再经争执，也未起多大作用，最后政府只好忍辱签约。袁大总统怕激怒民愤，下令各省军警约束军民。阁员中或以为耻，也就有几个辞职。

却说日本政府，因中国未肯承认全案，竟用出最后手段，胁迫袁政府。自陆总长提交最后答复后，日本下动员令，宣言关东戒严。驻扎山东、奉天的日兵，预备开战，渤海口外的日舰，亦预备进行，各埠日商，纷纷回国，似乎即日决裂，各国公使，亦多至外交部署中，探听消息，劝政府和平解决，幸勿开战。袁总统却也为难，惟面上犹持一种镇静态度。五月六日，由日使派人到外交部，提出一种警告书，内言非完全承认日本修正案，决提交最后通牒。袁政府不能决答，当于是日夜间，遣曹次长汝霖，用个人名义，访会日使，商议交涉，又承认了好几款。日置益不允。俟曹汝霖回署后，即于次日下午，由日置益带同馆员，至外交部迎宾馆，晤见陆曹两人，亲递最后通牒。牒文写着：

今回帝国政府，与中国政府所以开始交涉之故，一则欲谋因日德战争所发生时局之善后办法，一则欲解决有害中日两国亲交原因之各种问题，冀巩固中日两国友好关系之基础，以确保东亚永远之和平起见，于本年一月向中国政府交出提案，开诚布公，与中国政府会议，至于今日，实有二十五回之多。其间帝国政府，始终以妥协之精神，解释日本提案之要旨，即中国政府之主张，亦不论巨细，倾听无遗。其欲力图解决此提案于圆满和平之间，自信实无余蕴。其交涉全部之讨论，于第二十四次会议，即上月十七日，已大致告竣。帝国政府统观交涉之全部，参酌中国政府议论之点，对于最初提出之原案，加以多大让步之修正，于同月二十六日，更提出修正案于中国政府，求其同意。同时且声明中国政府对于该案如表同意，日本政府即以因多大牺牲而得之胶州湾一带之地，于适当机会附以公正至当之条件，以交还于中国政府。

五月一日，中国政府对于日本政府修正案之答复，实与帝国政府之预期全然相反。且中国政府对于该案，不但毫未加以诚意之研究，且将日本政府交还胶州湾之苦衷与好意，亦未尝一为顾及。查胶州湾为东亚商业上军事上之一要地，日本帝国，因取得该地，所费之血与财，自属不少。既为日本取得之后，毫无交还中国之义务。然为将来两国国交亲善起见，竟拟以之交还中国。而中国政府不加考察，且不谅帝国政府之苦心，实属遗憾。中国政府，不但不顾帝国政府关于交还胶州湾之情谊，且对于帝国政府之修正案，于答复时要求将胶州湾无条件交还，并以日德战争之际，日本国于胶州湾用兵所生之结果，与不可避之各种损害，要求日本担任赔偿之责，其他关系于胶州湾地方，又提出数项要求，且声明有权加入日德讲和会议。明知如胶州湾无条件之交还，及日本担负因日德战争所生不可避之损害赔偿，均为日本所不能容忍之要求，而故为要求。且明言该案为中国政府最后之决答，因日本不能容认此等之要求，则关于其他各项，即使如何妥商协定，终亦不觉有何等之意味，其结果此次中国政府之答复，于全体全为空漠无意义。且查中国政府对于帝国政府修正案中，其他条项之回答，如南满洲及东部内蒙古，就地理上政治上商工利害上，皆与帝国有特别关系，为中外所共认。此种关系，因帝国政府经过前后二次之战争，更为深切。然中国政府，轻视此种事实，不尊重帝国在该地方之地位，即帝国政府，以互让精神，照中国政府代表所言明之事，而拟出之条项，中国政府之答复，又任意改窜，使代表者之陈述，成为一篇空言，或此方则许，而彼方则否，致不能认中国当局者之有信义与诚意。

至关于顾问之件，学校病院用地之件，兵器及兵器厂之件，与南方铁道之件，帝国政府之修正案，或以关系外国之同意为条件，或只以中国政府代表者之言明，存于记录，与中国主权与条约，并无何等之抵触。然中国政府之答复，惟以与主权条约有关系，而不应帝国政府之希望。帝国政府，因鉴于中国政府如此之态度，虽深惋惜，几再无继续协商之余地，然终眷眷于维持极东平和之帝国，务冀圆满了结此交涉，以避时局之纷纠，于无可忍之中，更酌量邻邦政府之情意，将帝国政府前次提出之修正案中之第五号各项，除关于福建互换公文一事，业经两国政府代表协定外，其他五项，可承认与此次交涉脱离，日后另行协商。因此中国政府，亦应谅帝国政府之谊，将其他各项，即第一号第二号第三号第四号之各项，及第五号中关于福建省公文互换之件，照四月二十六日提出之修正案所记载者，不加以何等之更改，速行应诺帝国政府。兹再重行劝告，对此劝告，期望中国政府至五月九日午后六时为止，为满足之答复，如到期不受到满足之答复，则帝国政府，将执认为必要之手段。合并声明。

陆曹两人，共同阅毕，不由得发了一怔，几乎目定口呆。还是曹汝霖口齿较俐，便对日置益道："五号中所说五项，应即脱离，究竟是哪五项呢？"日置益道："就是聘用顾问，学校病院租用地，以及中国南方诸铁路，与兵器及兵器厂，暨日本人布教权。这五项允许脱离，容后协商便了。"陆徵祥道："敝国与贵国，素敦睦谊，难道竟无协商的余地吗？"日置益道："通牒中已经说明，敝政府不能再让。就使本驻使有意修正，也是爱莫能助了。"说毕即行。曹汝霖随送道："贵驻使是全国代表，凡事尚求通融一点。"日置益稍稍点头。到了次日，又至外交部中，递交说明书，内开七款如下：

（一）除关于福建省交换公文一事之外，所谓五项，即指关于聘用顾问之件，关于学校用地之件，关于中国南方诸铁路之件，关于兵器及兵器厂之件及关于布教权之件是也。

（二）关于福建省之件，或照四月二十六日日本提出之对案，均无不可。此次最后通牒，虽请中国对于四月二十六日日本所提出之修正案，不加改订，即行承诺，此系表示原则。至于本项及（四）（五）两项，皆为例外，应特注意。

（三）以此次最后之通牒要求之各项，中国政府倘能承认时，四月二十六日对于中国政府关于交还胶州湾之声明，依然有效。

（四）第二号第二条土地租赁或购买，改为暂租或永租，亦无不可。如能明白了解，可以长期年限。且无条件而续租之意，即用商租二字亦可。又第二号第四条，警察法令及课税承认之件，作为密约，亦无不可。

（五）东部内蒙古事项，中国于租税担保借款之件，及铁道借款之件，向日本政府商议一语，因其南满洲所定之关于同种之事项相同，皆可改为向日本资本家商议。又东部内蒙古事项中商埠一项，地点及章程之事，虽拟规定于条约，亦可仿照山东省所定之办法，用公文互换。

（六）日本最后修正案第三号中之该公司关系人，删除关系人三字，亦无不可。

（七）正约及其他一切之附属文书，以日本文为正，或可以中日两文皆为正文。

日置益递交此书，也不再置一词，匆匆去讫。袁总统即召集要人，连夜会议，未得要领。越日上午，续议一切，亦不能决定。至下午二时，又召集国务卿左右丞各部总长，及参政院长黎元洪，并参政熊希龄、赵尔巽、梁士诒、杨度、李盛铎等，开特别会议。由陆总长先行报告，然后袁总统出席开议。大众计无所出，惟陆海军总长与参政中的激烈人物，尚主张拒绝，宁可决裂。袁总统只沉着脸，淡淡地答道："山东、奉天一带，已遍驻日兵，倘或交涉决裂，他即长驱直入，我将如何对待？实力未充，空谈何益？与其战败求和，不若目前忍痛，从前甲午的事，非一般鉴吗？"徐世昌亦接着道："越能忍耻，才得沼吴，现在只可和平了事，得能借此交涉，返求自强，未始不可收效桑榆呢。"大众闻言，不敢主战，随即多数赞成，决定承认。当由袁总统饬令备文答复，复经再三讨论，方拟定复文，派外交部员施履本，赍交日使察阅。日置益尚要求第五项下，添入"日后协商"四字，且言万不能省。施履本不能与辩，带还原书，乃再行改正。其文云：

中国政府，为维持远东和平起见，允除第五项五款，应俟日后另议外，所有第一、二、三、四项各款，及第五项关于福建交换文书之件，照日本二十六日修正案，及通牒中附加七条件之解释，即日承诺，俾中日悬案，从此解决，两国亲善，益加巩固。中国政府爰请日使择日惠临外交部，整理文字，以便早日签定。此复。

复文缮就，即于五月九日，由陆总长徵祥、曹次长汝霖，赴日本使馆，当面送交。过了一天，日使日置益，赴外交部答谢。至十五日，日置益复至外交部迎宾馆，开条约会议，无非是照日本修正案，加入七条件解释，及各项来往照会，共同订定，作为中日合约。到了二十日，两造文书，统已办齐，乃商定二十五日，在外交部迎宾馆，彼此签字。约中署名，一面是大日本国大皇帝特命全权公使从四位勋二等日置益，一面是大中华民国任命中卿一等嘉禾勋章外交总长陆徵祥，共计正文三份，换文十三件，小子前已叙录约文，看官即可复阅，毋庸一一重述了。袁总统恐丧失权利，或致众愤，除密电各省将军巡按使，劝令维持秩序，静图自强外，又下令约束军民云：

环球交通，凡统治一国者，莫不兢兢于本国之权利。其权利之损益，则视其国势之强弱以为衡。苟国内政治修明，力量充足，譬如人身血气壮硕，营卫调和，乃有以御寒暖燥湿之不时，而无所侵犯。故有国者诚求所以自强之道，一切疲玩之惰气，与虚憍之客气，有邱山之损，而无丝毫之益，所宜引为大戒。

我中国自甲午、庚子两启兵端，皆因不量己力，不审外情，上下嚣张，轻于发难，卒至赔偿巨款，各数万万，丧失国权，尤难枚举。当时深识之士，咨嗟太息于国之将亡，使其上下一心，痛自刻责，涤瑕荡垢，发愤为雄，犹足以为善国，乃事过境迁，恬嬉如故，厝火积薪之下，而寝处其上，酣歌恒舞，民怨沸腾，卒至鱼烂土崩，不可收拾。予以薄德，起自田间，大惧国势之已濒于危，而不忍生民永沦浩劫，寝兵主和，以固吾圉。民国初建，生计凋残，含垢忍辱，与民休息，而好乱之辈，又各处滋扰，为虎作伥。予以保国卫民，引为责任，安良除暴，百计维持。不幸欧战发生，波及东亚，而中日交涉，随之以起。外交部与驻京日本公使，磋商累月，昨经签约，和平解决。所有经过困难情形，已由外交部详细宣告，双方和好，东亚之福，两祸取轻，当能共喻。虽胶州湾可望规复，主权亦勉得保全，然南满权利，损失已多，创巨痛深，引为惭憾。己则不竞，何尤于人？我之积弱召侮，事非旦夕，亦由予德薄能鲜，有以致之。顾谋国之道，当出万全，而不当掷孤注，贵蓄实力，而不贵骛虚声。

近接各处函电，语多激烈，其出自公义者，固不乏人，亦有未悉实情，故为高论，置利害轻重于不顾，言虽未当，心尚可原。乃有倡乱之徒，早已甘心卖国，而于此次交涉之后，反借以为辞，纠合匪党，诪张为幻，或谓失领土，或谓丧主权，种种造谣，冀遂其煽乱之私。此辈平日行为，向以倾覆祖国为目的，而其巧为尝试，欲乘国民之愤慨，借簧鼓以开衅，极其居心，至为险很。若不严密防范，恐殃及良善，为患地方，尤恐扰害外人，牵动大局。着各省文武各官，认真查禁，勿得稍涉大意，致扰治安。倘各该地方，遇有乱徒借故暴动，以及散布传单，煽惑生事，立即严拿惩办，并随时晓谕商民，切勿受其愚惑。至于自强之道，求其在我，祸福无门，惟人自召，群策群力，庶有成功。仍望京外各官，痛定思痛，力除积习，奋发进行。我国民务扩新知，各尽义务，对于内则父诏兄勉，对于外则讲信修睦，但能惩前毖后，上下交儆，勿再因循，自可转弱为强，权利日臻巩固。切不可徒逞血气，任意浮嚣，甲午、庚子，覆辙不远，凡我国民，其共戒之！此令。

此外又有外交部通电，陈述交涉经过状况，及颁布条约全文，声言“徵祥身任外交，奉职无状，一片爱国愚忠，未能表白于天下，特恳请大总统立予罢斥，另选贤能，以补前愆”云云。参政院长黎元洪，亦发一长电除自己引咎外，兼责典兵大吏，平日观望，且愿辞去参谋总长一职。还有陆军总长段祺瑞，复电言“始终主战，奈各部长及参政院诸公，多半主和，口众我寡，致蒙此耻，已呈请辞职避贤，免至积垢”等语。其他书函杂沓，不胜枚举，总之是民国以来第一种国耻，全体吏民，须时时记着，卧薪尝胆，发愤图存，我中华民国前途，或尚不至灭亡呢。

自国家经此一蹶，总道袁总统惩前毖后，开诚布公，把一副鬼鬼祟祟的手段，尽行改变，一心一意地整顿起来。就是那当道诸公，也应激发天良，力图振刷，效那范蠡、文种的故事，生聚教训，徐图兴复。谁知总统府中，愈觉沉迷，京内外的文武官吏，依旧是攀龙附凤，颂德歌功，前时要求变政的人物，已尽作反舌鸟，呈请辞职的达官，又仍做寄生虫，转眼间桐枝叶落，桂树花荣，北京里面，竟倡出一个筹安会来。这筹安会的宗旨，是主张变更国体，会中的发起人，乃是几个不新不旧、亦新亦旧的大名角，顿时惹起风潮，闹得四万万人民昏头磕脑，也不知怎样才好。小子有诗叹道：

亡羊思补已嫌迟，何事彼昏尚不知？
怪象日增名巧立，“筹安”二字向谁欺。

究竟这班大名角，是何等样人？待小子下回表明。

五九国耻之由来，孰使之？袁氏使之也。袁氏欲借日本以利己，日本即借袁氏以利国，出尔反尔，咎有攸归。观袁氏之约束军民，有云祸福无门，惟人自召。吾谓袁氏不必责人，第返而自责可耳。不然，约已成，权已丧，勉图补苴且不遑，尚欲潜图帝制为耶？观筹安会之发生，而袁氏之甘心媚外，其情弊愈不可掩矣。

第四十五回

贺振雄首劾祸国贼 罗文干立辞检察厅

杨度等六人建立筹安会，颁布章程，宗旨是改革国体，好叫袁世凯做一个『革命大皇帝』。自然有人不忿，回中录出两篇呈文，一者挖苦杨度，一者连老袁也捎带讥讽。耿直的总检察长罗文干，也辞职回了老家。

却说筹安会发起，共有六人，这六人为谁？第一个姓杨名度，第二个姓孙名毓筠，第三个姓严名复，第四个姓刘名师培，第五个姓李名燮和，第六个姓胡名瑛。杨度是前清保皇党中翘楚，与康有为、梁启超等向是好友，革命以后，复夹入民党里面，嗣复得老袁信任，充参政院的参政。孙毓筠是革命健儿，辛亥一役，曾在安徽地方，出过风头，癸丑后，组织政友会，与国民党脱离关系，也充参政院参政的头衔。严复是素通英文，兼长汉文，从前翻译西书，很有名望，因他是福建侯官县人，尝呼他为严侯官，此次袁总统创设参政院，采访通才，就把他网罗进去。刘师培前名光汉，博通说文经学，上海《国粹丛报》中，尝见他的著作，确是有些根底，袁总统也特地招徕，命他参政。李燮和乃陆军中将，革命时攻打南京，他曾与列。还有一个胡瑛，尝随宋教仁厮混几年，不知何故变志，也投入袁氏幕中。这六人结做寅僚，镇日里聚首一堂，不是谈风月，就是论时事。可巧总统府中，有一位外国顾问官，系是美国有名的博士，叫做古德诺，他倡出一篇大文，历言民主政体不及君主政体。杨度见了此文，得着依据，正好随声附和，借酬宠遇，当与孙毓筠、严复等五人，秘密商量，乘此出点风头，做一回掀天震地的事业。孙毓筠、严复等，相率赞成，大家靠着十年芸窗的功夫，互凑几句强词夺理的文字，不到半日，已将宣言书及入会章程统行拟定，其词云：

我国辛亥革命之时，国中人民，激于情感，但除种族之障碍，未计政治之进行，仓猝之中，创立共和国体，于国情之适否，不及三思。一议既倡，莫敢非难，深识之士，虽明知隐患方长，而不得委曲附从，以免一时危亡之祸，故清室逊位，民国创始，绝续之际，以至临时政府正式政府递嬗之交，国家所历之危险，人民所感之困苦，举国上下，皆能言之，长此不国，祸将无已。近者南美中美二洲共和各国，如巴西、阿根廷、秘鲁、智利、犹鲁卫、芬尼什拉等，莫不始于党争，终成战祸。葡萄牙近改共和，亦酿大乱，其最扰者，莫如墨西哥，自爹亚士逊位之后，干戈迄无宁岁，各党党魁，拥兵互竞，胜则据土，败则焚城，劫掠屠戮，无所不至，卒至五总统并立，陷国家于无政府之惨象。我国亦东方新造之共和国，以彼例我，岂非前车之鉴乎？美国者，世界共和之先达也，美人之大政治学者古德诺博士，即言世界国体，君主实较民主为优，而中国则尤不能不用君主国体，此义非独古博士言之也，各国明达之士，论者已多，而古博士以共和国民，而论共和政治之得失，自为深切明著，乃亦谓中美情殊，不可强为移植。彼外人轸念吾国者，且不惜大声疾呼，以为吾民忠告，而吾国人士，乃反委心任运，不思为根本解决之谋，甚或明知国势之危，而以一身毁誉利害所关，瞻顾徘徊，惮于发议，将爱国之谓何？国民义务之谓何？我等身为中国人，民国之存亡，即为身家之生死，岂忍苟安默视，坐待其亡？用特纠集同志，组成此会，以筹一国之治安。将于国势之前途，及共和之利害，各摅所见，以尽切磋之义，并以贡献于国民。国中远识之士，鉴其愚诚，惠然肯来，共相商榷，中国幸甚。发起人杨度、孙毓筠、严复、刘师培、李燮和、胡瑛。

附筹安会章程

第一条　本会以发挥学理，商榷政论，以供国民之研究为宗旨。

第二条　愿充本会会员者，须具入会愿书，由本会会员四人以上之介绍，理事长之认可。

第三条　本会置理事六人，由发起人暂任，并互推理事长一人，副理事长一人。

第四条　本会置名誉理事若干人，参议若干人，由理事长推任。

第五条　本会置干事若干人，由理事推任之，其事务之分配，随时酌定。

事务所暂设北京石驸马大街。

宣言书及章程，统已备齐，当即推杨度为理事长，孙毓筠为副，严复、刘师培、李燮和、胡瑛四人为理事，就在预定地点，设立事务所，新开场面，悬起一块招牌，就是“筹安会”三大字。京内人民，还是莫明其妙，看那筹安会招牌，只道国中果然出了伟人，能把这风雨飘摇的民国，筹划得安安稳稳，倒也是千载一时的盛遇。后来看到宣言书，才识会中宗旨，要想改革国体，把袁大总统舁上台去，做一个革命大皇帝，于是一传十，十传百，统说这个筹安会，是产出皇帝的私窠子，将来是凶是吉，尚难分晓。正在疑义未定的时候，那京中已是警吏如林，不准他街谈巷议，稍一漏言，便牵入警局，请他坐在拘留所中，多则几十天，少亦三五天，小百姓营业要紧，自然不敢多言，免滋祸祟。有一班痴心妄想的人物，纷纷入会，都想做点投机事业，希图后来富贵。还有京内的新闻纸，什么《民视报》，什么《亚细亚报》，统为筹安会鼓吹，煌煌大字，逐日照登。隔了几日，忽由《顺天时报》中，载出一篇贺振雄上肃政厅呈文，略云：

为扰乱国政，亡灭中华，流毒苍生，贻祸元首，恳请肃政厅长代呈大总统，严拿正法，以救灭亡而谢天下事。窃闻天下兴亡，匹夫有责，奸奴误国，人得而诛，我古神州四千余载，君主相传，干戈扰攘，万民涂炭，四海疮痍，稽披历史，至为寒心。自唐、虞揖让，天下讴歌，暨汤、武征诛，人民杀伐，国无宁岁，民无安时。七雄相并，五霸竞争，秦吞六国，汉约三章，王莽出，光武兴，曹操称雄，司马逞智，南北六朝，梁、唐五代，陈后主，隋炀帝，武则天，安禄山，宋太祖，元世宗，明朱氏，清觉罗，各代君主，而今安在？惟留祸害，传染中华。自古愚人，相争相夺，称帝称王，因一时昏迷不悟，徒博眼前虚荣，而遗子孙实祸，诚可怜而可哀也。

在昔闭关时代，相争相夺，犹是一家，今则环海交通，群雄眈视，一召灭亡，万劫难复。叔宝全无心肝，何至于此？吾民国共和创造，未及五载，而沙场血渍，腥臭犹闻，人民痛苦，呻吟未已，我大总统手创共和，力任艰巨，四年以来，宵衣旰食，剑寝履皇，维持国政，整理军务，削平内乱，亲睦外交，不知耗多少心血，费几许精神，始克臻此治理。现方筹备国会，规定法院，整饬吏治，澄肃官方，惟日孜孜，不遗余力，民生国计，渐有秩序，四年之间，国是已经大定。内外官吏，诚能以国家为前提，辅弼鸿猷，绥厥中土，国力日见其发展，国基日见其巩固。而谓吾中国不适于共和，不能不用君主政体，真狗彘不食之语也。吾敢一言以告我同胞曰：有吾神圣文武之袁大总统，首任一期，规模即已大备，若得连任，国政即可完全，不十年间，我中华民国共和程度，必能驾先进之欧美，称雄地球。

况我大总统高瞻远瞩，硕画伟谋，既铲除四千余载专制之淫威，开创东亚共和之新国，不独人民颂祷馨香，铜像巍峨，即世界各国，亦莫不钦仰其威信。何物妖魔，竟敢于青天白日之下，露尾现形，利禄薰心，荧惑众听，尝试天下，贻笑友邦。窥若辈之倒行逆施，是直欲陷吾元首于不仁不义之中，非圣非贤之类，蹈拿破仑倾覆共和，追崇帝制之故辙，贻路易十六专制魔王流血国内之惨状，其用心之巧，藏毒之深，喻之卖国野贼，白狼枭匪，其计尤奸，其罪尤大。

鸣呼！国之将亡，必有妖孽，妖孽者谁？即发起筹安会之杨度、孙毓筠、严复、刘师培、李燮和、胡瑛诸贼也。振雄生长中华，伤心大局，明知若辈毒势弥漫，言出祸至，窃恐覆巢之下，终无完卵，与其为亡国之奴，曷若作共和之鬼，故敢以头颅相誓，脑血相溅，恳请肃政厅长，代呈我大总统，立饬军政执法处，严拿杨度一干祸国贼等，明正典刑，以正国是，以救灭亡，以谢天下人民，以释友邦疑义。元首幸甚！国民幸甚！谨上。

越宿，又有一篇李诲上检察厅呈文，亦登载《顺天时报》，但见上面录着：

为叛逆昭彰，摇动国本，恳准按法惩治，以弭大患事。窃维武汉首义，全国鼎沸，我大总统不忍生灵涂炭，出肩艰巨，不数月间，清室退位，以统治权授之我大总统，组织政府，定为共和国体。人心之倾向，于以大定，南北统一，当时我大总统就职宣言，曾经郑重声明，不使帝制复活。迨正式政府成立，世界友邦，遂次第承认。民国三年五月公布中华民国约法，我大总统又谓谨当率我百职有司，恪守勿渝。三年十一月，宋育仁等倡为复辟之谬说，我大总统又经根据约法，严切申诫。国体奠定，既已炳若日星，薄海人民，方幸有所托命，虽内忧外患，尚未消弭，而我大总统雄才大略，硕画宏谟，期以十年，何患我国家不足比肩法、美？乃国贼孙毓筠、杨度、严复、刘师培、李燮和、胡瑛等，组织筹安会，其发词中，以共和国体，不适于吾国民情，历引中美南美诸邦，以共和酿乱之故，指为前鉴，主张变更国体，昌言无忌，似此谬种流传，乱党必将乘机煽动，势必危及国家，万一强邻伺隙，利用乱党之扰乱，坐收渔人之利，而祸何堪设想。当国体既定之后，忽倡此等狂瞽之说，是自求扰乱，与暴徒甘心破坏，结果无殊。虽自诩忠爱，实为倡乱之媒，其罪岂容轻恕？赣、宁之乱，虽为暴民专制之征，而我大总统命将出师，期月之内，一律肃清。迄今暴徒敛迹，政治悉循轨道，此岂中南美诸邦之所可企及？安得以此颠破共和。夫国体原无绝对的美恶，恒视时势为转移，吾国今后国体，果当何若，固不能谓其永无变更。但一日在共和国体之下，即应恪守约法，不能倡言君主，反对共和，以全国家之纲纪。且共和国家以多数之国民组织而成，即迫于时势之需要，有改弦更张之日，则国体之选择，当然由代表民意之机关，以大多数人民心理之所向决之。事势之所至，自然而然，绝非少数妄人所能轻议。

今大总统德望冠于当世，内受国会之推戴，外受列强之承认，削平内乱，巩固国交，凡所以对内对外，不敢稍避险阻者，无非欲保全国家，今轻议变更国体，万一清室之中，或有一二无知之徒，内连乱党，外结强邻，乘机主张复辟，陷我大总统于至困难之地位，而国家亦将随之倾覆，该国贼等虽万死不足以蔽其辜。伏查三年十一月二十四日申令有云："民主共和，载在约法，邪词惑众，厥有常刑。嗣后如有造作谰言，著书立说，及开会集议以紊乱国宪者，即照内乱罪从严惩办，以固国本而遏乱萌。"明令具在，凡行政司法各机关，允宜一体遵守。今杨度、孙毓筠等，倡导邪说，紊乱国宪，未经呈报内务部核准，公然在石驸马大街，设立筹安会事务所，传布种种印刷物，实属弁髦法纪，罪不容诛。检察厅代表国家，有拥护法权惩治奸邪之责，若竟置若罔闻，则法令等于虚设，法之不存，国何以立？诲禀匹夫有责之义，心所谓危，不敢安于缄默，用特据实告发，泣恳遵照民国三年十一月二十四日申令，立将杨度、孙毓筠等按照内乱罪，从严惩治，以弭大患。国民幸甚！民国幸甚！

看官，你道这贺振雄、李诲两人，是何等出身？原来两人都籍隶湖南，贺振雄曾加入革命，颇有文名，至是留寓都门，不得一官，因此郁愤得很，特借这筹安会，畅骂一番，借发牢骚。李诲是李燮和族弟，与燮和志趣，不甚相合，所以也上书弹劾，居然有大义灭亲的意思。两人先后进呈，眼巴巴地望着消息，且各抄录数份，分送各报馆。哪知《民视报》、《亚细亚报》中，非但不登载原文，反各列一条时评，冷嘲热讽，讥诮他不识时务，迂谬可笑。只有《顺天时报》，照文登录，一字不遗。过了一日，筹安会的门首，竟站着许多警兵，荷枪鹄立，盘查出入，似替那会中朋友，竭力保护。贺振雄无权无力，只好闷坐寓中，长吁短叹。独李诲是曾任湖南省议员，且因他族兄列居显要，平时与京中大老颇相往来，于是复上书内务部道：

孙毓筠等倡导邪说，紊乱国宪，公然在石驸马大街，设立筹安会事务所，如其遵照集会结社律，已经呈报大部，似此显违约法，背叛民国之国体，大部万无核准之理，如其未经呈报大部核准，竟行设立，藐视法律，亦即藐视大部，二者无论谁属，大部均应立予封禁，交法庭惩治。顷过筹安会门首，见有警兵鹄立，盘查出入，以私人之会所，而有国家之公役，为之服务，亦属异闻。若云为稽察而设，则大部既已明知，乃竟置若罔闻，实难辞玩视法令之责。去岁宋育仁倡议复辟，经大部递解回籍，交地方官察看。以此例彼，情罪更重，若故为宽纵，何以服人？何以为国？为此急不择言，冒昧上呈。

这呈文送入内务部，好几天不得音信，依然似石沉大海一般，惟闻总检察厅长罗文干，却挂冠去职，挈领眷属，出京回籍去了。原来罗文干身任厅长，平时颇守公奉法，备著廉勤，及闻筹安会设立，已骂杨度等为误国贼，有心讦发。可巧李诲的呈文，又复递入，他读一句，叹一语，至读完以后，竟愤激得了不得，到司法部中，去谒司法总长章宗祥，略叙数语，便将李诲原呈奉阅。章宗祥披览后，忽尔皱眉，忽尔摇首，到了看毕，向罗文干冷笑道："这等文字，睬他什么？"罗文干听了此语，不禁还问道："总长以筹安会为正当吗？"章宗祥道："国家只恐不安，能筹安了，岂不是我辈幸福？"罗文干越忍耐不住，又道："他是鼓吹帝制的。"章宗祥道："我与你同任司法，老实对你说，你我只自尽职务罢了。昨日内务总长朱桂老，也曾说李诲多事，把他呈文撕毁。罗兄，你想这事可办吗？"说得罗文干哑口无言，迟了半晌，方答出一个"是"字。随即告辞归寓，踌躇了一夜，竟于翌晨起床，缮就一封因病告假书，着人送至办公处，一面收拾行囊，整备启行。等到乞假邀准，遂带着眷属数人，夤夜出京，飘然自去。小子有诗赞道：

举世昏昏我独醒，出都从此避膻腥。
试看一棹南归日，犹见清风送客亭。

罗厅长去后，在京各官有无变动情形，且至下回再叙。

读贺振雄呈文，令人一快，读李诲呈文，令人愉快。贺呈在指斥筹安会，骂得淋漓酣畅，令杨度等无以自容，足为趋炎附势者戒。李呈则引证袁氏申令，阳斥筹安会，隐攻袁总统，非特杨度等闻而知愧，即老袁闻之，亦当忆念前言，不敢自悖。然而杨度等之厚颜如故，袁总统之厚颜亦如故，即达官显宦，俱置若罔闻，几不识廉耻为何事。于此得一罗厅长，能皭然不滓，引身自去，较诸彭泽辞官，尤为高洁。斯世中有斯人，安得不极力表扬，为吾国民作一榜样耶？

第四十六回

情脉脉洪姨进甘言 语谵谵徐相陈苦口

此回专写就帝制对袁世凯的进说，却是意见相反。袁克定请袁氏宠妾出马，劝父称帝。徐世昌虽说是袁氏故交，却不赞成帝制，所以尽力劝阻。只是老袁已给了杨度大把票子，促其尽快行事。

却说罗文干辞职后，帝制风潮，愈演愈盛。筹安会兴高采烈，大出风头，都中人士，争称杨度等六人为筹安六君子，他亦居然以君子自命，镇日里放胆做去。看官！试想这六君子有何能力，敢把这创造艰难的民国，骤变为袁氏帝国？难道他不管好歹，不计成败，一味儿地卤莽行事吗？小子于前数十回中，早已叙明袁氏心肠，隐图帝制，还有袁公子克定，主动最力，想看官谅俱阅悉。此次杨度等创设筹安会，明明是袁氏父子嗾使出来，所以有这般大胆，但就中还有一段隐情，亦须演述明白，可为袁氏秘史中添一轶闻。

老袁一妻十五妾，正室于氏，即克定生母，性颇端谨，克定欲劝父为帝，曾禀于母前，请从旁怂恿，不意被母谯呵，且密戒老袁，休信儿言。急得克定没法，转去求那庶母洪姨。洪姨是老袁第六妾，貌极妍丽，性尤狡黠，最得老袁宠爱，看官若问她母家，乃是宋案正凶洪述祖的胞妹。洪述祖字荫芝，幼年失怙，家世维艰，幸戚友介绍，投身天津某洋行写字间，作练习生。他资质本来聪明，一经练习，便觉技艺过人，洋行大班，爱他敏慧，特擢充跑街一席。适老袁奉清帝旨，至小站督练新军，需办大批军装，述祖福至心灵，便设法运动，愿为承办。袁乃姑令小试，所办物品，悉称袁意，嗣是有所购置，尽委述祖。述祖遂得与袁相接，曲意承颜，无微不至。袁亦非洪不欢，竟命他襄办军务。既而述祖因发给军饷，触怒某标统，标统系老袁至亲，入诉老袁，极谈彼短，老袁未免动疑，欲将述祖撤差。述祖闻此音耗，几把魂灵儿吓去，后来想出一法，把同胞妹子，盛饰起来，送入袁第，只说是购诸民间，献侍巾栉。老袁本登徒后身，见了这个粉妆玉琢的美人儿，哪有不爱之理？到口馒头，拿来就吞，一宵枕席风光，占得人间乐趣。是时洪女年方十九，秀外慧中，能以目听，以眉视，一张樱桃小口，尤能粲吐莲花，每出一语，无不令人解颐。袁氏有时盛怒，但教洪女数言，当即破颜为笑，以故深得袁欢，擅专房宠。起初还讳言家世，后来竟自陈实情，老袁不但不恼，反称述祖爱己，愈垂青睐。总计袁氏诸妾，各以入门先后为次序，洪女为袁篷室，已排在第六人，本应称她为六姨，老袁诫令婢仆，不准称六姨太，只准称洪姨太，婢仆等怎敢忤旨，不过戏洪为红，叫她做红姨太罢了。

洪姨亦知人戏已，阴诉老袁，袁即欲斥退婢仆，偏洪姨又出来解劝，令婢仆仍得留着，婢仆等转怨为德，易戏为敬，因此袁氏一门，由她操纵，无不如意。克定知洪姨所言，父所乐从，遂入洪姨室，语洪姨道："母知我父将为皇帝吗？"洪姨不禁避座道："公子如何呼妾为母，妾何人斯？敢当此称？"克定道："我父为帝，我当承统，将来当以母后事姨，何妨预称为母。"洪姨复逊谢道："妾为君家一姬人，已属如天之福，何敢再作非分想？公子此言，恐反折妾的寿数，妾哪里承当得起？"克定道："我果得志，决不食言。"说至此，即向洪姨跪下，行叩首礼。洪姨慌忙跪答，礼毕皆起。克定又道："我父素性多疑，若非从旁怂恿，尚未肯决行帝制，还请母为臂助，方得成功。"洪姨道："这事不应操切，既承公子嘱委，当相机进言，徐图报命。"克定大喜，又连呼几声母娘，方才退出。

这时候的洪姨太，已是喜出望外，便默默地想了一番，打定主意，以便说动老袁，每届老袁退休，絮絮与谈前史事，老袁笑道："你不要做女博士，研究什么史料？"洪姨装着一番媚容，低声语袁道："妾有所疑，故需研究。"老袁道："疑什么？"洪姨道："汉高祖，明太祖，非起自布衣吗？"老袁应声道："是的。"洪姨微笑道："他两人起自布衣，犹得一跃为帝，似老爷勋望崇隆，权势无比，何不为子孙计，乃甘作一国公仆，任他举废吗？"老袁闻言，不由得心中一动，便道："我岂不作此想？但时机未至，不便骤行。"洪姨道："胜会难逢，流光易逝，老爷年近六十，尚欲有待，究竟待到何时？"老袁默然不答，只以一笑相还。是夜，便宿在洪姨寝室，喁喁密语，竟至夜半，方入睡乡。

翌日起床，出外办公，宣召杨度入对。杨度不知何事，急忙进谒，但见老袁揽镜捻须，一时不便惊动，静悄悄地立在门侧，至老袁已转眼相顾，方近前施礼。

老袁命他旁坐，悄语道：“‘共和’二字，我实在不能维持，你何不召集数人，鼓吹改制？”杨度愕然，半晌才答道：“恐怕时尚未至。”老袁又问道：“为什么呢？”杨度道：“现在欧战未了，日本第五项要求虽暂撤回，仍旧伺机欲动，我国若有所变更，将惹起外人注目，倘日本复来作梗，为之奈何？”老袁捻须笑道：“日本果欲要挟，何事不可为口实，你亦太多虑哩。”杨度又道：“就使日本不来反对，也须预筹款项，才得行事。”老袁道：“这个自然，你明日再进来吧。”杨度奉命而出。

老袁复踱入内室，见众妾在前，好似花枝招展，环绕拢来，不由得自言自语道：“从前咸丰帝玩赏四春，我今日却有十数春哩。”众姨尚不知何解，独洪姨上前，竟跪称万岁。老袁一面扶起，一面大笑道：“我未为帝，呼我万岁尚早呢！”洪姨道：“势在必行，何必迟疑。”老袁又笑问道：“你可说出充足的理由吗？”洪姨道：“理由是极充足了，万岁爷在前清时代，已位极人臣，今出为民国元首，威足服人，力足屈人，赣、宁一役，就是明证。今若上继清朝，立登大宝，哪个敢来反抗？这是从声势上解释，已无疑义，若讲到情理上去，也是正当。前日隆裕后使清帝退让政权，另组共和政体，到今已是三年，我国未尝盛强，且日多变乱，是共和政体，当然是不适用。万岁爷果熟察时变，默体舆情，实行君主立宪，料国民必全体赞成，且与隆裕后当日让位的初衷，亦未尝相忤，何必瞻前顾后，迟迟吾行呢？况现在欧战未定，各国方自顾未遑，日本交涉，又已办了，万岁爷乘此登基，正是应天顺人的时候，此机一失，后悔何追。”老袁听她一番议论，煞是中意，又见她笑靥轻盈，娇喉宛转，越觉得无语不香，无情不到，恨不得拥她上膝，亲一回吻，叫她一声乖乖。只因碍着众人面目，但笑向洪姨道：“算了，你真可谓女辩士了。”众妾见了此态，也乘风吹牛，叫着几声万岁，老袁还不屑理她们，一心一意地爱那洪姨，是夜又在洪姨处留宿。

且说杨度既奉密令，即于次日复入总统府，当由袁总统接见，面交发款凭条二纸，计数二十万两。杨度领纸出来，款项既有了着落，又得古德诺一篇文字，作为先导，便邀请孙毓筠、严复等人，开会定章，悬牌开市。贺振雄、李诲等，未识隐情，还要上呈文，劾六君子，真是瞎闹，反令杨度等暗中笑煞。嗣后闻贺振雄落魄无聊，反将他笼络进去，用了每月六十金薪水，雇他做筹安会中办事员。英雄末路，急不暇择，也只好将就过去。但前日吠尧，此日颂舜，人心变幻，如此如此，这也是民国特色了。惟世道人心，究未尽泯，有几个受他牢笼，有几个仍然反对，旧国会议员谷钟秀、徐傅霖等，在上海发起共和维持会，周震勋、邹稷光等在北京发起治安会，接连是古伯荃上《维持中华民国意见书》，梁觉、李彬、刘世驺诸人，又纷纷弹劾筹安会员，朝阳鸣凤，相续不休。

还有参政严修，系老袁数十年患难至交，闻帝制议兴，不禁私叹道："我不料总统为人，竟尔如此。近来种种举动，令我越看越绝望了。"及筹安会发生，谒袁力阻，情词恳挚，几乎声泪俱下。老袁亦为动容，随即答道："究竟你是老朋友，他们实在胡闹，你去拟一道命令，明日即将他们解散便了。"严修唯唯而退，次日持稿请见，为总统府中司阍所阻。严修谓与总统有约，今日会谈，阍人大声道："今晨奉总统命，无论何人，概不传见，请明日进谒吧。"严修恍然大悟，即日乞假去了。

又有机要局长张一麐，也是袁氏十余年心腹幕友，此次亦反对帝制，力为谏阻，谓帝制不可强行，必待天与人归。老袁不待说完，便问何谓天与？何谓人归？张一麐道："从前舜、禹受禅，由天下朝觐讼狱，统归向舜、禹所在处，舜、禹无可推辞，不得已入承大位，这是孟子曾说过的，就是'天与人归'一语，孟子亦曾解释明白，不待一麐赘陈。"老袁点首道："论起名誉及道德上的关系，我决不做皇帝，请你放心。"一麐接口道："如总统言，足见圣明，一麐今日，益信总统无私了。"言毕辞出，同僚等或来问话，一麐还为老袁力辩，且云："杨度等设立筹安会，无非是进一步做法，想是借此题目，组织一大权宪法，若疑总统有心为帝，实属非是，总统已与我言过了，决意不做皇帝呢。"

众人似信非信，又到徐相国府中，探问消息。凑巧肃政史庄蕴宽，从相国府中出来，与众人相遇，彼此问明来意。庄蕴宽皱着眉道："黑幕沉沉，我也是窥他不透，诸君也不必去问国务卿了。"大众齐声道："难道徐相国也赞成帝制吗？"庄蕴宽道："我因李诲、梁觉等，屡进呈文，也激起一腔热诚，意欲立上弹章，但未知极峰意见，究竟如何，特来问明徐相国。偏他是吞吞吐吐，也不是赞成帝制，又不是不赞成帝制，令我愈加迷茫，无从摸他头脑。"大众道："我等且再去一问，如何？"庄蕴宽道："尽可不必。我临行时，已有言相逼，老徐已允我去问总统了。"大众听到此语，方才散归。

看官，你道这国务卿徐世昌，究竟向总统府去也不去？他与老袁系多年寅谊，平素至交，眼见得袁氏为帝，自己要俯伏称臣，面子上亦过不去，况此次来做国务卿，也是朋情难却，勉强担任，若拥戴老袁，改革国体，非但对不住国民，更且对不住隆裕后、宣统帝。不过他是气宇深沉、手段圆滑的人物，对着属僚，未肯遽表己意，曲毁老袁，所以晤着庄蕴宽，只把浮词对付，一些儿不露痕迹，待送庄氏出门，方说一句进谒总统的话头，略略表明意见。

是日午后三点钟，即乘舆出门，往谒袁总统。既到总统府，下车径入。老袁闻他到来，当然接见。两下分宾主坐定，谈及许多政治，已消磨了好多时，渐渐说到筹安会，徐世昌即逼紧一句道："总统明见究竟是民主好呢，还是君主好？"老袁笑着道："你以为如何是好？"徐世昌道："无论什么政体，都可行得，但总须相时而动，方好哩。"老袁道："据你看来，目下是何等时候？"徐世昌道："以我国论，适用君主，不适用民主。但全国人心，犹倾向民主一边，因为民国创造，历时尚短，又经总统定变安民，只道是民主的好处，目下且暂仍旧贯，静观大局如何，再行定议。"语至此，望着老袁面色，尚不改容，他索性尽一忠告道："杨度等组织筹安会，惹起物议，也是因时候太早，有此反抗呢。"老袁不禁变色道："杨度开会的意思，无非是研究政体，并未实行，我想他没甚大碍，那反对筹安会的议论，实是无理取闹，且亦不过数人，岂就好算是公论吗？况我的本意，并不想做什么皇帝，就是这总统位置，也未尝恋恋，只因全国推戴，不能脱身，没奈何当此责任，否则我已五十七岁了，洹上秋水，随意消遣，可不好吗？"徐世昌道："辱承总统推爱，结契多年，岂不识总统心意？但杨度等鼓吹帝制，外人未明原委，还道是总统主使，遂致以讹传讹，他人不必论，就是段芝泉等，随从总统多年，相知有素，今日亦未免生疑，这还求总统明白表示，才能安定人心。"老袁勃然道："芝泉吗？他自中日交涉以来，时常与我反对，我亦不晓得他是什么用意。他若不愿做陆军总长，尽可与我商量，何必背后违言，你是我的老友，托你去劝他一番，大家吃碗太平饭，便好了。"言毕，便携去茶碗，请徐饮茶。前清老例，主人请客饮茗，便是叫客退出的意思，徐世昌居官最久，熟练得很，当即把茶一喝，起身告辞。为此一席晤谈，顿令这陆军总长段祺瑞，退职闲居，几做了一个嫌疑犯。小子有诗叹道：

多年友谊不相容，只为枭雄好面从。
尽说项城如莽操，谁知尚未逮谦恭。

欲知段总长退职情形，待至下回续表。

历朝以来诸元首，多自子女误之，而女嬖为尤甚。盖床第之言，最易动听。加以狐媚之工，莺簧之巧，其有不为所惑者几希？袁氏阴图帝制，已非一日，只以运动未成，惮于猝发，一经洪姨之怂恿，语语中入心坎，情不自已，计从此决，于是良友之言，无不逆耳，即视若腹心之徐相国，亦不得而谏止之。长舌妇真可畏哉！一经著书人描摹口吻，更觉甘言苦口，决不相同，甘者易入，苦者难受，无怪老袁之终不悟也。

第四十七回

袁公子坚请故军统　梁财神发起请愿团

此回写两个袁氏的帮忙人物。一是退居的陆军总长王士珍，袁大公子请他出来，接替袁氏视为异己的段祺瑞；一是惯能敛财的总统府秘书长梁士诒，为老袁筹款，并出主意『利用民意』，建立『公民团』。

却说段祺瑞自督鄂还京，虽仍任陆军总长，但兵权已被大元帅摘去，他已怏怏不乐，屡欲辞职，至中日交涉，又通电各省，屡次主战，袁总统已加猜忌，至是闻徐世昌言，决意去段，只一时想不出替身，犹在踌躇未决。忽见长子克定，自门外趋入，向他禀白道："筹安会中，已通电各省，现已得几处复电，很加赞成，想此后办事，当不致有意外呢。他的原电，交儿带来奉阅，爷可一瞧。"说着，便从袖中取出电稿，双手捧呈，但见起首列着，统是各省长官的头衔，接连是某某商会，某某教育会，某某联合会，以及蒙古、青海、西藏等处，极至华侨处，亦俱列着。入后方叙及正文，词云：

本会宗旨，原以讨论君主民主，何者适于中国。近月以来，举国上下，议论风起。本会熟筹国势之安危，默察人心之向背，因于日昨投票议决，全体一致，主张君主立宪。盖以立国之道，不外二端，首曰拨乱，次曰求治，今请逆其次序，先论求治，次论拨乱。专制政体，不能立国于世界，为中外之公言；既不专制，则必立宪，然共和立宪，与君主立宪，其义大异。君主国之宪政程度，可随人民程度以为高下，故英、普、日本，各不相同。共和国则不然，主权全在人民，大权操于国会，乃为一定不移之义，法、美皆如是也。若人民智识，不及法、美，而亦握此无上之权，则必嚣乱纠纷，等于民国二年之国会，不能图治，反以滋乱，若矫而正之，又必悬共和之名，行专制之实，如我国现行之总统制，权力集于元首一人，斯责任亦集于元首一人。即令国会当前，亦不能因责任问题，弹劾元首，使之去位。一国中负责任者，为不可去位之人，欲其政治进步，乌可得也？故中国而行前日之真共和，不足以求治，中国而行今日之伪共和，更不足以求治。

惟穷乃变，惟变乃通，计惟有去伪共和，行真君宪，开议会，设内阁，准人民之程度，以定宪政，名实相符，表里如一，庶几人民有发育之望，国家有富强之机，此求治之说也。或曰："民权学说，不必太拘，即共和，亦可准人民程度，以定宪政，何必因此改为君主。"不知政党不问形式如何，但使大权不在国会，总谓之伪共和。因恋共和之虚名，不得已而出于伪，天下岂有以伪立国而能图存之理？又况祸变之来，并此伪者亦必不能保存，何以故？君主国之元首，贵定于一，共和国之元首，贵不定于一，即不能禁人不争。曩者二次革命，即以竞争元首而成大乱，他日之事，何独不然？无强大之兵力者，不能一日安于元首之位，数年一选举，则数年一竞争，斯数年一战乱耳。彼时宪法之条文，议员之笔舌，枪炮一鸣，概归无效。所为民选，变为兵选，武力不能相下，斯决之于相争。墨西哥五总统并立之祸，必试演于东方。中原瓦解，外力纷乘，国运于兹，斩焉绝矣。未来之祸，言之痛心，即令今日定一适宜之宪政，纲举目张，百度俱理，他日一经战乱，势必扫荡无遗，国且不存，何云宪政？救之之法，惟有废除共和，改立君主，屏选举之制，定世袭之规，使元首地位绝对不可竞争，将不定于一者，使定于一。是则无穷隐祸，概可消除，此拨乱之说也。本会以为谋国之道，先拨乱而后求治，我国拨乱之法，莫如废民主而立君主，求治之法，莫如废民主专制，而行君主立宪，此本会讨论之结果也。谨以所得布告于军政学商各界，及全体国民。筹安会。

老袁阅罢，掷置案旁，且沉着脸道："这等书呆子，徒然咬文嚼字，有什么功效？你以为各省军官，复电赞成，还道是天大的喜事？哪知我的身旁，如统领陆军的段祺瑞，尚且不肯助我，你想此事可能成功吗？"克定正恨着老段，便道："陆海军权，已归属大元帅，谅老段亦无能为力，捽去了他，便易成事。"老袁道："我正为此踌躇，因恐把段撤去，继任非人，岂不要酿成兵变？"克定道："何不邀王聘卿出来，聘卿资格较段为优，得他任陆军总长，何患军人不服？"老袁道："你说固是，倘他不肯出来，奈何？"克定道："待儿子亲往一邀，定当劝他受任。"老袁道："很好，你且去走一遭吧。”

看官，你道王聘卿是何等人物？他名叫士珍，与段同为北洋武备学生，惟段籍安徽，王籍直隶，籍贯不同，派系遂因之互异。前清时，士珍官阶，高出段上，嗣与段先后任江北提督，有王龙段虎的名称。惟当小站练兵时，王、段两人同为老袁帮办，因此与袁氏亦有旧谊。至清帝退位后，士珍却无意为官，避居不出。此次克定奉命，径乘了专车至正定县中，向王宅投刺，执子侄礼，谒见士珍。士珍不意克定猝至，本拟挡驾，转思克定远道驰至，定有要公，不能不坦怀相见。克定抱膝请安，士珍殷勤答礼，彼此坐定，先叙寒暄，继及国事。寻由克定传述父命，请他即日至京，就任陆军总长。士珍忙谢道：“芝泉任职有年，阅历已深，必能胜任。若鄙人自民国以来，四载家居，无心问世，且年力亦日就衰颓，不堪任事，还乞公子转达令尊，善为我辞。”克定道：“芝泉先生，现因多病，日求退职，家父挽留不住，只得请公出代，为恐公不屑就，特命小侄来此劝驾，万望勿辞。”士珍只是不从，克定再三劝迫，一请一拒，谈论多时。士珍复出酒肴相待，兴酣耳热，克定重申父命，定要士珍偕行。士珍道：“非我敢违尊翁意，但自问老朽，不堪受职，与其日后旷官，辜负尊翁，何如今日却情，尚可藏拙。”克定喟然道：“公今不肯枉驾，想是小侄来意未诚，此次回京，再由家父手书敦请便了。”

未几席散，克定遂告别返都，归白老袁，又由老袁亲自作书，说得勤勤恳恳，务要他出来相助。克定休息一宵，次日早起，复赍了父书，再行就道，往至士珍家。士珍素尚和平，闻克定又复到来，不敢固拒，重复出见。克定施礼毕，即恭恭敬敬地呈上父书，由士珍展阅，阅毕后，仍语克定道：“尊翁雅意，很是感激，我当作书答复，说明鄙意，免使公子为难。”克定不待说毕，即突然离座，竟向士珍跪下，急得士珍慌忙搀扶，尚是扯他不起，便道：“老朽不堪当此重礼，请公子快快起来！”克定佯作泣容道：“家父有命，此番若不能劝驾，定要谴责小侄。况国事如麻，待治甚急，公即不为小侄计，不为家父计，亦当垂念民生，一为援手呢。”说着时，几乎要流下泪来。士珍见此情状，不好再执己意，只得婉言道：“且请公子起来，再行商议。”克定道：“老伯若再不承认，小侄情愿长跪阶前。”于是士珍方说一“诺”字，喜得克定舞蹈起来，忙即拜谢，起身后，士珍乃与订定行期，克定即回京复命。越日，即由老袁下令，免段祺瑞陆军总长职，以王士珍代任。士珍亦于此日到京，人见老袁，接篆履新了。

老袁既得了王士珍，军人一方面，自以为可免变动，从此无忧，独财政尚是困难，所有运动帝制及组织帝制等事，在在需钱，非有大富翁担负经费，不能任所欲为。左思右想，尚在徘徊，凑巧有一位大财神登台，演一出升官发财的拿手戏，于是金钱也有了，袁老头儿也可以无恐了。惟这大财神何姓何名？看官可记得前文叙过的梁士诒吗？梁本为总统府内秘书长，足智多才，能探袁氏私隐，先意承欢，所以老袁非常器重。他遂结识了几个要人，招集了若干党羽，更仗那神通机变的手段，把中央政府的财政权，一古脑儿收入掌握。历届财政总长，无论何人，总不能脱离梁系，都中人士，遂赠他一个绰号，叫做梁财神。但梁系粤人，附梁的叫做粤派，另有一派与他对峙，乃是皖派首领杨士琦。杨为政事堂左丞，势力颇大，联络多数旧官僚，与粤派分竖一帜，互相排挤。老袁素性好猜，忽而信梁，忽而信杨，杨既得志，梁渐失势，秘书长一职，竟至丢去。嗣又以搜括财政，不能无梁，复召为税务督办，梁仍靠着财力，到处张权。忽交通部中闹出一件大案来，牵连梁财神，梁正无法解免，常想寻个机会，迎合袁意，省得受罪，适闻老袁为财政问题有所顾虑，他遂乘机而入，愿将帝制经费，一力承当。

看官！你道梁士诒绰号财神，果有若干私财，肯倾囊取出，替袁氏运动帝制吗？无非从百姓身上，想出间接搜括的手段，取作袁氏用费，就算是理财能手。但袁氏生平挥霍，视金钱若泥沙，什么国民捐，什么救国储金，什么储蓄票价，还有种种苛税，种种借款，多被取用，消耗殆尽。此次梁财神出筹巨款，究从何处下手呢？原来京城里面，本有中国、交通两银行归政府专办，平时信用，倒还不失，梁为罗括现款起见，竟令两银行滥发纸币，举所有准备金，多运入袁氏库中，供袁使用。老袁倒也不顾什么，但教有款可筹，便视为财政大家，佐命功臣，因此待遇梁士诒，比从前做秘书长时，还要优渥，所有参案的关系，早已无形消灭了。

梁士诒复进见老袁，献上一条妙计，乃是“民意”二字。老袁愕然道：“你也来说民意吗？糊涂似费树蔚，昨来见我，亦说是要顾全民意，究竟‘民意’二字，是怎么解释？我驳斥了数语，他竟悻悻出去，弃职回籍，若非是克定的连襟，我简直是不肯恕他呢。”士诒不慌不忙，从容说道：“总统所说的费树蔚，是否任肃政史？”老袁答了一个“是”字。士诒道：“树蔚所说，是顾全民意，士诒所说，是利用民意，同是民意两字，用法却有不同呢。”老袁听了，不由得点首道：“燕孙毕竟聪明，能言人所未言。”士诒道：“就借这‘民意’二字，号召天下，不怕天下不从。”老袁道：“谈何容易。”士诒道：“据鄙意看来，亦没有什么难处。”老袁道：“计将安出？”士诒道："总统今日，只管反对帝制，照常行事。士诒愿为总统效力，一面联络参政院，令作民意代表的上级机关，一面另设公民团，令作民意代表的下级机关，上下联合，民意便可造成。据士诒所料，不消数月，便可奏效。"老袁道："我也并不欲为帝，无非因时局艰难，稍有举动，即遭牵制，你前日做过秘书长，所有外来文件，想亦多半过目，能有几件事不被反对吗？我现在所居的地位，差不多是骑虎难下，做也不好，不做也不好呢。"士诒道："似总统英明圣武，何事不可为，要做就做，何必多疑。"老袁道："这便仗你帮忙呢。"士诒忙起身离座，应了几个"是"字，随即辞出，返至寓中，密请沈云霈、张镇芳、那彦图等到寓，会议了半日。沈云霈等统是赞成。

士诒又想了妙法，语沈云霈道："足下系参政的翘楚，参政院中，目下已代行立法院，便是一个完全的民意机关，得足下提倡起来，怕不是全体一致吗。"沈云霈道："彼此都为公事，自当尽力。"士诒又向张镇芳道："公系贵戚，应比鄙人格外热心，我想现在的事情，最好是组织公民请愿团，无论官学商工及男女长幼，统好入会，京内作总机关，外省作分机关，越多越好，不怕帝制不成。"张镇芳道："闻筹安会中，现亦这般办法，向各省去立分会了。"士诒道："要做皇帝，就做皇帝，还要说什么筹安，空谈学理。俗语说得好，'秀才造反，一世不成。'这就是筹安会的定评。我等设立公民团，竟从请愿入手。岂不是直截痛快吗？"沈云霈等齐声道："梁公卓见，的确是高人一着，我们就这么办去，只这会长须借重梁公。"士诒道："会长一席，我却不能承认，不瞒诸公说，我是要内外兼筹，未便专任一事，还请诸公原谅。"张镇芳道："照此说来，请何人做会长。"士诒道："沈公责无旁贷，副会长就请张、那二公担任，便好了。"沈云霈道："会长须由会员全体推举，兄弟亦不便私相承认。"士诒捻着几根胡髭微微笑道："不是士诒夸口，士诒要举老沈，会员敢另举他人吗？"云霈道："且待开会再议。"士诒道："明后日就可开会了。"言讫，数人复闲谈片时，一同散去。

过了两日，士诒已邀集若干会员，寻个公共处所，开起成立大会来。开会结果，举定沈云霈为会长，张镇芳、那彦图为副会长；文牍主任，举了谢桓武，梁鸿志、方表为副；会计主任，举了阮忠枢，蒋邦彦、夏仁虎为副；庶务主任，举了胡璧城，权量、乌泽声为副；交际主任，举了郑万瞻，袁振黄、康士铎为副。大家各认定职任，协力进行。当由文牍员拟定宣言书，由会长等鉴定，正要刊布，忽闻有一位御干儿，从湖北回京，也来协助帝制。正是：

到底义儿应尽义，且看功狗互争功。

欲知来者为谁，俟小子下回报名。

王聘卿退归原籍，家居不出，是民国中一个自爱人物，偏袁公子一再固请，至于情不能却，再出为陆军总长。似为友谊起见，不应加咎，但泄柳闭门，干木逾垣，隐士风徽，何等高尚。若徒徇私谊，转违公理，毋乃所谓不揣其本而齐其末者？冯妇下车，难免士笑，王聘老殆有遗憾欤？梁财神之品格本出王氏下，而智谋则过之，以如此机变才，倘加以德性，何难立大业于生前，贻盛名于身后，乃热心富贵，不惜为袁氏作伥，身名两裂，何苦乃尔？总之利禄二字，最足误人。能打破此关，方不致与俗同污，王聘卿且如此，而梁财神无论矣。

第四十八回

义儿北上引侣呼朋　词客南来直声抗议

梁士诒等搞出一个请愿联合会，公布了请愿书，紧接着各地请愿书就像雪片儿一般飞进了参政院，武昌督军某某人更是与各省将军联衔电请易国体、立君主。反对者自有人在，梁启超就发表了不下万言的《异者所谓国体问题者》。

却说上回所叙的御干儿，看官道是何人？就是当时署理鄂督的段芝贵。芝贵履历，前文亦已见过，为何叫他做御干儿呢？说来又是话长。小子援有闻必录的老例，把大略演述出来：相传老袁当小站练兵时，芝贵官衔，尚不过一个候补同知。他在直隶听鼓，未得差遣，抑郁无聊，意欲投效老袁麾下，挽某当道替他吹嘘。老袁虽然收录，仍然置诸闲散，不给优差。适阮忠枢为袁幕僚，总司文案，芝贵遂与他结识，求为汲引。忠枢替他想一方法，教他秘密进行，定可得志。

看官道是何事？原来天津地方平康里，蓄艳颇多，韩家班尤为著名，阮忠枢备员军署，每当文牍余暇，辄邀二三友人，往韩家班猎艳，曾与歌妓小金红结不解缘。小金红有一姊妹行，叫做柳三儿，色艺冠时，高张艳帜。阮得瞻丰采，也暗暗称羡，会老袁招阮私宴，醉后忘形，偶询及平康人物，阮即以柳三儿对。袁颇欲一亲颜色，只以身作达官，不便访艳。当下与阮密商，拟乘夜阑人静时，微服往游。阮愿作导线，即与袁约定时间，届期先往韩家班，与柳三儿接洽，待到夜半，果见老袁易服而来，由阮呼三儿出见，佳丽当前，令人刮目。经老袁仔细凝视，果然是当代尤物，风韵绝伦。三儿亦眉挑目逗，卖弄风骚。两下倾心，一见如故。既而华筵高张，欢宴终夕，比至天明，袁偕阮返，犹觉余情未忘。嗣是暇辄过从，倍加恩爱，本欲替她脱籍，因恐纳妓招谤，或干吏议，所以迟迟未决。阮忠枢窥透隐情，遂叫段芝贵代为赎身，间接献纳，不怕老袁不堕入彀中，格外青睐。芝贵得此教益，即依计而行，黄金朝去，红粉夕来，又有阮为绍介，潜送袁寓。柳三儿得为袁氏四姨太，段芝贵亦竟获优差，由袁下札，委任全军总提调，袁、段情谊，日久愈亲。每日早起，段又必诣袁问安，老袁戏语芝贵道："我闻人子事亲，每晨必趋寝门问安，汝非我子，何必如此。"芝贵道："父母生我，公栽培我，两两比较，恩谊相同，如蒙不弃，愿作义儿。"老袁听到此语，不免解颐一笑。芝贵只道袁已承认，竟拜倒膝前，呼袁为父。老袁推辞不及，口中虽说他多事，但已受了四拜，仿佛是认做干爷了。

后来老袁被谴，芝贵亦为杨翠喜事，挂名参案，革职回籍。至清室已覆，袁为总统，他自然重张旗鼓，又复上台，癸丑革命，平乱有功，旋即出督武昌，继段祺瑞后任。此次闻京中倡言帝制，就赶忙离了湖北，只说是入觐总统，拼命驰来。当下邀集朱启钤、周自齐、唐在礼、张士钰、雷震春、江朝宗、吴炳湘、袁乃宽、顾鳌等，密议鼓吹帝制，与筹安会分帜争功。可巧公民请愿团已经发现，料知梁财神势力不小，只好合拢一起，较为妥当。梁财神闻芝贵进京，亦知他是有名的义子，将来要升做御干儿，不得不与他周旋，融成一片。两情不谋而合，况是彼此熟识，一经会面，臭味相投，当即互相借重，定名为请愿联合会。那时请愿团的宣言书，已经印就，由段芝贵等审视，见书面写着道：

民国肇建，于今四年，风雨飘摇，不可终日。父老子弟，苦共和而望君宪，非一日矣。自顷以来，二十二行省及特别行政区域，暨各团体，各推举尊宿，结合同人，为共同之呼吁，其书累数万言，其人以万千计，其所蕲向，则君宪二字是已。政府以兹事体大，亦尝特派大员，发表意见于立法院，凡合于巩固国基，振兴国势之请，代议机关，所以受理审查以及于报告者，亦既有合于吾民之公意，而无悖于政府之宣言，凡在含生负气之伦，宜有舍旧图新之望矣。惟是功亏一篑，则为山不成，锲而不舍，则金石可贵。同人不敏，以为吾父老子弟之请愿者，无所团结，则有如散沙在盘，无所榷商，则未必造车合辙。又况同此职志，同此目标，再接再厉之功，胥以能否联合进行为断。用是特开广座，毕集同人，发起全国请愿联合会，议定简章，凡若干条。此后同心急进，计日程功，作新邦家，慰我民意，斯则四万万人之福利光荣，非特区区本会之厚幸也。

末附有请愿联合会章程，共十一条，条文如下：

第一条　本会以一致进行，达到请愿目的为宗旨。

第二条　凡已署名请愿者，皆得为本会会员。

第三条　本会设职员如右：(一)会长一人，副会长二人，由会员中公举之。(二)理事若干人，由会员公推之。但各团体请愿领衔者，当然为本会理事。(三)参议若干人，由会长及全体职员会公推之。(四)干事分为文牍会计庶务交际四科，各科主任干事一人，余干事若干人，由会长副会长合议推任之。

第四条　会长代表本会，主持办理本会一切事务。

第五条　副会长辅助会长，办理本会一切事务。会长有事故，副会长得代理之。

第六条　理事随时会商会长，办理本会特别要务。

第七条　参议随时建议本会，赞理一切会务。

第八条　干事商承会长，分科执行本会一切事务，其各科办事细则另定之。

第九条　本会开会，分为两种：(一)职员会得由会长随时召集之。(二)全体大会，遇有特别事故时，由会长召集之。

第十条　本会设事务所于安福胡同。

第十一条　本会章程，如有认为不适当时，得开大会，以过半数之议决修改之。

段芝贵等阅毕，便道："正副会长，可曾举定吗？"梁士诒即申述沈云霈为会长，张镇芳、那彦图为副会长，余如文牍会计庶务交际等员，亦一一说明。段芝贵道："甚好，就照此进行吧。我即拟返鄂，凡事应由诸公偏劳。"梁士诒道："这也不必过谦，但参议干事等员，尚须推选若干人。"段芝贵道："章程中应由会长等主持，但请沈会长与在会诸公推选便是。"沈云霈时亦在座，忙接口道："这也须大家斟酌。但会名既称为全国联合，应该将各省官民，招集拢来，愈多愈妙。此事颇要费时日呢。"段芝贵笑道："沈先生你真太拘泥了。各省官吏，哪一个不想上达？但用一个密电，管教他个个赞成。若是公民请愿，也很是容易，只叫各省官吏，用他本籍公民的名义，凑合几个有声望的绅士，联名请愿，便好算作民意代表了。老先生，你道真要令四万万人，悉数请愿吗？"梁士诒道："这话还是费事。依愚见想来，在京官僚，多是各省的阔老，若教他列名请愿，并把自己的亲戚朋友，添上几十百个名儿，便可算数。难道他们的亲友，因未曾通知，定要来上书摘释吗？"说毕，哈哈大笑。段芝贵道："话虽如此，但各省长官的推戴书，却也万不可少。还有各处报纸，乃是鼓吹舆情的机关，先须打通方好哩。"梁士诒道："香岩兄，你是个长官巨擘，何妨作各省的领袖。”段芝贵忙回答道：“兄弟已密电各省将军，联衔请愿，惟复电尚未到齐，一俟组合，自当恭达上峰，只办事须有次序，先请改行君宪，后乃上书推戴，方是有条不紊呢。”梁士诒道：“这个自然。若讲到报纸一节，京报数家，已多半说通，只有上海一方面，略费手续，现极峰已派人往沪，买嘱各报，并拟向上海设一亚细亚分馆，专力提倡。天下无难事，总教现银子，还怕什么？”大家统鼓掌赞成。会议已毕，又由正副会长，推选参议干事数人。经彼此认定，方才散去。段芝贵入觐老袁，已不止一次，所有秘密商议，也不消细述，等到大致就绪，方出京还鄂去了。

嗣是以后，请愿书即联翩出现，都递入参政院。参政院中已由沈云霈运动成熟，自然陆续接收。参政院长黎元洪，本心是反对帝制，但自己已被软禁，不便挺身出抗，只好假痴假聋，随他胡乱。那时梁士诒、杨度等，已先后到总统府中，报告若干请愿书。老袁很是欣慰，意欲令黎院长汇书进呈，好做民意相同的话柄。当下嘱托梁士诒等，往说黎元洪。黎元洪不肯照允，且上书辞参政院长，及参谋总长兼职。经政事堂批示，不准告辞。是时武昌督军段芝贵已与各省将军联衔，电请变易国体，速改君主。这边方竭力请愿，那边忽现出一篇大文章，冷讽热刺，硬来作对。看官道是何人所作？乃是当代大文豪，即前任司法总长梁启超。梁自司法总长卸任，又由老袁任他为币制总裁，继复令入参政院参政。他见老袁热心帝制，不愿附和，即辞职出京，到了上海，即撰成一篇煌煌的大文，题目叫做“异哉所谓国体问题者”，综计不下万言。小子录不胜录，曾记有一段紧要文字，脍炙人口，特断章节录如下：

> 盖君主之为物，原赖历史习俗上一种似魔非魔的观念，以保其尊严。此种尊严，自能于无形中发生一种效力，直接间接以镇福此国。君主之可贵，其必在此。虽然，尊严者，不可亵者也。一度亵焉，而遂将不复能维持。譬诸范雕土木偶，名之曰神，舁诸闳殿，借诸华龛，群相礼拜，灵应如响，忽有狂生，拽倒而践踏之，投诸溷腧，经旬无朕，虽复舁取以重入殿龛，而其灵则已渺矣。自古君主国体之国，其人民之对于君主，恒视为一种神圣，于其地位，不敢妄生言思拟议，若经一度共和之后，此种观念，遂如断者之不可复续。
>
> 试观并世之共和国，其不患共和者有几？而遂无一国焉能有术以脱共和之轭，就中惟法国共和以后，帝政两见，王政一见，然皆不转瞬而复也，则由共和复返于君主，其难可想也。我国共和之日，虽曰尚浅乎，然酝酿之则既十余年，实行之亦

既四年。当其酝酿也，革命家丑诋君主，比诸恶魔，务以减杀人民之信仰，其尊严渐亵，然后革命之功，乃克集也。而当国体骤变之际，与既变之后，官府之文告，政党之宣言，报章之言论，街巷之谈说，道及君主，恒必以恶语冠之随之，盖尊严而入溷牏之日久矣。今微论规复之不易也，强为规复，欲求畴昔尊严之效，岂可更得？是故吾独居深念，亦私谓中国若能复返于帝政，庶易以图存而致强，而欲帝政之出现，惟有二途：其一则今大总统内治修明之后，百废俱兴，家给人足，整军经武，尝胆卧薪，遇有机缘，对外一战而霸，功德巍巍，亿兆敦迫，受兹大宝，传诸无穷；其二经第二次大乱之后，全国鼎沸，群雄割据，剪灭之余，乃定于一。夫使出于第二途耶，则吾侪何必作此祝祷？果其有此，中国之民，无孑遗矣，而戡定之者，是否为我族类，益不可知，是等于亡而已。独至第一途，则今正以大有为之宜，居可有为之势，稍假岁月，中冀旋至而立有效，中国前途一线之希望，岂不在是耶？故以为吾侪国民之在今日，最勿生事以重劳总统之廑虑，俾得专精一志，为国家谋大兴革，则吾侪最后最大之目的，庶几有实现之一日。今年何年耶？今日何日耶？大难甫平，喘息未定，强邻胁迫，吞声定盟，水旱疠蝗，灾区遍国，嗷鸿在泽，伏莽在林，在昔哲后，正宜撤悬避殿之时，今独何心？乃有上号劝进之举。夫果未熟而摘之，实伤其根，孕未满而催之，实戕其母，吾畴昔所言中国前途一线之希望，万一以非时之故，而从兹一蹶，则倡论之人，虽九死何以谢天下？愿以等慎思之！

《诗》曰："民亦劳止，汔可小息。"自辛亥八月迄今，未盈四年，忽而满洲立宪，忽而五族共和，忽而临时总统，忽而正式总统，忽而制定约法，忽而修改约法，忽而召集国会，忽而解散国会，忽而内阁制，忽而总统制，忽而任期总统，忽而终身总统，忽而以约法暂代宪法，忽而催促制定宪法。大抵一制度之颁行，平均不盈半年，旋即有反对之新制度起而推翻之，使全国民彷徨迷惑，莫知适从，政府威信，扫地尽矣。今日对内对外之要图，其可以论列者，不知凡几，公等欲尽将顺匡救之职，何事不足以自效？何苦无风鼓浪，兴妖作怪，徒淆国民视听，而贻国家以无穷之戚也。

如上所述，十成中仅录一二，已说得淋漓爽快，惹起国民注目，老袁高坐深宫，或尚未曾闻知，那梁士诒、杨度等人，已见到梁任公这篇文字，关系甚大，虽欲设法驳斥，奈总未能自圆其说，足以压倒元、白。于是京城里面，也把梁任公大文，彼此传诵，视作圣经贤传一般，渐渐地吹入老袁耳中。老袁恨不得将梁启超当即捉来，赏他几粒卫生丸，只一时不好发作，意欲悬金为饵，遣人暗刺，又急切觅不到聂政、荆卿。没奈何与梁士诒等商量，先令参政院汇呈请愿书。至请愿书已上，却派左丞杨士琦，到参政院宣言，发表政见，竟反对帝制起来。小子有诗叹道：

分明运动反推辞，作伪心劳只自知。

南让者三北让再，许多做作亦胡为？

毕竟杨士琦如何宣言，待至下回说明。

文字之感人大矣哉！然亦有一言而令人感者，有数百言而终不足令人感者，盖情理二字，为之关棙耳。试观上回所录之筹安会宣言书，与本回之请愿联合会宣言书，毫无精彩，决不足醒阅者之目。及梁任公所撰之文，仅录一斑，已觉戛戛生光，百读不厌，虽由文笔之明通，亦本理由之充足，故虽有御干儿之权力及大财神之声势，反不敌一挂冠失职之文士。或谓任公之文，尚有保皇口吻，仍未脱前日私见，斯评亦似属允当。然观其譬喻之词，与推阐之语，实属颠扑不破，似此新旧互参之论说，无论何人，当莫不为之感动，是真一转移人情之妙笔也。惜乎言长纸短，犹未尽录原文耳。

第四十九回

竞女权喜赶热闹场 征民意咨行组织法

请愿团一个又一个，商人、妓女都来凑热闹，就中特表一个妇女请愿团。诸事需要国民会议讨论，恐怕迁延时日，梁士诒又很快炮制出了一个让袁某人可以尽快称帝的组织法。

却说杨士琦奉袁总统命，到了参政院，发表政见。参政院诸公，也未识他如何宣言，有几个包打听的人物，似已晓得士琦来意，是代袁总统宣言，不愿赞成帝制的。是日黎院长元洪，亦得此消息，特来列席。诸参政亦都依席就位，专待士琦上演说台，宣讲出来。士琦既上演说台，各席拍掌欢迎，毋庸细表。但见士琦取出一纸，恭恭敬敬地捧读起来，其辞道：

本大总统受国民之付托，居中华民国大总统之地位，四年于兹矣。忧患纷乘，战兢日深。自维衰朽，时虞陨越，深望接替有人，遂我初服。但既在现居之地位，即有救国救民之责，始终贯彻，无可委卸，而维持共和国体，尤为本大总统当尽之职分。近见各省国民，纷纷向代行立法院请愿，改革国体，于本大总统现居之地位，似难相容。然本大总统现居之地位，本为国民所公举，自应仍听之国民。且代行立法院，为独立机关，向不受外界之牵制，今大总统固不当向国民有所主张，亦不当向立法机关有所表示。惟改革国体，于行政上有绝大之关系，本大总统为行政首领，亦何敢畏避嫌疑，缄默不言？以本大总统所见，改革国体，经纬万端，极应审慎，如急遽轻举，恐多窒碍。本大总统有保持大局之责，认为不合时宜。至国民请愿，不外乎巩固国基，振兴国势，如征求多数国民之公意，自必有妥善之上法。且民国宪法，正在起草，如衡量国情，详细讨论，亦当有适用之良规，请贵代行立法院诸君子深注意焉。

杨士琦一气读完，当即退下演坛，仍归代表座席。黎元洪起向士琦道："大总统的宣言书，确有至理。"刚说到一"理"字，梁士诒已起立道："大总统的意思，无非以民意为从违，现在民意是趋向君宪，要大总统正位定分，所以纷纷请愿；本院主张，亦应当尊重民意呢。"说至此处，但听一片拍掌声，震响全院。黎元洪反说不下去，只好退还原座，默默无言。沈云霈接入道："大总统既有宣言书，本院自当宣布，倘国民仰体总统本意，不来请愿，也无庸说了，如或请愿书仍然不绝，还须想出一个另外法儿，作为最后的解决。否则群情纠纷，求安反危，如何是好？"梁士诒道："依愚见想来，不如速开国民会议，以便早日解决。"沈云霈道："国民会议，初选才毕，恐一时赶办不及呢。"士诒先向他递一眼色，然后申词解释道："事关重大，若非经国民会议，大总统亦不便轻易承认哩。"大众又多半拍掌，总算全院通过。杨士琦告辞而去，黎院长快快出门，乘车自回，余人陆续散归。

不到数天，请愿团又次第发生，除筹安会及公民请愿团外，还有商会请愿团，北京商会的发起人叫做冯麟霈，上海商会发起人叫做周晋镳。教育会请愿团，自北京梅宝玑、马为珑等发起，北京社政进行会，自恽毓鼎、李毓如发起，甚至北京人力车夫，及沿途乞丐，也居然举出代表，上书请愿，这真是想入非非，无奇不有。又有一个妇女请愿团，发起人乃是安女士静生。这安女士是何等名媛，也来赶热闹场？小子事后调查，她是个山东峄县人氏，表字叫做慈红，幼读诗书，粗通笔墨，及长，颇有志交游，不论巾帼须眉，统与她往来晋接。而且姿色秀媚，言态雍和，所有闻名慕色的人物，一通謦欬，无不倾倒，并替她极力揄扬，由是安名日噪。当民国创造时，她尝高谈革命，鼓吹共和，如平权自由等名词，都是她的口头禅。她又自言曾游历外洋，吸入新智识，将来女权发达，定当为国效劳，可惜今尚有待，无所展才云云。旁人听到此言，愈觉惊羡。未几，北上到京，充任某女校校长，至帝制发生，她以为时机可乘，也拟邀合京中女学校学生，组织一妇女请愿团。有人诘她忽言民主，忽言君主，前后悬殊，不无可鄙。她却嫣然一笑道："我等身当新旧过渡时代，断不能与世界潮流，倒行逆施。我有时赞成民主，有时赞成君主，实是另具一番眼光。随时判断，能识时务，方为俊杰，迂儒晓得什么呢。"当下遂至交民巷中，觅了一间古屋，悬出一块木牌，上写"中国妇女请愿会"七字，并刊行一篇小启，颇说得娓娓可听。究竟是她手笔，抑不知是谁捉刀，小子也不必细查，但见她小启云：

吾侪女子，群居噤寂，未闻有一人奔走相随于诸君子之后者，而诸君子亦未有呼醒痴迷醉梦之妇女，以为请愿之分子者。岂妇女非中国之人民耶？抑变更国体，系重大问题，非吾侪妇女所可与闻耶？查《临时约法》向载中华民国主权在全国国民云云，既云全国国民，自合男女而言，同胞四万万中，女子占半数，使请愿仅男子而无女子，则此跛足不完之请愿，不几夺吾妇女之主权耶？女子不知，是谓无识，知而不起，是谓放弃。夫吾国妇女智识之浅薄，亦何可讳言？然避危求安，亦与男子同此心理，生命财产之关系，亦何可任其长此抛置，而不谋一处之保持也？静生等以纤弱之身，学识谫陋，痛时局之扰攘，嫠妇徒忧，幸蒙昧之复开，光华倍灿，聚流成海，撮土为山，女子既系国民，胡可不自猛觉耶？用是不揣微末，敢率我女界二万万同胞，以相随请愿于爱国诸君子之后，姊乎妹乎！盍兴乎来！发起人安静生启。

自这小启传布后，倒也有数十个女同志，联翩趋集，当拟定一篇请愿书，呈入参政院。惟妇女手续，未免少缓，因此请愿亦稍落人后了。接连又有妓女请愿团出现，为首的叫做花元春。花元春是京中阔妓，与袁大公子为啮臂交，大公子尝语元春道："他日我父践天子位，我当为东宫太子，将选汝入宫，充作贵人，比诸溷迹风尘，操这神女生涯，谅应好得多哩。"元春微哂道："妾系路柳墙花，怎得当贵人重选？但大公子既为大阿哥，如蒙不弃贱陋，得充一个灶下婢，也光荣得多了。"大公子喜甚，自是鸨母鸨儿等，均呼他为大阿哥，大公子亦直受不辞。会各处请愿团，先后竞集，不下数十处，袁大公子遂嘱花元春，发起妓女请愿团，借备一格。花元春自命时髦，乐得借这名目，出点风头，当向大公子乞得缠头，浼人撰了一篇稿子，刊发出去，遍散勾栏中。各妓女都向元春问讯，元春道："车夫乞丐，也都集会请愿，我姊妹们虽陷入烟花，难道比车夫乞丐还不如吗？况袁皇帝登极，记念我们亦有微劳，当亦特沛恩施，岂非一纸书可抵万金吗？"众妓闻言，喜欢无似，且闻她结交大公子，应有好消息微示，这种机会，千载一时，如何不赞成呢？当即推元春领名，托平时相识的文士，著成一篇请愿书，也投入参政院去了。

参政院收集请愿书，又是数十件，重复开会，集众议事。黎院长告假不到，由副院长汪大燮主席。开议后，意见不一，有说的应提前召集国民会议，有说的应另筹征求民意妥善办法。两下里议论纷纷，当由汪大燮决定，将两说统行存录，咨送政府，请总统自择。大众倒也赞成，汪大燮即提出两种议案，备好咨文，赍递政府。越日得总统咨复，当提交国民会议，征求正确民意。这复文既到参政院，当有一个参政员顾鳌，出来反对道：“我是主张另筹办法，不主张国民会议的，试思国民会议，是民国约法机关，不应解决国体。且国民会议，人数无多，也不得谓为多数真正民意，无论对内对外，均是不相宜的。”言毕趋出，即往访沈云霈，申述成见。云霈道：“我原说过国民会议是不甚妥当的，燕孙主张此说，我亦只好依议。”顾鳌道：“我们同去见他，何如？”云霈应允，遂与偕行。既至梁士诒寓所，投刺入见。士诒迎入客厅，顾鳌即自述来意，士诒哈哈大笑道：“我岂不知国民会议是不能解决国体问题的？但总统即有命令，组织国民会议办法，应该将此层题目先行做过，方不致自相矛盾。巨六兄，你是个法律大家，谓国民会议，不宜解决国体，他人没有你的学问，总道是国体问题，当然属诸国民会议，否则设此何用。”云霈道：“今总统已有咨复，说是要提交国民会议，你想国民会议的议员，尚需复选，辗转需时，恐今年尚不能到京开会呢。”梁士诒道：“我有一个极妙的方法，现且不必发表，但教沈君就请愿联合会名义，要求参政院中，另订征求民意机关，且批驳国民会议为不合法，那时参政院总要续行开会，我好在会席间宣布意见。照我办法，今年内定可请极峰登位呢。”沈云霈笑道：“我却依你，看你有法无法。”梁士诒道：“你且瞧着，决不欺你。”沈、顾二人，因即告别。

沈云霈即属文牍员，撰成最后请愿文，要求参政院另议办法，并说国民会议，未便解决国体。这篇文字，赍达参政院，院中又要开会议决，黎院长仍然告假，免不得耽延一天。哪知请愿书陆续递入，都主张另订办法，副院长汪大燮，本是个通变达权的智士，明知老袁意思，迫不及待，遂不俟黎院长销假，就召集诸人开会。梁士诒首先到院，沈云霈、顾鳌、杨度、孙毓筠等依次到来，当由汪大燮报告，说明接收请愿书件数，并言请愿书中一致赞成另订征求民意办法。梁士诒起座道：“最好是开国民大会，就把国民会议议员初选当选人，选出国民代表，决定国体，一则范围较广，二则手续不烦，岂非是一举两得吗？”杨度忙抢着道：“梁参政所言甚是，不过由初选当选议员，选出国民代表，来京开议，仍需时日，这还该想一变通办法。”梁士诒道：“何妨由各省当选人，在本籍自由投票，似此征求民意，既普及国民全体，且免得远道濡迟，这是最好没有的了。”大众齐拍掌道：“好极，好极。”顾鳌道：“这也应拟定一个组织法，由本院咨请施行。”梁士诒道：“这个自然。”主席汪大燮亦插入道：“这须先推起草委员，拟定国民代表组织法，方可咨送政府。”梁士诒道：“这会名叫国民代表大会，会里的章程，就叫做国民代表大会组织法，可好吗？”大众又拍手赞成。当下由主席推定起草委员，共计八人，便是梁士诒、汪有龄、施愚、陈国祥、江翰、王劭廉、王树枬、刘若曾八大参政。八人认定起草，便即散会。不到三天，梁士诒等即到参政院，递交国民代表大会组织法的稿子，共十七条，由主席宣读后，又经诸人审查，略行参改，把十七条减为十六条，条文列下：

第一条　关于全国国民之国体请愿事件，以国民代表大会，代表国民全体之公意决定之。

第二条　国民代表，以记名单投票法选举之，以得票比较多数者为当选。

第三条　国民代表大会，以左列当选人组织之：（一）各省各特别区域之代表人数，以其所辖现设县治之数为额；（二）内外蒙古三十二人；（三）西藏十二人；（四）青海四人；（五）回部四人；（六）满、蒙、汉八旗二十四人；（七）全国商会及华侨六十人；（八）有勋劳于国家者三十人；（九）硕学通儒二人。

第四条　各省及各特别行政区域之国民代表，由国民会议各县选举会初选当选之复选选举人，及有复选被选资格者选举之。

第五条　蒙、藏、青海、回部之国民代表，由国民会议蒙、藏、青海联合选举会之单选选举人选举之。

第六条　满、蒙、汉八旗之国民代表，由国民会议中央特别选举会，八旗王公世爵世职之单选选举人选举之。

第七条　全国商会及华侨之国民代表，由国民会议中央特别选举会，有工商实业资本一万元以上，或华侨在国外，有商工实业资本三万元以上者之单选选举人选举之。

第八条　有勋劳于国家者之国民代表，由国民会议中央特别选举会，有勋劳于国家者之单选选举人选举之。

第九条　硕学通儒之国民代表，由国民会议中央特别选举会，硕学通儒，或高等专门以上学校三年以上毕业，或与高等专门以上学校毕业有相当资格者，或在高等专门以上学校，充教员二年以上者之单选选举人选举之。（第五条至本条第一项之单选选举人，以依法经由全国选举资格审查会审查合格者为限。）

第十条　国民代表选举监督，佐左列之规定：（一）各省以各该最高级长官，会同监督；（二）各特别行政区域地方，以该最高级长官监督之；（三）第三条第二、三、四、五款，以蒙藏院总裁监督之；（四）第三条第六、七、八、九款，以内务总长监督之。

第十一条　选举国民代表场所设于监督所在地，届选举日期，就报到之选举人由监督召集之，举行选举。（各省各特别行政区域，遇有必要情形，该监督得以关于国民代表选举事项，委托各县知事行之。）

第十二条　选举国民代表日期，由各监督定之。

第十三条　国民代表决定本法第一条事件，以记名投票结果，由各该监督报告代行立法院，汇综票数，比较其决定意见，定为国民代表大会之总意见。（前项之票纸，应于开票报告后，封送代行立法院备案。）（决定国体投票日期，由各监督定之。）

第十四条　决定国体投票之标题，由代行立法院议决，咨行政府，转知各监督于投票日，宣示国民代表。

第十五条　依本法所定，关于选举投票之筹备事宜，由办理国民会议事务局办理。

第十六条　本法自公布日施行。

这便是国民代表大会组织法全案，经全院通过，即添入一篇咨文，送交政事堂去了。这一咨有分教：

假托民权更国体，揭开面具见雄心。

未知袁总统曾否照允，容至下回再详。

前半回写安静生，下半回写梁士诒，余人皆宾也。安静生发起妇女请愿团，谓能识时务，方为俊杰；梁士诒则秘密设法，务使帝制之底成。是殆皆希宠求荣，投机营利者。夫礼时为大，能乘时而奋发，未始非一智士；然一存私见，则虽有时可乘，亦无非为揣摩迎合之流，不足为豪杰士。况袁氏之潜图帝制，固知其不可而为之者耶？民国成立，迄今未安，甚且日濒危险，盖由权利思想，中入人心，无论男妇，统挟一干利之念以行事，而于是气节扫地，廉耻道丧，国事从此泯棼矣。可悲可叹！

第五十回　逼故宫劝除帝号　传密电强胁舆情

此回先录一篇袁氏给参政院的咨文，即转写老袁指示梁士诒胁迫溥仪取消帝号；清室不允，梁士诒出了让清室推戴袁氏的高招。之后录入办理国民事务局的几封通电，也不过是要操纵选举以逞己志而已。

却说袁总统接到参政院咨文，好似一股清凉散，把这盼望帝制的热心，安慰了许多，当命秘书员草定命令，颁布出来。有云：

参政院代行立法院，咨称：本院前据各直省各特别行政区域，内外蒙古、青海、回部、前后藏、满洲八旗公民、王公，暨京外商会、学会、华侨联合会等，一再请愿改革国体，当经本会开会议决，将请愿书八十三件咨送政府，并建议根本解决之法，或提前召集国民会议，或另筹征求民意妥善办法。叠准大总统咨复，以国民会议议员复选报竣为期，以征求正确民意为准，以从宪法上解决为范围，具见大猷制治，精一执中，曷胜钦佩。而自本院咨送八十三件，请愿书以后，复有全国请愿联合代表沈云霈等，全国商民冯麟霈，全国公民代表阿穆尔灵圭等，中国回教俱进会，回族联合请愿团，暨回疆八部代表王常等，哈密、吐鲁番回部代表马吉符等，锡林果勒盟代表程承铎等，云南迤西各土司总代表邓汇源等，新疆、蒙、回全体王公代表，暨宁夏驻防满蒙代表杨增炳等，北京二十区市民董文铨等，北京社政进行会恽毓鼎等，南京学界丁伟东等，贵州总商会徐治涛等，筹安会代表杨度等，暨全国商会联合会蔚丰厚各处票商等，前后请愿前来，咸以为中国二千余年，以君主制度立国，人民心理，久定一尊，辛亥以后，改用共和，实于国情不适，以致人无固志，国本不安，诚由共和制度，元首以时更替，国家不能保长久之经划，人民不能定专一之趋向。兼之人希非分，祸机四伏，或数年一致乱，或数十年一致乱，拨乱尚且不遑，政治何由可望？南美、中美十余国，坐此扰攘，几无宁岁，而墨西哥为尤甚。四稔纷竞，五年相残，人民失业，伤亡遍地，前车之覆，可为殷鉴。我国迭经变故，元气未复，国家政治，亟待进行，人民生计，亟待苏息，惟有速定君主立宪，以期长治久安，庶几法律与政治，互相维持，国基既以巩固，国势亦以振兴，全国人民，深思熟虑，无以易此。即外国之政治学问名家，亦多谓中国不适共和，惟宜君宪，足见人心所趋，即真理所在。

全国人民，迫切呼吁，实见君主立宪，为救国良图，必宜从速解决，而国民会议，开会迟缓，且属决定宪法机关，国体未先决定，宪法何自发生？非迅速特立正大之机关，征求真确之民意，不足以定大计而立国本。再三陈请，众口一词。本院初以建议在前，复经大总统咨复，办法已定，不敢轻意变更。而舆论所归，呼吁相继，本院尊重民意，重付院议，佥谓兹事重大，自未便拘常法以求解决。国家者，国民全体之国家也，民心之向背，为国体取舍之根本。惟民意既求从速决定，自当设法提前开议，以顺民意，与本院前次建议，所谓另筹妥善办法，以昭郑重者，实属同符。即与我大总统咨复，所谓国家根本大计，不得不格外审慎者，尤相吻合。谨按约法第一章第二条中华民国主权，本之国民全体，则国体之解决，实为最上之主权，即应本之国民之全体，兹议定名为国民代表大会，即以国民会议初选当选人为基础，选出国民代表，决定国体。似此则凡直省及特别区域，满、蒙、回、藏均有代表之人。征求民意之法，普及国民全体，以之决大计而定国本，庶可谓正大机关。而真确之民意，可得而见，较之国民会议为尤进也。兹据《临时约法》第三十一条之规定，于十月六日开会，议决国民代表大会组织法，经三读通过。现在全国人民，亟望国体解决，有迫不及待之势，相应抄录全案，并各请愿书，咨请大总统迅予宣布施行等因。除将代行立法院议定之国民代表大会组织法公布外，特此布告，咸使闻知。此令。

又令云：

参政院代行立法院，议定国民代表大会组织法，特公布之，此令。

这令一下，老袁已心满意足，料得皇帝一席，稳稳到手，便将民国四年的双十节，停止国庆纪念庆祝宴会；一面召梁士诒、江朝宗二人，入总统府秘密会议室，嘱咐了许多言语，叫他作为专使，即日去走一遭。两人唯唯听命，就去照办。看官道是何事？乃是令两人去逼清宫，撤去清帝名号，来做那袁皇帝的臣仆。自隆裕皇太后病逝后，清宫里面，内事由瑾、瑜二太妃主持，外事由世续、弈劻、载沣等办理。宣统帝尚是幼年，除随着陆润庠、伊克坦等讲读汉、满文字外，无非踢皮球，滚铁圈，习那小孩子的玩意儿，晓得什么大事；不过表面上存着帝号，满族故旧尚称他一声万岁。其实是宫廷荒草，荆棘铜驼，回首当年，已不胜黍离之感。幸亏皇室经费，还得随时领取，聊免饥寒。不意梁士诒、江朝宗两人，一文一武，奉着袁氏的命令，竟来胁迫清室，逼他撤销帝号。世续接着，与两人晤谈起来，世续依据优待条件，当然拒绝。恼动了江朝宗，竟用着威武手段，攘臂奋拳，似要赏他几个五分头，吓得世续倒退几步。还是梁士诒从旁解劝，教江朝宗不要莽撞，且请世续禀明两太妃，允否候复。世续见梁士诒放宽一着，自然随声附和，说是禀过太妃，再行报命。两人方才回来，到总统府复旨。

老袁静待数日，不闻答复，正要遣原使催逼，忽见梁士诒报道："清庆王弈劻病殁了。"老袁道："何日逝世，我没有闻他生病，为何这般速死？"士诒道："闻他前日为废帝事件，入宫商议，大家哭做一团，想这老头儿伤心过甚，回家呕血，气竭身亡。"老袁道："莫非他拥护清室，不肯撤销帝号吗？"士诒道："他愿否撤销帝号，尚未曾探悉底细。"老袁道："我只教溥仪小子，撤销帝号，并不要抄他老头儿家产，伤心什么？"士诒道："这也怪他不得。"老袁道："为什么呢？"士诒道："从前清帝退位，曾订有优待条件，说明清帝名号，仍不变更，今要他撤销帝号，未免有碍前约，帝号可废，将来各种条文，均恐无效，岂不要令他闷死吗？"老袁道："天无二日，民无二王，我若为帝，难道溥仪尚得称帝吗？"士诒道："主子明鉴，天下事总须逐渐进行，现在令清室撤销帝号，不如令清室推戴主子，他既协同推戴，俟主子登了大宝，然后令他撤销帝号，那时名正言顺，还怕他反抗不成？"老袁闻言，不禁起座，抚士诒的右肩道："你真是个智囊，赛过当年诸葛了。"士诒慌忙谢奖，几乎要磕下头去。老袁把他扶住，又密与语道："这也要仗你去疏通呢。"士诒道："敢不效力。"老袁又商及国民代表大会一事，士诒道："这可令办理国民会议事务局，密电各省，指示选举及投票方法，定可全体一致，毋须过虑。"老袁点首，士诒乃退。

这办理国民会议事务局长，就是顾鳌，闻着这个消息，忙与梁士诒拟定秘密办法，禀明老袁，依次发电，通告各省将军巡按使，最关紧要的，约有数电，小子特摘录如下：

各省将军巡按使鉴：（中略）查关于国民会议议员初选机宜，前经本局密电，申明办法，请转饬各初选监督照办在案，想各该初选监督，当能体会入微，善为运用。目下情势，较前尤为紧要，应请贵监督迅即密饬所属各初选监督，对于该县之初选当选人，应负完全责任，尽可于未举行初选之前，先将有被选资格之人，详加考察，择其性行纯和，宗旨一贯，能就范围者，预拟为初选当选人，再将选举人设法指挥，妥为支配，果有窒碍难通，亦不妨隐加以无形之强制，庶几投票结果，均能听我驰驱。且将来选举国民代表，及选举国民会议议员，自可水到渠成，不烦缕解，此事实为宣布选举之最要关键，务希飞电各初选监督，慎密照办，其无通电地方，应即迅用密饬，加急星夜飞递，以免贻误。如实有赶办不及之处，即将初选酌量延期数日，亦无不可。倘或敷衍竣事，致令桀黠滥竽，则重咎所归，实在各该初选监督。再查国民代表选举，在各省系以各该最高级长官，会同监督之，此后凡关于国民代表选举事宜，如系军政同城，希即妥协密商办理，并饬知各该初选监督，一体遵照为要。办理国民会议事务局印。

这道密电，已将选举方法，指示明白。还有将国民代表大会组织法中，有关运用各条，分别密示。开列如下：

（一）本法第一条所称国体请愿事件，以国民代表大会决定之等语。查此次国体请愿，其请愿书不下百起，请愿人遍于全国，已足征国民心理之所同，故此次所谓以国民代表大会决定云者，不过取正式之赞同，更无研究之隙地。将来投票决定，必须使各地代表，共同一致，主张改为君宪国体，而非以共和君主两种主义，听国民选择自由。故于选举投票之前，应由贵监督暗中物色可以代表此种民意之人，先事预备，并多方设法，使于投票时，得以当选，庶将来决定投票，不致参差。

（二）本法第二条，国民代表，以记名单名投票法选举之，以得票比较多数者为当选等语。查此项代表，虽由各选举人选出，而实则先由贵监督认定。本条取记名单名主义，既以防选举人之支吾，且以重选举人之责任。惟既取多数当选主义，则必须先事筹维。贵监督应于投票之先，将所有选举人，就其所便，分为若干部分，随将预拟之被选举人，按各部分一一分配之，何部分选举何人，何人归何部分选举，均各于事前支配妥协，各专责成。更于投票时派员监视，更分别密列一单，密令照选，庶当选者，不致出我范围。

（三）本法第四条，各省各特别行政区域之代表，由国民会议各县选举会初选当选之复选选举人，及有复选被选资格者选举之等语。查本条所称复选选举人，与复选被选资格，实系两种资格，并非谓一人须兼有此两条件，本局曾于另电解释在案。本局之规定，其精神亦系为各监督留伸缩之微权。如果选举人报到甚少，不足以昭示大公，则由贵监督自行遴选合于复选被选资格之人，以充其数，庶决定投票日期，不致多所为难。

（四）本法第十一条，所称届选举日期，就报到之选举人，由监督召集之，举行选举等语。查本条之规定，系因此次决定国体，事关国家大计，初选举行以后，即不可过为迟延，故届选举日期，只就报到之选举人召集投票，而不及员额之限制。且各选举人人数过少，各监督尚可援本法第十条后段之规定，以增其额数。惟形式上必须力求普遍，庶于此次设立国民代表大会之真意相符。

（五）本法第十二条，选举国民代表日期，由各监督定之等语。查此项选举，必须运动成熟，而后可以举行，预定时期，反多窒碍，故由各监督自定，以期伸缩自如。惟此项选举，事关国本，不能不力取整齐。若各省日期，过于悬绝，不特将来代行立法院咨行投票，难于汇综，而全国各匦，参差不齐，亦不足以聿新观听。应请贵监督将办理此事情形，随时电知本局，以便通盘筹酌，免误事机。特此电闻，即希查照。办理国民会议事务局印。

这时候的筹安会，联合请愿会，都已成为明日黄花，上下一心，专注意国民代表大会，就中最占势力的，要算梁财神。因联合请愿会，及国民代表大会，统由他一力造成，所以他的一言一动，差不多是老袁代表。即如沈云霈、张镇芳、那彦图等，无一非附骥成名，时人称为十三太保，就是小子四十八回中所述，两派凑合的首领十三人。惟筹安六君子，除杨度、孙毓筠，依附梁财神，尚有余焰外，余子已渐渐失势，就是筹安会门首，也没人过问，几可张罗。杨度看不过去，把筹安会三字的招牌，取消了他，换了一个宪政协进会的牌号，悬将出来。大众厌故喜新，还道杨皙子多才多艺，又有什么好法儿，免不得再去结好。后来探悉内容，仍是换汤不换药，自又掉转了头，从热闹中钻营去了。小子有诗叹道：

万恶都从无耻来，朝秦暮楚算多才。
如何鼎革维新后，尚集蝇蛆酿祸胎？

钻营自钻营，恬退自恬退，有好几个袁氏私交，不愿在帝制漩涡中厮混过去，竟先后递呈辞职书。欲知姓甚名谁，俟至下回报闻。

国民代表大会，开手组织，即停止国庆日庆祝，并遣梁、江二人，至清宫迫除帝号，老袁岂自知死期将至，迫不及待，急欲窃帝号以自娱，如当日吴三桂之所为耶？庆亲王奕劻，为清室罪臣，即为袁氏功人，老袁闻其已死，决不怜念，卖主者可援为殷鉴。本回虽随笔叙入，已可于言外见意。至梁财神之见识，尤高出老袁，袁不若新莽，而梁则过于刘歆，至若操纵选举，指示机宜，几欲令全国舆情，都入财神掌握。财神之才力，固可谓不弱矣，特无如天人之未与何也？

第五十一回

遇刺客险遭毒手　访名姝相见倾心

赵尔巽、张謇反对帝制，先后辞职离京。段祺瑞去职不离京门，足不出户却险些被刺。云南都督蔡锷卸任奉召入京，被老袁猜疑，只好装痴卖呆，自然，与小凤仙的一段交往也款款叙出。

却说袁政府盛倡帝制，有几个老成练达的人物，料知帝制难成，先后递呈辞职书，出都自去。第一个便是李经羲，第二个便是赵尔巽，第三个便是张謇，这三位大老，统是袁氏老朋友，张謇与老袁，且有师弟关系，小子走笔至此，更不得不特别表明。袁总统世凯，籍隶项城，系前清河道总督袁甲三侄孙，侍郎保恒侄儿，父名保庆，也曾为江南道员。世凯少时，尝应童子试于陈州，府试考列前十名，到了院试，督学为瞿鸿禨，见他试文中不守绳墨，摈斥不录，世凯引为大恨。闻李鸿章总督直隶，即往投天津，执世家子礼，投刺进谒。李接见后，颇加赏识，给他差委。保恒得知消息，遂往见鸿章道："舍侄跅弛不羁，后恐败事，幸毋重用。"鸿章微哂道："尔何故轻觑尔侄？我看尔侄功名，将来定出尔我之上呢。"保恒乃退。嗣是鸿章晤着世凯，奖励中兼寓劝勉，颇欲他陶冶成材，奈他是少年傲物，不肯就范。适吴军门长庆，驻师朝鲜，与袁氏向系世好，因此世凯复弃李投吴，吴又与语道："尔尚年少，应先读书，我幕府中多名士，尔可去问业，借聆教益。"世凯无奈，只好唯唯从命。看官！你道吴幕中是何等名流？一是海门周家禄，一就是通州张謇。周见世凯文字，颇多奖词，独张謇不稍假借，批示从严。世凯又郁郁不乐，后来入跻显要，竟任直督，尝延周入幕，与张竟不通闻问。至清廷创议变法，世凯力请立宪。张乃致书与论宪政，始通款好。至是世凯为民国总统，张入任农商总长，新例上似分主辅，旧谊上总属师生。自从帝制风潮，日益潮湃，张却怀着旧交，入内规谏。偏偏忠言逆耳，反碰了一鼻子灰，那时无可恋栈，不如掉转了头，你走你的阳关道，我走我的独木桥，就是李经羲、赵尔巽二人，也明知多言无益，索性归休。大家同一思想，遂密检行囊，混出京城，到了都门外面，方遣人赍送辞职书，婉言告别。只有国务卿徐世昌，一时不便脱身，权且捱延过去。

谁知都城里面的新闻，愈出愈奇，忽传段祺瑞有被刺情事，急遣人探听消息，回报段幸无恙，不过略受虚惊，所有刺客也不知来历，无从究诘了。世昌暗暗点头，嗟叹不已。原来段祺瑞解职闲居，因恐为袁所忌，仍然留住都门，蛰伏不出。他素性向喜弈棋，除昼餐夜寝外，惟与一二知己，围棋消遣。某夕风雨凄清，旅居岑寂，他在书斋中兀坐，未免郁闷，随手就书架上，检出一本棋谱，借着灯光，留神展阅。约有一二小时，不觉疲倦起来，正思敛书就寝，忽听窗外的风声，愈加猛烈，灯焰也摇摇不定，几乎有吹灭形状，那门帘也无缘无故地揭起一角，仿佛有一条黑影，从隙窜入。说时迟，那时快，他身边正备着手枪，急忙取出，对着这条黑影儿，扑的一响，这黑影儿却闪过一边，接连又是一响，那黑影儿竟向床下进去了。他至此反觉惊疑，亟捻大灯光，从门外唤进仆役，入室搜寻，四觅无人。又由他自掌洋灯，从床下一照，不瞧犹可，瞧着后，不禁猛呼道："有贼在此！"仆役等便七手八脚，向床下牵扯，好容易拖了出来，却是一个热血模糊的死尸，大家统乱叫道："怪极！怪极！"再从尸身上一搜，只有手枪一支，余无别物。祺瑞亦亲自过目，勉强安定了神，踌躇半晌，才语仆役道："拖出去吧，明晨去掩埋便了。"仆役不知就里，各絮语道："这个死尸，不是刺客，便是大盗，正宜报明军警，彻底查究为是。"祺瑞道："你们晓得什么？现在的时势，多一事不如少一事，这死尸是为了金钱，甘心舍命，我今日还算大幸，不遭毒手。明晨找口棺木，把他掩埋，自然没事，倘有人问及，但说我家死了一仆，便好了结。大家各守秘密，格外加谨，此后有面生的人物，不许入门。如违我命，立加惩处，莫谓我无主仆情。"仆役等方将死尸拖出院中，祺瑞申嘱仆役，不准多说，方携灯归寝去了。

翌日，仆役等奉命施行，舁出尸棺，就义冢旁掩埋了事。大家箝住了口，不敢多嘴。但天下事总不免走漏风声，段寓内出了此案，不消两三日，已传遍都中，惟刺客不知何人，从明眼人推测出来，已知他来历不小，暗地为段氏庆幸，且佩服段氏处置。段祺瑞经了此险，越发杜门谢客，遵时养晦，连几个围棋好友，也不甚往来了。过了数日，且托辞养病，趋至西山，觅室静处，不闻朝事。老袁还阴怀猜忌，密嘱爪牙，侦探他的行动。嗣闻他闭户独居，没甚变端，才稍稍放心。惟山东将军靳云鹏，素附段氏，段既去职，靳失内援，遂南结江苏将军冯国璋，为自卫计。当时谣诼繁兴，竞说靳为段氏替身，冯靳相结，不啻冯段相联，渐渐地传入老袁耳中，于是忌段忌靳，并忌及冯。内饬长子袁克定，自练模范军，抵制段氏，外借换防为名，调陆军第四师第十师屯驻上海，第五师中的一旅，驻扎苏州；安武军的第一路，驻扎南京，无非是防冯为变，预加钤制的意思。还有一位铁中铮铮的大人物，厕身参政，通变达权，惹起袁氏注目，日加疑忌，险些儿埋没英雄，坑死京中，这人非别，就是前云南都督蔡锷。锷自云南卸任，奉召入京，袁总统优礼有加，每日必召入府中，托言磋商要政，其实是防他为变，有意钤束。锷亦恐遭袁忌，自敛锋芒，每与老袁晤谈伪作呆钝，且自谓年轻望浅，阅历未深，除军学上略知一二外，余均茫昧，不识大体。老袁故意问难，锷亦假作失词，谁料老袁却善窥人意，暗地笑着，尝语左右道："松坡的用心，也觉太苦了。古人说得好：'大智若愚，大巧若拙。'他想照此行事，自作愚拙，别人或被他瞒过，难道我亦受他蒙蔽吗？"左右凑趣道："谁人不愿富贵，但教大总统给他宠荣，哪一个不知恩报恩哩。"老袁点首无言，嗣是格外优待，迭予重职，初任为高等军事顾问，又兼政治会议议员，及约法议员，更任将军府将军，继复为陆海军统率处办事员，又充全国经界局督办，并选为参政院参政。满拟把各项荣名，各种要任，笼络这滇南人杰。偏他是声色不动，随来随受，得了一官，也未尝加喜，添了一职，也未尝推辞，弄得袁总统莫明其妙。

一日，复召锷入府，语及帝制，锷即避座起立道："锷初意是赞成共和，及见南方二次革命，才知我国是不能无帝，当赣、宁平定后，锷已拟倡言君主，变更国体，因鉴着宋育仁已事，不敢发言，今元首既有此志，那正是极好的了，锷当首表赞成。"老袁听到此语，好似一服清凉散，吃得满身爽快，但转念蔡锷是革命要人，未必心口如一，乃出言诘锷道："你的言语，果好作真吗？如好作真，为什么赣、宁起事，你尚欲出作调人，替他排解呢？"锷随口答道："彼一时，此一时，那时锷僻处南方，离京很远，长江一带，多是民党势力范围，锷恐投鼠忌器，不得不尔，还乞元首原谅！"老袁听了，拈须微笑，随后与他说了数语，方才送客。这位聪明绝顶的蔡松坡，自经老袁一番诘问，也捏着一把冷汗，亏得随机答应，遮盖过去，免致临时为难。但羁身虎口，总未必安如泰山，归寓以后，满腹踌躇，自悔当时入京，未免鲁莽，几不啻自投罗网，窜入阱中。况随身又带着家眷，若要微服脱逃，家眷势必遭害，左思右想，无可奈何，忽自言自语道："呆了，呆了，孙膑遇着庞涓，足被刖了，还能脱身自由，我负着七尺壮躯，一些儿未曾亏缺，难道就不能避害吗？"言毕，复想了一会，打定主意，方得安枕。

自此以后，遇着一班帝制派的人物，往往折节下交，起初与六君子十三太保等，统是落落难合，后来逐渐亲昵，反似彼此引为同调，连六君子十三太保，也觉是错怪好人，自释前嫌，遂组织一个消闲会，每当公务闲暇，即凑合拢来，饮酒谈心。某夕，酒后耳热，大家乘着余兴，复谈起帝制来，蔡锷便附和道："共和两字，并非不良，不过我国人情，却不合共和。"说至此，即有一人接口道："松坡兄！你今日方知共和二字的利害吗？"蔡锷闻声注视，并非别人，就是筹安会六君子的大头目，姓杨名度，表字皙子，当下应声道："俗语有云：'事非经过不知难。'蘧伯玉年至五十，才觉知非，似锷仅逾壮年，已知从前错误，自谓颇不弱古人，皙子兄何不见谅？"杨度又道："你是梁任公的高足，他近日已做成一篇大文，力驳帝制，你却来赞成皇帝，这岂不是背师吗？"蔡锷又笑应道："师友是一样的人伦，从前皙子兄与梁先生，是保皇会同志，为什么他驳帝制，你偏筹安，今日反将我诘责，我先要诘问老兄，谁是谁非？"杨度还欲与辩，却经旁座诸友，替他两面解嘲，方彼此一笑而罢。

小子叙述至此，又不能不将梁、蔡两人，说明一段师生旧谊。原来蔡锷系湖南宝庆县人，原名艮寅，字松坡，髫年丧父，侍母苦读，十四入邑庠，旋至省城时务学校肄业。这时务学校，便是新会人梁启超所创办，梁见他聪慧能文，很加器重，他复喜读兵书，有志军学，尝自谓当学万人敌，不应于毛锥中讨生活。以此梁愈称赏，目为高弟。至戊戌变政，时务学校辍业，锷复借资往沪，就业南洋公学，毕业后，回至湖南，适唐才常遥应孙文，举义汉口，他颇与唐同志，竟去入党。不幸事机被泄，唐被逮戮，没奈何遁迹海外，径往东瀛。巧值梁在日本主撰新民丛报，闻高弟到来，殷勤接待，并为筹集学费，令入日本陆军学校。校中多中国人，半系膏粱子弟，见他衣服陋劣，均嗤为窭人子，他亦不屑与较，惟一意求学。嗣是益通战术，到了卒业以后，复航海西归，闻前时唐氏案中，未被株连，遂放着胆趋至广西，投效戎行，得为下级军官，历著成绩。时李经羲正巡抚广西，调入抚署，一见倾心，即任为军事参谋，兼练军学堂总办。一切筹划，无不建功。嗣随李调任云南，就新军协统的职任。云南起义，因大众公推，进为都督，送李出省，临别依依。

此次杨度诘问，尚是未释疑团，经他从容辩驳，反觉他理直气壮，无瑕可指。惟杨度尚是未服，慢慢地捡出一张纸儿，递给蔡锷道："你既赞成帝制，应该向上头请愿，何不签个大名？"蔡锷接过一看，乃是一张请愿书，便道："我在总统面前，已是请愿过了，你要我签个名儿，有何不可？"遂趋至文案旁，提起湖南毛笔，信手一挥，写了蔡锷两字，又签好了押，还交杨度，大家见他这般直爽，争推他是识时俊杰，夸奖一番。蔡锷复道："锷是一介武夫，索性粗鲁，做到哪里，便是哪里，不似诸君子思深虑远，一方面歌功颂德，一方面忧谗畏讥，反被人家笑作女儿腔，有些儿扭扭捏捏呢。"杨度道："你何苦学那刘四，无故骂人，你既不喜这女儿腔，为何也眷恋着小凤仙呢？"大众闻了小凤仙三字，多有些惊异起来，正欲转问杨度，但听蔡锷回应道："小凤仙吗？我也不必讳言，现在京中的八大胡同，车马喧阗，昼夜不绝，无论名公巨卿，统借它为消遣地，就是今日在座诸公，恐也没一个不去过的。但我去赏识小凤仙，也是比众不同，小凤仙的脾气，人家说她不合时宜，其实她也是呆头呆脑，不惯作妓女腔，与人不合，与我却情性相投，所以我独爱她呢。"杨度笑着道："这叫做情人眼里出西施哩。"大众道："看不出这位松坡兄，也去管领花丛，领略那温柔滋味。"蔡锷也微笑道："人情毕竟相同，譬如诸公赞成帝制，我也自然从众。古圣有言：'好德如好色。'难道诸公好去猎艳，独不许我蔡锷结识一妓吗？"大众复道："准你，准你，但你既赏识名姝，应该作一东道主，公请一杯喜酒。"语未毕，杨度又接口道："应设两席，一是喜酒，一是罚酒。"蔡锷道："如何要罚？"杨度道："行动秘密，有碍大公，该罚不该罚？"蔡锷道："秘密二字，太言重了，难道我去挟妓，定要向尊处请训。况你已经得知，如何算得秘密？不如缓一两天，公请一席吧。"大众拍手赞成，是时酒兴已阑，杯盘狼藉，便陆续离席，次第散归。

看官！欲知小凤仙的情由，小子正好乘间一叙。小凤仙是浙江钱塘县人，流寓京师，堕入妓籍，隶属陕西巷云吉班，相貌不过中姿，性情却是孤傲，所过人一筹的本领，是粗通翰墨，喜缀歌词，尤生成一双慧眼，能辨别狎客才华，都中人士，或称她为侠妓。蔡锷软禁京都，正具醇酒妇人计策，破掉那袁政府的疑心，既闻小凤仙侠名，遂易服为商贾装，至云吉班探访。小凤仙出来相见，便识他为非常人，略略应酬，即询及职业。蔡锷诡言业商，小凤仙嫣然道："休得相欺，奴自坠入火坑，接客有年，未尝有丰采似君，令人钦仰，今日可谓仅见斯人了。"蔡锷道："都门繁盛，游客众多，王公大臣，不知凡几，公子王孙，不知凡几，名士才子，不知凡几，我贵不及他，美不及他，才不及他，怎得谓仅见斯人？"凤仙摇首道："如君所言，均非奴意。

试思举国委靡，国将不国，贵乎何有？美乎何有？才乎何有？奴独重君，因君面目中有英雄气，不似那寻常人士，醉生梦死呢。”蔡锷闻言，暗暗称奇，但恐为袁氏指使，未便实告，只好支吾对付。小凤仙竟叹息道：“细观君态，外似欢娱，内怀郁结，奴虽女流，倘蒙不弃，或得为君解忧，休视奴为青楼贱物呢。”蔡锷非常激赏，但初次相见，究未敢表示真相，经小凤仙安排小酌，陪饮数觥，乃起座周行，但见妆台古雅，绮阁清华，湘帘棐几，天然美好，回睹红颜，虽未甚妩媚动人，却另具一种慧秀态度，会被小凤仙瞧着，迎眸一笑，蔡锷颇难以为情，掉转头来，旁顾箱箧上面，庋阁卷轴，堆积如山，信手展阅，多是文士赠联，乃指小凤仙道：“联对如许，何联足当卿意？”小凤仙道：“奴略谙文字，未通三昧。但觉赠联中多是泛词，不甚切合，君系当世英雄，不知肯赏我一联否？”蔡锷慨允不辞。当由小凤仙取出宣纸，磨墨濡毫，随即镇纸下笔，挥染云烟，须臾即写好一联，但见联语云：

不信美人终薄命，古来侠女出风尘。

小凤仙瞧这一联，很是喜慰，便连声赞好；且云“美人”、“侠女”四字，未免过誉。蔡锷不与多说，随署上款，写了“凤仙女史粲正”六字，再署下款。凤仙忙摇手道：“且慢！奴有话说。”蔡锷停住了笔，听她道来。究竟凤仙所说何词，且至下回分解。

段祺瑞为袁氏心腹，相知有年，徒以帝制之反抗，至欲置诸死地，刺客之遣，非袁氏使之，谁使之欤？本回所述，虽未明言主使，而寓意自在言中，段氏之不遭毒手，正老天之使袁自省耳。袁氏不悟，复忌及蔡锷，杀之不能，乃欲豢之；豢之不足，乃更宠之。曾亦思自古英雄，岂宠豢所得羁縻乎？徒见其心劳日拙而已。然如蔡锷之身处漩涡，不惜自污，以求有济，亦可谓苦心孤诣，而小凤仙之附名而显，尤足为红粉生色。巾帼中有是人，已为难得，妓寮中有是人，尤觉罕闻。据事并书，所以愧都下士云。

第五十二回　伪交欢挟妓侑宴　假反目遣眷还乡

蔡锷请杨度一班人在小凤仙处吃花酒，而且和老婆吵得一塌糊涂，都不过是做样子给袁世凯看。一旦水到渠成，蔡夫人就离了京城。回中描述细腻生动，不亚说部的精彩。

却说蔡锷停住了笔，静听小凤仙的话儿。小凤仙却从容道："上款蒙署及贱名，下款须实署尊号。彼此溷迹都门，虽贵贱悬殊，究非朝廷钦犯，何必隐姓埋名，效那鬼蜮的行径。大丈夫行事当磊磊落落，若疑我有歹心，天日在上，应加诛殛。"蔡锷乃署名松坡，掷笔案上。小凤仙用手支颐，想了一会，竟触悟道："公莫非蔡都督吗？"蔡锷默然。小凤仙道："我的眸子，还算不弱，否则几为公所绐。但都门系龌龊地方，公何为轻身到此？"蔡锷惊异道："这话错了，现在袁总统要做皇帝，哪一个不想攀龙附凤，图些功名？就是女界中也组织请愿团，什么安静生，什么花元春，统趁势出点风头，我为你计，也好附入请愿团，借沐光荣，为什么甘落人后呢？"小凤仙嗤的一笑，退至几旁，竟尔坐下。蔡锷又道："我说如何？"小凤仙却正色道："你们大人先生，应该攀龙附凤，似奴命薄，想什么意外光荣，公且休说，免得肉麻。"蔡锷又道："你难道不赞成帝制吗？"小凤仙道："帝制不帝制，与奴无涉，但问公一言，三国时候的曹阿瞒，人品何如？"蔡锷道："也是个乱世英雄。"小凤仙瞅着一眼道："你去做那华歆、荀彧吧，我的妆阁中，不配你立足。"蔡锷道："你要下逐客令了，我便去休。"言毕，即挺身出外，小凤仙也不再挽留，任他自去。蔡锷返寓后，默思：烟花队中，却有这般解人，真足令人钦服；我此次入京，总算不虚行了。

过了两天，又乘着日昃时候，往访小凤仙，凤仙见了，却故作嗔容道："你何不去做华歆、荀荆，却又到这里来？”蔡锷道：“华歆呢，荀荆呢，自有他人去做，恐尚轮我不着。”小凤仙又道：“并不是轮你不着，只恐你不屑去做，你也不用瞒我呢。”蔡锷笑着道：“我也曾请愿过了，恐你又要讥我为华歆、荀彧呢”。小凤仙道：“英雄作事，令人难测，今日为华歆、荀彧，安知他日不为陈琳？”蔡锷一听，不由得发怔起来。小凤仙还他一笑道：“奴性粗直，顶撞贵人，休得见怪。”蔡锷道：“我不怪你，但怪老天既生了你，又生你这般慧眼，这般慧舌，这般慧心，为何坠入平康，做此卖笑生涯？”言至此，但见英宇轩爽的女张仪，忽变了玉容寂寞的杨玉环，转瞬间垂眉低首，珠泪莹莹。蔡锷睹此情状，不禁嗟叹道：“好个梁红玉，恨乏韩蕲王。”小凤仙哽噎道：“蕲王尚有，恨奴不能及梁红玉。”说到“玉”字，已是泣不成声，竟用几作枕，呜呜咽咽地哭起来了。蔡锷被她一哭，也觉得无限感喟，陪了几点英雄泪。凑巧鸨母捧茗进来，还疑是凤仙又发脾气，与客斗嘴，连忙放开笑脸，向蔡锷说道：“我家这凤儿，就是这副脾气不好，还望贵客包涵。”口里说着，那双白果眼睛，尽管骨碌碌地看那蔡锷上下不住。蔡锷窥透肺肝，便道：“你不要来管我们。”一面说，一面已从袋中，取出一个皮夹，就皮夹内捡出几张钞票，递给鸨母道：“统共是一百圆，今天费你的心，随便办几个小碟儿，搬将进来，我就在此夜餐，明天我要请客，你可替我办一盛席，这洋钱即可使用哩。”鸨母见了钞币，好似苍蝇叮血一般，况他初次出手，便是百圆，正是一个极好的主顾，便接连道谢，欢天喜地地去了。

此时小凤仙已住了哭，把手帕儿揩干眼泪，且对着蔡锷道：“你明日要请何人？”蔡锷约略说了几个，小凤仙道：“好几个有名阔老，可惜……可惜！”蔡锷道：“可惜什么？”小凤仙道：“可惜我不配做当家奴。”蔡锷道：“我有我的用意，你若是我的知己，休要使着性子。”小凤仙不待说完，便道：“这便是我们该死，无论何等样人，总要出去招接。”说至此，眼圈儿又是一红。蔡锷道：“不必说了，我若得志，总当为你设法。”小凤仙又用帕拭泪道：“不知能否有这一日？我只好日夜祷祝哩。”蔡锷正欲问她履历，适鸨母已搬进酒肴，很是丰盛，鸨母又随了进来，装着一副涎皮脸儿，来与蔡锷絮聒，一面且谆嘱凤仙道：“你也有十六七岁了，怎么尽管似小孩子，忽笑忽哭，与人呕气。”小凤仙听到此语，就溜了蔡锷两眼。蔡锷便向鸨母道：“你不要替她担愁，你有事尽管出去，不必在此费神。”鸨母恐蔡锷惹厌，乃不敢多嘴，转身自去。到了门外，尚遥语小凤仙道：“你要殷勤些方好哩，休得慢客，若缺少什么菜蔬，只管招呼便是了。”

小凤仙应了数声。蔡锷待她去远，竟屏退侍儿，立起身来，把门阖住。小凤仙道："关了门儿，成什么样？"蔡锷随答道："闭门推出窗前月，吩咐梅花自主张。"于是两人对酌，小语喁喁，复由蔡锷问及小凤仙履历，凤仙自言本良家子，因父被仇人陷害，乃致倾家荡产，鬻已为奴，辗转入勾栏。起初负着志气，不肯接客，经鸨母再三胁迫，方与鸨母订约，客由自择，每月以若干金奉母。鸨母拗她不过，乃任她所为。不过随时监督，偶或月金不足，才与她唠叨数语罢了。小凤仙述毕，又不知流了若干泪珠，后复转询蔡锷意旨。蔡锷道："来日方长，慢慢儿总好说明。"小凤仙懊恼起来，竟勃然变色道："公尚疑我吗！"语甫毕，竟忍痛一咬，嚼舌出血，喷出席上道："奴若泄君秘密，有如此血。"蔡锷道："这又是何苦呢。我已知卿的真诚了，但属垣有耳，容待后言。"小凤仙乃徐徐点首，待至酒兴已阑，方由小凤仙启门，叫进两碗稀饭，蔡锷喝了几口，即便放下，当由侍儿绞给手巾，揩过了脸，随身掏出计时表仔细一阅道："时不早了，我要回寓哩。"小凤仙慨然道："儿女情肠，容易消磨壮志，我也不留你了。"蔡锷道："明日复要相见哩。"小凤仙向他点头，锷即出门去了。

次日傍晚，又复到云吉班，由小凤仙接着，即问酒席有无备就？小凤仙道："已预备停当了，敢问贵客可邀齐否？"蔡锷道："即刻就来。"小凤仙即令鸨奴等整设桌椅，办齐杯箸，一刹那间，电灯放光，四壁荧荧，外面已有车马声蹴踏而来。蔡锷料知客至，正要出迎，但听得一人朗声道："松坡，你真是个诚实的君子，今宵践言设席哩。"蔡锷望将过去，乃是参政同僚顾鳌，便答道："巨六兄！你首先到来，也是全信，也好算一个诚实人哩。"语毕，便导引入室。小凤仙也出来应酬，顾鳌正要称赏，接连便是杨度、孙毓筠、胡瑛、阮忠枢、夏寿田等数人，陆续报到，由蔡锷一一导入。杨度见了小凤仙，眼睁睁地看了一会，小凤仙反不好意思起来，只望蔡锷身边，闪将过去。蔡锷也已觉着，笑语杨度道："你想是认错了，这是小凤仙，不是小赛花。"阮忠枢即插嘴道："人家已吃醋了，晳子还要眈眈似贼，作什么呢？"杨度方转向忠枢道："不信这个俏女郎，偏能笼络大蔡做一个臧文仲，真是匪夷所思。"蔡锷道："狗口里无象牙，你何为被小赛花所迷，演出一出《穆柯寨》？"胡瑛道："我等是来吃喜酒，并不是来讨便宜，大家省说几句，还是事归正传为是。"于是相将入座。蔡锷随道："梁公为了何事，到此时还不见来？"杨度笑道："想是赴海龙王处借宝去了。"话未说完，外面已有人传入道，梁大人到了。蔡锷忙自出迎。大家亦一律起座，但见硕大无朋的梁财神，大摇大摆地踱将进来，脸上已含着三分酒意，对着诸人道："我与敝友谈心，多饮几杯，累得诸君久待，抱歉异常。"大家都谦词相答。因台面已经摆齐，遂公推梁士诒坐了首席，余人依齿坐定，蔡锷乃坐了主席，招呼龟奴，呈上局票。各人都依着熟识的名妓，写入票中，独杨度握住了笔，想了一会，大家都道："皙子敢是怕羞，为何不写小赛花？"杨度不睬，随下笔写一"花"字，大众又道："写错了，写错了，'花'字在下，为何翻转头来？"正说着，杨度已接写"元春"二字。大众又道："这是袁大公子的禁脔，花界请愿团的首领，哪肯轻易到来？"杨度道："我去叫她，自然就来。"蔡锷亦凑趣道："元春不至，怎显得这位杨大人？"待至列坐写齐，方交与龟奴，随票征召去了。

小凤仙即携着酒壶，各斟一杯状元红。梁财神发言道："我等在此吃喜酒，恐蔡夫人又在寓吃冷醋，我却要请教松坡，如何调停？"杨度道："这又是松坡的故事了，我也微闻一二。"蔡锷道："男儿作事，宁畏妇人？"梁财神道："这也休说！对着外面如此硬朗，一入闺中，恐闻了狮吼，便弄得没主张，或转向床前作矮人呢。"蔡锷愤然道："梁公且看！我不是这般庸懦，已准备与她离婚。"顾鳌道："你是结发夫妻，为什么无缘无故说起离婚两字来？若归我判断，简直不准。"胡瑛复插入道："列位同来贺喜，为何说这扫兴话？且蔡君新得美人，正是燕尔的时候，我们应猜拳吃酒，贺他数杯呢。"孙毓筠、夏寿田等齐声赞成，遂由胡瑛开手，与蔡锷猜了数拳。余人挨次轮流，互有输赢。

刚刚轮完，只听门帘一响，走进了好几个粉头，各打扮得异样鲜妍，仿佛如花枝儿一般，钗光鬓影，脂馥粉香，正是目不胜接，鼻不胜闻。各粉头均依着相识，在后坐下，独杨度所叫的花元春，还是未到。蔡锷笑道："这花姑娘想又请愿去了，皙子今日恐要倒霉呢。"杨度道："想不至此。"胡瑛道："还不如再行猜拳，既贺了蔡松坡，也须续贺凤姑娘。况她的姊妹们，来此不少，何不叫她敬酒呢？"小凤仙连忙推辞，胡瑛不从，当更摆好台杯，令各粉头猜拳。顿时呼五喝六，一片清脆声，振彻耳鼓，钗钏亦激得铿锵可听。小凤仙输了几拳，饮得两颊生红，盈盈春色，蔡锷恐她不胜酒力，便语小凤仙道："你素不善饮，我与你代几杯吧。"梁财神接口道："不准，不准。"说着时，外面已报"花小姐到了"。杨度喜慰非常，几欲出座欢迎，大众也注目门外，但见一个很时髦的丽姝，大踏步跨进门槛，见首席坐着梁财神，便先踱至梁座旁，略弯柳腰，微微一笑道："有事来迟，幸勿见罪。"梁亦拈须一笑，她乃慢慢地走至杨度身旁，倚肩坐下。杨度笑问道："你有什么贵干？"元春即接口道："无非为着请愿事，与姊妹们续议进行，若非你来召我，我简直要告假呢。”杨度闻了此言，似觉得格外荣宠，连面上都奕奕有光。大家听了“请愿”二字，又讲到帝制上去，如何推戴，如何筹备，各谈得津津有味。蔡锷也附和了数语。孙毓筠向杨度道：“我等拳已轮遍，只有花小姐未曾轮过了。”杨度道：“啊哟，我几忘记了。”花元春却也见机，便伸出玉手，与全席猜了一个通关，复与小凤仙猜了数拳，略憩片刻，便起身告辞，竟自去了。梁财神目送道：“怪不得她这样身价，将来要备选青宫。今日到此，想还是皙子乞求来的。”杨度把脸一红，只托言酒已醉了。蔡锷随招呼进饭，一面令小凤仙斟酒一巡，算是最后的敬礼。大众饮干了酒，饭已搬入，彼此随意吃了半碗，当即散座。有洗脸的，有吸烟的，又混乱了一阵，各粉头陆续归去。自梁财神以下，也依次告归。

蔡锷一一送出，仍返至小凤仙室中。小凤仙道：“这等大人先生，有几个含着国家思想，令我也不胜杞忧哩。”蔡锷道：“天下兴亡，匹夫有责，这为我辈男子说的，与汝等何干？”小凤仙正色道：“我辈与汝辈何异？你莫非存着男女的界限，贵贱的等级吗？但我闻现在世界，人人讲平等，说大同，既云平等，还有什么男女的界限？既云大同，还有什么贵贱的等级？你曾做过民国都督，岂尚未明此理？真正可笑。”蔡锷笑道：“算我又说错了，又被你指斥哩。”言毕欲行，小凤仙道：“夜已深了，不如在此权宿一宵。”蔡锷道：“我不如回去的好。”正要出房，那鸨母已抢入道：“我有眼无珠，不识这位蔡大人，现问明蔡大人的车夫，方才知晓，现已将车夫打发回去，定要蔡大人委屈一夜呢。”言至此，便将蔡锷苦苦拦住，锷乃返身入房，鸨母随入，向小凤仙道：“你也瞒得我好，今日贵客到临，我才料这位大人，不在人下，亏得问明车夫，方知来历。凤仙，我今年正月中，与你算命，曾说你是有贵人值年，不意竟应着这位蔡大人身上呢。”蔡锷对她一笑，她复接连是大人长，大人短，说个不了，惹得蔡锷讨厌，便道：“我就在此借宿，劳你费心一日，差不多到两句钟了，请去安睡吧！”鸨母乃去。未几，即令龟奴搬入点心数色，蔡锷复道：“我已饱了，你们尽管去睡吧！”龟奴去后，小凤仙掩户整衾，不消细说，这一夜间，两人密叙志愿，共倾肺腑，锦帐绾同心之蒂，红绡证啮臂之盟，苏小小得遇知者，关盼盼甘殉志士，这真所谓佳话千秋了。

且说蔡锷自结识小凤仙，时常至云吉班戏游，连一切公务，都搁置起来。袁氏左右，免不得通报老袁，袁总统叹道：“松坡果乐此不倦，我也可高枕无忧，但恐醉翁之意不在酒，只借此过渡，瞒人耳目呢。”适长子克定在侧，即向他嘱咐道：“闻他与杨皙子等日事征逐，你等或遇着了他，不妨与他周旋，从旁窥察。此人智勇深沉，恐未必真为我用，我却很觉担忧呢。”克定唯唯从命。老袁又密遣得力侦探，随着蔡锷，每日行止，必向总统府报告。蔡锷早已觉着，索性花天酒地，闹个不休。并且与梁士诒商量，拟购一大厦，为藏娇计。凑巧前清某侍郎，赋闲已久，将挈眷返里，愿将住屋出售，梁即代为介绍，由锷出资购就。侍郎已去，锷即庀工鸠材，从事修葺，并索梁第的花园格式，作为模范，日夜监工，孜孜不倦。梁士诒密告老袁，老袁尚疑信参半，防闲仍然未懈。蔡锷乃再设一法，与娘子军商议密谋。

看官可记得上文离婚的说话吗？蔡夫人吃醋一语，不过是梁士诒戏言，蔡锷竟直认不讳，且云已准备离婚。其实蔡夫人并非妒妇，不过因蔡锷溷迹勾栏，劝他保身要紧，不应征逐花丛。锷佯为不从，与妻反目，蔡夫人却也不解，还是再三规劝。锷越发负气，简直是要与决裂。蔡夫人不敢违抗，只好向隅暗泣，自嗟薄命。一夕，蔡锷归寓，已过夜半，仆役等统入睡乡，只有夫人候着，锷一进门，酒气醺醺，令人难受。他夫人忍耐不住，又婉语道：“酒色二字，最足戕性，幸君留意，毋过沉溺。”蔡锷道：“你又来絮聒了，我明日决与你离婚。”夫人涕泣道：“君为何人？乃屡言离婚吗？妾虽愚昧，颇明大义，岂不知嫁夫随夫，从一而终？况君尚没有三妻四妾，妾亦何必怀妒，不过因君体欠强，当知为国自爱，大丈夫应建功立业，贻名后世，怎好到酒色场中，坐销壮志呢。”蔡锷听了，不禁点首。随即出室四瞧，已是寂静得很，毫无声息，乃入室闭户，与夫人并坐，附耳密语，约莫有一两刻钟，夫人哑然失笑道：“我不会唱新剧，奈何教我作伪腔？”蔡锷道：“我知卿诚实，所以前次龃龉，不得不这般做作。现在事已急了，若非与卿明言，卿真要怪我薄幸。试想我蔡锷辛苦半生，赖卿内助，得有今日，岂肯平白地将你抛弃？不过卿一妇人，尚知为国，我难道转不如卿吗？且醇酒妇人，无非为了此着，还乞卿卿原谅！”夫人道：“至亲莫若夫妇，你至今日，才自表明，你亦未免太小心了。古人云：‘出家从夫。’妾怎得不从君计？”蔡锷起座，向夫人作了一揖，夫人道：“你又要做作了。”是夜枕席谈心，格外亲昵，彼此统嘱咐珍重，才入黑甜。

翌晨，蔡锷起来，盥洗已毕，即乘车赴经界局，召集属吏，议派员分至各省，调查界线，草议就绪，略进早膳，复赶车至总统府，投刺求见。侍官答言总统未起，锷故意作懊丧状，且语侍官道：“我有要事面陈，倘总统起来，即烦禀报，请立传电话，召我到来。”侍官应诺，锷乃自去。既而老袁起床，侍官自然照禀，老袁即命达电话，传至蔡寓。忽得回报云：“蔡将军与夫人殴打，捣毁什物不少，一时不便进言，只好少缓须臾。”老袁闻这消息，正在怀疑，可巧王揖唐、朱启钤进谒，即与语道：“松坡简直同小孩子一般，怎么同女眷屡次吵闹。汝两人可速往排解，问明情由。”

王、朱二人奉命，径诣蔡宅，但见蔡锷正握拳舒爪，切齿痛骂。蔡夫人披发卧地，满面泪痕，室中所陈品物，均已掷毁地上，破碎不全。他二人趋入，婉言劝解，蔡锷尚怒气未平，向着二人道：“我家直闹得不像了，二公休要见笑！试想八大胡同中，名公巨卿，足迹盈途，我不过忙里偷闲，到云吉班中，去了几次，这个不贤的妇人，一天到晚，与我争论，今日更用起武来，敲桌打凳，毁坏物件，真正可恶得很，我定要收拾这婆娘，方泄此恨。”说至此，尚欲进殴夫人。王、朱二人，慌忙拦阻，且道：“夫妻斗嘴，是寻常小事，为何斗成这种样儿？松坡！你也应忍耐些，就是尊夫人稍有烦言，好听则听，听不过去，便假作痴聋便了，如何与妇女同样见识？”随语蔡寓婢媪道：“快扶起你太太来。”婢媪等方走近搀扶，蔡夫人勉强起来，带哭带语道：“两位大人到此，与妾做一证人，妾随了他已一二十年，十分中总有几分不错，谁料他竟这般反脸无情？况妾并不要什么好吃，什么好穿，不过因他沉溺勾栏，略略劝诫，他竟宠爱几个粉头，要将妾活活打死，好教那恩爱佳人，进来享福！两公试想，他应该不应该呢？”王揖唐忙摇手道：“蔡夫人，你亦好少说两句吧。”蔡夫人道：“我已被他尽情痛殴，身上已受巨创，看来我在此地，总要被他打死，不如令我回籍，放条生路。况他朝言离婚，暮言离婚，他是不顾脸面，我却还要几分廉耻，今日我便回去，免得做他眼中钉。”言已，呜咽不绝。王、朱两人仔细审视，果见她面目青肿，且间有血痕，也代为叹息。一面令婢媪搀进蔡夫人，一面复劝解蔡锷。蔡锷只是摇头，朱启钤道：“家庭琐事，我辈本不便与闻，但既目睹此状，也不应袖手旁观。松坡！你既与尊阃失和，暂时不便同居，不如令她回去。但结发夫妻，总要顾点旧情，赡养费是万不可少呢。”蔡锷方道：“如公所言，怎敢不遵？这是便宜了这婆娘。”朱启钤还欲答言，只听里面复说着道：“我今日就要回去哩。”蔡锷愤愤道：“就是此刻，何如？”里面复答应道：“此刻也是不难。”蔡锷即从怀中取出钞票数纸，交与一仆道：“你就送这泼妇去吧！这钞票可作川资。”王揖唐道：“女眷出门，应有一番收拾，不比我们要走便走，你且听她。总统召你进府，你快与我同去。”蔡锷又故作懊丧道：“我为了这泼妇，竟失记此事了。”言毕，即偕二人出门，各自乘车，径至总统府去了。蔡夫人乘这时候，草草整装，带了仆妇数名，出都南下。小子有诗咏蔡锷的妙计道：

一枰下子且争先，况复机谋策万全。

身未离都家已徙，好教脱壳作金蝉。

蔡夫人既去，不必再表，下回且将蔡锷谒见老袁事，续叙出来。

本回全为蔡锷写照，即写小凤仙处，亦无非为蔡锷作衬。小凤仙一弱妓耳，宁真有如此慧眼，如此细心？况蔡锷怀着秘谋，对于一二十年之结发妇，尚且讳莫如深，直待遣归时始行吐露，岂仅晤二三次之小凤仙，反沥肝披胆，无隐不宣乎？著书人如此说法，实借小凤仙，以显蔡锷，且托小凤仙以讥劝进诸人，中间插入请客一段，并非无端烘染，至遣归蔡夫人一事，尤为真实不虚。文生情耶？情生文耶？阅至此，令人击节称赏。

第五十三回

五公使警告外交部 两刺客击毙镇守官

袁世凯拟行帝制，惹动外国驻华公使，先后发来公函，警告袁氏。各地虽有君主立宪的请愿电文发致，反对者也不乏其人，上海更是有两个反帝制的人刺杀了老袁的亲信。

却说蔡锷至总统府，当由朱、王二人，先行入报，并谈及蔡寓情形。袁总统道："我道他有干练才，可与办国家大事，谁知他尚未能治家呢。"当下传见蔡锷，锷入谒后，老袁也不去问他家事，但云："早晨进来，我尚未起，究竟为什么事件须待商议？"锷即以各省界画，亟待派员调查，应请大总统简派等情。老袁道："我道是何等重事，若为了经界事件，你不妨拟定数员，由我过印，便好派去。"锷乃应诺。老袁又顾及王、朱二人道："国民代表大会，究若何了？"朱启钤道："近接各省来电，筹备选举投票，已有端倪，不日当可蒇事了。"老袁又道："近省当容易了事，远省恐一时难了呢。"言已，向蔡锷注视半晌，王揖唐已从旁窥着，便道："省份最远，莫如滇南，松坡在滇有年，且与唐、任诸人，素称莫逆，何不致书一催，叫他赶办呢。"蔡锷便接着道："正是，锷即去发一密电，催他便了。"老袁道："闻上海的亚细亚报馆，屡有人抛掷炸弹，馆中人役，有炸死的，有击伤的，分明是乱党横行，扰害治安，实在要严行缉办，尽力芟除方好哩。"王揖唐道："该报馆内总主笔薛子奇，曾有急电传来，该报于十月十日出版，次日晚间，即发生炸弹案，被炸毙命共有三人，击伤约四五人，亏得没有重要人物。近日又发现二次炸弹，幸无伤害。该报馆日夕加防，中外巡捕，分站如林，想从此可免他虑呢。"老袁又道："上海各报，对着帝制问题，不知若何说法？"王揖唐道："闻各报也赞成帝制，并没有什么异论呢。”老袁拈着须道：“人心如此，天命攸归，乱党其奈我何呢？”蔡锷听不下去，只托言出外发电，先行辞退。朱、王二人，又颂扬数语，随即告辞。

蔡锷既出总统府，忙到电局中发一密电，拍致云南将军唐继尧，及巡按任可澄两人，文中说是“帝制将成，速即筹备”八字。这八字所寓的意思，是叫唐、任筹备兵力，并不是筹备选举，看官不要误会。只当时蔡锷发电，是奉袁氏命令，侦吏自然不去检查，况只说“筹备”二字，语意含糊得很，就使被人察觉，也没甚妨碍，自密电发出后，匆匆归寓，特属妥人王伯群，密诣云南，叫他面达唐、任，速即备兵举义，自己当即日来滇，赞助独立等语。伯群去后，他稍稍放下了心，专意伺隙出都，事且慢表。

且说国务卿徐世昌，见袁总统一意为帝，始终不悟，意欲继李经羲、张謇诸人的后尘，洁身出京，免为世诟。但恐老袁猜忌太深，疑有他志，反为不妙，因此于无法中想了一法，借着“老病”二字，作为话柄，向袁请假。袁总统不得不准，且命他出赴天津，静养数天，俟旧病痊愈，再行来京供职。这数语正中徐氏心怀，乐得脱离秽浊，去做几日闲散的人物。这国务卿的职务，遂命陆徵祥兼代。陆本是个好好先生，袁总统叫做什么，他也便做什么。过了两三天，又由总统府中派委董康、蔡宝善、麦秩严、夏寅官、傅增湘等，稽查国民代表选举事务，一面催促各省，速定选举代表投票日期，及决定国体投票日期。当时函电纷驰，内出外入，无非是强奸民意的办法。董康、蔡宝善等，且因各省复报投票期间，迟速不一，复商令办理国民会议事务局，电咨各省，限定两次投票期间，自十月二十八日起至十一月二十日止，不得延误。至最关紧要的又有两电，文字很多，小子但将最要数语，分录如下：

按参政院代行立法院原咨，内称：本月十九日开会讨论，佥以全国国民前后请愿，系请速定君主立宪，国民代表大会投票，应即以君主立宪为标题，票面应印刷“君主立宪”四字，投票者如赞成君主立宪，即写“赞成”二字，如反对君主立宪，即写“反对”二字。至票纸格式，应由办理国民会议事务局拟定，转知各监督办理。当经本院依法议决，相应咨请大总统查照施行等因，奉交到局。除咨行外，合亟遵照电行各监督查照，先期敬谨将君主立宪四字，标题印刷于投票纸，钤盖监督印信，并于决定国体投票日期，示国民代表一体遵行。

前电计达，兹由同人公拟投票后，应办事件如下：(一)投票决定国体后，须用国民代表大会名义，报告票数于元首及参政院；(二)国民代表大会推戴电中，须有恭戴今大总统袁世凯，为中华帝国皇帝字样；(三)委任参政院为国民代表大会总代表电，须用各省国民大会名义。此三项均当预拟电闻。投票毕，交各代表阅过签名，即日电达。至商军政各界推戴电，签名者愈多愈妙。投票后，三日内必须电告中央。将来宣诏登极时，国民代表大会，及商军政各界庆祝书，亦请预拟备用，特此电闻。

各省将军巡按使，叠接各电，有几个敬谨从命，有几个未以为是，但也不敢抗议，乐得扯着顺风旗，备办起来。谁知国内尚未起风潮，国外已突来警耗，日、英、俄三国公使，先后到外交部，干涉政体，接连是法、意两国，亦加入警告，又惹起一场外交问题来了。相传五九条约，老袁违背民意，私允日本种种要索。他的意思，无非想日本帮忙，为实行帝制的护身符。所以帝制发现，日使日置益氏，动身归国，中外人士，多疑老袁授意日使，要他返商政府，表示赞同。但外交总长陆徵祥及次长曹汝霖，并未受过袁氏嘱托，与日使暗通关节，此次闻着谣言，曾在公会席间，当众宣言道："中日交涉方了，又倡出帝制问题，恐外人未必承认，这个难题目，我等却不能再做呢。"这一席话，分明是自释嫌疑，偏被袁氏闻知，即取出勋二三位的名目，分赏陆、曹，并宣召两人入内，密与语道："外交一面，我已办妥，你等可不必管了。"陆、曹二人，唯唯而出，总道是安排妥当，不劳费心，哪知十月二十八日午后一点钟，驻京日本代理公使，暨英、俄两公使，同至外交部，访会外交总长。陆徵祥当然接见，彼此坐定，即由日本代理公使开口道："贵国近日筹办帝制，真是忙碌得很，但里面反对的人，也很不少，倘或帝制实行，恐要发生事变。现在欧战未了，各国都静待和平，万一贵国有变乱情形，不但是贵国不幸，就是敝国亦很加忧虑。本代使接奉敝政府文件，劝告贵国，请贵政府注意。"言毕，即从袖中取出警告文来，当由陆总长接着，交与翻译员译作华文。英公使徐徐说道："日本代表的通告，本公使亦具同情。"俄公使也接入道："日代表及英公使的说话，本公使也非常同意。"陆总长正要答话，翻译员已译完日文，交给过来，但见纸上写着：

中国近时进行改变国体之计划，今似已猛进而趋入实现其目的之地步。目下欧战尚无早了之气象，人心惶虑，当此之时，无论世界何处，苟有事态，足以伤害和平安宁者，当竭力遏阻，借杜新纠纷之发现。中国组织帝制，虽外观似全国无大反对，然根据日政府所得之报告，而详察中国之实状，觉此种外观，仅属皮毛而非实际，此无可讳饰者也。反对风潮之烈，远出人意料之外，不靖之情，刻方蔓延全国。观袁总统过去四年间之政绩，可见各省之纷扰情状，今已日渐平靖，而国内秩序，亦渐恢复，如总统决计维持中国之政治现状，而不改其进行之方针，则不久定有秩序全复，全国安宁之日。但若总统骤立帝制，则国人反对之气志，将立即促起变乱，而中国将复陷于重大危险之境，此固意中事也。日政府值此时局，鉴于利害关系之重大，故对于中国或将复生之危险状况，不能不深虑之。且若中国发生乱事，不仅为中国之大不幸，且在中国有重大关系之各国，亦将受直接间接不可计量之危害，而以与中国有特殊关系之日本为尤甚。且恐东亚之公共和平，亦将陷于危境。日政府睹此事态，纯为预先防卫，以保全东方和平起见，乃决计以目下时局中大可忧虑之原因，通告中政府，并询问中政府能否自信可以安稳，达到帝制之目的。日政府以坦白友好之态度，披沥其观念，甚望中华民国大总统听此忠告，顾念大局，而行此展缓改变国体之良计，以防不幸乱祸之发作，而巩固远东之和平。日政府故已发给必要之训令，致驻北京代理公使，日政府行此举动，纯为尽其友好邻邦责任之一念而起，并无干涉中国内政之意，并此声明。

陆总长览毕，竟发了一回怔，半晌才发言道："敝国政体，正待国民解决，并非定要改变。就是我大总统，也始终谨慎，不致率行，请贵公使转达贵国政府，幸毋过虑！"日代使哼了一声道："袁总统的思想，本代使也早洞悉了。中国要改行帝制，与仍旧共和，都与敝国无涉，不过帝制实行，定生变乱，据我看来，还是劝袁总统打消此念。贵总长兼握枢机，责任重大，难道可坐观成败吗？"陆总长被他讥讽，不由得脸上一红，英公使复接着道："总教贵政府即日答复，能担保全国太平，各国自不来干涉了。"陆总长答声称："是。"日、英、俄公使，乃起座告辞。陆送别后，返语曹汝霖道："总统曾说外交办妥，为何又出此大乱子？我正不解。"曹汝霖道："既有三国警告，总须陈明总统，方可定夺。"陆徵祥道："那个自然，我与你且去走一遭，何如？"汝霖点首，遂相偕入总统府。

老袁正坐在怀仁堂，检阅各省电文，欢容满面，一闻陆、曹进谒，立即召见，便道："各省决定君主立宪，已有五省电文到来了。"陆、曹两人，暗暗好笑，你觑我，我觑你，简直是不好发言。还是老袁问及，才说明三国警告事，并将译文递陈。老袁瞧了一遍，皱着眉道："日使日置益，已经承认了去，为什么又有变卦呢？"陆徵祥道："他还要我即日答复哩。"老袁道："答复也没有难处，就照现在情形，据实措词便了。且我也并非即欲为帝呢。"陆总长道："是否由外交部拟稿，呈明大总统裁夺，以便答复？"老袁道："就是这样办法吧。"陆、曹二人退出，当命秘书草定复稿，经两人略略修饰，复入呈老袁。老袁又叫他窜易数字，然后录入公牍，正式答复。其文云：

贵国警告，业经领会。此事完全系中国内政，然既承友谊劝告，因亦不能不以友谊关系，将详细情形答复。中国帝制之主张，历时已久。我国人民所以主张帝制者，其理由盖谓中国幅员广大，五族异俗，而人情浮动，教育浅薄。按共和国体，元首常易，必为绝大乱端，他国近事，可为殷鉴。不但本国人生命财产，颇多危险，即各友邦侨民事业，亦难稳固。我民国成立，已历四稔，而殷户巨商，不肯投资，人民营业，官吏行政，皆不能为长久计划。人心不定，治理困难，国民主张改革国体之理由，实因于此也。政府为维持国体起见，无不随时驳拒，乃近来国民主张之者，日见增加，国中有实力者，亦多数在内。风潮愈烈，结合愈众，如专力压制，不独违拂民意，诚恐于治安大有妨碍。政府不敢负此重责，惟有尊重民意，公布代行立法院通过之法案，组织国民代表大会，公同议决此根本问题而已。

当各省人民，向立法院请愿改变国体时，大总统曾于九月六日，向立法院宣示意见，认为不合时宜。十月十日大总统申令，据蒙、回王公及文武官吏等呈请改定国体，又告以轻率更张，殊非所宜，并诫各选举监督，遵照法案，慎重将事。十月十二日，又电令各省选举监督，务遵法案，切实奉行，勿得急遽潦草各等因。足见政府本不赞成此举，更无急激谋变更国体之意也。

本国约法主权，本于国民全体，国体问题，何等重大，政府自不得不听诸国民之公决。政府处此困难，多方调停，一为尊重法律，一为顺从民意，无非冀保全大局之和平也。大多数国民意愿，现既以共和为不适宜于中国，而问题又既付之国民代表之公决，此时国是，业经动摇，人心各生观望，政府即受影响，商务已形停滞，奸人又乘隙造谣，尤易惊扰人心。倘因国是迁延不决，酿成事端，本国人固不免受害，即各友邦侨民，亦难免恐慌。国体既付议决，一日不定，人心一日不安，即有一日之危险，此显而易见者也。当国体讨论正烈之际，政府深虑因此引起变故，一再电询各省文武官吏，能否确保地方秩序，该官吏等一再电复，佥谓国体问题，如从民意解决，则各省均可担任地方治安，未据有里面反对炽烈，情形可虑之报告，政府自应据为凭信。至本国少数好乱之徒，逋逃外国，或其他中国法权不到之处，无论共和君主，无论已往将来，纯抱破坏之暴信，无日不谋酿祸之行为。然只能造谣鼓煽，毫无何等实力。数年以来，时有小乱发现，均立时扑灭，于大局上未生影响。现在各省均加以防范，凡中国法权不到之处，尚望各友邦协力取缔，即该乱人等，亦必无发生乱事之余地矣。当贵国政府劝告之时，各省决定君主立宪者，已有五省，各省投票之期，亦均不远。总之在我国国民，则期望本国长治久安之乐利，在政府则并期望各友邦侨民，均得安心发达其事业，维持东亚之和平，正与各友邦政府之苦心，同此一辙也。以上各节，即希转达贵政府为荷。

越数日，日本代理公使，又到外交部，代表日本政府，声言中政府答复文，甚不明了，请再明白答复。当经陆总长面答道“目下国体投票，已有十多省依法办理，总之民意所趋，非政府所能左右，敝政府如可尽力，无不照办，借副友邦雅意”等语。日代使乃去。嗣复接法、意两国警告文，大致与三国警告相同，又由外交部答复，只推到民意上去，且言“政府必慎重将事，定不致有意外变乱，万一乱党乘机起衅，我政府亦有完全对付的能力，请不必代虑”云云。于是各国公使，乃暂作壁上观，寂静了好几天。各省投票，亦依次举行，全是遵照政府所嘱，硬迫国民代表赞成君主立宪。袁总统方觉得顺手，快慰异常。

到了十一月十日晚间，忽来了上海急电，镇守使郑汝成被刺殒命，老袁不禁大惊。看官阅过前文，应知郑汝成为袁氏爪牙，老袁正格外倚重，为何忽被刺死呢？小子就事论事，但知刺客为王明山、王晓峰二人。当民国四年十一月十日，系日本大正皇帝登极期间，郑汝成为上海长官，例应向驻沪日本领事馆，亲往庆贺。是日上午十时，郑汝成整衣出署，邀了一个副官，同坐汽车，向日本领事馆进发。路过外白渡桥，但听得扑的一声，黑烟迸裂，直向汝成面旁扑过，幸还没有击着，慌忙旁顾副官，那副官也还无恙，仍勉强地坐着，正要开口与语，哪知炸弹又复掷来，巧巧从头上擦过，汝成忙把头一缩，侥幸地不曾中弹，那粒炸弹却飞过汽车，向租界上滚过去了。副官也还大胆，忽向怀中取出手枪，拟装弹还击，不妨那抛掷炸弹的刺客，竟跃上汽车，一手扳着车栏，一手用枪乱击，接着数响，那副官已受了重伤，魂灵儿离开身子，向森罗殿上，实行报到；还有一个掌机的人员，也跟着副官，一同到冥府中去；只有郑汝成已中一弹，还未曾死，要想逃遁，千难万难，看那路上的行人，纷纷跑开，连中西巡捕，也不知去向，急切无从呼救，正在惊惶万分的时候，复见一刺客跃入车中，用着最新的手枪，扳机猛击，所射弹子，好似生着眼睛，颗颗向汝成身上钻将进去。看官！试想一个血肉的身躯，怎经得如许弹子，不到几分钟工夫，已将赫赫威灵的镇守使，击得七洞八穿，死于非命。那时两个刺客，已经得手，便跃下汽车，觅路乱跑，怎奈警笛呜呜，一班红头巡捕及中国巡捕，已环绕拢来，将他围住。他俩手中，只各剩了空枪，还想装弹退敌，无如时已不及，那红头巡捕，统已伸着蒲扇般的黑掌，来拿两人，两人虽有四手，不敌那七手八脚的势力，霎时间被他捉住，牵往捕房，当由中西谳官，公同审讯。两人直认不讳，自言姓名，叫做王明山、王晓峰，且云："郑汝成趋奉老袁，残害好人，我两人久思击他，今日被我两人击死，志愿已遂，还有什么余恨？只管由你枪毙罢了。"谳官又问为何人主使，两人齐声道："是四万万人叫我来打死郑汝成的。"言已，即瞑目待死，任你谳官问长问短，只是一语不发。

当下由上海地方官等，飞电京都。老袁闻知，很是悲惜，即电饬上海地方官，照会捕房，引渡凶犯，一面优议抚恤，结果是王明山、王晓峰两犯，由捕房解交地方官问成极刑，枪决在上海高昌庙。郑汝成的优恤，是给费二万，赐田三千，又封他为一等侯爵。看官记着，之五等分封，便是郑汝成开始。小子有诗吊郑汝成道：

驻牙沪渎显威容，谁料仇人暗揕胸。
飞弹掷来遭殒命，可怜徒博一虚封。

郑汝成殒命后，隔了五六日，日本东京赤坂寓所，又有一个华人蒋士立，被击受伤。毕竟为着何事，且至下回表明。

五国警告，以帝制进行恐惹内乱为词，似为公义上起见，而倡议者偏为日本国。日使日置益氏，既与老袁订有密约，归国运动，何以日本政府，复命代理公使，严词警告耶？既而思之，各国之对于吾华，本挟一均势之见，袁氏独求日本为助，秘密进行，而英、俄已窃视其旁，默料日人之不怀好意，思有以破坏之，故必令日本之倡议警告，然后起而随之，此正各国外交之胜算也。袁政府方自信无患，而郑汝成之被刺，即接踵而来，刺客为王明山、王晓峰，虽未明言主使，度必为民党无疑。或谓由郑汝成之隐抗帝制，袁以十万金购得刺客，暗杀郑于上海，斯言恐属无稽。纣之不善，不如是甚，吾于袁氏亦云。而郑氏忠袁之结果，竟至于此，此良禽之所以择木而栖，贤臣之所以择主而事也。

第五十四回

京邸被搜宵来虎吏
津门饯别夜赠骊歌

袁氏怀疑蔡锷与滇中部属交通，下令警察搜家。蔡锷携小凤仙赴天津游玩，设法甩掉了跟踪的尾巴，乘船到了日本。回中带出小凤仙的几阕书词，算是这民国史少见的文雅场面。

却说蒋士立被刺东京，也因鼓吹帝制的缘故。当筹安会发生以后，不特中国内地，分设支部，就在日本国中，亦派人往设分会。蒋士立即为东京支部的头目，信口鼓吹，张皇帝政。看官！你想日本里面，是民党聚集的地方，他们统反对袁氏，自然反对蒋士立，当下有民党少年，寻至蒋士立寓所，赠他两粒卫生丸，一丸及胸，一丸及腹。幸亏蒋士立躲闪得快，只伤皮肤，未中要害，还算保全性命。袁总统闻汝成刺死，士立受伤，不禁狠狠道："一不做，二不休，我便实行了去，看他一班乱党，究竟如何对待？"正说着，忽见袁乃宽进来，乃宽与老袁同姓，向以叔侄相称，至是遂悄声低语道："侄儿特来报告一件要事。"老袁听不清楚，便厉声道："说将响来，亦属何妨。"乃宽尚柔声道："各省筹办投票，已统有复电，惟命是从，独滇省没有确实复电，闻蔡锷与唐、任二人勾通，叫他反抗帝制，这事不可不防呢！"老袁道："你有什么真凭实据？"乃宽道："凭据尚没有查着。"老袁不禁失笑道："糊涂东西，你既未得凭据，说他什么！"乃宽嗫嚅道："他的寓所，应有证据藏着，何妨派人一搜哩。"老袁道："若搜不出来，该怎样处？"乃宽道："就是搜检无着，难道一个蔡松坡，便好向政府问罪吗？"老袁被他一激，便道："既如此，便着军警去走一遭吧。"当下令乃宽传达电话，向步军统领及警察总厅两处，令派得力军警，往蔡寓搜查密件。

步军统领江朝宗，及警察总厅长吴炳湘，哪敢违慢，即选派干练的弁目，会同两方军警，夤夜往搜。巧值蔡锷寄宿云吉班，蔡寓中只留着仆役，闻了敲门声响，还道是蔡锷回来，双扉一启，即有两个大头目，执着指挥刀，率众趋入，吓得仆役等缩做一团，不晓得他什么来历。但见大众入门，并不曾问及主人，大踏步走近室内，专就那桌屉箱橱中，任情翻弄。那军警执着火炬，照耀如同白昼，忽到这处，忽到那处，目光灼灼，东张西顾，最注意的是片纸只字，断简残篇，约有两三个小时，并不见有什么取出，只箱橱内有一小凤仙摄影及桌屉内几张请客单，袖好了去，那时一哄而出。

仆役等才敢出头，大家哄议道："京都里面，大约没有强盗，若是强盗到来，何故把值钱的什物，并未劫去？这究竟是何等样人？"有一个老家人道："你等瞎了眼珠，难道不看见来人衣服，上面都留着符号，一半是步军，一半是警察吗？"大家又说道："我家大人，并没有什么犯罪，为何来此查抄？"老家人道："休得胡说，我去通报大人便了。"当下飞步出门，竟往云吉班。适值蔡锷将寝，由老家人闯将进去。报称祸事，蔡锷吃了一惊，亟趿履起床，问明情由。经老家人略略说明，才把那心神安定，想了片刻，方道："寓中有无东西，被他拿去？"老家人答言："没有，只有一张照相片，被他取去，想便是这里的凤，"说到"凤"字，已被蔡锷阻住道："我晓得了，你去吧，不必大惊小怪，我俟明天就来。"老家人退出，小凤仙忙问道："为着何事？"蔡锷微笑道："想是有人说我的坏话，所以派人往搜。"小凤仙急着道："你寓内有无违禁文件？"蔡锷道："你休耽忧！我寓中只有几张《亚细亚报》，余外是没有了。"小凤仙道："朋友往来的书信，难道也没有吗？"蔡锷低声道："都付丙了。"小凤仙道："你的家人，曾说将照片取去，莫非就是我的摄影？"蔡锷道："恐不是呢，如果取了去，我倒为你贺喜，此番要选入皇宫，去做花元春第二呢。"小凤仙啐了一声，随即就寝，蔡锷也安睡了。

到了次日，起身回寓，看那桌屉箱橱中，都翻得不成样儿，仔细检点，除小凤仙的小影外，却没有另物失去。他正想赴军警衙门，与他理论，巧值内务总长朱启钤，着人邀请，遂乘车直至内务部。朱启钤慌忙出迎，彼此同入内厅，寒暄数语，便说起昨夜搜检的事情，实系忙中弄错，现大总统已诘责江、吴二人，并央自己代为道歉。蔡锷冷笑道："难得大总统厚恩。惟锷性情粗莽，生平没有秘密举动，还乞诸公原谅！"朱启钤又劝慰了数语，并将小凤仙的照片，取还蔡锷，便道："这个姑娘儿，面目颇很秀雅，怪不得坡翁见赏。"蔡锷道："这乃是锷的坏处，不自检束，有玷官箴，应该受惩戒处分的。”朱启钤笑道：“现在已成了习惯，若为了此事，应受惩戒，恐内外几千百个官吏，都应该惩戒哩。”说毕，又闲谈了一会，蔡锷随即告辞。

后来探听得搜检事情，实是袁乃宽进谗，并与小凤仙有些关系。原来小凤仙经蔡锷赏识，名盛一时，袁乃宽亦思染鼎，三往不见，遂愤愤道：“这个婆娘，不中抬举，你道蔡松坡年少多才，哪知他是个乱党呢。”当下越想越气，竟至袁氏前攻讦，不意落了个空，反被老袁训斥一顿。蔡锷自经此搜查，极思摆脱樊笼，遂往与小凤仙密商。小凤仙正坐在卧室，手中执着一书，静心阅着，俟蔡锷入房，才将书放下，立起身来，问及搜检事情。蔡锷略述一遍，随从案上取书一瞧，乃是一本《意大利建国三杰传》，便问小凤仙道：“此书的内容，你道可好吗？”小凤仙道：“好得很，好得很，非是文不足传是人。”蔡锷道：“作书的人，便是前司法总长梁任公。”小凤仙道：“我也晓得他，可惜我不能一见。”蔡锷道：“他是我的师长哩。”小凤仙不禁大喜道：“他现在哪里？既与你是师生，求你介绍，俾我一见。”蔡锷道：“我师前日，曾到天津，畀我一书，说我若往津门，应过去叙谈一切。”小凤仙道：“那是好极的了，我明日便同你去。”蔡锷听了，想：“与她说明行径，转恐漏泄机关，致碍行动，不如到了天津，再说未迟。”随即接入道：“我就同你去吧！但我师正反对帝制，明日往访，却不宜外人知道呢。”小凤仙点首称是。是晚蔡锷回寓，略略收拾，也不与家人说明，仍往云吉班住宿。

次日午前，竟雇着一乘摩托车，先给车资，挈小凤仙上车同坐，招摇过市。行至前门外面，望见一所京菜馆，便与小凤仙下车，至馆中午餐。餐毕，两人出门，不再上摩托车，竟自向市中买些食物，缓步儿行至车站。可巧车站中正当卖票，蔡锷挨入人丛，买了两张票纸，偕小凤仙趋出月台，竟上京津火车，才经片刻，钲声一响，车轮齐动，飞似地去了。

那时虽有侦探在旁，但是奉令密查，不便出来拦阻，只好眼睁睁地由他自去，转身去报袁总统。老袁确是厉害，复遣密探到津，监伺蔡锷行动。蔡锷到津后，往访梁任公，已是南去，乃投宿某旅社，夜间与小凤仙说明行踪，拟即乘此南下。小凤仙对着蔡锷，深深地望了一会，不觉地情肠陡转，眼眶生红，半晌才说道：“我与你拟同生死，你去，我便随你同行。”蔡锷道：“我是要去督兵打仗的。”小凤仙忙接口道：“你道我是个弱女儿，不能随你杀贼吗？”蔡锷道：“卿虽具有壮志，但此行颇险，若与卿同行，不但于卿无益，并且与我有害；不但与我有害，且阻碍共和前途，卿何必贪爱虚名，致受实祸。”小凤仙忍不住泪，带哭带语道：“依这般说，简直是把我撇弃吗？”蔡锷道：“卿何必自苦，他日战胜回来，聚首的日子正长哩。奈何作此失意语？”小凤仙才道：“我虽是儿女子，也知爱国，怎忍令英雄志士，溺迹床帏？但此去须要保重，免我远念。想你即日就要动身，我便借此客馆中，备着小酌，与你饯别吧。”说着，即呼馆佣入内，令叫几样可口的菜蔬，及佳酿一壶，佣夫遵嘱去讫，须臾即送入酒肴，由两人对饮起来。絮絮言情，语长心重，到了酒酣耳热的时候，小凤仙复道：“本拟为君唱歌饯行，但恐耳目甚近，不便明歌，你可有纸笔带来吗？”蔡锷说一个“有”字，即从袋中取出铅笔及日记簿一本，递与小凤仙，小凤仙即舒开纤腕，握笔书词，词云：

（柳摇金）骊歌一曲开琼宴，且将之子饯。你倡义心坚，不辞冒险，浊着一杯劝，料着你食难下咽。你莫认作离筵，是我两人大纪念。

（帝子花）燕婉情你休留恋！我这里百年预约来生券，你切莫一缕情丝两地牵。化作地下并头莲，再了生前愿。

（学士巾）你须计出万全，力把渠魁殄。休说你自愧生前，就是侬也羞见先生面，要相见，到黄泉。

小凤仙写着，蔡锷是目不转睛的，瞧她写下。口中接连赞美看到末两阕，连自己也眼红起来。及至写完，纸上已湿透泪痕，小凤仙尚粉颈低垂，沉沉不语，好一歇方抬起头来，已似泪人儿一般，勉强说道：“班门弄斧，幸勿见笑。”蔡锷此时，也不觉心如芒刺，一面携了手巾，替小凤仙拭泪，一面与语道：“字字沉痛，语语回环，不意卿却具此捷才，真不枉我蔡松坡结识一场呢。”小凤仙道：“我已早知有今日了。这数阕俚词，预备已久，将来赓续了去，为君谱一传奇，倒也是一番佳话。但自愧才疏，有志未逮，俟君成功后，同续何如？”蔡锷道：“好极，但我意须较为雄壮，莫再颓唐。”小凤仙接着道：“英雄语自然不同。我辈儿女子，笔底下要想沉壮，也觉为难呢。”蔡锷道：“你第一阕也雄壮得很；第二三阕前半俱佳，后半结语，似嫌萧飒，难道你我竟无相见期吗？”小凤仙道：“功成名立，偕老林泉，这是我的夙愿，诚能得此，那是莫大的幸福了。”说着时，外面的报时钟，已接连敲了三下。蔡锷惊道：“夜已深了，快收拾睡吧”。将残肴冷酒，搬过一边，随即睡下。

越宿起来，盥洗才毕，但见窗棂外面，已有人前来探望。至开门出去，那探望的人，都扬长走了。蔡锷悄语小凤仙道：“侦探又来了。”小凤仙道：“这却如何是好？”蔡锷道：“不要紧的，我自有计。”当下吃过点心，就取出纸笔，挥就一篇因病请假的呈文，用函固封，竟向邮局寄往京城。他本有失眠喉痛诸症，索性借此机会，就日本医院医治，除每日赴院一次外，仍挟小凤仙作汗漫游。各侦探往来暗伺，了无他异，惟尚监伺左右，不肯放松。蔡锷佯作不知，背地里却与凤仙谋定，实行那金蝉脱壳的妙计。一夕，与凤仙对坐，狂饮室中，议论风生，津津有味。俄而有拍案声，痛骂声，远达户外。各侦探忙去窃听，前一套说话，是评论花丛，后一套说话，是詈及正室。忽喜忽怒，仿佛是醉后胡言。未几竟叫做腹痛起来，连呼如厕。侦探急忙避开，他即出室，令馆佣前导，一手抠衣，一手捧腹，向厕所去了。侦探未及尾随，并以厕所中无关机密，自然散去。

翌晨往视，还是户阂深扃，高卧未起，迟至午刻，方觉有人走动，重复窃窥，只见小凤仙起床，云鬓蓬松，尚未梳沐，待午餐已过，又约有一两小时，小凤仙整妆出门，携了皮夹，掩户自去。到了晚间，亦并未回来，次日也不见返寓。各侦探往问帐房，帐房亦没有知晓，大家动了疑心，启户入视，什物已空，只桌上留着一函，由司账展开一阅，乃是钞票数张，并附有一条，谓作房饭代价，顿时面面相觑，莫明其妙。司账人虽然惊诧，但教钱财到手，倒也不遑细究。惟各侦探奉命前来，急得什么似的，忙至车站探问，好容易查得小凤仙消息，已于昨晚返京，独蔡锷不知去向。

看官！你道这蔡松坡究竟到哪里去了？他知侦探随着，万难南行，计惟东渡扶桑，迂道至滇，方可脱身，当日探得日本邮船，名叫山东丸，乘夜出口，遂借着腹痛为名，就厕后复退馆佣，即觑人不知，逸出后门，孤身赴港，登舟买票，竟往日本，真个是人不知，鬼不觉，安安稳稳地到了东瀛。复续上呈文，电达京中。那时前呈已邀批发，给假两月。至续呈到京，老袁未免一急，但表面上不好指斥，只好批令调治就愈，早日回国，用副倚任等语。过了数天，又接到蔡锷手书，略云：

> 趋侍钧座，阅年有余，荷蒙优待，铭感次骨。兹者帝制发生，某本拟涓埃图报，何期家庭变起，郁结忧虑，致有喉痛失眠之症。欲请假赴日就医，恐公不许我，故微行至津东渡。且某之此行，非仅为己病计，实亦为公之帝制前途，谋万全之策。盖全国士夫，翕然知共和政体，不适用于今兹时代，固矣。惟海外侨民，不谙祖国国情，保无不挟反对之心，某今赴日，当为公设法而开导之，以执议公者之口。倘有所闻见，锷将申函钧座，敷陈一切，伏乞钧鉴！

老袁看毕，忍不住气愤道："瞒着了我，潜往东洋，还要来调侃我，真正可恨！我想你这竖子，原是刁狡极了，但要逃出老夫手中，恐还是不容易哩。"乃一面电给驻日公使陆宗舆，叫他就近稽查，随时报告，一面密派心腹爪牙，召入与语道："我看蔡锷东渡，托言赴日就医，其实将迂道赴滇，召集旧部，与我相抗，你等可潜往蒙自，留心邀截，他从海道到滇，非经蒙自不可，刺杀了他，免贻后患。"遂厚给川资，遣他去讫。

是时杨度、阮忠枢等，闻小凤仙返京，即去探访详问蔡锷病况，及归国时期。小凤仙却淡淡答道："蔡老赴日养疴，早一日好，早一日归国，并没有一定期间。"阮忠枢道："闻你曾同赴天津，为何不偕往日本？"小凤仙道："他的结发夫妻，还要把她遣归，何况是我呢？"阮忠枢无词可答，遂与杨度同归，转报老袁，老袁道："同去不同来，分明是有别意，但我已摆布好了，由他去吧。"正是：

纵有阴谋如蝎毒，谁知捷足已鸿飞。

蔡锷已去，京中已产出一个短命皇帝来了。欲知详情，请看下回叙明。

> 蔡锷一行，为再造共和张本，故二十五回中，已全力写照，本回复将京寓被搜及津门话别事，竟体演述，不肯少略。盖一以见蔡锷之智，一以见小凤仙之慧，英雄儿女，自有千秋，而三叠骊歌，并为后文伏笔。至潜身东渡时，尤写得惝恍迷离，非经揭破，几令人无从揣测。作者述小凤仙语，谓非是文不足传是人，吾还以赠诸作者。

第五十五回

胁代表迭上推戴书 颁申令接收帝皇位

国民代表会议召开，上了两次推戴书。袁氏先是半推半就，把推戴书发还；第二次是张謇拥抱，发了一篇同意的长文。历史上的内禅总是要推辞三次，老袁迫不急待，省了两次。

却说民国四年十一月中，正各省将军巡按使，制造民意，纷纷投票的时候，结果是全国代表，选就了一千九百九十三人。至解决国体，却是全体一致，赞成君主立宪。当下由各省驰电到来，京中一班攀龙附凤的人物，统是欢喜不尽。袁总统即命财政部连拨若干款项，寄交各省，作为各代表路费，即日到京，再由参政院中，举行全国国民代表大会，申决国体，及公上推戴书。哪知朱启钤、周自齐等，已早有密电传达外省，叫他预备国民推戴书。电文云：

> 各省将军巡按使鉴：国体投票解决后，应用之国民推戴文内，有必须照叙字样，曰：国民代表等，谨以国民公意，恭戴今大总统袁世凯为中华帝国皇帝，并以国家最上完全主权，奉之于皇帝。承天建极，传之万世，此四十五字，万勿丝毫更改为要。再此种推戴书，在国体未解决之前，希万分秘密，并盼先复。至奏折一切格式，均照旧例，惟跪奏改为谨奏；其他仪式，俟拟定再行通告。启钤、自齐、士诒、镇芳、忠枢、在礼、乃宽、士钰、震春、炳湘印。

自各省接到此电，便把那依样葫芦，描画起来，当将电文中四十五字，列入推戴书中，一字不易，再添了几句起末文，拍电进去。还有直隶巡按使朱家宝，居然首先称臣，于十一月二十八日，为着地方政务，上了三折，统是改呈为奏，起首称臣朱家宝，末称伏乞皇帝陛下圣鉴等语。老袁并不指斥，已是实行承认。转眼间又过十天，各省国民代表，均领了公文路费，陆续到京，各路火车，统有招待的专使，酬应非常周到。京城里面的招待所，更是布置得辉煌灿烂，目眩神迷。这等国民代表，趋入所中，几疑身到华胥，仿佛别有天地。到了十二月十一日上午九时，参政院中，召集全国代表一千九百九十三人，申决国体投票。各参政员全体到齐，只有黎元洪请假未到，院外大排军警，看似欢迎代表，实是监督代表。那一千九百九十三人，晓得什么玄妙，一个个鱼贯而入。到了会场，但见中间拥着两个大匭，左匭上贴着君宪两字，右匭上贴着共和两字，当有一班招待人员，与各代表附耳密谈。各代表均唯唯从命，大家领票照书，均向左匭投入，至开匭验票，左匭中一纸不少，足足有一千九百九十三票，统是赞成君宪。右匭中当然不必开验，便照例宣布，大众呼了三声"帝国万岁"。参政员杨度、孙毓筠，就乘此提议道："全国代表，既一致赞成君宪，应即奉当今袁大总统为皇帝。"大众拍手赞成。杨度、孙毓筠又道："本院由各省委托，为全国总代表，尤应用总代表名义，恭上推戴书。"大众又一齐拍手。于是推秘书员起草，那秘书员成竹在胸，才高倚马，立刻草成八九百字，即向大众朗读道：

奏为国体已定，天命攸归，全国商民，吁登大位，以定国基，合词仰乞圣鉴事。窃据京兆，各直省，各特别行政区域，内外蒙古、西藏、青海、回疆、满蒙八旗，全国商会，及华侨有勋劳于国家，硕学通儒各代表等，投票决定国体，全数主张君主立宪，业经代行立法院咨陈政府在案。同时据京兆，各直省，各特别行政区域，内外蒙古、西藏、青海、回疆、满蒙八旗，全国商会，及华侨有勋劳于国家，硕学通儒各代表等，各具推戴书，均据称："国民公意，恭戴今大总统袁公世凯为中华帝国皇帝，并以国家最上完全主权，奉之于皇帝，承天建极，传之万世"等因。兼由各国民大会委托代行立法院为总代表，以全国民意，吁请皇帝登极前来。

窃维帝王受命，统一区夏，必以至仁复民而育物，又必以神武戡乱而定功。《书》云："一人有庆，兆民赖之。"《诗》曰："燕及皇天，克昌厥后。"盖惟应天以顺人，是以人归而天与也。溯自清帝失政，民罹水火，呼吁罔应，溃决势成，罪己而民不怀，命将而师不武。我圣主应运一出，薄海景从，逆者革心，顺者效命。岌然将倾之国家，我圣主实奠安之。斯时清帝不得已而逊位，皇天景命，始集于圣主，我圣主有而弗居也。南京仓猝草创政府，党徒用事，举非其人，民心皇皇，无所托命，我圣主至德所夏，迩安远怀，去暴归仁，若水之就下，孑然待尽之人民，惟我圣主实苏息之。斯时南京政府，不得已而解散，皇天景命，再集于我圣主，我圣主仍有而弗居也。民国告成，四方和惠，群丑窃柄，怙恶不悛，安忍阻兵，自逃复载。我圣主赫然震怒，临之以威，天讨所加，五旬底定，以至仁而伐不仁，盖有征而必无战。慕义向化者，先归而蒙福，迷复不远者，后至而洗心，皆我圣主实抚育而安全之。斯时大难既平，全国统一，皇天景命，三集于我圣主，我圣主固执谦德，又仍有而弗居也。夫惟煌煌帝谛，圣人无利天下之心，而天施地生，兆民必归一人之德。往者国家初建，参议院议员，推举临时大总统，斯时全国人心，咸归于我圣主，国运于以肇兴。

继此国会成立，参议院众议员，推举大总统，全国人心，又咸归于我圣主，国基于以大定。然共和国体，不适国情，上无以建保世滋大之弘规，下无以谋长治久安之乐利，盖惟民心有所舍也，则必有所取，有所去也，则必有所归。今者天牖民衷，全国一心，以建立帝国，民归盛德，又全国一心以推戴皇帝。我中华文明礼义，为五千年帝制之古邦，我皇帝睿智圣武，为亿万姓归心之元首。伏维仰承帝眷，俯顺舆情，登大宝而司牧群生，履至尊而经纶六合。轩帝神明之胄，宜建极以承天，姒后继及之规，实抚民而长世。谨奏。

读毕，大众无不赞成，即刻通过，复齐呼“皇帝万岁”三声。自九点钟起，至十一点半钟，已经手续完备，大众当即散会，回寓午餐去了。下午一点钟，秘书员已缮好奏折，即刻进呈，哪知奏折才呈，申令即下，却教他另行推戴，把那推戴书发还。其文云：

（上略）查《约法》内载民国之主权，本于国民之全体。既经国民代表大会，全体表决，改用君主立宪，本大总统自无讨论之余地。惟推戴一举，无任惶骇。天生民而立之君，天命不易，惟有丰功盛德者，始足以居之。本大总统从政，垂三十年，迭经事变，初无建树，改造民国，已历四稔。忧患纷乘，愆尤丛集。救过不赡，图治未遑，岂有功业足以称述？前此隐迹洹上，本已无志问世，遭遇时变，谬为众论所推，不得不勉出维持，舍身救国。然辛亥之冬，曾居政要，上无裨于国计，下无济于民生，追怀故君，已多惭疚。今若骤跻大位，于心何安？此于道德不能无惭者也。致治保邦，首重大信，民国初建，本大总统曾向参议院宣誓，愿竭能力，发扬共和，今若帝制自为，则是背弃誓词，此于信义无可自解者也。

本大总统于正式被举就职时，固尝掬诚宣誓，此心但知救国救民，成败利钝不敢知，劳逸毁誉不敢计，是本大总统既以救国救民为重，固不惜牺牲一切以赴之。但自问功业，既未足言，而关于道德信义诸大端，又何可付之不顾？在爱我之国民代表，当亦不忍强我以所难也。尚望国民代表大会总代表等，熟筹审虑，另行推戴，以固国基。本大总统处此时期，仍以原有之名义，及现行之各职权，维持全国之现状。除咨复代行立法院，并将国民代表大会，总代表推戴书，及各省区国民代表推戴书等件，送还代行立法院外，合行宣示俾众周知。此令。

杨度、孙毓筠二人，已预知申令即下，早已约定各省代表，再行到会，恭候圣旨。各代表似傀儡一般，随拨随动，到了傍晚，仍至参政院会齐。果然九天纶綍，宣布下来，大众恭读一遍，都有些疑惑不定。但听杨度宣言道："大总统盛德谦冲，所以有此申令，但全国民意，既趋一致，大总统亦未便过拂舆情，理应由本院再用总代表名义，呈递第二次推戴书。"大众复随声附和，仍推秘书起草。不料十五分钟的时候，便拟成二千六百多字的长文。是时电灯四映，云集一堂，复由秘书朗声宣读，大众模模糊糊地听了一会，无非是什么功烈，什么德行，十成中只解一二，也都赞成了事，乃宣告散会，立即缮成第二次推戴书。次日即奉大总统申令云：

据全国总代表大会总代表代行立法院奏称：窃总代表前以众议佥同，合词劝进，吁请早登大宝，奉谕推戴一举，无任惶骇等因。仰见圣德渊衷，巍巍无与之至意，钦仰莫名。惟当此国情万急之秋，人民归向之诚，几已坌涌沸腾，不可抑遏。我皇帝倘仍固执谦退，辞而不居，全国生民，实有若坠深渊之惧。盖大位久悬，则万几丛脞。岂宜拘牵小节，致国本于阽危？且明谕以为天生民而立之君，惟有功德者足以居之，而谓功业道德信义诸端，皆有问心未安之处，此则我皇帝之虚怀若谷，而不自知其挹冲逾量者也。总代表具有耳目，敢昧识知，请先就功烈言之：当有清末造，武备废驰，师徒屡熸，国威之不振久矣。我皇帝创练陆军，一授以文明国最精之兵法，铲除宿弊，壁垒一新。手订数条，洪纤毕备。募材选俊，纪律严明，魁奇杰特之才，多出于部下，不数年遂布满寰区，成效大彰，声威丕著。当时外人之莅观者，莫不啧啧称叹，而全国陆军之制，由此权舆。厥后戡定四方，屡平大难，实利赖之，此功在经武者一也。

及巡抚山东，拳匪煽乱，联军内侵，乘舆播迁，大局糜烂。惟我皇帝坐镇中原，屹若长城之独峙，匪乱为之慑伏，客兵相戒不犯，东南半壁，赖以保障。以一省之治安，砥柱中流，故虽首都沦陷，海内骚然，卒得转危为安，金瓯无缺。当是时也，构难虽曰乱民，而纵恶实由亲贵，不惩祸始，无从媾和，强邻有压境之师，客军无返旆之日，瓜分豆剖，祸迫眉睫，而元恶当国，莫敢发言。我皇帝密上弹章，请诛首罪，顽凶伏法，中外翕然，和局始克告成，河山得免分裂，此功在匡国者二也。

寻授北洋大臣，其时风鹤尤惊，人心未靖，乃扫荡会匪，萑苻绝迹，廓清积案，民教相安。收京津于浩劫之余，返銮舆于故宫之内，遂复高掌远跖，厉行文明诸新政，无不体大思精，兼营并举，规模式廓，气象万千。论者谓我皇帝为中国进化之先河，文明之渊海，洵符事实，非等虚词，此功在开化者三也。

革命事起，风潮剧烈，不数月间，四方瓦解，皇室动摇，天意厌清，人心思乱。清孝定景皇后，知大势之已去，满族之孤危，痛哭临朝，几不知税驾之何所。斯时我皇帝改步，为应天顺人之举，躬自践阼以安四海，夫谁得而议之者！乃犹恪恭臣节，艰难支柱，委曲维持，以一身当大难之冲，几遭炸弹而不恤。孝定景皇后，乃举组织共和政府之全权，与夫保全皇室之微意，悉挈而付托我皇帝，始有南北议和，优待皇室之条件。人知清廷逊位之易，结局之良，而不知我皇帝之苦心调剂，固竭其旋转乾坤之力也。于是南北复归于统一，清室获保其安定，四万万之生灵，弗陷于涂炭，二万万之疆圉，得完其版图，于风雨飘摇之中，而镇慑奠安，卒成共和四年之政局。国家得与人民休养生息，不至沦胥以尽，此功在靖难者四也。

民国初建，暴民殃徒，攘臂四出，叫嚣乎政党议会，隳突乎官署戎行，挑拨感情，牵掣行政。我皇帝海涵天覆，一以大度容之。彼辈野心弗戢，卒有赣宁之暴动，东南各省，再见沉沦，幸赖神算早操，三军致果，未及旬月，而逆氛尽扫，如拉枯朽，遂得正式礼成，大业克跻，列邦交庆。彼辈毒无可逞，犹复勾结狼匪，肆其跳梁，大兵一临，渠魁授首，神州重奠，戈甲载橐，卒使闾阎安堵，区宇敉宁，以臻此雍洽和熙之治。盖自庚子拳匪之乱，辛亥革命之变，癸丑六省之扰，皆足以颠覆我中国，非我皇帝，孰能保持镇抚，使四千年神明之裔，食息兹土，不致沦亡？此则我皇帝之大有造于我中国，而我蒸黎子孙所共感而永矢勿谖也，此功在定乱者五也。

不但此也，溯自通海以来，外交之失策，不可胜计，国际之声誉，几无可言。以积弱衰疲之国，孤立于群雄角逐之间，托势之危，莫此为甚。而意外变局，又往往无先例之可援，措置偶一失宜，后患不堪设想。惟我皇帝，睿智渊深，英谋霆奋，遇有困难之交涉，一运以精密之谟猷，靡不立解纠纷，排除障碍，卒得有从容转圜之余地。而远人之服膺威望，钦迟丰采者，亦莫不输诚结纳，帖然交欢。弭祸衅于樽俎之间，缔盟好于敦槃之际，此功在交际者六也。

凡此六者，皆国家命脉之所存，万姓安危之所系；若乃其余政教之殷繁，悉由宵旰勤劳之指导，虽更仆数之，有不能尽，我皇帝之功烈，所以迈越百王也。请再就德行言之：我皇帝神功所推暨，何莫非盛德所滂流？荡荡巍巍，原无二致。至于一身行谊，则矩动天随，亦有非浅识所能测者。如今兹创业，踵迹先朝，不无更姓改物之嫌，似有新旧乘除之感。明谕引此以为惭德，尤见我皇帝慈祥忠厚之深衷，而不自觉其虑之过也。

夫廿载以来，往事历历可征，我皇帝之尽瘁先朝，其于臣节，可谓至矣。无如清政不纲，晚季尤多瞀乱，庚子之难，一二童骇，召侮启戎，成千古未有之笑柄。覆宗灭祀，指顾可期，非赖我皇帝障蔽狂流，逆挽滔天之祸，则清社之屋，早在斯时。迨我皇帝位望益隆，所以为清室策治安者，益忠且挚。患满人之孱弱也，则首练旗兵；患贵胄之暗昧也，则请遣游历；患秕政之棼扰也，则厘定官制；患旧俗之锢蔽也，则订立宪章。凡兹空前之伟划，一皆谋国之前图。乃元辅见疏，忠谠不用，宗支干政，横揽大权，黩货玩戎，斲丧元气。自皇帝退休三载，而朝局益不可为矣。乃武昌难作，被命于仓皇之际，受任于危乱之秋，犹殷殷以扶持衰祚为念。讵意财力殚耗，叛乱纷乘，兵械两竭于供，海陆尽失其险。都城以外，烽燧时惊，蒙藏边藩，相继告警。而十九条宣誓之文，已自将君上之大权，尽行摧剥而不顾。谁实为之？固非我皇帝所及料也。后虽入居内阁，而祸深患迫，已有岌岌莫保之虞。老成忧国之衷，至于废寝忘餐，拊膺涕泣，然而战守俱困，险象环伏，卒苦于挽救之无术。向使冲人嗣统之初，不为谗言所入，举国政朝纲之大，一委元老之经营，将见纲举目张，百废俱举，治平有象，乱萌不生，又何至有辛亥之事哉？至万不得已，仅以特别条件，保其宗支陵寝于祚命已坠之余，此中盖有天命，非人力所能施。而我皇帝之极意绸缪者，其始终对于清廷，洵属仁至而义尽矣。

夫历数迁移，非关人事，曩则清室鉴于大势，推其政权于国民，今则国民出于公意，戴我神圣之新君。时代两更，星霜四易，爱新觉罗之政权早失，自无故宫禾黍之悲。中华帝国之首出有人，庆睹汉官威仪之盛。废兴各有其运，绝续并不相蒙。况有虞宾恩礼之隆，弥见兴朝复育之量，千古鼎革之际，未有如是之光明正大者。而我皇帝尚兢兢以惭德为言，其实文王之三分事殷，亦无以加此，而成汤之恐贻口实，固远不逮兹。此我皇帝之德行，所为夐绝古初也。然则明谕所谓无功薄德云云，诚为谦抑之过言，而究未可以遏抑人民之殷望也。至于前此之宣誓，有发扬共和之愿言，此特民国元首循例之词，仅属当时就职仪文之一。盖当日之誓，根于元首之地位，而元首之地位，根于民国之国体，国体实定于国民之意向，元首当视民意为从违。民意共和，则誓词随国体为有效，民意君宪，则誓词亦随国体为变迁。今日者国民厌弃共和，趋向君宪，则是民意已改，国体已变，民国元首之地位，已不复保存，民国元首之誓词，当然消灭。凡此皆国民之所自为，固于皇帝渺不相涉者也。我皇帝惟知以国家为前提，以民意为准的，初无趋避之成见，有何嫌疑之可言？而奚必硁硁守仪文之信誓也哉？要之我皇帝功崇德茂，威信素孚，中国一人，责无旁贷。昊苍眷佑，亿兆归心，天命不可以久稽，人民不可以为主。伏冀㧑冲勉抑，渊鉴早回，毋循礼让之虚仪，久旷上天之宝命。亟颁明诏，宣示天下，正位登极，以慰薄海臣民喁喁之渴望，以巩我中华帝国有道之鸿基。代表不胜欢欣鼓舞恳款迫切之至，除将明令发还，本国民代表大会总代表推戴书，及各省区国民代表推戴书等件，仍行赍呈外，谨具折上陈，伏乞睿鉴施行等情。

据此，天下兴亡，匹夫有责，予之爱国，讵在人后？但亿兆推戴，责任重大，应如何厚利民生？应如何振兴国势？应如何刷新政治，跻进文明？种种措置，岂予薄德鲜能，所克负荷？前此掬诚陈述，本非故为谦让，实因惴惕交萦，有不能自已者也。乃国民责备愈严，期望愈切，竟使予无以自解，并无可诿避。第创造宏基，事体繁重，洵不可急遽举行，致涉疏率应饬各部院就本管事务，会同详细筹备，一俟筹备完竣，再行呈请施行。凡我国民，各宜安心营业，共谋利福，切勿再存疑虑，妨阻职务，各文武官吏，尤当靖共尔位，力保治安，以副本大总统轸念生民之至意。除将国民代表大会总代表推戴书，及各省区国民代表推戴书，发交政事堂，并咨复全国国民代表大会总代表代行立法院外，合行宣示，俾众周知。此令。

小子随读随录，录毕后，禁不住惭愤起来，乃口占一绝道：

揖让征诛是昔型，六朝篡窃亦彰明。
如何下效河间妇，狎客催妆甘背盟？

老袁既接收帝位，遂有好几种做作施行出来，看官请续阅下回，便有分晓。

两次推戴书，统计不下三千余字，乃不到半日，即草缮俱竣，是明明预先备办，第临时掩人耳目而已。且袁氏尚未承认帝制，而我圣主我皇帝之词，连篇累牍，不识若辈何心，乃竟厚颜若此？袁氏半推半就，真似倚门卖娼，装出许多丑态。吾谓欲做皇帝，简直就做，何必许多做作，愈形其丑耶？作伪心劳日拙，我为诸参政羞，我并为袁皇帝羞。

第五十六回

赌内廷承办大典 结宫眷入长女官

此回写袁皇帝登极大典的筹备。先是袁皇帝发了一通敕令，封了些公、伯，只是太监改用了女官。袁家侄子袁乃宽结交袁氏两个姨太太，做了大典筹备官。女子请愿团的安静生做了女官长，赴各地遴选女官。

却说袁世凯既承认为帝，京城里面，热闹得什么相似。当由总统府传出消息，称说袁皇帝登极期间，便是民国五年一月一日。那时一班趋炎附热的官儿，及鬻贱贩贵的商人，都伸着项颈，睁着眼珠，希望那升官发财，有名有利。还有一千九百九十三个国民代表，统以为此番进京，佐成帝业，就使不得封侯拜相，总有一官半职赏给了他；或另有意外金钱作为特赐，于是朝朝花酒，夜夜笙歌，镇日在八大胡同中，流连忘返。哪知一声霹雳，震响天空，政府中颁发命令，叫他各归故里，仍安本业。看官! 你想各代表到了京都，已将半月，所得川资，统已向楚馆秦楼中花费了去，而且还有酒债饭债及各种什物债，满望将来名利双收，了清债务，偏偏要他回里，他们统变做妙手空空，连回去的盘费，统是无着，哪里还好偿债? 大家才知道着了道儿，叫苦不迭，没奈何吁告同乡，替他设法。还是杨度、孙毓筠等，脚力稍大，向办理国民会议局中，支出二万元款子，分给代表，每人百元，才得草草摒挡，溜出京城，回乡过年去了。只所有欠项，始终未曾还清，仍是酒店饭店及各什物店中的晦气，这且休表。

且说帝位已定，明令迭颁，一面用压制法，一面用笼络法，计匝旬间，除无关帝制外，约有好几道命令，小子也不胜抄录。节述如下：

十二月十三日申令，此次改变国本，全出国民公意，如有好乱之徒，造谣煽惑，勾结为奸，当执法以绳，不少宽贷。

十五日策令，封黎元洪为武义亲王。黎固辞，申令不许。

十六日申令，清室优待条件，永不变更，将来制定宪法，继续有效。（因清室内务府咨照参政院，赞成袁氏称帝，乃有此令。）

同日申令，特任溥伦为参政院院长。（黎已封王，故改任清宗室溥伦以示羁縻。）

同日申令，关于立法院议员选举事宜，迅速筹办，准于来年以内召集。

同日教令，修正政事堂组织令，凡大总统发布之命令，由政事堂奉行，政事堂钤印，国务卿副署。（与清制内阁奉上谕同。）

同日批令，蒙古章嘉呼图克图等，奏请正位，实属倾诚爱国，深堪嘉尚，著交蒙藏院传奖。

十八日策令，特任冯国璋为参谋总长，未到任以前，著唐在礼代理（因冯氏劝进较后，特欲调入京都，免生异志。）

同日申令，旧侣及耆硕数人，均勿称臣。

同日申令，满、蒙、回、藏待遇条件，继续有效。

十九日申令，著政事堂饬法制局将民国元年以来法令，分别存留废止，悉心修正，呈请施行。

同日批令，代理国务卿陆徵祥等，奏请准设大典筹备处，已悉。

二十日申令，徐世昌、赵尔巽、李经羲、张謇为嵩山四友，颁给嵩山照影各一帧。

二十一日策令，特封龙济光、张勋、冯国璋、姜桂题、段芝贵、倪嗣冲为一等公，汤芗铭、李纯、朱瑞、陆荣廷、赵倜、陈宧、唐继尧、阎锡山、王占元为一等侯，张锡銮、朱家宝、张鸣岐、田文烈、靳云鹏、杨增新、陆建章、孟恩远、屈映光、齐耀琳、曹锟、杨善德为一等伯，朱庆澜、张广建、李厚基、刘显世为一等子，许世英、戚扬、吕调元、金永、蔡儒楷、段书云、任可澄、龙建章、王揖唐、沈金鉴、何宗莲、张怀芝、潘矩楹、龙觐光、陈炳焜、卢永祥为一等男，李兆珍、王祖同为二等男。

同日策令，特任陆徵祥为国务卿，仍兼外交总长。

二十二日策令，追封赵秉钧为一等忠襄公，徐宝山为一等昭勇伯。

同日申令，永远革除太监等名目，内廷供役，改用女官。

二十三日策令，特封刘冠雄为二等公，雷震春为一等伯，陈光远、米振标、张文生、马继增、张敬尧为一等子，倪毓棻、张作霖、萧良臣为二等子，林葆怿、饶怀文、吴金标、王金镜、鲍贵卿、宝德全、马联甲、马安良、白宝山、昆源、施从滨、黎天才、杜锡钧、王廷桢、杨飞霞、江朝宗、徐邦杰、李进才、吕公望、马龙标、吴炳湘为一等男，吴俊升、王怀庆、吴庆桐、冯德麟、王纯良、李耀汉、马春发、故令宣、莫荣新、谭浩明、周骏、刘存厚、叶颂清、张载阳、张子贞、刘祖武、石星川为二等男，石振声、何丰林、臧致平、吴鸿昌、王懋赏、唐国谟、方更生、张仁奎、陈德修、殷恭先、周金城、李绍臣、康永胜、常德盛、张殿如、马福祥、张树元、李长泰、许兰洲、朱熙、孔庚、方玉普、马龙潭、裴其勋、朱福全、隆世储、方有田、陈树藩、陆裕光、杨以德为三等男。（又予一二等轻车都尉世职，共七十余人，名不备录。）

这数令颁发出来，朝野注目，统说新天子登基在即，所以有此布置，就是老袁心中，也以为恩威并济，内外兼筹，布置得七平八稳，可以任所欲为了。惟筹备大典处，是筹备登极大典，相传于十一月初二日，即已密行设立，至十九日始见发表，尚是掩耳盗铃的计策。起初严守秘密，未敢动用国帑，左支右绌，办理为难。当有二姨太黄氏与三姨太何氏，首先发起拟将家人私蓄拨出若干，作为筹备处的资本金。统计袁氏妻妾十六人，子十五人，女十四人，每人助一万圆，可得四十五万圆。他日皇帝登极，各得优先利益，仿佛如前清幕吏，先垫款项，称为带肚子一般。袁氏正室于夫人，与次子克文，三女淑顺，本未曾赞同帝制，且以为此等恶习，不应出自帝家，因此不愿入股。此外当一致赞成，当下凑集四十二万圆，开手筹办，但须觅一亲信可靠的人物，充作处长，方免舞弊。这消息传达出去，即有人运动斯缺，情愿承认。看官道是何人，就是皇帝伯伯的爱侄儿，名叫乃宽。

他既与老袁认作叔侄，当然如骨肉至亲，无所嫌避，所以出入府中，无论袁氏姬妾，尽得相见。且因他语言柔媚，体态殷勤，容易得人欢心，往来无间，此次即至二姨太三姨太前，乞求推荐，愿先献番佛十万尊，作为孝敬。看官试想，两位姨太太，只携出了二万圆，拼入优先股，今复得了十万圆，除二万外，还有八万圆好处，哪有不允之理？当下满口承认，即夕向老袁进言道：“大典筹备处，已有四十余万圆凑集，不日可开办了。但处长一席，总须择一心腹人，方可胜任。”老袁接口道：“这个自然。”二姨太便道：“据妾想来，莫如御侄乃宽。”三姨太又道：“他本是同宗，办事又向来勤谨，真是所举得人了。”老袁笑道：“卿等慧眼，想必不错，我便叫他任事吧。”次日，即召乃宽入内，令为大典筹备处处长。乃宽自然受命，拜谢鸿恩，一面复潜向两姨太处，申鸣谢悃。任事以后，第一件是筹办皇帝的龙袍，第二件是筹办后妃的象服；此时京城里面的绸缎绣货庄，要算是山东巨宦开设的瑞蚨祥。该肆闻信，料是一场大主顾，忙到筹备处设法运动，兜揽生意。处长袁乃宽亲与商议，先将回扣议妥，然后与议龙袍的做法。先是袁皇帝授意乃宽，服制尚红，大约是火德主政的意思。乃宽便仰承圣意，拟用着赤金线，盘织龙衮，且通体须缀饰明珠，嵌入金钢钻，还要一顶平天冠，四周垂旒，每旒约用东珠一串，冠檐须缀饰绝大珍珠，才见光彩夺目。这两种代价，由店主人估算起来，差不多要五六十万圆。乃宽暗想，现在只有四十万圆，连一件龙袍的价值还是不敷，如何好再办别种服饰？眉头一皱，计上心来，当下与店主人商量，教他垫款包办，一俟皇帝发极，算清账目。店主人乐得应允，便双方订约，再由店中恭绘衮冕格式，呈入御览。老袁很是合意，即嘱他照式织制，并限于阳历年终取用，该店奉旨承办，日夜赶制。

此外一切用品，但把要紧的物件购办起来。不到数日，已将四十万圆用罄。那时筹备处尚未正式批准，急得乃宽没法，只好再请教二姨太。二姨太究竟女流，一时想不出什么法儿，仍嘱乃宽代筹。乃宽道："非请财神爷上台，这事恐办不了。"二姨太笑着道："我知道了，你放心去吧。"乃宽退出后，不到两日，即由财神爷承认五百万圆。既而筹备处正式成立，五百万果然拨到。袁皇帝又密与财神爷商妥，此后一切经费，归他筹拨，待登位后，愿把首揆一席，酬答丰功。财神爷颇也乐允。袁皇帝嘉慰非常，复命将前清三殿，募工修筑，也归袁乃宽一手承办。乃宽连得美差，感激无地，自不消说。

惟女官令下，一班妇女请愿团，也想去攀龙附凤，显扬门楣，但一时无门可入，未免望洋兴叹，空存这富贵的念头。独有安女士静生，本是请愿团的领袖，更兼腹中有点文墨，口才又很过得去，曾充某女校校长，闻到此令，不禁大喜道："佳运来了。新朝挑选女官长，舍我其谁？"于是淡扫蛾眉，往朝至尊，名刺上镌入妇女请愿团长及某女校校长头衔，呈递进去。适袁皇帝办公无暇，令诸皇妃招待。那安女士不慌不忙，从容步入，见了各位皇妃，请安跪拜，无不如仪。诸皇妃虽备选六宫，究竟还是候补资格，未曾经过这般恭维，此时见安女士巧言令色，般般可人，遂格外谦恭，待以客礼。安女士固辞未获，勉强旁坐，彼问此答，真个舌上生莲，令人爱羡。渐渐说到女官一事，安女士据实禀陈，竟效毛遂自荐。诸皇妃道："这事须经过睿断，我等未敢做主，但得宸衷首肯，似汝才调，当然可作女官长，何患不成？”安女士道：“天下未必无才女，如臣妾的菲材，恐未必上邀睿赏哩。”诸皇妃道：“且待禀明后，再行通报。”安女士拜谢而退。

次日又去进谒，诸皇妃欢迎如昨，且与语道：“昨夜已替你禀陈，御意拟召你接谈，方可酌夺施行。”安女士道：“何时得蒙召见？”诸皇妃道：“便在今夕，我等当为介绍人，不过须略待时刻，请少安毋躁便了。”安女士重复拜谢。待至天晚，竟蒙诸皇妃赐给晚餐。餐毕，又过了两句钟，老袁才入室休息，诸妃即带着女士晋谒老袁，安女士三跪九叩，从容尽礼。老袁问了数声，应对无不称旨，便面谕道：“你可出外待命吧。”越日，即密令心腹，调查安女士履历，所有请愿团长及某校长的头衔，的确无讹，并且都中人士，有口皆碑，遂据实禀复。老袁尚在迟疑，又经诸姬妾从旁怂恿，乃特选入宫，命为侍从女官长。这安女士得充是选，即日入内，提起全副精神，趋承意旨。除袁皇帝外，无论皇后妃嫔及皇子公主等，一入安女士眼中，便能识他心性，揣摩迎合，靡不中彀。因此入值府中，上和下睦，差不多如家人妇子一般。袁皇帝即命她招选女官，定额一百二十人。安女士仗着才能，即恭拟招选女官章程，进呈睿鉴，当蒙批准，因将章程宣布，厘分八条，胪列如右：

（一）须身家清白，及品谊纯正。（二）年龄在十四岁以上，二十五岁以下。（三）略具姿色，又体质健全，无其他暗疾者。（四）未出室及未受聘之闺女。（五）或孀妇而未经生育者。（六）无烟酒赌博诸嗜好。（七）三年后即开放出宫，其有愿留者听。（八）三年期满后，由女官长奏请皇上，择尤优奖。

这章程颁布后，女界争先恐后，群来报名。安女士又增订新例，凡欲应选诸妇女，当报名时，须预缴银币十圆，如不合格，此款不得索还，能合格当选，还要各缴一百圆，叫做入宫费，这乃是安女士理财的妙法，好坐取这一二万圆，饱入私囊。又订定每月俸给，女官长月俸，计洋四百圆，还有公费百圆；女官分一、二、三、四等阶级，一等月俸二百圆，四等六十圆。安女士又有特别好处，按照八五成发给，余银也自己享受了。至若女官的膳餐费，衣服妆饰费，统要女官长经理，每月开具细账，向庶务处支领，免不得要浮报若干。统计安女士进账，实属不少，不过每月孝敬皇妃，却也要耗去一半。各皇妃爱她敏慧，都向老袁处说项，老袁晓得什么，还是自诩知人。小子有诗咏安静生道：

几生修得到宫廷，福至应教心独灵。
纵使皇纲悲短命，绣囊已贮万钱青。

岁月将阑，登极期日近一日，不料外面的鼙鼓声，竟动地而来。欲知何处兴兵，且至下回续叙。

本回专叙大典筹备处，及女官长二事，而于承认帝位后种种措置只汇叙一段，不复详说，阅者得毋嫌其太略乎？曰非略也。各种命令，具见明文，不特政府公报，记载特详，即如各处新闻纸，亦备列无遗，海内人士，无不闻知。独宫廷秘幕，非经揭述，鲜有识其隐者。观袁乃宽之谋得筹备处长，及安静生之乞得女官长，无在非打通内线，才得如愿。袁皇帝亦幸而短命耳？否则内嬖外宠，贻祸无穷，其不至覆国者几希。

第五十七回

云南省宣告独立 丰泽园筹议军情

有样学样，几个草寇也要称孤道寡，自然丢了小命。就是老袁，也有云南的蔡锷等人举起『护国』旗帜，起兵讨袁。回中的两通电函，一是质问袁总统，一是通电各省，正是『护国运动』的两篇雄文。

却说京城里面，正演那大登殿的戏剧，那时江西、四川、广东诸省，却也有几个江湖草寇羡慕老袁，曲为摹仿，悬着好几块皇帝招牌，居然称孤道寡起来。江西有两个草头王，一个是南康县人邱宝龙，一个是万年县人雷葆福。四川的草头王叫做王虎林，原籍广东香山县；还有他同帮李半仙，是羽客出身，遥应王虎林，组织保皇会，就在香山县中，捡一僻静所在，商搭仙棚，号召徒众，瞎闹了好几天。官兵奉了大将军令，前来搜剿，杀得这班草头王，东窜西逃，结果是捉到断头台，陆续毕命。只有李半仙闻风逃走，不知去向。这本是幺么小丑，不足挂齿。但也由老袁想做皇帝，引出这班草头王来。老袁闻着，暗想他无拳无勇，也想自称皇帝，真似癞蛤蟆想吃天鹅肉，令人忍俊不禁。接连又有上海民党联络海军学生陈可钧，夺得黄浦江口的肇和兵舰，驶入江心，开起炮来，攻击制造局。海军司令李鼎新急督领海琛兵舰，放炮还击，党众势不能敌，只好窜去。独陈可钧无从奔逃，当被拿住，枪毙了事。另有一部民党，从陆路进攻制造局，也被护军使杨善德派兵防堵，不能得手。民党完全失败，李鼎新受谴议处，杨善德蒙奖叙功。陆海军官弁，又保举了好几人。袁皇帝以为平乱有余，毫不足虑，就是海外的华侨，及各项留学生，并海内反抗帝制的各种联合会，联电到京，诘责政府，老袁全不在意；甚且半途搁沉，未曾送达总统府中，连袁氏也未曾过目。到了十二月二十三日，忽由政事堂接到云南密电，翻阅以后，自国务卿下，统不胜惊愕起来。看官道是何电？乃是一篇严问老袁、差不多似哀的美敦书。其文云：

北京大总统钧鉴：自国体问题发生后，群情惶骇，重以列强干涉，民气益复骚然，佥谓大总统两次即位宣誓，皆言恪遵约法，拥护共和，皇天后土，实闻此言，亿兆铭心，万邦倾耳。记曰：“与国人交，止于信。”又曰：“民无信不立。”今失言背誓，何以御民？比者代表议决，吏民劝进，推戴之诚，虽若一致，然利诱威迫，非出本心，而变更国体之原动力，实发自京师，其首难之人，皆大总统之股肱心膂，盖杨度等六人所倡之筹安会，煽动于前，而段芝贵等所发各省之通电，促成于继，大总统知而不罪，民惑实滋。查三年十一月四日申令，有云“民主共和，载在约法，邪词惑众，厥有常刑，嗣后如有造作谰言，紊乱国宪者，即照内乱罪从严惩办”等语。今杨度等之公然集会，朱启钤等之秘密电商，皆为内乱重要罪犯，证据凿然，应请大总统查照前项申令，立将杨度、孙毓筠、严复、刘师培、李燮和、胡瑛等六人，及朱启钤、段芝贵、周自齐、梁士诒、张镇芳、雷震春、袁乃宽等七人，即日明正典刑，以谢天下。更为拥护共和之约言，涣发帝制永除之明誓，庶几民碞顿息，国本不摇。尧等夙蒙爱待，忝列司存，既怀同舟共济之诚，复念爱人以德之义，用敢披沥肝胆，敬效忠告，伏望我大总统改过不吝，转危为安，否则此间军民，痛愤久积，非得有中央拥护共和之实据，万难镇劝。以上所请，乞以二十四小时答复，谨率三军，翘企待命。开武将军督理云南军务唐继尧，云南巡按使任可澄叩。

政事堂以事关重大，不敢隐匿，只好转呈袁皇帝。袁皇帝览毕，却也皱起眉来，半晌才道：“日前曾接云南各种电呈，并没有反叛形迹，这道密电，莫非乱党假冒不成？”便召入国务卿陆徵祥，嘱咐道：“你可用政事堂名义，电询云南，是否假冒才是。”陆徵祥应命而出，即拟电拍发，大旨说是“顷悉来电，与前三日致统率办事处参谋部及本堂电，迥不相同，本堂决不信云南有此事，想系他人捏造代发，请另具邮书，亲笔署名”云云。电发后，竟没有复电到来。政事堂中，尚眼巴巴地望着邮音，谁知他已宣布独立，竖起讨袁旗帜来了。

小子于五十三回，曾说蔡锷遣王伯群至滇，密告唐继尧准备起义，拥护共和，唐遂遍谕军人赶紧预备，专待蔡锷到来，协办讨袁。适前江西都督李烈钧由日本至香港，亦有密电约唐，令他举事。唐亦复电相邀，请作臂助。十二月十七日，李偕熊克武、龚振鹏、方声涛到滇，与唐晤谈竟夕。越日，即在忠烈祠会议，巡按使任可澄及军官黄毓成、赵复祥、罗佩金、邓大中、杨蓁、董鸿勋、黄永社等，统到会场，当由唐继尧邀同李烈钧，入会开议，讨论军事财政外交诸大端。计划已定，只有蔡锷未到，尚是按兵不动。又过两天，那蒙犯霜露、历经艰险的蔡将军，竟由海登陆，直抵云南。

小子叙述至此，恐看官又要动疑，上文五十四回中，不曾叙过老袁密计，两路防备吗？难道蔡将军有飞行术，竟能凭空到滇，得免网罗？这是看官最要的疑问，由小子答述出来。原来蔡锷先到日本，参政戴戡亦与他有密约，踵迹东来，还有殷承瓛、刘云峰、杨益谦三人，与蔡锷向系故交，自遭民党嫌疑，遁迹东洋，此次悉行会晤，遂想迂道入滇。无如驻日公使陆宗舆，奉袁密令，随时侦查。蔡乃赴日本医院治病，且常寄函政府，报告民党行踪。至濒行时，预拟寄袁书十余通，密交契友，托他隔日一发，自与戴、殷、刘、杨四人登舟赴滇，不但老袁被他瞒过，连陆宗舆也无从觉察。及舍舟登陆，道经蒙自，恐刺客当路，各化装为窭人子，徒步偕行。忽前面遇一大汉，彪形虎躯，状极凶悍，猝问蔡锷道："你等到哪里去？"蔡锷诡言途次遇盗，银钱行李，俱被劫去，拟归龙州故里。言未毕，那大汉竟厉声道："你得毋为蔡锷吗？"锷不动声色，力辩非是，暗中却取出手枪，枪栝一响，大汉即应声而倒。忽刺斜里又闪出数人，跳跃而前，锷又连发数枪，戴戡等亦出枪助击，约毙数人，只剩一人返身欲奔，被蔡锷追上一步，把他擒住。那人长跪乞饶，具言受袁密令，不得已来此。蔡锷笑道："饶便饶汝，但汝须传语老袁，此后勿再行此鬼蜮手段。"那人方拜谢去讫。既而阿迷县知事张一鹍，闻蔡入境，也想讨好中央，设法图蔡，可巧南防师长刘祖武，已接唐督来电，嘱他欢迎蔡锷，锷亦因刘是旧部，急往与会，两下相见，欢然道故，并就防营中宴叙一宵。翌晨，由刘军护送入省。张一鹍计不得逞，方才无事。

蔡锷既到省城，唐、任以下，出城郊迎，父老士女，争集道旁，欢声雷动。至入城后，略叙寒暄，即由蔡锷问及军备。唐继尧道："已预备多日了，专俟君来，以便举义。"蔡锷又问道："饷械可备就否？"唐继尧道："除本省库款及兵械外，南洋华侨，愿助款六十万圆，安南也有若干枪炮运来，统共核算，足供半年。"蔡锷道："袁氏叛国，中外同愤，半年以内，当可除袁，惟事不宜迟，请早日宣布独立吧。"唐继尧道："海外饷械，明后日即可到齐，我等就在阳历年内，举起义旗，可好吗？"蔡锷答言甚好。唐继尧乃请他休息一两天，才议行军事宜，蔡锷许诺。次日，由南洋运到华侨助款六十万圆，并由安南运来枪炮多种，二十二日晚间，开全体大会，议定起义手续，先由唐、任两人名义，电迫袁氏取消帝制，诛除祸首。当下拟好电稿，于二十三日拍发，限他二十四小时答复。哪知复电到来，尚是假惺惺地问他真伪，于是决计讨袁，即于二十五日，宣告云南独立，复邀同贵州护军使刘显世，联名通电各省云：

各省将军，巡按使，护军使，镇守使，师长，旅长，团长，各道尹公鉴，并请转各报馆鉴：天祸中国，元首谋逆，蔑弃约法，背食誓言，拂逆舆情，自为帝制。卒召外侮，警告迭来，干涉之形既成，保护之局将定。尧等忝列司存，与国休戚，不忍艰难缔造之邦，从此沦胥，更惧绳继神明之胄，夷为皂圉，连日致电袁氏，劝戢野心，更要求惩治罪魁，以谢天下。

所有原电，迭经通告，想承鉴察。何图彼昏，曾不悔过，狡拒忠告，益煽逆谋。夫总统者，民国之总统也，凡百官守，皆民国之官守也，既为背叛民国之罪人，当然丧失元首之资格。尧等深受国恩，义不从贼，今已严拒伪命，奠定滇黔诸地，为国婴守，并檄四方，声罪致讨，露布之文，别电尘鉴。更有数言，涕泣以陈诸麾下者，阋墙之祸，在家庭为大变，革命之举，在国家为不祥。尧等夙爱平和，岂有乐于兹役？徒以袁氏内罔吾民，外欺列国，有兹干涉，既濒危亡，苟非自今永除帝制，确保共和，则内安外攘，两穷于术。尧等今与军民守此信仰，舍命不渝，所望凡食民国之禄，事民国之事者，咸激发天良，申兹大义。若犹观望，或持异同，则事势所趋，亦略可豫测。尧等志同填海，力等戴山，力征经营，固亦始愿所在，以一敌八，抑亦智者不为。麾下若忍于旁观，尧等亦何能相强，然量麾下之力，亦未必摧此土之坚，即原麾下之心，又岂必欲夺匹夫之志？

长此相持，稍更岁月，则鹬蚌之利，真归于渔人，而萁豆之煎，空悲于铄釜。言念及此，痛哭何云。而尧等则与民国共生死，麾下则犹为独夫作鹰犬，坐此执持，至于亡国，科其罪责，必有所归矣。今若同申义愤，相应桴鼓，可拥护者为固有之民国，匕鬯不惊，所驱除者为民国之一夫，天人同庆。造福作孽，在一念之危微，保国复宗，待举足之轻重。敢布腹心，惟麾下实图利之。唐继尧、蔡锷、任可澄、刘显世、戴戡暨军政全体同叩。

通电既布，乃更议组织军队，首提及出师名义，或拟用共和军，或拟用滇、黔联合军，或拟用中华民国第一军，或拟用靖难军。独蔡锷起身说道：“此次举义，系国民放逐独夫，不应沿用‘共和’二字，至若其他各名称，非旗帜暗昧，即范围太隘。窃思军人以救国为天职，此时讨袁，仍不外一救国问题，或直称救国军，否则或称护国军，亦无不可。”唐继尧道：“不如‘护国’两字吧。”大众齐声称善。蔡锷又道：“军队出发，必须有一统率机关，这名义却也要紧。”各军官道：“应该称元帅府，或临时元帅府。”唐继尧道：“‘元帅’二字，名目太尊，似应缓待贤能，不若径称总司令。”蔡锷鼓掌赞成。唐继尧又道：“鄙人不材，忝膺重任，好容易经过两年，今蔡公来滇，正是鄙人卸肩的日子，鄙人情愿督师出征，这将军一席，仍让蔡公复任。”蔡锷摇首道：“锷来此地，欲保障真正共和，为诸同胞谋幸福，并非为自己谋名利。唐公此举，转予外人口实，疑锷来攫取此席，锷哪里承受得起，只好从此告别了。”言已，抽身欲行。唐继尧连忙挽住，且语道：“公不愿为，继尧愿让李君。”李烈钧忙道：“蔡公尚不肯受任，烈钧更不敢受了。”蔡锷又道：“今日起义，目的在推倒袁政府，他事且慢慢计议。惟与唐公相约，阃以内专属唐公，阃以外属锷与李君分任吧。”唐继尧尚欲有言，军官齐声道：“唐将军请勿过谦，还是从蔡公议为是。”唐乃承认下去，随即续议各军组织法及任务分配，分道进行。议定如左：

中华民国护国第一军总司令，归蔡锷担任，出发四川，进图湘、鄂。

中华民国护国第二军总司令，归李烈钧担任，出发广西，进图粤、赣。

中华民国护国第三军总司令，归唐继尧担任，防守云南本省。

先是云南有二师一旅，警备队四十营，至此统编作陆军，共计七师，分隶三军。第一第二两军，各率三师，还有一师属第三军，兵额不足，另设征兵局，添募新军。又各师均编成梯团，一梯团的兵力，约与混成旅相同。第一第二两军，各设四梯团，第三军设六梯团，各设司令参谋等官，俾专责成。一面布告人民，各安本业，一面照会各国领事，切实保护侨民，从前各项条约，继续有效。惟自帝制发生后，袁政府与各国所订条约等件，均不承认；且各国官民，如赞助袁政府，及战时禁制品，即当视同仇敌，没收该物。那时各国领事，接收照会，大都默认无言。二十七日，第一军总司令部，已经组成。自总司令蔡锷以下，总参谋长，用了罗佩金，参议处长就任殷承瓛，外如秘书李曰垓，副官长何鹏翔等，统系滇中名流。当日下动员令，饬第一梯团长刘云峰，率领所部，向四川进发去了。

警信迭达中央，老袁也惶急起来，忙就总统府内的丰泽园作军事会议厅，连开御前会议，召集文武官属，筹议南征。大家都想望登极，领太平宴，奏朝天子乐，哪个肯出去打仗，便纷纷献议道：“云南一省地方，僻处边陲，能成什么大事？但教湘、蜀各省，集兵守，令他无路可出，自然束手待毙，不到数旬，便可平定了。”老袁道：“话虽如此，恐他讹言煽惑，摇动邻省，倒也不可不防。”大家复道：“癸丑一役，长江南北，统被传染，尚且数旬可平，区区唐继尧怕他什么！”老袁道：“蔡锷也到云南，这人却不可轻视，他托言养疴日本，前几天还有书函寄来，谁知他瞒得我好，竟潜往云南。昨寄电陆宗舆，叫他问明日本医院，据言已于十数日前，回国去了。你道他有这般诡谋，岂非是大患吗？”言下非常懊怅。经大众禀慰数语，方电命驻岳陆军第三师长曹锟，率师赴湘，据守要塞，候令征滇，旅长马继增，带领第六师的第十一旅，由鄂赴岳，与曹换防；并电饬四川将军陈宧，速派得力军队，固守叙州，力拒滇兵北上。还有最紧的一着，是谕饬邮政电报各局，凡自云南发出的函电，或与云南事互相关系，均严行搜查，不准拍发。一面再令政事堂，迭驳云南通电，逐渐加严。二十六日的电文，语意尚含规劝，略说“政见不同，尽可讨论，为虎作伥，智士不为，且列强劝告，并非干涉，总统誓言，亦视民意为转移，现既全国赞成君宪，云南前日，亦电表赞同，奈何出尔反尔，有类儿戏”等语。二十七日的电文，归咎蔡锷，说他“潜行至滇，胁诱唐继尧，唐应速自悔罪，休为宵小所惑”云云。到了二十九日，方颁发明令，谓：“据参政院奏称，唐、任等有三大罪：(一)构中外恶感；(二)背国民公意；(三)诬国家元首，均着即行褫职，并夺去爵位勋章，听候查办。蔡锷行踪诡秘，诪张为幻，亦着褫职夺官，并夺去勋位勋章，由该省地方官勒令来京，一并听候查办。”另派张敬尧带领第七师，自南苑赴鄂，巩固鄂防；并加张子贞将军衔，暂代督理云南军务，刘祖武少卿衔，代理云南巡按使，令他排击唐、任，自相攻击的意思。

哪知张子贞、刘祖武两人，已在唐将军麾下，效力讨袁，张任将军署内的总参谋长，刘任第三军第四梯团司令官，不但不受袁令，并且声罪致讨，略言：“袁氏妄肆更张，僭称帝制，民情不顺，列强干涉，丧权辱国，亿兆痛心，本省举义，势非得已。子贞等忝总师干，心存爱国，近接京电，欲饵以利，要知子贞等为国忘身，既非威所能胁，亦岂利所可诱”云云。老袁料不可遏，又运动英使朱尔典，转嘱驻滇英领事葛夫，规劝云南取消独立，并嘱托法使康悌，由安南妨害云南边防。两使言语支吾，始终不肯效力，气得老袁火星透顶，说不尽的忿恨。正在短叹长吁，忽由袁乃宽呈进龙袍一件，展将开来，却是五花六色，格外鲜妍，他又不禁转怒为喜，连声叫好。乃宽便进谀道：“登极期已到了，月朔即要改元，如何年号尚未颁布？”老袁道：“年号是已经拟定了，可恨这云南无故倡乱，反弄得我动静两难呢。”乃宽道：“这也何妨。”老袁皱着眉，摇着头，半晌才说出数语来。正是：

不如意事常八九，可与人言无二三。

未知所说何词，且看下回续述。

云南举义，拥护共和，其致中央一电，已足褫袁氏之魄，嗣复通电各省，益足诛袁氏之心。而老袁含糊对付，先由政事堂迭发三电，尚未敢明言其非，及滇军出发，不得已下令褫职，倘或自反而缩，亦何至迁延若此？一则堂堂正正，一则鬼鬼祟祟，以视癸丑一役，其情形殊不相同。盖彼时之袁氏，虽有叛国之心，而无叛国之迹，至此则心迹俱彰，欲掩无自。宜乎一夫作难，而全局瓦解也。然袁氏之心苦矣，袁氏之心苦，而其术亦愈穷矣。

第五十八回

庆纪元于夫人闹宴　仍正朔唐都督誓师

此回先写袁家的阳历除夕团圆宴，把袁氏眷属列出，也属应有。接着转写两桩元旦的仪文：袁世凯是改元洪宪，龙袍加身，听了些『皇帝万岁』；云南是仍奉民国正朔，宣读护国誓文，喊的是『民国万岁』。

却说袁氏叔侄，谈及登位事，老袁愀然道："我本拟改元登极，但据目前情势，只好暂从缓议。云南事我却不怕，但恐外交一方面，又惹起什么交涉，不得不慎重将事哩。"乃宽道："圣明洞鉴万里，臣侄非常钦佩，惟为了云南小丑，延迟大典，一恐叛徒玩视，愈长嚣陵，二恐改元无期，致多窒碍。试想云南辽远，劳动六师，就使一举荡平，也非数旬不可，那时明诏改元，转与历数未合，这却还求鉴察呢！"老袁道："我正为此事打算，想不出什么妥当法儿，现在也顾不得许多了，且改了元再说。"乃宽道："登极呢？"老袁道："这……这事且从缓办。"乃宽道："改了元，怎么不登极？"老袁道："我自有我的意见，你不必多言。"乃宽唯唯而退。越宿，便是阳历除夕，早晨已过，并没有什么改元登极的消息，一班定策佐命的功臣，都往政事堂探听，也不见有何等举动，连国务卿陆徵祥，都猜不透老袁的意思，大众乃回去午餐了。待至未牌以后，方颁出改元的申令道：

据大典筹备处奏请建元，著以民国五年，改为洪宪元年。

各官僚见了此令，复统去探问袁乃宽，曾否元旦登极？乃宽又将老袁所嘱，略述一遍，众情又未免诧异，但也不便入内申请，只好啧啧私议吧了。是夕，总统府中，照例守岁，老袁召集家人子女，共聚一堂，开团圞宴，叫作合家欢筵席。并因翌日改元，预表庆贺。当时候补皇妃，候补皇子皇孙，乃候补皇女等，全体列席。

中央设着两座，两旁依次陪侍。花团锦簇，玉绕珠环，小子叙至此处，爰将袁家眷属，一一指名，略载履历，借供看官闲览，胪述如下：

袁家姬妾

(一)闵氏，朝鲜人，系闵氏养女，相传其本姓金氏，寄养朝鲜王妃母家，小名碧蝉。(二)黄氏，绰号小白菜，与袁同里，系豆腐肆中黄氏女。(三)何氏，系苏州商人女，小名阿桂。(四)柳氏，小名三儿，系天津韩家班名妓，见四十八回。(五)洪氏，即洪述祖妹，见四十六回。袁氏第五妾，名红红，亦勾栏中人，袁任鲁抚时，红红与仆私，为袁所杀，故不列入。(六)范氏，与袁同里，系袁氏乳媪女，小名凤儿。(七)叶氏，扬州人，父叶巽，候补河南知县。父殁家落，女鬻诸绅家，转赠袁为妾。(八)贵儿，系盛氏婢女，小名贵儿，亦扬州人，姓名未详。(九)(十)大小尹氏，初为第六妾洪氏使女，系同胞姊妹，籍贯未详。(十一)汪氏，与袁同里，系榜人女。(十二)周氏，本杭州名妓，能诗，别号忆秦楼。(十三)虞氏，本袁家侍婢，小名阿香，姓氏未详。(十四)洪氏，系洪述祖侄女，小名翠媛，与第五妾洪氏，有姑侄之称。

袁家子

(一)克定，于夫人所出。(二)克文，闵氏所出，或谓系黄氏子。(三)克良，黄氏所出。(四)克端，何氏所出。(五)克权，第六妾洪氏所出。(六)克桓，柳氏所出。(七)克齐，何氏所出。(八)克轸，叶氏所出。(九)克玖，同上。相传与黎黄陂女结婚，即此子。(十)克坚(十一)克安(十二)克度(十三)克相(十四)克捷(十五)克和(生母均未详)。

袁家女

(一)淑贤，闵氏所出，能诗工画，适张氏子。(二)淑顺，何氏所出，适沈而寡，留居母家。(三)淑婉，叶氏所出，所适未祥。(四)淑贞，柳氏所出，字杨氏子。(五)淑芳，生母未详。(六)淑兰，叶氏所出，相传以此女字宣统帝。(七)淑缇(八)淑瑾(九)淑珍(十)淑梅(十一)淑芸(十二)淑玲(十三)淑英(十四)淑□(生母均未祥)。

克定长子名家融，系世凯长孙，余孙六人从略。

老袁坐了首位，左盼右顾，除长女淑贤、三女淑婉，已经适人外，其余统共列席。独于夫人尚未到来，当命人三请四邀，尚是足迹杳然。等到酒已数巡，还是虚左以待，老袁不觉懊恼，令婢仆等再行催逼。于夫人方缓步行来，甫至席间，即闻老袁厉声道："你有什么公干，俟到此时才来？"于夫人道："为什么大惊小怪？皇帝未曾做得，先摆起架子来了。须知你我是患难夫妻，就使你做皇帝，也不能向我呵斥哩。"老袁闻这数语，越觉愤不可遏，便怒气勃勃道："你这黄脸婆子，不中抬举，我若登了大位，先将你贬入冷宫。"于夫人也愤着道："你是个没良心人，不顾夫妻旧谊，倒也罢了，就是我袁家祖宗，世受清室厚恩，你也曾受清爵禄，官居极品，不思竭力报效，反乘着南军革命，逼清退位，妄思为帝，祖宗有灵，恐不容你，清朝的列祖列宗，如或有知，更不容你。你还要朝称皇帝，暮称皇帝，来吓我吗？"老袁听了，竟立起座来，把袖一卷，几欲以老拳相饷。于夫人又接着道："我已早知有今日了。你是姬妾满前，儿孙绕膝，还要我这老东西何用，我还是早死了吧。"说着时，已是涕泪满面，并欲拼着老命，向老袁前撞将过去。亏得众位候补皇妃，两边分劝，力为调解，才免争殴。于夫人负气自去，老袁恨恨不止，阖座为之不欢。

洪姨乃献谀贡媚，举酒劝袁，周姨等相继把盏，老袁不忍拂意，勉勉强强地再饮数觥。怎奈闷酒入肚，最易致醉，更兼时逾夜半，禁不住睡眼朦胧，洪姨扶他入室，和衣安寝，复出室令撤酒肴，一面召入袁乃宽，密商了好多时，复与大众筹划一番，多半称为妙策，只克文、淑顺默不一言。乃宽去后，转眼间天已破晓，由洪姨手取龙袍，搀起老袁，替他穿着。老袁就醉梦中惊醒，问及何事？洪姨诡言："天气骤寒，应加重裘。"老袁含糊道："何不扶我去睡？"洪姨又诡词相应，当命侍从舁入肩舆，扶袁登舆而去。向来袁在府中，常以肩舆代步，此时老袁醉梦尤酣，还道是照常往来，无甚惊异，到了居仁堂，才觉醒了一半，开眼四瞧，但见国务卿以下，统已排班鹄立，伺候登基，堂上摆着一个宝座，两旁是檀香雕成的龙形，互相蟠绕，正中是红缎绣成的龙形，作为披垫，返顾自身，也已穿着一件赤龙遍体的帝服，不觉诧为异事。又向头上一摸，尚未戴着冕旒，却不禁暗笑起来，慢腾腾地下了肩舆，复觉背后有人随着，回头一瞧，乃是恭奉帝冕的御侄儿，当下微笑道："你们为什么演这把戏？"语未毕，忽听"皇帝万岁"的声浪，喧集一堂，绕梁不绝，那时不便承认，又不便不承认，只好向大众说了几句套话，无非是德薄能鲜，容待异日等语。话才说完，大众复叫起"皇帝万岁"来，接连是六君子十三太保，拥到老袁面前，恭请升座。御侄儿且跪进帝冕，老袁却不敢接受，只走到宝座前面，踌躇片时，又徐徐地踱至座后，再徐徐地踱至座前，如是三次，乃决定意见，面谕群僚道："正朔虽颁，登极尚须择吉，尔等且静待后命吧！"群僚乃鼓舞而散。

只御侄儿尚是随着，返至内室，再行诘问，才知是洪姨所为。可巧洪姨邀同诸妾，打扮得花枝招展，前来谒贺，老袁便笑语道："你等想册作妃嫔吗？但此举未免太早了。"洪姨道："妾等特来朝贺，几曾见改元以后，尚未登极的天子吗？"老袁道："你等晓得什么？"洪姨道："妾却有点分晓，陛下所虑，无非为了外交的关系，其实此事何足介怀。我袁家做皇帝，与他何干？况陛下做的是中国皇帝，不是想做外国皇帝，更觉与他无涉。今日为元旦令辰，妾等就此朝贺吧！"言毕，拥袁入座，就一同跪下，也是三呼万岁，满口臣妾。引起这位袁皇帝乐不可支，便垂拱南面，实受他三跪九叩首大礼。群姬朝毕，袁皇帝兴味盎然，当即下令，改称总统府为新华宫，府内收文处，改作奏事处，府内总指挥处，改作大内总指挥处，复拟规复坛庙制度，并将袁氏历代祖茔，改为陵寝等情，饬大典筹备处敬谨议行。

看官记着，这是中华民国五年第一日，袁皇帝即自建年号，改为洪宪元年元旦，是已与民国断绝关系，论起理来，就是背叛民国，国民并未服从帝制，应该仍用民国正朔。适云南军政府，也于是日成立，罢除将军巡按使名义，合并军巡两署，略照民国元二年旧制，组成都督府。都督一职，由大众公推，仍举了唐继尧，当由公民赵蕃等通电全国，其辞云：

北京各堂处部院局所，各省将军巡按使，都统办事长官，巡阅使，护军使，镇守使，全国各报馆商会鉴：袁氏谋覆民国，约法上之谋叛罪，业已成立，当然丧失总统资格。在新总统未经举定以前，云南公民，公举唐公继尧为云南都督，奉民国之正朔，守民国之疆土。昨闻电传伪令，尚有特任督理云南军务，及云南巡按使字样，当然认为无效。唐公与民国共存亡，吾滇千七百余万人，誓与唐公共生死，此为吾滇真确民意，不容元恶假借，合电奉闻。

唐继尧既任云南都督，当即偕蔡锷、李烈钧等，率领全军，于民国五年正月朔日，亲至校场，祭告天地，正式誓师。当由唐继尧亲读誓文，文云：

维中华民国五年元旦，继尧等谨以牺牲酒醴，昭告昊天后土。而誓于师曰：呜呼！民贵君轻，万邦是式，贼仁残义，一夫可诛。矧国是之久成，何逆谋之可宥？鲁连蹈海，尚耻帝秦，管宁适辽，不甘臣魏，岂有国步方艰，群情望治，遂乃妄侈边幅，效井底之蛙鸣，夷我华宗，戴冢中之枯骨者哉？粤自武昌首义，中土云从，五族一家，亿姓同德，扫除专制，创建共和，应世界之文明，为友邦所承认。乃者袁逆世凯，谋叛民国，复兴帝制，黄屋大纛，遽兴非分之思，砺山带河，无复未寒之约。移钟虡于反掌，家天下局势已成，输岁币以寻盟，小朝廷面目安在？急子孙万世之私计，误国家百年之远图。本都督服役民国，作镇滇疆，痛国家之将沉，恨独夫之不剪。爰整义旅，恭行天讨，击祖逖渡江之楫，誓清中原，问新莽指斗之杓，能持几日。嗟尔有众，尚其弼予！呜呼！尔惟克奋厥武，实乃无疆之休，予亦允报汝功，永有不次之赏。嗟尔有众，尚钦念哉！

誓文读毕，全军统呼“民国万岁！”声彻山谷。及唐都督等返至督署，父老人民及男女学生，齐集督署门首，手持鲜花，庆祝共和，复三呼“民国万岁！”真个是众志成城，大将军何等威武！义声载道，小百姓共表同情。眼见得人心不死，正气犹存，我中国一座锦绣江山，不容那袁氏并吞下去，这且不必细说。还有一道讨袁的檄文，也是民国五年元日所发，用着云南护国军名义，历数袁世凯十九大罪，小子欲叙述檄文，先口占一绝云：

揭破阴谋使共知，欲欺人处究难欺，
试看布檄宣袁罪，一纸书同十万师。

欲知檄文中如何说法，且至下回说明。

于夫人闹宴一出，虽未免含着醋意，而受清厚恩数语，却是名正言顺，直使老袁无可置喙。老袁之制造民意，作奸售伪，且不能信于其妻，况他人乎？况全国国民乎？迨至被舁登堂，第绕龙座三匝，始终不敢登座，毋乃为黄脸婆数言，有以夺其气而怵其心欤？厥后闻洪姨言，又激起侈念，迭发数种改制之命令，憧憧往来，朋从尔思，可愤亦可悲也。惟袁氏改元，而民国正朔，应归云南护国军接收，故于唐继尧之正朔誓师，直接叙入，不敢少漏，看似寻常补叙，而用笔实寓有深意，阅者当于夹缝中求之可也。

第五十九回　声罪致讨檄告中原　构怨兴兵祸延邻省

云南护国军誓师之后，又发表了一篇讨袁檄文，好算是把袁氏阴谋暴露于光天化日之下。接着转叙护国军分道进发，袁世凯筹议反击，曹锟等一干人等向南进军。

却说唐继尧既正式誓师，复做了一篇讨袁的檄文，布告天下。这檄文中列着十九大罪，把袁世凯的隐情，和盘托出，比那陈琳讨曹操、骆宾王讨武　，尤觉淋漓尽致，令人叫绝。小子特详录如下：

维中华民国五年元旦，云南中华民国护国军军政府，都督唐继尧，第一军司令官蔡锷，第二军司令官李烈钧檄曰：盖闻辅世之德，笃于忠贞，长民之风，高于仁让。使枭声雄夫，野心狼子，逞城狐之凶姿，弄僭窃之高位，则我皇王孝孙，并世仁让，谊承先烈，责护斯民。哀恫郁纡，成兹愤疾，大义敦敕，谁能任之？

国贼袁世凯粗质曲材，赋性奸黠，少年放僻，失养正于童蒙，早岁狂游，习鸡鸣于燕市；积其鸣吠之长，遂入高门之窦。合肥小李，惊其谲智，谓可任使，稍加提擢，遂蒙茸泽，身起为雄。不意其浮夫近能，浅入侈志，昧道懵学，骋驰失轸，遂使颠踬东国，覆公悚以招虎狼；狡诈兴戎，缺金瓯以羞诸夏。适清廷昏昧，致稽刑戮，犹包藏秽毒，不知愧耻，殚其暮夜之劳，妄窃虎符之重，黄金横带，卖孱主于权门，黑水滔天，引强敌以自重。虽奸逆著明，清廷知戒，犹潜伏羽势，隐持朝野。降及辛亥，皇汉之义，如日中天，浩气飏飞，喷薄宇宙，风云滂沛，集兴武汉之师，士马精妍，远响东南之鼓；造黄龙而会饮，纳五族于共和，大势坌集，指日可期。天不佑华，诞兴贼子，蠢彼满室，引狼自庇。袁乃凭借旧资，攀援时会，伪作忠良，牢笼将卒，胁逼狐寡，夺据朝权，复伪和民声，迷夺时贤，虚结鬼神，信誓旦旦，懦夫惧戒，过情奖许。维时南军渠帅，实亦豁达寡防，堕彼奸计，倒持太阿，豢此凶逆。迨大邦既集，势威益专，遂承资跋扈，肆行凶忒，贿通魑蜮，棋布阴谋，毒害勋良，摇惑众志，造作威福，淆撼国基，背法畔民，破败纲纪，癸丑之役，遂有讨伐之师。

天未悔祸，义声失震，曾不警省，益复放横，骄弄权威，胁肩廊庙。是以小人道长，凶德汇征，私托外援，滥卖国权。弑害民会，私更法制，纵兵市朝，威持众论，布散金璧，诱导官邪，冀以其积威积恶之余，乘世风颓靡廉耻灭没之后，得遂其倒行逆施，僭登九五之欲。故四载以还，天无常经，国无常法，民无定心，官无定制，丹素不终朝，功罪不盈月，游探骄兵，睚眦路途，贪官污吏，黩乱朝野，以致庶政败弛，商工凋敝，尤复加抽房亩，朝夕敛征，假辞公债，比户勒索，淫刑惨苛，民怨沸腾，凶焰所至，道路以目，此真世道凌夷之秋，天人闭隐之会，四凶所不敢为，汤武所不能宥者矣。维皇汉九有，奠安东陆，时流漂荡，越在迍邅。缅维祖德，孰敢怠荒？复我邦家，义取自拯。故辛亥之役，化私为公，志在匡时，道维共济。

袁乃睥睨神器，妄欲盗窃，内比奸邪，既多离德，外遂孱隤，甘为犬豚。是以四郊多垒，弗知惭悚，海陆空虚，弗思整训，财用匮竭，弗事劝徕，健雄失养，弗兴学艺，室如悬磬，野无青草，犹复养寇外蒙，削国万里，失驭东鲁，屡堕岩疆，遂使满、蒙多离散之民，青、徐有包羞之妇，扼我封疆，揕我心腹，皇皇大邦，苟为侮戮，日蹙百里，媚兹一人。觉我侠士雄夫，所怒目切齿，惊惧忧危，而不可一朝居者也。夫天道健乾，义惟精一，在德则刚，制行为纯，故士不贰节，女不贰行，廉耻之夫，谥曰贱淫，四维不张，国乃灭亡。自民族国家，威灼五陆，雄风所扇，政骛其公，国竞以群，是以乾德精刚，宜充斥里闾，洋溢众庶，旁魄沆瀣，蔚为骏雄，故辛亥之役，黜君崇民，扬公尊国，所以高隆人格，发扬众志，义至精而理至顺，故虽旧德老成，去君不失忠，改官不降节。袁氏身奉先朝，职为臣仆，华山归放，仅及四纪，载瞻陵阙，犹宜肃恭，故主犹存，天良安在？顾藐然以槽枥余生，不自揣量，妄欲以其君之不可者而自为其可，是何异饰马牛之骨，扬溲勃之灰，以加臭乎吾民，以淫污乎当世，而令我令公先德，皆为其贱淫，白璧黄金，尽渲其瑕秽，此尤我元戎巨帅，良将劲卒，硕士伟人，所同羞共愤，深恶痛绝，而不能曲为之宥者也。

汇此种种，袁氏之恶，实上通于天，万死不赦。军府奉崇大义，慨念民生，谨托我黄祖威灵，恭行天罚，辄宣兹义辞，告我众士，招我同德。今将历数其罪，我国民其悉心以听！夫国为重器，神严尊惮，复载所同。建国之始，义当就职南京，明其所受；袁乃顾影自惭，妄怀畏惧，阴纵部兵，称变京邑，用以要吓国人，迁就受职，使国权出于遥授，玩视国家之尊严，其罪一也。活佛称异，势等毛羽，新国既成，鼓我朝锐，相机挞伐，举足可定；袁乃瞻顾私权，妄怀疑忌，全国请讨，置不听从，迁延养敌，废时失机，授他邦以蹈隙纵刃之间，失主权于外力纠纷之后，遂使巨蜿蜒嶂，弃此南金，万里边城，跃马可入，贻宗邦后顾之殷忧，损五族雄飞之资望，其罪二也。政体更新，荡涤瑕秽，私门政习，首宜改选，故内阁部首，须获议院同意，所以树公政之基，明众共之义；袁乃病其严责，阴图放佚，于第一次内阁联翩去职之后，尽登嬖宠，嗾使军警，围逼议员，索责同意，用以示威国人，开武力政治之渐，使民意机关，失其自由宣泄之用，其罪三也。国有大维，是曰法纪，信守不立，谥为国难，乱政亟行，于焉作俑，故侵官败法，为世大诟；袁为元首，尤宜凛遵，乃受事未几，即不依法定程序，滥用政府威权，诬杀建国勋人张振武，使法律信用，失其效能，国宪随以动摇，政本因而销铄，其罪四也。国宪之立，系以三权，共和之邦，主权在民，立法之府，谊尤尊显，地方三级，制实虚冗，建国除秽，亦既罢斥。袁乃急欲市恩，妄复旧制，不俟公决，辄以令行，使议院立法，失其尊严，国权行使，因以紊乱，其罪五也。财政担负，直累民福，外债侵逼，尤伤国权，议案成立，特事严谨，众院赞可，宪尤著明；袁乃私立外约，断送盐税，换借外赀二千五百万镑，厉民害国，不经众院，暧昧挥霍，不事报闻，蔑视通宪，为逆已甚，其罪六也。国有元首，政俗式凭，行系国华，止为民范；袁乃知除异己，不自爱重，阴遣死士，狙杀国党领袖宋教仁，以元首资格，为谋杀凶犯，既辱国体，又诒外讥，国家威严，因以扫地，其罪七也。共和之国，建础为公，民意所在，亦曰神圣，百尔职司，义宜退听，国会初立，人民望治；袁恐政制严明，不获罔逞，乃私拨国帑，肥养爪牙，收买议员，笼络政客，用以陷辱国会，迷夺众情，使议政要区，化为捣乱之场，法案迁延，借作独裁之柄，其罪八也。元首登选，国有常经，揖让讴歌，盛德固尔，抑共和定疑，国宪崇废，悉于是觇，世法懔懔，斯为第一；袁于临时任满正式更选之际，鄙夫患失，至兵围国会，囚逼议员，使强选总统，以就己名，致元首尊官，成于劫夺，共和大宪，根本动摇，国是益以危疑，后进难乎为继，其罪九也。国民代表，职司立法，非还诉民意，毋得断阙；袁于总统既获，复虑旁掣，辜恩反噬，遽为枭獍，乃假托危词，罗织党狱，滥用行政权，私削议员资格，用以鸩杀国会，并吞立法部，使建国约法，由是推翻，元首生身，等于孽子，其罪十也。国家组织，法系严明，苟非选民，焉能造法？袁于戕杀国会之后，妄以私意召集官僚，开政治会议，约法会议，冒称民意，更改约法，摹拟君主，独揽大权，使民国政制，荡然无存，滺滺新邦，悬为虚器，其罪十一也。民国肇造，本以图存，时风所迁，民强则兴，发挥群能，腾达众志，公私权利，宜获敬尊；袁乃倒行逆施，黜民崇吏，既吞立法，复尽灭各级地方议会，密布游探，诬扳党狱，良士俊民，任意捕杀，人民权利，全失保障，致群生股栗，海内寒心，毒吏得以横行，民业日以凋敝，民力壮盛，有如捕风，国势颓隤，益以卑下，其罪十二也。国局始奠，海内虚耗，财用竭蹶，义宜根本整理；袁乃专事虚缘，日以借债政策，利诱他邦为私托外援之计，断送利权，绝不顾惜，逐鹿争臭，坌集庙朝，遂妄以北中二部，横断铁道，分许外人，惹起国交之猜疑，增益宗邦之危难，其罪十三也。欧陆战争，义以严守中立，及时奋进；袁乃内骄外谀，折冲无状，既反复狼狈，贻羞东鲁，复徘徊雌伏，巽立要盟，失满、蒙矿权，至于九处，承他邦意旨，发布誓言，辱国辱民，倾海不涤，其罪十四也。民族虎争，领土强食，外债毒国，既若饮鸩，竭泽厉民，何异自杀？袁于欧战既发，外赀猝断，乃专事掊克，内为恶税，房亩烟赌，一再搜括，复先后发行内国公债，额逾万万，按省配摊，指额求盈，小吏承旨，比户勒索，等于罚锾，致富户惊逃，闾里嗟怨，国民信爱，斫伤无余，神州陆沉，殷忧可畏，其罪十五也。生利致用，民贵有恒，纵博浪游，谥曰败子，盗贼充斥，此为厉阶，修政明刑，首宜致谨；袁乃纵容粤吏，复弛赌禁，使南疆富庶之区，负群盗如毛之痛，苛政猛虎，同恶相济，清乡剿杀，无时或已，政以福民，今为陷阱，其罪十六也。烟害流离，久痼华族，张皇人道，仅获禁约，奋厉阏绝，犹惧不亟；袁乃恬其厚获，倚以箕敛，宠登劣吏，设局专卖，重播官烟，飞扬淫毒，失信害民，辱国贻讥，其罪十七也。民权政治，积流成海，国家公有，炳若日星，世室旧家，且凛兹盛谊，汲汲改进，华族后起，方发皇古训，追踪世法，断脰流血，久而后得，大义既伸，迕则不忠，乔木既登，返则不智；袁乃身为豪奴，叛国称帝，监谤饰非，恖恷求是，狐假虎威，因以反噬，使凶德播流，戾气横溢，妖孽丧邦，甘为祸首，其罪十八也。易象系天，筮曰无妄，圣学传经，谊唯存诚，故忠信笃敬，保为民彝，衍为世德；袁乃机械变诈，崇事怪诡，貌为恭谨，潜藏祸谋，秘电飞词，转兴众口，涂刍引鹿，指称民意，欺世盗名，载鬼盈车，背食誓言，日月舛忤，使道德信义，全为废词，民质国华，尽量消失，其罪十九也。维我当世耆德，草野名贤，或手握兵符，风云在抱；或权领方牧，虎步龙骧；或道系乡闾，鹤鸣凤翙，细瞩理伦，横流若此，起瞩国家，悲悯何如？凡属衣冠之伦，幸及斯文未丧，等是邦家之主，胡堪义愤填膺。谯彼昏逆，洵堪发指，修我矛戟，盍赋同仇？书到都府，勋耆便合聚众兴师，都邑子弟，各整戎马，选尔车徒，同我六师，随集义麾，共扶社稷。昆仑山上，谁非黄帝子孙？涿鹿中原，合洗蚩尤兵甲。军府则总摄机宜，折冲内外，张皇国是，为兹要约。曰：凡属中华民国之国民，其恪遵成宪，翊卫共和，誓除国贼，义一；改造中央政府，由军府召集正式国会，更选元首以代表中华民国，义二；罢除一切阴谋政治所发生，不经国会违反民意之法律，与国人更始，义三；发挥民权政治之精神，实行代议制度，尊重各级地方议会之权能，期策进民力，求上下一心全力外应之效，义四；采用联邦制度，省长民选，组织活泼有为之地方政府，以观摩新治，维护国基，义五。建此五义，奉以纲维，普天率土，罔或贰心。军府又为军中之约曰：凡兹官吏，粤若军民，受事公朝，皆为同德。义师所指，戮在一人，元恶既除，勿有所问。其有党恶朋奸，甘为逆羽，杀无赦！为间谍，杀无赦！抗义行，杀无赦！故违军法，杀无赦！如律令。布告天下，迄于满、蒙、回、藏、青海、伊犁之域。

檄语煌煌，钲鼓阗阗，云南护国三大军，次第组成。除唐督留守外，第一军总司令蔡锷，先向四川进发，第二军总司令李烈钧，亦向广西进发，分道扬镳，为国效力去了。袁世凯迭闻警耗，料知非口舌所能平定，乃决计用兵进攻，即于一月四日，再开军事会议，首划定戒严区域，次规定攻击方略。戒严区域，分为三等，列表如下：

（一）紧急区　自百色、泗城经兴义、威宁及泸州、宁远，定为紧急区。

（二）临时区　自桂林经贵阳及重庆，定为临时区。

（三）预备区　由雷、琼经辰、沅、荆、襄及汉中，定为预备区。

攻击方略，亦分作三路，照上例表明：

（一）由湖南进兵　用马继增为司令官，带领第六师，由湖南经贵州向滇进攻，以常德为根据地，并发飞机两架，由秦国镛统带，赴军候用。

（二）由四川进兵　用张敬尧为司令官，带领第七师，由川入滇，以重庆为根据地，并饬王鹗统带飞机四架，赞助军机。以上两路，特任第三师长曹锟为总司令，统辖川、湘两军，马、张以下，均归节制。

（三）由广西进兵　用龙觐光为总司令，召集粤、桂军，由广西百色县，向滇进击，以南宁为根据地。

筹议已定，又下一申令，略说"唐继尧、蔡锷等，权利薰心，造谣煽乱，予以薄德，忝受推戴，惟有速戡反侧，聊谢国人"云云。越日，再电饬近滇各省，一体严防。又越日，令龙济光、张勋、冯国璋、陆荣廷、段芝贵、赵倜、汤芗铭、李纯、倪嗣冲等，简选精锐，听候调用。

又越日，令曹锟率第三师全部及第七师一旅，速即入川，马继增率本部继进，所有岳州防务，另派第二师一部接管。再命湖北将军王占元，就汉口设立军事运输局，督办军需，接济征滇军队。老袁意中，以为着着筹备，非常严密，偌大云南，不值一扫。哪知曹锟所率的第三师，就是民国元年，袁避南来，嗾令变乱的军士，当时焚都市，掳妇女，几闹得不可收拾，老袁反格外优待，不特未加惩处，反且密行超迁。他们骄淫成习，毫无纪律，自奉令入川后，沿途经过湘、鄂诸境，仍是淫杀抢掳，任所欲为，曹锟亦不能禁止，坐视骚扰，肃政厅据实弹劾，总算由老袁特颁军约，号令军前，但也只是官样文书，掩人耳目罢了。

一月十日，参政院代行立法院，复奏请速正大位，借弭内乱等情。老袁令大典筹备处复议，一面遣农商总长周自齐，出使日本，名目上是庆贺日皇加冕，赍赠高等勋章，暗中却馈送一份大礼，作为承认帝制的交换品。不意周自齐方衔命登程，那日使馆中，竟发出一个照会，递至外交部，害得老袁色沮神丧，魂散魄销，正是：

卖国且难逢受主，比邻竟尔拒行人。

毕竟照会中有何说话，请看官接阅下回。

阅云南檄文，义正词严，不得目为太过。盖袁氏之欺民久矣，一经檄告，方令全国人民，洞烛其私，所有种种伎俩，俱表襮无遗。足令后之好欺者，引为炯戒，亦有关世道之文也。袁氏决计兴师，种种筹划，缜密之至，清康熙帝平三藩之策，无以过之。然卒至于挠败者，由人心之已去，而兵气之不扬故也。况沿途所经，任情焚掠，以是行军，安往不败？要之袁氏成于欺，而亦败于欺。孟子有言，以德行仁者王，以力假仁者霸，德不必问，至若以力假仁，亦且未逮，何王霸之足云！

第六十回

泄秘谋拒绝卖国使
得密书发生炸弹案

袁世凯打算答应卖国条件换取日本对帝制的支持，不料秘谋泄露，引起欧美列强不满。更出奇的是袁氏的侄孙袁瑛致函张作霖讨袁，还在袁府安放了炸弹。

却说周自齐奉命出使，本受老袁密嘱，要他联络日本，愿将从前中日悬案的第五款，再予让步，作为承认帝制的交换品。相传密嘱中有七种条件：一是将吉林割归日本，二是将奉天司法权让与日本，三是将津浦铁路北段，割归日本，四是将天津、山东沿海权，划归日本，五是聘日本人为财政顾问，六是聘日本人教练军队，七是中国枪炮厂，由中日合办。这七种条件，差不多是三国时候的张松，把益州地图献与刘备的模样。巧值日使日置益，仍到京都，复回原任，他本与老袁密商，订有口头契约，特地归国，向政府说明，大限内阁，颇有承认交换的意思，因此日置益复任后，转语老袁，袁即遣周自齐为专使，赍送一份大礼券，献与日本政府。日置益已探悉行期，即于一月十四日，邀自齐至使署，备了盛馔，把酒饯行，宾主尽欢而散。自齐即遣农商视察团，先日启程，自己亦召集随员，正要东渡，不意十六日辰刻，由外交部接到日使照会，略云：

> 现因有若干之情，致日本天皇不便于此际接待中国专使，故帝国政府请中国政府，将周专使自齐之行期，暂为展缓，特此知照。

陆徵祥接着照会，慌忙禀达老袁。看官！试想皇皇钦命的专使，被他半路撵回，这是国际上少有的怪事，就是老袁就任元首后，也是破题儿第一遭。老袁看了照会，几半晌说不出话来，惊疑了好一歇，方向陆徵祥道：“这……这是何故？”徵祥道："闻得外人议论，却有三说：一说是俄日协约，正在磋议，无暇接待我国的专使。"老袁摇首道："恐未必为此。"徵祥复道："第二说是日皇离京，不便招待。"老袁又道："此语越离奇了。"徵祥接着道："第三说是大隈被刺，国中恐有他变，所以却回我使。"老袁道："日本新闻纸中，却亦载着此事，据言本月十二日，大隈至丰明殿中，陪宴俄太公，宴毕归邸，途经山次町，猝遭弹击，幸尚未中。照此看来，大隈并未受伤，昨今两日东京新闻，也没有记着内变消息，如何拒却我使哩？"徵祥道："现在日本国中，也分党派，有几个是赞成陛下，有几个是首鼠两端的。"老袁怅然道："外交事真难办得很，我国明明自主，并不受外人节制，偏偏我要改革国体，他竟出来瞎闹。看他照会上面，还说是友好邻邦，并非干涉中国内政。为什么出年以来，投递各使馆文件，只为了'洪宪元年'四字，尽被却还。日使日置益，且说是总好商量，但教日本承认帝制，各国亦自然照行。今乃拒绝我国的专使，显是前后不符，自相矛盾，别国还不必怪他，日本真欺我太甚呢。"徵祥连声称是。老袁又道："你且去邀了日置益来，看他何说。"

徵祥应命而去，即备柬去请日使，日使只说就来，偏偏待了一日，未见足音。翌日，复由老袁着人往邀，又是"就来"两字，做了回话手本；好容易盼到薄暮，才见日置益乘轩而来，既至新华宫，昂然直入。老袁与他相见，正要开口诘问，但见日置益已沉着脸儿，淡淡地说着道："秘密秘密，好似鸣锣击鼓一般，这样叫做秘密，我今日才得领教了。"老袁听着，几乎摸不着头脑，只好还问日置益，要他说明。日置益道："袁大总统，你既要我国帮忙，与我订定条约，彼此应各守秘密，为什么英、法诸国，均已知晓呢？"老袁被他一诘，不由得发怔起来。日置益又道："英、法、美、俄、意五国，将中日秘密结约，与前此密谈的话儿，统探听得明明白白，竟向我国政府提出质问。袁总统，您想我国政府，是承认呢，还是不承认？"老袁听了许多冷语，才道："我处是严守秘密，并未曾走漏风声。"日置益又冷笑道："照总统说来，简直是要归咎他人了。现在我国政府，已不想什么权利，所以请总统不必费心，周使不必过去。"这数句话，说得老袁愧愤交并，无词可答，只目炯炯地望着日置益。日置益又道："本使拟效忠总统，费了一番跋涉，坏了若干唇舌，徒落得一事无成，这正叫做画饼充饥哩。"老袁才嗫嚅地说道："贵使替我尽力，我是很感激的，但事体已办到这个地步，好歹总请帮忙。"日置益不俟说罢，便摇首道："这事莫怪！本使已爱莫能助了。"言至此，即出座告别，掉头自去。

老袁送出日使，只好饬止周自齐，但一时想不出那走漏秘密的原因。看官，你道这种密约，究竟是何人泄漏呢？古人说得好："天下无难事，总教有心人。"今人说得好："天下无难事，总教现银子。"当袁氏求好日使，秘密进行的时候，日使屡至总统府，不防法使康悌氏，冷眼相窥，已料有特别事故，至日置益无端回国，又无端复任，接连是袁氏派遣周自齐，蛛丝马迹，约略相寻，十成中已瞧料五六。只没有探听虚实，总不能凭空揣摩。凑巧自己使馆中，有一个华人方璟生，当差有年，遂传召进来，嘱他暗中侦探，且说是得着实据，就使耗费数万金钱，也不足惜。

方璟生得此美差，自然惟命是从，竭力报效。他有两个莫逆的朋友，都在总统府办事，一是内史沈祖宪，一是内尉勾克明，当下就折柬相邀，请他到宅中小酌。沈、勾两人，自然到来，三人入席狂饮，你一杯，我一盏，相续不已，真个是酒逢知己，千杯嫌少。饮至兴酣且热，渐渐地谈到帝制，又渐渐地谈到赚钱的法儿。沈、勾两人，只恨是所入有限，不敷挥霍，那时方璟生便顺流使篙，竟将法公使嘱托事件，秘密告诉，要他两人代为效劳，将来总有若干金酬谢。两人听到金银两字，不觉垂涎，明知此事由老袁预嘱，不便宣布，但要想发点大财，正好乘此进行，管什么预嘱不预嘱呢。

于是共同商酌，先索重资。方璟生以十万为约，两人才承认而去。惟沈、勾两人，虽俱在总统府当差，沈是职司外事，若要探悉秘密，还须仰仗勾克明，勾又与沈酌定，办成此事，须要二八分赃，沈亦含糊答应。看官道勾是何人？他是袁府中乳媪的儿子。乳媪死后，只遗一儿，伶仃孤苦，老袁大发慈悲，将他收作家奴，待勾已长成，模样儿很是俊俏，性情儿又很伶俐，无论什么事件，但教他去办理，无不合老袁心理。老袁很是宠爱，就与他取名克明。至帝制将成，特别加赏，竟封他一个内尉的职衔。那时新华宫中的秘密文件，勾克明多半知晓，有时却交勾收管，勾颇慎密行事，未生歹心，偏此次热心利欲，又受那方、沈二人的怂恿，竟暗将中、日秘密草约，偷录一份，邀同沈祖宪，回报方璟生。

方璟生得着密件，喜从天降，急忙取出中法银行的纸币，约莫有一大卷，仔细检点，足足十万金。三人分起肥来，勾得十分之七，沈得十分之二，方只取了一成，总算是一注意外财。勾、沈喜气盈腮，收了此款，洋洋去讫。方璟生入报法使，只称这次用费，不下三四十万金，还算不辱使命，才得将此项底稿，窃取出来。法使见了中日草约，极口赞他灵敏，所有用费，悉听开销。方璟生又赚了二三十万的法币，面团团作富家翁了。惟法使既探出秘密，忙去通知英、美、俄、意四公使，四公使也留意此事，只恨无从窥探，今既得法使报告，哪有不喜之理？法使道："自欧战开手，我等协约国，曾有战事以内，不得与别国私行订约，日本政府，也曾愿入协约国团体，为何与中国秘密订约？”美使道：“日本政府，向来主张暗度金针，我国虽尚守中立，未曾加入协约团体，但日本如此举动，本使也很不赞成。况袁世凯想行帝制，定要生出内乱，内乱一生，我等通商诸国，各有妨碍，不如赶紧去质问他吧。”大众同说道：“我等先去质问日使，看他怎么对答？”说罢，便相偕至日本使馆，向日置益诘问起来。日置益不便承认，只推说未曾与闻，五公使冷笑而出，竟共同拍电去问那日本政府。日本政府领袖大隈伯，正因途中被刺，尚未拿住刺客，默料被刺缘由，多半为日本民党，反对政府默助老袁，所以有此暗杀行为，忽又接到五公使电文，便勃然变计，致电日使，叫他拒绝袁氏专使周自齐，一面电复五公使，否认中日秘约。可怜这踌躇满志的袁皇帝，陡遭这种打击，害得一场空欢喜，且一时想不出那泄漏秘密的叛徒，徒在室中叹息罢了。

谁知不如意事，竟相接而来，新华宫中，跑进了段芝贵，见了老袁，也不及施礼，只叫了一声陛下，便从袖中掏出一封密信来。老袁接入手中，信面上署着姓名，乃是袁瑛密呈张作霖，急忙启视，系约张剋日举义，共讨袁逆等情。看官！你想老袁方惊疑未定，看了此书，能不惊上加惊，疑中生疑？便顾着段芝贵道：“你去叫了袁乃宽来，怎么生出这种逆子，还要潜匿不报。”段芝贵领命去了。不一时，乃宽趋入，面上已带着几分灰色，行至老袁座旁，就扑通跪下，磕头请示。老袁恨恨道：“袁瑛是你的爱子吗？他去结连奉天将军张作霖，要来图我，你莫非纵子为恶，坐视不言？”乃宽闻到此语，已吓得浑身发颤，仿佛似浇冷水一般，口中勉强答道：“臣……臣侄并未知晓。”说到“晓”字，猛觉头上碰着一物，慌忙一摸，那物已随手落下，拾来细瞧，就是一纸逆书，分明是亲儿手笔，那时无可抵赖，只好拼作老头皮，向地毡上接连乱捣，且满口说着该死。老袁复道：“你的爱子，可曾在家否？”乃宽一面碰头，一面流涕道：“逆子向来游荡，镇日不在家中，臣侄恐他闯祸，时常着人找寻，有时寻了回来，严加训斥，他总是不肯遵行，这几天内，又许久不见他面了，谁料他竟胆敢出此。若疑臣侄与子同谋，臣侄就使病狂，也不至丧心若此。

试想陛下恩遇，何等高深，正愧无自报称，难道还敢大逆不道吗？”说着时，竟鼻涕眼泪，一古脑儿迸将出来。老袁见他这副形容，怒气已平了三分，便掉转脸色道：“我也料你未必知情，但我既与你联宗，简直如家人父子一般，今乃闹出这种大事，传将出去，岂非是一场大笑话？你去赶紧追问，休得再事纵容！”乃宽忙磕头谢恩，并面奏道：“这等逆子，应该重惩，臣侄若寻着了他，立刻拘住送案，惟恐他避迹远飏，急切无从追获，还求陛下电饬近畿，一体严拿，休使漏网。”老袁愀然道：“你难道还不知我的用意？我想保全袁家脸面，所以令你追问，你快回去照办。畿辅一带，你自去拍发密电，叫他缉获吧。”乃宽听了，越觉感激涕零，又碰了几个响头，起身驰去。

原来袁瑛字仲德，系乃宽次子，他与乃父宗旨不同，故自号不同，平时尝隐嫉老袁，蓄谋革命，外面却不露声色，有时随父入宫，拜谒老袁，竟以族祖相呼，至谒见老袁妻妾，也称她为族祖母及族庶祖母，彬彬有礼，屡蒙奖赏，其实他想借此入手，刺杀老袁，偏是老袁防卫甚严，无从下手，他竟怀着一不做二不休的心思，暗暗布置，一面电致各省，令他外溃，一面运动京内模范军，令他内变。怎奈天不做美，奉天将军张作霖，竟将原函封寄段芝贵，托他告发，遂致密谋失败。老袁既打发乃宽出室，又加了一层疑团，暗想外交上的泄漏，尚未查出何人，接连又是这场逆案，莫非宫内的吏役，统是叛徒不成？左思右想，愈觉危险。可巧门外响了一声，不由得吓了一跳，亟令左右出视，返报是寂静无人。老袁不信，遍令搜查，谁知不查犹可，一经查勘，却查出一桩绝大的危险品来。看官，道是何物？乃是铁皮包裹，埋在地中的大炸弹。这一案非同小可，闹得新华宫里，天翻地覆，你也掘，我也扒，等到宫里宫外，尽行搜勘，竟得了大小炸弹好几十枚。那时大家诧异，不但袁皇帝惊疑得很，就是一班皇娘妃子及太子公主等，统吓得魂飞天外，彼此忘餐废寝，只恐还有炸弹埋着，半夜爆裂。好容易过了一宵，忽由天津邮局寄来一函，外面写着袁大总统亲启，书内却有一篇绝妙好词，略云：

> 伪皇帝国贼听者！吾袁氏清白家声，乌肯与操莽为伍，况联宗乎？余所以腼颜族祖汝者，盖挟有绝大之目的来也。其目的维何？即意将手刃汝，而为我共和民国，一扫阴霾耳。不图汝防范谨严，余未克如愿，因以炸弹饷汝，亦不料所谋未成，殆亦天助恶奴耶？或者汝罪未满盈，彼苍特留汝生存于世间，以待多其罪，予以显戮乎？是未可料。今吾已脱身远去，自今而后，吾匪惟不认汝为同宗，即对于我父，吾亦不甘为其子。汝欲索吾，吾已见机而作，所之地址，迄未有定，吾他日归来，行见汝悬首都门，再与汝为末次之晤面。汝脱戢除野心，取消帝制，解职待罪，静候国民之裁判，或者念及前功，从宽末减，汝亦得保全首领。二者惟汝自择之！匆匆留此警告，不尽欲言。

老袁阅毕，怒不可遏，又欲促召袁乃宽。巧值乃宽进来，奏称逆子袁瑛已由天津警察厅拘住，即日解京来了。正是：

昨日搜官忙未罢，来朝绑子戏重排。

欲知老袁如何答话，且看下回便知。

中国既为民主国，则袁氏之为总统，不过一民国代表，其实一民国公仆耳。袁氏可以欺民，则沈、勾诸人，何不可欺袁氏？同一主仆名义，无惑乎其效尤也。袁乃宽甘作华歆，而其子袁瑛，偏欲作祢正平，是又一绝大怪事。然吾宁取袁瑛，不欲取乃宽，袁瑛犹知大义，乃宽直一小人而已矣。

民国演义

中国历代通俗演义

蔡东藩 著

下卷

文化艺术出版社
Culture and Art Publishing House

目录

第六十一回

争疑案怒批江朝宗
督义旅公推刘显世

此回就前泄秘案、炸弹案逮人、审人叙来，大家统学了老袁的作派，死扛的死扛，诬攀的诬攀，最后是以不了了之。南方却是黔省亦宣布独立，护国军还从老袁那里诳了点军饷。

却说袁乃宽入奏新华宫，正值老袁盛怒，听了袁瑛被拘的禀报，无名火越高起三丈，顿时怒目鹰视，恨不将那爱侄乃宽，也一口吞他下去。乃宽瞧着，就知道另有变故，慌忙跪下磕头。老袁用足蹴着道：“你的逆子，真无法无天了。我与他有什么冤仇，竟要害死我全家性命。”说到“命”字，便掷下一纸，又向外面指示道：“你瞧你瞧！”乃宽掉头一望，见外面堆着数十枚炸弹，复将纸面一瞧，便是那亲子寄袁世凯书，这一吓，几把乃宽的三魂六魄统逃得不知去向，好一歇，答不出话来，仿佛是死人一般；忽咬牙切齿道：“教子不严，臣侄亦自知罪了，待逆子拘到，同至陛下前请死。”老袁厉声道：“你也自知罪名吗？若非念同宗情谊，管教你满门抄斩。”言毕，起身入内。

乃宽此时，也不知怎样才好，转思跪在此地，也是无益，因即爬了起来，匆匆返家。一入家门，便大嚷道：“坏了，坏了，祸及全家了。”那家人莫明其妙，过来问明底细，都被他呵斥了去，自己奔入卧室，躺在床上，不知流了若干眼泪。待至晌午，妻妾们请他午餐，也似不见不闻，忽觉外面有人语道：“二少爷回来了。”他也不及问明，陡从床上爬起，趿着双履，三脚两步地走了出去。既至厅前，正值袁瑛当面，他口中只说“逆子”两字，手中已伸出巨掌，向袁瑛劈面击去。袁瑛见来势甚猛，闪过一旁，巧巧巨掌落空，几乎扑跌地上，亏得仆役随着，将他扶住。只听袁瑛高声道："要杀要剐，由我自去，一身做事一身当，与你老子何涉！"这数语，气得乃宽暴跳如雷，正要再击第二掌，那袁瑛已转身自行。乃宽忙连叫拿着，一面追出门首，但见外面立着警察数名，好几个将袁瑛拦住，又有一警吏模样，走至乃宽面前，行礼请安，复呈上名刺，由乃宽匆匆一瞧，具名是天津警察厅长杨以德，当下吩咐警吏道："你休使逆子远飏，快与我送至新华宫去，我就来了。"警察诺诺连声，押着袁瑛先行。乃宽即穿好双履，趋上马车，随至新华宫来。转眼间已到宫门，见袁瑛等已是待着，当即下车跑入，突被侍卫阻住，他又吓得面如土色。但听侍卫传旨道："今上有命，着你将令郎袁瑛送交军政执法处便了。"乃宽不知是好是歹，只得遵旨带领袁瑛，径至军政执法处。此时处长系雷震春，闻得袁瑛拘到，即传命处内人员，把袁瑛收禁，乃父无辜，任他归去。乃宽得了此信，好似皇恩大赦，踉跄归家。

原来袁氏姬妾，素爱乃宽，自袁瑛发生逆案，都为乃宽捏一把冷汗，适见老袁负气入内，料他是迁怒乃宽，此时欲劝不敢，不劝又不忍，毕竟洪姨伶牙俐齿，竟挺身向前道："陛下为了袁瑛，气坏龙体，殊属不值。他本是个无知竖子，也未敢胆大若此，据妾想来，定是受乱党唆使，想借此搅乱龙心，今已拘到，但把他收禁起来，已足断绝乱党导线。若讲到乃宽身上，想必未曾知情，陛下既待他厚恩，索性加恩到底，渠非木石，宁有不格外图报吗？"老袁佯笑道："你敢是为乃宽做说客吗？"这一语，打动洪姨心坎，几急得粉颊生红，一时说不下去。适背后有人接口道："妾意有乃宽不当办，就是他逆子袁瑛，也不必急办。"洪姨听着，乃是忆秦楼周氏声音，料她来作后劲，暗暗喜欢。猛闻得老袁道："你等串同一气，来帮乃宽父子，莫非是与他同谋不成？"这句话更加沉重，几令人担当不起。哪知周姨竟转动珠喉，从容答道："妾闻雍齿封侯，汉基乃定，陛下今日，正当追效汉高，借定众心。试思陛下延期登极，无非为外交方面，借口内变，时来牵制，今云南肇乱，尚未荡平，复生宫中的变案，越加滋人口实，陛下待至何时，方得登基呢？若陛下疑妾等同谋，妾等已蒙陛下深恩，备选妃嫱，现成的富贵，不要享受，还去寻那杀头的勾当吗？"老袁听了，不禁点首，便改怒为喜道："女苏秦，依你该如何办法？"周姨道："妾已说过了，乃宽不当惩办，袁瑛也不必急办。"老袁沉思一会，想不出另外妙法，竟从了女苏秦计策，转嘱左右，俟乃宽拘子到来，令他转解军政执法处，一面传语雷震春，只收禁袁瑛一人。雷震春也已喻意，所以奉旨照行。

隔了三四天，步军统领江朝宗，奉了密令，往拘沈祖宪、勾克明，密令中也不说出犯罪情由，朝宗只道他是袁瑛同党，忙带了似虎似貔的军役，跑至沈、勾两人寓中，巧巧两人俱未外出，一并捉住，并由军役严搜，查出盟单一纸，内列姓名，多系内外军政两界要人。朝宗邀功性急，查有数人寄住交通次长麦信坚宅内，便不分皂白，竟转至麦家，指名索犯。麦次长无可如何，只好令他带去。还有司法次长江庸弟尔鹗，名单上也曾列着，索性乘着便道，统行逮捕，一古脑儿带至步军统领衙门，亲自讯问。沈、勾二人先行上堂，当由朝宗坐讯道："你等为何唆使袁瑛，叫他谋为不轨？"两人莫明其妙，便向他转诘道："江统领！你如何诬我唆使袁瑛？我等与袁瑛简直是素不相识呢。"朝宗复掷下盟单，令他自阅。两人阅罢，递交朝宗，齐声道："名单上列着的统是我两人旧交，称兄道弟，联为异姓骨肉，原是有的，但并未列着袁瑛姓名，为何凭空架害？"朝宗道："你两人的拜把弟兄，何故有这般模样呢？"沈祖宪先冷笑道："今上并未有旨禁止我等交结朋友，且试问你为官多年，难道是独往独来的？平日我与你亦时常会面，彼此也称兄道弟，不过名单上面尚未列着大名罢了。"朝宗被他一驳，不觉怒气上冲，便道："你等藐我太甚，我且带你等至军政执法处，看你等如何答辩？"沈、勾二人又齐声道："去便去，怕他什么！"朝宗遂下座出堂，领着沈、勾诸人，竟至军政执法处，拜会雷震春。

这时候的雷处长，早已问过袁瑛，袁瑛供由克端主使，所有从前往来书信，也非自己手笔。这种供词，吓得震春瞠目无言，只好仍令收禁。看官曾阅过前回，克端是袁家四公子，系老袁爱妾何氏所生，面似冠玉，肤如凝脂，并且机警过人，素为老袁所爱，平时尝语人道："此子他日，必光大袁氏门闾。"嗣是克端恃宠生骄，暗中已寓着传位思想，有时且入对老袁诉说各弟兄短处，因此克定以下，屡遭呵责，甚至鞭挞不贷。克定正恐青宫一席，被他攘夺，所以时时戒备，平居阴蓄死士，作为护符。袁瑛出入宫中，早已瞧在眼里，此时便信口乱供，索性闹一回大乱子。幸震春颇具细心，饬令还禁，免他胡言瞎闹。

正在打定主意，偏江朝宗领着若干人犯，奔至军政执法处来，两下相见，朝宗即欲将罪犯交清，归雷讯办。雷震春道："你可曾问出主乱的人吗？"朝宗就将盟单取出，作为证据。震春看了一遍，便道："他是结盟弟兄，并不是什么乱党，况且袁瑛姓名，并未列着，怎得牵东拉西？"朝宗道："今上有密旨拘讯，你怎得违旨不究？"震春道："密旨中如何说法？"朝宗道："是从电话传来，叫我速拘沈、勾二人。"震春道："你敢是听错了？"朝宗道："并没有听错。"震春道："今上既嘱你速拘两人，你拘住两人便了，为何子拘了若干名？"朝宗道："名单上列着诸人，如何不立即往拿？否则都远飏去了。"震春微哂道："这是你的大勋，我且不便分功。"朝宗道："我只有逮捕权，讯办权握在你手，彼此同是为公，说什么有功不有功？"震春用鼻一哼道："你且去奏闻今上，交我未迟。"朝宗不觉性急道："这是关系重大的案件，你既身为处长，应该切实讯明，方好联衔奏闻，候旨处决。"震春仍是推辞，朝宗只管紧逼，顿时恼动了雷震春，拍的一掌，不偏不倚，正中江朝宗的嘴巴。朝宗吃了这个眼前亏，怎肯干休，也一脚踢将过去。于是拳足互加，竟在军政执法处，演出一出《王天化比武》来了。幸亏朱启钤、段芝贵相偕趋入，力为解开，朝宗尚喧嚷不休，段芝贵带劝带问道："江宇兄！今上叫你传询沈、勾两人，你为何在此打架？"朝宗气喘吁吁道："兄弟正拘到这班罪犯，要他讯办，偏他左推右诿，我只说了一两句话，他便给我一个嘴巴，两公到来正好，应该与评论曲直。这种大逆不道的罪犯，应否由我速拘？应否由他速办？他敢是与逆犯同谋，所以这般回护吗？"朱启钤道："这是两案，不是一案。"朝宗闻这一语，方有些警悟起来，便道："如何分作两案？"朱启钤道："沈、勾一案，是为外交上泄漏嫌疑，并非与袁瑛相关。"朝宗发了一回怔，复嚷着道："就是我弄错了，也不应敲我嘴巴。"雷震春不禁狞笑道："我又未奉主子密令，不过据理想来，定然是不相牵连，所以劝你禀明主子，再行定夺，你偏硬要我讯办，还要唠唠叨叨，说出许多话，我吃朝廷俸禄，不吃你的俸禄，要你来训斥我吗？给你一掌，正是教你清头呢。"朝宗还要再嚷，朱、段两人复从旁婉劝，且代雷震春陪了一个小心，朝宗方悻悻自去。剩下沈、勾等人，由段芝贵密语雷震春，嘱他略行讯问，如无实证，不如释放了案，免兴大狱。震春允诺，当即送客出门。是夕招集沈、勾等，略问数语，沈、勾两人，推得干干净净，便于翌晨释出，只袁瑛尚在羁中，一场大狱，化作冰销，都人士纷纷疑议，莫衷一是。又越日，见《亚细亚报》载着道：

> 沈、勾一案，与袁四无涉，沈、勾系有人诬指其有嫌疑情事，遂行传询，并非被捕，现已讯无他，故即于昨日释出。至袁四公子，素有荒唐之目，时与刘积学相往来，其致函某将军煽乱一事，查系刘某笔迹，迨经执法访缉刘某，早已远飏。即无佐证，故政府对于袁四，亦不复究，但均与犯上作乱者不同。

《亚细亚报》，名为御用报，这种词调，为袁氏讳，已可想而知。小子已于上文中叙述大略，谅阅者自能洞悉，无俟哓哓了。

且说云、贵两省，地本毗连，自唐继尧调镇云南，贵州亦归他兼领，只有巡按使龙建章留任省城，实行管辖地方政务。会护军使刘显世，通好云南，联名讨袁，他得了这个风声，料想兵戈一动，危在旦夕，自己又力不能制，只好筹一离身的法子，遂电呈政府，托言归视母疾，请假三月。偏经政府电复，责他有意规避，应付惩戒，且督令出省视师，巡按使一职，暂由刘显潜署理云云。那时龙建章已预备行装，接了复文，便将计就计，把印信交与刘显潜，自借出巡为名，竟跑出省城，飘然径去。政务厅长及黔中、镇远两道尹，闻龙出走，也相继远飏，顿时贵阳城里，风声鹤唳，草木皆兵。军警两界，合电政府暨各省，请另行召集国民会议，表决国体，袁政府不加答辩，只饬令署理巡按使刘显潜，会同护军使刘显世，派兵分防，静待援军。两刘本系弟兄，老袁此策，还想把官爵利禄，诱他归诚，显世以滇兵未到，黔兵甚孤，一时未便独立，就拍发密电到京，要求兵费三十万，情愿率兵攻滇。老袁得电后，自幸密谋已遂，竟复电允准。哪知刘显世计中有计，想把袁政府的军费取来讨袁，既接复音，遂按兵不动，专待军费汇来。

是时云南护国军第一梯团长刘云峰，带领第一支队长邓太中，第二支队长杨蓁，已入四川境内，川军司令伍祥祯，与滇有约，不战自退，刘军遂分两路进攻，直逼叙州。伍祥祯步步退却，眼见得叙州一城，被刘军占领了。总司令蔡锷，闻叙州已经得手，便命第四梯团长戴戡，率着步兵一营，炮兵一队，亟向贵阳进发，联络刘显世，会同北征，自率第二梯团长赵又新、第三梯团长顾品珍，随后继进。刘显世正望滇军到来，既与戴戡相晤，自然欣慰异常。可巧袁氏允准的军费亦接连汇到，并接蔡锷军电，已至黔境威宁，于是军威既壮，声讨乃彰，当由公民一千七百余人，公推刘显世为都督，宣布黔省独立。刘显世接受都督印信，布告全省道：

为布告事！迩以袁氏背叛国家，窥窃神器，逞其凶焰，举兵逼黔，我父老昆弟，愤其僭窃，痛其凶残，以大义相责，重任相托。本都督顾念国家，关怀桑梓，不忍四方豪俊、无限头颅心血铸造之邦，沦于奸人之手；重以逆军溯湘流而上，咄咄逼人，亡国破家，迫于眉睫，爰于一月二十七日，宣告独立，所有各种文告，业已印发在案。当滇省宣布罪状，唤起国民救亡之初，本都督本于个人之良心，应即立举义旗，共讨叛贼，徒以战端一启，黔当其冲，仓卒举兵，颇难运转；且意袁氏向非至愚，一经忠告，或能悔祸，故不惜双方调处，委曲求全。何图凶心不死，逆焰愈张，曹锟等率师东下，着着进行，希图一逞。曹兵残暴，邦人所知，赣宁之役，淫掳烧杀，无所不至。倘使兵力集中，立即乘虚攻我，以达其分道进兵之计划，即令我以善意开门揖入，彼岂肯长驱直捣，进薄滇边，不疑我掊其后耶？则盘踞我城垣，迫散我军队，掳掠我金粟，荼毒我人民，城社邱墟，宁复顾惜？故无论如何，断未有逆军入境，而不糜烂地方，亦决无听其来黔，蹂躏境土之理。惟查逆军情状，多所迟回，此不第直壮曲老之势，可以预决，即就其众叛亲离言之，亦决无可畏。袁氏纵其二三鹰犬，伪造民意，帝制自为，中外同羞，天人共愤，沿江各省，相约枕戈，或以时机未熟，虚与委蛇，或与逆师杂居，尚虞投鼠，云集响应，指顾间事。袁氏亦自知罪恶通天，为众所弃，杯弓蛇影，处处筹防，决不能抽提一军，以作曹兵之后盾。且从而分调畿辅重兵，麇集大江南北，以防各省之景从，情见势绌，亡无日矣。夫顺逆既分，胜负可决，黔惟有保守疆土，整备兵戎，以待联合各省义师，共诛独夫，巩固民国，以图生存于大地而已。所有地方治安，本都督自应率属，共负完全保护之责，各色人等，务望各安本业，勿得稍事纷扰，自召虚惊。为此通令，仰各该官长等，立即出示，晓谕人民，一体知照。

布告既颁，即日委任戴戡为中华民国护国第一军右翼总司令，联合滇军，共归蔡锷节制，率兵北伐。于是护国第一军部下，分作两翼，右翼为黔军，左翼为滇军。小子有诗咏道：

桴鼓声传远迩闻，滇黔共起讨袁军。
试看义旅联镳日，民意原来顺逆分。

滇黔既联合出兵，川湘边境，顿时大震。究竟孰胜孰败，且至下回再详。

袁氏生平，专喜秘密，故人亦即以秘密报之。袁瑛也，沈祖宪也，勾克明也，无在非以密谋报袁，转令老袁无所措手，亦只可模糊了事。江朝宗反欲张皇，而雷震春竟批其颊，雷其可为袁氏之知己乎？至若刘显世之请求军费，还而讨袁，计诚巧矣，吾谓亦从老袁处学来。袁惯以密谋饵人，人即密谋饵袁，报施之巧，无逾于此。故圣人言治国齐家，必以诚意为本云。

第六十二回

侍宴乞封两姨争宠
轻装观剧万目评花

袁氏自认尚未登极，一班姨太太已经在为妃嫔的地位名号争个不了。就争执中却叙出这些妇人的尴尬旧闻，就中的周姨太有『女苏秦』之称，经女官长带出宫外欣赏梅兰芳，出手阔绰。

却说滇、黔两军，联络北伐，黔军司令官戴戡，由遵义直趋重庆，驻师松坎，并遣第一团长王文华、第三团长吴唠鸾，分攻湘境，牵制袁军。滇军总司令蔡锷，自威宁通道毕节，直达永宁。永宁为川南要塞，系四川第二师长刘存厚驻守地。刘原驻泸州，四川将军陈宧，闻刘有暗通滇军消息，特调驻永宁，至滇军一到，刘果弃了永宁，退至纳溪；途次接蔡锷来书，劝他即日起义，一同讨袁，他遂自称护国军四川总司令，通电各省，声明独立情状，略云：

袁氏不遵约章，悖戾民彝，昔当鼎革之时，即欲拥兵肆逞，同人本天下为公，乃概付以治权，冀其出精白不贰之忱，宏兹国脉。何图掌国以来，言夫内政，则征敛如此，言夫外交，则败辱如彼。任官吏辄引其所昵，选总统竟临之以兵；甚至立法权揽为己有，暗杀案实主其谋，妨功害能，殄民败国，综其暴戾，罄竹难书。同人惧摇国本，犹复沉吟不发，冀补救于将来，乃彼独夫天夺其魄，恣乱日厉，竟敢假民意以推翻共和，挥党徒而谋兴帝制。蝇营狗苟，上下若狂，劝进之电，出于官闱，选举之场，设于军府，势威利诱，无丑不陈，中外腾讥，群情愤激，卒召强邻之干涉，将陷民命于沦胥。凡有血气之伦，莫不仰天兴叹，滇黔首义，一檄遥传，薄海同钦，景从恐后。存厚不敏，外审大势，内问良知，痛此危亡，中心欲裂。爰整其旅，环甲出征，联合滇黔，挥旗北伐，誓拟盟成白马，重整五色之旗，行看痛饮黄龙，一扫群凶之焰。公等或为望重当时之俊彦，或系首造民宪之元勋，同领师干，身关治乱。岂于此日，遂负初心，宁以爵赏之羁，尽入奸雄之彀？呜呼！挥戈讨逆，事不同于阋墙，拨乱扶危，义实系乎救国。倘袁氏能及时徒甯，还我共和，则本府当卷此旌旗，不为已甚，皇天后土，实式凭之。

是时防泸司令冯玉祥，正进援叙州，泸城空虚，刘存厚遂乘隙攻泸，会玉祥自叙州败还，竟率师截击，玉祥遁去，部兵多半投降。适值蔡锷部下，第二梯团支队长董鸿勋，亦率队到来，两军会合，并力攻泸，一夕即下，于是川南一带，也入护国军范围了。

袁世凯本拟于阴历元旦，或阴历正月初四日，实行登极，偏是西南警报络绎传来，又害得踌躇莫决，暗地愁烦，每日除阅视公文外，就与几位候补妃嫔围坐宫中，小饮解闷。各位美人儿，还道他从容寻乐，定由诸事顺手，可以指日登极，所有候补妃嫔的资格，当然好正式册封，不过同辈中共有十数人，将来沐封时，总不免有一二三等阶级，阶级一定，反致高下悬殊，令人不平，因此大家一喜一忧，各自盼望荣封，免落人后，洪、周二姨，愈加着急。

某夕，洪姨见老袁微醉，含着三分喜色，便乘间进言道："陛下封赏群僚，凡各省将军巡按使，沐有五等勋爵，首列公侯，次为子男，如妾等入侍巾栉，亦已有年，独未得仰邀封典，徒令向隅。古人说的帝泽如春，还求陛下矜察！"老袁笑道："各省将军巡按使，统是外人，不得不先行加封，免他怨望，你等是一家人，何必这般性急，待我登极后，册封未迟。"周姨向袁一笑道："陛下此言，总不免厚外薄内呢。"老袁也笑道："你等要我加封，何妨自拟封号。"周姨道："册封妃嫔，系何等大事，我等妇人女子，怎能自拟封号？就使拟议起来，得蒙陛下恩准，也不啻自封一般。试问各省将军巡按使，所有公侯伯子男荣典，还是陛下所定，还是他自行拟就，奏请陛下照封呢？若是他拟就请封，便似汉朝的韩信，请封假齐王的故事了，恐陛下未必照准，他亦未敢如此。所以妾等想沐荣封，总须陛下颁赐各位，方为正当办法。"老袁又笑道："女苏秦又引经据典，前来辩论了。"周姨答道："妾据理辩论，并非为个人争此虚荣，实为全体姊妹行正名定分哩。陛下果怜妾等相随多年，俯如所请，姊妹们都尽沐隆恩，怎止妾一人被泽呢？"老袁道："要我加封，却也不难，但须有两种分别。"周姨问两种分别的理由，老袁捻着微髭道："有生子与不生子的分别，如已生子，应照母以子贵的古例，加封为妃，若未曾生子，只好封作贵人罢了。”周姨听到此语，忽然变色，蛾眉渐蹙，蝤领低垂，一双俏眼中，几乎要流出泪珠儿来。洪姨瞧着，已料她未曾生子，所以变喜为愁，现出许多委屈的样子，当即代作调人道：“方今时代，与往古不同，陛下亦须变通办理。妾意封妃问题，应以随侍陛下的年数为定，年份较浅，名位或稍示等差，生子不生子，似不必拘泥呢。”语至此，忽有两人起座道：“妾等入府，不过两三年，但床上的呱呱小儿何莫非陛下一块肉？若使如洪姨太的议论，似于理上说不过去，还请陛下三思！”洪姨视之，乃是十四、十五两姨，十五姨本是洪姨侄女，她竟也来争宠，不禁恼动洪姨，竟呼她小名道：“翠媛，你好休了！你得随侍陛下，还亏我一人作成，今日幸蒙上宠，便想将我抹煞，与我争论起来，就是你的血块儿，哼哼，我也不必明说了。”翠媛此时也变羞成怒，反唇相讥道：“谁不知你是红姨太，不过你侍陛下，我也侍陛下，没有什么红白的分别。你得封妃，难道我不得封妃吗？并且我的儿子，不是陛下生的，是哪个生的？”香姨亦从旁插嘴道：“俗语说得好，有福同享，洪姨也乐得大度，何必损人利己哩。”洪姨闻言，竟将嘴唇皮一抿，向她冷笑道：“你今日尚得在此侍宴，总算是我的大度，否则连宫门外面也轮你不着站立了。”老袁听双方争执，越说越不成话，急忙出言拦阻道：“你等休得相争，我自有处置，一经登极，便当正式册封，不致无端分级，你等且放心吧！”大家方才无言，仍旧团坐陪宴。

看官！你道十四、十五两姨，究竟有何秘史，令洪姨作为话柄呢？相传香姨自婢女当选，平日侍奉老袁，曲尽殷勤，但老夫少妇，感及枯杨，总不免惹人议论。香姨又起居未谨，尝与某卫士攀谈，事经洪姨察悉，密禀老袁，老袁疑信参半，托词戒备深宫，饬侍卫夤夜巡查。不到数日，果见某卫士蛰伏宫外，立刻鸣枪，将他击仆，捆缚起来，一面禀报老袁。老袁说是匪党唆使，即命枪毙，并拟斥逐香姨，洪姨又代她缓颊，阿香才得保全，未几即生一子，得宠如故。至若翠媛入侍，也由洪姨介绍，洪姨本欲增一心腹，厚己势力，不防翠媛暗怀妒意，竟与乃姑夺宠，那洪姨懊恨不及，竟想得一策，嘱使婢仆捏造蜚言，只说翠媛诱通皇嗣，将有聚麀的嫌疑。这话传入袁耳，遂诫诸子不许擅入，并且密诘翠媛，翠媛自誓无他。后来翠媛生子，状类老袁，老袁才得放心。这是洪宪宫闱中的轶闻，小子有闻必录，所以叙入略迹，证明洪姨的话柄。究竟是实是虚，小子不敢臆断，且俟他日有暇，往问白头老宫人便了，话休叙烦。

且说忆秦楼周氏，自伤无嗣，始终郁郁不乐。老袁见她玉容惨淡，泪眼模糊，转不禁怜惜起来，撤宴以后，即携住她的玉手，同赴寝室。袁氏平日，向有几口烟瘾。每吃烟时，必至洪、周两姨房中，领略那福寿膏滋味。周姨既随老袁入房，当然取出烟具，给他过瘾，老袁一面吃烟，一面向周姨道："你也太多心了，我未曾正式册封，不过预先拟议，姑作此论，他日实行，自当妥行定夺，断不使你受屈的。"周姨凄然道："妾已想定主意，情愿媵妾终身，无论什么妃嫔，什么贵人，妾一概不敢领赐了。"说着时，眼波儿又红了一圈。老袁忙劝慰道："你的福命很佳，忆自我得你后不久即出山任事，被选总统，可见你命实旺夫，安知日后不生贵子？常言道：'后来居上。'似你的福命，恐不止一妃嫔呢。"周姨瞅了老袁一眼，佯作笑容道："这是妾平日梦中，也未敢妄想哩。今日陛下登基，乞封为妃，尚不可得，他日上有皇后，下有储君，恐不免去作人彘，还有什么侥幸？"说到此句，喉中又哽噎起来，几乎说不成词。老袁道："你休担忧，我总不许人欺你，就是我册封诸姨，也不使你居人下；想你到此间，执掌内部书札，勤劳得很，即就此劳绩论来，也理应晋封，倘得天赐麟儿，那更是可庆可贺了。"周姨闻此，仍默不一言。老袁已吸毕福寿膏，自觉精神骤增，脑力充足，拈着须想了一会，便语周姨道："你且去磨墨展毫，待我手定几条内规，传与后人，你等便好安心了。"周姨奉命照行，当请老袁入座，递过纸笔。老袁即信手疾书，但见上面写着"内训大纳"四大字，继即另行分条，逐项写下云：

第一条　母后不得佐治嗣帝，垂帘听政。

第二条　生前严禁册立储贰，且废除立嫡立长成例，但择诸皇子中有才德者，使承大统。如欲传某子，先书某名，藏诸金匮石室中，封固严密，俟其升遐后，由顾命大臣于太庙中，当众启视。

第三条　诸皇子不得封王，更不许参预政治，第厚给财赀，俾享毕生安闲之福。

第四条　椒房之亲，不得位列要津。

老袁写罢，便掷笔向周姨道："你瞧！有这规条，皇后皇太子，都无从欺负你们，你能产下麟儿，果使福慧双全，那时凭我手中，写就名字，岂不是就好传位，你不是好做皇太后吗？"周姨才转悲为喜，吐出娇媚的声音道："这还须效华封三祝，颂祷陛下，多福多寿多男子，贱妾方得叨恩哩。"老袁听了，也不觉兴会神来，随即拥着一枝解语花，同入罗帏，演一套龙凤呈祥的好戏；等到兴阑意倦，俱栩栩入睡乡中，去做皇帝梦皇后梦去了。翌日，老袁起床，取了手订的内训大纲，出示大公子克定。克定看到第二条，大为拂意，即欲出言反对。老袁先已窥着，便嘱道：“这种条规，为后世子孙计，并非专指汝等言，我胸中自有成竹，你不必多疑。”克定方才无语，快快自去。老袁也往政事堂，与国务卿等商议朝事，且不必说。

惟周姨暗地心欢，满望登极届期，皇妃的位置总是拿稳，且享了几年快乐，再图后福。好容易盼到阴历过年，仍未得登极消息，越宿为阴历元旦，不过照例筵宴，又到了初四日，依旧寂静过去，她又禁不住烦恼起来。黄昏岑寂，坐对孤灯，正在百感交乘的时候，忽有一人牵动珠帷，翩然直入，仔细一瞧，乃是女官长安静生，当下欠身邀坐，安恭谨从命，两下里谈述琐事，甚觉投机。继且各叙近怀，周姨未免叹息。安女士忽问道：“妃子爱观新剧否？”周姨道：“这是我生平第一嗜好，从前看过谭鑫培、梅兰芳等戏剧，犹觉印入脑中，至今未忘，端的是好戏哩。”安女士道：“明日前门外同乐园中，敦请梅兰芳登台，演《黛玉葬花》新剧，妃子何不往观，借遣愁闷？”周姨摇首道：“恐怕不便。”安女士道：“妃子深居简出，外人本来罕见，若改装往观，谁识芳颜？宫内也无人敢说。明日下午，臣妾愿随妃子一行，可好吗？”周姨笑道：“这也是暗渡陈仓的好计，我就与你同去。”安女士随即告别。

次日午餐毕，安女士即入会周姨，替她改装，扮做女官模样，潜导出宫。侍卫等见是女官，也不去查问，由她自去。两人乘舆偕行，转瞬间即至同乐园，园中已经开演，看客甚众，几乎无处容足，安女士入与园主商量，贯一包厢，园主与安女士本有一点认识，且知她为女官长，不得不殷勤款待，遂与他客熟商，并让一特别包厢，导引入内，才有坐地。看了好几出，方见梅伶发场，一种神采射将过来，几与忆秦楼斗艳。既而曼声度曲，袅袅动人，没一句不中调，没一字不合拍，惹得周姨目注神驰，低声喝彩。一时上下座客也连声叫好，哄动全园。周姨密语安女士道：“梅伶色艺，与年俱增，较前日又有进步，我当出资重赏。”安女士不便旁阻，只好赞成，遂替周姨召过按目，由周姨取出纸币，约有数百元，慨然给付，令赏梅伶。梅伶演戏既毕，亟趋前叩谢，座客皆为瞩目，互相私议道：“偌大女官，能有这般阔绰？莫非新华宫中，纯是金银吗？”忽有一人遥视良久，才掉头语座客道：“这是袁皇帝的宠妃，怪不得有此挥霍。”座客听到此语，益觉惊异，并问他如何相识？那人便道：“我曾于万牲园中，一睹芳姿，友人告我是袁氏宠姬，所以认识。此次改装女官，想是掩人耳目呢。”座客再问那人姓名？那人不肯吐实，只说是在部中当差。于是一传十，十传百，就是园主与各伶人也都闻知，共至周姨前长跽叩安。周姨知瞧破行踪，忙即摇手麾去，一面挈安女士衣袖，抢步出园，仍坐原舆回宫。为此一事，都下传作新闻，各报章相率登载，连御用报亦采入新闻栏。老袁瞧着报语，大致说是新华宫宠妃，与女官长偕行观剧，竟不由得动起愤来，立召安女士入问。正是：

博得皇妃偿意愿，哪堪天子动猜疑。

未知安女士如何答复，下回再行说明。

当滇、黔起义以后，四川护军使刘存厚，亦起而响应，正战鼓鞺鞳之时，忽插入宫中数段轶闻，欲急反缓，好似锣鼓声中，接入金樽檀板，令人不可捉摸，此为用笔变换处，亦为叙事拗折处。若以实事论，则全回以洪、周二姨为主，而注重者尤为周姨，洪最狡黠，而周姨又济之以才，几玩老袁于股掌之上。老袁亦幸而不得为帝耳，若使为帝，宫闱中不知惹出若干衅隙，袁氏且覆宗矣。先圣谓女子小人为难养，诚哉是言！

第六十三回

洪宠妃卖情庇女党
陆将军托病见亲翁

女苏秦看戏事泄，老袁发怒，还亏最亲近的洪姨太转圜，一切依然如故。转写遣将征讨南方，老袁却是前后倒置，把前沿的陆荣廷弄成了偏将，原来是此人乃对头岑春煊的亲信。

却说安静生奉召入觐，偷眼一瞧，见袁皇帝面带怒容，慌忙屈着双膝，俯伏座前。老袁掷下御用报，叫她自阅，安女士已瞧过新闻栏，心下早经明白，不待再阅报章，便磕头道："臣妾正来请罪，日前周妃欲观新剧，由臣妾随着同去，未曾奏闻圣上，还乞恩恕！"老袁叱道："你为何这般荒唐？须知宫府内外，防范宜严，我任你为女官长，正因你年龄较长，见识较多，不致什么轻率，就使周姨等要你同去，你也应代为谏阻，谏阻不从，可来告我，为什么不顾名誉，竟尔妄行？你想是该不该呢？"安静生被他一诘，无可答辩，只好靠着地毡碰头不已。老袁又道："看你也不配做女官长，你与我滚出去吧！"安静生不敢多嘴，只称谢恩，慢慢地立将起来，转身自去。侍卫等暗瞩花容，已是青一阵白一阵，不胜变态了。

早有人通报周姨。周姨已料定老袁要来诘责，忙去邀了洪姨，在房待着。果然老袁发放了安静生，即刻走至周姨卧室中来。周姨起身迎接，洪姨亦起随后面，待老袁坐定，两人左右侍立，但见老袁目视周姨道："你好你好！"周姨佯作不解，垂首无言。老袁又哼着道："梅兰芳的戏剧，究竟如何？想你眼帘中还留着哩。"洪姨即在旁接入道："她正为了此事与妾商量，恐惹动主上怒意，要来请罪。妾以为陛下近日政躬多事，区区失检，亦未必遂触天威。"说至"威"字，已闻老袁接口道："你看得这般轻易，须知宫眷轻出，易失名誉，各报中已传作笑柄了。还说是区区失检吗？"洪姨道："今日失检，尚属不妨。"老袁问是何因？洪姨道："陛下若已登极，妾等俱沐封为妃，那时宫禁森严，原不能自由出入呢。"老袁道："你又来强辩了。我想这事起因，总是由安静生巴结讨好，我且先把她撵出，省得你们被哄，有玷闺箴。"说至此，周姨已扑地跪下，抽着珠喉道："妾情愿受罪，若说由安静生怂恿，未免冤枉了她。"洪姨亦随即跪下道："妾愿为周妹乞恩，并愿为安女士乞恩，此次恕她初犯，下次若再轻出，妾亦连坐受罚。"老袁见她两人哀吁，心也就软了，便转嘱周姨道："以后休要如此！我今日看洪姨面上，饶了你吧。"周姨复吁请道："妾蒙陛下赦罪，感激万分，只安女士已撵去否？"说着，将头枕在老袁膝上，呜呜咽咽地哭将起来。老袁俯首一瞧，见她乌云般的灵蛇髻，光滑得很，一阵阵油香扑鼻，把胸中留着的余怒，都薰得不知去向，当下伸开两手，把两姨扶起，口中连声说着道："算了，算了。"洪姨又道："现在女学尚未发达，所有当选的女官，统不过粗识之无，毫无学问，自奉陛下命令，在宫中开设女校，由安女士为校长，指导有方，各女官才稍有进步，今日若把她撵出，不惟各女官没人督率，且亦没人教导，为此种种障碍，所以求陛下格外优容，惟须下一禁令，此后自女官长以下，不准私出，有犯必惩，那便足惩前毖后了。"老袁点首，随即踱出房外，自行申禁去了。

周姨致谢洪姨，正在彼此谦逊，那安女士已跑了进来，泥首称谢。两姨将她扶住，方才起身，复谈了半小时，安始告退。是日即接奉禁令，略言"宫中执役女官，无故不准自由外出，犯者严惩不贷，女官长一同坐罪"云云。各女官出入不便，未免怨恨安女士，但因安女士得有内援，势力雄厚，大家无法可施，也只得暗地讪谤罢了。安女士经此小挫，格外勤谨，每日传集女官，挨次分派，使有专责，夜间十二时后，必亲率各女官归寝，寝室系蟹形式筑就，东西对峙，门户相望，外面护着铁栅栏，由安女士手编号次，不得乱居。至逼近铁栅的居室，安自住着，亲司管钥，众入即锁，众出乃启，真是严肃得很。老袁偶往巡察，见她布置周密，井井有条，颇喜她因过知奋，温语嘉奖，从此安女士的权力，比从前更加巩固了。

惟安女士本有良人，曾往居前门外东茶食胡同薛家湾，姓张名景福，夫妻爱情颇深，从前禁令未下，不妨自由进出，每当暇时，免不得回去敦伦，此次申严宫禁，只好长住宫中。徐娘半老，未免有情，她竟想出一策，密请洪妃，为乃夫谋一宫中庶务司核账员一席。洪妃替她说项，竟如所请。嗣是夫妻聚首，日夕相见，夜阑人静好合鸳俦，真个是怨女旷夫，各得其所了。

一夕，安女士亲自夜巡，遥见有一男一女，喁喁私语；正要出言呵责，那男子已飞奔而去，只剩女子一人，急切无从奔避，站立一旁。安女士走近逼视，乃是女官中的金翠鸿，当下便唤她入室，私自讯问。翠鸿不能尽讳，只说是与侍从武官向订姻好，现为宫中同事，所以相见谈心，恳女官长格外垂怜，幸勿举发等语。安女士佯作嗔怒道："这却不便，明日请你出宫。"翠鸿跪下哀求，愿罚三月俸金。安女士沉吟半晌，方道："我也不为已甚，但你须谨慎小心，一露破绽，连我俱要坐罪了。"翠鸿拜谢去讫。隔了月余，翠鸿忽抱病在床，委顿不起，安女士已瞧破机关，也不去问明底细，便令她请假养病，移居别室调治，经旬乃瘳。看官！你道她是什么病症呢？原来翠鸿是妓女出身，运动得选，充入女官。入值以后，巧遇侍从某官，与有旧好，遂不免偷寒送暖，倚翠偎红，安女士得贿卖放，两人仍私续旧欢，未几有娠，设法堕胎，遂至成病。病愈后，益感激安女士，格外报效，事极秘密，无人知觉。安女士也暗自欣幸。

既而宫中又出一奇闻，女官沈畹兰，竟自缢身亡，安女士闻着，慌忙奏闻，有旨令她督殓，舁葬郊外。各女官半多惊哗，连安女士也为叹息。看官听着！沈畹兰系天津女子师范学校卒业生，年甫及笄，貌既出群，才亦迈众，为人又极和蔼，自应征女官时，得居首选，入宫承值，上下翕然。老袁亦爱她秀慧，特别宠遇，不到一月，即将自己的出纳账目令她管核。为这一着，遂令绝世芳姝，送入枉死城中，做了冤鬼。先是老袁出纳，由洪姨掌管，每月用途极繁，多至数十万金。洪姨从中侵蚀，约可得百分的二三，无端被沈夺去，心殊不甘，但未便显然反对，只好设计中伤。常言道："明枪易躲，暗箭难防，"沈女官执掌的铁匣，骤失去钞票二百余圆，那时捕风捉影，无从觅获，洪姨诬她监守自盗，竟嗾袁密饬心腹，搜检沈箧，果然原封不动，几如原额。沈女官无从辩冤，没奈何悬梁毕命。老袁只疑她畏法自尽，哪知种种陷害统是洪姨一人所为。洪姨复得任原差，可怜那沈女官无故遭冤，死得不明不白，徒落得埋骨荒邱，衔恨地下罢了。小子未曾入新华宫偏述及各种秘闻，看官或疑我杜撰，其实小子统有依据，试看近人所编《新华春梦记》及《洪宪宫闱秘史》，统已详列无遗，就是新华宫中的故役，自袁氏死后，统已出宫，讲将起来，多说是有些确凿，看官也不必疑猜呢。话分两头。

且说袁皇帝日思登极，择定阴历元旦，或正月初四日，举行大典，偏值西南警报络绎到京，不得已顺延过去。嗣闻湖南西境，如晃州、沅州一带，统被黔军攻入，着着进行，不禁惊愕道："刘显世是真反了。"遂令第八师长李长泰，抽调劲旅，自津门南下，一面令湖南将军汤芗铭，立派军队，协同马继增一军，相机痛剿。又命唐尔锟督理贵州军务，褫去刘显世官职，听候查办。嗣复特任龙觐光为临武将军，兼云南查办使，速由粤西入滇，除带领所部外，即在南宁招兵十营，借扩军额，并饬广西将军陆荣廷，赶紧募兵二十营，助龙攻滇，饷械均由中央接济。小子叙到此处，又要把袁氏心理推测一番。滇、桂本属毗连，就是滇省护国第二军，亦指定从桂进发，袁皇帝欲分道攻滇，应该将桂边一路，责成陆荣廷，如龙觐光等只好备作后援，何故前后倒置，舍近求远呢？原来陆荣廷初入戎行，不过一寻常弁目，自经岑春煊督粤，方将他拔擢起来。民国肇造，陆任都督，粤西偏安。至癸丑一役，岑春煊曾为大元帅，与袁反抗，赣、宁失败，岑亦他避。老袁与岑有隙，遂忌及荣廷，只因桂省僻处西南，关系尚小，所以仍命镇边，未曾调动，不意滇事发生，川、湘、贵三路，变作要塞，倘或陆荣廷与滇通谋，岂非又增一敌？为此特任龙觐光攻滇，但命陆募兵协助。还有一着布置，龙子运乾，系陆荣廷女夫，彼此是儿女亲家，当然不致龃龉，既可借龙制陆，复可借龙劝陆，实是当日无上的妙计。

龙觐光拟全拨粤军，奋力攻滇，可奈民党中人，都因滇、黔起义，相率遥应。前粤督陈炯明，邀同柏文蔚、林虎、钮永建、熊克武，龚振鹏、谭人凤、李根源、冷遹、耿毅等，在南洋新加坡设一总机关部，派军入粤，进攻惠州。粤军自顾不遑，哪里还好调拨？不过广东将军龙济光，是龙觐光弟兄，骨肉至亲，不得不极力腾挪，当派陆军第二旅第三团长李文富为先锋，虎门要塞司令黄恩锡为前敌司令，率军四千人，陆续出发。龙觐光自带卫队数十名，潜乘广利兵轮，至北海登岸，经过廉州，直抵南宁。南宁即粤西省会，将军陆荣廷就此驻扎。龙觐光已入省城，并未见荣廷出迎，至投刺入见，尚在客厅中坐候多时，好容易盼到主人，还是缓步进来，差不多有重病模样。当下行过常礼，略叙寒暄，但闻荣廷低声道："兄弟近日适患心疾，昼不得安，夜不得眠，害得精神困惫，几难支持，并翁此来，有失远迎，幸勿见罪！"龙觐光道："曾否延名医诊治？"荣廷道："医生亦诊过数次，可奈服药少效。"龙觐光道："目下滇、黔谋变，粤西正当要冲，兄弟奉命西行，全仗亲翁协助，偏偏尊体违和，如何是好？"荣廷答道："弟正为此事烦躁，益觉寝馈不安，添了好几分贱恙，医生说须静心调养，方可渐瘥。亲翁来得正好，一切军事，好凭大才调度，弟可向中央请假数旬。”觐光道：“粤东亦有乱事，军队只堪自顾，兄弟带来的兵士不过三四千名，奉中央命令，饬在此处招添十营，且闻亲翁处亦令招募，想亲翁总也接洽呢。”荣廷半晌才答道：“命令是已经接到了，只因有病在身，不能亲募，现已托王巡按使代理，亲翁若有教言，请直接与他面谈吧。”说着，用手扪心，并皱着两眉，似有无限的痛苦。那时觐光不便多谈，只好起座告别道：“亲翁且自休养，弟且到王巡按处，商议军情便了。”荣廷也不挽留，随送出厅。觐光用手相拦，请他不必远送，荣廷也即止步，只道了“简慢”两字。待觐光出门，即展颜入内，自不消说。

觐光转至巡按使署，巡按使王祖同忙即迎入，两下晤谈，述及募兵办法。王祖同道：“粤西硗瘠，公所深知，欲要募兵，先需军费。前日陆将军召弟商议，委弟筹款垫发，且令弟代行招募，弟正为此事踌躇呢。”觐光见他支吾情状，不由得躁急道：“救兵如救火，不容迟缓，况政府已有明令，饷械由中央接济，尊处能筹款垫付，不消几日，便可由中央汇到，一律给还了。”王祖同道：“兄弟也这般想，但急切提不出这种现款，也是没法，昨已驰电达京，催解汇款去了。”觐光道：“募兵已有地点吗？”祖同道：“已借军械局开办。”觐光道：“我且去一观，何如？”祖同说了“奉陪”二字，便与觐光一同出署，至局所中巡视一周。但见临武将军行辕已经设着，觐光便就此寄居，祖同自行返署。

看官道这陆、王二人，究竟是什么意见呢？原来陆氏宗旨，是完全的保障共和，反对帝制，且已接着岑春煊及梁启超等密函，劝他联络滇、黔，勉图独立，他已怦怦欲动，只因饷械未足，不便冒昧举事，并且长子裕勋，在京为官，一或发难，未免投鼠忌器，所以托词心疾，请假养疴；独王祖同是骑墙人物，袁氏曾命他会办军务，监察老陆，他持着中立态度，两面敷衍，此次对付觐光，也是这番手段。觐光在局募兵，起初是京款未到，只好静坐以待，及款已汇至，赶紧招募，偏桂人不甚踊跃，每日来局报名，多不过百人，少仅数十人，任你龙将军如何劝导，也一时不能成军。忽一日，由贵来电，龙济光已击退乱党，解惠州围，中央加封济光为郡王。觐光也为心喜，当即发电道贺，并商令酌拨粤军，由海道来南宁，以便即日赴滇等语。嗣得复电，略言“惠州虽然得捷，乱党仍然蔓延，随在需防，无兵可拨，赴滇军请自行募足”云云。于是觐光无援可恃，且又不便久留，只好把新募各兵，检点起来，约得四千名，加入前时带去的粤军，共计得八千人，新旧合组，得二十营，号称一万二千，分作五路：令李文富为前锋，率兵千五百名，由百色进发；黄恩锡率兵千五百名，间道出广南，会合李军，进攻剥隘；再令粤西军官张耀山、吕春绾，各率兵两千，作为前后两路的援应；并令侄儿体乾，统领两军，称为第三第四队；又另遣朱桂英率兵千人，入窥黔边，牵制黔军援滇。觐光仍驻节南宁，满望着旗开得胜，马到成功。小子有诗叹道：

士甘焚死不封侯，气节消磨一代羞。
争说两龙跨粤海，为何甘作顺风牛？

觐光既遣发各军，当然奏报中央，欲知后事，且看下回。

上半回是叙述内情，缴足上回文字；下半回是叙述外事，暗启下回文字。观内情之蒙蔽，已知袁氏之难乎为帝，观外事之溃散，尤知袁氏之不能为帝。洪姨爱姬也，而欺之；陆荣廷，良将也，而亦欺之，余如安女士之朋比为奸，王巡按之模棱两可，更不必问。内外交构，何事可成？故本回虽显分两撅，而暗中却自有相对处，是在阅者之静心体察可耳。

第六十四回

暗刺明讥冯张解体　邀功争宠川蜀鏖兵

大敌当前，袁氏自然要将冯国璋、张勋安抚、拉拢，二人也不作反，只是明里暗里把袁挖苦一通。老袁掉臂谋划军事，曹锟、马继增、冯玉祥等的十万大军也就集结湘、川，征讨护国军。

却说袁皇帝接到龙觐光奏章，披阅以后，深喜他实心效忠，不负委任，桂边一路，似可无忧，川、湘一带，已是大兵迭发，当亦不致有意外情事；惟江宁将军冯国璋，前曾调他来京，任为参谋总长，偏他请假养疴，相隔数月，尚未到任，老袁愈觉生疑，特派遣蒋雁行，南赴江宁，调查防务，临行时且有密言相嘱。蒋衔命南下，与冯相见，谈下许久，冯只管无情无绪，淡淡地答了数声，有几语简直不答。雁行因奉着主命，未便敷衍过去，便进言道："极峰意见，要上将出任行军总司令，因未得尊意赞成，所以嘱弟转达。"国璋哑然失笑道："我去岁入京觐见，谈及帝制问题，总统誓不承认；且言国人相逼，当挂冠航海，往游伦敦，目下欧战虽剧，伦敦尚是无恙，总统何不前往，还要兴什么大军？授什么总司令呢？"雁行道："往事也不必重提了。但上将与总统相知有年，也应助他一臂，借尽友谊。"国璋道："我正为友谊相关，始终不敢背弃，无如抱病未痊，力不从心，还请代达总统，求他原谅！"雁行又道："总统亦系念贵体，特遣兄弟前来探望，并嘱令代阅防务，俾上将安心休养，早日告痊，得以销假视事。"国璋笑答道："多谢总统盛意，近日一切政务，也多委王镇守使代理，今又得足下代劳，兄弟不胜感激哩。"说罢，即呵欠了好几声。雁行料不便多言，遂即退出，向镇守使王廷桢处，会叙多时，至回寓后，即将冯国璋言动情形，叙入电稿，寄达中央。隔了一天，即由政事堂传出申令，因冯国璋尚在假中，着王廷桢暂行代理。是电一传，与冯交好的疆吏，多疑老袁将免冯职，致起违言。山东将军靳云鹏、江西将军李纯电袁留冯，略谓“冯保障东南，关系大局，不应无故调动”等情，于是老袁改了初念，另派佐命功臣阮忠枢，至徐州来说张勋。张勋自任长江巡阅使后，以徐州为盘踞地，逍遥河上，花酒耽情，除宠妾小毛子外，复纳一个女优王克琴，端的是风流大帅，洪福齐天；惟他有一种特别的性格，终身不忘故主宣统帝，所以袁氏要想登极，他虽阳示赞同，暗地里实是反对。滇、黔发难，竟上书直谏老袁，内有大不忍四则，能言人所未言，小子因胪述如下：

(甲)纵容长子，谋复帝制，密电岂能戡乱？国本因而动摇，不忍一。

(乙)赣、宁乱后，元气亏损，无开诚公布之治，辟奸佞尝试之门，贪图尊荣，孤注国家，不忍二。

(丙)云南不靖，兄弟阋墙，寡人之妻，孤人之子，生灵堕于涂炭，地方夷为灰烬，国家养兵，反而自祸，不忍三。

(丁)宣统名号，依然存在，妄自称尊，惭负隆裕，生不齿于世人，殁受诛于《春秋》，不忍四。

这四大不忍等语，呈将上去，袁皇帝却容受得住，并不加责。他知张大帅的性格，并非袒护滇、黔，不过系念故主，聊发牢骚，但教好言抚慰，虚名笼络，仍可受我约束，不致生变，因此派遣阮忠枢，来与张大帅商叙军情。张勋接入，便开口道：“老斗，你来做什么？”忠枢道：“闻大帅新纳名姝，特来贺喜。”张勋道：“你怎么知道？”忠枢笑道：“上海滩上第一个名伶，被你选取了来，已收尽江南春色，全国统已知晓，小弟也有耳目，难道不闻不知吗？”张勋道：“照你说来，你简直到此，来敲我几台喜席。我这里有酒有肉，任你吃，任你喝，可好吗？”忠枢道：“这是蒙大帅的赏赐，还有何说？但小弟还有特别要求，未知大帅肯赏光吗？”张勋道：“你且说来！”忠枢笑道：“要请贵姨太太出见，赏光一套西皮调，给我恭听，那是格外承情了。”张勋笑道：“老斗，你又来胡闹了。闲话少说，我吩咐厨役，备些可口的菜蔬，与你畅饮，你若有暇，请在此多逛几天，多年老友，难得常聚哩。”忠枢说声叨扰。张勋便嘱咐左右，传语厨子去讫。

两人又闲谈了一时，外面已搬进酒肴，由张勋邀客入座，豪饮起来。酒至半酣，忠枢用言挑着道：“长江一带，幸亏大帅坐镇雍容，才保无事。”张勋不待说毕，便接入道：“百姓并不要造反，只外面的革命党，里面的袁项城，统是无风生浪，瞎闹一场，所以国家不能太平。”忠枢道：“项城也只望太平哩。”张勋哈哈大笑道：“你是十三太保中的领袖，怪不得有这般说。项城世受清恩，前时投入革党，赞成共和，硬逼故帝退位，已是铸成大错，此次要重行帝制，谅亦有些悔意了。但现成的宣统皇帝，尚在宫中，何不请他出来，再坐龙庭？他今朝要自做皇帝，哼哼，恐怕有些为难呢！”忠枢闻言，不觉面上一红，勉强答应道：“这也是出自民意，项城不能强辞，就是大帅前日也曾推举项城，难道是贵人善忘吗？”张勋顿时变色道：“他屡次给我密函，要我向他劝进，我的秘书，也向我说着，不如顾全旧谊，休与反对，我才叫他写了几句，电复了事，横直将来人多意多，总有几个硬头子出来反抗，我老张也不是真呆，何苦与他结怨。现在云南、贵州，已创起什么护国军，竟不出我所料，项城想我出去打仗，我为了项城的事情，惹人怨骂，还要我兜掉面子，向外国人赔礼，我已吃尽苦楚，此番不来上他的当了。”忠枢听说，尚未回答，张勋又道：“我所以说了四大不忍，呈将进去，叫项城自去反省。”忠枢趁势探着道：“云南、贵州的变事，大帅还是反对，还是赞成哩？”张勋道：“我去赞成他做什么？我只晓得整顿军备，保卫地方罢了。”忠枢又进一步道：“大帅高见，很足钦佩，但云、贵既已倡乱，应该如何对付，方得平和？”张勋沉着脸道：“他闹他的云、贵，我守我的徐州，干我甚事？”忠枢知不可喻，不得已据实相告道：“项城本意，也不要调动大帅，不过想抽调军队，并添设长江上游巡阅使，敢问大帅意下如何？”张勋佯笑道：“我料你是贵忙得很，断不至无因至此。你去回报项城，长江上游巡阅使，他欲要设，尽管去设，我老张不来多嘴，但恐增设一人，也是无益，若要抽调军队，我的兵士，素不服他人节制，调往他处，非但无益，反恐有损呢。”

忠枢至此，已晓得张勋用意，不必再与多谈，便又借贺喜为名，敬了张勋数杯。张勋亦回敬数杯，随即吃过了饭，撤席散坐。是夕，复呼枭喝卢，极尽豪兴，最后仍央请张大帅，唤出新姬，果然是绝世尤物，倾国倾城，惹得这位阮钦使也不禁目眩神迷，魂飞色舞。待王姨太道了万福，转身进去，那时才对着张大帅道：“大帅真好艳福，小弟一无所赠，未免惶愧得很。”说至此，即从怀中取出钞币十张，约得百圆，双手奉上道：“这便代作赠物吧。区区不腆，幸转送香闺，祈请赏收！”张勋道：“又要老友破钞，谨代小妾道谢。”于是分手归寝；翌日起床，阮忠枢即拟辞别张勋，吃过早点，眼巴巴望着张勋出来，偏是望眼将穿，杳无消息，待至午餐，方见张大帅登堂陪客，忠枢有事在心，也不多饮，便于席间辞行，草草毕席，即告别出署，回京复命去了。

老袁已遣阮南下，想不至虚此一行，便在统率办事处内，添设临时军务处，遥领军政，实行指挥。当拟组织征滇第二军，令张勋、倪嗣冲各出十营；驻鲁第五师，出步兵一团，防兵一营；驻陕军出一混成旅；驻奉第二十及第二十七第二十八师，各出一混成旅；余由他省选调骑兵数营，合成一师，限月终拔往战地。正在筹划的时候，那阮忠枢已回来了，当下听他禀报，已知张勋不肯从命，很是懊怅。再电致奉天、山东各省，陆续接复，多半是“防务吃紧，兵不敷用，职守所在，碍难遵命，否则本省有变，不负责任”云云。老袁急得没法，乃将调兵的政策，变为募兵，拟由直隶、山东、河南三省，募兵二万，听候调遣，一面电催赴敌各军，速行进击，并调四川、两湖军队，协同接济。统计自正月中旬，至三月上浣，袁军运到川、湘，差不多有十万人。看官欲晓明大略，且由小子一一叙来。

在川各军：

(一) 曹锟军，即第三师，约八千五百人。(二) 张敬尧军，即第七师，约六千人。(三) 李长泰军，即第八师，约七千八百人。(四) 周骏军，即四川第一师，嗣改编为第十五师，约六千人。(五) 伍祥桢军，即第四混成旅，约四千人。(六) 冯玉祥军，即第十六混成旅，约四千人。

在湘各军：

(一) 曹锟军，即第三师之一部，约二千人。(二) 马继增军，即第六师，约万人。(三) 唐天喜军，即第七混成旅，约四千人。(四) 李长泰军，即第八师之一部，约三千人。(五) 范国璋军，即第二十师，约四千人。(六) 张作霖军，即第二十七师，约三四千人。(七) 倪毓棻军，即安武军十五营，约三四千人。(八) 王金镜军，即第二师，约四千人。(九) 胡叔麒军，即湖南混成旅，约四千人。(十) 卢金山军。系湖北独立旅，约四千人。

这十万大军，云集川、湘，总有几个效忠袁氏的将吏，拚着了命，与护国军争个胜负，好博得几个勋章、几等勋位。只是滇、黔军乘着锐气，杀入川、湘，或合攻，或分攻。川路自叙州起，经泸州、重庆、万县、夔州，直达湖北的宜昌。湘路自沅州起，经麻阳、芷江等县，直趋宝庆、常德，战线延长，约有两千多里。总司令曹锟，先行筹防，分檄各路兵将，择要驻守，十万军中，已去了五成。尚有五万名作为战兵，大约自川中进攻，计两万人，自湘中进攻，计三万人。五万袁军压川、湘，当时已传遍天下，滇、黔两军，统共不过三万名，与袁氏战兵相比例，尚不及半数。曹锟因老袁催逼，乃简率精锐，会合冯玉祥、张敬尧各军，兼程前进，直指叙、泸，另檄第六师长马继增，驻扎湘西，抵御黔军。

此时云南护国第一军总司令蔡锷，早已由黔入川，闻曹锟等尽锐前来，急令刘云峰、赵又新、顾品珍等，分头拦截，哪知来兵很是凶勇，凭你如何截击，总是抵挡不住；并且顾左失右，得此失彼，眼见得主客异形，众寡不敌，一阵阵地向后退去。刘、赵、顾三人，无可如何，只得向总司令处告急。蔡锷闻报，踌躇一番，默想曹、张各军，用着全力来攻叙、泸，若要与他死战，徒伤士卒，无济于事；且弹药等件，亦只能暂支目前，未能持久，计不如变攻为守，以逸待劳，一面联合粤西，调出李军，并力北向，再决雌雄，也为未晚。乃即令刘、赵、顾各军，且战且退，自己亦退入永宁，准备固守。

曹锟遂分兵大进，自克綦江，冯玉祥克叙州，张敬尧克泸州，纷纷向中央告捷。四川形势，顿时大变。黔督刘显世，闻滇军撤归也为一惊，亟檄总司令戴戡，调还一旅，驻守黎平。那时马继增跃跃欲逞，拟乘势攻入黔境，与川军并奏奇功，当下发令进兵，行了半日，因天色已晚，驻营辰州，到了夜半，除巡兵未睡外，余皆安寝。待至天晓，全营统已早餐，秣马厉兵，待令即发，不意这位马师长，竟长眠不起，由阎罗王请去作先锋了。小子有诗咏马继增道：

> 未曾前敌即身亡，暴毙营中也可伤。
> 自古人生谁不死，甘心助逆死无光。

毕竟马继增如何致毙，且至下回表明。

> 冯、张两人，宗旨不同，而其不满袁氏也则一。本回借冯、张之口，讥讽袁氏，足令袁氏，无颜对人；而张大帅粗豪率直，描摹口吻，尤觉逼肖，岂其尚有张桓侯之遗风欤?《民国演义》中有此人，亦足生色矣。夫以冯、张之为袁氏心腹，犹离心若此，彼川、湘一带之十万师，宁皆能效忠袁氏耶？不过凭一时之勇气，直入叙、泸，转眼间即已告馁，乃知师直为壮，曲为老，一时之强弱成败，固不足以概全体也。

第六十五回

龙觐光孤营受困 陆荣廷正式兴师

北军得了几场小胜，谁料广西的陆荣廷也宣布了独立，给老袁发了电文，给各省发了通电。也许是老袁和洪姨手运不佳，单停的一张『九万』被上家和了去，硬生生毁了一副『同花顺』。

却说马继增到了辰州，过了一夕，竟尔长眠不起，由队官等上前相呼，已是魂入冥乡，寂无声响了。大家惊讶不已，细检尸体，但见满身青黑，也不知是什么病症，大约是中毒身亡，一时无从究诘，只好飞电中央，另简主帅。为此一番转折，湘、黔两边各按兵不动。惟龙觐光所遣各军，攻入滇边，前锋李文富，先抵剥隘。剥隘系由桂入滇的要塞，滇兵驻守，只有两连，闻得敌军骤至，慌忙对仗，一面向总司令处求援。总司令李烈钧方驻扎土富州，距剥隘尚数百里，未免鞭长莫及。剥隘孤兵，敌不住李文富军，勉强对仗，伤毙军官一人，部众溃散。李文富据剥隘，即向龙觐光处报捷。龙体乾亦潜入滇境，联结土司，围蒙自，占个旧，也自然飞递捷书。觐光连得捷报，喜欢得了不得，当即连电奏捷。老袁一再嘉奖，又颁给几个勋位勋章，作为赏赐。于是龙觐光以下，无不踊跃，乘势杀入云南，搏个你死我活。觐光也移驻百色，指挥进攻，几乎有灭此朝食的气势。哪知背后的广西省内，已是一声霹雳，响彻西南，险些把个龙将军，弄得不能进，不能退，把他龙筋龙脉，要抽将出来。

看官！可记得广西将军陆荣廷吗？荣廷因病乞假，并函致长子裕勋，南来侍疾。裕勋得信，当然禀闻老袁，即拟南下。老袁也即照准，且命人伴送途中，慰他寂寞。到了汉口，裕勋竟得着急症，医治不及，霎时身亡，假惺惺的袁皇帝，反连电粤西，极表哀悼。荣廷明知此事，由老袁预嘱同伴，将子毒死，但已不能重生，只好以假应假，复电称谢；自是决计独立，先向中央要求军饷百万，快枪五千支，自告奋勇，督师征黔。老袁如数发给，且授为贵州宣抚使，令他即日赴黔，相机剿抚，一面饬第一师长陈炳焜，暂代陆职，护理军务。荣廷既接京电，拟召集军事会议，决定行止，可巧来了梁启超，与荣廷晤谈起来，所有讨袁政策，很表同情。梁本受蔡锷密托特地来见荣廷，做一个说客，不期荣廷已决心举义，无待多言，哪能不喜出望外，当下邀入陈炳焜，与他密商。炳焜豪爽得很，简直是请陆独立，不必迟疑。于是召集全师，公议军事。陆荣廷为主席，把助袁助滇两事，宣告出来，待众解决。炳焜先起座道："袁氏欺人欺己，得罪全国，已不足责，即为将军代计，今日助袁为逆，对国不忠；公子裕勋，被袁无故毒毙，不思报复，对子不慈；岑云帅为将军故主，他已屡函劝勉，不闻相从，对主不义，将军今日，如即独立，尚可改过为功，否则军民解体，恐将军也成为民国罪人了。"荣廷怃然道："陈师长责我甚当，我就指日独立，自改前非，为问众弟兄可赞成否？"说声甫毕，但见大众统已起立，自第二师长谭浩明，及旅长莫荣新、马济以下，没一个不拍掌赞成。荣廷遂向天宣誓道："皇天后土，鉴临廷等，一德一心，驱逐国贼，保卫民生，如有违异，饮弹而死。"陈炳焜等应声道："谨如陆将军言。"宣誓已毕，即下动员令，饬马济率游击队六千，星夜前赴百色，托名攻滇，暗断龙军的后路，又亲率十二营，往扎柳州，阳言攻黔，其实欲取道桂林，进逼湖南。

龙觐光尚睡在梦里，檄令李文富等进攻土富州。李烈钧已密接桂军消息，令第一梯团司令官黄开儒，率军前敌，与桂军约就夹攻。又由滇督唐继尧，拨遣第三梯团司令官黄毓成，绕道黔境，由兴义出泗城，潜入西林，攻击龙军右面。三路议定，一齐动手。马济密嘱营长黄自新，先至龙军，佯称助战。龙觐光不知有诈，调赴军前。那时李文富等与黄开儒对垒交峰，两下里排成阵势，你枪我炮，互相冲击，正在难解难分的时候，忽龙军阵内跃出黄自新一军，倒转枪枝，扑通扑通的几声，将龙军击了数十名。龙军顿时哗噪，自乱队伍，滇军趁势攻入，杀得龙军七零八落。李文富等连忙收兵，且战且退，不意后面喊声大起，炮弹随来。粤西旅长马济，复带了一支生力军，前来攻击。看官！你想此时的李文富、黄恩锡等，还能支持得住吗？亏得龙觐光接闻军警，自率亲军援应，总算保全了一半，狼狈回营；当下飞调龙体乾还援。体乾弃了个旧，急至百色，谁知张耀山、吕春绾两军，统已心变，不服约束，自率所部回粤西，剩得体乾身旁，只有数十个亲随，入百色营。

此时百色附近，已是密密层层，布满敌兵。营内只有一二千名残卒，眼见得保守不住，龙觐光满面愁容，一筹莫展，既见体乾，竟洒着泪道：“我与你要死在此地了。可恨陆亲家背我，连电求援，并无复信。”体乾也含着泪道：“何不叫兄弟发一急电，向他丈母哀请？只说我辈死在目前，全仗援救，妇人总有爱惜儿女的心思，若得他转告老陆，我等才得有命哩。”觐光道：“我一时神志慌乱，竟忘怀了。惟运乾不在军中，你赶紧电告运乾，叫他转电陆夫人，设法救我才是。”体乾立即照行，果然驰电到粤，不消两日，已接复电，说是：“陆妻谭氏，已向陆说情，当有好音相报。”觐光稍稍放心，敌兵也不来紧逼。双方停战数日，方来了陆子裕光，传达父命，要龙军缴械投诚，才令滇、桂两军罢战。觐光急得没法，只好应允，但恳留卫队驳壳枪三百支。裕光以未奉父命，不肯勉从。那觐光顾命要紧，没奈何下令各军，缴出机关枪四十架，炮十四尊，步枪五十支，现银二十万圆，军官遣回原籍，兵丁另行改编，直隶马济部下。于是贪功争宠的临武将军，遂俯首敌前，做了一位降将军了。

袁皇帝尚未闻悉，正为了洪姨生日，开筵庆贺。洪姨购得一副绝精巧的麻雀牌，统是羊脂白玉制成，大小厚薄，不差分毫，所刻的花纹字迹，乃是京内著名美术家宋小坡手笔，价值约五千圆以上，此日正拟试新，各姬妾席终入局，叉万金一底的麻雀。洪姨赌运不佳，只管输去，看看要输至两底，老袁从外趋入，见洪姨所负过巨，便笑语道：“我替你翻它转来。”洪姨乃让袁入座，自立在旁，约莫叉了一圈，一副都碰和不成，累得洪姨愈加着急，从旁说道：“我道皇帝的财运，总是好的，谁意反比我不如哩。”老袁闻言，急得面红耳赤，要想做副大牌，反负为赢，偏偏牌风不佳，手气又是甚恶，顿时懊恼异常，口中呶呶不已；后来得了一副全万子，将要做成，只少九万一张，凑巧对面竟打了一张九万，他不禁拍手道：“和了和了，这遭好翻本了。”哪知右旁坐着汪姨嘻嘻的笑道：“且慢！我也是和了。”老袁还道她是顽话，至摊牌一瞧，果然是一副平和，巧巧不先不后，被她拦去，顿气得双目突出，胡须倒竖，把手中的牌尽行掷去，几乎击得粉碎。正在拍案狂呼，忽见一女官入奏道：“外边有紧急公文，请万岁爷出阅！”老袁听了，乃起身外出，复至办公室，由秘书长呈上电文，说是广西发来，已经译出，随即瞧着，其文云：

> 前大总统袁公惠鉴：痛自强行帝制，民怨沸腾，云、贵责言，干戈斯起，兵连祸结，徂冬涉春，国命阽危，未知所届。远推祸本，则由我公数年来，殃民秕政，种怨毒于四民；近促杀机，则由我公数月来，盗国阴谋，贻笑侮于万国。查约法第四十六条，有总统对于国民负责任之规定，失政犯宪，万目具瞻，厉阶之生，责将谁卸？云、贵既扶义以兴，势无返顾，我公犹执迷不悟，何术自全？荣

廷奉职岩疆，保安是亟，启超历游各地，蒿目滋惊。因念辛亥之役，前清以三百年之垂统，犹且不忍于生民涂炭，退为让皇，今我公徒以私天下之故，不惜戕亿万人之生命，以殲国家于亡，以较胜朝，能无颜汗？况事终无成，徒见僇笑，名为智者，顾若此乎？荣廷等以数年来共事之情好，不忍我公终以祸国者自祸，谨沥诚奉劝，即日辞职，以谢天下。荣廷等当更任力劝云、贵同日息兵，则公志既可以自白，而国难亦可以立纾矣。事机安危，间不容发，务乞以二十四小时赐复，俾决进止，不胜沉痛待命之至！陆荣廷、梁启超、陈炳焜，谭浩明、莫荣新、马济、王祖同。

老袁览毕，气愤填胸，好似痰迷心窍，半晌说不出话来；到了神志渐清，才旁顾秘书长道："国务聊等到哪里去了？"秘书长道："早已归去，现在已过夜半哩。"老袁自阅金表，已一点多钟，乃踱出办公室，仍然入内，见里面也已散局，惟洪姨尚怏怏地留着，便启口问道："你在此做什么？"洪姨道："妾在此待着陛下，替妾还赌债哩。"老袁道："输了若干？"洪姨道："约四五万圆。"老袁道："四五万圆，值什么大事？你难道取不出吗？"洪姨装娇撒痴，定要老袁代还。老袁道："算了吧，明日由我账内支付，我现在烦躁得很，你不要再向我絮聒了。"说罢，便挈着洪姨入房就寝，是夕无话。次日至办公室，无非邀了国务卿及六君子、十三太保等，取示电文，会议对付粤西的法儿。有主战的，有主和的，发言盈廷，日中未决。还是老袁主议道："电文中虽列着王祖同，但我料祖同必不负我，大约是陆荣廷等，背地列入，现且先礼后兵，电致王祖同，叫他劝止荣廷，他能就此罢休，我也不去多事呢。"陆徵祥道："郡王龙济光，与陆有亲戚关系，也应叫他转劝为是。"老袁点首道："这也是要着，快拟定电稿，分途拍发罢。"当下召入秘书长，拟就电文，略说是"四川、湖南，俱已击破逆军，一部叛徒，虚言护国，济什么事？因亟劝告陆荣廷等，毋从乱党，免贻后悔"等语。老袁亲自鉴定，即日寄去。

是夕，才接到龙觐光军报，知已失败。又于次日开御前会议，大众都游移不定，左丞杨士琦，仍主张和解。老袁道："我与他和解，他不肯依我，如何是好？"大众听了，统面面相觑，不发一言。忽外面又呈入急电，由老袁瞧阅，系是王祖同的复奏，内称："陆已独立，无可挽回，请中央善自处置。"老袁阅罢，便宣示大众道："事已至此，料不能和平解决了。我的意见，只好责成龙济光吧。"遂不待大众议定，即致电龙济光，令严行戒备，先守后战，且须转饬肇罗镇守使李耀汉，分兵扼险，节节设防。一面令江西将军李纯，派兵拒守桂、赣交界，一面令湖南将军汤芗铭，移屯精锐，至永州把守，严拒桂军；且檄冯国璋、倪嗣冲等调兵入湘，借厚兵力。计划已定，会议复散。

是日为三月十六日，先一日已报广西独立，各省连接通电，第一电是广西军官，公推陆荣廷为都督，宣布正式独立；第二电是由陆荣廷出名，劝告各省协同讨袁。小子分录如下：

广西军官通电

民国成立，四载于兹，元首固无变更国体之权，人民应负拥护共和之责，乃袁氏伪造民意，帝制自为，吸吾脂膏，以供运动，禁吾言论，以遂阴谋，正气摧残，群邪竞进，大信全失，邦本动摇，我同胞艰苦缔造之中华民国，竟断送于袁氏之手，凡有血气，罔不痛心。比者滇、黔起义，全国风从，事尚可为，责无旁贷。炳焜徬徨瞻顾，欲罢不能，当经会议表决，即日宣布广西独立，公推我上将军为广西都督，事关民国存亡，应请都督力膺艰巨，督饬进行，誓歼民贼，以维国本。除通电京省各机关外，谨此电闻！陈炳焜、谭浩明、莫荣新暨军民全体同叩。

广西都督通电

自帝制发生，人心大惑，无信不立，荣廷早虑国家危亡，顾念改革以来，民力凋残，邦基杌陧，万不欲一夫作难，再致同室操戈。迩自滇中首义，黔阳从风，长江、川、湘，雷动响应，国民真意，昭若日星。袁氏宜幡然悔罪，消除伪号，尊重民意，以张四维，乃竟包藏祸心，离间将士，以金钱为买命之法，以名器为佣奴之酬。猛虎斑羊，蝇营狗苟，玩五族于股掌，希万世之帝王。此而可忍，宁谓有人？及今不图，其何能国？兹我三省父老兄弟，枕戈以待，投袂奋兴，洒涕中原，瞻言马首。荣廷虽身起草茅，尚知纲纪，不得不率此旧部，完我初心，誓除专制之余腥，重整共和之约法。除联合云、贵声罪致讨外，敬告各省文武忠勇志士，协心戮力，诛彼独夫，载宣国威，庶内慰四年死义之英魂，外固万国缔交之大信。仗兹正气，弹压河山，无任呕心沥血，传檄以闻！都督陆荣廷叩。

是时陆荣廷尚在柳州行营，省会中一切规划，统由陈炳焜代理，当改将军署为都督府，照会各国领事，谓所有交涉，仍照条约办理，并收管梧州、南宁、龙州等处海关。外人也未闻相拒，且说他理由充足，行为正当，啧啧有羡词。惟檄文传到百色，百色军民硬迫龙觐光宣读。觐光战栗失色，勉勉强强地读完檄文，才保无事，但自己总未免心虚，不得已函达荣廷，乞全蚁命，放他回粤。荣廷乃遥馈赆仪，并饬马济派兵，护送出境。还有巡按使王祖同，自知留居不便，也请求回籍，荣廷也就准请，由他自去。随即拍电粤东，寄去一封哀的美敦书。正是：

声讨聿彰民意显，国家为重戚情轻。

欲知书中内容，请看官续阅下回。

粤西独立，为袁氏帝制之一大打击。当护国军小挫之时，帝制妖孽，余焰复张，非陆荣廷之起为后劲，滇、黔其曷自支持乎！但粤西地瘠民贫，陆之迟回审慎，不敢轻身发难者，尚欲求一自全之策，至长子被毒，梁启超、陈炳焜等先后进言，方决计独立，是陆之铤而走险者，亦何莫非袁氏激之也。予昔读《春秋》，至楚灵王败于乾谿，自叹曰："余杀人子多矣，能无及此乎？"袁氏毋乃类是。至若本回中插入聚赌一段，一以叙袁家之极奢，一以验袁氏将败，虽非独立标目，而内蠹外讧之情形，已可极见，袁氏之不腊也宜哉！

第六十六回　埋伏计连败北军　警告书促开大会

此回先写南北军交战，虽有蔡锷、冯玉祥等名将，却凸显一个给南军领路的老人、一个帮南军打仗的盗寇，以见世道人心。苏、浙、赣、鲁及徐州五将军冯国璋、张勋等来电请速行取消帝制，袁皇帝听了顿时瘫坐。

却说陆荣廷既通电各省，声明讨袁，复任梁启超为总参谋，先贻书粤东，劝龙济光一同举义。书中大意，差不多似哀的美敦书，文云：

广东龙上将军，张巡按使同鉴：前大总统袁世凯谋逆叛国，神人共愤，自滇、黔首义，湘、蜀奏功，舆情所趋，昭然可见。本都督曾会同本军总参谋联名电劝袁氏退位，以谢天下，乃袁氏怙恶不悛，顽勿见答，今已徇军民之情，出师讨贼。粤、桂比邻，谊同唇齿，伏望两公董率所属，载歌同胞，不胜欣幸。军机迫切，乞以十二小时赐复为盼。两广护国军总司令陆荣廷，总参谋梁启超。

看官！你想龙济光方受封郡王，威阔得很，哪里肯就依老陆，平白地将郡王衔丢去海外？因即悬搁不复。陆荣廷待了一日，杳无复音，便下令东指，逾柳江，入浔江，驰抵梧州，命第一师第一旅长莫荣新为先锋，进临肇庆，第二师长谭浩明，直趋钦、廉，是为攻粤兵；再命团长秦步衢，率第一师中的步兵一旅、炮兵一营，会同黔军，进逼衡州，是谓攻湘兵；又檄云南第二军总司令李烈钧，统领全师，径行北伐，珠江流域，鼓声渊渊，大有叱咤风云的状态了。云南护国第一军总司令蔡锷，闻粤西已经出师，东顾无忧，遂亲督左翼军，再入川境，进攻叙、泸。适张敬尧等驻守泸州，纵兵淫掠，难民相率逃避，沿途委顿，不堪寓目。蔡锷出资抚恤，并遗书张敬尧道：

两军争点，其目的在共和帝制二端。共和死，则同胞为帝制人民；帝制死，则同胞享共和幸福。无论谁胜谁负，苟无民何以为国？今贵军挟其势力，蹂躏群黎，吾窃为阁下所不取。矧迩来中外报纸，咸记载贵军野蛮，吾为阁下计，正宜一雪此耻，胡反加之厉乎？且也帝制未成，先屠百姓，自今以往，世界上又曷贵有皇帝耶？公身为大将，不思整饬军纪，但知媚兹一人，已属罪不容死；况更虐我同胞，人将不食尔余矣。谨率义旅，北向待命，公如不悛，速决雌雄！

敬尧得书，又羞又怒，当即调集各军，与滇军决一死战，且令侦骑四出，探悉滇军行踪，准备截击。未几，即有警报络绎前来，江安、南川，相继失守，敌锋已到纳溪了。敬尧即督兵往援，途次来了一个土匪头目，自言姓名，叫做卢叫鸡，愿投麾下，作为前锋。敬尧召入，细诘一番，所有沿途地势，无不洞晓；并知滇军情形，亦说得了如指掌。敬尧大喜，遂命为向导，慰劳有加。卢叫鸡奉命拜谢，即引敬尧军前行。约经数十里，但见前面层山叠嶂，险恶异常，天色又将薄暮，敬尧颇有畏心，传令军士缓进。军士方拟小憩，忽由卢叫鸡返禀道："此山系纳溪间道，若越过此岭，不过十里，便到纳溪，大帅何不乘此前进，掩袭敌营，包管此夜可荡平敌军了。"敬尧道："你说虽是，但山势重复，倘遇他变，如何对付？"卢叫鸡道："此路连土著乡民，尚少知晓，不瞒大帅说，叫鸡是个失业游民，平时常窜迹山林，所以识此行径呢。"敬尧道："我军冒险前进，全仗你为耳目，成功应加重赏，否则不堪设想，你自问可有把握否？"卢叫鸡道："如或有失，就使叫鸡身为齑粉，也偿不了全军性命哩。"敬尧方才相信，惟暗中密嘱前队，注意卢叫鸡，休使脱逃；并嘱咐各军须要小心，不要草率。自己仍停留山下，待前军得手，方定行止。

卢叫鸡便引军先行，一队一队地走进山口，已觉崎岖得很，入后愈进愈险，天色又昏黑起来，亏得各军携有火具，随手爇着，还能辨出路径；只北军不惯山行，走了一程，已是气喘交作，不胜困惫，正要择地休息，蓦闻炮声一响，四面八方，统是敌军杀来。各军料知中计，叫苦不迭。前队的队长急将卢叫鸡捆住，麾兵倒退。可奈枪弹雨下，无从躲避，军士不是倒毙，便是受伤，还有陨崖坠谷的兵士不计其数。忽听山上大叫道："北军听着！今日你等到此，已经走入绝地，本可一鼓就歼，但你我都是同胞，不应自相残杀；且助纣为虐的张敬尧，未曾入山，被他幸逃性命，特借你等口传，叫他速即悔过，免遭诛戮，你等亦休得再来。这次恕你，下次是不能留情了。"言毕，枪声渐止。各军士才得抱头鼠窜，回出山口，向外一望，并不见张敬尧踪迹，只剩数十百个尸骼，东倒西歪，大众统惊诧得很，只因死里逃生，已算万幸，还有何心顾及？匆匆地奔回泸州去了。

看官！你道这种尸骼是哪里来的？原来蔡锷知张军入山，急密遣劲卒，绕出间道，抄截张敬尧的归路。偏敬尧生得乖巧，起初是不肯随入，后闻山中炮声震响，料有他变，忙麾军退还，至滇军抄出山前，燃炮轰击，只打死张军后队百余名，张敬尧早已遁去，追赶不及，也收兵回营。纳溪守兵，闻张军败绩，自然不战而降，惟张敬尧奔回泸州，检集残兵，已伤亡大半，队官绑入卢叫鸡，恼得张敬尧怒眦欲裂，拍案痛詈道："狗强盗！你敢勾通逆军，来算计我吗？"卢叫鸡大笑道："我虽是个强盗，不似你狐群狗党，专知帮着袁贼，屠戮川民。蔡司令拥护共和，邀我相助，我感他热忱爱国，是以前来诈降，满望诱你入险，送你归天，谁知你还阳寿未绝，逃出天网，只晦气了同胞若干人。我已拼死而来，杀死了我，倒可流芳百世，省得人人骂我为盗魁呢。"敬尧大怒，喝令左右乱刀齐下，霎时间砍成肉泥。

寻闻纳溪又失，忙向各处乞援。冯玉祥派兵驰至，还有伍祥祯军，也闻信赶到。敬尧乃会军固守，静待蔡军到来。蔡锷得卢叫鸡死信，很是叹息，即进兵直指泸州，将至城下，遥见前面深沟高垒，状颇坚固，急切料难攻入，乃挥兵少退，择险驻营。休息一天，得綦江出兵消息，他将营务交代刘云峰，暂行主持，自率轻兵五百人，前往掩袭。沿江一带，统是路转山回，不胜拗曲，他恐忙中有错，即向土民问讯，凑巧有一矍铄老翁，移步进前，当即下马婉询，并用好言抚慰。那老人自述姓王，名思孝，年已七十有奇，且云："北军近据綦江，骚扰得很，强买民间什物，奸淫良家妇女，小民怨苦得很。今得护国军到来，或者得重见天日了。"蔡锷道："此间与綦江相通，何处最为要道？"老人道："莫若松坎。"蔡锷道："松坎距此约若干里？"老人道："不过十余里了。"蔡锷复问及路径，老人道："小民愿为前导。"蔡锷道："老翁尚健行吗？"老人道："十余里路程，怕什么！"蔡锷大喜，便令老人前行，自率军后随，约一小时，即到了松坎，两旁皆山，只中间留一小径，可通行人。山上大松丛杂，蔽日干霄，就使埋伏千人，一时也无从窥悉。蔡锷语老人道："地号松坎，果然名实相符，但我军因留驻此间，老翁不如归休，免得多劳。"老人道："此处最便伏兵，倘或北军前来，即可掩杀过去，任他千军万马，也是死多活少了。"蔡锷不胜惊异，还疑他是北军间谍，不由得迟疑起来。老人道："小民愿在军前，看将军杀贼哩。"说至此，便散步登山，甫上山腰，向綦江一面眺着，隐隐见有北军旗帜飘动途中。老人忙抢下道："北军来了。"蔡锷也上冈一望，果然有大队北军迤逦而来，急忙传令五百人，左右埋伏，俟有口令，即行杀下。各兵俱遵令四伏，蔡锷自与老人据冈倚树，兀坐望着。

綦江军奋勇来前，势甚飘忽，不一时已入径中，蔡锷即引吭高呼，宣达口号。一声呼毕，顿时枪声交作，喊杀连天。蔡锷也无暇顾及老人，即下山指挥，鏖攻敌众。綦江兵虽有数千，到了窄径中间，好似鼠斗穴中，无从展技，前队逃避不及，尽被击毙，后队急忙退还，也已一半伤亡，剩了几百个长脚兵，一哄逃回綦江。蔡锷也不追赶，检查军士，五百个一人不少，只受伤了数十名，且夺得机关枪十余架，令军士带归。只有老人王思孝不知去向，四处寻觅，方见他奄卧林间，额上涔涔血出，竟中弹毙命了。蔡锷不觉流泪，并向他下拜道："王翁王翁！我得你立了战功，你为我死在战地，英灵未泯，随我归家，我总不令你虚死哩。"军士亦相率掩泣，随即由蔡锷嘱咐，舁着尸首，返至原处，查明家属，令他领尸，且出洋数百圆，作为抚恤。蔡锷又沽酒亲奠，且拜且泣，乡民皆为动容，统说老人有福，得邀将军祭奠，死有余荣了。

蔡锷辞别老人家眷，驰回营中。刘云峰等接着，叙及战事，统是欢慰异常。翌日早起，蔡锷令军士饱餐，进扑泸城，敬尧也驱军出来，一场鏖战，互有杀伤。次日再战，两军互击一阵，蔡锷勒兵退后，做佯败状。冯、伍两军乘胜追去，张军恐蹈故辙，不敢前行，只慢慢儿地随着后面。但见前军踊跃得很，霎时间已隔数里，远远有一丛林，那前军已趋入林间去了。张军知是不妙，代为前军担忧，果然炮声骤发，枪声继起，一片鼎沸声，从林间遥应过来。那时张军只好驰救，赶至林前，望将进去，顿令人心惊胆落。看官！道是何故？原来冯、伍二军，已被蔡锷军诱入垓心，四面围住，团团攻击，眼见得冯、伍军要同归于尽，张军一声呐喊，用机关枪猛击过去，方冲开蔡军一角，冯、伍各军，乘隙逃出，已只剩了一半。蔡军又拼力还攻，连张军也抵敌不住，转身逃回。有几百个晦气的兵士，也中弹丧命，好容易驰入泸城，统是狼狈不堪，连声叫苦。张敬尧经此一挫，尚望曹锟派兵救应，哪知曹军扎住綦江，为了松坎一役，多已气夺，不敢出援。敬尧无法，命尽毁城中大厦，开了旁门，率兵逃去。蔡锷挥军薄城，城门已经大开，百姓均伏道欢迎。护国军一拥而入，惟蔡锷亲自下骑，慰劳泸民，且因民多露宿，即出资分给，令暂买芦席，圈棚为屋，借免风寒。一面煮粥赈饥，百姓始稍免冻馁了。

泸城一下，川省复震，免不得有急电到京，老袁也觉惊惶。嗣又接湖广警报，李烈钧攻入湖南、陆荣廷攻入广东，顿时惊上加惊，愁上加愁；接连是日本公使日置益，又提出外交意见书，送达外交部，书中大意说是："奉本国政府训令，因中国内乱蔓延，北京政府，既无平乱能力，滇、桂、黔方面，又系维持共和，不得视为乱党，本国政府，现已承认为交战团体。"未几，又有英、法、俄、美各公使，陆续至外交部，请老袁速即取消帝制，免得久乱。老袁正应接不遑，忽来了一道长电，急忙令秘书照译。起首二语，是为速行取消帝制，以安人心事。老袁见了，忙令译末尾数码，一经译出，顿令一位阴鸷险狠的袁皇帝，挫闪了腰，扑塌一声，向睡椅上奄卧下了。

看官！你道这电是何人发来？原来是江苏将军冯国璋、山东将军靳云鹏、江西将军李纯、浙江将军朱瑞及徐州将军张勋。这五位将军，本是大江南北的重要人物，平时又是袁氏心膂，此次为了帝制问题已不免有些解体，老袁很为注意，陡然来了这道电文，哪得不令他丧气。秘书员见老袁躺倒，还疑他是昏晕过去，偷眼一瞧，只见他睁着双眼，竖起两眉，拳头又握得很紧，越发令人惊怕；他又不敢呼唤，但密令左右去请太子。不一刻，克定进来，走近老袁椅前，老袁忽挺身坐起道："你……你好！你一心一意地劝我为帝，你好将来承袭，我听了你，费尽心机，反惹出这种祸祟。现在人心已变，西崩东应，叫我如何下台呢？"克定支吾道："目下只有滇、黔、桂三省起兵为逆，想也没甚要紧。"老袁道："你不看五将军电文吗？"克定乃转至案前，见秘书所译，约有原文一大半。看了一遍，也吓得不敢做声。老袁又道："你快去请了段芝泉来。"克定闻得段芝泉三字，暗想自己是他的对头，就使去请，如何肯来，便嗫嚅道："恐……恐他未必肯来哩。"老袁道："曹锟、张敬尧有密电前来，统说要起用老段，目今事已急了，只好请他出来吧。"克定不敢多嘴，没奈何硬着头皮去请段祺瑞，果然闭门不纳，紧称挡驾，于是怏怏而返，仍旧来见老袁。老袁长叹道："多年交谊，一旦消磨，统是由儿辈淘气哩！"克定道："徐老伯尚在天津，不如去请他吧。"老袁道："快去快去！"克定奉命趋出，竟向天津去讫。

老袁再阅五将军警告，看他语意，似乎帝制不撤，也要仿滇、黔、桂三省，宣告独立。这一急非同小可，不得不申召群僚，大开御前会议。除六君子、十三太保外，所有国务卿以下，如各部总长等，统共与会。老袁先取出五将军电文，晓示大众，随即唏嘘道："照五将军来电，是要我取消帝制，我本没有帝王思想，只因群情所迫，勉强出此。今既有人不服，我也似不应拘执哩。"言未已，见朱启钤、梁士诒已出奏道："陛下如取消帝制，是威信俱堕，示人以弱了。臣等不敢从命。"说至"命"字，又有人抗声道："自帝制发生以来，愚意已暗抱悲观，不过京中人望，多表赞成，怎敢妄参异议？目今西南大势，十去八九，总统悔祸，虑及大难，计惟下令罪己，严惩首要，或足收拾人心，挽回万一。倘帝制取消，党人尚不肯罢兵，是曲在党人，不在总统。即如各国公使，也无从援为话柄，助逆畔顺，变乱自可立平了。大总统前日，尝谓宁牺牲子孙，救国救民，奈何恋恋这帝位呢？"袁总统闻言一瞧，乃是署教育总长的张一麐，随淡淡地答道："仲仁，你去岁曾劝阻帝制，我悔不从你的话呢。"梁士诒等本欲与辩，奈老袁已有悔意，未便哓哓力争，惟说出"陛下慎重"四字，总算是最后良策。老袁又沉吟起来，到了散会，仍然未决。是夕满腹踌躇，眼巴巴地望着徐东海，替他解决一切。待至次日巳牌，尚未见克定转来，惟外面呈入一书，当即披览，看了第一句，已不免惊讶得很。正是：

破晓方回皇帝梦，展书惊得圣人言。

究竟书中写着何词，且到下回再说。

自护国军起义后，与袁军交绥，多半从略，独于蔡锷督师入蜀，连败张敬尧等，详述靡遗。盖一以嘉蔡之首义，二以见蔡之多才，民国中有此英雄，庶不愧为伟人耳。且滇、黔、桂发难于先，五将军警告于后，而袁氏智尽能索，不得已有取消帝制之议。再造共和，微蔡公之力不至此。若张一麐辈，虽抗直有声，要不过一成败论人之见，作者且不没其直，况蔡公乎？《春秋》之义在褒贬，吾知作者之意，亦此物此志云尔。

第六十七回 撤除帝制洪宪消沉 怅断皇恩群姬环泣

袁皇帝迫不得已，请来徐世昌等拟出了取消帝制的文告。皇子、后妃们自然不愿，老袁也不舍得，只是权衡来去，只得如此。于是，八十三天的皇帝梦至此苏醒，比那吴三桂倒是多了好些天。

却说袁世凯展阅来书，看了第一句，即不免惊疑。看官！道是什么奇谈？原来是一封信：慰庭总统老弟大鉴：

老袁暗想道："为何有这般称呼？"正要看下，忽见克定趋入道："徐伯伯来了！"老袁把书信放下，连忙道一"请"字。克定即至门外传请，须臾，见徐世昌趋入，老袁忙起身相迎。徐世昌向前施礼，慌得老袁赶紧拦阻，且随口说道："老友何必客气，快请坐吧！"世昌方才入座。老袁也坐了主席。便道："你在天津享福，我在这里受苦，所以命克定前来邀请，烦你老友替我设法才是。"世昌道："不瞒总统说，世昌年已老了，既没有才力，又没有权势，只好做个废民罢了，还有何心问世？今因大公子苦口相邀，世昌不忍拂情，所以来此一行，乘便请安。若为政局起见，请总统转询他人，世昌不敢与闻。"老袁笑答道："菊人，你我是患难故交，今复惠然肯来，足见盛情，还要说什么套话？好歹总替我想个法儿，凡事总可商量的。"世昌才说道："他事且不必论，现在财政如何？"老袁皱着眉道："不必说了。现在各省的解款，多半延宕，所定外国借款，又被乱党煽惑，停止交付，总之由我做错，目下只仗老友挽回哩。"世昌未便急答，却从案上一望，但见有一沓信纸摊着，大约有十多张，便问老袁道："这是何人书信？"老袁道："我倒忘记了。我只看过一句，叫我做总统老弟，想是有点来历哩。"说着，便起身取下，与世昌同阅。世昌瞧着第一句，也是惊异，入后乃洋洋洒洒，历揭老袁行事的错处，且为老袁想了三策，上策是避位高蹈，中策是去号践盟，下策是将王莽的渐台、董卓的郿坞作为比例，末后是说从前强学会中，彼此饮酒高谈，坐以齿序，我为兄，你为弟，交情具在，因此忠告。统篇约有一万字，好似苏东坡、王荆公的万言，署名乃是康有为。

两人看罢，由徐世昌偷瞧老袁，面上似不胜愠色，便道："这等书呆子，也不必尽去睬他，但世昌却有一言相质，究竟总统是仍行帝制呢，还是取消帝制？"老袁半晌才答道："但能天下太平，我亦无可无不可。"世昌道："总统如果随缘，平乱谅亦容易，但须邀段芝泉出来帮忙，他是北洋武人的领袖，或还能镇压得定呢。"老袁摇首道："我已去请他过了，他不肯来，奈何？"世昌道："他的意思，无非是反对帝制，若果把帝制取消，我料他非全然无情。"老袁道："别人去请，恐是无益，我又不便亲邀，若老友能代我一行，那是极好的了。"世昌想了一会儿，方起身道："我且去走一遭吧。"老袁道："全仗老友偏劳。"

世昌自去，老袁在室中待着，见克定复趋入道："徐老伯如何说法？"老袁道："他要我取消帝制，现在去邀请段芝泉了。"克定道："帝制似不便取消哩。"老袁道："楚歌四面，如何对待？"克定道："不如用武力解决。"老袁哼了一声道："靠你几个模范军，有什么用处？我自有主见，不必多言。"克定乃退。既而徐世昌转来，说是段芝泉已有允意，惟必须撤销帝制，方肯出来效力。老袁沉着脸道："罢！罢！我就取消帝制吧。明日要芝泉前来会议，我总依他便是。"世昌应了一声，又辞别出去。翌晨再开会议，徐世昌先至，段祺瑞亦接踵到来，余如国务卿等统已齐集。只六君子、十三太保，却有一大半请假。老袁也不欲再召，只把取消帝制的理由，约略说明，言下很有惋容。世昌道："大总统改过不吝，众所共仰，似无容疑议了。"大众统附首无词，老袁道："菊人、芝泉统是我的老友，往事休提，此后仍须借着大力，共挽时艰。"段祺瑞道："大总统尚肯转圜，祺瑞何敢固执，善后事宜，惟力是视便了。"老袁乃命秘书长草拟撤销帝制命令，一面散会，一面邀徐、段两人及王式通、阮忠枢留着，俟命令已经拟定，再令四人善为润色。段本是个武夫，阮又是个帝制派中的健将，两人不来多嘴，全凭那斫轮老手徐世昌及倚马长才王式通悉心研究，哪一句尚未妥适，哪一字还须修改，彼此评议了好多时，方才酌定，随将草稿呈袁自阅，但见稿中写着：

> 民国肇建，变故纷乘，薄德如予，躬膺巨艰。忧国之士，怵于祸至之无日，多主恢复帝制，以绝争端而策久安，癸丑以来，言不绝耳，予屡加呵斥，至为严

峻；自上年时异势殊，几不可遏，佥谓："中国国本，非实行君主立宪，决不足以图存，倘有葡、墨之争，必为越、缅之续。"遂有多数人主张恢复帝制，言之成理，将士吏庶，同此悃忱，文电纷陈，迫切呼吁。予以原有之地位，应有维持之责，一再宣言，人不之谅。嗣经代行立法院议定，由国民代表大会，解决国体，各省区国民代表，一致赞成君主立宪，并合词推戴。中国主权，本于国民全体，即经国民代表大会全体表决，予更无讨论之余地，然终以骤跻大位，背弃誓词，道德信义，无以自解，掬诚辞让，以表素怀。乃该院坚谓元首誓词根于地位，当随民意为从违，责备弥周，已至无可诿避，始以筹备为词，藉塞众望，并未实行。及滇、黔变作，明令决计从缓，凡劝进之文，均不许呈递，旋即提前召集立法院，以期早日开会，征求意见，以示转圜。

予本忧患余生，无心问世，遁迹洹上，理乱不知；辛亥事起，谬为众论所推，勉出维持，力持危局，但知救国，不知其他。中国数千年来，史册所载帝王子孙之祸，历历可征。予独何心，贪恋高位？乃国民代表，既不谅其辞让之诚，而一部分之人民，又疑为权利思想，性情隔阂，酿为厉阶。诚不足以感人，明不足以烛物，实予不德，于人何尤？辜我生灵，劳我将士，以致中情惶惑，商业凋零，抚衷内省，良用瞿然。屈己从人，予何惜焉？代行立法院转陈推戴事件，予仍认为不合事宜，着将上年十二月十一日，承认帝位之案，即行撤销，由政事堂将各省区推戴书，一律发还参政院代行立法院，转发销毁。所有筹备事宜，立即停止，庶希古人罪己之诚，以洽上天好生之德，洗心涤虑，息事宁人。盖在主张帝制者，本图巩固国基，然爱国非其道，转足以害国；其反对帝制者，亦为发抒政见，然断不至矫枉过正，危及国家。务各激发天良，捐除意见，同心协力，共济事艰，使我神州华胄，免同室操戈之祸，化乖戾为祥和。总之万方有罪，在予一人。今承认之案，业已撤销，如有扰乱地方，自贻口实，则祸福皆由自召，本大总统本有统治全国之责，亦不能坐视沦胥而不顾也。方今闾阎困苦，纲纪凌夷，吏治不修，真才未进，言念及此，终夜以兴。长此因循，将何以国？嗣后文武百官，务当痛除积习，黾勉图功，凡应兴应革诸大端，恪尽职守，实力进行，毋托空言，毋存私见。予惟以综核名实，信赏必罚，为制治之大纲。我将吏军民，尚其共体兹意！此令。

老袁瞧毕，好一歇方道："算了吧！明日颁发便了。"徐、段诸人统行退出。老袁又把这稿底，瞧了又瞧，暗想把这种文字，宣布出去，分明是自己坍台，但若按住不发，将来大众离心，连总统都做不成。目下火烧眉毛，只好暂顾眼前，再作计较，乃咬定牙龈，将这命令交与秘书，携往印铸局排印。忽有一书呈入，当即启阅，乃是克定手笔，略云：

> 自筹安会发生，以迄于今，已历七阅月。此七阅月中，呕几许心血，绞几许脑力，牺牲几许生命，耗费几许金钱，千回百折，始达到实行帝制之目的。兹以西南数省称兵，即行取消帝制，适足长反对者要挟之心。且陛下不为帝制，必仍为总统，则今日西南各省，既不慊于陛下为帝，而以独立要挟取消帝制者，安知他日若辈不因不慊于父为总统，而又以独立要挟取消总统乎？窃恐其得步进步，或无已时也。今为陛下计，不如仍积极进行之为愈。且西南各省，虽先后反抗，而北方军民，则固相安无事。陛下苟于此际正位，即使西南革党，兴兵北犯，然地隔万里，纵旷日持久，未必能直捣幽燕。况军力之强弱各殊，主客之劳逸迥别，胜败之结果，尚在不可知之数乎？就令若辈不肯归化，亦不过以长江或黄河南北为鸿沟已耳，则陛下纵不能统一万方，亦胡不可偏安半壁哉？较今兹自行取消帝制，孰得孰失，何去何从，愿陛下熟思之。

老袁览到此书，又不禁动了疑心，便独自一人踱入内厅，背着了两只手，在那厅室中打着磨旋，好似镬沿上的蚂蚁一般。蓦闻背后有人道："万岁爷有请！"急忙回视，乃是女官长安静生，便道："你不要叫我万岁爷，仍叫我大总统。"安静生道："万岁自万岁，总统自总统，为什么做了万岁，又做总统呢？"老袁道："你晓得什么？你传何人的命令，敢来请我？"安静生道："皇后娘娘及妃子等，统请皇上入内，有事相禀。"老袁乃随她进去。一入内室，但见一后十四妃均聚集一堂，黑压压地立着。洪姨先抢前一步，运着娇喉，向老袁道："陛下为什么要取消帝制？须知妾等朝盼夕望，刚刚有些望着了，哪知陛下反半途拆桥哩。"说着那泪珠儿已淌了下来。老袁瞧着，不由得心中一酸，好像万把钢刃，穿入心房，一时说不出苦楚。周姨又上前道："取消帝制的命令，已宣布了吗？"老袁方逼出一语道："已交到印铸局去了。"洪姨带哭带呼道："安女官长，你快传出去，叫侍卫去收回成命。"安静生口虽应诺，却亦不敢径行。于夫人亦启口道："前日我曾说过，皇帝是不容易做的，你等都想做什么妃嫔，反说我是黄脸婆，不中抬举，今日我这黄脸婆，已被你等抬举得够了，这个叫我国母，那个叫我皇娘，忽地又要取消这等名目，我的黄脸儿，却没处藏躲呢。"看官！听到此语，几疑于夫人何故变志，也想做皇后娘娘？原来徐东海夫人及孙宝琦夫人，曾寄寓京师，与于夫人常相往来，当是年阴历元旦，入宫贺年，居然行叩安礼，于氏亦觉得光荣无比，渐渐地热中起来，今又闻要取消帝制，自然忿懑异常，所以有此夹七夹八的话儿。洪姨听了，益觉胆大，催安静生去取回命令。安静生尚呆呆站着，老袁也拿不定主意，便嘱安静生道："你叫侍卫去取，只说是篇中文字尚有误处，须再加改正，方好排印哩。"安静生才奉命去了。不一时已将原稿取出，呈与老袁，老袁藏在袋中，默默坐着。各姬妾等破涕为笑，又在老袁前说长论短，老袁也无心听及，只管对人发怔。转瞬间已是天晚，姬妾等陪他夜膳，他也食不甘味，胡乱地吃了一顿。

食毕，又去过那老瘾，才吸数口，忽由安静生传入道："外面有徐世昌求见。"老袁忙即出来，见了世昌，但闻他开口道："世昌特来辞行，翌晨要仍往天津去了。"老袁道："你既承认帮忙，为何又要他去？"世昌道："总统好变卦，难道不准世昌变卦吗？"老袁知他语中有因，便道："我明日准发取消帝制令，老友不必多疑。"世昌道："闻得山东、浙江、湖南等省，统有独立消息，若要仍行帝制，恐不到两日，都发生变端了。"老袁愈加着急，忙从袋中掏出稿纸，交与左右，令印铸局连夜排印，一面语世昌道："这国务卿一职，仍请老友复任。"世昌道："陆子欣也没甚误事，否则改用段芝泉。"老袁不待说完，便道："我意已定，请你勿辞，芝泉呢，任他做参谋总长便了。"世昌起座道："且至明日再议。"老袁点首，世昌复去。

老袁退入内室，各姬妾复来问讯，老袁凄然道："我到手的帝位，不料竟成泡影，我是德薄能鲜，无容多说了，你等也福命不齐，做了几十日的皇帝家眷，殊不值得。但我虽然不得为帝，总还好做大总统，倘或天缘辐辏，将来仍好恢复帝制，可惜我年老了，恐此生不能如愿了。"言毕，竟泪下数行。各姬妾等见他状态颓丧，语言凄楚，无不掩面涕泣，就是能言舌辩的洪、周两姨，至此也不便再劝，空落得泪珠满面，变成了带雨梨花。大家哭了一场，陆续地溜入房中，各自归寝。老袁也随择一室，做总统梦去了。

次日为三月二十二日，颁示取消帝制命令，并废止洪宪年号，仍称中华民国五年，收回洪宪公债，改为五年公债，谕禁各省官吏，不得再称皇帝圣上，自称臣仆奴才，一面解国务卿陆徵祥兼职，仍令徐世昌复任，且就政事堂中，再开联席会议。徐、段等均来列席，筹议了小半日，始决定善后办法三条：

(一) 电知驻外各公使，将帝制撤销事件，转告各国政府；驻京外使，由外交部次长曹汝霖面达。

(二) 责令警厅谕示国民。

（三）通令各省大吏，销毁推戴书及代表名册，并征求其最后意见，限二十四小时答复。

三条件外，又召集代行立法院，开临时会，即以次日为会期。这代行立法院中的参政员本有三派，一为帝制派，二为非帝制派，三为中立派。自帝制派得势，第二派多挂冠辞去，院中人数已去了三分之一。至帝制撤销，第一派又无颜出席，所以二十三日开会，不过寥寥数人，未能如额，仍然散去。延至二十五日，再行召集，帝制派大半不到，惟非帝制派，却有好几人到会，勉强凑成个半数。徐世昌代表老袁，出席演述，略言："时局危急，务请各参政为国宣劳，筹议善后。"说至此，忽惹起一片喧嚷声，不是骂洪宪功臣，就是说共和蟊贼，大家瞎闹一场，经院长溥伦及梁士诒、王印川、陈汉第、江瀚、汪有龄、施愚、胡钧等竭力维持，才算静了小半日，议了三案：一是咨请政府撤销国民代表大会公决的君主立宪案；二是取消参政院为国民代表大会总代表名义案；三是咨请政府恢复帝制中修改的民国法令案。三案议定，天已日昃，徐世昌出了院门，回报老袁，并请退还推戴书。老袁乃令朱启钤照行，将推戴书缴还代行立法院，自己懊闷得很，复检出宫中帝制文件，共有八百四十通，一股脑儿塞入炉中，付祝融氏收藏，再令袁乃宽检出各项御用品，也一并销毁。最后拟烧到新制的万岁牌，被乃宽双手抢住，不肯付火，还算保全。此外如价值五六十万圆的衮龙袍，价值四十万圆的檀香宝座，价值六十圆的登极御袜等，统留贮后宫，作为袁皇帝的纪念品。可怜自民国四年十二月三十一日起，至五年三月二十二日止，统共八十三日，闹了一场屋里皇帝的大梦。小子有诗叹道：

一纸官书示百僚，新华王气黯然消。
早知世态沧桑变，何苦当时梦帝朝。

这八十三日的皇帝梦中，所有费用核算起来，煞是惊人，待小子下回申明。

徐、段心中，只反对帝制，并非深恨老袁，故袁氏有撤销帝制之命，而两人即联翩登台，盖未知帝制撤销后之尚有余波也。袁克定作书阻父，颇有先见之明，但楚歌四逼，以项羽之勇，尚且自刎乌江，宁袁氏得偏安燕、蓟乎？袁氏撤销帝制，其死速；袁氏不撤销帝制，其死愈速，且恐不止一死而已，故有为袁氏计，谓撤销帝制为非策者，亦谬论也。观老袁之踌躇未决，取回成命，而其后卒决计宣布者，亦职是故耳。群姬何知大计？自不免以一哭了之，然老袁之死期，已于此兆矣。

第六十八回

迫退位袁项城丧胆 闹会场颜启汉行凶

袁政府提出和议，各省犹是不允。这时节却出来一个假独立的龙济光，也不过是此人保全在粤地位的缓兵之计。末尾叙两广互相联系的『海珠会议』，上演了一场见血的鸿门宴。

却说帝制时代的费用，原定额数系六千万圆，大典筹备处，约两千万圆，登极犒军，约一千万圆，余如收买国民代表，津贴请愿代表，贿嘱各地报馆，补助各处机关，以及各处联络，各种运动，总数为三千万。欲要问他财政的来源，无非是内外借款，救国储金，各项税则，以及中国、交通两银行的资本金。看官！你想大好的中华民国，无端生出帝制问题来，空令百姓加了无数负担，真是何心？到了帝制不成，大典筹备处，已将两千万圆报销用尽，就是三千万圆的杂费，也差不多是要合讫了。惟犒军费一千万，拨作川、湘、桂军饷，总算是易一用途，但尚且不敷甚巨。老袁撤销帝制，一大半为财政困难无法久持，所以忍痛中断，并非全为五将军警告及徐、段两人要求，看官想亦洞鉴呢。闲话休提。

且说徐世昌既复任国务卿，段祺瑞亦接奉命令，任为参谋总长，一文一武，携手登台，第一着便是调和南北，当下由二人发起，邀入副总统黎元洪，联名拍电，分致蔡锷、唐继尧、陆荣廷诸人。略谓："帝制取消，公等目的已达，务望先戢干戈，共图善后。"哪知此电拍去，似石沉海，决不见复。惟各省大吏，奉到二十四小时答复公文，还算次第呈词，多主和平。江苏将军冯国璋，且谓："撤销帝制，系现时救急良法，嗣后长江一带，可保无虞"云云。徐、段等稍稍安心。嗣复想了一策，因前时有康有为书，曾劝老袁取消帝制，此时帝制已罢，正好复函通问，并请他转劝梁启超顾全大局，首创和议，且令梁转告蔡锷，商议和解条件。和款共六条：(一)滇、黔、桂三省，取消独立；(二)责令三省维持治安；(三)三省添募新兵，一律解散；(四)三省战地所有兵，退至原驻地点；(五)即日为始，三省兵不准与官兵交战；(六)三省各派代表一人来京筹商善后。这六条和议传达粤东，康将原文电梁，梁亦将原文电蔡，蔡锷正进兵叙州，与西医汤根、鲁特磋商停战事宜。汤、鲁二人，系由四川将军陈宧嘱托，浼他调停。蔡允停战一星期，嗣接到议和转电，不愿相从，乃径电黎、徐、段三人道：

北京黎副总统徐国务卿段总长鉴：奉来电，敬谂起居无恙，良慰远系。迩者国家不幸，至肇兵戎，门庭喋血，言之痛心。比闻项城悔祸，撤销帝制，足副喁望，逖听下风，曷胜钦感。惟国是飘摇，人心罔定，祸源不靖，乱终靡已。默察全国形势，人民心理，尚未能为项城曲谅，凛已往之玄黄乍变，虑日后之覆雨翻云，已失之人心难复，既堕之威信难挽。若项城本悲天悯人之怀，为洁身引退之计，国人轸念前劳，感怀大德，馨香崇奉，岂有涯量？公等为国柱石，系海内人望，知必有以奠定国家，造福生民也。临电无任惶悚景企之至。锷叩。

徐、段等接到此电，料他未肯就绪，再电令龙济光与陆荣廷婉商。龙正为粤东一带党人蜂起，防不胜防，又闻桂军逼粤，焦急得很。一奉中央命令，当即电告陆荣廷，说得非常恳切，并浼陆出作调人，陆本无和意，不得已转告滇、黔。滇督唐继尧、黔督刘显世，均不肯照允，且言："如欲求和，应由中央承认六大条件。"这六大条件却非常严厉，由小子开述如下：

(一)袁世凯于一定期限内退位，可贷其一死，但须驱逐至国外。

(二)依云南起义时之要求，诛戮附逆之杨度、段芝贵等十三人，以谢天下。

(三)关于帝制之筹备费及此次军费约六千万，应抄没袁世凯及附逆十三人家产赔偿。

(四)袁世凯之子孙，三世剥夺公权。

(五)袁世凯退位后，即按照约法，以黎副总统元洪继任。

(六)文武官吏，除国务员外，一律仍旧供职。但军队驻扎地点，须听护国军都督之指命。

看官！你想这六条要求，与中央开出的六条款约，简直是南辕北辙，相差甚远，有什么和议可言？还有最要的声明说是："袁氏一日不退位，和议一日不就范。"那老袁取消帝制，已是着末一出，若还要他辞去总统，就使护国军入逼京畿，他也是不肯承认的。滇、黔既协商定议，遂电复陆荣廷，陆即电龙，龙即电北京。徐、段入报老袁，老袁又吃了一大惊，连忙转问徐、段，再用何法维持。徐、段沉吟一会儿，想不出什么良策，只好虚言劝慰，说了几句通套话，告别出来。老袁暗暗着急，想了一夜，复从无法中想出两法，一是嘱参政院长溥伦，要他运动参政，合词挽留；一是再派阮忠枢南下，运动冯、张，要他联合各省，一体拥护。谁料溥伦奉了密令，去向各参政商量，各参政多半摇头，不肯再蹈前辙。阮忠枢到了江宁，与冯密商，冯国璋也是推诿，转身跑到徐州，张辫帅颇肯效力，奈电询各省，只有朱家宝、倪嗣冲两人复电照允，他省是不置一词。于是袁氏两策，尽归失败。老袁焦急得很，又召集那班帝制元勋，解决最后问题。帝制派人复提出挞伐主义，要老袁继续用兵，一面联络倪嗣冲、段芝贵等，教他上书决战，自请出师。那老袁又胆壮起来，密电总司令曹锟等道：

> 蔡、唐、陆、刘、梁，迫予退位，予念各将士随予多年，富贵与共，自问相待不薄，望各激发天良，共图生存。万一不幸，予之地位，不能维持，尔等身家俱将不保。现时乱军要求甚苛，政府均未承认，各将士慎勿轻信谣传，堕人术中，务必准备军务，猛奋进攻，切切！特嘱。

这密电方拍发出去，外面又来了好几条密电，一电是四川将军陈宧发来，一电是湖南将军汤芗铭发来，统是主和不主战。至是冯国璋一电，比汤、陈两人所说更进一层，略云：

> 南军希望甚奢，仅仅取消帝制，实不足以服其心。就国璋愚见，政府方面，须于取消而外，从速为根本的解决。从前帝制发生，国璋已信其必酿乱阶，始终反对，惟间于谗邪之口，言不见用，且恐独抒己见，疑为煽动。望政府回想往事，立即再进一步，以救现局。

老袁迭阅各电，料想武力难持，没奈何再电冯、陈，嘱他极力调停。冯电尚无复音，忽接到龙济光电文，乃是请命独立。看官！独立两字，是反抗政府的代名词，哪里有宣布独立还要请命中央，这真是奇怪得很呢。看官不必惊异，由小子叙述出来，便晓得龙郡王独立的苦心。原来粤东方面，是革命党的生长地，前时陈炯明攻入惠州，被龙军击退，他哪里就肯罢休，索性把新加坡总机关内的人物，尽行运出，来攻粤东，名目亦叫做护国军，总司令推戴黄兴。还有一派革命军，乃是孙文手下的老同志，也乘着热闹，进攻粤境。两派分道长驱，你占一城，我夺一邑，几把那粤东省中割得四分五裂，就中最著名的约有数路，除陈炯明外，有徐勤军，有魏邦屏军，有林虎军，有朱执信军，有邓铿军，有叶夏声军，有何海鸣军，有李耀汉、陆三卿军，有梁德、李华、刘少廷、梁廷桂、陈少杯、何克夫、林幹材、周其英、刘华良、叶谨各军，真是云集影从，数不胜数。既而团长莫擎宇，独立潮、汕，镇守使隆世储，道尹冯相荣，独立钦、廉，四面八方，陆续趋集，把一个夭矫不群的老龙王，逼得死守孤城，好像个瓮中鳖罐里鳅。还有陆荣廷率师压境，急得老龙无法摆布，只好哀告陆荣廷，求他顾念姻亲，放条生路。陆荣廷也觉不忍，但叫他脱离中央速即独立，包管保全位置，并一族的生命财产。龙乃与鸦片专卖局长蔡乃煌熟商，暂行独立。这蔡乃煌系老袁私人，老袁曾派为苏、赣、粤专卖鸦片委员，筹款运动帝制，此时又嘱他监制老龙，他就替老龙想出一法，令向老袁处请训，一面由龙、蔡联衔，密请老袁速派劲族来粤协防。老袁得了请命独立的电文，颇也惊疑，转思龙济光定有隐情，径批了“独立拥护中央”六字。

方才写毕，请兵的电文亦到，乃电令驻沪第十师速行援粤，另调南苑第十二师赴沪接防。这电不能隐讳，旅沪粤民先自鼓噪，拟阻止沪军赴粤，免得沪上空虚。粤中军民，也不愿客军入境，群起违言。四月四日，寄碇广州的宝璧、江大两兵舰，竟驶附民军，投入魏邦屏部下。魏邦屏遂统率舰队，驰抵海珠，预备攻城。城内人民，相率惊慌，吁请龙氏独立。军队亦高悬旗帜，上面写着“听候将军龙济光、巡按使张鸣岐宣布独立”等字样。适袁氏批复独立的六字诀也从京颁到，龙济光即于四月六日宣布独立，其布告云：

为布告事。现据广东绅商学各界，全体公呈，粤省连年灾患，地方已极凋零，近来各省多已反对袁氏，宣布独立。粤省危机四伏，糜烂堪虞，各界全体，为保持全省人民生命财产起见，集众公议，联请龙上将军，为广东都督，以原有职权，保卫地方，维持秩序，此系拥护共和，天经地义，请即刚断执行等情。查阅来呈，持议甚韪，本都督身任地方，自以维持治安为前提，刻经通电各省各机关各团体，及本省各属地方文武官，即日宣布独立，所有各地方商民人等，及各国族粤官商，统由本都督率领所属文武官，担任保护，务须照常安居营业，毋庸惊疑。加有不逞之徒，假托民军，借端扰害治安，即为人民公敌，本都督定当严拿重办，以尽除莠安良之责。其各同心协力，保卫安宁，有厚望焉！特此布告。

看这布告，没有一字罪及老袁，不过是维持自己的职位，暂借这独立两字，掩人耳目罢了。魏邦屏闻龙已独立，驶回北江，嗣闻龙济光空言独立，毫无举动，且把寻常逮捕的国事犯，一个未曾释放，料他全是假意，哄骗民军，于是驰书质问，是否真诚独立？旋得答复，只说是：“陆、梁来粤，当卸职他去。”魏邦屏似信非信，分电各处护国军，商议进止。陈炯明、朱执信等统说老龙多诈，非勒令龙军缴械，不便与和。独护国军总司令徐勤，系梁启超同学，得梁来电，声言“龙果独立，当和平对待，不必再用武力”等语。于是徐勤出为调人，作书致龙，商议善后事宜。龙济光即令顾问官谭学夔，及警察厅长王广龄，电邀徐勤，到海珠警察署，面议一切，词甚诚恳。徐勤放胆前行，到了海珠，谭、王两人果来欢迎，延至署内，即由王广龄笑语道：“此次独立，确出至诚，我当以全家性命，作为保证。”徐勤答道：“龙都督果出至诚，尚有何言。”王即电达督署，报称徐勤已到，当时即得复电，略云：“徐君已至，着王厅长优待，务出至诚。现已在巡按署内设招待所，专待陆、梁诸公。徐君能早日来署，尤表欢迎”云云。徐勤即托王电复，说是“由陆、梁诸公到后，当同来谒见，畅聆雅教”等语。未几，由粤城内外官绅，陆续至海珠探问，力求徐勤维持治安，转檄护国军罢兵，免致地方糜烂。徐勤遂拟定函电数十通，分发各路，并电促陆、梁即日来粤。

待了两天，陆荣廷派了代表汤叡，乘轮至海珠，并传述梁意，浼徐勤为代表。徐勤倒也允诺，谭、王两人与汤晤谈，备极殷勤，自不消说。晚间汤、徐共寝一室，汤叡密语徐勤道：“今日险极，几与君不能相见。”徐勤惊问何故？汤叡道：“我乘轮到此，路过海珠炮台，台上忽发开花炮四门，向我舰轰击，伤我水手一人，我舰上大声质问，方闻台官答言，疑是江大轮船到此，所以开炮误击。徐君！你想危险不危险呢？”徐勤尚未答复，汤叡道：“我看龙济光鬼鬼祟祟，总有些靠他不住。我的友人，或劝我即行离省，不必与他会议，我想奉命前来，无论好歹，总须冒险一行，徐君以为如何？”徐勤道：“我亦这般想。今日闻龙济光部下各统领，如贺文彪、梁水燊、蔡春华、潘斯凯、颜启汉等，秘密会议，决定推戴龙济光，拟置我死地，我想眼见是真，耳闻是假，且此次会议，关系两粤生灵，若只知顾己，不知顾人，还是回去享福，何必出来问事呢。”汤叡答了一个“是”字，随即就寝。

次日为四月十二日，两方代表，就在警察署内，会集议事。看官记着！这就叫做海珠会议。时至巳牌，商会团长岑伯铸、李戒欺、陈子贞、王伟、吕仲明等，共到会所，汤叡、徐勤二人也携手入会。谭学夔、王广龄，时已在场接待，招呼很是周到。过了片刻，但见警卫军统领贺文彪、潘斯凯、蔡春华、何福桥等，带着卫队，携械而来，接着是浓眉大眼的颜启汉，也领了卫卒十名，荷枪入场。数统领都面带杀气，映入汤、徐二人的眼中，也觉有些不妙，嗣经谭、王等替他介绍，不得不勉与周旋。王广龄复推举汤、徐为主席，汤叡乃起立道：“兄弟奉陆、梁二公的命令，特地来此，联络两粤感情，今龙督既已独立，又得各绅商各统领，共保治安。诚为万幸，兄弟实无任欣慰。”汤已说毕，徐勤继起道：“兄弟此次到来，只计公安，不问艰险，座中诸公，想亦见谅。若使今日帝制已成，周自齐卖国条件，统已实行，我国已变成高丽，还要会议什么？且或我等军舰到省，水陆并举，彼此交争，此地已变作瓦砾场，也没有诸公高会的地点。今得免此二害，与诸公相见一堂，岂非幸事？弟于昨日已通电各路护国军，即行停战，共决和平，在座绅商统领，均志存公益，如有宏谋伟论，幸即赐教。”语未已，贺文彪、潘斯凯齐声道：“两方既和平解决，护国军当然取消，应编入我警卫军内，请徐先生转达护国军，速即照行。”徐勤尚未开口，颜启汉即接入道：“贺、潘两君所说，很是正当，应请徐君入室修函。”一面说，一面即展开巨手，将徐勤扯入耳房。徐勤正要答辩，适有一卫卒持名刺入，口称将军请代表赴署。徐勤乘势出室，蓦闻枪声一响，弹子飞射过来，慌得徐勤无从躲避，竟向地下躺倒，直挺挺地卧着。小子有诗叹道：

拼将生命作牺牲，会所居然起变争。
怪底人心蛇蝎似，枪声一起可怜生。

未知徐勤性命如何，且至下回续表。

有袁世凯之为主，即有龙济光之为臣。袁好诈，龙亦好诈；袁好杀，龙亦好杀。袁以好诈好杀而致败，故取消帝制之不足，且群起而攻之，龙岂未之闻，尚欲以好诈好杀，快一时之意志耶？海珠会议，颜启汉诱入汤、徐，竟尔举枪相向，非龙氏使之而谁使之欤？呜呼袁皇帝！呜呼龙郡王！

第六十九回

伪独立屈映光弄巧 卖旧友蔡乃煌受刑

此回先写广东的龙济光，陆荣廷让他交出海珠案的元凶。接写浙江的假独立，发出的一通安民告示连『独立』二字都不敢写入。最后是粤督同意了桂督的条件，海珠案元凶授首。

却说徐勤仆倒地上，那弹子向身上擦过，险些击入腰膂，他却装着死尸，僵卧不动，但闻外面枪声四起，闹成一片，顿时呼喝声、哀号声乱做一团。徐勤开眼偷觑，从烟尘缭乱中，仔细认明，觉身旁已无一人，他想此时不走更待何时，当下爬将起来，拟从外闯出；偏外面尸体枕藉，桌椅颠倒，满地都是碍足物，料知一时难走，索性转身入内，向楼上暂避。楼上是警察寝处，留有衣服等件，他是情急智生，即将身上长衣脱卸下来，把袋中的文件尽行毁去，一面换得警察制服，穿在身上。改装毕，听外面已无喧声，他便轻轻地走向楼下，适遇一仆登楼，还道他是警吏，也不去细问，即让他下楼，三脚两步地趋至门口，见汤叡、谭学夔等尸身，血肉模糊，尚是摆着，他也顾不得伤心洒泪，竟一溜烟地跑出；行至海边，长堤上统插颜字旗帜，亏得身着警服，没人盘诘。到了长堤尽处，巧遇一只快船，也不暇问明底细，竟跃入舟中，慨畀舟子数十金，飞渡过江，竟奔向香港去了。翌日，得海军司令谭学衡电文，才识当场枪毙的人数，文云：

梧州探投陆都督、梁任公台鉴：今日海珠会议，汤君觉顿、舍弟学夔，当场受枪殒命，主君协吉、吕君清受重伤，随后亦毙。当经力请龙、张两公，终始维持，毋使广东糜烂，均盼台从星夜来粤，安筹善后办法。全粤幸甚。学衡叩。

陆、梁二人接到此电，当然愤怒交迫，下令讨龙，正要发兵东下，突来了广东巡按使张鸣岐替龙剖辩，把海珠一场惨变统推在蔡乃煌、颜启汉身上。陆荣廷即问道："龙济光到哪里去了？"张鸣岐道："龙督本在署中，候汤、徐两君会议，不料蔡乃煌、颜启汉等暗地设谋，拟害汤、徐，待龙督闻知，即派兵弹压，已不及了。"梁启超接入道："龙济光的用意，简直要害我两人，偏汤、徐两君做了替身，徐君幸得脱逃，汤觉顿竟致毙命，还有王警长、谭顾问、吕会长等也同时遇难。坚白兄，你想王、谭两君，是他的麾下，不过主张和平，便一股脑儿死在会场，这老龙还有天理吗？我等非诛逐龙济光，如何对得住汤君？就是王、谭、吕诸人，也对他不住呢。"张鸣岐忙答辩道："龙督实未与闻，现在专待两公到粤，和解粤局，断无异心。"梁启超冷笑道："我等还想多活几天，保障共和，休再用老法欺我。"张鸣岐又道："两公如不见信，鸣岐情愿为质，可好吗？"梁启超亦道："你休做第二个王协吉，着了龙王的道儿。"张鸣岐还要再辩，陆荣廷道："龙济光如无歹心，须要依我六款。"鸣岐即请陆宣示，荣廷道："第一条，须交出蔡乃煌、颜启汉；第二条，须分调警卫军出省；第三条，须整顿龙军军律，解散侦探；第四条，我若来粤，寓所由我自择，龙须到我处会谈，我不往龙处；第五条，龙军将来，一半留龙自卫，一半须随护国军征赣；第六条，我军到粤，龙须让出东园，俾我军驻扎。这六条如果见从，我就不去驱逐老龙，若有一条不依，我也顾不得亲戚关系了。且与他争个高下，看他还能害我吗？"鸣岐道："且先去电问，何如？"陆即允诺。

当自电陈六款，迫龙遵约，旋得复电，说是："悉如陆命，惟善后条件，请张面决。"张乃与陆、梁两人，协议善后，共有四款：(一) 查办海珠祸首，以明心迹；(二) 由陆、梁至粤，维持粤局；(三) 电请护国军总司令徐勤，通饬各路护国军，暂停进行，静待解决；(四) 严办土匪，保护地方。四款议定后，彼此依约办理。

张鸣岐方回粤去，不期粤东的独立尚未就绪，浙江的独立又闹出一番笑话。原来广东独立的消息，传到浙中，浙江将军朱瑞及巡按使屈映光，亟向中央请兵，巩固浙防，一面将城内屯兵两旅调驻城外。旅长童保暄本是辛亥革命的发起人，朱瑞恐他为变，所以将他调出。还有叶焕华一旅，亦令移驻，无非是防童联络，所以一体迁移。是时驻泸第十师，本拟调粤，因浙事吃紧，由袁政府改令赴浙。且南苑第十二师，航海南来，亦有直接赴浙的消息。浙人大哗，纷纷电阻。那时有志共和的童旅长，复跃然奋起，入城见朱，请即独立。朱瑞集众会议，参谋长金华林、师长叶颂清均反对童说，就是旅长叶焕华，也说是独立非宜。童保暄道："今日不独立，恐他日无暇独立了。”朱瑞道：“本将军的意见，不必独立，也不必不独立，就是中立了吧。”大众才退。隔了一天，童保暄探得军署密谋，拟诱他入署，置诸死地，他乃想出先发制人的计策，号召二十三团二十四团，乘着四月十一日夜间，潜行入城，直攻军署。军署守卫，猝不及防，竟一哄散去。童保暄抢步当先，趋入署中，左右四顾，不见一人，一直跑进内室，将楼上楼下尽行找寻，不但毫无人影，连鬼都没有了。

看官！你道这将军朱瑞及全署人员统从哪里逃去？原来朱瑞乖巧得很，自闻桂、粤独立，早已防有他变，先将家眷运往上海，只自己留住署中，此次辕门遇警，即忙换了便服，走至后院，觑定墙角空隙处有一枯树，便攀援上去，一脚跨到墙头，复解下腰带，挂在树梢，用手握住带端，把身子缒了下去，等至脚踏实地，便放开两腿，向北逸去。还有署中人役，正要入报将军，见朱瑞正在逾墙，大家也学了此法，次第出走。童保暄四觅无着，知已远飏，复转身出来，移兵至师长署，叶颂清也早走了。再往寻参谋长金华林，旅长叶焕华，统已不知去向。乃复赴巡按使署，巡按使屈映光，倒还从容不迫，出来相迎，见面扳谈，却很是赞成独立，并极力褒奖童保暄，愿推他为都督。保暄推让道：“都督一席，当然推举屈公，如保暄资轻望浅，怎能胜任？今日此举，无非是舆情趋向，不得不然呢。”屈映光道：“且集众公举便了。”当下召集长官，共同推举，结果是老屈当选。屈仍避去都督字样，只自称巡按使兼浙军总司令，与童会衔，电知各处镇守使吕公望、张载阳、周凤岐等。于是宁、绍、嘉、湖、台等处，也即日宣告与袁政府脱离关系。谁知老屈的私意也是模仿龙郡王，当时晓谕人民，比龙王还要圆滑，他说是：

> 为出示晓谕事。照得省城十一夜，军民拥至军署，要求独立，将军失踪，本使为军政绅商学各界，以浙江地方秩序相迫，已于今日决定以浙江巡按使兼浙军总司令，维持全省秩序，主任军民要政。除总司令部人员另行组织外，所有在省文武机关部署，一律照常办事，不准擅离职守。传谕所属，一体遵照！

据这告示，连“独立”两字，都不敢说出，可知屈映光是全然作伪哩。果然一道密奏，电达九重，极陈不得已的苦衷，并乞鉴宥云云。他是两面讨好，总道是绝对妙法，可以安然无事，突来了宁台镇守使周凤岐急电，略言：“省城、宁、绍，先后独立，人心欢忭，秩序井然。今公复沿旧称，群情迷惑。宁、绍众志成城，誓死讨逆，万无反复余地，务即明白赐复，凤岐等当严阵以待。”老屈接阅后，已是惊惶不定，忽闻北京政事堂中又颁发一道申令，其文云：

据浙江巡按使屈映光电称："四月十一日夜四时，突有军民，拥至军署，将军失踪，当经密派警队防护本署，次早军官士绅，以地方秩序关系，强迫映光为都督，誓死不从，往复数四，午后旋有各机关官长暨绅商领袖，合词吁恳，最后即请以巡按使名义兼浙江总司令，借以维持地方秩序，固辞不获，于今日下午，始行承诺，以维军民而保治安。现在人心已定，秩序如恒"等语。该使职略冠时，才堪应变，军民翕服，全浙安然，功在国家，极堪嘉奖。着加将军衔，兼署督理浙江军务。当此时势艰危，该使毅力热心，顾全大局，既已声望昭彰，务当始终维持，共策匡定，本大总统有厚望焉。此令。

这道申令，竟将老屈的秘密奏闻和盘托出，直令老屈无从自解。凤岐等遂通电各省，攻讦老屈道：

屈以巡按使兼总司令，布告中外，非驴非马，惊骇万状。论屈在浙四载，惟知竭民脂膏，以固一己荣宠，旋复俯首称臣，首先劝进。滇、黔事起，各省中立，独屈筹饷括款，进供恐后。祸害民国，厥罪甚深。若复戴为本省长官，实令我三千万浙人，无面目以见天下。且通电输诚，伪命嘉奖，既誓死于独夫，奚忠诚于民国。反侧堪虞，粤事可鉴。宜速斥逐，勿俾贻祸。

屈映光连接这种文件，真是不如意事杂沓而来。可巧商会中请他赴宴，他正烦恼得很，递笔写了一条，回复出去。商会中看他复条，顿时哄堂大笑。看官！道是什么笑话？他的条上写着道："本使向不吃饭，今天更不吃饭。"这两句传作新闻，其实他也不致这样茅塞，无非是提笔匆匆，不加检点罢了。是时浙省官绅正组织参议会，共得二十六人，正会长举定王文卿，副会长举定张翘、莫永贞，四月十四日，在都督府开成立大会。屈映光乘机与商，托他代为斡旋，正副会长等乃请他正式独立。屈尚沉吟未决，会接粤中来电，龙都督与粤西联盟，居然主张北伐，声讨老袁。那时屈映光才放大了胆，将巡按使的名目革除了去，竟自称为都督了。

小子于浙事略行叙过，又要述及粤事。粤督龙济光，自承认陆荣廷条件，本应逐条照行，偏颜启汉闻风先遁，匿迹沪上。蔡乃煌又是济光旧友，一时不忍下手。他只有虚声北伐，自明真正独立的态度。陆、梁因六大条件，无一履行，遂统兵进至肇庆，迫龙遵约。龙又束手无策，只得仍央恳张鸣岐，偕谭学衡同行，往见陆、梁。陆荣廷道："坚白屡来调停，总算顾全友谊，但据我想来，粤督一席，子诚已坐不安稳，不如另易他人，请岑西林来上台吧。”张鸣岐道：“他事总可商量，惟欲他交卸粤督，总难如命。”陆荣廷道：“子诚号令，已不能出广州一步，难道许多民军，肯归他节制吗？”张鸣岐道：“粤中民军，尽可受广西节制，惟广东都督，仍令子诚挂名，这事可行得吗？”梁启超从旁笑着道：“这叫做儿戏都督，坚白兄果爱子诚，也不应叫他做个傀儡呢。”陆荣廷又道：“坚白，他既承认我六大条件，应该即行，否则惟力是视，也无庸再说了。”张鸣岐告辞道：“且与子诚熟商，再行报命。”陆复顾谭学衡道：“海珠惨变，令弟遭难，君何不立索仇人，为弟报冤？古人有言：‘兄弟之仇，不反兵而斗。’难道此言未闻吗？”谭学衡无词可答，只好唯唯退去。

张、谭二人去后，陆荣廷即令莫荣新，率军五千，进抵三水。三水离广州不远，警报连达省城，龙济光知不能了，没奈何与张鸣岐同至肇庆，双方再行协议，决定五款：(一)广东暂留龙为都督；(二)肇庆设立两广总司令部，举岑春煊为总司令；(三)处蔡乃煌死刑；(四)从速实行北伐；(五)各地民军，自岑入粤，设法抚绥，并自三水划清防界，以马口为鸿沟，西南以上，归魏邦屏、李耀汉、陆兰清防守，西南以下，归龙分派巡船防守，彼此均不得逾越，免致冲突。陆、梁又齐声道：“这五条协约，是即日就要履行的。我等为亲友关系，竭力为君和解，你不要再事抵赖呢。”说得龙济光满面羞惭，没奈何喏喏连声，告别而去。

一入省城，即与谭学衡密谈数语，学衡会意，便调了军士数百名，直至蔡乃煌寓所闯将进去。乃煌莫明其妙，尚与那新纳的篷室对饮谈心，备极旖旎，猛见了谭学衡，知是不佳，急忙起身欲遁，哪经得谭学衡的武力，一把抓住，仿佛与老鹰攫鸡相似。可怜这个蔡老头儿，生平未尝吃过这个王法，吓得浑身乱颤，带抖带哭道：“这……这是为着何事？”谭学衡也不与细说，一径拖出门外，交与军士，自己随押出城，行至长堤，喝一声道：“快将杀人造意犯，捆绑起来，送他到地狱中去。”蔡乃煌才知死在目前，当向谭学衡道：“我不犯什么大罪，就是罪应处死，也要令我一见子诚，如何你得杀我？”谭学衡道：“你还说没有大罪吗？往事不必论，就是现在海珠会议，你与颜启汉等通谋，害死多人，我弟学夔，也死在你手，问你该死不该死呢？”乃煌不禁大哭道：“龙济光卖友保身，谭学衡替弟复仇，总算我蔡乃煌晦气，一股脑儿为人受罪，我不想活了六七十岁，反在此地处死呢。”语尚未毕，已被军士缚在柱上，一声怪响，枪弹洞胸，蔡乃煌动了几动，便一道魂灵，驰归故乡去了。堤上观看的行人，统说是这个贪贼应该枪毙，并没有一个爱惜。蓦地来了一位美人儿，行至乃煌身旁，总算哭了几声老头儿，老杀坯，后经军士说明，才晓得这个俏女郎，就是与乃煌对饮的美妾，还不过与乃煌做了半月夫妻。小子有诗咏乃煌道：

享尽荣华逞尽刁，长堤被缚泪潇潇。

贪夫一死人称快，只有多情泣阿娇。

乃煌处死后，龙济光即遵约北伐。欲知一切情形，容待下回分解。

本回以粤事为主体，而浙事附之。盖粤、浙先后独立，屈之举动，正以龙为师，故时人有粤、浙二光之目。济光、映光，似衣钵之相传，此作者之所以因粤及浙，连类并叙，非特为时日之关系已也。且朱、屈为故友，而屈负朱窃位，龙、蔡亦为故友，而龙杀蔡求和。朱非不可逐，蔡非不可杀，但朱去而屈继，蔡死而龙生，友道其尚堪问乎？要之假公济私，见利忘义，系近代一般人心之污点。二光固有光矣，鉴于二光者，盍亦为之反省耶？

第七十回

段合肥重组内阁　冯河间会议南京

老友段祺瑞、冯国璋出来，为袁世凯帮忙。岂料官议、民意均是让老袁下台，段、冯也没什么好办法。广东方面却是遥奉了黎元洪为民国大总统，组建了两广司令部，誓师北伐。

却说龙济光既联络桂军，应该遵约北伐，当委段尔源为广东护国军第一军司令，马存发、李鸿祥为广东护国第二第三两军司令，扬言北伐。其实他的本心，仍然拥护中央，不过为陆、梁所迫，没奈何反抗老袁，虚张声势哩。惟粤省独立，闽防吃紧，浙省独立，江防吃紧，老袁拟调的第十师及第十二师，只能顾守江防，不能分管闽防，乃别调海陆各军，令海军总长刘冠雄统率南来，海军用海容、海圻两兵舰装载，陆军无船可乘，竟将天津寄泊的招商局轮船，扣住数艘，如新康、新裕、新铭、爱仁等船，强迫装兵，由津出发。行至浙江温州洋面，正值大雾迷蒙，茫不可辨，新裕商轮，向南行驶，不知如何与海容相撞，碰损机具，不到二十分点，全舰沉没，计死团长、团副各一人，兵士七百四十名，机师长手伙夫二十四名，损失军饷十万圆，机关炮四架，山炮六尊，弹药五十万粒，军衣军械无数。余舰到了福州，与福建护军使李厚基布置防务，闽省少安。

刘冠雄电奏中央，备陈新裕沉没状，老袁不胜叹息，默思天意绝人，万难再战，只好再请徐、段二公，商议良策。徐、段仍提出冯、陈两人，要他东西协力，调停和议。当下申电冯、陈，不到两日，得陈宧复电，略言："与蔡锷电商，先将总统留任一节，提作首项，已由蔡锷允达滇、黔，俟有成议，再行报命。"独冯国璋并无电复。原来江苏沿海，民党往来甚便，沪上一隅，华洋杂处，尤为党人溷迹地。

陈其美系民党翘楚，自袁氏称帝，已由日本来沪，设立机关，潜图革命。虽与护国军宗旨不同，但推翻袁氏的意思总是相合。起初百计促冯，逼他独立，冯却寂然不动，但也未尝嫉视党人。陈知独立无望，遂派同志混入镇江，谋刺要塞司令龚青云。会机谋被泄，徒落得扰攘一宵，仍然退去；转至江阴，逐走旅长方更生，居然宣布独立，推举尤民为总司令，萧光礼为要塞司令。尤民本绿林出身，专事敲诈，不知抚恤，江阴人民，大起恐慌，连电江宁，向冯求救。冯国璋忙派兵往援，人民也群起逐尤，内应外合，任你尤民臂粗拳大，也只得推位让国，弃城远飏。萧光礼已闻风先走了。冯正恨老袁疑忌，决不谅他拥护的苦心，几乎要与袁决裂，偏中央屡次发电，哀恳他竭力调停，他又顾念旧情，害得忐忑不定；嗣又得徐、段电文，略言："四川将军陈宧，已向蔡锷提出议和条件，仍戴袁为总统。"于是顺风驶帆，依方加药，即提出调停意见八条：(一) 应遵照清室遗言，交付袁氏组织共和政府全权，使仍居民国大总统地位；(二) 慎选议员，重开国会，但须排除激烈分子；(三) 惩办祸首；(四) 各省军队，须以全国军队按次编号，不分畛域，并实行征兵制；(五) 明定宪法，宪法未定以前，用民国元年约法；(六) 照民国四年冬季的将军、巡按使，一概仍旧；(七) 滇事发生后，所有派至川、湘各军一律撤回原地；(八) 大赦党人。这八大纲通电传出，尚未接复，忽闻陈宧电达中央，说是蔡锷电商滇、黔，唐、刘未能满意，不由得愤愤道："袁项城专会欺人，今徐菊人、段芝泉也来欺我吗？"遂电致政事堂，劝袁退位。略云：

国璋耿直性成，未能随时俯仰，他人肆其谗构，不免浸润日深，遂至因间生疏，因疏生忌，倚若心腹，而秘密不尽与闻，责以事功，而举动复多掣肘，减其军费，削其实权，全省兵力四分，统系不一，设非平日信义能孚，则今日江苏已为粤、浙之续矣。顾国璋方以政府电知川省，协议和平，用意既复略同，敢弗赞助，以故力任调人，冀回劫运，乃报载陈将军致中央电，声明蔡锷提出条件后，滇、黔于第一条未能满意，桂、粤迄未见复，而此间接到堂转陈电，似将首段删去。值此事机危迫，尤不肯相见以诚，调人暗于内容，将何处着手？现虽照电川省，商论开议事宜，双方未得疏通，正恐煞费周折。默察国民心理，怨诽尤多，语以和平，殊难餍望，实缘威信既隳，人心已涣，纵挟万钧之力，难为驷马之追，保存地位，良非易易。若察时度理，已见无术挽回，毋宁敝屣尊荣，亟筹自全之策，庶几令闻可复，危险无虞，国璋不胜翘切待命之至。

国务卿徐世昌接到冯电，暗想道："这遭坏了，华甫也有变志了。"急忙入报老袁，老袁亦惶急万分，徐世昌道："现在事已燃眉，还请总统放宽一步，挽回大局。"老袁皱着眉道："难道我真个退位不成？"世昌道："并非退位问题，但请总统规复内阁制，并用几个新党人物，或尚能调停就绪，也未可知。"老袁道："除要我退位外，总请老友替我做主，我已心烦意乱，不知所从了。"世昌即草拟阁员：陆军蔡锷、内务戴戡、农商张謇、教育汤化龙、司法梁启超、财政熊希龄，递交老袁酌阅。老袁虽然不愿，也只好略略点首。世昌乃发出各电，待至两日，一无复音。再电请熊希龄、张謇、伍廷芳、唐绍仪、范源濂、蔡元培、王正廷、王宠惠等到京，商组内阁，哪知一班名流，电复世昌，统是要老袁退位，余无别言。世昌不禁长叹道："项城，项城，你搅到这个地步，叫我如何收拾呢？"遂筹思一会儿，入见老袁，略将外来各电叙述一二，继复进言道："据我看来还是要芝泉组织内阁，芝泉是军阀中人，且与冯华甫很是莫逆，将来或战或和，较有把握，请总统即日照行。"老袁道："你既要芝泉出场，我亦不能不依，但你不可他去，一切善后方法，仍应替我商酌呢。"世昌道："谨遵钧命，我总在京便了。"老袁乃召入段祺瑞，嘱他组阁。段再三推让，经世昌从旁力劝，方允暂认，遂于四月二十一日，公布政府组织令，委任国务卿担任政务，称为责任内阁。越日，任段为国务卿，组织阁员。陆军由段自兼，外交仍任陆徵祥，财政改任孙宝琦，内务改任王揖唐，海军仍任刘冠雄，交通改任曹汝霖，教育改任张国淦，农商改任金邦平，司法仍任章宗祥。各部总长，发表出来，都人士仍称为帝制内阁。什么叫做帝制内阁呢？看官试想，这部长中所列八人，哪一个不是帝制派，而且财政、交通两部统属梁士诒党系。至若军务全权，仍操诸统率办事处，未曾交与段氏。段氏登台，不过取消政事堂，恢复国务院，改机要局为秘书厅，易主计局为统计局，修正大总统公文程式，总算是恢复国体的表示。此外目的，惟调停南北，主张和议罢了。但冯、段究系故交，段既为内阁领袖，冯应格外帮忙，为此一着，遂创出南京大会议来。当由冯国璋首先发起，通电各省道：

（上略）滇、黔、桂、粤，意见尚持极端，接洽且难，遑云开议。现就国璋思虑所及，筹一提前办法，首在与各省联络，结成团体，各守疆土，共保治安，一面贯通一气，对于四省与中央，可以左右为轻重，然后依据法律，审度国情，妥定正当方针，再行发言建议，融洽双方。我辈操纵有资，谈判或易就绪。若四省仍显违众论，自当视同公敌，经营力征。政府如有异同，亦当一致争持，不少改易。似此按层进步，现状或可望转机，否则沦胥迁就，愈滋变乱。一旦土崩瓦解，省自为谋，中央将孤立无援，我辈亦相随俱尽矣。牖见如此，特电奉商。诸公或愿表同情，或见为不可，均望从速电复。临电激切，无任翘企！

电文去后，未曾独立的省份陆续电复，均表同情。冯乃再就前日提出的八大纲略加变更，仍分八条：（一）总统问题，仍当暂属袁总统，俟国会召集，再行解决；（二）国会问题，应提前筹办，慎定资格，严防流弊；（三）宪法问题，以民国元年约法为标准，视有未合事件，应斟酌修改，便利推行；（四）经济问题，当由中央将近来收支情形，明白宣布。滇、黔二省，筹办善后，亦宜声明需用实数，设法匀拨；（五）军队问题，南北各军，均调回旧驻地点，所有两方添招军队，一律遣散，借抒财力；（六）官吏问题，凡所有官制官规，均应暂守旧章，免致纷乱；（七）祸首问题，杨度等谬论流传，逼开战祸，应先消除国籍，俟国会成立后，宣布罪状，依法判决；（八）党人问题，由政府审查原案，咨送国会讨论，俟得同意，宣告大赦，方免抵触法律，贻祸将来。以上八问题电达各省，均无异议。惟旅沪二十二行省公民，如唐绍仪、谭延闿、汤化龙等，集得一万五千九百余人，抗议反对，于第一条尤驳斥无遗。冯国璋欲罢不能，竟至蚌埠见倪嗣冲，筹商了大半夜，又邀倪同至徐州，会晤张勋。倪、张本拥戴老袁，遂与冯国璋联络一气，发起南京会议，由徐州通告各省，略云：

川边开战以来，今已数月，虽迭经提出和议，顾以各省意见，未能融洽，迄无正当解决。当此时机，危亡呼吸，内氛时伏，外侮时来，中央已无解决之权，各省咸抱一隅之见，摇言传播，真相难知。而滇、黔各省，恣意要求，且有加无已，长此相持，祸伊胡底？国璋实深忧之。曾就管见所及，酌提和议八条，已通电奉布，计达典签；惟兹事体重大，关系非浅，往返电商，殊多不便。爰亲诣徐府，商之于勋，道出蚌埠，邀嗣冲偕行，本日抵徐，彼此晤商，斟酌再四，以为目今时局，日臻危逼，我辈既以调停自任，必先固结团结，然后可以共策进行。言出为公，事求必济，否则因循以往，国事必无收拾之望。兹特通电奉商，拟请诸公明赐教益，并各派全权代表一人，于五月十五日以前，齐集宁垣，开会协议，共图进止，庶免分歧而期实际。勋等筹商移晷，意见相同，为中央计，为国家计，谅亦舍此更无他策。诸公有何卓见，并所派代表衔名，先行电示，借便率循，无任盼祷。张勋、冯国璋、倪嗣冲印。

张、冯、倪三人，既发起南京会议，并电达中央，随即分手，订定后会。倪回蚌埠，冯归南京。是时广东方面，已在肇庆地点，设立两广司令部，举岑春煊为都司令，梁启超为总参谋，李根源为副参谋。岑自香港至肇庆，即日誓师北伐，有“袁生岑死，岑生袁死”等语。一面组织军务院，遥奉副总统黎元洪为民国大总统，兼陆海军大元帅。院设抚军，即以唐继尧、刘显世、陆荣廷、龙济光、岑春煊、梁启超、蔡锷、李烈钧、陈炳焜诸人充任。又由各抚军公推唐为抚军长，岑为副抚军长，于五月八日通告军务院成立。

适值浙督屈映光辞职，公举嘉湖镇守使吕公望继任。吕就职后，明目张胆，誓讨袁氏，任周凤岐、童保暄为师长，列入护国军。檄至粤东，军务院遂依着条例，请他就抚军职，于是滇、黔、两粤及浙江，并力讨袁。老袁闻知，又添了好几分愁恨，急召杨度、朱启钤、周自齐、梁士诒、袁乃宽等，密谋抵制。席间惟闻纸笔声，并没有什么谈论，后来转将所拟底稿，尽付一炬。看官！道是什么秘计？他不过电达外使，令转告各国政府，勿遽承认南军团体，一面向未曾独立各省，催他速至南京，解决时事。各处新闻纸，探出原电，即登载出来。文云：

各省将军、巡按使、都统、护军使、镇守使鉴：接广东电开"革命首领宣告南方独立各省已组织成立新政府，以广州为首都，以黎元洪为大总统及陆海军大元帅，废除北京政府。其宣告中并为设立军务院，定明权限，并兼理外交财政陆军各行政事务。云南都督唐继尧被举为军务院主任，岑春煊为副主任"等语。查北京政府始而临时，继而正式，几经法律手续，始克成立，全国奉行，列邦承认，岂少数革命首领，所能废除？首都问题，系由国家议会决定，奠定业已数年，有约各国，驻使所在地点，载诸约章，国际关系最切，对内对外，岂少数革命首领，所能擅易？大总统地位，由全国人民代表，按照根本大法选举，全国元首，五族拥戴，又岂少数革命首领，所能指派？且黎公现居北京，谨守法度，又岂肯受少数革命首领之指派？广东距京数千里，强假黎之虚名，而由唐、岑等主其实权，不啻挟为傀儡，侮蔑黎公，莫此为甚。凡此种种，违背共和，刬除民意，实系与国家为仇，国民为敌。政府方欲息事宁人，力谋统一，而少数革命首领，窃据一隅，以共和为号召，乃竟将共和原理，国民公意，一概蹂躏而抹煞之。此而可忍，国将不国。尊处如有意见，望径电南京，请冯、张、倪三公，会同各省代表，并案讨论。院处电。

这电自五月十日发出，转眼间已是望日，南京会议期限已届，各省代表先后到宁，共得二十余人。计开：

直隶代表刘锡钧、吴焘。奉天代表赵锡福、刘恩洪。

吉林代表张恕、戴艺简。黑龙江代表李莘林。

山西代表崔廷献、李骏。山东代表孙家林、丁世峄。

河南代表毕太昌、叶济。湖南代表陈裔时。

湖北代表冯贺、杨文恺。江西代表何恩溥、程用杰。

福建代表贾文祥。安徽代表万绳栻。

热河代表夏东骁。察哈尔代表何元春。

绥远代表熊开光。上海代表赵禅、王滨。

徐州代表李庆璋。蚌埠代表裴景福。

还有中央特派员蒋雁行及海军司令饶怀文、参谋长师景文等，也一律与会。惟陕西因乱未复、四川路远，所派代表张联棻、张轸援二人，均在途未至。五月十七日，南京会议第一次举行，由冯国璋主席，各省代表，统行列座，除蒋雁行并非代表，只能旁听外，各代表均有发言权。冯即宣言第一条总统问题，赞成冯说的，不过十分之二三；反对冯说的，却有十分之三四；其余各守中立态度，既不反对，又不赞成。论辩了好几时，第一条终不能通过。冯国璋不便强迫，只好说是改日再议，代表等当然散席。李庆璋、辈景福两人，即电达张、倪，竟尔告急。隔了一天，蚌埠倪将军亲自带兵三营，直抵江宁。正是：

全局已经成瓦解，将军还欲挟兵来。

欲知倪嗣冲到会情形，且从下回叙明。

冯、段两人，遭袁氏之疑忌，至于途穷日暮，再请他登场，重演一出压台戏，非谚所谓急时抱佛脚者耶？冯、段不念旧恶，犹为袁氏竭力帮忙，一组内阁，一开会议，平心论之，未始非友道可风。然内则帝孽具存，外则人心已涣，徒恃一二人之笔舌，亦安能骤事挽回？昔人有言：“小人之使为国家，菑害并至，虽有善者，亦无如之何矣。”况冯、段乎？而倪、张更无论已。

第七十一回

陈其美中计被刺　陆建章缴械逃生

袁大头去留问题仍在争执，袁氏却故伎重施，在上海暗杀了革命党陈其美。此时陕西的督军也就宣布独立，下台将军缴械离境却『辎重』不少，被当地军人抢劫一番。

却说倪嗣冲带兵至宁，意欲仗着兵力，迫胁各省代表，仍承认袁世凯为大总统。五月十九日，开第二次会议，倪昂然莅会，代表安徽出席宣言道："总统退位问题，关系全局安危，倘或骤然易位，恐怕财政军政两方面，必有危险情事发现出来，所以愚见仍推戴袁总统，请他留任为是。"言甫毕，山东代表丁世峄起言道："倪将军的高见，鄙人非不赞成，但自袁总统热心帝制，种种行为，大失信用，即袁总统也自知错误，已有去意，难道中国除了袁总统，便没人维持大局吗？"倪嗣冲闻言变色道："项城下台，应请何人继任？"丁世峄尚未及答，与丁偕来的孙家林便从旁答道："自然应属副总统，何消多问。"倪怒目视丁、孙两人道："你两人是靳将军派来的吗？靳将军拥护中央，竭诚报国，为何派你二人到来？你二人莫非私通南军，来此捣乱不成？"丁、孙两人正要答辩，那湖南代表陈裔时，已起立道："古人有言，君子爱人以德，倪将军毋太拘执，应请三思！"湖北代表冯贺、江西代表何恩溥等，亦应声道："敝代表等也有此意。"倪嗣冲见反对多人，怒不可遏，竟投袂奋臂道："袁总统离位一日，中国便捣乱一日，我只知挽留袁总统，若有异议，就用武力解决。"丁世峄、孙家林等冷笑道："既须凭着武力，何用开此会议哩？"冯国璋时在主席，睹这情形，恐惹出一场争闹，遂出为调人道："诸君不必徒争意气，须知能战然后能和，今南方五省，已极端反抗中央；就使项城退位，他也必有种种要求，继任的总统，恐也难一律应诺，将来仍不免相争。国璋始终主和，但欲和平解决，亦应先准备武力，免令南方轻觑，要挟不情，各代表诸公，以为何如？”这一席话，才引出燕、奉、吉、豫、热、夏诸代表同声赞成。冯复议及兵力财力二问题，燕、奉、吉、豫等代表，或愿出若干兵队，或愿认若干军饷，余代表多托词推诿。山东、江西、两湖各代表，且默不一言。冯国璋料难裁决，乃宣告散会，越宿再议。

次日复齐集会场，各代表多主和不主战，冯、倪也不便力辩。至提及总统问题，大众拟付国会表决，冯却游移两可，倪独不以为然。越日，再开第四次会议，仍无结果。徐州代表李庆璋，倡言南中虽然独立，并非自外中国，既为和平解决起见，不如令他派遣代表，同到此处议决，方期一劳永逸。这数语颇得多数赞成，遂由李主稿电达独立各省，静候复音。至散会后，他竟随着倪嗣冲扬长去了。不数日，即有张辫帅一篇通电，其文云：

> 据敝处代表回徐报告，此次江宁之会，业经各代表次第宣言，知各省军民长官，多数以拥护中央、保存元首为宗旨，是退位问题，已属无可讨论。且由冯上将军主张，欲求和平，非先以武力为准备不可，所有应备军旅饷项，并经各代表预先分别担任，敌忾同仇，可钦可敬。乃鲁、湘、鄂、赣诸代表，多方辩难，辗转波折，故甚其辞，显见受人播弄，暗中串合，故与南方诸省，同其声调，必非该本长官所授本意。况靳、汤、王、李诸将军，公忠国体，威信久孚，或军当困难，百折不回，或地处冲繁，一心为国，勋处屡接来电，莫不慷慨淋漓，令人起敬。而该代表竟敢擅违民意，妄逞词锋，实属害群之马，允宜鸣鼓而攻。虽现在电致南方各省，令派代表到宁与议，复电能否依从，尚难遽定，而我方内容，有不可不加整饬，以求一致。诚以退位问题，关系存亡，非特总统人才，难以胜任，即以外交军政财政而论，险象尤难罄述。如果国本轻摇，必沦胥俱尽。即使南方各省，果派代表到宁与议，亦当一意坚持，推诚相告，如不见听，即以兵戈。倘内容不饰，先馁其词，则国家之亡，有可立待。用此通电布告，愿我同胞，共相切磋。设有非此旨者，即以公敌视之可也。临电迫切，无暇择言。勋印。

张辫帅虽有此电，各省长官，仍然徘徊观望，不甚赞成。山东、两湖等省，且潜图独立，云、贵、两粤等，更不消说，简直是置之不理罢了。惟当南京会议期间，却有一个革命党魁被刺上海，相传由袁皇帝贿嘱刺客，赴沪设法，用了若干心力，才得报功。究竟被刺的是何人？行刺的又是何人？待小子叙了出来，便有分晓。小子于前文中，曾说过沪上一带多藏着民党踪迹，就中首领，要算陈其美。从前肇和兵舰的变动，与镇江、江阴的独立，都由他一人指使，不但袁政府视为仇敌，就是南京上将军冯国璋，也加意防备，随时侦探密查。陈其美却不肯罢休，仍拟伺隙进行，只因资财支绌，未免为难。凑巧党人李海秋，介绍两个阔客，一个叫做许谷兰，一个叫做宿振芳，统说是煤矿公司的经理。这煤矿公司，牌号鸿丰，曾在法租界赁屋数幢，暂作机关，形式上很是阔绰。两人与陈见面后，约谈了好几个时辰，真个彼此倾心，非常亲暱。嗣后常相过从，联成知己。陈有时与他晤谈，免不得短叹长吁，两人问他心事，他遂和盘托出，一一告知。两人顺口道："我等虽是商人，却也怀着公义，可惜所有私蓄，都做了公司的股本了。现在未知公司的股单可否向别人抵押？如有此主顾，那就好换作现银，帮助民军起义呢。"陈其美不禁跃然道："两君为公忘私，真足令人起敬，我且与日商接洽，若可暂时作抵，得了若干金，充做军饷，等到成功以后，自当加倍奉还。"两人唯唯告别。

过了数日，陈已与日商洋行议定押款，即至鸿丰煤矿公司，与许、宿两人面洽。两人并不食言，约于次日送交股单，亲至陈寓签字。陈以午后为期，两人允诺，随邀陈入平康里，作狎邪游。由许、宿两人，做了东道主，他即坐了首席，开怀畅饮，猜拳行令，赌酒听歌，直饮到月上三更，方才回寓。翌日起床，差不多是午牌时候，盥洗既毕，便吃午餐，餐后在寓中守候，专待许、宿到来。俄听壁上报时钟，已当当地敲了两下，他暗中自忖道："时已未正了，如何许、宿两人尚未见到？难道另有变卦吗？"又过了二十分钟方有侍役人报道："许、宿二公来了。"陈忙起身出迎，但见两人联袂趋入，即含笑与语道："两君可谓信人。"一语未毕，忽觉得一声怪响，震入脑筋，那身子便麻木不仁，应声而倒。等到怪声再发，那陈其美已魂散魄荡，驰入鬼门关去了。许、宿二人见已得手，一溜烟跑出门外，急向原来的汽车，一跃而上，开足了汽，好似风驰电掣一般，逃窜去了。是时陈寓内的侍役，闻声出视，见陈已僵卧地上，用手一按，已无气息，但见脑浆迸裂，尚是点滴不住，仔细瞧着，脑壳已被枪弹击破，弹子从脑门穿出，飞过一旁，圆溜溜地摆着，赶忙出外睁望，那凶手已不知去向，于是飞报党人，四处邀集。大家见陈惨死，不免动了公愤，一面购棺敛尸，一面鸣捕缉凶，好容易拿住许、宿两犯，由法捕房审讯，许、宿语多支吾，毫无实供。嗣经再三鞫问，许供由南京军官嘱托，宿供由北京政府主使，究竟属南属北，无从讯实，结果是杀人抵罪，把许、宿问成死刑罢了。

袁世凯闻陈已刺死，除了一个大患，自然欣慰，不意陕西来一急电，乃是将军陆建章及镇守使陈树藩联衔，略说是：

秦人反对帝制甚烈，数月以来，讨袁讨逆各军，蜂起云涌，树藩因欲缩短中原战祸，减少陕西破坏区域，业于九日以陕西护国军名义，宣言独立，一面请求建章改称都督，与中央脱离关系。建章念总统廿载相知之雅，则断不敢赞同，念陕西八百万生命所关，则又不忍反对。现拟各行其是，由树藩以都督兼民政长名义，担负全省治安，建章即当遄返都门，束身待罪，以明心迹。

老袁瞧到此处，把电稿抛置案上，恨恨道："树藩谋逆，建章逃生，都是一班忘恩负义的人物，还要把这等电文，敷衍搪塞，真正令人气极了。"嗣是忧愤交迫，渐渐地生起病来。

小子且把陕西独立，交代清楚，再叙那袁皇帝的病症。原来陕西将军陆建章，本是袁皇帝的心腹，他受命到陕，残暴凶横，常借清乡为名，骚扰里闾，见有烟土，非但没收，还要重罚，自己却私运鲁、豫，贩售得值，统饱私囊。陕人素来嗜烟，探知情弊，无不怨恨。四月初旬，郃阳、韩城间，忽有刀客百余名，呼聚攻城，未克而去。既而党人王义山、曹士英、郭坚、杨介、焦子静等，据有朝邑、宜川、白水、富平、同官、宜君、洛川等处，招集土豪，部勒军法，举李岐山为司令，竖起讨袁旗来，陕西大震。陆建章闻报，亟饬陕北镇守使陈树藩往讨。树藩本陕人，辛亥举义，他与张钫独立关中，响应鄂师。民国成立，受任陕南镇守使，驻扎汉中。至滇、黔事起，陆建章恐他生变，调任陕北，另派贾耀汉代任陕南。树藩已逆知陆意，移驻榆林，已是怏怏不悦，此次奉了陆檄，出兵三原，部下多系刀客，遂进说树藩，劝他反正。树藩因即允许，乃自称陕西护国军总司令，倒戈南向，进攻西安。

陆建章又派兵两营，命子承武统带，迎击树藩，甫到富平，树藩前队已见到来，两下交锋，约互击了一小时，陕军纷纷败退。树藩驱兵大进，追击至十余里，方收兵回营。承武收集败兵，暂就中途安歇一宵，另遣干员赍夜回省，乞请援军。哪知时至夜半，营外枪声四起，吓得全营股栗，大众逃命要紧，还管什么陆公子。陆承武从睡梦中惊醒，慌忙起来，见营中已似山倒，你也逃，我也窜，他也只好拼命出来，走了他娘。偏偏事不凑巧，才出营门，正碰着树藩部下的胡营长，一声喝住，那承武的双脚，好似钉住模样，眼见得束手受擒，被胡营长麾下的营弁活捉了去，当下牵回大营。陈树藩尚顾念友谊，好意款待，只陆建章闻着消息，惊惶得了不得，急遣得力军官，往陈处乞和，但教家人父子，生命财产，保全无碍，情愿把将军位置让与树藩，且将所有军械一概缴出。陈树藩总算照允，便于五月十五日，带着陆承武，竟入西安。

陆建章出署相迎，一眼瞧去，承武依然无恙，树藩却格外威风，前后左右统有卫军护着，比自己出辕巡阅，还要烜赫三分。看官！你想此时的陆建章，已是余威扫地，不得不装着笑脸欢迎树藩。树藩乐得客气，下马直前仍向陆建章行了军礼。建章慌忙答让，彼此握手入署，承武亦随了进去。两下坐定，树藩将兵变情形，略述一遍，并言："胡营长冒犯公子，非常抱歉。"陆建章也婉词答谢。树藩复道："现在军心已反对中央，将军不如俯顺舆情，改任都督，与南方护国军联同一气，维持治安，树藩等仍可受教。"建章迟疑半晌，方道："我已决计让贤，此处有君等主持，当然不至扰乱了。"树藩道："将军既不愿就职，公子尽可任事。"建章道："儿辈无知，恐也不胜重任呢。"树藩方提及缴械问题，由陆建章允行，约于十七日照办。树藩退出，到了十七日，树藩复带兵至将军署，先与陆建章议定电稿，拍致北京，小子已录载上文，毋容赘说。电既发出，然后由建章出令，饬所部军队，一齐缴械，归陈军接受。缴械已毕，树藩仍委陆承武为护国军总司令，并编自己部属为二师，用曹士英为第一师长，李岐山为第二师长，自称陕西都督兼民政长，布告全省，宣言独立，秦中粗安。

陆建章收拾行装，共得辎重百余辆，即于五月二十日挈领全眷，退出西安。陈树藩派兵护送，才出东门，不意陈军中有一弁目瞧着若干辎重，未免垂涎起来，当下自语同侪道："这等辎重，都是本省的民脂民膏，今被陆将军捆载了去，他好安享后福，我陕民真苦不胜言哩。"为这一句话，顿时激动全体，大家喧呼道："何不叫他截留？他是来做将军，并不是来刮地皮，如何有这许多行李呢？"陆建章虽然听着，也只好装聋作哑，由他喧闹。偏是卫队数十名，闻言不服，竟与陈军争执起来。陆建章喝止不住，但听陈军齐呼道："兄弟们快来！"一语才毕，大众一拥而上，把所有辎重百余辆，抢劫一空。还有陆氏的妻妾子女，也被他东牵西扯，任意侮弄。所戴的金珠首饰，统已不翼而飞。陆建章叫苦不迭，就是几十名卫队，也自知众寡不敌，只好袖手旁观，任他劫掠。小子有诗叹道：

悖入非无悖出时，临歧知侮已嫌迟。

小惩大诫由来说，到底贪官不可为。

欲知陈建章如何起行，且至下回续叙。

陈其美之被刺沪上也，全属袁政府之辣手，与宋渔父、林颂亭诸人惨遭狙击，万众含悲，同可痛惜者也。陆建章为袁氏爪牙，加虐秦民，得赃累累，至树藩独立，彼为保全身家计，乃愿缴械辞官，若辈之目的，唯一金钱而已，金钱到手，余不足恤，或谓其为袁效忠，尚非确论。至于退出西安，辎重被劫，妻妾子女亦受侮辱，眼前报应如此其速，奈何世之见利忘义者，尚沉迷而不之悟乎？揭而出之，为军阀戒，亦著书人之苦心也。

第七十二回 好迂怒陈妻受谴 硬索款周妈生嗔

本回写川湘独立，却就两位妇人写来。一位是四川将军的正妻、袁氏夫人的义女，老袁把川省独立的账都算到她的头上。另一位是前清遗老王闿运的亦仆亦妻，却来向老袁算账，说是老袁答应的劝进费还没付清。

却说陆建章出城被劫，数年蓄积，一旦成空，又累得妻妾子女，抛头露面，无端受辱，真是哑子吃黄连，说不出的苦楚。还亏陈树藩得知此信，忙饬兵官到来，夺还若干辎重，畀他起行，才得惘惘登程，挈眷去讫。袁世凯闻陕西独立，不得不发兵对付，可奈中央已无兵可遣，无饷可筹，所有中、交两银行，已被梁财神任意提用，现款殆尽。五月十二日，且有两行钞票，停止兑现的阁令，京中金融，大起恐慌，不但银币无着，连铜币也无从兑换，商民怨声载道，统归咎段国务卿，其实都是梁财神的计策。他因两行纸币，充塞街衢，倘或群来兑现，势必无从应付，所以先发制人，密拟停止兑现的命令，迫段盖印。段祺瑞明知不便，但上受袁制，下被梁迫，阁员又多半梁党，均附梁议，没奈何盖印颁行。当时都下相传，称为段内阁的经济政策。

自此令发布，袁政府的信用越觉扫地，一切调遣，多不奉命。老袁没法，不得不从外面着想，饬倪嗣冲转调倪毓棻军，自湘移陕，倪嗣冲复电遵行。既而山东将军靳云鹏迭致警电，一电说民党吴大洲等入据周村，自称护国军山东都督；一电说革命党居正等入据潍县，自称东北军总司令。着末又有一电，是劝老袁即日退位，免致糜烂等语。老袁忧愤益迫，遂令靳速即来京，面陈鲁事，将军一缺，命张怀芝暂行代理。是时段芝贵已出任奉天将军，袁复调他入鲁，为严剿计，一方面是待交卸，一方面是要起行，断非一日两日，可以照办；而且全国警电，纷达京师，不是痛骂，就是劝退，害得老袁又气又愁，急成一种尿毒症，每遇小便，非常痛苦，延医服药，毫不见效。徐世昌系念朋情，入府探疾，袁与详述病源，徐即推荐前御医陈莲舫，劝袁召治。袁即如言召陈，至陈入京诊视，略言："脏俯伏毒，已是有年，今适暴发，为祸甚烈，些须药石，恐难奏效。"袁复乞问良方，陈医士乃写了数语，呈袁自阅。看官！道是什么方法？他说："现时救急良方，只有每次溲溺后，须用人口吮咂，舐去毒液。当未吮咂时，先用清水麻油嗽口，除去口中热毒，方可吮含，徐徐舐去毒液，或可稍奏微效。"老袁点首无语。待陈医退出，即召众妾入室，令之如法施行。众妾都有难色，你看我，我看你，大家不发一言。老袁不楚懊恼起来，便道："你等太没良心，难道坐视我死吗？"众妾仍然无语。老袁顾着众妾，较量一番，又开口道："还是汪姨、香儿、翠媛三人吧。"三妾听到此语，都怏怏不悦，奈又不好推辞，只得勉强应命。每遇老袁溲溺，由三妾轮流吮咂。舌舐稍重，老袁即痛彻肺腑，呻吟不已。有时痛到极处，且乱挞三妾，三妾无从呼冤，只把那陈医士的姓名背地呼骂，稍稍泄忿。过了半月，老袁的尿毒症果然少瘥，三妾私相庆幸，得免污役。五月二十三日，轮着翠媛值差，自昼至夜，不劳吮咂。老袁因她逐日辛苦，加意温存，傍晚即在翠媛室中，闲谈一切，且就与翠媛共桌晚餐。

方两人对酌时，由安女官长送入电报一则，呈与老袁。老袁不瞧犹可，瞧了一遍，不觉怒发如雷，提起手中杯盏，向女官长掷了过去。安女士把头一偏，那杯子哗啦一声，跌得粉碎。翠媛莫明其妙，急忙起座，至老袁座侧，来阅电文。哪知老袁复随携一碗，向翠媛掷来。翠媛赶紧躲闪，已是不及，左额角间被碗擦过，顿时皮破血流，痛不可耐。安女士时已溜出，传呼婢媪，趋入数人，一见翠媛受伤，忙取了创伤药替她敷上，且乘便就翠媛腰间扯出白方巾，代为包裹。扎束方就，被老袁瞧着，尚怒向婢仆道："我尚未死，你等便用了白布与她缠首，莫非要咒我死吗？"语已，竟起身四觅，得了一个门闩，左敲右击，把婢仆打得落花流水，方释手出室。可怜婢仆等无端受扑，多半头青肤肿，怨苦连声。

惟转念老袁平日，待遇下人，尚属宽仁，此次忽尔反常，好似疯狂一般，又不由得猜疑起来。于是出室探查，侦得老袁高坐内厅，面含愠色，究不知为着何事？待过了一小时，忽来了一个命妇，约有三四十岁，踉跄入厅，跪谒老袁，大家从外遥望，见这命妇非别，乃是于夫人的义女，四川将军陈宧的正室。原来陈宧生平，与正妻不甚和协，所以就职入川，只令二三姬妾随行，把正妻撇在京中。惟陈妻素性笃实，夙承于夫人宠爱，视同己女，因此时常入宫，聊慰岑寂，或至数日始返。宫中眷属，竟呼她为大小姐，各无闲言。此次老袁传召，自然奉命前来，一入内厅，仰见义父尊容，已觉可怕，不禁跪下磕头。老袁愤愤道："你知二庵近事否？"陈妻答称未知。老袁厉声道："他已与西南各省的乱党，同一谋逆了。"陈妻惊讶失措，支吾答道："他……他受恩深重，当不至有此事，想系传闻错误的缘故。"老袁不待词毕，便从袖中取出一纸，掷向地上，并呵叱道："你尚为乃夫辩护吗？他有电文在此，你去一瞧！"陈妻拾起电文，两手微颤，紧紧捧阅，但见上面写着：

北京国务院统率办事处鉴：宧以庸愚，治军巴蜀，痛念今日国事，非内部速弭争端，则外人必坐收渔人之利，亡国痛史，思之寒心。川省当滇、黔兵战之中，人民所受痛苦极巨，疮痍满目，村落为墟。忧时之彦，爱国之英，皆希望项城早日退位，庶大局可得和平解决。宧既念时局之艰难，又悚于人民之呼吁，因于江日径电项城，恳其退位，为第一次之忠告，原冀其鉴此悃忱，回易视听，当机立断，解此纠纷。乃复电传来，则以妥筹善后之言，为因循延宕之地。宧窃不自量，复于文日为第二次之忠告，谓退位为一事，善后为一事，二者不可并为一谈，请即日宣告退位，示天下以大信。嗣得复电，则谓已交由冯华甫在南京会议时提议。是项城所谓退位云者，绝非出于诚意，或为左右群小所挟持。宧为川民请命，项城虚与委蛇，是项城先自绝于川，宧不能不代表川人与项城告绝。自今日始，四川省与袁氏个人断绝关系。袁氏在任一日，其以政府名义处分川事者，川省皆视为无效。至于地方秩序，宧有守土之责，谨当为国家尽力维持。新任大总统选出，即奉土地以听命，并即解兵柄以归田，此则区区私志，于私于公，以求无负者也。皇天后土，实闻此言，谨露布以闻！中华民国五年五月二十二日四川都督陈宧印。

陈妻阅毕，无词可答，禁不住流下泪来。老袁又道："我改元洪宪时，他未尝独立，今我已取消帝制，他却独立起来，我不晓得他是什么用意？难道我的总统位置，他不肯承认吗？别人与我反对，还属可恕，你夫的功名富贵，统是我亲手拔擢，今竟宣布独立，太属负恩，我恨不手刃了他，泄我忿恨。现在他居四川，我不能拘他到京，只有将你为质，你若自己要命，即应发电至川，令他即日到来，束身归罪，否则你夫一日不来，你一日不得卸责。"言至此，即叫入女官道："你把她牵了出去，幽禁别室，休得放走！"女官领命，即将陈妻扶出，引至一间僻室中，令她居住。陈妻无奈，只好央告女官，通报于夫人，从旁解劝。女官倒也应允，遂向于夫人报告。于夫人颇出了一惊，立呼侍婢吩咐道："你快去传语陈夫人，只说是：我甚挂念，本拟代为缓颊，因我与老头儿不睦，恐难为力，不如转求洪姨太太吧。”侍婢奉了主命，复去告知陈妻，陈妻复转托女官，向洪姨求情。洪姨一闻此事，便道：“你放她回去罢了！”女官道：“这……这事恐不便擅行呢。”洪姨道：“有我担当，怕他什么！”女官方应声而出，竟将陈妻释归。

翌日，洪姨竟报闻老袁。老袁怒道：“你敢破坏我法令吗？”洪姨却含笑道：“妾闻罪不及孥，古有明训，就使陛下晋位为帝，亦当效法前王，况仍为民国元首呢？”老袁又怒道：“我已有令，不准你等再称陛下及万岁爷等名词，如何你又犯禁？”洪姨复笑道：“古称皇帝为元首，今亦称总统为元首，元首可以并称，陛下亦何不可并呼？”老袁听了，颇属有理，便稍稍开颜道：“你可为善辩了。”洪姨又道：“陈夫人伉俪不睦，人所共知，陈宧独立，夫人哪得与闻？陛下以为锢住了她，可以牵制陈宧，妾料陈宧闻妻受罪，方且感激不遑，陛下奈何为宧杀妇，令宧暗笑？”老袁不觉点首，只口中尚大骂陈宧，闹个不休。洪姨复劝慰数语，老袁乃至办公室，召集段祺瑞等，商议四川事宜。结局是免去陈职，令周骏督理四川军务，曹锟督办四川防务，张敬尧帮办四川防务，当即拟定命令，盖印发出，然后还宫。

一入宫中，忽来了一个老婆子，说是从湖南到来，有要事面陈总统。老袁急忙召见，那老婆子便大模大样地走了进来，一见老袁，但把双手捧合，做了裣衽的模样，一面道了“总统万福”四字。老袁就询问道：“湘老可好？”老婆子旋答言：“仰托洪福。”两语说毕，便呈上一函，由老袁亲自展阅。小子乘老袁阅书，无词可述的时候，就把那老婆子的来历，略叙数言。这位老婆子姓周，乃是湘南名士王闿运的家人，朝侍案，暮荐枕，名义上唤做主仆，实际上不啻夫妻。王闿运表字湘绮，自称湘绮老人，前时在京，老袁曾令为国史馆长，后来选任参政，亦列入大名，惟他是前清老翰林，脑筋中尚怀着清恩，有心复辟，凡老袁一切举动，却是未曾赞成，尝戏撰总统府对联，上联云：“民犹是也，国犹是也，何分南北？”下联云：“总而言之，统而言之，什么东西！”这联语脍炙人口。到了帝制发生，他即乞假还乡，与这位周妈妈消磨那清闲岁月。后来老袁强奸民意，凡政绅军商各界，无不有请愿书，独耆硕遗老，尚付阙如，老袁想到王闿运身上，意欲借重大名，列表劝进，遂密电湖南将军汤芗铭，嘱他与王关说。王索代价洋三十万圆，方能从命。汤芗铭以索价太奢，不敢做主，电复老袁，请示办法。老袁意愿如所请，立电汤如数拨给，准就应解公款项下扣除。汤急切不能筹垫，勉强挪凑，只得十余万圆，乃与王磋商，先付半数，余俟项城登极后，一并交清。王允如约，惟索得债券而去。后来帝制取消，王恐是款无着，即向汤处催索。汤谓帝制无成，当然废约。王不甘割舍，竟遣周妈入京，函致老袁，直接索款。哪知这位汤将军早已报称全缴，并未言止给半数。老袁看了王函，不免惊疑，便语周妈道：“是款据汤将军报告，早已如数交清，奈何来函所称还有一半未缴？难道是汤将军捏词虚报，还是你家主人与我恶作剧呢？”周妈道：“这又奇了。我家老王，若已如数收清，还要遣老妇来做什么？倘谓我老王另有别情，何不将已交半数，一并赖去呢？”老袁急易说道：“既如此，待我电询汤将军，俟有复音，再行核夺。我与你主人多年老友，你在此闲逛数天，尽属无防。”周妈方才称谢，老袁即命女官引导周妈，送至洪姨处住宿，并传语优礼相待。

周妈一见洪姨，也不暇施礼，便道：“这位好姐姐，仿佛天仙一般，想是几世修来，才得住此。”洪姨也笑语相答，周妈又说短论长，语多滑稽，引人解颐，但鄙俗中却带着三分风雅，不似那《石头记》中的刘姥姥，一味粗鲁，因此洪姨与她叙谈，倒也不觉讨厌，且反引她至各处游玩。她到一处，赞一处。竟称新华王气，比众不同，惟见了袁氏姬妾，年纪较长的呼做嫂嫂，年纪较轻的呼做姐姐，各姬妾听她语无伦次，不禁暗笑，但由老袁传嘱优待，自然不敢怠慢；就是遇着于夫人，也以平辈相处，于夫人素来忠厚，周妈妈又悉本天真，两下相谈，颇称莫逆。自是日间与各人会叙，说也有，笑也有，娓娓不倦；又善谈乡曲遗闻轶事，耐人清听，夜间住在洪姨室中，安安稳稳地过了数日。

巧值老袁至洪姨室内，面目间很是懊丧，洪姨正欲启问，周妈却先开口道：“汤将军有否复音？”老袁沉着脸道：“他已独立了，我去问他，他简直没有答复。”周妈道：“我家老王事，当如何裁处？”老袁道：“无论此款是否交齐，就是有一半未缴，我事已完全失败，你主人何必斤斤计较？”周妈道：“咦！大总统此语，未免欺人了。我家老王，前日列名劝进，不过敦促成事，并非担保成功。今日帝制不成，大总统就要食言，倘或竟登大宝，我老王能要求例外的权利吗？况日前的请愿书，乃是大总统授意，并非我老王干请，大总统言出必行，怎忍反汗？今汤将军已经独立，总统更可晓得汤氏的心思，他得做将军，想总是总统的特恩，这且悍然不顾，昧金事更不必说了。且老妇住在宫中，未悉外间情事，今闻湖南独立，致起忧疑，我家老王，年越八旬，平时出入，必须老妇扶持，此次特遣老妇来京，本是万不得已，不料省中竟有变端，他不知急得什么相似，还乞大总统即日付款，俾老妇归遗老人，想老王也深感厚情呢。”老袁踌躇多时道：“你既眷念主人，即欲回去，我亦不便强留，惟所索款项，现时尚难报命，容俟他日汇寄。”周妈道：“老妇跋涉长途，来此取款，若徒手空回，如何对付老王？这事务求原谅！”老袁始终不肯，周妇再三固请。老袁不耐噪聒，忿然作色道：“我不给你主人款项，你将奈何？”周妈道：“不给我款，宁死不去。”老袁道：“你不肯去，我便逐你。”周妈道：“你要逐我，我也弗怕。”老袁道：“我将杀你，你可怕吗？”周妈至此，不能再忍，竟厉声道：“你要杀我，请你就杀。你要我主人劝进，许给若干金银，今我主人遣我来索，你不但勒款不付，反欲将我杀死，哼哼！你的手段，也算太辣了。你未做皇帝，就有这般威虐，他日做了皇帝，我湖南人统要灭族了。你既有此杀人手段，何不向西南各省，把什么唐继尧，什么蔡锷等，杀个净尽，得逞你愿？今乃欲甘心老妇，把我杀死，岂不是小题大做，欺软怕硬吗？”说至此，便放声大哭，且哭且语，自言老王给我入京，使我一副老皮囊，葬身异地，真正可怜。洪姨见她泼辣情状，恐闹得不成话儿，只得从旁解劝，婉言排解，老袁含怒出去。众姬妾闻声走视，见周妈箕踞地上，尚是啼哭不止，大家做好做歹地劝了一回，方才收泪，且语诸姬道：“我在王家多年，曾见你总统的族祖袁甲三，与我老王为忘形交，老王至袁家饮宴，彼时总统尚是小孩子，嘻憨跳掷，何等活泼？我老王摩顶笑道：‘此儿他日必大贵。’不意今日果做了总统，且欲改做皇帝，众位嫂嫂姐姐们，试想袁、王两家，何等交情？就是老妇今日，受命前来，要向袁总统借若干万金，他亦应即日照付，何况是欠款不缴哩？”众姬妾也不好与辩，无非说是再待数日，当拟缴清。周妈乃转悲为喜，复阅两三天，仍与洪姨商议，乞她筹划。洪姨本司老袁家账，没奈何支出纸币数万圆，并给现银若干，畀作川资，周妈方告别南归。小子有诗咏此事道：

拼生争得巨金回，老妇居然一使才。
我为名流犹叹惜，累名毕竟自贪财。

周妈南归以后，究竟湖南曾否独立，且俟下回说明。

本回宗旨，在川、湘独立，却用陈妻、周妈两事掩映成文，此为旁敲侧击之法，所以避上文西南各省之重复，而别开生面，令人悦目者也。然陈妻之得释，由洪姨遣之；周妈之得款，亦由洪姨付之，洪姨太之势力，至于如此。幸袁氏不得为帝，且即病死耳，否则洪姨不为吕武，亦将为赵飞燕、杨玉环之流亚，袁氏虽欲不亡，亦不可得也。人第知袁氏之误由于六君子、十三太保，不知尚有一红姨太。阅者试前后参观，乃知哲妇倾城，其为祸固不亚宵小也已。

第七十三回

论父病互斗新华宫　托家事做完皇帝梦

袁总统的尿毒症转成了屙毒症，妻妾们自有一番表现，精彩的是袁家两公子的一番议论。袁总统召来老友徐世昌安排后事，临死的呼号『杨度，误我』，与宗泽临终呼号『过河，过河』，相距霄壤。

却说湖南将军汤芗铭，与四川将军陈宧，本皆袁氏心腹，只因云、贵义师，直逼境内，不得不变计求安。陈于五月二十二日宣布独立，汤犹在却顾中。是时零陵镇守使望云亭，已早与桂军联合，在永州宣告独立，自称湘南护国军总司令，且有电致汤，劝他速定大计，毋容瞻徇等语。汤正焦急万分，适宣慰使熊希龄到省，两下商议，想出一策，联名电达中央，要求撤退北军，免延战祸。老袁复电照准，既而又有悔心，仍令北军驻湘，且调倪毓鹓军，回防湘境，另派雷震春赴陕。倪至岳州，汤执前说力争，倪不得入，乃率兵退去。五月二十四日，湘西镇守使田应诏，又在凤凰厅独立，自称湘西护国军总司令。于是汤芗铭为势所迫，不得已宣布独立，劝袁退位。第一电拍致老袁，其词云：

北京袁前大总统钧鉴：前接冯上将军通电，吁请我公敝屣尊荣，诚见我公本有为国牺牲之宣言，信我公之深，爱我公之挚，以有此电。循环三复，怦怦动心。国事棘矣，祸机丛伏，乃如万箭在弦，触机即发，非可以武力争也。武力之势力，可以与武力相抗，今兹之势力，乃起于无丝毫武力之人心。军兴以来，遍国中人，直接间接，积极消极，殆无一不为我公之梗阻。芗铭武人，初不知人心之势力乃至于此，即我公亦或未知其势力之遽至于此。既已至此，靖人心而全末路，实别无他术，出乎敝屣尊荣之上。我公所谓为国牺牲者，今犹及为之，及今不图，则我公与国家同牺牲耳。议者谓我公方借善后之说，以为延宕之计，诚不免妄测高深。顾我公一日不退，即大局一日不安，现状已不能维持，更无善后之可言。湘省军心民气，久已激昂，至南京会议，迄无结果，和平希望，遥遥无期，军民愤慨，无可再抑。兹于二十九日，已徇全湘众民之请，宣布独立，与滇、黔、桂、粤、浙、川、陕诸省，取一致之行动，以促我公引退之决心，以速大局之解决。芗铭体我公爱国之计，感知遇之私，捧诚上贡，深望毅然独断，即日引退，以奠国家，以永令誉。曾任干冒，言尽于斯。汤芗铭叩。

第二电更加愤激，直欲与老袁开战。其词云：

自筹安会发生，枢府大僚，日以叛国之行为，密授意旨，电书雨下，怵诱兼至，傀儡疆吏，奴隶国民，畴实使然？路人共见。芗铭忍尤含垢，眦裂冠冲，以卵石之相悬，每徘徊而太息。天佑中国，义举西南，正欲提我健儿，共襄大举，乃以瘠牛全力，压我湖湘，左掣右牵，有加无已。现已忍无可忍，于本日誓师会众，与云、贵、粤、桂、浙、陕、川诸省，取一致之行动。须知公即取消帝制，不能免国法之罪人。芗铭虽有知遇私情，不能忘国家之大义。前经尽情忠告，电请退位息争，既充耳而不闻，弥拊心而滋痛。大局累卵，安能长此依违？将士同胞，实已义无反顾。但使有穷途之悔悟，正不为萁豆相煎，如必举全国而牺牲，惟有以干戈相见。情义两迫，严阵上言。汤芗铭叩。

看官！你想陈宧、汤芗铭两人，受袁之恩算得深重，至此尽反唇相讥，恩将仇报，哪得不急煞老袁？老袁所染尿毒症，至此复变成屎毒症，每届饭后，必腹痛甚剧，起初下浊物如泥，继即便血，延西医诊视，说他脏腑有毒，啖以药水，似觉稍宽。越日，病恙复作，腹如刀刺，老袁痛不可耐，连呼西医误我，乃另聘中医入治。中医谓是症乃尿毒蔓延，仍当从治尿毒入手，老袁颇以为然，亟命开方煎服。服了下去，肠中乱鸣，亟欲大解，忙令人扶掖至厕，才行蹲坐，忽觉一阵头晕，支持不住，一个倒栽葱，竟堕入厕中。侍役连忙扶起，已是满身污秽，臭不可近。各姬妾闻报往视，闻着一大阵臭气，连掩鼻都来不及，哪里还敢近前？独第八妾叶氏，不嫌腌臜，急替他换易衫裤，并用热水揩洗。老袁抚叶氏臂，吁吁叹息道："你平时沉默寡言，至今能独任劳苦，不怕臭秽，我才知你的心了。"叶氏为之泣下，老袁亦洒了几点痛泪。

至扶入寝室后，精神委顿不堪，闭目静卧，似寐非寐；但觉光绪帝与隆裕太后立在面前，怒容可怖；倏忽间，变作戊戌六君子；又倏忽间，变作宋教仁、应桂馨、武士英、赵秉钧等；又倏忽间，变作林述庆、徐宝山、陈其美等；后来有无数鬼魂，面血模糊，统要向他索命的模样。他不觉大叫一声，吓得冷汗遍体，及启目四瞧，并无别人，只有叶氏在旁侍着，并低声问明痛苦，当即答言道："我不过精神恍惚，此外还没有什么痛楚，但你也很困乏了，如何不去休息？她们如何并不见来？"叶氏道："姊妹们都来过了，见陛下安睡，不敢惊动，所以退去。"老袁道："你何故未退？"叶氏忍着泪道："天下可无妾，不可无公，妾怎忍退休？"老袁不禁欷道："可惜我平日待卿未尝稍厚，今日自觉愧悔哩。"

言未已，见闵姨进来，自思许多姬妾，惟闵氏资格最老，而且性情浑厚，从不闻她争论，只自己得了新欢，往往忘却旧爱，此时回溯生平，也觉抱歉得很。闵姨却近前婉询，很是殷勤，反惹起老袁许多怅触，便与语道："你随我多年，好算是患难夫妻，今日我已病剧，恐怕要长别了。"闵姨道："陛下何出此言？疾病是人生常事，静养数日，自然复原，何必过虑！"老袁道："我年已望六，死不为夭，但回忆从前，诸多错误，就是待遇卿等，也觉厚薄不均。我死后，卿等幸勿抱怨。"闵姨呜咽道："妾到此已二十多年，一衣一食，无不蒙恩，怎敢再生异想？但愿陛下逐渐安康，妾仍得托庇帷帟。万一不幸，妾……妾也不愿再生呢。"说到末句，已是涕泪满颐，语不可辨。老袁此时益觉悲从中来，痰喘交作。经叶、闵两姨替他抚胸捶背，方略略舒服，蒙眬睡去。

既而诸子陆续入室，请安问疾，见老袁委顿情状，多半掩面涕泣。闵、叶两氏，恐惊扰老袁，嘱诸子退至外寝，静心待着。诸子退后，克文见乃兄形态，似乎不甚要紧，且面上亦并无泪容，不由得懊恼道："阿兄！你知父病从何而起？"克定道："无非寒热相侵，因有此病。"克文摇首道："论起病源，兄实祸首。"克定沉着脸道："我有什么坏处？"克文道："父亲热心帝制，都由阿兄怂恿起来，今日帝制失败，西南各省，纷纷独立，连日接到电报，都是明讥热刺，令人难堪，你想阿父年近花甲，怎能受此侮辱？古语有云：'忧劳所以致疾。'况且郁愤交集，怎能不病？"克定道："我曾禀告父亲，切勿取消帝制，他不从我，遂致西南革党，得步进步，前日反对我父为帝，今日反对我父为总统，他日恐还要抄我家、覆我族哩。我父自己不明，与我何干！"克文冷笑道："兄不自己引咎，反要埋怨老父，可谓太忍心了。试思我父曾有誓言，决不为帝，为了阿兄想做太子，竭力撺掇，遂至我父顾子情深，竟背前誓。弟前日尝谏阻此事，不敢表示赞同，今日阿父抱病，弟亦何忍非议我父，致背亲恩。公义私情，各应顾到，兄奈何甘作忍人哩。"是时克端亦在旁座，他与克定素有芥蒂，亦勃然道："大哥素无骨肉情，二哥说他什么？"克定被二弟讥嘲，顿觉恼羞成怒，便大声道：“你两人算是孝子，我却是个不孝的罪人，你等何不入请父前，杀死了我？将来袁氏门楣，由你等支撑，袁氏家产，也由你等处分，你等才得快意了。”克文尚未答言，克端已喧嚷道：“皇天有眼，帝制未成，假使我父做了皇帝，大哥做了太子，恐怕我等早已就死。”克定不待说毕，竟恶狠狠地指着道：“你是什么人，配来讲话？”克端也不肯少让，极端相持，几乎要动起武来。猛听得内室有声，指名呼克定入内。克定闻是父音，方才趋入，但听床内怒骂道：“我尚未死，你兄弟便吵闹不休，你既害死了我，还要害死兄弟吗？”说着，喘咳不止。克定见这情形，只好伏地认罪。待至老袁喘定，又指斥了数语，并召诸子入室，约略训责，挥手令退。

嗣是病势逐日加重，起初还传谕秘书厅，遇有紧要文件，必呈送亲阅，到六月初二三日，病不能兴，连文件亦不愿寓目。急得袁氏全眷没一个不泪眼愁眉，就是向不和爱的于夫人，亦念着老年夫妻的情谊，镇日里求神拜佛，虔诚祷告，并愿减损自己寿数，假夫天年。各房姨太太，只与诸公子商量，不是请中医，就是请西医，结果是神佛无灵，医药无效，老袁不言亦不食，昏昏然如失知觉，鼾眠了一两天。

到了六月五日辰刻，忽觉清醒起来，传命克定，速请徐东海入宫。克定即令侍卫往请，不一刻，东海到来，趋就病榻，老袁握住徐手，向他哽咽道：“老友！我将与你永诀了。”徐东海尚强词慰藉，老袁长叹道：“人生总有一死，不过我死在今日，太不合时。国事一误再误，将来仗老友等维持，我也顾不得许多了。只我自己家事，也当尽托老友，愿老友勿辞！”徐答道：“我与元首系总角交，虽属异姓，不啻同胞，如有见委，敢不效劳。”老袁道：“我死在旦夕，我死后，儿辈知识既浅，阅历未深，全赖老友指导，或可免辱门楣。”徐又答道：“诸公子多属大器，如或询及老朽，自当竭尽愚忱，以报知己。”老袁闻言，命侍从召诸子齐集，乃一律嘱咐道：“我将死了，我死后，你等大小事宜，统向徐伯父请训，然后再行。须知徐伯父与我至交，你等事徐伯父当如事我一样，休得违我遗嘱！”诸子皆涕泣应命。老袁又顾徐东海道：“老友承你不弃，视死如生，应受儿曹一拜。”徐欲出言推让，那克定等已遵着父命，长跪徐前。徐急忙挽起克定，并请诸子皆起。老袁道：“一诺千金，一言百系，想老友古道照人，定不负所托呢。”言至此，微觉气喘起来，好一歇不发一声。徐东海起身欲辞，老袁亟阻住道：“老友且坐！我尚有许多事情，拟托老友，幸勿却去！”徐乃复坐。

袁命诸子退出，令传召各姬妾入室，各姬妾依次毕集。老袁复指语道：“这是我平生好友，我死后，你等有疑难情事，尽可请命老友，酌夺施行。如你等不守范围，我老友得代为干涉，诸子中有欺负你等，你等亦可禀白我友，静待解决，慎勿徒事急执，惹人笑谈！”各姬妾闻了此语，相对痛哭，老袁也不胜哽咽，连老徐也凄切起来。约过一二刻，老袁又命诸妾退出，悄语东海道：“你看她们何如？”徐随口贡谀道：“统是幽娴贞重的福相。”老袁微哂道：“君太过奖了，这十数姬妾中，当有三种区别，周、洪二氏最号聪明，然性太阴刻，不足载福；闵氏、黄氏、何氏、柳氏，随我多年，当不至有他变，但性质庸柔，免不得受人欺弄，我颇为深虑；范氏、贵儿及尹氏姊妹，尚不脱小家气象，幸各有所出，将来或依子终身，不致中途改节；下至阿香、翠媛两人，年纪尚轻，前途难恃，我拟命我妇挈她回籍，加意管束，但我妇是否允负责任，她两人是否肯就钤制，这倒是一桩大难事，还乞老友开导我妇，曲为保全。”徐亦随口允诺。老袁又道：“我偏观诸姬中，惟第八妾叶氏，秉性纯良，得天独厚，且子嗣亦多，他日或得享受厚福。”徐即答道：“元首鉴别，当然不谬。”老袁复道：“老友！我死后，各姬妾等能相安无事，不必说了，万一周、洪两妾，生风作浪，凌逼她姬，还乞老友顾念旧情，代为裁处，似老友的威望，不怕她不慑服呢。”说着，又牵住徐衣，泣语道：“老友！我死后，我诸子必将分产，或将酿成绝大的争剧，我宗族中，没人能排难解纷，这事非老友不办。抑强扶弱，全仗大力。”徐嗫嚅道：“这……这事却不便从命！”老袁瞿然道：“老友！你的意思，我也晓得了，我当立一遗嘱，先令儿辈与老友面证，将来自不致异言。”说至此，命侍从取过纸笔，由老袁倚枕作书，且写且歇，且歇且写，好容易才算成篇，递交徐手。徐见上面写着：

予初致疾，第遗毒耳，不图因此百病丛生，竟尔不起。予死后，尔曹当恪守家风，慎勿贻门楣之玷。对于诸母及诸弟昆无失德者，尤当敬礼而护惜之。须知母虽分嫡庶，要皆为予之遗爱，弟昆虽非同胞，要皆为予之血胤，万勿显分轩轾也。夫予辛苦半生，积得财产约百数十万镑，尔曹将来啖饭之地，尚可勿忧竭蹶，果使感情浃洽，意见不生，共族而居，同室而处，岂不甚善？第患不能付予之期望耳。万一他日分产，除汝母与汝当然分受优异之份不计外，其余约分三种：(一)随予多年而生有子女者；(二)随予多年而无子女者；(三)事予未久而有所出及无所出者，当酌量以与之。大率以予财产百之十之八之六依次递减。至若吾女，其出室者，各给以百之一，未受聘者，各给百之三。若夫仆从婢女，谨愿者留之，狡黠者去之。然无论或去或留，悉提百之一，分别摊派之，亦以侍予之年份久暂，定酬资之多寡为断。惟分析时，须以礼貌敦请徐伯父为中证。而分书一节，亦必经徐伯父审定，始可发生效力。如有敢持异议者，非违徐伯父，即违余也。则汝侪大不孝之罪，上通于天矣。今草此遗训，并使我诸子知之！

徐捧读毕，便向老袁道："甚好甚好。"老袁又召入克定等，令徐宣读草嘱，俾他听受。于是用函封固，暂置枕畔，俟弥留时，再行交掷。老袁至此，已有倦容，徐亦告退，约于翌晨再会。适段国务卿等也入内问病，袁已不愿多谈，由克定代述病状，袁第点首示意。徐、段等遂相偕退去。嗣是老袁鼾睡至晚，昏沉不省人事，是夕于夫人以下统行陪坐，等到夜半时，袁又苏醒转来，见于夫人在侧，乃与语道："此后家事，赖汝主持，我因汝生平忠厚，恐不能驾驭全家，已将大事尽托徐东海了。"复顾众姬妾道："你等切须自爱！"再顾诸子道："我言已具遗嘱中。但我身后大殓，不必过丰，惟祭天礼服，不应废除。治丧以后，亟应带领全眷，扶柩回籍，葬我洹上，大家和睦度日，不宜再入政界，余事悉照遗嘱中履行。"诸子均伏地受命。老袁略饮汤水，复沉沉睡去。既而鸡声报晓，又不觉呻吟起来，忽瞪目呼道："快！快！"说了两个"快"字，觉得舌已木强，话不下去。克定听了，料已垂危，急命左右请徐、段入宫。不一时，段已到来，由老袁挣出最简单的声音，带喘带语道："可……可照新约法请黄陂代任，你快去拟了遗令来。"段慌忙趋出，徐亦赶到，见老袁脸上，大放红光，睁着眼，嘘着口，动了好一回嘴唇，方叫出"老友"两字。又歇了半晌，才做拱手模样，又说了"重重拜托"四字。徐不觉垂泪道："元首放心吧！"旋听老袁复直声叫道："杨度，杨度，误我误我。"两语说毕，痰已壅上，把嘴巴张翕两次，撒手去了。时正六月六日巳刻，享寿五十八岁。后来黄克强有一挽联，邮寄京师，联语云：

好算得四十余年天下英雄，陡起野心，假筹安两字美名，一意进行，居然想学袁公路。

仅做了八旬三日屋里皇帝，伤哉短命，援快活一时谚语，两相比较，毕竟差胜郭彦威。

老袁已死，全眷悲号，忽有一人大踏步进来，顿足道："迟了迟了！"究竟此人为谁，容至下回表明。

阅此回，可为世之多妻者鉴，并为世之多子者鉴，且为世之贪心不足，终归于尽者鉴。为人如袁世凯，可为富贵极矣，而不能长保其妻孥，至于弥留之际，再三嘱托老友，彼于热心帝制时，岂料有如此下场耶？夫不能治家，焉能治国？只知为私，安能为公？袁氏一生心术，于此回总揭之，即可于此回总评之。然人之将死，其言也善，观其种种悔悟，不可谓非良心之未死，然已无及矣。呜呼！袁氏固一世之雄也，而今安在哉。

第七十四回

殉故主留遗绝命书 结同盟抵制新政府

老袁去世，大姨太殉主，众人赞叹一番。接着副总统黎元洪就职，发了几通敕令，假独立的陕、川、粤三省也就取消独立。辫帅张勋乘机结成数省联盟，宣布了『十大纲』。

却说新华宫中的人物，正在哀号的时候，突有人入内来探望，自悔来迟，这人非别，便是国务卿段祺瑞。段已拟定遗命，想呈交老袁亲阅，不意袁已长逝，因此惊呼，当下递与徐世昌，请他酌夺。徐即忙取视，见遗令中云：

民国成立，五载于兹，本大总统忝膺国民付托之重，徒以德薄能鲜，心余力绌，于救国救民之宿愿，愧未能发摅万一。溯自就任以来，蚤作夜思，殚勤擘划，虽国基未固，民困未苏，应革应兴，万端待理，而赖我官吏将士之力，得使各省秩序，粗就安宁，列强邦交，克臻辑洽，抚衷稍慰，怀疚仍多。方期及时引退，得以休养林泉，遂吾初服，不意感疾，浸至弥留。顾念国事至重，寄托必须得人，依《临时约法》第二十九条大总统因故去职，或不能视事时，副总统代行其职权，本大总统遵照约法宣告，以副总统黎元洪代行中华民国大总统职权。副总统恭厚仁明，必能弘济时艰，奠定大局，以补本大总统之阙失，而慰全国人民之望。所有京外文武官吏以及军警士民，尤当共念国步艰难，维持秩序，力保治安，专以国家为重。昔人有言："惟生者能自强，则死者为不死。"本大总统犹此志也。此令。

徐已瞧罢，便道："说得圆到，就这样颁发出去便了。但现在是元首绝续的时候，须赶紧戒严，维持大局要紧。一面通知副总统，即日就任，免生他变。"段即答道："这原是最要的事情，我就去照办吧。"言毕趋出。徐又劝止大众的哭声，准备棺殓，于是由袁克定做主，立召袁乃宽人内，命办理治丧事宜。乃宽唯唯从命，当下遵了遗嘱，用祭天冕服殓尸。自于夫人以下，统是哭泣尽哀，闵姨更带哭带诉，愿随老袁同去，旁人总道是一时悲感，不甚注意。待送殓已毕，徐回寓暂息，袁乃宽觅购灵柩，急切办不到上等材料，嗣向市肆中四处寻找，方得阴沈寿器一具，出了重价，购得回来。谁知前河南将军张镇芳，却进献了一具好棺材，说是百余年陈品。经克定再四审视，果与乃宽所购的材料优劣不同。但只死了一人，却备着两口棺木，似觉预兆不祥，克定心中，很是怏怏，忽有人入报道："大姨太太殉节了！"克定等不胜惊讶，克文更昏晕过去，好容易叫醒克文，才大家趋入闵姨房中，但见闵姨僵卧榻上，玉容不改，气息无存。枕旁置有一函，由克定取出，匆匆展阅，乃是一纸绝命书，其词云：

于后及诸姊妹公鉴：碧蝉无状，当今上升遐之日，不能佐理丧务，分后及诸姊妹之劳，竟随今上而去，蝉虽死，亦弗能稍赎罪戾。然在蝉自揣，确有不可不死之势与理。忆今上在日，嫔妃满前，侍女列后，虽一饮一食，一步一履，悉赖人料量而承应之。今兹鼎湖龙去，碧落黄泉，谁与为伴？形单影只，索然寡欢，安得不凄然泪下者乎？蝉年甫及笄，即随今上，频年以来，早经失宠，然既邀一日雨露之恩，即当竭终身涓涘之报，无如毕生愿望，迄未克偿。辄尝自矢，蝉纵不能报效于生前者，终当竭忠于死后，兹果酬蝉素志矣。夫在天愿为比翼鸟，在地愿为连理枝，蝉当日读《白香山长恨之歌》，未尝不叹明皇与玉环，其爱情何如是之深且挚，蝉何人斯，既极愚陋，且又失宠，敢冀非分想哉？不过欲追随今上于地下者，聊尽侍奉之职务已耳。何况今上升遐，吾后与诸姊妹，讵忍以其龙章凤姿之体，消受夜台岑寂之况味？又岂无其人，与蝉有同志而欲接踵而去耶？然今蝉已着祖生先鞭矣，匪惟尽一己之义务，且为吾诸姊妹之代表，此后凡调护扶持之责任，尽属之于蝉一人，蝉纵极鲁钝，或不致有负委托也。即有继蝉而来者，窃恐不落蝉后，此着即蝉胜诸姊妹处也。零涕书此，罔知所云，尚乞矜而鉴之！

克定览到是书，忍不住一腔悲怀，泪如泉涌，就是于夫人及众姬妾，也不胜哀恸，比哭老袁时尤加凄惨，克文竟哭晕了好几次。时适徐东海复行入内，得悉是耗，料知高丽姨太定有特别苦衷，所以一死明志，及详问死状，知是吞金自尽，不禁称叹道："好一个贤妇！好一位节妇！"待与克定、克文相见，又劝慰了好多语。克定凄然道："我正因有两具灵柩、恐致不祥，果然复出此变。"徐随答道："袁门中有此义妇，令人钦敬，不特令尊泉下，有人侍奉，且将来《列女传》中，亦应占入一席，岂不是千古光荣吗？但身后殓葬，亦须格外完备，好在寿具适另有购就，上品选制，足慰烈魂。据老朽想来，怕不是令尊有灵，阴为调遣吗？”克定道：“伯父有命，敢不敬从。”当将所购寿具，作为闵姨的灵柩，并用妃嫔礼为殓，停丧新华宫内偏殿中。自是大典筹备处，改作袁氏治丧所，挂灵守孝，唪经吹螺，另有一番排场。惟副总统黎元洪，即于六月七日就任，一切礼仪，因在前总统新丧期内，多半从略。黎既就职，迭下数令云：

元洪于本月七日就大总统任，自维德薄，良用兢兢。惟有遵守法律，巩固共和，造成法治之国，官吏士庶，尚其共体兹意，协力同心，匡所不逮，有厚望焉！此令。

现在时局颇危，本大总统骤膺重任，凡百政务，端资佐理，所有京外文武官吏，应仍旧供职，共济时艰，勿得稍存诿卸，此令。

民国肇兴，由于辛亥之役，前大总统赞成共和，奠定大局，苦心擘画，昕夕勤劳，天不假年，遘疾长逝，追怀首绩，薄海同悲。本大总统患难周旋，尤深怆痛，所有丧葬典礼，应由国务院转饬办理人员，参酌中外典章，详加拟议，务极优隆，用符国家崇德报功之至意！此令。

这三令联翩递下，当由各省将军、巡按使复电到京，并表贺忱，就是独立各省各都督亦一律电贺。陕西都督陈树藩，且即日取消独立，并请政府优礼袁氏，敬死恤生，这也是令人莫测的情态，小子特录述如下：

国务院段国务卿各部总长公鉴：鱼电奉悉。袁大总统既已薨逝，陕西独立，应即宣布取消。树藩谨举陕西全境，奉还中央，一切悉听中央处分。维持秩序，自是树藩专责，断不敢稍存诿卸，贻政府西顾之忧。抑树藩更有请者，独立虽得九省，而袁大总统之薨逝，实在未退位以前，依其职位，究属中华共戴之尊，溯其勋劳，尤为民国不祧之祖。所有饰终典礼，拟请格外从丰，并议定优待家属条件，以慰袁总统不能明言之隐，以表我国民犹有未尽之思。此外关于大局一应善后事宜，恳随时电示遵行，至深感祷！陕西都督兼民政长陈树藩叩。

次日，四川都督陈宧，亦取消独立，有电到京云：

国务院转呈黎大总统钧鉴：川省前因退位问题，与项城宣告断绝关系，现在钧座既经就职，宧谨遵照独立时宣言，应即日取消独立，嗣后川省一切事宜，谨服从中央命令，除通告各省外，伏乞训示祗遵！陈宧叩。

还有广东都督龙济光，于十三日电达中央，内称粤东独立，已于六月九日取消，其文云：

北京国务院段相国钧鉴：我公总秉国钧，再造共和，旋乾转坤，重光日月。济光已于青日，率属开会庆祝，上下胪欢，军民一致，即日取消独立，服从中央命令，惟粤省党派分歧，诸多困难，俟部署周妥，再电驰陈。龙济光叩。

政府连接各电，甚为欣慰，特授陈树藩为汉武将军，督理陕西军务，兼署巡按使，并优奖龙济光，说他“具有世界眼光，急谋统一，热诚爱国，深堪嘉慰，该省善后事宜，统由该上将悉心筹划，妥为办理”等语。看官听着！这三省独立，原非本意，不过楚歌四逼，未便久持，没奈何暂时独立。此时袁死黎继，段氏执政，所以立即取消，讨好政府，但也由段氏素有威权，所以得此效果。

惟帝制派尚盘据国都，南方各省，仍处反对地位，一时未能统一。外面如张勋、倪嗣冲等，始终服从袁氏，正拟即日联合私党，自请出兵十万，开赴前敌，适因政局已变，方才改图。当由张辫帅深谋远虑，自思黎、段当国，定有一番变革，为自己地位计，不得不预先防患，绸缪未雨，乃即想出一法，把江宁会议的各省代表，截住归路，邀他暂留徐州，特开会议。可惜川、鄂、湘、赣、鲁、闽等处代表，从别路归省，无从拦阻，惟直隶、奉天、吉林、黑龙江、河南、山西数省，以及京兆、热河、察哈尔等代表，被他邀住，另有徐州镇守使张文生、徐海道尹李庆璋、安徽军署参谋长万绳栻三人，也同在会。六月九日，便在徐州军署会议，当由张勋主席朗声宣言道：“现在政局新更，黄陂继任，中央政见，或因或革，未可预知。但世事纠纷，尚无定局，我辈身总师干，不能坐视，所望同心协力，共保治安。南北不可不统一，中央不可不拥护，就是前清皇室及袁大总统身后一切，均宜请新政府实心优待，不得侮慢。愚见如此，诸君以为何如？”各代表齐声赞成。张勋又道：“既承列位赞同，不可不开列大纲，与众共守。”各代表又共答道：“即求指救。”张勋随命秘书员，草录十大纲，传示众览。看官！你道是什么十大纲，请看小子抄写出来：

（一）尊重优待前清皇室各条件。

（二）保全袁总统之家属生命财产，及身后一切荣誉。

（三）要求政府，依据正当手续，速行组织国会，施行完全宪政。

（四）催促独立各省，取消独立，倘若固执成见，仍以武力解决。

（五）绝对抵制迭次倡乱一般暴烈分子，参与政权。

（六）严整兵备，保卫各本省区地方治安。

（七）抱持正当宗旨，维持国家秩序，设有用兵之处，军旅饷项，通力合筹。

（八）嗣后中央设有弊政，并为民害者，务当合电力争，以尽忠告。

（九）固结团体，遇事筹商，对于国家前途，务取同一态度。

（十）俟国事稍定，联名电请中央减政，罢除苛细杂捐，以苏民困。

各代表等本无成见，乐得随声附和，共表赞成。张勋大喜道："诸君统热心为国，见谅鄙忱，鄙人当感佩不置，此次回省，应请转达贵将军贵都统，互守此约，幸勿背盟！"各代表又诺诺连声。散会后，由张勋盛筵饯行，并分赠赆仪，欢然送别，各代表鼓舞而去。此次会议，时人称为七省同盟，就是直、皖、晋、豫及关东三省，称作七省。所有特别区域，不计在内。张勋因会议告成，乐不可支，亟通电各省，详述会议情形及录示十大纲，要求同意，这便是武人干政的滥觞。从此军阀风潮播及全国，稍有变动，即关大局，北京的大总统，好似傀儡一般，不似那袁总统得势时，一呼百诺，远近风从了。小子有诗叹道：

武夫当道势汹汹，一国三公谁适从。
尽说晚唐藩镇祸，谁知今日又重逢。

是时有一位大员，匍匐奔丧，比张辫帅的情谊还要加添数倍。看官！道是谁人？且至下回再说。

闵姨自甘殉节，虽其中有特别苦衷，不得已而出此策，然烈妇殉夫，古今传为美谈，袁氏何修而得此妾乎？然闵姨生长高丽，有此烈性，以视吾国人之朝秦暮楚，反复无常者，殊不可同日语，揭而出之，所以风世也。张勋不忘清室，并不忘袁氏，小忠小义，亦觉可风，但观其拥兵自卫，挟党联盟，启武夫干政之风，攘家国统治之柄，毋乃所谓跋扈将军耶？民国中有是人，欲其安定也难矣。

第七十五回

袁公子扶榇归故里 李司令集舰抗中央

此回先是浓濡重墨，把袁世凯铺张的葬礼铺张一番。接写新政府穿新鞋走老路，西南仍有抗争，最是上海海军，竟扯旗独立，对抗中央。

却说袁氏治丧，已有数日，大小男妇，都在灵前伴着，并不缺少一人。突来了一个麻冕葛衣的大员，奔入灵前，抚棺大恸，连呼帝父不置。大众统是惊讶，及留神谛视，却是面熟得很，原来就是奉天将军段芝贵。段自奉老袁命，由奉调鲁，正拟积极进兵，大为君父效力，偏途次得着凶耗，惊得形神沮丧，急忙星夜进京。到了新华宫，即向治丧所索取麻冕葛衣，到灵前悲号一番，几乎比袁氏诸子还要哀戚数倍。后来闻及大丧典礼，已由政府特派曹汝霖、王揖唐、周自齐敬谨承办，才无异言。曹汝霖、王揖唐、周自齐三人，本是帝制派中首领，又适充大丧典礼承办员，自然恭拟典章，务极隆备。先定丧礼条目十三条，次定奠祭事项八条，列表如下：

关于前大总统丧礼议定条目：

（一）各官署军营军舰海关下半旗二十七日，出殡日下半旗一日，灵榇驻在所亦下半旗，至出殡日为止。（二）文武官吏，停止宴会二十七日。（三）民间辍乐七日，及国民追悼日，各辍乐一日。（四）文官左臂缠黑纱二十七日。（五）武官及兵士，于左臂及刀柄上缠黑纱二十七日。（六）官署公文封面纸面，用黑边，宽约五分，亦二十七日。（七）官署公文书，盖用黑色印花二十七日。（八）官报封面，亦用黑边二十七日。（九）自殓奠之后一日起，至释服日止，在京文武各机关，除公祭外，按日轮班前往行礼；京外大员有来京者，即以到日随本日轮祭机关前往行礼。（十）各省及特别行政区域，与驻外使馆，自接电日起，择公共处所，由长官率同僚属，设案望祭凡七日。（十一）出殡之日，鸣炮一百零八响，官署民间，均辍乐一日。京师学校，均于是日辍课。（十二）新华公府置黑边素纸签名簿二本，一备外交团签名用，一备中外官绅签名用。（十三）军队分班，至新华门举枪致敬。

前大总统大丧典礼奠祭事项：

（一）每日谒奠礼节，均着大礼服，不佩勋章，左臂缠黑纱，脱帽三鞠躬。（二）祭品用蔬果酒馔，按日于上午十时前陈设。（三）在京文武各机关，及附属各机关，每日各派四员，由各该长官率领，于上午九时三十分，齐集公府景福门外，十时敬诣灵筵前分班行礼。（四）单内未列各机关，有愿加入者，可随时赴府知照，亦于每日分班行礼。（五）外省来京大员，暨京外员绅谒奠者，可随时赴府签名，于每日各机关行礼时，另班行礼。（六）外宾及蒙、藏、回王公等谒奠者，即由外交部蒙藏院不拘时日，先期赴府知照，届时仍由外交部蒙藏院派员接待，导至灵筵前行礼。（七）清室派员吊祭时，应由特派接待员接待。（八）除各机关每日谒奠外，其各机关中如另有公祭者，先期一日赴府知照，另班上祭。

典仪既定，新华宫内吊客，日必数起，克定等终日应酬，几无暇晷。惟洪、周二姨已密议析产，商诸徐公。徐命克定略分现银，令她自行处置，才算无事。到了六月二十日左右，克定拟遵照遗嘱，扶柩回籍，当由恭办丧礼处，择定二十八日起行，先期发出通告云：

为通告事：本月二十八日，举行前大总统殡礼，所有执绋及在指定地点恭送人员，业经分别规定办法，合亟通告，俾便周知。

计开

（甲）赴彰德人员。

（一）大总统特派承祭官一员。

（二）文武各机关长官及上级军官佐。

（三）文武各机关派员。

（四）其他送殡人员。

（乙）送至中华门内人员。

（一）外交团。

（二）清皇室代表。

（丙）送至车站人员。

（一）国务卿、国务员暨其他文武各机关长官。

（二）文武各机关各派简任以下人员四员。

（丁）在中华门内恭送人员。

文武各机关人员，及绅商学各界。（不拘人数，在中华门内，指定地点恭送。）

服式：凡执绋官员，均服制服，无制服者，准服燕尾服，均用黑领结黑手套。有勋章大绶者，均佩勋章，带大绶，左臂暨刀剑柄，均缠黑纱。其余各文武及绅商，准用甲种大礼服及军常服，或乙种礼服、学生制服，均缠黑纱于左臂。

自经此通告后，京内外政界诸公，除馈赠厚赙外，又致送诔词挽联，计数日间，竟达千余件。语中命意，不是夸张功绩，就是颂祷将来，却也无甚可述。惟筹安会中首领杨晳子，独措词微妙，言人未言，首联云："共和误民国，民国误共和，百世而后，再平是狱。"对联云："君宪负明公，明公负君宪，九泉之下，三复斯言。"这两联用竟丈贡缎，极品京墨，写染出来，真足令灵帏生色，冠绝一时。承办丧礼员等，日夜筹备，凡纸车纸马纸船纸亭等类，以及一切仪仗，色色办到，专待届期启柩。至若袁氏家眷，更忙碌不了，所有宝贵物品，紧要箱笼，均收拾停当，编列号次，逐渐登载簿记中，就是一丝一缕，也没有遗失，纷扰数天，方得蒇事。还有一班女官，由袁克定嘱咐统行遣归，女官等亦摒挡行李，挨送柩出宫，才拟回去。安女士静生，因蒙死皇帝特宠，及各妃嫔厚爱，免不得依依难舍，一双俏眼中，泪珠儿已不知流了多少。

转眼间已是六月二十八日了，是日早晨，新华宫外，已是人山人海，拥挤不堪。到了辰牌，各项驺从舆卫，统已到齐，一队又一队，一排又一排，统执着器仗，舁着亭舆，鱼贯而行。就中凤旌凤翣，仙幡宝幢，锦幢花圈，彩幄香橱，都是异样鲜明，特别工致，差不多与赛会相似。所经诸地，断绝交通，前后左右，悉有军队荷枪拥护；行过了好几万人，方见皇子皇孙等，引柩前来，一片麻衣，弥望无际。后面有一极大的灵舆，用了花车装载，接连又是一柩，就是闵姨棺木，两旁护送的人物，多且如蚁。各外交团及清室代表，并国务卿以下文武各官，都坐着摩托车，在后恭送。最后的便是袁家女眷，及袁氏女戚，与女官婢媪等数百人，有坐汽车的，有坐马车的，有坐骡车的，多半是淡妆素抹，秀色可餐，这也无庸细表。最注目的是一个御乾儿，追随灵柩，泣涕涟涟，而且满身缟素，与外此送殡人员异样不同，旁观统启猜疑，间有晓得他的历史，方说是义重情深，不愧孝子。既到车站，站长已备好专车，将所有锦幢花圈，一齐收集，悬挂车上，然后妥奉灵榇，安置车内。一班送殡人员，均鞠躬告退，惟特派承祭官蒋作宾，及各机关派往莫殡的官吏，与感情较深的袁氏亲友，也陆续登车。外如箱笼行李等物，尽行搬上，好容易安排停当，才吹起汽笛，传放汽管，准备开车。女官侍从等至此也下车折回，霎时间轮机转动，似风驰电掣一般，南赴彰德去了。

袁家事从此收场，再表那承先启后的黎政府。黎素性长厚，就职时，中外颇庆得人，独帝制派栗栗危惧，蠢然思动，意欲推倒了他，巩固自己地位。一时人心浮动，讹言百出，在京官吏纷纷移家天津，亏得段祺瑞竭力镇定，暂保无恙。至川、陕、粤取消独立，中央势力加厚一层。惟西南军务院抚军长唐继尧，电达政府，要求四大条件：(一)系恢复民国元年公布的旧约法；(二)召集民国二年解散的旧国会；(三)惩办帝制祸首十三人；(四)召集军事会议，筹商善后问题。副抚军长岑春煊，又通电中央及各省，略言："抚军长所言四事，系南中独立各省一致的主张，如政府一律照办，本院当克日撤销。"唐绍仪、梁启超等更推阐四议，说得非常痛切，非常紧要。即如河南将军赵倜、南京将军冯国璋等亦先后电京，力请恢复旧约法，召集旧国会。偏偏政府不理，杳无举动，于是旧议员谷钟秀、孙洪伊等在上海登报广告，自行召集会员，除前时附逆外，所有各省议员，限期六月三十日以前齐集上海，定期开会。约旬日间，议员到沪，已达三百人，这消息传达北京，段国务卿不便悬宕，乃致电南方各省及全国重要各机关云：

黄陂继任，元首得人，半月以来，举国上下，所断断致辩争者，约法而已。然就约法而论，多人主张遵行元年约法，政府初无成见，但此项办法，多愿命令宣布，以期迅捷，政府则期期以为未可。盖命令变更法律，为各派法理学说所不容，贸然行之，后患不可胜言。是以迟回审顾，未敢附和也。或谓三年约法，不得以法律论，虽以命令废之而无足议，此不可也。三年约法，履行已久，历经依据，以为行政之准，一语抹煞，则国中一切法令，皆将因而动摇，不惟国际条约，关系至重，不容不再三审慎，而国内公债，以及法庭判决，将无不可一翻前案，如之何其可也？或又谓三年约法，出自约法会议，约法会议，出自政治会议，与议人士，皆政府命令所派，与民议不同，故此时以命令复行元年约法，只为命令变更命令，不得以变更命令论，此又不可也。三年约法，所以不餍人望者，谓其起法之本，根于命令耳。而何以元年约法，独不嫌以命令复之乎？且三年约法之为世诟病，佥以其创法之始，不合法理，邻于纵恣自为耳，然尚经几许咨诹，几许转折，然后始议修改，而今兹所望于政府者，奈何欲其毅然一令，以复修改以前之法律乎？此事既一误于前，今又何可再误于后？知其不可而欲尤而效之，诚不知其可也。如谓法律不妨以命令复也，则亦不妨以命令废矣。今日命令复之，明日命令废之，将等法律为何物？且甲氏命令复之，乙氏又何不可命令废之？可施之于约法者，又何不可施之于宪法？如是则元首每有更代，法律随为转移，人民将何所遵循乎？或谓国人之于元年约法，愿见之诚，几不终日，故以命令宣布为速。抑知法律争良否，不争迟速，法而良也，稍迟何害？法不良也，则愈速恐愈无以系天下之心，天下将蜂起而议其后矣。纵令人切望治，退无后言，犹不能不虑后世争乱之源，或且舞法为奸，援我以资为先例。是千秋万世，犹为国史增一污痕，绝非政府所敢出也。总之复行元年约法，政府初无成见，所审度者复行之办法耳。诸君子有何良策，尚祈无吝教言，俾资考镜。祺瑞印。

又致上海国会议员电云：

上海议员诸君鉴：约法问题，议论纷坛，政府未便擅断，诸君爱国俊彦，法理精邃，必能折衷一是，敢希详加讨论，示以周行，无任企盼！

这两电发表后，南方各省极端反对，唐绍仪、梁启超复电辩论，略云：

三年约法，绝对不能视为法律，此次宣言恢复，绝对不能视为变更。今大总统之继任，及国务院之成立，均根据于元年约法，一法不能两容，三年约法若为法，则元年约法为非法。然三年约法，非特国人均不认为法，即今大总统及国务院之地位，皆必先不认为法，而始能存在也。

段祺瑞仍然未允，只拟修正约法，参加手续，或仿行约法会议办法，或参照南京参议院成例，由各省长官派选委员三人，或指选该省国会议员三人，组织修正约法委员会。正在筹议举行，忽上海海军宣告独立，推李鼎新为总司令，传檄远近道：

自辛亥举义，海上将士，拥护共和，天下共见。癸丑之役，以民国初基，不堪动摇，遂决定拥护中央。然保守共和之至诚，仍后先一辙，想亦天下所共谅。洎乎帝制发生，滇南首义，筹安黑幕，一朝揭破，天下咸晓然于所谓民意者，皆由伪造，所谓推戴者，皆由势迫，人心愤激，全国俶扰，南北相持，解决无日。战祸迫于眉睫，国家濒于危亡。海上诸将士，佥以丁此奇变，徒博服从美名，当与护国军军务院联络一致行动，冀挽危局。正在进行，袁氏已殒，今黎大总统虽已就职，北京政府，仍根据袁氏擅改之约法，以遗令宣布，又岂能取信天下，餍服人心？其为帝党从中挟持，不问可知。我大总统陷于孤立，不克自由发表意见，即此可以类推。是则大难未已，后患方殷。今率海军将士，于六月二十五日，加入护国军，以拥护今大总统保障共和为目的，非俟恢复元年约法，国会开会，正式内阁成立后，北京海军部之命令，断不承受，誓为一劳永逸之图，勿贻姑息养奸之祸！庶几海内一家，相接以诚，相守以法，共循正轨而臻治安矣。特此布闻，幸赐公鉴！海军总司令李鼎新、第一舰队司令林葆怿、练习舰队司令曾兆麟叩。

这海军向分三队，就是第一舰队、第二舰队及练习舰队。第一舰队与练习舰队，同泊沪滨，所以同时独立。只第二舰队尚泊长江各埠，未曾与闻。但第一舰队势力最强，军舰亦最多，一经独立，惹起全国注目，这一着有分教！

海上洪波方作势，京中大老已惊心。

欲知海军独立以后如何处置，请看官续阅下回。

本回叙袁氏丧礼，将送殡各节，依据官报，择要撮录，见得袁氏虽死，气焰犹生，帝制派之从中主持，不问可知矣。夫袁氏一生之目的，莫过于为帝；而袁氏一生之大误，亦莫甚于为帝。小言之，则有背盟之咎；大言之，则有叛国之愆，其得保全首领，死正首邱，尚为幸事。乃后起之政府，反盛称其功绩，加厚其饰终典礼，是奖欺也，是助叛也，何以为民国训乎？段虽非帝制派人，要亦未免为苏味道。袁家约法，犹欲维持，非经西南各省之抗争，与上海海军之独立，则以暴易暴，不知其非，犹是一袁家天下也。呜呼袁氏！呜呼民国！

第七十六回

段芝泉重组阁员
龙济光久延战祸

政府恢复了《临时约法》，民国政治回复正规。段祺瑞组织内阁。接着是外省的一些骚乱，自然是好的如蔡锷，督军四川受到欢迎；孬的如陈宧，督军湖南，军民拒绝，另选了别人。

却说海军第一舰队与练习舰队，同时独立，这警报传达中央，段国务卿未免惊心，亟电致南京将军冯国璋及淞沪护军使杨善德，令他设法调停，挽回此举。哪知冯、杨二人，已接李鼎新等密函，请守中立，两不相犯。冯本请恢复旧约法，当然与海军同志；杨虽为段氏爪牙，但孑身处沪，前后被逼，也只好置身局外，作壁上观。段盼望回音，并不见答，偏国会议员二百九十九人，却联电国务卿道：

元年约法，与三年约法之争，端在先决二者孰为法律。如以三年约法为法律，当然不能以命令废止。惟查临时约法，为民国之所由成，议会总统，皆由兹产出，其效力至尊无上。在国会既成立以后，宪法未制定以前，如欲有所增修，依临时约法五十五条，及国会组织法十四条之规定，当由国会议员三分二以上之提议，并经国会议员五分四以上之出席，出席议员四分三以上之可决，而后其所增修者，乃为合法，乃得有效。三年约法会议，其组织及程序，既与临时约法五十五条所载不符，则其所增修者，自不得称之为法律，实属违宪之行为。是临时约法，本来存在，原无所谓恢复，今日以命令废止三年约法，乃使从前违宪之行为，归于无效，更无所谓以命令变更法律。现在各省尚未统一，调护维持，惟有一致遵守成宪，否则甲以其私制国法，转瞬乙又以其私制而代甲，循环效尤，人持一法，视成宪为土苴，国法前途，何堪设想。请公坚持大义，力赞大总统，毅然以明令宣告，不依法律组织之约法会议所议决之《中华民国约法》，及其附属之大总统选举法，国民会议立法院组织法，均与民国元年《临时约法》国会组织法，并民国二年宪法会议制定之大总统选举法相违背，当然不生效力。此后凡百庶政，应与国人竭诚遵守真正国法，以固邦基而符民意。根本既决，大局斯安。特此电复。

段祺瑞接到此电，也有转意，乃入与黎总统商议，主张恢复约法。黎本反对袁制，只因段氏登台，挟有权力，一切规划不得不归他取决，所以沉机观变，未尝独断独行，既闻段氏有心规复，哪有不允之理，便于六月二十九日，连下数令道：

（一）共和国体，首重民意，民意所寄，厥惟宪法。宪法之成，专待国会。我中华民国国会，自三年一月十日停止以后，时越两载，迄未召复，以致开国五年，宪法未定，大本不立，庶政无由进行，亟应召集国会，速定宪法，以协民志而固国本。宪法未定以前，仍遵用元年三月十一日公布之《临时约法》，至宪法成立时为止。其二年十月五日，宣布之大总统选举法，系宪法之一部，应仍有效。此令。

（二）兹依《临时约法》第五十三条续行召集国会，定于本年八月一日起，继续开会。此令。

（三）民国三年五月一日以后，所有各项条约，均应继续有效，其余法令，除有明令废止外，一切仍旧。此令。

（四）国民会议，业经续行召集，所有关于立法院国民会议各法令，应即撤销。此令。

（五）国会业经召集，内务部所属之办理选举事务局，应即改为筹备国会事务局，迅速筹备国会事务。此令。

（六）参政院应即裁撤。此令。

（七）平政院所属之肃政厅，应即裁撤。此令。

（八）特任段祺瑞为国务总理。此令。

数令迭下，全国人士欢呼雷动，争颂黎、段两人的功德，似乎民国共和，从此再造，当再不至似袁皇帝时代，有名无实了。惟段祺瑞受命组阁，再任国务总理，应该将旧有部员，酌量参换，方足一新面目，动人观听。他想老成硕望，莫如东海，当此新旧交替，遗大投艰的时候，正应向他妥商，免致再误，当下命驾至徐寓中，投刺求见。徐正为袁氏帮忙，闹得精疲力乏，卧床静养，忽闻祺瑞到来，料有要事相商，不便相拒，乃起身出室，迎段入厅。彼此闲谈数语，便由段述及组阁事情。徐答道：“芝泉！你也任事多了，此次再出组阁，谅有特别把握，何必问我！”段又说道：“论起今日的资望，莫如我公，公若肯出来组阁，祺瑞当面达总统，荐贤自代。”徐笑道：“我为袁氏，惹人讥骂，难道尚不够揶揄吗？今日若再出任事，不是冯妇，就是冯道了。”段复道：“世上的议论，能有几语公正，如要面面讨好，连一事都不能做了。”徐即随口阻住道：“芝泉，你的好意，我很感佩，但我已决定了心，誓不再做民国官吏。”段祺瑞听到此语，料已不便再劝，乃另提出一班人物，与徐东海密商起来。段说一姓名，徐答一“好”字，或答称“也好”。及段说出许世英三字，徐点首道：“隽人是我的旧僚，与你也是莫逆，这人颇靠得住的，或令长内务，或令长交通，想总能胜任呢。”段复说了多人，徐也不加评论，但总说一个“好”字，便算通过。至段问及行政要件，徐捻须半晌道：“目前的要策，第一件是固结北洋团体，第二件是保守中央威信，第三件是解释民党宿嫌，三事并举，国家或尚能安静哩。”段拱手道：“辱承指教，敢不如命。”说罢，便告辞而去。到了次日，即由黎总统下令道：

兼署外交总长交通总长曹汝霖、内务总长王揖唐、海军总长刘冠雄、司法总长兼署农商总长章宗祥、教育总长张国淦，呈请辞职。曹汝霖、王揖唐、刘冠雄、张国淦、章宗祥准免本职。此令。

特任唐绍仪为外交总长，许世英为内务总长，陈锦涛为财政总长，程璧光为海军总长，张耀曾为司法总长，孙洪伊为教育总长，张国淦为农商总长，汪大燮为交通总长。此令。

特任国务总理段祺瑞兼任陆军总长。此令。

此令下后，段内阁又复成立。总计此九部中，除陆军一席向归段氏占有外，其余各部人员，分作三派，一民党，二官僚，三中立派，当时称为混合内阁。惟唐绍仪、孙洪伊、张耀曾尚在南方，未即就职，于是外交由陈锦涛兼署，司法由张国淦兼署，教育由次长吴闿生权代。嗣因汪大燮不愿入阁，上呈固辞，乃改任许世英为交通总长，孙洪伊为内务总长，范源濂为教育总长。阁员即已凑齐，专俟国会开会，咨请追认，内外都无异言。段复从事外政，改定各省军民长官名称，武称督军，文称省长，所有署内组织及一切职权，暂仍旧制，惟另加任命，特请黎总统任定如下：

奉天督军张作霖。兼署省长。

吉林督军孟恩远，省长郭宗熙。

黑龙江省长毕桂芳。兼署督军。

直隶省长朱家宝。兼署督军。

山东督军张怀芝，省长孙发绪。

河南督军赵倜，省长田文烈。

山西督军阎锡山，省长沈铭昌。

江苏督军冯国璋，省长齐耀琳。

安徽督军张勋，省长倪嗣冲。

江西督军李纯，省长戚扬。

福建督军李厚基，省长胡瑞霖。

浙江督军吕公望。兼署省长。

湖北督军王占元，省长范守佑。

湖南督军陈宧。兼署省长。

陕西督军陈树藩。兼署省长。

四川督军蔡锷。兼署省长。

广东督军陆荣廷，省长朱庆澜。

广西督军陈炳焜，省长罗佩金。

云南督军唐继尧，省长任可澄。

贵州督军刘显世，省长戴戡。

甘肃省长张广建。兼署督军。

新疆省长杨增新。兼署督军。

嗣是颁爵条例、文官官秩令，及惩办国贼条例、附乱自首特赦令、纠弹法，均即废止。又将政治犯一律释放。并特赦前川督尹昌衡，俾复自由，所有统率办事处、军政执法处，亦尽行撤销。海内人民，喁喁望治。其时川、粤、湘、鲁各省，尚在未靖，又经过一番措置，才得平安。小子只有一支秃笔，不能并叙，只好依次叙来。

先是陈宧独立四川，袁世凯命重庆镇守使周骏督理四川军务，另用王陵基镇守重庆。周奉命后，尚按兵不动，至袁逝世，他反出兵西上，进逼成都，自称四川将军，旋复改称蜀军总司令，委任王陵基为先锋。王率前队抵龙泉驿，成都戒严。周一面迫陈出省，一面截陈归路，陈不禁大愤，将与决战。绅商急电政府，请禁周、陈冲突，免祸生灵。政府乃任蔡锷督川，调陈宧督湘，周骏还任。陈、周犹相持不下，蔡锷已自叙州起程，先电致二人，劝他息争。略云：

二君之不惜兵连祸结者，乃为争川督一席，抑何所见之小也？窃谓吾侪生于斯世，当以国是为前提，不应存自私自利之见。某今衔命入川，盖收拾未了之局，俟部署既定，则自请辞职，或于二君中推毂一人，以承斯乏，不过累公稍候时日耳。用特驰电奉告，即请解甲息兵，如或不然，锷虽不愿效龌龊官僚口吻，以违抗中央命令相责，而扰乱治安之咎，锷当声罪致讨，务希从速裁夺，锷秣马厉兵以待，惟二君鉴之！

陈宧得书，即日束装就道，出省自去。周骏心尚未死，竟乘虚入踞成都，自称都督，且欲撤去四川护国军招讨右司令、兼兵工厂总办杨维官职。杨本陈宧部下，闻着这个消息，竟举兵相抗，与周军战于城外，杨兵败溃。蔡锷旧病复发，不便督师，因虑周骏猖獗，乃檄罗佩金、刘存厚两军，分道进攻。刘军先至城下，周骏自知不敌，方偕王陵基退出成都。存厚入城，维持秩序，川民乃定。越日，罗佩金亦到。又越数日，蔡锷亦带兵到来，成都父老，相率欢迎。锷慰劳有加，力疾视事，川人始共庆更生了。

还有粤东变乱，亦无非为权利起见，前时龙济光宣告独立，本非真心，后来取消独立，仍然仇视滇、桂各军。滇军司令李烈钧方由肇庆出北江，驻扎韶关，粤军闭关锁渡，屡与滇军龃龉，几开战衅。龙济光袒护自己军队，且调兵添防，并就观音山左右，密伏地雷，一意挑战。看官！你想这个李司令，哪肯容忍过去？当下派兵前敌，力攻源潭，一场鏖斗，战败粤军。李复联约桂军司令莫荣新，自西路攻克三水，彼此会师观音山，拟与龙王决一最后的胜负。龙济光颇也惊惶，亟电告政府，托词李烈钧反抗中央，出兵图粤。政府正嘉许龙王，当然袒护，但又不便得罪李烈钧，乃特授他勋二位，并上将衔，令即来京候用，一面令龙济光暂署广东督军，俟陆荣廷到任，才得交卸。而且还有特别调剂，陈宧未赴湘任以前，着陆荣廷就近往湘，暂署督军。汤芗铭为湘人所逐，令即卸任，派往广东查办。这种政策，多是掩耳盗铃。看官！试想滇、桂各军，如何肯服？于是仍进攻观音山，相持不懈。粤中士民，日夜不安，到处吁请，各愿去龙安粤。唐绍仪、梁启超、温宗尧、王宠惠等，统隶粤籍，有志保乡，遂急电政府道：

龙济光督粤三年，假国权为修怨，纵兵士为虎狼，视生命财产如草芥，以刀锯斧钺为儿戏。综计三年之中，其倾人之家，灭人之门，寡人之妻，孤人之子，直无十百千万之数可言，但闻哀哭诅咒之声不绝。袁氏既倚为爪牙，粤民遂无从呼吁。日者义师之起，滇、黔、桂、浙，皆以讨袁为惟一之名，惟吾粤民，则以去龙为切身之事。方民军之起于四方，计此贼可歼于一鼓，盗亦有道，竟假独立为护符，人望太平，又复原心而略迹。然桂军同一独立，治乱之势悬殊，桂则秩序井然，人民康乐，粤则闾里几尽邱墟，村邑至绝薪米。推求其故，盖龙济光知结不解之怨于人民，遂集全省之兵以自卫，乃使州县患匪，省城患兵，要其督粤三载，惟守观音一山。此山而外，虽举广东全省，化为灰烬，人民化为虫沙，固非该督所惜也。

天幸袁殒，人庆昭苏，粤民茹痛之深，本难复忍须臾，徒以大总统就职之始，不忍遽以一隅为言。且计该督腥闻于天，必为大总统烛照所及，因是隐忍，伫待后命。不意该督知难久安于其位，又以取消独立，取媚中央，一面大捕党人，复萌故智，近更横挑战祸，染血韶州，以该督三年所造孽，即令从此痛惩前非，人已不共戴天。该督且变本加厉，用敢迫切电陈，务乞将该督立予罢斥，解粤民之倒悬，仁惠既遍于一省，使贪虐者知儆，视听实动夫万方。倘蒙赏其知兵，师长之席固众，若或多其治绩，他省不难量移。万一论其取消独立之功，则有勋章诸等具在，粤民虽不敢望大总统伐罪以救民，大总统亦何忍驱粤民以示德？昔者所谓国家用人自有权衡一语，本为专制作威作福之言，已违自我民视民听之义。况以该督罪迹昭著，敢请派人遍询妇孺，除彼所亲一二狐鼠之外，但有举其毫发微末之功者，则诬罔之刑，某等所不敢避。此实千夫所指，咸以该督为寇仇，当蒙一线之仁，早出粤民于水火。大总统以共和为帜，当不以民意为嫌，仪等无凭借可言，敢先以哀词上请，无任翘企待援之至！

政府接到此电，大费踌躇，不期湖南军民，又拒绝陈宧，自举刘人熙为督军，请政府下令特任。那时大总统黎元洪与国务总理段祺瑞，左右为难，也只好开起阁议来了。小子有诗叹道：

自古佳兵号不祥，干戈在握即强梁。

东崩西应成常事，从此朝纲渐不纲。

毕竟湘、粤两省，如何处置，且看下回叙明。

恢复旧《约法》，召集旧国会，并举袁氏恶制，大略更张，不可谓非段合肥之政绩。惟组织阁员，始终不离一调剂性质，民党居三之一，中立派居三之一，袁氏旧僚亦居三之一。政见不同，必有倾轧之虑，段氏更事已久，宁见不及此，而仍组此不伦不类之内阁耶？夫天下未有不任劳任怨而可以当大事者，段氏第愿任劳，不敢任怨，故撮举三派而混合之，示无左袒之意，讵知将来冲突，万不能免，始基不慎，后患随之，此中外政法家言，所由以政党内阁为职志也。他若周、陈之争，龙、李之争，无非视政府之模棱，乃敢侥幸以图逞；迨至乱事粗平，而人民已受祸不浅矣。且曲者未见所谓曲，直者亦未见所谓直，曲直不明，但凭武力为解决，则后之强有力者，几何不挟权生变耶。故我尝为段氏谅，而又不禁为段氏惜。

第七十七回

撤军院复归统一 开国会再造共和

此回先就湘、粤诸省的纷乱写来，接着写到南方的军务院宣布撤销，北京政府算是成了全国的政府。之后是召开国会，好道是民国中兴。只是鼓噪帝制的那帮罪魁祸首却没有谁得到应有惩处。

却说黎总统与段总理召集阁员，会议湘、粤乱事，各阁员或主张激烈，或主张调停，或主张先湘后粤，或主张先粤后湘，嗣经段总理以粤乱方殷，不如促陆荣廷速赴粤任，解决粤事，湖南督军一缺，暂从军民所请，归刘人熙署理。黎总统也以为然。议定后，随即下令，饬陆荣廷即日赴粤，特任刘人熙署湖南督军兼湖南省长。原来湖南将军汤芗铭，当宣告独立时，曾由乃兄汤化龙与民党议立五大条件：(一)民党承认汤芗铭为都督；(二)汤先拨军队三营或五营，交民党接收；(三)设民政府管理民政全权，民政长由民党公推；(四)组织北伐军总司令，由民党推任；(五)军事厅长，由民党推任。这约由化龙署押，转告芗铭接洽，芗铭并无异言。至袁氏死，芗铭即日背约，取消独立，决不关照民党，民党如欧阳振声、赵恒惕、唐蟒、覃振等，本是署约中人，当然动了公愤，奋起逐汤。汤窜往岳州，由湖南护国军第一军总司令曾继梧代理都督，维持地方秩序。嗣闻政府令陈宧督湘，军民仍然不服。政府又命陆荣廷暂代，陆此时虽到衡州，终因事涉嫌疑，不肯赴任，并且自衡返桂。湖南军民乃自推选刘人熙，请政府任命，政府勉强照允，湘祸少纾。后来改任谭延闿为督军，倒也相安无事。惟陆荣廷返驻桂林，因闻帝制派尚盘踞京中，煽惑政府，袒龙抑李，一时不便赴粤，只好托词告病，逐日延挨。就是岑春煊、唐继尧等，亦为祸首未惩，时有违言，政府不得已，命谴罪魁，特下申令道：

自变更国体之议起，全国扰攘，几陷沦亡，始祸诸人，实尸其咎。杨度、孙毓筠、顾鳌、梁士诒、夏寿田、朱启钤、周自齐、薛大可，均着拿交法庭，详确讯鞫，严行惩办，为后世戒。其余一概宽免。此令。

看官！你想帝制派中的要人，差不多有几十个，当时远近闻名，系六君子、十三太保，就是西南各省的要求，也请戮杨度、段芝贵等十三人，以谢天下。乃政府命令，只有八名，如袁乃宽、段芝贵等均不在列，显见得政府用心，不过敷衍了事；并且逮捕令下，罪犯均已出京，一个都没有拿着，转眼间便成悬案；又转眼间且彼此无罪，仍好出头，这是中国近来的弊政，怪不得人心思乱，至今未了呢。但西南各省诸首领，已是得休便休，不愿坚持到底，乃决议撤销军务院，由抚军长唐继尧、副长岑春煊、政务委员长梁启超及抚军刘显世、陆荣廷、陈炳焜、吕公望、蔡锷、李烈钧、戴戡、刘存厚、罗佩金、李鼎新等一并联名，布告全国。其词云：

帝制祸兴，滇黔首义，公理所趋，舆情一致，桂、粤、浙、秦、湘、蜀，相继仗义，其时因战祸迁延，未知所届，独立各省，前敌各军，不可无统一机关，爰暂设军务院，为对内对外之合议团体，其组织条例第十条规定，本院俟国务院依法成立时撤销。今约法国会，次第恢复，大总统依法继任，与独立各省最初之宣言，适相符合。虽国务院之任命，尚未经国会同意，然当国会闭会时，元首先任命以俟追认，实为约法所不禁。本军务院为力求统一起见，谨于本日宣告撤废，其抚军及政务委员长外交专使军事代表，均一并解除。国家一切政务，静听元首政府与国会主持。为此布告天下，咸使闻知。

军务院既宣告撤销，复将布告原文，电达北京。黎总统与段总理，自然欣慰，当由黎总统即日复电云：

承电示撤销军院，爱国之忱，昭然若揭。溯自帝制议兴，波诡云谲，输赀造意，缘法饰非，举国皆暗，莫前发难。滇黔首义，薄海从风，合议机关，应时成立，披云见日，再缔共和，则是军院诸公，大有造于民国也。项城长逝，责在藐躬，猥承诸公拥护之殷，提撕之切，约法国会，获慰初心。虽幸免乎愆尤，犹自渐其濡滞，诸公乃主持正论，践履前盟，举重光之日月，还我国民，挈百战之山河，归诸政府。从此民有常轨，国无曲师，藩祸不兴，邻氛自戢，则是军院诸公，尤大有造于后世也。共和国家，匹夫有责，同舟洪济，端赖群材，元洪忧患余生，久亵权位，布衣归老，于愿已偿，只以约法所推，责任攸寄，思与诸公左提右挈，宏济艰难，推诚以结邦交，虚己以从舆论，一日在位，万民具瞻。方今财政拮据，吏治霾靡，内忧外患，纷至沓来，补救之难，百倍畴曩。尚望不我遐弃，相与有成，毋以收拾军队为天职已完，毋以召集国会，为人心已定，毋可恢复《约法》，为遂跻法治，毋以惩办祸首，为永绝官邪，率此临事而惧之心，或收通力合作之效，此则元洪早作夜思，愿与诸公共勉者也。军务院既已撤销，一切善后事宜，仍希随时电告，共筹结束。其有奇材懋绩，为国贤劳者，并希胪举事实，借备延揽。元洪印。

这复电中的大意，是从交际上着笔，并非正式公文。至七月二十一日，始颁正式命令道：

据唐继尧、岑春煊、梁启超、刘显世、陆荣廷、陈炳焜、吕公望、蔡锷、李烈钧、戴戡、李鼎新、罗佩金、刘存厚等寒日电称：军务院已于七月十四日宣告撤废，其抚军及政务委员长、外交专使、军事代表均一并解除。国家一切政务，静听元首政府国会主持各等语。慨自改革以来，迭经变故，矩矱不立，丧乱弘多，法纪凌夷，民生涂炭，本大总统继任于危疑震撼之际，遵行元年《约法》，召集国会，组织责任政府，力崇民意，勉任艰虞。该督军等顾念时危，力闳大义，撤销军务院及抚军等职，纳政务于一轨，跻国势于大同。义闻仁声，皦如日月，千秋万世，为国之光。惟念大局虽宁，殷忧未艾，宜如何栽培元气，收拾人心，永绝乱源，导成法治。补苴罅漏，经纬万端。来日之难，倍于往昔。所期内外在官，各深兢惕，同心协力，感致祥和，以成未竟之功，益巩无疆之业，本大总统有厚望焉。此令。

自是南北统一，北京政府算有代表全国的资格了。惟粤东方面，龙、李交争，尚且未息，各督军多承政府意旨，归咎李烈钧，隐袒龙济光，张勋、倪嗣冲专电通告，尤斥李烈钧违令横行，请加声讨。政府乃一再电桂，催陆赴粤，陆至此亦不能再延，乃约同省长朱庆澜相偕赴任，电告政府，指日起行。于是黎总统又下令道：

迭据各方报告，广东纷扰，祸尤未已，生灵涂炭，外人复有烦言。长此迁延，靡知所届。龙济光不未交卸以前，责在守土，自应约束将士，保卫治安。李烈钧统率士卒，责有攸归，着即严勒所部，即日停兵。该省督军陆荣廷，省长朱庆澜，现已星夜赴任，龙济光应将各项事宜，妥速预备交代，此后如再有抗令开衅情事，定当严行声讨，以肃国纪。此令。

令下后，复派萨镇冰为粤闽巡阅使，令他选调兵舰驶赴粤海，查办一切，并驻泊沙面等处，保护侨商。其实是震慑龙、李，隐示中央威力，叫他知难而退。哪知龙济光尚不肯离粤，镇日里守住观音山与李血战。陆荣廷到了肇庆，闻着消息，又复称病逗留，只遣朱庆澜到粤。朱亦颇有戒心，待至萨镇冰已到沙面，方起行至粤，先与萨会叙一番，然后携手入城。龙济光不便抗拒，只好迎入，将民政一部分划归朱庆澜接管，一面索请巨款，但说是解散军队必须先拨恩饷，方好办理。好容易筹了一宗款子，交给了他，方才把督军印信付与朱庆澜，自己带了若干亲兵向琼崖而去。李烈钧闻龙已离粤，也即退兵，惟陆尚未肯到省，由朱庆澜饬人赍送印信，才行接收，粤事也就此作一结束。

小子于川、粤、湘三省，已经叙毕，就乘便叙入山东省了。山东民军，分作两党，吴大洲自称护国军，居正称东北军总司令，七十二回中曾已提及，但两军势力，均属有限，不过占据了几个县城，与川、湘、粤情形不同。自张怀芝奉袁氏命，署理山东将军，本思效忠袁氏，把民军逐出境外，可巧袁死黎继，由政府电令停战，双方静候解决，吴大洲、居正两人乃按兵守候。偏张怀芝乘他不备，袭夺民军所据的长山、安邱、临朐等县。民军大愤，一面质问政府，一面招集党人，将与张怀芝死战。吴大洲部下约七八千人，居正部下约一万四五千人，并运到飞机两架，声焰甚盛。张怀芝料不能平，始派员与他议和，各不相犯。延至八月中旬，由国务院派出陆军中将曲同丰驰往山东，会同张怀芝等办理军事善后事宜。曲同丰与民军商议，改编军制，归隶中央，办理粗有眉目，即回京复命去了。是时留沪各议员，已齐集京师，重开国会，八月一日，举行国会第二次常会开会礼，先期二日，由两院通告，并订定礼节如下：

（一）八月一日午前九时，参众两院议员，各服礼服，齐集众议院。

（二）午前十时，两院议员，入礼场就席。

（三）赞礼员引大总统及国务员入礼场就席奏乐。

（四）主席宣告开会，并致开会词。

（五）大总统暨国务员致颂词。

（六）赞礼员报告向国旗行三鞠躬礼，在场者咸行礼如仪。

（七）主席宣告开会式礼成词。

（八）主席宣告大总统宣誓。

（九）大总统宣誓奏乐。

（十）主席宣告退席。

（十一）摄影散会。

是日，参议院议员共到一百三十八人，众议院议员共到三百一十八人。参议院中，仍由王家襄、王正廷为正副议长，众议院中，仍由汤化龙、陈国祥为正副议长，临时公推王家襄为主席。黎总统及国务总理兼陆军总长段祺瑞，财政总长兼外交总长陈锦涛、交通总长兼内务总长许世英、教育总长范源濂、农商总长张国淦及海军总长程壁光，同时莅会。黎总统依照民国二年公布之大总统选举法第四条，郑重宣誓。誓云：余以至诚遵守宪法，执行大总统之职务。

誓毕，全体欢呼，连称中华民国万岁，中华民国国会万岁，中华民国大总统万岁。睹群情之雀跃，复旦重光；瞻胜令之鸾旗，共和无恙。观者如堵，望慰云霓；国是再安，心倾中外。燕云之气象又新，鲸海之波涛不沸。是谓国会开幕的第二次，就是民国再造的第一日。午后同拍一影，然后散会。政府即改定公文程式，并停止觐见大总统礼，另订觐见礼八条，由国务院呈准施行，所有谒见礼如下：

（一）特任简任各职之晋见大总统，均用谒见礼。

（二）谒见员诣大总统府时，须先向承宣司递职名柬，柬用大名片，居中直行写职衔及姓名，背面并写姓名履历，由承宣官入启，俟大总统临延见室，再行导入。

（三）谒见员入延见室，应向大总统行一鞠躬礼。大总统延坐询答毕，谒见员兴辞，行一鞠躬礼退出。

（四）谒见均用常私服，但初次晋见者，须着燕尾服，曾得勋章者，并佩带勋章。

（五）大总统传见，及因公请见，或介绍请见者，均用谒见礼。

（六）荐任职以下，除大总统传见者外，均无庸谒见。

（七）满王公世爵，及蒙、回、藏汗王公等之晋见者，均用谒见礼。

（八）凡谒见员预请示期，或临时请期，经大总统定期或改期，或派代见，或免谒见，承宣司均应随时通知谒见员。

至若公文程式，亦从简单，分作十三项类别，一是大总统令，二是国务院令，三是各部院令，四是任命状，五是委任令，六是训令，七是指令，八是布告，九是咨，十是咨呈，十一是呈，十二是公函，十三是批。大致仿民国元年定例，与袁氏后改的程式，繁简不同，无非是惩戒帝制，规复共和的用意。就是参议院中，亦照旧《约法》办理，于八月十四日开议各案，黎总统便提出国务总理，咨请同意，两院接到来咨，免不得有一番手续了。正是：

元首有心筹总轴，议员依样画葫芦。

欲知两院是否同意，请至下回看明。

军务院撤销，南北始归统一，两院重行开会，民国乃见中兴，当时海内人士，喁喁望治，交颂黎、段功德，黎以长厚称，段以勤练著，未始非足与有为者。但帝制派之罪魁，不闻捕戮，龙、李两人之互哄，未别是非，中央之目的在苟安，外省之目的在自固，盖犹是过渡时代，非致治时代也。如病痈然，不去其酿毒之源，但塞其流毒之口，将来必有溃决之一日。识者于黎、段当国，再造共和之日，盖已料其有初鲜终矣。

第七十八回

举副座冯华甫当选 返上海黄克强病终

国会两院先是批准了段祺瑞内阁，又选举冯国璋为副总统。接着是双十节，免不了一番庆典，更有一番赏功授勋，孙中山特授大勋位。只是缔造民国的勋一位上将黄兴不久病逝，作者将其未表的事迹表出。

却说两院议员，因接黎总统咨文，商及国务总理问题，当照例投票取决。众议院议员已到四百一十四人，投票检视，得四百零七票同意，当然通过复交参议院解决，亦得大多数赞成，于是总揆一席，仍属段祺瑞接任。所有阁员，除农商总长张国淦调任黑龙江省长改由谷钟秀继任外，余均照前列单，咨请两院追认，两院也多数通过。内阁一律就绪。孙洪伊、张耀曾先后莅京供职，惟唐绍仪一再告辞，始终不至，暂归财政总长陈锦涛兼理。直至十一月中旬，方特任伍廷芳为外交总长。外省长官，只直隶添一曹锟为督军，朱家宝专任省长，这且慢表。

且说民国再造，中外胪欢，转瞬间已近双十节，应援照民国元二三年旧例，举行国庆典礼。黎总统系军阀出身，注重武事，先期数日，特谕参谋、陆军两部，在南苑举行阅兵式，其余一切事件，归各部筹议。各部乃援照元年公布国庆日大典，除大阅外，如放假休息、悬旗结彩、追祭、赏功、停刑、恤贫及宴会等项，均各照办。届期一律举行，概仿元年故事，毋庸细述。惟赏功一节，系随时论事，按照目前有功人物分级酬庸。黎总统以创造民国应推孙、黄为首功，特授孙文大勋位，黄兴勋一位。蔡锷、唐继尧、陆荣廷、梁启超、岑春煊，再造民国，各授勋一位。荫昌、曹锟、刘显世、王占元、吕公望、柏文蔚、吴俊陞、张敬尧、胡汉民，各授勋二位。罗佩金、戴戡、朱庆澜、张怀芝、朱家宝、任可澄、陈炳焜、陈树藩、李根源、李长泰、周文炳、钮永建、陈炯明，各授勋三位。李厚基、孟恩远、毕桂芳、张广建、王廷桢、刘存厚、熊克武，各授勋四位。段祺瑞、王士珍、冯国璋，各给一等大绶宝光嘉禾章。唐绍仪、马安良、曹锟、朱家宝、张作霖、阎锡山、陆荣廷、唐继尧、杨增新、姜桂题、蒋雁行，各授一等大绶嘉禾章。田文烈、齐耀琳、李纯、戚扬，各给二等宝光嘉禾章。蔡锷、郭宗熙、李根源、罗佩金、任可澄、程克均，各给二等大绶嘉禾章。赵倜、倪嗣冲、刘显世，各给二等嘉禾章。戴戡、沈铭昌、胡瑞霖、田中玉、潘矩楹、汪步端，各给三等嘉禾章。还有陈锦涛等一班阁员，或给二等宝光嘉禾章，或给二等大绶嘉禾章，或给二等嘉禾章，独张勋得给二等大绶宝光章。此外如萨镇冰、徐树铮、汤化龙、庄蕴宽、董康、周树模、贡桑诺尔布、孙宝琦、江朝宗等，均给二等嘉禾章，谭延闿等给三等宝光嘉禾章。又颁赏各等文虎章，人数众多，述不胜述。另有两令，系抚恤死难诸人，其文云：

自民国肇兴以来，患难相乘，义烈之士，蹈死不悔，糜躯断脰，前仆后继，再造玄黄，力回阳九。兹值国庆，宜慰忠魂，着陆军部查明五年以来死难将士各职名，及其后裔，各议所以抚恤之。此令。

前中国银行总裁汤叡等，奔走国事，惨遭海珠之变，着陆军部查明该次会议与难诸人，从优议恤。此令。

清室代表世续、载涛及各国驻京公使，均至总统府祝贺。黎总统各赠给勋章，且授世续勋一位，大家欢声道谢，无不惬意。自黎总统就任以来，好算这一次是普天同庆，最称热闹了。嗣是行政机关与立法机关，相辅而行，不但国会开议，把重要议案磋磨了好几次，就是各直省长官，亦奉政府命令，于十月一日召集省议会议员，开议各省事宜，内外毕举，规模备具。惟副总统一席，尚未选定，应该早日补选，当经两议院提及，借符法制。小子曾就两议院议事日程，凡关系选举副总统案，汇录如下：

十月十二日，参议院议事日程：

提议选举副总统案。（议员蓝公武提出）

提议请咨众议院定日期选举副总统案。（议员宋渊源提出）

提议定期组织选举会选举副总统案。（议员刘光旭提出）

同日众议院议事日程：

请依法速行补选副总统案。（议员陈纯修等提出）

请议定日期，咨行参议院选举副总统案。（议员覃寿公等提出）

请速组织总统选举会，补选副总统案。（议员仇玉　等提出）

请两院会合组织总统选举会补选副总统案。（议员米观玄等提出）

议员呼声愈高，副总统产出乃速，当时全国人士私下推测，得合副总统资格，不过寥寥数人。若论起老资格来，要算是段祺瑞、冯国璋，至讲到新资格上，要算是岑春煊、唐继尧。但岑、唐虽有再造民国的功劳，究不敌段、冯两人的势力，因此一般舆论已料得副座当选非段即冯了。待至十月二十四日，两院乃联合开会，续商选举副总统日期，择定在十月三十日，当下组织总统选举会，议决下列各条：

（一）以宪法会议议场，为总统选举会会场。

（二）总统选举会，以宪法会议议长为主席，以宪法会议副议长为副主席。

（三）两院各抽签八人，为开票检票发票员。

（四）开票时准人参观，参观人适用旁听规则。

（五）另设写票所，唱名写票。

原来民国宪法未曾议定，此次重开国会，议员视此为重要事件，因即组织宪法会议逐日筹商。适副总统问题发生，乃即就宪法会议场作为选举场。届期投票，两院会合，共到七百二十四人。及票已投毕，开箧检视，冯国璋得五百二十票，最居多数，当即选冯为副总统，由选举会咨照黎总统算作决定。黎总统电达冯国璋，并仍令兼江苏督军。国璋当即就取，直任不辞。于是内自总理，外自督军，统传电道贺。小子曾闻冯受任后电复段总理道：

> 段总理鉴：卅电奉悉。国璋自维能力，保障一隅，收效已仅，若重其负荷，胜任亦未易言。谬承两院公推，竟以此职见属，邦基再造，国步方平，责望者怀有加无已之心，受宠者切名实难副之惧。所幸密勿经纬，寄之我公，大总统力与其成，国务员相助为理，国璋菲材备位，亦得勉竭庸愚，彼此勖共济之迈征，内外本一心相维系。寰区底定，会有其时，区区所引为荣誉者，固在彼不在此也。远辱赐贺，悚愧交并，复贡悃忱，尚希垂察！国璋印。

看官听着！冯、段两人都是北洋派的领袖，自从李鸿章总督直隶，创立北洋武备学堂，储养人材，备作将弁，冯、段统是北洋武备学生，段且游学德国很有学识。至袁世凯练兵小站，多用北洋武备学生为军官，段与冯均得充选，两人本是同学，当然沆瀣相投，自是左提右挈，依次积功，相继擢为统领。冯生长河间，应属直派，段生长合肥，应属皖派，只因同学北洋，遂浑称为北洋派。北方人士呼段为虎，拟冯为狗，无非以学识上的关系隐示区别。民国成立，两人行事，迭见上文，段常在内，冯常在外，感情还算融洽。至袁氏去世，黎氏继任，定策首功当推段氏，段亦未免以此自诩，目空一切，且因自己职居总揆，对于副总统一席，亦不甚介意。独冯氏联络长江各省，自植势力，且与民党亦晋接周旋，未尝失好，那民国第二次的副总统，遂由冯氏运动成熟，安然到手，段似反退居人后了。

贺电未终，悲电又起，勋一位陆军上将黄兴，竟于十月三十一日，病殁沪上。当黎黄陂就任时，首先招请孙、黄诸人，出为佐理，黄已于五月上旬，由美国东渡，返至上海，曾在虹口东洋旅馆，召集同志，秘密会议，誓死不再认袁为总统，愿恢复民国《约法》，请黎副总统继任，重行组织人才内阁。未几，袁即病死，黎电相邀，黄不欲遽入，仍寓沪待时。到了国庆纪念日，拟与同志会集味莼园，共申庆祝，早起散步，忽觉耳鸣目眩，支持不住，口鼻中忽喷出热血，竟致晕仆。长子一欧方侍侧，亟忙掖起，立延德医调治。医生用药剂灌入，才得救醒。味莼园遂不果行。午后，得京师来电，授他勋一位，他却喟然道："我奔走革命二十年，也是为国服务，算不得什么大功，今黎总统畀我勋位，我难道就此实受吗？"乃就病榻间口授一欧嘱稿，拍电政府，婉词却谢。嗣复得中央电复，请勿固辞。越数日，病似渐瘳；又越数日，病复丛起，肝部膨胀，夜不能眠。旋觉皮肤上发现一种黄色，医士谓胆汁流入血管，颇为难医。俄而失血不止，至三十日，病势愈剧。适孙文、唐绍仪均来探视，他已自知不起，便语两人道："我与二公交好多年，此番恐要长别了。但不知我死以后，民国前途，究竟如何？看来政海暗潮，迭起未已，距太平日子，尚远得多哩。二公才望，本出我上，还望极力维持，补我遗憾，我死亦瞑目了。"孙、唐两人含泪应诺，更劝慰了数语，随即告别。越日辰刻，又咯血无算，复招医士，投服药水，终不见效。迭延数医，谓已无可疗治，一欧不觉大恸。徐闻榻上有声道："人生总有一死，你也不必过哀，且留此一腔热泪，为同胞哭，才算克强有子了。"言已，喘息不止。延至午后四时，竟尔逝世，享年四十三岁。克强尚有老母，与妻室及二三四诸子，寓居日本长崎，当由一欧电召归国，一面电讣中央政府及各省军民两长。黎总统即日下令道：

勋一位陆军上将黄兴，缔造共和，首兴义旅，数冒艰险，卒底于成，功在国家，薄海同瞩。乃以积劳遘疾，浸至不起，本大总统患难与共，夙资匡辅，骤闻溘逝，震悼尤深。着派王芝祥前往致祭，特给治丧费二万圆，所有丧殡事宜，由江苏省长齐耀琳，就近妥为照料，并交国务院从优议恤，以示笃念殊勋之至意。此令。

是令下后，江苏省长齐耀琳，即派员赴沪，襄理丧仪。远近吊客，不下数千人。到了十一月十日，中央特派员王芝祥，已衔命南来，至黄宅致祭。翌晨，设奠灵前，献爵礼毕，由司礼官代读祭文。其词云：

维中华民国五年十一月十一日，大总统黎元洪，特遣王芝祥致祭于克强上将之灵前曰：呜呼！王纲解纽，海水横飞，国威不振，民命安归？天挺人豪，乘时而起，奋戈一麾，天日为靡。当其愤激，嚼齿皆空，云翻阵黑，血染波红。积二千年，专制余毒，一旦廓清，还归敦朴。江汉收功，金陵坐镇，文雅彬彬，施于有政。天不悔祸，国境再骚，四方豪杰，跂望旌旄。今者告宁，万邦咸喜，不有元勋，孰臻上理？方期举国，酬报丰功，云何疢疾，遽殒英雄。八表震惊，空巷走哭，矧在藐躬，夙同茵毂。抚今追昔，悲感百端，临风陨泪，绕室盘桓。牲帛椒浆，敬奠毅魂，灵爽式昭，永护民国。呜呼哀哉！尚飨！

读毕焚帛，致祭员奠爵告退，孝子匍匐谢宾。这种普通仪制，不必细表。越宿，王芝祥回京复命，谁知京中复接东瀛急电，又闻得一位再造共和的伟人，在日本福岗医院，也一病身亡了。小子有诗叹道：

才经湘水赋招魂，日上扶桑倏又昏。

偏是伟人多短命，人生天道两难论。

究竟何人相继逝世，待至下回再表。

段合肥之功绩，不在倒袁，而在拥黎，黎黄陂之得以安然就职，不生他变者，全由段氏一人之力。厥后更张弊政，统一南方，亦无非段氏所造成。以功绩言，副总统一席，应属段氏无疑，乃偏选出冯河间，岂虎能噬人，而狗尚秉义乎？迨经著书人从中揭出，乃知冯之得选副座，有由来也。民国无论何事，莫不由运动得来。若不运动，就令尧、舜复生，无由为元首，周、孔复出，无由为总揆，其下焉者更不待言矣。若夫创造民国之首功，应推孙、黄两人，黄克强生平行谊，容有未满人意之处，但视濒死时以国家为念，殆学未纯而志有足嘉者欤？特志其殁，亦隐寓悼惜之意，录及祭文，未始非借此阐扬也。

列强瓜分中国时局图

甲午战争后，俄、英、德、法、日、美等国，形成吞食中国的形势。

武昌湖北军政府原址（上图）
广州中山纪念堂（下图）

东三省总督徐世昌（中）与同僚合影

徐世昌，祖籍天津，生于河南汲县。清末民初官僚，清帝退位后隐居天津，后北洋各派纷争，多次出山调停。

冯国璋

冯国璋，直隶河间(今河北)人。北洋军阀直系首领，1917年，黎元洪去职，曾代理大总统职务。

段祺瑞

段祺瑞，安徽合肥人。早年留学德国，协助袁世凯创办北洋军，北洋军阀皖系首领。曾任民国北京政府国务总理。

唐绍仪

唐绍仪，广东香山人。曾赴美留学，1900年后在清廷海关、外交、铁路等部门任职。辛亥革命后，曾作为袁世凯内阁的北方代表参与南北和谈。

伍廷芳

伍廷芳，广东新会人。曾赴英留学，清末任驻外公使。武昌起义后，被推为光复各省临时外交代表和议和代表，作为南方代表参与南北和谈。

《晴窗读书图》/吴观岱

吴观岱，江苏无锡人。其推崇石涛，模仿无不逼视。此图以沉稳酣畅见长，将“四王”的格局与石涛的笔墨加以结合，达到了雅正淳和而富有生气的艺术效果。

《桃源问津图》/汪 琨

汪琨，江西婺源人。擅画山水，又工花鸟，并能人物。此图描绘桃花源中，良田美竹，屋舍俨然，鸡犬相闻，男耕女织，一片祥和。远处青山环绕，白云缥缈，人间仙境，跃然纸上。

《白云红树图》/汪 琨

此图为巨幅中堂，碧山清水，白云红树，高士盘坐，山民劳作。作品开张宏阔，画面苍厚，富丽堂皇。

《读碑图》/沈心海

沈心海，江苏崇明（今属上海）人。花卉、山水、人物兼擅，更精仕女。此图遒劲苍涩、笔断意联的『竹筋描法』，施于人物衣纹、树石等处，使画面总体格调显得细致精微而不柔弱。

《扑蝶图》/徐 操

徐操，河北深县人。民国著名人物画家。此图人物刻画细腻，神情顾盼，衣纹线条变化多端，画面布色渲染和谐统一，曼妙中具悠闲之气。

《菊石图》/陈衡恪

陈衡恪，江西修水人。近代画家。此画写山崖石壁之上，菊花绽吐芳华的景象。菊花从上至下，疏分密布，富有节奏感，山石以粗笔勾出，菊花以墨笔勾画，气韵生动。

《松梅喜鹊》/齐白石

齐白石，湖南湘潭人。近代著名画家和书法篆刻家。此图自上而下探以一枝青松，自下而上则承以一枝老梅，老梅干承上启下，将松梅连接起来，梅干上着一喜鹊，作势欲飞，整幅构图奇险，笔墨精到。

《荷花图》/ 高 飒

高飒，浙江秀水人。幼承家学而擅画，山水清秀隽逸，花卉秀雅温润。此扇面造型简洁、荷花粉色。设色艳而不俗、浓而不滞，清逸雅致。

第七十九回

目断乡关伟人又殁 衅开府院政客交争

稍后去世的是蔡锷，作者把其客死日本以及其他行谊表出，还有返乡归葬的荣光。而府院间却起意气之争，徐世昌出面调停，却是两方首脑都免职了事。

却说日本福岗医院，突有一人病逝，电讣到京，这人为谁？就是再造民国的蔡松坡。蔡本为四川督军，为什么东往日本呢？说来也觉话长，由小子撮要叙述：自蔡督四川后，川民渐安，但署中一切文件已棼如乱丝，不得不认真料理，虽有罗佩金帮办，究竟不能不自行部署，又况军民两长，统归一身兼管，更觉忙碌得很，因此积劳过度，所有喉痛心疾，接连复发。适小凤仙自京致书，拟履行前约，愿来川中，他不免惹起情肠，增了若干愁闷，踌躇了一夜，方裁笺作答道：

> 自军兴以来，顿膺喉痛及失眠之症，今兹督川，难却黄陂盛意，故勉为其难，俟各事布置就绪，即出洋就医。尔时将挈卿偕行，放浪重洋，饱吸自由空气，卿姑待之！

是书发后，过了数日，病愈沉重，自觉不支，乃电达政府，请假就医，并荐罗佩金自代。政府准如所请，当即束装起行，航行至沪。沪上军商学各界闻他到来，相率开会欢迎。渠因喉痛失音，未能到会，遂作书婉谢，惟居沪上寄庐中养疴，或至虹口某医院治疾，所有访客，一概挡驾。时梁任公亦自粤到沪，被他闻知，却立刻拜会，相见时，仍执弟子礼甚恭。任公道：“你也太过谦了，此地非从前学校可比，何妨脱略形迹。”松坡道：“一日为师，终身为父，这是从古到今，相传不易的名言。锷略读诗书，粗知礼义，岂可效袁项城一流人物，漠视这张四先生吗？”任公亦对他微笑，且密与语道：“你在此地养病，还须谨慎要紧。帝制余孽，往来南北，他们恨我切骨，幸勿遭他毒手。”松坡又答道：“这是弟子所最注意的。自到上海后，除赴医院诊治外，镇日里杜门不出，谢绝交游，就是寻常食品，亦必先行化验，然后取食，想当不致有意外危险。且弟子留此数日，万一医治无效，决拟至日本一行，那东京的医院，较此地似靠得住哩。”任公徐答道：“这也好的，似你膂力方刚，正是经营四方的时候，千万珍重，为国自爱。”松坡叹息道：“锷已过壮年，所有些须功业，统是先生一手造成，目下诸症百出，精神委顿，恐将来未必永年，不但有负国家，并且有负先生，为之奈何？”任公听了，不禁凄然，半晌才道：“松坡，你如何作这般想？疾病是人生所常有的，如能安心休养，自可渐痊，奈何作此颓唐语？”松坡欲言未言，饮过了几口清茶，才答道：“锷到沪已约一旬了，起初医生亦说是可治，不出两旬，可收效果，怎奈这几天间，喉间似有一物，嚅嚅欲动，每届饮食，艰难下咽，就是语言亦很觉为难，到了夜间，终夕不能安枕，想是血枯津竭的绝症，如何能持久哩！”言毕，起身欲行。任公复劝勉数语，两下作别。

越日，任公正欲回视，巧值电话传来，略言：“锷拟东渡，决于今晚动身。”任公乃即往寄庐，叙谈了好多时。是夕，即送他下船，再三叮嘱而别。任公返寓后，过了五六天，接得蔡书，内言就医福岗医院，尚有效验，倒也稍稍放心。哪知到了十一月八号，竟由福岗医院来电，译将出来，乃是“蔡松坡于本日下午四时去世”十二字，这一惊非同小可，往外探问，已是传遍全沪，无论官商学界，统觉悲感得很。后来调查松坡寓日，病状依然，至日本国庆日天长节，就是我国十月三十一日，是日扶桑三岛全体庆祝，举行提灯大会，松坡因侨寓无聊，特与二三友人入市遨游，颇称尽兴。到了傍晚，接着上海急电，知是黄兴逝世，不由得顿足呼天道：“我中国又弱一个了。”自是愁闷益增，病亦愈剧。至十一月八日上午，势已垂危，东医束手，他闻病院外演试飞机，竟勉强起床，扶役夫肩，缓步出门。适飞机从空中驶过，翱翔自得，几似大鹏振翅，扶摇直上，望了一会儿，忽觉眼花缭乱，头痛异常，他即倚着役夫肩上，闭了双目，休息片时，复睁起病眼，向西遥望，欷歔说道：“中华祖国，从此长离，就使驾着飞机，恐也不能西归了。”说毕，返身入内，卧床无语。延至下午四时，奄然长逝，年仅三十七岁。越二日，由黎总统下令道：

勋一位上将衔陆军中将蔡锷，才略冠时，志气弘毅，年来奔走军旅，维持共和，厥功尤伟。前在四川督军任内，以积劳致疾，请假赴日本就医，方期调理可痊，长资倚畀，遽闻溘逝，震悼殊深。所有身后一切事宜，即着驻日公使章宗祥，遴派专员，妥为照料，给银二万圆治丧。俟灵榇回国之日，另行派员致祭；并交国务院从优议恤，以示笃念殊勋之至意。此令。

自经此令一下，全国均已闻知，相传小凤仙尚在京师，得此噩耗，悲恸终日，誓不欲生。鸨母再三劝解，哭声乃止。到了次日，凤仙闭户不出，至午后尚是寂然。鸨母大疑，排闼入室，哪知已香消玉殒，物在人亡。案上留有绝命书，语极悲惨，略谓："妾与蔡君，生不相聚，死或可依。或者精魂犹毅，飞越重洋，追随蔡君，依依地下，长做流寓伴侣。如或不能，妾愿化恨海啼鹃，望白云苍莽中，是我蔡郎停尸处，夜夜悲鸣罢了。"这数语传达都门，脍炙人口。究竟这小凤仙曾否殉义，绝命书是真是假，小子一时也无从确查，只好人云亦云，留作一场佳话。如果实有此事，岂不是红粉英雄，有一无二，从前绿珠、关盼盼等，也应出小凤仙的下风了。

还有一段奇梦，出诸松坡友人的口中，谓系松坡生前自述：癸丑年间，二次革命，黄、李等相继失败，松坡虽未曾与事，心中却郁郁不乐，时常借着杯中物，痛饮解闷。某日，醉后假寐，恍惚身入宫阙，有一人衮冕辉煌，高坐堂上，既见松坡，竟下阶相迎，向他长揖。松坡急忙还礼，忽背后被人一拍，痛不可忍，回头顾视，背后立着两人，一似乞丐模样，一似和尚模样，不由得惊讶起来。追询及姓名，答称为李铁拐、唐玄奘，且由唐玄奘自述"西行取经，备尝艰苦，此行将返京城，恐被孽龙夺去，现闻君腰下，佩有神剑，特乞拐仙介绍，求君除害安民"云云。松坡性本任侠，慨然照允，便与二人同出。返顾宫阙，倏忽不见，他也莫名其妙，掉头径去。约数十步，但见前面一带统是云雾迷离，不可测摸，耳中闻得风涛澎湃，骇地震天，料知前途险恶，不易过去，正拟问明前导二人，借定行止，不意两人又不知去向，空中却现出一团红云，云端里面，飞出一条火龙，口喷赤霞，惹得满天皆赤。说时迟，那时快，松坡拔剑在手，奋身上跃，得登龙背。龙犹矫首仰视，被松坡用剑拟喉，正要刺入，突觉呼啦一声，身似坠下，惊醒转来 ，乃是南柯一梦。松坡细思梦境，不知主何朕兆，至袁氏称帝，护国军起，方觉梦有奇验，龙应袁氏，衮冕即帝服，下阶相迎，是袁氏任松坡为军事顾问官，唐玄奘应唐继尧，李拐仙应李烈钧，西行取经，恐被龙夺，是唐、李学取欧化，有志共和，几为袁氏破坏的隐兆。经松坡拔剑乘龙，龙乃被制，已见得帝制无成了。松坡奇梦已验，料无他虞，哪知身即坠下，亦兆死征。所以倒袁功成，松坡也即归天，这可见冥冥中间，未始没有定数呢。

后来《国葬法》颁行，第一条中，载着中国人民为国家立有殊勋，身故后，经大总统咨请国会同意或国会议决，准予举行国葬典礼。黄兴创造民国，蔡锷再造民国，均与第一条相符，当由国会议决，应予举行国葬典礼，乃由黎总统指令内务部，着查照《国葬法》办理，内务部遵即照办。十二月五日，蔡公灵柩回国，道经沪上，各界相率往奠，素车白马，竞集沪滨。中央亦派员致祭，比那黄上将治丧时更觉拥挤。生不虚生，死犹不死。及返乡归葬，依《国葬法》例，设立专墓，高树穹碑，迭镌生前功绩，垂光身后。黄上将返葬时，亦照此办法，不必细表。

且说段祺瑞主持国柄，拥护黄陂，表面上似两相融洽，无甚嫌隙，哪知内部却罩着黑幕，惹起暗潮，遂令府院两方面，无端生出恶感来。内务总长孙洪伊，籍隶天津，北洋军官，非亲即友，他本为同盟会健将，与孙、黄诸人一鼻孔出气，所以平时议论慷慨激昂，对于共和两字尤主张积极进行。民国初造，两院成立，他因亲友推选，入为众议院议员，嗣复组织进步党，反对帝制，袁氏欲望正炽，时由他连电驳斥，且有一篇泣告北方同乡父老书，说得淋漓惨淡，差不多似击筑的高渐离，弹筝的李龟年，一面奔走南北，游说黎、冯，劝他早自定计，切勿承认帝制。黎、冯两人颇加信从。至共和再造，黎氏继任，他遂入为阁员，镇日里在总统府参预庶政，每当总统见客，必侍坐黎侧。黎宽厚待人，就使有言逆耳，也常容忍过去，独他偏越俎抗谈，雌黄黑白，旁若无人，因此大小人员，无不侧目，有时当国务院会议，他也直遂径行，与段总理时有龃龉，段未免介意，可巧国务院秘书长乃是段氏高足徐树铮。

树铮铜山人，尝在日本士官学校毕业，年少气盛，自称为文武才，段亦目为大器，引作高弟。洪宪以前，他已厕入段门，预议军事，不过政变无多，不堪表现。及袁氏称帝，乃劝段洁身自去，段遂辞职。滇、黔倡义，犹阴为段策划，密嘱曹锟、张敬尧诸将帅迁延观变。曹、张依训而行，免不得多方延宕。就是陕西独立也由他嗾使出来，他与陆建章素有嫌隙，遂乘此借公济私。袁既病死，黎、段登台，拔茅连茹，弹冠相庆，徐遂入任为院秘书长。那时长才得展，视天下事如反掌，今朝陈一议，明朝献一策，都中段意。段即倚作臂助，甚至内外政策，均惟徐言是从。国务院中，尝称他为总理第二。偏遇着一个孙洪伊，也是个眼高于顶的朋友，闻徐树铮势倾全院，心中很是不平，凡遇院中公牍，送府用印，孙辄吹毛索瘢，见有瑕疵可指，当即驳还，或间加改窜，颁行出去。看官！你想这矫矫自命的徐秘书，怎肯低首下心，受那孙总长的批评？积嫌越深，衔怨愈甚。

一日，国务院又开会议，孙洪伊入参国政，又来作抵掌高谈的苏季子，正在说得高兴，突有一人出阻道："孙总长！你不要目中无人哩。须知智士千虑，不无一失，愚夫千虑，也有一得。难道除公以外，便不足与议吗？"孙瞧将过去，正是这位徐秘书长，便冷笑道："足下的大材，我很佩服，但此处是阁员会议，俟足下入阁后，再来参议未迟。"徐树铮被他一嘲，不由得愤愤道："树铮不才，忝任国务院秘书，也总算是国家命吏，并非绝对无言论权；况且国体共和，无论何等人民，均得上书言事，孙总长平日自命维新，奈何反效专制时代，禁人旁议呢？"孙洪伊哼了一声道："足下既有伟大的议论，何妨先向总理陈明，俟总理提出会议，果可利国利民，我等无不赞成。足下既免埋才，又免越职，怕不是一举两得吗？"徐树铮听了，即易一说道："孙总长！你教我等不可越俎，你如何自行越俎呢？"孙洪伊忙问何事？树铮道："你勾通报馆，泄漏院中秘密，尚说不是越俎吗？"孙洪伊勃然道："你有什么证据？"树铮微哂道："证据不证据，你不必问我，你自思可有这事吗？"洪伊怒上加怒，便向段总理道："总理如何用此狂人？若再纵容过去，恐总理也要失望了。"段总理本信任徐树铮，闻了此言，面色顿变。各阁员睹这形态，连忙出为排解。那孙、徐两人，还是互相丑诋，喧嚷不休。这时段总理也忍耐不住，竟沉着脸道："这里是会议场，并不是喧闹场，孙总长也未免自失体统了。"言毕，拂袖自去。阁员劝出孙洪伊，才得罢争。

越日，段总理负气入府谒见黎总统，述及孙、徐冲突事。黎总统淡淡答道："孙总长原太性急，徐秘书亦未免欺人。"段总理见语不投机，更增怅闷，便信口答道："孙总长是府中要人，树铮不过一院内委员，总统如以树铮为欺人，不但树铮可去，就是祺瑞亦何妨辞职。"黎总统听到此语，忙道："国家多故，全仗总理主持，如何为他两人弃我自去呢？"段复道："祺瑞本无心再出，不过为势所逼，暂当此任。现在南北统一，大局稍平，阁员中不乏人才，总统可择贤代理，何必定需祺瑞，祺瑞也暂得息肩了。"黎总统道："我也并不愿做总统，无非为国家起见，望总理不必多心。"段又无情无绪的答了数语，即行告退。

黎总统经此波折，心下很是不安，当召国务员入商。交通总长许世英，以此事必须调人，非请徐东海出来，恐难就绪。黎总统颇也首肯。适徐已返居辉县，即日遣使，写了一封诚恳的手书，敦促来京。凑巧段氏意思不谋而合，也去函请徐东海。使节相望，不绝于道。这位三朝元老徐世昌，因顾着双方友谊，不忍坐视，遂自辉县起程，乘着京汉铁路，直达京师，一至正阳门，但见府院中人，已在车站两旁，欢迓行旌。正是：

朝局又将成水火，都人胜似望云霓。

徐东海入京后，能否排难解纷，且至下回分解。

蔡松坡为推翻袁氏之第一人，即为再造共和之第一功，较诸黄克强之奔走革命，劳苦相等，而诣力实过之。黄少成而多败，蔡少败而多成，其优劣已可见一斑。即两人生平行谊，黄多缺憾，而蔡亦少疵，设令天假之年，使得展其骥足，保卫国家，未始非人民之福。乃年未强仕，即闻谢世，盗跖寿而颜子夭，古今殆有同慨欤？著书人于黄、蔡之殁，特从详述，铭其功也。彼夫孙、徐二人交争，无非意气用事，孙似有志而其质未纯，徐似有才而其心未正，两不相下，激成衅隙，而府院暗潮，遂由是酿成之。麟凤死而狐鼠生，华夏其何日靖乎？

第八十回

议宪法致生内哄
办外交惹起暗潮

府院之争后，又是议院的党争，惹得各省督军、省长发了一封通电，叫他们和衷协议。内政如此，外交也出现问题，先是日本，后是德国，都是欺负我国积弱，提些不合理的要求。

却说徐东海入京以后，先谒黎总统。次见段总理。黎尚隐示通融，段却不甘退让。经徐苦口调停，方由段说出一言，先要孙洪伊免职，方令徐树铮辞差。徐东海再入总统府与黎商及。黎似觉为难，徐喟然道："不照这么办法，恐祸起萧墙，势且波及全国，总统不如通权达变，暂歇风潮为是。"黎总统毕竟长厚，也就承认下去。于是十一月二十日，下令免孙洪伊职。越日，徐树铮始呈上辞职书，奉令照准，改任张国淦为秘书长。国淦自内务解职，令为黑龙江省长，他不愿就任，辞职留京，乃命继徐树铮后任。

树铮名虽去职，实仍在段氏幕中，段仍信任不疑。看官道是何因？小子前叙孙、徐冲突时，徐曾责孙泄漏机密，这也非凭空诬谄，最关重要的是中美实业借款一案。自中国、交通两银行停止兑现后，商民怨声载道，吁请筹款维持。孙乃立主兑现，请黎总统速筹良法。黎与段熟商，段因国库如洗，只好从缓。偏黎已先入孙说，定要段设法筹款。看官！您想天下有几个点石成金的吕祖师，毁家纾难的楚令尹？国家没有的款，只好向外人商量。当由段总理委任财政总长陈锦涛，问各国乞贷。幸有美国资本团，愿贷美金五百万圆，期限三年，利息六厘，每百圆实收九一，以烟酒公卖税为抵押品。当由驻美华使，遵承中国财政总长委托全权的电报，代表政府签立合同。一面由陈锦涛至两议院中，开秘密会议要求通过。不料北京某报馆偏已探悉底细，将中美借款合同登载出来。

看官！你道彼此借贷何故要守秘密呢？原来民国二年曾有英、法、德、俄、日五国银行团与中国政府订定草约：此后政治借款，应归本团承借。前时已惹起许多纠葛，此次向美国借款，恐五国啧有烦言，所以慎守秘密。偏被报章揭出，无从隐饰，段、陈诸人已疑由孙洪伊泄漏机关，恐滋外议。果然不到两天，英、法、俄、日四国银行团提出抗议书质问财政部。经陈锦涛商诸段总理，据理答复，略言："此项借款，专供中国银行准备兑现的用途，本无政治性质。且民国二年的契约乃中国政府与五国银行团所缔结，今只四国银行团，系与德国分离的别一团体，敝政府不能承受抗议"云云。四国银行团，尚未肯干休，段总理已将所借美款划存中国银行，作为准备金。惟与外人交涉，还须笔舌，越觉迁怨孙洪伊，自从孙免职离阁，才出了胸中恶气。徐树铮是多年心腹，怎肯教他离开？这且慢表。

且说参众两院中因草定民国宪法，连日会议，彼是此非，免不得又生党见。就中分作两大派，一派叫做宪法研究会，一派叫做益友社。有几个喜新厌故的人物拟加入主权、教育、国防神圣、省制、陆海军各问题，已审议了好几次，终因党见不同未曾议决。至十二月八日又复开议，为了省制大纲互起龃龉。直隶议员籍忠寅主张守旧，湖北议员刘成禺主张维新，彼此相待不下，竟互动手脚，就会议场中，打起架来。刘成禺一方面人众势强，籍忠寅一方面人少势弱，强的原是逞威，弱的也不甘退步。起初还是抛墨盒，掷笔杆，文绉绉的举动；后来骂得起劲，闹得益凶，竟扭成一团，拳打足踢，好像不共戴天的样儿。结果是籍忠寅、刘崇佑、陈光焘、张金鉴等被殴受伤，害得皮破血流，痛不可耐，愤愤的出了会议场，做了一篇大文章，竟向总检察厅提起公诉，一面请政府咨行议会，查明曲直，依法惩办。

一事未了，一事又生，京城里面有自称公民孙熙泽等发起宪法促成会，宣布意见书，并通电各省，无非说"两院议员，会议多日，并无成效，徒闻滋闹"等语。参议员闻这消息，因他毁损名誉，扰乱国宪，要求政府速即禁止。司法总长答称，已令总检察厅彻查，议员等尤有违言。只因阳历岁阑十二月二十五日，又是云南起义纪念日，曾经两院议定，总统公布，照例放假休息，悬旗宴贺。大家既要祝庆，又要贺年，闲暇中间，带着几分忙碌，自然把公事暂搁。

转眼间已是民国六年了，各省督军省长及各特别区域都统等，于五年残腊，联名电告政府，由副总统兼江苏督军领衔，其文云：

> 民国建元，于今五载，中经变故，起伏无端。国势日危，民生日蹙，政务日

以丛脞，已往之事，今不复道。自此次之国体再奠，天下望治更切，以为元首恭己，总揆得人，议会重开，惩前毖后，必能立定国是，计日成功。乃半岁以来，事仍未理而争益甚，近日浮言胥动，尤有不可终日之势。国璋等守土待罪，忧惶无措，往返商榷，发为危言，幸垂察之！

我大总统谦德仁闻，中外所钦，固无人不爱戴，自继任后，尤无日不廑如伤之怀，思出民于水火。然而功效不彰，实惠未至，虽有德意，无救倒悬。推原其故，在乎政务久不振。政务久不振，在乎信任之不专。前因道路传闻，府院之间颇生意见，旋经国璋电询，奉大总统复示，谓："虚己以听，负责有人。"是我大总统亦既推心置人腹中矣。皇天后土，实闻此言，国璋等咸为国家庆。以我总理之清心沉毅，得此倚畀，当可一心一德，竟厥所施。今后政客更有飞短流长为府院间者，愿我大总统我总理立予摒斥。国璋等闻见所及，亦当随时参揭，以肃纲纪而佐明良。任贤勿贰，去邪勿疑，然后我大总统可责总理以实效，总理乃无可辞其责。有虚己之量，务见以诚，有负责之名，务征其实，献可替否，此国璋不敢不推诚为我大总统告者也。

自内阁更迭之说起，国璋等屡有函电，竭力拥护，一则虑继任乏人，益生纷扰，陷于无政府；一则深信我总理之德量威望，若竟其用，必能为国宣劳，收拾残局，非徒空言拥护也。现在大总统既表虚己之诚，正总理励精图治之会。目下所急待施设者，军政财政外交诸大端皆宜早定计划，循序实行。国璋等拥护中央，但求有令可奉，有教可承，事势苟有可通，无不竭力奉宣，以举统一之实。此大方针，非我总统不能定，阁员与总理共负责任，得此领袖，理宜协恭。近如中行兑现，实轻率急切，致陷穷境。前事之师，可为鉴戒。阁员必有一贯之主张，取钧衡于总理，勿以一部所主筦，或迁就乎阁员。阁员苟有苦衷，不妨开示，公是公非，当可主持。孰轻孰重，尤当量衡。国璋等赤心为国，不恤乎他，此维持内阁之真意，不能不掬诚为我总理告者也。

国会为国家立法机关，关系何等重大，举凡一切动作，必惟法律是循，始足以餍众望。此次两院恢复之初，原出一时权宜之计，其时政潮鼎沸，国事动摇，但期复我法规，故未过存顾虑，国璋极冀宪法早定，议政得平，不骛近功，不逞客气，予政府以可行之策，为国家立不敝之规，则此逾期再集绝而复续之国会，虽有未洽，天下之人，犹或共谅。不意开会以来，纷呶争竞，较胜于前，既无成绩可言，更绝进行之望。近则侵越司法，干涉行政，复议之案，不依法定人数，擅行表决，于是国民信仰之心，为之尽坠。谓前途殆已无所希冀，诟仇视之，不独国会自失尊严，即国璋等前此之主张恢复者，亦将因是而获戾。况《临时约法》于自由集会开会闭会一切无所牵掣，要须善用之耳。苟或矜持意气，专事凌越，则蓄意积愤，必有溃决之一日，甚且累及国家，国璋心实危之。我大总统我总理至诚感人，望将此意为两院议员等切实警告，盖必自立于守法之地，而后乃能立法，设循此不改，越法侵权，陷国家于危亡之地，窃恐天下之人，忍无可忍，决不能再为曲谅矣。此国璋等对于国会之意见，不敢不掬诚入告者也。

总之我总统能信任总理，然后总理方有负责之地。总理能秉持大政，然后国家方有转危之机。国会能持大经，巩固国基，则国存，国会乃有所附丽，否则非国璋等之所敢知，伏祈我大总统我总理兼察之。

看这等电文，原是持之有故，言之成理。但国会中的议员，方在意气相凌，怎肯和衷协议？就是段总理自信太深，也不免偏徇阿私，党同伐异。黎总统遇事优容，段意尚厌未足。民国六年一月一日，即免浙江督军兼省长吕公望本职，特任杨善德为浙江督军，齐耀珊为浙江省长，这道命令，虽由黎总统颁发，暗中却仍由段氏主张。杨善德素属段系，段长陆军部，极力援引，因得任松沪镇守使，嗣复擢松江护军使，倚若长城。适值浙江新任警察厅长傅其永赴厅受事，各警察多半反对，致起风潮甚至延及军队。督军吕公望无术镇驭，情愿辞职，段遂荐善德为浙江督军，破浙人治浙的旧习。松江护军使一缺遂由护军副使卢永祥升任。卢亦段氏麾下的健将，浙人尚思抗杨，杨带着北军第四师昂然南来，如入无人之境，一番大风潮，霎时平定，这真所谓兵威所及，如风偃草了。

且说中美借款，由四国银行团抗议，就中的主动力乃是日本国。日本自欧战发生后，极想趁这机会扩张势力，做一个亚洲大霸王，每遇中国交涉格外留意，所以中美借款合同甫经订定，即邀集英、法、俄三国同来抗问。中政府亦知他来意，特令交通银行出面，也向日本兴业、朝鲜、台湾三银行订借日金五百万圆，仍说是准备兑现。三银行却也照允，当即签订合同，利息七厘五分，三年为限。外如吉长铁路案，兴亚实业借款案，厦门设立警察案，郑家屯交涉案，种种发生，闹得舌敝唇焦，终归他得我失。

一、吉长铁路案，是由吉林至长春的铁路，前清末年曾与日人订立借款自筑的约章，至是日人独要求改订，将该路归他代办。交通部没法拒绝，只好与他订约，即以本路财产及收入担保借款期限四十年偿清，路权已一半让去了。二、五年九月间，财政、农商两部向日商兴亚公司借款五百万圆，以安徽太平山、湖南水口山两矿为担保，约三个月内交款。嗣经国会反对，原约担保一层不生效力，当由财政部另提担保品。与日商开议。日商不肯照允，经财政部承认赔偿，另给兴亚公司洋三十万圆，方得改约。且仍订明两山开矿时，如需借外款，该公司得有优先权。但此约的丧失，也不算少了。三、厦门系福建商埠，日人居然设立警察派出所，夺我行政权，叠经福建交涉员向他交涉，终未撤销。及外交部照会日使，他却答称厦门设警，无非行使领事裁判权，与行政无涉，不得目为违约。外交部接到复文，以商埠居民原归外国领事裁判，无从辩驳，没奈何延宕了事。四、至郑家屯一案龃龉多日，事缘中日军警，互生冲突，日商吉本受伤殒命，日本即自由增兵，要挟多端。外交部费尽心力才得商定五类：(一) 申斥第二十八师师长；(二) 军官依法处罚；(三) 出示告谕军人，礼遇日本侨民；(四) 由奉天督军表示歉忱；(五) 给与日商恤金五百圆。五款全体实行，日本始允将郑家屯派添各兵撤回。这案自民国五年八月为始，直至六年一月终旬，彼此和平解决，方保无事。

中日交涉各案，稍有头绪。那驻京德使辛慈忽赍交一个通牒，内言德政府准于二月一日以后，采用海上封锁政策，所有中立国轮船，不得在划定禁制区域内自由航行，否则一切危险，概不负责等语。外交部得了此牒，忙呈报总统、总理，为这一事大费周折，又惹起府院冲突的暗潮。中国宣告中立，已历三年，彼时袁氏热心帝制，无暇对外，所以守着旁观态度。至黎氏继任，又为了内政问题扰攘半年，也不遑顾及外事。但华工寄居外洋，往往受外人雇用，充当军役；或在外国商轮办理，一入战线，动被德国潜艇，用炮击沉，华人却也死得不少。此次德国复欲封锁海上，遍布潜艇，依万国公法上论将起来，德国实不应出此。美国曾向德国抗议数次，段总理乃亦欲仿行。黎总统秉性优柔，尚不欲与德构衅，经段总理再三怂恿，乃令外交部酌定复文，向德抗议。略云：

> 查贵国从前依潜航艇战策，敝国人民生命损害甚非浅鲜。兹复更行滥用，欲实行采用新潜艇战策，危及敝国人民之生命财产，实属蹂躏国际公法之本义。若承认此项通牒，其结果将使中立诸国间，及中立诸国与交战诸国间之正当通商，悉被侵犯，而导专横无道之主义于国际公法上。故敝国政府关于二月一日宣言之新策，特对贵国政府提及严重之抗议。且为尊重中立国之权利，维持两国之亲善关系，期望贵国政府勿实行此新战策。若事出望外，此抗议竟归无效，使敝国不得已而断绝两国现存之外交关系，实属可悲。然敝国政府之执此态度，全为增进

世界之和平，保持国际公法之权威起见，幸贵国熟审之！

公文去后，德国竟置诸不理，于是欲罢不能，只能再进一步，与德绝交。先由国务院中特设外交委员会，除国务院全体及各部所派中立办事员均列席外，再邀陆徵祥、夏诒霆、汪大燮、曹汝霖诸人一同会议。巧值梁启超到京，主张绝德，著有意见书，段亦邀他入会取决行止。梁善口才，详陈绝德与不绝德的利害，洋洋洒洒，颇动人听，各会员多半赞成。散会后，段总理入告黎总统，黎始终持重，不肯骤允。段总理道："前次抗议书中，已有抗议无效，断绝国交的预言，他至今不复，若非决定绝交，岂不令他藐视吗？"黎总统迟疑半晌道："且商诸副总统，何如？"段总理道："既如此说，当即发电，邀他到京面决为是。"黎总统点首无言，段即退出，拍电邀冯，速即北来。是时与德宣战诸协约国，闻中国有绝德消息，都来劝诱。且云："中国曾加入协约国，将来改正关税、收回领事裁判权、缓付赔款诸问题均可磋商。"因此段总理意愈坚决。各政党复组织外交商榷会、国际协会外交后盾会等，讨论大体。两院议员，亦设一外交后援会，研究绝德问题。会冯副总统亦自宁到京与黎、段协商，大略以绝德为是。黎总统颇有动意，偏总统府中的秘书长饶汉祥，劝黎维持中立，不可绝德。饶本黎总统心腹，黎很信任，遂不愿与德绝交。三月四日，段总理进见总统，请电令驻协约国公使，向驻在国政府磋商与德绝交后条件。黎总统支吾道："这……这事须经国会通过，方好举行。"段总理道："现尚非正式绝交，不过向各国探明意旨，何必定要国会同意呢？"黎总统默然不答，恼动了段总理，不别而行，竟驰向天津去了。小子有诗咏段氏道：

直道何曾不足彰？过刚毕竟露锋芒。

一麾竟向津门去，盛气凌人乃尔狂。

段既出京赴津，一面令人赍呈辞职书，害得黎总统又着急起来。但看官且不要心焦，容小子暂时收憩，待至下回再详。

"意气"二字，是极端坏处，看本回所叙，皆意气之为厉，闹得内外不安，府院之冲突未已，而国会之党争起，国会之党争未休，而府院之冲突又生。国家公器也，乃挟私求逞，闹成一团糟，抑何可笑？无论孰是孰非，即此龃龉之迭出，已非治平气象，况对外怯而对内勇，其状态更属可鄙。家不和必败，国不和必倾，读此回，不禁为民国前途危矣！

第八十一回

绝邦交却回德使
攻督署大闹蜀城

两院通过决议，与德国断交，一通照会送给了德国驻华大使。接着是一番后续处理，段总理甚至提出了对德宣战。此时国内的川、滇两军也有了交涉，实际上也不过是意气之争。

却说国务总理段祺瑞主张绝德，黎总统不肯照允，他遂负气退出，竟往天津，且遣人赍呈辞职书。黎总统未免惊惶，当即派员挽留。不意教育总长兼署内务总长范源濂也居然送入辞职书来。黎总统益加忧虑，乃亟延冯副总统入府商议挽回的法子。冯国璋道："总统若要挽留段总理，除非与德绝交，否则国璋亦想不出什么良法。"黎总统尚沉吟未决，可巧派遣留段的委员回府复命，报称段总理已决计南归，不愿再来任事。国璋听了，不禁微笑。黎总统向国璋道："他不肯再来，奈何？"国璋道："总统若依他计策，管叫他即日来京。"黎总统徐徐道："恐怕未必。"国璋道："国璋愿赴津一行，劝他回来，但请总统决意绝德便了。"黎总统尚是默然。国璋道："依愚见想来，我国尽可与德绝交，非但无害，且有大利。"黎总统道："利从何来？"国璋道："德犯众怒，已成公敌，就是与他联盟的意大利，亦加入协约国，对德宣战。古人说得好：'寡不敌众。'看来德国总不能持久的。这可见中国与他绝交，将来决不致有害。若从利益上起见，是现在协约各国已允我修改各种条约，岂非是一种大利吗？"黎总统道："改约的事情果真靠得住吗？"国璋道："且待段总理回京，再去探询协约各国政府，如果实行承认，始提出照会，与德绝交。"黎总统道："既这般说，请台驾一行，留回段总理便了。"国璋当即退出，即乘专车赴津。

到了晚间，果然两人同回，相偕至总统府，投刺进见。黎总统也即出迎，免不得与段总理周旋一番，段亦谦逊数语，当下发电各国，令各使探问明白。寻得各使复电，略言："驻在国政府，大致承认，如果我国实行绝德，将来各种条约，可望修改"云云。于是黎、段两人才表同情。冯国璋即日回宁。惟当时内外士绅，尚多异议，国会议员如曹振懋、唐宝锷、丁世峄等，有对德抗议的质问书，马君武等且通电各省，反对绝德，外如张勋、倪嗣冲、王占元诸督军，统电请政府维持中立。还有孙文、唐绍仪、康有为、姚文栋、温宗尧等也迭电政府国会，不应与德绝交。他如顺直省议会、奉天、上海、天津、山东、广东等各商会暨他种商学团体，均电请仍守中立。段总理绝不为动，一意向前进行，特于三月九日，在迎宾馆开宴，延请议员，疏通意见。议员等多半聪明，乐得见风使帆，隐表同意。

到了翌午，参众两院各开秘密会，段总理及财政总长陈锦涛、教育总长兼内务总长范源濂、司法总长谷钟秀、外交部参事伍朝枢等先至众议院，报告外交经过情形，并述对德绝交的宗旨，请议员表示赞助。众议员经讨论后，投票表决，同意票得三百三十一张，不同意票只八十七张，得大多数赞成，表示通过。段总理复至参议院，登堂报告，仍如前说。适值夕阳西下，不及投票，乃约于次日表决。越宿参议院投票，有一百五十票是同意，只三十五票不同意，也算大多数通过。绝德案已经决定，正拟草定照会，提交德使，凑巧德使辛慈着人赍送照会至外交部，但见上面写着，本公使于本日午后七时，接奉帝国政府训令，着以下列复文传达中华民国政府。文曰：

> 中华民国抗议德国新近宣告之封锁政策，而附以威吓，帝国政府曷胜骇异。盖其他各国仅仅提出抗议，中德邦交素号亲睦，且中国于封锁区域以内，并无航业利益，则德之政策于中国毫无影响。乃今于抗议之外，独附威吓之辞，以增抗议之力量，是尤不能不令人惊诧也。民国政府之抗议书中，谓："华人因战事而丧失生命者已属不少"云云，然须知民国政府绝未尝以关于此种损失之事实及申诉通知帝国政府，而就帝国政府所得报告，则知华人之丧失生命者，仅受人雇用，于前敌开掘战壕，及充当其他军役之辈，盖若辈已不啻为战斗员，因此冒此危险也。帝国政府尝一再抗议运送华工赴欧，充当军役，是德国即在此次战事中，亦未尝不示中国以友谊，而帝国政府即因顾全此友谊故。以此种威吓为非出自正轨，因望民国政府改正其见解。帝国政府愿于中国之航业利益，力加注意。以此之故，德国今

虽不能于敌人宣告封锁之后取消其政策，而禁制实行无限制之潜艇战争，然已准备磋商民国政府关于保护华人生命财产之特别愿望。帝国政府以如此对待友邦者，盖谨依其平日见解，以如中国若与德断绝友谊，则将失却一真挚之友，而陷于纠结不解之局也。

末后，复附列一行道：本公使既将帝国政府的通牒传达贵国政府，倘贵国欲提出保护航业的问题，本公使已由帝国政府授权得与磋商一切云云。当由外交部递呈段总理。段以德国照会，虽有保护航业的示意，但封锁战略仍然不肯取消，是我国提出抗议终归无效，只好与他绝交，不必迟疑。黎总统此时已将全权授与段总理，当然不再阻挠。段乃令外交部缮定照会，请黎总统盖过了印，并附发德使护照，送他出境。照会中的内容，大略说是：

关于德国施行潜水艇新计划一事，本国政府本注重世界和平及尊重国际公法之宗旨，曾于二月九日照达贵公使提出抗议，并经声明，万一出于中国愿望之外，抗议无效，迫于必不得已，将与贵国断绝现有之外交关系等语在案。乃自一月以来，贵国潜艇行动置中国政府之抗议于不顾，且因而致多丧中国人民之生命。至三月十日，始准贵公使照复，虽据称贵政府仍愿议商保护中国人民生命财产办法，惟既声明碍难取消封锁战略，即与本国政府抗议之宗旨不符，本国政府视为抗议无效，深为可惜。兹不得已，与贵国政府断绝现有之外交关系，因此备具贵公使并贵馆馆员暨各眷属离去中国领土所需之护照一件，照送贵公使，请烦查收为荷。至贵国驻中国各领事，已由本部令知各交涉员一律发给出境护照矣。须至照会者。

照会去后，再电令驻德公使颜惠庆，向德政府索取护照，克日归国，并由黎总统布告全国道：

此次欧战发生，我国严守中立，不意接本年二月二日德国政府照会，德国新定之封锁计划，使中立国商船从是日起，在限定禁线内行驶诸多危险等语。当以德国前此所行攻击商船之方法，损害我国人民生命财产已属不少，今兹潜艇作战之计划危害必更剧烈。我国因尊崇公法，保护人民生命财产起见，遂向德国提出严重抗议，并声明如德国不撤销其政策，我国迫不得已，将与德国断绝现有之外交关系。在我国，深望德国或不至坚持其政策，仍保持向来之睦谊。不幸抗议已逾一月，德国之潜艇攻击政策并未撤销，各国商船多被击沉，我国人民因此致死者已有数起，昨十一日据德国正式答复，碍难取消其封锁战略，实出我国愿望之外。兹为尊崇公法保护人民财产计，自今日始，与德国断绝现有之外交关系。特此布告。

同日复下一通令道：

现在我国已与德国断绝现有之外交关系，所有保护德国侨民及其他应办事宜，着各该管官署查照现行国际公法惯例，迅筹办法，颁布施行。此令。

为这一令，国务院中遂组织国际政务评议会，研究外交关系事项。正会长就是国务总理段祺瑞，副会长乃是外交总长伍廷芳并函聘王士珍、陆徵祥、熊希龄、孙宝琦、汪兆铭、汪大燮、曹汝霖、周善培、魏宸组、陆宗舆、张嘉森、夏诒霆、刘崇杰、丁士源、伍朝枢、张国淦等为会中评议员。所应研究事件共分七则：(一)处置国内德侨；(二)对于协约国应提条件；(三)华工招募；(四)物料供给；(五)关税改正；(六)巴黎经济同盟条文；(七)议和大会中各问题。各会员方共同讨论，逐条采行。

德使辛慈已卸旗回国，各埠领事亦相继出境，于是天津、汉口德租界即令地方官收回。还有津浦北段铁路管理权及在上海、厦门、广州等处德国商船均先后归华官收管，就是供职路矿的德国工程师亦一体解职。惟普通侨民暂许仍旧侨居。德华银行暂听照常营业。独上海法租界中有一德人所办的同济医工大学，教育部拟收回自办。哪知法人先行逞强，由法租界工部局勒令解散，把德人驱遣出境。

看官可知租界的规例吗？租借权虽归外人，土地权仍属我国，所有德校处置应由我国办理。经外交部援据法例向法使抗议，法使不肯照允，乃由教育部派员到沪，与该校董事协商善后办法，当将该校迁入吴淞中国公学旧址，由部另任校长，仍留德人为教员，照常开学。既而财政部复发出通告，停付欠德各款，将应解款项，暂存中国银行，俟欧战了结，再行定夺。偏英法各国复出来反对，主张此款应存外国银行，又惹起一番交涉。而且驻京的荷兰公使来一照会，自言受德使委托，所有在华利益暂由本使代管。且中德虽已绝交，尚未宣战，不能适用待遇敌人的法例，遽将德国所有利益没收。那时段总理迭遭刺激，转滋懊恼，索性提出宣战问题，欲加入英法各国协约团，实行抗德，一来可满足协约国的希望，二来可免荷兰公使的牵掣，倒也是个贯彻始终的主张。惟黎总统以与德绝交已属太甚，再拟宣战更觉不情。因此决计缓进，不从段请。自是府院的意见复致相左，免不得又生冲突，激成嫌隙。

正在双方龃龉的时候，忽来了四川警电，报称川、滇两军寻衅鏖斗的事情，当由黎总统下令，着四川督军罗佩金及川军第二师师长刘存厚一律来京。看官！你道川乱何故发生？原来罗佩金署督四川，威望不及蔡锷，且所部滇军，驻扎川境，尝与川军有嫌。政府因川事平靖，电饬罗佩金裁撤各军。罗即拟将川、滇兵队酌量裁遣。师长刘存厚、周道刚、钟体道、陈泽霈、熊克武等暗地不服，意欲乘此逐罗，免不得反客为主。刘更跋扈异常，居然率领所部径入成都，只说罗督军意分厚薄，遣派不均，来与罗督评理。罗佩金亦不甘坐让，饬阻刘军入城。刘军哪肯从命，一哄进去，竟向督军署扑来。说时迟，那时快，督军署内竟发出大炮，轰击刘军。刘军开枪还击，遂闹成一片兵祸，把省城作为战场。可怜成都居民，茫无头绪，骤闻各种枪炮声，已吓得魂飞天外。突然间一弹飞来，将墙壁间击成窟窿；又突然间飞入数弹，碰着人体，顿时血肉模糊，昏晕倒地。既而东坍西倒，南毁北焚，爆裂声、倾塌声与男女哀号声并作一片，那两边的丘八老爷还是兴高采烈，拼命相争。嗣经商民举出代表吁请休战，方才停了一两天。罗、刘各电致中央，争辩曲直。黎总统尚欲笼络两人，特任罗佩金为超威将军，刘存厚为崇威将军，叫他即日来京，另命省长戴戡暂行兼代四川督军，刘云峰为暂编陆军第二师长，更派王人文为四川查办使，张习为查办副使，赴川查办。一面下令申告道：

> 四川自军兴以来，兵队增多，饷需支绌。上年叠经电商暂署督军罗佩金，酌定裁遣各军办法去后，本年三月，据川军师长刘存厚、周道刚、钟体道、陈泽霈、熊克武等电称，罗署督编遣军队，支配饷械，主客各军，显分厚薄等情。续据罗署督电称，刘存厚、陈泽霈收束军队，有意迟延。正拟派员查办间，即据罗署督电称刘存厚围攻督署，刘存厚则谓罗署督开炮攻击所部。并据各方电告，省城连日枪炮猛烈，人民生命财产损伤甚巨，着派王人文、张习驰往彻查。川民叠经兵祸，疮痍未复，又遭此次重变，本大总统实痛于心，该查办使务须秉公据实查复，勿得稍存偏徇。在未经查复以前，责成戴兼督严饬在省川、滇各军官长约束所部，勿论如何不准再滋事端。其省外各军各有维持地方之责，不准擅离防守。倘敢故违，军律具在，政府无所偏倚，即决无所姑息。所有此次被难商民，并着该省长迅即查明，妥为抚辑，勿任失所！此令。

王人文、张习两人奉命登途，尚未到川，罗佩金已遵令交卸，将印信交与戴戡。戴戡即日就职，函商刘存厚，请他退兵出城。刘存厚仍然不睬，还是拥兵图逞，盘踞城中，戴乃不得已电达政府，据实报告。小子有诗叹道：

尽说军人贵服从，如何同境不相容？

武夫跋扈从兹始，肇祸原来是滥封。

政府接得戴电，应该如何办理，且至下回说明。

与德绝交一事，自日后观之，似为段祺瑞之先见。然我国亦未尝得沾大利，徒令府院冲突，酿成他日之各种战衅，是岂不可以已乎？段失之太刚，黎又失之太柔，当断不断，反受其乱，吾不能不为黎氏咎焉。若夫川省之兵祸，曲在刘而不在罗，黎乃欲调停了事，至欲笼以虚名，无分彼此。试思刘之目的何在？乃欲以将军二字，敛彼野心得乎？况无罪者加赏，有罪者亦赏，是徒亵名器，益启武夫玩视之渐。尾大不掉，适滋国忧，虽曰观过知仁，而总统失权之弊，盖自此始矣。

第八十二回

托公民捣乱众议院
请改制哗聚督军团

段祺瑞坚持与德国宣战，竟至于使出流氓手段胁迫议会。议员不同意，还有几个部长辞职。出身武人的段总理就鼓动一些督军给总统上篇呈文，要其解散议会。

却说黎政府接到川电，才知刘存厚拥兵自逞，不服命令，只好变软为刚，将他免职示惩，随即下令云：

> 前因川、滇两军在成都省城冲突，叠由院部电饬双方停止争斗，兹据戴兼督电称，刘存厚于中央停止争斗之命置若罔闻，仍攻督署等语。崇威将军刘存厚着即免职，听候查办。所有在省川、滇各军，责成该兼督严饬各该管官长，即日开拔出城，分别驻扎，恪遵前令，不得再滋事端。倘仍延抗，军法具在，定惟该管官长等是问。此令。

此令下后，才闻刘存厚有退兵消息。王、张两查办使得安抵川境，实行调查，报告川民被难情形，由黎总统拨款赈济，且不必细表。

惟外部兵祸似觉少纾，内部纠葛又闻迭起。财政总长陈锦涛入陈总统，讦发次长殷汝骊因炼铜厂事，有代人请托情弊。黎总统方拟核办，忽由炼铜厂商人柴瑞周等具禀国务院，声言陈总长令渠借垫股款并勒写字据等情。当派夏寿康、张志潭查办。复称事涉嫌疑，不无可议，因将陈锦涛、殷汝骊一并免职，交法庭依法审办。殷汝骊已逃匿无踪，只陈锦涛到案候质，留置看守所。接连又是交通总长被控案。交通部直辖津浦铁路管理局曾向华美公司购办机车，局长王家俭、总务处长童益临纳贿舞弊，哄动京中。经交通部查明，将他撤差。总长许世英，自请失察处分，情愿免职。黎总统尚欲挽留，嗣经国务院派员查复，该局确有弊混等情，且与许总长亦涉嫌疑，因呈报黎总统。黎乃准许辞职，先将局长王家俭及前副局长盛文颐，并交法庭审理。总检察厅且传讯许世英，亦将他羁住看守所。

司法总长张耀曾动了兔死狐悲的观念，竟劾检察长杨荫杭及检察官张汝霖，未得完全证据，遽传讯许世英等，实属违背职务，污损官绅，于是许世英遂得释放，连陈锦涛也保释出来。惟财政交通两席，暂由财政次长李思浩及交通次长权量代理。嗣复提出李经羲，拟任为财政总长，经国会投票通过，老大的云南故督又俨然出台来了。

国务总理段祺瑞把阁务视若轻闲，惟一心一意的对付外交，定要与德宣战。当下电召各省督军及各特别区域都统赴京会议，解决宣战问题。山西督军阎锡山、河南督军赵倜、山东督军张怀芝、江西督军李纯、湖北督军王占元、福建督军李厚基、吉林督军孟恩远、直隶督军曹锟、安徽省长倪嗣冲、察哈尔都统田中玉、绥远都统蒋雁行、晋北镇守使孔庚等奉召亲行，陆续晋京。此外各省亦均派代表到会。四月二十五日，特开军事会议，由段总理主席，极言对德问题非战不可。各督军都统等统是雄纠纠的武夫，素奉段为领袖。段要绝德，大家均已赞成；段要战德，何人再来反对？孟恩远首先起座，呼出“赞成”二字，随后便大家附和，赞成赞成的声音，震动全院。段祺瑞自然欣慰。

俟散会后，即去报知黎总统。黎很是不乐，但又不便当面驳斥，只好淡淡的答道：“宣战不宣战，总须由国会议决，若但凭军人主张，何必虚设此国会呢？”段祺瑞道：“提交国会，是应当的手续，总统宜即日咨行。”黎总统呆了半晌才道：“请总理代拟咨文便了。”段也不复再言，竟退出总统府，直至国务院，嘱秘书拟定咨文，赍送府中盖印。黎总统约略一瞧，文中有“本大总统为促进和平，维持公法，保护人民生命财产起见，认为与德国政府，有宣战必要”等语，不禁自笑道：“什么叫做必要？我国的内哄，尚是未平，难道还想与外人构衅吗？”说至此，愤愤的检取印信向纸上盖讫，掷付来人。那来人接手后，便赍送众议院去了。

众议院接到咨文，免不得议论纷纷，有一大半是不主战的。次日由议员秘密讨论，无非是主战的少，不主战的多，结果是由议长宣言，俟两日后，开全院委员会，审查这宗宣战案情。哪知这风声传将出去，顿有许多请愿书，似雪花柳絮一般飘飘的飞入院中，有的是署着陆海军人请愿书，有的是署着五族公民请愿团，有的是署着政学商界请愿团，还有北京学界请愿团、军界请愿团、商界请愿团、市民请愿团，迷离惝况，阅不胜阅，当由院中役夫收拾拢来，一股脑儿掷入败字簏中。

到了五月十日，众议院开会审查，甫经召集，门外忽啸聚数千人，各持一小旗帜，写着各种请愿团字样，每团有数十代表，手持传单，一拥入院，见了议员，便将传单分给。议员见他们无理取闹，不愿接收；或接单稍迟，他们即伸出如梃的手臂，似钵的拳头，向议员面前，猛击过来。议员急忙躲闪，身上已被捶数下。霎时间院中秩序，被他们捣乱。还是议长汤化龙有些胆量，索性向前语众道："诸位都是爱国的志士，既已有志请愿，应该公同研究，如何动起蛮来？况我等为了宣战一案，方在审查，并未倡议反对，奈何便得罪列位呢？"言未已，只听一片哗声道："但将宣战案通过，我等自然罢休。"汤化龙又朗声道："诸君是来请愿，并不是来决斗，就使今日是决斗问题，也应守着秩序，举出代表，何必劳动许多人员。"这数语理直气壮，说得大众无可辩驳，乃当场选出六人，作为全体代表，进见议长。汤化龙接入后，六人各呈名片，一是赵鹏图，一是吴光宪，一是刘坚，一是白亮，一是张尧卿，一是刘世钧。化龙一一瞧毕，便问道："诸君有何见教？"赵鹏图应声道："闻贵院今日开会是解决宣战问题，目下与德宣战，乃是万不得已的情形，要战便战，何待审查？今日如通过宣战案，是贵院俯顺舆情，我辈无不悦服，否则恐多不便。"白亮、吴光宪复接入道："如不通过此案，应请议长声明，不许议员出院。"汤化龙不觉微哂道："我却没有这般权力，惟列位既已到此，请入旁听席，少安毋躁，静待我等解决。"六人方才无言，退至旁听席坐下。

化龙即命将全院委员会改作大会，自己退入后室，凭着电话传入国务院，请国务总理、内务总长，司法总长速即莅院弹压，国务院中复词照允。好容易挨过两小时，才见兼署内务总长范源濂乘舆到来，又阅两小时，国务总理段祺瑞始偕巡警总监吴炳湘率领警察百名，荷枪至院。是时天已薄暮，夜色凄其，门首各种请愿团尚是喧扰不休，声声口口的讥骂议员。段祺瑞看不过去，当令吴炳湘婉言晓谕，仍然无效，乃借院中电话，招集马队，仗了马上威风，将各请愿团陆续赶散。赵鹏图等六代表也坐不安稳，溜了出去。待院内安静如初，差不多将二三更天了。议员有数人受伤，先行返寓，还有日本新闻记者，亦被误殴致伤，由警察总监吴炳湘派警送回。段总理、范总长也相继归去，议长议员等一并散归，翌日奉黎总统令云：

> 据内务部呈称："本月十日，众议院开全院委员会，有多数请愿团麇集院门，发布印刷品，致有议员被殴情事。当即严令警察厅驰往解散，并将滋事之人查究"等语。著司法部交该管法庭从速检察，依法究办，并责成内务部随时饬警，妥为保护，毋得稍涉疏懈！此令。

司法总长张耀曾接到此令，眼见得办理为难，竟上呈辞职。又有外交总长伍廷芳及农商总长谷钟秀、海军总长程璧光均提出辞职书，陆续送呈总统府中。看官听着！这几位总长，乃是国民党中要人，与段总理感情本不甚融洽，当时得入阁任事，亦由段氏自欲罗才，特地化除畛域，采用几个异派的人物。但黎总统亦曾加入国民党，党同道合，自然沆瀣相投；就是众议院的议员，一半入国民党籍，他的党旨不愿与德宣战，所以反对段氏，隐表同情。此次各种请愿团胁迫议院，明明由主战派指使，无拳无勇的司法部如何办理？且因党见未合，不能不辞职求去。伍、谷、程三总长无非因同党关系，致有连带辞职的举动，偏黎总统并不批答，镇日里延宕过去。那提出辞职的总长，也不到国务院，乐得自由数天。

只有这位段总理自信其深，硬要达到宣战目的，今朝催众议院开会，明朝催众议院议决。众议院寂然不动，挨过了七八天，始由议员褚辅成倡议，略谓："国务员已多数辞职，此案且从缓议，俟内阁全体改组，再行讨论未迟。"当经多数表决，咨复国务院。看官！你想段总理望眼将穿，恨不得即日宣战，偏经国会牵掣，不能由他做主，他如何不忿？如何不恼？当下与督军团密商，设法泄恨。三个缝皮匠，比个诸葛亮，况有二十余人会议此事，应该想出一个绝妙的法儿，他不从宣战上着想，偏从宪法上索瘢，因即拟定一篇改制宪法的呈文，由吉林督军孟恩远领衔赍交总统府，其文云：

窃维国家赖法律以生存，法律以宪法为根本，故宪法良否，实即国家存亡之枢。恩远等到京以来，转瞬月余，目睹政象之危，匪言可喻，然犹无难变计图善。惟日前宪法会议二读会通过之宪法数条，内有众议院有不信任国务员之决议时，大总统可免国务员之职或解散众议院，惟解散时须得参议院之同意；又大总统任免国务总理，不必经国务员之副署；又两院议决案与法律有同等效力等语，实属震悚异常。查责任内阁之制，内阁对于国会负责，若政策不得国会同意，或国会提案弹劾，则或令内阁去职，或解散国会，诉之国民，本为相对之权责，乃得持平之维系。今竟限于有不信任之决议时，始可解散。夫政策不同意，尚有政策可凭；提案弹劾，尚须罪状可指；所谓不信任云者，本属空渺无当，在宪政各国虽有其例，究无明文。内阁相对之权应为无限制之解散，今更限以参议院之同意，我国参众两院性质本无区别，回护自在意中，欲以参议院之同意，解散众议院，宁有能行之一日？是既陷内阁于时时颠危之地，更侵国民裁制之权，宪政精神，澌灭已尽。

且内阁对于国会负责，故所有国家法令，虽以大总统名义颁行，而无一不由阁员副署，所以举责任之实际者在此，所以坚阁员之保障者亦在此。任免总理，为国家何等大政，乃云不必经国务员副署？是任命总理时，虽先有两院之同意为限制，而罢免时则毫无牵碍，一惟大总统个人意旨，便可去总理如逐厮役。试问为总理者，何以尽其忠国之谋，为民宣力乎？且以两院郑重之同意不惜牺牲于命令之下，将处法律于何等，又将自处于何等乎？至议决案与法律有同等效力一层，议会专制口吻尤属显彰悖逆，肆无忌惮。夫议员议事之权，本法律所赋予，果令议决之案，与法律有同等效力，则议员之于法律，无不可起灭自由，与“朕开口即为法律”之口吻，更何以异？国家所有行政司法之权，将同归消灭，而一切官吏之去留，又不容不仰议员之鼻息。如此而欲求国家治理，能乎不能？

况宪法会议近日开会情形尤属鬼蜮，每一条文出，既恒阻止讨论，群以即付表决相哗请；又每不循四分三表决定例，而辄以反证表决为能事。以神圣之会议与儿戏相终始，将来宣布后谓能有效，直欺天耳。此等宪法，破坏责任内阁精神，扫地无余，势非举内外行政各官吏，尽数变为议员仆隶，事事听彼操纵，以畅遂其暴民专制之私欲不止。我国本以专制弊政，秕害百端，故人民将士不惜掷头颅，捐血肉，惨澹经营，以构成此共和局面。而彼等乃舞文弄墨，显攫专制之权归其掌握，更复何有国家？

以上所举，尤不过其荦荦大者。其他钳束行政，播弄私权，纰缪尚多，不胜枚举。如认此宪法为有效，则国家直已沦胥于少数暴民之手。如宪法布而群不认为有效，则祸变相寻，何堪逆计？恩远等触目惊心，实不忍坐视艰辛缔造之局，任令少数之人倚法为奸，重召巨祸，欲作未雨之绸缪，应权利害之轻重。以常事与国会较，固国会重；以国会与国家较，则国家重。今日之国会，既不为国家计，是已自绝于人民，代表资格，当然不能存在。犹忆天坛草案初成，举国惶骇时，我大总统在鄂督任内挈衔通电，力辟其非，至理名言，今犹颂声盈耳。议宪各员，具有天良，当能记忆，何竟变本加厉，一至于此？

惟有仰恳大总统权宜轻重，毅然独断，如其不能改正，即将参众两院即日解散，另行组织。俾议宪之局，得以早日改图，庶几共和政体，永得保障，奕世人民，重拜厚赐。恩远等忝膺疆寄，与国家休戚相关，兴亡之责，宁忍自后于匹夫？垂涕之言，伏祈鉴察！无任激切屏营之至！

呈文上的署名，除领衔的孟恩远外，就是王占元、张怀芝、李厚基、赵倜、倪嗣冲、李纯、阎锡山及田中玉、蒋雁行等。又有浙江代表赵禅、奉天代表杨宇霆、黑龙江代表张宣、张发宸、陕西代表瞿寿禔、甘肃代表吴中英、热河代表冯梦云，湖南代表张翼鹏、新疆代表钱桐、江苏代表师景云、贵州代表王文华、云南代表叶荃，共得二十二人。一面递呈国务总理，及通电各省，这一场有分教：

苍狗白云多变幻，红羊浩劫又侵寻。

欲知黎总统曾否照准，且待下回分解。

有袁世凯之胁迫议会，勾结军阀，而段祺瑞乃欲踵而效之，彼请愿团之捣乱议会，果谁使之乎？督军团之纠劾议会，果谁使之乎？夫议会之一切举动，固不足尽满人意，然武夫专制之为祸，较甚于议会之专制。兵犹火也，不戢将自焚也，袁氏且毒人自毒，段智不袁若，乃亦起而效尤，宁非大误，国家多难，杌陧不安，顾尚堪一误再误耶？吾观段氏之所为，吾尤不能无憾于袁氏矣。

第八十三回

应电召辫帅作调人 撤国会军官甘副署

黎总统不肯迁就，段总理就递了辞呈。张勋出来调停，无非也是劝总统解散议会。换了几任总理都不肯副署，黎总统只好特任一位军官做了代总理，签署一道解散国会的命令，发表一番表明心迹的文告。

却说督军团递入呈文，待了两日，未见批答下来，料知黎总统不肯照允，遂向总理处告辞，陆续出京。行到天津，复在督军曹锟署内，开了一次秘密会议。适徐州张勋亦有密电到津，邀各军长等同赴徐州。各军长又复南下，与张辫帅晤谈竟夕，彼此订定密约，方才散归，静听中央消息。才隔两天，即闻黎总统下令，免国务总理兼陆军总长段祺瑞职，着外交总长伍廷芳暂行代理国务总理，陆军次长张士钰代理陆军部务。一个霹雳，响彻中原，各军长正防这一着，准备与中央翻脸，方拟传电质问，忽由总统府发出通电，略云：

> 段总理任事以来，劳苦功高，深资倚畀，前因办事困难，历请辞职，叠经慰留，原冀宏济艰难，同支危局。乃日来阁员相继引退，政治莫由进行，该总理独力支持，贤劳可念。当国步阽危之日，未便令久任其难，本大总统特依约法第三十四条免去该总理本职，由外交总长暂行代署，俾息仔肩，徐图大用。一面敦劝东海出山，共膺重寄。其陆军总长一职，拟令王聘卿继任。执事等公忠体国，伟略匡时，仍冀内外一心，共图国是，本大总统有厚望焉！

这道电文，颁发出来，各军长统皆愕然。看到电文的署名，除黎总统外，就是代理国务总理伍廷芳副署，大众更觉惊哗。未几，即接到段祺瑞通电，略言："卸职出京，暂寓天津，惟调换总理命令，未经祺瑞副署，将来地方及国家，因此生何影响，祺瑞概不负责”云云。看官阅此，应知他言中寓意，明明是教外省督军质问中央，诘他违法。于是长江巡阅使张勋，首先拍电，谓：“此令由伍廷芳副署，不合法律。”此外各省军长亦如张勋所言，陆续电诘。就是国会议员，亦不得不提出质问。当经伍廷芳依据约法，兼引民国以来任免总理的先例，通电解释，并向议会答复。议会中原是虚与委蛇，不再穷诘，惟各军长怎肯罢休，自然坚持到底，还要龃龉，申请黎总统收回成命。黎总统如何肯从，但将各军长电文置诸高阁，特派王士珍为京津一带临时警备总司令，江朝宗、陈光远为副司令，戒备非常。

正在内外争持的时候，突接宁夏护军使马福祥来电，报称：“擒获伪皇帝吴生彦，即日正法”等语。原来吴生彦为甘肃匪首，也艳羡“皇帝”二字的美称，因即纠众千余，骚扰甘蒙边境，诈称为清室后裔达儿六吉，自号统绪皇帝，封党徒卢占魁为大元帅，兴兵恢复。幸由马福祥所部军队，闻风剿捕，斩获百人，贼众究系乌合，纷纷骇散。伪皇帝与伪大元帅一筹莫展，只有乱窜一法，结果是无处奔避，被官军四面兜拿，擒至护军使辕门，讯明情实，赏给几个卫生丸，送他归阴。黎总统接得捷电，自然放心。惟伍廷芳系由黎氏任命，作为临时总理，未经国会通过同意，自未得继续下去；再加各军长交相诘难，廷芳也觉不安，屡向黎总统处告辞。黎总统焦思苦虑，想出一个老成重望的人物，请令上台。欲知他姓甚名谁，就是新命财政总长李经羲。

经羲系清傅相李鸿章从子，年已老朽，不堪大用。黎独追溯从前，谓祺瑞父尝从故军门周盛传麾下，周本淮军将领，隶属李氏，李氏为北洋系军阀旧家，借他余威，或可弹压北洋军人，免他滋扰。适值李经羲奉命至津，正好畀他重任，维持危局。当下转咨国会，拟任李经羲为国务总理，请求同意。国会议员与黎氏串通一气，自然不致两歧。不过手续上总须投票，方可表决。等到开匭检票，自得多数同意，复告政府。黎总统便即下令，特任李经羲为国务总理，一面派员赴津，迎李入京。李经羲未肯遽允，复书辞谢，再经黎总统手书敦勉，经羲仍然模糊作答，不即起行。惹得黎总统望眼将穿，非常焦灼。

不意督军团的手段煞是厉害，一声爆裂，首发淮上，安徽省长倪嗣冲居然通电各省宣告独立。略言：“群小怙权，扰乱政局，国会议员，乘机构煽，政府几乎一空。宪法又系议院专制，自本日始，与中央脱离关系”云云。这电为民国六年五月二十九日拍发，越日，即扣留津浦铁路火车，运兵赴津，颇有晋阳兴甲的气象。嗣是奉天督军兼省长张作霖、陕西督军陈树藩、河南督军赵倜、省长田文烈、浙江督军杨善德、省长齐耀珊、山东督军兼署省长张怀芝、黑龙江督军兼署省长毕桂芳、帮办军务许兰洲、直隶督军曹锟、省长朱家宝、福建督军李厚基、山西督军阎锡山、第二十师师长范国璋、绥远旅长王丕焕、第七师师长张敬尧、第八师师长李长泰等依次哗噪，与那倪嗣冲异口同声，倡言独立。那时苦口婆心的黎菩萨，真弄到魔障重重，没法摆布了。代理国务总理伍廷芳等又统是无拳无勇，不能救急，没奈何再使秘书劳神，撰了数千百言，电发出去，劝告督军团，并派员分往宣慰。

看官！你想这班督军团手拥强兵，气焰极盛，岂是区区笔舌，所得挽回？当下独立各省，均派干员至天津，设立各省军务总参谋处，即用雷震春为总参谋，将设临时政府、临时议会，风声日紧一日，黎总统寝食不安，孤危得很。适安徽督军张勋递入呈文，历陈时局危险，劝黎总统勿再固执，危及国家，言下并有自出斡旋的意思。黎总统还道他是个好人，巴不得他出来调停，再电问李经羲，经羲亦主张召勋，因决计下令道：

> 据安徽督军张勋来电，历陈时局，情词恳挚，本大总统德薄能鲜，诚信未孚，致为国家御侮之官，竟有藩镇联兵之祸，事与心左，慨歉交深。安徽督军张勋功高望重，公诚爱国，盼即迅速来京，共商国是，必能匡济时艰，挽回大局，跂予望之！此令。

张勋接到此令，喜如所望，即复电到京，克日起程。众议院议长汤化龙蒿目时艰，料知前途必有大变，不如见机远祸，乃向院中陈请辞职。各议员表决许可，因即改选，另举吴景濂为议长。副议长陈国祥亦情愿去职，偏不得大众允许，只好仍然留任。此外如参众两院议员，有心趋避，联翩告辞，乐得离开烦恼场，回去享福。最惊人耳目的事情乃是副总统冯国璋，亦电达参众两院，请辞中华民国副总统一职，并派员将原受证书具文送缴两院，且通电中央及各省，声明时局险巇，无术救济，不能靦颜尸位等情。黎总统越觉焦急，慌忙复电慰留，一面敦促安徽督军张勋及国务总理李经羲入都，挽救危局。江西督军李纯却是有些热诚，意欲出为调停，特由赣省入京，窥探两造意见，竭力周旋。偏黎总统的心目中，专望那辫子大帅，天津的各省总参谋处，又是倚势作威，不容进言，李督军徒讨了一回没趣，只好扫兴自归。那辫帅张勋于六月七日起行，随身带着精兵五千，乘车就道，越宿即至天津，与李经羲晤商。彼此密谈多时，定了密计，遂先派兵入京，作为先声，又电陈调停条件，第一项宜解散国会，第二项是撤销京津警备。黎总统接电后，明知这两项是都不可行，但事在燃眉，不得不依他一条，把王士珍、江朝宗、陈光远的警备总副司令先行撤销，然后再复电张勋，商榷解散国会一事，似乎有不便依议的情形。偏张勋坚执己见，谓："国会若不解散，断无调停余地，自己亦未便晋京，拟即回任去了。"黎总统接到此电，又大吃了一惊。可巧驻京美公使，复来了一角公文，由伍廷芳亲自赍入。黎总统急忙启阅，但见上面写着：

> 美国政府闻中国内讧，极为忧虑，笃望即复归于和好，政治统一。中国对德宣战，抑或仍守与德绝交之现状，乃次要之事件。在中国最为必要者，乃维护继续其政治之实验，沿已得进步之途径，进求国家之发展。美国所以关心于中国政体及行政人物者，仅以中美友谊之关系，美国不得不助中国。但美国尤深切关心者，在中国之维持中央统一与单独负责之政府。是以美国今表示极诚恳之希望，愿中国为自己利益及世界利益计，立息党争。并愿所有党派与一切人民，共谋统一政府之再建，共保中国在世界各国中所应有之地位。但若内讧不息，而欲占其以应得之地位，则必不可能也。

黎总统览到此处，见下文只有寥寥数字，料不过是起结套语，因此不暇细瞧，便将来文置诸案上，顾语伍廷芳道："这原是友邦的好意，但目前危状，几乎朝不保暮，公可别有良策否？"廷芳踌躇多时，竟想不出什么法子，只得当面敷衍道："总统高见，究应如何办法？"黎总统答道："张勋所要求的二大条件，京津警备已经撤销，只解散国会，事关重大，未便照行，偏他定要照办，如何是好？"廷芳道："民国《约法》，并无解散国会的条件，此事如何行得？就是前日段总理免职，廷芳面奉钧命，勉强副署，那还有《约法》可援，已遭各军长反对，痛责廷芳。倘或解散国会，是要被全国唾骂了。"黎总统道："这便怎么处？"廷芳道："且再派一干员，赴津与张勋婉商，宁可改行别种条件吧。"黎总统点首无言，廷芳便即退出。当由黎总统派员住津，才阅一宵，便见该员返报。报言："张勋意见，非解散国会，断不可了，现限定三日以内，必须颁发解散国会的命令。否则通电卸责，南下回任，恕不入谒了。"黎总统听着，直似哑子吃黄连，说不出的苦楚。又召伍廷芳等熟商，廷芳托词有疾，但呈入一篇辞职书，不愿进见。此外有几位国务员应召进来，也无非面面相觑，支吾了事。

光阴易过，倏忽三天，张辫帅所说的期限已经到了，黎总统再召集文武各员，咨商国是，大家亦不肯做主，惟推到总统一人身上。就中有一个步军统领江朝宗，甫卸警备副司令的职衔，想乘此出些风头，竟说解散国会，并非今日创行，总统为保全大局起见，何妨毅然决计，暂撤国会，再作计较。黎总统捻须道："伍代揆为了副署一事，不便承认，所以称疾辞职，现有何人肯来担负呢？”朝宗道：“为国为民，义所难辞，但叫总统另简一人，使他副署，便好解决了。”黎总统委实没法，只好商诸各部总长，请他担任此责。各总长同声推辞，黎总统仍顾江朝宗道：“看来此事只好属君了。”朝宗道：“此事本非朝宗所宜负责，但事已至此，也不能不为总统分忧，朝宗也不遑后顾，就此一干吧。”黎总统也明知不妙，惟除此以外，别无救急的良心，没奈何把头微点，待到大众退出，即命秘书代缮命令，逐条颁发。第一道是准外交总长伍廷芳免代理国务总理职；第二道是特任江朝宗暂行代理国务总理；第三道便是解散国会了。略云：

上年六月，本大总统申令，以宪法之成，专待国会，宪法未定，大本不立，亟应召集国会，速定宪法等因。是本届国会之召集，专以制宪为要义。前据吉林督军孟恩远等呈称：“日前宪法会议及审议会通过之宪法数条，内有众议院有不信任国务员之决议时，大总统可免国务员之职，或解散众议院，惟解散时，须得参议院之同意；又大总统任免国务总理，不必经国务员之副署；又两院议决案与法律有同等效力等语，实属震悚异常。考之各国制宪成例，不应由国会议定。故我国欲得良妥宪法，非从根本改正，实无以善其后。以常事与国会较，固国会重；以国会与国家较，则国家重。今日之国会，既不为国家计，惟有仰恳权宜轻重，毅然独断，将参众两院即日解散，另行组织，俾议宪之局，得以早日改图，庶几共和政体，永得保障”等语。近日全国军政商学各界，函电络绎，情词亦复相同，查参众两院组织宪法会议，时将一载，迄未告成。现在时局艰难，千钧一发，两院议员纷纷辞职，以致迭次开会，均不足法定人数，宪法审议之案，欲修正而无从，自非另筹办法，无以慰国人宪法期成之喁望。本大总统俯顺舆情，深维国本，应即准如该督军等所请，将参众两院即日解散，克期另行选举，以维法治。此次改组国会本旨，愿以符速定宪法之成议，并非取消民国立法之机关。邦人君子，咸喻此意！此令。

这道解散国会的命令，当然由江朝宗副署了。朝宗虽已副署，也恐为此招尤，特通电自解道：

现在时艰孔亟，险象环生，大局岌岌，不可终日，总统为救国安民计，于是有本日国会改选之命令。朝宗仰承知遇，权代总理，诚不忍全国疑谤，集于主座之一身，特为依法副署，藉负完全责任。区区之意，欲以维持大局，保卫京畿，使神州不至分崩，生灵不罹涂炭。一俟正式内阁成立，即行引退。违法之责，所不敢辞。知我罪我，听诸舆论而已。

发令以后，黎总统长吁短叹，总觉愤懑不安，意欲再明心迹，方可对己对人。小子有诗为证云：

文人笔舌武夫刀，扰扰中华气量豪。

一体如何左右袒，枉教元首费忧劳。

欲知黎总统如何自明，试看下回续叙。

段总理免职，首先反抗者为张勋，而后来宣告独立，乃让倪嗣冲、张作霖等出头，岂辫帅之先勇后怯耶？彼盖故落人后，可以出作调人，而自遂其生平之愿望。黎总统急不暇择，便引为臂助，一心召请，菩萨待人，全出厚道，安知伏魔大将军反为魔首也。至解散国会一事，伍廷芳不敢副署，因致辞职，独江朝宗毅然入请，愿为效劳，赳赳武夫，胆量固豪，其亦料将来之变幻否耶？而德不胜才之黎总统，则已不堪胁迫矣。

第八十四回

偕老友带兵入京
叩故宫黉夜复辟

张勋由徐州来到北京，自感时机成熟，便拉了康有为等人进了紫禁城，把十三岁的溥仪扶上了龙椅，跪拜称臣。康圣人草就的诏书一连颁出数道，无非是宣告复辟、封官等等。

却说黎总统解散国会，心中仍然愤闷，不得不表明心迹，因再嘱秘书草就一令，同日缮发。大略说是：

元洪自就任以来，首以尊重民意，谨守《约法》为职志，虽德薄能鲜，未餍舆情，而守法勿渝之素怀，当为国人所共谅。乃者国会再开，成绩尚尠，宪政会议，于行政立法两方权力，畸轻畸重，未剂于平，致滋口实。皖、奉发难，海内骚然，众矢所集，皆在国会，请求解散者，呈电络绎，异口同声。元洪以《约法》无解散之明文，未便破坏法律，曲徇众议，而解纷靖难，智勇俱穷，亟思逊位避贤，还我初服，乃各路兵队，逼近京畿，更于天津设立总参谋处，自由号召，并闻有组织临时政府与复辟两说，人心浮动，讹言繁兴。安徽张督军北来，力主调停，首以解散国会为请，迭经派员接洽，据该员复述："如不即发明令，即行通电卸责，各省军队，自由行动，势难约束"等语，际此危疑震撼之时，诚恐藐躬引退，立启兵端，匪独国家政体，根本推翻，抑且攘夺相寻，生灵涂炭。都门首善之地，受害尤烈，外人为自卫计，势必至始于干涉，终以保护，亡国之祸，即在目前。

元洪筹思再四，法律事实，势难兼顾，实不忍为一己博守法之虚名。而使兆民受亡国之惨痛。为保存共和国体，保全京畿人民，保持南北统一计，迫不得已，始有本日国会改选之令，忍辱负重，取济一时，吞声茹痛，内疚神明。所望各省长官，其曾经发难者，各有悔祸厌乱之决心，此外各省，亦皆曲谅苦衷，不生异议，庶几一心一德，同济艰难，一俟秩序回复，大局粗安，定当引咎辞职，以谢国人。天日在上，誓不食言。

这令下后，两院议员无可奈何，相率整装出都。督军团已得如愿，不战屈人，便都电告中央，取消独立。惟黑龙江督军毕桂芳，为帮办军务许兰洲所迫，卸职自去。许兰洲亦不待中央命令，但说由毕桂芳移交，居然就职。政府也不暇过问，由他胡行。惟广东督军陈炳焜、广西督军谭浩明乃是国民党中的健将，素来扶持黎总统，不入督军团中，此次闻黎氏被迫，解散国会，已经愤不可遏，跃跃欲动，再经议员等出京抵沪，电致湘、粤、桂、滇、黔、川各省，谓："民国《约法》中，总统无解散国会权，江朝宗为步军统领，非国务员，更不能代理国务总理。且总统受迫武人，亦已自认违法，所有解散国会的命令，当然无效。"这电文传到两督军座前，便双方互约，暂归自主，俟恢复旧国会或重组新国会，依法解决时局，再行听命。两督联名传电，理由颇也充足。但两广僻处岭南，距京最远，就使加倍激烈，亦未足慑服督军团，所以督军团全然不睬，反暗笑他螳臂当车，不自量力。

还有这位张辫帅趾高气扬，竟与李经羲偕行入京，来演一出特别好戏。黎总统派员至车站前，恭迎二人入都。都是都中人士，拭目待着，也总道是两大人物，定有旋天转地的手段，可以易危为安。俟至汽笛呜呜，烟尘滚滚，京津火车辘辘前来，车上悬着花圈，一望便知是伟人座处，不由的瞻仰起来。寻常时候，火车到站，非常忙乱，此时却格外镇静，车站两旁统有兵队森列，严肃无声。但见辫子大帅与李老头儿，联翩下车，即由总统府特派员上前鞠躬，表明总统诚意。张辫帅满面春风，对他一笑，便改乘马车，由随来的一营兵士拥护出站，偕李经羲同进都门去了。

看官记着！张、李入都的日子，乃是六月十四日。过了数天，尚未有什么举动，惟见都城内外，遍贴定武将军的告示，大略说是："此行入都，当力筹治安。"余亦没有意外奇语。有几个聪明伶俐的士人，看到定武将军四字，已不禁生疑，暗想定武将军虽是张辫帅的勋衔，但他究任安徽督军，如何出示都门，敢来越俎？就中必有隐情，不可测度。仔细探听总统府中，但闻张、李二人与总统晤谈数次，亦无非是福国利民的口头禅，没甚表异。大家无从揣摩，只得丢过一边。

到了二十一日，天津总参谋处，由雷震春宣告撤销，倒也是一番佳象。二十四日，国务总理李经羲就职，奉令兼财政总长，亦未尝提出辞呈，不过他通电各省，自称任事期限只三阅月，过此便要辞职，这是他格外鸣谦，无关重轻。二十五日，复由黎总统下令，任命李经羲兼盐务督办。二十六日，内务部因改选国会，特设办理选举事务局，局长派出杨熊祥。二十九日，准免司法总长张耀曾及农商总长谷钟秀二人，改任江庸署司法总长，李盛铎署农商总长。这条命令，却是有些蹊跷。张、谷皆国民党，忽然免职，另任他人，想总是削夺国民党的面子，划除黎总统的心腹，此外当无甚关系了。

谁料事起非常，变生不测，六月三十日的夜间，竟演就一场复辟的幻戏出来。“复辟”二字，本是张辫帅念念不忘的条件。从前徐州会议，第一条即为尊重优待清室的成约，暗中已寓有复辟的意思；至第二次徐州会议，表面上仍筹议治安，其实是为了复辟计划，重复讨论。倪嗣冲素不赞成共和，冯国璋模棱两可，余皆奉张辫帅为盟主，莫敢异言。张辫帅部下统皆垂辫，原是借辫发为标志，待时复辟。此次黎、段龃龉，正是绝好机会。所以连番号召，要结同盟。直隶督军曹锟本列入督军团内，闻着此议，忙去请教前清元老徐世昌。徐世昌摇首道：“这事断不可行，少轩自谓忠清，我恐他反要害清了。”锟领教后，方知张勋所议不合。少轩就是张勋表字。惟张勋曾有各守秘密的条约，故锟与徐说明，各不声张，坐观成败。

及勋既北上，阳作调人，暗中实为复辟起见。天下事若要不知，除非莫为，所以张勋到津，前国务总理熊希龄就有反对复辟的通电，迭称复辟论调，具有五大危险：一关财政，二关外交，三关军政，四关民生，五关清室。说得淋漓痛切，毫无剩词。副总统冯国璋阅熊电文，亦幡然觉悟，发一通电，与熊共表同情。黎总统览到熊、冯两电，很觉惊心，因此解散国会时，自明心迹，也曾将“复辟”二字提及，预先示惩。就是张辫帅的好友亦密电劝阻，略言：“时机未熟，民情未孚，兵力未集，不宜轻举妄动。”张颇有所悟，复电谓：“俟大局粗定，内阁组成，便当南返徐州，所有复辟一说，自当取消，毋庸再议。”于是远近安心，不复担忧了。

偏偏张勋参谋长万绳栻热心富贵，希旨迎合，日夕在辫帅旁，微词挑拨，怂恿复辟，又去敦促文圣人到京，做一帮手。文圣人姓甚名谁？就是前清工部主事康有为。有为尝到徐州，谒见张勋，勋与他谈论时政，语多投机。康尚文，张尚武，两人各诩诩自夸，故时论号为文武两圣人。至此康有为接奉密召，星夜到京，预拟诏书数纸，持入见张，张勋正往江西会馆中夜宴，时尚未归，当由万绳栻接着，与有为密议多时，差不多是二更天气了。绳栻急欲求逞，派人赴江西会馆探望张勋，好容易才得使人还报，谓："大帅在会馆中听戏，所以迟归。现在戏将演毕，想就可返驾了。"绳栻与有为又眼巴巴的伫候，约过了一二小时，方见辫子大帅大踏步的进来。有为亟上前请过晚安，由张勋欢颜道谢，引他就座。

彼此寒暄数语，绳栻已将左右使开，向有为传示眼色令他进言。有为即将草拟诏书从囊中取出一大包，持呈张勋。勋问为何因？有为道："请大帅约略展阅便见分晓。"勋启视一页，便捻须道："这……这事恐不便速行。"有为尚未及答，绳栻便在旁接入道："大帅志在复辟，已非一日，现在大权在手，一呼百诺，正是千载一时的机会，失此不图，尚待何时？"张勋尚有三分酒意，听了此言，不由得鼓动余兴，奋袂起座道："有理有理，我便干一遭吧。"当下唤入心腹侍从，分头往邀几个著名大员，商量起事。

少顷，便有数人到来，一是陆军总长王士珍，一是步军统领江朝宗，一是警察总监吴炳湘，一是第二十师师长陈光远，陆续进见，启问情由。张勋便提出"复辟"两大字，请他数大员帮忙。王士珍老成持重，颇有难色。江朝宗乃是急性人，当即赞成。士珍不无嗫嚅道："这……这事还应慢慢妥商。"张勋瞋目道："要做就做，何必多商。事若不成，由我老张负责，不致累及诸公，否则休怪我不情哩！"士珍见他色厉词狂，不敢再言。张勋复顾吴炳湘道："今夜便当开城，招纳我部下将士，明晨就好复辟了。"炳湘也未敢反对。张勋遂派人据住电报局，不许他人拍电，并放定武军入城。一面召入刘廷琛、沈曾植、劳乃宣、阮忠枢、顾瑗等审查康有为所拟诏书，有无误点。大家检阅一番，心下各忐忑不定。有几个素主复辟，稍稍注视，但闻是康圣人手笔，当然不能笔削，乐得做个好好先生。

转眼间已是鸡声报晓，天将黎明了，张勋已命厨役办好酒肴，即令搬出，劝大家饱餐一顿。未几，即有侍从入报，定武军统已报到，听候明令。张勋跃起道："我等就同往清宫，去请宣统帝复辟便了。"说着，左右已取过朝衣朝冠，共有数十套。张勋先自穿戴，并令大众照服，出门登车，招呼部兵，一齐同行。到了清宫门首，门尚未启，由定武军叩门径入。张勋也即下车，招呼王士珍等，徒步偕进。清宫中的人员不知何因，统吓得一身冷汗，分头乱跑，里面去报知瑾、瑜两太妃，外面去报知清太保世续。两太妃与世续诸人并皆惊起，出问缘由。张勋朗声道："今日复辟，请少主即刻登殿。”世续战声道：“这是何人主张？”张勋狞笑道：“由我老张做主，公怕什么！”世续道：“复辟原是好事，惟中外人情，曾否愿意？”张勋道：“愿意不愿意，请君不必多问，但请少主登殿，便没事了。”世续尚不肯依，只眼睁睁的望着两太妃。两太妃徐语张勋道：“事须斟酌，三思后行。”

张勋不禁动恼道：“老臣受先帝厚恩，不敢忘报，所以乘机复辟，再造清室，难道两太妃反不愿重兴吗？”瑜太妃呜咽道：“将军幸勿错怪！万一不成，反恐害我全族了。”张勋道：“有老臣在，尽请勿忧！”两太妃仍然迟疑，且至泪下。世续亦踌躇不答。俄而定武军哗噪起来，统请宣统帝登殿。张勋亦忍耐不住，厉声问世续道：“究竟愿复辟否？”世续恐不从张勋，反有意外情事，乃与两太妃熟商，只好请宣统帝出来。两太妃乃返身入内，世续亦即随入，领出十三岁的小皇帝，扶他登座。张勋便拜倒殿上，高呼万岁。王士珍等也只得跪下，随口欢呼。朝贺已毕，即由康有为赍呈草诏，即刻颁布。诏云：

朕不幸，以四龄继承大业，茕茕在疚，未堪多难。辛亥变起，我孝定景皇后至德深仁，不忍生民涂炭，毅然以祖宗创垂之重、亿兆生灵之命付托前阁臣袁世凯，设临时政府，推让政权，公诸天下，冀以息争弭乱，民得安居。乃国体自改革共和以来，纷争无已，迭起干戈，强劫暴敛，贿赂公行。岁入增至四万万，而仍患不足；外债增出十余万万，有加无已。海内嚣然，丧其乐生之气，使我孝定景皇后不得已逊政恤民之举，转以重困吾民。此诚我孝定景皇后初衷所不及料，在天之灵，恻痛而难安者。而朕深居宫禁，日夜祷天，彷徨饮泣，不知所出者也。今者复以党争，激成兵祸，天下汹汹，久莫能定，共和解体，补救已穷。

据张勋、冯国璋、陆荣廷等以国体动摇，人心思旧，合词奏请复辟，以拯生灵；又据瞿鸿禨等为国势阽危，人心涣散，合词奏请御极听政，以顺天人；又据黎元洪奏请奉还大政，以惠中国而拯生民各等语，览奏情词恳切，实深痛惧。既不敢以天下存亡之大责，轻任于冲人微眇之躬，又不忍以一姓祸福之嚮言，遂置生灵于不顾。权衡轻重，天人交迫，不得已允如所奏，于宣统九年五月十三日，临朝听政，收回大权，与民更始。

而今以往，以纲常名教为精神之宪法，以礼义廉耻收溃决之人心。上下以至诚相感，不徒恃法守为维系之资，政令以惩毖为心，不得以国本为尝试之具，况当此万象虚耗，元气垂绝，存亡绝续之交，朕临深履薄，固不敢有乐为君，稍自纵逸。尔大小臣工尤当精白乃心，涤除旧染，息息以民瘼为念，以民生留一分元气，即为国家留一息命脉，庶几危亡可救，感召天庥。

所有兴复初政，亟应兴革诸大端，条举如下：

（一）钦遵德宗景皇帝谕旨，大权统于朝廷，庶政公诸舆论，定为大清帝国，善法列国君主立宪政体。

（二）皇室经费，仍照所定每年四百万数目，按年拨用，不得丝毫增加。

（三）懔遵本朝祖制，亲贵不得干预政事。

（四）实行融化满汉畛域，所有以前一切满蒙官缺，已经裁撤者，概不复设。至通俗易婚等事，并着所司条议具奏。

（五）自宣统九年五月本日以前，凡与东西各国正式签订条约及已付债款各合同，一律继续有效。

（六）民国所行印花税一事应即废止，以纾民困。其余苛细杂捐，并着各省督抚查明，奏请分别裁撤。

（七）民国刑律，不适国情，应即废除，暂以宣统初年颁定现行刑律为准。

（八）禁除党派恶习，其从前政治罪犯，概予赦免，倘有自弃于民而扰乱治安者，朕不敢赦。

（九）凡我臣民，无论已否剪发，应遵照宣统三年九月谕旨，悉听其便。凡此九条，誓共遵守，皇天后土，实鉴临之！将此通谕知之！

这谕既发，康有为又取出第二三道草诏，谕设内阁议政大臣，并设阁丞二员。余如京外各缺均暂照宣统初年官制办理。又封黎元洪为一等公，授张勋、王士珍、陈宝琛、梁敦彦、刘廷琛、袁大化、张镇芳为内阁议政大臣，万绳栻、胡嗣瑗为内阁阁丞，梁敦彦为外务部尚书，张镇芳为度支部尚书，王士珍为参谋部大臣，雷震春为陆军部尚书，朱家宝为民政部尚书，徐世昌为弼德院院长，康有为为副院长，张勋又兼任直隶总督北洋大臣，留京办事，冯国璋为两江总督南洋大臣，陆荣廷为两广总督。他如直隶督军曹锟以下，统改官巡抚。一时希荣求宠诸徒，无不雀跃，纷纷至热闹市场，购办翎顶蟒服，准备入朝，市侩遂竞搜旧箧，把从前搁落的朝臣服饰，一股脑儿搬取出来，重价出售，倒是一桩绝大利市，得赚了好许多银子。小子也乐得凑趣，胡诌几句歪诗道：

轻心一试太粗狂，偌大清官作戏场。
只有数商翻获利，挟奇犹悔不多藏。

复辟已成，兴高采烈的张辫帅，还有若干手续，试看下回便知。

张勋以数年之心志，乘黎菩萨危急之余，冒昧求逞，遽尔复辟，此乃所谓行险侥幸之举，宁能有成？况清室已仆，不过为残喘之苟延，欲再出而号令四方，试问如许军阀家，尚肯低首下心，为彼奴隶乎？但观民国诸当局之各私其私，尚不若张辫帅之始终如一，其迹可訾，其心尚堪共谅也。彼康有为亦何为者？前清戊戌之变，操之过急，几陷清德宗于死地，此时仅余一十三龄之遗胤，乃又欲举为孤注，付诸一掷，名为保清，实则害清，是岂不可以已乎？若万绳栻诸人，固不足道焉。

第八十五回

梁鼎芬造府为说客 黎元洪假馆作寓公

此回先录张勋的一篇通电，接着转写这张大帅派梁鼎芬促黎总统接受复辟。黎元洪不肯，遂任命在天津的段祺瑞为总理，请在江南的副总统冯国璋代行总统职权，自己躲进了东交民巷的日本使馆。

却说张勋主张复辟，仓猝办就，诸事统皆草率，所有手续概不完备。就是草诏中所叙各奏，都是凭空捏造，未曾预办。因此又劳那康圣人费心，先将自己奏折草就，补呈进去，再把瞿鸿机等奏请听政的折子亦缮定一分，作为备卷。其实冯国璋、陆荣廷、瞿鸿机等尚未接洽，全凭文武两圣人背地告成。这数种奏折原文，小子无暇详录，惟当时张勋有一通电，宣告中外，录述如下：

自顷政象谲奇，中原鼎沸，蒙兵未解，南耗旋惊，政府几等赘旒，疲氓迄无安枕。怵内讧之孔亟，虞外务之纷乘，全国飘摇，靡知所届。勋惟治国犹之治病，必先洞其症结，而后攻达易为功；卫国犹之卫身，必先定其心君，而后清宁可长保。既同处厝火积薪之会，当愈励挥戈返日之忠，不敢不掬此血诚，为天下正言以告。

溯自辛亥武昌兵变，创改共和，纲纪隳颓，老成绝迹，暴民横恣，宵小把持，奖盗魁为伟人，祀死囚为烈士，议会倚乱民为后盾，阁员恃私党为护符，以剥削民脂为裕课，以压抑善良为自治，以摧折耆宿为开通；或广布谣言，而号为舆论，或密行输款，而托为外交，无非恃卖国为谋国之工，借立法为舞法之具。驯至昌言废孔，立召神恫，悖礼害群，率由兽行。以故道德沦丧，法度凌夷，匪党纵横，饿莩载道。一农之产，既厄于讹诈，复厄于诛求；一商之资，非耗于官捐，即耗于盗劫。凡在位者，略吞贿赂，交济其奸，名为民国，而不知有民；称为国民，而不知有国。至今日民穷财尽，而国本亦不免动摇，莫非国体不良，遂至此极。

即此次政争伊始，不过中央略失其平，若在纪纲稍振之时，焉有轇轕不解之虑？乃竟兵连方镇，险象环生，一二日间，弥漫大地。

迄今外蒙独立，尚未取消，西南乱机，时虞窃发，国会虽经解散，政府久听虚悬，总理既为内外所不承认，仍即靦颜通告就职，政令所及，不出都门，于是退职议员，公诋总统之言为伪令；推原祸始，实以共和为之厉阶。且国体既号共和，总统必须选举，权利所在，人怀幸心，而选举之期，又仅以五年为限，五年更一总统，则一大乱；一年或数月更一总理，则一小乱。选举无已时，乱亦无已时。小民何辜，动罹荼毒？以视君主世及，尤得享数年或数十年之幸福者，相距何啻天渊？利病较然，何能曲讳？

或有谓国体既改共和，倘轻予更张，恐滋纷扰，不若拥护现任总统，或另举继任总统之为便者。不知总统违法之说已为天下诟病之资，声誉既隳，威信亦失，强为拥护，终不自安；倘日后迫以陷险之机，曷若目前完其全身之术？爱人以德，取害从轻，自不必佯予推崇，转伤忠厚。至若另行推选，克期继任，讵敢谓海内魁硕，并世绝无其人？然在位者地丑德齐，莫能相下，在野者资轻力薄，孰愿率从？纵欲别选元良，一时亦难其选。盖总统之职，位高权重，有其才而无其德，往者既时蓄野心；有其德而无其才，继者乃徒供牵鼻。重以南北趋向，不无异同，选在北则南争，选在南则北争，争端相寻，而国已非其国矣。默察时势人情，与其袭共和之虚名，取灭亡之实祸，何如屏除党见，改建一巩固帝国，以竞存于列强之间，此义近为东西各国所主张，全球几无异议。中国本为数千年君主之制，圣贤继踵，代有留贻，制治之方较各国为尤顺，然则为时势计，莫如规复君主；为名教计，更莫如推戴旧君。此心此理，八表攸同。

伏思大清忠厚开基，救民水火，其得天下之正，远迈汉、唐，二祖七宗，以圣继圣。至我德宗景皇帝，时势多艰，忧勤尤亟，试考史宬载笔，如普免钱粮，叠颁内帑，多为旷古所无。即至辛亥用兵，孝定景皇后宁舍一姓之尊荣，不忍万民之涂炭，仁慈至意，沦浃人心，海内喁喁，讴思不已。前者朝廷逊政，另置临时政府，原谓试行共和之后，足以弭乱绥民，今共和已阅六年，而变乱相寻未已，仍以谕旨收回成柄，实与初旨相符。况我皇上冲龄典学，遵时养晦，国内迭经大难，而深宫匕鬯无惊。近且圣学日昭，德音四被，可知天佑清祚，特畀我皇上以非常睿智，庶应运而施其拨乱反正之功。祖泽灵长，于兹益显。

勋等枕戈励志，六载于兹，横览中原，陆沉滋惧，比乃猝逢时变，来会上京。窃以为暂偷一日之安，自不如速定万年之计，业已熟商内外文武，众议佥同，谨于本日合词奏请皇上复辟，以植国本而固人心，庶几上有以仰慰列圣之灵，下有以俯慰群生之望。风声所树，海内景从。凡我同袍，皆属先朝旧臣，受恩深重，即军民人等，亦皆食毛践土，世沐生成，接电后，应即遵用正朔，悬挂龙旗。国难方殷，时乎不再，及今淬厉，尚有可为。本群下尊王爱国之至心，定大清国阜民康之鸿业。凡百君子，当共鉴之。

是时京城里面，俱经张勋传令，凡署廨局厂及大小商场，一应将龙旗悬起，随风飘扬，仿佛仍是大清世界。只总统府中未曾悬挂龙旗，张勋还顾全黎总统面子，不遽用武力对待，但遣清室旧臣梁鼎芬等先往总统府中入做说客。鼎芬见了黎总统，即将复辟情形，略述一番，并把一等公的封章探囊出示。黎总统皱眉道："我召张定武入都，难道叫他来复辟吗？"鼎芬道："天意如此，人心如此，张大帅亦不过应天顺人，乃有这番举动，况公曾受过清职，食过清禄，辛亥政变，非公本意，天下共知，前次胁公登台，今番又逼公下场，公也可谓受尽折磨了，今何若就此息肩，安享天禄，既不负清室，亦不负民国，岂非一举两善吗？"黎总统道："我并非恋栈不去，不过总统的职位，乃出国民委托，不敢不勉任所难。若复辟一事，乃是张少轩一人主张，恐中外未必承认，我奈何敢私自允诺呢？"鼎芬复絮说片时，黎总统只是不答。再经鼎芬出词吓迫道："先朝旧物，理当归还，公若不肯赞成，恐致后悔。"黎总统仍然无语。鼎芬知不可动，悻悻自去。黎总统暗暗着忙，急命秘书拟定数电，由黎总统亲自过目，因闻电报局被定武把守，料难拍发，乃特派亲吏潜出都城，持稿赴沪，方得电布出来：

（第一电）本日张巡阅使率兵入城，实行复辟，断绝交通，派梁鼎芬等来府游说，元洪严词拒绝，誓不承认。副总统等拥护共和，当必有善后之策。特闻。

（第二电）天不悔祸，复辟实行，闻本日清室上谕，有元洪奏请归政等语，不胜骇异。吾国由专制为共和，实出五族人民之公意，元洪受国民付托之重，自当始终民国，不知其他。特此奉闻，藉免误会。

（第三电）国家不幸，患难相寻，前因宪法争持，恐启兵端，安徽督军张勋，愿任调停之责，由国务总理李经羲，主张招致入都，共商国是。甫至天津，首请解散国会，在京各员，屡次声称保全国家统一起见，委曲相从。刻正组织内阁，期速完成，以图补救。不料昨晚十二点钟突接报告，张勋主张复辟，先将电报局派兵占领。今日梁鼎芬等入府，面称先朝旧物应即归还等语。当经痛加责斥，逐出府外。风闻彼等已发出通电数道，何人名义，内容如何，概不得知。元洪负国民付托之重，本拟一俟内阁成立，秩序稍复，即行辞职以谢国人。今既枝节横生，张勋胆敢以一人之野心，破坏群力建造之邦基，即世界各国承认之国体，是果何事，敢卸仔肩？时局至此，诸公夙怀爱国，远过元洪，伫望迅即出师，共图讨贼，以期复我共和而救危亡，无任迫切。临电涕泣，不知所云。如有电复，即希由路透公司转交为盼。

黎总统既派人南下，复与府中心腹商量救急的方法，大众齐声道："现在京中势力，全在张勋一人手中，总统既不允所请，他必用激烈手段对付总统，不如急图自救，暂避凶威，徐待外援到来，再作后图。"黎总统沉吟道："教我到何处去？"大众道："事已万急，只好求助外人了。"黎总统尚未能决，半晌又问道："我若一走，便不成为总统了，这事将怎么处置？"大众听了，还道黎总统尚恋职位，只得出言劝慰道："这有何虑？外援一到，总统自然复位了。"黎总统慨然道："我已决意辞职，不愿再干此事。惟一时无从交卸，徒为避匿方法，将来维持危局，究靠何人主张？罢！罢！我记得《约法》中，总统有故障时，副总统得代行职权，看来只好交与冯副总统吧。"大众又道："冯副总统远在江南，如何交去？"黎总统也觉为难，为了这条问题，又劳黎总统想了一宵。大众逐渐散出，各去收拾物件，准备逃生。

可怜这黎总统食不甘味，寝不安席，几乎一夜未能合眼，稍稍困倦，蒙胧半刻，又被鸡声催醒，窗隙间已有曙光透入了。当即披衣起床，盥洗已毕，用过早膳，尚没有什么急警，惟闻有人传报，清宫内又有任官的上谕，瞿鸿禨、升允并授大学士，冯国璋、陆荣廷并为参与政务大臣，沈曾植为学部尚书，萨镇冰为海军尚书，劳乃宣为法部尚书，李盛铎为农工商部尚书，詹天佑为邮传部尚书，贡桑诺尔布为理藩部尚书。此外尚有许多侍郎、左右丞及都统、提督、府尹、厅丞诸名目，不胜枚举。黎总统也无心细听，但安排交卸的手续，尚苦无人担承。

到了晌午，风声已加紧了，午后竟有定武军持械前来，声势汹汹，强令总统府卫队，一律撤换，并即日交出三海，不得迟延。陆军中将唐仲寅为总统府卫队统领，无法抵推，亟入报黎总统，速请解决。黎总统本疑李经羲与勋同谋，不愿与议，至此急不暇择，便令秘书刘钟秀往邀经羲，刘奉命欲行，可巧外面递人李经羲辞职呈文，并报称经羲已赴天津。黎总统长叹道："我也顾不得许多了。看来只有仍烦老段吧。"便命刘钟秀草定两令，一是准李经羲免职，仍任段祺瑞为国务总理。一是请冯国璋代理职权，所有大总统印信，暂交国务总理段祺瑞摄护，令他设法转呈。两令草就，盖过了印，即将印信封固，派人赍送天津，交给段祺瑞，自己随取了一些银币，带着唐仲寅、刘钟秀二人及仆从一名，潜出府门，竟往东交民巷，投入法国医院中。

时已天暮，院门虽开，里面只有仆从数人住守，问及院长，答称外出未归，无从见客，那时只好怏怏退出，折入日本使馆界内。沿途踯躅，穷无所归，好似倦鸟失巢，惶急无主。亏得唐仲寅记起一人，谓与日本公使武随员斋藤少将尝相往来，不妨向彼求援，并托保护。当下驰入斋藤少将官舍，投刺请见。幸斋藤少将未曾出门，便即迎入，他本是认识黎元洪，又与唐仲寅交好，当然坦怀相待。仲寅即将避难情形，约略告知，并浼他至日本公使前，善为转达，恳请保护身命。斋藤少将一力承担，遂命役从取出茶点，供饷二人。黎元洪稍稍放心，且因夜膳尚无着落，不得已将东洋茶食，略充饥渴。好在斋藤少将，诚心帮忙，叫他两人坐待，自往日使馆中代为请命，少倾即回报道："敝公使已如所请，屈就营房数日，当予以相当保护，尽可无忧。"黎、唐二人，当即称谢。斋藤少将便令卫兵腾出营房一间，导引两人栖宿，黎菩萨才得离开地狱，避入天堂了。

越宿即由日本公使通告驻京各国公使馆并及清室道：

> 黎大总统带侍卫武官陆军中将唐仲寅、秘书刘锺秀及从者一名，于七月二日午后九时半，不预先通知，突至日本使馆域内之使领武随员斋藤少将官舍，恳其保护身命。日本公使馆认为不得已之事情，并顾及国际通义，决定作相当之保护，即以使馆域内之营房，暂充黎总统居所。特此告知。

总统避去，民国垂危，冯国璋远处江南，鞭长莫及，只有段祺瑞留寓天津，闻得京中政变，惹动雄心，即欲出讨张勋。可巧前司法总长梁启超亦在津门，两下会议，由祺瑞表明己意，启超一力怂恿，决主兴兵。适陈光远在津驻扎，手下兵却有数千，段、梁遂相偕至光远营，商议讨张，光远却也赞同。又值李经羲到津，致书祺瑞，请他挽回大局，就是黎元洪所派遣的亲吏，亦赍送印信到津，交与祺瑞。祺瑞阅过来文，越觉名正言顺，当即嘱托梁启超草拟通电数道，陆续拍发。梁本当代文豪，先已由自己出名，反对复辟，洋洋洒洒的撰成数千百言，通电全国。不过前时手无寸铁，但凭理想上立论，比张勋为董卓、朱温。此次由段祺瑞出来兴师，更属理直气壮，乐得借那笔尖儿，横扫千人军。既而冯、段联约，瞿、陆辨诬，祺瑞自任共和军总司令，更靠那煌煌大文，鼓吹义旅，笔伐凶豪。小子有诗咏道：

笔锋也可作兵锋，文武兼优快折冲。

莫道书生无指力，一枝斑管足褫凶。

欲知文中如何抒写，请看下回录叙。

康有为外，又有一梁鼎芬，是皆为清末之老生，脑筋中只含有事君以忠数语，而未知通变达权之大义者也。夫必有夏少康之英武，然后可以光夏物；必有周宣王之明哲，然后可以复周宗。彼宣统帝尚在冲年，宁能及此？况种族革命，已成常调，君主政体，不克再燃，即令英辟重生，亦未能违反民意，侈然自尊，更何论逊清之余裔乎？康有为出佐张勋，已同笨伯；而梁鼎芬复往说黎元洪，其愚尤甚。惟黎元洪引虎自卫，卒为虎噬，仓猝出走，日暮途穷，幸有日本使馆之营房及斋藤少将之友谊，尚得借庇一枝，自全身命，否则不为所害者，亦几希矣。虽然，知人则哲，尧舜犹难，吾于黎氏何责焉？

第八十六回　誓马厂受推总司令　战廊房击退辫子军

段祺瑞决意讨伐辫帅，梁启超撰成几篇檄文，恰与老师康有为所草诏书作个比拼。比拼的还有军队，冯国璋等人也就出兵反复辟，京城之外，没有一个人肯听张勋命令。

却说梁启超草缮电文，凭着那生平抱负，随纸抒写，端的万言立就，一鸣惊人。首数电是分致冯国璋及陆荣廷、瞿鸿机诸人，不过问明真假，无甚阂议。另有一篇通告讨逆的电文，着笔不多，已觉得感慨淋漓。文云：

天祸中国，变乱相寻。张勋怀抱野心，假调停时局为名，阻兵京国，至七月一日，遂有推翻国体之奇变。窃惟国体者，国之所以与立也，定之匪易。既定后而复图变置，其害之中于国家者，实不可胜言。且以今日民智日开，民权日昌之世，而欲以一姓威严驯伏亿兆，尤为事理所万不能致。

民国肇建，前清明察世界大势，推诚逊让，民怀旧德，优待条件，勒为成宪，使永避政治上之怨府，而长保名义上之尊荣，宗庙享之，子孙保之。历考有史以来二十余姓帝王之结局，其安善未有能逮前清者也。今张勋等以个人权利欲望之私，悍然犯大不韪，以倡此逆谋，思欲效法莽、卓，挟幼主以制天下，竟捏黎元洪奏称改建共和诸多弊害，恳复御大统，以拯生灵等语，擅发伪谕。横逆至此，中外震骇。

若曰为国家耶，夫安有君主专制之政，而尚能生存于今之世者？其必酿成四海鼎沸，盖可断言。而各友邦之承认民国，于兹五年，今覆雨翻云，我国人虽不惜以国为戏，在友邦则岂能与吾同戏者？内部纷争之结局，势非召外人干涉不止，国运真从兹斩矣。

若曰为清室耶，清帝冲龄高拱，绝无利天下之心，其保傅大臣，方日以居高履危为大戒，今兹之举，出于迫胁，天下共闻，历考史乘，自古安有不亡之朝代？前清得以优待终古，既为旷古所无，岂可更置诸岩墙，使其为再度之倾覆以至于尽？

祺瑞罢斥以来，本不敢复与闻国事，惟念辛亥缔造伊始，祺瑞不敏，实从领军诸君子后，共促其成。既已服劳于民国，不能坐视民国之颠覆分裂，而不一援。且亦曾受恩于前朝，更不忍听前朝为匪人所利用，以陷于自灭。情义所在，守死不渝。诸公皆国之干城，各膺重寄，际兹奇变，义愤当同。为国家计，自必矢有死无贰之诚，为清室计，当久明爱人以德之义。复望戮力同心，戡兹大难，祺瑞虽衰，亦当执鞭以从其后也。敢布腹心，伏维鉴察。

自数电发出后，冯国璋的讨逆电、陆荣廷的辨证捏名电及瞿鸿机的表明心迹电陆续布闻。还有岑春煊也来凑兴，声请讨逆，并致电与清太保世续及陈宝琛、梁鼎芬两人，讽劝清室毋堕奸谋。此外如浙江、江西、湖南、湖北等省一致反对复辟，声讨张勋。段祺瑞见众心愤激，料必有成，遂自称共和军总司令，亲临马厂，慷慨誓师，随即把梁任公第二道草檄，电告天下。大致说是：

共和军总司令段祺瑞，谨痛哭流涕，申大义于天下曰：呜呼！天降鞠凶，国生奇变，逆贼张勋以凶狡之资，乘时盗柄，竟有本月一日之事，颠覆国命。震扰京师，天宇晦霾，神人同愤。该逆出身灶养，行秽性顽，便佞希荣，渐跻显位，自入民国，阻兵要津，显抗国定之服章，婪索法外之饷糈，军焰凶横，行旅裹足，诛求无艺，私橐充盈，凡兹秽恶，天下共闻，值时多艰，久稽显戮。比以世变洊迫，政局小纷，阳托调停之名，阴为篡窃之备，要挟总统，明令敦召，遂率其丑类，直犯京师。

自其起行伊始，及驻京以来，屡次驰电宣言，犹以拥护共和为口实。逮国会既散，各军既退，忽背信誓，横造逆谋，据其所发表文件，一切托以上谕，一若出自幼主之本怀，再三胪举奏折，一若由于群情之拥戴，夷考其实，悉属謷言。当是日夜十二时，该逆张勋忽集其凶党，勒召都中军警长官二十余人，列戟会议。勋叱咤命令，迫众雷同，旋即挈康有为闯入宫禁，强为拥戴。世中堂续叩头力争，血流灭鼻。瑾、瑜两太妃痛哭求免，几不欲生。清帝孑身冲龄，岂能御此强暴？竟遭诬胁，实可哀怜。

该伪谕中横捏我黎大总统、冯副总统及陆巡阅使之奏词，尤为可骇。我大总统手创共和，誓与终始，两日以来，虽在樊笼，犹叠以电话手书，密达祺瑞，谓虽见幽，决不从命，责以速图光复，勿庸顾忌。我副总统一见伪谕，即赐驰电，谓为诬捏，有死不承。由此例推，则陆巡阅使联奏之虚构亦不烦言而决。所谓奏折，所谓上谕，皆张勋及其凶党数人，密室篝灯，构此空中楼阁，而公然腾诸官书，欺罔天下。自昔神奸巨蠹，劝进之表，九锡之文，其优孟儿戏，未有若今日之甚者也。

该逆勋以不忘故主，谬托于忠爱，夫我辈今固服劳民国，强半皆曾任先朝，故主之恋，谁则让人？然正惟怀感恩图报之诚，益当守爱人以德之训。昔人有言："长星劝汝一杯酒，世岂有万年天子哉？"旷观史乘，迭兴迭仆者几何代、几何姓矣，帝王之家，岂有一焉能得好结局？前清代有令辟，遗爱在民，天厚其报，使继之者不复家天下而公天下，因得优待条件，勒诸宪章；砺山带河，永永无极。吾辈非臣事他姓，绝无失节之嫌，前清能永享殊荣，即食旧臣之报，仁至义尽，中外共钦，今谓必复辟而始为忠耶？张勋食民国之禄，于兹六年，必今始忠，则前日之不忠孰甚？昔既不忠于先朝，今复不忠于民国，刘牢之一人三反，狗彘将不食矣。

谓必复辟而始为爱耶？凡爱人者必不忍陷人于危，以非我族类之嫌，丁一姓不再兴之运，处群治之世，而以一人为众矢之的，危孰甚焉？张勋虽有天魔之力，岂能翻历史成案，建设万劫不亡之朝代？既早晚必出于再亡，及其再亡，欲复求有今日之条件，则安可得？岂惟不得，恐幼主不保首领，而清室子孙且无噍类矣。清室果何负于张勋，而必欲借手殄灭之而后快？岂惟民国之公敌，亦清室之大罪人也。

张勋伪谕，谓必建帝号，乃可为国家久安长治之计。张勋何人？乃敢妄谈政治。使帝制而可以得良政治，则辛亥之役何以生焉？博观万国历史，变迁之迹，由帝制变共和而获治安者，既见之矣；由共和返帝制而获治安者，未之前闻。法兰西三复之而三革之，卒至一千八百七十一年，拥立共和，国乃大定，而既扰攘八十年，国之元气，消耗尽矣。国体者，譬犹树之有根也。植树而屡摇其根，小则萎黄，大则枯死。故凡破坏国体者，皆召乱取亡之道也。防乱不给，救亡不赡，而曰吾将借此以改良政治，将谁欺？欺天乎？复辟之贻害清室也如彼，不利于国家也如此。内之不特非清帝自动，而孀妃耆傅且不胜其疾首痛心；外之不特非群公劝进，而比户编氓各不相谋而瞋目切齿，逆贼张勋，果何所为何所恃而出此？彼见其辫子军横行徐、兖，亦既数年，国人优容而隐忍之，自谓人莫敢谁何，遂乃忽起野心，挟天子以令诸侯，因以次划除异己，广布腹心爪牙于客省。扫荡有教育有纪律之军队，而使之受支配于彼之土匪军之下。然后设文网以抗贤士，箝天下之口。清帝方今玩于彼股掌之上，及其时则取而代之耳，罪浮于董卓，凶甚于朱温，此而不讨，则中国其为无男子矣。

祺瑞罢政旬月，幸获息肩，本思稍事潜修，不复与闻政事，忽遘此变，群情鼎沸，副总统及各督军省长，驰电督责，相属于道。爱国之士夫、望治之商民、好义之军侣环集责备，义正词严。祺瑞抚躬循省，绕室彷徨，既久奉职于民国，不能视民国之覆亡；且曾筮仕于先朝，亦当救先朝之狼狈。谨于昨日夜分，视师马厂，今晨开军官会议，六师之众，佥然同声，誓与共和并命，不共逆贼戴天。为谋行师指臂之便，谬推祺瑞为总司令，义之所在，不敢或辞，部署略完，克日入卫。

查该逆张勋，此次倡逆，既类疯狂，又同儿戏，彼昌言事前与各省各军均已接洽，试问我国同袍僚友，果有曾预逆谋者乎？彼又言已得外交团同意，而使馆中人见其中风狂走之态，群来相诘。言财政则国库无一钱之蓄，而蛮兵独优其饷，且给现银；言军纪则辫兵横行都门，而国军与之杂居，日受凌轹。数其阁僚，则老朽顽旧，几榻烟霞；问其主谋，则巧语花言，一群鹦鹉。似此而能济大事，天下古今，宁有是理？即微义师，亦当自毙。所不忍者，则京国之民，倒悬待解；所可惧者，则友邦疑骇，将起责言。祺瑞用是剑及屦及，率先勇进，为国民袪此蟊贼，区区愚忠，当蒙共谅。

该逆发难，本乘国民之所猝未及防，都中军警各界，突然莫审所由来，在势力无从应付，且当逆焰熏天之际，为保持市面秩序，不能不投鼠忌器，隐忍未讨，理亦宜然。本军伐罪吊民，除逆贼张勋外，一无所问；凡我旧侣，勿用以胁从自疑。其有志切同仇，宜诣本总司令商受方略，事定后酬庸之典，国有成规。若其有意附逆，敢抗义旗，常刑所悬，亦难曲庇。至于清室逊让之德，久而弥彰，今兹构衅，祸由张逆，冲帝既未与闻，师保尤明大义，所有皇帝优待条件，仍当永勒成宪，世世不渝，以著我国民念旧酬功，全始全终之美。祺瑞一俟大难戡定之后，即当迅解兵柄，复归田里，敬候政府重事建设，迅集立法机关，刷新政治现象，则多难兴邦，国家其永赖之。谨此布告天下，咸使闻知。

大文炳炳，振旅阗阗，共和军总司令段祺瑞，已日夜部署，准备出师。会副总统冯国璋，又拍电至津，准与段祺瑞联合讨逆，乃复将两人署名，发一通电，数张勋八大罪状。其电云：

> 国运多屯，张勋造逆，国璋、祺瑞先后分别通电，声罪致讨，想尘清听。逆勋之罪，罄竹难书：服官民国，已历六年，群力构造之邦基，一人肆行破坏，罪一；置清室于危地，致优待条件，中止效力，辜负先朝，罪二；清室太妃、师傅，誓死不从，胁胁以威，目无故主，罪三；拥幼冲玩诸股掌，袖发中旨，权逾莽、卓，罪四；与同舟坚约，拥护共和，口血未干，卖友自绝，罪五；捏造大总统及国璋等奏折，思以强暴污人，以一手掩天下耳目，罪六；辫兵横行京邑，骚扰闾阎，复广募胡匪游痞，授以枪械，满布四门，陷京师于糜烂，罪七；以列强承认之民国一旦破碎，致友邦愤怒惊疑，群谋干涉，罪八。凡此八罪，最为昭彰，自余稔恶，擢发难数。国璋忝膺重寄，国存与存；祺瑞虽在林泉，义难袖手。今已整率劲旅，南北策应，肃清畿甸，犁扫贼巢，凡我同袍，谅同义愤。伫盼云会，迅荡霾阴。国命重光，拜嘉何极！冯国璋、段祺瑞同电。

冯、段相联，声威益振，浙江督军杨善德、直隶督军曹锟、第十六混成旅司令冯玉祥等亦均电告出师，公举段祺瑞为讨逆军总司令。祺瑞乃改称共和军为讨逆军，就在天津造币总厂设立总司令部，并派段芝贵为东路司令、曹锟为西路司令分道进攻，一面就国务总理职任，设立国务院办公处，也权借津门地点作为机关。就是副总统冯国璋，因段祺瑞转达黎电，请他代理总统职权，他因特发布告，略言："黎大总统不能执行职务，国璋依大总统选举法第五条第二项，谨行代理，即于七月六日就职"云云。还有外交总长伍廷芳亦携带印信至沪，暂寓上海交涉公署办公，即日电告副总统及各省公署，并令驻沪特派交涉员朱兆莘，电致驻洋各埠领事，声明北京伪外务部文电，统作无效，应概置不理为是。

于是除京城外，统是不服张勋的命令，张勋已成孤立，还要乱颁上谕，饬各督抚每省推举三人，来京筹议国公。又授徐世昌为太傅，张人骏、周馥为协办大学士，岑春煊、赵尔巽、陈夔龙、吕海寰、邹嘉来、张英麟、铁良、吴郁生、冯煦、朱祖谋、胡建枢、安维峻、王宝田为弼德院顾问大臣，一班陈年角色统去搜罗出来，叫他帮助清室。清太保世续等忧多喜少，屡遣太监至东安门外，采购新闻纸，携入备览，借觇舆情向背。适伪任太傅徐世昌，电告世续，说是变生不测，前途难料，宜自守镇静态度，幸勿妄动，所以宣统帝复辟数日，世续等噤若寒蝉，不出一语。但听张辫帅规划一切，今日任某官，明日放某缺，夹袋中的人物，一股脑儿开单邀请，其实多半在千里百里外面，就使闻知，也未敢贸然进来。

张勋正在忧闷，蓦接军报，乃是曹锟、段芝贵两军分东西两路杀入。西路的曹锟军占去芦沟桥，东路的段芝贵军占去黄村。当下恼动张辫帅，立令部兵出去抵拒。无如张军只有五千，顾东不能及西，顾西不能及东，此外无兵可派，只好一齐差去，使他冲锋。张军自知不敌，没奈何硬着头皮，前往一试。行至廊房，刚值段芝贵驱兵杀来，两下交锋，段军所发的枪弹很是厉害，张军勉强抵挡，伤毙甚多。正在招架不住，又听得西路急报，曹锟及陈光远等统领兵杀到，张军前后受敌，哪里还能支持？霎时间纷纷溃退，段芝贵等遂进占丰台。越日，即由冯代总统发令，褫夺长江巡阅使安徽督军张勋官职，特任安徽省长倪嗣冲兼署安徽督军，所有张勋未经携带的部兵，统归倪嗣冲节制，且命各省军队，静驻原防，不得藉端号召，自紊秩序。段祺瑞又促东西两司令赶紧入京，扫除逆氛。张勋闷坐京城，连接各路警耗，且惊且愤，几乎把他几根横须儿、一条曲辫子，也向上直竖起来。于是复矫托清帝谕旨，速命徐世昌入都，以太傅大学士辅政，自己开去内阁议政大臣暨直隶总督兼北洋大臣各差缺，并电告各省，历述前此经过情形，大有恨人反复、不平则鸣的意思。小子有诗咏张辫帅道：

莽将无谋想用奇，欺人反致受人欺。

须知附和同声日，便是请君入瓮时。

究竟电文如何措词，容待下回再表。

张勋复辟，相传各军阀多半与谋，即冯河间亦不能无嫌，所未曾与闻者，第一段合肥耳。然由府院之冲突，致启督军团之要挟，因督军团之要挟，致召张辫帅之入京，推原祸始，咎有攸归。幸段誓师马厂，决计讨逆，方有以谢我国人，自盖前愆。梁启超出而助段，磨盾作檄，坊间所行之《盾鼻集》，备载讨逆大文，确是梁公一生得意之笔，阅者读之，固无不击节称赏，叹为观止矣。然梁为康有为之高足，康佐张辫帅而复辟，梁佐段总理而誓师，师弟反对，各挟其术以自鸣，意者其所谓青出于蓝欤？夫民国成立已十余稔，同舟如敌国，婚媾若寇仇，师弟一伦，更不暇问，吾读梁文，吾尤不禁忾然叹、泫然悲也。若张勋以区区五千人，遽欲推倒民国，谈何容易。彼方自谓历届会议，已得多数赞成，可以任所欲为，亦安知覆雨翻云者之固比比耶？张辫帅自作曲辫子，夫复谁尤！

第八十七回

张大帅狂奔外使馆 段总理重组国务员

郁闷之极的张大帅通电全国，抱怨复辟并非自己独自主张。只是辫子兵不甚顶用，辫帅就只好带了家小也躲进了东交民巷荷兰使馆。黎元洪不肯再当总统，宣告辞职。段祺瑞组阁，也不甚追究辫帅。

却说张勋辞去议政大臣及各种兼衔，自思从前徐州会议，诸多赞成，就是一二著名人物亦无违言，今乃群起反对，集矢一身，不得不自鸣不平，通告全国，电文有云：

我国自辛亥以还，因政体不良之故，六年四变，迭起战争，海内困穷，人民殄瘁，推原祸始，罔非共和阶之厉也。勋以悲天悯人之怀，而作拯溺救焚之计，度非君主立宪政体，无以顺民心而回末劫，欲行君主立宪政体，则非复子明辟，无以定民志而息纷争，此心耿耿，天日为昭。

所幸气求声应，吾道不孤，凡我同袍各省，多与其谋，东海、河间，尤深赞许，信使往返，俱有可征。前者各省督军聚议徐州，复经商及，列诸计划之一。嗣以事机牵阻，致有停顿，然根本主义，讵能变更？现以天人会合，幸告成功，民不辍耕，商不易市，龙旗飘荡，遍于都城。万众胪欢，咸歌复旦，使各省本其原议，多数赞同，何难再见太平？

不意二三政客，因处地不同，遂生门户之见。于是主张歧异，各趋极端，或故违本心，率以意气相向；或反持私见，而以专擅见规。遽启兵端，集于畿辅，人心惶恐，辇毂动摇。勋为保持地方治安起见，自不能不发兵抵御，战争既起，胜负难言，设竟以此扰及宫廷，祸延闾里，甚且牵惹交涉，丧失利权，则误国之咎，当有任之者矣。

惟念此次举义之由，本以救国济民为志，决无私毫权利之私，掺于其间，既遂初心，亟当奉身引退。况议政大臣之设，原以兴复伊始，国会未成，内阁无从负责，若循常制，仅以委诸总理一人，未免近于专断，不得已而取合议之制，事属权宜。勋以椎鲁武人，滥膺斯选，辞而后任，方切惭惶。爰于本日请旨，以徐太傅辅政，组织完全内阁，召集国会，议定宪法，以符实行立宪之旨。仔肩既卸，负责有人，当即面陈辞职。其在徐太傅未经莅京以前，所有一切阁务，统交王聘老暂行经管，一俟诸事解决之后，既行率队回徐，但使邦基永定，渐跻富强，勋亦何求？若夫功罪，惟有听诸公论而已。敢布腹心，谨谢天下！

话虽如此，但雄心究还未死，因复收集溃兵，屯聚天坛，所有天安门、景山、东西华门，及南河沿等处各设炮位，严行扼守，将与讨逆军背城一战，赌决雌雄。驻京各国公使团，目睹京城危急，恐未免池鱼遭殃，遂相率照会清室，请劝令张勋解除武装，取消复辟。清宫上下全无政柄，只得将各使公牒交给张勋。张辫帅怎肯遽允？定要决一死战，于是京城大震，名为首善要区，简直是要做大战场了。

张镇芳、雷震春两人见时局不稳，情愿弃去度支、陆军两部尚书出京逃生；行至丰台，被讨逆军截住，把他拿下。还有一个冯德麟，本在奉天任事，他也来赶闹热场，想做个复辟功臣，不幸事机失败，求福得祸，所以潜逃出都，拟返入新民屯，途次亦为讨逆军所阻，截拿去了。当由冯代总统下令，褫去张镇芳、雷震春、冯德麟官职，暨前时所授勋位勋章，分交法庭依法严惩。余如康有为、万绳栻一流人物，统已准备逃走，背勋自去。独张勋未肯下台，自在天坛督兵，决最后的胜负。好容易到了七月十二日，讨逆军分三路进攻，直入各城，旅长冯玉祥、吴佩孚、张纪祥等攻击天坛，张军虽然负隅，究竟寡不敌众，更兼枪弹未曾备足，怎能坚持到底？自从午前开战，两边枪声，陆续不断。到了午后，讨逆军勇气未衰，张军已不能再支，枪声也中断了。张勋自知不妙，匹马遁入城中，部将失去主帅，除投降外无别策，只好竖起白旗，崩角输诚。讨逆军勒令缴械，方准免死，张军无奈，尽将手中枪交付讨逆军，然后得着生路，一齐出围。

惟张勋私宅，向在南河沿居住，勋妻本不赞成复辟，前时曾痛詈万绳栻道："汝无故掀风作浪，将来使我张氏子孙没有啖饭的地方，都是汝一人闯祸哩。"万绳栻置诸不睬。张勋且蓄志有年，怎肯听那床头人，幡然早悟？况张勋姬妾甚多，平时本与正室不和，所以留居京第，未尝随从，此次张勋败还，勋妻恨不得向勋诘责，借出胸中恶气，但见勋非常狼狈，气喘吁吁，也不好火上添薪，自寻祸祟，惟问勋如何保身？如何保家？勋不遑答说，招集家中卫士及留京守卒，尚有五百余人，又领将出去，据住中央公园，还想一战。讨逆军一拥进攻，就使五百人铜头铁额，也是不能求胜。再加讨逆军内的旅长王承斌就南河沿附近，择一隙地，摆起机关炮来，对准张勋私宅开放过去。张勋家内的眷属统吓得魂不附体，慌忙外走。凑巧张勋亦顾家心切，由中央公园走归，急引妻子乘摩托车，开足汽机，驰往东交民巷，奔入荷兰公使馆中去了。

那南河沿私宅已被炮火焚毁，张军悉数投降。遂于七月十二日傍晚，由讨逆军收复京城，当即驰电天津，向段祺瑞处告捷。祺瑞便拟乘车入都，适值徐世昌过访，密语祺瑞道："此次复辟，本非清室本心，幸勿借此加罪清室。张勋甘为祸首，原是一个莽夫，但须念同袍旧谊，不为已甚。穷寇莫追，请君注意！"祺瑞答道："优待清室条件，理应尽力保存。若少轩亦未必就逮，既无公言，我也不忍加害哩。"世昌乃拱手与别。越日，祺瑞入都，都中已定，因即到院视事，表面上不得不发一命令，缉拿张勋，一面派步军统领江朝宗，诣日本公使馆营舍中，迎黎元洪回府。黎元洪已受过艰辛，当然不肯再来；惟寓居他人篱下，终非久计，乃谢过日本公使，及斋藤少将，迁回东厂胡同旧宅，即日通电全国，宣告去职。第一电是：

> 天相民国，赖冯总统、段总理及前敌将士之力，奠定京畿，元洪已于本日移居东厂胡同，拟即赴津宅养疴。此次因故去职，负疚孔多，以后息影家园，不闻政治，恐劳远系，特此奉闻。

越日，又发出第二电，详述去职情由。文云：

> 昨电计达。顷闻道路流言，颇有于总统复职之说，穷加揣拟者，惊骇何极！元洪引咎退职，久有成言，皎日悬盟，长河表誓。此次因故去职，付托有人，按法既无复位之文，揆情岂有还辕之理？伏念元洪夙阙裁成，叨逢际会，求治太急，而蹶于康庄；用人过宽，而蔽于舆几，追思罪戾，每疚神明。
>
> 国会内阁，立国兼资，制宪之难，集思尤贵。当稷下高谈之日，正沙中忿语之时，纵殚虑以求平，尚触机而即发。而元洪扬汤弭沸，胶柱调音，既无疏浚之方，竟激横流之祸。一也。解散国会，政出非常，纵谓法无明条，邻有先例，然而谨守绳墨，昭示山河，顾以惧民国之中殇，竟至咈初心而改选，格芦缩水，莫遂微忱；寡草随风，卒隳持操。二也。张勋久蓄野心，自为盟主，屡以国家多故，曲予优容，遂至乘瑕隙以激群藩，结要津以徼明令，元洪虽持异议，卒惑群

言，既为城下之盟，复召夺门之变，荓蜂螫指，引虎糜躯。三也。大盗移国，都市震惊，撤侍卫于东堂，屯重兵于北阙，元洪久经骇浪，何惮狞飙？顾忧大厦之焚，欲择长城之寄，含垢忍辱，贮痛停辛。进不能登台授仗，以殄凶渠；退不能阖室自焚，以殉民国。纵中兴之有托，犹内省而滋惭。四也。轻骑宵征，拟居医院，暂脱身于塞库，欲奋翼于渑池，乃者阍人不通，侦骑交错，遄臻使馆，得免危机。自承复壁之藏，特懔坚冰之惧，亦既宣言公使，早伍平民。虽于国似无锱黍之伤，而此身究受羽毛之庇。五也。凡此愆尤，皆难解免。

一人丛脞，万姓流离，睹锋镝而痛伤兵，闻鼓鼙而惭宿将，合九州而莫铸，投四裔以何辞？万一矜其本心，还我初服，惟有杜门思过，扫地焚香，磨濯余生，忏除夙孽。宁有辞条之叶，仍返林柯；堕溷之花，再登茵席？心肝倘在，面目何施？且夫谋国必忠，爱人以德，琴弛则弦改，车覆则轨迁，若必使负疚之身，仍尸高位，腾嘲裨海，播笑编氓，将何以整饬纪纲，折冲樽俎？稀瓜不堪四摘，僵柳不可三眠。亡国败军，又焉用此？

抑元洪尚有进者，国定于一，师克在和，当兴亡继绝之交，为排难解纷之计，正宜恪守法律，蠲弃猜嫌。况冯总统江淮坐镇，夙得军心；段总理钟簴不惊，再安国本，果能举左挈右提之实，宁复有南强北胜之虞？至于从前兵谏，各省风从，虽言爱国之诚，究有溃防之虑。此次兴师讨贼，心迹已昭，何忍执越轨之微瑕，掩回天之伟绩。两年护国，八表齐功，公忠既已同孚，法治尤当共勉。若复絜短衡长，党同伐异，员峤可到，而使之返风；宣房欲成，而为之决水。茫茫惨黩，岂有宁期？

鼎革以还，政争迭起，凡兹兄弟阋墙之事，皆为奸雄窃国之资。倘诸夏之皆亡，讵一成之能借？殷鉴不远，天命难谌，此尤元洪待罪之躯，所为垂涕而道者也。勉戴河间，奠我民国，惭魂虽化，枯骨犹生。否则荒山穴翳，纵熏穴以无归，穷海田横，当投荒而不返，摅诚感听，维以告哀。

黎元洪虽连电辞职，冯国璋总须带着三分客气，未便骤然登台，当时有一篇通电，谓："现在京师收复，应即迎归黎大总统入居旧府，照前统理。国璋即将代理职权，奉还黎大总统，方为名正言顺"等语。黎元洪如何再肯接受，仍然固辞。段祺瑞再组织内阁，拟定相当人员，将任汪大燮为外交总长，汤化龙为内务总长，梁启超为财政总长，林长民为司法总长，张国淦为农商总长，曹汝霖为交通总长，范源濂为教育总长，刘冠雄为海军总长，祺瑞自兼陆军总长。只因冯、黎两人，彼此推让，总统尚为虚位，究归何人颁发任命，因此祺瑞未免踌躇。

祺瑞有一高足弟子，姓徐名树铮，乃是铜山人氏，曾赴东洋游学，在日本士官学校中毕业，归国以后，仍投段氏门下。洪宪前无甚表见，袁氏称帝，徐劝段极力反对，段乃下野。及蔡锷举义，云南独立，黔、粤等省依次响应。袁氏派遣曹锟、张敬尧等出兵南下，特设海陆军统率办事处，调度军机。徐又劝段从旁牵掣，阴嘱逗留。段为北洋军系领袖，如曹锟、张敬尧等素来倾向祺瑞。祺瑞虽手无寸铁，一封书足敌千军，所以曹、张两人不肯为袁效死。张敬尧且顿兵泸州，始终不进，任他统率办事处如何催迫，全然不理。陕西将军陆建章尽忠袁氏，徐又嗾动汉南镇守使陈树藩兴兵独立，围攻长安，竟将建章逐去，代为陕督。陕西一变，晋、豫动摇，四川将军陈宧、湖南将军汤芗铭又皆宣告独立，坐令袁皇帝完全失败，活活气死。黎元洪依法继任，起段祺瑞为国务总理，段因徐树铮献策有功，格外亲信，便命他为国务院秘书长兼领陆军次长，事必与商，乃演出府院冲突，种种变端。当时谓徐树铮势力，不亚徐世昌，世昌以资望见推，树铮以谋略见重，故特称树铮为小徐。

至此段祺瑞复来组阁，为了元首问题，尚在绝续时候，未得命令为疑。树铮欲解主忧，便至黎元洪私第中，面谒元洪道："张、康谋逆，国体动摇，今幸段合肥在野兴师，入京讨逆，摧枯拉朽，再造民国，未知公将如何相待？"元洪愀然道："我不能事前弭患，乃至变生肘腋，震动京畿，尸位素餐，咎已难辞。今已通电辞职，继任当属冯河间，不日就可入都。信赏必罚，应归河间主张，我已身伍齐民，尚有何权处置国事哩？"树铮方才退出，转告段祺瑞。祺瑞即电告冯国璋，旋得国璋复电，组阁事悉凭裁夺。祺瑞遂将选定阁员如数提出，好在国会已经解散，不必另费手续，咨求国会同意，因即称冯总统令，特任各部总长，复通缉复辟要犯康有为、刘廷琛、万绳栻、梁敦彦、胡嗣瑗等，着京内外各军警长官，留意侦拿。康有为等早已避至六国饭店，俟军事粗定，溜出都门，鸿飞冥冥，弋人何篡，眼见是无从缉获了。首犯张勋安居荷兰使馆中，有人奉令探查，勋左手挟着快枪，右手持着书函一大包，哓哓与语道："徐州会议时，赞成复辟，相率签名，此等笔迹俱在我掌握中。他好卖友，我将宣示国人，与他同死，休怪我老张无情呢。"于是探查的人员，料知此事难办，乐得退出了事，不愿再闻。

只徐州留驻的定武军，闻报张勋失败，蠢然思动，如四十四营、五十五营的兵队，并皆勾结匪徒，突然哗变，四出焚掠。余如当涂、宿迁、南通及沭阳等处所驻张军亦相继为乱。幸经徐州镇守使张文生、海州镇守使白宝山，率部剿伐，逐渐扫平。段总理接报后，便传电宣慰道：

奉大总统令，徐州镇守使张文生、海州镇守使白宝山，当张勋倡乱之始，即经通电声明，未预逆谋，并约束军队，力维秩序。此次土匪新兵，裹胁为变，又复亲督所部，立予歼除，淮、徐一带，得以保持安宁，实属深明大义，克当职守。张文生、白宝山着照旧供职，并责成将所部军队，声明纪律，切实整顿，以卫地方。此令。

还有清宫上下，经此剧变，十三龄的冲人，被张辫帅强迫登台，又做了十一二日的北京皇帝，险些儿把饭碗都掷碎了。张勋一逃，段氏入京，急忙由内务府出名，函致段总理，历诉张勋强迫等情。段即命内务部电告冯国璋，主张优待条件，仍然如前。冯国璋自然同意，便托段总理传令道：

据清室内务府函称：本日内务府奉谕，前于宣统三年十二月二十五日，钦奉隆裕皇太后懿旨，因全国人民倾心共和，特率皇帝将统治权公诸全国，定为民主共和，并议定优待皇室条件，永资遵守等因。六载以来，备极优待，本无私政之心，岂有食言之理。不意七月一日，张勋率领军队，入宫盘踞，矫发谕旨，擅更国体，违背先朝懿训，冲入深居宫禁，莫可如何，此中情形，当为天下所共谅。着内务府咨请民国政府，宣布中外，一体闻知等因。查此次张勋叛国，矫挟肇乱，天下本共有见闻，兹据清室咨达各情，合亟明白布告，咸使闻知。此令。

侥幸侥幸，清室的优待条件，总算保住，不致撤销。小子有诗咏道：

亡国无如清室安，悲中尚觉有余欢。
如何平地风波起，险把遗宗一扫残？

欲知后事如何，且看下回分解。

张勋之妻，尚知复辟之不易成功，而勋独如病狂易，卒至孤军败走，入荷兰使馆以寄身，微特无以对民国、对清室，即对诸床头人，亦应有愧色矣。彼意以为各省军阀，赞成者已居多数，可以任所欲为，曾亦思人心难料，仲由、季布当今尚有几人耶？勋一走而段氏入京，复为总理，是张勋之一番狂热，不啻代段氏作成位望。勋负大罪，段居大功，蚕丝作茧，自缚其身，何其愚也？而爱新觉罗氏之犹得苟延，抑亦仅矣。

第八十八回

代总统启节入都 投照会决谋宣战

上海、云南有人否认国会解散之后的政府，但力单势薄作用小。冯国璋代总统姗姗来迟，原来是与段总理心存猜忌。段总理一意孤行，此时却好遂已前意，声明对德且对奥宣战。

却说国务总理段祺瑞，勘定乱祸，重造民国，中外已多数赞同，惟国民党中人物仍拟扶持黎元洪。黎既去职，党人失主，势不能无所觖望，于是唐绍仪、汪兆铭等同诣上海运动海军总司令程璧光、第一舰队司令林葆怿，否认国会解散后的政府，即于七月二十一日，宣告独立，电文如下：

> 中华民国海军总长程璧光、第一舰队司令林葆怿，谨率各舰队暨各将士，布告天下曰：自倪嗣冲首揭叛旗，毁弃《约法》，蹂躏国会，而中华民国之实亡；自张勋拥兵入京，公然僭窃，而中华民国之名亦亡。今张勋覆灭，中华民国之名，已亡而复存矣。然《约法》毁弃，国会蹂躏，国家纲纪，荡然已尽，岂中华民国仅以存其名为已足，而其实乃可置之于不问耶？夫纲纪陵夷，则奸宄横行，故一切假托名义者，乃得悍然无所顾忌，竟至罪恶贯盈之倪嗣冲，亦复当安徽督军之大任，益以南路司令之特权，颐指气使，叱咤四省，天下皆指为首祸，而顾以首义自居，天下皆指为元凶，而顾以元勋自居，循是以往，中华民国不复为国民之公器，特为权奸之面具而已。长此隐忍，何以为国？鱼烂之兆已见，陆沉之祸安逃？所为中夜斫剑，临流击楫者也。
>
> 夫我海军将士，既以铁血构造共和，既以铁血拥护之，当丙辰之际，帝制已消，国命未续，我海军将士，以三事自矢，一曰拥护将士，二曰恢复国会，三

曰惩办祸首。盖所求者，共和之实际，非共和之虚名。耿耿此心，可质天日。今者以言《约法》，则已灭裂矣；以言国会，则已破散矣。以言祸首，则鸱张者凌厉而无前，蛰伏者呼啸而竞起矣。国基颠簸，人心震撼，愕眙相顾，莫敢谁何！呜呼！我海军将士，岂惟初心之已戾，亦惟责任之未尽也。用是援枹而起，仗义而言，必使已僵之《约法》回其效力，已散之国会复其原状，元恶大憝、为国蟊贼者，无所逃罪，然后解甲。自《约法》失效，国会解散之日起，一切命令，无所根据，当然无效；发此命令之政府，当然否认。谨此布告，咸使闻知。

自发表电文后，便率同舰队，开往广东，唐绍仪、汪兆铭相偕同行。广东督军陈炳焜早与中央脱离关系，当然欢迎海军，毋庸细表。惟段祺瑞闻海军独立，急电告冯国璋，请褫夺程璧光职。国璋也即允行，免璧光官，另派海军总长刘冠雄，暂行兼领，一面使人慰谕海军第二舰队司令饶怀文及练习舰队司令曾兆麟，还算笼络得住，由饶、曾通电中外，谓:“此次沪上海军宣言，我等绝不与闻，现在海军第二队暨练习队一切行动，惟有禀承冯大总统意旨，以服从中央、保卫地方为职志。”段祺瑞稍稍放心，暗思海军宣言文中，未尝无理。惟第一条是惩办倪嗣冲等，这项是不便照行的。嗣冲为安徽颍州人，与祺瑞籍隶同省，本来是互通声气。及张勋得势，嗣冲乃与他联络，徐州会议，首表同情。勋既失败，又复向段输情，卖张助段，段意本不甚恨勋，自然不致恨倪，况系多年的同乡朋友，应该推诚相与，引为臂助。倪既攫得张勋遗缺，格外感激，服从段氏。段正要赖作外援，如何肯加罪示惩？只第二条大意，谓《约法》宜循，国会宜复，这乃是应行条件；但从前国会议员，与段反对，此时若仍然召集，必致照旧牵掣，许多为难，乃特想出一法，说是:“国会已经解散，宪法尚未成立，今日仍为适用《约法》时代。《约法》上只有参议院，应该仍召集前时参议院各员，制定宪法，并修正国会组织法等，然后宪法可得施行，国会再当成立。”这番言语，明明是弄乖使巧，别有会心。

当下通电各省征集意见，除岭南反抗外，皆复电赞成。段祺瑞又故示大度，并未责及两粤，但任刘承恩为广东省长，朱庆澜为广西省长，且云:“刘承恩未到任时，令陈炳焜暂行兼署。”

独四川兵乱未靖，特派周道刚代理四川督军，率兵平乱。

原来戴戡兼署四川督军后，刘存厚暂时退出成都，至复辟事起，戴戡所部黔军与刘存厚所部川军，复因争议北伐事，大起冲突，连日在成都激战，开放枪炮，焚毁民居。前总统黎元洪尚主张和平办理，叫他双方息争，静候中央查办，未几，元洪去职，京城且闹得一塌糊涂，还有何人去顾四川？戴、刘总相持不下，徒苦生灵。至此段总理已有余暇，所以特派周道刚就近代任，勒令刘存厚撤围成都，又免海军第一舰队司令林葆怿职，命林颂庄署第一舰队司令升第二舰队饶怀文为海军总司令，另派杜锡珪署海军第二舰队司令，旋复任鲍贵卿为黑龙江督军暂兼省长。他如陕西督军陈树藩亦令暂兼省长，撤去讨逆军总司令部，所有未尽事宜，统归陆军部接办。并令张敬尧督办苏、皖、鲁、豫四省剿匪事宜。此外政令，尤难悉举，统由段祺瑞遥商冯国璋，公同议决。

转眼间，已是七月将尽了，祺瑞屡促冯国璋入都，冯却迟迟吾行，心下含着许多疑虑。冯为直隶人，段为安徽人，冯有冯派，段有段系，本来是各分门户，自悬一帜。此次携手同登，无非为除去张勋，讨逆有名，一个可代任总统，一个可复任总理，以利相联，并非以诚相与。冯恐段系复盛，一或入都，仍不免蹈黎覆辙，为所牵制。因此欲前又却，备极踌躇，暗思江西督军李纯，前时常从征汉阳，隐相投契，现不若调令督苏，踵接后任，庶几长江下游仍占势力，且可联络沿江诸省为己后盾。计划已定，乃着心腹将弁，潜往江西，与李纯商量就绪，然后安排起行，随身带着十五师为拱卫军，渡江登车，北行入都。

是时，已是七月三十一日了，越日即已抵京。京中大小官吏，共至车站迎候，由冯下车接见，偕入都门，便至黎元洪寓邸中，面请复职。黎当然辞谢，决意让冯。冯乃至国务院，与段祺瑞商议，言下犹有谦辞。段提出“当仁不让”四字，敦勉国璋，国璋才入总统府治事，由国务院电告各省，声明冯大总统莅府任职。各省统驰电称贺，惟两粤不肯附和，仍主独立，还有云南督军唐继尧，亦电致各省，拥护《约法》，不愿服从冯政府。略云：

民主政治，其运用在总统、国会、内阁，其植基在法律。自段氏免职以来，疆吏称兵，国会解散，元首引退，清帝复辟，数月之间，迭遘奇变，法纪荡然，国已不国。顾念大局阽危，不忍操之过蹙，冀其后悔，犹可徐图补救。乃日复一日，祸首趁势弄权，行动自由，奸邪并进，主器虚悬，民意闭塞，律以共和原则，不惟精神全失，亦已形式都非，来日悠悠，曷其有极？窃谓今欲民国之不亡，宜亟阐明数义：

（一）总统有故不能执行职务时，当以副总统代行职权，惟故障既去，总统仍行复职，否则应向国会解职，照大总统选举法第九条第二项办理；

（二）国会非法解散，不能认为有效，应即召集国会；

（三）国务员非得国会同意，由总统任命，不能认为适法；

（四）称兵抗命之祸首，应照内乱罪，按律惩办，以彰国法。

凡此四义，一以《约法》为依据，不能意为出入。继尧以为国家不可无法，在宪法未成立以前，《约法》为民国惟一之根本法，本实先拨，则变本加厉，何所不至！自今以往，愿悉索敝赋，勉从诸公之后，以拥护国法者，保持民国之初基于不坠；有非法藐视，横来相干，道不相谋，惟力是视而已。忧危念乱，敢布区区，邦人诸友，实图利之！

冯政府甫经成立，大势粗定，也无暇顾及西南，并且滇、粤僻处南偏，与大局无甚关碍，所以暂时搁置，付作缓图。惟冯与李纯既有密约，一经入京，便提及江苏督军一缺，商诸段祺瑞，要将李纯调任；又因陈光远亦属故交，拟令为江西督军。段祺瑞也知冯有意树援，心下不甚赞成，但因冯方任总统，彼此联为同气，究不便遽与相争，只好勉强承认。独提出一个傅良佐来，请冯任为湖南督军。良佐为段氏弟子，曾任陆军次长，与小徐为刎颈交，互相标榜。段祺瑞既信任小徐，因亦信任良佐，良佐且诩诩自矜，谓："征服南方，当用迅雷飞电的手段，出它不意，然后能制它死命。"小徐击节称赏，尝在段氏面前，夸美良佐，几不绝口。段祺瑞牢记心中，适值冯国璋欲任李、陈，遂引荐良佐，使他督湘，一是好据住长江中权，抑制李、陈，二是好控御岭南一带，抵制滇、粤，这正是双面顾到的良谋。冯亦不好忤段，因将李纯督苏、陈光远督赣、傅良佐督湘，同日任命，颁发出来。

段又欲贯彻初衷，定要与德宣战，因特开国务会议解决此事。国务员统由段氏组织，自然与段氏融合，段倡议宣战，哪个敢出来反对？当下随声附和，似乎有磨拳擦掌、气吞德意志帝国的形状。段祺瑞既得国务员同情，便以为众志成城，正可一战，遂即入告冯总统，请即下令。冯总统对着宣战问题，本无什么成见，前次入京调停，也未尝反对段议，明知中德辽远，彼此不能越境争锋，段要宣战，无非是虚张声势，何妨随口应允，免伤感情。于是嘱秘书员撰就布告，与德宣战。文云：

我中华民国政府，前以德国施行潜水艇计划违背国际公法，危害中立国人民生命财产，曾于本年二月九日，向德政府提出抗议，并声明万一抗议无效，不得已将与德国断绝外交关系等语。不意抗议之后，其潜水艇计划曾不少变，中立国之船只、交战国之商船横被轰毁，日增其数，我国人民之被害者，亦复甚众。我国政府不能不视抗议之无效，虽欲忍痛偷安，非惟无以对尚义知耻之国人，亦且无以谢当仁不让之与国。中外共愤，询谋佥同，遂于三月十四日，向德政府宣告断绝外交关系，并将经过情形，宣示中外。我中华民国政府，所希冀者和平，所尊重者公法，所保护者我本国人民之生命财产，初非有仇于德国。设令德政府有悔祸之心，怵于公愤，改为战略，实我政府之所祷企，不忍遽视为公敌者也。乃自绝交之后，已历五月，潜艇之攻击如故。非特德国而已，即与德国取同一政策之奥，亦始终未改其度。既背公法，复伤害吾人民，我政府责善之深心，至是实已绝望，爰自中华民国六年八月十四日上午十时起，对德、奥国，宣告立于战争地位，所有以前我国与德奥两国订立之条约及其他国际条款、国际协议，属于中德、中奥之关系者，悉依据国际公法及惯例，一律废止。

我中华民国政府，仍遵守海牙和平会条约及其他国际协约，关于战时文明行动之条款罔敢逾越。宣战主旨，在乎阻遏战祸，促进和局，凡我国民，宜喻此意。当此国变初平，疮痍未复，遭逢不幸，有此衅端，本大总统眷念民生，能无心恻，非当万无苟免之机，决不为是一息争存之举。公法之庄严，不能自我失之；国际之地位，不能自我圮之；世界友邦之平和幸福，更不能自我而迟误之。所愿举国人民，奋发淬厉，同履艰贞，为我中华民国保此悠久无疆之国命而光大之，以立于国际团体之中，共享其乐利也。布告遐迩，咸使闻知！

此令既下，又由外交部照会驻京各国公使，声明对德宣战及对奥宣战，并令内外各官署，查照现行国际公法惯例，妥速办理宣战事宜。德使已早归国，独奥使尚在都中，因特致照会云：

为照会事。中国政府前以中欧列强施行潜水艇计划，违背国际公法，危害中国人民生命财产，曾于本年二月九日，向德政府提出抗议，嗣以抗议无效，于三月十四日向德政府宣告断绝外交关系，并经照达贵公使在案。现因中欧列强此项违背公法伤害人道之计划毫无变更，中国政府为尊重公法、保护人民生命财产起见，不能久置不顾。贵国现与德国既为同一之行动，则中国政府对于德、奥两国不能有所区分。兹向贵国政府声明，自中华民国六年八月十四日上午十时起，本国与贵国入于战争之状态，所有中奥两国于一八六九年九月二日所订中奥条约，及现在有效之其他条约合同或协约，无论关于何种事项者，均一律废止。至一九〇一年九月七日所订之条款，及其他同类之国际协议，有涉及中奥间之关系者，并从废止。

又中国政府对于海牙和平会条约及其他国际条约，一切关于战时文明行动之条款，仍遵守不渝，合并声明。

除电本国驻奥公使转达贵政府并请发给出境护照外，相应备具贵公使并贵馆馆员，暨各眷属，离去中国领土所需沿途保护之护照一件照送贵公使，请烦查收为荷。至贵国驻中国各领事，已由本部令知各交涉员，一律发给出境护照矣。须至照会者。

奥使接到照会，亦有公文照复外交部，语多批驳。略云：

所来照会内容，本公使阅悉，应候本国政府训令。至公文所提宣战之各缘由，姑不具论，惟不得不声明此项宣战，本公使以为违背宪法，当视为无效，盖按前黎大总统之高明意见，此项宣战之举应由国会两院，同意赞成，方可施行。特此照复。

这照会递到外交部，外交部将原文退回，意谓中、奥已成敌国，还要什么辩论，因此奥使亦卸旗回国去了。粤省督军省长虽经宣告独立，但对着国际交涉，却取同一态度。中央与德、奥宣战，粤省亦抄录大总统布告，出示晓喻，并照会驻粤各国领事知照。正是：

虚语终嫌无实力，外强反使笑中干。

宣战以后，尚有一切手续，容至下回表明。

冯、段携手讨逆，甫经成功，即互生意见，暗启猜嫌，是欲其一德一心，保邦致治，宁可得乎？海军独立与滇、粤反抗，尚非冯、段腹心之疾，所患者在冯、段之貌合神离，仍不免有冲突之祸耳。冯选、李纯督苏，陈光远督赣，段选傅良佐督湘，即生出日后许多波折。民国之杌陧不安，何莫非争权夺利之军阀家，有以阶之厉也。至若与德宣战一事，已见八十一回总评中，而此时段之主战，尤有不得不然之势，主战则见好强邻，可作外援，借外债，平内患，自此无阻，段其可踌躇满志乎！然观于后来之专欲难成，而吾更不能不为段氏慨矣！

第八十九回

筹军饷借资东国 遣师旅出击南湘

一般闲散议员在广州组织了一个军政府，推举孙中山当了大元帅。段祺瑞害怕，急忙向日本人筹借巨款作军资，好与南边作个较量，同时组织临时参议院，用来平息舆论。

却说中国政府既与德、奥宣战，遂由内务部具呈冯总统，谓前时与德绝交，曾将天津、汉口的德国租界收回自管，设立特别区临时管理局，后改特别区市政管理局，现既明令宣战，与前情势，又属不同，应将“临时”二字除去；且管理事务类属市政范围，可将特别区临时管理局，改名特别区市政管理局，当奉指令照准。又天津奥租界亦由内务部咨照直隶省长，饬该局一并接收管理。直隶督军兼省长曹锟即照部咨施行，不在话下。

前总统黎元洪，自日使馆营舍还第，住居东厂胡同，屋旁向有卫队驻扎花园中。嗣因队兵王德禄致生疯疾，持刀砍人，斫死护卫马占成、正目王凤鸣、连长宾世礼等三人，并伤伍长李保甲、卫兵张洪品等二人，其余卫士，一拥齐上，方将王德禄戮毙。元洪恐尚有他变，复移居法国医院。至冯、段已组定政府，局势少定，乃偕眷属出京，好在天津尚有私宅，借此栖身，不再与闻国事，这也是逍遥自在的良法。

惟岭南各省，总未肯服从中央，再加四川乱事亦尚未靖，代理督军周道刚留驻重庆，自奉中央命令后，就在重庆就职，正拟调集兵士西赴成都，忽闻四川省长戴戡被川军击毙，当即派人前往，探查确耗。原来刘存厚部下尽是川军，不愿外兵入境，故前时罗佩金所带的滇军与刘不协，致生冲突，后来戴戡所部的黔军亦当然为刘所恨，力加排斥。毕竟黔军势孤，川军力厚，两下里争战多日，黔军卒不能支，退出成都，由刘存厚入城据住。戴戡又联络前督军罗佩金及云南督军唐继尧会师进击，复得夺还成都，驱出存厚。存厚怎肯甘休？收拾败兵，再攻戴戡，戡又向滇军乞援，与川军对敌，川军败退，戡拟夹攻川军，自督黔军出城，行抵秦皇寺附近，突与败退的川军相遇，彼此见了仇人，便即开枪相击，也是戴省长命已该绝，竟被流弹射来，伤及要害，连忙返身入城，医治无效，当即毕命。

周道刚既悉详情，据实呈报中央，当由冯总统下令，追赠戴戡陆军上将衔，照阵亡例赐恤，着财政部拨银一万圆治丧，并命周道刚查明川军统帅，谓："如由刘存厚主使，应该坐罪，不能曲贷"云云。旋复查闻四川财政厅长黄大暹、督军署参谋长张承礼亦因川、黔两军交哄时，仓猝出走，饮弹身亡，中央政府，又复从优议恤。后来周道刚又与滇军相争，政府再行申令，饬在川军队，无论客主，统归周道刚管辖，且实授周道刚为四川督军，刘存厚会办四川军务，总算暂时维持，敷衍过去。

至若新近解散的国会议员，曾列国民党名籍中，都不赞成段总理。且段复任后，又不肯将议员一律召回，反提起从前组织《约法》的参议员，拟为召集，所以一班解散的议员，陆续赴粤，在粤东自行集会，称为非常会议，特借广州城外的省议会会场会议时事，否认中央政府，另组出一个军政府来。当下投票公决，选举民国第一任总统孙文为大元帅。孙文闲居无事，就趁那选举的机会，再出就职。就职以后，免不得有一篇通告，无非指斥段祺瑞、倪嗣冲、梁启超、汤化龙等违法党私，背叛国民，应该兴师北讨，伐罪吊民等语。

段祺瑞闻到此信，恐怕别省闻声响应，引入漩涡，将来东一省，西一省，依次发难，岂不是酿成大患，不可收拾吗？左思右想，除用武力解决外，苦无良策。但欲用武力，必须先筹军饷，国库早一空如洗，各省赋税，又不能源源进来，就使有些报解，平常尚不够应用，怎能腾挪巨款，接济军需？当下与小徐等商量，小徐等主张借款，暂救眉急。段祺瑞到了此时，也顾不得国家担负，便邀入财政总长梁启超，密商借债事宜。梁也知借债行军，利少弊多，无如段总理决意用武，自己方依段氏肘下，不好有违，惟将这副借债的担子，卸与财政次长李思浩，叫他出去张罗。李思浩素善筹款，接到密令，即与英、法、俄、日四国银行团，商借一千万圆，名目上不便提出"军需"二字，只好仍称善后借款。银行团含糊答应，但英、法、俄三国与德、奥连年交兵，耗费不可胜计，也未能舍己芸人。独日本远居亚东，虽是列入协约国内，反对德、奥，究不曾出发多少兵船，用过多少兵费，所以四国银行团中，只日本肯认借款，日本正金银行理事小田切万寿，出作日本银行团代表，愿借一千万圆，与财政部订定契约。约中要点如下：

（一）名目。垫款。（二）金额。一千万圆。（三）利息。七厘。（四）年限。一年。（五）折扣。百分之七。（六）担保。中国盐税余款。（七）用途。行政费。（八）用途稽核。依民国第一次善后借款条目办理。（九）承借者。日本银行团。

契约既成，一千万圆稳稳借到，折扣由两边经手分肥，无庸多说。山东督军张怀芝因逐年垫付军需，总数颇巨，中央无力归还，乐得乘政府借款的时候，加添一些零头，可以拨充本省的用费，当下商明中央，代向中日实业银行，借到日金一百五十万圆。议定年息一分，还期一年，以中央专税为担保，这好似穷民贷钱，但顾目前，不管日后如何清偿呢。

段祺瑞既得借款，正要筹办军事，制服南方，不料部署尚未定绪，那湘南又突出一支独立军，与督军傅良佐抗衡，惹得长江中线也致摇动起来。当良佐赴湘以前，湖南督军本由省长谭延闿兼任，延闿是国民党中人，段祺瑞恐他联络滇、粤，所以特命良佐为督军，前往监制。良佐到了湖南，谭延闿不便抗拒，就将督军印信交与良佐。一朝权在手，就把令来行，竟将署理零陵镇守使刘建藩勒令撤任。刘建藩以无辜被斥，心下不甘，遂与湖南第一师第二旅旅长林修梅暨零陵各区司令等商定独立，通电中央及各省，宣告自主，脱离现政府关系；一面联络滇、粤及海军总司令程璧光等反抗良佐。良佐岂肯坐视，当即电达中央，详陈刘建藩罪状，特派第二师第三旅旅长李右文率兵往攻零陵。

段知戎机一发，势难中止，前次借到日款，只有一千万圆，不过数月可持，欲达到平南目的，计非多借款项不能成事，乃复暗嘱交通银行，令他出面借款，再向日本国的台湾、朝鲜、兴业三银行商借日金二千万圆。又经过许多蹉磨，方得三银行允诺，订定契约七条：（一）为金额。计日金二千万圆。（二）为期限。准定三年。（三）为利息。按年七厘半。（四）为折扣。总算免去。（五）为担保。即把中国国库证券一千五百万圆，作为征信。（六）为用途。系是整理交通银行业务。（七）为中国政府保证偿还本利；且在借款期限内向他国借款时，须先向三银行商议。此外并定由交通银行，聘请台湾、朝鲜、兴业三银行各一人为顾问。这番借款复得告成，连前共得三千万圆。段总理可以指挥如意，乃请冯总统连下二令，一令是通缉广东军政府大元帅孙文及非常国会的议长吴景濂，一令是通缉陆军中将蓝天蔚，说他受孙文伪令，勾结刘景双、顾鸿宾、马海龙、金鼎臣等分途四扰，贻害西北，应即褫夺原官，着各省督军省长，务获严惩等语。复召集各省参议员到京，组织临时参议院，免人訾议。令文有云：

国会组织法，暨两院议员选举法，民国元年，系经参议院议决，咨由袁前大总统公布。历年以来，累经政变，多因立法未善所致，现在亟应修改，着各行省蒙、藏、青海各长官仍依法选派议员，于一个月内到京，组织参议院，将所有应改之组织选举各法，开会议决。此外职权，应俟正式国会成立后，按法执行，以示尊重立法机关之至意。此令。

又有一令同下，系著内务部筹备国会选举，略云：

依约法第五十三条，本有召集国会之规定，此次国体再奠，所有《约法》上机关，亟应完全设立，着内务部按照民国元年筹备国会事务局办理事宜，迅速筹办，预备选举。此令。

以上各种命令，统是段祺瑞一人主张，代任总统冯国璋无非依言传令，签名盖印罢了。当时冯总统尚有一段悲情，乃是总统夫人周氏得病甚重，竟于九月十日晚间，在总统府中逝世。周夫人就是周道如女士，前在袁总统府充当女教员，由袁总统作撮合山，配与冯河间为继室。五旬左右的武夫，得了四旬左右的淑女，正是伉丽言欢，非常恩爱。无如昙花命薄，晚菊香消，自从民国三年一月结婚，至民国六年九月病殁，先后只阅三年有奇。看官试想！这一再悼亡的冯河间，能不悲从中来，泣涕涟涟吗？当下备极厚仪，为周夫人饰终，总统府中，未便久殡，乃择日发丧，回籍安葬。临丧时所有仪仗，当然繁盛，毋庸细表。

且说冯总统国璋自悼亡后，免不得见物怀人，犹留余痛。偏这位好大喜功的段总理，时来絮聒，今日借款，明日调兵，说得天花乱坠，俨然有踏平南方的状态。冯总统本无心主战，不过碍着情面，未便龃龉，所以段说一件，冯依他一件，段说两件，冯依他两件，表面上似乎融洽，其实冯忌段，段亦忌冯，彼此各怀意见，暗地生嫌。再加近畿一带，水灾迭见，永定河决口，南运河又决口，天津、保定低洼等处尽成泽国；津浦铁路北段被水冲毁，火车不能通行，还有山东、山西亦均报水溢，索款赈济。冯总统阅过来电，但委段总理筹办赈给，不复多言。段祺瑞锐意平南，正虑军饷未敷，偏老天不肯做美，又闹出许多灾荒案件，随在需赈。没奈何嘱托财政部，腾出数万圆银钱拨济灾区，某区拨若干，某区界若干，多约万金，少约数千。可怜灾地甚广，灾民甚众，单靠着数千一万的赈款，济什么事？段总理也管不得许多，但教噢咻示惠，便算了案，惟一心一意地对待南方。

哪知军情万变，不可预料，湖南督军傅良佐所派遣的李右文一军，本要他去征服零陵，偏右文到了衡山，反全部投入零陵军，与刘建藩串通一气，向傅倒戈。傅良佐气得发昏，亟改派北军第八师师长王汝贤、第二十师师长范国璋及湘军第二师师长陈复初，会师前进，再攻零陵。段总理接报，暗中运款接济，严促傅良佐即平湘南。复虑谭延闿从中作梗，密嘱良佐讽示延闿，使他退位。延闿明知冯、段猜疑，偏不肯提出辞职，但向政府请假。段准给延闿假期，另派周肇祥暂署湖南省长。周亦段氏心腹，与傅同事，应该沆瀣相投，同心协力。傅良佐且得京款接济，便运往前军，犒师作气，果然军心一奋，踊跃直前。北军旅长王汝勤、朱泽黄等行至衡山、永丰境内，与零陵军队交锋，连得胜仗，拔衡山，下宝庆，直逼零陵。安徽督军倪嗣冲又密承段氏意旨，出军援湘，也得攻克攸县。

湘、皖更迭报捷，段祺瑞欣慰异常，且拟向日本订购军械借款，可以军械济军，乘胜平南。当时风闻中外，竞起谣传，共谓："我国军械，将归日本主持，所有各省兵工厂，煤铁矿，亦归日本管理"云云。于是江苏督军李纯、江西督军陈光远交章拍电，请政府声明真伪，免起群疑。就是鄂、皖等省，亦有电向中央质问，要求政府明白宣示。旋由段总理复电，略谓："谣传全属子虚，不可妄信，现惟因与德、奥宣战，拟派兵赴助协约国，自制军械，不敷应用，势不得不购自外洋，现在惟西洋英国、东洋日本尚有余械出售。我国与美迭商，迄无成议，急事不能缓办，始就近向日本购置军械一批，需款若干，购械若干，款未交清以前，量加利息，所订合同，仅限一次为止，纯是自由购办，毫无意外牵涉。中国历来所购外国军械，具有成案可稽，本届照前办理，与主权并不少损"云云。李、陈两督军接得复电，见他理由充足，也不好再加诘问，只看他所购军械，是否给兵赴欧，再作计较。小子有诗叹道：

主战何如且主和，同居一室忍操戈。

况经国库中枵甚，借债兴兵祸更多。

段总理驳倒李、陈等电文，乐得放心做去。忽湖南又有急电传达进来，由段总理取过一阅，又未免出了一惊。究竟为着何事，待小子下回叙明。

多一分外债，即增一分担负，失一分主权，甚矣外债之不可轻借也。袁政府专务借债，图逞私欲，所贷之款，尽付挥霍，而私愿亦终于无成，不意段总理亦尤而效之。财政部借日本款一千万圆，交通银行又借款二千万圆，名为善后之需，实为图南之用。夫南方各省之宣告独立，原有碍于中央统一之谋，然自来惟无瑕者可以戮人，段总理试抚躬自问，其胡为启南方之龃龉耶？不能推诚相与，徒欲以力服人，军需不足，贷诸强邻，即使南方果得告平，而所失已不赀矣。况平南之师未发，而湘省已起争端，用一傅良佐以控驭岭南，反挑动零陵之恶感，不能怀近，安能图远？徒酿成无谓之兵争而已，可慨孰甚！

第九十回

傅良佐弃城避敌
段祺瑞卸职出都

军人当权自然引出军阀混战，而这混战背后又有权势之争。冯总统、段总理由猜忌到暗战，段总理一再递上辞呈，冯总统先是慰留，后来也就乐得他辞职。

却说刘建藩据住零陵，与北军相持多日，寡不敌众，多败少胜，不得不向两粤乞援。段总理也恐两粤援刘，暗着人运动粤吏，使他反抗省政府，作为牵制。适值粤属惠州清乡总办张天骥为省政府所黜，改任刘志陆为总办，天骥心怀怨望，遂对省政府宣告独立。已而刘志陆带兵进攻，惠州帮办洪兆麟、统领罗兆昌、帮统刘达庆等联合陆军共攻天骥。天骥独力难支，只好窜去。偏潮州镇守使莫擎宇，又复向省政府脱离关系，自言军政当直隶中央，民政仍商承李省长办理。旋又联结钦廉道冯相荣，及镇守使隆世储，气势颇盛。张天骥亦奔投潮州，与莫相依。莫擎宇遂电达中央，自述情状。段总理乐得请令，褫夺广东督军陈炳焜职衔，特任省长李耀汉兼署督军，即命莫擎宇会办军务。

看官试想！民国纪元以来，各省虽号称军民分治，实际上全是军阀专权。自黎政府成立以来，虽改换名目，治军称督军，治民称省长，毕竟省长势力，敌不过督军，督军挟兵自重，对着一省范围，差不多是万能主义。段总理将陈炳焜褫职，即用李耀汉兼职，也是一条反间计。但陈炳焜怎肯依令？仍任督军如故，李耀汉势难代任，依然照前办事。陈炳焜且与广西联兵援湘，与刘建藩等并力作战，所向无前，夺回宝庆、衡山，复拔衡阳、湘潭，累得傅良佐日夕不安，又向段总理请援。段总理未免一惊，因恐远水难救近火，只好责成王汝贤、范国璋两人，令他效力图功，特派汝贤为湘南总司令，国璋为副司令，满望他感激思奋，扫平湘南自主军队。不意两人逗留不进，反通电中外及自主诸省，商请双方停战。略云：

天祸中国，同室操戈，政府利用军人，各执己见，互走极端，不惜以百万生灵，为孤注一掷，挑南北之恶感，竞权利之私图，借口为民，何有于民？侈言为国，适以误国。果系爱国有心，为民造福，则牺牲个人主张，俯顺舆论，尚不背共和本旨。汝贤等一介军人，鲜识政治，天良尚在，煮豆同心。自零陵发生事变，力主和平解决，为息事宁人计，此次湘南自主，以护法为名，否认内阁，但现内阁虽非依法成立，实为事实上临时不得已之办法，即有不合，亦未始无磋商之余地。在西南举事诸公，既称爱国，何忍甘为戎首，涂炭生灵？自应双方停战。恳请大总统下令，征求南北各省意见，持平协议，组织立法机关，议决根本大法，以垂永久而免纷争，是所至盼！特此电闻。

自王、范两人宣布此电，当然置身事外，引兵退归。那零陵自主军队及两粤各军未肯遽罢，仍旧扬旗击鼓，进逼长沙。湖南督军傅良佐麾下亲兵寥寥无几，专靠王、范两师出去御敌，偏他两人宣告停战，且有倒戈消息，急得傅督军不知所为，只好与代理省长周肇祥，想出一条逃命的上策，夤夜同走，潜登兵舰出省，奔往岳州。长沙失去主帅，亟由省城各团体自组湖南军民两政办公处，暂时维持，适值王汝贤领兵回省，乃公推汝贤为主任，担任维持秩序。

傅良佐等退至岳州，不得不电达中央。段祺瑞接到此电，忍不住惭愤交并，慌忙驰入总统府，报明冯国璋，痛责王、范两人叛命的罪状。冯总统却默然不答。段始窥透隐情，料知王、范两人的行为是由老冯暗中授意，遂作色与语道："总统主和，祺瑞主战，两不相谋，应有此变，祺瑞情愿免职，请总统另任他人。"冯总统才淡淡的答道："傅良佐所任何职，乃弃省潜逃，不为无罪。"祺瑞道："王、范两师，无故倒戈，良佐势成孤立，自然只好出走了。"冯总统又道："我何尝绝对主和，如果能戡定南方，就是我也自愿赴敌，请总理不必误会！"祺瑞起座道："祺瑞已不敢再干了。或战或和，请总统自主便了。"言毕即去，未几，即递入辞职呈文，又未几，复递入国务员辞职呈文。冯总统不便遽允，派人一一挽留，复通电各省云：

国事濒危，人心浮动，一隅生隙，全国动摇。兹将数日经历情形，暨失机可惜之点，通告于右：自复辟打消，共和再造，军人实为功首，此后军人团体，即为全国之中心点，生死存亡，有莫大之关系，此不但本国人所共知，亦外交团所共认。此次政府成立，所行政策，以改良民国根本大法为宗旨，故不急召集新国会，而为先设参议院之举，在法律上虽微有不同，而用心实无私意存于其内。西南二三省，起而反对，无理要求，中央屡为迁就，愈就愈远，不得已而用兵，只为达到宗旨而已，初非有武力压迫之野心也。兵事既起，胜负虽未大分，而川事则中央颇为得手，滇、黔在川之兵不日可期退出川界。广东方面，陆、陈、谭虽有援湘之兵，因龙、李、莫倾向中央，暗中牵制，以是不能大举。是时也，湘南战事，我北军将士稍为振奋，保持固有之势力，中央即可达完善之结果。

不意我北军九死一生，最有名誉之健儿误听人言，壮志消沮，虽系一部分之自弃，而掣动新胜，暨相持未败之众，于是合谋罢战，要求长官通电乞和，不顾羞耻，虽曰其中有不得已之苦衷，而中央完全将成之计划尽行打消矣。诸君闻之，能不惜哉！能不痛哉！特是通电求和，主持人道，欲达宗旨，亦必能战而后能和。假如占住势力，战胜一步，宣布调停，再进一程，征求同意，为中央留余地，保政府之威严，吾辈军人之名誉大张，国家人民之幸福是赖，乐何如之？乃不出此而为摇尾乞求，纵能达到和平目的，我军人面皮丧尽矣。国璋亦军人之一份子也，如此行为，万无下场余地，不为羞死，亦将气死。

诸君皆爱国丈夫，有何高见，如何挽救，能否贾勇救国，振奋部下士卒精神，筹兵筹饷，以谋胜利。则大错虽已铸成，尚可同心补救。国璋代行权位，惶愧奚如！国将不存，身将焉附？如有同心，国璋愿自督一旅之师，亲身督战，先我士卒，以雪此羞。宣布事实，渴望答复！

这篇通电，辞旨隐闪，又主和，又主战，看似斥责王、范两人，却未曾提出姓名，不过含糊影响，但为段总理顾全面子，所以有此电文。湘军第二师师长陈复初方改编为陆军第十七师，驻扎常德，他闻王汝贤入主长沙，居然代行督军职务，心下很是不服，竟在常德宣布独立，要来攻夺长沙。就是两粤援湘各军，也不肯听命汝贤，纷纷入扰，长沙很是危急。到了十月十七日夜间，城中忽然火起，烟雾漫天，秩序大乱。汝贤也只好弃城出走，潜赴岳州。是时傅良佐、周肇祥两人已由京中召入，传令免官候惩，令云：

湖南督军傅良佐，代理省长周肇祥，擅离职守，着先行免职，听候查办！此令。

同时又有一令云：

据王汝贤等电称：傅督军于十四日夜，携印乘轮，不知去向，省长亦去，省城震动，人心惶恐。汝贤等为保护地方安全起见，会同在城文武，极力维持，现在秩序，幸保安宁等语。并据自请处分前来。傅良佐、周肇祥擅离职守，本日另有明令免职查办，长沙地方重要，不可主持无人，即派王汝贤以总司令代行督军职务，所有长沙地方治安均由王汝贤督同范国璋完全负责。查王汝贤等，身任司令重寄，统驭无方，以致前敌败退，并擅发通电，妄言议和，本属咎有应得，姑念悔悟尚早，自请处分，心迹不无可原。此次维持长沙省城，尚能顾全大局，暂免置议。王汝贤等当深体中央弃瑕录用之意，严申约束，激励将士，将在湘逆军，迅予驱除，以赎前愆。倘再退缩畏葸，贻误戎机，军法俱在，懔之慎之！此令。

这令颁发乃是十月十八日，与王汝贤弃城出走的时候只隔一宵。京、湘相隔太远，汝贤又仓皇出奔，无暇拍电至京。所以京中尚未闻知，还令汝贤及范国璋担任长沙治安职务。那段祺瑞自有意辞职后，虽非极端决裂，但对着湖南问题，不再入商，冯总统因得自由下令，轻轻将王、范二人罪状豁免了事。惟段祺瑞览此令文，愈加不悦，自思老冯前电，已是态度不明，此次又仅罪及傅、周，不及王、范，明明是阿私所好、党同伐异的行为，因复决计辞去，不愿与冯共事。正拟二次递呈，复接得直、鄂、苏、赣四省通电，并请撤兵停战，这又是冯派联络，推倒段内阁的先锋。电文署名，一是直隶督军曹锟，一是湖北督军王占元，一是江苏督军李纯，一是江西督军陈光远，文中说是：

慨自政变发生，共和复活，当百政待理之际，忽起操戈同室之争，溯厥原因，固由各方政见参差，情形隔阂，以致初生龃龉，继积猜嫌；亦由二三私利之徒，意在窃社凭城，遂乃乘机构衅。而党派争树，因得以利用之术，为挑拨之谋，逞攘夺之野心，泄报复之私忿。名为政见，实为意见，名为救国，实为祸国，于是阋墙煮豆，一发难收。

锟等数月以来中夜彷徨，焦思达旦，窃虑覆亡无日，破卵同悲，热血填膺，忧痛并集。盖我国外交地位，无可讳言，欧战将终，我祸方始，及今补救，尚恐后时。至财政困难，尤达极点，鸩酒止渴，漏脯疗饥，比于自戕，奚堪终日？东北灾祲，西南兵争，人民流离，商业停滞，凡诸险状，更仆难志。大厦将倾，而内哄不已，亡在眉睫，而罔肯牺牲，每一思维，不寒而栗，心中愤激，无泪可挥。

夫兵犹火也，不戢自焚矣，如项城覆辙可鉴，矧同种相残，宁足为勇？鹬蚌相持，庸足为智？即使累战克捷，已足腾笑邻邦；若复两败俱伤，势且同归于尽。今者北倚湘而湘不可倚，南图蜀而蜀未可图，仁人君子，忍复驱父老兄弟于冰天雪地枪林弹雨之中？且战局延长一日，即多伤一日元气，展伸一处，即多贻一处痛苦。公等诚心卫国，伟略匡时，其于利害祸福所关，固已洞若观火。况争点起于政治，知悲悯本有同情。锟等不才，抱宁人息事之心，存排难解纷之志，奔走啼泣，惨切叫号，而诚信未孚，终鲜寸效，俯仰愧怍，无地自容，惟希望之殷，始终未懈。故自政争以来，默察真正之民意，仰体元首不忍人之心，委曲求全，千回百折，必求达于和平目的，以拯国家之危难，而固统一之宏基。区区愚忱，当邀共谅。现在时势危迫，万难再缓，不得不重申前说，为四百兆人民，请命于公等之前。

伏愿念亡国之惨哀，生灵之痛苦，即日先行停战，各守区域，毋再冲突，俾得熟商大计，迅释纠纷。鲁仲连之职，锟等愿担任之。更祈开诚布公，披示一切，既属家人骨肉，但以国家为前提，无事不可相商，无事不能解决。若彼此之隐，未克尽宣，则和平之局，讵复可冀？公等位望，中外具瞻，舆论一时，信史万世，是非功过，自有专归，而旋乾转坤，亦惟公等是赖，反手之间，利害立判，举足之际，轻重攸分，救国救民，千钧一发。临电迫切，不知所云。

停战停战，这种声浪与段总理的心理绝对是不能两容。偏长江三督军，一气贯穿，又推那直隶督军曹三爷为首，同来反对段总理，叫老段如何不烦？如何不恼？当下递入二次辞呈，不但辞去总理，且把陆军总长的兼职一并辞去。冯总统还阳为挽留，但准他辞去兼职，仍为总理如初。看官！你想这位段合肥，还肯留着吗？段为国务总理又兼陆军总长，所以有权有势，莫与比伦，若军权一卸，还要这国务总理头衔有何用处？自然一概不受，出都下野去了。冯总统乐得准他免职，另任王士珍为陆军总长，所有国务总理一缺且命外交总长汪大燮暂代。汪大燮是段内阁中人物，本有连带辞职的故例，怎好代任总理？因此决意不为，一再告辞。冯乃商诸王士珍邀他组阁。士珍系直系正定人，资格最老，出段氏上，情性素来和平，没有什么党派，不过时人因他籍属直隶，共推为直派领袖。前时袁、黎两总统时，亦尝邀他为过渡总理。旅进旅退，无刺无非，老年人血气已衰，不堪再任烦剧，独冯意以为籍贯从同，派系无别，正好引为己助，抵制皖系，调和南方。王士珍固辞不获，乃承认暂署，于是段内阁遂倒，要改组王内阁了。小子有诗叹道：

携手登台谊似深，同袍何故忽离心？

堪嗟宦海飘摇甚，得失升沉两不禁。

王士珍既代署总理，旧有国务员。一并辞职，另换他人入阁。欲知所易何人，待至下回发表。

观于冯、段之倾轧，表面上似为和战之龃龉，实际上即为直、皖两派之纷争。傅良佐之督湘，冯意固未尝赞同，不过为李、陈两督军之交换条件而已。王汝贤、范国璋与良佐相反对，其阴承冯意可知，拒良佐，即所以拒段氏也。良佐自命不凡，而实无干略，楚歌四逼，仓猝夜逃，名为党段，实则负段，段犹欲袒护之，得毋亦自信过深，而未知其用人之失当欤？迨直、鄂、苏、赣四督军通电停战，而段氏之平南政策复遭一大打击，势不能不辞职出都，此冯、段倾轧之第一幕也。而直、皖两派之恶，遂自是日深矣。

第九十一回

会津门哗传主战声 阻蚌埠折回总统驾

此回还是写一班军阀为了和战争执，冯、段各作一个代表。其实彼此也无定见，不过是你西我东、你东我西，为了各自的利益。至于嘴上所说，那可没个准。

却说王十珍既代署总理，当然要改组内阁，所有从前阁员，多半换去，另任陆徵祥为外交总长，钱能训为内务总长，王克敏为财政总长，江庸为司法总长，田文烈为农商总长，曹汝霖为交通总长，傅增湘为教育总长，海军总长仍用刘冠雄，士珍自兼陆军总长，已见前文。冯代总统撤去段总理，改用王士珍，明明是无意主战，特借王士珍为调人笼络南方，使得和平统一。无如南军未肯退步，趁着王汝贤退出长沙，即乘隙直入，竟将长沙占住。俄而荆州有石星川、随县有王安澜、黄州有谢超，纷纷宣告自主，又与冯政府脱离关系。看官试想！前时段总理主战，南方各军阀，不服段总理，乃起冲突，明明反对段氏，无庸疑议；此次冯总统主和，南方各军阀，应该体谅冯总统苦心，休兵息战，为什么反加出石、王、谢三人来与冯氏作对呢？说将起来，南方军阀家所主张并不是专拒段合肥，实是并抗冯河间，冯总统的谋和政策，岂不是暗遭打击吗？

还有一个前陆军次长徐树铮，为段氏暗中设法，奔走南北，仆仆道途。看官道为何因？原来他先至蚌埠，与安徽督军倪嗣冲晤商机密。嗣冲方竭力助段，对着小徐的谋划很表赞成，小徐既邀得一个帮手，还嫌未足，再向东北出山海关，竟去联络奉天张作霖。张作霖字雨亭，系辽阳人，向系绿林豪客，投入清故督张锡銮麾下，历年捕盗，积功至师长，袁氏欲引为羽翼，特擢为奉天督军。他本独立塞外，自张一帜，与冯、段不生关系，无甚好恶。小徐以为东南健将，莫如老倪，东北健将，莫如老张，能将两健将融成一片，为段帮忙，还怕什么冯河间？于是间关跋涉，趋往奉天，凭着那三寸舌，说动那张雨帅。张本豪健绝俗，勇敢有为，不论谁曲谁直，但教片辞合意，臭味相投，便即慨然许诺，愿为护符；且留小徐在幕府中参决军务，贯彻军谋。

会安徽督军倪嗣冲，邀同山东督军张怀芝等共至天津，与直隶督军曹锟会议时局，恢复段氏政策，对着西南仍用武力解决。怀芝前为北洋武备学生，原是北洋系中一分子，与段祺瑞素来莫逆，且平时最嫉国民党，当然欲荡平西南，为段后盾。且曹锟镇守直隶，曾与长江三督军，联名通电，主张停战。此次倪、张两督至津，距前时电请停战的日期不过旬月，为什么反复无常，忽然主和，忽然主战呢？就中也有一段情由。当时清室元老徐世昌久驻天津，各军阀素相契重，遇有大策大疑，必向徐氏谘询。曹锟驻节天津，更与徐氏常相往来，情谊款洽。徐闻冯、段龃龉，政局未定，免不得从旁扼腕。

一夕，与曹锟会叙，密语锟道："芝泉原太觉自信，华甫亦不应阴嗾范、王，倒戈失湘，两人并皆失策，不知将闹到如何地步方能结束呢？"曹锟无词可答，只应了一个"是"字。徐世昌复掀髯笑道："君等若迎若拒，不为冯、段两人调和政见，恐从此以后，北洋团体越致分裂，眼见是民党得势，将乘隙篡入了。"锟不禁失色道："这也可虑，公意以为何如？"世昌复进逼一句道："君为北洋弁冕，若听令北洋团体四分五裂，君亦不能辞责呢！"锟随口应声道："得公指教，锟似梦初醒了。"两人一笑而别。

嗣是锟变易初心，背了长江三督军的盟约，又欲联段，可巧倪、张两督前来相邀，乐得敲着顺风锣，翕然同声。倪、张两督复致书张作霖，请求同意。作霖正与小徐静待机缘，一经得书，立即答复，无不如命。吉林督军孟恩远、黑龙江督军鲍贵卿，本奉张作霖为领袖，作霖愿加入天津会议，孟、鲍自无异言，亦皆参入。再加山西督军阎锡山、陕西督军陈树藩、河南督军赵倜、福建督军李厚基、浙江督军杨善德、上海护军使卢永祥及苏、皖、鲁、豫四省剿匪督办张敬尧等，均系段氏支派，各遣代表至天津共同会议。就是热河、察哈尔、绥远三区也各派代表来，到津列席。济济群英，会集一堂，曹锟为东道主，与倪、张两督表明意见，无非是"并力平南，反对和议"八字。各代表联袂入会，早已禀承各主帅命令，与结同盟，曹锟等一声倡起，各代表等齐声附和，接连是劈劈啪啪的手掌声，陆续相应。当下议决开战，誓绝调停，且分派同盟各省出师数目，由曹锟、张怀芝、倪嗣冲首先认定，次由各代表一一承认，复缮就一篇呈文，要求中央明令征南，然后散席。当时有人嘲讽曹锟，说他大人虎变，因他夙领虎威军，又善变动，所以引援古典，赠他一个佳号。其实那时将帅，原与墙头草相似，忽东忽西，没有定向呢。

惟冯总统本欲主和，竭力笼络南方，偏偏事不从心，迭遭冲突。石星川等擅谋自主，还是下级军官的瞎闹，无甚关碍；最恼人的是南倪北张，无端牵动诸军阀，会议天津，联名请战，明知个中主动，仍由老段授意，欲将他来呈批驳，又恐倪、张等与己翻脸，又似前黎总统在任时，纷纷宣告独立，与中央脱离关系，转害得不可收拾。左思右想，无术自全，不得不邀入国务总理王士珍商决国是。王士珍全是暮气，不肯担任一些肩仔，遇着艰险时候，但知牺牲官职，浩然思归，所以叙议多时，并没有什么救急的良方，只有自称老朽，不堪胜任，情愿将国务总理及陆军总长的兼衔，让与贤能。

冯总统付诸一叹，俟士珍退出后，又与几个心腹人商量，大家说是段派势力尚难骤削，压制过急，反恐生变，不如再请老段出山，畀他一个闲散位置，稍平彼愤，免得种种作梗，牵制中央。冯总统又复为难起来，暗思段非常人可比，除国务总理外，还有何职可授？如或授他别职，段亦断不肯受，反致弄巧成拙，越觉不佳。乃再经数人讨论，毕竟人多智众，想出一个新名目，叫做参战督办。参战是对外国立名，不是对着本国的南军，从前与德、奥宣战，全是段氏一人主张，此次叫他参入协约国，督办战务，也是一个无上的头衔；且与段氏本意不悖，当不至有推让情形。商议既定，因特派员至津门，先与段氏说明原委。段先辞后受，愿当此任。独言下表明微意，乃是："做了参战督办，总须陆军总长联合，方可调度一切，若彼此不协，如何督率，如何办理"云云。这番言论，明是不悦王士珍，要他离开陆军总长的位置，然后受命登台。特派员依言复报，再由冯总统着人询段，段又谓请总统自酌。

可巧合肥嫡派段芝贵，自助段覆张后，但博了一个勋位，未列要职，在京闲居，他是有名的揣摩能手，雅善逢迎，不但与段祺瑞有关乡谊，情好密切，就是冯国璋入任总统，府中亦常见有段芝贵名刺，往来周旋。冯、段交恶，芝贵又曾为调停，只因双方各尚意气，不能从旁调洽，所以中止。此次冯意中忽想着了他，乃召入与商，并有委任陆军总长的表示。芝贵喜出望外，就自愿邀段入都，即日起行，往谒老段，见面时谈及冯意，段亦当然心慰，即与芝贵同车至京，复入见冯总统。两人虽未能尽去夙嫌，表面上似尚欢洽，再加段芝贵在旁凑趣，便各喜笑颜开，尽欢而散。越日，既有参战督办的特任，及陆军总长的改任，一并颁发。惟国务总理一职，仍归属王士珍，不过免去陆军总长兼衔罢了。

段既入京，仍然坚持一平南政策，不肯少改。段芝贵原是皖派，不能不与表同情。两下里朝夕叙谈，无非商议平南事宜，拟派曹锟为第一军总司令，张怀芝为第二军总司令，统兵入湘。当由参陆办公处，密电二督，赶先部署，克期出发。于是主战宣战的声浪，复传达中外，时有所闻。独冯总统尚未肯下令，不是说军饷无着，就是说阳历已将残年，容俟开年办理。段派亦无可如何，只好展缓兵期，俟至开正以后，再行催逼。

光阴易过，转眼间已是民国七年了，岁阳肇始，总有一番俗例，彼此拜贺，忙碌数天。各机关统休假一星期，停止办公。至假期已过，又有许多隔年案件须要办清，一日过一日，又是二十多天，主战派迫不及待，跃跃欲试，遂竞向总统府质问，请冯总统即日发兵。偏府中发出二十五日的布告，尚饬各省保境安民，共维大局。顿时主战派大哗，才阅一宵，冯总统带着卫队百名，突出正阳门外，乘着专车，竟往天津去了。段祺瑞等俱未预闻，就是各部总长，亦有一半儿在睡梦中，不知他为着何事，匆匆起行？但由国务院颁发一谕，通电中外道：

> 奉大总统谕：近年以来，军事屡兴，灾患叠告，士卒暴露于外，商民流离失业，本大总统悯焉心伤，不敢宁处，兹于本月二十六日，亲往各处检阅军队，以振士气。车行所至，视民疾苦，数日以内，即可还京。所有京外各官署日行文电，仍呈由国务院照常办理。其机要军情，电呈行次核办，并分报所管部长处接洽。凡百有位，其各靖共乃职，慎重将事，毋怠毋急等因！特此转达。

奇哉！怪哉！是何主因，乃有此举？事前毫无表白，直至登程以后，方令国务院传达略情，难道总统出巡，不宜明目张胆，只好作此鬼鬼祟祟的举动吗？当时中外人士纷纷推测，各执一词，直到后来冯氏还京，方知他潜自出京却有一种特别政策，如国务院代达论调，不过粉饰耳目，自炫美名，其实他何曾劳民？何曾阅兵呢？原来段主战，冯主和，主战是谋武力统一，主和是谋和平统一，似乎段好黩武，冯尚怀仁。实际上乃冯、段两派互相抵抗，段要主战，冯定要主和；冯要主和，段越要主战。武夫得志，管什么海内苍生，但教折倒反对派，便算是扬眉吐气，予智自雄。怎奈两派势力，相持不下，段派去而复来，气焰膨胀，冯不得不虚与周旋，且又想出别法，欲去羁縻段派，合直、皖两系为一气，使他共卫自身，巩固权位，然后好不致受制，免得许多防备。就使段派不肯为所羁勒，也不如借出巡为名，亲赴长江流域，与李、陈、王三督军面商良法，抑制段派，可以维持势力。为此两种计策，急欲一行，又恐风声一泄，老段必来阻挠，所以除二三心腹外，俱未通知，竟出人不意，乘车南下。

一月二十六日起行，当晚即至天津，会晤那虎变将军曹锟，谈了半夜的机密。曹锟虽已与段派联络，合谋宣战，但究竟是个直系，对冯未免留情，他的主张是欲要主和，必先主战，，能将湘省收复，使南军稍惮声威，方可再申和议，冯也点头称善。就在天津督署中借寓一宵。越宿起床，食过早膳，复与曹锟申定密约，便即起程再往济南。他想山东督军张怀芝与倪嗣冲互为党援，不如直趋蚌埠，说服嗣冲，不怕怀芝不为我用，所以济南未曾下车，竟直抵徐州，转赴蚌埠。

火车原甚快便，但尚不如电报的迅速，自从冯氏出都，段祺瑞诧为怪事，料知冯必有隐情，便即电达张、倪两督，叫他阻住冯踪，不使他再行南下。张怀芝得电后，忙派员至车站伫候，适冯已至济南，不肯停车，竟尔过去。独倪嗣冲接到段电，距冯至蚌埠尚有数小时，他好从容布置，带着卫兵，赴车站迎接老冯。

待至火车到站，由冯下车相见，倪即指挥卫队拥冯入署。彼此寒暄未毕，倪嗣冲即掀髯笑语道："总统为何微行至此？"冯总统道："我也并不是微行，无非因公等为国宣劳，军队亦服役有年，所以特来慰问呢。"嗣冲道："总统出巡，理应预先布告，为何内外各员，多未闻知。想总统必有高见，敢请明示。"冯答道："我若预示出巡，沿途必多供张，反多烦扰，故不如潜行为是。"嗣冲冷笑道："总统轸念民瘼，原是仁至义尽，但突然出京，反骇听闻，倘中途遇有不测，岂非大误？"冯总统道："这且不必说了。惟我在京都，闻见有限，究竟各省军队是否可用？若再如傅良佐辈贻误戎机，岂不是多添笑话吗？"嗣冲作色道："总统也不要徒咎良佐，试想王、范两人何故倒戈？又复平白地让去长沙，两相比较，王、范罪恶且过良佐，为什么不革职治罪呢？"冯总统被他一诘，好似寒天吃煨姜，热辣辣的引上脸来，勉强按定了神，再与他论及和战利害。嗣冲道："南方猖獗至此，怎可再与言和？今日只有一战吧。"冯总统还想虚词笼络，偏倪坚执己意，随你口吐莲花，始终不肯承受。

既而山东督军张怀芝、四省剿匪督办张敬尧，亦皆到来，两人论调与倪嗣冲一致从同，累得冯总统无词可答，即欲辞行，再往江南。倪嗣冲阻住道："总统何必亲往，但叫致一电信，叫李秀山来此会议便好了。"冯至此也觉没法，只好由倪拍电去召李纯。隔了一宿，来了一个李纯的代表莅席会议。看官！你想一代表有何能力？只得随众同声。倪嗣冲且拍案道："欲要与南方谋和，除非将总统位置，让与了他，若总统不欲去位，只有主战一法，主战必须仍用段合肥。如段合肥出为总理，军心一致，西南自可荡平，何论湘省？否则嗣冲愿牺牲身命，与南方一决雌雄。”说至此，声色俱厉，张怀芝、张敬尧两人，更鼓掌不已。冯总统乃随口敷衍道：“诸君同心，战必有功，我就回京下令吧。”倪嗣冲也不再挽留，便送冯上车。张怀芝偕冯同至济南，中途告别。冯总统乘兴而来，败兴而返，自回北京去了。正是：

不如意事常八九，可与言人无二三。

欲知冯总统回京后，如何举动，且看下回再表。

观当时之军阀家，好似博弈一般，列席之时，见甲顺手，则与甲合股，而与乙为仇，见乙顺手，又与乙合股，而与甲为仇，不论曲直，但争利益，虎变将军，即其明证也。何河间欲并合甲乙两派，尽为己用，谈何容易。甲自甲，乙自乙，彼此立于反对地位，就使暂时允洽，亦必决裂而后已。况如蚌埠之跋扈将军乎？潜行出京，索然而返，冯亦自悔多事哉！

第九十二回 遣军队冯河间宣战 劫兵械徐树铮逞谋

冯国璋被逼无奈，只得发几封电文，通令平南，知己的将军却是按兵不动。段祺瑞又让徐树铮搬来草莽大帅张作霖，逼冯国璋请段祺瑞复职。回中又录冯氏一篇布告，好似古时的罪己文。

却说冯总统国璋白费了一番心思，空劳了一回跋涉，没情没趣的折回北京，趋入总统府中闷闷坐着。有几个心腹人士进来探问消息，他惟有相对唏嘘，长叹数声罢了。旋由陆军部呈入军报，多半是湖南不靖消息，到了二月初旬，复接到湖北督军王占元急电，报称："湘、粤、桂三省南军攻陷岳州，驻岳总司令王金镜退保临湘，南军据岳州后，连扰郧阳、通城、蒲圻等处，声势甚盛，亟待援师"等语。冯看了此电，也不禁奋髯动怒道："真正了不得，看来只好决裂了。"乃实授曹锟、张怀芝、张敬尧为各军总司令，陆续出兵，由鄂赴湘，同日发出二令道：

上月二十五日布告，原期保境安民，共维大局，故不惮谆谆劝谕，曲予优容。中央爱护和平之苦衷，宜为全国所共谅。乃叠据王占元等电称："谭浩明、程潜所部军队乘此时机，节节进逼。"石星川、黎天才等复以现役军官，倡言自主，勾结土匪，扰害商民，而谭浩明等竟引为友军，借援助为名，四出滋扰；甚且枪击外舰，牵及交涉，兹复进逼岳州，窥伺武汉，拥众恣横，残民以逞。是前此布告，期弭战祸，为民请命者，反令吾民益陷于水深火热。本大总统抚衷内疚，隐痛实深。各督军、都统等叠电历陈，佥以衅自彼开，应即视为公敌，忠勇奋发，不可遏抑。本大总统深惟立国之道，纲纪为先，若皆行动自由，弁髦法令，将致纷纷效尤，何以率下？何以立国？用特明令申讨，着总司令曹锟、张怀芝、张敬尧等，即行统率所部，分路进兵，痛予惩办。师行所至，务须严申纪律，无犯秋毫，用副除暴安良，拯民水火之至意！此令。

自军兴以来，在湘各路军队，动辄托故溃逃，长官督率无方，以致有治军守土之责者，效尤叛国，军纪久焉不张。本大总统殊深内疚，若再因循宽纵，必致酿成无政府之现象，其何以饬纲纪而奠民生？嗣后各路统兵长官，于所属官兵，遇有不遵节制，无故退却等情，着即以军法便宜从事，毋稍姑息，其各凛遵！此令。

两令既下，又特派曹锟为两湖宣抚使，张敬尧为攻岳前敌总司令，所有防鄂各项军队统归节制调遣。于是虎变将军曹锟首先出发，即于二月七日由津起程，张敬尧亦于十二日出发徐州，浩浩荡荡，率军赴鄂去了。未几，复由总统府发出数令，褫夺各军长官职，由小子汇述如下：

查湖北襄、郧镇守使兼陆军第九师师长黎天才，暨湖北陆军第一师师长石星川，分膺重寄，久领师干，宜如何激发忠诚，服从命令。乃石星川于上年十二月宣布独立，黎天才自称靖国联军总司令，相继宣告自主，迭次抗拒国军，勾结土匪，攻陷城镇，并经各路派出军队，奋力痛剿，将荆、襄一带地方次第克复。而该两逆甘心叛国，扰害闾阎，实属罪无可逭。黎天才、石星川所有官职勋位勋章，应即一并褫夺，仍着各路派出军队严密追缉。务获惩办，以肃军纪而彰国法！此令。

谭浩明等，拥众恣横，甘为戎首，前已有令声罪致讨。谭浩明以现任督军，不思绥辑封圻、恪尽军寄之责，乃竟自称联军总司令，率领所部，侵扰邻疆，若再滥厕军职，何以申明纪律，警戒来兹？署广西督军陆军中将谭浩明，着即行褫夺官职暨勋位勋章，由前路总司令一体拿办。其他附乱军官，并着陆军部查明惩处，以彰国法而警效尤！此令。

这两令是声明挞伐，罪及自主军长，有讨叛惩逆的意思。还有二令，乃是惩办失律的长官，令云：

前因湖南督军傅良佐、代理省长周肇祥，擅离职守，曾令免职查办。两月以来，荆、襄叛变，岳州失守，士卒伤亡之众，人民流离之惨，深怆予怀，追论前愆，该前督等实难辞失律偾事之咎。傅良佐一案，着即组织军法会审，严行审办。周肇祥职司守土，遇变轻逃，并着交文官高等惩戒委员会依法惩戒，以肃纲纪而儆方来！此令。

陆军第八师师长王汝贤，前令以总司令代行湘督职权，督同第二十师师长范国璋，保守长沙，立功自赎，乃竟相继挫败，省垣不守。此次岳州防务，范国璋所部，又复先行溃退，总司令王金镜，身任军寄，调度乖方，以致岳城失陷，均属咎有应得。王汝贤、范国璋均着褫夺军官勋位勋章，交曹锟严行察看，留营效力赎罪。王金镜着褫夺勋位勋章，撤销上将衔总司令，以示惩儆！此令。

看官阅此两令，便可窥透冯总统的本心，傅良佐与周肇祥乃是段派中人，所以主张严办，王汝贤与范国璋，乃是自己叫他倒戈，所以让长沙，失岳州，失律偾事，不加重惩。但恐段派啧有烦言，乃不得不褫夺官阶，叫他留营效力，图功赎罪。后来傅良佐终不到案，且与冯氏反唇相讥，这明明是由段氏袒护，说他罪轻罚重，不服冯氏裁判。老冯的掩耳盗铃计策，终被段派看穿，仍归没效。还有江西督军陈光远，是密承冯氏意旨，主和不主战，赣、湘密迩，他却拥兵坐视，不去援湘，总统府中，虽已有令促援，光远料非冯总统本意，所以始终不动，此次由段派弹劾，至再至三，冯总统不得已下令道：

江西督军陈光远，于湖南战役，叠有电令进援，乃该督军托故延缓，致误湘局，殊难辞咎。陈光远着褫上将衔陆军中将，仍留督军本职，俾其奋勉图功，以策后效！此令。

投袂请缨的张怀芝已受任第二军总司令，应该率军速发，不让人先，偏他徘徊观望，甘听曹锟、张敬尧二军，接连就道。自己故落人后，实尚欲要求一席，方肯前驱。既而湘、赣检阅使的任命果然颁下，怀芝乃欣然受任，带兵进行，先命第一师师长施从滨，取道九江，径往湖北，自乘津浦铁路火车南下，经过南京，会晤江苏督军李纯，谈了一番战策，然后西趋南昌，检阅赣省军队，援应曹、张两军去了。惟冯总统此次主战，纯然为段派所迫，没奈何出此一着，心中总不免芥蒂，且自觉和战反复，无以对人，因复仿古时罪己文，颁发布告一通，略云：

立国之道，纲纪为先，果顽梗不易强驯，则征讨自非得已。上年湖南事件，阁议主张用兵，国璋独轸念时艰，欲民小息，虽于内阁政策，亦复一致赞同，但冀以武装促进和平，而未尝以力征誓于有众，坚冰之渐，固有由来。迨前湖南督军傅良佐弃职轻逃，前援湘总司令王汝贤、副司令范国璋接踵溃退，长江陷落，大损国威。前国务总理段祺瑞暨各国务员等以军事失败，政策挠屈，引为己责，先后呈准辞职。国璋于此，正宜申明纪律，激励戎行，奋一鼓之威，作三军之气，乃因湘有停止进兵之电，粤有取消自主之言，信让步为输诚，认甘言为悔祸。方谓干戈浩劫，犹可万一挽回，固料其非尽真诚，而终思要一信义，于是布告息争，以冀共维大局。

孰意谭浩明等反复恣肆，攻破岳州，今则攘夺权利之私，实已昭然若揭，不得不大张挞伐，一翦凶残。然苦我商民，劳我师旅，追溯既往，咎果谁归？傅良佐等偾事失机，固各有应得之罪，而举措之柄，操之中央，循省藐躬，殊多惭德。兵先论将，往哲有言，泛驾之材，讵可轻敌。国璋不审傅良佐等之躁率而轻用之，是无知人之明也。叛军幸胜，反议弭兵，内讧始凶，言之成理。国璋欲慰大多数人之希望而轻许之，是无料事之智也。思拯生灵于涂炭，而结果乃扰闾阎；思措大局于安全，而现状乃愈趋棼乱。委曲迁就，事与愿违，是国璋之小信，未能感孚，而薄德不堪负荷也。耳目争属，责备难宽。既丛罪戾于一身，敢辱高位以速谤？惟摄职本属约法，讵容轻卸仔肩？

鄂疆再起兵端，尤应勉纾筹策。所望临敌之将领军队，取鉴前车，各行省区域长官，共图后盾。总期大勋用集，我武维扬，俾秩序渐复旧观，苍赤稍苏喘息。国璋即当返我初服，以谢国人。耿耿寸心，愿盟息壤，凡百君子，其敬听之！特此布告。

看官听说，这种罪己布告乃是说出不得已的苦衷，暗中仍有归咎段祺瑞的伏笔。段派虽已达到主战目的，但必欲拥段复位，使他战胜南方，得雪前耻，方不致贻老冯口实，各享荣名。当时段氏第一功臣要算徐树铮，他既奔走南北，运动倪、张，能使失败的段祺瑞仆而复兴，主战政策又得复活，真是段幕中首出人物，巧为斡旋。惟见那老师段祺瑞只出任参战督办，尚未复国务总理要职，总不免余恨未平。况目前宣战，乃是冯氏出头，将来若得顺手，收复湘省，再平两粤，岂不是统一威名，全归老冯？反显得从前段氏实无能力，一战致败，马上倒阁，可羞不可羞呢？想来想去，只有再怂恿那张雨帅演出一出拿手戏，威吓冯河间，叫他不能不起用段氏，方得规复那老师威名，贯彻那平南政策。好在张雨帅已经信任，言听计从，乐得再献密谋，从速进行。果然片言上达，即蒙雨帅首肯，决计照办，当下颁动员令，调遣军队，东入山海关，声言为援湘起见，派兵南下。前队到了秦皇岛却逗留不行，镇日里逍遥海上，伺察往来各舰，几不知他探何秘密。

会由日本运到大批军械，经过秦皇岛，奉军从旁觑着，问明舟子，乃是中国政府向日本购办，装运东来。奉军哗然道："我军正少军械，今适凑巧，有这批枪弹运来，何妨借我一用呢。"说着，便一齐登舰，七手八脚，把军械搬运岸上。舟子如何阻挠？只好眼睁睁的由他劫取，约莫有一两小时，已将全船枪弹悉数搬空，奉军也不称谢，竟将军械携至京奉铁路间，载上火车，派了弁目数名，运往奉天去了。这是民国七年二月二十五日间事。越日，即由张作霖电告中央，略谓："奉省派往南下各军，已开往滦州，惟枪械缺乏，事机紧迫，不得不变通办理，现已将中央所购军械运奉，除将军械开单呈请备案外，谨先奉电请领"云云。

冯总统得了此电，简直是莫明其妙，欲向张雨帅问罪，又恐他倔强不服，只得暂时容忍，且看他如何做作，再作计较。哪知这位张雨帅，真是敢作敢为，既将军械截取，遂分给部下各军，陆续遣入山海关，分驻京奉铁路沿线一带。就是秦皇岛、滦州、丰台、独流、廊房等处统皆分扎军队，布置得层层密密。且在军粮城设起总司令部，张雨帅自任总司令，惟因京奉隔省，呼应尚恐未灵，特派徐树铮为副司令，代行总司令职权。所有军粮城旧存军粮三千石，本属陆军部掌管，小徐也未曾电请中央，竟拨充军食，居然有士饱马腾、踊跃待命的情状。

冯总统本忌老段，尤忌小徐，前次府院冲突，多半为小徐骄横，靠着那推倒张勋的功劳，拥护合肥的威力，凌轹政府，睥睨一切，为冯总统所难堪，所以用釜底抽薪的计策，撤销段内阁，改易王内阁。偏偏小徐寻出一条捷径，竟去邀请东北的张大帅，做了护身符，来与中央作难。冯总统当然忧烦，不得不派人婉问，他却口口声声的是要援湘，是要平南。及问他屯兵各隘、不遽南下的原因，他竟张目厉声道："我只知有段总理，但教段总理令我南下，我立即南下了。"俗语说得好："欲知言外意，尽在不言中。"小徐此语，明明是要段祺瑞复职，特地用着武装，胁迫冯河间。冯得报后，不由的满腹踌躇，欲再任段为总理，未免自失面子；欲不任段为总理，奈背后伏着小徐，仗那雨帅威风，前来胁迫，满怀抑郁，不堪言状。国务员虽有数人，大都庸庸碌碌，莫展一筹。王士珍屡次称疾，给假休养，寻常国务还要内务总长钱能训代理。钱又是个圆通人物，与他商议，无非敬谢不敏，自愿去职，累得冯总统仓皇四顾，自觉孤危，没奈何再令秘书员，缮就一篇通电，咨询各省，筹商办法，解决种种困难问题。小子有诗叹道：

一波未了一波生，肘腋危机又暗呈。

莫怪人心多险诈，须知元首少推诚。

究竟通电中如何措词，容至下回录叙。

本回为段派复盛，冯派复挫之时期。主战固段派之本志也，冯之主战，原为段派所迫而成，但主战之初，尚未肯使段氏复职，是其心仍不欲用段氏；战而胜，则坐自张威，可收统一之效，战而不胜，仍可归咎段派，而再与南军谋和可耳。罪己布告，所以作军人壮往之气，而期达战胜之目的也。何物小徐，偏窥透冯氏之心腹，运动张大帅以扼其背，是真冯氏所不料，骤遭此意外之一击，而不得不声声叫苦者也。但冯段之争点，实自南北纷裂而起，北派固自起纷争，南军亦何为不顾生灵，徒贻人民以战祸乎哉?

第九十三回 下岳州前军克敌 复长沙迭次奏功

北军打下了岳州，主战派得势，冯国璋只好又请段祺瑞出来组阁。接着是打下长沙，主战派更是兴高采烈。只是小百姓遭了殃，民国的军阀们根本不考虑人民的疾苦。

却说徐树铮挟兵称雄，胁迫冯总统。冯总统无法自解，只好通电各省，咨询办法。电文不下一二千言，由小子录述如下：

各省督军、省长，武鸣陆上将军，广东龙巡阅使，汉口曹宣抚使、张总司令，九江张检阅使，承德、归化、张家口各都统，龙华、宁夏护军使暨各省镇守使鉴：

国步屯邅，日甚一日，内则蜩螗羹沸，干戈之劫难回；外则惨淡风云，边境之防日亟。剥肤可痛，措手无从。国璋代行职权已逾半载，凡所设施，力与愿违，清夜扪心，能无愧汗？然国璋受国民付托，使国家竟至于此，负罪引慝，亦何必哓哓申诉，求谅国人。但揆其所以致此之由，与夫平日之用心，为事实所扞格，屡投而不得一当者，缘因复杂，困难万端。欲避贤求去，苦无法律之可循；欲忍辱求全，又乏津梁之可济。长此悠忽，必召沦胥。诸君子为国干城，同负责任，用特披肝沥胆，为一言之。

溯自京畿变生，国祚半斩，元首播越，举国骚然，于是黄陂委托于前，段总理敦促于后，皆援副总统代职之规定，强国璋以北来，明知祸乱方殷，菲材绝难负荷，惟冀黄陂复职，主持有人，则不佞捍卫南疆，尚可分担艰巨。乃商请无效，各省区督军、省长及文武官吏分驰电牍，敦促入都。猥以藐躬，过承督责，汤火之蹈，且不容辞，矧安危不仅系个人，匡助可取资群力乎？惊涛共济，全恃同舟，初不料玺绶方承，而内部转愈趋纷扰也。国璋抵京，首先奉政黄陂，不获许可，而后受职。其时国会早经解散，政府尚在权舆，继绝布新，有同草创。段前总理投艰遗大，独任贤劳，正宜共济时艰，中外一致，而西南诸省，忘再奠共和之绩，以非法内阁相攻，别挑衅端，遂开战祸。迨内阁改组，宜可息争，国会问题，又生枝节。对于中央之任命官吏，则啧有烦言；对于石、黎之扰乱荆、襄，则引为同志。是非乖忤，真相莫明。譬解百端，欲促返省，初不料唇舌俱敝，而结果仍诉诸兵戎也。

民国元二之交，风雨飘摇，几毁家室，项城运其雄才大略，曾不数月，而七省同时戡定，大权集于中央。国璋能力固不逮项城，然事前之师不妨相袭，徒以观念所在，元气之凋残，民生之疾痛，实过元二年。佳兵不祥，古有明训，内讧宜息，人具同情。本无厉行专制之心，何取经营力征之举？以故军事初起，第望促进和平，不因败绩而求伸，反示包容而停战，无非欲融洽南北，尽释猜嫌。耿耿寸衷，可质天日。乃北则疑其寡断，兵气几为之不扬；南则信其易欺，骄蹇益难于就范。湘省各军乘机陷岳，意在示威，予政府以难堪，激同胞之宿愤。中央纵无统驭，亦何至听命于地方，必背公德而矜强权，不留余地，以相让步，则最后解决，惟战乃成。因事制宜，绝非矛盾。更不料干城之奇，心膂之司，或竟观望不前而损声威，行动自由而滋谣诼也。凡此种种，皆事实上随时发生之障碍，足使国璋维持大局之希望悉消灭而无余，而逆计未来应付之难，事变之巨，则更有甚于此者。

国会机关，虚悬日久，颇闻旧议员麇集粤省，有自行开会之说。姑无论前此解散是否合法，既经命令公布，已不能行使其职权，即各省区人民，亦断无承认之理。至于正式选举总统之期，转瞬即届，根本无着，国何以存？此大可忧者一。财政艰窘，年复一年，曩者政府每值难关，亦尝恃外债以为生活，然能合全国之财力，通盘筹划，犹得设法挹注，勉强撑持。乃者萧墙哄争，外省内解之款大半截留，来源渐绝，而军政费之支出，复倍蓰于平时。罗掘久穷，诛求鲜应，主藏作仰屋之叹，乞邻有破产之虞，桑孔再生，亦将束手，此大可忧者二。内阁负责，取法最善，段前总理为国戮力，横被口语，托词政策挠屈，与各国务员相率引退，而总理一职，后来者遂视为畏途。聘卿暨今诸阁员，皆国璋平昔至契，迫于大义，碍于感情，暂允励勷，初非本愿，满拟时局渐臻纯一，再行组织以符法治，心力相左，刺激尤深。今聘卿业已殷忧成疾而在假矣，钱代总理诸人复谓事不可为，褰裳而去。强留则妨友谊，觅替则恨才难，推测其终，将陷于无政府之地位，此大可忧者三。至目前外交之情形，尤应发起吾人之警觉，个中利害，另电详闻。

国璋一武夫耳，因缘时会，谬握政权，德不足以感人，智不足以烛物，抱救民之念，而民之入水火也益深，乏爱国之忱，而国之不颠覆者亦仅。澄清无术，空挥三舍之戈；和平误人，错铸六州之铁。驯至四郊多垒，群盗如毛，秦、豫之匪警频闻，畿辅之流言不息，虽名义同于守府，而号令不出国门。瞻望前途，莫知所届，何敢久居高位，自误以误国家？自应求卸仔肩，归还政柄。惟民国既无国会，而总理现属暂摄，又不能援《约法》条例，交其代行。追原入京受职所由来，实出诸君子之公意。国璋既备尝艰阻，竟不获补救于万一，坐视既有所不能，辞职又无从取决，只有向各省区督军、省长暨文武官吏，详述危殆情形，应请筹商办法，为国璋释重负，为民国求安全，宁使国璋负误国之咎于一身，而不使民国纪年随国璋以俱去，不胜至愿。

特此飞电布达，务希于旬日内见复。至统治权所寄，国璋在职一日，仍当引为己责，决不肯萌怠弛之心而自丛罪戾也。敢布诚悃，伫盼嗣音！

这种通电实不过是纸上具文，世无诸葛，国少鲁连，何人能出奇斗智，排难解纷？那段派却同声鼓噪，坚请段祺瑞再为总理，冯总统到了此时，也只好虚心忍辱，重用段氏了。当时曹锟、张敬尧两军先后到鄂，还有张怀芝亦拨军相助，差不多有数万雄师一心对敌。王汝贤、范国璋等由曹锟密授意旨，也觉得勇气勃勃，与从前退缩情形，大不相同。更有第三师旅长吴佩孚，由曹锟荐为师长，做前敌总司令，感激驰驱，身先士卒。任他湘、粤、桂三省联军如何果敢，也惟有退避三舍，不敢争锋。因此湘、鄂各处，激战了好几次，自主军队，统皆败溃。再加海军第二舰队司令杜锡珪亦来助战，水陆夹攻，节节进逼，如月塘嘴、羊楼市、通城、临湘、古米山、九岭、白葛岭、天岳关等处并得胜仗，扫清南军。乃由曹、张两大帅下总攻击令，规取岳州。岳州乃湖南要隘，南方联军，得据此地，不啻管领全湘的门户，怎肯得而复失，骤然退去？于是彼攻此守，你来我拒，相持了两三日，枪林弹雨，血肉纷飞，城内外的百姓，早已逃避一空，单剩得两军角逐，互相残杀。结果是北胜南败，南军不能再支，纷纷出城，奔往长沙去了。北军得进踞岳州，便向中央报捷，当由冯政府下令道：

据第一路总司令两湖宣抚使曹锟、攻岳总司令张敬尧、海军第二舰队司令杜锡珪迭次电呈，分路规复岳州，水陆兼进，所向有功，先后于月塘嘴、羊楼市、通城、临湘、古米山、九岭、白葛岭、天岳关等处连次激战，迭获胜利，节节进逼。三月十七日，攻破岳州。逆军顽强抗拒，相持不退，经我军奋力攻击，并由舰队掩护，业于十八日将岳州克复各等语，此次出师攻岳，自开始攻击以来，为期不过旬日，屡夺要隘，遂克名城，实由该总司令等调度有方，各将士勇忠用命，用能迅奏肤功，拯民水火，览电殊深嘉慰。仍着该总司令等，遵照电令计划，督率所部，奋勇进取，并先查明此次在事出力各将士，分别等差，呈请优奖。其阵亡被伤官兵，并准优予议恤，以昭激劝而慰英魂。第念岳州、临湘一带，人民重罹兵燹，流离颠沛，弗安厥居，损失赀财，危及身命。哀我湘民，叠被荼毒，兴言及此，惨怛良深！应由宣抚使曹锟迅派妥员，各路查明，加意抚恤，安集劳徕，各安生业，用副吊民伐罪之至意。此令。

岳州既下，主战派当然得势，无不兴高采烈，得意扬扬。独徐树铮在军粮城，电迫政府，速起用段祺瑞为总理，调度军事，一致平南，否则将引兵入京，仿佛有兴甲晋阳、入清君侧的气象。署国务总理王士珍已早呈请辞职，此时复为环境所迫，苦口坚辞。冯总统乃准他辞去，再用段祺瑞为国务总理。段方组织参战事务处，就将军府特设机关，派靳云鹏为参谋处处长，张志潭为机要处处长，罗开榜为军备处处长，陈箓为外交处处长，并聘定各部总长为参赞，各部次长为参议，于三月一日始告成立，实任那督办事务。到了三月二十五日，国务总理的任命又复发表，他亦并不多辞，便即受任。凡王内阁中的人员多半仍旧，惟换去财政总长王克敏，由交通总长曹汝霖兼代，江庸亦已辞去，改任朱深为司法总长，这是段祺瑞第三次组阁了。

段氏前二次组阁，均自兼陆军总长，至此因段芝贵方长陆军，既属同乡，又且同系，乐得令他原任。芝贵亦遇事禀承，不敢擅断，所以段祺瑞虽不兼陆军，也与兼职无异。内总百揆，外对列强，段合肥不惮烦剧，躬自指挥，真所谓能人多劳，一时无两了。

徐树铮闻段任总理，志愿已遂，乃将滦州、丰台、独流、廊房等处所扎的奉军，陆续开拔，由津浦铁路南下，运往湘、鄂一带，协助曹、张各军，进攻南军。曹、张等军势益盛，遂复自岳州出发，分道进兵，连下平江、湘阴各城。湘、粤、桂三省联军，逐路分堵，总敌不过北军的厉害，只好步步退让。北军乘胜进逼，到了同山口，与南军鏖战一次，南军又败，都奔往长沙，婴城拒守。曹锟、张敬尧见前军得利，便饬后队，一齐向前，并攻长沙。南军连遭败衄，统不免胆战心惊，蓦闻北军大至，已觉得未战先慌，待至强敌压境，勉强出拒，哪里还能坚持到底？你也走，我也逃，大家弃枪抛械，向南窜去，好好一座长沙城，弄得空空洞洞，毫无人影。北军自然放胆入城，打起得胜鼓，鸣起行军乐，喜气洋洋，不消细说。冯政府已任张敬尧为湖南督军，至此敬尧驰入长沙，不待犒兵安民，即会同宣抚使曹锟露布告捷。因复由中央下令道：

据第一路总司令两湖宣抚使曹锟、总司令湖南督军张敬尧等迭次电称：“各军自三月十八日克复岳州后，节节进攻，分途收复平江、湘阴两城。二十五日，由同山口进规长沙，逆军处处死抗，经我军协力痛击，星夜追逐，逆势不支，遂于二十六日将长沙省城完全克复”等语。此次各军激于义愤，忠勇奋发，由岳州取长沙，曾不数日，力下坚城。该总司令等督率有方，各将士忍饥转战，嘉慰之余，尤深轸念。所有在事出力官兵，着先行呈明，分别呈请优奖，仍即督饬各军，乘胜收复县邑，以奠全湘。所有地方被难人民，流离荡析，并着查明，妥为抚恤，用副国家绥辑劳徕之至意。此令。

古诗有云：“一将功成万骨枯。”这次下岳州，克长沙，总算由曹、张两大帅的功劳，其实这样的劳绩，统是由腥血制成，脂膏造就。

看官试想民国肇基，公定《约法》，称为五族共和，彼满、蒙、回、藏，从前统当作外夷看待，说他是什么犬种，什么羊种，及共和政体宣告成立，居然翻去老调，视若同胞，这原是大同的雏形，不比那专制时代，贱人贵己，为什么迁延数年，战云扰扰，连汉族与汉族，还弄得一塌糊涂，不可收拾呢？大约开战一次，总要费若干饷糈，伤若干军士，还有一大班可怜的人民走投无路，流离死亡。好好的田庐，做了炮灰；好好的妻女，供他淫掠，害到求生不得，求死不能。即如此次岳州一役，据宣抚使曹锟查报：“岳州自罹兵劫，十室九空，逆军败退时，复焚掠残杀，搜劫靡遗，近城一带地方，人烟阒寂，现虽设法招集流亡，商民渐聚，而啼号之惨，实不忍闻”云云。

至长沙一役，又由曹锟报称：“逆军在湘，勒捐敲诈，搜索一空，败退后复纵兵焚杀，惨无人道，土匪又乘间劫夺，以致民舍荡然”等语。在曹锟主见，当然归罪南军，不及北军。试问北军果能纪律严明，秋毫无犯吗？就使秋毫无犯，确似虎变将军的口吻，湘民已经痛苦得够了。政府施行小惠，先着财政部拨银洋四万圆，赈济岳州难民，继拨银洋六万圆，赈济长沙难民。实则湘民被难，何止十万？果以十万计算，每人只得银洋一圆，济什么事？又况放赈的人员，未必能自矢清廉，一介不取，暗中克扣，饱入私囊，小民百姓，所得有几？徒落得倾家荡产，财尽人空罢了。

国务总理兼参战督办段祺瑞，连接捷电，喜溢眉宇，以为湘省得手，先声已播，此后可迎刃而解，就好把平南政策达到最终目的。惟尚有数种可虑的事情，一是恐前敌将士，既有朝气，必有暮气；二是恐国库空虚，只能暂济，不能久持；三是恐河间牵掣，乍虽宣战，终复言和，积此三因，尚未遽决。小徐等竭力撺掇，把段总理的三虑一一疏解，俱说有策可使，不烦焦劳。再加安徽督军倪嗣冲接得小徐等书报，立从蚌埠起行，驰入京都，谒见段总理，申请再接再厉，期在速成。约住了一个星期，把政治军事诸问题统皆商决，然后辞行返皖。过了三五日，国务总理段祺瑞即带了交通次长叶恭绰、财政次长吴鼎昌等，出都南行，竟驰往鄂省去了。正是：

人生胡事竞奔波，百岁光阴一刹那。

堪叹武夫终不悟，劳劳战役效如何？

毕竟段总理何故赴鄂，试看下回说明。

自曹、张两军至鄂后，但阅旬月，即下岳州，复长沙，似乎主战政策，确有效益，以此平南，宜绰有余裕，不烦踌躇者也。然观于后来之事变，则又出人意料，盖徒挟一时之锐气，以博旦夕之功，未始不足快意，患在可暂不可久耳。本回最后一段，历叙人民之痛苦，见得民国战事，俱属无谓之举动。军阀求逞于一朝，小民受苦于毕世，民也何辜，遭此荼毒乎？子舆氏有言，春秋无义战，又曰：我善为陈，我善为战，大罪也。彼时列强争雄，先贤犹有疾首痛心之语，今何时乎？今非称为民国共和时代乎？而奈何一战再战，且连战不已也。

第九十四回

为虎作伥再借外债 困龙失势自乞内援

此回叙南北之战，作者却目光远注，指出段政府向日本借债颇为痛快，不过是日本人有着阴暗的图谋。就借款中介人表出一个曹汝霖，卖国贼开始登场。

却说段祺瑞南行赴鄂，借着犒师为名，到了武昌，与第一路总司令两湖宣抚使曹锟、湖北督军王占元会商军务，共策进行。又召集河南督军赵倜及奉、苏、赣、鲁、皖、湘、陕、晋各省代表等同至汉口，列席聚议，大致以："长沙已下，正好乘胜平南，企图统一，但必须取资群力，方可观成，所以特地南来，当面商决，还望诸君一致图功，毋亏一篑"等语。大众虽各执己见，有再主战的，有不再主战的，但表面上只好唯唯从命，独曹锟捻须微笑道："欲平南方，亦并非真是难事，但用兵必先筹饷，总教兵饷有了着落，将士不致枵腹，才能效命戎行，不虑艰阻了。"段祺瑞答道："这原是必要的条件。如果军士用命，怎可无饷？我回京后，便去设法筹备，源源接济。总之外面督兵，责在诸公，里面筹饷，责在祺瑞，得能征服南方，同过太平日子，岂不是一劳永逸吗？"曹锟不便再言，淡淡的答了一个"是"字。

会议既毕，一住数日，段乃偕豫督赵倜由汉口起行，乘着兵轮，沿江东下。到了九江，会晤江西督军陈光远，又谈了许多兵机，光远也没有什么对付，只敷衍了一两天。段再由九江至江宁，与江苏督军李纯、安徽督军倪嗣冲、上海护军使卢永祥叙谈半日。倪与段心心相印，何庸多嘱。卢亦段派中的一分子，当然惟命是从。李纯是冯氏心腹，到此亦虚与周旋，未尝抗议。段即北旋，与赵倜乘车至豫，倜下车自去，段顺道回京，不复他往。

看官可知段氏南下，无非欲固结军阀，指挥大计，一心一力，与南军决一最后的胜负，大有不平南军，不肯罢休的意思。既已回京，即日夕筹划军饷。怎奈司农仰屋，无术点金，不得已只好告贷邻邦，饮鸩止渴。东邻日本，素怀大志，专用老氏欲取姑与的政策，慷慨解囊，贷助中国。徐树铮等又为段氏划策，总教南北统一，区区借款自可取偿诸百姓身上，无足深忧。就中尚有交通部长曹汝霖，乃是亲日派首领，与小徐为刎颈交，他却一口担承，愿为乞贷东邻的媒介。看官欲知他生平履历，及所以亲日的原因，待小子约略叙来：

曹系上海人氏，前清时游学东洋，肄业日本帝国大学，与日人日夕交游，免不得习俗移人，脑筋里面常含着东瀛色彩。其时前司法总长章宗祥亦在日本留学，与曹最相契合。清贝子载振奉命出洋，考察法政，道经日本，曹、章极诚欢迎，载振尝面许道："尔二人学成归国，有我在内，不怕不腾达飞黄，愿努力自爱！"二人闻言，非常感谢。已而曹先毕业归来，赴京运动，得受清相奕劻、那桐等知遇，厕职部僚。或谓他曾暗嘱闺中人，结欢那桐，因得通显，这语出自谣传，未可尽信。但不到数年，即由外务部额外司员超任至右侍郎，可见他是个做官能手，干禄专家。中日间岛交涉，尝由曹出为调停，虽得将间岛索还，终把安奉巡警权、吉长铁路权让给日本，人言啧啧，已说他为虎作伥，讨好东邻。革命以后，复迎合袁项城，得蒙信任，所有五月九日的密约、二十一条的酷律曹亦预谋。不料段氏三番组阁，那曹汝霖又得两长交通部，处段门下，简直与段氏子弟相似，往来甚密，事必与商。

他见段氏筹备军饷，急需巨款，遂出向日商中华汇业银行贷洋二千万圆，约款上不便说明充饷，但说是扩充西北电信，及修理旧有电台与添设无线电的应用，议定利息八厘，偿还期计五个月，即将旧设电信收入金，作为担保，并预许将来关系电信事业，或需借款，该银行得有优先权。两下认定，彼此签约，段总理又得了二千万金，好酌量挪移，暂充军费了。

只是电信收入，前已作为丹、法两国的借款担保品，乃此番一物两押，岂不是失信外人？于是驻京丹麦公使及法兰西公使查悉情形，即提出抗议，并投照会，质问中国政府。政府不能不分别答复，但言："电信收入金，除抵偿丹、法两国外，饶有余裕，况现在是短期借款，阅五月即当还清，更与两国原约，不相抵触"等语。两公使接到复文，见所言尚属有理，乃暂作罢议，且待他至五个月后，是否中日践约，再作计较。

惟段氏得了借款二千万圆，究不能全数移作军费，只好随时酌拨，接济各军。偏各路军电纷纷索饷，第一路军总司令曹锟催索尤迫，比讨债还要厉害，今朝拨去若干，尚嫌不足，明朝拨去若干，仍云未敷。有限金钱填不满无穷欲壑，段总理无可如何，只得再要曹总长费心，续向日本政府借款二千万圆。日政府问作何用？曹汝霖设词答复，谓："将建筑顺济铁路，所以需款。"顺济铁路，是由直隶前顺德府，至山东前济南府的路线，前已勘定，无资筑造，故久成为悬案。曹遂借此立说，不管他践言与否，且贷了二千万圆，救济眉急，徐作后图。惟日政府的贷与条约，格外苛严，不比那日商汇业银行，尚是贸易性质，但顾普通利息，不致例外苛求。曹汝霖要想借款，不能不暗吃大亏。商议了好几日，才得双方订约，年息七厘，实收只有八七扣，还要分四期交付，就以该路为抵押品，段总理也明知契约过苛，受损不少，但除此没有他法，一听汝霖所为。曹总长借债功劳，又好从优录叙了。

无如筹饷人员办得十分吃力，前敌军官却不肯十分起劲。自从长沙克复以后，曹锟、张敬尧等俱按兵不动，变成一不和不战的局面。段总理致书催促，曹锟动以饷绌为辞，未几即引兵北归，坐索饷需。段总理方思诘责，不意冯总统反下一特命，加任曹锟为四川、广东、湖南、江西四省经略使，使镇保定，相机进止，惹得段总理气愤填胸，入问冯总统。冯却振振有词，谓："川、粤、湘、赣四省，叛党未靖，因特任曹锟为经略，俾专责成。古人说的'重赏之下，必有勇夫'，我意正要他感激思奋、扫清南方呢！"段总理也无词可驳，愤然退出。从此冯、段两人的恶感，日积日深了。

看官阅此，应记得曹锟前言，原拟收复湘省，再申和议，南下攻湘，外似为段氏帮忙，内仍为冯氏效命。既将长沙收复，是已得了湖南省会，后事但付张敬尧处置，自己乐得北返，安闲过日了。冯河间喜他践约，因擢他为四省经略，看似仍为平南起见，实叫他坐镇保定，拥卫京畿。独段总理奔走指挥，还道是元首受制，三军听命，得能借款有着，饷源不绝，总可廓清南服，如愿以偿，谁知又堕入冯河间的计中，叫他如何不怒？如何不恼？但段氏素性坚忍，终不肯为些须拂意，变易初心。暗想两广巡阅使龙济光现在琼州，可扼粤背，福建督军李厚基与粤毗连，可掎粤右，南军以粤省为尾闾，能将粤东占住，滇、桂等省，自无能为力。所以前此登台，已早致电龙、李，嘱令出兵，此次重复电促，允拨巨饷，托令攻粤，不再迟延。再令署浙江督军杨善德，发兵助闽，合力攻粤。

龙济光本与南军有嫌，袁氏失败，龙被撵逐，寓居琼州。段祺瑞执政，授龙为矿务督办，龙素乏矿学，如何办矿，况僻处琼崖，更难任事。至南北交讧，龙在南海特树一帜，依附段氏，断绝南军交通，段因撤去两广巡阅使陆荣廷职衔，转给济光。但济光部下统皆疲兵羸卒，不能耐战，济光虽志在助段，终嫌力不从心，嗣因段氏一再催促，没奈何带领旧部，渡过琼州海峡，往攻阳江。阳江驻守的粤军，蓦见龙军攻入，未免慌张失措，仓卒抵敌，各无固志，更兼寡不抵众，情现势绌，没奈何弃去阳江，各自逃生。济光得入阳江城，又命司令李嘉白分略高、雷二州境内。粤军方四处分防，一时不能召集，控御龙军，所以龙军得东冲西突，侵扰粤边。旋由粤军司令李烈钧，引众堵截，麾下都是锐卒，骁勇善战，非龙军所能与敌。龙军司令李嘉白连战连败，逃得不知去向。或谓已被李军捕去，虚实未明。嗣经龙济光自往抵敌，至雷州境内，与李烈钧鏖战两次，毕竟李军厉害，龙军败衄。济光尚抵死不退，竟为所围。

龙军势成孤立，并没有什么外援，眼见是受困垓心，无从脱险。济光也焦急万状，苦守数日，尚望闽、浙联军，攻入粤境，或可牵掣李烈钧，使他分兵往堵。偏偏闽督李厚基也是个庸碌无能的人物，部下皆淮、徐人，为厚基故乡子弟，但知剽掠，不守纪律。厚基虽然附段，满口主战，但平时无甚机谋，调度又未合法，徒借“主战”二字为口头禅，反致南军嫉视，预先动手。闽军尚未入粤，粤军先已入闽，闽右泉、汀、漳三州属邑，多遭蹂躏，经厚基发兵出御，多败少胜，不得已致书浙江，大声呼救。幸亏浙江派兵赴援，才将粤军驱出，保全境土。厚基尚欲进攻，粤军亦未肯甘休，两下里各添将士，再行角逐，汀、潮交界，彼来此往，激战多日。潮州本是粤属，汀州乃是闽属，粤军守潮攻打，与闽、浙联军相持，闽、浙联军攻潮甚烈，粤军兀自守住，那汀州一方面，却被粤军侵入，又失去了好几县。累得闽、浙两军奔走不遑，哪里能越境西行去救龙王。老龙陷入涸辙，展不出什么伎俩，没奈何硬着头皮，激励亲卒数千人，冒险突围，总算天不绝命，得钻出一条生路，向南急奔。余众尚有数千留驻雷州，叫他苦守待援，自己驰向广州湾，检点随兵，或死或逃，只剩了千余人。

惟广州湾在雷州南面，地濒南海，前清光绪二十四年间，被法人据作租借地，地方政治，全归法人主持。龙军如欲过境，必须先向法领事假道，待他允准，方可通过。当下备了文书，咨商法领事。法领事还算有情，允他假道，惟应照国际公法通例，外人入境不能携带武装，须将军械先行缴出，然后放行。龙济光进退两难，只得俯首依令，嘱咐部下，悉数缴械，由法领事查明属实，乃许通过。龙军虽得生路，奔还琼州，但欲卷土重来，再出攻粤，实已乏此能力。济光无法可施，因欲亲自入京，向段总理面议军情，请他拨兵给械；为恢复计，乃将所有残军，交弟裕光管理，守着琼崖，自乘海道轮船，径往北京去了。

济光一走，雷州所留的孤军，镇日待援，杳无影响。粤军极力围攻，叫他如何支持？终落得援尽力竭，出降粤军。粤军遂逾海进攻琼州。龙裕光方安排守备，鼓众效力，哪知琼州警卫军第三十七营营长杨锦堂，忽然反变，竟对龙裕光宣告独立，且与粤军联络，引敌入境，先据琼东乐会县城，继占万宁、陵水各县，并分攻文昌、定安，直逼琼山。龙裕光虽尽力抵拒，怎奈粤军势大，实难招架，琼州只一孤岛，守兵又属寥寥，五日失一县，十日失两县，能经得几多失陷？乃兄济光，北去无音，地角天涯，望援不至，老龙的巢穴，就定要从此覆没了。

究竟龙济光赴京乞援，难道段总理坐视不救，竟听他巢穴仳离，欲归无路吗？说来亦有许多难处。段总理只有一身，既要做国务总理，又要做参战督办，对内对外，日无暇晷，济光入京相见，非不当面许援，但琼崖是在极南，距北京路逾万里，鞭长莫及，一时如何达到？并且曹锟回京以后，前敌将士，统已观望不前。湘省扼长江中坚，比琼州加倍紧要，省会虽然收复，湘南一带尚多南军踪迹，无人肯出去扫除，何况区区琼崖。所以济光一再催逼，段总理只好逐日敷衍，等到延宕日久，难以为情，乃檄令山东督军张怀芝为援粤总司令，克日出发。怀芝自长沙已下，曹锟返京，也引兵退还山东，仍守督军本任，待至援粤总司令的任命，自京发表，免不得要部署将士，运集兵械，方好起程，临行时已是阳历六月下旬了。

当时参战督办事务处又有一种军事协定条件，为中日两国双方密订，内有密约十二条，中国政府并不宣示；就是日本政府，亦守秘密。约文上载有中日两国均不公布，按照军事上秘密事项办理等语，偏日本新闻纸上漏泄内容，公然将此项条件揭载出来。于是北京大学校学生与高等师范学校、工业专门学校、法政专门学校诸学生全体至总统府中，请愿废约，并求宣布条文，俾众共知。冯总统无可推诿，乃令学生举出代表，始准传见，当面与他解释，谓此系对外条约，并非对内事件。众学生方才无言，散归各校。旋由天津、上海、福州各处学生亦各联结团体，谒见地方长官，请求代向政府，力争废约。正是：

屡向东邻求臂助，应教内部起疑猜。
究竟密约中有何关系，俟至下回发表。

外债有可借者，有不可借者。所借之债，用于实业上之经营，则将来可收巨效，足以偿人而有余，此则固尚可借也。若无后来之收入，但顾目前之急需，是与饮鸩止渴，漏脯救饥，亦何以异？一利百害，如何可借？况段合肥之借外债，全为平南起见，南方未必可平，而债台百级，何物清偿？徒受债权之压迫，增国民之担负，是岂真不可已乎？可已不已，而亲日派之曹汝霖，适承其乏，谓为虎伥，谁曰不宜？龙济光本非段系，乃以仇视民党之故，迫而赴段，高雷败绩，琼崖孤危，数年巢穴，覆于一旦，龙王龙王，其亦事后知悔否耶？

第九十五回

闻俄乱筹备国防
集日员会商军约

此回由中日军事协定引出俄国革命，不免回叙一番。又引出驻日公使章宗祥，又一个卖国贼出场。自然，好引文告的作者也把中日协定的条文录出。

却说中日互订约章，为了军事协定，各守秘密，嗣经日报揭露，方俾国人知晓，内容底细，却是为对外问题。说将起来，实受外界刺激，因发生这种条约。自从欧战开始，连年不休，俄皇尼古拉二世本与英、法诸国订就协约，反抗德、奥，起初兵锋颇锐，突入普鲁士境内，略地甚广，后来屡战屡败，不但将占有普地，悉数失去，甚至属部波兰亦为德所夺。就是对奥战争，胜败不一，也没有什么得手。就中更有一位俄国皇后，乃是德国非都西邦的王女，名叫亚尼都古司，颇有雌威，干预政治，德人侨寓俄都，往往恃为后援，愿入俄籍，得辗转充列贵官。俄、德两国素来专制，合两派人士掌握政柄，百姓还有何幸？众怒难犯，酝酿已深。会欧战事起，俄皇主战，俄后怀念祖国，未表同情，所以一切军机，暗遭牵掣；再加士心不一，民志益离，所以转战数年，迭遭败挫。俄后又屡次怂勇俄皇，停战言和。俄皇受英、法诸国的束缚，不能独宣和议，因此踌躇未决；惟议会人员完全主战，免不得訾议俄皇，俄皇怎肯受责，勒令停会，舆论大哗。议员乘势号召，奋起革命。

时俄皇身兼总司令，方出次京南的朴次可地方筹划军事，突闻京内暴变，急召前敌将士，返戈勤王。偏革命党气焰嚣张，云集影从，差不多有二十万众，一夕发难，全局推翻，凡俄京里面的各部院、各机关所有重要人员，一股脑儿被他拘禁。他如邮局、电局及铁路要塞等处悉被占领。就是俄后亚尼都古司，亦坐致幽囚，禁居兹亚鲁司古鸦西罗离宫。都城统为革命党盘踞，遂蜂拥至俄皇行次，把他围住，迫令逊位。从古到今，最难做的就是皇帝，做得好时，人人尊敬，做得不好时，个个叛离，所以“皇帝”二字的反面，叫做独夫。俄皇到了此时，已与独夫相似，没人听他号令，不得已宣布诏旨，让位于皇弟米哈尔大公。

米氏尝恋一女优，私下结婚，同奔奥都维也纳，嗣复徙往伦敦，甘作田舍生涯。及闻俄、德宣战，却激起一腔忠愤，归国请缨，自陈悔过。俄皇也不念旧恶，擢任陆军最高等官，即令赴敌。果然骁勇无前，屡得战绩，威名大振，遐迩倾心，故一经俄皇诏下，全国兵民，欢声雷动。独米氏自知皇位难居，不愿就任，愿将国体问题，听从民意解决。于是下议院议决，组织临时政府，建设新内阁，力反旧制。凡从前政治宗教各人犯，一概赦免，人民集会结社，均准自由办理。普及选举，削除一切阶级。旧有宪兵，统改为通常陆军，调赴战地。警察改为民团，团长由国民选举，隶属自治会。不到旬日，居然造成了一个共和政府，厘定秩序；不但前敌将士连电赞成，即如英、法、美、意、日等国亦皆投与公文，正式承认。惟俄皇尼古拉二世与俄后俱被驱出，徙至西伯利亚，幽锢穷荒，不得自由行动。余若亲德派大臣，或杀或逐，扫尽无遗，比诸中国革命时，难易相去，几判天渊。新政府且发表政见，声言作战方针，举国一致，决不与德奥单独讲和，似乎俄国人士，一德一心，可以从此大定了。

哪知国家革命，断没有这种容易的事情，试看我国辛亥革命，各省人民哪一个不欢欣舞蹈，极力鼓吹，统说是革命告成，大家可享共和幸福，就是内外官吏，无论文武，亦皆翊赞共和，推倒君主。为什么清室逊位，民国成立，扰扰多年，反害得七乱八糟，不可究诘？难道俄国人民，果皆高尚，绝无争权夺利、党同伐异的思想吗？向来俄国分二党派，除旧政府外，一为下层阶级的急进派，系劳兵团、农民团所组成；一为中等阶级的保守派，乃立宪党系及武人军官所组就。此次俄国革命，全是急进派倡起，保守派不过随势附和，略表同情。首任内阁总理尔伏夫，视事不过数旬，即受各界刺激，辞职自去。继任为克伦斯基是急进派翘楚，当革命时，被举为司法总长，曾决议废止死刑。嗣改任陆军总长，进掌首揆，所有设施，纯主急进。陆军总长萨微柯甫及将军柯尼洛甫，与彼不合，萨氏辞去，柯尼洛甫独与克氏竞争，致用武力解决，俄京复起战事。后虽柯氏失败，党争终未消灭，就中又有一派过激党，比克氏还要维新，竟将克氏推翻，另组新政府、新国会。所以俄京大乱，迭起争端。

内部不靖，外部当然懈体，德军得乘隙深入，步步进逼，俄国原是吃紧，还有我国的中央政府，更禁不住慌张起来。中国西北一带与俄接壤，万一俄人不能制德，被德人穿过俄境，由欧入亚，必且仇恨中国，乘势报复。中国加入参战团，本是徒慕虚名，怎可弄巧成拙，反遭实祸？参战督办段总理为主战的发起人，并且亲操政柄，内外处置，丛集一身，哪得不暗暗着急，加添了一桩心事？亏得小徐等代为设法，想出了借助他山的政策，预备不虞。环顾列强，只有东邻日本，地处同洲，依为唇齿，况迭蒙贷款，情好正深，乐得援共同防敌的美名，与他结约。好在驻日公使章宗祥素来亲日，必能出与协商，不致无效。当下电告章氏，令他速办。章公使不敢怠慢，即致书日本外务大臣，请他共同防敌。公文有云：

敬启者：中国政府鉴于目下时局，依下列纲领，与贵国政府协同处置，为贵我两国之必要。兹依本国政府之训令，特向贵国提议，本使深为荣幸。

（一）中国政府及日本政府，因敌国实力之日见蔓延于俄国境内，其结果将使远东之平和安宁，受侵迫之危险。为适应此项情势，及实行两国参加此次战争之义务，不能不及早协同考量应行之处置。

（二）依前项所述，经两国政府合意后，因实行决定之事，凡两国陆海军，对于此次共同防敌战略之范围，应行协力之方法及其条件，由两国当局官宪协定之。该当局官宪，对于互相利害问题，互相慎重诚实，随时协议。并由两国政府核定，俟时机实行以上提议。相应函达，敬请见复为荷！兹本使对于阁下，特表敬意。敬具。

中华民国七年三月二十五日

中华民国特命全权公使章宗祥

外务大臣法学博士子爵本野一郎阁下

公文去后，即日接复，愿同办理。除公文外，又由日本外务大臣本野一郎，另附一函云：

敬启者：三月二十五日，贵我两国政府，因共同防敌，业经互换公文。帝国政府，以为该公文之有效期间，应由两国军事当局商定。再因共同防敌，日本军队在中国境内者，俟战事终了后，应一律由中国境内撤退。帝国政府，特此声明，相应函达。兹本大臣对于阁下，特表敬意。敬具。

章宗祥得了这种文牍，不胜喜慰，便即电达政府，备述梗概。段总理即咨照驻京日使，彼此各派委员在北京组织委员会，协议共同防敌的条件。日使自然照允，即日互派委员会议。所有两国派定的委员，姓名列下：

（中国委员长）上将衔参谋处处长靳云鹏

（中国委员）陆军中将曲同丰　司长丁锦　海军中将沈寿鹟　陆军少将田书年　陆军少将刘嗣荣　陆军少将江寿祺　陆军少将童焕文　奉天督军代表秦华　吉林督军代表陈鸿达　黑龙江督军代表张济光　海军少将吴振南　海军少将陈恩焘　外交部参事刘崇杰

（日本委员长）陆军少将斋藤

（日本委员）陆军少将宇桓　海军少将增田　海军大佐伊集院　海军大佐桦山　陆军中佐本庄

各委员到了会场，列席公议，议出了十二条约章，约文如下：

第一条　中、日两国陆军，因敌国势力之日见蔓延于俄国境内，其结果将使远东全局之和平及安宁，受侵迫之危险，为适应此项情势，及实行两国参加此次战争之义务起见，取共同防敌之行动。

第二条　关于协同军事行动，彼此两国所处之地位与利害，互相尊重其平等。

第三条　中、日两国，基届于本协定开始行动之时，对于各自本国军队及官民，在军事行动区域之内，当命令或训告，使彼此推诚亲善，同心协力，以期达到共同防敌之目的。凡在军事行动区域之内，中国地方官吏对于该区域内之日本军队须尽力协助，使不生军事上之窒碍。日本军队，须尊重中国主权及地方习惯，使人民不感受不便。

第四条　为共同防敌，在中国境内之日本军队，俟战事终了时，即由中国境内一律撤退。

第五条　中国境外派遣军队时，若有必要，两国协同派遣之。

第六条　作战区域及作战上之任务，适应于共同防敌之目的，由两国军事当局，量各自本国之兵力，另协定之。

第七条　中、日两国军事当局，在协同作战期间，为图谋协同动作之便利起见，应行下列事项：

（一）关于直隶作战上之机关，彼此互相派遣职员，充当往来联络之任。

（二）为图谋军事运动，及运输补充敏活确实起见，陆海运输通信事宜，须彼此共谋便利。

（三）关于作战上必要之建设，例如行军铁路电信电话等项，应如何设备，由两国总司令官临时协定之。俟战事终了，凡临时之建设工程均撤废之。

（四）关于共同防敌所需之兵器，及军需品，并其原料，两国应互相供给。其数量应各自不害本国所需要之范围为限。

（五）在作战区域之内，关于军事卫生事项，应互相辅助，使无遗憾。

（六）关于直接作战上之军事技术人员，如有辅助之必要时，经一方之请求，应由他方辅助之，以供任使。

（七）军事行动区域之内，设置谍报机关，并互相交换军事所要之地图及情报。关于谍报机关之通情联络，彼此互相辅助，图其便利。

（八）协定共用之军事暗号。

第八条为军事输送使用东清铁路之时，关于该铁路之指挥管理保护等，应尊重原来之条约。其输送方法临时协定之。

第九条　本协定实行上所要详细事项，由中、日两国军事当局，指定各当事者协定之。

第十条　本协定及附属协定之详细事项，中、日两国均不公布，按照军事之秘密事项办理。

第十一　条本协定由中、日两国陆军代表者签名盖印，经各自本国政府之承认，发生效力。其作战行动适当之时机，经两国最高统率部商定开始之。

第十二　条本协定以汉文及日文各缮二份，彼此对照，签名盖印，各保有一份为证据。

上列各条，但关系陆军部分，再就海军一方面，议定条文，大约与陆军部分相同。两国委员俱表明满意，因即散席。日本委员长斋藤自去递交日使，由日使电达本国政府请示办理。中国委员长靳云鹏亦将约文入呈国务院，国务总理段祺瑞提出草约，交国务员会议可否。国务员当然赞许，再报明冯总统，即交参战督办处签字。那日本政府电复中国驻京日使，允准签订，彼此各守秘密。乃经日本报揭露以后，遂由中国京内外学生，纷纷异议。其实德军尚在俄国西境，距中国约千万里，所订中日军事协定条约，始终不闻履行，杯弓蛇影，徒添出一段疑论呢。小子有诗叹道：

预定边防费协商，焦思熟虑亦周详。

如何中外多疑议，只为条文太秘藏。

还有南方独立军队，亦由数首领署名，电致冯总统，诘问中日军事协定的约章，欲知详细，待至下回表明。

“革命”二字，传播全球。于是彼国革命，此国亦革命。经一次变革，即增一次危乱。愈革命而其国愈危，此系近今之一种传染症，不得医国手，鲜有能治安者也。俄国革命亦蹈此病。惟此为外史上之事实，于本书尚无暇详叙。本回但因俄之内乱，叙及中日军事协定之原因，中国之加入参战团，全为环境所迫而成，有名无实，无庸讳言。段总理恐敌军入境，乃欲借助东邻，此尤不得已之苦衷，应为国人所共谅。而议者蜂起，互相诘责，盖由他事未满人意，无惑乎举一例百，疑议纷滋也。然观诸十二条约章，尚无损权之举，而必互守秘密，果属何意？明眼人其必有所鉴别乎？

第九十六回

任大使专工取媚　订合同屡次贷金

段总理为剿平南军又谋借款，派的是章宗祥和另一位曾任驻日公使的陆宗舆。日本人慨允借款。有心的作者列出民国七年的五次借款，好叫后来人明白日本人的用心和卖国贼的无耻。

却说南方独立军队，本推伍廷芳、陆荣延、唐继尧、林葆怿、刘显世、谭浩明等为领袖，与北方争论不休，至用武力相待。及闻中日有军事协定的密约，惟恐段祺瑞借口边防，借着日本军人来图南方，所以电致中央，详叩约章内容；政府置诸不答，因复严电诘问，电文有云：

北京冯代总统鉴：闻段祺瑞与其左右二三武人有与日本订立密约之说，中外喧腾，举国惊疑，奔走呼号，一致反对。廷芳等前已电请钧座，如有其事，应请严行拒绝；如确无之，则请明白宣布，以祛群疑。区区息事御侮之苦衷，谅邀洞鉴。窃以西南义旅，志在护法，但求有裨于国，断非意气之争。今段祺瑞及其私人，因坏法而用兵，因用兵而借款购械，因借款购械而有亡国条约，务求逞于国内，宁屈伏于外人。无论双方胜负若何，而国家主权已陷于外人掌握之中。叱咤鞭挞，惟命是听；奴隶牛马，万劫不复。虽卖国之罪，责有攸归，而覆巢之下，宁冀完卵？国且将亡，法乎何有？皮之不存，毛将焉附？今与中央约：中央果开诚布公，声明不签亡国之约，而对于南北争持之法律政治诸问题，组织和平会议，解决一切，则我即当停战息兵，听我国人最后之裁判。倘忠言不纳，务逞其穷兵黩武之心，而甘以国家为孤注，则我国民宁与偕亡，断不忍为人鱼肉也。迫切陈词，伫候明教！

这种电文，本为段氏所不愿入目，冯总统一经阅过，偏把电文移送国务院，显示老段，激动段氏怒意，恨不得将南方军队，立即扫平。他想一不做，二不休，索性大借外债，筹足饷械，派遣十万雄师，与南方猛斗一场，如能就此荡平，方出胸中恶气。主见已定，遂授意曹、陆两人，再行借款。曹氏就是汝霖，现任交通总长兼财政总长。陆氏名叫宗舆，为浙江海宁人，前清尝领乡荐，游学日本，速成法政学校，归国后纳资为郎中，辗转迁擢，累居显要。民国成立，更得美差，历任国务院秘书及驻日公使、币制局总裁等职，宦囊充裕，多财善贾，遂与日商品设中华汇业银行，做了该行中总理先生。这两人同是亲日派，为段帮忙。

在外又有驻日公使章宗祥与曹总长一鼻孔出气，小子于九十四回中，已约略叙及，惟未曾表明详情。他既是个皇华专使、法学大家，应该把他详述履历，方不抹煞这民国通材。他家住吴兴荻港镇，乃兄叫做章宗元，也曾向美国游学，归参政务，寻为唐山路矿学校校长，注重实业教育，与宗祥性情行迹，迥不相同，所以西洋毕业的兄长，反不及东洋毕业的阿弟较为阔绰。当宗祥学成归国时，曹汝霖已通显籍，为宗祥所垂涎，特上时务条陈万余言，作为进阶。偏清政府留中不报，急得宗祥抚髀兴嗟，非常侘傺。继思前时载振嘱语，允为援引，何勿就此营谋，寻条进路？当下浼一知友，先向振贝子处代为先容，然后执刺往谒，好容易才得进见。振贝子虽与晤谈，却淡淡的问了数声，并未提及前言，推诚相示。章宗祥不便相诘，只好说了几句套话，怅然回寓。

可巧有个床头人，见乃夫潦倒情状，询明大略，遂即放出手段，为夫求荣。相传章妻陈氏，芳名彦安，曾在沪上女学校肄业，籍隶姑苏，彼时宗祥亦为南洋公学学生，邂逅相遇，一见倾心，遂成为儿女交。后来陈氏亦游历日本，与宗祥订定婚约。至宗祥归国，就借沪上旅舍为青庐，行合婚礼。卿卿我我，相得益欢。未几相偕北上，满抱一夫荣妻贵的希望，挈艳同行，乃寓京多日，未遂雄飞，倒不如牝鸡振翼，还望高升。于是打通内线，入谒振贝子夫人，凭着那莺声百啭，博得贝子夫人的欢心，时常召入，青眼相待。陈氏知情识趣，竟拜贝子夫人为干娘。贝子夫人越加宠爱，遂向振贝子说项，邀同振贝子至乃翁前，极言陈氏夫妇的才能。乃翁便是庆亲王奕劻，便延陈氏入邸，教授孙儿孙女，并调宗祥入民政部当差，远大鹏程，从此发轫。巧值民政部尚书肃亲王善耆，自负知人，收揽名士，宗祥遂屡上条陈，大蒙鉴赏，当由肃王专折力保，得赐进士。俄而派至参丞上行走，俄而充任宪政编查馆委员，俄而超补右丞，俄而调授内城巡警总厅厅丞。武汉兴兵，南北议和，宗祥亦列入清室议和代表，赴沪参议。至袁项城任民国总统，令宗祥为大理院院长，嗣且改长司法兼署农商。袁氏筹办帝制，宗祥亦奔走效劳，寻见帝制无成，改投段氏门下。段二次组阁，仍使他为司法总长。旋即遣赴东洋，继陆宗舆为驻日公使。

看官试想！他的法政学问，是从日本国造成的；大使头衔，是从段总理派与的。所以他心目中，只知日本国，只知段总理，所以段氏有命，无不遵从。此次曹、陆两人，奉命借债，当然电告宗祥与同协力，内外张罗，多多益善。东邻日本却是慷慨得很，但教曹、陆、章与他筹商，无不允诺，惟抵押品须要稳固，借贷契须要严密，两事办就，便一千万二千万三千万的银圆，源源接济，如水沃流。究竟扶桑三岛，能有若干铜山金穴，可以取用不尽，挹注中国？大约也是效微生高的故智，乞邻而与。试问日本人的用意果为何事，肯这般替我腾挪，苦心经营呢？总计民国七年六月为始，到了九月，共借日本款五次，由小子一一叙出，分作甲乙丙丁戊五项，胪列如下：

（甲）订借吉、黑林矿三千万圆。财政总长曹汝霖、农商总长田文烈商同中华汇业银行经理陆宗舆，向日本兴业、朝鲜、台湾三银行，借定此款，以吉林、黑龙江两省全境森林矿产为抵押。订定约文共十条：（一）借款为日金三千万圆。（二）限期十年，期满后，得由双方协议续借。（三）经过五年后，无论如何，得于六个月前，预先知照偿还本借款金之一部分。（四）年息七厘五毫。若实行第二条续借时，利率当按时协定。（五）每届付息，须每个月前先付，限定每年一月十五日及七月十五日。但第一次及最末次，不满六个月，可按日计算，先行付清。（六）十足交款，并无回扣。（七）本借款之交付偿还付息及其他一切授受，均在日本东京办理。（八）吉、黑两省金矿与国有森林以及林矿所生之政府收入，作为担保品。（九）本合同有效期内，关于前条林矿及其收入，拟向他人借款，须先与本债权人商议，俟本债权人认可，方得另借。（十）俟本利偿清时，本合同作废。十条以外，尚有附约四条：（一）中国设立吉、黑两省采木开矿股份公司时，此次承受借款各银行，得投资达资本总额之半。（二）中日合资办法由两国委员协定。（三）中国政府如届时不能还款时，该借款即作为日本出借各银行在中国设立之林矿公司内股份。（四）中国政府因募集该股份公司之股份券时，日本出借各银行，得代理发行该券全部或一部。

（乙）订借善后垫款一千万圆。民国六年八月间，财政部曾向日本银行团借第二次善后借款垫款日金一千万圆，以盐税余款为抵押。兹复由财政部总长曹汝霖，向日本正金银行代表武内金平氏商恳，由武内金平氏绍介日本银行团再借日金一千万圆，仍作为该借款垫款，为整理中国、交通两银行纸币之用，利息七厘，一年为限，仍以盐税余款为抵押，条约与前次相同。又因上年所借三千万圆，期限将满，由财政部商妥日本银行团，届期一年，内容悉如前约办理。

（丙）订借吉会铁路款一千万圆。自吉林达延吉南境及图们江以至会宁一带，勘定路线，前曾与日本约定，中国政府开办时，款项不敷，应向日本协同筹办。交通总长兼财政总长曹汝霖乘隙入手，因与日本兴业银行及台湾银行、朝鲜银行，商订吉会铁路借款预备合同，共十四条：（一）由中国政府速拟定本铁路建筑费及其他必需费用，征求该三银行同意，由三银行议定金额，代为发行中国政府五厘金币公债。（二）本公债期限为四十年，自公债发行日起算，第十一年开始还本，依分年摊还方法办理。（三）中国政府俟吉会铁路正式借款合同成立，即着手建造铁路，期在速成。（四）中国政府应与日本帝国朝鲜总督府铁路局共同建造图们江铁桥，负担建造费半额。（五）中国政府为本公债付还本息之担保，即为现在及将来本铁路所属之一切财产及其收入。（六）本公债之实收额，按照从前中、日所订之铁路借款合同折衷规定。（七）以上各条所未规定之条项，准照清光绪三十三年订定之津浦铁路合同，双方协议决定之。（八）吉会铁路正式借款合同，以本预备合同为基础，限期六个月内，订定正式合同。（九）预备合同成立，即由日本三银行垫借日金一千万圆，十足交款，并无回扣。（十）本垫款应交利息，为年息七厘半。（十一）本垫款依中国所发行国库证券贴现之方法交付。（十二）前项国库证券，每六个月换给一次，每次以六个月份之息金，支付该三银行。（十三）中国政府于吉会铁路正式借款合同成立后，当以本公债募得之资金，优先付还本垫款。（十四）本垫款交付偿还付息，及其他一切授受，均在日本东京履行。

（丁）订借满蒙四铁路款二千万圆。中华民国驻日公使章宗祥与日本兴业银行副总裁并代表台湾、朝鲜二银行小野英二郎，订定满蒙四铁路借款预备合同，拟定四路路线：（一）由洮南至热河。（二）由长春至洮南。（三）由吉林经海龙至开原。（四）由洮南热河间，通至海港。俟双方勘定路线后，标明地点，作为起讫。共长一千余里，借款二千万圆，预定合同十四条，即以四铁路所属之财产及其收入为担保品。年息八厘。余如吉会铁路借款预备合同，约略相同。

（戊）订借顺徐铁路款二千万圆。由山东济南至直隶顺德间，及由山东高密至江苏徐州间之铁路，应需建筑各款，向日本兴业银行、台湾银行、朝鲜银行商借垫款二千万圆，亦由驻日公使章宗祥一手经理。日本三银行代表，就是兴业银行副总裁小野英二郎，订定预备合同十四条，与满蒙四铁路借款条约相似。惟首条中有该路路线，倘于铁路经营上，认为不利益时，得由双方协议，酌量变更是为该合同中特别声明的条文。

以上各种借款契约，各备中、日文各二份，政府银行互执各一份。若至将来双方解释，发生疑义时，应取准日文条约，不适用中文条约。曹、章、陆三人，但教借款到手，不管他后来隐患，所以日人如何说，他便如何依。此外闻尚有制铁借款、参战借款等，大约数十万至一二百万，或向日本借就，或向英、美诸国借来，还有少数借款，无从查明。实际开支，无非供给武人及所有政党的需索。什么森林，什么金矿，什么铁路，简直是搁过一边，毫不提起，指东话西，影戤过去，难道外人果肯受绐吗？段总理急不暇择，且把那借款移用，自逞那平南政策。

偏南军坚持到底，誓与北方抗拒。一班军阀议员，联合拢来，先由议员择定会所，组织非常国会，与军阀沟通意见，订定军政府组织纲目，即按大纲第三条云：军政府应由非常国会中选出政务总裁七人，组织军政会议，行使职权。于是实行选举，投票取决，便有七人当选，姓名列后：

唐绍仪　唐继尧　孙文　伍廷芳　林葆怿　陆荣廷　岑春煊

自经政务总裁选出七人，孙文辞去大元帅职任，办理交代，即离去粤东，自赴日本，不愿为政务总裁。唐绍仪亦有事他往，未曾就职，当由岑春煊、伍廷芳等规定政务会议条例及政务会议内部附属机关条例，免不得有一番手续。自民国七年五月二十日选出政务总裁，直至七月五日，始宣告军政府成立。从此南北两方，势成对峙，段总理越想统一，越致决裂了。小子有诗叹道：

欲求统一在开诚，但恃权威终不平。
我欲制人人制我，纷争忍尔苦苍生。

欲知南北冲突情形，且至下回再叙。

曹、章、陆三人，同为惟一之亲日派，即同为惟一之借债家，而章为驻日公使，其通信也尤便，故其效力也尤甚，特详履历，所以表其行迹之由来也。作者本无仇于曹、章、陆，但据报章之揭载，撮叙大略而已。然观五项借款合同，无一非授权日人之渐，即果为林矿铁路，及中国、交通两银行整理纸币之需，而日人垄断其间，已不足振兴实业，清理财政，况其为供给武人、政党之需要耶？大书而特书之，孰得孰失，固自有能辨之者。著书者应不忍下笔，阅书者亦不忍寓目矣。

第九十七回

逞辣手擅毙陆建章 颁电文隐斥段祺瑞

奉军副司令徐树铮气焰熏天，乃至擅杀将军，原来是有段总理撑腰。小徐还找了几个帝制余孽，凑了一个安福系，帮自己倒冯拥段。重开国会选总理，冯国璋希望段与自己一齐去职，通电屡言和平，意在指段主战。

却说广东军政府已经组成，即借广东城外的士敏土厂作为暂住机关，当由政务总裁唐继尧、伍廷芳、林葆怿、陆荣廷、岑春煊联名发出通电云：

> 查本军政府组织大纲，以由国会非常会议选出之政务总裁七人，组织政务会议。行使其职权。现除唐少川、孙中山两总裁，因交通阻碍，未接有就职通告，经派员敦促外，计就职总裁，已居过半数。当此北庭狡谋愈肆，暴力横施，大局阽危，民命无托，护法进行，刻不容缓，谨于本月五日，宣布中华民国军政府依法成立，即开政务会议。特此通告。

自军政府成立后，更促将士进行，或攻闽、或攻湘、或攻琼崖，相继不绝。北京援粤总司令张怀芝方统率炮步兵二十营，由鲁入鄂，由鄂赴赣，驻扎江西樟树镇，力图攻粤。粤军先发制人，进攻赣边，占去虔南县城。嗣被赣军克复，怀芝即拟鼓众入粤，偏偏二竖为灾，日相缠扰，没奈何停止进兵，自还汉口养疴。

当时有个炳威将军陆建章，就是前镇陕西、被陈树藩赶走的逃将军，他恨段派左袒树藩，将已撵出，以致地盘失据，随俗浮沉，及见冯、段交恶，乐得联冯拒段，奔走赣、鄂，运动和议，隐为冯氏效劳，牵制段派。冯总统也喜得一助，故特任他为炳威将军。但段派亦嫉视建章，积不相容。徐树铮挟嫌尤甚，屡思扑灭此獠。是时树铮尚为奉军副司令，往来京、津，闻得建章寓驻津门，嗾动奉军驻津司令部停战言和，遂即往津调查。果属事出有因，越觉怒冲牛斗，无名火高起三丈。当下缮就一书，饬投建章寓内，只说是候谈军情，诱令到来，暗中却埋伏武弁，秘密布置，专待建章入阱，好结果他的性命。建章虽亦知树铮恨己，但想他总不敢擅自杀人，就昂然径往，趋入奉军司令部内。树铮还欢颜出迎，邀入营中，开筵相待。座中陪客统是奉军军官，以及树铮左右私人，席间也未曾提及时事，只是猜拳行令，备极欢娱。至酒酣席撤，树铮乃起语建章道："此间内有花园，风景颇佳，请入内游玩一番，聊快胸襟。"建章尚不知有诈，随他进去。既入内园，树铮即目顾左右，掩住园门，当即翻过了脸，厉声语建章道："汝可知罪否？"建章失色道："我有何罪？"树铮道："汝为南方做走狗，东奔西跑，运动和议，破坏内阁政策，还得说是无罪吗？"建章道："海内苦战，主和亦非失计，且今日主和，亦不止我一人，怎得归罪于我？"树铮怒目道："汝不必多说了。"说着，即令左右拿下建章，绑住园中树上。建章始软口乞免，愿为小徐帮忙。小徐置诸不理，自从囊中取出手枪，扳动机簧，扑通一响，已把这位陆将军送到冥府去了。当下草就电文，设词架罪，拍致国务院及陆军部道：

迭据本军各将领先后面陈，屡有自称陆将军名建章者，诡秘勾结，出言煽惑等情，历经树铮剀切指示，勿为所动，昨前两日，该员又复面访本军驻津司令部各处人员，肆意簧鼓，摇惑军心。经各员即向树铮陈明一切，树铮犹以为或系不肖党徒，蓄意勾煽之所为，陆将军未必谬妄至此。讵该员又函致树铮，谓树铮曾有电话约到彼寓握谈。查其函中所指时限，树铮尚未出京，深堪诧异。

今午姑复函请其来晤，坐甫定，满口痛骂，皆破坏大局之言。树铮婉转劝告，并晓以国家危难，务敦同胞气谊，不可自操同室之戈。彼则云我已抱定宗旨，国家存亡在所不顾，非联合军队推倒现在内阁，不足消胸中之气。树铮即又厉声正告，以彼在军资格，正应为国家出力，何故倒行逆施如此？纵不为国家计，宁不为自身子孙计乎？彼见树铮变颜相戒，又言："若然，即请台端听信鄙计，联合军队，拥段推冯，鄙人当为效力奔走。鄙人不敏，现在鲁、皖、陕、豫境内尚有部众两万余人，即令受公节制如何"云云。

树铮窃念该员勾煽军队，联结土匪，扰害鲁、皖、陕、豫诸省秩序，久有所闻，今竟公然大言，颠倒播弄，宁倾覆国家而不悟，殊属军中蟊贼，不早消除，必贻后戚，当令就地枪决，冀为国家去一害群之马，免滋隐患。除将该员尸身验明棺殓，妥予掩埋，听候该家属领葬外，谨此陈报，请予褫夺该员军职，用昭法典。伏候鉴核施行。

咄咄小徐，放胆横行，擅将陆建章枪毙，且并未自请处分，但声明建章情罪，一若杀了建章，尚有余功，真是权焰熏天，为民国时代所仅见。国务总理段祺瑞、陆军总长段芝贵得着小徐报闻，且惊且喜，便替他设法回护，检查从前文牍，如张怀芝、倪嗣冲、陈树藩、卢永祥等俱有弹劾陆建章的成案，遂汇成档册，并将徐树铮电陈详请，一并缴入总统府，请令办理。冯总统长叹数声，暗思建章已死，不可复生，欲责小徐擅杀，又恐得罪段氏，益启争端，没奈何下一指令道：

前据张怀芝、倪嗣冲、陈树藩、卢永祥等先后报称陆建章迭在山东、安徽、陕西等处，勾结土匪，煽惑军队，希图倡乱，近复在沪勾结乱党，当由国务院电饬拿办。兹据国务总理转呈，据奉军副司令徐树铮电称，陆建章由沪到津，复来营煽惑，当经拿获枪决等语。陆建章身为军官，竟敢到处煽惑军队，勾结土匪，按照惩治盗匪条例，均应立即正法。现既拿获枪决，著即褫夺军职勋位勋章，以昭法典。此令。

令文虽如此云云，心下越仇视段派，势不两立了。惟陆建章也非善类，专好杀人。从前袁总统时，曾委建章为军警执法处处长，他承袁氏意旨，派遣私人，一味侦察反对党，捉一个，杀一个，捉两个，杀一双，往往有挟嫌谎报，谓某人有通敌阴谋，便即信为真情，妄加捕戮。后来复经他人入告，说是侦报未确，诛及无辜，他又召到原谍，邀他同食，食时尚谈笑甚欢，及食毕后，忽提前事，不容分辩，即命推出处死；或且并不提及，欢送出门，突从他背后，发一手枪，击毙了事。所居院落，辄陈尸累累，故都人见他请客红柬多有戒心，号为阎王票子，且因他杀人甚众，如屠犬豕一般，因复赠一绰号，叫做屠夫。此次为小徐所诱，突遭枪决，虽似未免屈死，终究是天道好还，报施不爽呢。

但小徐诱杀建章，得快私忿，自以为一条好计，哪知也有得有失，徒多了一个仇家。陆妻冯氏乃是旅长冯玉祥的姑母，猝闻乃夫被杀，当然悲从中来，恸哭了好几场，且与玉祥商量，要玉祥代报夫仇。

玉祥本皖中望族，乃父在前清时，为直隶候补知府，挈眷寓津，产下一男，就是玉祥。少长时曾至教会学堂读书，故投入基督教籍。嗣入保定军官学校，由该校保送至武卫右军，充当差遣，故浙江督军杨善德，见了玉祥，即许为大器，荐入段祺瑞幕中。段以为碌碌无奇，不加重用，玉祥乃与段相离，自寻门路。后为第三镇步兵第五标第十团第三营管带，统率百人驻扎房山县。未几，由陆建章代为谋划，改编为京畿宪兵营，扩充至兵士二千名。民国二年，第二师、三师、四师、六师、七师，移镇鄂、湘、苏、皖等地，北洋防务空虚，袁项城饬募新兵，编练混成旅十余部。冯营为陆军第十六混成旅，玉祥遂任旅长。越年拔营南下，驻扎武穴，及段氏三次组阁，一意主战，令冯玉祥率军援闽，旋复改命援鄂。玉祥本不附段派，观望不前，且有意服从冯总统，曾发出通告，请速罢兵，并有："元首力主和平，讨伐各令，俱出自胁迫"等语。段氏因他拥兵自大，也不便急切相待，只好付作缓图。

哪知霹雳一声，建章毙命，玉祥顾念戚谊，当然惊心，再加姑母冯氏泣令报仇，玉祥亦不禁呜咽道："姑父平日所为，我亦尝极端反对，屡劝他缓狱恤刑，哀矜勿喜，偏姑父习以为常，遂致怨家挟恨，陷害姑父，但今乃屈死小徐手中，殊不甘心。小徐靠了老段势力，横行不法，暴戾恣睢，我若不为姑父复仇，如何对得住姻戚？但目前尚难轻动，我部下不过数千人，势不能一举成功，我死也不足惜，死且无益，不如从缓为是。"他姑母听了此言，也觉没法，只有挥泪自去罢了。

惟玉祥经过此变，遂与段内阁决裂，自告独立。部下副官李铭钟、团长杨贵堂、何乃中等亦愿为效力，累得段总理多一敌手，不得不格外加防。并且失意事层叠而来，大与前谋相左。湘南未平，闽军又败，龙裕光孤守琼崖，属地已失去大半，专望援粤总司令张怀芝一军入粤牵制，或可解围。哪知张怀芝病倒汉口，连日未痊。留驻江西的张军，方移次醴陵，逍遥江上，偏被南方间谍，侦悉情形，竟潜从攸县进兵，猛向醴陵扑入。张军十数营猝不及防，仓皇奔溃，吓得养疴汉口的张司令出了一身冷汗，力疾起床，乘车北返。自问未免怀渐，情愿抛弃权利，辞去山东督军。琼州失援，龙军保守不住，只好弃去巢穴，向北逃生。看官试想！这岂非段氏的平南政策，一齐失败吗？

还有段氏背后的小徐，格外担忧，他本思推倒冯河间，奉段祺瑞为总统，举张作霖为副座，所以请张帮忙，合力同谋。惟段氏以为南方不平，威望未著，也不愿骤任元首，故小徐对着平南政策，非常注重。如何借债，如何调兵，多半由小徐献策，怂恿段氏进行。偏偏事不从心，谋多未遂，怎得不五内俱焚？踌躇四顾，愤不可遏，自思平南政策，不能贯彻，总由那冯派横生阻力，以致种种窒碍。今欲釜底抽薪，必须将老冯捽去，改拥段氏为总统，然后令出必行，军心一致，方得戮力平南。于是另生他计，即拟组成新国会，为选举总统的预备。好在各项借款，尚未用罄，不若移缓就急，将军事暂且搁置，一意运动议员，组合政党。

当有帝制余孽梁财神士诒、王包办揖唐乘机出头，来做小徐帮手，渐渐的三五成群，四五结队，凑齐了数十百人，迎合小徐，拥戴老段，复取了一个私党的美名，乃是“安福”两字。安是安邦，福是福国。名目却是动听，但一班安福系中的人物，究竟是为国家思想，是为自己思想，看官总应明了呢。

民国七年七月十三日召集新国会，约期开议，第一件问题，就是选举新总统。原来冯总统本是代任，期限不过一年。他自六年八月一日，入京就职，到了七年八月，任期已满，理应卸职另选，所以召集新国会的命令，当然由冯总统颁发。冯氏非不思续任，但有段派的对头，自知续选无望，惟欲与老段同时下野，前次联袂同来，此次亦要他蹇裳同去。若自己退位以后，反令段氏继任，这是梦寐中也不甘心。乃暗中嘱使同党，设法阻段。江南督军李纯、第三师师长吴佩孚隐承冯意，一再通电，主和斥战。就是直隶督军兼四省巡阅使曹锟亦屡开督军会议，不愿拥段。至若张雨帅为副总统，各督军都不赞成，就是段派中人，除小徐外，也多与雨帅反对，所以雨帅亦为夺气，不肯十分出力，替段效劳。转眼间已是八月，新国会议员，同集都下，不日就要开会了。冯总统独预先加防，颁一通电云：

国璋服务民国，于兹七年，变故迭更，饱尝艰苦。去岁邦基摇动，幸赖总理与各督军群策群力，恢复共和。其时黎大总统辞让再三，元首职权，无所寄托，各方面以《约法》有代行职权之规定，大总统选举法有代理之明文，责备敦促，无可逃避。国璋明知凉德，不足以辱大位，但以尊重法律之故，不得不忝颜庖代。

顾念《约法》精神所在，一曰中华民国之统一，一曰中华民国之和平，国璋挟此两大希望而来，以求与根本大法之精神相贯彻，非有一毫利己之私，惟期不背于法律，以自免于罪戾耳。今距就职代理之日，已逾一年，而求所谓统一和平，乃如梦幻泡影之杳无把握。推原其故，则国璋一人，实尸其咎。古人云：“徒善不足以为政，徒法不能以自行。”又曰：“苟非其人，道不虚行。”国璋虽自认《约法》精神，无有错误，而诚不足以动人，信不足以服众，德不足以驭世，惠不足以及民，致将士暴露于外，闾阎愁苦于下，举耳目所接触者，无往而可具乐观。虽有贤能之阁僚，忠勇之同袍，而以国璋一人不足表率之故，无由发展其利国福民之愿力。所足以自白于天下者，惟是自知之明，自责之切，速避高位，以待能者而已。

今者摄职之期，业将届满，国会开议，即在目前，所冀国会议员，各本一良心上之主张，公举一德望兼备，足以复统一和平者，以付《约法》精神之所在，则国本以固，隐患以消。国璋方日夜为国祈福，为民请命，以自忏一年来之罪戾。皇天后土，实鉴此心。若谓国璋有意恋栈，且以竞争选举相疑，此乃局外之流言，岂知局中之负疚？盖国璋渴望国会之速成，以求时局之大定，则有之，其他丝毫权利之心，固已洗涤净尽矣。至若国之存亡，匹夫有责，国璋虽在田野，苟有可以达统一和平之目的，而尽国民一分子者，惟力是视，不敢辞也。敢布腹心，以谂贤哲。

这篇电文，看似引咎自责的谦词，实是阻挠段氏当选的压力。段主战，冯主和，战乃一般人民所痛嫉，和实一般人民所欢迎，试看电文中屡言统一，屡言和平，无非声明自己本意素不愿战，所有此次调兵遣将，借债济师，种种挑拨恶感、毒害生灵的举动，都推到段氏身上，好叫新国会人员，不便大拂民情，选举段氏。且复郑重提及，叫各议员存些良心，公举一统一和平的总统，这不是反对段氏，敢问是反对何人呢？小子有诗叹道：

党派纷争国是淆，但矜意气互相嘲。

同袍尚且分门户，天地何由叶泰交。

冯电既发，过了数日，南方也续发电告，好似与冯电相应。欲知文中底细，俟至下回录明。

刑人于市，与众弃之，是为中古之成制。彼时为君主政体，犹有与众共诛之意，况明明为革新政体之民国，昌言共和，宁有对一官高爵重之炳威将军，可以擅加枪毙乎？微特小徐无此权力，即令大总统处此，亦必审慎周详，不能擅杀。就使建章煽乱，应该由军法处决，不关司法，而小徐总不能背地杀人。共和共和，乃有此敢作敢为之小徐，吾未始不服其胆力，而对诸我中华民国，殊不禁悯焉心伤矣。然未几而有冯玉祥之独立，又未几而有冯河间之通电，弄巧反拙，欲立转仆，小徐其奈何尚不知返乎？

第九十八回

举总统徐东海当选 中别言冯河间下台

新总统选了一个徐世昌，此佬当然谦让。冯、段都劝其就职，徐也就『当仁不让』。冯氏发表了去职告白，无非是表明心迹，暗地里却早把总统府的财宝搬得几乎一干二净。

却说南方自主军队，组成广东军政府，反抗北方，本来是各执己见，不相通融，但对着冯氏代理总统，原是依法承认，只与段氏的解散国会，主张武力，始终视若仇雠。所以冯总统颁一通电，广东军政府也续发一通电云：

> 溯自西南兴师，以至本军政府成立以来，于护法屡经表示，除认副总统代理大总统执行职务外，其余北京非法政府一切行为，军政府万无容认之余地。乃者大总统法定任期无几，大选在即，北京自构机关，号称国会，竟将从事于选举。夫军政府所重者法耳，于人无容心焉，故其候补为何人，无所用其赞否，赞否之所得施，亦视其人之所从举为合法与否而已。苟北京非法国会竟尔窃用大权，贸然投匦，无论所选为谁，决不承认，谨此布告，咸使闻知。

南北两方，一呼一应，都是反对段氏，预先阻挠。段氏连番接阅，未免皱眉，暗想人众我寡，何苦硬行出头，还是与冯河间同去，较为得计，乃宣告大众，愿与冯氏一同下野。小徐等方此推彼挽，要将段氏扛抬上去。偏段氏思深虑远，不愿冒险一试，任他小徐如何怂恿，却是打定主意，决计不干。小徐等也觉扫兴。但冯氏下野，段氏又下野，将来究应属诸何人，难道中华民国就从此没有总统吗？于是小徐邀同梁士诒、王揖唐诸人秘密会议，除冯河间、段合肥外，只有一位资深望重的大老官，寓居津门，足配首选。看官道是何人？原来就是前清内阁协理大臣，为袁项城的国务卿徐世昌。

世昌从词苑出身，本非军阀，不过他在前清时，外任总督，内握军机，与军阀家往来已久，为武人所倾心，此次久寓津门，名为闲散，实则中央政事，无不预闻。自元首以至军阀，统因他老成重望，随时咨询，片言作答，奉若准绳，所以一介衰翁，居然为北方泰斗。小徐等主张举徐，无非因南北纷争，形势日恶，河间、合肥既愿同去，不如拥戴老徐，或可制服异类，保持本派势力，因此决定计议，立派妥员向津劝驾。徐世昌素来圆滑，怎肯一请便来？免不得逊谢未遑，做一个谦谦君子。

那小徐等尽管进行，促令新国会开议，选定王揖唐为众议院议长，组织总统选举会，克期举行。到了九月四日，即在议会中选举新总统。到会议员共四百三十六人，午前十时，举行投票，午后开匭。徐世昌得四百二十五票，应即当选。当由议会备文，咨照国务院，国务院亦即通电各省，并通告全国。越日，又开副总统选举会，等到日中，两院议员一大半不到会场。议长当场计算，所有到会议员不足法定人数，就使投票，也属无效，只好延期选举，徐作后图。嗣是逐日延宕，竟将副总统问题，搁置一边，简直是不复提议了。徐世昌闻自己当选，尚未便承认下去，因复通电中外，自鸣让意道：

国会成立，适值选举总统之期，乃以世昌克膺斯选。世昌爱民爱国，岂后于人，初非沽高蹈之名，并不存畏难之见。惟眷念国家杌陧之形，默察商民颠连之状，质诸当世，返诸藐躬，实有非衰老之躯所能称职者。并非谦让，实本真诚，谨为我国会暨全国之军民长官并林下诸先生一言，幸垂听焉！

民国递嬗，变乱屡经，想望承平，徒存虚愿，但艰危状况，有十百于当时者。道德不立，威信不行，纪纲不肃，人心不定。国防日亟，边陲之扰乱堪虞；欧战将终，世局之变迁宜审。其他凡事实所发现，情势所抵牾，当局诸公，目击身膺，宁俟昌之喋喋？是即才能学识，十倍于昌，处此时艰，殆将束手，此爱国而无补于国，不能不审顾踌躇者也。国之本在民，乃者烽火之警，水潦之灾，商业之停滞，金融之停滞，土匪劫掠，村落为墟，哀哀穷民，无可告诉。吏无抚治之方，人鲜来苏之望，固无暇为教养之计划，并不能苏喘息于须臾，忝居民上，其谓之何？睹此流离困苦之国民，无术以善其后，复何忍侈谈政策，愚我编氓？此爱民而无以保民，更悚惕而不自安者也。然使假昌以壮盛之年，亦未尝无澄清之志，今则衰病侵寻，习于闲散，偶及国事，辄废眠食，若以暮齿，更忝高位，将徒抱爱国爱民之愿，必至心有余而力不足。精神不注，丛脞堪虞，智虑不充，疏漏立见，既恐以救国者转贻国羞，更恐以救民者适为民病。彼时无以对我全国之民，更何以对诸君子乎？

吾斯未信，不敢率尔以从；心所谓危，谨用掬诚以告。惟我国会暨我全国之军民长官，盱衡时局，日切隐忧，所望各勉责任，共济艰难。起垂魇之民生，登诸衽席，挽濒危之国运，系于苞桑。昌虽在野，祷祀求之矣。邦基之重，非所敢承，干济艰屯，必有贤俊，幸全尘翮，俾遂初服。除致函参众两院恳辞，并函达冯大总统国务院外，特此电达。

是时国会仍照旧制，组成参众两院，既已由小徐等暗中运动，王揖唐竭力鼓吹，产出新总统徐东海，哪肯再畀他辞去？当下却还来函，仍由两院主名，坚请徐世昌出山。就是代任终期的冯河间，也恐东海不来，或致改选合肥，因即函复老徐，格外敦劝，词意备极诚挚。文云：

顷奉大函，以国会成立，选举我公为中华民国大总统，虞棼丝之难理，辞高位而不居。谦德深光，孤标独峻，即兹举动，具仰仪型。惟审察现在国家之情形，与夫国民感受之痛苦，倒悬待解，及溺须援。天下事尚有可为，大君子何遽出此？略抒胸臆，幸垂察焉！比年以来，迭更事变，魁杓既无所专属，法律几成为具文。内则斫斧相寻，外则风云日恶，以云险象，莫过今兹。然危厦倘易栋梁，或可免于倾圮，洪波但得舟楫，又何畏夫风涛？不患无位，而患无才，亦有治人，乃有治法。

我公渊襟睿略，杰出冠时，具世界之眼光，蕴经纶于怀抱。与国记枢密之名姓，方镇多幕府之偏裨，一殿岿然，万流奔赴。天眷中国，重任加遗，所望握统驭之大权，建安攘之伟业，公虽卑以自牧，逊谢不遑，而欲延共和垂绝之纪年，当此固舍公莫属也。邦本在民，诚如明示。属者兵边祸结，所至为墟，士持千里之粮，民失一椽之庇。疮痍满目，饥馑洊臻，岂人谋之不臧，抑天心之未厌？我公仁言利溥，感人自深，纵博济犹病圣人，恩泽难遍于枯朽，而至诚可格天地，戾气或化为祥机，况旋转之功，匪异人任，恻隐之念，有动于中，必能嘘沟瘠以阳春，挽沉冥之浩劫。公谓教养匪易，虑远心长，实则彼呼号待尽之孑黎，此日已望公如岁也。夫以我公之忧国爱民也如此，而国与民之相须于我公者又如此，既系安危之重，忍占肥遁之贞，平日以道义相期，不能不希我公之变计矣。至若虑蹉跎于晚岁，益足征冲淡之虚怀。但公本神明强固之身，群以整顿乾坤相属，虽诸葛素持谨慎，而卫武讵至倦勤，亦惟有企祝老成，发挥绪余，以资矜式耳。

国璋行能无似，谬摄政权，历一稔之期间，贻百端之丛脞，清夜内讼，良用惭惶。瓜代及时，负担获弛。徒抱和平之虚愿，私冀收效于将来。我公为群帅所归心，小民所托命，切盼依期就职，早释纠纷，庶望治者得心慰延颈跂足之劳，而承乏者不致有接替无人之惧。耳目争属，心理皆同，谨布区区，愿言夙驾，耑肃奉复。

还有国务总理段祺瑞，已愿牺牲职位，同冯下野，乐得卖个人情，向东海致劝驾书。此外如黄河、长江两大流域所有督军省长等俱已一致拥徐，电音络绎，相属道中，无非请他如期就职，保我黎民等语。独广东军政府中，如岑春煊、伍廷芳两总裁。拍电致徐，劝勿就职。大略说是：

读歌日通电，藉悉非法国会选公为总统。公既惕世变，复自谦抑，窃为公能周察民意，不欲冒居大位，至可钦佩。惟公之立言，虽咨嗟太息于国事之败坏，而所以致败坏之原则，公未尝言之，此春煊、廷芳所不能默尔而息者。

致敌之故，虽非一端，救国之方，理或无二，一言以决之曰："奉法守度而已。"《约法》为国命所托，有悍然不顾而为法外之行动者，有托名守法而行坏法之实者，均足以召乱。自国会被非法解散，《约法》精神，横遭斫丧，既无以杜奸人觊觎之心，更无以平国民义愤之气。护法军兴，志在荡乱，北庭怙恶，视若寇仇，诪张为幻，与日俱积。以为民国不可无国会，而竟以私意构成之，总统不可无继人，而可以非法选举之。自公被选，国人深慨北庭无悔祸之诚，更无以测公意之所在。使公能毅然表示于众曰："非法之举，不能就也，助乱之举，不可从也。"如此国人必高公义，即仇视国会者，或感公一言而知所变计。戢乱止暴，国人敢忘其功？惜乎公虽辞职，而于非法国会之选举，竟无一词以正之也。窃虑公未细察，受奸人蛊惑，不能坚持不就职之旨，此后国事，益难收拾，天下后世，将谓公何？如有谓公若将就职，而某某等省可以单独媾和者，国会可以取消，重新组织者，护法各省如不服从，仍可以武力压制之者，此等莠言皆欲踞公于炉火之上，而陷民国于万劫不复耳。愿公坚塞两耳，切勿妄听。公从政有年，富于阅历，思保令闻，宜由正轨。煊、廷忝列旧交，爱国爱公，用特忠告。幸留意焉！

古人有言：一傅众咻，终归无效。时徐东海当选总选，中国行省，几有十八九处同表赞成，独粤东数省，劝勿就职，是明明叫做一傅众咻了。况中华民国大总统的职衔，系人人所欣羡，徐东海犹是人心，难道傥来富贵，不愿接受？不过临时手续，总有一番谦逊话头，敷衍人目。及经各电到津，由老徐检阅一番，只有粤东军政府与他反对，默思寡不敌众，远难图近，岑、伍虽硬来拦阻，究竟人寡地远，怎能达得到北方？且待自己登台以后，可和即与言和，不可和，何妨再作计较。为人在世，能就此出些风头，也好作一生纪念，于是怦然心动，有意就职，惟一时尚未入京，且待各方面再来敦促，方可动身。果然不到数日，京内外的促驾电，连番拍来，他乃提出“息事宁人”四字，作为话柄，允即赴京就职。好容易又挨过一二旬，已届民国第七周国庆日，方才束装赴都。冯国璋闻徐将至，特于十月七日，发出通电，陈述一年中经过情形及时局现象，由小子录述如下：

督军、省长、各省议会、各商会、教育会，各报馆暨林下诸先生公鉴：国璋代理期满，按法定任期，即日交代。为个人计，法理尚属无亏；为国家计，寸心不能无愧。兹将代理一年中经过情形及时局现象，通告国人，以期最后和平之解决。

查兵祸之如何酝酿？实起于国璋摄职以前，而兵事之不能结束，则在国璋退职以后。其中曲折情形，虽有不得已之苦衷，要皆国璋无德无能之所致。兵连祸结，于斯已极。地方则数省糜烂，军队则偏野伤亡。糜烂者国家之元气，伤亡者国家之劲旅。而且军纪不振，土匪横行，商民何辜，遭此荼毒？人非木石，宁不痛心？以此言之，国璋固不能无罪于苍生。而南北诸大要人，皆以意见争持，亦难逃世之公论。吾辈争持意见，国民实受其殃。现在全国人民厌乱，将士灰心，财政根本空虚，军实家储罄尽，长此因循不决，亦不过彼此相持，纷扰日甚。譬诸兄弟诉讼，倾家荡产，结果毫无。即参战以后，吾国人工物产之足以协助友邦者，亦因内乱故而无暇及此。欧战终局，我国之地位如何？双方如不及早回头，推诚让步，恐以后争无可争，微特言战而无战可言，护法而亦无法可护。国璋仔肩虽卸，神明不安，法律之职权已解，国民之义务仍存。各省区文武长官、前敌诸将领暨各界诸大君子，如以国璋之言为不谬，群起建议，挽救危亡，趁此全国人心希望统一之时，前敌军队观望停顿之候，应天顺人，一唱百和。国璋不死，誓必始终如一，维持公道。

且明知所言无益，意外堪虞，但个人事小，国家事大，国璋只知有国，不计身家，不患我谋之不臧，但患吾诚之未至，亦明知继任者虽极贤智，撑拄为难，不得不通告全国人民，各本天良，以图善后。国家幸甚，人民幸甚。再此电表明心迹，绝非有意急论短长，临去之躬，决无势力，一心为国，不知其他。倘天意人心，尚可挽回，大局不久底定，国璋一生愿望，早已过量，绝无希望出山之意。天日在上，祈诸公鉴！

话虽如此，但对着总统府中值钱的物件，却是样样欢喜，一股脑儿搜括拢来，移出外府，据为己有。相传冯氏素性爱财，从前为江督时，已是贩运烟土，官商并营，此次总统卸任，所有公家贵重各物，乐得取去，何必客气，甚至南北海中的禁鱼亦被卖罄，只剩下历年档册移交后任罢了。小子有诗叹道：

满纸牢骚力辩护，谁知心口不相符。

试看载宝还乡去，可问身家计有无？

过了两宵，徐氏已至，冯国璋即就此卸职。欲知徐氏接任后事，且至下回再详。

民国成立以来，强有力之大总统，惟一袁项城，然彼以豢养武人，而自殖势力，旋且失败于武人之手。袁氏固自贻伊戚，而武人之势力，不肯随袁氏而俱逝，可胜慨哉！黎失之庸懦，冯失之贪狡，徐东海以文武相兼之资望，宜若胜任而无惭。然徐究非武人，妙手空空，讵能与武人相敌？况其为城府深沉，未肯坦然相与乎？岑、伍一电，已为南北不能统一之兆朕，且内有安福派之环集其旁，将视徐为奇货可居，充作傀儡，此座固未易居也。老翁多智，何亦熏心禄位，遽尔登台耶？

第九十九回

应首选发表宣言书　借外债劝告军政府

徐世昌就任总统，让别人宣读了一通就职文告。接着是就外论中，拿欧洲战事已经平息，来劝说军政府接受和平。回中自然将欧洲战事作一概述。

却说民国七年十月十日，正是第七周国庆纪念，都下人士争迎新总统莅任。午前十时，来了皤皤黄发的老成人，制服登堂，行就职礼，一切仪注，统照历届总统就职的成例，所有誓词，亦踵袭旧文，不少更改。文武百僚，群来谒贺，当由新总统派委秘书长，代读莅任宣言书，全文如下：

世昌不敏，从政数十年矣。忧患余生，备经世变，近年闭户养拙，不复与闻时政，而当国是纠纷，群情隔阂之际，犹将竭其忠告，思所以匡持之。盖平日忧国之抱，不异时贤，惟不愿以衰老之年，再居政柄，耿耿此衷，当能共见。乃值改任总统之期，为国会一致推选，屡贡悃忱，固辞不获，念国人付托之重，责望之殷，已于本日依法就职。惟是事变纷纭，趋于极轨，我国民之所企望者，亦冀能解决时局，促进治平耳。而昌之所虑，不在弭乱之近功，而在经邦之本计，不仅囿于国家自身之计划，而必具有将来世界之眼光。敢以至诚极恳之意，为我国民正告之：

今我国民心目之所注意，佥曰南北统一。求统一之方法，固宜尊重和平，和平所不能达，则不得不诉诸武力。乃溯其已往之迹，两者皆有困难。当日国人果能一心一德，以赴时机，亦何至扰攘频年，重伤国脉？世昌以救民救国为前提，窃愿以诚心谋统一之进行，以毅力达和平之主旨。果使阋墙知悟，休养可期，民国前途，庶几有豸。否则息争弭乱，徒托空言，或虞诈之相寻，致兵戎之再见，邦人既有苦兵之叹，友邦且生厌乱之心。推原事变，必有尸其咎者，此不能不先为全国告也。虽然，此第解决一时之大局耳，非根本立国之图也。

立于世界而成国，必有特殊之性质，与其运用之机能。我国户口繁殖，而生计日即凋残；物产蕃滋，而工商仍居幼稚，是必适用民生主义，悉力扩张实业，乃为目前根本之计。盖欲使国家之长治，必先使人人有以资生，而欲国家渐跻富强，以与列邦相提挈，尤必使全国实业日以发展。况地沃宜农，原料无虞不给，果能懋集财力，佐以外资，恳政普兴，工厂林立，课其优劣，加之牖导；更以国力所及，振兴教育，使国人渐有国家之观念，与夫科学之知能，则利用厚生，事半功倍，十年之后，必有可观。此立国要计，凡百有司暨全国商民，所应出全力以图之者。

立国之主要既如上述，但揆诸目前之状，土匪滋扰，户口流亡，商业凋零，财源枯竭，匪惟骤难语此，抑且适得其反，是必先去其障碍，以严剿盗匪，慎选有司，为入手之办法。然后调剂计政，振导金融，次第而整理之，障碍既去，而后可为，此又必经之阶级，当先事筹措者也。内政之设施，尚可视国内之能力，以为缓急之序。其最有重要关系，而为世界所注目者，则为欧战后国际上之问题自欧战发生以来，我国已成合纵之势，参战义务所在，惟力是视，讵可因循？而战备边防，同时并举，兵力财力，实有未敷，因应稍疏，动关大局，然此犹第就目前情势言之也。欧战已将结束，世界大势，当有变迁。姑无论他人之对我何如，而当此漩涡，要当求所以自立之道。逆料兵争既终，商战方始，东西片壤，殆必为企业者集目之地。我则民业未振，内政不修，长此因仍，势成坐困，其为危险，什百于今。故必有统治之实力，而后国家之权利乃能发展，国际之地位乃能保持。否则委蛇其间，一筹莫展，国基且殆，又安有外交之可言乎？此国家存亡之关键，我全国之官吏商民，不可不深长思也。至于民德堕落，国纪凌夷，风气所趋，匪伊朝夕，欲挽回而振励之，当自昌始。是必以安敬律己，以诚信待人，以克俭克勤，为立身之则，以去贪去伪，为制事之方。凡有损于国，有害于民者，必竭力驱除之。能使社会稍息颓风，即为国家默培元气。而尤要在尊重法律，扶持道德，一切权利之见，意气之争，皆无所用其纷扰。赏罚必信，是非乃公。昌一日在职，必本此以为推行，硁硁之性，始终以之。冀以刷新国政，振拔末俗，凡我国民，亟应共勉。昌之所以告国民者，此其大略也。

盖今日之国家，譬彼久病之人，善医者须审其正气之所在，而调护之。庶几正气之亏，由渐而复，假令培补未终，继以损伐，是自戕也，医者何预焉？爱国犹如爱身，昌敢以最诚挚亲爱之意，申告于国民！

宣言书读毕，就职礼成，大众皆陆续散去，于是冯政府告终，徐政府开始了。老徐既以息事宁人为口头禅，当然是主张和平，不愿再战，与段合肥的政策，绝对不同。段因主战无功，也有倦意，更兼前时曾宣告大众，与冯一同下野，冯已去位，自己若再恋栈，岂不是食言无信，坐失人格？乃即提出辞职书，呈入总统府。徐总统虽无意留段，但表面上只好虚与周旋，派员慰留。旋经段祺瑞决意告辞，乃下令允准，改命内务总长钱能训暂行兼代，惟参战督办一职仍属老段，段亦不再鸣谦，专顾参战事务罢了。

徐总统与钱代总理方互相筹商，设法息争，欲为南北统一的筹划，忽由北方递入军报，乃是俄国过激派新政府，与俄国远东总司令谢米诺夫相争不已。谢是旧党，不服新政府命令，所以双方交战，已将两月，偏谢军连战连败，退至大乌里，拟退入蒙古境内。俄新政府的讨谢军也随势追逼，势且轶入外蒙。所以驻扎库伦办事大员陈毅电达中央，请兵防堵。徐政府乃命黑龙江吉林两省军队并察哈尔特别区域戍兵，分道防边。先是俄领西伯利亚境内有捷克斯洛伐克军，自组团体，举军官盖达为总司令，独立自治。闻他自主的原因，实由俄国与德、奥交战，已历四年，此四年中所得的俘虏，统充錮西伯利亚境内。会俄国内乱，不遑顾及囚犯，德、奥俘虏如鸟脱笼，索性四处骚扰，大肆猖狂。捷克民族本来是反对德、奥，及为德、奥俘虏所迫害，不得不设法加防，西顾俄京，已无出援的余力，只好自集兵民，独当一面，并且移文协约各国，请他援助。协约国闻报，多半派兵赴海参崴，声援捷克。中国居参战地位，亦得捷克军来文，前由参战事务处，拟派兵二千人往海参崴，与协约国一致进行，但须假道日本南满铁路，未得日人许可，因此迁延过去。及徐氏为总统时，已与日政府商妥，慨允借道，乃遣陆军第九师部下四营作为先驱，余亦陆续出发，一面承认捷克军队为交战团体，特发出宣言书云：

捷克民族，欲组织独立国家，其志甚坚，经久勿懈，中国政府素表同情。查该民族素以反对德、奥为宗旨，中国政府因其举动与联盟各国一致，是以对于该民族军队之西进，曾经允其假道中东铁路，为种种之协助。现该民族军事局势，日益发展，中国政府深冀该民族能以武力，达到抵御德、奥之能力，故特承认在西伯利亚作战之捷克军队，为对于德、奥正式从事之联盟交战团，并与各联盟国军队为同等之待遇。中国政府并承认捷克国民委员会，具有统御之能力，遇有必需事件，甚愿与该委员会交际。特此宣告！

这种对外处置，统是外交部与参战处，会同办理的条件，且尚是无关重要，不必大加计议，但教随时制宜，自不致有意外变端。只是南方军队，自组成军政府后，与北方对垒分峙，变做两头政治，却有些不易融和。徐总统乃先令钱代总理及各部总长，联名通电，传达南方，商量休兵息战的办法。电文有云：

比者四方不靖，兵祸相寻，苦我人民，劳我将士，追溯用兵之始，各有不得已之苦衷，而国力既殚，纷争未息，政治搁滞，百业凋零，仅就对内而言，已岌岌不可终日。况欧战现将结束，行及东亚问题，苟内政长此纠纷，大局何堪设想？夫欧西战祸，谊切同仇，犹复尊重和平，致其劝告，矧均属邦人，奚分南北？安危所系，休戚与同，岂忍以是非意见之争，贻离析分崩之患？试念战祸蔓延，穷年累月，凋残者皆我之国土，耗散者皆我之脂膏，伤亡者皆我之同胞，同室操戈，有识所痛。推其所至，适足以摧伤国脉，自蹙生机。当兹国步艰难，一发千钧，再事迁延，噬脐何及？

迩者东海膺运，首倡和平，能训等谬忝政席，俱同斯旨，用掬诚悃，敬告群公。倘念民困已深，国家为重，不遗愚陋，相与筹维，各该省一切军政财政及用人诸端，无妨开诚布公，从容商榷。善后办法，更仆难详，大要在收束军队，厉行民治，以劳来安集之攻，收清净宁一之功，俾国脉渐苏，民生自厚。若法律问题，虽为当日争端所系，第是丹非素，剖决綦难。以今日外交吃紧，若舍事实而争言法理，势必旷日持久，治丝益棼，陆沉之忧，悬于眉睫。谓宜先就事实，设法解纷，而法律问题，俟之公议。凡兹愚虑，悉出真诚。诸公爱国夙殷，审时犹切，虑难匡济，当有同心，尚冀示我周行，俾资商洽。引领南望，翘伫德音！

看官阅过上文徐氏宣言书及此次钱代总理等通电，应知徐氏心理，无非企望和平。但两文中统言欧洲故事，已将结束，这事崖略，小子未曾叙过，应该补叙出来：自从奥、塞两国，启衅开战，遂致全球各国陆续牵入战潮。德皇威廉第二素欲争霸欧洲，想乘势削平各国，因此极力助奥，决计用兵。初出兵时，原是锐气百倍，荡破比利时，直入法国北部，复分兵占夺俄属波兰，侵略俄罗斯西部等地。奥亦破灭塞尔维亚，甚至英、法、俄三大国合力抵抗，尚挡不住德国凶锋。嗣经英、法、俄四面联络，招集世界中二三十国，同抗德、奥，于是德、奥势孤，反胜为败。当时英国外交大臣巴尔福曾把历年加入战团，反抗德、奥诸国名及宣战日月，列为一表，送交下议院备案。小子当将原表抄来，加注民国年计，载入本编如下：

俄罗斯　　西历一千九百十四年八月一日宣战。
法兰西　　西历一千九百十四年八月三日宣战。
比利时　　西历一千九百十四年八月三日宣战。
英吉利　　西历一千九百十四年八月四日宣战。
塞尔维亚　　西历一千九百十四年八月六日宣战。
门的内哥罗　西历一千九百十四年八月九日宣战。
日本　　西历一千九百十四年八月二十三日宣战。
葡萄牙　　西历一千九百十六年三月九日宣战。
意大利　　西历一千九百十六年八月二十八日宣战。
罗马尼亚　　西历一千九百十六年八月二十八日宣战。
美利坚　　西历一千九百十七年四月六日宣战。
古巴　　西历一千九百十七年四月七日宣战。
巴拿马　　西历一千九百十七年四月十日宣战。
希腊　　西历一千九百十七年六月二十九日宣战。
暹罗　　西历一千九百十七年七月二十二日宣战。
利比里亚　　西历一千九百十七年八月四日宣战。
中华民国　　西历一千九百十七年八月十四日宣战。
巴西　　西历一千九百十七年十月二十六日宣战。
海地　　西历一千九百十八年四月二十二日宣战。
危地马拉　　西历一千九百十八年四月二十三日宣战。

此外尚有玻利维亚、尼加拉瓜、哥斯达黎加、秘鲁、乌拉圭、厄瓜多尔诸国亦与德、奥宣告断绝邦交，几乎五洲列国统与德、奥反对。惟巴尔干半岛中有二孱国，一是土耳其，一是保加利亚，向在德人势力圈力，不能不听德人指挥，与众宣战。两孱国有何大力？简直是不足齿数。那奥国也自顾不遑，全仗德人帮助，勉力支持。照此看来，实是一个德意志帝国抵当全球二十余邦，相持至四年有奇，德皇威廉第二真好算是个欧洲霸王呢。但古人有言：“佳兵不详，过刚必折。”难道威廉第二果能持久不敝战胜群雄吗？当美国未曾宣战时，大总统威尔逊屡思出作调人，劝双方休战言和，辗转通问，终归无效。嗣因德国潜艇政策，妨碍海上交通，美乃提出质问书，向德抗议。德仍操强硬手续，却还美牒，因激起美人公愤，加入战团，与德宣战。德人与各国交哄已将三年，正是兵疲粮尽的时候，怎堪加入一财厚兵雄的大国，与他争雄？而且美政府商决军情，派遣百数十万大军，直入欧洲，与联合国军队，并力进行，又输送军械食品，分助各国，使之再接再厉，联合国当然益奋，德意志当然益怯。更经过一年有余，保、土两国境内已被联合军冲入，相继降服。奥亦一败涂地，只好向联合国请和。德皇威廉第二还想倔强到底，偏国内社会党勃发，昌言革命，推倒政府，竟将威廉第二父子逐出国外，亡命荷兰，于是空前绝后的大战争，至此始止。当由联合国推举美总统威尔逊为世界牛耳，开会议和，时正中华民国七年十月中，为徐东海当选就职的时期。小子有诗讥德皇道：

善败不亡善战亡，楚歌四面总难当。
要知中外原同辙，好向西欧鉴德皇。

欧战将了，徐氏因有此言论，欲借欧洲和局，劝示南方。欲知南方果否愿和，待至下回再叙。

历届新总统登台，必有一种政见，颁告大众。无论其言之匪艰，行之维艰，但观其发言之时，已别具一难言之希望，不过借普通论调，笼络舆情。始吾于人也，听其言而信其行，今吾于人也，听其言而观其行，圣言岂欺我哉？欧洲战史，于本编无甚关系，第有时牵及中国，如绝交参战，以及俄乱影响、侵入蒙古等情，不能不撮举大要，以晓阅者。故本编依次插叙，而本回于德、奥战败原因，尤简而不漏，作者固具有苦心也。

第一百回

呼奥援南北谋统一 庆战胜中外并胪欢

徐世昌请外国人出面调停，美国驻粤领事提出说帖，军政府也就宣布休战。欧洲战事中国也是战胜国，内外都『胜』，自然有一番庆祝，谁知更大隐忧早伏在外交内政之中。

却说广东非常国会，闻北方新选总统，当然反对，曾于双十节前一日，特开两院联合会议，决定方针，暂委广东军政府代行国务院职权，所有总统选举，从缓举行，当下宣布议案道：

> 选举大总统，为国会议员之职责。依大总统选举法第三条第二项，大总统任满前三个月，国会议员须自行集会，组织总统选举会，行次任大总统之选举。惟现值国内非常政变，次任大总统之选举，应暂缓举行。自民国七年十月十日起，委托军政府代行国务院职权，依大总统选举法第六条之规定，摄行大总统职权，至次任大总统选出就职之日为止。特此宣言，咸使闻知！

议案既定，复咨照广东军政府。军政府即开政务会议，承认国会议决案。当日通电布告，代行国务院职权，并摄行大总统职权，越日又发一通电云：

> 军兴以来，军政府及护法各省各军，对内对外，迭经宣言，其护法之职志，惟在完全恢复《约法》之效力，取消解散国会之乱令，以求真正之共和，为根本之解决，庶使奸人知所警惕，此后以暴力蹂躏法律之事自不发生，民国国基乃臻巩固。至具希望和平一切依法办理之心，尤为国人所共闻共见。军府及前敌将领屡次通电，可复按也。及北京非法伪国会选举伪总统，本军政府于事前既通电声明非法选举，无论选出何人，均不承认，事后又致电徐世昌，劝其遵守《约法》，勿

为人愚。乃闻徐氏已就伪总统，事果属实，何殊破坏国宪？以徐氏之明，甚盼及早觉悟，勿摇国本，而自陷于危。本军政府代行国务院职权，依法摄行大总统职务，护法戡乱，固责无旁贷也。特此布告，咸使闻知！

看官阅此两电，可想见南北论调是绝对不能相容。就使北方的徐总统与钱代总理如何劝告，也属枉然，徒落得舌敝唇焦，不见成功。徐总统未肯罢休，想从外交上着手，联络美、英、法、日、意各国，从中调停，力谋南北统一；且美大总统威尔逊尝一再演说，力劝世界和平，中国为世界中一部分，理应如美总统所云，列入和会。惟南北自相争扰，内部尚且未和，怎好对外？所以穷思极想，呼求外援。外人却也赞成，愿效臂助，乃再由徐氏分饬前敌军队，一体罢战，且申颁一令云：

欧战以来，兵祸至烈，影响政治，震动全球。而立国久远之图，究未可悉凭武力，故欲保障人类之幸福，必先维持国际之和平。美大总统有鉴于斯，迭次宣言，咸以尊重和平为主旨。吾国政府，以逮士庶，莫不佩其悯世之诚，而大势所趋，即列邦亦多赞进行，以为世界和平之先导。吾国此次加入欧战，对德、奥宣战，原为维持人道，拥护公法，俾世界永保和平。苟一日未达此的，必当合国人全力，勷助协商诸邦，期收完全之效果。本大总统适以斯时，谬膺众选，亟当详审世局，用定设施。

夫以欧西战祸，扰攘累年，所对敌者视若同仇，所争持者胥关公议，犹且佳兵为戒，倡议息争。况吾国二十余省同隶于统治之权，虽西南数省，政见偶有异同，而休戚相关，奚能自外？本无南北之判，安有畛域之分？试数上年以来，几经战伐，罹锋镝者孰非胞与？糜饷械者皆我脂膏，无补时艰，转伤国脉，则何不释小嫌而共匡大计，蠲私忿而同励公诚？俾国本系于苞桑，生民免于涂炭。平情衡虑，得失昭然。惟是中央必以公心对待国人，而诚意所施，或难尽喻；长、岳前事，可为借鉴。故虞诈要当两泯，防范未可遽疏。苟其妨及秩序，仍当力图绥定。兹值列强偃武之初，正属吾国肇新之会，欲以民生主义，与协商诸邦相提挈，尤必粹国人之心思才力，刷新文治，恢张实业，以应时势而赴时机。以兹黾勉干济，尤虑后时，岂容以是丹非素之微，贻破斧缺斨之痛？况兵事纠纷，四方耗斁，庶政搁滞，百业凋残。任举一端，已有不可终日之势，即无国外关系，讵能长此揞持？

所望邦人君子，戮力同心，幡然改图，共销兵革。先以图国家之元气，次以图政策之推行，民国前途，庶几有豸。以言政策，莫要于促进民智，普兴民业，而二者皆当具有世界之眼光。我国文教早辟，而民智蔀塞，进步转晚，是宜旁采

《梅竹双清》/ 吴昌硕

此画中竹竿以淡墨轻抹，竹叶以浓墨点出，疏密相间，富有变化。梅花以胭脂红设色，花枝茂密，生气蓬勃。

《松菊延龄》/汪如渊

汪如渊，浙江永嘉（今温州）人。是民国永嘉画派的代表人物。此画中松石挺秀，黄红、白紫，四色菊花盛开，造型生动，两只白头翁栖息枝头，一番秋高气爽的明丽景象。

《清风白莲图》/王一亭

王一亭，浙江湖州人。自幼信佛，是近代著名的实业家和慈善家。此图阔幅大笔，气势豪宕，水墨淋漓，满纸清气，有如荷香扑面而至，沁人心脾。

《鲈鱼新笋图》/ 倪 耘

倪耘，浙江石门（今浙江崇德）人。幼承家学，擅画肖像、花卉，间作山水，风格秀雅。此为作者的花果草虫图册，共十二开，表现鲈鱼、新笋、香菇，皆是庖厨佳馔，立意新奇。

《石榴葡萄图》/ 倪 耘

此为作者的花果草虫图册之一，此画以没骨法作一连枝带叶的开口石榴和一串晶莹的葡萄。画面皆秀骨天成，设色素雅，颇有逸趣。

集拓扇／吴让之

吴让之，江苏仪征人。清代篆刻家、书画家，工四体书，尤精篆隶。

颖拓扇／姚华

姚华，贵州贵阳人。民初著名学者、诗人和书画家。

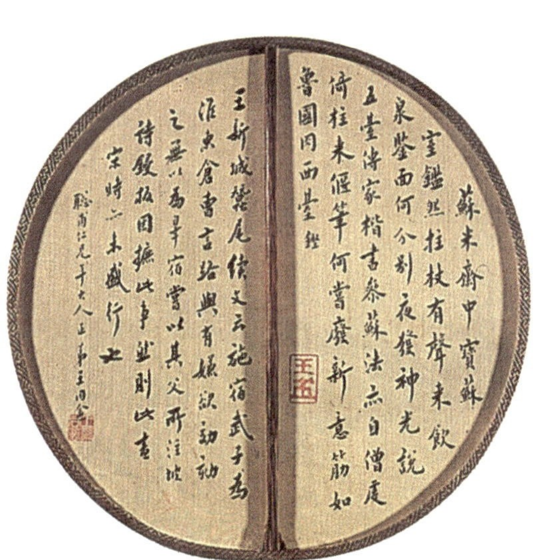

书画团扇扇面／王同愈

王同愈，江苏元和人。晚清著名藏书家、书画家、文博鉴赏家。

《牡丹水仙图》/吴昌硕

此画写牡丹、水仙。以淡墨写斜坡、山石，水仙勾花填色，色彩浓厚，而牡丹则以大写意手法点写而成。画面富有变化，情趣盎然。

《紫藤白头图》/倪田

倪田，江苏扬州人。是清晚期著名的海上画派画家。画中紫藤似随风飘摆，花叶皆有动势，藤花烂漫。白头翁取静势，与花叶之动摆形成动静相照的效果，笔法简洁。

慕陶先生正

屋小堪容膝

樓閒好著書

楊度

书法 / 杨 度

杨度，湖南湘潭人。民国闻人，晚年以卖字画为生。工书，得汉碑神韵，雄厚宽宏，行草遒健茂密，蕴醇雅逸。

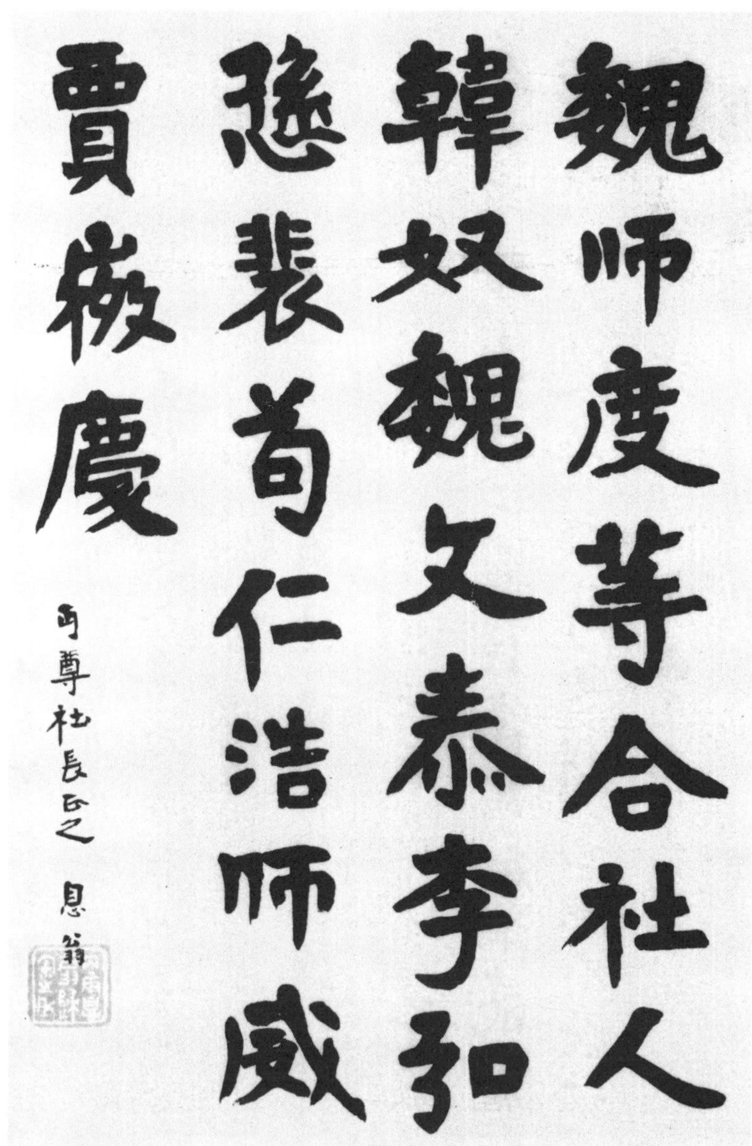

书法 / 李叔同

李叔同，浙江平湖人。佛教律宗高僧。曾留学日本学画、琴、戏剧。书学北碑，尤得力于《张猛龙碑》，晚岁离尘，刊落锋颖，一味恬静，当为逸品。

是歲五月隱居藏舟之所有芝草八十一莖散生於松石之間詔俾先生与中使啓告靈仙緘封表進夏又詔以紫陽觀側近二百戶太平崇元兩觀各一百戶

君其心古其行古其言古躬是三者而見重於今雖旄麾幢摠戎於五嶺之下弥綸秉憲對越於九天之上不為不遇

放園仁兄法家正臨　弟譚延闓

书法 / 谭延闿

谭延闿，湖南茶陵人。民国后任都督。其书雄厚博大，骨力雄厚。所临《麻姑仙坛记》，循规蹈矩，世所罕见。

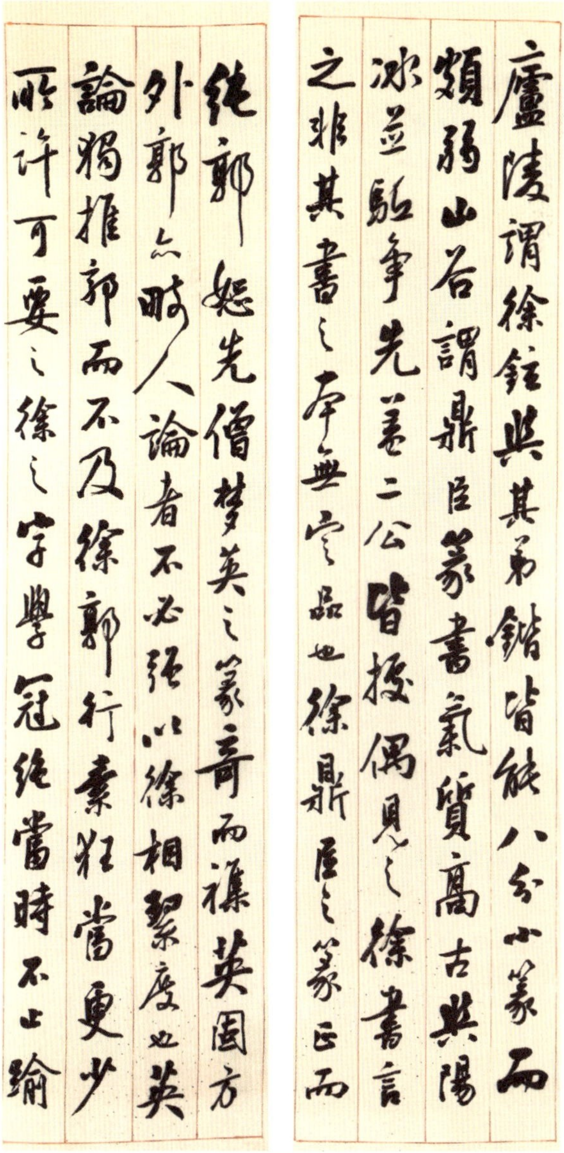

行书 / 陆润庠

陆润庠，江苏元和（今吴县）人。此书章法、结体以平正为主，较少起伏，运笔爽劲，时有英气勃发、力透纸背的气概，显示书者的深厚功力。

畏廬

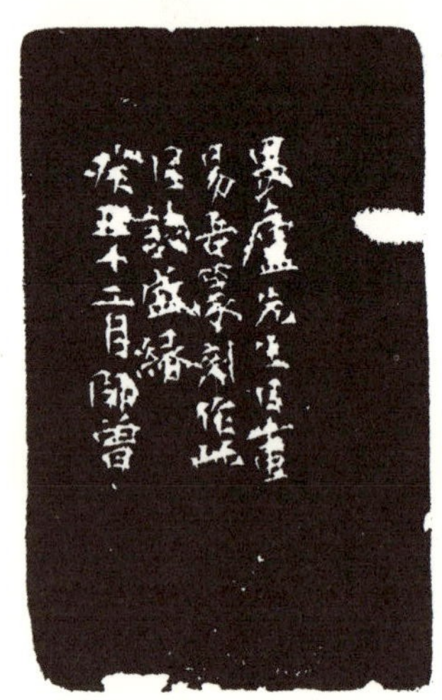

篆刻 / 陈衡恪

陈衡恪，江西修水人。曾留学日本，回国后从事美术教育。善诗文书画，尤长绘画篆刻。

叢桂小築許氏鑑藏

靜觀室印

篆刻 / 赵时棡

赵时棡，浙江鄞县人。工四体书，擅画花鸟草虫，精于鉴别，金石碑版，无不娴熟。

四方隐角竹顶壶

合菱壶

民国紫砂茗器 / 范大生

范大生，江苏宜兴人。民国制壶大师，一生勤奋好学，刻苦钻研，制壶技艺精深。

列邦之文化以灌输之。吾国物力素丰，而兴业之资，母财尤乏，是宜兼集中外资力以辅助之。以国家为根本，以世界为步趋，务使人民智识，跂及于大同，社会经济，日臻于敏活。民智进则国权自振，民生厚则国力益充，夫如是乃可保文物之旧邦，乃可语共和之真谛。

本大总统不惮哓音瘏口，以尊重和平之主旨，告我国人，固渴望我东亚一隅，与世界同其乐利。此时大局未定，保养为先，军民长官，各有捍卫地方之责，仍应遵照前令，力除匪患，用保公安。民瘼攸关，勿稍玩忽。惟兹有位，其共念之！此令。

令文云云，虽似明白剀切，语语皆真，但终是纸上空谈，怎能感动南方军队，使他幡然变计，愿息战争？嗣经美国公使出来帮忙，电告驻粤美领事，向广东军政府提出说帖，劝他速息内争，自谋统一。于是广东军政府乃通令前敌各军，一体休战。政务总裁岑春煊等，方有电文传达北京，寄与徐总统道：

徐菊人先生鉴：护法军兴年余，双方相持，国是莫由解决。比者欧战告终，强权消灭，吾国亦有顺世界潮流，而回复和平之必要。美总统威尔逊于本年九月二十九号为开募第四次自由公债之演说，实为国际及国内解决一切政争之本据，无论何国，均可赖之以为保证。世界各国方将崇正义而永息兵争，岂吾国独不可舍兵争而求和平之解决？执事既令所部停战，本军政府亦令前敌将士止攻，惟彼此犹未实行接近和平谈判，玩日废时，殊属无谓。煊等特开诚心，表示真正和平之希望，认上海租界为适中之中立地点，宜仿辛亥前例，由双方各派相等人数之代表，委以全权，克日开议。一切法律政治问题，不难据理而谈，依法公决，庶可富民利国，永保和平。特电表意，即希速复！

徐总统接到电文，喜如所望，因即致电作复：

广州岑云阶先生、伍秩庸先生、林悦卿先生、武鸣陆幹卿先生、毕节唐蓂赓先生、上海唐少川先生、孙中山先生鉴：来电敬悉。生民不幸，遭此扰攘，兵革所经之地，膏血盈野，井里为墟，溯其由来，可深悯恻。欧战告终，此国彼国，均将偃戈以造和平；我以一国之人，犹复纷争不已，势必不能与世界各国处于同等之地位。沦堕之苦，万劫不复。世昌同是国民，颠覆是惧。况南北一家人也，本无畛域可分，故迭次宣言，期以苦心谋和平，以毅力致统一。今读美总统威尔逊今年九月间之演说，所主张国际同盟，用知世界欲跻和平，必先自求国内息争，然后国际和平，乃有坚确之保证。爰即明令停战退兵，表其至诚，冀垂公听。固知诸君亦是国民之一分子，困心横虑，冒百艰以求一当，决无不可解决之端。今果同声相应，是我全国垂尽生机，得有挽救之一日也。世昌忧患余生，专以救世而出，但求我国依然比数于人，芸芸众生，得以安其食息，营其生业，此外一无成见。所有派员会议诸办法，已由国务院另电奉答，敢竭此衷，惟希明察！

又由国务院附致一电云：

读诸公致元首电，敬谂开诚表示，共导和平，至深佩慰。欧战告终，潮流方迫，元首鉴于世界大势，早经屡颁明令，申正义而弭兵争，当为国人所共见。近于通令停战之后，继以筹议撤防，积极进行，实出渴望和平之旨。会议办法，前已详细蒇划，向李督秀山转商，兹承示双方各派代表，克日开议，筹谋所及，实获我心。所云代表人数，论省区版籍，不能无多寡之殊，惟为迅释纠纷，固可不拘成见，似可由双方各派同等代表十人，临时推定首席，共同协议。至会议地点，原定南京，本属适中之地，宁、沪同属国土，焉有中立可言？且会议商决内政，不宜在行政区域之外，鄙意仍在南京，最为适宜。至来电所举辛亥前例，辛亥系因国事问题，不幸同时而有两种国体，今则双方一体，论对内则同系国人，协商国政，固无畛域之分。论对外国交，只能有惟一政府，尤非辛亥之比。值此时局急迫，促进和平之意，彼此所同。亟当于会议办法，切实商决进行，其他枝节之论，宜从蠲弃，以免旷废时日。此间现在酌选代表，为先事之筹备。尊处遴派有人，即希电示，以便双方派定，克期组织，俾法律政治各问题，日趋接近，速图解决，民国幸甚。

如上电文乃是北方和议，拟委任江苏督军李纯主持。李纯本服从河间，素来主和，联同赣督陈光远、鄂督王占元称为长江三督，与主战派相龃龉。此次徐政府鼓吹和平，李纯当然同意，所以与中央往来文件，除例行公事外，多是筹商和平办法。惟一方欲在江宁议和，一方欲在上海议和，两方交争地点，尚未决定。不过和平空气总算有些鼓动起来。中外人士统以为和平在即，喁喁望治。再加欧战终了，协约国得了战胜的结果，中国亦居参战地位，虽未曾发兵临敌，亲获胜仗，也觉得借光他族，与有荣施。

自民国七年十一月二十八日为始，至三十日为止，举行庆贺协约国战胜大会，居然有古时大酺三日的遗意。大总统亲至太和殿前，行阅兵礼，凡京师所有军队都排成队伍，各执枪械，鹄立东西两旁，听候总统命令。徐总统带同国务总理陆军部长等序立殿阶，检校军队。又有外国公使及使馆中卫兵，亦由徐政府先期通知，彼此关系协约国，不能不请他参加，所以碧眼虬须的将弁也来会集。端的是鹳鹅耀采，貔虎扬镳，约计有四五小时，各军队左入右出，纷纷告退，外兵亦皆散去，惟各公使同至总统府，相率留宴。宾主交错，中外一堂，大家欢饮至晚，兴尽始归。是日黄昏，商学界各发起提灯会，游行都市，金吾不禁，仿佛元宵，银火齐辉，依稀白昼，红男绿女，空巷来观，白叟黄童，胪欢踵集，几疑是太和翔洽，寰宇升平。就是各省奉到中央命令，亦如期庆贺，绿酒笙歌，唱彻太平曲子，红灯灿烂，胜逢熙世良辰。还有北京的克林德碑，乃是清季拳匪作乱，德使被戕，特约竖碑，垂为永远纪念。至此亦皆毁平，不留遗迹。惟是胜会不常，盛筵难再。小子叙到此处，转不禁忧从中来，随笔凑成一诗道：

自家面目自家知，粉饰徒能炫一时。

漫说邻家西子色，效颦总不掩东施。

三日大庆，忽成过去。各协约国将开议和大会，择定法国巴黎凡尔赛宫为和会地点。中国当然要派遣专使赴会修和。欲知所派何人，容至下回叙明。

以本国之内讧，而乞援外人，出为调停，不可谓非徐东海之苦心。然中政府失权之渐，实自兹始。属在同种，谊本同袍，乃连岁战争，自相哗扰，东海登台，不能以诚相感，徒欲为将伯之呼，乞灵外族，其心可悯，其迹实可愧也。至若协约国之战胜，实由彼数年血薄而成，中国徒有参战之名，而无参战之实。外人之胜，于中国似无预焉？乃以各国之举行庆典，遂亦开庆贺大会，政府倡于前，各省踵于后，慷他人之慨，以为一己之光荣，得毋为外人所窃笑耶？骄骄之态，只可自欺，欺人云乎哉？

第一百零一回

集灵囿再开会议 上海滩悉毁存烟

徐总统开了一次军政会，大家倒都同意和平。接着掉笔写外债，民国的负担可谓畸重。又写上海销毁积存鸦片，好算是从此彻底与这毒祸告别，却未免有名无实。

却说欧战已毕，各国将开议和大会，中国政府不得不派遣专使，赴会议和，当下由徐总统择定一人，就是外部总长陆徵祥。徵祥曾因事请假，部务委次长陈箓暂行代理，此次奉使赴洋，不便逗留，便即束装起行，乘轮赴欧去了。是时英美法日意五国公使统奉五国政府训令，愿为中国南北调停和议，先提出劝告书，递交北京政府。徐总统本是请他帮忙，当然心心相印，不烦琐复。五国公使又电令驻粤领事，各向广东军政府，致书劝和，大略说是：

> 法、英、意、日本、美诸国政府，因见此二年内，中国内乱已久不停，大有分崩景象，甚为悬系。此项纷乱情形，不特与外国利益有损，且致中国治安之惨祸，因此所生不靖之情，反足鼓励敌人之气，而与大战紧急之转机，妨碍中国与协和诸国实行会办之举。今该转机已成过时黄花，各国人民正盼组织环球，以达各处人民平安公允之时，中国未能统一，则各国民应为之事更属难为。兹法、英、意、日本、美诸国政府，对于中国大总统解决内乱之所设施，深滋冀望之怀；且对于南方各要人之态度，亦乐观其有欲和平了结，同等趋向。是以各该政府就此声明：对于北京政府及南方各要人，愿与废除个人私怀及泥守法律之意见，一面谨慎从事，免除障碍议和之行为，一面迅以慷慨会商之行，而以法律暨顾及中国国民利益之热心为根据，寻一两造和息之路，始克使华境以内，平安统一，此各

国政府同心暨殷盼之忱也。此时法英意日美诸国政府声明其切实赞同双方，欲解决向日分裂之争端。惟拟欲使知毫无最后干涉之策，亦无指挥或谏劝此次议和条件之意，故此项条件，必须由中国国人，自行规定所欲者。只系尽其所能，鼓励双方于所望所行各事上，达议和统一之目的。俾中国国民对于各国，冀望重建之功所肩之责，于中国历史上更为扩充矣。特此劝告。

这篇劝告书，已经将西文译作华文，广东军政府即用华文答复云：

两年以来，中国因内争而致国内治安及外国利益俱受损失，并使中国不能切实协助联盟国为公道正义之竞争，军政府对此殊深痛惜。军政府对于此项协助尤为关切者，盖以其战争之主义，与法、英、意、日、美各联盟政府之主义若合符节。护法者非为个人意见，或法律细节而动干戈，实为反对武力主义，并求民主主义之得安全于中国也。国会被非法之解散（今幸仍正式开会于广州），宪法视为具文，武力派之横暴乱政，皆所以使护法者迫不得已，而以兵戎相见，伸张直道。今各友邦觉悟，欲缩短中国内争，回复和平之惟一善法，在停止供给款项于武力派，本政府极为感佩。本政府信武力派现有意言和，已经令所部各军停止进攻；且告知武力派所选出之首领，在适合地点，直接开和平会议矣。此种和平不能苟且从事，无相当之保障，遗留势力，使将来随时复可扰乱国内和平。英、法、意、日、美各联合政府之意见，谓须根据法律及注重全国人民利益，以为调和之主旨，各政务总裁深表同情。然则此次和平，必为公正的和平，及永久的和平，庶几中国得以设立一适任及进步之政府，发展真正共和民主之政治，在国际会议上占应得之地位。各政务总裁感谢法、英、意、日、美各联合政府关切中国之幸福，而对于各政府希望中国在筹议世界善后亦应列入。关注盛意，尤为深感。谨此布复。

先是徐总统与钱代总理，已得外人承认，许为调人，因即通电各省，召集督军等至京会议办法。于是奉天督军张作霖、安徽督军倪嗣冲、直隶督军曹锟、吉林督军孟恩远、湖南督军赵倜、湖北督军王占元、江西督军陈光远、山西督军阎锡山、淞沪护军使卢永祥、绥远都统蔡成勋等均先后到京。徐总统特在集灵囿四照堂中，作为会议场，带同全体国务员暨参战督办段祺瑞，人堂开会。各督军联翩趋至，列席讨论，本来是党派不同，有主战的，有主和的，此番因内外交迫，主战派亦不便坚持前议，只好见风使帆，同声呼和。就是倡议平南的段督办，也以为久战无益，与徐总统表示同情。当时议定政策五条：(一) 便是停战撤兵；(二) 乃是应付外交；（三）是被兵各省的善后；（四）是收束军队的办法；（五）整理财政的用途。彼此讨论了大半日，即在四照堂开宴，饮酣乃散。

越宿，便将议决各节，通电各省。各督军亦陆续出京，各回原任。嗣是禁募军队，饬守官方，各种弭乱求治的通令，蝉联而下。还有熊希龄、汪大燮等为联络协约国感情起见，特在京中发起协约国国民协会，组织就绪，推定熊希龄为会长，汪大燮及法人铁士兰为副会长。又由总统府中特设外交委员会，令汪大燮为会长，熊希龄等为委员，调查审议对外事项，凡各部署亦得派遣事务员，入会与议。此外如全国省议会、商会、教育会亦皆推举代表，就京师组织全国和平联合会，于民国七年十二月十八日成立，宣告大众，略云：

> 本会联合全国省议会、商会、教育会，业于十八日开成立大会。各法团推定代表到会者已逾过半数，本会实为完全成立，用特宣布本会进行宗旨，以告我国民：
>
> 本会由全国法定团体组织而成，为真正民意机关，故对于南北和平会议，应实行共和国民应尽之职务，遇有双方冲突之点及与大多数利益关系之处，实行发表国民真正意见，以立于第三者仲裁地位，此其一；本会对于南北双方，本无偏袒之见，惟此次南北会议，凡关于种种善后问题，均待解决，兹拟于本会内附设各种研究部，于事前预告讨论，以便将来发表民意，主张公道，不居国民会议之名，实行我第三者仲裁之本旨，此其二；本会既立于第三者仲裁地位，我国民责任之重可知，兹后计划进行，尤关重大。本会自当推出对内对外最负重望之人，主持一切，为会中之砥柱，并将本会一部分事务，移至南北会议地点，实相结合与贯彻我国民正大之主张，非达到南北真正根本和平之目的不止，此其三。凡此三大宗旨，均经本会评议部议决实行，用特宣布，深望于全国同胞，赞成本会，协同进行，除通告南北当局外，谨此宣言。

朝野上下，一致言和，饶有转危为安、悔祸求存的希望。但中国人往往有口无心，口中虽说得天花乱坠，心中却未必真能践言。又况各省军阀，统是意气自豪，不顾国家，专顾自己，所有逐月赋税，除拨作军饷外，多半纳入私囊，所以一做督军，便成富翁，多则千万，少即百万，百姓原不能过问，就是中央的财政部，也未敢彻底清查，只好听他一塌糊涂，迁延过去。此外如关卡征榷，局厂征收，又皆抵充外债，无从支取。看官试想，这中央政府，只有支出，没有收入，叫他如何支持？所以徐总统就职以后，仍然是借债度日，什么电话借款，什么纸币借款，表面上俱为整顿实业起见，由财政交通两总长出面，告贷东邻，暗中实多是指东话西，救济眉急。还有各种公债名义向人民借贷，不一而足。当时虽有一种定例，按期抽签，逐次还本，但也未能确昭信用。故民间所受的公债票，平时若有急需，转向他人抵押，不过三折四折，最多至五六折为止；而且中国人多不愿转受，有时反由外人出为承揽，吸收中国各种公债券，视为投机生意，以十易百，以千易万，将来好执券坐索，不怕中国政府，不将全数偿还。但自中国加入欧战，外人格外帮忙，协约各国许将庚子赔款，延期五年，然后交付。独俄国只允延交三分之一，共计五年延交总数约六千余万圆，政府稍得暂纾困难。

但自民国成立以后，历年借债，除外款不计外，如积欠中国银行，及交通银行款项，多至八千万圆以上，遂致该两银行转运不灵，钞价日跌，市面动摇。到了民国七年的残冬，简直是支撑不住。财政部无法可施，没奈何再向国民借贷，发行短期公债券，称为民国七年发交国家银行短期公债，额定四千八百万圆，票面定为一万圆，一千圆两种，利息六厘，每年付息两次，仍用抽签法，分五年偿还，每年分作两度抽签，每届抽还总额十分之一。此项公债券全数发给中、交两银行，令他经募，募集诸款，即归还两行垫欠各账。所有公债本息，即指定每月延期赔款为基金，就中八成还本，二成付息；并援照三四两年公债办法，即将此项公债基金，按月拨交总税务司安格联存储备付。当下草定章程，提交国务会议，国务员当然通过，再呈与总统察阅。徐总统为救急计，也即指令照准。无如国库既空，民财亦尽，一国中有限脂膏，半被外人盘剥，半遭军阀搜括，穷民已不聊生，就使有几个豪绅富贾，亦怎肯毁家纾难，效那楚子文、汉卜式故事？坐是公债券无人过问，免不得硬行指派，骚扰民间，或且搭付官吏薪金。官吏统有父母妻孥，日需事畜，再加百物日昂，米珠薪桂的时候，哪堪承受这种公债券？有名无实，不能抵用，于是吏民俱困，都累得扼腕兴嗟，愁眉百结了。

当时尚有一种鸦片烟，本在前清宣统三年间，由清政府与外人订约，限期戒绝，转眼间已有七八年，期限已届。上海洋商所储鸦片数尚不少，民国七年一月间，苏省督军、省长与英商公司妥商，立约收买，约中载明条件，乃是专供制药，并不转行销售。洋商已经允认，且愿把每箱定价减短英洋二千圆，悉数归苏省承买，统计得一千五六百箱。过了数月，驻京英美公使向外交部致书抗议，略云：“苏省收买存土，不免有私下贩售，赚钱欺人等情。”外交部看到来文，应归财政部理处，即将原书移交财政部。财政部调查苏省公文已早备案，因即据实答复，具陈理由，内称：“近年以来，政府对着烟禁，未尝不积极进行，只因沪滨洋商积存关栈的印药，为数甚多，不能令他过受损害，所以上年一月，由苏省督军省长与英商立约收买，专供药品，严杜吸售。今来文谓有转销等情，未免误会。查烟土制药，各国皆然，此次苏省收买存土，与宣统三年禁烟条约，并无违反情事，请即查照”云云。这项复文仍须先递外交部，然后由外交部转交英、美公使。英、美公使始终不甚相信，尚有微言。再经中国政府，特开国务会议，决定将所买存土，一并销毁，当由徐总统核准，下一指令道：

政府前次收买存土，专为制药之用，原为体恤商艰起见。顾虽慎加考订，限制綦严，而留此根株，诚恐易滋流弊，转于禁烟前途，不无影响。着内务财政两部，转饬查明此项存土现存确数，除已经领售者不计外，其余均由部派员督视，一律收回，汇集海关，定期悉数销毁。并候特派专员会同地方官及海关税务司等，共同监视，以昭慎重。此令。

越日，又复严申禁令道：

鸦片为害最烈，迭经明颁禁令，严定专条，各省实力奉行，已著成效。惟是国家挽回积习，备极艰难，设禁令之稍疏，愚民即怀侥幸，在稽察所不及，遗害仍恐潜滋。此次厉行烟禁，在国人固具毅力，在友邦并致热诚，倘复阳奉阴违，始勤终怠，将何以策内政之修明，而树国家之威信？兹当政治刷新，亟望荡秽涤瑕，共臻仁寿，所有前次收买存土，业经特令汇集上海地方，克期悉数销毁。国家不惜捐弃巨金，委诸一烬，凡以注重烟禁，力策进行者，当为中外所共喻。嗣后我中华人民当益知鸦片流毒之酷，中于民生；政府禁令之严，不容尝试。凡曾犯吸食者，既经戒除，自应振作精神，力祛习染，至私种私运私售，均干厉禁，并当各懔刑章，勿贻伊戚。各地方长官，有督察之责，务各分饬所司认真稽查，期在有犯必惩。其办理不力者，着随时纠劾，依法惩戒。本大总统以保民为重，不惮为谆谆之告诫，先哲有言：“除恶务尽”，又曰：“旧染污俗，咸与维新”，凡兹有众，其共勖之！此令。

两令既下，特派专员张一鹏赴沪监视焚土，一面再由外交部出名通告英、美公使。英、美公使得悉后，即电令沪上海关监督税务司会同中国专员，督视存土焚毁。至张一鹏到沪与江苏长官，调查买储烟土一千六百余箱，除已售出三百余箱外，尚剩一千二百余箱，悉数运至浦东，邀同海关监督税务司到场，并及地方各团体代表，统皆会齐，当场开箱查验，果非假冒，于是架薪纵火，陆续焚毁，共阅三日有奇，方将一千二百余箱的鸦片，尽付劫灰。上海各国领事团，及地方长官绅商军学各团体，更组织万国禁烟会，主张限制烟土吗啡，务使除医药用途外，不得种销。乃即就销毁烟土的第一日，在沪北开会，严订条约，总道是中外同心，朝野合力，好把那数十年的毒蛊，从此永除。但究竟除绝与否，想看官具有见闻，自能察知隐情呢。只小子却有一首俚词，作为焚土的余慨，诗云：

欲除烟毒愿捐金，一炬成灰示决心。

可奈莠民偏不谅，私销私吸总难禁。

禁烟禁烟，仍旧有名无实，或包运，或偷销，时有所闻，政府不得不再行查缉，从严办理。欲知如何设法，待至下回表明。

议和足以安民，禁烟足以祛毒，两事俱为美政，徐东海上台之初，首先注意，着手进行，宜乎为中外所属望，交口赞同也。况集灵囿之会议，主战派亦有悔祸之心，上海滩之焚烟，领事团且有开会之助，祝南北之统一者在此，起斯民之膏肓者亦在此，岂非中华民国之一大转机，饶有革新之望乎？乃观于后来之结果，俱乏成效，屡次议和，而冲突如故，屡次禁烟，而吸售如故，徒见长官之忙碌而已，徒见存土之焚销而已，天岂未欲平治民国耶？何事与愿违若此？至若债务之日增，吏民之两困，元气已枵，如何持久？有心人固杞忧无已矣。

第一百零二回

赞和局李督军致疾 示战电唐代表生瞋

此回先写鸦片之禁受阻，无非是军阀在其中捣鬼。接着转写南北议和，因撤换某督军而其人坚持备战，会议只好停顿。议和中叙及江苏督军李纯，虽亦军阀，但苦心求和，算个好人。

却说徐总统有志禁烟，特命将上海存土，悉数毁去，再加万国禁烟会严禁种销，也算是竭诚办理。偏包运偷销的奸民，专知牟利，不顾大局，事为徐总统所闻，因复饬令严查道：

> 近令烟禁綦严，乃以厚利所在，莠民奸商，多方尝试，甚至有假冒军人，由各路包运销售情事，似此违禁营私，肆无忌惮，若不严行查缉，则禁烟要政，直同虚设，于国家前途，影响至巨。本大总统治军有年，凡隶军符，夙知国纪，岂容佥壬影射，玷我戎行？嗣后应责成各省督军省长，遴派专员，会同各税关严密查禁，无论是否假冒军人，但遇有包运烟土，亟应切实拿办，勿任漏网！其京奉、京汉、京绥、津浦各路，为近畿绾毂之地，尤应切实侦缉，着京师军警督察长马龙标督饬所属干员，随时逡巡稽查，一面由交通部通饬各路警员襄同认真办理。一经查获，即予尽法惩罚，查出烟土，悉数焚毁，仍当侦查明确，勿得扰累行旅。经此次通令之后，凡我邦人，当知令出惟行，除恶务尽，其各涤瑕荡秽，力祛旧染，用副保民除害之至意！此令。

未几，复有禁运吗啡的严令，大致与禁烟相同。但天下事，往往法立弊生，立法时均欲求效，偏效力未睹，弊已百出。各处铁路的站旁，环列警察，调查来往客商，镇日里翻箱倒箧，闹个不休，或且搜检身上，视客商如盗贼一般，客商稍有忤意，便即狐假虎威，任情凌轹。甚至私出鸦片烟，掷入旅客行箧，硬指他为偷带禁物，拘入警署，威逼苟罚，取财入私。可怜遭害的客商，不能与抗，只好忍气吞声，倾囊相赠，还要索得保人，方准释出。这真是行路艰难，荆天棘地，较诸前清时代，交通无阻，任从客便，试问是谁利谁不利呢？尤可恨的，是真带鸦片吗啡的人犯，反得贿通警察，由他过去。又有军队过境，借军阀做靠山，虽满身藏着鸦片吗啡，警察亦不敢过问。有几处乃是军警串通，联络一气，所赚厚利，彼此分肥。再加各省军官，多半染着盘龙癖，以芙蓉膏为性命，半榻横陈，吞云吐雾，虽经中央政府，禁令煌煌，彼且视若弁髦，毫不少悛。又或借此取利，暗中授意左右，包运包销。俗语说得好："袖大好做贼。"威灵显赫的军阀家，作奸舞弊，何人敢来侦查？试看徐总统所下禁令，尚说是佥壬影射，未敢显斥军官，如此军阀滔天，横行无忌，还要问什么烟禁有效无效呢？这且搁过不提。

且说钱代总理能训摄职两月，当由徐总统提出咨文，交与参众两院征求同意。两院照例投票，钱得多数，因即复咨总统府。徐总统便下明令，特任钱为国务总理。钱既正式秉政，当然要重组内阁，自将内务总长的兼职递呈告辞，此外一班国务员连带辞职。旋经徐钱两人，商定后任国务员，再向参众两院咨问，是否同意，竟得相继通过，乃再经下令，仍使国务总理钱能训兼任内务总长。外交总长一缺亦令陆徵祥原任。惟因陆赴欧议和，未到任时，由次长陈箓，代理部务。司法总长朱深、教育总长傅增湘、海军总长刘冠雄亦均继任。交通总长曹汝霖本兼财政总长，此时免去兼职，但令曹主交通部，另授龚心湛为财政总长，独撤去陆军总长段芝贵，改用了一个靳云鹏。新内阁既皆任定，乃再从事内外和议，添派外交委员顾维钧、王正廷、施肇基、魏宸组四人赴欧，与前遣的外交总长陆徵祥同为巴黎和会全权委员。一面令朱启钤南下江宁，作为南北会议全权代表，会同江苏督军李纯等开始议和。广东军政府也推选政务总裁唐绍仪做了南方总代表，行次上海，不肯过往江宁。两下争执和会地点，又费了一番笔舌，复经江苏督军李纯，曲为调停，请朱启钤移往上海，允从南方所请。朱为速和起见，因亦许诺，时已为民国八年二月间了。李督军因再发一通电，宣告中外道：

时局纠纷，垂及二稔，幸赖内外上下，一德一心，舍己从人，共谋宁息。护国者知法坏而国无由立，护法者知国坏而法亦罔存，遂以和平之公理，共谋善后之解决。纯与湖北王督军、江西陈督军，内承中央政府之指挥，外荷西林、武鸣诸公之启迪，黄陂、河间、合肥暨在位英俊，在野名贤，随时指导维持，经迭次之洽商，得各方之同意，议定开一会议，双方各派总代表，解决法律事实等项问题。比由朱桂莘、唐少川两总代表商定于本年二月二十日在上海开会。是纯与王、陈两督军二年以来千回百折，所希望于护国护法两方面有两全而无两伤者，幸已达其目的，遂其请求，凡所担任，已可告一结束。嗣后解决各项问题，总代表与各代表诸公皆一时人望，必有可以慰吾侪之具瞻，副人民之心理者。纯惟当与居间诸君子，洗耳听之，拭目俟之。

鲁仲连有云："所贵于天下之士者，为人排患释难，解纷乱而无所取也。"窃愿会议诸公本良心上主张，从根本上救济，为国家谋长久，为人民谋福利，期有以善其后而已。浮图七级，重在合尖，为山九仞，功亏一篑。纯仔肩虽卸，愿望正殷，苟其义不容辞，力所当尽，敢不从诸君子之后。更愿当代弘达，布所蕴蓄，同力匡扶，弼成郅治，则尤纯所馨香祷祝也。谨布悃忱，伏惟鉴照！

看此一电，李督军的苦心孤诣亦可想见。当下派定会议办事处干事数十人，充当朱总代表的差遣。各干事均来谢委，正由李纯出来接见。坐谈未竟，那朱总代表亦来拜会。复经李纯迎入别厅，略谈数语，复出与干事接洽。各干事并出厅站班，李纯向他摇手，似叫他不必客气，且口中方说出"各位"二字，不防脚下一绊，竟从第一层台阶跌至第四层台阶，直挺挺的仰卧台阶面上，背骨被第一层台阶所硌，忍不住疼痛起来，一时不便呼号，只好闭目熬住。嗣经从役将他扶起，勉强在廊下缓行数十步，舒动筋骨。各干事见此情形，只得告辞。李纯复慢慢儿回入别厅，再与朱总代表谈话片时，朱始别去。

纯素性坚忍，尚以为稍稍痛苦不必多虑，又往签押房批览文件。到了午刻，背骨越觉加痛，乃趋入内室，取饮舒筋和血的药酒大约数杯，继以午膳，然后睡息了两三钟点。至起食夜餐，仍照午膳办法，是夕尚得安睡。越宿醒来，觉得腰背酸疼得很，再加两胁气痛，以致不能起床。麾下僚属，闻知督军有恙，自然前来请安。适警察厅中有张医官素精按摩各术，大众统交口保荐，请李纯召入医治。纯乃将张医官召至军署，先令亲吏传述病状，与他讨论，嗣闻他确有心得，乃引入上房，嘱用手术疗治。张医官问及事前种种情状并倾跌后种种感觉，纯历述无遗，即由张医官诊视脉象，并替他前后按摩，果然胁间气痛较前舒快。张医官方说道："失足跌倒，七日内必发酸痛，这乃当然的事情。而且仓猝跌倒，因痛闷气，害得两胁气痛，亦是寻常病患，毋庸深忧。"纯不待说毕，便诘问道："此外果无别症吗？"张医官答道："此乃失足致跌，与风火痰三种症候毫无关系，但教用止痛和血的药料按穴敷治，再施运舒筋顺气的手术，逐日抚摩，待阅一星期，自然痊可了。"李纯点首称善，遂命张医官如法施治，一面乞假静养。过了七日，疼痛虽已减轻，举动还未能复原。直延至旬月余，始得告痊，这也是翊赞和议中一段轶闻。

惟当李纯告假时，朱总代表启钤等，已赴上海，履行开会期约，借上海旧德国总会为会场。二月二十日上午，南北总代表各引分代表等，同莅会所，衣冠跄济，秩序雍容，相见无非旧识，两派并聚一堂，差不多与辛亥会议相似。当时列席诸公，姓氏如下：

（北方总代表） 朱启钤

（分代表） 吴鼎昌 王克敏 施 愚 方 枢 汪有龄 刘恩格 李国珍 江绍杰 徐佛苏

（南方总代表） 唐绍仪

（分代表） 章士钊 胡汉民 缪嘉寿 曾 彦 郭椿森 刘光烈 王伯群 彭允彝

开会伊始，不及议款，但两总代表依次表明宗旨，先由南总代表宣言云：

国内战争，至今日告一结束，但推厥祸源，外力实有以助长之。盖武人派苟不借助外力，则金钱无自来，军械无从购，兄弟阋墙，早言归于好矣。何至兵连祸结，延至今日，使人民痛苦，至于此极？今北方已经觉悟，开诚言和，舍旧谋新，请自今始！

南总代表宣言甫止，北总代表也即宣言道：

民国成立以来，国家政权，多握于武力派之手，故战争纷乱，迄无宁岁。迩者时势所趋，潮流所迫，将化干戈为玉帛，换刀剑以犊牛，一切干羽戈矛，皆应视为过去陈旧之骨董，后此战争，当无从再起，和平统一，请视诸斯。宣言俱毕，两总代表与各代表均起座，向着国旗，欢呼中华民国万岁！和平统一万岁！嗣复闲谈数语，各随意取食茶点，便即散席。

越日，始开正式会议。南方总代表唐绍仪首先提出陕西问题，要求撤换陕督陈树藩。原来南方民党于右任曾入陕西境内，纠合党徒，与陈树藩互相争论，致起战争。树藩本段派健将，不肯容留民党，占据片土，因此屡攻于军。于军亦不甘退让，相持未下。徐政府虽已通令停战，但于陕西一方面不甚注意。且陈树藩靠着段氏势力，玩视中央命令，自由行兵，所以唐总代表首先质问，迫令将陕督撤换。此外尚有闽鄂冲突等情亦曾连类谈及，但尚未及陕西的紧要。北方总代表朱启钤愿转达中央，即席草就电稿，着人拍发，请政府速令陕督陈树藩停战。此外所议各件，如八年公债、参战借款以及湘督张敬尧仇视民党等情，尚没有极大辨难。或拟电京问明，或拟电湘阻止，否则交付审查，决诸后议。越日，得徐政府复电，谓已特派妥员张瑞玑赴陕监视实行停战。于是两总代表又复会议，彼此商榷，决用和会名义，致函张瑞玑，催他即日赴陕，监束两方军队，以便和议早日结束。当下函电并发，约俟陕战实停，再申余议。两下便又散归。

又越两日，再行开会，两总代表相见后，南方总代表唐绍仪取出陕西于右任来电，声言陈树藩部下刘世珑仍率众进攻于军，如此情形，显背和议，应归北方担负责任。朱总代表只好申电陈请，权词相答。又越二日，唐绍仪又邀朱启钤赴会，取示于军失去盩厔的警电，累得朱总代表无可容喙，但言政府如不速停陕战，自当辞职以谢。再越二日，已是二月二十八日了，唐总代表至会议席上，竟向朱总代表抗议陕西战事，限期四十八小时答复。说毕即去。朱总代表自觉中央理屈，未便议和，特与各分代表，全体电京，请即辞职，徐政府复电慰留，并令陕西一体停战。令文有云：

陕西兵燹频年，疮痍满目，眷言民瘼，轸念殊深。亟应促进和平，早谋安集。前由国务院依照协定办法，通饬停战划防。已派张瑞玑驰往监视区分，务在一律实行，克期竣事。各该将领，自应共体斯意，恪遵办理。倘或奉行不力，职责所在，不得辞其咎也。此令。

徐政府虽决意停战，始终谋和，但陈树藩仍未遵令，备战不休。南方总代表唐绍仪且得于右任亲笔书函，谓："陈树藩密奉参陆处电文，促令进攻，故北京运陕军械，或由参陆处，或由汉阳兵工厂，次第出发，络绎不绝"云云。唐总代表乃复提出宣言书，归咎北方，中止和议，是为第一次和议停顿。江苏督军李纯得知消息，很是愤闷，因力疾起床，特拟定办法五条，电陈中央请行。徐总统原无他意，不过为安福系所牵掣，未能贯彻主张，既得李纯电请，自然照准。李纯又电达广东军政府，请求同意，随即通告全国云：

万急。北京国务院、各部院，广州军府各总裁，保定曹经略使，各省巡阅使、督军、省长、都统、护军使，海陆军各司令，南京朱总代表暨代表诸公，上海唐总代表暨代表诸公，永州谭月波、组庵两先生，衡州吴将军均鉴：

近月以来，和平空气布满全国，因善后之解决，有会议之盛举。既经中央复准，各方赞同，双方各推总代表、代表亦均先后分莅宁、沪。惟以中央颁布停战罢兵令，广东军府亦通令停战罢兵，各省虽皆奉行，而陕、闽、鄂西等处尚有纠葛，经多次之协商，定简捷之办法：（一）陕、闽、鄂西双方，一律严令实行停战。

(二)援闽援陕军队，即停住前进，担任后方剿匪任务，嗣后不再增援。(三)闽省、鄂西、陕南，由双方将领直接商定停战区域办法。签字后，各呈报备案。(四)陕省内部，由双方总代表公推德望夙著人员，前往监视区分。(五)划定区域，各担任剿匪卫民，毋相侵越。反是者国人共弃之。此上五条，均陈奉中央允准，电得广州军府同意，即日双方通令，按照实行。所有陕、闽等问题，指日解决，会议即可进行。知关廑念，特此布闻!

自经李督军通电后，上海和会又有复活的趋向。再经朱总代表启钤函致陕西陈树藩并及于右任，竭诚劝解，为赓续和议地步。就是中外舆情，也多方敦促，催令速议。只南方总代表唐绍仪，因未得陕省停战确闻，尚未便与北方议和，连日托词称疾，杜门不出。冤冤相凑，又有一种外交刺激，从海外传入中华，遂致群情大愤，竞起诋诽，东也噪，西也闹，反把上海和会，视为缓图。正是：

内地欃枪犹未靖，外洋波浪又重生。

究竟外交刺激，从何而生，容待下回再详。

督军如李秀山尚为军阀中之有心人，故本回具述其求和之苦心，并及当时致仆情状，为世间之凉血动物作一龟鉴。朱启钤之平时行谊，虽不甚卓著，然观其赴沪议和，犹非悍然不顾公议，自作主张。陕战未停，曲在陈树藩，陈无大过人之才力，乃敢违背中央命令，备战不休，此非有人煽使，谁其信之？天下方日望和平，而主战派乃好为播弄，必欲破碎河山，涂炭生灵而后快。甚矣其惑也！鸡鹜相争，终无了期，虽有文治派之徐世昌，亦奚补乎？而李督军则更枉费苦心矣。

第一百零三回

集巴黎欣逢盛会 争胶澳勉抗强权

此回专写巴黎和会，中国虽是战胜国，却几无置喙余地。更有甚者，日本要接过德国在山东胶州湾的权利，其他列强也多是偏袒日本，置国际公法于不顾。

却说外交总长陆徵祥奉命赴欧，参与和会，嗣又有顾维钧、王正廷、施肇基、魏宸组依次续发，同充巴黎和议全权委员。陆徵祥到法国时，各协约国所派专使先后驰集。既而顾、王、施、魏各委员亦皆踵至。共计列席会议得二十七国使人，全权大使约有数十，代表及秘书等不下数百，好算是五大洲中空前绝后的盛会。当时会中议定各国列席委员多寡不一。中国指定两人，除陆总长外，余四人得轮流出席。小子闻得和会组织的大略，开列如下：

美国专使列席得五人。英国同上。法国同上。意国同上。日本同上。比国三人。玻利维亚一人。中国二人。巴西三人。古巴一人。厄瓜多尔一人。希腊二人。危地马拉一人。海地一人。汉志国二人，即阿拉伯国。洪都拉斯一人。利比里亚一人。巴拿马一人。秘鲁一人。波兰一人。葡萄牙二人。罗马尼亚二人。塞尔维亚三人。暹罗二人。捷克斯洛伐克二人。乌拉圭一人。

和会中正副会长

会长　法人克勒孟沙

副会长　美人蓝辛　英人劳合乔治　意人欧兰都　日本人西园寺侯爵

协约国最高议会中会长会员

会长　法人克勒孟沙

会员　美总统威尔逊　蓝辛　英人劳合乔治　贝尔福　法人克勒孟沙　毕勋　意人欧兰都　沙尼诺　日本人西园寺侯爵　牧野男爵

据上所列，已见得和会大权，实为美、法、英、意、日本五大国所把持。中国专使虽得列席，已等诸自郐以下，无足重轻。就中对于德、奥两国如何赔偿损失，如何割让土地，如何放弃权利，如何撤除兵备，统归五大国主张，中国专使几无容喙余地。惟关系中、德事件，始准中国与议，但也须由五大国决定，大致如下：

（一）德国对华放弃由一九〇一年拳匪条约而得之各种特别权利与赔款，与其在天津、汉口德租界及其他中国境内，除胶州外，所有之房屋、码头、营房、炮台、军火、船只、无线电台及其他产业，惟使署领署不在其内，并允将一九〇〇年与一九〇一年所夺取之所有天文仪器一律归还中国。

（二）中国未经署名于拳乱条约之各国同意，不得施行处分北京使馆界内德人产业之计划。

（三）德国承认放弃汉口与天津之租界，中国允准两处租界辟为万国公用。

（四）德国对于中国，或对于任何与国之政府，不得因在华德人被幽禁或被遣回，及因德人利益于一九一七年八月十四日被没收或被清理之故，而有所要求。

（五）德国放弃其在广州英租界内之国有产业，让与英国。并放弃上海法租界内德人学校之产业，让与中、法两国。

这五项条约，讲到“平允”二字，已不甚合。德国既放弃在华权利，为什么除开胶州？北京使馆内德人产业，理应归中国处分，为什么应得署约各国同意？汉口与天津租界，为什么要辟作万国公用？广州英租界及上海法租界内的德国产业，为什么让与英、法？这岂不是鹬蚌相争，渔翁得利的明证吗？又有一种关系山东条件，由日本专使西园寺侯爵等提出和会，硬要占利。美、法、英、意诸国，明知日本恃强欺弱，但与自己无损，哪个肯替中国帮忙，代鸣不平？当由日使拟定约文道：

（一）德国以胶州各项权利所有权特别权利，与因一八九八年三月六日与中国立约及其他关于山东条约而得之铁路矿产海底电线，让与日本。

（二）属于青岛至济南铁路之德国各项权利，连同器用矿权开掘权，一并让与日本。

（三）自青岛至沪及烟台之海底电线，亦让与日本，免偿其值。

（四）胶州德国国有之一切动产与不动产，亦归日本所有，免偿其值。

胶州是我中国的胶州，青岛是我中国的青岛，从前清光绪二十四年间，为了一个德国教士，在山东曹州地方为华民所害，德国政府即派兵来华，占据胶澳，清政府无法拒绝，不得已将胶澳租与德国，定期九十九年。嗣是德人筑路开矿，竭力经营，至欧战开手，中国宣告中立，日本独不顾公法，破坏我中立国章程，竟出兵攻夺胶澳，且将德国所有路权矿权悉数占领。彼时日人曾向中国声明，谓将胶澳租借地移交日本，以备日后交还中国云云。中政府一再抗议，均归无效。后来袁项城热心帝制，乞援东邻，驻京日使，遂提出二十一款的要求，包含胶澳全境在内。袁项城自讨苦吃，没奈何与他签约，但约文中尚有“交还胶州湾，待诸战后解决”字样。此次战事已了，各协约国为公道主义，组织和平大会，理应将德国租占地归还中国，方算得公正无私，为何日使眈眈，竟视胶澳为囊中物？曩时尚声言交还，到此竟说出“让与”二字，不但有违公理，并且自食前言。美、法、英、意诸国，作壁上观。那时中国专使陆徵祥等忍无可忍，只好当场抗议，先提出山东问题说帖，缴入和会，凭诸公判。说帖中文字甚繁，小子不便直录，但撮举大要，胪列如下：

（甲）德国租借权，暨其他关于山东省权利之缘起及范围。

（一）租借之缘起。（二）租借地之范围。（三）德国之路矿权利。（四）中国之铁路警察权。（五）德国对于铁路借款之优先权。

（乙）日本在山东军事占领之缘起及范围。

（一）日本之对德宣战。（二）日本军队在租借地，及百里环界以外之龙口地方登岸。（三）中国宣言划出特别行军区域。（四）日本收管青岛之中国海关。（五）日本对中国二十一条之要求暨一九一五年五月二十五日关于山东省之条约。（六）沿铁路之日本民政权。（七）一九一八年九月二十四日之铁路借款草合同及换文。

（丙）中国何以要求归还？

（一）胶澳租借地，素为中国领土中不可分拆之一部分。从前中德租借条约中，本有主权仍归中国之明文，今德国既放弃权利，当然归还中国，以彰公道。（二）胶澳居民，种族语言宗教均完全属于中国，既得脱离德国关系，自不愿再属他国。（三）山东为中国文化所肇始，孔、孟两圣贤诞生此地，人民称为圣域。胶澳为山东属境，既得由德国收回，何能辗转让人？（四）山东居民稠密，不能再容纳他国人民。前时德国逞横暴势力，据有胶澳，今彼既遭天忌，自弃权利，山东百姓，方庆其苏，不堪再受他国朘削。（五）山东一省，备具中国北部经济集权之要则。胶澳地居海口，尤关重要，将来必成为中国北部外货输入土货输出之要路。若植立外国势力范围，适与门户开放主义互相背驰，中外通商，必交感不便。(六) 胶澳为中国北部门户之一，胶济铁路至济南接津浦，可以直达北京，既自旅顺大连至奉天，直达北京之铁路，亦与胶澳相近。中国政府为固圉计，久欲杜绝德人之盘踞青岛，今经德人放弃，中国深愿收回此地，自巩国防。(七) 和平大会中，以该租借地及附属权利之问题，悉还中国，不特德国肆意横行之罪恶，借以矫正，且各国在远东之公共利益，亦借以维护。否则山东人民，前拒后迎，势必不乐，或致激成剧烈之行动。即他国亦必与将来移转权利之国，互相龃龉，是与日本攻击青岛时，宣言巩固东亚长久稳固和局之用意，难以相容。亦与英日同盟之宗旨，所谓护中国之独立完整，守各国在华商工业机会之原则，亦不相符合。何以彰中外之大信？何以保远东之永久和平？

(丁) 何以应直接归还？

(一) 程序简单，不致滋生枝节。且中国参战以后，得向德国直接收回青岛，及山东权利，既足以增我国家之光荣，复足以彰友邦维持正义公道之原则。(二) 中国政府非不知日攻青岛所损失之生命帑款，为数亦巨。但日本固宣言战争之目的，在使远东和局，不为德人所危害，目的既完全达到，则虽有所牺牲，亦必不惜，宁有加惠中国反自取怨之理？(三) 日本以军事占领青岛及所有权利，不过暂时办法，究不能因此而终得所占土地或产业之主权，以与共在战事中之中国权利相抗。(四) 一九一五年五月二十五日，中国与日本订立关于山东省之条约，中政府本所不愿。经日本送递最后通牒，勉强承认，以待和平会议为最后之修正。况所订条文，日本并未获得关于山东租借地与铁路暨他项德国权利。不过得有保证，谓所有关于德国权利利益让与之处分，倘经日本与德国协定，中国即当承认云云。彼时中国尚为中立国，日本系设想中国始终中立，不能参与最后之和平会议而言。今中国早加入战局，有列席和议之权，则该约设想之情形，固已根本改变，不得视为有效。(五) 中国宣言布告，曾声明从前中德所订之条约，一律废止，是德国所有租借地与一切权利，当然在废止之列。既已废止，领土权即回复于中国。且与德人订约租借时，本有不准转租之明文。即一九〇〇年之中德胶州铁路章程，亦有中国国家可以收回之规定，依约办理，德国无转让第三国之权。中国既得收回领土，亦当然不能让与他国。

最后又有一段总结云：

中国鉴于上列各理由，深信和平会议，对于中国要求胶澳租借地胶济铁路，暨关于山东省之他项德国权利之直接归还，必能认为合于法律公道之举。苟完全承认此项要求，则中国政府人民对于诸国秉公好义之精神，必永远感激于无涯，而对于日本必且加甚。此一举也，不特日本与诸友邦所愿维护之中国政治之独立与领土之完整，借以巩固，而远东之长久和局，亦借此新保而益坚矣。

此项说帖，递入和会，会长克勒孟沙方将说帖出示，日本专使西园寺侯爵等，怎肯退让，自述从前攻取青岛，如何损失，并讥评中国参战，并没有什么助力，不过办运些须粮食，派遣几个工役，便算了事。今日所得利益，不啻百倍，还想与我争回青岛，这真叫做不度德，不量力，妄事请求，不值一睬云云。在会诸人，见日使很是忿激，也不便参入异议。惟美总统威尔逊略加劝解，援照德国前约，谓领土权应属中国。日使遂接口道："我国并不欲长据胶澳，自愿将胶澳领土权归还中国，惟行军所受损失，中国可能悉数偿还吗？中国既不能偿还，便应该将从前德人所有的权利，归与我国享受，这乃是公允办法，我国并没有意外要求哩。"英法各国专使，多随口赞成。美总统亦不便与争，付诸一笑罢了。

是时，意国代表欧兰都等，为了亚得里亚海沿岸问题，与美总统意见不合，致有违言。亚得里亚海在意大利东北，海口有阜姆一埠，为通商出入要枢，意国欲据为己有。惟美总统威尔逊以为匈牙利、波希米亚、罗马尼亚、南斯拉夫诸国均与阜姆相近，应该享有出入权利，不应专归意国。意使极力反对，甚至欧兰都等宣告退出和会。所以和会中主持，只有法、美、英、日本四国主持各议。日本与中国互争胶澳，中国不能敌日，法、英又皆左袒日人，美总统虽略存公道，也因口众我寡，未便坚持，因此逐日延宕，竟把中国传使的说帖置诸高阁。嗣经中国专使陆徵祥入会敦促，乃由会长克勒孟沙与美总统威尔逊、英专使劳合乔治作为领袖，再集议胶澳问题。日使西园寺侯爵等坚执前议，一些不肯让步。法、美、英三国乐得袖手旁观，任从日本自由处置。中国专使陆徵祥等智尽能索，不得已再向和会中提出抗议，申明意见。小子有诗叹道：

徒将笔舌抗凶锋，力薄如何望折冲。
益信外交惟铁血，一强一弱总难容。

欲知陆专使等如何说法，且至下回录叙。

巴黎会议，列席者得二十七国，而俄罗斯不在其列，良由俄国内乱，政府屡易，各国或承认于其前，未尝承认于其后，故遂为之阙席耳。胶澳之争，日本代表借口于前日军事之损失，必欲承受德人之旧有权利而后快。然德国既已战败，屈服于和议之下，则从前既无日人之行军，亦当放弃固有之权利，将胶济归还中国，宁必待日人之占领乎？况日人固尝破坏我国之中立，乘机攫取，显违国际公法之惯例，所有牺牲，莫非自取，公法家固不应袒日也。中国专使之抗议，义所当然，而日人乃恃强而凌弱，英法亦欺弱而袒强，持公如威尔逊，尚不欲为不平之争，谁谓世界中尚有公理耶？国不竞亦陵，何国之为？我国人盍亟起反省，毋徒怨外人为也。

第一百零四回

两代表沪渎续议 众学生都下争哗

此回先将国弱被人欺作个现世报：巴黎和会中国代表两番抗议，列强还是向着日本；国内的军阀们又开和议，尚是议而未决。曹、章、陆三大汉奸的卖国行径披之报端，北京的学生们开始集会。

却说胶澳问题，已由中国专使提出说帖，经法、美、英三国申议，仍不能使日本让步，反教日本自由处置，中国专使陆徵祥等不得不再行抗议，词意如下：

按德人之占据山东权利，始于一八九七年。当时普鲁士武人，借口小故，强迫中国让与，显系一种侵犯手段，华人至今不忘此耻。今三大国若以此项权利移让于日，是承认侵犯手段为正当矣。况日本在南满与蒙古东部，业已十分猖獗，今若加以山东为日所有，则日本可在北京出口之水道，即直隶海湾之两岸，巩固其地位。且得霸据直达北京之三大路线，从此北京将为日本势力所环绕，不亦大可惧乎？

中国于一九一七年向德、奥宣战，加入协约，所有中国与德、奥前订各约一律取消，然则德国权利当然归还中国。且中国之宣战，曾经协约及公同作战各国政府正式承认。及今三国大会议解决胶州与山东问题，反将前属于德人之权利让给日本，由此可见大会议所让给与日本之权利，在今日已非德人所有，乃纯粹之中国权利。且中国亦协约之一，并非一敌国；中国在协约中，固较懦弱，但总不能以敌国待之。抑有进者，山东为中国之圣地，孔、孟之教深入人心，我中国人视山东为文化之发祥地，焉肯轻让于外人？至于三大国会议，既有归还中国之意，何以第一步必将该地移让与一外国，然后由该外国自愿，再将该地归还原主？此种重叠手续，不知何所根据？代表等早知日本之要求，系根据一九一五年之中日条约及一九一八年之交换文件。但一九一五年时，中国所以签约者，实为强权所迫，世人常忆日本提出哀的美敦书，强迫中国承认二十一条要求，否则大战立见于东亚。再一九一八年之交换文件，乃因日本允许撤退山东内地之日兵，并取消各民政署。代表等亦知三大国所以议定如此解决者，实以英法曾于一九一五年二月三日，允许日本在和会席上，助其夺得德人在山东之权利。然当时此等密约，双方订结，中国并未加入。其后协约国劝中国参战，亦未曾将密约内容预先通告。及中国于加入协约之后，直至今日战争了结，和约告成，中国反为各大国之商议品与抵偿品，其何以堪？

或曰：大会议之认可日本要求，乃所以保全国际同盟也。中国岂不知为此而有所牺牲？但中有不能已于言者，大会何以不令一强固之日本放弃其要求（其要求之起点，乃为侵犯土地），而反令一软弱之中国牺牲其主权？代表等敢言曰：此种解决方法，不论何方面提出，中国人民闻之，必大失望、大愤怒。当意大利为阜姆决裂，大会议且为之坚持到底，然则中国之提出山东问题，各大国反不表同情乎？要知山东问题，关于四万万人民未来之幸福，而远东之和平与利益皆系于是也。

这一篇抗议书，比前次较为激烈，也是由中国专使陆徵祥等情不能忍，不得已有此文牒，为声明公理起见。无如世界中只论强弱，不论公道，任你舌敝唇焦，总敌不过强邻气焰，日本专使只付诸不睬，英、法、美各国，也袖手旁观，怎能如意国专使，为了阜姆问题，退出和会，几至决裂？后来仍由英、法、美三国代表，请意国代表再入和会，曲为调停，可见得中华积弱，事事逊人，为什么军阀政客，不思协力图强，尽管争权夺利，内讧不休哩？

即如上海南北和议，自从南方代表唐绍仪宣言中止，停顿至一月有余。江苏督军李纯苦心调护，提出办法五条，请令双方允准。唐代表尚因未得陕省确闻，逐日延宕。嗣经张瑞玑入陕报告，谓已确实停战，江督李纯又邀同鄂、赣二省，迭电敦促。甚至上海五十三公团连成一气，催迫南北总代表等，赶紧议定和局，方可一致对外。于是南方诸代表，也为环境所逼，未便再行停顿，乃于四月四日间，在唐总代表寓宅内自开紧急会议，决定和议再开，函告北方总代表朱启钤等，约七日起继续开谈。朱总代表当然照允。

到了四月七日，两总代表及各代表又复齐集，先开谈话会，核定会议程序，至晚未毕。越日，又复续核，大致粗了。代表中或主张扃门会议，免得人多语庞，徒滋纷扰，北代表多数赞成，惟南代表却多数反对。结果是双方协议，虽不必定要扃门，但除代表以外，闲人不得擅入。门外委警察严加逻守，慎重关防。自四月九日正式开议，南北代表均将全部议题提出，互相讨论。当时各守秘密，未曾宣布。嗣逐日审查，集议了好几日，惹得上海一般社会，统想探听会议消息，是否就绪，怎奈会中讳莫如深，无从察悉。但据各通信社特别传闻，只说南代表所提计十三项，另附悬案六项，北代表所提计大纲两项，节目八项，讨论结局，双方议题，并作国会、军政、财政、政治、善后、未决等六项。究竟一切底细，无人能详，所有谣传，无非捕风捉影，想象模糊呢。

延至五月初上，尚没有什么确闻，大众诧为异常。忽由都中传出警电，乃是各校学生为了巴黎和会中的山东问题大起喧哗，演成一种愤激手段，对付那亲日派曹、章、陆三人。就中详情，应该表白一番。从前中日各种合同，多经曹、章、陆三人署名，海内人士已共目他为汉奸。就是留学日本诸学生亦极力反对章宗祥。此次巴黎会议，中国专使陆徵祥等赴欧，道过日本，日人即向章问明陆意，章曾夸口道："陆与我素来莫逆，谅不至有何梗议哩。"日人满意而去。哪知徵祥去后，政府又续遣委员数人，如王正廷、顾维钧等，轮流出席，在巴黎会议中，极力反抗山东问题，且致章与日本所订之山东两路合同亦遭打击。章恐无词对日，乃暗与曹汝霖通信，拟运动政府，召回顾、王，自去代充委员。曹得信后，即力为设法，并召章回国，章便拟起程西归。偏被上海时事新报及东京时事新闻，探悉密情，骤然登出。留日诸中国学生激起公愤，即欲发电攻章。因日本电报局不肯代拍，乃邮致上海各报馆各机关各团体，请他宣布，略云：

> 顷据上海时事新报及东京时事新闻载，章宗祥此次回国，入长外交，出席巴黎和平会议，改善中日和会关系，同人闻之，不胜骇异。章宗祥自使日以来，种种卖国行为，罄竹难书。幸今日暴德已倒，强权屈服，正义人道，风靡全球，吾大中华民国全体国民，方期于欧洲和平大会，战胜恶魔，一雪国耻。苟两报所载不虚，则是我政府受日奴运动，倒行逆施，以卖国专家充外交总长，兼欧洲和平会议代表，势非卖尽中国不止。同人一息尚存，极力反对，并将颈血溅之。贵报贵机关贵团体，素来仗义敢言，众所共仰，伏乞唤起舆论，一致反对，庶么魔小丑，不容于光天化日之下，俾东方德意志，亦得受最后之裁判。中华民国幸甚，世界和平幸甚。

上海各报馆依电照登，曹、章两人的密谋越致揭露。章经此一阻，又欲逗留。适政府已传电促归，暂命参事官庄景珂代理，章不得不行。且默思到了京都，总有良法可图，乃收拾行李起程归国。至东京中央新桥车站，将挈爱妻陈氏登车，突有留学生数十人踉跄前来，趋近章前佯为送行，随口质问，历数章在任时经手若干借款，订立若干密约，究有多少卖国钱带了回去？章宗祥连忙摇首，极口抵赖。无如留学生不肯容情，竟起而攻，好似鸣鼓一般。章虽脸皮老厚，也不禁面红颈赤无词可答。幸亏日警从旁排解，方将一对好夫妇送入车中。留学生尚在后大呼道："章公使！章宗祥，汝欲卖国，何不卖妻？"

章妻陈氏听了此言，更不觉愧愤交并，粉脸上现出红云，盈盈欲泪，只因车中行客甚多，未便发作，没奈何隐忍不发。及车至神户，舍陆乘船，官舱内分门别户，彼此相隔。陈氏彦安怀着满腔郁愤，不由得发泄出来，口口声声，怨及乃夫。章宗祥任她吵闹，置诸不答。陈氏且泣且詈道："我父母生了我身，本是一个清白女子，不幸嫁与了汝，受人污辱，汝想是该不该呢？"章至此亦忍耐不住，反唇相讥道："人家同我瞎闹，还无足怪，难道汝为我妻，也来同我胡闹吗？"陈氏道："汝究竟卖国不卖国？"宗祥道："汝不必问我。就使我是卖国所得回扣，汝亦享用不少，何必多言。"陈氏尚唠唠叨叨的说了半夜，方才无声，但已为同船客人约略听闻。及船已抵岸，陈氏面上尚有愠色，悻悻上车去了。

章既入京，遂与曹汝霖、陆宗舆等私下商议，还想调动顾、王，一意联日。相传曹汝霖计划尤良，竟欲施用美人计，往饵顾维钧。顾元配唐氏即南方总代表唐绍仪女，适已病殁，尚未续娶，曹家有妹待字，汝霖因思许嫁维钧，借妹力笼络。可巧梁启超出洋游历，即由曹浼梁作伐，与顾说合。梁依言至法，急晤顾氏，极言："曹家小妹，貌可倾城，才更山积，如肯与缔姻，愿出五十万金，作为妆奁。"顾本来与曹异趋，听到"美人金钱"四字，也觉得情为所迷，愿从婚约。当时中外哗传，谓顾已加入亲日派，与曹女订婚。究竟后来是否如梁所言得谐好事，小子也无从探悉，不过照有闻必录的通例，直书所闻罢了。已而留日学生界中，复有一篇声讨卖国贼电文，传达海内，原电如下：

欧洲议和大会，为我国生死存亡所关，凡我国人，应如何同心协力，共挽国权，乃专使方争胜于域外，而权奸作祟于国中，旬日以来，卖国之谋，进行益力。曹汝霖、陆宗舆、章宗祥、徐树铮、靳云鹏等狼狈为奸，甘心媚日，迹其迩来所为罪状，足以制国家之死命，约有二端，而以往之借款借械，卖路卖矿不计焉。略陈如下，冀共声讨。

一曰掣专使之肘以媚日也。此次我国所派专使，尚能不辱国命力争，日本因之大怀疑忌，始则用威吓手段，冀制顾、王之发言，继则行利诱主义，贿通曹、陆之内应。且使章宗祥回国运动，入长外交，以掣专使之肘。并豫先商议改窜已订之中日秘约，以掩中外耳目，而彼诸贼，甘心虎伥。章氏既奉命西归，曹、陆更效忠维谨，日前竟请当局电饬专使，对日让步。夫中日之利害，极端相反，世所共知。吾国往日所被夺于日本之权利，方期挽救于坛坫。而乃遇事退让，自甘屈服，岂非承认日本之霸权，而欲自侪于朝鲜乎？卖国之罪，夫岂容诛？此其罪状一。

二曰借边防之名以亲日也。年来北方军阀之跋扈横行，皆由徐树铮、靳云鹏等亲日政策之所致，举国权以易外款，杀同胞几如草芥。全国父老，疾首痛心，而若辈迄无悔祸之意。近且大肆阴谋，借边防为名，欲将参战军扩为九师十六混成旅，而与日人实行军械同盟，将各省铁路及兵工厂，抵借日款，并聘日人为教练官及技师。种种企图，无非欲达其武力统一之目的。无论世界潮流趋向和平，此等背逆时势之举，有百害而无一利。即使果如诸贼计划，有万一之效，而军队训练之权已操诸日人，兵器制造之厂已属于敌国，我国家尚能保其独立耶？恐德人利用土耳其之故事，将复见于远东。二次大战，此其导火。既溦恶于现在，复贻祸于将来，诸贼之肉，其足食乎？此其罪状二。

凡兹二事，仅举大端，其他违法不轨之行，谅为国人所共睹。同人等游学以来，鲜问内政，惟事涉对外，有损国权，则笔伐口诛，不遗余力。矧诸贼近日卖国之罪，彰明较著，良心所逼，安敢缄默。用特举其事实，诉诸国人，所望全国父老昆季，速筹对待国贼之法，安内攘外，咸系乎此。盖共和国家，民为主体，朝有奸人，而野无志士，将见国家遂即沦亡，而国民无力之讥，永蒙羞于历史矣。

为这一电，激起北京学生的公愤，纷纷聚议，计在严拒卖国贼，并保全青岛领土权。当由北京大学发起，即于五月三日下午，召集本校学生全体会议。先是北京各学校已互相商议，定期在五月七日国耻纪念，会集天安门为大示威的运动，旋接得留学生通电，并闻青岛问题将让归日本，乃急不暇待，就由北京大学为首倡，群集法科大礼堂，会议进行办法四条：（一）是联合各界，一致力争。（二）是通电巴黎专使，坚持不签字。（三）是通电各省，于五月七日国耻纪念，举行游街示威运动。（四）是决定星期日即四日，齐集天安门，举行学界之大示威。当下有几个资格较深的学生，登台演说，慷慨激昂，声泪俱下。就中有法科学生谢绍敏悲愤填胸，竟勃然登台，用中指放入口内，将牙一咬，指破血流，当即扯碎衣襟，取指血书成四大字，揭示大众，众目睽睽，望将过去，乃是“还我青岛”一语。彼此越加感动，鼓掌声、万岁声相继迭起，表现一种凄凉悲壮的气象。

嗣又遍发传单，知照各校，与约翌日上午，邀请各校代表借法政专门学校为会议场，集议进行办法。各校接着传单，无不赞成。转眼间已隔一宵，法政专门学校已腾出临时会所，专候各校代表到来，霎时间各校代表，联翩趋至，共计得数十人。学校亦约十数，校名列后：

北京大学　法政专门学校　高等师范学校　中国大学　朝阳大学　工业专门大学　警官学校　农业学校　汇文大学　铁路管理学校　医学专门学校　税务学校　民国大学

数校代表齐集，当场会议，如何演说，如何散布旗帜，如何经过各使馆，表示请求，如何到曹汝霖住宅与他力争。一面预定秩序，各守纪律。至日将晌午，已经议毕，随即分头散去，赶制小白旗，且约下午二时，至天安门会齐。未几已是午后，天安门桥南，先竖起一张大白旗来，上书一联语云：

卖国求荣，早知曹瞒遗种碑无字。
倾心媚外，不期章惇余孽死有头。

末行又写着一二十字，乃是北京学界挽卖国贼曹汝霖、章宗祥遗臭千古。这一张大旗下面，又有小白旗数十面，旗上写着或为“取消二十一款”，或为“誓死力争”，或为“保我主权”，或为“勿作五分钟爱国心”，或为“争回青岛方罢休”，或为“宁为玉碎，勿为瓦全”，或为“头可断，青岛不可失”。种种字样，不可胜纪。就是谢绍敏的“还我青岛”的血书，也悬挂在内。还有一班小学生，站立道旁，手中都高执白旗，大小不一，有用布质，有用纸质。旗上所书，无非是“卖国贼曹汝霖”，“卖国贼章宗祥”，小子有诗为证道：

甘将领土赠东邻，卖国奸徒太不仁。
莫怪青年多越俎，兴亡原系匹夫身。

各校学生，陆续驰集，差不多有三千人。欲知众学生行止如何，待至下回再表。

内地有上海之和议，外洋有巴黎之和会，全球人士，各有厌战求和之思想。而我国武夫，乃多以挑衅为得计，不愿言和，是何肺肠，甘令兵民之送死乎？上海和议，停顿至一月有余，重以环境之敦促，勉强续议。所有议案，各守秘密，识者已虑其不足示诚，无能为役矣。至若章、曹之一意亲日，为虎作伥，虽未必如传闻之甚，而作奸牟利，见好强邻，要不得谓其真无此事也。留日诸学界及北京各校学生，或传电，或集会，奔走呼号，代鸣不平，人心未死，民气犹存，吾国之所以不亡者，赖有此耳。然徒争一时之意气，未能为最后之维持，宁非即五分钟之爱国心耶？学生勉乎哉！

第一百零五回

遭旁殴章宗祥受伤 逾后垣曹汝霖奔命

此回专写学生抗议『二十一条』的运动，以当时人的见闻写来，历历如绘。其中突出章宗祥和曹汝霖，把他们的平常行径也予揭示，以见此辈是怎样的狗肺狼心。

却说各学生齐集天安门，总数不下三千人，当由学生界推出代表，对众宣言，主张青岛问题，坚持到底，决不忍为汉奸所卖。文云：

鸣呼国民！我最亲爱最敬佩最有血性之同胞！我等含冤受辱，忍痛被垢于日本人之密约危条，以及朝夕企祷之山东问题、青岛归还问题，今日已由五国共管，降而为中日直接交涉之提议矣。噩耗传来，天暗无色。夫和议正开，我等之所希冀所庆祝者，岂不曰世界中有正义，有人道，有公理，归还青岛，取消中日密约军事协定，以及其他不平等之条约。公理也，即正义也。背公理而逞强权，将我之土地，由五国共管，侪我于战败国如德、奥之列，非公理，非正义也。今又显然背弃山东问题，由我与日本直接交涉。夫日本虎狼也，既能以一纸空文，窃掠我二十一条之美利坚，则我与之交涉，简言之是断送耳，是亡青岛耳，是亡山东耳。夫山东北扼燕、晋，南控鄂、宁，当京汉、津浦两路之冲，实南北之咽喉关键。山东亡，是中国亡矣。我同胞处此大地，有此山河，岂能目睹此强暴之欺凌我，压迫我，奴隶我，牛马我，而不做万死一生之呼救乎？

法之于亚鲁撒、劳连两州也，曰："不得之，毋宁死。"意之于亚得利亚海峡之小地也，曰："不得之，毋宁死。"朝鲜之谋独立也，曰："不得之，毋宁死。"夫至于国家存亡，土地割裂，问题吃紧之时，而其民犹不能下一大决心，做最后之愤救者，则是二十世纪之贱种，无可语于人类者矣。我同胞有不忍于奴隶牛马之痛苦，亟欲奔救之者乎？则开国民大会，露天演说，通电坚持，为今日之要着。至有甘心卖国，肆意通奸者，则最后之对付，手枪炸弹是赖矣。危机一发，幸共图之！

宣言书既经晓示，复有学生部干事数人，分发传单，见人辄给。传单上面写着：

现在日本在万国和会，要求并吞青岛，管理山东一切权利，就要成功了，他们的外交大胜利了，我们的外交大失败了。山东大势一去，就是破坏中国的领土，中国的领土破坏，中国就亡了。所以我们学界，今天排队到各公使馆去，要求各国出来维持公理，务望全国工商各界，一律起来，设法开国民大会，外争主权，内除国贼。中国存亡，就在此一举了。今与全国同胞立两个信条道：中国的土地，可以征服，而不可以断送。中国的人民，可以杀戮，而不可以低头。国亡了，同胞起来呀！

这项传单，多至数万张，一半被沿途巡警拦截了去，口中说是代为散布，其实是到手即扯，撕毁了事。京师警察总监吴炳湘得着学生暴动消息，急忙调派警队，到场弹压。就是教育部亦派出司员，劝阻学生，嘱勿轻举，诸事有部中主张，当代众学生办理等语。众学生哪里肯信，尽管照上午议案，自由行动。当下整顿队伍，拟赴东交民巷，往见各国驻京公使，请求协助中国，争还青岛。教育部代表又向学生劝解，谓："事先未曾通知使馆，恐不能在使馆界内通行，尔等不如暂先归校，举出代表数人，方可往见外使。"学生团听了，又不肯认可，仍然向东前进。嗣由警察总临吴炳湘坐了一部摩托车亲来拦阻，口中所说，不外老生常谈，各学生全然不睬，反且踊跃前进，直向东交民巷。炳湘见他人多势盛，也不便自犯众怒，只好眼睁睁的由他过去。

学生团拥入东交民巷，至美国使馆前排队伫立，特举罗家伦等四人为代表进谒美使。适美使不在馆中，当有通事出来，问明意见，罗家伦略述情由，通事答称："今日礼拜，各公使俱不在馆，诸君爱国热诚，当代向美公使转陈"云云。罗家伦等鞠躬道谢，并取出意见书交给了他，然后退出，转往英、法各使馆。果然各公使均已他出，无由进见，惟将意见书递交，随即行过日本使馆，突遇日本卫役前来索取中政府护照，方准通行。学生团无可对付，又不便违法径行，乃由东向北改道他往，穿过了长安街及崇文门大街，竟赴东城赵家楼。

走至曹汝霖住宅，将抵门前，学生团全体大呼，统称卖国贼曹汝霖，速来见我！这声浪传入门中，司阍人当然惊惶，立将双扉掩住。附近警士不得不为曹部长帮忙，奔集数十名，环门代守。学生团既已踵门，当然上前叩击，警士当场拦阻，哪里压得住学生锐气，两语不合，便起冲突。警士寡不敌众，也属无能为力。各学生绕屋环行，见屋后有窗数扇，统用玻璃遮住，当即拾起地上砖石，飞掷进去。砰砰嘭嘭，响了好几声，已将玻璃尽行击碎，留出窗隙，趁势抛入卖国旗，或把白旗纷投屋上，变成一片白色。惟叩门各学生，尚在门前乱敲乱呼，好多时不见开门。学生正拟另想别法，蓦听一声响亮，门竟大启。学生团乘势直入，鱼贯而进，到了前面大厅，呼曹出见。待了片刻，并没有一人出来，环顾左右，也不见有曹氏仆役，惟厅上摆设整齐，所陈桌椅，多是红木紫檀制成，学生免不得动怒，一齐喧声道：“这都是卖国贼的回扣，得了若干昧心钱，制成这般物件，看汝卖国贼能享受几时！”道言未绝，已有数学生搬动桌椅，抛掷出外，一动百动，顿将厅上陈设，毁坏多件。厅旁有一甬道，学生即循道再进，里面乃是曹家花园，时正初夏，日暖风和，园内花木争荣，红绿相间，却似一座小洞天；并有汽车两辆摆着，益触众怒，七手八脚，打毁汽车，又将花木折损数株，再向里面闯入。

里面系是内厅，有几个东洋人士与一面团团的东洋装的中国人，怡然坐着，好像没事一般。学生皆趋前审视，有几个指着面团团的人物，顾语同侪道：“他就是章宗祥。”一语甫毕，即由众学生拥入，向章理论道：“你就是章公使吗？久仰久仰。但问你是东洋人还是中国人，为什么甘心卖国，愿做日奴？”章宗祥尚未及答，旁座的日本人，已起视学生，现出一副愤怒的面孔，非常难看。学生俱勃然道：“章宗祥，你敢是请他来保驾吗？你不要外人保驾，究竟是我中国官长，我等学生只好向你起敬；你今要仰仗外人，明明是个卖国贼了，我等不好犯中国官，只不肯容你卖国贼。”章宗祥到了此时，尚自恃有日人保护，奋然起座道：“你等读书明理，为何纠众作乱？”说到“乱”字，便听得众声嘈杂，起初是一片卖国贼骂声，入后只融成一个“打”字，“打打打”，竟由几个手快的学生，举起拳头，攒击过去。章宗祥无法挣脱，饱受了一顿老拳。数日人慌忙遮拦，左拥右护，始得将章扶往后面，寻门出奔。众学生因有外人在侧，究不好任人殴击，惹起外交，因即放章走脱，自去寻觅曹汝霖。四处找到，并无曹汝霖踪迹，只有曹妾一人，躲在内房，此外不过妇女数名，统已吓得浑身发颤，面如土色。学生见纯是女流，不便相逼，惟见有宝贵什物，统说他是民脂民膏，不容卖国贼享受，乃随意毁坏几具。俄而吴炳湘进来，指挥警官，接出曹妾并妇女数人，上了摩托车，由巡警武装卫护，奔向陆宗舆家。

陆为汇业银行经理，该行与日人品股同开，本在东交民巷使馆界内，所以陆氏家眷，亦住居东交民巷，学生不能往闹，陆得逍遥自在，置身事外。曹家妾已饱受虚惊，幸得吴总监将她救出，登车避难，玉貌花容，已是委顿得很，不意行至半途，将入东交民巷，突被外国巡警拦住，叫她卸装，惹得曹家妾又吃了一惊，还道要她褫去衣饰，半晌答不出话来。及见护卫的巡士卸除武装，外国巡警才让她过去，得至陆家。看官听着！外国使馆界内，向由外人定例，汽车行驶，不许过快，又不许军警武装，百忙中的吴炳湘，忘记嘱咐，巡士亦恃有主命，以为无妨，哪知外人不肯少容，徒剥去吴总监的面子，更把那曹家宠姬惊上加惊，这都由曹汝霖一人惹出这番孽障呢。

学生寻不出曹汝霖，便拟整队退出，忽见曹宅里面，烟雾迷蒙，火光迸射，也不知为何因，但顾着自己同侪，陆续出外。外面已是军警麇集，扑入救火，并对着学生发放空枪，学生也觉着忙，冲出曹氏大门，分头归校。就中有年尚幼弱、不能速走的学生，如易克嶷、曹允、许德珩等十九人，竟被巡警抓去，拘入警察厅。及各学生回校后，自行检点，北京大学失去最多，十九人中竟居大半，于是同侪愤激，又至法科大礼堂续开会议，要去保那数人出来。校长蔡元培亦到，当由学生报告经过情形，略谓："学生虽感动义愤，举止未免鲁莽，若云犯法，学生实不甘承受，警察擅自捕人，殊属无礼。况曹、章两人，受此挫折，未必干休，既与日本人勾结，又与军阀派有密切关系，必要借着外人压迫，与军队蛮横，罪我无辜学生，纳入刑网，恐被捕去的同学将遭毒手，务请校长设法保全"云云。蔡校长亦不免踌躇。各学生或从旁计议，谓："不若齐赴警察厅，与他交涉。"蔡校长摇首道："这却不必。学生既非无礼，警察厅亦不能盲从权阀，违背公理，汝等且少安毋躁，待我往警察厅探明确信，极力转圜便了。"言毕，便出门自去。

小子叙到此外，应该将曹汝霖的踪迹，交代明白。汝霖本在家中与章宗祥等密室叙谈，骤闻学生到来，呼喊声震动内外，料知来势不佳，难以排解，先令门役将大门阖住，暂堵凶锋，一面入探后门，拟从屋后逸出。偏后面已环绕学生，掷碎玻璃窗，投入小白旗，势更汹汹，势难轻出。他不禁暗暗着急，眉头一皱，计上心来，索性开了前门！放入学生，免得他管住后门，以便乘机逃逸。且内客厅有章宗祥及日人数名坐着，乐得借他做了挡牌，自己好从容出走。计划已定，如法办理。及学生团已入前门，陆续闯进，随意捣毁，风头很是凶猛，遂欲挈着家眷，越出后门，又恐后门外，尚有学生阻住，不得已择一短墙，为逾垣计。可奈生平未习武技，不善跳墙，此次顾命要紧，勉强一试，毕竟跳法不妙，把腿摔伤，幸由家人依次越出，忙为扶掖，始得忍痛跛行。踯躅数十步，得着骡车一辆，奔往六国饭店中去了。曹妾不能跳墙，只好返入房中，暂时躲避。至学生殴伤章宗祥，章由日人保护，逃出曹宅后门送往日华医院疗治。惟曹宅起火原因，言人人殊，或说是由学生放火，或说是学生击碎电灯溜电所致，或说是曹宅家人自行放火，希图抢掠财物，或说由曹汝霖出走时，授意家人，令他择地纵火，既可嫁诬学生罪名，复可借此号召军警，赶散学生。究竟如何详情，小子也无从臆断。但自起火以后，曹宅附近的东堂子胡同及石大人胡同一带人山人海，拥挤不堪，一时保安警察队、步军游击队、消防队、各救火会等纷纷驰往保卫，不到片时，火即停息。学生团不得不走，巡警乘他解散，捕去了十九人，这也好算是一场大风潮了。

且说章宗祥到了医院，又气又痛，又愧又悔，好似哑子吃黄连，说不出的苦楚。他自日本归来，既受留学生的揶揄，复遭乃妻陈氏的吵闹，心中已很是不乐；抵天津时，陈氏尚与翻脸，不愿随入京师，故将家属安顿津门，独自至京，暂寓总布胡同魏某住宅。连日忙碌得很，既要与曹、陆等密商隐情，复要应酬一班老朋友，正是往来不停，几无暇晷。五月四日，适应故人董康的邀请，作赏花会，因赴法源寺董家，与同午宴，宴毕作别。日长未暮，途次又得传闻，谓各校学生有大会等情，因即顺道至赵家楼，进见曹汝霖，商议抵制学潮方法。适有日本人在座，与曹互谈，彼此很是心照，正好加入席间，共同讨论，不意冤冤相凑，偏来了许多学生团，饷给老拳，竟代曹汝霖受罪。汝霖潜逸，自己替晦，害得头青面肿，腰酸背痛，白吃了一种眼前亏，叫他如何不恨？如何不悔？旁人见他神志昏迷，不省人事，还道是身负重伤，已经晕厥，实在是满怀委屈，气倒发昏，因致肝阳上升，痰迷心窍，好一歇才见活动；又经医生施用药物，外敷内服，渐渐的回复原状，清醒起来。

当下有许多友人，入院探疾，宗祥对着几个好友，托他将被殴情节，呈报中央，且抚榻叹息道：“中国近年以来累借外债，岂止我章姓一人经手？而且主张借债，自有总统总理负责，我不过代为帮忙，怎得遂指我为卖国？但我平心自问，亦略有过处。我以为段合肥等，挟着武力政策，定能统一全国，所以热心借债，甘任劳怨，哪知一班武夫拿钱不做事，除正饷外，今日要求开拔费若干，明日要求特别费若干，外款随借随尽，国家仍不能统一，遂至酿成今日的祸祟。讲到原因，实是武人所赐。若欲据事定罪，亦应由武人居首，为何各校学生，不去寻着浪用金钱的武夫，反来寻着手无寸铁的章某？岂非一大冤枉吗？”说到此句，两眼中含着泪痕，几乎堕下。诸好友连忙劝慰，宗祥又徐说道：“这乃是我料事不明，误认武夫为有为，致遭此报。现在我已决意隐退了，是非曲直，待诸公论吧！”诸好友仍劝他静养，俟呈报政府外，自当严惩学生，代为泄忿。彼此解劝多时，才各退出，替他呈诉去了。

还有奔往六国饭店的曹汝霖亦因腿伤待医，移居日本同仁医院。当时即令部中僚属，将学生毁家纵火、殴人伤捕等情，叙述了一大篇，缮作两份，分递总统府及国务院。就是警察总监吴炳湘亦早已呈报内务部，由内务部转达总统府中。这一番有分教：

才知众怒原难犯，到底汉奸应受灾。

欲看徐政府办法如何，待至下回续叙。

观北京学生团之暴动，不可谓其无理取闹。章、曹诸人之专借外款，自丧主权，安得诿为非罪？微学团之群起而攻之，则媚外者且踵起未已，既得见好于武人，复得自肥其私囊，何所惮而不为乎？惟毁物殴人，迹近鲁莽，几致为曹、章所借口，砌词嫁诬；起火一节，未得确音，但必谓学生所为，实未足信。学生第执小白旗，并未随带火具，何有纵火情事？溜电一说，较为近理耳。曹汝霖得以潜逃，章宗祥独至遭殴，而陆宗舆且逍遥无事，我亦当为章仲和代呼晦气。然章固一局中人，受殴亦不枉也，哓哓自讼，亦何益哉？

第一百零六回

春申江激动诸团体 日本国殴辱留学生

北京『五四』游行学生被抓，激起各地各界爱国运动风起云涌。海外留学生也纷起抗议，其中当然少不了日本留学生。日本军警殴辱游行请愿学生，还捕去了数人，甚至有十岁的孩子也惨遭毒手。

却说徐总统迭接呈文，也知舆情愤激，罪有攸归，但曹宅被毁、章氏受伤，似觉学生所为未免过甚，一时不便为左右袒，独想出一条绝妙的通令来，便即颁发出去。令云：

> 北京大学等校学生纠众集会，纵火伤人一事，方事之始，曾传令京师警察厅调派警队妥为防护，乃未能即时制止，以致酿成纵火伤人情事。迨经警察总监吴炳湘亲往指挥，始行逮捕解散。该总监事前调度失宜，殊属疏误，所派出之警察人员防范无方，有负职守，着即由该总监查取职名，呈候惩戒。首都重地，中外具瞻，秩序安宁，至关重要。该总监职责所在，务当督率所属，切实防弭，以保公安。倘再有借名纠众，扰乱秩序，不服弹压者，着即依法逮捕惩办，勿稍疏弛！此令。

这道命令，既不为曹、章伸冤，又不向学生加责，反把那警察总监吴炳湘训斥数语，更要惩戒几个警察人员。徐总统实是使乖，故意下此命令，诿过到警察身上，免得双方更增恶感。哪知吴炳湘不肯任咎，又将学生如何滋扰，不服警察拦阻，明明是咎在学生，不在警察，申请内务部转达总统，严办学生云云。再经曹、章等一班好友也替曹、章历陈冤情，请政府依法惩办学生，逼得徐总统无乖可使，只得再下一令道：

据内务总长钱能训，转据京师警察厅总监吴炳湘呈称："本月四日，有北京大学等十三校学生约三千余名，手持白旗，陆续到天安门前齐集，议定列队游行，先至东交民巷西口，经使馆巡捕拦阻，遂至交通总长曹汝霖住宅，持砖掷瓦，执木殴人。兵警拦阻，均置不理。嗣将临街后窗击破，蜂拥而入，砸毁什物，燃烧房屋，驻日公使章宗祥，被其攒殴，伤势甚重；并殴击保安队兵，亦受有重伤。经当场拿获滋事学生多名，由厅预审，送交法庭讯办"等语。

学校之设，所以培养人材，为国家异日之用。在校各生，方在青年，质性未定，自当专业学业，岂宜干涉政治，扰及公安？所有当场逮捕滋事之学生，即由该厅送交法庭，依法办理。至京师为首善之区，各校学风，亟应力求整饬，着该部查明此次滋事确情，呈候核办。并随时认真督察，切实牖导，务使各率训诫，勉为成材，毋负国家作育英髦之意！此令。

为这一令，又惹起学界风潮，不肯就此罢休。先是北京大学校长蔡元培自往警察厅中保释学生。总监吴炳湘出见，却是婉言相告："决不虐待学生，俟章公使病有起色，便当释出，尽请放心"云云。蔡校长因即辞归，慰谕学生，宽心待着。及炳湘受责，情有未甘，乃不得不加罪学生，为自己卸责地步。既而通令颁下，着将逮捕学生，送交法庭惩办。北京大学诸学生当然要求蔡校长，再向警察厅交涉。蔡校长又亲赴警察厅，往复数次，俱由吴总监挡驾。于是蔡校长亦发起愤来，即提出辞职书，离校出京。教育总长傅增湘亦因职任关系，呈请辞职。曹汝霖得知消息，还道是傅、蔡两人袒护学生，也愤然提出辞呈，自愿去职。汇业银行经理陆宗舆，时正受任币制局总裁，与曹、章等通同一气，学生概目为卖国贼，所以彼亦连带辞职。各呈文俱递入总统府，徐总统不得不着人慰留。曹汝霖尚一再做作，欲提出二次辞呈，就是章宗祥伤势略痊，也愿辞归。甚至钱内阁俱被动摇，相继提出总辞职呈文。徐总统倒也失惊，尽把呈文却还，教他勉持大局。国务员始全体留住，姑作缓图。

当时交通次长曾毓隽等本属段派范围，与曹、章共同携手，一闻学生闹事，即与陆宗舆联名，电邀徐树铮入京，商量严惩的方法。小徐应召入都，察看政府及各方面形势，多半主张缓办，并亲见章氏伤势，已经渐痊，所以不愿出头，免拂舆情。内阁总理钱能训恐得罪段氏，独去拜访段祺瑞，请他出来组阁，段亦当面谢绝。他见徐东海主张和平，乐得让他去演做一台，看他能否达到目的，再作计较，因此置身局外，做一个冷眼旁观罢了。

五月七日，为民国四年日本强索二十一款的纪念日，海内志士，吞声饮恨，此次青岛问题，又将被日人占据过去，再经北京学界风潮，相激相荡，传达各省，各省国民越加动愤，或开大会，或布传单，口讲笔书，无非说是外交失败情形，应该由国民一致奋兴，争回青岛。就中要算上海滩上尤为热闹，各团体各学校各商帮，借上海县西门外公共体育场，作为会址，特开国民大会。下午一时，但见赴会诸人奔集如蚁，会场可容万人，还是不够站立。场外南至斜桥，北至西门肇周路、民国路，统皆摩肩击毂，拥挤不堪。当场人数约有二万以上，学生最多，次为各团体，次为各商帮。会中干事员各手执白布旗一面，上书大字，字迹不同，意皆痛切。大约以“争还青岛”、“挽回国权”、“国民自决”、“讨卖国贼”、“誓死力争”诸语为最多。江苏省立第二师范学校本科学生钱翰柱，年甫十九，也仿北京学生谢绍敏成例，截破右手两指，沥血成书，就布旗上写明“还我青岛”四字，揭示会场。又有某校学生近百人，自成一队，人各一旗，旗上写着，统用成语，如：“时日曷丧”及“国人皆曰可杀”等类。又有一人，胸前悬一白布，自颈至踵，大书“我是中国人”五字，手中高持国耻一册，种种形色，不能尽举。开会时，众推江苏教育会副会长黄炎培为主席，登台演说，最紧要的数语乃是：

今日何日，非吾国之国耻日乎？凡我国民，应尽吾雪耻之天职，并望勿为五分钟之热度，时过境迁，又复忘怀，则吾国真不救矣。望吾国民坚忍勿懈，为国努力！

说毕下台，再由留日学生救国团干事长王宏实报告开会宗旨，次由叶刚久、汪宪章、朱隐青、光明甫等相继演说均极激昂。光明甫更谓：“目前要旨，在惩办卖国贼。”这语提出，台下拍掌声，响彻屋瓦。时报名演说共有二十七人，有几人尚未及演说，主席因时间不早，报告演说中止，特宣示办法四条：

（一）电达欧洲和会我国专使，对于青岛问题，无论如何，必须力争，万不获已，则决不签字。

（二）电告英、美、法、意四国代表，陈述青岛不能为日有之理由，以我国对德宣战，本为划除武力主义，若以青岛付之日本，无异又在东方树一德国，非独中国受其祸，即世界各国之后患，亦正未有已。

（三）电致各省会、教育会、商会，请其一致电京，力争外交问题，营救被捕学生。

（四）由本日国民大会推代表赴南北和会，要求两总代表电京，请从速严惩卖国贼，释放学生。

预会诸人，听这四条办法，无不鼓掌赞成，且多愿全体整队，前往和会。主席乃对众宣告，全体出发，路过英、法租界，洋巡捕出来干涉，援照租界章程，谓："人数过多，必先通知捕房，领给牌照，方许通行，否则不能违章"云云。全体会员被他一阻，不得不改推代表，赴和会请求两代表。惟有数校学生必欲前往，与洋巡捕辩论再三，洋巡捕乃令收去旗帜，听他过去。直至和会门首，全数尚有四百余人，即由代表光明甫、彭介石、黄界民、郑浩然等入见，可巧南北两代表尚未散归，因即问明来意，随口与语道："我等已有急电，传达中央了。"说着，即各取出电稿一面，递示光明甫等，但见唐总代表电文云：

北京徐菊人先生鉴：顷得京耗，学生为山东问题，对于曹、陆、章诸人示威运动，章仲和受伤特重，政府将拟学生死刑，解散大学。果尔，恐中国大乱从此始矣。窃意学生纯本爱国热诚，胸无党见，手无寸铁，即有过举，亦可原情。况今兹所争问题，当局能否严惩学生，了无愧怍？年来国事败坏，无论对内对外，纯为三五人之所把持，此天下之所积怨蕴怒，譬之堤水，必有大决之一日。自古刑赏失当，则游侠之风起，故欲罪人民之以武犯禁，必惩官吏之以文卖国，执事若不能以天下之心为心，分别泾渭，严行黜陟，更于学生示威之举，措置有所失当，星星之火，必且燎原，窃为此惧，不敢不告，幸熟裁之！

尚有朱总代表一电，乃是拍交国务院，文云：

钱总理鉴：北京大学等各校学生，闻因青岛问题，致有意外举动，为维持地方秩序计，自无可代为解说。惟青岛问题，现已动全国公愤，昨接山东省议会代表王者塾等来函请愿，今日和平会议，开正式会，已由双方总代表联名电致巴黎陆专使暨各专使，代陈国民公意，请向和会力争，非达目的，不可签字，已将原电奉达。各校学生，本系青年，忽为爱国思潮所鼓荡，致有逾越常轨之行为，血气戾事，其情可悯。公本雅尚和平，还请将被捕之人，迅速分别从宽办理，以保持其爱国之精神，而告戒其过分之行动。为国家计，为该生计，实为两得之策。迫切陈词，伏惟采纳，不胜企祷之至！

光明甫等看罢，即向两总代表道："两公电旨，正与众意相同，足见爱国爱民的苦心。但鄙人等尚有一种要求，请两公特别注意！就是惩办卖国贼，最为目前要着。"朱总代表道："待转告北京政府便了。"光明甫复接入道："北京卖国党，国民断不承认他为政府，今国民所可承认，惟本处和议机关，所望出力帮助，就在和会诸公。况事关国家存亡，何能再分南北？愿诸公勿存南北意见！”唐总代表听了亦插口道：“‘卖国’两字，国人可言，如负有政治责任，却不便如此云云。试想有卖必有买，岂不多生纠葛？”光明甫又道：“我等国民，但清内乱，并未牵涉外交。总之卖国贼不去，世界和会决无办法。”唐绍仪踌躇半晌，方徐徐道：“这也不必拘牵文义，但说是行政人员，办法不当，即令去位，便足了事。”光明甫等齐答道：“唐公谓不必拘名，未始不可，总叫除去国贼便了。惟请两公从速办理！”朱唐两代表方各点首。光明甫等乃告别而退，出示大众，全体拍手，始各散会。

是晚国民大会筹备处续开会议，召集各公团各学校代表，讨论日间未尽事宜，及将来对付方法。大众都说是：“北京被捕学生，存亡难卜，应急设法营救，不如往见护军使卢永祥，要求电请释放学生。”各学校更存兔死狐悲的观念，主张尤力，统云：“目的不达，即一律罢课。”此外，如改国民大会筹备处为国民大会事务所，并推起草员，速拟宣告书，传示国民大会的宗旨。议决以后，时已夜半，共拟明日依议进行，定约而散。

古人有言：“铜山西崩，洛钟东应。”这原是声响相感的原因，物且如此，人岂不如？内地各省，为了国耻纪念及青岛问题，集众开会，不甘默视。就是我国留学日本的学生，系怀故国，未忍沦胥，也迫成一腔公愤，应声如响。五月初上，留学生议择地开会，四觅会场，均被日本警察阻止。众情倍加愤激，改拟在我驻日使馆内开会，免得日人干涉，当时选派代表，往谒代理公使庄景珂，说明意见。庄颇有难色，惟当面不便驳斥，只好支吾对付。待代表去后，即通知日本报馆，否认留学生开会。到了五月六日晚间，使馆内外，巡警宪兵层层密布，仿佛如临大敌。留学生前往侦视，但听得使馆里面，笙箫激越，弦管悠扬，又复度出一种娇声，脆生生的动人耳鼓，是何情由？快乐至此。及问明究竟，乃是燕京名伶梅兰芳赴日卖艺，即由使馆中人延聘，令唱《天女散花》，侑酒如宾，所以这般热闹。留学生得此报闻，无不叹恨，料知使馆开会一节，定难如愿，乃当夜改仪，决定分队游行，向各国驻日公使馆中递送公理书。

待至天晓，留学生约集二千余人，析为二组，一从葵桥下车，一从三宅坂下车，整队进行。三宅坂一路，遇着日本巡警，胁令解散，各学生与他辩论，谓无碍治安举动，奈何见阻？当即举起白布大旗，上书“打破军国主义”、“维持永久和平”、“直接收回青岛”、“五七国耻纪念”等字样。日警欲上前夺旗，因留学生不肯照给，竟去会同马队，截住去路，甚且拔剑狂挥，横加陵践。留学生冒死突出百余人，竟至英国使馆，进谒英代理大使。英使倒也温颜相见，且云：“诸君热心国事，颇堪钦佩，我当代达敝国政府及巴黎讲和委员。惟诸君欲往见他国公使，当举代表前往，倘或人数过多，徒受日警干涉，有损无益”等语。留学生即将陈述书交出，别了英使，再往法国使馆。法使所言与英使略同。各学生又复辞出，时已为下午四时。因尚未知葵桥一路情形如何，特往日比谷公园相候。不意行至半途，又有日本军警杂沓前来，所有留学生的白布旗帜尽被夺取。龚姓学生持一国旗前行，亦为日警所夺，抵死不放，旁有学生吴英朗声语日警道：“这是中华民国国旗，汝等怎得妄犯？”日警瞋目呵叱道：“什么中华民国！”说着，复召同日警数十名攒击吴生，把他打倒，拳殴足踢，更用绳捆住两手，狂拖而去。还亏后队留学生，拼死赴救，猛力夺回。日警尚未肯干休，沿路殴逐，又被捕去数名。余众奔入中国青年会内，暂免陵轹，但已是不堪困惫了。

同时葵桥一路，先至美国使馆，求见美使，美使适因抱病，未能面会，特令书记官出与接洽，亦许电达美国政府暨巴黎会议委员，学生辞退。转至瑞士公使馆，为日警所阻，不得入内，因即举出代表，入递意见书。复循行至俄使馆，俄使出语学生道：“现在我国内乱方张，连巴黎和会中，且未闻代表出席，本使对着诸君举动，也表同情，可惜力不从心，势难相助，但仍当就正义人道上极力主张，仰副诸君热望。”说罢，为之唏嘘不已。学生慨然辞退。到了馆外，统说是外国使馆尚许我等出入，同声赞成，独我国使馆，反闭门不纳，太没情理，我等非再至使馆一行不可。乃各向中国使馆折回，将至使馆前面，忽来了无数军警，马步蹀躞，刀剑森横，恶狠狠地奔向留学生前队，夺取国旗。执旗前导的是著名留学生山东人杜中，死力坚持，不肯放手。偏军警凶横得很，用十数人围住杜中，一面指挥众士蹂躏学生，把全队冲作数段。可怜杜中势孤力竭，被他击仆，不但国旗被夺，并且身受重伤，被他拘去。此外各学生不持寸铁，赤手空拳，怎能禁得住马蹄？受得起剑械？徒落得伤痕累累，气息奄奄。有一湖南小学生李敬安，年才十龄左右，身遭毒手，倒地垂危，虽经众力救出，已是九死一生。各学生遭此凶焰，不得不各自奔回，陆续趋入中国青年会馆，当由青年会干事马伯援代开一临时职员会，筹议办法，即派人赴代理公使庄景珂及留学生监督江庸处，请他提出此事，与日本政府交涉。哪知使人返报，统受了一碗闭门羹。小子有诗叹道：

闭门不顾国颠危，宦迹无非效诡随。

笑骂由他笑骂去，眼前容我好官为。

毕竟留学生如何自救，待至下回表明。

青岛问题，纯为弱肉强食之见端，各界奋起，求还青岛，虽未能执殳前驱，与东邻争一胜负，然有此人心，犹足为一发千钧之系。假令有良政府起，教之养之，使其配义与道，至大至刚，则他日干城之选，胥在于是。越王勾践之所以卒能沼吴者，由是道也。乃北京各校倡于前，上海各界踵于后，留学生复同时响应，为国家力争领土，而麻木不仁之政府，与夫行尸走肉之官吏，不能因势利导，曲为养成，反且漠视之，摧抑之，坐致有用之材，被人凌辱，窃恐志士灰心，英雄短气，大好河山，将随之而俱去也。读是回，殊不禁有深慨云。

第一百零七回

停会议拒绝苛条 徇外情颁行禁令

就着山东问题，南方军政府又提出了新的议和条件。因着山东问题，中国代表不肯在巴黎和约上签字。谁知徐政府却迫于日人的压力禁止民众集会、游行，并公开为三个卖国贼洗刷罪行。

却说留学生遭了凌辱，欲请驻日公使及留学生监督出为维持，借泄众忿，偏庄、江两人置诸不理，好似胡越相视，无关痛痒一般，惹得众学生满腔怨愤，无处可泄。嗣由青年会干事马伯援亲往日警署探问，共计学生被捕为三十六人，拘入曲町区警察署约二十三人，拘入日比谷警察署约十一人，尚有二人受锢表町警察署。于是设法运动，得于次日午后六时，放还曲町区警署中二十三人，尚有十三人未曾释出。日本各报反言留学生胡俊，用刀砍伤日警，不能无罪，所以日比谷警署中，拘有胡俊在内，应该移入东京监狱，照律定刑。留学生看着报语，当然大哗，一面登报辩护，一面再函诘庄公使及江监督，词极迫切。庄景珂、江庸方电达北京政府，自称制驭无方，有辞职意。

这消息传到上海，上海总会中便复电慰勉，且决计不买日货作为抵制。一经鼓吹，八方响应，就是广州人民，亦组织国民外交后援会，号召各界，于五月十一日大开会议，到会人数几至十万，比上海尤为踊跃，演说达数十万言，传单约数十万纸，结果是张旗列队，至军政府递请愿书，要求岑春煊、伍廷芳等力起与争。请愿书分三大纲：(一)宜取消二十一条件及国际一切不平等条件，直接收还青岛。(二)应循法严惩卖国贼。(三)请北方释放痛击卖国贼因此被逮的志士。岑、伍等极口应许，大众才各散归。既有了这番要请，遂由岑春煊等致电上海，使总代表唐绍仪提出和会严重交涉。上海和会中正彼此争论，凡各种条件审查，统有双方龃龉情事，相持已一月有余，再加入青岛问题，致生冲突，哪里还能融洽？唐绍仪即拟定八大条件，通告北方总代表朱启钤，作为议和纲要，条件列下：

(一) 对于欧洲和会所拟山东问题条件，表示不承认。

(二) 中日一切密约，宣布无效，并严惩当日订立密约关系之人，以谢国民。

(三) 参战军国防军边防军，立即一律撤销。

(四) 恶迹昭著，不协民情之督军省长，即予撤换。

(五) 由和会宣布前总统黎元洪六年六月十三日解散国会令，完全无效。

(六) 设政务会议，由和平会议推出全国负重望者组织之，议和条件之履行，由其监督，统一内阁之组织，由其同意。

(七) 所有和会议决审查案，由政务会议审定之。

(八) 北方果承认以上七条约款，悉数履行，则由和会承认徐世昌为大总统，执行职权，至国会选举正式总统之日为止。

看官试想！这八条要约与北方都有关碍，就使末条中有承认老徐字样，也只得为短期大总统，不能正式承受，多约半年，少约数月，还要受政务会议的节制，这等无名无望的总统，何人愿为？显见是南方作梗，强人所难哩。朱总代表启钤，不待电问政府，便即复绝，然后报告中央，声言辞职。就是唐总代表绍仪亦向广东军政府辞职。广东军政府尚有复电留唐，独北京政府竟准朱启钤辞职，不再慰留，明令如下：

国步多艰，民生为重，和平统一，实今日救国之要图。本大总统就任以来，屡经殚心商洽，始有上海会议之举。其间群言哓杂，而政府持以毅力，喻以肫诚，所期早日观成，稍慰海内喁喁之望。近据总代表朱启钤等电称："唐绍仪等于十日提出条件八项，经正式会议，据理否认。唐绍仪等即声明辞职，启钤力陈国家危迫情形，敦劝其从容协商，未能容纳，会议已成停顿，无从应付进行，实负委任，谨引咎辞职"等语。所提条件，外则牵涉邦交，内则动摇国本，法理既多抵触，事实徒益纠纷，显失国人想望统一之同情，殊非彼此促进和平之本旨。除由政府剀切电商，撤回条议，续开会议外，因思沪议成立之初，几经挫折，哓音瘏口，前事未忘，既由艰难擘划而来，各有黾勉维持之责。在彼务为一偏之论，罔恤世棼，而政府毅力肫诚，始终如一，断不欲和平曙光，由兹中绝，尤不使兵争惨黩，再见国中。

用以至诚恻怛之意，昭示于我国人，须知均属中华，本无畛域，艰危夙共，休戚与同。苟一日未底和平，则政治无自推行，人民益滋耗斁。甚至横流不息，坐召沦胥，责有攸归，悔将奚及？所望周行群彦，戮力同心，振导和平，促成统一。若一方所持成见，终戾事情，则舆论自有至公，非当局不能容纳。若彼此同以国家为重，凡筹虑所及，务期于法理有合，事实可行，则政府自必一秉夙诚，力图斡济，来轸方遒，泯棼何极！凡我国人，其共喻斯旨，勉策厥成焉！此令。

相传徐总统派遣朱启钤时，曾与启钤密约，除总统不再易人外，余事俱有转圜余地，就使牺牲国会亦可蹉商。玩这语意，可知徐东海上台，虽由安福派拥他上去，但心中却暗忌安福，意欲借南方势力，隐为牵制。朱氏受命至沪，果然南方总代表等，有反对北京国会的论调，经朱氏传达徐意，许为通融，所以二次周旋，未闻将国会问题，互生争论。惟北方分代表方枢、汪有龄、江绍杰、刘恩格等统是安福系中人物，探知朱氏词旨，即电致北京本部，报告机密。安福派顿时大哗，众议院中的议员，几全受安福部卵翼，便即招请内阁总理钱能训出席质问。谓："朱虽受命为总代表，究竟是一行政委员资格，不能有解释法律的特权。国会系立法最高机关，总统且由此产出，内阁须由此通过，若没有国会，何有总统？何有内阁？今朱在上海，居然敢议及国会问题，真是怪事，莫非有人畀他特权不成？"这一席话，说得钱总理无言可答，只好把未曾预闻的套话，敷衍数句，便即退还，报知老徐。老徐已是焦烦，偏偏变端迭出，内外不宁，南方提出八项条件，又是严酷得很，简直无一可行，自知统一希望，万难办到，不如召还朱总代表等，另作后图，一面令国务院出面，召集参众两议院议员，商及青岛问题，应该如何办法。各议员当然说出不宜承认，应仍电令陆使力争，决勿签字。国务院俟议员别去，即有电文遍致各省云：

青岛问题，迭经电饬专使，坚持直接归还，并于欧美方面多方设法。嗣因日人一再抗议，协商方面，极力调停，先决议由五国暂收，又改为由日本以完全主权归还中国，但得继续一部分之经济权及特别居留地。政府以本旨未达，正在踌躇审议，近得陆使来电，谓："美国以日人抗争，英、法瞻顾，恐和会因之破裂，劝我审察；交还中国一语，亦未能加入条文。"但和约正文，陆使亦未阅及，尚俟续电。此事国人甚为注重，既未达最初目的，乃并无交还中国之规定，吾国断难承认。但若竟不签字，则于协商及国际联盟，种种关系，亦不无影响，故签字与否，颇难决定。

本日召集两院议员，开谈话会，佥以权衡利害，断难签字为辞。并谓：“未经签字，尚可谋一事后之补救。否则铸成定案，即前此由日交还之宣言，亦恐因此摇动。”讨论结果，众论一致，现拟以此问题，正式提交国会，一面电嘱陆使暂缓签字。事关外交重要问题，务希卓见所及，速赐教益，不胜祷企。近日外交艰棘，因之风潮震荡，群情庞杂，政府采纳民意，坚持拒绝，固已表示态度，对我国人，在国人亦当共体斯意，勿再借口外交，有所激动。台端公诚体国，并希于晤各界时，切实晓导，共维大局为要。

原来欧洲和会中，本有国际同盟的规定，为协约国和议草约第一条件。列席诸国委员统入同盟会，应该签字。惟同盟虽另订约章，却与和约有连带关系，和约中若不签字，便是同盟会不得加入。所以中国专使陆徵祥等，为了日人恃强，不肯将青岛交还，列入和约，更生出许多困难，屡与政府电文往还，政府也想不出完全方法。国民但为意气的主张，东哗西噪，闹成一片，惹得政府越昏头磕脑，无从解决。再加南北和议，又复决裂，安福派且横梗中间，这真是徐政府建设以后第一个难关。

但中国到了这个地位，还亏有奔走呼号的士人，不甘屈辱，所以外人还有一点敬意，就是东邻日本也未免忌惮三分。自从我国排日风潮，迭起不已，欧洲和会颇受影响，日本代表牧野男爵方发表山东主权归还陈述书，因此青岛始有交还的传闻。但日代表虽有此语，终未肯加入和约，故陆专使亦终未便签字。此次国务院通电各省，各省督军省长多数麻木不仁，有几个稍具天良，也无非寄一复电，反对签约。独安福派中人物，还要替曹章二人出气，硬迫徐政府惩办学生。教育总长傅增湘，本为段氏所引重，恂恂儒雅，无甚党见，但为了京师学潮，满怀郁愤，无法排解，自递出辞呈后，不待批准，便匆匆离京，莫知所往。部务宽宕了半月，徐总统只好准令辞职，暂使次长袁希涛，代理部务。

于是北京各学校学生，公议罢课，发布意见书，大致分作三层：首言外交紧急，政府不予力争；次言国贼未除，反将教育总长解职，且连下训戒学生的命令，禁止集会自由；末言日本逮捕我国留学生，政府至今毫无办法，所以提出请求，向政府要求照办，特先罢课候令，非达到目的不止。一面布告同学，无论何人，不得擅自上课。又组织十人团，研究救鲁义勇队办法；并四出演说，促进国民对外的觉悟。既而京外各中学校，纷纷继起，先后宣告罢课。此外各界人士，排斥日货力行不懈。日商各肆，无人过问，甚且华商预定各日货，都要退还，累得日人多受损失，当然去请求本国政府，设法挽回。日人素来乖巧，先由外务大臣通告中国驻日代理公使庄景珂，说出一派友善的虚词，笼络中国，略云：

观日本与中国之关系，中国官民中，往往对于日本之真意，深怀疑虑，且有误信日本此次于交还胶州湾德国租借地于中国之既定方针，将有变更之图。余闻之甚出意外，且深为遗憾。近如牧野男爵为关于山东问题，说明日本之地位，曾发表其声明于新闻纸上，余于此确认此项之声明，即日本于所口约者，严正确守山东青岛连同中国主权均须交还中国。而中日两国，为增进相互利益所缔结之一切协定，亦当然诚实遵行。其中国因参战结果，由联合国商得之团匪赔偿金之停付，关税切实值百抽五之加增，并根据讲和条约由德国取回之有利条件，日本对于此等事项，无不欣然维持中国正当之希望。且帝国政府，仍拟照余在前期议会所声明者，以公正协和之精神为根据，而确定对华之方针，以期实行，中国官民，固不必多滋疑虑也。

代理公使庄景珂，得了此信，立即电达政府。政府也道他是改变风头，可望软化。哪知过了八九日，即由驻京日使送达公文至外交部，略言："近来北京多散布传单，不是说胶州亡，就是说山东亡，此种论调，传播各省，煽动四处人民，实行排斥日货，应请注意！"并指外交委员林长民，有故意煽惑人民的嫌疑，亦与邦交有碍等语。林长民闻知消息，不得不呈请辞职，就是政府亦只好勉徇所请，特下令示禁道：

近日京师及外省各处，辄有集众游行演说，散布传单情事，始因青岛问题，发为激切言论，继则群言泛滥，多轶范围，而不逞之徒，复借端构煽，淆惑人心，于地方治安关系至巨。值此时局艰屯，国家为重，政府责任所在，对内则应悉心保卫，以期维持公共安宁，对外尤宜先事预防，不使发生意外纷扰。着责成京外该管文武长官，剀切晓谕，严密稽查。如再有前项情事，务当悉力制止。其不服制止者，应即依法逮办，以遏乱萌。京师为首善之区，尤应注重，前已令饬该管长官等认真防弭，着即恪遵办理。倘奉行不力，或有疏虞，职责攸归，不能曲为宽假也！此令。

越数日，又有一令，宣示青岛案情，并为曹、章、陆三人，洗刷前愆。文云：

国步艰难，外交至重，一切国际待遇，当悉准于公法，京外各处，散布传单，集众演说，前经明令申禁。此等举动，悉由青岛问题而起，而群情激切，乃有嫉视日人、抑制日货之宣言，外损邦交，内隳威信，殊堪慨喟。抑知青岛问题，固肇始于前清光绪年间，德国借口曹州教案，始而强力占据，继乃订约租借。欧战开始，英、日军队攻占青岛，其时我国尚未加入战团，犹赖多方磋议，得以缩小战区，声明还付。迨民国四年，发生中日交涉，我政府悉力坚持，至最后通牒，始与订立新约，于是有交还胶澳之换文。至济顺、高徐借款合同，与青岛交涉截然两事，该合同规定线路，得以协议变更，又有撤退日军，撤废民政署之互换条件，其非认许继续德国权利，显然可见。曹汝霖迭任外交财政，陆宗舆、章宗祥等先后任驻日公使，各能尽维持补救之力，案牍具在，无难复按，在国人不明真相，致滋误会，无足深责。惟值人心浮动，不逞之徒，易于煽惑，自应剀切宣示，俾释群疑。凡我国人，须知外交繁重，责在当局，政府于此中利害，熟思审处，视国人为尤切，在国人惟当持以镇静，勿事惊疑。倘举动稍涉矜张，转恐贻患国家，适乖本旨。所有关于保卫治安事项，京外各该长官，自应遵照迭次明令，切实办理，仍着随时晓导，咸使周知！此令。

这令一下，更与全国人士的心理，大相反背，国民怎肯服从命令，统做了仗马寒蝉？政府却还要三令五申，促使各校学生，即日上课。正是：

民气宁堪常受抑？学潮从此又生波。

欲知政府谕令学生诸词，且至下回录述。

自“政党”二字，出现于前清之季，于是世人反以朋党为美谈，甲有党，乙亦有党，丙丁戊无不有党，党愈多而意见愈歧，语言愈杂，欲其互相通融，各泯猜忌，岂不难哉？观南北两派之会议，俱各挟一党见以来，朱代表虽有求和之意，而安福党人，从旁牵掣，乌足语和？南方之所以痛嫉者，即为安福派，安福不去，和必无望，此八条苟约之所以出现也。夫和议既归无效，则鲁案当然不能解决。曹、章、陆三人，固安福派之旁系也，彼既亲日，日人亦何惮而不恃强？借交还之美名，迫中央之谕禁，毋乃更巧为侮弄乎？家必自毁而后人毁之，国必自伐而后人伐之，信然！

第一百零八回

迫公愤沪商全罢市 留总统国会却咨文

政府促令罢课学生复课，学生罢课如故。上海商界也宣言罢市。政府无奈撤了卖国贼的职，放了爱国学生。徐总统害怕再生事端，提出辞呈，国会以法无『引咎辞职』不肯答允。如此则总理及内阁只好辞职，算是承担了责任。

却说学生罢课，已阅旬余，徐政府外迫日使，内顾曹章，不能不促令上课，令文有云：

国家设置学校，慎定学程，固将造就人才，储为异日之用。在校各生，惟当以殚精学业，为惟一之天职，内政外交，各有专责，越俎而代，则必治丝而棼。譬一家然，使在塾子弟，咸操家政，未有能理者也。前者北京大学等校学生聚众游行，酿成纵火伤人之举，政府以青年学子激于意气，多方启导，冀其感悟，直至举动逾轨，构成非法行为，不能不听诸法律之裁制，而政府咎其暴行，悯其蒙昧，固犹是爱惜诸生意也。在诸生日言青岛问题，多所误会，业经另令详切宣示，俾释群疑。诸生为爱国计，当求其有利国家者，若徒公开演说，嫉视外交，既损邻交，何裨国计？况值邦家多难，群情纷扰，甚有挟过激之见，为骇俗之资，虽凌蔑法纪，破坏国家而不恤，潮流所激，必至举国骚然，无所托命；神州奥区，坐召陆沉，以爱国始，以祸国终，彼时蒿目颠危，虽追悔始谋之不臧，嗟何及矣！诸生奔走负笈，亦为求学计耳，一时血气之偏，至以罢课为要挟之具。抑知学业良窳，为毕生事业所基，虚废居诸，适成自误。况在校各生，类多勤勉向学，以少数学生之憧扰，致使失时废业，其痛心疾首，又将何如？国家为储才计，务在范围曲成，用宏作育，兹以大义，正告诸生：

于学校则当守规程，于国家则当循法律，学校规程之设，未尝因人而异，国家法律之设，亦惟依罪科罚，不容枉法徇人。政府虽重爱诸生，何能偭弃法规，以相容隐？诸生肄业有年，不乏洞明律学之士，诚为权衡事理，内返良知，其将何以自解？在京着责成教育部，在外责成省长暨教育厅，督饬各校职员，约束诸生，即日一律上课，毋得借端旷废，致荒本业。其联合会、义勇队等项名目尤应切实查禁。纠众滋事，扰及公安者，仍依前令办理。政府于诸生期许之重，凡兹再三申谕，固期有所鉴戒，勉为成材。其各砥砺濯磨，毋负谆谆告诫之意！此令。

各校学生闻悉此令，当然不愿受命，罢课如故。并由学生联合会中派遣演讲团，分头至京城内外，举行露天演讲，数约千余人。这边说得慷慨激昂，那边说得淋漓感奋，甚至声泪俱下，引起一班行人的感情，统是倾耳静听。东一簇，西一团，好像听文明戏一般，越来越众。警察厅又出来干涉，特派保安马队若干人到处弹压，先劝学生不得演讲，学生置诸不理，仍然侃侃而谈。嗣由警队动怒，拍动马头，竟向人多处冲突进去，听讲诸人，恐遭蹂躏，陆续奔散，只剩了演讲学生，被警队强加驱迫，押入北京大学，闭置法科理科各室，不准自由出入。且由警士环守学校大门，再从步军统领署内，派出兵士数百，竟在门前扎营，视学生如俘虏，日夜监束。各校教职诸员均向政府递呈，要求释放学生，撤退军警，政府并不批答。教育次长袁希涛，见学校风潮愈紧，未免左右为难，因亦慨然告辞，政府准令免职，另命傅岳棻为教育次长摄行部务。北京各学校不得不通电外省，声明曲直。上海滩头学校最多，消息最灵，听得北京各学生一再被拘，自然愤气填胸，立即号召各界，续开大会，时已为六月初旬了。会场决议，以学界为首倡，以商界为后继，务要罢斥曹、章、陆三人及释放北京被拘学生，然后了事。当下缮成一篇宣言书，分布如下：

呜呼！事变纷乘，外侮日亟，正国民同心戮力之时，而事与愿违，吾人日夕之所呼吁，终于无毫发之效，前途瞻望，实用痛心。本会同人，谨再披肝沥胆，以危苦之词，求国人之听。

自外交警信传来，北京学生，适当先觉之任，士气一振，奸佞寒心，义声所播，咸知奋发，而政府横加罪戾，是已失吾人之望，乃以此咎及教育负责之人，致傅、蔡诸公纷纷引去。夫段祺瑞、徐树铮、曹汝霖、陆宗舆、章宗祥等，迭与日本借债订约，辱国丧权，凭假外援，营植私利，逆迹昭著，中外共瞻，全国国民，皆有欲得甘心之意。政府于人民之所恶，则必百计保全；于人民之所欲，则且一网打尽。更屡颁文告，严惩学生，并集会演说刊布文字，公民所有之自由，亦加剥削，是政府不欲国民有一分觉悟，国势有一分进步也。爱国者科罪，而卖国者称功，诚不知公理良心之安在？争乱频年，民曰劳止，政府犹不从事于根本之改革，肃清武人势力，建设永久和平，反借口于枝叶细故，以求人之见谅。继此纷争，国于何有？此皆最近之事实，足以令人恐惧危疑，不知死所者。政府既受吾民之付托，当使政治与民意相符，若一意孤行，以国家为孤注，吾民何罪？当从为奴隶。

鸣呼国人！幸垂听焉。共和国家之事，人民当负其责，方今时机迫切，非独强邻乘机谋我，即素怀亲善之邦，亦无不切齿愤恨，以吾内政之昏乱，我纵甘心，人将不忍，生死存亡，近在眉睫，岂可再蹈故习常，依违容忍，慕稳健之虚名，速沦胥之实祸？夫政府之与人民，譬犹兄弟骨肉，兄弟有过，危及国家，固尝知无不言，言无不尽，终不见听，虽奋臂与斗，亦所不辞。何则？切肤之痛在身，有所不暇计也。吾人求学，将以致用，若使吾人明知祸机之迫不及待，而曰姑俟吾学业既毕，徐以远者大者，贡献于国家，非独失近世教育之精神，即国家亦何贵有此学子？吾人幸得读书问道，不敢自弃责任，谨自五月二十六日始，一致罢课，期全国国民，闻而兴起，以要求政府惩办国贼为惟一之职志。政治肃清，然后国基强固，转危为安，庶几在此。同人虽出重大之代价，心实甘之。所冀政府彻底觉悟，幡然改图，全国同胞，亦各奋公诚，同匡危难，中国前途，实利赖之。同人不敏，请任前驱，戮力同心，还期继起。

上海商民，为了学界宣言，都不知不觉的流露一种热诚，与学生共表同情。六月四日，南商会开会集议，各商人闻风前往，不下千余，偏警兵无理取闹，硬要把他拦阻，遂致众情大愤，以为如此压迫，非罢市不足对待，越宿便即实行。南市各商肆先行罢市，法租界各商家照样闭门，公共租界一律照办。又俄而英租界中，如永安、先施两大公司，亦皆杜门谢客。到了午后，无论华租各界，所有大小商店，统已关门闭户，不纳主顾，街上只有学生奔走，分发传单，巡警往来，防备闹事，余外无非是各处行旅，侦探消息，好好一个大商埠，弄得烟云失色，箫鼓无声。

过了一宵，商店仍旧闭市，华界一带，由警官挨户晓示，勒令开门，照常交易。商人早已将答语预备，说是卖买自由，不劳警官过问。警官倒也无词可驳，悻悻自去。租界中的洋巡捕，不过沿路巡查，维持秩序，却未曾硬行干涉。惟商肆各悬挂白旗，上面写着，无非是“万众一心，同声呼吁，力抗汉奸，唤醒政府”等语。全市旗布飘飏，做了一种特别的招牌。又越一日，华界租界，只有几家吃食店半开半掩，略卖些饼饵糕粽，惠顾行人，此外依然抱着关门主义。警察署不能漠视，又派出武装警察，游行华市，用了一派威吓的厉词，逼令开市。商民或怕他凶焰，勉强除去排门，及警察去后，复将排门关好，拒绝买卖。再过两天，闭市如故。

看官，你想上海一隅是中外各国交通的埠头，行人似蚁，比户如鳞，怎能好几日不做买卖？华人为反对政府起见，就使受些困难，尚是甘心，那洋商岂肯无端受累，听他过去？当下由中外官吏迭电中央，报明情状。政府至此，也不得不改变方针，就是安福派亦无法摆布，只好听令政府自行处置。政府乃拟将曹、陆、章三人一并免职，并释放先后拘禁的学生。这消息传到上海，闭市已经六日了。商会因遍发通告，传知各业，所有要求各事，目的已达，应即于次日开市交易等语。到了翌晨，各商人购阅新闻纸，尚未载有免除曹、陆、章三人命令，恐京中所传未确，仍然闭市，直到晚间，方得驻沪总领事法磊斯转奉驻京英公使朱尔典氏来电，证明曹、章、陆三人免职命令，已由徐政府颁布，确凿无讹。且由总领事劝告商学两界，开市上课。商界已有一星期停止交易，既已得遂一部分的请求，乃全体开市，照常营业，并在门首各挂五色国旗，作为民意胜利的庆贺。学生团又拍电至京，问明被拘学生情状，旋得京中各学校复电，已经一律释放。于是学生团选出代表，向大小商号道谢，自归各校上课去了。

是时，南京、杭州、武昌、汉口、天津、九江、山东、厦门各处，因闻沪上罢市，亦皆先后相继，一致要求，或五日，或三日，连工界亦相约罢工，群起抵制，所以安福派不能坚持，徐政府方得行使命令，这也好算得众志成城，有此效果哩。惟曹汝霖既已罢职，交通总长一缺暂任次长曾毓隽代理。徐总统尚恐得罪安福，且虑国民为了青岛问题，再有要求，因提出辞职咨文，送交参众两议院，一面通电各省，自述咨文内容。略云：

国步艰难，百度纠纷，世昌力绌能鲜，谨于昨日咨行参众两院辞职。其文曰：本大总统猥以衰年，谬膺众选，硁硁之性，本不承任。惟以邦人责望之殷，督以大义，固辞不获。其时欧会肇始，关系綦巨，而国内和平之望，亦甫在萌芽，一线曙光，万流跂瞩。私衷窃揣，以为此时对内对外，皆为贞元绝续之交，不乘滋着手，迅图挽救，后将无及，所以踌躇再四，不得不勉膺巨任者，固期有所匡救也，欧会成立以来，经过详情，业经咨达国会在案，原拟全约签字，惟提出关于胶澳各条，声明保留此项，原属不得已办法。但体察现情，保留一层，已难办到，即使保留办到，于日、德间应有效力，并不变更，而日人于交还一举，转可借端变计，是否于我有利，此中尚待考量。若因保留不能办到，而并不签字，不特日、德关系不受牵制，而吾国对于草约全案，先已明示放弃，一切有利条件及国际地位，均有妨碍，故为两害从轻之计，仍以签字为宜，前此因胶澳交还未有确证，政府亦深为顾虑。近日迭接全权委员等报告，日代表在三国会议中已有宣言可证，英外部亦正式来函，声明日本将胶澳连同完全主权，交还中国一层，系属切实。日外部对于还付胶澳问题，亦已有半公式之声明，由驻京日使送达外部。凡兹各节，虽未列在草约，固已足资证明。即美总统前于保留办法极表赞助，近亦谓须与公法家详慎考酌。此时内审国情外观大势，惟有重视英、美、法、日各国之意见，毅然全约签字，以维持我国际之地位。惟我国内舆论，坚拒签字如出一辙，在人民昧于外交情形，固亦在意计之中。而共和国家，民为主体，总统以下同属公仆，欲径情措理，既非服从民意之初衷，欲以民意为从违，而熟筹利害，又不忍坐视国步之颠踬，此自对外言之，不能不引咎者一也。

至于和平计划，不外法律事实诸端，曩在就任之初，目睹兵氛未消，时局危迫，窃以为非促进统一，无以谋政治之进行，即无以图对外之发展，迭经往返商榷，信使交驰，始有会议之举。果其诚意言和，互谋让步，则数月以来，从容筹议，何难早图结束。乃沪议中辍，群情失望，在南方徒言接近，而未有完全解决之方，在中央欲进和平，而终乏积极进行之效，执成不悟，事势多歧，筑室道谋，蹉跎时日。循此以推，即使会议重开，而双方隔阂尚多，必至仍前决裂，一摘再摘，国事何堪？此皆本大总统德薄才疏，无统治国家收拾时局之智能，知难而退，窃慕哲人，此就对内言之，不能不引咎者一也。

抑且民为邦本，古训昭然，本大总统来自间阎，深知疾苦，亦冀厉行民治，加惠群生，稍尽藐躬之责，乃以统一未成之故，阛阓凋零，萑苻四起，士卒暴露，老弱流离，每念小民痛苦之情，恻然难安寝馈，心余力绌，愧疚滋深。自维澹定本怀，原无名位之见，经岁以来，既竭疏庸，无裨国计，虽阁制推行，责任有属，国人或能相谅，而揆诸平昔律己之切，既未能挈领提纲，转移元会，犹冀以难进易退之义，率我国人。谨咨达贵院声请辞职，幸早日提议公决，另行选举，以重国政。至此项选举，手续纷繁，在未经选举新任大总统以前，本大总统一日在职，仍当尽一日之责，相应咨达贵院查照办理等语。各该地方长官，务当督饬所属，保卫地方，毋稍疏虞，是为至要！

各省督军省长，得了徐电，正想复电挽留，旋接参议院议长李盛铎及众议院议长王揖唐通电各省云：

本日大总统咨送盖用大总统印文一件到院，声明辞职。查现行《约法》，行政之组织，系责任内阁制，一切外交内政由国务院负其责任，大总统无引咎辞职之规定。且来文未经国务总理副署，在法律不生效力，当由盛铎、揖唐即日躬赍缴还，吁请大总统照常任职。恐有讹传，驰电奉闻，敬希鉴察！

自两议院有此电文，各省督军省长越加向徐巴结，纷纷电达中央，挽留徐驾。徐东海原是虚与周旋，并非真欲去位，既得内外慰留，自然不生另议。惟国务总理钱能训不得不呈请辞职。总理一辞，全体阁员当然连带关系，一并告退。原来此时为责任内阁，一切政治，当由内阁负责，总统尚可推诿，所以老徐通电，也有阁制推行、责任有属的明文。钱总理无可诿咎，还是卸职自去，离开此烦恼场。总计钱内阁成立半年有余，至此似山穷水尽，不可复延了。小子有诗道：

揆席原来不易居，况经世变迫沦胥。
何如卸职归休去，好向家园赋遂初。

钱内阁既倒，徐总统亦许令归休，欲知继任为谁，下回再行表明。

古人有言：“众怒难犯，专欲难成”，沪上罢市，即其见端也。夫曹、陆、章三人之亲日，非真欲卖国也，但欲见好于武夫，为之借资运械，竭尽机谋，顾目前而忘大局，误国适同卖国耳。老徐亦何尝爱此三人，无非因安福派之掣肘，不得不下禁令以顾邻谊，促上课以抑学潮，迨致激动公愤，全沪罢市，而各省又相继响应，于是安福派之计穷，而曹、陆、章免职之令乃下，此未始非武夫专擅之反动力，而亦由老徐欲擒故纵之谋有以致之也。然三人虽去，而安福系之势力犹张，徐乃复提出辞职咨文以免安福派之非议，此中之煞费苦心不足为外人道，然徐虽留而钱则已倒矣。

第一百零九回

乘俄乱徐树铮筹边 拒德约陆徵祥通电

此回先写安福系的徐树铮见都中没了机会，即趁俄国革命之机筹议防边，小算盘不过是要把着些实权。接着转写巴黎和约签署事，其中对奥和约中国签署，对德和约未签。

却说钱能训辞去总理，当由徐总统下令照准，其余阁员亦曾连带辞职，徐总统却不加批答，且令财政总长龚心湛代任国务总理。所有内务总长一职，本由钱能训兼职，此时钱亦辞免，因特使司法总长朱深兼署，此外俱仍旧贯。惟币制局总裁陆宗舆既已免去，后任乃是李思浩。大学校长蔡元培不愿回京，改任胡仁源署理。内外风潮总算少平。驻京英、法、日、意、美五国公使，以为风潮少靖，正当把上海的和会继续进行，特由英使朱尔典氏作为五国总代表，向徐政府提出说帖云：

> 兹由英、法、日、意、美五国公使，对于上海和会停顿，致生中国国内纠葛，迟缓解决之情，深系不平之念，故拟声明其所希望，重行开会，以使会议之举，可以尽前妥为了结之意。查双方之目的，现既彼此说明，则似可早达于与各方公平及与中国并国民共同利益相宜解决之方法，此时未及其时，而各本公使望无论何方面，必不以何方法而允重开战事，各国公使陈述此意时，并欲向中国国民及政府，声明其名本国政府与各本国国民存友睦良好之忱，且对于中国能恢复统一国内和好之状。并中国政府能完全施行其欲达国民普遍幸福所组织之权。届时各本国政府及国民，当必满意欢迎也。

徐总统接着说帖，免不得长叹数声。看官须知徐总统本意，原是极端求和，不过因总代表朱启钤赴沪数月，毫无头绪，虽由南方不肯让步，终致无成，就中亦为安福派作梗，阴受牵制，所以老徐闻到"议和"二字，不能不一再唏嘘。安福派中的首领，名目上为段合肥，实是小徐背后捉刀，独力造成。故一个徐树铮，实足概括安福全部。徐树铮的意见，欲派选本系中人，作为议和总代表，故当和议停顿后，即密嘱心腹向总统府中进言，老徐含糊答应。及五国公使说帖，递入总统府，遂使老徐踌躇再四，默思派一别员，仍归无效，不若将计就计，使安福系中推举一人，叫他前去一试，如能妥协和议，原是不必说了，否则亦使他亲尝艰苦，免得横生枝节，多来饶舌。当下授意段派，即令推荐妥员。偏有一位众议院议长王揖唐，愿当此任，徐总统毫不迟疑，即派令南下。

徐树铮又因南北停战，无从逞威，段合肥又不得秉政，内乏奥援，必且失职，乃更想出一条大名目来，居然欲效汉终军请缨故事。自从民国二年，俄人嗾使外蒙独立，迫我承认，中国政府因内乱未平，不遑兼顾，只好放弃一部分主权，听令自治，蹉跎至四五年，虽尚有驻库办事员住着，但已徒有虚名，不能监制外蒙。外蒙惟借俄人为援，抵抗中国。至俄国革命，已失保护外蒙的能力，西伯利亚一带，乱党蜂起，且屡与外蒙为难，外蒙王公颇悔从前错误，复思内向。小徐得了此信，乐得趁这机会，博取功劳，乃即呈入条陈，自请防边。徐总统以小徐好事，在内多患，还是调他出去，较为安静，因即准如所请，特令为西北筹边使。这西北筹边使的官名，乃是民国以来所创见，当时议定筹边使职权，颁行如下：

（一）政府因规划西北边务，并振兴名地方事业，特设西北筹边使。

（二）西北筹边使，由大总统特任，筹办西北各地方交通、垦牧、林矿、硝盐、商业、教育、兵卫事宜。所有派驻该地各军队，统归节制指挥。

关于前项事宜，都护使应商承筹边使襄助一切，其边事长官佐理员等，应并受节制。

（三）西北筹边使办理前条事宜，其有境地毗连，关涉奉天、黑龙江、甘肃、新疆各省及其在热河、察哈尔、绥远各特别行政区域内者，应与各该省军政民政最高长官及各都统妥商办理。

（四）西北筹边使施行第二条各项事宜时，应与各盟旗盟长扎萨克妥商办理。

（五）西北筹边使设置公署，其地址由西北筹边使选定呈报。

（六）西北筹边使公署之编制，由西北筹边使拟定呈报。

（七）本官制自公布日施行。

小徐既任筹边使，尚以为权力未足，再向中央要求，欲兼充西北边防总司令。徐总统拗他不过，索性也下一任命，使他如愿以偿。予取予求的徐树铮方握虎符，拥兽旄，威风凛凛，驰往塞外去了。

且说青岛交涉终未定夺，签约不签约两问题，各执一词，亦难解决。山东绅民，前曾在省城演武厅中，特开国民请愿大会，要求省长代电中央，请将青岛及路矿等由和会公判，直接交还，并请惩办祸首，撤除非法密约。当经省长代为转电政府，政府搁置不答。嗣因日本恃强欺弱，陆专使等不能争回主权，乃再由山东省议会、省教育会、省商会、农会、报界联合会、学生联合会、济南商会等七团体公举代表八十五人，入京呈递请愿书。书中总旨分三大纲：（一）系巴黎和约，关于山东三条，必须拒绝签字。（二）系高徐、顺济铁路草约，必须废除。（三）系卖国奸人，必须一律严惩。

六月二十日，名代表亦皆到京，即至总统府中，要求谒见大总统。徐总统未允接见，各代表待至傍晚，方才散去。次日，又往总统府，坚求面谒。乃由龚代总理心湛、朱总长深出来相见。各代表振振有词，定要亲见总统。龚代总理等谓既有请愿书，且俟总统阅后，再行定夺。各代表始递交请愿书，由龚代总理转递进去。既而徐总统也亲莅居仁堂，传见各代表，各代表才得面陈民意，迫请总统代为主张。徐总统慰谕数语，叫他出外候批，名代表乃一并退出。及国务院发出请愿书批示，语带游移，未见切实，各代请因复诣国务院，谒见龚代总理，声称奉阅批语，尚涉含糊，公民等名为代表，实不能归见父老，应请将原批收回，确实示明。龚代总理无语可驳，当允于二日内另行批复，各代表乃再出外守候。过了两日，国务院总算践言，发出批语如下：

据来呈均悉。该代表等关怀桑梓，注重国权，所述特为痛切。此次欧会和约，政府以关于山东问题各条最为重要，迭经电饬专使，悉力争持，近据专使等电述保留一节，尚在多方进行，所有各代表等陈请，不能保留即拒绝签字等情，作亦经电达专使，遵照在案。国家领土主权断难丝毫放弃，政府与国民主张初无二致。无论如何，必将胶澳设法收回，此则夙具决心，可为国民正告者也。所称高徐、顺济路约一节，查该路原系草约，自必多方磋议，力图收回，断不续订正约，以慰群望。至中日二十一条密约及高徐、顺济路约，经过情形，案牍俱在，前经择要宣布。共和国家，一切措施悉当准诸法律，必有确实证据，乃受法律制裁。政府与国家利益，人民疾苦，无日不在注念之中，乃以国家多艰，致该代表等远涉京师，有妨本业，殊深轸念。其各归告父老子弟，俾晓然于外交真相，及政府维持国权之苦心，各持镇静，勿滋疑虑！此批。

各代表见了批示，比前批较为切实，虽未能尽如所求，也算得了三分之二，因各陆续出都，还乡去讫。未几，复由北京各团体公推代表五百余人，排队举旗，亦赴总统府请愿，备有公呈，要求三款：（一）不保留山东和约，决不应签字。（二）决定废除高徐、顺济两路草约。（三）立即恢复南北和会。徐总统闻报，又遣龚代总理及教育次长傅岳棻接见北京各代表。各代表求见总统，到晚未出，大众不肯散归，并在新华门外露宿一宵。翌日，始由徐总统召见，并即由国务院发出批词，略云："所陈三事，政府具有决心，亟应竭力进行，慰从众望。艰难困苦，当与国人共勉"等语。于是众代表不复多言，相率退归，静候解决。

到了七月二日，政府接到巴黎来电，乃是协约国对德和约，已经议决，即要凡尔赛宫正式签字。独中国专使因山东问题，未得和约保留，只好拒绝签字，所以来电声明。

先是各国代表共至巴黎，开议对德条约，德亦派出代表议和，总代表为蓝超伯爵，余为内阁阁员蓝斯堡、吉斯白资，暨国会议长莱勒特、华白公司经理美尔恰、国际法学家休克金等，并至巴黎，共同谈判。协约国叠经磋磨，公定对德议和草约十余件，统计得八千字，大致可分为数纲：（一）割让和约指定的土地；（二）放弃欧洲以外一切殖民地及权利；（三）承认波兰、捷克斯洛伐克、南斯拉夫各国独立；（四）减少常备兵额，与所有军舰，不得沿用征兵制，及潜水艇、军用飞机；（五）惩罚前德皇威廉第二；（六）赔偿各国损失全数为墨银五百万万圆；（七）协约国商货，得自由通过德国境内，尚有著名铁道运河水道等，归协约国管辖；（八）德国承认国际同盟，但一时不能加入，所有一切代管地，与国际公有地，均由国际同盟掌管。此外尚有细件，不及备载。德国代表当然不肯承认，提出抗议。旋经协约国再加修改，不过就割让土地部分间稍从变换，余皆不肯更动。会长克勒孟沙，且严词语德国代表道："今无庸再来哓哓，大小各国，因汝德人违背公道，非常酷待，所以结成团体，各派代表到此。汝国若再不从，恐要与汝国大决算了。"可怜德国代表蓝超伯爵等，无由申说，不得已电告本国，请示定夺。

德国新大总统爱培尔德及内阁总理施特曼，俱不愿允此和约。施特曼内阁遂全体辞职，就是议和总代表蓝超伯爵亦连同告辞，乃由巴浮氏重组内阁，另派外交总长慕勒氏、殖民总长贝尔氏继为议和代表。终因势孤力屈，抗不过协约国的威棱，且将协约国议案，付诸国会表决，投票结果，愿签字的二百二十八票，不愿签字的，只一百三十八票，大多数通过和约，电致议和总代表，勉强签约。德既签字，与会诸国代表皆相继签字。惟中国代表陆徵祥等均不出席，声明为山东问题的障碍，碍难签约，一面报告中央。文云：

> 和约签字，我国对于山东问题，自五月二十六日正式通知大会，依据五月六日，祥在会中所宣言维持保留去后，迭向各方竭力进行，迭经电呈在案。此事我国节节退让，最初主张注入约内，不允；改附约后，又不允；改在约外，又不允；改为仅用声明，不用保留字样，又不允；不得已改为临时分函声明，不能因签字而有妨将来提请重议云云。岂知直至今日午时，完会被拒。此事于我国领土完全及前途安危，关系至巨，祥等所以始终不敢放松者，固欲使此问题留一线生机，亦免使所提他项希望条件，生不祥影响。不料大会专断至此，竟不稍顾我国纤微体面，曷胜愤慨！弱国交涉，始争终让，几成惯例，此次若再隐忍签字，我国前途将更无外交之可言。内省既觉不安，即征诸外人论调，亦群谓中国决无可以签字之理，详审商榷，不得已当时不往签字，当即备函通知会长，声明保存我政府对于德约最后决定之权等语，姑留余地。
>
> 窃惟祥等猥以菲材，谬膺重任，来欧半载，事与愿违，内疚神明，外惭清议，自此以往，利害得失，尚难逆睹，要皆由祥等之奉职无状，致贻我政府主座及全国之忧。乞即明令开去祥外交总长委员会长及廷、钧等差缺，一并交付惩戒。并一面迅即另简大员，筹办对于德奥和约补救事宜，不胜待罪之至！

这电自六月二十八日由巴黎发出，是日即协约国对德和约共同签字的期间，途中不知何故淹留，至七月二日方才接到。政府正在着忙会议善后办法，忽又接到陆专使续电云：“德约我国既未签字，中德战事状态，法律上可认为继续有效，拟请迅咨国会建议，宣告中德战事告终，通过后即用明令发表，逾速逾妙，幸勿迟延！”政府因即复电云：

> 事势变迁，并声明亦不能办到，政府同深愤慨。德约既未签字，所谓保存我政府最后决定之权，保存后究应如何办理？此事于国家利害关系至为巨要。该全权委员等责职所在，不能不熟思审处别求补救，未便以引咎虚文，遽行卸职。至所拟咨由国会建议，宣告中德战争状态告终，俟通过后，明令发表一节，片面宣布，究竟有无效力？抑或外交有此先例？所有对德种种关系，将来如何结束，统望熟筹详复。再奥约必须签字，务即照办。

重洋遥隔，一电往还，未能朝发夕至，免不得有稽迟情形。政府恐国民因此愤激，再起风潮，故不等陆专使等答复，便即由徐总统下令道：

巴黎会议对德和约，关系至巨，迭经电饬各全权委员审慎从事，顷据全权委员陆徵祥等六月二十八日电称："我国对于山东问题，自通知大会宣言维持保留后，最初主张，注入约内，不允；改附约后，又不允；改在约外，又不允；改为仅用声明，不用保留字样，又不允；改为临时分函声明，不能因签字而有妨将来提请重议，又复完全被拒。不得已当时不往签字，备函通知会长，声明保存我政府对于德约最后决定之权"等语。披览之余，良深慨惋。此次胶澳问题，以我国与日、德间三国之关系，提出和会，数月以来，乃以种种关系，不克达我最初希望，旷览友邦之大势，反省我国之内情，言之痛心，至为危惧。惟究此项问题之由来，诚非一朝一夕之故，亦非今日决定签字与不签字，即可作为终结。现在对德和约，既未签字，而和会折冲，势不能诎然中止，此后对外问题，益增繁重，尤不能不重视协约各友邦之善意。国家利害所在，如何而谋挽济，国际地位所系，如何而策安全，亟待熟思审处，妥筹解决。凡我国人，须知圜海大同，国交至重，不能遗世以独立，要在因时以制宜。各当秉爱国之诚，率循正轨，持以镇静，勿事嚣张，俾政府与各全权委员等，得以悉心筹划，竭力进行。庶几上下一体，共济艰危，我国家前途无穷之望，实系于此。用告有众，咸使周知！此令。

这令下后，嗣接陆专使复电，除奥约应该签字外，仍执前议，政府乃照来电进行。小子有诗叹道：

对外全凭后盾多，徒持公理漫言和。
试看炎日天骄甚，瘏口无成恨若何？

欲知后来对日情事，容至下回续叙。

小徐才识，未尝不卓绝一时，惜乎其心术之不堪告人也。彼欲效战国策士之行，为纵横捭阖之谋，不知彼时七国分峙，各私其私，策士犹得乘势而操纵之，今岂犹是战国时耶？明明为共和政体，而乃专事破坏，不愿和平，至南北停战以后，即起攫西北边防使一席，名曰防边，实仍欲把持军权耳。民国有小徐，欲求安宁难矣。陆徵祥等之出使巴黎，参入和会，始终欲保留胶澳，不肯签字，较诸曹、章、陆诸人，较为得体。然至于舌敝唇焦，卒不能挽回万一，岂不可叹！优胜劣败，已成公例，奈何军阀家犹专知内哄，不顾大局耶？

第一百一十回 罢参战改设机关 撤自治收回藩属

此回先就欧战结束撤销参战处叙出段祺瑞，被小徐促成当了督办防务的大员。接着转写中俄交涉，俄因国内混乱，中国即通报外蒙取消自治，仍做中国的藩属。

却说山东问题未曾解决，国民当然不服，屡有排日举动。山东齐鲁大学生常在通商要港，调查日货出人，不许华商贩售。一日，见有车夫运粮，输往海口，学生疑他私济日人，趋往过问。偏被日人瞧见，号召日警，竟将学生拘去。事为学商各界闻知，即聚集数千人，共至省长公署，请向日本领事交涉。当由省长派员劝慰，许即转告日领，索回学生。大众待至晚间，未见释归，又向省长署中要求，直至次日始得将学生放归，众始散去。嗣又有乡民数千人，因日人在胶济铁路桥洞旁抽收人畜经过税，亦至省长公署，要请与日人理论。经省长婉言劝导，叫他少安毋躁，待政府解决青岛问题，自不至有此等情事。乡民无可奈何，只好退归。

惟排斥日货，始终未懈。不但山东如是，各省亦皆如是。驻京日使，专用强力压迫我国政府，严行禁止，政府不得不通电各省，但说是："陆专使拒绝签字，正当统筹全局，亟谋补救，各省排斥日货，徒然意气用事，反损友邦感情，务希责成军警，实力制止"等语。各省长官，虽亦照式晓示，惟国民不买日货，乃是交易自由，并非犯法，所以禁令屡申，也是徒然。既而上海租界内，有悬挂日皇形像，当众指詈等情。四川重庆境内，日本领事宴请中国官绅，轿夫马弁，群集领事署门，用泥土涂抹门首的菊花徽章。两事又经日使提出，请中国政府设法消弭，并查办犯人，严行惩罚云云。政府也只好通电各省，申谕人民，毋得再犯友邦国徽及君主肖像。此外尚有各种交涉，不胜枚举。

惟巴黎和会中陆专使等，对德条约已不签字，接连是对奥条约亦由协约国与奥使议定，迫令承认。奥使伦纳尔等起初也极力抗辩，终因兵败国危，无能为力，没奈何忍辱签字，协约国当然签约，陆专使等对着奥国没甚关碍，也即签字。奥约与德约略同，无非是割让土地，裁损军队，放弃欧洲以外一切权利，承认匈牙利独立及捷克斯洛伐克、南斯拉夫新建诸国，并赔偿各国战争损失等情。中国专使既经签字，便即电达中央，时已为九月中旬了。徐总统乃连下二令道：

我中华民国于六年八月十四日，宣告对德国立于战争地位，主旨在乎拥护公法，维持人道，阻遏战祸，促进和平。自加入战团以来，一切均与协约各国，取同一之态度。现在欧战告终，对德和约，业经协约各国全权委员，于本年六月二十八日，在巴黎签字，各国对德战事状态，即于是日告终。我国因约内关于山东三款，未能赞同，故拒绝签字，但其余各款，我国固与协约各国，始终一致承认。协约各国对德战事状态，既已终了，我国为协约国之一，对德地位当然相同。兹经得交国会议决，应即宣告我中华民国对于德国战事状态一律终止。凡我有众，咸使闻知！此令。

对德战事状态终止，业于九月十五日布告在案，兹据专使陆徵祥电称，奥约已于九月十日经我国签字等语，是对德、奥战争状态业已完全解除。惟宣战后对德、奥人民所订各项章程，非有废止或修改之明文，仍应继续有效。此令。

还有广东军政府，比徐总统占先一着，也对德宣告和平，文云：

自欧战发生，德人以潜艇封锁战略，加危害于中立国，我国对德警告无效，继以绝交，终与美国一致宣战，当即声明所有中、德两国从前所订一切条约合同协约，皆因两国立于战争地位一律废止。去年十一月十一日我协约国与德国订休战条约，随开和平会议于巴黎，我国亦派专员出席与会，惟对于和约中关系山东问题三款外，其他条款及中、德关系各款，我国均悉表示赞成。今因我专使提出保留山东无效，未签字于和约，此系我国保全主权，万不得已之举。对于协约各国实非常抱歉。而对于德国恢复和平之意，则亦与协约各国相同，并不因未签字而有所变易。我中华民国希望各友邦对于山东问题三款，再加考量，为公道正义之主张，而为东亚和平永久的保障，实所馨香祷祝者也。特此通告！

看官阅过上文，应知中国与德、奥宣战本由段祺瑞首先主张，所以段祺瑞辞去总理，名为下野，实是仍任参战督办。德、奥约定易战为和，参战处应该撤销，所有参战处办事人员，统皆叙功，段祺瑞得受勋一位殊荣。惟段派不愿就此闲散，当然预告筹划，以便改设机关。徐树铮出任边防，就是保持权力的先声，好在俄、蒙交涉屡次发生，中国不能不积极筹备，小徐已做了前驱，中央应特任一督办大员，作为小徐的援应。督办大员的资格，当然非老段莫属了。于是由政府下令道：

现在欧战告竣，所有督办参战事务处，应即裁撤。惟沿边一带，地方不靖，时虞激党滋扰，绥疆固圉，极关重要，着即改设督办边防事务处，特置大员，居中策应，以资控驭而赴事机。其参战处未尽各事，并归该处继续办理，借资收束。此令。

这令后面，便是特任段祺瑞督办边防事务。好一篇改头换面的大文章，仍由段老一手做去。倚段奉段的人物，也在联蝉办事，权力依然，可喜可贺。

先是俄国内乱，不遑外顾，西伯利亚一带新旧各党，互生抵触，乱匪亦乘势蜂起，随处滋扰。我国除蒙古外，如吉林、黑龙江、新疆各界均与俄境毗连，免不得为彼所逼，时有戒心。吉黑两省督军省长屡次致电中央，请派海军舰队，驰往松花江为驻防计。当经海军部提出议案，咨交国务会议，国务员一体赞成，并援前清咸丰八年《瑷珲条约》作为证据。查《瑷珲条约》，为中、俄两国所协定，内载："黑龙江、松花江左岸，由额尔古纳河至松花江口，为俄罗斯国属地；右岸顺江流至乌苏里河，为大清国属地。由乌苏里河往彼至海所有之地，此地如同接连两国交界明定其间地方，为大清国、俄罗斯国共管之地。由黑龙江、松花江、乌苏里河，此后只准大清国、俄罗斯国行船，个别外国船只不准由此江、河行走"等语。据此约文，既称由乌苏里河往彼至海，如同连接，是我船由海溯江，在黑龙江、松花江流域中，虽经过俄属江流，也是依据条约行事。况条约载明，只准中、俄两国行船，不准各别外国船只行走，是中国船只，显然可行。现在俄乱方亟，不暇顾及边境治安，我国若筹办黑龙江防，正是目前急务。且党匪所至，中、俄商民，并皆罹殃，如果我国江防成立，不但华民免祸，就是俄民也受益不浅。俄政府应该欢迎，不至抗议。

国务员执此理由，因即决议进行，由海军部派出王崇文为吉黑江防筹办处处长，并饬海军总司令，调驶利绥、利捷、利通、利川、江亨、靖安等六舰，由沪北往松、黑二江驻防。各舰驶至海参崴，俄人提出抗议，不容中国舰队上驶，经海军代表林建章与外交委员刘镜人等，一再理论，始得放行前进。将抵松花江口，暂泊达达岛，又为俄官所阻，不能径入。达达岛地旷人稀，无从购取煤粮，俄人且截断各舰的运输，几至坐困。林建章等一面与俄人交涉，一面自由驶入庙街，拟寻一避冷港内寄泊御寒。不料西伯利亚俄军竟不分皂白放起炮来，连声轰响，向中国舰队激射。舰队慌忙退避，已有弁目三人受伤，当即拍电到京，一再告急。

政府先已照会俄使，依照《瑷珲条约》与他辩论。俄使倒也说不出理由，但言："本使只能随本国政潮，从权办理，中国若据《瑷珲条约》，亦可自行上驶，各行其是。"政府得了此信，却放心了一半，至是接到告急电文，复向俄使严重责问，书面写着：

> 查《瑷珲条约》第一条第二项，载明中，俄船只得以驶入松花江等，不受限制。中、俄在松、黑权利原属平等，今俄舰炮击吾舰，殊出意外，应请从速允许我舰江亨、利捷、利绥、利川四艘安全通过，否则吾国不得不执相当之对付，将以同样手段，加之贵国松、黑两江之舰艇。亦希速电海参崴当事者，以短小之时间，为满意之答复，是所至盼。

除此责问书外，又电驻海参崴高等委员与俄新政府直接交涉。其实俄政府尚徒有虚名，未能统驭全国，就是驻京俄使传电通告，也没有确实表示。中国驶往松花江的舰队，只能暂避兵锋，退驻下流，静待解快便了。

会驻库办事大员都护使陈毅报称外蒙古王公，情愿取消自治，归附中华，这真算是民国难得的机会。政府自然去电奖励，并饬外交部蒙藏院等机关，会同商酌办理。陈毅复派属员王仁诩到京，面陈一切情形。原来外蒙自受俄人唆使后，名为自治，实不啻为俄人保护国，俄人屡给借款，盘剥外蒙，外蒙已不堪凌逼，自知为俄所欺，苦难悔约。及俄国革命乱党又屡次入境，骚扰益甚。外蒙自治官府乃复向中国乞援，当由外蒙亲王巴特玛多尔济领衔，呈请取消自治，凡历年所借款项归俄、蒙双方交涉，应由中央逐年归还若干。余如各王公等年俸亦请中央承认等语。陈毅以为所损有限，所得实多，便替他殷勤呈报。还有西北筹边使徐树铮正欲借此图功，可巧得了这个消息，乃是天上飞来的幸事，急忙电呈中央，说是："外蒙归化，怀德畏威，应速加慰抚"等语。徐总统连接呈文，因即颁发明令道：

> 据都护使驻扎库伦办事大员陈毅，电呈外蒙官府王公喇嘛等合词请愿呈文，内称："外蒙自前清康熙以来，即隶属于中国，喁喁向化二百余年，上自王公，下至庶民，均各安居无事。自道光年间，变更旧制，有拂蒙情，遂生嫌怨。迨至前清末年，行政官吏秽污，众心益滋怒怨。当斯之时，外人乘隙煽惑，遂肇独立之举。嗣经协定条约，外蒙自治告成，中国空获宗主权之名，而外蒙官府丧失利权，

迄今自治数载，未见完全效果，追念既往之事，令人诚有可叹者也。近来俄国内乱无秩，乱党侵境，俄人既无统一之政府，自无保护条约之能力，现已不能管辖其属地，而布里雅特等任意勾通土匪，结党纠伙，迭次派人到库，催逼归从，拟行统一全蒙，独立为国。种种煽惑，形甚迫切。攘夺中国宗主权，破坏外蒙自治权，于本外蒙有害无利。本官府洞悉此情，该布匪等以为我不服从之故，将行出兵侵疆，有恐吓强从之势。且唐努乌梁海向系中国所属区域，始则俄之白党强行侵占，拒击我中蒙官军，既而红党复进，以致无法办理。

"外蒙人民生计，向来最称薄弱，财款支绌，无力整顿，枪乏兵弱，极为困难。中央政府虽经担任种种困难，兼负保护之责，乃振兴事业，尚未实行。现值内政外交，处于危险，已达极点，以故本官府窥知现时局况，召集王公喇嘛等，屡开会议，讨论前途利害安危问题，冀期进行。咸谓近来中、蒙感情敦笃，日益亲密，嫌怨悉泯，同心同德，计图人民久安之途，均各情愿取消自治，仍复前清旧制。凡于扎萨克之权，仍行直接中央，权限划一。所有平治内政，防御外患，均赖中央竭力扶救。当将议决情形，转报博克多哲布尊丹巴呼图克图汗时，业经赞成。惟期中国关于外蒙内部权限，均照蒙地情形，持平议定，则于将来振兴事务，及一切规则，并于中央政府统一权，两无抵触，自与蒙情相合。人民万世庆安，于外蒙有益，即为国家之福。五族共和，共享幸福，是我外蒙官民共所祈祷者也。

"再前订中、蒙、俄三方条约，及俄、蒙商务专条，并中、俄声明文件，原为外蒙而订也。今既自己情愿取消自治，前订条件，当然概无效力。其俄人在蒙营商事宜，将来俄新政府成立后，应由中央政府负责，另行议订，以笃邦谊而挽回利权"等语。并据西北筹边使徐树铮呈同前情。

核阅来呈，情词恳挚，具见博克多哲布尊丹巴呼图克图汗及王公喇嘛等声明五族一家之谊，同心爱国，出自至诚，应即俯如所请，以顺蒙情。所有外蒙博克多哲布尊丹巴呼图克图汗应受之尊崇，与四盟应享之利益，一如旧制。中央应当优为待遇，俾同享共和幸福，垂于无穷，本大总统有厚望焉！

同日又加封外蒙古呼图克图汗，令文有云：

外蒙古博克多哲布尊丹巴呼图克图汗，赞助取消自治，为外蒙谋永久治安，仁心哲术，深堪嘉尚，着加封为外蒙古翊善辅化博克多哲布尊丹巴呼图克图汗，以昭殊勋。此令！

两令既下，又由外交部照会驻京俄使，通报外蒙取消自治，凡前订中、俄、蒙条约及俄、蒙商约并中、俄声明文件，一概停止效力，且将外蒙取消自治，仍复旧制各情形通告驻京各国公使。各国公使与外蒙均无甚关系，当无异言。俄使虽不愿赞成，但因本国内情非常扰乱，实不能顾及外蒙，自己侨寓中国，赤手空拳，徒靠着三寸舌根，究有什么用处，所以暂从容忍，俟新政府稳固后再与中国交涉。那西北筹边使徐树铮尚在内蒙驻节，至此且受命为册封专使，得与副使恩华、李垣，睥睨自若，驰往库伦去了。小子有诗咏道：

本是无功冀有功，一麾出使竟称雄。

此君惯使刁钻计，如此机心亦太工。

欲知小徐赴库情形，且至下回叙明。

参战处成立以后，将及二年，未闻有如何大举，故外人时有不满意之论调。然使当时无段氏之主张，列入参战地位，则巴黎和议，中国当然不能列席，此后之外交困难，固不仅青岛问题已也。即斯以观，段氏不得谓无功，但段氏生平之误，在信任一小徐。小徐因参战之将罢，亟倡议边防，彼若为段氏效忠，而不知其处心积虑，无非为自己之权力起见。陈毅之取消外蒙自治，功已垂成，而小徐即起而乘之，欲夺陈毅之功为己有，巧固巧矣，亦知“人有千算，天教一算”之俚谚否耶？试观俄罗斯历来猖獗，谋攫外蒙，迫我认约，曾几何时，而国乱如麋，不遑兼顾，国且如是，况一人一身乎？小徐，小徐，汝谓己智，果何智之足云？

第一百一十一回

易总理徐靳合谋 宴代表李王异议

总理出缺，徐总统弄了一个武夫靳云鹏出任总理。武夫头脑也不简单，各地督军上书『裁兵节饷』，不过是告诉别人别拿军费说事儿。南北仍在议和，代表们总少不了些意气之争。

却说徐树铮出任边防，无非为徼功起见，及外蒙取销自治，又得受中央任命，做了一个册封专使，便与副使恩华、李垣等驰赴库伦。驻库办事员陈毅也知小徐此来，不怀好意，但不得不出郊相迎。就是外蒙王公，既已归附中央，理应欢迎专使，相偕出迓，执礼颇恭。小徐昂然前来，意气扬扬，及与陈毅等相遇，乃下马晤谈，略道寒暄，便即上马入库伦城，当下将册书授与外蒙呼图克图。呼图克图依礼接受，摆宴接风，皆意中事，不消细叙。散宴后，小徐出寓陈毅公馆，便作色与语道："汝亦曾知我徐某的声名否？汝在库伦多年，没甚建树，今我奉使到此，为汝成立功劳，并非越俎代谋，汝勿疑我有他意，暂请汝勿与外界通问，俟我办理告竣，自当南归，否则与汝不利，汝宜留意。"陈毅听了也觉愤不可遏，但默思小徐凶横，未可与争，不如虚与周旋，还可敷衍过去，俟他复命，便可无事，因此含糊应允，听令小徐办理。小徐也乐得张威，即借库伦为行辕，安居起来。嗣是边防情事，均归小徐主张，陈毅毫无权力，不过虚有职位罢了。

是时，财政总长兼代国务总理龚心湛，因为财政支绌，不敷分拨，屡受各方指摘，情愿卸去职任，免得当冲。乃即递上辞呈，襆被出都。徐总统无从挽留，只好准令免职，改任他人。向例总理缺席，当由外交、内务两总长代任，外交总长陆徵祥赴欧未回，内务总长田文烈因病乞假，当然不能任命。挨次轮流，应归陆军总长靳云鹏权代。靳为段合肥门生，资望尚浅，全靠老段一手提拔，始得累跻显阶，官至陆军总长，特授勋二位。老徐本阴忌段氏，如何肯令靳云鹏接手？他却另有一种意见，以为靳系武夫，头脑简单，容易就我约束，且靳为新进后辈，驾驭更易，若优加待遇，使他知感，当可引为己用，乐效指挥。就中尚有两件利益：一是使安福国会不致违言；二是使曹锟、张作霖互相联应。原来靳为段派嫡系，本与安福部同情，好在靳氏儿女，新近与曹、张两军阀联姻。曹、张两派本非段系，将来靳得重用，曹、张自必乐从，两方拥护，靳亦可乘势自展，免受段派牵掣。为靳氏计，为自己计，真是一举两得的计策。

当即将靳氏提出，咨交国会。府秘书长吴笈孙草定咨文，呈与老徐。徐总统阅后，复亲自援笔，把靳云鹏三字下加写“才大心细，能负责任”两考语，然后再令吴笈孙缮正，盖过了印，着人赍交参众两院。院中投票表决，得大多数同意，因即通过。徐遂任命靳云鹏兼代国务总理，所有财政总长遗缺，便命次长李思浩摄行。既而川、粤、湘、赣四省经略使曹锟，东三省巡阅使张作霖，果有电文到京，力保靳氏，略云：“国家政治，须由内阁负责，龚代阁已经告退，闻已奉中央明令，着靳总长兼代。靳总长心地光明，操行稳健，令他代龚，众望允孚，即请令靳总长正式组阁，俾当内忧外患时候，付托得人”云云。徐总统览到此电，免不得捻髯微笑，遂令靳云鹏正式就任，竟为国务总理。

靳既受命登台，可巧广东军政府有电到京，请取消八年公债，略谓：“八年公债条例，闻已公布，额定二万万，取田赋为担保品，得将所领债券，随时抵押卖买，某报中载有券额八十万圆，已抵于某国商人，每百圆只抵三十圆，是直接为内债，间接即系外债，辗转抵押，自速危亡。况公债发行，抵及田赋，尤为世界所未有。全国人士，已一律反对，异口同声，请即取消明令，用孚舆情，并盼速复”等语。靳云鹏接电后，即复电与军政府，说是：“八年公债，系维持财政现状，所称押与某国一节，并无此事，幸勿误信。”

这电既拍发出去，靳氏更通报老徐，且谈及财政奇窘，未易支持。徐总统亦皱眉道：“这都是军阀家的祸祟，试想近年军饷，日增一日，政府所入有限，怎能分供许多将弁？今日借外债，明日借内债，一大半为了武夫。如果武人有爱国心，固防息争，倒也不必说了。更可恨的，是吃了国家的粮饷，暗谋自己的权力，南争北战，闹得一塌糊涂，如此过去，怎么了？怎么了呢！”靳云鹏答道：“看来非裁兵节饷不成。”徐总统道：“我亦尝这般想，但必须由军阀倡起，方不至政府为难，若单靠政府提议，恐这般军阀家，又来与政府反对了。”靳云鹏应了一个“是”字。徐总统复接入道：“目前曹、张两使电呈到来，并言君才能大任，我看此事非君莫成，请君电告曹、张，烦他做个发起人，当容易收效哩。”云鹏复应声称是，因即告退自去，电致曹、张，如法办理。

果然曹、张代为帮忙，分电各省督军省长，愿裁减军额二成，为节饷计。各省督军省长，闻是两大帅发起，当然赞成，便推曹、张为领袖，联名进呈，大纲就是“裁兵节饷”四大字。徐总统喜如所望，因即下令道：

> 军兴以来，征调频繁，各省经制军队，不敷分布，因之招募日广，饷需骤增，本年度概算支出之数，超过岁入甚巨，实以兵饷为大宗。此外各军积欠之饷，为数尚多。当此民穷财匮，措注为艰，即息借外资，亦属一时权宜之计，将来还本偿息，莫非取诸民间，纾须臾之急，适以增无穷之累。抑且治军之道，饷源为重，久饥之卒，循抚良难，统驭设有稍疏，则事变或难尽弭。本大总统受任伊始，力导和平，实发于为民请命之诚。现大局虽未底定，而停战久已实行，徒养不急之兵，虚耗有尽之饷，非所以奠民生，固邦本也。至若军饷支出，悉资赋税，比来国家多故，百业不兴；农成商通之数，已逊承平；益以整理失宜，岁入锐减。长此以往，固有饷源，涸可立待，被兵省份，更无论矣。本大总统兴念及兹，夙夜祗惧，计惟有裁减兵额，清厘税收，救弊补偏，暂资调节。兹据四川、广东、湖南、江西四省经略使直隶督军曹锟、东三省巡阅使奉天督军兼署省长张作霖、长江巡阅使安徽督军倪嗣冲、江苏督军李纯、湖北督军王占元、江西督军陈光远、署浙江督军卢永祥、署吉林督军鲍贵卿、黑龙江督军孙烈臣、山东督军张树元、山西督军阎锡山、河南督军兼署省长赵倜、湖南督军兼署省长张敬尧、福建督军兼署省长李厚基、陕西督军陈树藩、甘肃省长兼署督军张广建、新疆省长兼署督军杨增新、热河都统姜桂题、察哈尔都统田中玉、绥远都统蔡成勋、江苏省长齐耀琳、安徽首长吕调元、湖北首长何佩瑢、浙江省长齐耀珊、江西省长戚扬、山东省长屈映光、陕西省长刘镇华、直隶省长曹锐、长江上游总司令吴光新等联名电呈，称：“中央财政奇绌，军费实居巨额，如各省徒责难于中央，于义未安，于事无济。权宜济变，势不外开源节流两端。如就军队裁减二成，以之镇慑地方，尚可敷用，约计岁省二千万圆，一面由中央责成各省，督饬财政厅，于丁漕税契各项，暨一切杂捐，切实整顿，涓滴归公，增入之款，亦当有二千万圆左右，确定用途，暂充军饷。一俟和平

就绪，裁兵之议，首先实行”等语。该督军等明于大计，兼顾统筹，体国之忱，良深嘉许。所以裁减军额二成及整顿赋税各办法，简要易行，与中央计划正合。即着各该管官署会同各该督军省长总司令等，妥速筹议，确定计划，克日施行。经此次裁减之后，并应认真训练，以期饷不虚縻。至于清厘赋税，首重得人，着责成财政部暨各省长官，于督征经征官吏，严为遴选，仍随时留心考核，切实纠察，以祛积弊。总期兵无冗额，士可宿饱，减轻闾阎之疾苦，培养国家之元气，本总统实嘉赖焉。将此通令知之。此令！

看官！你道各省督军省长联名呈请，果真是为国节财，通晓大计吗？从前袁项城时代，只有一班国民党，与袁项城死做对头。后来项城一死，北洋军系，遂分作两派，一是皖系，一是直系。皖系就是段派，与民党不协，常欲挟一武力主义划除民党，所以南北纷争，连年不解。直系本是冯河间为首，冯既下野，资格最崇的要算曹锟。锟尝与冯联合一气，嗣经徐东海从中调停，乃偶或助段，但终为直系中人，不过为片面周旋，究未愿向段结好。再加出一位张大帅来，据住关东三省，独抱一大蒙满主义，既不联直，又不联皖，前次为小徐诱动，谋取副总统一席，所以助段逼冯。及冯去徐来，副总统仍然没份，累得张大帅空望一场，于是心下怪及小徐，更未免猜及老段。三派鼎立，尔诈我虞，哪里肯协力同心，经营国是？各省督军省长，如徐总统通令中所述，有直派的，有皖派的，有奉派的，彼此牵率入呈，无非表面上卖个虚名，粉饰大局，其实暗中倾轧，入主出奴，就是叫他实行裁兵，他亦未必从令。军阀家的威力，全靠着许多丘八老爷，若逐渐裁减，威力何存？所以他的呈文，简直是有口无心，随说随忘的。

惟这位老总统徐世昌，本来是翰苑出身，夙娴文艺，及出任东三省总督，始得躬膺节钺，结识了若干武夫。到了受任总统，逆料国民心理，厌乱恶兵，因此力主和平，提倡文治，如前清宿儒颜习斋、李塨两师生，并令入祀文庙，且就公府旁舍，辟前清太仆寺旧址，设立四存学会。四存名义，就是颜习斋所讲的存人、存性、存礼、存治四纲。有时政务少闲，或邀入樊樊山、易实甫、严范荪等遗老，评风吟月，饮酒赋诗，立了一个晚晴簃诗社，作为消遣。无如尚文的古调独弹，如何普及？尚武的积重难返，相率争权。老徐非不聪明，乃欲运用一灵敏手腕，驾驭武人。惟段派因老徐上台，全是安福部推戴，应居监督地位，故老徐有所举动，往往为所钤制。就是南北和议的决裂，也是为此。

后任北方总代表的乃是王揖唐。揖唐生平行事，多为舆论所不容，他敢贸然南下，实由小徐许为暗助，极力怂恿，所以直任不辞。偏偏沪上士商，不待揖唐到沪，便已群起反抗，登报相訾。揖唐视若无睹，道出江宁，入见江苏督军李纯。李为东道主人，自然开筵相待。酒过数巡，揖唐谈及议和方略，并乞代为疏通。说了数语，未见答辞，揖唐不禁发急道："公曾始终主和，奈何今日反噤若寒蝉，不肯以周行见示？"李纯才微微笑道："凤凰已鸣，我何妨且作寒蝉。"揖唐听了，越觉莫名其妙。原来揖唐出京时，曾由熊希龄编成一篇俳优词，隐讥揖唐。希龄常因地得名，时人号为熊凤凰，故李纯亦援此相嘲。独揖唐尚且未悟，更欲絮问。李纯直言道："熊凤凰已说过了，敢是君尚未闻吗？"两语说出，揖唐也不觉自惭。还亏面上已略有酒容，尚得遮盖过去。李纯自觉所言过甚，因复接入道："今欲议和，并非真正难事，总教北方诸公果无卖国行为，且能推诚相与，便容易就绪了。"揖唐勉强相答道："我公久镇南疆，为南方空气所鼓荡，故所言若是。其实北方也自有苦衷，公或未能悉知哩。"李纯又不禁愤愤道："人生在世，但求问心无愧，纯一武夫，知有正义罢了，他非敢知。公奉命南来，必有成竹在胸，得能和议早成，纯亦得安享和平，感公厚赐哩。"揖唐乃不便多言，再勉饮了数觥，当即别去。

一到沪上，通衢大市，均有讥笑揖唐的揭帖，煌煌表示。揖唐非无耳目，也自觉进退两难，默思当今时势，钱可通灵，从前收买政党，包办国会，哪一件不是金钱做出？此番来沪议和，仍可用着故智，倚仗钱神，于是挥金如土，各处贿托。好在小徐亦密派心腹，运动南方领袖孙中山及南方总代表唐少川，阳为说合，阴图反间，叫他与岑、陆诸人分张一帜，免为所制。那时南方七总裁也分粤、滇、桂三派，貌合神离，暗存党见，一经小徐设法浸润，唐总代表却也略被耸动，欲与王揖唐聚首言和。

一日，王、唐两人相遇席上，宴会周旋，各通款曲，惟终未及和议事件。两方分代表中亦有数人预席，互相惊异，窃窃私议。及散席后，南代表对唐绍仪各有违言，多说是："鱼行包办，何足议和，我辈若与开议，便是自失声价了。"唐总代表虽有和意，究竟不好违众，乃向广东军政府电告辞职。从此和议声浪又变成一番画饼了。小子有诗叹道：

> 五洲和会犹成议，一国军人反好争。
>
> 南北纷纭无定局，难堪只是我苍生。

内忧未已，外衅又生，种种事变，待至下回再表。

龚靳同为段派中人，龚去而靳代，犹一段派也，但徐之用靳，恰含有一大命意，经本回直书其隐，乃知用靳之际，与用龚不同。钱内阁之倒，段派实排挤之，龚之起而暂代，原为徐之一番作用，非本意也。未几而易靳之令下，当时谓去一段派，来一段派，本是同根，何必参换，而亦安知老徐之别有智谋耶？裁兵节饷一事，为靳氏登台后之政策，实由老徐授意而成，果能军阀同心，逐渐进行，宁非一时至计，惜乎其言未顾行也。王揖唐之南下议和，本为老徐请君入瓮之策，而彼则有挟而来，盛装南下，李督军之面加规勉，犹不失为忠厚人本色，实则黑幕重重，李氏固尚未洞悉也。彼此诈力相尚，国家宁能有豸乎？

第一百一十二回

领事官袒凶调舰队　特别区归附进呈文

日本侨民在中国打伤排斥日货的学生，政府却是向着日本人。日本人又要与中国两国间谈山东问题，更把『满洲』与『朝鲜』在外交文件中并列，好似东三省已在他们囊中。

却说各省抑制日货，一致进行，再接再厉。闽省学生亦常至各商家调查货品，见有日货，便即毁去。日本曾与前清订约，有福建全省不得让与外人的条文，因此日人视全闽为势力范围，格外注意，侨居闽中的日商，因来货趸积，不能销售，已是忿懑得很；更闻中国学生检查严密，越加愤恨，遂邀集数十人，持械寻衅。民国八年十一月十六日下午，游行城市，适遇学生等排斥日货，便即下手行凶，击伤学生七人。站岗警察，急往弹压，他竟不服解劝，当场取出手枪，扑通一声，立将警察一人击倒，弹中要害，呜呼毕命。还有路人趋过，命该遭晦，也为流弹所伤。警察见已扰事，索性大吹警笛，号召许多同事，分头拿捕，拘住凶手三名，一叫做福田原藏，一叫做兴津良郎，一叫做山本小四郎，当即押往交涉署，由交涉员转送日本领事署，并将事实电达政府，请向驻京日使，严行交涉。

驻闽日本领事袒护凶手，反电请本国政府，派舰至闽，保护侨民。日政府不问情由，即调发军舰来华。闽人大哗，又由交涉员电告中央。政府连得急电，便令外交部照会日使，提出抗议。日使总算亲到外交部公署，声明闽案交涉已奉本国训令，决定先派专员，赴闽调查真相，以便开始谈判。此项专员，除由外务省遴派一名外，并由驻京日使馆加派一名会同前往。所有本国军舰已经出发，碍难中止。惟舰队上陆，已有电商阻云云。外交部只好依从，惟亦派出部员王鸿年、沈觐扆等赴闽调查。

为此一番衅隙，北京中学以上各校学生全体告假，出外游行演讲，谓："日人无端杀人，蔑理已甚，应唤起全国同胞，一体拒日。"各省学生先后响应，并皆游行演讲，表示决心。就是闽省学生，前已发行《学术周刊》，提倡爱国，至此复宣布戒严，示与日人决绝。官厅恐他酿成大祸，即取缔《学术周刊》，勒令停止，并将报社发封。各学生等遂皆罢课，风潮沿及济南。济南学生联合会正为着青岛问题，常怀愤激。此次闻闽中又生交涉，越觉不平，拟开国民大会并山东全省学生联合会大会，誓抗日本。事被官厅阻止，也一律罢课，且拟游行演讲，致与军警发生冲突。有好几个学生被殴受伤。学生以日人无理，尚有可原，军警同为国民，乃甘心作伥，实属可恶，决计与他大开交涉。官厅却也知屈，特浼教育会代作调人，允许学生要求，始得和平解决。

惟闽中一案，明明是曲在日人，日领事恃强违理，非但不肯将凶手抵命，反去电请军舰，来闽示威。一经日政府派员调查，也觉得福田原藏等所为不合，独未肯宣付惩戒，反令日舰，游弋闽江逗留不归。中国外交部迭次抗争，乃始下令撤退，并在东京、北京、福州三处声明一种理由，略云：

帝国政府曩因福州事变突发之结果，该地形势极为险恶，深恐对于我国侨民，仍频加迫害，特不得已派遣军舰，前赴该地，以膺我侨民保护之责。惟最近接报告云，该地情状，渐归平稳，当无上述之悬念。帝国政府深加考量，特于此际决定先行撤退该地之帝国军舰，此由帝国政府考察实际情况，自进而所决行者也。帝国政府中心，切望中国官厅对于各地秩序之维持与我侨民之保护，更加一层充分之尽瘁，幸勿再生事态，使帝国政府为保护我侨民利益之被迫害，再至不得已而派军舰焉。

看这口吻，好似日侨并未犯罪，全然为闽人所欺凌；并咎及中国官厅，不肯极力保护，所以派舰来华，为自护计。好一种强词夺理，是己非人！最后还说出再派军舰一语，明明是张皇威力，预示恫吓。中国虽弱，人心未死，瞧到这般语意，难道就俯首帖耳，听他嫁诬吗？各省官民气，激昂如故，就是外交部亦调查确实，再向驻京日使，提出撤领、惩凶、赔偿、道歉四项，要他履行。日使一味延宕，反谓我国各省官吏不肯取缔排日人民，应该罢斥，并须由政府保证，永远不排日货。两方面各执一词，茫无结果，时已为民国八年终期了。

政府东借西掇，勉过年关，正要预备贺岁，忽闻前代总统冯国璋病殁京邸，大众记念旧情，免不得亲去吊奠。就是徐总统也派员致赙，素车白马，称盛一时。原来冯下野后，仍常往来京师，猝然抱病，不及归乡，遂致在京逝世。越二日，即系民国九年元旦，政府停止办公数日，一经销假，便由驻京日使递到公文，大略如下：

联合国对德讲和条约，业于本月十日交换批准，凡在该批准约文上署名之各国间，完全发生效力。日本依该讲和条约第四编第八款，关于山东条约，即第一百五十六条乃至第一百五十八条之规定，由日本政府完全继承胶州湾租借权及德意志在山东所享有之一切利权。日本政府确信中国政府对于继承上列权利一节，必定予以承认。盖以大正四年五月二十五日所缔结之中日条约中，关于山东省部分之第一条，曾有明文规定云：中国政府允诺日后日本国政府拟向德国政府协定之所有关于山东省依据条约，或其他关系于中国政府享有一切权利利益让与等项处分，概行承认故也。以上权利，交还中国政府。至关于此事，大正四年五月二十五日两国所交还胶州湾换文中，曾言明：日本政府于现下之战役终结后，胶州湾租借地全然归日本国自由处分之时，于下开条件之下，将该租借地交还中国。（一）以胶州湾全部开放为商港。（二）在日本国政府指定之地区，设置日本专管租界。（三）如列国希望共同租界，可另行设置。（四）此外关于德国之营造物及财产之处分，并其他之条件手续等，于实行交还之先，日本政府应行协定。是以日本政府为决定交还关于胶州湾租借地，及其他在山东各种权利之具体的手续起见，提议中、日间从速开始交涉，深信必得中国政府之允诺也。

公文中既云交还，又云继承德国旧有一切权利，是明明欲占领胶澳，不过涂饰人目，以为日本承受权利，乃是一个租借权，并非绝对的领土权。然试问向人假物，辗转借用，原物未归故主，但声明由何人所借，便好算得交还吗？此时外交总长陆徵祥等尚在巴黎，因为保加利亚、匈牙利、土耳其诸国和议尚未就绪，所以留待签字，不得遽归。外交部次长陈箓，当将日使来文提交国务会议。国务员乐得推诿，统说待陆总长回国，再定办法，因此把来文暂行搁起，不即答复。广东军政府闻悉此事，也电致北京，反对山东问题由中、日直接交涉，文云：

迭据报载，日使向北京政府交涉声明协约国对德条约已发生效力，日政府自己完全继承租借胶州权，并德国在山东各种权利等语。查我国拒绝签字和约，正当此点。如果谬然承认，则前此举国呼号拒绝签约之功，隳于一旦。即友邦之表同情于我者，至此亦失希望，后患何堪设想？如果日使有提出上列各节情事，亟应否认，并一面妥筹方法。再查此案我国正拟提出万国联盟申诉，去年盛传日使向北京政府直接交涉，当即电询，旋准尊处电复：“青岛问题，关系至重，断不敢掉以轻心，现在并无直接交涉之事”等语。此时更宜坚持初旨，求最后胜利。究竟现在日使有无提出？尊处如何对付？国脉主权所关，国人惴惴，特电奉询，统盼示复！

南北政府，虽似对峙，惟为对外起见，仍然主张联络，所以对德和约，也尝以不签字为正当。前次通电声明，与北京政府论调相同，至此更反对中、日直接交涉，一再致电。当由北京政府答复，决计坚持。待到一月二十五日，外交总长陆徵祥自欧洲乘轮回京，谒见徐总统，报称德奥和约经过情形，尚有余事未了，留同僚顾维钧等在欧办理。徐总统慰劳有加，并与谈及山东交涉。陆总长亦谓：“不便与议，只好徐待时机，再行解决。”于是日使提案，仍复悬搁不理。

惟西北边防日益吃紧，俄国新旧二党，屡在西伯利亚境内交战不休。政府已将防边护路各要件，迭经讨论，适值陆总长回国，因再公开会议，决定办法。从前西伯利亚铁路接入黑龙江、吉林两省，为俄人所筑，吉黑境内称为中东铁路，铁路总办当然归俄人主任。西伯利亚有乱，免不得顺道长驱，突入黑吉，故政府时为担忧。自经陆总长列席议决，即由外交部名义，备具正式公文，向协约国正式申明：（一）中东路属我国领土全权，不容第二国施行统治权。（二）俄员霍尔瓦特仅为铁路坐办，无担负国家统治之权能。（三）按照铁路合同，公司俄员及沿线侨居中外人民，应由我国完全保护。除这三事宣告各国外，又分电奉天、吉林、黑龙江、新疆四省督军及现驻库伦西北筹边使徐树铮等，令他厚集军队，极力防边，筹备的款，实行护路；并应监视中东路总办霍尔瓦特，勿任有逾轨举动。种种办法，无非是思患预防的要着。

可巧呼伦贝尔特别区域亦恐俄乱扰入，愿将特别区域的名目取消，归属中政府指挥。这呼伦贝尔地方，本在黑龙江西北，向属黑龙江省管辖，自俄人垂涎此地，硬要中国与他定约，承认呼伦贝尔为特别区域，以便逐渐染指。及俄乱一起，该地总管协领，自知站立不住，乃与暂护呼伦贝尔副都统贵福熟商，托使电请中央。贵福乃先咨呈东三省巡阅使张作霖，暨黑龙江督军孙烈臣，间接传递呈文，到了京师。徐总统当然欣慰，便即下令道：

据东三省巡阅使张作霖、黑龙江督军孙烈臣呈称：“据暂护呼伦贝尔副都统贵福咨呈：窃查呼伦贝尔，向属中国完全领土，隶黑龙江省管辖，自改置特别区域以来，政治迄未发达，自非悉听中央政府主持，不足以臻治理。兹据全旗总管协领左右两厅厅长帮办等会议多次，佥谓取消特别区域，并取消中俄会订条件，实为万世永赖之图，因推左厅厅长成德、右厅厅长巴嘎巴迪、索伦左翼总管荣安、索伦右翼总管凌陞等代表全体，吁恳转电中央，准将呼伦贝尔特别区域取消，以后一切政治，听候中央政府核定。其中华民国四年中俄会订呼伦贝尔条件，原为特别区域而设，今既自愿取消特别区域，则该条件当然无效，应请一并作废，伏乞鉴核转呈”等语。核阅来呈，情词恳挚，具见深明大义，应即俯如所请，以顺群情。所有善后一切事宜，着该使等会商主管各部院，察酌情形，分别妥筹，呈候核定旅行。总期五族一家，咸沾乐利，用广国家大同之化，本大总统有厚望焉！此令。

令下数日，又任命贵福为呼伦贝尔副都统，张奎武为呼伦贝尔镇守使，钟毓督办呼伦贝尔善后事宜，嗣复经黑龙江督军孙烈臣电达中央，请援照旧制，设立呼伦、胪滨两县，并改吉拉林设治局为室韦县，当由政府交与内务部核办。从前光绪三十四年间，原设呼伦、胪滨两府及吉拉林设治局，局址系唐时室韦国故都，因以名县。内务部看到黑督呈文，并没有什么关碍，当然赞同，即复呈总统府核准，下一指令，饬照呼伦贝尔原管区域，设置呼伦、胪滨、室韦三县，统归呼伦贝尔善后督办管辖，这且不必细表。

惟俄国新旧交争，两边设立政府，新党占住俄都彼得格勒，仍在欧洲东北原境。旧党失去旧都，移居西伯利亚，组织临时政府，暂就鄂穆斯克地方为住址，旋又迁至伊尔库次克。偏新党节节进取，旧党屡战屡败，几至不支，再经伊尔库次克境内的社会党，目睹旧党失势，竟与新党过激派联络，聚起革命，推翻旧政府。旧政府领袖柯尔恰克将军等统皆逃散，不能成军。俄国新政府既占优势，自谓划除一切阶级，以农人为本位，故号为劳农政府。且因俄都彼得格勒偏据欧洲，改就俄国从前旧都莫斯科为根据地，一面声告各国，除旧有土地外，不致相侵。

协约各国本皆派兵至海参崴，出次西伯利亚，防御俄乱。美国因俄新政府既已声明，不侵外人，当即将西伯利亚驻屯军全数撤回。独日本政府不愿撤兵，反且增兵，遂牒告美国政府，略谓：“日本处境与美国不同。就俄国过激派现势观察，实足危及日本安全，故日政府决定增派五千补充队，驻防西伯利亚东端”云云。美国也不暇理论，撤兵自去。独中国前与日本协商，订定中日军事协定条件，所派军队不能自由往返，屡经广东军政府通电反对，国务院乃电复广东，内称：“军事协定，原为防止德、奥起见，现在各国驻俄军队，业经分起撤退，我国军队自当与各国一致行动，待至全队撤回，即为军事协定终止的期间。”但日本不肯退军，中国亦当被牵制，甚至日本二次宣言，谓西伯利亚的政局，影响波及满洲、朝鲜、危及日本侨民，所以不便撤兵。必待满洲、朝鲜脱除危险，日侨生命财产可得安全，并由俄政府担保交通自由，方好撤回西伯利亚屯兵。中政府得闻宣言，也觉不能容忍，即由外交部出与抗议，略云：

贵国关于西伯利亚撤退之时机，有满洲、朝鲜并称之名词，查朝鲜系与日合邦者，本国不应过问，而满洲系东三省，系吾国行省之一部，岂容有此连续之记载？实属蔑视吾国主权，特此抗议！

这抗议书赍交日使，日使延宕了好几日，方致一复文，还说："由中国误解，或误译日文，亦未可知。我帝国宣言中，并述满洲、朝鲜，不过指摘俄乱影响，始及满洲，继及朝鲜，足危害我日本侨民，并无蔑视中国东三省主权。"看官试想，此等辩词，果有理没有理吗？正是：

毕竟野心谋拓土，但夸利口太欺人。

为了日本种种恃强，遂致中国内地，常有排日风潮，欲知详情，且看下回便知。

日人殴伤学生，枪毙警察，尚欲调派军舰，来华示威，假使易地处此，试问日人将如何办理乎？夫俄与日本，皆强国也，前清之季，交相凭陵。迨民国纪元，又牵率而来，俄染指于北，日垂涎于东，中政府之受其要挟，穷无所诉，视俄固犹日也。乃俄乱骤起，土宇分崩，外蒙离俄而取消自治，呼伦贝尔亦离俄而取消特别区域，可见强弱无常，暴兴者未必不暴仆。况中、日两国，同文同种，又同处亚东，胡不思唇齿之谊，而屡与中国为难耶？日人，日人，其亦可少休也欤！

第一百一十三回

对日使迭开交涉 为鲁案公议复书

学生排日风潮迭起，政府发布政令压制。就中列出日本人在华侵权杀人十事，以见其强盗行径。日本人发来蛮横无理的照会，总理靳云鹏召开会议商讨复函，就中带出一意抗日的东北人吴佩孚。

却说各省学潮迭起不已，大半为了中日交涉，相率争哗。一是鲁案，一是闽案，两案俱未解决。天津学生屡次求见省长，要请转电政府，与日本严重理论。省长不允接见，反派卫队驱散学生，甚至殴伤数名。天津各校遂全体罢学。北京各校亦依次响应，公举代表，谒见国务总理。靳云鹏虽未拒绝，但也不过支吾对付。学生等复游行演讲，被大队军警干涉，驱入天安门严守，待至天暮，始得释放。学生未肯罢休，仍然四处鼓吹，一意排日，有时为军警拘去，终不少屈。嗣是上海、安庆、杭州各校亦往往因严查日货，发生冲突，政府不得已下一禁令，不许学生干政，令云：

近年以来，学潮颓靡，法纪不张，以诸生隽异之姿，动辄聚众暴行，自由行动，国家作育英髦，期望至切，迭经明令剀切诰诫，申明约束，深冀其濯磨砥砺，勉为异日致用之才，诸生等果知自爱爱国，当亦憬然愧悟。乃据京师警察厅报告，本月四日，京师各校学生，有在前门外排列演说，阻断交通，并有击毁车辆殴伤行人情事；而日前直隶省长，亦有学生包围公署，击伤警卫，不服制止之报告。似此扰乱秩序，显干法纪，菁莪之选，沦于榛棘，甚为诸生惜之！

自来学生干政，例禁綦严，诚以向学之年，质性未定，纷心政治，适隳学业，抑且立法行政之责，各有专属，岂宜以少数学子，挟出位之思，为逾轨之举？在国家则有妨统驭，在诸生亦自败修名，在政府虽爱惜诸生，而不能不尊重法律。须知国家生存，全赖法律之维系，学生同属国民，即同在法权统治之下，负执行法律之责者，讵能以学生干法，置之不问？兹特依据法律，再为谆切之申告，自此次明令之后，应即责成教育部，督饬办学各员，恪遵迭令，认真牖导。凡学生有轶出范围之举，立予从严制止，总期销弭未萌，各循矩矱。其有情甘暴弃，希图煽乱者，查明斥退；情节较重，构成犯罪行为者，交由司法官厅，依法惩办。办学各员，倘有徇庇纵容，并予撤惩。总之国纪所在，不容凌蔑，政府以国家为重，执法以绳，决无宽贷，其共懔之！此令。

令下后，又饬京师警察厅，根据自治警察法条例，布告将北京中等以上学校学生联合会暨北京小学以下学校教员联合会一体解散。但压制自压制，哗噪自哗噪，终归没有了结。就是日人亦好来寻衅，屡有越境侵权、伤人毙命等事。除上文所述闽案外，类举如下：

（一）吉省日人越境逮捕韩人交涉。吉林省毗连韩境，韩人尝谋独立，被日本军警制压，往往窜入吉林省边境，日人遂屡有越境搜捕等情，经吉林督军电请政府，特向驻京日使抗议。

（二）日本军舰入内河交涉。日本宇治军舰拦入江苏南通天生港，经江苏长官，电请外交部向驻京日使交涉。

（三）日兵占据满洲里车站交涉。日本兵队占据满洲里车站，四面架机关枪，禁人出入，外交部因向驻京日使，质问理由。

（四）日人在苏枪毙兵士交涉。驻苏陆军第二师第五团兵士，在虎邱山旅行，被日人射放猎枪，擅将军士胡宗汉击毙。当经警察将凶手拘住，解至交涉公署，转送驻苏日领事，由交涉员向日交涉。

（五）海参崴日军伤害华人交涉。驻海参崴日本军队与俄国新党军队冲突，日军击败俄军，占领海参崴及附近各地。我国旅崴侨民多遭日军伤害，且被拘去十余人。当由驻崴委员李家鳌向日军长官提出抗议。

（六）海拉尔日捷军冲突，伤害华兵交涉。中乐铁路附近，日本军与捷克军发生冲突，双方开枪轰击。中国护路军队在旁守视，致遭流弹击伤。中国外交部又不得不与日捷两军，抗论曲直。

（七）日军占据哈尔滨华军营房交涉。日本突调大队军士至哈尔滨，占用中国营房多处，经吉林长官请外交部向驻京日使交涉。

（八）日本在中东路增兵交涉。日本在中东路线一带增兵运械，自由行动。中国外交部因向驻京日使提出抗议，要求从速撤退。

（九）日军侵犯中东路权交涉。日本军队屡在中东铁路旁，侵占中国军站营房，及扣留车辆等事。政府迭接东三省报告，特由外交部向驻京日使提出抗议。

（十）日人在山东内地设置电杆交涉。日人近在山东高密、古城一带，擅自设置电杆。山东交涉员即向驻济日本领事抗议，日领并不答复。因由山东省长，电请外交部向日使交涉。

如上所述，统是民国九年五月以前情事，中国虽屡与交涉，往往没甚效果。惟苏州枪毙胡宗汉一案，凶犯叫做角间孝二，日本驻苏领事也不能硬为辩护，乃正式道歉，且令凶犯赔偿恤费，便算了事。至若日、捷军伤害华兵，当经英、法军官调停，由日、捷两军，抚恤死伤，并向中国道歉，也即销案。惟山东问题，中政府因全国人民反对中、日直接交涉，所以迟迟不答。驻京日使又奉本国训令，照会外交部，催促从速开议，内容分三项：（一）谓日本驻德代理公使，已收到关系胶州各种文件，并送达东京。日本继承德人在山东权利，依照和约，有三强国批准，即生效力，现五国中已有四强国批准。故从前德人在山东权利，当然由日本继承，毫无疑义。（二）日本政府本善意与友谊，要求中政府与日本直接交涉，解决山东问题，图谋双方利益。不意日政府种种好意，不但中国人不肯原谅，反发生种种排日举动，日政府不得不切实声明，如中国依然抱持延宕政策，日本即视此种行为，为默认日本的要求。（三）因上述两种理由，故日政府请中国政府，速将方针决定，并定期与日本讨论，解决山东问题，不容再延。看官！你道这样的照会，是严刻不严刻吗？外交部接着，就使陆子欣有专对才，也觉得瞠目结舌，无从应付。当下与国务总理靳云鹏等，共同商议。靳云鹏取出一篇电文交与大众审视，但见纸上写着，系是湖北督军王占元领衔联名共四十八人。电文略云：

山东问题，自接收日本通牒以来，叠经各界人士，集合研究，佥以拒绝直接交涉，提交国际联盟，为惟一之办法。讵道路传闻，有与希望相反之趋向。占元等庐墓所在，痛切剥肤，父老责言，似难缄默，敢进危言，幸垂听焉！

外交重要，关系国本，详慎考虑，谁曰不宜？顾询谋既已佥同，方针依然未定，逆料钧座左右，必有谓直接交涉，不至有害，提交联盟，未必有利，持此说以荧惑聪听者，此非毫无知识，便是别有肺肠。一言丧邦，莫此为甚！大抵强国与弱国交涉，利在单独，不利于共同；利在秘密，不利于公开，至弱国外交，则适得其反。试问二十年来，我国利权，断送于密约者几何？此次彼以甘言诱我，非爱我也。果诚意亲善，则宜先将完全主权，径行交还，并即时撤退军警，以示退让，不必斤斤焉为条件磋商矣。故直接交涉，结果必与吾无利，可以断言。倘虑提交联盟，未必可恃，在欧会签字和约之时，或者尚属疑问，今则德约保留山东之款，已由美参议员通过。且英、法各国，对于保留案，亦表赞同。专欲难成，得道多助，利害明了，无待蓍龟。与其为条约之赠与，宁使为强力所占有；与其菁华尽弃，留空壳之地图；毋宁死力抗争，作国际之悬案。否则引狼入室，为虎作伥，群情愤激，铤而走险，祸变之来，将有不忍言者。心所谓危，不敢不告，伏祈俯鉴民意，断而行之，山东幸甚！国家幸甚！

大众看罢，暗想湖北督军王占元，平时本无甚表白，此次却独来领衔，居然有慷慨激昂的情势，倒也有些奇怪。其实这篇电文，王占元不过被动，那主动力却是第三师师长吴佩孚。吴本山东蓬莱县人，幼丧父母，门祚衰微，单靠着兄嫂抚养，始得成人。及入塾读书，学为时艺，颇有成效。出应童子试，一战获售，即入黉宫。后来三试秋闱，偏皆落弟，遂发愤改途，投入保定武备学堂，舍文习武。天下无难事，总教有心人，学满毕业，成绩最优，一介书生，忽变为干城上选。当时校中有一教员，便是后来的靳总理，夙垂青眼，特为吹嘘，荐诸江北提督王士珍麾下。士珍因情谊难却，权置幕右，命司传宣。既而士珍丁艰去任，佩孚随与俱北，辗转为第三师营弁，师长非别，就是曹锟。锟实非将才，得吴佩孚为属校，遇事与商，皆为锟智所未及，因此渐加倚重，由营长荐擢旅长。至曹锟统兵援湘，已密保佩孚署第三师长，任前敌总司令。岳州、长沙依次克复，应推佩孚为首功。锟既北返，受四省经略使职衔，留佩孚驻守湘南，于是佩孚权力所及，不止第三师全部，就是曹锟所有旧僚属，也悉听佩孚指挥。佩孚知恩感恩，愿为曹氏尽力。但曹系直派，与段派貌合神离，佩孚向曹尽忠，当然反对段派。湘督张敬尧，为段氏心腹，竭力主战，独佩孚驻防以后，隐承直派意旨，舍战主和。两人宗旨，既已不同，更兼长沙收复，功由吴氏，张敬尧后来居上，竟将湘督一席，安然据去，佩孚心实不甘。嗣经段祺瑞意图笼络，表荐佩孚为孚威将军，促赴前敌，佩孚得了一个虚名头衔，有何用处？越恨段氏使诈，反对益甚。青岛交涉，段派或主张让步，为亲日计；佩孚既感念薰莸，复系情桑梓，所以一意抗日，特联结同乡军吏四五十人，同声劝阻。

靳吴谊关师弟，平时信件，尝相往还，佩孚对内主和平，对外主强硬，已是说不一说，时有所陈，靳氏岂无感动？怎好专顾那亲日派，与日人直接交涉，坐将那青岛让去？故对着日使公文，初主延宕，至此延无可延，宕无可宕，不得不将王占元等一篇大文取示大众，表明微旨。大众原多数拒日，便以为今日要着，莫如复绝，就使有几个亲日派在旁，也只好随声附和罢了。乃拟定复文，约略如下：

关于解决交还青岛及其山东善后问题一事，准四月二十六日照开等因。查此事前一月准贵公使面交节略，所述贵国因条约实施之结果，拟为交还青岛及胶济沿线之准备各节，本国政府均已了解。无如中国对于胶济问题，在巴黎大会之主张，未能贯彻，因之对德和约并未签字，自未便依据德约，径与贵国开议。且全国人民对于本问题态度之激昂，尤为贵公使所熟悉。本国政府基于以上原因，为顾全中日邦交起见，自不容率尔答复。至续准送交改正节略释文，获见贵国政府愿将胶济沿线军队之撤退，本国政府与该地方官筹商办法，从事编制警卫队以任保护全路之责。又准照开前因，当经本部长将上述本国政府不能遽行与贵国开议各情形，面达在案。惟根据目前事实上之情状，对德战争之状态早经终止，所有贵国在胶济环界内外军事设施，自无继续保持之必要。而胶济沿路之保卫，从速恢复欧战以前之状态，实为本国政府及人民所最欣盼。自当于最短之期间，为相当之组织，以接贵国沿路军队维持沿路之安宁。此节与解决交还青岛问题，纯为两事，想贵国政府必不执定曾否开议，借以迟延其实行之期，致益滋本国人民及世界观听之误会也。贵国政府果愿将战时一切军事上之设施从事收束，以为恢复和平之表示，本国政府自当训令地方官，随时随事，与贵国领事官等接洽办理，相应奉复，即希查照为荷！

看这复文，便知靳氏是采纳吴言，有此决心；还有统一南北政策，主张和平解决，也是依从吴议。曾先有通电促和，由小子补录如下：

近迭据各方来电，促进和平，具见爱国之诚。一年以来，中央以时局危迫，谋和至切，开诚振导，几于瘏口哓音，乃以西南意见殊歧，致未克及时解决，不幸而彼方变乱相寻，且有同室操戈之举，缺斨破斧，适促沦胥，蒿目艰虞，能无心痛！中央对于西南，则以其同隶中华，谊关袍泽，深冀启其觉悟，共进祥和，但本素诚，绝无成见。而对于各方，尤愿鉴彼纠纷之失，力促统一之成，戮力同心，共图匡济。诚以国家利害之切，人民休戚所关，苟一旦未底和平，则一日处于艰险。而以目前国势而论，外交艰难，计政匮虚，民困既甚，危机四伏，尤在迅图解决，不容稍事迂回。中央惓怀大局，但可以利国家福人民者，无不黾勉图之。而所以积极擘划，共策进行，仍惟群力之是赖。各军民长官，匡时干国，夙深倚任，所冀共体斯情，以时匡翼，庶几平成早睹，国难以纾。功在邦家，实无涯涘！奉谕特达。

是时北方总代表王揖唐，寓沪多日，借爱俪园为行辕，名为议和专使，实是未曾开谈。南方总代表唐绍仪前已向军政府辞职，军政府虽未照准，但南方各分代表，不愿与王揖唐开议，所以唐、王两人，有时或得相晤，不过略有议论，未得公开谈判。徐总统与靳总理一再促和，哪知和议毫无端倪，王揖唐惟逍遥沪渎，作汗漫游。一夕，在爱俪园中，忽发现炸弹一颗，幸未爆裂，不致伤人。但王揖唐的三魂六魄，几被这一颗炸弹，驱向黄浦滩上去了。小子有诗叹道：

无情铁弹竟相遗，犹幸余生尚未糜。

为语世人休自昧，本来面目要先知。

王揖唐经这一吓，勉强按定了神，摄回魂魄，暗想此事必有人主使，想了一番，不禁私叹道："谅想是他，定归是他。"究竟推测何人？待小子下回报明。

本回举中日各案，依次胪叙，仅半年间，而已积案至十，虽似无关巨要，而无在非恃强凌弱之举。虎邱山及海拉尔两案，伤毙华民，不过以抚恤道歉了事。夫杀人抵命，中外同揆，若仅以抚恤之微资，道歉之虚文，即可置凶手于不问，彼亦何惮而不再为耶？弱国之外交，已可概见。至若山东问题，既已不签字于德约，自不能与日人直接交涉。愚夫犹知，宁待吴氏？但吴氏之联合同乡，推王占元为领衔，合力电阻，不可谓非爱乡爱国之热诚。因事属辞，亦作者之特笔也。

第一百一十四回

挑滇衅南方分裂　得俄牒北府生疑

南北和议尚未成功，南北之争外又添了南南、北北之争，什么直、皖、滇、桂各系军阀相斗不休。内乱犹在，外事又来，与俄日又有一番纠纷。

却说王揖唐遇着炸弹，侥幸不死，自思前至江宁，曾被江督李纯当面揶揄，此次以炸弹相饷，定是李纯主使，遂不加考察，即致书李纯，责他有心谋害。李纯本无此事，瞧着来书，便怒上加怒，便亲笔作复，出以简词道：

> 公以小人之腹，度君子之心，仆即有恨于公，何至下效无赖之暗杀行为，况并无所憾于公乎？

这书复寄王揖唐，揖唐阅后，尚未释意，每与宾朋谈及，谓李秀山不怀好意，从此更与李纯有嫌。但前次朱使南下，李纯本极力帮忙，恨不见效，此次揖唐代任，派系本与李纯不同。况揖唐品格不满人意，所以李纯原袖手旁观，坐听成败。揖唐孤立无助，又不见南方与议，叫他一个"和"字，从何说起？只好逐日蹉跎，因循过去。

沪上有犹太人哈同，素号多财，建筑一大花园，为消遣地。揖唐在沪无事，便去结纳哈同，做了一个新相知，镇日里在哈同花园宴饮流连。或谓揖唐到沪，挈一爱女，自与哈同为友，便嘱爱女拜哈同为义父，事果属实，揖唐行状，更不问可知了。

惟西南各省亦各分派别，滇、粤、桂三派组成军政府，阳若同盟，暗却互相疑忌。岑春煊系是桂系，资格最老，陆荣廷亦桂系中人，向为岑属，当与岑合谋。

江督李纯，屡次通信老岑，敦劝和议，就是徐总统亦密托要人说合岑、陆。岑、陆颇思取消自主拥戴北方，但粤派首领为民党中坚，不愿奉徐为中国总统，且经小徐设法离间，使他自排岑、陆，免得直派联络西南，厚植势力，于是西南各派被直、皖两派分头运动，也不禁起了私见，各自为谋。心志相离，事变即起。

驻粤滇军第六军军长李根源，由云南督军唐继尧派为建设会议代表，免除军长职务，所有驻粤、滇军，直隶督军管辖，并令禀承参谋部长李烈钧办理。时广东督军为莫荣新偏与唐继尧反对，电令滇军各师旅团长，仍归李根源统辖指挥。于是滇军各军官，一部分服从滇督命令，不属李根源，一部分服从粤督命令，仍留李根源为统帅。双方互起冲突，激成战衅，连日在韶州、始兴、英德、四会等处私斗不休。唐继尧接得战电，不由的愤怒起来，以为驻粤、滇军，应归滇督处分，莫荣新怎得无端干涉？当即通电西南海陆军将领，略谓："留粤、滇军问题，滇省务持慎重。兹据报莫荣新派兵四出，公然开衅，目无滇省，甘为戎首，继尧不能坐视两师滇军，受人侵夺，决取必要手段，特行通电声讨"云云。因派遣乃弟唐继虞为援粤总司令，率兵三师，由滇出发。陆荣廷特自广西出师，驻扎龙州，为莫声援。

旋经军政府总裁岑春煊等出与调和，方得停战。惟经此一番龃龉，滇、桂两派已经决裂。广东军政府中争潮日烈，政务总裁海军部长林葆怿提出辞职，政务总裁外交兼财政部长伍廷芳亦离粤赴香港，寻且移驻上海。在粤旧国会参议院议长林森、众议院议长吴景濂、副议长褚辅成与一部分议员，先后离粤，通电攻击政务总裁岑春煊，说他潜通北方，有背护法宗旨，特与他脱离关系，另择地点开会。尚有一部分议员仍留广州，照常办事，并另选主席，代理议长事务。军政府总裁岑春煊遂免去外交财政总长伍廷芳职衔，改任陈锦涛为财政部长，温宗尧为外交部长。且因伍廷芳离粤时，携去西南所收关税余款，未曾交清，军政府又派员向香港上海法庭实行起诉，一面咨照留粤议员，续举政务总裁，得熊克武、温宗尧、刘显世三人补充缺数。惟伍廷芳至沪后，与孙文、唐绍仪晤叙，主张另设军政府，屏斥岑、陆诸人，孙、唐也都赞成，再致电唐继尧询明意旨。继尧已与广州军政府反对，宁有不依的道理？随即复书允洽。廷芳遂与孙文、唐绍仪、唐继尧联名，通电声明道：

自政务总裁不足法定人数，而广州无政府。自参众两院同时他徙，而广州无国会。虽其残余之众，滥用名义，呼啸俦侣，然岂能掩尽天下耳目？即使极其诈术与暴力所至，亦终不出于两广，而两广人民之心理，初不因此而淹没。况云南、贵州、四川，固随靖国联军总司令为进止，闽南、湘南、湘西、鄂西、陕西各处护法区域，亦守义而勿渝。以理以势，皆明白若此，固知护法团体，决不因一二人之构乱而涣散也。

慨自政务会议成立以来，徒因地点在广，遂为一二人所把持；论兵则惟知拥兵自固，论和则惟知攘利分肥，以秘密济其私，以专横逞其欲，护法宗旨久已为所牺牲，犹且假护法之名，行害民之实。烟苗遍地，赌馆满街，吮人民之膏血，以饱骄兵悍将之愿。军行所至，淫掠焚杀，乡里为墟，非惟国法所不容，直人类所不齿。文等辱与同列，委屈周旋，冀得一当，而终于忍无可忍，夫岂得已？惟既受国民付托之重，自当同心戮力，扫除危难，贯彻主张，前已决议移设军府，绍仪当受任议和总代表之始，以人心厌乱，外患孔殷，为永久和平计，对北方提出和议八条，尤以宣布密约及声明军事协定自始无效为要。今继续任务，俟北方答复，相度进行，廷芳兼长外交财政，去粤之际，所余关款，妥为管理，以充正当用途。其未收者，亦当妥为交涉。文、继尧倡率将士，共济艰难，苟有利于国家，惟力是视，谨共同宣言：

自今以后，西南护法各省区仍属军政府之共同组织，对于北方继续言和，仍以上海为议和地点，由议和总代表准备开议。广州现在假托名义之机关，已自外于军政府，其一切命令之行动，及与北方私行接洽，并抵押借款，概属无效。所有西南盐余及关余各款，均应交于本军政府，移设未完备之前，一切事宜，委托议和总代表分别接洽办理，希北方接受此宣言以后，了然于西南所在，赓续和议。庶几国难敉平，大局早日解决。不胜厚望，惟我国人及友邦共鉴之！

发电以后，即由唐绍仪另行备函并宣言书缮录一份，送达北方总代表王揖唐。揖唐正因南方代表，不肯与议，愁闷无聊，既得唐绍仪正式公函，自应欢颜接受，复函道谢。哪知广东军政府，因孙文、唐绍仪、伍廷芳、唐继尧四人发表宣言，也即愤愤不平，即开政务会议，免去议和总代表唐绍仪，改派温宗尧继任，且电致北京，声明伍等所有宣言为无效。北京政府，接到此电，又即知照王揖唐，令他且停和议。王揖唐正兴高采烈，想与唐绍仪言和，偏又遭此打击，害得索然无味，真正闷极。但此尚不过王揖唐一人的心理，无足重轻。

看官试想南北纷争，频年不解，海内人民，哪一个不望和议早成，可以安闲度日？偏是越搅越坏，愈出愈奇。起初只有南北冲突，渐渐的北方分出两大派，一直一皖，互相暗斗，遂致北与北争；继又南方亦分出两大派，滇粤系为一党，桂系自为一党，也是与北方情形相似，争个你死我活，这真是何苦呢！还有四川境内，自周道刚为督军后，被师长刘存厚所扼，愤然去职，竟将位置让与存厚。存厚继任，又被师长熊克武等攻讦，退居绵州，成都由熊克武主持。克武得选为广东军政府政务总裁，却有意与岑、陆相连，反对云南唐继尧，就是滇军师长顾品珍亦为克武所要结，竟与唐继尧脱离关系，于是川滇相争，滇与滇又自相争，五花八门，层出不穷，只苦了各省的小百姓，流离荡析，靡所定居。大军阀战兴越豪，小百姓生涯越苦，革命革命，共和共和，最不料搅到这样地步哩。话分两头。

且说俄国劳农政府，自徙居莫斯科后，威力渐张，把俄国旧境压服了一大半。外交委员喀拉罕派人至中国外交部送交通牒，请正式恢复邦交，声明将从前俄罗斯帝国时代，在中国满洲及他处以侵略手段，取得的土地，一律放弃；并将中东铁路矿产林业权利及其他由俄帝国政府克伦斯基政府，与霍尔瓦特、谢米诺夫暨俄国军人律师资本家所取得各种特权；并俄商在中国内所设一切工厂、俄国官吏牧师委员等，不受中国法庭审判等特权，皆一律放弃，返还中国，不受何种报酬；并抛弃庚子赔款，勿以此款供前俄帝国驻京公使及驻各地领事云云。

外交部接着此牒，并呈入总统府及国务总理。徐、靳两人召集国务员等，开席会议，大众以旧失权利，忽得返还，正是绝大幸事，但协约国对俄情形，尚未一致，就是俄国劳农政府，亦未经各国公认，中国方与协约国同盟，不便骤允俄牒，单独订约。只好将来牒收下，暂不答复，另派特员北往，与来使同赴莫斯科，先觇劳农政府情形，审明虚实，一面探听协约国对俄态度，再行定议。嗣闻协约国各派代表到了丹麦，与劳农政府代表开议，因亦派驻丹代办公使曹云祥为代表，乘便交涉。曹代使复请详示办法，政府乃电示曹代使，令他将所定意见，转告俄国劳农政府的代表。略云：

> 中华民国对于俄国劳农政府前日提议将各种权利及租借地归还中国，以为承认莫斯科新政府之报酬，此种厚意，实感激异常。惟中国为协约国之一，所处地位，不能对俄为单独行动，如将来协约国能与俄恢复贸易与邦交，则中国政府对于俄政府此种之提议，自当尊崇。希望劳农政府善体此意，并希望即通令西伯利亚及沿海各省之官吏及委员，勿虐待中国人民及没收其财产，并令伊城及崴埠之劳农政府官吏，对于前日所没收中国商人之粮食及货物，以赈济西伯利亚之饥民，一律予以公平之赔偿，以增进中俄国民之友谊，是所至盼！

过了旬余，复接曹代使复电，谓已与劳农政府代表接洽，该代表已允斟酌办理，政府却也欣慰。这消息传到沪上，全国各界联合会等统皆喜跃异常。从前俄国雄据朔方，屡为我患，所失权利，不可胜计，此次俄国劳农政府，竟肯一律返还，岂非极大机会？当即电达政府，请速解决中俄问题，收回前此已失权利，机不可失，幸勿稽迟等语。徐总统尚在迟疑，将来电暂从搁置。既而海参崴高等委员李家鳌，报称："崴埠俄国代表威林斯基，不承认有俄国通牒送达中国，恐就中有欺诈等情"，政府得报，又不禁疑虑丛生，诸多瞻顾。偏沪上各界联合会，疑政府无端延宕，错过机宜，免不得大声指摘，历登报端，且云政府难恃，不得不自行交涉。风声传到京师，政府又恐他激起政潮，急忙通电各省，饬令查禁。电文如下：

查前次劳农政府通牒，虽有归还一切权利之宣言，惟旋据高等委员李家鳌电称："询据该政府代表威林斯基，此事恐有人以欺骗手段，施诸中国，危险莫甚。即使俄国人民确与中国有特别感情，然必须将来承认统一政府时，各派代表，修改条约，方为正当，想中国政府亦必酌量出之，弗为所愚"等语。是前通牒果否可凭，尚属问题。现在熟加考察，如果该政府实能代表全权，确有前项主张，在我自必迎机商榷，冀挽国权。该全国各界联合会等，不审内容，率尔表决承受，并有种种阴谋，实属谬妄。除已电饬杨交涉员，力与法领交涉，务令从速解散，并通行查禁外，希即饬属严密侦查，认真防范。遇有此类文件，并应注意扣留，以杜乱源，特此通告！

话虽如此，但西伯利亚所驻华军，亦已主张撤回，次第开拔，并向日本声明，从前中日军事协定，本为防德起见，并非防俄，现在德事已了，不必屯兵，所有俄日冲突事件，中国军队无与日军共同动作的义务，所以撤还。日人却也不加抗辩，自去对付俄人罢了。此外一切中西交涉，如对匈和约、对保和约、对土和约，中国既无甚关系，亦不能自出主张，但随着协约国方针共同签字。且因各国和议终了，多半添设使馆，外交部亦呈请增设墨西哥、古巴、瑞典、挪威、玻利维亚五国使馆，以便交通。旋经徐、靳两人酌定，特派专使驻扎墨西哥，并兼驻古巴。瑞典、挪威亦各派专使分驻，玻利维亚惟派员为一等秘书兼任代办。当下颁一指令，准此施行。

最可忧的是支出日繁，收入日短，平时费用不能不向外人借贷。英、美、法、日见中国屡次借款，特组织对华新银行团，正式成立，为监督中国财政的雏形。中政府不遑后顾，但管目前，随他如何进行，总叫借款有着，便好偷安旦夕，得过且过，债多不愁。偏湘省又闹出一场战衅，遂致干戈迭起，杀运复开。小子有诗叹道：

革命如何不革心？仇雠报复日相寻。

三湘七泽皆愁境，惟有漫天战雾侵。

欲知湘省开战的原因，容待下回续表。

子舆氏有言：“上下交征利，不夺不餍。”可见利之一字，实为启争之媒介。试观南北之战，其争点安在？曰惟为利故。南北之战未已，而直皖又互生冲突，其争点安在？曰惟为利故。南方合数省以抗北京，而滇桂又自启猜嫌，其争点安在？曰惟为利故。甚矣哉利之误人，一至于此！无怪先贤之再三诰诫也。彼俄国劳农政府之赍交通牒，愿返还旧政府所得之权利，诚足令人生疑，中国军阀家，方野心勃勃，自争私利之不遑，彼俄人乃肯举其所得而弃之，谓非一大异事乎？然俄人岂真甘心丧利，欲取姑与之谋，亦中国所不可不防也。

第一百一十五回

张敬尧弃城褫职 吴佩孚临席摅词

此回仍写军阀之争，却主要是斗智而非斗勇。守长沙的吴佩孚撤兵北返，在保定搞出一个『保定会议』，推曹锟为首，还鼓动张作霖参与，不过是要搞倒段祺瑞。

却说张敬尧督湘以后，一切举措，多违人意。湘省为南北中枢，居民颇倾向南方，不愿附北，再加张敬尧自作威福，为众所讥，所以湘人竟欲驱张。就是湘中绅宦熊希龄亦尝通电示意，不满敬尧。敬尧却恃有段派的奥援，安然坐镇，居湘三年，无人摇动。只第三师长吴佩孚，久戍湘南，郁郁居此，为敬尧做一南门守吏，殊不值得；且士卒亦屡有归志，此时不当，尚待何时？当下电告曹锟，请他代达中央，准使撤防北返。偏政府因南北和议未曾告成，碍难照准，遂致吴氏志不得伸，闷上加闷，嗣是与敬尧常有龃龉，且对着段派行为，时相攻击，种种言动，无非为撤防计划。敬尧也忍耐不住，密电政府，保荐张景惠、张宗昌、田树勋三人，择一至湘，接办湘南防务，准吴北返。政府不肯依从，反屡电曹锟，转慰第三师，叫他耐心戍守，借固湘防。

看官！你想这志大言大的吴佩孚，遭着两次打击，还肯低首下心，容忍过去吗？过了数日，即由湘南传出一篇电文，声言张敬尧罪状，力图撵逐，署名共有数军，第三师亦灿然列着。敬尧偶阅报纸，得见此电，且忿且惧，自知兵略不及佩孚，湘南一带亏他守着，故得安安稳稳的过了三年，倘若吴氏撤回，南军必乘隙进攻，转使自己为难，乃急电中央，取消吴氏撤防的原议。略谓："佩孚在湘，地方赖以安，所有湖南各团体，俱不愿他撤防，恳请政府下令慰留"云云。政府本不愿吴氏撤回，因复电致曹锟，代阻吴军北返。吴与张既不两立，恨不即日北还，乃复电政府，仍请曹锟转达，措词极为恳切，内称："湘鄂一役，几经剧战，各将士出死入生，伤亡的原宜悯恤，劳瘁的亦须慰安。迭据各旅长等呈请，或患咯血，或患湿疾，悲惨情状，目不忍睹。今戍期已久，日望北旋，大有急不能待的状态。断非空言抚慰，所能遏止"等语。政府接着复电，不得已想一变通办法，准令驻湘吴军，三成中先撤退一成，以后陆续撤还。吴佩孚又不谓然，以为全部调回与一部调回，范围虽有广狭，但总须由他军接防，何必多费如许手续，遂再电达中央，说是："戍卒疲苦，万难再事滞留，准予全部撤回，以慰众望。"中央尚不欲遽准，复电曹锟，转饬阻止。哪知吴佩孚已决意撤防，竟不待曹锟后命，便已报明开拔日期，全营北返了。湘南商民，颇欲竭诚挽留，终归无效。

佩孚先遣参谋王伯相北上，料理驻兵地点，旋经伯相复电，谓旧有营房，早被边防军占据了去。佩孚不禁大愤，立电曹锟，促令退让，一面起程言旋。惟段仇视吴佩孚，说他自由行动，目无中央，因责成内阁总理靳云鹏严加黜罚。靳、吴有师生关系，免不得隐袒吴氏，且自己虽为段派中人，与小徐独不相协。小徐出阁后，攫得外蒙归附的功劳，报知老段，老段益加宠爱，尝语靳云鹏道："树铮眼光，究竟比尔远大，尔勿谓我受制又铮，要想与他为难，须知我让他出一风头，实为储养人才起见，我看现在人物，无过树铮，能使他做成一个伟人，也不枉我一番提拔了。"云鹏听了，越加怏怏，从此与老段也觉有嫌。再加徐总统引用靳氏，寓有深心，前文已经说过，谅看官当已接洽。徐、靳两人，合成一派，本想统一南北，连合南方人士，抑制段系，偏是和议不成，南方亦自相水火，因此靳氏另欲结合吴佩孚，树作外援。惟段祺瑞资格最老，俨然一太上总统，不但靳氏有所动作，必须报告，就是老徐做事，亦必向府学胡同请教。府学胡同系是段祺瑞住宅，总统府中秘书吴笈孙，逐日往返，亦跑得很不高兴，常有怨言，彼徐、靳两人，怎能不心存芥蒂呢？

自吴佩孚撤防北返，段派归责靳云鹏，云鹏乃拟托疾辞职，先去谒见段祺瑞，但云病魔缠扰，不能办事。祺瑞冷笑道："果属有疾，暂时休养，亦无不可，惟不能谓被挤辞职，怨及他人。"云鹏碰了一鼻子灰，即起身别去。翌日提出辞职书，投入总统府。徐总统方藉靳为助，怎肯批准，只令给假十日，暂委海军总长萨镇冰代理。才阅数日，便接湘中督耗，乃是南方谭延闿军队趁着吴佩孚撤防，攻入湘境，连破耒阳、祁阳、安仁防线，占去衡山、衡阳、宝庆等县。湘督张敬尧不能抵御，飞使乞援，靳总理方在假中，萨镇冰虽然代理，终究是五日京兆，乐得推诿。徐总统本不愿张敬尧督湘，只因段派一力助张，没奈何令他久任，此次敬尧败报到了京都，约略一瞧，便令送往府学胡同，听候老段解决。段祺瑞当然袒张，拟急派本系中的吴光新，率部援湘，复议陈入，徐总统又迟延了两天。那张敬尧实是无用，节节败退，如湘乡、湘潭、郴州等地方均先后失守，甚至南军进逼长沙，敬尧又不能固守，竟把长沙让去，出走岳州。

看官阅过上文，应知从前北军南下，费了无数气力，才得收复长沙，逐走谭延闿，张敬尧乘便入境，攫得湘督一席，全靠吴佩孚替他守门，他始享受了三年的民脂民膏。及吴氏一去，谭延闿乘机报复，他竟不堪一战，又不能久守，如此阘茸人物，尚算得是段氏门下的健将，段氏的用人智识也可见一斑了。张敬尧即退往岳州，不得已据实呈报，徐总统便即下令褫夺张敬尧职衔，令云：

> 迭据湖南督军兼省长张敬尧等电呈："谭延闿所部，乘直军换防之际，先后侵占耒阳、祁阳、安仁防线，并攻陷衡山、衡阳、宝庆等县，遂由湘乡、湘潭直逼省城，犹复进攻不已，我军不得已退出长沙"等语。查自七年十月停战和议以来，湘省防线，曾经划定，本极分明，久为中外所共见。此次谭延闿等乘机构衅，迭陷城邑，蓄谋破坏，事实昭然。该督军有守土之责，自应力营防守，以固湘局，何得节节退缩，置原划防区于不顾？又复擅离省垣，实属咎有应得。张敬尧着即褫去本兼各职，暂行留任，仍责成督饬所有在湘各军队，迅速规复原防。倘再不知奋勉，贻误地方，张敬尧不能当此重咎也。此令。

这令既下，再特派王占元为两湖巡阅使，吴光新为湖南检阅使，令他会同援湘，收复重镇。偏南军得步进步，煞是厉害，谭延闿尚是书生本色，稍谙军略，未娴戎马，独赵恒惕为南方健将，领兵逐张，横厉无前，既得占据长沙，又乘胜进攻岳州。丧师失地的张敬尧，中央方责他奋勉，不意他越加畏缩，一闻南军进迫，仍旧照着老法儿，逃之夭夭，岳州剩了一座空城，自然被赵恒惕军占去。敬尧遁入湖北，借寓鄂省嘉鱼县中，再将败状入报。于是徐总统又复下令道：

> 据暂行留任湖南督军张敬尧电呈："南军进攻不已，退出岳州，暂至嘉鱼收集候令"等语。张敬尧前经弃瑕留任，原冀其效力自赎，乃复退出湘境，实属咎无可逭。张敬尧着毋庸留任，所部军队，即刻交由两湖巡阅使王占元接管，切实考核整理。张敬尧于交卸后，迅速来京，听候查办。此令。

查办查办，也不过徒有虚名，张敬尧仍羁居湖北，并未赴京。惟吴光新得超任湖南督军兼署省长，接管张敬尧后任，去了一个段派，复来了一个段派，仍然是换汤不换药。吴光新的战略，亦非真胜过敬尧，岳州长沙，怎能骤然规复？就是驻湘的北方军队，亦陆续退出湘省，只湘西一部，尚有第十六师混成旅据守，后来益阳、沅江复被南军袭入，混成旅长冯玉祥，保守不住，也由常桃退至鄂境。湖南全省，统为南军所有了。

第三师师长吴佩孚撤退北返，令部众暂驻洛阳，自往保定谒见曹锟，晤谈了好几次，议出了一个大题目来。看官道是什么问题？原来叫做保定会议。这会议的题目，名为曹锟主席，实是吴佩孚一人主张，曹锟并没有什么能耐，不过倚老卖老，总不能不推他出头。曹锟的身世履历，从前未曾说叙，正应就此补述大略。

曹锟籍隶天津，表字仲珊，乡人因他排行第三，呼为曹三爷，略迹已见前文。他家本来单寒，旧业贩布，素性椎鲁，但嗜酒色。相传曹锟贩布时，每得余利，即往换酒，既醉，又踯躅街头，遇有乡村间少年妇女，不论妍媸，均与调笑。往往有狡童随着，伺隙窃取钱布等物，曹虽酒醒，亦不与多较。或劝他自加谨护，曹反笑语道："若辈不过贪我微利，我所失甚微，快意处正自不少，随他去吧。"为了这番言语，遂博得一个曹三傻子诨名。既而舍贩卖业，投入军伍，庸人多厚福，竟得袁项城赏识，说他朴诚忠实，为可用才。嗣是年年超擢，得领偏师。洪宪时代，曹锟已为第三师长，奉袁令往攻云南。锟逗留汉皋，日拥名妓花宝宝，从温柔乡里耽寻幸福，并不闻陷阵摧锋，袁氏终至失败。及征湘一役，亏得吴佩孚替他效力，充作前驱，才得一往无前，马到成功，他却大唱凯歌，回任四省经略使。好在他亦粗知好歹，识得吴佩孚是健儿身手，好作护符，所以竭诚优待，言听计从。

此番吴氏北返，独倡保定会议，无非欲崭露头角，力与段派抗衡，只因名目上不便发表，但借追悼将士的虚词，号召各省区师旅长官会集保定。各军官应召到来，先有八省联盟代表，开一谈话会，议定办法三条：(一)拥护靳内阁，不反对段合肥。(二)是各省防军一律撤回原防地，惟南军暂从例外。(三)宣布安福系罪状，通电政府，请求解散安福部。越日，复于八省外加入五省成为十三省同盟。总计长江流域七省，除出湖南，黄河流域六省，加入新疆，统已有军阀联合，与吴佩孚通同声气。孚威将军的势力确是不弱。只京保间谣诼纷纭，安福派更加惊惶，索性造出种种流言，散布京华。徐总统得此谣传，也不禁心下大疑，默思直、皖两派愈争愈烈，一旦政变发生，与自己大为不利，不如预先浼一调人，从中和解，或得消融恶感，免致变生不测。

此时除直、皖两派外，要算东三省巡阅使张作霖雄长三边，好配与直、皖首领扳谈，因此发一密电，敦促张雨帅入京，调停时局。张雨帅眼光奕奕，常思染指中原，扩张势力，既得老徐密电，正好乘机展足，作作生芒。就中尚有一段隐情，乃是复辟祸魁张辫帅屡向雨帅请求，托他代为斡旋，恢复原状；雨帅也为心动，意欲进京密保，俾洗前愆。为了两种奢望，遂毅然受命，乘车入都，一进都门即往总统府报到。徐总统当然接见，与谈直、皖两派冲突情形。张作霖不待说毕，便已自任调人，毫不推辞。惟言下已谈及张少轩，替他解释数语。徐总统支吾对付，无非说是直、皖解决，总可替少轩帮忙。于是张雨帅欣然辞出，立赴保定。

曹锟闻雨帅远来，派员出迎，迨彼此相见，握手道故，两下里各表殷勤，时已傍晚。曹锟特设盛筵，为张洗尘，陪客就是吴佩孚及各省区代表等人。席间由张作霖提议，劝从和平办法。曹锟对答数语，尚是模棱两可的话头，独佩孚挺身起座道："佩孚并未尝硬要争战，不尚和平，但现在国事蜩螗，人心震动，外交失败，内政不修，正是岌岌可危的时候，乃一班安福派中人物，还是醉生梦死，媚外误国，但图一已私利，不顾全国舆论，抵押国土，丧失国权，引狼入室，为虎作伥，同是圆颅方趾的黄、农遗裔，奈保全无心肝，搅到这般地步？试想国已垂亡，家将曷寄？皮且不存，毛将焉附？存亡危急，关系呼吸。我等身为军人，食国家俸禄，当为国家干城，部下子弟，虽不敢谓久经训练，有勇知方，惟大义所在，却是奋不顾身，力捍社稷，岳州、长沙，往事可证。无论何党何派，如不知爱国，专尚阴谋，就使佩孚知守军人不干政的名义，不愿过问，窃恐部下义愤填胸，并力除奸，一时也无从禁止呢。"

作霖听着，徐徐答道："吴师长亦太觉性急，事可磋商，何必暴动兵戈，害及生灵。"曹锟亦劝佩孚坐下，从容论议。佩孚乃复还座，且饮且谈。再经作霖劝解一番，佩孚终未惬意。到了酒阑席散，复由曹、张两人与各省代表商决调停办法，一是挽留靳总理，二是内阁局部改组，三是撤换王揖唐议和总代表。四、五两条是安插边防军，与对付西南军。张作霖尚欲有言，佩孚复从旁截止道："照这办法，仍属迂缓，如何能永息政争？譬如剜肉补疮，有何益处？愚见谓不从根本解决，终非良策。"作霖道："如何叫做根本解决？"佩孚道："不解散安福部，不撤换王揖唐，不罢免徐树铮，事终难了。佩孚亦誓不承认呢。"作霖道："王揖唐已拟撤换，余两条尚须酌议。”佩孚奋然道：“段合肥的劣迹，惟误信安福部，安福部的党魁，就是一徐树铮。小徐不去，就使解散安福部，也似斩草不除根，一刹那间，仍然是滋蔓难图了。”作霖见他执拗难言，默然不答。曹锟乃插入道：“夜已深了，且待明日再议吧！”佩孚等因即告退。张作霖便在曹经略使署中，留宿一宵。正是：

乱世难为和事佬，客乡姑作梦中人。

一宵易过，旭日又升，欲知次日续议情形，且至下回再表。

长沙一捷，吴佩孚始露锋芒；长沙一失，吴佩孚尤关重要。盖吴佩孚镇湘三年，而南军不能动其毫末，一旦撤防北返，即为南军所攻入。昂然自大之张敬尧，节节败退，举长沙、岳州而尽弃之，何勇怯之不同如此乎？然正惟由张敬尧之无用，而吴佩孚之自信也渐深，即其蔑视段派之观念，亦因此渐进。保定会议，全然为倒段计。雨帅远来，曹氏接风，吴佩孚以陪座之主人，独挺身起座，大放厥辞，饶有王景略侃侃而谈之概，彼时之孚威将军固已目无全虏矣。然张之忌吴，未始不因此伏案也。

第一百一十六回

罢小徐直皖开战衅　顾大局江浙庆和平

『保定会议』决出议案，是要把小徐徐树铮除去，这也正合老徐徐世昌的心意。段祺瑞哪肯罢休，调兵遣将，战云骤起。南方也有战事，也有好心的督军如李纯肯于考虑人民。

却说张作霖下榻一宵，越宿起来，已近巳牌，盥洗以后，吃过早点，时将晌午，尚未见曹锟出来。作霖料他有烟霞癖，耐心守候，直至钟鸣十二下，午膳已进，方见曹老三入门陪客，肴馔等依然丰盛。彼此分宾主坐定，小饮谈心。作霖先说及吴佩孚态度未免过刚，渐渐的谈到张辫帅，谓："帝制罪魁，事过即忘，近或仍作显官，何必苛待张勋。"曹锟与张勋本无恶感，乐得随口赞成。其实张勋遁居荷兰使馆，靠着徐州会议的约文，抵抗冯、徐。冯、徐恐他漏泄机缄，先后未曾过问，所以张辫帅仍得行动自由，逍遥法外。不过他旧有权利，已经丧尽，单靠着从前积蓄，取来使用，断难久持。因此急奔投路，请托张雨帅设法转圜。或谓："从前两张，曾有婚媾预约。"或谓："张勋尝輂巨金出关，为贿托计。"小子依同姓不婚的故例，似乎婚媾一层，未足凭信；即如輂金一节，亦未曾亲眼相见，不便妄断。只张作霖回护张勋，乃是确事，就中总有一线情谊，奔结而来。自曹老三赞同张议，作霖却也欣然，所有谈论，愈觉投机。

待午餐已毕，吴佩孚及各省代表陆续趋集，再行会议。讨论了若干时，才议定办法六条：(一)是留靳云鹏继任总理，撤换财政总长李思浩、交通总长曾毓隽、司法总长朱深。(二)是撤换议和总代表王揖唐。(三)是湘事由和会解决。(四)是和会不能解决各条件，应另开国民大会，公同解决。(五)是边防西北军与南方军队，并及各省兵额，同时裁减。（六）是开复张勋原官。吴佩孚瞧这六条办法，尚未满意。谓必须罢免徐树铮。作霖道："待我入京返报，可将小徐罢去，自然最好了。"当下议决散会。作霖复勾留一宵，至次日辞别回京。看官阅此，应不能无疑：孚威将军吴佩孚，肯容张勋，何故不容徐树铮？哪知吴佩孚的心理，但主倒段，小徐为段氏第一腹心，绰号为小扇子，所以必欲罢免；若张勋与段氏明系仇雠，何妨令复原官，多一个段家敌手。故张勋开复原官一条，吴氏并无异议。

张作霖既经返京，即将议定办法六条，面呈徐总统。徐总统阅毕，便语作霖道："翼青定要辞职，我已于昨日批准了。财政、交通、司法三总长当然连带辞职，可无庸议。此外数条我却不便做主，须要先通知段合肥，俟他认可，方得照办。"作霖也知老徐难办，因即应声道："且去与段氏一商何如？徐总统道："别人无可差委，仍烦台驾一行。"作霖又慨然承认，起身即去。段祺瑞方出驻团河，由作霖前去晤谈，先说了许多和平的套话，然后将议案取阅。段祺瑞瞧了一周，不由得懊恼起来，再经作霖委婉陈词道："据吴佩孚意见，定要解散安福部，撤换王揖唐，罢免徐树铮，作霖亦曾劝解数次，终不得吴氏退步。公为大局起见，何必与后生小子争此异点。否则作霖想做调人，看来是徒费跋涉，不能挽回了。"祺瑞作色道："吴佩孚不过一个师长，却这般恃势欺人，他若不服，尽可与我兵戎相见，我也未尝怕他呢。"

作霖听了此言，说不下去，只好返报老徐。老徐再要他曲为周旋，作霖也出于无奈，再往与段氏婉商。偏段氏态度强硬，一些儿不肯转风，累得张雨帅奔走数次，毫无效果，乃向徐总统前告别返奉。老徐又苦苦挽留，坚嘱作霖设策调停。作霖乃再诣保定，劝曹、吴略示通融。吴佩孚勃然道："不解散安福部，不撤换王揖唐，事尚可以通融，惟不罢免小徐，誓不承认。"曹锟亦说道："老段声名，统被小徐败坏，难道尚不自知吗？"作霖见两人言论，与段氏大相反对，遂续述段氏前语，不惮一战。佩孚更朗声道："段氏既云兵戎相见，想无非靠着东邻的奥援，恫吓同胞，我辈乃堂堂中国男儿，愿率土著虎贲三千人，鹄候疆埸，若稍涉慌张，便不成为直派健儿了。"作霖长叹道："我原是多此一行。"曹锟便即插口道："公以为谁曲谁直？"作霖道："我亦知曲在老段，但我为总统所迫，不得已冒暑驰驱，现双方同主极端，无法调和，我只好复命中央，指日出关了。"曹锟又道："事若决裂，还须请公帮忙。"作霖点首道："决裂就在目前，愿公等尽力指麾，待得一胜，那时再需我老张说和，也未可知，我就此告辞了。"曹锟复把臂挽留，作霖不肯，且笑语道："我已做了嫌疑犯，还要留我做甚？彼此相印在心，不宜多露形迹呢。"说毕，匆匆告辞，返京复命。

徐总统具悉情形，复与作霖密商多时，方才定计。越两日，即由京城新闻纸上，载出徐树铮六大罪状，略述如下：

(一)祸国殃民。(二)卖国媚外。(三)把持政柄。(四)破坏统一。(五)以下杀上。(六)以奴欺主。

文末署名，为首的系是曹锟，第二人就是张作霖，殿军乃是江苏督军李纯。又越日，由徐总统发出三道命令，胪列下方：

(一)特任徐树铮为远威将军。

(二)徐树铮现经任为远威将军，应即开去筹边使，留京供职。西北筹边使，著李垣暂行护理。

(三)西北边防总司令一缺，着即裁撤，其所辖军队，由陆军部接收办理。

看官听说，当时徐树铮久住库伦，对着南北用兵，本常注意，既闻湘省失守，正拟密调西北军，分道援湘，但究因相隔太远，鞭长莫及，且恐直军中梗，急切不能通过，未免踌躇，忽又得辽东电报，乃是张作霖应召入都，愿做调人，他亦预料一着，只防直、奉两派相连，压迫皖系，于是不待中央命令，星夜南回，驰入都门，运动雨帅，愿以巨金为寿。并云："事平以后，定当拥张为副总统。"作霖前次为小徐所给，怎肯再为所欺？因此拒绝不答。树铮见运动无效，复怂恿东邻，阻止奉军入关，一面唆使东三省胡匪，扰乱治安，袭击作霖根据地。不料事机未密，所遣密使，竟被奉军查获，报知作霖。作霖当然大愤，即电告曹锟、李纯，联名痛斥小徐。曹锟正乞奉张为助，巴不得有此一举。李纯亦素恨段派，与曹锟不谋而合，同日复电，并表同情。作霖便发表声讨小徐的电文，并向总统府献议，请罢免徐树铮，撤销西北边防军。

徐总统尚欲保全皖系面子，但调小徐为远威将军，并闻小徐已经来京，仍有留京供职的明文。惟将小徐的兵权，一律撤尽。小徐不禁着忙，急赴团河见段合肥，涕泣陈词道："树铮承督办谬爱，借款练兵，效力戎行，今总统误信二三奸人，免树铮职，是明明欲将我皖系排去，排去皖系，就是排去督办，树铮一身不足惜，恐督办亦将不免了。"

段祺瑞被他一激，禁不住怒气上冲，投袂起座道："我与东海交好，差不多有数十年，彼时改选总统，我愿与河间同时下野，好好把元首位置让与了他，哪知他年老昏聩，竟出此非法举动，彼既不念旧情，老夫何必多顾，就同他算账便了。"说至此，即出门上车，一口气驱入京都，径至总统府中，见了老徐，说了几句冷嘲热讽的话儿，面目上含着怒容，更觉令人可怖。徐总统从容答道："老大哥何必这般愤怒？树铮筹边使，本与筹边督办一事两歧，犯那重床叠屋的嫌疑；今将树铮调任，无非掩人耳目，暂塞众谤，一俟物议少平，便当另予位置，目前暂令屈居将军府，闲散一二月，想亦无妨。"

老段闻言，怒仍未解，且反唇相讥道："曹锟、吴佩孚，拥兵自恣，何勿罢免？乃必罢徐树铮。"徐总统复道："曹、吴两人，克复长沙，镇守湘南，全国舆论，一致推崇，若将他无故罢免，必致舆情反对，说我赏罚不明。况有功加罚，将来如何用人？难道曹、吴等果肯忍受，不致反动吗？"老段见话不投机，悻悻起座道："总统必欲宠任曹、吴，尽管宠任，休要后悔！"说着，拂袖自去。老徐送了几步，见老段全不回头，只好叹息而返。

段祺瑞既出总统府，复回至团河，与小徐商决发兵，即由小徐带了卫队，入逼公府，迫令罢斥曹、吴，一面调动边防军第一第三第九各师，用段芝贵为总司令，向保定进发，与曹、吴一决雌雄。京、保一带，战云骤起。张作霖闻报，匆匆回奉，也去调兵入关，援应曹、吴。可怜京城内外的百姓，纷纷迁避，一夕数惊，这岂不是殃及池鱼，无辜遭害吗？

京中方扰攘不安，东南亦几生战事，险些儿亦饱受虚惊，说将起来，也是与直、皖两派互生关系。江苏督军李纯原是直派，署浙江督军卢永祥乃是皖派，永祥本为淞沪护军使，自调署浙督后，仍念念不忘淞沪，但淞沪系江苏辖境，李纯欲收为已有，独永祥谓旧有护军使一职，不归江苏节制，应仍划出区域，由自己兼管。这问题互相抵触，争论不休。吴淞司令荣道一与李、卢二督俱有师生情谊，特出为调停，渐得两方谅解，共保旅长何丰林充任。事早就绪，不意中央忽下一明令，特任卢永祥为浙江督军，裁撤淞沪护军使，改设淞沪镇守使，即命何丰林调任。何丰林虽系李督门徒，但得此护军使一席，全然由卢督帮护，一力造成，若叫他改任镇守使，是要归江苏节制，不但官职上显有升降，就是卢、何两人联络的作用，亦尽付东流，何丰林原不甘受屈，卢永祥亦岂肯干休？当下由永祥授意丰林，令丰林代发通电道：

> 恭读大总统命令，特授卢永祥为浙江督军，淞沪护军使着即裁撤，改设镇守使，调任何丰林为淞沪镇守使，此令等因。当此南北争持之际，国是未定，人心未定，政府失其重心，大局日趋危险，淞沪地方重要，未便骤事更张，除电呈大总统外，现仍以卢永祥兼任淞沪护军使名义，由丰林代行，维持现状。谨此电闻，即请

查照为荷。

何丰林复自发一电，转向中央辞职，文云：

大总统国务院参陆部钧鉴：恭读大总统令，淞沪护军使一缺，着即裁撤，改设淞沪镇守使，调任何丰林为淞沪镇守使此令等因。奉令之下，惶悚莫名。伏念淞沪地方重要，绾毂东南，自民国四年裁并上海、松江两镇守使，特设护军使一职，直隶中央，当时设官分职，用意至为深远。数年以来，迭经事变，用能本其职权，随机应付。至去岁卢督调任后，学潮震荡，工商辍业，人心摇动，闾里虚惊，丰林一秉成规，幸免意外。现方南北相持，大局未定，忽奉明令，改设镇守使，职权骤缩，地方既难维持，事机尤多贻误，对内对外，咸属非宜。丰林奉职无状，知难胜任，惟国家官制，必须因地制宜，不能因人而设。惟有退让贤路，仰恳大总统准予免去淞沪镇守使一职，以重旧制而维大局，不胜屏营待命之至。

两电既发，复嘱第四师第十师全体军官，拍电到京，吁请收回成命，并任何丰林为淞沪护军使。京中方为了直、皖决裂，两下里备战汹汹，连徐总统俱吉凶未卜，尚有何心顾及东南？一时未及答复，何丰林越疑到李纯身上，以为中央命令，定是李督嗾使出来，彼乘直、皖交争的时候，要想收回淞沪，扩充地盘，所以有此一举，遂不待探明确信，即电致李督一书，语多愤懑，并有解铃系铃、全在吾师等语。一面商令吴淞司令荣道一亦拍电诘问李纯，内有："同人等群相诘责，无词应付，私心揣测，亦难索解，非中央欺吾师，即吾师欺学生"云云。当由李纯电复何丰林，略谓："中央命令，如果由兄指使，兄无颜见弟，无颜为人。"语本明白痛快，偏何丰林尚未肯信，联同浙督卢永祥暗地戒严，密为防御。

天下本无事，庸人自扰之，浙沪各军既四处分布，如临大敌，免不得谣言百出，传入江苏。李纯也不得不疑，并因直、皖纷争愈竞愈烈，恐沪军亦趁势袭击江苏，为此先事预防，特派兵分布苏州、昆山一带，并掘毁黄渡至陆家浜一带铁道，阻截沪军。何丰林闻沪宁铁路被苏军拆断，越觉师出有名，遂也派军直上，与苏军相犄角。彼此列阵相持，摩拳擦掌，专待厮杀。只江苏一班士绅，已吓得心惊胆裂，慌忙奔走号召，结合各界团体，呼吁和平。再加外交团保护侨民，力为调解，电文络绎，送达江浙。李纯本无心开战，对着南北纷争，尚日日把和平二字，挂诸齿颊，怎有江、浙毗连反致轻自开衅？若卢、何二人目的但在淞沪，得能将淞沪一方，仍归掌握，此外自无他望。结果是李督让步，卢、何罢休，总算双方订约，江苏不侵淞沪，淞沪也不犯江苏，撤退兵备，易战为和。江浙人民，幸得苟安。后来中央亦收回成命，特任何丰林为淞沪护军使，这还是李督军爱惜苍生的厚惠。小子有诗咏道：

绾领军符贵保邦，如何仗戟自相撞？

罢兵独为宁人计，赢得仁声满大江。

东南幸不鏖兵，北京难免战祸，欲知谁胜谁负，且至下回叙明。

民国战争，无一非为私利而起，南北之战，公乎私乎？顾南方犹得以护法为借口。若直皖之战，全为私利起见，小徐之欲扩张安福部势力，私也；即吴佩孚之反对小徐，不惜一战，亦安得谓为非私？一则挑拨段氏，一则煽动曹使，各求逞志而已，与国家之凋敝，民生之痛苦，固视若无睹焉。张雨帅亦好动不好静，本以调人自居，反致激成战祸，是岂不可以已乎？若淞沪护军使一职，贻祸者为袁项城，袁因郑汝成有功于己，特划淞沪一隅，俾郑自主。而郑竟死于非命。及卢何之与李纯龃龉，几至宣战，微李纯之顾全东南大局，甘心让步，江浙人民，宁有幸乎？国民苦兵革久矣，好战者民之贼也，主和者民之望也，观乎江浙之言和，安得不感念夫李督军？

第一百一十七回

吴司令计败段芝贵 王督军诱执吴光新

此回续写直、皖战争，大家一边打着嘴仗——发一通电文；一边打着兵仗——也不过窝里斗的起哄。谁胜谁负都不重要，遭殃的是人民，快慰的是列强。

却说徐树铮带领卫队，直入京师，将演逼宫故事，一面至将军府，强迫各员，联衔进呈，请即褫夺曹锟、曹锳、吴佩孚官职，下令拿办。曹锳为曹锟第七弟，曾任近畿旅长，故小徐亦列入弹章，并推段祺瑞领衔，呈入总统府，大有咄咄逼人的气势。徐总统不便遽从，延搁一宵，未曾批准。那小徐确是厉害，竟率卫队围住公府，硬要老徐惩办曹、吴，否则即不认老徐为总统。徐总统无奈，只好下一指令道：

> 前以驻湘直军，疲师久戍，屡次吁请撤防，当经电饬撤回直省，以示体恤。乃该军行抵豫境，逗留多日，并自行散驻各处，实属异常荒谬。吴佩孚统辖军队，具有责成，似此措置乖方，殊难辞咎，着即开去第三师师长署职，并褫夺陆军中将原官，暨所得勋位勋章，交陆军部依法惩办。其第三师原系中央直辖军队，应由部接收，切实整顿。曹锟督率无方，应褫职留任，以观后效。军人以服从为天职，中央所以指挥将帅者，即将帅所以控制戎行。近年纲纪不张，各军事长官，往往遇事辄托便宜，以致军习日漓，规律因之颓弛。嗣后各路军队，务当恪遵中央命令，切实奉行，不得再有违玩，着陆军部通令遵照。此令。

看官！你想这道命令，曹、吴两人尚肯听受吗？当下由曹锟出面，联同东三省巡阅使张作霖，长江三督军李纯、王占元、陈光远等，发一通电，具论老段及小徐罪状，大略如下：

自安福部结党营私，把持政柄，挟其国会多数之势力，左右政局，而阴谋作用，辄与民意相反，实为祸国之媒，浸成舆论之敌。其尤影响国事者，政争所及，牵动阁潮，以致中枢更迭不定，庶政未由进行。甚至党派之后，武力为援，政治中心，益形杌陧。试察其行动之机，则发纵而指使者，多系徐树铮等主持，恣睢专横，事实昭然。元首明烛破奸，于是下令开去徐树铮筹边使之职，解其兵权，筹纾党祸，并因靳揆辞职，提出周少朴氏，方期从容组阁，以文治之精神，奠邦基于永固。讵倏传惊耗，变出非常，合肥方面，以段芝贵为总司令，派边防军，直趋保定，宣言与直军宣战，并计定攻苏攻鄂，攻豫攻赣，强迫元首，下令讨伐。近日元首已被其监视，举动均失其自由，假借弄权，惟出自一二奸人之手。此时政本已摇，发号施令，无非倒行逆施之举，似此专横谬妄，实为全国之公敌。夫元首有任免官吏之权，乃因免一徐树铮，彼竟敢遽行反抗，诉诸武力。以直军而论，自湘南久戍，奉准撤防，无非藉资休整，备国家御侮之用，既无轨外之行动，有何讨伐之可言？讵合肥欲施其一网打尽之计，是以有触即发，为徐树铮之故，为安福部之故，乃不惜包围元首，直接与曹锟等宣战，总施攻击。锟等素以和平为职志，对此衅起萧墙，无术挽救，迫不得已，惟有秣马厉兵，共伸义愤。纾元首之坐困，拯大局于濒危。扫彼妖氛，以靖国难。特此电闻。

通电宣传，全国鼎沸。再加张作霖回到奉天，立即派遣重兵入山海关，也有一篇宣言书，说是："作霖奉令入都，冒暑远征，冀作调人，乃我屡垂涕而道，人偏充耳勿闻。现闻京畿重地，将作战场，根本动摇，国何由立？且京奉铁路关系条约，若有疏虞，定生枝节。用是派兵入关，扶危定乱。如有与我一致，愿即引为同袍，否则视为公敌"等语。这是张雨帅独自出名，与上文联衔发电的文章，又似情迹不同，未尝指明讨段。其实乃是聪明办法，留一后来余地，看官莫要被他瞒过呢。

曹锟得知奉军入关的消息，料知他前来援应，遂放胆出师，亲赴天津，当场行誓众礼，派吴佩孚为总司令，号各军为讨贼军，即就天津设大本营，高碑店设司令部，一意与段军对敌。段军分四路进兵，第一路统领刘询，第二路统领曲同丰，第三路统领陈文运，第四路统领魏宗瀚，均归总司令段芝贵调度，总参谋就是徐树铮。七月十四日，两军相距，不过数里，刁斗相闻，兵刃已接，眼见是战云四布，无法打消了。总统府中尚发出通令云：

民国肇造，于兹九年，兵祸侵寻，小民苦于锋镝，流离琐尾，百业凋残，群情皇皇，几有儳焉不可终日之势。本大总统就任之始，有鉴于世界大势，力主和平，比岁以来，兵戈暂戢，工贾商旅，差得一息之安，犹以统一未即观成，生业不能全复。今岁江浙诸省，水潦为灾，近畿一带，雨泽稀少，粮食腾踊，讹言明兴，眷言民艰，忧心如捣。乃各路军队，近因种种误会，致有移调情事，兵车所至，村里惊心，饥馑之余，何堪师旅？本大总统德薄能鲜，膺国民付托之重，惟知爱护国家，保乂人民，对于各统兵将帅，皆视若子弟，倚若腹心，不能不剀切申诫。自此次明令之后，所有各路军队，均应恪遵命令，一律退驻原防，戮力同心，共维大局，以副本大总统保惠黎元之至意。此令。

军阀相争，势不两立，还管什么大总统命令？大总统要他撤防，他却即日开战，冬冬的鼓声，啪啪的枪声，就在琉璃河附近一带发作起来。边防军第一师第一团马队与第十三师第一营步军，进逼直军第十二团第二营，势气甚猛，悍不可挡。直军也不肯退让，即与交锋，正在双方攻击的时候，忽见直军步步倒走，退将下去。边防军越加奋迅，趁势追逼，再加总司令段芝贵，性急徼功，下令军中，并力进击，不得瞻顾。边防军自然锐进。哪知直军退到第一防线，均避入深壕，伏住不动，所有边防军射来的枪弹，尽从壕上抛过，一些儿没有击中，空将弹子放尽。猛听得一声怪响，便有无数弹子飞向边防军击来，烟尘抖乱，血肉横飞，边防军支撑不住，立即转身飞奔。直军返退为攻，统从壕沟中跃出，还击边防军，吓得边防军没路乱跑，纷纷四散。段芝贵顾命要紧，早已遁去。尚有西北军第二混成旅，及边防第三师步兵第二团，由张庄、蔡村、皇后店三路，分攻杨村的直军防线，激战多时，统为直军所败。杨村系曹锳驻守，与吴佩孚同日得胜，先声已播，可喜可贺。独段芝贵等未免懊恨，向段祺瑞处报告，但言为直军所袭，因致小挫。祺瑞乃欲鼓励戎行，特令秘书员草就檄文，布告中外，略云：

曹锟、吴佩孚、曹锳等，目无政府，兵胁元首，围困京畿，别有阴谋。本上将军业于本月八日，据实揭劾，请令拿办，罪恶确凿，诚属死有余辜。九月奉大总统令，曹锟褫职留任，以观后效；吴佩孚褫职夺官，交部拿办。令下之后，院部又迭电促其撤兵，在政府法外施仁，宽予优容，曹锟等应如何洗心悔罪，自赎末路。不意令电煌煌，该曹锟等不惟置若罔闻，且更分头派兵北进，不遗余力。京汉一路，已过涿县；京奉一路，已过杨村，逼窥张庄。更于两路之间，作捣虚之计，猛越固安，乘夜渡河，暗袭我军，是其直犯京师，震惊畿内，已难姑容，而私勾张勋出京，重谋复辟，悖逆尤不可赦。京师为根本重地，使馆林立，外商侨民，各国毕届，稍有惊扰，动至开罪邻邦，危害国本，何可胜言？更复分派多兵，突入山东境地，竟占黄河岸南之李家庙，严修备战，拆桥毁路，阻绝交通，人心惶惶，有岌焉将坠之惧。

本上将军束发从戎，与国同其休戚，为国家统兵大员，义难坐视，今经明呈大总统，先尽京汉附近各师旅，编为定国军，由祺瑞躬亲统率，护卫京师，分路进剿，以安政府而保邦交，锄奸凶而定国是。歼魁释后，罪止曹锟、吴佩孚、曹锳三人，其余概不株连，其中素为祺瑞旧部者，自不至为彼驱役，即彼部属，但能明顺逆，识邪正，自拔来归，即行录用。其擒斩曹锟等，献至军前者，立予重赏。各地将帅，爱国家，重风义，遘此急难，必有屦及剑及、兴起不遑者，祺瑞愿从其后，为国家除奸慝，即为民生保安康，是所至盼。为此檄闻。

同日曹锟亦通电各省，说是开衅原由当归边防军任咎，略述如下：

边防军称兵近畿，扰害商民，近仍进行不已，以众大之兵力，占据涿州、固安、涞水等处，于寒删两日，向高碑店方面分路进攻，东路则占据梁庄、北极庙一带，向杨村攻击，炮火猛烈，枪弹如雨。敝军力为防御，未及还攻，而彼竟愈逼愈紧，实为有意开衅，事实如此，曲直自在。惟有激励将士，严阵以待，固我防围而卫民生。特电奉闻，诸惟察照。

兵戈不足，济以笔舌，两造各执一是，互争曲直，这也是习见不鲜的常调，无足深论。惟战事既开，势难收拾，最激烈的是徐树铮，他以为敌寡我众，敌弱我强，曹三庸夫，毫不足惧，吴子玉虽号知兵，究竟是个戎马书生，不惯力战。西北军身长胆壮，但藉那靴尖蹴踏，已足踢倒曹、吴，不意一战即挫，前驱溃退，恼得小徐气冲牛斗，投袂奋起，自往督军，就将高碑店战事，尽交段芝贵主持，亲赴杨村一带，督同三路大军，进攻曹锳。一面电致鄂豫鲁等省，密令同党起事，响应京畿。

湖南督军吴光新本是段氏嫡派，得继张敬尧后任，兼充长江上游总司令，莅鄂已有多日，因见岳州、长沙为南军所占据，无隙可乘，不得已寓居湖北。张敬尧奉令查办，始终不肯到京，尚在湖北潜住。自经徐树铮密电到鄂，由吴光新接着，遂与张敬尧会商，图取湖北，助攻直军，并因旧部赵云龙驻守河南信阳县，好叫他乘机发难，攻夺河南。当下发一密电，嘱告云龙，约期并举。鄂督王占元与曹吴联络一气，当然隐忌吴光新，时常派人侦查，防有他变。及直皖战起，侦查益严，所有吴光新暗地举动，竟被王占元查知，遂借请宴为名，备了柬帖，邀吴入饮。吴光新未曾防着，还道是密谋未泄，乐得扰他一餐，快我老饕。况临招不赴，乃是官场所忌，并足使王占元生疑，为此贸然前往，怡然入席。主客言欢，觥筹交错，畅饮了一二小时，已觉酒竟微醺。突由王占元问及近畿战事，究系谁曲谁直？吴光新不觉一惊，勉强对答数语，尚说是时局危疑，不堪言战。王占元掀髯微笑道："君亦厌闻战事吗？如果厌战，请在敝署留宿数宵，免滋物议。"说着，即起身出外，唤入武士数名，扯出吴光新，驱至一间暗室中，把他软禁起来。吴光新孤掌难鸣，只好由他处置，惟自悔自叹罢了。

王占元既拘住吴光新，更派出鄂军多人，往收吴光新部曲，果然吴军闻信，乘夜哗变，当被鄂军击退，解散了事。独张敬尧生得乖巧，已一溜烟似的遁出鄂省，得做了一个漏网鱼。占元遂通电曹、吴，曹、吴亦为欣慰。嗣复接得广东军政府通电，也是声讨段氏，但见电文中云：

> 国贼段祺瑞者，三玷揆席，两逐元首。举外债六亿万，鱼烂诸华；募私军五师团，虎视朝左。更复昵嬖徐树铮，排逐异己；啸聚安福部，劫持政权。军事协定，为国民所疾首，而坚执无期延长；青岛问题，宜盟会之公评，而主张直接交涉；国会可去，总统可去，而挑衅煽乱之徐树铮，必不可去；人民生命财产，可以牺牲，国家主权森林矿产，可以牺牲，而彼辈引外残内之政会，必不可以牺牲。凶残如朱温、董卓，而兼鬻国肥私；媚外如秦桧、李完用，而更拥兵好乱。综其罪恶，罄竹难书。古人权奸，殆无其极。
>
> 军府恭承民意，奋师南服，致讨于毁法卖国之段祺瑞，及其党徒，亦已三稔于兹，不渝此志。徒以世界弭兵，内争宜戢，周旋坛坫，冀遂澄清。而段祺瑞狼心不化，鹰瞵犹存，嗾使其心腹王揖唐者，把持和局，固护私权，揖盗谈廉，言之可丑。始终峻拒，宁有他哉？乱源不清，若和奚裨。吴师长佩孚，久驻南中，洞见症结，痛心国难，慷慨撤防。直奉诸军，为民请命，仗义执言，足见为国锄奸，南北初无二致也。乃段祺瑞怙恶饰过，奖煽奸回，盘踞北都，首构兵衅，以对南黔武之政策，戕其同袍，以不许对内之边军，痛毒畿辅。天命不足畏，人言不足恤，但知异己即噬，不惜举国为仇，故曩诿为南北之争者，实未彻中边之论也。道路传言，佥谓该军有某国将校，阴为之助；某氏顾问，列席指挥。友邦亲善，知必誓言，揣理度情，当不如是。然而敬瑭犹在，终覆唐室，庆父不除，莫

平鲁难。今者直省诸军，声罪致讨，大义凛然，为国家振纲纪，为民族争人格，挥戈北指，薄海风从。军府频年讨贼，未集全勋，及时鹰扬，义无反顾，是用奖率三军，与爱国将士，无间南北，并力一向，诛讨元凶。其有附逆兵徒，但知自拔，咸与维新。若更徘徊，必贻后悔。维我有众，一乃心力。除恶务尽，共建厥勋。褫奸雄之魄，毋或后时，抉郿邬之藏，相偕饮至。昭告遐迩，盍兴乎来！

据这电文，明明是岑春煊主张，与曹、吴遥相呼应，曹、吴大喜，颁示将士，遂令军心益奋，慷慨临戎。小子有诗叹道：

武夫本是国干城，御侮原应不爱生。

可惜局中差一着，奋身误作阋墙争。

欲知两军再战情形，请看下回便知。

绝交不出恶声，是谓之君子人。试观直、皖之争彼此相诟，无异村妪乡童之所为。试思同袍同泽，本有偕作偕行之义务，就使意见不合，偶与绝交，亦当为国家起见，各就本职，守我范围，岂可自相诋诽，自相攻击乎？况虚词嫁诬，情节支离，徒快一时之意气，甘作两造之雠言，本欲欺人，适以欺己。天下耳目，非一手可掩，何苦为此山膏骂豚之伎俩也。彼段芝贵之遭败，与吴光新之被拘，皆失之躁率，均不足讥，即胜人执人者，亦为君子所不齿。朝为友朋，暮成仇敌，吾不愿闻此豆萁相煎之惯剧也。

第一百一十八回

闹京畿两路丧师 投使馆九人避祸

徐树铮打不过吴佩孚，自然是安福系全行解散，其中张作霖帮忙不少。小徐等人逃往使馆，别人不要，只日本使馆肯于接受，可见小徐早有铺垫，日本人别有用心。

却说直、皖两军互相角逐，分作东西两路，西路就是高碑店，东路乃是杨村。徐树铮率同西北军，猛攻曹锳。曹锳仓猝抵敌，一时措手不及，竟为西北军所乘，枪似林攒，弹如雨注，不由曹军不走。曹锳只好号召兵士，退出杨村。树铮把杨村占住，很是得意，偏接高碑店战报，一再败衄，急得小徐又转喜为忧。

原来段芝贵前次失败，收合余军，再图大举。七月十五日晚间，复向高碑店进攻，意欲乘他不备，得一胜仗。直军也曾防着，出阵接战。小段见直军严肃，料不可袭，便另生一计，密令部众散阵四趋，诱入直军。直军踊跃直前，向敌阵中杀入。敌阵先散后聚，复一齐裹合拢来，拟把直军困在垓心。直军也觉情急，猛力冲突，各自为战。小段见直军中计，喜不自禁，便申令军中，再接再厉，要杀得他片甲不回。谁知阵后忽来了数百人，统执着新式快枪，接连击射，好似连珠一般，无从趋避。为首的统兵大员，不是别人，正是直军总司令吴佩孚，小段被他一扰，吓得方寸已乱，亟欲分兵对敌，偏偏兵不应命，相率溃去。直军前后夹攻，几把小段擒住。幸亏小段跨一骏马，跑走得快，才得逃脱，退至三十里外下营。小段经此两败，方知吴佩孚计中有计，不敢轻敌。

吴佩孚得胜收军，休息一宵。到了次日的夜间，令第三混成旅旅长萧耀南与第三补充旅旅长龚汉冶合力向涿州进攻，再令补充旅旅长彭寿莘作为后应。边防军第一师师长曲同丰驻守涿州，正与萧耀南相值，两军接触，即噼噼啪啪的放起枪来。边防军屡遭败仗，未战先怯，勉强支撑了一小时，看直军来势益盛，便想退下。那龚汉治部下补充旅，正从右边攻入，冲断边防军；彭寿莘又复继至，击毙边防军无数，俘获旅团长以下共五十余人。曲同丰带领残兵遁入涿州。直军便至涿州城外安营，再图进取。讵旦有奉军到来加入，直军气焰益盛，曲军已失战斗的能力，眼见得支持不住，没奈何派员请和。吴佩孚只准乞降，不得提出和字。曲同丰保命要紧，就使丢掉面子也不暇顾，只好依吴佩孚所言，与二十九旅旅长张国溶、三十旅旅长齐宝善带同残军二千余人，向直军缴械投降。涿州遂由直军占住。边防军第三师师长陈文运，闻得曲军降敌，竟弃师遁去。蛇无头不行，兵无主自乱，大都弃械逃生，各走各路。段芝贵亦遁入京师，西路军完全失败。

徐树铮得此消息，方在忧患，蓦闻营外枪声大震，乃是曹锳领军杀到。从来出兵打仗，全靠着一鼓锐气，锐气一挫，虽有良将，不能为力。此时曹锳奋勇杀来，无非为了西路大捷，鼓动士气，前来夺还杨村。那小徐部下正因西路覆没垂头丧气，还有何心接战？顿时出营四溃。小徐到此，就使郁愤满腔，要想拼命一争，怎奈兵心已散，无可挽回，也惟有行了三十六策中的上策，一溜风跑入都门，窜匿六国饭店中，可巧与小段碰着。“愁人莫对愁人说，说起愁来愁煞人”，想两人当时情状，应亦如此，毋容笔下描摹了。段祺瑞迭接败耗，且愤且惭，当即取过手枪，意欲自戕。幸经左右夺去，劝他入京，求总统下停战令。祺瑞不得已还都，上书老徐，引咎自劾。徐总统冷笑道：“早知今日，何必当初？”遂令靳云鹏、张怀芝等往见曹、吴，商议停战，一面颁下通令道：

> 前以各路军队，因彼此误会，致有移调情事，当经明令一律退驻原防，共维大局。乃据近日报告，战事迄未中止，群情惶惧，百业萧条，嗟我黎民，何以堪此？况时方盛暑，各将士躬冒锋镝，尤属可悯。应责成各路将领，迅饬前方，各守防线，停止进攻，听候命令解决，用副本大总统再三调和之至意！此令。

天下不如意事，十常八九，自段氏四路大军一齐败溃，于是鲁、豫各省的段派军官，亦皆瓦解。山东德州方面，本被边防军统领马良攻入，守将商德全退走。嗣由奉军往援德全，复击败边防军，夺回德州，马良当然窜去。就是信阳戍将赵云龙，率领部下，与河南旅长李奎元激战，亦为所败，被逐出境。还有察哈尔都统王廷桢，起应曹、吴，入驻康庄，就在居庸关附近，与边防军西北军，一场剧斗，边防军西北军均皆败降，解除武装，老段小徐的计策，无不失败。段祺瑞自欲解嘲，因电致直、奉、苏、赣、鄂、豫等省，大略说是：

顷奉主座电谕："近日叠接外交团警告，以京师侨民林立，生命财产，极关紧要，战事如再延长，危险宁堪言状？应令双方即日停战，迅饬前方各守界线，停止进攻，听候明令解决"等因。祺瑞当即分饬前方将士，一律停止进攻在案。查祺瑞此次编制定国军，防护京师，盖以振纲饬纪，并非黩武穷兵，乃在德薄能鲜，措置未宜，致召外人之责言，上劳主座之廑念。抚衷内疚，良深悚惶！查当日即经陈明，设有贻误，自负其责。现在亟应沥情自劾，用解愆尤，业已呈请主座，准将督办边防事务，管理将军府事宜名本职，暨陆军上将本官，即予罢免；并将历奉奖授之勋位勋章，一律撤销，定国军名义，亦于即日解除，以谢国人。谨先电闻。

投井下石，古今同慨，况段氏误信小徐，组织安福部，党同伐异，借债兴兵，究为舆论所未容，此次一败涂地，虽然反躬自责，情愿去官，毕竟众怒未消，谤言益甚。江苏督军李纯发一通电，有"歼厥渠魁，指日可待，从此魑魅敛迹，日月重光"等语。又有南北海军将校林葆怿、蓝建枢、蒋拯、杜锡珪等亦通电声讨安福党人，历数罪状，并称："南北实力提携，共济艰难"云云。最激烈的是吴佩孚，趁这全军大胜的机会与奉军同诣京师，驻扎南苑、北苑，请大总统诛戮罪魁。靳云鹏与张怀芝到了吴军，与吴佩孚从容筹商，特提出四大条件：(一)惩办徐树铮。(二)解散边防军。(三)是解散安福部。(四)是解散新国会。这四条已经中央承认，劝吴即日罢兵。吴佩孚尚未肯干休，再经靳、张两人苦口调解，才得吴最后答复，谓："当转达曹经略，佩孚不便做主"等语。靳、张乃往与曹锟商议。曹锟虽允停战，惟对着中央承认四事，尚嫌不足。靳、张虽各具三寸舌根，终未能妥为斡旋，只得回京复命。徐总统闻报，默忖多时，想此事非借重奉张，不能排解，因即电召张作霖再作调人。一面派王怀庆收束近畿军队，兼任督办。怀庆奉令办理，尚称得手，所有边防军与西北军，或编入队伍，或给资遣散，近畿一带，总算粗安。

既而张作霖出为调停，与曹、吴商定条件：(一)为解散安福部。(二)为惩办罪魁十四人。(三)为取消边防军与西北军及其他属于该两军之一切机关。(四)为京畿保卫归直、奉军永远驻扎，京城以内由京畿卫戍总司令担负全责。(五)撤销安福包办之和议机关，驱逐王揖唐，另与西南直接办理和议。(六)解散新旧两国会，另办新选举。这六项为主要条件，尚有先决事件两项：(一)为政府速将三年以来，所借外债及用途，分布全国。(二)为褫免京师警察厅总监吴炳湘。议定以后，即由张作霖转呈徐总统。徐总统非不赞成，但尚欲稍示通融，顾全段氏面目，因复使靳、张二人电复张作霖，托他再为转圜。作霖乃复与曹、吴磋商，大致仍照前议，惟略改细目罢了。于是中央命令，蝉联而下，由小子汇录如下：

七月二十四日大总统令

准财政总长李思浩，司法总长朱深，交通总长曾毓隽免职，令财政次长潘复，司法次长张一鹏代理部务。特任田文烈兼署交通总长。

准京畿卫戍总司令段芝贵免职，特派王怀庆兼署京畿卫戍总司令。

二十六日大总统令

据兼代国务总理萨镇冰呈称："师长吴佩孚等所部军队，前次在豫暂驻，未能即时回直，证以曹经略使来电，始则因住兵房舍，一时难腾，继则因铁路车辆，未能即时应付，并非有意逗留，其情事既有不符，拟请将处分令撤销"等语。应准将本年七月九日，关于曹锟、吴佩孚处分命令，即行撤销，交陆军部查照。

准京师警察厅总监兼督办京都市政事宜吴炳湘免职，令田文烈兼督办京都市政事宜，殷鸿寿为京师警察厅总监，并会办京都市政事宜。

准交通次长姚国桢免职，任命权量兼署交通次长。

二十八日大总统令

准督办边防事务兼管理将军府事务段祺瑞免职。

前以沿边一带，地方不靖，当经令设督办边防事务处，以资控驭，现在屯驻边外军队，业已陆续撤退，该处事务较简，所有督办边防事务处，应即裁撤，其所辖之边防军，着陆军部即日接收，分别遣散，以一军制而节冗费。此令。

前有令将西北边防总司令一缺裁撤，其所辖军队，由陆军部即日接收办理，所有西北军名义应即撤销，着责成该部迅速收束，妥为遣散，仍将办理情形，克日呈复。此令。

准大理院院长姚震免职，特任董康为大理院院长。

二十九日大总统令

国家大法，所以范围庶类，偭规干纪，邦有常刑。此次徐树铮等称兵畿辅，贻害闾阎，推原祸始，特因所属西北边防军队，有令交陆军部接收办理，始而蓄意把持，抗不交出，继乃煽动军队，遽起兵端。甚至迫胁建威上将军段祺瑞，别立定国军名义，擅调队伍，占用军地军械，逾越法轨，恣逞私图。曾毓隽、段芝贵等互结党援，同恶相济，或参与密谋，躬亲兵事，或多方勾结，图扰公安，并有滥用职权，侵挪国帑情事，自非从严惩办，何伸国法而昭炯戒？徐树铮、曾毓隽、段芝贵、丁士源、朱深、王郅隆、梁鸿志、姚震、李思浩、姚国桢等着分别褫夺官职勋位勋章，由步军统领、京师警察厅一体严缉，务获依法讯办。其财政交通等部款项，应责成该部切实彻查，呈候核夺。国家虽政存宽大，而似此情罪显著，法律俱在，断不能为之曲宥也。此令。

统观以上命令，除为曹、吴洗刷外，所有免职各条都是对着段派的关系。惟"免职"二字，不过去官而止，与身家无甚碍处。至若上文严缉祸魁一令，乃是诖犯刑章，将加体罚，这是小徐等人特别畏忌的条件，不得不设法趋避。况直、奉各军，满布京畿，一被缉获，尚有何幸？当下统避匿东交民巷作为京城里面的逋逃薮。东交民巷，是各国使馆所在地，政府不得过问。就是六国饭店，亦在东交民巷，故小徐、小段先就该饭店藏身。徐总统下此命令，主动力全在曹、吴，他虽然阴忌段派，但教段氏下台、段派失势，已算是如愿以偿，不欲再为已甚，所以命令中尚为段氏洗愆，惟罪及小徐等十人。所云缉获讯办，无非虚扬威名。看官试回溯民国以来，中央所颁惩办大员的命令，能有几人到案，如法办理吗？独此次曹、吴主见，本思乘着胜仗罚及老段。旋因徐总统曲为调停，方将老段除出，且把小徐等尽法惩治，聊泄宿忿。

及闻小徐等避匿使馆界内，不能直接往拿，只得浼人疏通各国公使请他驱逐罪魁。各国公使团乃会议办法磋商多时，英、美、法三国公使暗中帮助曹、吴，并在会场中发表政见，谓："此次小徐诸人扰乱京畿，贻害中外人民，不应照国事犯例保护。"惟日本及意大利国公使力持异议，所以东交民巷中只有英、美、法三国公使文告，通饬本国侨民不准容留中国男子，如有容留，限令即日迁出。徐树铮等瞧着告示，禁不住慌张起来。自思六国饭店乃是各国公共寓所，势难久居，尚幸日、意两国无此禁令，留出一条活路，可以投奔。于是徐树铮、段芝贵、曾毓隽、丁士源、朱深、王郅隆、梁鸿志、姚震、姚国桢等九人，相偕计议，拟往日、意两公使馆乞请保护。转想日本感情比意国为厚，不如同去恳求日使，较为妥洽。当下联袂偕行，共至日使馆中，拜会日使。可巧日使未曾外出，得蒙邀入，遂由徐树铮等当面哀求，仗着几寸广长舌，说得日使怦然心动，不由得大发慈悲，力任保护，便令九人居留护卫队营内，安心避难。好在九人各有私财，预储日本银行，一经挪移，依然衣食有着，不致冻馁。独李思浩生平，常在金融界中，主持办理，与日人往来更密，他闻惩办令下，早已营就兔窟，藏身有所，看官不必细猜，想总是借着日本银行，做了安乐窝呢。小子有诗叹道：

好兵不戢自焚身，欲丐余生借外人。
早识穷途有此苦，何如安命乐天真。

小徐等既得避匿，眼见中国政府无从缉获，只好付作后图。此外尚有各种命令，容至下回续叙。

兵志有言："骄兵必败。"小段小徐之一再败衄，正坐此弊。彼吴佩孚方脱颖而出，挟其久练之士卒，与小段小徐相持，小段小徐徒恃彼西北边防等军，即欲以众凌寡，以强制弱，而不知骄盈之态，已犯兵忌，曹操且熸师赤壁，苻坚尚覆军淝水，于小段小徐何怪焉？及战败以后，遁匿六国饭店中，坐视段合肥之丢除面子，一无善策。放火有余，收火不足，若辈伎俩，可见一斑。段合肥名为老成，奈何轻为宠信也。英、美、法三国公使，不愿容留小徐等人，而日使独出而保护之，其平日之利用段派，更可知矣。合肥合肥，安能不授人口实乎？

第一百一十九回

日公使保留众罪犯 靳总理会叙两亲翁

中国政府要求引渡徐树铮等罪犯，日本使馆不允。其他的罪魁也或匿或躲，政府也没有多少办法。至于吴佩孚倡议召开国民大会，靳云鹏主张南北统一，好是好，办不到。

却说徐总统迭下命令，黜免段系，至通缉罪魁以后，已与段系不留情面，遂又陆续下令，罢免湖南督军兼长江上游总司令吴光新职，并将长江上游总司令一缺，饬令裁撤，所有吴光新旧辖军队，由王占元妥为收束，借节军费。同日，又褫夺吴炳湘原官及勋位勋章，说他党附徐树铮等，不知远嫌，有背职务，虽经免职，未足蔽辜，应褫夺陆军中将原官暨勋位勋章，以示惩儆云云。过了数天，已是八月三日，复由徐总统下令，解散安福俱乐部，令云：

> 政党为共和国家之通例，约法许集会结社之自由。安福俱乐部具有政党性质，自为法律所不禁。近年以来，迭据各省地方团体函电纷陈，历举该部营私误国，请予解散。政府以为党见各有不同，自可毋庸深究。乃此次徐树铮、曾毓隽等称兵构乱，所有参与密谋，筹济饷项，皆为该部主要党员。观其轻弄国兵，喋血畿甸，肆行无忌，但徇一党之私，虽荼毒生灵，贻祸国家，亦若有所不恤。是该部实为构乱机关，已属逾越法律范围，断不能容其仍行存在。着京师卫戍总司令、步军统领、京师警察厅，即将该部机关实行解散。除已有令拿办诸人外，其余该部党员，苟非确有附乱证据者，概予免究。其各省区，如设有该部支部者，并着各该省区地方长官，转饬一律解散。此令。

再进一步的办法，就是撤换王揖唐了。徐总统不遽下令，但使国务院电致江苏，将王揖唐的议和代表，即日撤销，改派江苏督军李纯为南北议和全权总代表，与广东军政府接洽和议。李纯本与王揖唐有嫌，遂有一篇弹劾王揖唐文，电达中央。徐总统乃申令道：

据江苏督军李纯电呈："王揖唐遣派党徒，携带金钱，勾煽江苏军警及缉私各营。并收买会匪，携带危险物，散布扬州、镇江省城一带，以图扰乱，均有确凿证据，请拿交法庭惩办"等语。王揖唐经派充总代表职务，至为重要，乃竟勾煽军警，多方图乱，实属大干法纪，除已由国务院撤销总代表外，著即褫夺军官暨所得勋位勋章，由京外各军民长官，饬属一体严缉务获，依法惩办。此令。

王揖唐寓居沪上，距京甚远，不比那小徐等人留住京师，一时不能远building，权避日本使馆中。所以命令虽下，一体严缉，他却四通八达，无地不可容身；就使仍居上海租界内，亦为中国官吏势力所不能达到的地点，怕什么国家通缉呢？但徐总统承认曹、吴要求，除新旧国会未见解散明文外，余已一律照办。更因段派中尚有数人为曹、吴所指劾，因复连下二令道：

前以安福俱乐部为扰乱机关，业有令实行解散，所有籍隶该俱乐部之方枢、光云锦、康士铎、郑萬瞻、臧荫松、张宣，或多方勾煽，赞助奸谋，或淆乱是非，潜图不逞，均属附乱有据，着分别褫夺官职勋章，一律严缉，务获惩办。其余该部党员，均查照前令，免予深究，务各濯磨砥砺，咸与维新。此令。

边防军第一师师长曲同丰、第三师师长陈文运、陆军第九师师长魏宗瀚、第十五师师长刘询、谦威将军张树元，于此次徐树铮称兵近畿，甘心助乱，以致士卒伤亡，生灵涂炭，均属罪有应得。曲同丰、陈文运、魏宗瀚、刘询、张树元着即褫夺军官军职暨所得勋位勋章，交陆军部依法惩办，以伸军纪。此令。

令申所布，徒有具文，各犯官统闻风避去，近走津门，远赴沪渎，津、沪均有外国租界，非中国法律所能及，鸿飞冥冥，弋人何篡？外人讥中国为纸糊章程国，端的是不谬呢。惟曹、吴所最痛恨的乃是小徐，小徐与段芝贵、曾毓隽等匿居日本使馆，曹、吴必欲外人交出，按法惩办，因即迭呈徐总统请与日使馆严重交涉。徐总统申饬外交部照会外交团，索交祸魁徐树铮等十人。当经英、法、美三国公使分别复称引渡罪魁事，各使曾开会商议，意见不同，结果由各使自复，但称："本国使馆，并未收纳此项人等"云云。外交部乃直致文日本使馆，问他有无收留？日本公使竟据实答复，略云：

徐树铮、曾毓隽、段芝贵、丁士源、朱深、王郅隆、梁鸿志、姚震、姚国桢等九人，咸来本使馆恳求保护。本公使鉴于国际上之通义及中国几多往例，以为事情不得已而予以承认，决定对于此等诸氏，加以保护。刻将此等诸氏，悉收容公使护卫队营内，并严重戒告，在收容所内，万不得再干预一切政治，且断绝与外部之交通。兹本使特通告于贵代理总长之前。本使此次之措置，超越政治上之趣旨，即此等诸氏所受之保护，决非基于附属政派之如何，而予以特别待遇，恰以该氏等不属于政派之故，是以本使馆不得拒绝收容。本使并信贵部对于此等衷意，必有所谅解也。八月九日。

外交部接到日使复文，又致书日使，与他辩论。略云：

敝国政府，不能承认贵使本月九日通告之件，至为抱歉。刻敝国政府，正从事调查各罪犯之罪状，一俟竣事，即将其犯罪证据，通知贵使，请求引渡，并希望贵使勿令诸犯逃逸，或迁移他处藏匿为荷。

日使得书，隔了数日，又复词拒绝道：

贵总长答复敝使，本月九日，关于收容徐树铮等于帝国使署兵营之通告回文，业已领悉。据称："贵国政府，不能承认敝使上次通告之件，且将以根据法律之罪状，通知敝使"云云。惟贵国大总统颁发捕拿该犯等之命令，系以政治为根据，故敝使署即视为政治犯，而容纳保护之。敝使并声明无论彼等将受何等刑事罪名之控诉，敝使不能承认贵总长所请，将彼等引渡也。

自经日使两番拒绝，徐总统亦无可奈何。就使曹、吴恨煞小徐，也不能亲到东交民巷中把他拿来，只好忍气吞声，暂从搁置。惟直、奉两派，既并力推倒段系，自然格外亲昵。当由两派军官，代为曹、张作撮合山，联为婚媾。张有庶子，为第二姨太太所生；曹有庶女，亦为第二姨太太所出，年均幼稚，好似一对金童玉女，后先下凡，特为两豪家隐绾红丝。后来张家行聘，曹家受聘，两造礼仪，非常华丽，比那帝王时代的王侯，还要加倍，中外报纸，传为艳闻。这且无容絮述。

第三师师长吴佩孚，因时局纠纷，连年未定，特欲公诸国民，拟开国民大会，解决时局，草定大纲八条，胪列如下：

（一）定名。为国民大会。

（二）性质。由国民自行招集，不得用官署监督，以免官僚政客操纵把持。

（三）宗旨。取国民自决主义，凡统一善后，及制定宪法，与修正选举方法及一切重大问题，均由国民解决，地方不得借口破坏。

（四）会员。由全国各县农工商会各会各举一人，为初选所举之人，不必以各本会为限。如无工商会，宁缺勿滥。再由全省合选五分之一，为复选。俟各省复选完竣，齐集天津或上海，成立开会。

（五）监督。由省县农工商学各会长，互相监督，官府不得干涉。

（六）事务所。先由各省农工商学总会公同组织，为该省总事务所，再由总事务所电知各县农工商学各会，克日成立各县事务所。办事细则，由该所自定。

（七）经费。由各省县自由经费项下开支。

（八）期限。以三个月内成立，开会限六个月，将第三条所列诸项，议决公布，即行闭会。并主张将南北新旧国会，一律取消；南北议和代表，一律裁撤。所有历年一切纠纷，均由国民公决。

看吴佩孚这番论调，本来是一篇绝好章程，不但编书人绝对赞成，就是全国四万万同胞，也没有不赞成的心理。试想中国自革命以来，既已改君主为民主，应该将全国主权，授诸国民全体，为何袁项城要设筹安会，想做皇帝？为何徐树铮等要组安福部，想包揽政权财权军权？这种行动，都为全国民心所不愿。结果是袁氏失败，洪宪皇帝私做了八十三日，终归无成。徐树铮频年借款，频年练兵，也弄到一败涂地，寄身日本使馆。可见军阀家硬夺民权，终究是拗不过民心，民心所向，事必有成，民心所背，事无不败。吴佩孚师长，既有此绝大主张，绝大议案，岂不是中华民国一大曙光？无如他曲高和寡，言与心违，所以“国民大会”四字，仍是个梦中幻想，徒托空谈。又况段派推倒，权归曹、张，曹、张也是武力主义，顾什么国民不国民？

更兼西南一带，党派纷歧，若粤系，若桂系，若滇系、黔系，倏合倏分。哪一个不想扩充地盘？哪一个不想把持权利？四川全省，地肥美，民殷富，不啻一长江上源的金穴，三五军阀，你争我夺，搅得乱七八糟，周道刚为刘存厚所逐，刘存厚为熊克武所挤，已如上文所述。至直、皖战后，熊克武又被吕超排出，川军即推吕超为总司令。熊克武心有不甘，复向刘存厚乞得援兵，再入川境。川民连遭兵燹，倾家荡产，不可胜计。他如滇、黔、桂、粤各派，分裂以后，也是兵戈相见，互哄不休。此外各省督军师长，表面上虽没有如何争扰，暗地上实都是怀着私谋。天未悔祸，民谁与治？欲要实做到民权主义，恐前途茫茫，不知再历若干年，方好达此目的呢。

且说段派失势，靳阁复兴，靳云鹏复由曹、张推举，徐总统特任，起署国务总理。阁员亦互有参换，外交总长陆徵祥，内务总长兼署交通总长田文烈等，并皆免职，即任颜惠庆署外交总长，张志潭署内务总长，周自齐署财政总长，董康署司法总长，范源濂署教育总长，王乃斌署农商总长，叶恭绰署交通总长，靳云鹏自兼署陆军总长，内阁又算成立了。靳氏二次登台，更欲收揽时誉，力谋和平，特请徐总统不咎既往，赦免安福部余支。徐总统乃有胁从罔治的赦文。靳氏复思履行前议，为南北统一计划，请命总统，召曹、张两使到京，商决时局问题。曹锟、张作霖并皆应召，各乘专车入都，与靳相见。三亲翁并会一堂，和气融融，自然欢洽。

嗣经徐总统下令，裁撤四川、广东、湖南、江西四省经略使缺，改任曹锟为直鲁豫巡阅使，与张作霖职权相同，副使就令吴佩孚升任。张作霖与吴佩孚，虽未免猜忌，但此时尚没有什么恶感，所以中央超擢吴氏，张亦不加异词。独吴氏主张的国民大会，被张作霖极力批斥，谓政府自有权衡，用什么国民大会，因此靳氏转告吴佩孚，就把他一时伟议，无形打消。只靳氏提议的南北统一，张作霖还表同情。曹锟是个无可无不可的人物，也即同声附和，尽令靳氏一力做去。两巡阅使驻京半个月，分电各省督军，采集时议。各督军派遣代表，趋集天津，曹、张就此出京，由靳云鹏送至津门，即与各省督军代表晤商一宵。各代表统顺风敲锣，何人敢持异议？那时曹、张喜气洋洋，分道自归原镇，靳总理也即还京，各代表亦统回本省去了。

自靳总理还京以后，便想把南北统一计划，积极进行，无如南方军阀，已是党派分歧，比前次议和时候，还要为难。滇、黔、粤、桂各成仇敌，旧国会一部分议员，离粤赴滇，自开国会，议决取消岑春煊政务总裁职务，补选贵州督军刘显世为政务总裁。刘本为广东军政府选入，未曾就职，仍与唐继尧唇齿相依，不愿合入桂系，旋经北京靳总理，及南北议和总代表李督军，一再电劝，敦促和平，唐、刘二人乃通电各省，表明意见。文云：

> 西南护法，于今三载，止兵言和，业已二周。因法律外交两问题，迄无正当解决之法，以致和会久经停顿，时局愈益纠纷。夫维持法纪，拥护国权，此吾辈夙抱之主张，亦国民应尽之天职。顾大义所在，虽昭若日星，而时势变迁，则真意愈晦，是非莫辨，观听益淆。吾辈救国护法之初衷，将无以大白于天下，而佥壬假借，得以自便私图，恐国家前途，益败坏而不可挽救。吾辈为贯彻主张计，谨掬真诚，郑重宣言，以冀我全国父老兄弟之共鉴，特立条件如下：
>
> （甲）关于收束时局之主张。（一）南北和平办法，应由正式和会解决。（二）和议条件，以法律外交两问题，为国本所关，须有正当之解决。（乙）关于刷新政

治根本救国之主张。(一)宜将督军以及其他特设兼辖地方之各种军职,一律废除,单设师旅长等统兵人员,直隶于陆军部,专任行兵及国防事务。(二)全国军队应视国防财政情形,编为若干师旅,其余冗兵,一律裁汰。裁兵事宜,特设军事委员会,计划执行。(三)实行民治主义,虽在宪法未定以前,宜先筹办各级地方自治,尊重人民团体,以确立平民政治之基础,而实现国民平等自由之真精神。

上列各条,继尧、显世,谨决心矢志,奉以周旋,邦人诸友,其有与我同志者乎?吾辈当祷祀以期。至地方畛域,党派异同,非所敢择也。

据这电文,似乎有条有理,一些不存私见,于是北方各省军阀家也有复电相答,表示同情。正是:

岂必心中期实践,何妨纸上作高谈。

欲知复电中如何措词,待至下回录明。

刑赏为国家大典,无论若何政体,要不能有功无赏,有罪无刑。独自民国成立以来,法律已处于无权,冒功邀赏者,实繁有徒,而祸国殃民诸罪犯,则往往为法律所不逮,就使中央政府,煌煌下令,而逋逃有薮,趋避有方,乌从而缉捕之?试观日本公使之容留九人,拒绝引渡,无论日使之是否依法,但即中国之刑律而论,已等诸无足重轻之列,有罪不能加罚,何惮而不为乱耶?吴佩孚之主张国民大会,此时尚有意求名,故倡议正大,但言之非艰,行之维艰,即令吴氏坐言启行,恐未必能达目的,况掣肘者之群集其旁也。若夫靳翼青之主张统一,计非不善,滇、黔二督之发表意见,语亦甚公,但终不得完满之结果者也。吾得而断之曰:"言不顾行,行不顾言。"

第一百二十回

废旧约收回俄租界　拼余生惊逝李督军

此回拉杂了事：先写南北方的情势，希望和平，但大家仍就割据一方；接写外交，中国继收回德租界后收回了俄租界；再写好心督军李纯中弹身死，死因尚是不明。蔡氏的民国史也就在此停下。

却说北方各省军阀家，见了唐、刘两人的通电，就由曹锟、张作霖两使领衔复电滇黔，也说得娓娓可听。文云：

接读通电，尊重和平，促成统一，语长心重，感佩良深。就中要点，尤以注重法律外交为解决时局之根本，群情所向，国本攸关。锟等分属军人，对于维持法纪，拥护国权，引为天职，敢不益动初心，勉从两君之后。所希望者，关于和议之进行，务期迅速，苟利于国，不尚空谈，精神既同，形式可略。

此次西南兴师，揭橥者为二大义，一曰护法，一曰救国。南北当局，但能于法律问题，持平解决，所谓军职问题，民治问题，均应根据国会及国会制定之宪法，逐渐实施，决不宜舍代表民意之机关，而于个人或少数人之意思，为极端之主持，致添纷扰。是法律问题之研究，当以国会问题为根本，即军职之存废及民治之施行，亦当以国会为根本。现在新旧国会，怠弃职务，不能满人民之希望；复以党派关系，不足法定人数，开会无期，而时效经过，尤为法理所不许。值此时局艰危之际，欲求救济，舍依法改选，更无他道之可循。果能根据旧法，重召新会，护法之义既达，则统一之局立成，此宜注意者一也。

至于中国国家，实因列强均势问题而存在，国际关系与国家前途之兴亡，至为密切。前次沪会停滞，实以外交问题为主因，即北方内部之纷争，亦由爱国者与专恃奥援、不知有国、只知有党之军阀，为公理与强权之决战。差幸公理战胜，违反民意之徒，业经匿迹消声。嗣后中央外交之政策，应以民意为从违。在南北分裂之际，无论对于何国所订契约，皆应举而诉诸舆论。国本既固，庶政始成，此应注意者二也。

若夫和议方式，允宜以早日观成为旨归，军事收束，特设委员会，尤为施行时所必要。此皆中央屡征同意，期在必行，毋容过虑者也。总之时局日艰，民困已极，排难解纷，当得其道。凡我袍泽，果能及早觉悟，不事私争，所谓护法救国之宗旨，均经圆满解决，则同心御侮，共谋国是，人同此心，何敢自外？两公主持和议，情真语挚，敬佩之余，用敢贡其一得，希即亮查。

看这电文，也中斟情酌理，释躁平矜，南北两方应该由此接近，可望和平。及细览语意，才知两造仍多扞格，未尽通融。北方的主张，拟解散新旧国会，新国会为段派所组成，南方原是反对。但旧国会分徙滇、粤，方思恢复立法权，怎肯被他解散？是当然做不到的事情。段氏的武力统一主义，南方向与抗争，此时段派虽去，曹、张犹是军阀家，怎能使南方信服？况徐总统为新国会所产出，南方未肯承认，欲要南北和平，还须改选总统，是又当然不易办到的。所以双方通电，仍是两不相下，怎能遽达和平呢？

湖南第七师及暂编一旅炮兵各一营突在武穴骚动，当由冯玉祥率兵弹压，始得平定，即令变兵缴械遣散。旅长张敬汤系张敬尧兄弟，前曾在湘败逃，经中央明令通缉，至武穴兵变，敬汤适暗中煽动，因所谋未遂，匿民汉中，被湖北督军王占元查悉，派兵将敬汤拘住，讯明罪状，电呈中央，奉令准处死刑，当即就地枪毙。还有张敬尧旧部第二混成旅旅长刘振玉等曾在宁乡、安化、新化等县纵兵焚掠，被各处灾民告发，由湖南总司令部，遣兵拘获，审讯属实，亦即处死。此外如保定、通县、兖州等境偶有兵变，多是安福部余波，经地方长官剿抚，幸皆荡平。惟张勋已得脱然无罪，移住天津，因从前段氏檄文，有曹锟私勾张勋出京、重谋复辟一语，便在津门通电声辩。他由张雨帅保护，又想在军阀界中占据一席，所以有此辩论。其实是年力已衰，大福不再，还要干什么富贵呢？

且说外蒙古取消自治已将一年，自徐树铮到了库伦，削夺前都护陈毅职权，陈毅也不愿办事，索性离库南归。及树铮还京主战，事败奔匿，不遑顾及外蒙，政府以陈毅驻库有年，素称熟手，仍令暂署西北筹边使，克日赴库。陈毅尚未到任，那外蒙又潜谋独立，竟于九月十三日夜间，大放枪炮，自相庆贺。幸驻库司令褚其祥派队弹压，拘住首犯二人，驱散余众，一面电达巡阅使曹锟，详报情形。曹锟便转告中央，请拨饷济助，并促陈毅莅任，政府自然照办。惟闻得外蒙为变，仍由俄人暗地唆使，俄新政府虽已战胜旧党，国乱未平，列强均未承认，并因俄兵四出拓地，扰波兰，窥印度，尤为列强所仇视，所以列强劝告中国，与俄绝交，中政府恃有列强为助，乐得照允，遂由外交部出面，呈请徐总统，徐总统因即下令道：

据外交部呈称："比年以来，俄国战团林立，党派纷争，统一民意政府迄未组成。中、俄两国正式邦交，暂难恢复。该国原有驻华使领等官久已失其代表国家之资格，实无由继续履行其负责之任务，曾将此意，面告驻京俄使，并请即日明令宣布，将现在之驻华俄国公使领事等停止待遇"等语。查原呈所称各节，自属实在情形，惟念中、俄两国，壤地密迩，睦谊素敦，现虽将该使领等停止待遇，而我国对俄国人民固友好如初，凡侨居我国安分俄民，及其生命财产，自应照旧切实保护。对于该国内部政争，仍守中立，并视协商国之趋向为准。至关于俄国租界暨中东铁路用地，以及各地方侨居之俄国人民一切事宜，应由主管各部暨各省区长官，妥筹办理。此令。

驻京俄使库达摄福闻令以后，即致牒外交部，抗称：中国背约，并责成中政府妥护侨民。政府置不答复。但饬将各处所有俄国租界一律收还，并向驻京各国公使处声明，各公使均无异言。俄使无可奈何，只得转恳法国公使代管俄产，法使不允。嗣是俄国租界陆续由中国长官收受。天津本有俄租界，俄国侨民，虽然不能力拒，却提出抗议条件，欲与中政府交涉。东三省、哈尔滨、海参崴各俄商且纷纷改挂法旗。俄商道胜银行，亦托词归法国保护，不容中国接收。外交部因特照会法使，提出三事，请求法使履行，大纲如下：

(一) 根据于九月二十四日法使拒绝俄使库达摄福请求法使代管俄产之事，证明法国并非希望接管俄产之意。

(二) 哈尔滨之法旗，系出于俄人规避接管之一种作用，对于法政府，未为何等让渡之手续，故事实上不彻底。

(三) 俄商滥用法旗，若吾国前往接收，转涉及法国国徽尊严，故先行声明，希望转告其撤收法旗，以免因俄人关系，损及中、法完全无缺之睦谊。

照会去后，再由交通总长叶恭绰与华俄道胜银行经理兰德尔，改订关系中东铁路的合同。此后中东铁路纯归商办，中国得加入管理，俟至俄国政府统一告成，经中政府承认后，方得另行议定。兰德尔即做该路代表签字立约，于是哈尔滨道胜银行及中东路公司所悬挂的法旗，拟即撤去。法使亦有公文关照，令他撤下法旗。若俄国人民愿将法旗悬挂，仍听他自行决定。旋由驻京公使团照会政府，正式承认中国对俄行动，得收回俄租界，惟议定将俄使馆之房屋，仍委前俄使库达摄福管理，外交部不得不允。因此俄使库达摄福仍得寄居京师，不过国际上无代表资格，做了一个中国寓公罢了。

俄事方才就绪，那东南的江苏省中，忽出了一种骇闻，令人惊疑得很，看官道是何事？乃是李督军突然自戕。李督军纯，因和议历年未成，愤极成病，常患心疾，特保荐江宁镇守使齐燮元为会办。燮元方在壮年，曾任第六师师长，颇能曲承李意，李故引为心腹，遇有军国重事，往往召入密问，不啻一幕下参谋。至段系失败，安徽督军兼长江巡阅使倪嗣冲亦为段系中人，迹涉嫌疑，年亦衰迈，自请辞职归休。徐总统乃命张文生暂署安徽督军，并将长江巡阅使一职令李兼任。长江巡阅使本来是徒有虚名，未得实权，李纯不愿就此职衔，遂派参谋长何恩溥赴京，晋谒总统，代辞长江巡阅使一席，且并议和总代表兼差亦愿告辞，请徐总统另派重员。徐总统不允所请，但已窥透李纯隐衷，特将长江巡阅使裁去，改任李纯为苏、皖、赣巡阅使，齐燮元为副使，李纯始受命就任。

但江西督军陈光远，本与李纯比肩共事，蓦闻李纯权出己上，并要听他指挥，当然心中不服，有“情愿归鄂，不愿归苏”的宣言。新署皖督的张文生久绾兵符，向为张、倪部下的健将，亦抗辞不服李纯。苏省士绅，又谓：“李纯生平，素称不预民政”，因即乘机拍电，请他移驻九江、当涂等处。电文中语含有讽辞。李纯受了种种刺激，益觉烦懑不宁。江苏财政厅长俞纪琦，为苏人所不喜，屡加讥议。省长齐耀琳更与李纯意见相左，呈请中央乞许辞职。李纯因保王克敏为省长，苏人大哗，竞称克敏为嫖赌好手，如何得为江苏长官？遂极力反对，函电纷驰。政府顾全民意，不用王克敏，好在荐牍上面，另有王瑚作陪。王瑚曾为京兆尹，尚副民望，故政府特任王瑚为江苏省长，群议乃息。

一波未平，一波又起，李纯以俞纪琦未孚物议，更保张文龢为财政厅长，惹得苏人又复大哗。相传文龢原籍江西，夙工谄媚，当李纯督赣时，文龢得族人介绍，入谒督辕，参见后即呜咽不止。纯惊问原因，文龢泣答道：“督帅貌肖先父，故不禁感触，悲从中来。”李纯还道他真有孝思，即认为义子，委任他为烟酒公卖局局长，寻复荐任两淮盐运使，至此复举为财政厅长。苏人向工言论，并有苏人治苏的意见，乘此寻瑕指隙，大声呼斥，不但痛诟文龢，并且力诋李纯，拍致府院的电文，络绎不绝。就中有两电最为激烈，由小子节录如下：

江苏公民致大总统国务院文云：直、皖战起，李督借词筹饷，百计敛财，其始违法越权，委议会查办劣迹昭著之俞纪琦为财政厅长，人民惊骇，一致反对；近又报载力保文龢。查文龢为李督干儿，其为人卑鄙龌龊，姑不具论，而秉性贪婪，擅长谄媚，若竟成为事实，以墨吏管财政，恃武人为护符，三千万人民生活源泉，岂可复问？报纸又迭载："李督派员向上海汇丰银行等，借外债一百五十万，以某项省产作抵"等语。借债须经会议通过，为法律所规定，以省产抵借外债，情事何等重大？如果属实，为丧权玩法之尤，此而可忍，孰不可忍？用特明白宣告，中央果循李督之请，任文龢为江苏财政厅长，文龢一日在任，吾苏人一日不纳税。至借债一节，如果以江苏省产作抵，既未经过法定手续，我苏人当然不能承认。江苏人民，困于水火久矣，痛极惟有呼天，相忍何以为国？今李督方迭次托病请假，又报载其力保文龢，以去就争，应请中央明令，准其休息，以苏民命而惠地方。江苏幸甚。

南汇公民致大总统、国务院、财政部云：报载李督力保文龢财厅，以去就相要，苏民闻之，同深骇异。文龢为李督干儿，卑鄙无耻，不惜谓他人父，人格如此，操守可知。财政关系一省命脉，岂堪假手贪鄙小人？如果见诸事实，苏民誓不承认。且江苏者，江苏人之江苏，非督军所得而私。李督身任兼圻，竟视江苏为个人私产，并借以为要挟中央之具，见解之谬，一至于此，专横之态，溢于言外！既以去就相要于前，我苏民本不乐有此夺主之喧宾，中央亦何贵有此跋扈之藩镇？应请明令解职，以遂其愿。如中央甘受胁迫，果徇其请，则直认江苏为李督一人之江苏，而非江苏人之江苏，我苏民有权，还问中央果要三千万人民为尽义务否？三千万人民为之豢养否？博一督军之欢心，失三千万人民，孰得孰失？惟中央图之！

以上两电，攻击李督，语语厉害，原令当局难受。但古人有言："笑骂由他笑骂，好官我自为之。"近今的热心利禄诸徒，多执此两语为秘诀，李督军果不蹈此习，独知自好，何妨改过不吝，就把张文龢舍去，否则解组归田，尽可自适，为什么负气自戕，效那匹夫匹妇的短见呢？

据督辕中人传言：李纯元配王夫人，为民家女，伉俪甚谐，嗣因叔父无子，由纯兼祧两房，因复娶孙氏为次妻。王夫人产女不育，孙竟无出，乃陆续纳入四妾，名为春风、夏雨、秋月、冬雪。就中惟春风为最宠，貌亦最胜，粗知文字，能佐纯治公事，四妾亦不闻生男。惟纯与元配王氏始终和好，无诟谇声，苏、浙一役几至开战，亏得王夫人从旁解劝，才得让步罢兵。纯弟字桂山，得兄提拔，官至中将，平时友于甚笃，同床共被，有汉朝姜肱遗风。平时纯自奉俭约，颇好时誉，督赣时深得赣人爱戴，及移节江苏，却也按部就班，并不少改。每闻国家乱事，辄唏嘘不已，尤留心京、沪各报，谓报中所载，毁誉各词，可作诤友，不当屏诸不观。至保荐省长财长两席大遭苏人反对，诟詈百出，并载报端，纯一阅及，往往泪下。十月初旬，乃弟桂山由京返苏，纯与言家事，并将来产业布置，详嘱无遗。内弟王某充某旅营长，由纯召他到署，呜咽与语道："我的督军不能做，你的营长亦干不下去。现我令军需课拨洋七千圆，给汝回家，汝购置田产，亦可过活，何必在此取咎呢。"王夫人在侧，听他语带跷蹊，不免琐问，纯叹息道："人心如此，世无公道，我命已活不了，何必多问。"王夫人不敢复言。惟看他气色，甚觉有异，不过随时防范罢了。

十一日上午，纯询左右，谓："我有勃林手枪一支，曾送机器局修理，现修好否？"左右奉谕，即电询机器局。少顷，即有局员将枪送来，经纯察视，收藏小皮箱内。下午三时，纯索阅上海各报，报上又载有评斥自己等事，即顿足大哭道："我莅苏数年，抚衷自问，良心上实可对得住苏人，今为一财政厅长，这般毁我名誉，我有何面目见人？人生名誉为第二生命，乃无端辱我，我活着还有何趣呢？"王夫人闻言，料知自己不能劝慰，急命人请齐燮元等到来苦劝。纯终不答一词，齐等辞退。黄昏后，纯又召入秘书，嘱拟一电，拍致北京，自述病难痊愈，保齐燮元暂代江苏督军。秘书应声退去。纯又自写书函多件，置诸抽屉，始入内就寝。至四下钟后，一声怪响出自床中，王夫人从梦中惊醒，起呼李督，已是面色惨变，不省人事，只有双目开着，尚带着两行泪痕，急得王夫人魂魄飞扬，忙召眷属入视，都不知是何隐症，立派人延请军医诊治。医士须藤至六时始到，解开纯衣，查听肺部，猛见衣上血迹淋漓，才知是中枪毕命。再从床中检视，到了枕底，得着一勃林手枪，即日间从机局取来的危险品，须藤验视脉息，及口中呼吸，已毫无影响，眼见得不可救药了。呜呼哀哉！年只四十有六，并无子嗣。小子有诗叹道：

无端拼死太无名，宁有男儿不乐生？
疑案到今仍未破，江南流水尚吞声。

李督殁后，谣传不一，或说是由仇人所刺，或说他妻妾中有暧昧情事，连齐帮办也不能无嫌。究竟是何缘由？容小子调查证据，再行续编。所有李督遗书及中央恤典，俱待下回发表。看官少安毋躁，改日出书请教。

德租界收回后，又得收回俄租界，以庞然自大之俄公使，至此且智尽能索，无由逞威，是真中国自强之一大机会。假使国是更新，党争不作，合群策群力以图之，则三年小成，十年大成，张国权，雪国耻，亦非难事。奈何名为民国，权归武人，垄断富贵之不足，甚至互相仇杀，喋血不休，贫弱如中国，何堪屡乱？即使外人自遭变故，无暇瓜分，恐神州大陆，亦将有铜驼荆棘之叹矣。李纯虽不能无疵，要不得谓非军阀之翘楚，是何刺激，竟至自戕？就中必有特别情由，以致暴亡，若只为和议之无成，苏人之反对，遽尔轻生，想不尽然。然如李督军者，犹不得其死，而一般军阀家，亦可以自反矣！

图书在版编目（CIP）数据

民国演义/蔡东藩著. —北京：文化艺术出版社，2011.4
ISBN 978-7-5039-5007-0

Ⅰ.①民… Ⅱ.①蔡… Ⅲ.①章回小说—中国—现代
Ⅳ.①I246.4

中国版本图书馆 CIP 数据核字（2011）第 042588 号

民国演义

著　　者　蔡东藩
责任编辑　齐大任
出版发行　文化艺术出版社
地　　址　北京市东城区东四八条 52 号　100700
网　　址　www.whyscbs.com
电子邮箱　whysbooks@263.net
电　　话　（010）84057666（总编室）　84057667（办公室）
　　　　　（010）84057691—84057699（发行部）
传　　真　（010）84057660（总编室）　84057670（办公室）
　　　　　（010）84057690（发行部）
经　　销　新华书店
印　　刷　国英印务有限公司
版　　次　2011 年 6 月第 1 版
　　　　　2011 年 6 月第 1 次印刷
开　　本　700×1000 毫米　1/16
印　　张　46
字　　数　400 千字
书　　号　ISBN 978-7-5039-5007-0
定　　价　145.00 元